KB107156

석독구결사전

황선엽 이전경 하귀녀 외

박문사

석독구결사전

"이 연구는 2005년 정부재원(교육인적자원부 학술연구조성사업비)으로 한국학술진흥재단의 지원을 받아 연구되었음(KRF-2005-078-AS0035)."

서문

구결학회에서는 한국학술진흥재단의 지원을 받아 2005년에서 2007년에 걸쳐 구결사전을 편찬하였고 이 원고를 보완하고 수정하여 이제 간행해 내게 되었다. 이에 집필자를 대표하여 몇 자 적어 두는 바이다.

구결 사전의 편찬은 구결학회의 숙원 사업이었으나 쉽게 착수하지 못하고 있었는데 2005년부터 학진의 지원을 받아 편찬에 들어갈 수 있었다. 사전의 기본 얼개 및 편집 방향 등에 대해서는 박진호 선생님이 계획을 세웠으나 여러 사정으로 인하여 학회의 여러 선생님들을 대신하여 황선엽이 연구 책임자의 임무를 맡게 되었다. 공동연구원으로는 박병철, 장윤희, 이용 선생님이 참여하였고 전임연구원으로는 이전경, 하귀녀(1차년도), 임근석(2차년도) 선생님이 수고하였다.

석독구결 사전과 음독구결 사전을 모두 편찬하기로 한 까닭에 작업의 양이 방대하여 연구진에 포함된 인원만으로 정해진 시일 안에 사전을 완성하기는 어려웠다. 이에 사전 편찬 사업이 확정된 이후 구결학회 여러 선생님들의 도움을 받아 기초 자료를 정리하고 사전 원고를 분담하여 집필하였다. 이 작업에 참여한 사람은 다음과 같다. 석독구결 자료 정리는 황선엽 외에 이용, 박진호, 장경준 선생님이 맡았고 석독구결 사전 원고의 집필에는 황선엽과 이전경, 하귀녀, 이용, 박진호, 김성주, 장경준, 서민욱, 이지영, 서형국 선생님이 참여하였다. 음독구결 자료 정리에는 김성주, 김명운, 박준석, 장경준, 고성익, 조은주, 이병기, 김천학, 서민욱, 임근석, 이지영, 김선영, 박진희, 김정아, 조호사토시, 김문정, 김세영, 서윤경 선생님이 수고하였고 음독구결 사전 집필에는 황선엽 외에 이전경,

이용, 박진호, 김성주, 장경준, 서민욱, 이병기, 이지영, 박부자, 김지오, 안대현 선생님이 참여하였다. 석독구결 자료 및 사전 원고의 수합 및 정리는 장윤희 선생님, 음독구결 자료 및 사전 원고의 수합은 이용 선생님이 맡아 수고해 주셨다. 박병철 선생님께서는 전체적인 작업 상황의 감독 및 총괄을 맡아 주셨다.

또한 남풍현 선생님께서는 매주 한 번씩 모이는 전체 연구진 모임의 장소를 제공해 주시고 사전 편찬의 논의 과정에도 계속적으로 참석해서 도움 말씀을 주시는 등 말 그대로 물심양면의 지원을 아끼지 않으셨다. 이승재 선생님도 화엄경 점토구결 연구팀의 인력이 사전 편찬에 참여할 수 있도록 허락해 주셨고 연구진의 모임 및 자료 조사에도 많은 지원을 해 주셨으니 이번 사전이 나오게 된 데에는 선생님의 공이 적지 않다. 지면으로나마 특별히 두 분 선생님께 감사의 뜻을 표하는 바이다. 정재영, 권인한, 윤행순 선생님께서도 사전에 관심을 가지고 많은 조언을 해 주셨다. 구결 학회의 여러 선생님들께 감사의 뜻을 전한다.

2005년 9월부터 2006년 8월까지는 석독구결 자료의 정리, 석독구결 사전 원고의 집필, 음독구결 자료의 정리 작업이 진행되었다. 석독구결 자료는 이미 상당히 정리가 되어 있었지만 사전 편찬에 편리하도록 가공하고 수정하는 작업에 예상외로 손이 많이 갔다. 석독구결 사전 원고의 집필도 독음, 문법 형태 분석, 현대역 등에서 해결하지 못한 문제들이 다수여서 어려움이 많았다. 학계의 견해를 종합적으로 반영하여 가능한 한 객관적으로 기술하고자 하였으며 이를 위해 매주 집필진 전원이 모여 집필된 원고를 검토하고 수정하였는데 끊임없는 논의에도 불구하고 아직 해결하지 못한 문제들이 많다. 음독구결 자료의 정리는 처리해야 할 자료의 방대함으로 인한 어려움이 가장 컸다. 20여 종 100여 권 분량의 자료를 전산화하였으나 전체 음독구결 자료에 비하면 매우 미흡한 상태이다. 그러나 제한된 시간에 사전을 집필하기 위해서는 기초 자료 정리에만 시간과 노력을 기울일 수는 없었다.

2006년 9월부터 2007년 8월까지는 집필된 석독구결 사전 원고에 대한 수정과 음독구결 사전의 집필 작업을 병행하였다. 음독구결 사전 원고 역시 집필 후 전체 회의를 거쳐 수정하는 작업을 하였는데 예문의 검토를 통해 입력 자료의 오류를 바로잡아 가며 작업을 진행한 까닭에 예상보다 많은 시간이 소요되었다.

이후에도 계속적인 원고의 수정과 교열을 통해 결과보고서를 제출하였고 이를 바탕으로 지금 사전을 출간하게 되었다. 출간을 위해 지난 1년여 간 이전경,

하귀녀 두 분 선생님이 수고를 해 주셨다. 수합된 원고의 오자를 바로잡고 전체적인 형식을 통일하고 기술 방법도 가능한 한 통일성 있게 바로잡았다. 또한 최근의 연구를 반영하여 기술 내용을 수정하기도 하였다. 학기 중에는 2주일에 한 번 정도, 방학 중에는 매주 황선엽의 연구실에 모여 수정한 내용에 대해 검토하고 논의하는 작업을 진행하였다. 별도의 지원 없이 묵묵히 작업을 수행해 주신 두 분 선생님 덕분에 석독구결 사전이 지금과 같은 형태를 갖출 수 있었다. 연구 책임자로서 집필진을 대표해 형식상 황선엽의 이름을 앞세웠으나 석독구결 사전의 집필자로 실제로는 이 두 분의 이름이 가장 앞에 왔어야 함을 이 자리를 통해 밝혀 둔다.

학술서의 출판이 상업성이 없음은 주지하는 사실이다. 그 중에서도 이용자가 매우 제한되어 있는 구결사전의 출판을 흔쾌히 허락하고 맡아 주신 박문사의 윤석원 사장님께도 특별히 감사의 말씀을 드린다. 또한 지난 두 달 가까이 더위와 씨름하면서 때로는 휴일에도 일하시며 사전을 예쁘게 편집해 주신 김연수 대리님, 낯선 문자를 눈에 익혀가며 교열을 보아 주신 편집부장님께도 감사의 말씀을 드린다.

이 책은 석독구결 사전과 부록으로 구성되어 있다. 석독구결 사전은 1,690여 개 항으로 되어 있는데 찾아가도록 기술한 항목을 제외하고 실제 기술된 항목은 1,560여 개이다. 부록은 석독구결 자료 원문과 표제항 색인, 형태 분석 색인, 형태 분석 용례 색인으로 되어 있다. 15세기 국어나 현대국어의 특정 문법 형태가 석독구결 자료에서 어떻게 나타나는지에 대한 질문을 평소에 많이 받은 경험 때문에 많은 지면을 할애하면서까지 굳이 형태 분석 용례 색인을 실어 두었다. 연구자들에게 다소나마 도움이 되기를 바란다. 반면 구결자 색인과 한자어 색인은 첨부하는 CD의 석독구결 원문 자료와 프로그램을 사용하여 쉽게 추출할 수 있기 때문에 별도로 제시하지 않았다.

음독구결 사전은 아직 손보아야 할 부분이 많이 있는 까닭에 우선은 전자파일의 형태로 학계에 제공을 하게 되었다. 이후의 수정과 교정을 좀더 쉽게 하기 위한 것이지만 이용자의 측면에서도 전자 파일이 더 편리한 점도 있다고 생각된다. CD에는 음독구결 사전 외에 석독구결 자료 원문과 박진호 선생님이 만들어 제공한 검색프로그램 유니콩크가 들어 있다. 유니콩크의 사용 방법은 'uniconc' 안에 있는 'readme' 파일을 참조하면 된다. 'uniconc'가 없었다면 사전 편찬의 어려움은 배가되었을 것이다. 사전 이용자 분들도 유니콩크의 편리함을 만끽하시기를 바란다.

아무리 잘 만든 사전도 오류가 없을 수 없으며 아무리 못 만든 사전도 없는 것보다는 낫다는 말이 있다. 우리가 내어 놓는 이 사전이 어떠한 평가를 받게 될지는 모르겠으나 학계에 기여하는 바가 전혀 없지는 않을 것임을 위안으로 삼고자 한다. 이 사전을 통해 구결 연구가 더욱 활성화되기를 기대한다.

개운산 밑 수정관 연구실에서

2009년 8월 21일

집필자를 대표하여 황선엽 삼가 씀

석독구결 사전 일러두기

1 사전의 미시구조는 다음과 같이 되어 있다.

[보기] **표제항**[독음]
【문법적 분석】
① **의미(현대어)** § 문법 사항
¶ 용례
【관련】 관련형
【선후】 선 · 후대형
【비고】

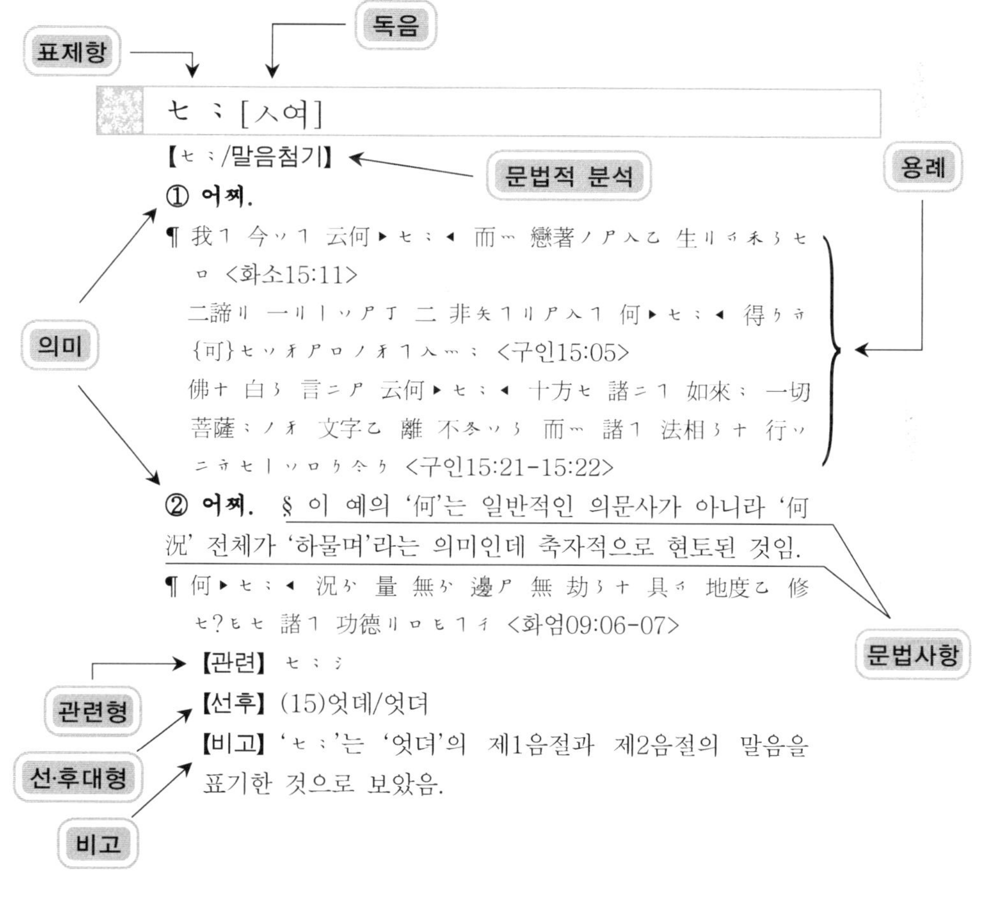

2 표제항

석독 구결 자료에 나타나는 형태 전체를 그대로 표제항으로 설정하였다.

[보기1] ハ ノ 㢱 ナ 1 刂 丨 ソ ヒ ハ 二 丨

부독자를 포함하고 있는 경우('厺 1 入 灬 故 㢱')는 부독자 앞의 형태와 부독자를 포함한 전체 형태 모두를 표제항으로 설정한 후 찾아 가게 하였다.

[보기2] 厺 1 入 灬

☞厺 1 入 灬 故 㢱

이 외에 단독으로 쓰인 예가 발견되지 않더라도 기술이 꼭 필요한 문법형태라고 생각되는 경우('1 丁' 등)에는 표제항으로 설정하기도 하였다.

동음이의의 표제항이 여럿 있는 경우 '말음첨기, 조사, 어미'의 순으로 기술하되 별도의 어깨 번호를 붙여 구분하였다.

표제항의 배열 순서는 구결자의 유니코드 순과 독음을 종합적으로 고려하여 정하였다. 대체로 유니코드의 순서가 독음의 자모순과 일치하나 그렇지 않은 예들은 사용자의 편의를 고려하여 배열하였다. 가령 유니코드 순에 따라 'ノ'가 '乊' 보다 앞에 배열하였으나 'ノ'와 '乊'가 독음이 '오'로 읽히는 것과 '호'로 읽히는 것을 'ㅇ'과 'ㅎ'에 나누어 넣지 않고 'ㅎ' 항에 같이 모아서 제시하였다. 다만 '오'로 읽히는 것을 '호'로 읽히는 것보다 먼저 배치하였다. 이와 같이 처리한 것은 'ノ'와 '乊'의 정확한 독음을 파악하지 못하여도 자형만으로 찾을 수 있도록 하기 위함이다. 또한 독음이 아직 명확히 밝혀지지 않은 '支, 甲, 一, 印, 与, 㞢, 亶, 之, 造' 등은 마지막에 모아서 배열하였다.

3 독음

15세기 표기에 준하여 적되 일반적으로 모음조화는 반영하지 않았으며 각 구결자를 기준으로 분철함을 원칙으로 하였다. 독음이 여러 가지일 가능성이 있는 경우 ';'으로 구분한 후 모두 제시하였다.

[보기1] [ᄒᆞᄂᆞᆨ시다;ᄒᆞᄂᆞ기시다]

구결자 독음은 표기된 구결자를 바탕으로 1자1음의 원칙에 입각해 표기하였다. 예를 들어 생략형(보기2)이나 중복표기(보기3)의 경우 표기대로 독음을 달았다. 다만 명백한 잘못으로 판단된 경우에 생략된 요소의 독음을 ( ) 속에 넣어 표시하기도 하였다(보기4).

[보기2] ソ 厺 1 入 灬 故 㢱[ᄒᆞ건ᄃᆞ로며]

[보기3] 乙 灬[을로]

[보기4] ㅅ 亽 乙[과(호)릴]

4 문법적 분석

여러 가지 분석 가능성이 있는 경우 ';'으로 구분한 후 이를 모두 제시하였으며 해당 분석

이 추정일 경우 '?'를 붙였다. 형태소 경계는 '+'로, 단어 경계는 '#'으로 표시하였다. 용어는 가능한 한 학교문법을 준용하였으나 기술상의 간결성을 위해 '목적격조사⇒대격조사'와 같이 학계에 널리는 쓰이는 용어 중 일부를 선택해 사용하기도 하였다. 역시 기술을 간결히 하기 위해 '동사어간⇒동사, 용언어간 말음첨기⇒말음첨기' 등과 같이 간략한 용어로 설명을 하였다.

복합형의 경우 [ ]를 이용해 형태소 단위의 분석을 하였으며(보기1) 생략되었을 가능성이 있다고 판단되는 요소의 경우 ( ) 속에 넣어 부기하였다(보기2).

[보기1] ノ[ᄒᆞ/동사+오/선어말어미]

[보기2] 扌[ㅭ/동명사어미(+이/의존명사)+이/계사]

亽[ㅭ/동명사어미+이/의존명사(+이/주격조사)]

5 의미

다의어인 경우 '①, ②, ③' 등과 같이 구분하여 기술하였는데 문법사항, 용례, 관련형, 선·후대형, 비고도 그 분류에 따라 기술하였다. 다만 관련형, 선·후대형, 비고는 의미에 따른 차이가 없을 경우 끝에 모아서 제시하기도 하였다.

의미는 가능한 한 현대어를 최대한 반영하여 기술하였으나 경우에 따라 고어를 살려 쓰기도 하였다. 현대어에 마땅한 표현이 없는 경우 의미를 제시하지 않기도 하였다. 한 의미 내에서 여러 가지 해석을 제시할 경우는 '.'를 사용하여 구분하였다(보기1).

[보기1] –(으)셨지만. –(으)셨는데.

말음첨기가 표기되어 선행한자어의 의미를 포함하여 기술해야 할 경우 ( ) 속에 넣어 표시하였고(보기2) 전체 의미를 파악하기 위해 필요한 경우 보충 해석을 ( ) 속에 넣어 제시하기도 하였다(보기3).

[보기2] ①('有' 뒤에서) 있으니.

[보기3] ①('不' 뒤에서) (그렇지) 않습니까.

①('盡' 뒤, '不矢' 앞에서) 다할 수 있는 것이 (아니–).

6 문법 사항

주로 구문적인 특징이 있을 경우 의미에 이어서 '§'을 표시한 후 기술하였다. 한 형태가 여러 기능으로 쓰이는 경우도 여기서 그 기능을 밝혀 주기도 하였다.

7 용례

용례가 많을 경우 대표적인 예만을 뽑아서 제시하였고 예가 적을 경우는 모든 용례를 제시하는 것을 원칙으로 하였다. 용례 중 표제항 부분은 '受▸卜 ㄱ 乙◂'과 같이 시작 부분은 '▸'으로, 끝부분은 '◂'으로 표시하였다. 표제항과 일치하는 용례 외에 표제항을 포함하는 용례도 참고로 같이 제시하였다. 용례의 원문은 부록으로 실어 참고할 수 있게 하였다.

8 관련형

표제항 중 서로 형태적, 문법적, 의미적으로 관련이 있는 것들을 제시하여 참고할 수 있도록 하였다. 형태적 관련성을 우선으로 고려하여 제시하였고, 비슷한 형태의 표제항들은 ( ), /, − 등을 이용하여 간략히 기술하였다.

[보기1] 【관련】 (ノ/亍)禾阝七丨ソナ尸入乙

【관련】 (有)ナハ二下, 一二下, (有)ナハ二㢱, 一示下ハ

제시항목은 표제항을 원칙으로 하나 이용자의 편의를 위해 말음첨기가 포함된 경우 앞의 한자도 ( ) 속에 넣어 제시하였고 해당 표제항과의 형태적 관련성을 뚜렷이 하기 위해 불필요한 부분은 ( ) 속에 넣기도 하였다.

[보기2] 【관련】 (爲ハ)ナ尸入灬, (ソ去尸去)ソナ尸入灬

9 선·후대형

해당 구결토의 형태가 이전 시기의 향가, 이두나 이후의 음독구결, 15세기 한글 문헌 등에 나타나는 경우 (향가), (이두), (15) 등과 같이 구분한 후 이를 제시하였다. 형태만을 간략히 제시하는 것을 원칙으로 하였으나 해당 예가 특이할 것일 때는 문맥과 함께 예문을 제시한 후 출전을 명기하기도 하였다.

10 비고

앞에서 설명되지 않은 내용 중 특기할 만한 것이 있을 때 이곳에서 설명하였다.

釋讀口訣辭典

석독구결사전

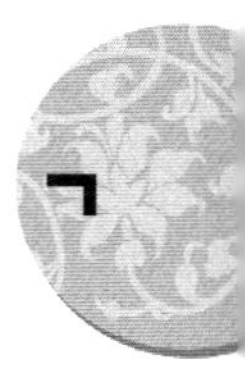

去[1][거]

【去/말음첨기?】

('故' 뒤에서) 그런 까닭으로.

¶ 我又 {等}丨ㅅ1 1 風乙 欽七ロ七ノ尸入⺌ 故▸去◂ 來ㅅ3 ホ {此}リム 至去ロ七ノ丨 <화소12:11>

家1 是1 貪愛繫縛七 所リヒ 衆生乙 悉3 免離 使リ{欲}入 故▸去◂ 出家ㅅ3 ホ 解脫乙 得3 {於}諸1 欲樂3 十 受ゔ尸 所3 無ゔ1入乙 示リナ か <화엄18:16-17>

一リ丨ㅅロ尸入1 亦ㅅ1 續ㅅ今 不矢か 異リ丨ㅅロ尸入1 亦ㅅ1 續ㅅ今 不矢1入⺌ 氵 一 非矢か 異 非矢去ち 故▸去◂ 名3 續諦氵ノ矛リか <구인14:07-08>

云何亠ㅎ尸入1 彼⺌ 正七 修行ㅅ3 ホ 轉ㅅ{令}リ3ノ矛1リ3七ロㅅ二尸入⺌ 故▸去◂ 彼リ 正法行乙 修習ㅅ今七 時亠十 卽ゔ 是1 法尒⺌八 大師乙 供養ㅅ白3 1丁ノ矛⺫ <유가06:05-07>

能か 十種 過失乙 遠離ㅅ3 又 能か 聖所住處3十 安住ㅅ3ㅅ1入乙 {以}氵3 故▸去◂ 名下 功德亠ノ矛丨 <유가31:05- 07>

【관련】(故)ノ, (故)支

去[2][거]

【去/부사화소?】

('永' 뒤에서) 영원히.

¶願ロ尸入1 我1 {於}身3十 永▸去◂ 貪著乙 斷ノ禾3七丨ㅅナ尸入乙 {是}リ乙 名下 分滅施氵ノ禾ナ丨 <화소09:19- 20>

我ㄱ 今ぃㄱ 永▸ㅊ◂ 貪愛乙 捨ぃ{爲欲}ㅅ {此}リ 一切 必ハ 離散ぃㅊ수七 物七乙 以 ろハ 衆生ラ 願乙 滿ㅅリ可禾ろ七丨ぃナㅅ <화소12:16-17>

妻子 集會ぃㅊㄱ丨十ㄱ 當 願 衆生 怨親平等ぃろホ 永▸ㅊ◂ 貪著 離支ヒ支立 <화엄 02:21>

能支 捨ぃ수七 人乙 見 當 願 衆生 永▸ㅊ◂ 得ろホ 三惡道七 苦乙 捨離ぃヒ立 <화엄 07:07>

信ㄱ 能支 永▸ㅊ◂ 煩惱乙 滅ろ수七 本リア入乙ぃナㄱリㅅ 信ㄱ 能支 專可 佛功德ろ 十 向ㅅリナ矛ㅅ <화엄10:03>

若 於一切衆生 心 一念 悉 知 有餘ぃㄱ 無リぃヒア入ㄱ 則 煩惱リ 起ノア 所ろ 無可ㄱ 入乙 知ろホ 永▸ㅊ◂ {於}生死ろ 十 沒溺ぃア 不ぃヒ矛ㅅ <화엄13:17-18>

【관련】 (永)ろ

【비고】 '永ㅊ'는 화엄경 계통에만 보이며 <유가사지론>에서는 '永ろ'로 나타남.

ㅊナㄱ丁 [거견뎌]

【ㅊ/선어말어미+ナ/선어말어미+ㄱ/동명사어미+丁[ㄷ/의존명사+여/조사]】

-(으)ㄴ 것이. -는구나. §'丁'는 후치된 주어절에 붙은 요소임.

¶ 善ナㄱ{哉}彳 佛子ミ 汝ㄱ 今ぃㄱ 饒益ノア 所 多ㅅ 安隱ノア 所ろ 多ナㄱ入乙灬 世間 乙 哀愍ぃ彡 天人乙 利樂ぃ彡ぃ{爲欲}ㅅ 是 如支ぃヒ七 義乙 問▸ㅊナㄱ丁◂ <화엄 02:10-12>

【관련】 ぃㅊㄱ丁(ノ矛リㄱ丁), ぃろㄱ丁(ノ矛罒), (ぃ)ㅊナ市七丨, ぃㅊナヒ七

ㅊナ市七丨 [거겠다]

【ㅊ/선어말어미+ナ/선어말어미+市七/선어말어미+丨/종결어미】

-다.

¶ 若 身 充徧 虛空 如 安住 不動 十方 滿ぃヒア入ㄱ 則 彼ラ 所行ㄱ 與七ぃろホ 等ロ수 無ろ 諸ㄱ 天ミ 世人ミノ矛 能矢 知ノ수 莫▸ㅊナ市七丨◂ <화엄14:07-08>

一切 世間ろ七 諸ㄱ 天ミ 魔ミ 梵ミ 沙門ミ 婆羅門ミ 乾闥婆ミ 阿修羅ミぃア {等}丨ぃㄱ リミ 及七 以ろ 一切 聲門ミ 緣覺ミノ수ラ 動ア 不能リ矢ノア 所リ▸ㅊナ市七丨◂ <화엄08:17-18>

{於}一切 法ろ十 自在ア 不ぃア丁ノア 無 而灬 衆生ラ七 第二 導師リア{爲}入乙ぃ▸ㅊ ナ市七丨◂ <화엄02:16-17>

【관련】 (ぃ)ナ市七丨, ㅊナㄱ丁

ㅊロ七ノ丨 [거곳오다]

【ㅊ/선어말어미+ロ七/선어말어미+ノ/선어말어미+丨/종결어미】

-었습니다. § 선어말어미 'ㄱ'는 일인칭 주어와 호응함.

¶ 大王ㄱ 名稱乙 周七 十方3十 聞リロハ示ㄱ 我夊 {等}丨ソㄱㄱ 風乙 欽七ロ七ノ尸入灬 故ㅊ 來ソ3ホ {此}リム 至▸ㅊロ七ノ丨◂ <화소12:10-11>

【관련】 ソロ七ノ丨

ㅊハ示ロㄱ氵[걱시곤여;거기시곤여]

【ㅊ/선어말어미+ハ/선어말어미?+示/선어말어미+ロ/선어말어미+ㄱ/동명사어미+氵/조사; ㅊ/선어말어미+ハ/선어말어미?+示/선어말어미+ロ/선어말어미+ㄱ氵/연결어미】

-(으)셨지만. -(으)셨는데. § 여기서 '氵'는 역접의 기능임.

¶ {此}リ 轉輪位3十 王ㄱ 處ソ示ㅎㄱム 已氵 久▸ㅊハ示ロㄱ氵◂ 我ㄱ 曾ハㅎ刀 得尸 未リソ七ロ乙ㅎ丨 <화소11:18-19>

【관련】 (無七リソ)3ㅎㄱ氵, ソ白ロトㄱ氵, 白3ロㄱ氵(ソㄱ乃), ソㅊハニㄱ-

ㅊㄱ[건]

【ㅊ/선어말어미+ㄱ/동명사어미】

-(으)ㄴ. § 동사의 과거시제임.

¶若 味乙 受▸ㅊㄱ◂ 時 當 願 衆生 佛夊 上味乙 得3ハ 甘露 滿足ソヒ立 <화엄07:19>

【선후】 (15)-건

ㅊㄱ丨十ㄱ[건다귄]

【ㅊ/선어말어미+ㄱ/동명사어미+丨十[ㄷ/의존명사+아긔/처격조사]+ㄱ/보조사; ㅊ/선어말어미+ㄱ/동명사어미+丨/의존명사+十/처격조사+ㄱ/보조사】

-(으)ㄴ 때에는.

¶ 大小師ㄱ十 詣▸ㅊㄱ丨十ㄱ◂ 當 願 衆生 巧リ 師長乙 事ハ白3ハ 善法乙 習行ソヒ立 <화엄03:08>

闍梨敎乙 受▸ㅊㄱ丨十ㄱ◂ 當 願 衆生 威儀乙 具足ソ3ホ 所行 眞實ソヒ立 <화엄03:18>

若七 堂宇3十 入▸ㅊㄱ丨十ㄱ◂ 當 願 衆生 無上堂3十 昇ソ3ハ 安住ソ3ホ 動尸 不ソヒ立 <화엄03:21>

手3十 楊枝乙 執▸ㅊㄱ丨十ㄱ◂ 當 願 衆生 皆七 妙法乙 得3ホ 究竟 淸淨ソヒ立 <화엄04:10>

睡眠乙 始七ㅎ 寤▸ㅊㄱ丨十ㄱ◂ 當 願 衆生 一切智灬 覺ノ尸ム 周七 十方乙 顧ソヒ立ノ礻ナ丨 <화엄08:15>

【관련】 ソ(白)ㅊㄱ丨十ㄱ, (有)斗ㅊㄱ丨十ㄱ

【선후】 (15)-건댄

𠫔ㄱ入灬[1][건ᄃ로]

【𠫔/선어말어미+ㄱ/동명사어미+入/의존명사+灬/구격조사】

① -(으)ㄴ 까닭으로. § 주로 '故(ノ)'가 후행함. 동사의 과거시제임.

¶ 智慧乙 增長ソ阝 自在▸𠫔ㄱ入灬◂ 故ノ <금광07:13>

能 偏滿ソ阝亦 一切乙 覆ソ 令▸𠫔ㄱ入灬◂ 故ノ <금광07: 15>

又 此 有學ラ 金剛喩定刂 究竟阝十 到▸𠫔ㄱ入灬◂ 故ノ 修得圓滿ᄉナ亐七丨 <유가29:19-20>

能ケ 多刂ㄱ 功德寶乙 得刂{令}刂▸𠫔ㄱ入灬◂ 故ノ <금광02: 12>

譬 日輪刂 光耀焰盛ソㄱ如支 是 如支 第六心刂 能ケ 生死大闇乙 破滅ソ▸𠫔ㄱ入灬◂ 故ノ <금광02:08-10>

量 無ㄱ 智慧七 光明阝十 三昧刂 傾動ノ亐七{可}ソㄱ 不矢ㅌ人 能矢 摧伏ソ口今 無ㄱ 聞持陁羅尼ᄉ刂 {爲}氵ノ 卒刂入乙 作ソ▸𠫔ㄱ入灬◂ 故ノ <금광07:02-03>

壞色衣乙 著ソ▸𠫔ㄱ入灬◂ 故ノ <유가16:20>

② -(으)ㄴ/는 까닭으로. § 주로 '故(ノ)'가 후행함. 형용사의 현재시제임.

¶ 異熟 無▸𠫔ㄱ入灬◂ 故ノ 後阝十 更阝 續 不冬ソㅎ <유가31:13-14>

第八心刂 一切 境界阝十 淸淨 具足ソ▸𠫔ㄱ入灬◂ 故ノ <금광02:13-14>

是ㄱ 道品乙 修行ノ今七 依處所刂▸𠫔ㄱ入灬◂ 故ノ <금광07:04-05>

【관련】 ソ𠫔ㄱ入灬 (故ノ), ソ𠫔ㄱ入灬(故ケ), ソㄱ入灬 (故支), ソㄱ入灬(故刂-)

【비고】 '(ソ)𠫔ㄱ入灬 故ノ'는 <유가사지론> 계통에 보이며 같은 표현이 <화엄경> 계통에서는 'ソㄱ入灬 故支'로 나타남.

𠫔ㄱ入灬[2]

 𠫔ㄱ入灬故ケ

𠫔ㄱ入灬故ケ[건ᄃ로며]

【𠫔/선어말어미+ㄱ/동명사어미+入/의존명사+灬/구격조사(+이/계사)+ケ/연결어미】

① -(으)ㄴ 때문이며. -(으)ㄴ 까닭에서이며. § 동사의 과거시제임.

¶ 譬 虛空亠 及 轉輪聖王亠ソ尸如支ソ阝 (如是 第十心) {於}一切 境界阝十 皆 悉阝 通達▸𠫔ㄱ入灬({故}ケ◂?) <금광02:17- 18>

無相阝十 正思惟ソ阝 修得自在▸𠫔ㄱ入灬{故}ケ◂ <금광07:11>

第七心刂 能ケ 得阝亦 生死險惡道乙 度 令刂▸𠫔ㄱ入灬{故}ケ◂ <금광02:11-12>

智慧七 火乙 {以}氵 光明乙 增長ソ▸𠫔ㄱ入灬{故}ケ◂ <금광07:04>

行法 相續阝十 了了顯現ソ▸𠫔ㄱ入灬{故}ケ◂ <금광07:07>

無漏無間(亐?) 無相阝十 思惟ソ今七 解脫三昧乙 遠刂 修行ソ▸𠫔ㄱ入灬{故}ケ◂ <금광07:09>

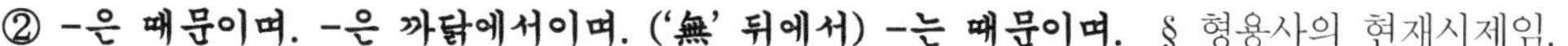

② -은 때문이며. -은 까닭에서이며. ('無' 뒤에서) -는 때문이며. § 형용사의 현재시제임.

¶ 一切 種種七 法乙 說ノア厶 而灬 得氵尒 自在ソ氵 患累 無ソ▸去1入灬{故}ㄅ◂ <금광07:12-13>

【관련】 ソ去1入灬 (故ノ), ソ去1入灬(故ㄅ), ソ1入灬 (故支), ソ1入灬(故リ-)

【비고】 'ソ去1入灬 故ノ'는 <유가사지론> 계통에서 나타나며 'ソ1入灬 故支'는 <화엄경> 계통에서 나타남.

去亠

☞ 去亠可七ソE, 去亠可七ソ1氵

去亠可七ソE[겂호ᄂ]

【去/선어말어미+亠七/어미+ソ/형용사(+1/동명사어미)+E/의존명사; 去/선어말어미+亠七/어미+ソ/형용사+E/동명사어미】

('盡' 뒤, '不失' 앞에서) 다할 수 있는 것이 (아니-). 다할 수 (없-). § 형용사 부정문에서 부정소 앞에는 동명사어미 '-1'이 쓰이나 여기서는 'E'가 쓰임.

¶ 何ㅎ {等}丨ソ1乙 十氵ノ今ロ{爲}ソナ禾ア入1 謂ノ1 所1 多聞善巧 盡▸去亠{可}七ソE◂ 不失1入灬{故}リㄅ 善知識乙 親近ノア 盡▸去亠{可}七ソE▸ 不失1入灬{故}リㄅ <화소19:13-15>

一切 衆生ラ {爲}三 一切 佛山 神力乙 現ㅎ氵 敎化調伏ソ氵尒 修行不斷 令リㅎア 盡▸去亠{可}七ソE◂ 不失1入灬{故}リナ丨 <화소20:01-03>

【관련】 ソ(氵)ㅎ亠可七ソ1 (不失-), ソE, ソ1E

去亠可七ソ1氵[겂혼여]

【去/선어말어미+亠七/어미+ソ/형용사+1/동명사어미+氵/조사; 去/선어말어미+亠七/어미+ソ/형용사+1氵/연결어미】

('盡' 뒤에서) 다할 수 있지만. 다할 수 있더라도. § 여기서 '氵'는 역접의 기능임.

¶ 或ソ1 百1 千1 億 那由他 劫氵十 說ㄅ 或ソ1 無數氵 無量氵 乃ソ氵 至リ 不可說不可說氵ノ今七 劫氵十 說ㄅノア厶 劫數1 盡▸去亠{可}七ソ1氵◂ 一 文氵 一1 句氵ノ今ラ七 義理1 難リ氵 盡ナ亠七丨 <화소25:09-11>

【관련】 (盡)去亠可七ソE, (久)去八而ロ1氵, (無七リ)ソ氵ㅎ1氵, ソ亠可七ソ1亠, ソロ亠應七ソ1亠

去ノ1入乙[거온둘;거혼둘]

【去/선어말어미+ノ/선어말어미+1/동명사어미+入/의존명사+乙/대격조사; 去/연결어미#ノ

[ㅎ/동사+오/선어말어미]+ㄱ/동명사어미+ㅅ/의존명사+ㄹ/대격조사]
-(으)ㄴ 것을. -게 한 것을.
¶ 自灬 形色刂 人ラ十 異▸去ノㄱㅅㄹ◂ 觀察ノ㐪{應}セソㄱ刂罒 是 如支ソㄱㄹ 名下{爲} 誓ホ 下劣ソㄱ 形相ㄹ 受ノㄕㅅㄹ 觀察ソㄕ丁ノ疒ㄉ <유가16:20-22>
【관련】 ㄋノㄱㅅㄹ

ナハニㄉ[겨시며;겨기시며]

【ナ/용언+ハ/선어말어미?+ニ/선어말어미+ㄉ/연결어미; ナ/선어말어미+ハ/선어말어미?+ニ/선어말어미+ㄉ/연결어미】
계시며.
¶ 各ラ各ラㄋホ 座前セ 花灬セ 上十 量 無セㄱ 化佛刂 有▸ナハニㄉ◂ <구인02:03>
【관련】 (有)ナハニ下, (有)ナ㐪下, (有)ナハ㐪ㄊㄱ矢ㄋ
【선후】 (15)겨시며

ナハニ下[겨시하;겨기시하]

【ナ/용언+ハ/선어말어미?+ニ/선어말어미+下/연결어미; ナ/선어말어미+ハ/선어말어미?+ニ/선어말어미+下/연결어미】
계시어.
¶ 量 無セㄱ 菩薩ㄋ 比丘ㄋ 八部ㄋノ令セ 大衆刂 有▸ナハニ下◂ 各ラ各ラホ 寶蓮花ㄋ十 坐ソニㄉ <구인02:04>
【관련】 (有)ナ㐪下, (有)ナハニㄉ, (有)ナハ㐪ㄊㄱ矢ㄋ
【선후】 (15)겨샤
【비고】 '下'는 연결어미 'ㄋ'의 이형태로 선어말어미 'ニ/㐪'와 사동접미사 '刂' 뒤에 나타남.

ナハ㐪ㄊㄱ矢ㄋ[겨시온디여;겨기시온디여]

【ナ/용언+ハ/선어말어미?+㐪/선어말어미+ㄊ/선어말어미+ㄱ/동명사어미+矢ㄋ[ㄷ/의존명사+이여/조사]; ナ/선어말어미+ハ/선어말어미?+㐪/선어말어미+ㄊ/선어말어미+ㄱ/동명사어미+矢ㄋ[ㄷ/의존명사+이여/조사]】
계신 것(이). § 'ㄋ'는 도치된 주어절에 쓰인 것임.
¶ 彼 一ㄱ 塵ㄹ灬ハ 内ㄋセ 衆ㄱ 多刂ㄱ 刹ㄱ 或ㄉ 有ナㅣ 佛矢 有▸ナハ㐪ㄊㄱ矢ㄋ◂ 或ナㅣ 佛矢 無㐪ㄊㄱ矢ㄋ <화엄15:10 >
【관련】 㐪ㄊㄱ矢ㄋ

ナ㇐[1][견]

【ナ/선어말어미+㇐/동명사어미】

-(으)ㄴ. § 동사의 과제시제임.

¶ 佛㇐ 諸ㇷ 道果乙 得▸ナ㇐◂ 實天衆ㇷナ 告ニㇽ <구인11:20>

【관련】 (得)ナ㇐入⺌, (得)ㇳ㇐入⺌, (得)ノ㇐ (所)

ナ㇐[2]

☞ ナ㇐哉亻

ナ㇐哉亻[견뎌]

【ナ/선어말어미+㇐/동명사어미+亻[ᄃᆞ/의존명사+여/조사]; ナ/선어말어미+㇐亻/종결어미】

('善' 뒤에서) 善하구나.

¶ 爾時ナ 文殊師利菩薩㇐ 智首菩薩乙 告ソㇳ 言ㇸㇽ 善▸ナ㇐{哉}亻◂ 佛子ㆍ 汝㇐ 今ソ㇐ 饒益ノㇽ 所 多ㇱ 安隱ノㇽ 所ㇳ 多ナ㇐入乙⺌ 世間乙 哀愍ソㆆ 天人乙 利樂ソㆆソ{爲欲}入 是 如支ソㅌㅂ 義乙 問ㅊナ㇐丁 <화엄02:10-12>

【관련】 ㇸロ㇐哉亻, ニㇰ㇐亻, リロㅌ㇐亻

ナ㇐入⺌[견ᄃᆞ로]

【ナ/선어말어미+㇐/동명사어미+入/의존명사+⺌/구격조사】

-(으)ㄴ 까닭으로. § 동사의 과거시제임.

¶ 菩薩㇐ {於}中ㇳナ 自在乙 得▸ナ㇐入⺌◂ 老病死ㅂ 衆㇐ 患乙 受トㆆ㇐入乙 示リナㇱ <화엄18:21>

【관련】 ナ㇐入乙⺌, ソ(ㇳ)ナ㇐入⺌

ナ㇐入乙⺌[견ᄃᆞᆯ로]

【ナ/선어말어미+㇐/동명사어미+入/의존명사+乙/중복표기+⺌/구격조사; ナ/선어말어미+㇐/동명사어미+入/의존명사+乙⺌/구격조사】

-(으)ㄴ 까닭으로. § 형용사의 현재시제임.

¶ 善ナ㇐{哉}亻 佛子ㆍ 汝㇐ 今ソ㇐ 饒益ノㇽ 所 多ㇱ 安隱ノㇽ 所ㇳ 多▸ナ㇐入乙⺌◂ 世間乙 哀愍ソㆆ 天人乙 利樂ソㆆソ{爲欲}入 是 如支ソㅌㅂ 義乙 問ㅊナ㇐丁 <화엄 02:10-12>

【관련】 ナ㇐入⺌, ソ(ㇳ)ナ㇐入⺌

ナ丨リ丨[견이다]

【ナ/선어말어미+丨/동명사어미+リ/계사+丨/종결어미】

-는 것이다. § 형용사의 현재시제임.

¶ 是 如支ソ丨 初支セ 生圓滿セ 廣聖教セ 義氵十 此 十種 有ソ丨亠 此乙 除口斤 更氵 餘生圓滿リ 若 過ソ 若 增ソソ丨 無▸ナ丨リ丨◂ <유가04:04-06>

此乙 除口斤 更氵 若 過ソ 若 增ソソ丨 无▸ナ丨リ丨◂ <유가06:12-13>

此乙 除口斤 更氵 若 過ソ 若 增ソソ丨 无▸ナ丨リ丨◂ <유가07:19>

二種 補特伽羅ラ 多分 顯ノ丨 所リ㐅 有▸ナ丨リ丨◂ <유가30:04-05>

【관련】 ソナ丨リ丨, (ソ)ナ丨リ㢱, (如丨)ソナ丨リ罒, リナ丨リ罒

ナ丨リ㢱[견이며]

【ナ/선어말어미+丨/동명사어미+リ/계사+㢱/연결어미】

('無' 뒤에서) -는 것이며. § 형용사의 현재시제임.

¶ 信丨 諸丨 根 淨ソ氵𢀳 明利 令リナ𢀳㢱 信丨 力 堅固ソ氵𢀳 能矢 壞氵亽 無▸ナ丨リ㢱◂ <화엄10:02>

【관련】 ソナ丨リ㢱, (ソ)ナ丨リ丨, (如丨)ソナ丨リ罒, リナ丨リ罒

ナ丨[겨다]

【ナ/선어말어미+丨/종결어미】

('有', '或' 뒤에서) 있다. § 여기서 'ナ丨'의 주어절은 후치되어 나타남.

¶ 時十 或刀 有▸ナ丨◂ 人リ 來ソ氵𢀳 {是}リ 言乙 作ソナ尸丁 <화소10:07-08>

時十 或刀 有▸ナ丨◂ 人リ 而⺍ 來ソ氵𢀳 白氵 言白ナ尸丁 <화소11:18>

或刀 有▸ナ丨◂ 眼 無セ丨リ 或刀 有▸ナ丨◂ 耳 無セ丨リ 或▸ナ丨◂ 鼻 舌 及セ 以氵 手 足ノ亽 無セ丨リ <화소15:18-19>

若セ 有▸ナ丨◂ 菩薩リ 初セ𢀳 發心ソ氵 誓リ㢱 求ソ氵𢀳 當八 佛菩提乙 證ソセイソナ𢀳 <화엄09:04>

或刀 有▸ナ丨◂ 雜染ソ丨矢 或▸ナ丨◂ 清淨ソ丨矢 或刀 有▸ナ丨◂ 廣大ソ丨矢 或 狹小ソ丨矢 <화엄15:11>

謂丨 有▸ナ丨◂ 一 如支ソ丨リ <유가02:07>

諸 有▸ナ丨◂ 正信ソ㐅セ 長者亠 居士亠 婆羅門亠 等ソ丨リ亠 <유가03:14-15>

謂丨 有▸ナ丨◂ 如來尸 諸 弟子衆リ 已氵 善㢱 世間清淨乙 修習ソナ丨亠 <유가20:09-10>

謂丨 若 有▸ナ丨◂ 已氵 三摩地乙 得氵丨亠 而丨 圓滿 未リソ 自在ソ丨入乙 得尸 未リソソナ丨リ亠 <유가27:11- 12>

【관련】 (有)セナ丨, ノ禾ナ丨, ノ𢀳リナ丨, ソナ丨

ナ今ㅣ[겨리여]

【ナ/선어말어미+今[ㄹㆆ/동명사어미+이/의존명사]+ㅣ/조사; ナ/선어말어미+今ㅣ[ㄹㆆ/동명사어미(+이/의존명사)+이여/조사]】

-는 것이다. -는 것이니. § 여기서 'ㅣ'는 종결 또는 절 접속의 기능임.

¶ 云何七ソ1乙 知尸丁ノ今ロ … 我 非矢か 堅固ソ1 非矢か 少七ソ1 法ケカ 得3ホ 成立ソホ{可}七ソ1 無ㅎ1入乙{有} 知▸ナ今ㅣ◂ <화소18:08-15>

【관련】 ソナ今ㅣ, -尸ㅗ, (爲ㅣ)ナ尸ㅣ

【비고】 '-ナ今ㅣ'는 역접의 기능을 하는 예가 많음.

ナ矛罒[겨리라]

【ナ/선어말어미+矛[ㄹㆆ/동명사어미(+이/의존명사)+이/계사]+罒/연결어미】

-는 것이어서.

¶ 當ハ 知ㅎㅣ 卽ㅎ 是1 初靜慮七 近分定乙 得▸ナ矛罒◂ 未至位… 攝ノ尸 所リ1丁 <유가15:03-04>

【관련】 ソナ矛罒, (得)ナ1, (得)ナか

【비고】 '罒'는 연결어미 '3'의 이형태로 계사 'リ' 뒤에 쓰임.

ナ尸入乙[곐딜]

【ナ/선어말어미+尸/동명사어미+入/의존명사+…/구격조사】

('故' 앞에서) -는 까닭으로. -기 때문에.

¶ 又 彼1 是 如ㄡ 法相乙 隨ノ 轉ソ3ホ 數リ 入ソ〃 數リ 出ソ〃ソ3 速疾通慧乙 證得ソ{爲欲}入 定圓滿乙 依3 樂ㅎ 正法乙 聞▸ナ尸入…◂ 故ノ {於}時時七 中3十 慇懃請問ソか <유가15:21-16:01>

【관련】 (爲ハ)ナ尸入…, (ソㄊ尸ㄊ)ソナ尸入…

ナ尸入…[곐ᄃᆞ로]

【ナ/선어말어미+尸/동명사어미+入/의존명사+乙/대격조사】

-는 것을. § '{是}リ乙 名下 … -ㅣノ矛ナㅣ'이 후행하여 명명구문을 이룸.

¶ 語七 境界 不思議リ1入乙 知▸ナ尸入乙◂ 是乙 名下 說法三昧七 力ㅣノ矛ナㅣ <화엄20:15>

亦ソ1 {於}衆生ラ十 而… 厭賤ノ尸入乙 生リ尸 不ソ▸ナ尸入乙◂ {是}リ乙 名下 一切施ㅣノ禾ナㅣ <화소12:18-19>

我1 … 諸1 衆生ラ {爲}三 眞實法乙 說ㅎ禾3七ㅣソ▸ナ尸入乙◂ {是}リ乙 名下 菩薩摩訶薩尸 五ㅎ 第七 多聞藏ㅣノ禾ナㅣ <화소09:01-09:04>

念尸 已氵ソロソ1 {之}リ乙 施ノ尸ム 心ろ十 悔ノ尸 所ろ 無七リソ▸ナ尸入乙◂ {是}リ乙 名下 內施：ノ禾ナ丨 <화소11:04-05>

若七 法リ 有 非矢1リ尸入1 不可ソ丨 捨ソ尸 不冬ソ尸丁ソ▸ナ尸入乙◂ {是}リ乙 名下 未來施：ノ禾ナ丨 <화소14:03-04>

【관련】 ソ尸入乙, -ナ尸入1, ナ尸入灬, (爲八)ナ尸入灬

【비고】 이러한 명명구문에서 <화엄경> 계통에는 '(ソ)ナ尸入乙'이 쓰이고 <유가사지론>에서는 'ソ尸入乙'이 쓰임.

ナか [겨며]

【ナ/선어말어미+か/연결어미】

-(으)며.

¶ {此}リ 菩薩1 過去七 諸1 佛ㅅリ 菩薩尸 {有}斗ㅎㅎ1 所七 功德乙 聞▸ナか◂ <화소13:01-02>

{此}リ 菩薩1 四天王衆天： 三十三天： … 色究竟天：ノ今ラ七子今乙 聞▸ナか◂ 乃ソ氵 至リ 聲聞： 緣覺：ノ禾 功德 具足ノ1入乙 聞▸ナか◂ <화소14:06-15:07>

一切 世間ろ七 衆1 技術乙ノ尸ム 譬入1 幻師 如支ソろホ 現ㅎ尸 不ソ尸丁ノ尸 無▸ナか◂ <화엄19:07>

但八 世間乙 利益ノ今七 事乙 說ソナろ 呪術： 藥草：ソ尸 {等}丨ソ1 衆1 論リ1 是 如ソ1 有1 所乙 皆七 能支 說▸ナか◂ <화엄19:14-15>

上ソ1 非想非非想天ろ十 至▸ナか◂ <구인02:17-18>

卽ㄱ {於}座七 中ろ十 十恒沙七 天王： 十恒沙七 梵王： 十恒沙七 鬼神王： 乃氵 至リ 三趣七子：ノ今 有七ナ1： 無生法忍乙 得▸ナか◂ 八部 阿須輪王1 現ろ十 鬼身乙 轉ソロ 天上ろ十ソろ 道乙 受▸ナか◂ <구인11:15-17>

要ソろ 衆生ろ十 與ソ1 然七ソ1乙灬七 後リ十氵 方七 食ソ▸ナか◂ <화소09:11>

我1 今ソ1 永去 貪愛乙 捨ソ{爲欲}ㅅ {此}ㅐ 一切 必八 離散ソ去今七 物七乙 以ろ八 衆生ラ 願乙 滿ㅅリㅎ禾ろ七丨ソ▸ナか◂ <화소12:16-17>

施乙 好ㅎソ今七 者乙 悉ろ 化ろ十 從七 令リ▸ナか◂ <화엄18:01>

根： 果：ソ尸 {等}丨ソ1乙 食ソトㅎ1入乙 悉ろ 示ソㅎ 行ソㅎソろ {於}彼リ十 常リ 己ラ十 勝ソヒ七 法乙 思ㅅリ▸ナか◂ <화엄20:01>

三生乙ソロ 正位ろ十 入ソ1ヒ刀リㅎ{者} 或ソ1 四生： 五生： 乃氵 至リ 十生：ノ乙ソロ 得ホ 正位ろ十 入ソ1ヒ刀リㅎソ▸ナか◂ <구인11:17-18>

【관련】 ソナか, (ㅅ)リナか, (無リ)ソナか

ナㅎ七丨 [겼다]

【ナ/선어말어미+ㅎ七/선어말어미+丨/종결어미】

-(으)ㄴ다/는다. -(으)ㄹ 수 있다.

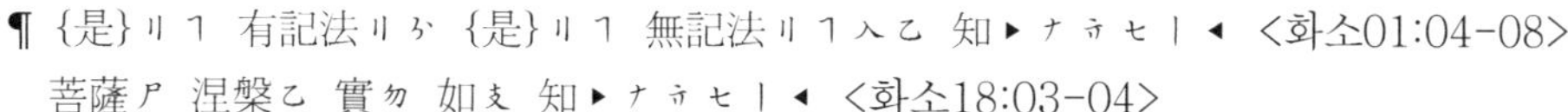

¶ {是}リㄱ 有記法リ㢱 {是}リㄱ 無記法リㄱ入乙 知▸ナ亍七丨◂ <화소01:04-08>
菩薩尸 涅槃乙 實勿 如支 知▸ナ亍七丨◂ <화소18:03-04>
一 文ミ 一ㄱ 句ミノ令ラ七 義理ㄱ 難リシ 盡▸ナ亍七丨◂ <화소25:10-11>
損傷ノ尸 無{有}ソᄒ 痛(惱) 無{有}七ソᄒソトノㄱ入乙 菩薩 悉 見▸ナ亍七丨◂ <금광06:14-15>
頂上ろ七 白蓋ㄱ 量 無ソㄱ 衆寶灬{之} 莊嚴ノㄱ 所ㄱ乙 {以}シホ {於}上亠十 覆ソラ七ノㄱ入乙 菩薩ㄱ 悉ろ 見▸ナ亍七丨◂ <금광06:18-19>
{於}今生七 中ろ十 唯ハ {於}聖處ろ十 信解乙 發生ソろ 淸淨心乙 起▸ナ亍七丨◂ <유가02:15-16>
一ㄱ 三昧七 種七 種七 性ミ 乃ソシ 至リ 不可說不可說七 三昧七 種七種七 性ミノ令乙 念ソ▸ナ亍七丨◂ <화소21:06-07>
一切 世間ろ七 諸ㄱ 天ミ 魔ミ 梵ミ 沙門ミ 婆羅門ミ 乾闥婆ミ 阿修羅ミソ尸 {等}丨ソㄱリミ 及七 以ろ 一切 聲門ミ 緣覺ミノ令ラ 動尸 不能リ矢ノ尸 所リ去▸ナ亍七丨◂ <화엄08:17-18>
五障乙 解脫ソ㢱 初地乙 念ノ尸入乙 忘尸 不冬ソ㢱ソ▸ナ亍七丨◂ <금광09:10>
思所成七 若 智人 若 見人乙 得ホ 淸淨 不ハソ{令}リ▸ナ亍七丨◂ <유가12:01>
【관련】 ソナ亍七丨, (亽)リナ亍七丨, (リ)去ナ亍七丨

ナ 亓 下 [겨시하]

【ナ/용언+亓/선어말어미+下/연결어미】

계시어.

¶ 過去ろ十 幾七ケ七 如來 {有}▸ナ亓下◂ 般涅槃ソ亓㢱 幾七ケ七 聲聞 辟支佛リ 般涅槃ソ㢱 <화소07:16-17>
現在ろ十ㄱ 幾七ケ七 佛心 {有}▸ナ亓下◂ 住ソ亓㢱 幾七ケ七 聲聞 辟支佛リ 住ソ㢱 幾七ケ七 衆生リ 住ソㄱリろ七ロノ尸人 <화소07:18-19>
【관련】 (有)ナハ二下, 一二下, (有)ナハ二㢱, 一亓下ハ
【선후】 (15)겨샤
【비고】 '下'는 연결어미 'ろ'의 이형태로 선어말어미 '二/亓'와 사동접미사 'リ' 뒤에 나타남.

ナ ろ [겨아]

【ナ/선어말어미+ろ/연결어미】

-어.

¶ 卽ㄋ 百億種色七 花乙 散ソロハ二ㄱ 變ソろホ 百億寶帳リ 成▸ナろ◂ 諸ㄱ 大衆乙 蓋ソロヒ丨 <구인03:20-21>
亦ソㄱ 心ろ十 一ㄱ 念七 悔惜ノ尸ケカ 生リ尸 不ソ▸ナろ◂ 但ハ 自ラ灬 身ラ 初七ᄒ

入胎ㅅ ㄱ ㄹ 從ㄷ 不淨ㅅ ㅌ ㄷ 微形ㅣ 罒 胞段ㄷ 諸ㄱ 根ㅣ 生老病死ㅅ ㅏ ㅎ ㄱ ㅅ ㄹ 胞段ㄷ 諸ㄱ 根ㅣ 生老病死ㅅ ㅏ ㅎ ㄱ ㅅ ㄹ 觀ㅅ ナ ㅅ <화소16:03-06>

迦陵頻伽ㅋ 美妙ㅅ ㅌ ㄷ 音ㅊ 俱枳羅 {等}ㅣ ㅅ ㄱ ㅋ 妙音聲ㅊ 種種ㄷ 梵音ㅊ ノ 今 ㄹ 皆ㄷ 具足ㅅ ▸ ナ ろ ◂ 其 心樂ㄹ 隨ㅎ {爲}ㅊ ㅎ 說法ㅅ ナ ㅅ <화엄18:06-07>

諦聽 諦聽ㅅ 善ㅅ 之ㄹ 思ㅅ ㅎ 念ㅅ ㅎ ㅅ ㅅ 法ㄹ 如ㅎ 修行ㅅ ▸ ナ ろ ◂ 七佛ㄷ 偈ㅣ 是 {如}ㅣ ㅅ ナ ㅣ <구인14:22-23>

【관련】 (度ㅣ)ナ ろ, (無ㅣ)ㅅ ナ ろ

ㅁ[1][고]

【ㅁ/부사화소?】

('專' 뒤에서) 오로지.

¶ 若ㄷ 美ㅅ ㅌ ㄷ 味ㄹ 得ろ ㅁ 專▸ ㅁ ◂ 自ㅋ ㅡ 受ㄕ 不ㅅ ろ ㅅ 要ㅎ 衆生ろ ㅏ 與ㅅ ㄱ 然ㄷ ㅅ ㄱ ㄹ ㅡ ㄷ 後ㅣ ㅏ ㅊ 方ㄷ 食ㅅ ナ ㅅ <화소09:10-11>

【관련】 (專)ㅎ

ㅁ[2][고]

【ㅁ/의문조사】

-ㄴ가. § 의문사가 있는 설명의문문에 쓰임.

¶ 何ㅎ {等}ㅣ ㅅ ㄱ 法ㅣ 壞ㅅ ㅎ{可}ㄷ ㅅ ㄱ 不矢ㅣ ノ 今 ▸ ㅁ ◂ <화소18:20>

云何ㄷ ㅅ ㄱ ㄹ 知ㄕ ㄒ ノ 今 ▸ ㅁ ◂ <화소18:08-09>

佛子ろ 云何ㄷ ㅅ ㄱ ㄹ 用心ㅅ ㄱ ㅣ ㅏ 能ㅊ 一切 勝妙 功德ㄹ 獲ㄕ ㄒ ノ 今 ▸ ㅁ ◂ ㅅ ㅋ ㄕ ㅅ ㄱ <화엄02:17-18>

【관련】 (ㄷ ㅅ ㅁ ㅌ)ろ

【선후】 (향가)古, (15)-고

ㅁ[3][고]

【ㅁ/연결어미】

-고(서). § 동사에 붙어 계기성의 의미로 쓰인 예만 나타남.

¶ 若ㄷ 已ㅋ 今 ㄹ 輟{捨}▸ ㅁ ◂ 人ㅎ ㅋ ㅏ 施ㅅ ㄱ ㅣ ㅏ ㄱ 則ㅊ 窮苦ㅅ ろ ホ 天命ノ 禾 ㅌ ㄱ ㄹ <화소10:06-07>

菩薩ㄱ {之}ㅣ ㄹ 聞▸ ㅁ ◂ 卽ㅊ 便ㅣ 施與ノ ㄕ ㅿ <화소16: 02>

{此}ㅣ 菩薩ㄱ 癡惑ㄹ 捨離ㅅ ▸ ㅁ ◂ 具足念ㄹ 得ろ ホ <화소20:06-07>

爾時ㅏ 文殊師利菩薩ㄱ 無濁亂淸淨行ㄷ 大功德ㄹ 說ㄕ 已ㅊ ㅅ ▸ ㅁ ◂ 菩提心ㄷ 功德ㄹ 顯示ㅅ {欲}ㅅ ㅅ ニ ㄕ ㅅ ㅡ 故ㅊ 偈ㄹ 以ろ 賢首菩薩ㄕ ㅏ 問ろ 曰ニ ㄕ <화엄08:20-22>

又 彼ㄱ 是 如ㅊ 欲樂ㄹ 發生ㅅ ㅎ 勤精進ㄹ 發ㅅ ㅎ 遠離ㄹ 樂ㅎ ㅅ ㄕ 已ㅊ ㅅ ▸ ㅁ ◂ 喜

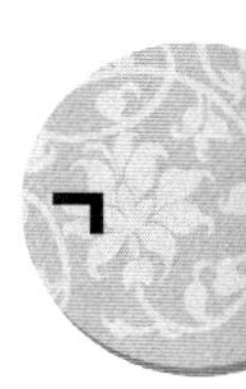

足乙 生尸 不冬ノ尸ㅿ <유가29:09- 10>
三生乙ソ▸ロ◂ 正位氵十 入ソ1ヒカリ彡{者} <구인11:17- 18>
三十生乙 盡氵▸ロ◂ 等氵 大覺ソニㄱ 大寂無爲リ1 金剛藏乙ソニㄱ 一切 報乙 盡氵▸ロ◂ 無極ソ1ヒ七 悲乙ソニㄱ 第一義諦氵十 常リ 安隱ソニ下 <구인11:03-04>

【관련】 -ロハ

【선후】 (향가)古, (이두)遣, (15)-고

ロㅊ1 [고견]

【ロ/선어말어미+ㅊ/선어말어미+1/동명사어미】

-(으)니. -어서. § 여기서 '1'은 절 접속의 기능임.

¶ 一切 衆生1 {於}生死七 中氵十ソ氵 多聞ノ1 無▸ロㅊ1◂{有} {此}リ 一切法乙 了知尸 不(ノ)能リ矢ソト1リ罒 <화소08:20-09:01>
彼ㄗ{之} 功德1 邊際 無▸ロㅊ1◂ 稱量ソ氵丆ㄱ{可}七ソ1 不矢ㄱ 與七ソ氵ホ 等氵ソ氵仒 無七ㅊ丨 <화엄09:05>
{此}リ 菩薩1 稟性ノ1 仁慈リ罒 好丆 惠施乙 行ソ▸ロㅊ1◂ 若七 美ソヒ七 味乙 得氵乃 專ロ 自ㄗ灬 受尸 不ソ氵ハ 要ち 衆生氵十 與ソ1 然七ソ1乙灬七 後リ十氵 方七 食ソㅊㄱ <화소09:10-11>
信1 道氵七 元矢支リㄱ 功德七 母リ尸{爲}入乙ソ▸ロㅊ1◂ 一切 諸1 善法乙 長養ソ彡 疑網乙 斷除ソ氵ホ 愛流乙 出ソ彡ソㅊ禾罒 涅槃氵 無上道氵ノ仒乙 開ソ彡 示ソ彡ソㅊ禾ㄱ <화엄09:20-22>

【관련】 (ソ)白ロㅊ1

【비고】 'ロ1'을 연결어미로 보아 'ロㅊ1'을 불연속형태의 구성으로 보는 견해도 있음.

ロハ [곡]

【ロ/연결어미+ハ/첨사】

-고서. § 동사에 붙어 계기성의 의미로 쓰인 예만 나타남.

¶{此}リ 菩薩1 未來七 諸1 佛𠆢 {之} 修行ソ亦丆尸 所乙 聞▸ロハ◂ 有 非矢1入乙 了達ソㄱ <화소13:12-13>
事乙 訖▸ロハ◂ 水氵十 就去1丨十1 當 願 衆生 出世七 法七 中氵十 速疾ち 而灬 往ソヒ立 <화엄04:13>
瓔珞乙 著ソ去1 時亠十1 當 願 衆生 諸1 僞飾乙 捨ソ▸ロハ◂ 眞實處氵十 到ヒ立 <화엄03:01>
若七 大柱乙 見氵1丨十1 當 願 衆生 我諍七 心乙 離支▸ロハ◂ 有忿恨ノ尸 無ヒ立 <화엄05:06>
慚恥ノ尸 無1乙 見 當 願 衆生 慚恥ノ尸入乙 捨離ソ▸ロハ◂ 大悲七 道氵十 住ソヒ立 <화엄07:13>

信丨 {於}境界⺀十 所著ノ尸 無刂丷ナ矛⺀ 諸丨 難乙 遠離丷▸口八◂ 無難乙 得刂ナ矛⺀ <화엄10:04>

謂丨 即⺀ 大師刂 善⺀ 爲⺀ 俗正法乙 開示尸 已氵丷▸口八◂ 諸丨 弟子衆刂 此 正法乙 依⺀ <유가03:06-07>

【관련】 丷口八丨, (離)支口八

【선후】 (15)-곡

口八丨[곡은;고근]

【口/연결어미+八/첨사+丨/보조사】

-고서는. -면.

¶ 若七 世界刂 始⺀ 成立丷去丨⺀ 衆生丨 資身七 具乙 {有}斗尸 未刂ノ丨入乙 見▸口八丨◂ 是⺀七丷丨 時十 菩薩丨 工匠刂尸{爲}入乙丷⺀ 之⺀ {爲}氵⺀ 種種七 業乙 示現ノ尸厶 <화엄19:12-13>

【관련】 (已)氵丷口八丨, (丷乃)丷口八丨, 口斤, (訖⺀)口八斤

口八二丨[곡신;고기신]

【口/선어말어미+八/선어말어미?+二/선어말어미+丨/동명사어미】

-(으)시니. § 여기서 '丨'은 절 접속의 기능임.

¶ 人中⺀七 師子丨 衆⺀ {爲}氵⺀ 說▸口八二丨◂ 大衆丨 歡喜丷⺀ 金花乙 散丷白口七乙⺀ 百億萬土丨 六大動丷口七乙⺀ <구인11:11-12>

天尊丨 快⺀ 十四王⺀⺀乙 說▸口八二丨◂ {是}刂 故⺀ 我丨 今丷丨 略⺀ 佛乙 歎丷白口卜⺀丨丷七八二丨 <구인11:13>

佛丨 … 方(七?) 蓮花師子座上⺀十 坐丷白⺀丨厶 金剛山王 {如}丨丷▸口八二丨◂ 大衆丨 歡喜丷⺀ 各⺀各⺀⺀ 量 無七丨 神通乙 現⺀七八二丨⺀ 地⺀ 及八 虛空⺀ノ⺀十 大衆刂 而⺀ 住丷七八二丨 <구인03:13-15>

時十 波斯匿王丨 … 即⺀ 百億種色七 花乙 散丷▸口八二丨◂ 變丷⺀⺀ 百億寶帳刂 成ナ⺀ 諸丨 大衆乙 蓋丷口七丨 <구인03:20-21>

【관련】 (丷⺀丷ナ⺀)丷口八二丨, 丷刂白口八二丨, 白ノ矛口八二丨

口八示立[곡시셔;고기시셔]

【口/선어말어미+八/선어말어미?+示/선어말어미+立/종결어미】

-(으)십시오. -(으)소서. § 願望을 나타내는 종결형태임.

¶ 大王下 當八 知▸口八示立◂ <화소10:17-18>

惟八 願口尸入丨 仁慈丷示尸入⺀ 特⺀ 矜念ノ尸入乙 垂刂示下八 {此}刂 王位乙 捨丷⺀⺀ 以⺀ {於}我⺀十 贍刂▸口八示立◂ <화소11:09-10>

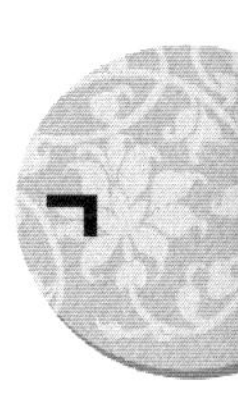

仁刀 亦ソ1 當八 {於}{此}リ 會七 中⺀七ソ⺀八 修行ソ而ホ1ヒ七 勝功德乙 演暢ソ▸ㅁ八而立◂ <화엄08:24>

汝1 今ソ1 {有}ナㅅ1 所乙 悉⺀ 當八 我ラ十 與ソ▸ㅁ八而立◂ソ去1丨十 <화소10:08>

願ㅁ尸入1 普リ 慈乙 垂リ而下八 得⺀ホ 滿足 令リ▸ㅁ八而立◂ソ⺀ <화소12:12>

【관련】 (ソ)ㅁ八而立(ソ去1丨十), (リ尸爲入乙)ソㅁ八而立(ソ去1丨十), (令リ)ㅁ八而立(ソ⺀)

【선후】 (15)-쇼셔

ㅁヒ1⺀[고는여]

【ㅁ/선어말어미+ヒ/선어말어미+1/동명사어미+⺀/조사】

-는다. -는구나. -는 것이다. -는 것이구나.

¶ 百億萬土1 六大動ソㅁヒ乙ホ 生乙 含ソ1ヒ七{之} 生1 妙報乙 受▸ㅁヒ1⺀◂ <구인11:12>

【관련】 白⺀ㅁク1⺀(ソ1乃), リㅁヒ1ㅋ, ソ二ト1⺀, 一ナ1⺀, (ソ)ヒ尸一

ㅁヒ矛ホ[고느리며]

【ㅁ/선어말어미+ヒ/선어말어미+矛[ㄹㅎ/동명사어미(+이/의존명사)+이/계사]+ホ/연결어미】

-(으)ㄹ 것이며. § <화엄경>에서 조건절 '-ヒ尸入1'의 후행절에 주로 쓰임.

¶ 或刀 有ナ丨 國土リ 法乙 知尸 不ソナ尸矢⺀ {於}彼リ十1 {爲}⺀ホ 妙法藏乙 說▸ㅁヒ矛ホ◂ <화엄14:16>

月光影 如支ソ⺀ホ 周七ソ尸 不ソ尸丁ノ尸 靡七⺀ 量リ 無1 方便乙灬 羣生乙 化ソ▸ㅁヒ矛ホ◂ <화엄14:18>

【관련】 (ソ)ㅁヒ乙ホ, (ソ)ヒ矛ホ, (ソ)ㅁヒホ

【비고】 'ソㅁヒホ'는 'ソㅁヒ乙ホ'의 이표기로 볼 가능성도 있고 'ソㅁヒ矛ホ'의 '矛'가 빠진 것으로 볼 가능성도 있음.

ㅁ斤[고근]

【ㅁ/연결어미+斤[ㄱ/첨사+은/보조사]】

('除' 뒤에서) 제외하고는. 제외하면.

¶ 是 如支ソ1 初支七 生圓滿七 廣聖教七 義⺀十 此 十種 有ソ1一 此乙 除▸ㅁ斤◂ 更⺀ 餘 生圓滿リ 若 過ソ⺀ 若 增ソ⺀ソ1 無ナ1リ丨 <유가04:04-06>

是 如支ソ1乙 名下 {爲} 涅槃乙 首 {爲}⺀1ラ十 有七1 所七 廣義一ノ尸一 此乙 除▸ㅁ斤◂ 更⺀ 若 過ソ⺀ 若 增ソ⺀ソ1 无ナ1リ丨 <유가06:12-13>

【관련】 ロハㄱ, (訖ㅎ)ロハ斤

ロㄱ[곤]

【ロ/선어말어미+ㄱ/동명사어미】

① ('說' 뒤에서) 말하자면.

¶ 當ハ 知ㅎ丨 廣リ 說▸ロㄱ◂ 十六種 有七ㄱ亠 亦 菩薩地七 中ㄋ十 當ハ 說白ノ尸 如支ソㄱリㄱ丁 <유가04:13-14>

當ハ 知ㅎ丨 略丂 說▸ロㄱ◂ {於}三位七 中ㄋ十 十種七 瑜伽乙 修習ソㄋ 對治ノ尸 所七 法 有ソㄱリㄱ丁 <유가08:01-02>

當ハ 知ㅎ丨 摠丂 說▸ロㄱ◂ 一門ㄋ十ㄱ 十二リケ 一門ㄋ十ㄱ 十四リㄱリㄱ丁 <유가10:12-13>

② ('略' 뒤에서) 간략하게 말하면.

¶ 是 如支ソㄱ 聖法ㄋ十 略▸ロㄱ◂ 二種 有七丨 <유가03:22>

當ハ 知ㅎ丨 略▸ロㄱ◂ 四種 所治 有ソㄱリㄱ丁 <유가09:11 -12>

又 此 二十種七 所對治法ㄱ 略▸ロㄱ◂ 四相乙 由ㄋ {於}生起ノ尸 所七 三摩地七 中ㄋ十 堪能丂 障乙 爲一リナㅎ七丨 <유가14:17-19>

多諸定樂ㄋ十 知ノㅎ{應}七丨 略▸ロㄱ◂ 六種 有ソㄱリㄱ丁 <유가27:11>

【관련】 (略丂 說)ロㄱ

③ ('摠' 뒤에서) 통틀어 말하면.

¶ 又 此 二障ㄋ十 當ハ 知ㅎ丨 摠▸ロㄱ◂ 二種 因緣リ 能ケ 遠離リ尸{爲}入乙ソ令 有ソㄱリㄱ丁 <유가27:09-10>

【관련】 (摠丂 說)ロㄱ

ロ令[고리]

【ロ/선어말어미+令[ㄹ이/동명사어미+이/의존명사(+이/주격조사)]】

① -(으)ㄴ 이(가). § 형용사의 현재시제임. 능력 부정에 쓰임.

¶ 若 身 充徧 虛空 如 安住 不動 十方 滿ソヒ尸入ㄱ 則 彼ラ 所行ㄱ 與七ソㄋホ 等▸ロ令◂ 無ㄋ 諸ㄱ 天ミ 世人ミノオ 能矢 知ノ令 莫去ナㅎ七丨 <화엄14:07-08>

② -는 이(가). § 동사의 현재시제임. 능력 부정에 쓰임.

¶ 量 無ㄱ 智慧七 光明ㄋ十 三昧リ 傾動ノㅎ七{可}ソㄱ 不矢ヒ入 能矢 摧伏ソ▸ロ令◂ 無ㄱ 聞持陁羅尼入リ {爲}ミノ 本リ入乙 作ソ去ㄱ入灬 故ノ <금광07:02-03>

【관련】 (等)ㄋソㄋ令, ㄋ令

ロ尸入ㄱ[곪든]

【ロ/선어말어미+尸/동명사어미+入/의존명사+ㄱ/보조사】

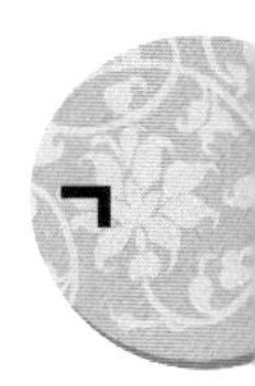

('願' 뒤에서) 원하기는. 원컨대.

¶ 願▸ロア入ㄱ◂ 衆生乙 普刂 充飽ノア入乙 得刂{令}刂ㅎ禾ろセㅣソナろ <화소09:15-16>

唯ハ 願▸ロア入ㄱ◂ 大王刂ㅠㄱ入ㄱ 更ろ 籌量ソろハ 顧惜ノア 所乙 {有}ㅓア 莫セㅠ 下ハ <화소10:20-11:01>

惟ハ 願▸ロア入ㄱ◂ 仁慈灬 善方便乙 以ろハ 已ㅋ {有}ㅓㅠㅎㄱ 所乙 捨ソろホ 我ㄡ乙 具足 令刂ロハㅠ立ソ去ㄱㅣ十 <화소15:20-16:01>

佛子ろ 菩薩刂 在家ソㄱㅣ十ㄱ 當ハ 願▸ロア入ㄱ◂ 衆生ㄱ 家性ㅋ 空ノㄱ入乙 知ろホ 其 逼迫乙 免支ヒ立ソ又ネ𠃋 <화엄02:18-19>

【관련】(願)入ㄱ, (刂ㅣ)ソロア入ㄱ

【비고】'ア入ㄱ'을 연결어미로 보는 견해도 있음.

人^{1}[과]

【人/접속조사】

-와/과.

¶ 何等 {爲} 世間セ 法氵ノ令ロ 謂ノㄱ 所ㄱ 色▸人◂ 受▸人◂ 想▸人◂ 行▸人◂ 識▸人◂刂ナㅣ <화소02:09>

何等 {爲} 無記法氵ノ令ロ 謂ノㄱㄱ 世間ㄱ 有邊刂ㅣ … 世間ㄱ 非有邊非無邊刂ㅣノア▸人◂ 世間ㄱ 有常刂ㅣ … 世間ㄱ 非有常非無常刂ㅣノア▸人◂ <화소05:11-06:16>

則 增上▸人◂ 最勝心▸人◂令乙 得ヒネ𠃋 <화엄11:08>

菩薩刂 四生乙 化ノア厶 色氵 如氵ノ令▸人◂ 受想行識氵 如氵ノ令▸人◂ 衆生我人常樂我淨氵 如氵ノ令▸人◂ 知見壽者氵 如氵ノ令▸人◂ 菩薩氵 如氵ノ令▸人◂ 六度四攝一(切行如 二諦如) 觀ソ 不冬ノネ刂ナㅣ <구인03:23-25>

有▸人◂ 無▸人◂ㄱ 本灬ハ 自ㅋ 二刂ㄱ矢 譬入ㄱ 牛ㅋ 二 角 {若}ㅣソ𠃋 <구인15:03>

無礙▸人◂ 解脫▸人◂セ 智乙 滿足ソア矢 是 波羅蜜義刂𠃋 <금광05:13>

謂ㄱ 無學ㅋ 正見▸人◂ 廣刂 說ア 乃氵 至刂 無學ㅋ 正智▸人◂刂ㅣ <유가04:01-02>

{於}餘 親屬▸人◂ 及 諸 財寶▸人◂ろ十ㄱ 受用 相應ソㄱ 愛 {有}ㅓ𠃋ソア入乙 <유가08:06-07>

厭患 極厭患乙ソㄱ 如支 怖畏 極怖畏人 遮止 極遮止▸人◂刀 當ハ 知ㅎㅣ 亦 尒ソㄱ刂ㄱ丁 <유가22:17-18>

又自ㅋ 增上生事▸人◂ 及セ 決定勝事▸人◂乙 依ろノア厶 <유가28:13-14>

【관련】 人ㄱ, 人刀, 人乙, 人セ, 人ろ十, 人ろ十ㄱ, 人刂, 人刂(ナ)ㅣ, 人刂二氵

【선후】(이두)果, (음독)人/果/木/曰,戈,卜/臥, (15)-과/와

人^{2}[과]

【人/연결어미】

-고자.

¶ 願ロアㅅㄱ 衆生乙 普刂 充飽ノアㅅ乙 得刂{令}刂ㅎ禾㇀七丨ソナ㇀ 彼ㇰ十 施ソ{爲}▸ㅅ◂ソアㅅ⺍ 故攴氵 而⺍ 自ㇰ⺍ {之}刂乙 食ソナ𠆢氵 其 味㇀十 貪ア 不ソナ⺈ <화소09:15-16>

我ㄱ {於}長夜㇀十ソ㇀ 其 身乙 愛著ソ㇀ホ 充飽 令刂{欲}▸ㅅ◂ 而⺍ 飮食乙 受ㄲ㇀ㅎㄱ刂罒 今ソㄱ {此}刂 食乙 以㇀ 衆生ㇰ十 惠施ソロハ 願ロアㅅㄱ 我ㄱ {於}身㇀十 永𠫓 貪著乙 斷ノ禾㇀七丨ソナアㅅ乙 {是}刂乙 名下 分減施氵ノ禾ナ丨 <화소09:17-20>

汝ㄱ 今ソㄱ 饒益ノア 所 多⺈ 安隱ノア 所㇀ 多ナㄱㅅ乙⺍ 世間乙 哀愍ソ㇁ 天人乙 利樂ソ㇁ソ{爲欲}▸ㅅ◂ 是 如攴ソ𠃌七 義乙 問𠫓ナㄱ丁 <화엄02:10-12>

四者 一切 衆生乙 利益ソ㇀ホ 成就ㅅ刂{爲欲}▸ㅅ◂ 大慈⺍ 攝受ソ⺈ <금광03:14-15>

他乙 引ソ㇀ {於}己ㇰ乙 信ソ{令}刂{爲}▸ㅅ◂ソア 不冬ソ㇁ <유가04:18>

【관련】 -ロロ七-, -彳

【선후】 (15)-고져

ㅅ雖ㅏ[과두]

【ㅅㅏ/연결어미】

-어도. -더라도. §'ㅅㅏ'는 양보의 연결어미로 주로 '然ソ㇇', '而ㄱ'가 후행함.

¶ 謂ㄱ 佛世尊ㄱ 般涅槃ソニㅎ七▸ㅅ{雖}ㅏ◂ 而ㄱ 俗正法刂 猶刂 住ソ㇀ホ 未滅ソ㇁ 勝義正法刂 未隱未斷ソ㇁ソア矢丨 <유가03:11-13>

諸 有學ㄱ 聖法 {有}ㅏナ▸ㅅ{雖}ㅏ◂ 而ㄱ 相續七 中㇀十 非聖煩惱ㇰ{之} 隨逐ノㄱ 所刂 現㇀ 得ノㅎ{可}七ソㄱㅅ乙 由氵ㄱㅅ⺍{故}亠 <유가04:02-04>

二 伴ㄱ 有德ソ▸ㅅ{雖}ㅏ◂ 然ソ㇇ 能⺈ 修定方便乙 宣說ソ𠆢七 師刂 過失 {有}ㅏノアム 謂ㄱ 顚倒㇉ 修定方便乙 說ソア矢⺈ <유가13:09-10>

復次 已氵 根本三摩地乙 證得ソ㇀ㄱㅅ⺍ 故ノ 名下 三摩地圓滿亠ノ矛▸ㅅ{雖}ㅏ◂ 其心刂 猶刂 三摩地⺍ 生ソㄱ 愛味ㅅ 慢ㅅ 見ㅅ 疑ㅅ 无明ㅅ 等ソㄱ 諸 隨煩惱ㇰ{之} 染汚ノア 所乙 爲ハナアㅅ⺍ 名下 圓滿ソ㇀ホ 淸淨鮮白ソ𠫓ㄱ丁ノ𠆢 未矢罒 <유가16:09-12>

若 世間七 心ㄱ 復ハ 已斷ソㅎ七▸ㅅ{雖}ㅏ◂ 猶刂 得ホ 現行ソア亠 彼ㄱ {於}後七 時亠十 任運㇉ 而⺍ 滅ソ㇁ソナ矛⺈ <유가31:14-15>

ㅅㄱ[관;과는]

【ㅅ/접속조사+ㄱ/보조사】

-은/는.

¶ 有ㅅ 無▸ㅅㄱ◂ 本⺍ハ 自ㇰ 二刂ㄱ矢 譬ㅅㄱ 牛ㇰ 二 角 {若}丨ソ⺈ <구인15:03>

【선후】 (15)-과는/와는

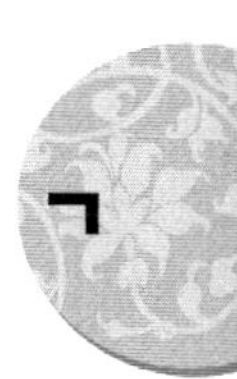

ㅅ ㄲ[과도]

【ㅅ/접속조사+ㄲ/보조사】

-도.

¶ 厭患 極厭患乙ㅅㄱ 如支 怖畏 極怖畏ㅅ 遮止 極遮止▸ㅅㄲ◂ 當ハ 知ㅎㅣ 亦 尒ㅅㄱㅣ ㄱ丁 <유가22:17-18>

【선후】(15)-과도/와도

ㅅ 令 乙[과(호)릴]

【ㅅ/접속조사(+ノ[ㅎ/용언+오/선어말어미])+令[ㄹㅎ/동명사어미+이/의존명사]+乙/대격조사】

-을/를.

¶若 信樂乙 得3ホ 心ㅎ 清淨ㅅㅌㄕ入ㄱ 則 增上ㅅ 最勝心▸ㅅ令乙◂ 得ㅌ ㅊㅅ 若 增上ㅅ 最勝心▸ㅅ令乙◂ 得ㅌㄕ入ㄱ 則 常ㅣ 波羅蜜乙 修習ㅅㅌ ㅊㅅ <화엄11:08-09>

【관련】 ㅅノㄕ

【비고】 'ㅅ令乙'는 'ㅅノ令乙'의 잘못으로 보임.

ㅅ 令 ㅣ 令 ㅌ

☞ ハ 令 ㅣ 令 ㅌ

ㅅ 乙[과를]

【ㅅ/접속조사+乙/대격조사】

-을/를.

¶ 謂ㄱ 有餘依涅槃界ㅅ 及ㅌ 無餘依涅槃界▸ㅅ乙◂ 依止ㅅㄱㅣㅣ <유가04:20-21>

又 次第乙 隨ノ 已氵 三支ㅣㄱ 謂ㄱ 聞正法圓滿ㅅ 涅槃爲上首ㅅ 能熟解脫慧ㅌ{之} 成熟▸ㅅ乙◂ 說ㅅノㄱ亠 <유가07:16- 18>

謂ㄱ 聞正法圓滿ㅅ 涅槃爲上首ㅅ 能熟解脫慧ㅌ 成熟▸ㅅ乙◂ 依ㅅㄱ入灬{故}ㅣ <유가07:21-23>

思所成ㅌ 若 智ㅅ 若 見▸ㅅ乙◂ 得ホ 清淨 不ハㅅ{令}ㅣㅊㅎㅌㅣ <유가12:01>

當ハ 知ㅎㅣ 亦 思修所成ㅌ 若 知ㅅ 若 見▸ㅅ乙◂ 清淨ㅎ 而灬 轉ㅅ{令}ㅣㅊㅣㄱ丁 <유가12:17-18>

云何ㅅㄱ乙 極清淨道ㅅ 及ㅌ 果功德▸ㅅ乙◂ 證得ㅅㄕ矢ㅣノ令ㅁ <유가30:02>

謂ㄱ 所ㄱ 戒蘊ㅅ 定蘊ㅅ 慧蘊ㅅ 解脫蘊ㅅ 解脫知見蘊▸ㅅ乙◂ 名下 極清淨道亠ノㅊㅣ <유가30:11-13>

若 極淨道ㅅ 若 彼 功德ㅅㅌ 是 如支ㅅㄱ 一切乙 摠略ㅅ3ホ 說ㄕ 名下 極清淨道ㅅ 及

果功德▸ㅅ乙◂ 證得ㅅ尸丁ノ𥝠丨 <유가31:07-09>
【선후】 (이두)果乙, (15)-과를/와를

ㅅ七[곽]

【ㅅ/접속조사+七/속격조사】
-의.
¶ 等ㅅ 慧ㅅ 灌頂▸ㅅ七◂ 三品士ㄱ 前ラ 餘ㅅㄱ 習リㄱ 無明緣ㆍ 無明習相リㄱ 故七ノㄱ ㅌ七 煩惱ㆍノ乙 除ㅅ二ㅏク ㄱ入ㄱ <구인11:01-02>
十住菩薩ㅅ 諸二ㄱ 佛▸ㅅ七◂ 五眼ㄉ 幻諦乙 {如}ㅌ 而ㅡ 見二ㅏㄱリナ丨 <구인14:13>
諸ㄱ 法ㄱ 因緣ㅡ 有ㅅㄗㅅㅁㄱ 有ㅅ 無▸ㅅ七◂ 義リ {是}リ {如}丨ㅅナ丨 <구인15:02>
無礙ㅅ 解脫▸ㅅ七◂ 智乙 滿足ㅅ尸矢 是 波羅蜜義リㄗ <금광05:13>
又 能ㄗ 無間ㅅ 殷重▸ㅅ七◂ 二修方便乙 趣入ㅅㄗ <유가05:07-08>
十一 此 失ㄱ 無七ㅅ{雖}ㅗ 然ㅅㄋ 慢ㅅ 恚▸ㅅ七◂ 過ㅡ 故ノ 教誨乙 領受 能 不ハノ 今七 過失 {有}ㅗㄗ <유가13:22- 23>
是 如支ㅅㄱ 二十種 法乙 是乙 奢摩他ㅅ 毘鉢舍那▸ㅅ七◂ 品ㅡ 心一境性乙 證得ノ尸ラ七{之} 所對治ㅗノ𥝠丨 <유가14:16 -17>
無間ㅅ 殷重▸ㅅ七◂ 方便ㅡ 修ㅅㄱ入ㅡ 故ノ 隨順ㄎ 而ㅡ 轉ㅅㄗ <유가15:20-21>
又 復 晝夜ㄋ十 {於}退分ㅅ 勝分▸ㅅ七◂ 二法ㄋ十 知斷修習ㅅㄗ <유가17:21-22>
又 愛ㅅ 慢ㅅ 見ㅅ 无明ㅅ 疑惑▸ㅅ七◂ 種種 定七 中ㄋ十ㅅㄱ 諸 隨煩惱乙 復ハ 現行ㅅ尸 不冬ㅅㄋ ホ 善ㄗ 念住乙 守ㅅㄗ <유가19:06-07>
又 {於}淸淨 證得ㅅ 及七 雜染 斷滅▸ㅅ七◂ 中ㄋ十 嬾惰懈怠 {有}ㅗㄱ入ㅡ 故ノ 心 便ㄎ 遮止ㅅㄗ <유가22:13-15>
【선후】 (15)-곽/왁

ㅅㄋ十[과아긔]

【ㅅ/접속조사+ㄋ十/처격조사】
-에.
¶ 五 世間道乙 由ㄋ 乃ㆍ 有頂七 若 定ㅅ 若 生▸ㅅㄋ十◂ 至リㅅㄎ七ㅅ{雖}ㅗ 而ㄱ {於}初後際 無ㄎ 生死流轉ノ今十 邊際乙 作 未ハㅅㄗㅅ尸矢丨 <유가21:20-22>
謂ㄱ {於}三位リㄱ 樂位ㅅ 苦位ㅅ 不苦不樂位▸ㅅㄋ十◂ 諸 煩惱ラ{之} 隨眠ノ尸 所乙 爲ハノ尸ム 多分 顯ノㄱ 所リㅌ 有ナㄱリ丨 <유가30:02-05>
【관련】 ㅅㄋ十ㄱ
【선후】 (15)-과애/와애

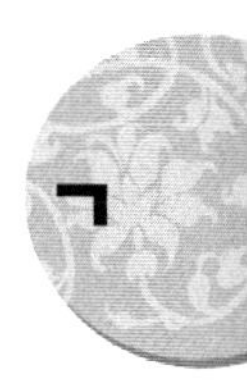

㕛 𠄌 十 㔾 [과아긘]

【㕛/접속조사+𠄌十/처격조사+㔾/보조사】

-에는.

¶ {於}餘 親屬㕛 及 諸 財寶▸㕛𠄌十㔾◂ 受用 相應丷㔾 愛 {有}斗㫆丷尸入乙 是 如支丷㔾乙 名下 在家位𠄌十 {爲}處丷㔾 所對治法亠丿尸亠 <유가08:06-08>

【관련】 㕛𠄌十

㕛 刂 [과이]

【㕛/접속조사+刂/주격조사】

-이/가.

¶ 量 無㔾 智慧七 光明𠄌十 三昧刂 傾動丿㐃七{可}丷㔾 不矢匕㕛 能矢 摧伏丷口令 無㔾 聞持陁羅尼▸㕛刂◂ {爲}氵丿 本刂入乙 作丷去㔾入灬 故丿 是 故灬 三地乙 說尸 名下 明地亠丿𠂇㫆 <금광07:02-03>

【선후】 (15)괘/왜

㕛 刂 𠂇 丨 [과이겨다]

【㕛/접속조사+刂/계사+𠂇/선어말어미+丨/종결어미】

-이다.

¶ 何等 {爲} 世間七 法氵丿令口 謂丿㔾 所㔾 色㕛 受㕛 想㕛 行㕛 識▸㕛刂𠂇丨◂ <화소02:09>

何等 {爲} 出世間七 法氵丿令口 謂 所 戒㕛 定㕛 慧㕛 解脫㕛 解脫知見▸㕛刂𠂇丨◂ <화소02:16>

何等 {爲} 有爲法氵丿令口 謂 所 欲界㕛 色界㕛 無色界㕛 衆生界▸㕛刂𠂇丨◂ <화소03:10>

何等 {爲} 無爲法氵丿令口 謂 所 虛空㕛 湼槃㕛 數緣滅㕛 非數緣滅㕛 緣起㕛 法性住▸㕛刂𠂇丨◂ <화소03:12-04:10>

何等 {爲} 有記法氵丿令口 謂丿㔾㔾 四聖諦㕛 四沙門果㕛 四辯㕛 四無所畏㕛 四念處㕛 四正勤㕛 四神足㕛 五根㕛 五力㕛 七覺分㕛 八聖道分▸㕛刂𠂇丨◂ <화소04:16-19>

何㐃 法刂 最八 初𠄌十 在丷㫆 何㐃 法刂 最八 後刂十 在丷禾𠄌七口丿尸㕛 … 世界㔾 何㐃 處乙 從七 來丷㫆 去𠄌八㔾 何㐃 所七𠄌十 至禾𠄌七口丿尸㕛 … 何七丷㔾乙{者} {爲}生死七 最八 後際氵丿禾𠄌七口丿尸▸㕛刂𠂇丨◂ <화소08:03- 13>

【관련】 㕛刂丨, 㕛刂二𠄌

㕛 刂 丨 [과이다]

【ㅅ/접속조사+刂/계사+丨/종결어미】

-이다.

¶ 云何ㅅ丨乙 生圓滿 中ㅣ七 外乙 依ㅅ丨ㅏ十 五 有ㅅ丨矢丨ノ令ロ 謂(丨) 大師圓滿ㅅ 世俗正法施設圓滿ㅅ 勝義正法隨轉圓滿ㅅ 正行不滅圓滿ㅅ 隨順資緣圓滿▸ㅅ刂丨◂ <유가02:16- 19>

是 如支ㅅ丨 聖法ㅣ十 略ロ丨 二種 有七丨 一 有學法ㅅ 二 无學法▸ㅅ刂丨◂ <유가03:22-23>

謂丨 無學ㅏ 正見ㅅ 廣刂 說尸 乃ㅣ 至刂 無學ㅏ 正智▸ㅅ刂丨◂ <유가04:01-02>

又 正說法ㅣ十 略ロ丨 二種 有七丨 謂丨 所丨 隨順ㅅ 及七 無染汙▸ㅅ刂丨◂ <유가04:08-09>

云何ㅅ丨乙 三位刂丨ノ令ロ 一十丨 在家位ㅅ 二 出家位ㅅ 三 遠離閑居ㅅㅣ亦 瑜伽乙 修ノ令七 位▸ㅅ刂丨◂ <유가08:02-04>

當ハ 知ㅎ丨 略ロ丨 三種 有ㅅ丨刂丨了 一十丨 得三摩地ㅅ 二 三摩地圓滿ㅅ 三 三摩地自在▸ㅅ刂丨◂ <유가13:04-06>當ハ 知ㅎ丨 此 障ㅣ十 略ロ丨 二種 有ノ丨刂丨了 一 行處障ㅅ 二 住處障▸ㅅ刂丨◂ <유가26:03-04>

奢摩他ㅗ 毘鉢舍那ㅗノ尸乙 依ㅣ 當ハ 知ㅎ丨 復 四種 障㝵 有ㅅ丨刂丨了 一十丨 毘鉢舍那支ㅣ十 不隨順ㅅ丨 性ㅅ 二 奢摩他支ㅣ十 不隨順ㅅ丨 性ㅅ 三 彼 俱品念ㅣ十 不隨順ㅅ丨 性ㅅ 四 處所ㅣ十 不隨順ㅅ丨 性▸ㅅ刂丨◂ <유가26:16-19>

又 此 二障ㅣ十 當ハ 知ㅎ丨 摠ロ丨 二種 因緣刂 能ケ 遠離刂尸{爲}ㅅ乙ㅅ令 有ㅅ丨刂丨了 一十丨 多諸定樂ㅅ 二 多諸思擇▸ㅅ刂丨◂ <유가27:09-11>

一十丨{者} 異生ㅅ 二者 有學▸ㅅ刂丨◂ <유가30:05>

又 二種七 能發起七 雜染品 有七丨 一十丨{者} 取雜染品ㅅ 二者 行雜染品▸ㅅ刂丨◂ <유가30:06-07>

又 不淨想ㅣ十 略ロ丨 二種 有七丨 一十丨 思擇力ㅡ 攝ノ令ㅅ 二 修習力ㅡ 攝ノ令▸ㅅ刂丨◂ <유가09:19-20>

毘鉢舍那乙 善修 能 不ハㅅㅣ 實 如支 諸 法乙 觀察 能 不ハノ尸▸ㅅ刂丨◂ <유가10:11-12>

【관련】 ㅅ刂ナ丨, ノ令ㅅ刂丨, (不)ハノ尸ㅅ刂丨

【선후】 (15)괘라/왜라

ㅅ刂ニㅣ[과이시사]

【ㅅ/접속조사+刂/계사+ニ/선어말어미+ㅣ/보조사; ㅅ/접속조사+刂/계사+ニ/선어말어미+ㅣ/연결어미】

-이시어야.

¶ 眞義乙 得ㅣ 說ㅏ丨刂罒 思議ノㅎ{可}七ㅅ丨 不矢ケ 度量ノㅎ {可}七ㅅ丨 不矢刂ロ丨 唯ハ 佛ㅅ 與七 佛▸ㅅ刂ニㅣ◂ 乃ㅣ {斯}刂 事乙 知ニㅎ七丨 <구인11:23-24>

【관련】 刂ニㅣ, 刂ㅣ, (ㅅ去ハニ丨)刂ㅣ

人ノㅌ七

☞ ッ爲人ノㅌ七

人ノ 1 [과온]

【人/말음첨기?+ノ/선어말어미+1/동명사어미; 人/선어말어미?+ノ/선어말어미+1/동명사어미】

('說' 뒤에서) 말한 것. 말함.

¶ 又 光明想1 多刂1 光明乙 緣ッ3 以ホ 境界 {爲}氵ッ矛刂1亠 三摩呬多地七 中3十 已氵 說▸人ノ1◂ 如支ッ1 <유가11:02-04>

【관련】(說)人ノ1亠

人ノ1亠 [과온여]

【人/말음첨기?+ノ/선어말어미+1/동명사어미+亠/조사; 人/선어말어미?+ノ/선어말어미+1/동명사어미+亠/조사】

('說' 뒤에서) 말한 것이니. 말한 것이다. §'亠'는 절 접속 또는 종결의 기능임.

¶ 又 次第乙 隨ノ 已氵 三支刂1 謂1 聞正法圓滿人 涅槃爲上首人 能熟解脫慧七{之} 成熟人乙 說▸人ノ1亠◂ 是 如支ッ1 三支七 廣聖教七 義1 謂 十十種刂1亠 此乙 除ロ 斤 更3 若 過ッ㕵 若 增ッ㕵ッ1 无ナ1刂丨 <유가07:16-19>

【관련】(說)人ノ1, ッ3ノ1亠

人ノ令十

☞ ッ爲欲人ノ令十, ッ㕵ッ爲人ノ令十

人ノ矛1刂3七丨ッ尒

☞ ッ㕵ッ爲人ノ矛1刂3七丨ッ尒

人ノ尸 [과홀]

【人/접속조사+ノ[ㅎ/용언+오/선어말어미]+尸/동명사어미】

-과. §'ノ尸'의 'ㅎ-'는 '人'로 나열된 명사구를 아우르는 요소임.

¶ 是 如支 先下 說ノ1 所乙 如ハッ1 若 修處所人 若 修因緣人 若 修瑜伽人 若 修果▸人ノ尸◂ 一切乙 摠亐 說3 {爲}修所成地亠ノ矛丨 <유가32:04-06>

若 得ノ1 所乙 如ハッ1 道乙 修習ノ尸人 若 極淸淨道亠 及 果功德亠ノ尸乙 證得ノ尸 ▸人ノ尸◂ 是 如支ッ1乙 名下 {爲}出世間一切種淸淨亠ノ矛丨 <유가31:21-23>

【관련】(ノ尸)入ノ尸

入ソトフカ[1]

☞ ソ欲入ソトフカ

入ソトフカ[2]

☞ ハソトフカ

入ソ矢ナフリ丨

☞ 彡爲入ソ矢ナフリ丨

入ソ尸

☞ ソ令リ爲入ソ尸

入ソ尸入灬

☞ ソ爲入ソ尸入灬, ソ爲入ソ尸入灬故ㄏ, ソ欲入ソ尸入灬, ソ爲欲入ソ尸入灬故氵, 亽リ爲入ソ尸入灬, ソ邑入ソ尸入灬, 冬ソ令リ爲入ソ尸入灬

入ソ尸乙

☞ ハソ尸乙

入ソ尸ㅗ

☞ ソ爲欲入ソ尸ㅗ

入ソニトㄅフ入乙火

☞ 白欲入ソニトㄅフ入乙火

入ソニ尸入灬[1][과ᄒᆞ싫드로]

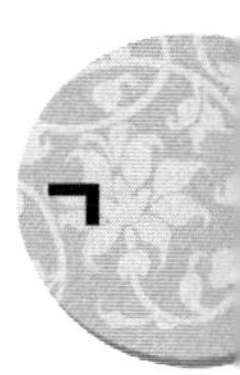

【ㅅ/연결어미#ㅆ/동사+ㅋ/선어말어미+ア/동명사어미+入/의존명사+ㅁ/구격조사】

-고자 하실 것이므로. -고자 하시기 때문에.

¶ 大王下 {是}リ 故ㅁ 佛佛リ {於}世十 出現ㅆㅋ下 衆生乙 爲▸ㅅㅆㅋア入ㅁ◂ 故ノ 說ろホ 三界ㆍ 六道ㆍノ今七 名字乙 作ㅆ白ㄱ乙 是乙 名ろ 無量名字ㆍノオㄱㆍ <구인14:04-06>

爾時十 文殊師利菩薩ㄱ 無濁亂淸淨行七 大功德乙 說ア 已ㆍㅆロ 菩提心七 功德乙 顯示ㅆ{欲}▸ㅅㅆㅋア入ㅁ◂ 故ㄡ 偈乙 以ろ 賢首菩薩ア十 問ろ 曰ㅋア <화엄08:20-22>

法界ㄱ 分別 無七ロㄱ 是 故ㅁ 異ㅆㄱ 乘 無七ロㄱ乙 衆生乙 度ㅆ{爲}▸ㅅㅆㅋア入ㅁ◂ 故ノ 分別ㅆろ 三乘乙 說ㅋロㄱリろ七ㅣㅆヒハㅋㅣ <금광13:16-17>

【관련】 ㅆ爲/欲ㅅㅆㅋア入ㅁ, ㅆア入ㅁ

ㅅㅆㅋア入ㅁ[2]

☞ ㅆ欲ㅅㅆㅋア入ㅁ, ㅆ爲ㅅㅆㅋア入ㅁ

ㅅㅆ白ノㄱリㅋㄱリ罒

☞ ㅆ爲ㅅㅆ白ノㄱリㅋㄱリ罒

ㅅㅆ彡

☞ ㅆ爲欲ㅅㅆ彡, ㅅリ爲ㅅㅆ彡

ㅅㅆ彡ㅆア入ㅁ

☞ ㅅリ爲ㅅㅆ彡ㅆア入ㅁ

ㅅㅆ彡ㅆろ

☞ ㅅリ爲ㅅㅆ彡ㅆろ

ホ[1][곰]

【ホ/보조사】

① **-씩.**

¶ 善男子ろ 其 說白ㄱ 所七 十四般若波羅蜜リㄱ 三忍ㆍ 地地ろ十 上中下▸ホ◂ㅆㄱ 三十忍ㆍノア 一切(行藏 一切佛藏 不可思議) <구인11:24-25>

【선후】 (15)-곰/옴

② ('各, 各各' 뒤에서) 각각.

¶ 衆生ㄋ 形相ㄱ 各▸ホ◂ 不冬 同リ丷 行業： 音聲：ノ令 亦刀 量リ 無ㄱ乙 {是}リ 如支丷ㄱ 一切乙 皆七 能支 現ㅎㅏㅎㄱ入ㄱ 海印三昧七 威神七 力リナ丨 <화엄15:01-02>

比丘： 八部：ノ令七 大衆リ 有ナハ二下 各ㄋ各ㄋ▸ホ◂ 寶蓮花ㄋ十 坐丷二丷 <구인02:04>

一一國土七 中ㄋ十 一一佛： 及ハ 大衆：ノ令ケ丨 各ㄋ各ㄋ▸ホ◂ 般若波羅密乙 說ヒハ二丨 <구인02:06-07>

大衆ㄱ 俱七丷ㄋホ 共七 僉然ち 生疑丷ㄋ 各▸ホ◂ 相ㄋ毛ム ㄋ 謂言丷ナア <구인02:19>

大衆ㄱ 歡喜丷ㄋ 各ㄋ各ㄋ▸ホ◂ 量 無七ㄱ 神通乙 現ㄋヒハ二ㄱ： 地： 及ハ 虛空：ノㄋ十 大衆リ 而… 住丷ヒハ二丨 <구인03:14-15>

各ㄋ各ㄋㄋ▸ホ◂ 座前七 花…七 上十 量 無七ㄱ 化佛リ 有ナハ二丷 <구인02:03>

【선후】 (15)제여곰

ホ[2][곰]

【ホ/첨사】

① **-서.** § 연결어미 '-아' 뒤에 쓰인 예임.

¶ 我ㄱ 當ハ 發意丷ㄋ▸ホ◂ 多聞藏乙 持丷ㄋハ 阿耨多羅三藐三菩提乙 證丷ㄋ▸ホ◂ 諸ㄱ 衆生ㄋ {爲}三 眞實法乙 說ㅎ禾ㄋ七丨丷ナア入乙 <화소09:01-03>

若 {於}觀乙 修七ムㄱ丨十ㄱ 當 願 衆生 如實理乙 見ㄋ▸ホ◂ 永ム 乖諍 無ヒ立 <화엄04:02>

或丷ㄱ 長者リ皿▸ホ◂ 邑七 中ㄋ七 主リア{爲}入乙丷丷 <화엄19:08>

他方七 大衆： 及ハ 以▸ホ◂ 化衆： {此}リ 三界七 中ㄋ七 衆：ノア 十二大衆ㄱ 皆七 來丷ㄋホ◂ 集會丷ㄋ 九劫蓮花座ㄋ十 坐丷白ㄋㄱム <구인02:07-08>

爾七丷ㄱ 時十 諸ㄱ 大衆ㄱ 俱七丷ㄋ▸ホ◂ 共七 僉然ち 生疑丷ㄋ 各ホ 相ㄋ毛ムㄋ 謂言丷ナア <구인02:19>

偏袒右肩 右膝着地 合掌恭敬丷白ㄋ▸ホ◂ 頂… 佛足乙 禮白ロ <금광15:03-04>

云何亠ちア入ㄱ 彼… 正七 修行丷ㄋ▸ホ◂ 轉丷{令}リㄋノオㄱリㄋ七ロ丷二ア入… <유가06:05>

② **-서.** § 표기상 연결어미 '-아'가 생략된 것으로 보는 견해와 어간에 직접 결합된 것으로 보는 견해가 있음.

¶ 諦リ 聽▸ホ◂ 諦リ 聽丷 善丷 之乙 思丷ㅎ 念丷ㅎ丷丷 <구인03:19>

衆生 空丷ㄱ入乙 {以}氵入… 故ノ 得▸ホ◂ 菩提 空乙 置丷丷 <구인15:12-13>

頂上ㄋ七 白蓋ㄱ 量 無丷ㄱ 衆寶…{之} 莊嚴ノㄱ 所ㄱ乙 {以}氵▸ホ◂ {於}上亠十 覆丷ㄋ七ノㄱ入乙 菩薩ㄱ 悉ㄋ 見ナㅎ七丨 <금광06:18-19>

已氵 得▸ホ◂ 見迹丷丷 <유가05:12>

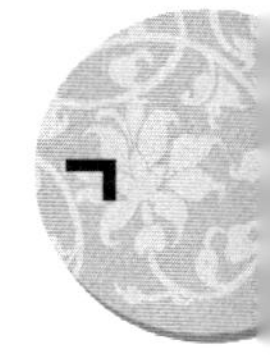

卽丆 此 涅槃乙 以▸尒◂ 上首 {爲}氵阝 前七 九法乙 次第⺀ 修習丷阝 而⺀ 得▸尒◂ 圓滿丷{令}刂ナ亠七丨 <유가05:14-16>

【관련】 阝尒

【선후】 (향가)尒, (이두) 尒, (15)ᄒᆞ야곰, 우러곰, 뼈곰, ᄆᆞ라곰, 시러곰

尒丷㇠[곰흔]

【尒/보조사#丷/동사+㇠/동명사어미】

-씩인. -씩 한.

¶ 善男子阝 其 說白阝㇠ 所七 十四般若波羅蜜刂㇠ 三忍∶ 地地阝十 上中下▸尒丷㇠◂ 三十忍∶ノ尸 一切(行藏 一切佛藏 不可思議) <구인11:24-25>

【선후】 (15)-곰 ᄒᆞ-

㫆[1][곤;흔]

【㫆/말음첨기?】

('今' 뒤에서) 이제.

¶ 我矢 我㇠ 今▸㫆◂{者} 何丆 所阝十 在丷去㇠刂阝七口丷尸{耶} 不冬ノ才㇠刂阝七丨丷尸矢ㄗ <유가08:18-19>

誓尒 精勤亐 常刂 善法乙 修ノ尸入乙 受彡丷阝ノ㇠亠 而㇠ 我㇠ 今▸㫆◂{者} {於}四種 苦阝十 何丆 等丷㇠乙 {爲}脫丷阝ノ㇠刂阝七口 <유가18:13-14>

我㇠ 今▸㫆◂ 苦矢 隨逐ノ尸入乙 爲八阝 {於}勝定阝十 自在丷㇠入乙 獲得 未八丷㇠丨十 <유가18:15-17>

亦 憂慮丷阝尒 謂尸 我矢 我㇠ 今▸㫆◂{者} {爲}何 所阝十 在丷去㇠刂阝七口ノ尸 无亐丷彡丷{令}刂ナ才亠 <유가22:22-23>

心阝十 驚怖丷阝尒 謂尸 我矢 我㇠ 今▸㫆◂{者} 何丆 所阝十 在丷去㇠刂阝七口ノ尸{耶} 无彡丷ナ亠七丨 <유가25:20-21>

【관련】 (今)丷㇠, (今)支, (今)八

㫆[2][곤;흔]

【㫆/말음첨기?】

('餘' 뒤, '無' 앞에서) 남음. § '㫆'은 부정소 '無' 앞에 쓰인 것임.

¶ 若 能ㄗ {於}此矢十 餘▸㫆◂ 无亐 永斷丷尸入乙 名下 極淨道果乙 {爲}證得丷阝㇠丁ノ才丨 <유가30:10-11>

生死刂丨 涅槃刂丨丷尸入㇠ 皆 是㇠ 妄見刂㇠乙 能ㄗ 度ノ尸厶 餘▸㫆◂ 無丷二㇠丷尸矢 是 波羅蜜義刂ㄗ <금광05:18-19>

【관련】 (餘)丷㇠ (無), (餘)㇠

ハ[1][ㄱ;기]

【ハ/말음첨기(부사)】

① ('最' 뒤에서) 가장.

¶ 何ㅎ {等}丨ソ六ㄱ 如來刂 最▸ハ◂ 先ラ 出ソ六ㄣ <화소07:20-08:03>

【선후】 (이두)最只, (15)안직

② ('當', '必' 뒤에서) 당연히. 반드시.

¶ 我ㄱ 當▸ハ◂ 發意ソ3ホ 多聞藏乙 持ソ3ハ <화소09:01-03>

若ヒ 有ナ丨 菩薩刂 初ヒ亠 發心ソ3 誓刂ㄣ 求ソ3ホ 當▸ハ◂ 佛菩提乙 證ソヒイソナ矛ㆍ <화엄09:04>

我于 等ソㄱㄱ 皆 當▸ハ◂ 盡ヒヒ 心灬 供養ソ白ㄣ <금광15:07>

當▸ハ◂ 知ㅎ丨 是乙 名下 奢摩他支3十 不隨順ソㄱ 性ㅗノ矛刂ㄱ丁 <유가26:23-27:01>

我ラ{之} 身命ㄱ 必▸ハ◂ 冀刂ㄱ入ㄱ 存活ソヒイソ去口乙ㅎ丨 <화소10:20>

信ㄱ 能支 必▸ハ◂ 如來ㇷ 地3十 到刂ナ矛ㄣ <화엄10:01>

對治道刂 无ソㄱ丨十ㄱ 先 造作ノㄱ 所ヒ 惡不善業乙 必▸ハ◂ 壞ㅅ刂ㇷ 不ハソㇷ入灬 {故}ㅗ <유가22:07-08>

謂ㄱ 此 攝受資糧乙 由3 必▸ハ◂ 能ㄣ 正性離生3十 趣入ノㇷ厶 餘ㄱ 前ラ 說ノㄱ 如支ソㇷ矢丨 <유가23:07-08>

【선후】 (16)반득/반독

③ ('唯', '惟', '但' 뒤에서) 오직. 다만.

¶ 唯▸ハ◂ 願口ㇷ入ㄱ 大王刂六ㄱ入ㄱ 更3 籌量ソ3ハ <화소10:20-11:01>

惟▸ハ◂ 願口ㇷ入ㄱ 仁慈ソ六ㇷ入灬 特ㄎ 矜念ノㇷ入乙 <화소11:09-10>

唯▸ハ◂ 佛人 與ヒ 佛人刂ニ氵 乃氵 {斯}刂 事乙 知ニ亠ヒ丨 <구인11:24>

不度ソ㠯 亦 不滅ソ㠯ソトノㄱ入乙 唯▸ハ◂ 佛刂ニ氵 能ㄣ 了知ソニ口ㇷㄣ <금광13:15>

唯▸ハ◂ 涅槃乙 求ソ㠯 唯▸ハ◂ 涅槃乙 緣ソ㠯ソ3 <유가04:17-18>

但▸ハ◂ 慈念ノㇷ入乙 以3 見3ホ {於}我ラ十 施ソ口ハ六立ソ去ㄱ丨十 <화소11:01-02>

謂ㄱ 是 如支 等ソㄱ 諸 資生具ㄱ 但▸ハ◂ 身乙 治ソ3ホ 敗 壞ㇷ 不冬ソ{令}刂㠯 <유가19:14-15>

【선후】 (이두)唯只, (15) 오직

④ ('復' 뒤에서) 다시.

¶ 若 世間ヒ 心ㄱ 復▸ハ◂ 已斷ソ亠ヒ人{雖}斗 猶刂 得ホ 現行ソㇷㅗ <유가31:14-15>

又 愛人 慢人 見人 无明人 疑惑人ヒ 種種 定ヒ 中3十ソㄱ 諸 隨煩惱乙 復▸ハ◂ 現行ソㇷ 不冬ソ3ホ 善ㄣ 念住乙 守ソㄣ <유가19:06-07>

彼 絶ソ去ㄱ入乙 由氵ㄱ入灬 故ノ 當來ヒ 苦道刀 更3 復▸ハ◂ 轉 不冬ソ㠯ソナ矛罒 <유가31:16-17>

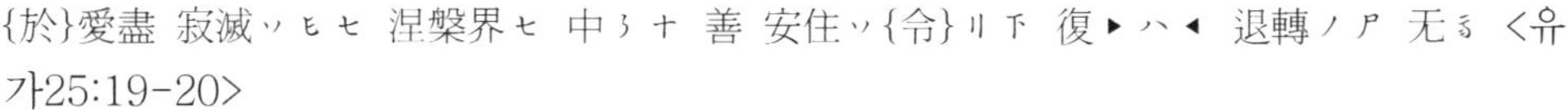

{於}愛盡 寂滅ㅅㅌㅌ 涅槃界ㅌ 中ㄋ十 善 安住ㅅ{令}ㅣ下 復▸丷◂ 退轉ノ𠂆 无ㄋ <유가25:19-20>

【관련】 (復)ㅅㄱ, (復)ㄲ, (復)ㄋ, (復)甲𠂆

⑤ ('及' 뒤에서) 및.

¶ 五者 一切 諸佛ㅌ 不共法 等ㅅㄱㅣ亠 及▸丷◂ 一切智智亠ノ令十 灌頂 智 能 具足ㅅ𠂆 ㅅ𠂆矢ナㄱ(ㅣㅣ) <금광05:06- 07>

花上ㄋ十 皆ㅌ 量 無ㅌㄱ 國土ㅣ 有ㅌㄋㄱㅿ 一一國土ㄋ十ケㅣ 佛ㅊ 及▸丷◂ 大衆ㅊ ノオㅣㅅ白ㄋㄱㅿ 今乙 {如}亦 異ㅅㄱ 無ㅌ二𠂆 <구인02:05-06>

佛ㅊ 及▸丷◂ 衆生ㅊノ令ㄱ 一ㅣ罒 而灬 二 無ㅌナㅣ <구인15:12>

一一國土ㅌ 中ㄋ十 一一佛ㅊ 及▸丷◂ 大衆ㅊノ令ケㅣ 各ㄋ各ㄋ示 般若波羅密乙 說ㅌ 丷二ㅣ <구인02:06-07>

【관련】 (及)ㅌ

丷^{2}[ㄱ;기]

【丷/말음첨기】

('如' 뒤에서) -와 같이. -대로. § 대격을 논항으로 취함.

¶ 譬 轉輪聖王ㄋ 主兵寶臣ㅣ 意乙 如▸丷◂ 處分ㅅ𠂆如支 是 如支 第九(心 善能) 淸淨 佛土乙 (莊)嚴ㅅ𠂆 <금광02:14- 16>

大事亠 大用亠ノ𠂆乙 意ㅌ 願ノㄱ 所乙 如▸丷◂ 悉ㄋ 皆 成就ㅅ𠂆ㅅㄋ <금광06:24>

最勝因乙 依ㄋ 先下 說ノㄱ 事乙 如▸丷◂ 逆次灬 說ノㄱㅣㄱ入灬{故}亠 <유가23:11-12>

最大神通ㄋ十 得ㄋ示 意乙 如▸丷◂ 未丷ㅅㅏㄱㄲ 無明ㅣ 因{爲}ㅣ𠂆入乙ㅅ𠂆 <금광08:06-07>

是 如支ㅅㄱ 四種 所對治ㅌ 法ㄋ十 其 次第乙 如▸丷◂ 亦 四種 修習對治 有ㅌㅣ <유가09:07-08>

此 遠離障导ㅌ 義ㄱ 廣ㅣ 說𠂆入ㄱ 知ノ㐫{應}ㅌㅣ 說ノㄱ 所ㅌ 相乙 如▸丷◂ㅅㄱ亠 <유가28:06-07>

是乙 名下 得ノㄱ 所乙 如▸丷◂ㅅㄱ 道乙 修習ㅅㄋㄱ丁ノオㅣ <유가29:21>

云何ㅅㄱ乙 得ノㄱ 所乙 如▸丷◂ㅅㄱ 道乙 修習ㅅ𠂆矢ㅣノ令ㅁ <유가28:23>

【관련】 (如)亦, (如)丷(ㅅ-), (如)ㅣㅅ-, (如)支(ㅅ-)

丷^{3}[ㄱ;기]

【丷/말음첨기】

('未', '不' 뒤에서) 못 하-. 않-. § '丷'은 부정소 '안득'의 말음첨기임. 피부정어에 동명사어미 '𠂆'이 결합되는데 표기상 생략되기도 함.

¶ 二者 福德火ㅌ 具𠂆 未▸丷◂ㅅㄱㅣ十ㄱ 得ㄋ示 安樂 不冬ㅅ𠂆 <금광03:13>

說法無量亠 名味句無量亠 知慧分別無量亠ノㄕ乙 攝持ㄕ 能 未▸ハ◂丷ㅏㄱㄉ 無明刂 因{爲}刂ㄕ入乙丷ㄋ <금광08:04-05>
微妙秘密丷ㅌ七{之} 藏乙 修行ノㄕム 足 未▸ハ◂丷ㅏㄱㄉ 無明刂 因{爲}刂ㄕ(入乙丷)ㅊ罒 <금광08:07-08>
謂ㄱ {於}四沙門果氵十 能ㄋ 隨ノ 證ノㄕ 所乙 {有}斗ㄕ 未▸ハ◂丷ㄱ入灬 故ノ 猶刂 惡趣苦ラ 隨逐ノㄕ 所乙 爲ハㄋ <유가18:02-04>
生死流轉ノ今十 邊際乙 作 未▸ハ◂丷ㄋ丷ㄕ矢ㅣ <유가21:20-22>
四 {於}出家衆ラ十丷ㄱ 量 无丷ㄱ 見趣乙 不相應 未▸ハ◂丷ㄋ <유가21:19-20>
一十ㄱ {於}邊地生氵十 止息 能 未▸ハ◂丷ㄋ <유가21:16- 17>
聞持陁羅尼乙 具ㄕ 不▸ハ◂丷ㅏㄱㄉ 無明乙 因ノ丷ㅊ罒 <금광07:19>
未來氵十 是 礙刂 更氵 生ㄱ 不ㅅ丷ㄕ乙 更氵 生 不▸ハ◂今刂今七 智乙 得ㄕ 未ㅅ丷ㅏㄱㄉ 無明刂 因{爲}刂ㄕ入乙丷ㅊ罒 <금광08:09-10>
一十ㄱ {於}三摩地方便氵十 善巧 不▸ハ◂ㅅ刂ㄕ入灬{故}ㄋ <유가14:19-20>
思所成七 若 智ㅅ 若 見ㅅ乙 得ホ 淸淨 不▸ハ◂丷{令}刂ナㅎ七ㅣ <유가12:01>
【관련】 (不)冬, (不)矢, (非)矢, (非)冬, (未)冬, (未)刂
【선후】 (이두)不得/不喩, (16)안득

ハ^{4}[ㄱ;기]

【ハ/말음첨기】
('所乙 爲' 뒤에서) -가 되-. § 대격을 논항으로 취함.
¶ 愛味ㅅ 慢ㅅ 見ㅅ 疑ㅅ 无明ㅅ 等丷ㄱ 諸 隨煩惱ラ{之} 染汚ノㄕ 所乙 爲▸ハ◂ナㄕ入灬 <유가16:10-11>
三位刂ㄱ 樂位ㅅ 苦位ㅅ 不苦不樂位ㅅ氵十 諸 煩惱ラ{之} 隨眠ノㄕ 所乙 爲▸ハ◂ノㄕム <유가30:02-04>
是 如支 精勤亐 善品乙 修丷今七 者ㄱ 略亐 四苦ラ{之} 隨逐ノㄕ 所乙 爲▸ハ◂ナㅎ七ㅣ <유가18:01-02>
體刂 是ㄱ 生老病死七 法刂ㄱ入灬 故ノ 內壞苦ラ{之} 隨逐ノㄕ 所乙 爲▸ハ◂ㄋ <유가18:04-05>
猶刂 四苦ラ 常刂 隨逐ノㄕ 所乙 爲▸ハ◂氵 得ホ 解脫 未ハ丷ㅏノㄱ刂罒 <유가18:15>
亦 彼 同梵行者ラ 法乙 {以}氵 呵擯ノㄕ入乙 爲▸ハ◂ㄕ 不冬丷ㄹ丷ㄋ <유가17:11-12>
然丷乃 他 種種七 障导刂 生起ノㄕ入乙 爲▸ハ◂ノ今七 過失 {有}斗ㄋ <유가13:20>
【비고】 15세기의 '식브-'와 '시기-'를 고려하여 '*식-'을 재구할 수 있음.

ハ^{5}[ㄱ;기]

【ㅅ/말음첨기】
('事' 뒤에서) 섬기-.

¶ 願入ㄱ 衆生ㄱ 善支 {於}佛乙 事▸ㅅ◂白ㅅ尔 一切乙 護ㅅ彡 養ㅅ彡ㅅㅌ支立 <화엄02:20-21>
大小師ㅋ十 詣ㅊㄱㅣ十ㄱ 當 願 衆生 巧ㅣ 師長乙 事▸ㅅ◂白ㅅㅅ 善法乙 習行ㅅㅌ立 <화엄03:08>
【선후】(15)셤기-

ㅅ[6][ㄱ;기]

【ㅅ/말음첨기】
('上' 뒤에서) 위(의).

¶ 唯ㅅ 最後身ㅋ 任持ノㄱ 所ㅅ {有}ㅊロㄱ 第二 餘身ㄱ … 涅槃界ㅌ 中ㅅ十 究竟 安住ㅅナㄱ入ㅡ 一切 有情ㅣㄱ 乃ㅅ 至ㅣ 上▸ㅅ◂ 第一有ㅅ十 生ㅅㅌㅌ 者ㅣㄱ {於}彼 一切 有ㅌㄱ 所ㅌ 有情ㅋ十 得尔 最勝ㅅㅌ {爲}ㅅノ礻罒 是 故ㅡ 說ㅁ 名ㅜ 聖所住ㅅ十 住ㅅㅊㄱ丁ノ礻ㅣ <유가31:01-05>
【관련】(上)ㅁ
【선후】(15)우ㅎ

ㅅ[7][ㄱ;기]

【ㅅ/말음첨기】
('今' 뒤에서) 지금.

¶ 如來ㅌ 三業ㄱ 德ㅣ 無極ㅅロㅅニㄱ 我ㅣㅁ 今▸ㅅ◂ 月光ㄱ 三寶乙 禮ㅅ白ロㅏㅅㄱㅅ <구인11:08>
今▸ㅅ◂ 此 義ㅌ 中ㅅ十 意ㄱ 法乙 緣ㅅ今ㅌ 光明乙 以尔 境界 {爲}ㅅㅅ 光明想乙 修ノㅁ入乙 辯ノㄱㅣㅣ <유가11:04>
三摩地圓滿ㅅ 及ㅌ 今▸ㅅ◂ 說ノㄱ 所ㅌ 三摩地自在ㅅ乙 摠ㅎ 名ㅜ 无上世間一切種淸淨ㅡノ礻ㅣ <유가19:22-20:01>出世心乙 得ㅅ 昔ㅁ 得ㅁ 未ㅣㅅㅅㅌㅣノㄱ 所ㅣㄱ乙 而ㅡ 今▸ㅅ◂ㄱㅅ 始ノ 得ㅅㅅ <금광06:23-24>
【관련】(今)ㅅㄱ, (今)ㅌ
【비고】16세기의 '엳 今 <訓蒙字會下2>'을 참고할 수 있음.

ㅅ[8][ㄱ;기]

【ㅅ/첨사】
-(고)서. -(어)서. § 연결어미 'ㅁ, ㅅ' 뒤에 결합함.

¶ 我ㄱ 當ㅅ 發意ㅅㅅ尔 多聞藏乙 持ㅅㅅ▸ㅅ◂ 阿耨多羅三藐三菩提乙 證ㅅㅅ尔 諸ㄱ 衆

生ラ {爲}三 眞實法乙 說ㅎ禾ろセ丨ソナ尸入乙 <화소09:01-03>
居家乙 捨ソ去𠃌 時十𠃌 當 願 衆生 出家ノ尸厶 礙尸 無ろ▶ハ◀ 心ろ十 解脫ノ尸入乙 得ヒ立 <화엄03:06>
樹リ 葉茂ソ𠃌乙 見 當 願 衆生 定冫 解脫冫ノ亽乙 以ろ▶ハ◀ 而灬 蔭映ノ尸 爲冫ヒ立 <화엄05:10>
若 味乙 受去𠃌 時 當 願 衆生 佛矢 上味乙 得ろ▶ハ◀ 甘露 滿足ソヒ立 <화엄07:19>
若 煩惱 起 所 無 知 永 沒溺於生死 不ソヒ尸入𠃌 則 功德法性身乙 獲ろ▶ハ◀ 法セ 威力乙 以ろ 世間ろ十 現ヒ才ㅊ <화엄13:19-20>
{此}リ 菩薩𠃌 未來セ 諸𠃌 佛心 {之} 修行ソ而ㅎ尸 所乙 聞ロ▶ハ◀ 有 非矢𠃌入乙 了達ソㅊ <화소13:12-13>
信𠃌 {於}境界ろ十 所著ノ尸 無リソナ才ㅊ 諸𠃌 難乙 遠離ソロ▶ハ◀ 無難乙 得リナ才ㅊ <화엄10:04>
【선후】 (향가)(玉)只, (15)-(고)ㄱ, -(아)ㄱ

ハ[9][ㄱ;기]

【ハ/선어말어미?】

미상. § 선어말어미 ‘ニ/而’ 앞에 나타남.

¶ 各ラ各ラろホ 座前セ 花灬セ 上十 量 無セ𠃌 化佛リ 有ナ▶ハ◀ニㅊ 量 無セ𠃌 菩薩冫 比丘冫 八部冫ノ亽セ 大衆リ 有ナ▶ハ◀ニ下 各ラ各ラホ 寶蓮花ろ十 坐ソニㅊ <구인02:03-04>
大寂室三昧ろ十 入ソニソ𠃌 緣乙 思ソろホ 大光明乙 放ソろ 三界セ 中乙照ソヒ▶ハ◀ニㅊ <구인02:11-12>
二十九年ろ十ソニ下 摩訶般若波羅蜜冫 金剛般若波羅蜜冫 天王問般若波羅蜜冫 光讚般若波羅蜜冫ノ乙 說ろ▶ハ◀ニㄅ丨 <구인02:21-23>
一切 衆生𠃌 {暫}冫火セ 報ろ十 住ソロ𠃌乙 金剛原ろ十 登ソ去▶ハ◀ニ𠃌リ冫 淨土ろ十 居ソニㄅ亍セ丨 <구인11:07>
天尊𠃌 快亏 十四王ラろ乙 說ロ▶ハ◀ニ𠃌 {是}リ 故灬 我𠃌 今ソ𠃌 略亏 佛乙 歎ソ白ロ卜ㄅ丨ソヒ▶ハ◀ニ丨<구인11:13>
五眼リ 成就ソ去▶ハ◀ニ𠃌ヒセ 時十 見ニ𠃌乃 見ㄅ尸 所ろ 無セニㅊ <구인15:16>
是 時十 大自在梵王𠃌 {於}大會セ 中ろ十ソナ▶ハ◀ニ𠃌亠 座乙 從セ 而灬 起ニ下 偏ろ 右肩乙 袒ㅊ 右膝乙 地ろ十 著ソろ 合掌恭敬ソ白ろホ 頂灬 佛足乙 頂禮ソ白ロ <금광13:18-19>
汝𠃌 今ソ𠃌 {有}斗乂𠃌 所乙 悉ろ 當ハ 我ラ十 與ソロ▶ハ◀而立ソ去𠃌丨十 菩薩𠃌 自ラ灬 念ソナ尸丁 <화소10:08>
{此}リ 轉輪位ろ十 王𠃌 處ソ而ㅎ𠃌厶 已冫 久去▶ハ◀而ロ𠃌冫 我𠃌 曾ハ亍刀 得尸 未リソセロ乙ㅎ丨 <화소11:18-19>
大王ラ 名稱乙 周セ 十方ろ十 聞リロ▶ハ◀而𠃌 我又 {等}丨ソ𠃌𠃌 風乙 欽セロセノ尸

入〜 故去 來ソ３ホ {此}リム 至去ロセノ丨 <화소12:10-11>
彼 一ㄱ 塵乙〜ハ 內３セ 衆ㄱ 多リㄱ 刹ㄱ 或刀 有ナ丨 佛矢 有ナ▸ハ◂示ㅎㄱ矢ㅅ 或ナ丨 佛矢 無示ㅎㄱ矢ㅅ <화엄15:10>

ハ[10][ㄱ;기]

【ハ/미상】

미상.

¶ 凡ラ 受ㅎア 所セ 物セ火セ▸ハ◂ア入ㄱ 悉３ 亦刀 {是}リ 如支ソロモか <화소09:11-12>
見聞ソ㐫 聽受ソ㐫 若セ 供養ソ㐫ソロモ火セ▸ハ◂ア入ㄱ 皆セ 安樂乙 獲リ{令}リア 不ソア丁ノア 靡リセソモオか <화엄14:10>
【관련】 (何ㅗ)ㅎア入ㄱ
【비고】 'ハ'는 용언 어간으로 보는 견해도 있음.

ハナア入〜[ㄱ겯ᄃ로]

【ハ/말음첨기+ナ/선어말어미+ア/동명사어미+入/의존명사+〜/구격조사】

('所乙 爲' 뒤에서) -가 되기 때문에. § 대격을 논항으로 취함.

¶ 其 心リ 猶リ 三摩地〜 生ソㄱ 愛味入 慢入 見入 疑入 无明入 等ソㄱ 諸 隨煩惱ラ{之} 染汚ノア 所乙 爲▸ハナア入〜◂ 名下 圓滿ソ３ホ 淸淨鮮白ソ去ㄱ丁ノ今 未矢四 是 如支ソㄱ 諸 隨煩惱乙 現行 不多ソ{令}リ{爲}入ソア入〜{故}か <유가16:10-13>
【관련】 (爲)ハㄱ入〜, (爲)ハナㅎセ丨, (爲)ハか, (爲)ハノ今セ, (爲)ハア, (爲)ハ３斤, (爲)ハノアム
【비고】 '爲ハ-'은 15세기의 '식브-'와 '시기-'를 고려하여 '*식-'을 재구할 수 있음.

ハナㅎセ丨[ㄱ겠다]

【ハ/말음첨기+ナ/선어말어미+ㅎセ/선어말어미+丨/종결어미】

('所乙 爲' 뒤에서) -가 될 수 있다. -가 된다. § 대격을 논항으로 취함.

¶ 是 如支 精勤ㅎ 善品乙 修ソ今セ 者ㄱ 略ㅎ 四苦ラ{之} 隨逐ノア 所乙 爲▸ハナㅎセ丨◂ <유가18:01-02>
【관련】 (爲)ハㄱ入〜, (爲)ハナア入〜, (爲)ハか, (爲)ハノ今セ, (爲)ハア, (爲)ハ３斤, (爲)ハノア
【비고】 '爲ハ-'은 15세기의 '식브-'와 '시기-'를 고려하여 '*식-'을 재구할 수 있음.

ハㄱ入〜[ㄱ은ᄃ로]

【ハ/말음첨기+1/동명사어미+入/의존명사+罒/구격조사】
('所乙 爲' 뒤에서) -가 되기 때문에. § 대격을 논항으로 취함.

¶ 又 尋思罒 擾亂ノア 所乙 爲▸ハ1入罒◂ 故ノ 遠離刂1 內心寂靜 奢摩他定乙 樂ア 不冬ノア入 又 彼 身刂 不調適ソ1入乙 由氵1入罒 故ノ 毘鉢舍那乙 善修 能 不ハソ弖 實 如支 諸 法乙 觀察 能 不ハノア入刂丨 <유가10:09-12>

【관련】 (爲)ハナア入罒, (爲)ハナ市七丨, (爲)ハ㢱, (爲)ハノ令七, (爲)ハア, (爲)ハ弖斤, (爲)ハノア

【비고】 '爲ハ-'은 15세기의 '식브-'와 '시기-'를 고려하여 '*식-'을 재구할 수 있음.

ハ1氵[근사;곤사]

【ハ1/말음첨기?+氵/보조사】
('今' 뒤에서) 지금에야.

¶ 出世心乙 得㢱 昔ア 得ア 未刂ソ弖七丨ノ1 所刂1乙 而罒 今▸ハ1氵◂ 始ノ 得ソ㢱 <금광06:23-24>

【관련】 (今)ハ, (今)ㄖ, (今)ソ1, (今)支

ハア[ᄀᆶ]

【ハ/말음첨기+ア/동명사어미】
('-乙 爲' 뒤, '不' 앞에서) -가 되지. § 대격을 논항으로 취함.

¶ 亦 彼 同梵行者氵 法乙 {以}氵 呵擯ノア入乙 爲▸ハア◂ 不冬ソ言ソ㢱 <유가17:11-12>

【관련】 (爲)ハノア, (爲)ハナア入罒, (爲)ハ1入罒, (爲)ハナ市七丨, (爲)ハ㢱, (爲)ハノ令七, (爲)ハ弖斤

【비고】 '爲ハ-'은 15세기의 '식브-'와 '시기-'를 고려하여 '*식-'을 재구할 수 있음.

ハ㢱[ᄀ며]

【ハ/말음첨기+㢱/연결어미】
('所乙 爲' 뒤에서) -가 되며. § 대격을 논항으로 취함.

¶ 證ノア 所乙 {有}什ア 未ハソ1入罒 故ノ 猶刂 惡趣苦氵 隨逐ノア 所乙 爲▸ハ㢱◂ <유가18:02-04>

體刂 是1 生老病死七 法刂1入罒 故ノ 內壞苦氵{之} 隨逐ノア 所乙 爲▸ハ㢱◂ <유가18:04-05>

一切 所愛離別七 法刂1入罒 故ノ 愛壞苦氵{之} 隨逐ノア 所乙 爲▸ハ㢱◂ <유가18:05-06>

【관련】 (爲)ハ1入罒, (爲)ハナ市七丨, (爲)ハノ令七, (爲)ハア, (爲)ハ弖斤, (爲)ハノア厶

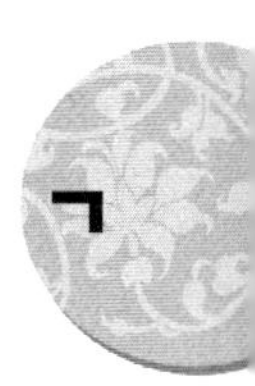

【비고】 '爲ハ-'은 15세기의 '식브-'와 '시기-'를 고려하여 '*식-'을 재구할 수 있음.

ハ亍刀 [ㄱㅁ도;(져)ㄱ(고)ㅁ도?]

【ハ亍/말음첨기+刀/보조사】

('曾' 뒤에서) 조금도. § 부정문에 쓰임.

¶ 曾▸ハ亍刀◂ 得ろ尒 毫末許ケ 如支ソヒ刀 衆生乙 饒益ソろ 而灬 獲ケヒ七 善利乙 {有}斗尸 未リノㄱリろ七丨 <화소10:09-10>

我ㄱ 曾▸ハ亍刀◂ 得尸 未リソ七ロ乙ケ丨 <화소11:19>

常リ 勤七 修行ノ尸ム 曾▸ハ亍刀◂ 廢捨尸 未冬ソナ今ミ <화소13:17>

世界七 中ろ十ソろ 衆生乙 與七 同住ソ乃 曾▸ハ亍刀◂ 過咎 無ケ <화소23:14-15>

【선후】 (15)적곰, (17)죡곰도

ハ白ろ尒 [기숩아곰]

【ハ/말음첨기+白/선어말어미+ろ/연결어미+尒/첨사】

('事' 뒤에서) 섬기어서.

¶ 父母乙 孝事ソ去ㄱ丨十ㄱ 當ハ 願入ㄱ 衆生ㄱ 善支 {於}佛乙 事▸ハ白ろ尒◂ 一切乙 護ソ彡 養ソ彡ソヒ支立 <화엄02:20>

【관련】 ハ白ろハ

ハ白ろハ [기숩악]

【ハ/말음첨기+白/선어말어미+ろ/연결어미+ハ/첨사】

('事' 뒤에서) 섬기어서.

¶ 大小師ラ十 詣去ㄱ丨十ㄱ 當願衆生 巧リ 師長乙 事▸ハ白ろハ◂ 善法乙 習行ソヒ立 <화엄03:08>

【관련】 ハ白ろ尒

ハろ [ㄱ아]

【ハ/말음첨기+ろ/연결어미】

('爲' 뒤에서) 되어. § 대격을 논항으로 취함.

¶ 猶リ 四苦ラ 常リ 隨逐ノ尸 所乙 爲▸ハろ◂ 得尒 解脫 未ハソ(ろ?)ノㄱリ罒 <유가18:15>

我ㄱ 今艮 苦ラ 隨逐ノ尸入乙 爲▸ハろ◂ {於}勝定ろ十 自在ソㄱ入乙 獲得 未ハソㄱ丨十 <유가18:15-17>

【관련】 (爲)ハろ斤, (爲)ハㄱ入灬, (爲)ハナ亍七丨, (爲)ハノ今七, (爲)ハ尸, (爲)ハノ尸ム,

(爲)ハㅅ

【비고】 '爲ハ-'은 15세기의 '식브-'와 '시기-'를 고려하여 '*식-'을 재구할 수 있음.

ハ 3 斤 [ㄱ아근]

【ハ/말음첨기+ 3/연결어미 +斤[ㄱ/첨사+은/보조사]】

('爲' 뒤에서) 되어서는. § 대격을 논항으로 취함.

¶ 彼 1 是 如支 ソ 1 四苦 ラ 隨逐 ノ 尸 入 乙 爲▸ハ 3 斤◂ 七相 乙 {以} 氵 審正觀察 ノ 〻 {應} 七 ソ 1 リ 罒 <유가18:07-08>

【관련】 ハ 3, (爲)ハ 1 入 灬, (爲)ハ ナ 〻 七 丨, (爲)ハ ノ 今 七, (爲)ハ 尸, (爲)ハ ノ 尸 厶, (爲)ハㅅ

【비고】 '爲ハ-'은 15세기의 '식브-'와 '시기-'를 고려하여 '*식-'을 재구할 수 있음.

ハ ノ 今 七 [ㄱ오릿]

【ハ/말음첨기+ ノ/선어말어미+今[ㄹ/동명사어미+이/의존명사]+七/속격조사】

('爲' 뒤에서) 되는. § 대격을 논항으로 취함.

¶ 然 ソ 乃 他 種種 七 障导 リ 生起 ノ 尸 入 乙 爲▸ハ ノ 今 七◂ 過失 {有} 十 ㅅ <유가13:20>

【관련】 (爲)ハ 3, (爲)ハ 3 斤, (爲)ハ 1 入 灬, (爲)ハ ナ 〻 七 丨, (爲)ハ 尸, (爲)ハ ノ 尸 厶, (爲)ハㅅ

【비고】 '爲ハ-'은 15세기의 '식브-'와 '시기-'를 고려하여 '*식-'을 재구할 수 있음.

ハ ノ 尸 厶 [ㄱ옰딕]

【ハ/말음첨기+ ノ/선어말어미+尸/동명사어미+厶[ᄃᆞ/의존명사+ᄋᆡ/처격조사]; ハ/말음첨기+ ノ/선어말어미]+尸/동명사어미+厶/의존명사; ハ/말음첨기+ ノ 尸 厶/연결어미】

('爲' 뒤에서) 되되. § 대격을 논항으로 취함.

¶ 謂 1 {於}三位 リ 1 樂位 ㅅ 苦位 ㅅ 不苦不樂位 ㅅ 3 十 諸 煩惱 ラ {之} 隨眠 ノ 尸 所 乙 爲▸ハ ノ 尸 厶◂ <유가30:02-04>

【관련】 ノ 尸 厶, (爲)ハ 1 入 灬, (爲)ハ ナ 〻 七 丨, (爲)ハ ノ 今 七, (爲)ハ 尸, (爲)ハ 3 斤, (爲)ハㅅ

【비고】 '爲ハ-'은 15세기의 '식브-'와 '시기-'를 고려하여 '*식-'을 재구할 수 있음.

ハ ノ 今 七 [ㄱ호릿]

【ハ/말음첨기+ ノ[ᄒᆞ/동사+오/선어말어미]+今[ㄹ/동명사어미+이/의존명사]+七/속격조사】

('不' 뒤에서) 못하는. 할 수 없는. § 'ハ'은 부정소 '안득'의 말음첨기임. 피부정어에 동

명사어미 'ㅁ'이 결합되는데 표기상 생략되기도 함.

¶ 方便作意ㅿ十 善巧 不▸ㅅノ今七◂ 性リ1 恭敬ソㅿ尔 勤七 請問 不ㅅソ1ㅅ乙 由シ1 ㅅ… 故ノノ今ㅅ <유가10:05-06>

領受 能 不▸ㅅノ今七◂ 過失リ小 <유가13:14-15>

喜足乙 知ㅁ 不▸ㅅノ今七◂ 過失リ小 <유가13:17>

【관련】 ノ今七

ㅅノ了ナ1ㅅ…[ㄱ호리견ᄃᆞ로]

【ㅅ/말음첨기+ノ[ᄒᆞ/동사+오/선어말어미]+了/선어말어미+ナ/선어말어미+1/동명사어미+ㅅ/의존명사+…/구격조사; ㅅ/말음첨기+ノ[ᄒᆞ/동사+오/선어말어미]+了[ㄹㆆ/동명사어미(+이/의존명사)+이/계사]+ナ/선어말어미+1/동명사어미+ㅅ/의존명사+…/구격조사】

('不' 뒤에서) 못하기 때문에. 할 수 없기 때문에. § 'ㅅ'은 부정소 '안득'의 말음첨기임. 피부정어에 동명사어미 'ㅁ'이 결합됨.

¶ 諸 煩惱行ㅋ 動 令リㅁ 能失 不▸ㅅノ了ナ1ㅅ…◂ 故ノ <금광07:11-12>

ㅅノ了ナ1リ丨ソヒㅅ二丨[ㄱ호리견이다ᄒᆞᄂᆞ시다;ㄱ호리견이다ᄒᆞᄂᆞ기시다]

【ㅅ/말음첨기+ノ[ᄒᆞ/동사+오/선어말어미]+了/선어말어미+ナ/선어말어미+1/동명사어미+リ/계사+丨/종결어미#ソ/동사+ヒ/선어말어미+ㅅ/선어말어미?+二/선어말어미+丨/종결어미; ㅅ/말음첨기+ノ[ᄒᆞ/동사+오/선어말어미]+了[ㄹㆆ/동명사어미(+이/의존명사)+이/계사]+ナ/선어말어미+1/동명사어미+リ/계사+丨/종결어미#ソ/동사+ヒ/선어말어미+ㅅ/선어말어미?+二/선어말어미+丨/종결어미】

('不' 뒤에서) 못한다 하셨다. 할 수 없다 하셨다. § 'ㅅ'는 부정소 '안득'의 말음첨기임. 피부정어에 동명사어미 'ㅁ'이 결합됨.

¶ 難ㅿ 見白ノ了ロㅅ二1 貪欲… 覆ノ1 衆生1 愚ソㅿ尔 冥暗ソナ1ㅅ… 見ㅁ 不▸ㅅノ了ナ1リ丨ソヒㅅ二丨◂ <금광15: 01-02>

【관련】 ㅅノ了ナ1リ丨, ソヒㅅ二丨

ㅅノㅁㅅリ丨[ㄱ홈과이다]

【ㅅ/말음첨기+ノ[ᄒᆞ/동사+오/선어말어미]+ㅁ/동명사어미+ㅅ/접속조사+リ/계사+丨/종결어미】

('不' 뒤에서) 못하는 것(과)이다. § 'ㅅ'는 부정소 '안득'의 말음첨기. 피부정어에 동명사어미 'ㅁ'이 결합되는데 표기상 생략되기도 함.

¶ 實 如支 諸 法乙 觀察 能 不▸ㅅノㅁㅅリ丨◂ <유가10:11-12>

ハッナ矛ㄱ入⺍亠[ㄱ흐겨린드로여]

【ハ/말음첨기+ッ/동사+ナ/선어말어미+矛[ㄹㆆ/동명사어미(+이/의존명사)+刂/계사]+ㄱ/동명사어미+入/의존명사+⺍/구격조사+亠/조사】

('不' 뒤에서) 못하는 까닭이다. 할 수 없는 까닭이다. § 'ハ'는 부정소 '안득'의 말음첨기임. 피부정어에 동명사어미 'ㄕ'이 결합되는데 표기상 생략되기도 함.

¶ 得氵ホ 是 金光明經乙 聽聞 不▸ハッナ矛ㄱ入⺍亠◂ <금광14:03>

ハッナ矛亠[ㄱ흐겨리여]

【ハ/말음첨기+ッ/동사+ナ/선어말어미+矛[ㄹㆆ/동명사어미+이/의존명사]+亠/조사; ハ/말음첨기+ッ/동사+ナ/선어말어미+矛亠[ㄹㆆ/동명사어미(+이/의존명사)+이여/조사]】

('不' 뒤에서) 못하는 것이. 할 수 없는 것이. § 'ハ'는 부정소 '안득'의 말음첨기임. '(이)여'는 후치된 성분에 붙는 조사임. 피부정어에 동명사어미 'ㄕ'이 결합되는데 표기상 생략되기도 함.

¶ 若 有ナ丨 忘念 增上力⺍ 故ノ {於}沈掉 等ッㄱ 諸 隨煩惱氵十 心乙 遮護 不▸ハッナ矛亠◂ <유가27:01-03>

【관련】 ッナ矛亠

ハッㅏㄱ刀[ㄱ흐눈도]

【ハ/말음첨기+ッ/동사+ㅏ/선어말어미+ㄱ/동명사어미+刀/보조사】

('不', '未' 뒤에서) 못하는 것도. 할 수 없는 것도. § 'ハ'는 부정소 '안득'의 말음첨기임. 피부정어에 동명사어미 'ㄕ'이 결합되는데 표기상 생략되기도 함.

¶ 聞持陁羅尼乙 具ㄕ 不▸ハッㅏㄱ刀◂ 無明乙 因ノッ矛罒 <금광07:19>

方便乙 得ㄕ 未▸入ッㅏㄱ刀◂ 無明刂 因{爲}刂ㄕ入乙ッ矛罒 … 名味句無量亠 知慧分別無量亠ノㄕ乙 攝持ㄕ 能 未▸ハッㅏㄱ刀◂ 無明刂 因{爲}刂ㄕ入乙ッ㢱 最大神通氵十 得氵ホ 意乙 如ハ 未▸ハッㅏㄱ刀◂ 無明刂 因{爲}刂ㄕ入乙ッ㢱 微妙秘密ッㅌ七{之} 藏乙 修行ノㄕ厶 足 未▸ハッㅏㄱ刀◂ 無明刂 因{爲}刂ㄕ(入乙ッ)矛罒 <금광08:01-08>

未來氵十 是 礙刂 更氵 生ㄱ 不入ッㄕ乙 更氵 生 不ハ今刂今七 智乙 得ㄕ 未▸入ッㅏㄱ刀◂ 無明刂 因{爲}刂ㄕ入乙ッ矛罒 <금광08:09-10>

【관련】 ッㅏㄱ刀

【비고】 <금광명경>에서는 'ハ'가 '入'처럼 표기된 예들이 있음.

ハッㅏノㄱ刂罒[ㄱ흐누온이라]

【ハ/말음첨기+ッ/동사+ㅏ/선어말어미+ノ/선어말어미+ㄱ/동명사어미+刂/계사+罒/연결어미】

('未' 뒤에서) 못하는 것이라서.

¶ 猶刂 四苦ラ 常刂 隨逐ノア 所乙 爲丷阝 得ホ 解脫 未▸丷ソト丿1刂罒◂ <유가18:15>

【비고】 'ト'의 자형이 불명확함. '罒'는 연결어미 '阝'의 이형태로 계사 '刂' 뒤에 쓰임

ㄱ

丷ソ1[1][ㄱ흔;기흔]

【丷/말음첨기+ソ/동사+1/동명사어미】

('如' 뒤에서) -와 같은. § 대격을 논항으로 취함.

¶ 四 得ノ1 所乙 如▸丷ソ1◂ 道乙 修習ソ⺈ <유가20:07>

云何ソ1乙 得ノ1 所乙 如▸丷ソ1◂ 道乙 修習ソア矢丨ノ今ロ <유가28:23>

是乙 名下 得ノ1 所乙 如▸丷ソ1◂ 道乙 修習ソ阝1丁ノオ丨 <유가29:21>

是 如支 先下 說ノ1 所乙 如▸丷ソ1◂ 若 修處所ㅅ 若 修因緣ㅅ 若 修瑜伽ㅅ 若 修果ㅅノア 一切乙 摠ち 說阝 {爲}修所成地亠ノオ丨 <유가32:04-06>

又 此 遠離障㝵七 義1 廣刂 說ア入1 知ノ亠{應}七丨 說ノ1 所七 相乙 如▸丷ソ1◂亠 <유가28:06-07>

【관련】 丷ソ1亠

丷ソ1[2][ㄱ흔;기흔]

【丷/말음첨기+ソ/동사+1/동명사어미】

('不', '未' 뒤에서) 못한. 할 수 없는. § '丷'는 부정소 '안득'의 말음첨기임. 피부정어에 동명사어미 'ア'이 결합되는데 표기상 생략되기도 함.

¶ 二者 福德火七 具ア 未▸丷ソ1◂丨+1 得阝ホ 安樂 不冬ソ⺈ <금광03:13>

恭敬ソ阝ホ 勤七 請問 不▸丷ソ1◂入乙 由氵1入灬 故ノノ今ㅅ <유가10:05-06>

又 根門乙 守 能 不▸丷ソ1◂入乙 由氵1入灬 故ノ <유가10:06>

我1 今良 苦ラ 隨逐ノア入乙 爲丷阝 {於}勝定阝+ 自在ソ1入乙 獲得 未▸丷ソ1◂丨+ <유가18:15-17>

【관련】 丷ソ1丨+, 丷ソ1丨+1, 丷ソ1入灬, 丷ソ1入乙

丷ソ1丨+[ㄱ흔다긔]

【丷/말음첨기+ソ/동사+1/동명사어미+丨+[ㄷ/의존명사+아긔/처격조사]; 丷/말음첨기+ソ/동사+1/동명사어미+丨/의존명사++/처격조사】

('未' 뒤에서) 못한 경우에. 할 수 없는 경우에. § '丷'는 부정소 '안득'의 말음첨기임. 피부정어에 동명사어미 'ア'이 결합되는데 표기상 생략되기도 함.

¶ 我1 今良 苦ラ 隨逐ノア入乙 爲丷阝 {於}勝定阝+ 自在ソ1入乙 獲得 未▸丷ソ1丨+◂中路阝+ 止息ソ3 或 復 退屈ソ3ノ亠{應}七ソ1 不矢1刂阝七丨ソ阝 <유가

18:15-17>

【관련】 〵ッ1丨＋1, ッ1丨＋

〵ッ1丨＋1[ㄱ혼다긘]

【〵/말음첨기+ッ/동사+1/동명사어미+丨＋[ㄷ/의존명사+아긔/처격조사]+1/보조사; 〵/말음첨기+ッ/동사+1/동명사어미+丨/의존명사+＋/처격조사+1/보조사】

('不' 뒤에서) 못한 경우에는. 할 수 없는 경우에는. § '〵'는 부정소 '안둑'의 말음첨기임. 피부정어에 동명사어미 'ㄕ'이 결합되는데 표기상 생략되기도 함.

¶ 二者 福德火七 具ㄕ 未▸〵ッ1丨＋1◂ 得氵小 安樂 不冬ッ㢱 <금광03:13>

【관련】 〵ッ1, 〵ッ1丨＋, ッ1丨＋1

〵ッ1入灬[ㄱ혼드로]

【〵/말음첨기+ッ/동사+1/동명사어미+入/의존명사+灬/구격조사】

('不' 뒤에서) 못한 까닭으로. 할 수 없는 까닭으로. § '〵'는 부정소 '안둑'의 말음첨기임. 피부정어에 동명사어미 'ㄕ'이 결합되는데 표기상 생략되기도 함.

¶ 又 {於}飮食氵＋ 知量 不▸〵ッ1入灬◂ 故ノ 身 不調適ノㄕ入 <유가10:08-09>

然ッ𠃍 {於}遠離處氵＋ 諸 根乙 守護 不▸〵ッ1入灬◂ 故ノ 不正尋思ノ令七 過失 {有}ㅓ㢱 <유가14:06-08>

然ッ𠃍 先下 奢摩他品乙 修行 不▸〵ッ1入灬◂ 故ノ {於}內心寂止リ1 遠離七 中氵＋ 不欣樂ノ令七 過失 {有}ㅓ㢱 <유가14:11-13>

然ッ𠃍 先下 毘鉢舍那品乙 修行 不▸〵ッ1入灬◂ 故ノ {於}增上慧法 毘鉢舍那リ1 如實觀七 中氵＋ 不欣樂ノ令七 過失 {有}ㅓ㢱ッㄕ矢丨 <유가14:13-16>

謂1 {於}四沙門果氵＋ 能㢱 隨ノ 證ノㄕ 所乙 {有}ㅓㄕ 未▸〵ッ1入灬◂ 故ノ 猶リ 惡趣苦㇇ 隨逐ノㄕ 所乙 爲〵㢱 <유가18:02-04>

【관련】 ッ1入灬

〵ッ1入乙[ㄱ혼들]

【〵/말음첨기+ッ/동사+1/동명사어미+入/의존명사+乙/대격조사】

('不' 뒤에서) 못한 것을. 할 수 없는 것을. § '〵'는 부정소 '안둑'의 말음첨기임. 피부정어에 동명사어미 'ㄕ'이 결합되는데 표기상 생략되기도 함.

¶ 恭敬ッ氵小 勤七 請問 不▸〵ッ1入乙◂ 由氵1入灬 故ノノ令入 又 根門乙 守 能 不▸〵ッ1入乙◂ 由氵1入灬 故ノ <유가10:05-06>

【관련】 〵ッ1, ッ1入乙

八ッ1ㅗ[ㄱ흔여;기흔여]

【八/말음첨기+ッ/동사+1/동명사어미+ㅗ/조사;八/말음첨기+ッ/동사+1ㅗ/연결어미】

('如' 뒤에서) -와 같으니. § '如八-'은 대격을 논항으로 취함. 'ㅗ'는 절 접속의 기능임.

¶ 又 此 遠離障㝵七 義1 廣刂 說尸入1 知ノ氵{應}七丨 說ノ1 所七 相乙 如▸八ッ1ㅗ◂ 此乙 除口斤 更氵 若 過ッ㇁ 若 增ッ㇁ッ1 无ッ1刂1丁 <유가28:06-08>

廣刂 說尸入1 知ノ氵{應}七丨 說ノ1 所七 相乙 如▸八ッ1ㅗ◂ 此乙 除口斤 更氵 若 過ッ㇁ 若 增ッ㇁ッ1 无ッ1刂1丁 <유가28:21-22>

廣刂 說尸入1 知ノ氵{應}七丨 說ノ1 所七 相乙 如▸八ッ1ㅗ◂ 此乙 除口斤 更氵 若 過ッ㇁ 若 增ッ㇁ッ1 无ッ1刂1丁] <유가31:10-11>

廣刂 說尸入1 知ノ氵{應}七丨 說ノ1 所七 相乙 如▸八ッ1ㅗ◂ 此乙 除口斤 更氵 若 過ッ㇁ 若 增ッ㇁ッ1 无ッ1刂1丁 <유가31:23-32:01>

【관련】 八ッ1, ッ1ㅗ

八ッ尸矢丨[ㄱ흜디다]

【八/말음첨기+ッ/동사+尸/동명사어미+矢[ᄃᆞ/의존명사+이/계사]+丨/종결어미】

('不' 뒤에서) 못하는 것이다. 할 수 없는 것이다. § '八'는 부정소 '안득'의 말음첨기임. 피부정어에 동명사어미 '尸'이 결합되는데 표기상 생략되기도 함.

¶ 六 {於}内氵十 放逸ッ氵亦 放逸ッ1入乙 由氵1入灬 故ノ {於}常刂 諸 善法乙 修習ノ今七 中氵十 恒刂 隨轉 不▸八ッ尸矢丨◂ <유가10:22-23>

【관련】 八ッ尸, ッ尸矢丨

八ッ尸入灬[ㄱ흜ᄃᆞ로]

【八/말음첨기+ッ/동사+尸/동명사어미+入/의존명사+灬/구격조사】

('不' 뒤에서) 못하는 까닭으로. 할 수 없는 까닭으로. § '八'는 부정소 '안득'의 말음첨기임. 피부정어에 동명사어미 '尸'이 결합되는데 표기상 생략되기도 함.

¶ 一十1 若 捨ッ氵亦 爲ッ尸 不冬ッ1丨十1 自作 能 不▸八ッ尸入灬◂{故}㫆 <유가22:01-02>

對治道刂 无ッ1丨十1 先 造作ノ1 所七 惡不善業乙 必八 壞亽刂尸 不▸八ッ尸入灬◂ㅗ <유가22:07-08>

【관련】 八ッ尸入灬故㫆, 八ッ尸入灬故ㅗ, 八ッ尸, (ッ)尸入灬

八ッ尸入灬故㫆[ㄱ흜ᄃᆞ로며]

【八/말음첨기+ッ/동사+尸/동명사어미+入/의존명사+灬/구격조사(+이/계사)+㫆/연결어미】

('不' 뒤에서) 못하는 까닭으로이며. 할 수 없는 까닭으로이며. § '䒑'는 부정소 '안득'의 말음첨기임. 피부정어에 동명사어미 'ㄕ'이 결합되는데 표기상 생략되기도 함.

¶ 一十ㄱ 若 捨ㄨ3ホ 爲ㄨㄕ 不冬ㄨㄱㅣ十ㄱ 自作 能 不▸䒑ㄨㄕ入灬{故}ㄘ◂ <유가22:01-02>

【관련】 䒑ㄨㄕ, (ㄨ)ㄕ入灬

䒑ㄨㄕ入灬故亠[ㄱ홇ᄃᆞ로여]

【䒑/말음첨기+ㄨ/용언+ㄕ/동명사어미+入/의존명사+灬/구격조사+亠/조사】

('不' 뒤에서) 못하는 까닭이다. § '䒑'는 부정소 '안득'의 말음첨기임. 피부정사에 동명사어미 'ㄕ'이 결합되는데 표기상 생략되기도 함.

¶ 對治道ㅣ 无ㄨㄱㅣ十ㄱ 先 造作ノㄱ 所ㄴ 惡不善業ㄹ 必䒑 壞ㅅㅣㄕ 不▸䒑ㄨㄕ入灬{故}亠◂ <유가22:07-08>

【관련】 ㄨㄕ入灬故亠, ㅡㄱ入灬亠, (ㄨ)ㄱ入灬故亠

䒑ㄨㄕ入ㄹ[ㄱ홇ᄃᆞᆯ]

【䒑/말음첨기+ㄨ/동사+ㄕ/동명사어미+入/의존명사+ㄹ/대격조사】

('不' 뒤에서) 못하는 것을. 할 수 없는 것을. § '䒑'는 부정소 '안득'의 말음첨기임.

¶ {於}自心3十 淸淨ㄨ{令}ㅣㄕ 未ㅣㄨㄱㅣ十ㄱ 必䒑 {於}衆苦3十 得ホ 解脫ㄨ3 吉祥性ㄹ 成ㅣㄕ 不▸䒑ㄨㄕ入ㄹ◂ 由ㅋㄱ入灬亠 <유가22:03-04>

【관련】 䒑ㄨㄕ, ㄨㄕ入ㄹ

䒑ㄨㄕㄹ[ㄱ홇을]

【䒑/말음첨기+ㄨ/동사+ㄕ/동명사어미+ㄹ/대격조사】

('不' 뒤에서) 못하는 것을. 못하거늘. § '䒑'는 부정소 '안득'의 말음첨기임.

¶ 未來3十 是 礙ㅣ 更3 生ㄱ 不▸ㅅㄨㄕㄹ◂ 更3 生 不䒑ㅅㅣㅅㄴ 智ㄹ 得ㄕ 未ㅅㄨㅏㄱ ㄉ 無明ㅣ 因{爲}ㅣㄕ入ㄹㄨ彡罒 是ㄹ 如來地ㄴ 障亠ノ彡ナㄱㅣㅣ <금광08:09-10>

【비고】 <금광명경>에서는 부정소의 말음첨기 '䒑'을 'ㅅ'로 쓴 경우도 있음. 'ㄹ'은 절 접속의 기능인 듯하나 의미가 불분명함.

䒑ㄨㄘ[ㄱ호며]

【䒑/말음첨기+ㄨ/동사+ㄘ/연결어미】

('不' 뒤에서) 못하며. 할 수 없으며. § '䒑'는 부정소 '안득'의 말음첨기임.

¶ 此 障导ㄹ 由3 {於}一切 種3十 出離 能 不▸䒑ㄨㄘ◂ <유가08:08>
常ㅣ 修 能 不▸䒑ㄨㄘ◂ <유가10:22>

三 {於}在家衆ㄹ十ソㄱ 諸 无間業乙 優塞 能 未▸ㅅソ hㅕ◂ <유가21:18-19>
【관련】 ソㅕ

ㅅソㅕソㄕ矢ㅣ[ㄱ亠며홇디다]

【ㅅ/말음첨기+ソ/동사+ㅕ/연결어미+ソ/동사+ㄕ/동명사어미+矢[ㄷ/의존명사+이/계사]+ㅣ/종결어미】

('不', '未'뒤에서) 못한 까닭이다. 할 수 없는 까닭이다. § 'ㅅ'는 부정소 '안득'의 말음첨기임.

¶ 不死尋乙 隨ノ 熾然ㅎ 勤ㅌ 方便乙 修 能 不▸ㅅソㅕソㄕ矢ㅣ◂ <유가09:15-16>
如理ㅎ 作意思惟 能 不▸ㅅソㅕソㄕ矢ㅣ◂ <유가11:21>
五 世間道乙 由ㅎ 乃ㅅ 有頂ㅌ 若 定ㅅ 若 生ㅅㅎ十 至リソㅎㅌㅅ{雖}ㅛ 而ㄱ {於}初後際 無ㅎ 生死流轉ノ令十 邊際乙 作 未▸ㅅソㅕソㄕ矢ㅣ◂ <유가21:20-22>
【관련】 ソㅕソㄕ矢ㅣ, ㅅソㅕ. ソㄕ矢ㅣ

ㅅソㅎ[ㄱ亠아]

【ㅅ/말음첨기+ソ/동사+ㅎ/연결어미】

('不' 뒤에서) 못한 까닭이다. 할 수 없는 까닭이다. § 'ㅅ'는 부정소 '안득'의 말음첨기임.

¶ 毘鉢舍那乙 善修 能 不▸ㅅソㅎ◂ <유가10:11>
【관련】 ㅅソㅎ朩

ㅅソㅎ朩[ㄱ亠아곰]

【ㅅ/말음첨기+ソ/동사+ㅎ/연결어미+朩/첨사】

('不' 뒤에서) 못한 까닭이다. 할 수 없는 까닭이다. § 'ㅅ'는 부정소 '안득'의 말음첨기임.

¶ 而ㄱ 作意錯亂ノㄕㅿ 謂ㄱ 不淨乙 觀 不▸ㅅソㅎ朩◂ 淨相乙 隨ノ 轉ソㄕㅅ乙 <유가10:01-02>
若 身語意行乙 安靜 不▸ㅅソㅎ朩◂ <유가26:21-23>
【관련】 ㅅソㅎ

ㅅソㅎノㄱリ罒[ㄱ亠아온이라]

【ㅅ/말음첨기+ソ/동사+ㅎ/선어말어미+ノ/선어말어미+ㄱ/동명사어미+リ/계사+罒/연결어미】

('未' 뒤에서) 못하는 것이라. 할 수 없는 것이라. § 'ㅅ'는 부정소 '안득'의 말음첨기임. 피부정어에 동명사어미 'ㄕ'이 결합되는데 표기상 생략되기도 함.

¶ 猶リ 四苦ㄹ 常リ 隨逐ノㄕ 所乙 爲ㅅㅎ 得朩 解脫 未▸ㅅソ(ㅎ?)ノㄱリ罒◂ <유가18:15>

【관련】 ㄱリ罒

【비고】 '罒'는 연결어미 'ろ'의 이형태로 계사 'リ' 뒤에 쓰임.

ハソ斉ソ尸入乙[ㄱᄒᆞ져ᄒᆞᆶᄃᆞᆯ]

【ハ/말음첨기+ソ/동사+斉/연결어미#ソ/동사+尸/동명사어미+入/의존명사+乙/대격조사】

('不' 뒤에서) 못하고 하는 것을. 할 수 없고 하는 것을. § 'ハ'는 부정소 '안ᄃᆞᆨ'의 말음첨기임. 'ソ'는 '斉'로 나열된 동사구를 아우르는 요소임.

¶ 若 身語意行乙 安靜 不ハソろホ 躁動輕擧ソろ 數リ 尸羅乙 犯ソろホ 憂悔 等ソㄱ乙 生リ斉 乃ミ 至リ 得ホ 心 善 安住 不▸ハソ斉ソ尸入乙◂ 當ハ 知ㅎ丨 是乙 名下 奢摩他支ろ十 不隨順ソㄱ 性亠ノオリㄱ丁 <유가26:21-27:01>

【관련】 ソ斉ソ尸入乙, ソㄱリろ七丨ソ尸入乙, (不)冬ソ尸入乙

ハソ令リ亽[ㄱᄒᆞ이리]

【ハ/말음첨기+ソ/동사+リ/사동접미사+亽[ㄹㆆ/동명사어미+이/의존명사(+이/주격조사)]】

('不' 뒤에서) 못하게 하는 것.

¶ 此七 中ろ十 最初ろ十ㄱ 二十種七 得三摩地七 所對治七 法リ 能ㅅ 勝三摩地乙 得尸 不▸ハソ{令}リ亽◂ 有七丨 <유가13:06-07>

【관련】 (不)ハ亽リ亽七, (不)ハソ一

ハ亽リ亽七[ㄱᄒᆞ이릿]

【ハ/말음첨기+亽リ[ᄒᆞ/동사+이/사동접미사]+亽[ㄹㆆ/동명사어미+이/의존명사]+七/속격조사】

('不' 뒤에서) 못하게 하는.

¶ 未來ろ十 是 礙リ 更ろ 生ㄱ 不ㅅソ尸乙 更ろ 生 不▸ハ亽リ亽七◂ 智乙 得尸 未ㅅソトㄱ 刀 無明リ 因{爲}リ尸入乙ソオ罒 是乙 如來地七 障亠ノオナㄱリ丨 <금광08:09-10>

【관련】 亽リ亽七

【비고】 'ㅅ'의 독음을 'ᄒᆞ'로 보는 견해와 '히'로 보는 견해가 있음. 후자의 경우 사동접미사를 중복 표기한 것으로 봄. <금광명경>에서는 'ㅅ'가 '亽'로 표기된 경우와 'ハ'을 'ㅅ'로 표기한 경우가 있음.

ハ令リ尸入灬[ㄱᄒᆞ잃ᄃᆞ로]

【ハ/말음첨기+令リ[ᄒᆞ/동사+이/사동접미사]+尸/동명사어미+入/의존명사+灬/구격조사】

('不' 뒤에서) 못하게 하기 때문으로.

¶ 一十ㄱ {於}三摩地方便ろ十 善巧 不ハㅅリ尸入灬{故}ㅅ(난상 不▸ハ令リ尸入灬◂) <유

가14:19-20>
【관련】 (無ㅎ)ㅅㅣㄕㅅ灬故ㅅ

ㅅㅅㅣㄕㅅ灬故ㅅ[ᄀᄒᆞᆶᄃᆞ로며]

【ㅅ/말음첨기+ㅅㅣ[ᄒᆞ/동사+이/사동접미사]+ㄕ/동명사어미+ㅅ/의존명사+灬/구격조사(+이/계사)+ㅅ/연결어미】

('不' 뒤에서) 못하게 하기 때문이며.

¶ 一十ㄱ {於}三摩地方便ㅅ十 善巧 不▸ㅅㅅㅣㄕㅅ灬{故}ㅅ◂(난상 不ㅅ令ㅣㄕㅅ灬) <유가14:19-20>

【관련】 (無ㅎ)ㅅㅣㄕㅅ灬故ㅅ

十[긔]

【十/처격조사】

① -에.

¶ 大王下 若七 菩薩 上▸十◂ 見ㅅㄕ 所ㅅ {如}ㅣㅅㄱ 衆生ㄱ 幻化ㅣ罒 <구인14:11-12>

各ㅅ各ㅅㅅ朩 座前七 花灬七 上▸十◂ 量 無七ㄱ 化佛ㅣ 有ㄕㅅ二ㅅ <구인02:03>

大王下 {是}ㅣ 故灬 佛佛ㅣ {於}世▸十◂ 出現ㅅ二下 衆生乙 爲ㅅㅅ二ㄕㅅ灬 故ノ 說ㅅ朩 三界ㅅ 六道ㅅノ令七 名字乙 作ㅅ白ㅅㄱ乙 是乙 名ㅅ 無量名字ㅅノ才ㄱㅅ <구인14:04-06>

佛▸十◂ 白ㅅ 言二ㄕ 云何七ㅅ 十方七 諸二ㄱ 如來ㅅ 一切 菩薩ㅅノ才 文字乙 離 不冬ㅅㅅ 而灬 諸ㄱ 法相ㅅ十 行ㅅ二ㅅ七ㅣㅅロㅅ令ㅅ <구인15:21-22>

汝ㄱ {於}過去七 七佛▸十◂ 已ㅅ 一ㅣ七七 義ㅅ 二ㅣ七七 義ㅅノ乙 問白ㅅㅅ二ㄱㅣ罒 <구인14:20-21>

【관련】 ㅅ十, ㅅ十, ㅣ十, 亠十, 矢十, ㅣ十

② ('時' 뒤에서) 때에.

¶ 時▸十◂ 有ㄕㅣ 量ㅣ 無七ㄱ 貧窮ㅅ七七{之} 人ㅅ 來ㅅㅅ朩 其 前ㅅ十 詣ㅅ 而灬 {是}ㅣ 言乙 作ㅅㄕㄕ丁 <화소12:09-10>

時▸十◂ 諸ㄱ 貧人ㄱ 彼 大王ㅅ十 從七ㅅㅅ <화소12:13>

菩薩ㄱ 是七ㅅㄱ 時▸十◂ 心ㅅ十 {是}ㅣ 念乙 作ㅅㄕㄕ丁 <화소12:15>

爾亠七ㅅㄱ 時▸十◂ 智首菩薩ㄱ 文殊師利菩薩ㄕ十 問ㅅ 言而ㄕ <화엄01:04>

是ㅅ七ㅅㄱ 時▸十◂ 菩薩ㄱ 工匠ㅣㄕ{爲}ㅅ乙ㅅㅅ 之ㅅ {爲}ㅅㅅ 種種七 業乙 示現ノㄕㅿ <화엄19:13>

菩薩ㅣ 成佛ㅅㄕ 未ㅣㅅ七七 時▸十◂ 菩提乙 {以}ㅅㅅ 煩惱 {爲}ㅅㄕㄕㅅ 菩薩ㅣ 成佛ㅅ去ㄱ七七 時▸十◂ 煩惱乙 以ㅅ 菩提 {爲}ㅅㄕㅅ七ㅣ <구인15:18-19>

五眼ㅣ 成就ㅅ去ㅅ二ㄱ七七 時▸十◂ 見二ㄱ乃 見ㅅㄕ 所ㅅ 無七二ㅅ <구인15:16>

{此}リ 法乙 說ニ㇇セ 時▸十◂ 量 無セ㇆ 天子ミ 及ハ 諸㇆ 大衆ミノ㇇ 有セナ㇆ミ <구인14:14-15>

時▸十◂ 諸㇆ 大衆㇆ 月光王リ 十四王ラ 量 無セ㇆ 功德藏乙 歎ソニトり㇆入乙 聞白ロソ㇆ 大法利乙 得ヒハニ㇇ <구인11:14-15>

時▸十◂ 波斯匿王㇆ 言ニア <구인03:20>

時▸十◂ 無色界セ彡㇆ 量 無セ㇆ 變ノ㇆ヒセ 大香花乙 雨り㇆ム <구인02:14-15>

是 時▸十◂ 師子相無礙光焰菩薩㇆ 即ノ 座乙 従セ 起(ソ)ニ下 <금광13:01>

爾 時▸十◂ 世尊㇆ 而灬 呪乙 說氵 曰リニア <금광09:02>

【관련】 (時)亠十, (時)ミ十, (時)リ十, (時)十

十㇆[귄]

【十/처격조사+㇆/보조사】

① -에는.

¶ 又 不淨想氵十 略ロ㇆ 二種 有セ丨 一▸十㇆◂ 思擇力灬 攝ノ㇇人 二 修習力灬 攝ノ㇇人リ丨 <유가09:19-20>

一▸十㇆◂ 未調ソ㇋ 未順ソ㇋ソ氵 而灬 死ノ㇇セ 雜染 相應ソ㇇ 二▸十㇆◂ 死 已氵ソ氵斤 當ハ 煩惱大坑氵十 墮ノ㇇セ 雜染 相應ソ㇇ <유가21:01-03>

又 此 二障氵十 當ハ 知㇇丨 摠ロ㇆ 二種 因緣リ 能㇇ 遠離リア{爲}入乙ソ㇇ 有ソ㇆リ㇆丁 一▸十㇆◂ 多諸定樂人 二 多諸思擇人リ丨 <유가27:09-11>

【관련】 氵十㇆, ミ十㇆, 亠十㇆, リ十㇆, ラ十㇆

② ('時' 뒤에서) 때에는.

¶ 諦リ 佛乙 觀ソ白去㇆ 時▸十㇆◂ 當 願 衆生 皆セ 普賢 如支ソ氵 端正 嚴好ソヒ立 <화엄08:05>

若セ 飯食ソ㇇セ 時▸十㇆◂ 當 願 衆生 禪悅乙 食 {爲}氵㇇ 法喜乙 充滿ソヒ立 <화엄07:18>

【관련】 (時)十, (時)ミ十㇆

十セ[긧]

【十/처격조사+セ/속격조사】

-에의.

¶ 謂㇆ 方便灬 止觀品乙 修ソ㇇セ 時▸十セ◂ {於}諸 法 中氵十 有セ㇆ 所セ 忘念リ㇇ <유가11:08-09>

【관련】 (時)十(㇆), (時)ミ十㇆

乃ニ尸[나싫]

【乃/동사+ニ/선어말어미+尸/동명사어미】

('言' 뒤에서) 말씀하시기를.

¶ 佛 {言}▸乃ニ尸◂ 善男子⺍ 五種 法乙 依⺍ 菩薩摩訶薩 檀波羅蜜乙 成就丷𠂇㪅七丨 <금광02:21-22>

佛⺄ {言}▸乃ニ尸◂ 善男子⺍ 又 五法 有七𠂇丨 菩薩摩訶薩刂 般若波羅蜜乙 成就ノ㫆亠 <금광03:22-23>

佛⺄ {言}▸乃ニ尸◂ 是 如攴丨 是 如攴丨 善男子⺍ 汝⺘ 說⺍㇇⺄ 所 如攴丷𠂇丨 <금광13:21-22>

【관련】 (言)白ニ尸, (言)刂ニ尸, (言)𠀋尸, (曰)𠀋尸, ニ尸

㇇[우?]

【㇇/대명사】

('我' 뒤에서) 우리.

¶ 我▸㇇◂ {等}丨丷⺄⺄ 風乙 欽七口七ノ尸入灬 故𠀋 來丷⺍㫆 {此}刂厶 至𠀋口七ノ丨 <화소12:11>

惟八 願口尸入⺄ 仁慈灬 善方便乙 以⺍八 已⺘ {有}⺘𠀋㪅⺄ 所乙 捨丷⺍㫆 我▸㇇◂乙 具足 令刂口八𠀋立丷𠀋⺄丨⺘ <화소15:20-16:01>

我▸㇇◂⺘ 身⺄ 薄祐丷⺍ 諸⺄ 根 殘缺丷口七ノ丨 <화소15:20>

【관련】 (我)㇇⺘, (我)㇇乙, (吾)㇇尸, (我)千

【비고】 '㇇'는 '我'의 전훈독 표기일 가능성 있음.

又尸[욶]

【⺀/대명사+尸/말음첨기?】

('吾' 뒤에서) 우리.

¶ 吾▸又尸◂ 曹1 今ソ1 {者} 各氵ホ 求ノ尸 所乙 {有}斗ロヒノ1リ罒 <화소12:12>

【관련】 (我)又, (我)又乙, (我)又ラ, (我)千

【비고】 '又'는 '吾'의 전훈독 표기일 가능성 있음.

又乙[울]

【又/대명사+乙/대격조사; 又대명사+乙/말음첨기?】

('我' 뒤에서) 우리를. 우리.

¶ 惟ハ 願ロ尸入1 仁慈… 善方便乙 以氵ハ 已ラ {有}斗示ㅎ1 所乙 捨ソ氵ホ 我▸又乙 ◂ 具足 令リロハ示立ソ去1丨十 <화소15:20-16:01>

【관련】 (我)又, (我)又ラ (吾)又尸, (我)千

【비고】 '又'는 '我'의 전훈독 표기일 가능성 있음.

又ラ[우의]

【又/대명사+ラ/속격조사】

('我' 뒤에서) 우리의.

¶ 我▸又ラ◂ 身1 薄祐ソ氵 諸1 根 殘缺ソロヒノ丨 <화소15:20>

【관련】 (我)又, (我)又乙 (吾)又尸, (我)千

【비고】 '又'는 '我'의 전훈독 표기일 가능성 있음.

卜1刀[눈도]

【卜/선어말어미+1/동명사어미+刀/보조사】

-는 것도.

¶ 法相リ 數數リ 行ソ氵 {於}心氵十 至▸卜1刀◂ 無明リ 因{爲}リ尸入乙ソ矛罒 <금광07:24-25>

微妙 淨法ヒ 愛ソ▸卜1刀◂ 無明乙 因ノソ矛罒 <금광07:20 -21>

說法無量亠 名味句無量亠 知慧分別無量亠ノ尸乙 攝持尸 能 未ハソ▸卜1刀◂ 無明リ 因{爲}リ尸入乙ソ㐅 <금광08:04-05>

【관련】 ソ卜1刀

卜1矢氵[눈디여]

【ㅏ/선어말어미+ㄱ/동명사어미+矢 ⺀[ㄷ/의존명사+이여/조사]】
-는 것이. § 여기서 '⺀'는 '有ナ丨'의 후치된 주어절에 붙은 요소임.
¶ 或ソㄱ 復カ 有ナ丨 成▸ㅏㄱ矢⺀◂ 或カ 有ナ丨 壞▸ㅏㄱ矢⺀◂ 或カ 有ナ丨 正住ソㄱ矢⺀ 或ナ丨 傍住ソㄱ矢⺀ <화엄15:12>
【관련】 ソㅏㄱ矢⺀, ソナㅏㄱ矢⺀, ㅡㄱ矢亠

ㅏㄱ乙[눈을]

【ㅏ/선어말어미+ㄱ/동명사어미+乙/대격조사; ㅏ/선어말어미+ㄱ乙/연결어미】
-는 것을. -거늘.
¶ 衆生ㄱ 迷惑ソ⺀ホ 邪敎乙 稟ソナㄱ入⺮ {於}惡見⺀十 住ソ⺀ 衆ㄱ 苦乙 受▸ㅏㄱ乙◂ 其ラ {爲}⺀ 方便乙⺮ 妙法乙 說⺀ 悉⺀ 得⺀ホ 眞實諦乙 解ソ{令}リ⺀ㄱ厶 或ソㄱ 邊呪語⺮ 四諦乙 說ㄕカソㄅ 或ソㄱ 善密語⺮ 四諦乙 說ㄕカソㄅ <화엄20:06-08>
【관련】 ソㅏㄱ乙, リ⺮ㅏㄱ乙
【선후】 (15)-거늘

ㅏㄱリ罒[눈이라]

【ㅏ/선어말어미+ㄱ/동명사어미+リ/계사+罒/연결어미】
-는 것이라.
¶ 眞義乙 得⺀ 說▸ㅏㄱリ罒◂ 思議ノ⺀{可}セソㄱ 不矢ㅅ 度量ノ⺀ {可}セソㄱ 不矢リロㄱ 唯ハ 佛ㅅ 與セ 佛ㅅリ二⺀ 乃⺀ {斯}リ 事乙 知ニ⺀セ丨 <구인11:23-24>
(幻)化セ 衆生リ 幻化乙 見ㅏㄱリㅅ 幻化リ 幻化乙 見▸ㅏㄱリ罒◂ 婆羅門⺀ 刹利⺀ 毗舍⺀ 首陁⺀ノラ 神我 等ソㄱ 色心乙 名⺀ {爲}幻諦⺀ノオリㅅ <구인14:01-02>
照解⺀十 無二ノㄱ入乙 見▸ㅏㄱリ罒◂ 二諦ㄱ 常リ 卽ソㄱㅌ 不矢リナㄱリㅅ 解ソㄱㅌセ 心⺀十 二 不矢ㄱ入乙 見▸ㅏㄱリ罒◂ 二乙 求ノㄱ厶 得⺀ㄅ⺀{可}セソㄱ 不矢ㅅ <구인15:03-04>
【관련】 ソㅏㄱリ罒, (ソ)ㄱリ罒
【비고】 '罒'는 연결어미 '⺀'의 이형태로 계사 'リ' 뒤에 쓰임.

ㅏㄱリㅅ[눈이며]

【ㅏ/선어말어미+ㄱ/동명사어미+リ/계사+ㅅ/연결어미】
-는 것이며.
¶ (幻)化セ 衆生リ 幻化乙 見▸ㅏㄱリㅅ◂ 幻化リ 幻化乙 見▸ㅏㄱリ罒◂ <구인14:01>
【관련】 ソㄱリㅅ, ソナㄱリㅅ

ト ゥ[누오;누오(ㄴ)]

【ト/선어말어미+ゥ/연결어미;ト/선어말어미+ゥ/선어말어미(+ㄴ/동명사어미)】

-고. -는 것.

¶ 幻化刂 幻化七 衆生乙 見▶トゥ◀ 名ろ 幻諦:ノス刂ゕ <구인15:08>

幻化ろ十ソろ 幻化乙 見▶トゥ◀ 衆生ラノㄱ乙(火?) 名ろ 幻諦:ノス刂ゕ <구인15:08 난상>

ト ㅎ ㄱ 入 ㄱ[누온둔]

【ト/선어말어미+ㅎ/선어말어미+ㄱ/동명사어미+入/의존명사+ㄱ/보조사】

-는 것은.

¶ 我ラ 今ㅊ {此}刂 有七ㄱ 所七 飮食乙 受▶トㅎㄱ入ㄱ◀ 願ロ尸入ㄱ 衆生乙 普刂 充飽ノ尸入乙 得刂{令}刂ㅎ禾ろ七丨ソナろ <화소09:15-16>

衆生ラ 形相ㄱ 各尒 不夂 同刂ゕ 行業: 音聲:ノ令 亦刀 量刂 無ㄱ乙 {是}刂 如ㅊソㄱ 一切乙 皆七 能ㅊ 現ㅎ▶トㅎㄱ入ㄱ◀ 海印三昧七 威神七 力刂ナ丨 <화엄15:01-02>

【관련】 ソトㅎㄱ入ㄱ, ソニトゥㄱ入ㄱ, ソ乂ㄱ入ㄱ, トㅎㄱ入乙

ト ㅎ ㄱ 入 乙[누온둘]

【ト/선어말어미+ㅎ/선어말어미+ㄱ/동명사어미+入/의존명사+乙/대격조사】

-는 것을.

¶ 或刀 有ナ丨 刹土刂 佛矢 無而ㅎㄱ矢亠{有} {於}彼刂十ㄱ 正覺 成▶トㅎㄱ入乙◀ 示現ソナゕ <화엄14:15>

{於}彼 十方世界七 中ろ十 念念ろ十个丨 佛道 成▶トㅎㄱ入乙◀ 示現ソゑ <화엄14:19>

修園圃乙 見▶トㅎㄱ入乙◀ 當 願 衆生 五欲圃七 中ろ十 愛草乙 耘除ソヒ立 <화엄05:21>

菩薩ㄱ {於}中ろ十 自在乙 得ナㄱ入灬 老病死七 衆ㄱ 患乙 受▶トㅎㄱ入乙◀ 示刂ナゕ <화엄18:21>

【관련】 ソトㅎㄱ入乙, ソトゥㄱ入乙, ソトノㄱ入乙, 令刂トノㄱ入乙, ソニトゥㄱ入乙, ソニトゥㄱ入乙火

【비고】 ‘修園圃乙 見▶トㅎㄱ入乙◀ 當 願 衆生 五欲圃七 中ろ十 愛草乙 耘除ソヒ立 <화엄05:21>’에서 ‘トㅎㄱ入乙’은 ‘見’에 달린 것이 아니라 ‘修’에 달린 것으로 보아야 해석에 문제가 없음.

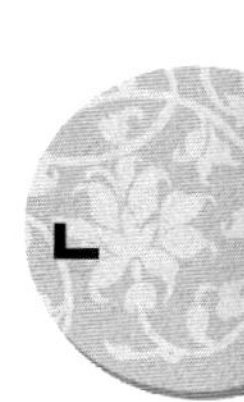

ㅌ ハ ニ | [늑시다;느기시다]

【ㅌ/선어말어미+ハ/선어말어미?+ニ/선어말어미+ㅣ/종결어미】

-셨다.

¶ 一一國土ㅌ 中ㅅ十 一一佛ㅅ 及ハ 大衆ㅅノ今ㅅㅣ 各ㅋ各ㅋホ 般若波羅密乙 說▸ㅌハニㅣ◂ <구인02:06-07>

乃ㅅ 十方ㅌ 恒河沙ㅌ 佛土ㅅ十 至ㅣ 有緣ソ1ㅋ十1 斯ㅌソ巴ハ 現ソ▸ㅌハニㅣ◂ <구인03:06>

法界1 分別 無ㅌロ1 是 故ㅆ 異ソ1 乘 無ㅌロ1乙 衆生乙 度ソ{爲}ㅅソニㅕ入ㅆ 故ノ 分別ソㅅ 三乘乙 說ニロ1ㅣㅅㅌㅣソ▸ㅌハニㅣ◂ <금광13:16-17>

【관련】 ソㅌハニㅣ, (ソ)ㅌハニㅅ, ㅌホ-

【비고】 'ハ'를 조동사로 처리하는 견해도 있음. <유가사지론> 계통에서 'ㅌハニ'가 나타날 자리에 <화엄경> 계통에서는 'ㅌホ'가 나타남.

ㅌ ハ ニ ㅅ [늑시며;느기시며]

【ㅌ/선어말어미+ハ/선어말어미?+ニ/선어말어미+ㅅ/연결어미】

-셨으며.

¶ 時十 諸1 大衆1 月光王ㅣ 十四王ㅋ 量 無ㅌ1 功德藏乙 歎ソニㅏㅋ1入乙 聞白ロソ1 大法利乙 得▸ㅌハニㅅ◂ <구인11:14-15>

是 金光明經乙 說ㅕ 已ㅅソ白ハニ1 三万億 菩薩摩訶薩1 無生法忍乙 得▸ㅌハニㅅ◂ <금광14:22-23>

【관련】 ㅌハニㅣ

【비고】 'ハ'를 조동사로 처리하는 견해도 있음. <유가사지론> 계통에서 'ㅌハニ'가 나타날 자리에 <화엄경> 계통에서는 'ㅌホ'가 나타남.

ㅌ ㄲ ㅣ ナ ㅣ [느도이겨다]

【(ㄴ/동명사어미)+ㅌ/의존명사+ㄲ/보조사+ㅣ/계사+ナ/선어말어미+ㅣ/종결어미; ㅌ/동명사어미+ㄲ/보조사+ㅣ/계사+ナ/선어말어미+ㅣ/종결어미】

-는 이도 있다.

¶ 或ソ1 四生ㅅ 五生ㅅ 乃ㅅ 至ㅣ 十生ㅅノ乙ソロ 得ホ 正位ㅅ十 入ソ1ㅌㄲㅣ乙ソナㅅ 聖人性乙 證ソ1ㅌㄲㅣㅅ 一切 無量報乙 得▸ㅌㄲㅣナㅣ◂ <구인11:17-19>

【비고】 여기서 계사 'ㅣ'는 '있다'의 의미임.

ㅌ ㄲ ㅣ ㅅ [느도이며]

【(ㄴ/동명사어미+)ㅌ/의존명사+ㄲ/보조사+ㅣ/계사+ㅅ/연결어미; ㅌ/동명사어미+ㄲ/보조사

+ㅣ/계사+㢱/연결어미】
-는 이도 있으며.
¶ 伏忍乙 得▸ㅌ力ㅣ㢱◂{者} 空ㆍ 無生ㆍノ令七 忍乙 得◂ㅌ力ㅣ㢱◂ 乃氵 至ㅣ 一地ㆍ 十地ㆍノ令七 不可說七 德行乙ソ1ㅌ力ㅣナ| <구인14:15-16>
【비고】 여기서 계사 'ㅣ'는 '있다'의 의미임.

ㅌ矛罒[느리라]

【ㅌ/선어말어미+矛[㕩/동명사어미(+이/의존명사)+이/계사]+罒/연결어미】
-을 것이라서. § <화엄경>에서 조건절 '-ㅌㄕ入1'의 후행절에 주로 쓰임.
¶ 佛子氵 若七 諸1 菩薩ㅣ 善支 其 心乙 用ソㅌㄕ入1 則支 一切 勝妙功德乙 獲▸ㅌ矛罒◂ … {於}一切 法氵十 自在ㄕ 不ソㄕ丁ノㄕ 無 而灬 衆生ラ七 第二 導師ㅣㄕ{爲}入乙ソ去ナ亠七| <화엄02:12-17>
【관련】 ㅌ矛㢱, (ソ)ナ矛罒
【비고】 '罒'는 연결어미 '氵'의 이형태로 계사 'ㅣ' 뒤에 쓰임.

ㅌ矛㢱[느리며]

【ㅌ/선어말어미+矛[㕩/동명사어미(+이/의존명사)+이/계사]+㢱/연결어미】
-을 것이며. § 동사, 형용사, 계사에 모두 결합됨. <화엄경>에서 조건절 '-ㅌㄕ入1'의 후행절에 주로 쓰임.
¶ 若七 人ㅣ 大因七 力乙 成就ソㅌㄕ入1 則支 殊勝決定解乙 得▸ㅌ矛㢱◂ <화엄11:01>
若 能 兼ㅣ 一切 衆乙 利ㅣㅌㄕ入1 則 生死氵十 處ノㄕ厶 疲厭ソㄕ 無ㅌ矛㢱 若 處生死 疲厭ソㄕ 無ㅌㄕ入1 則 能 勇健ソ氵亦 能矢 勝氵令 無▸ㅌ矛㢱◂ <화엄11:24-12:01>
{於}戒ㆍ 及七 學ㆍノ令ラ十 常 順行ソㅌㄕ入乙 一切 如來ㄕ 偁美ソ而ㅎㄕ 所ㅣ▸ㅌ矛㢱◂ <화엄10:13>
【관련】 ㅌ而矛㢱, ㅌ矛罒, 一ナ矛㢱

ㅌㄕ入1[눓든]

【ㅌ/선어말어미+ㄕ/동명사어미+入/의존명사+1/보조사】
-면. § 조건구문에 쓰이며 후행절에는 '-ㅌ矛-'가 옴.
¶ 若七 得氵亦 信力ㅣ 能矢 動ソ氵令 無▸ㅌㄕ入1◂ 則支 得氵亦 諸1 根 淨ソ氵 明利ソㅌ矛㢱 <화엄10:20>
若 增上人 最勝心人令乙 得▸ㅌㄕ入1◂ 則 常ㅣ 波羅蜜乙 修習ソㅌ矛㢱 <화엄11:09>
若 一切 衆生 行 知▸ㅌㄕ入1◂ 則 能 諸1 群生乙 成就ソㅌ矛㢱 <화엄12:04>
若 憍慢ㆍ 及七 放逸ㆍノ令乙 離支▸ㅌㄕ入1◂ 則 能支 兼ㅣ 一切 衆乙 利ㅣㅌ矛㢱

<화엄11:23>

若 不思議 光 莊嚴ㅅ ▸ ㅌ ㄕ ㅅ ㄱ ◂ 其 光ㄱ 則ㅊ 諸ㄱ 蓮華ㄹ 出ㅅ ㅌ ㅊ ㅅ <화엄13:01>

【관련】 ㅌ ㅊ ㄕ ㅅ ㄱ, ㅅ ㅁ ㅌ 火 ㄷ ㅅ ㄕ ㅅ ㄱ, -ㅊ ㄕ ㅅ ㄱ

【선후】 (이두)去乙等/去乙ㅊ, (향가)飛尸等

【비고】 'ㄕ ㅅ ㄱ'을 연결어미로 보는 견해도 있음. '-ㅌ ㄕ ㅅ ㄱ'은 <화엄경>에만 나타남.

ㅌ ㄕ ㅅ [늚며]

【ㅌ/선어말어미+ㄕ/동명사어미(+이/계사)+ㅅ/연결어미; ㅌ/선어말어미+ㄕ/선어말어미?+ㅅ/연결어미】

-을 것이며.

¶ 量 無ㄱ 諸 菩薩ㄱ 菩提心ㄹ 退 不冬ㅅ ㅌ ㅅ ㄴ ㅅ 量 無ㅅ 邊 無ㅅ ㄱ 比丘ㄱ 法眼淨ㄹ 得 ▸ ㅌ ㄕ ㅅ ◂ 量 無ㄱ 衆生ㄱ 菩提心ㄹ 發ㅅ ㅌ ㅣ <금광14:23-24>

【관련】 ㅌ ㅊ ㅅ, ㅅ(白)ㅁ ㅌ ㄹ ㅅ

ㅌ ㄕ ㅗ [늚여]

【ㅌ/선어말어미+ㄕ/동명사어미+ㅗ/조사; ㅌ/선어말어미+ㄕ ㅗ/연결어미】

-지만. § 'ㄕ ㅗ'는 역접의 기능임.

¶ 菩薩摩訶薩ㄱ {於}十方ㄷ 一切 佛土ㅅ ㅊ 諸 化佛身ㅊ 無上ㅅ ㄴ ㄱ 種種ㄷ 正法ㄹ 說ㅅ ▸ ㅌ ㄕ ㅗ ◂ {於}法如如ㅅ ㅊ 動 不冬ㅊ 去 不冬ㅊ 來 不冬ㅊ ㅅ ㅅ 善能ㅊ 一切 衆生ㅊ 善根 成熟ㅅ ㅣ ▸ ㅌ ㄕ ㅗ ◂ 亦 一切 衆生ㅣ 成熟ㅅ ㅣ ㄱ ㅊ{可}ㄷ ㅅ ㄱ ㄹ{者} 見ㄕ 不冬ㅅ ㅅ 種種ㄷ 諸 法ㄹ 說 ▸ ㅌ ㄕ ㅗ ◂ {於}諸 言辭ㅅ ㅊ 動 不冬ㅊ 去 不冬ㅊ 住 不冬ㅊ 來 不冬ㅊ ㅅ ㅊ ㅊ ㅁ 能ㅅ 生滅ㄹ 現 ▸ ㅌ ㄕ ㅗ ◂ 無生滅ㄹ 向ㅅ ㅅ 諸 行法ㄹ 說 ▸ ㅌ ㄕ ㅗ ◂ 去來ㄱ ㄕ 所 無ㅌ ㅊ ㄷ ㅣ 一切 法ㄱ 異ㅅ ㄱ 無ㅅ ㄱ ㅅ ㅊ{故}ㅗ <금광14:16-22>

【관련】 (ㅅ)ㅊ ㄕ ㅊ, (ㅅ)ㅊ ㅅ ㅊ/ㅊ ㅊ ㅊ

ㅌ ㅊ ㄷ ㅣ [늜다]

【ㅌ/선어말어미+ㅊ ㄷ/선어말어미+ㅣ/종결어미】

① -을 수 있다. § 동사와 결합한 예임.

¶ 一切 菩薩ㄱ 阿耨多羅三藐三菩提ㅅ ㅊ ㄱ 退 不冬ㅅ ▸ ㅌ ㅊ ㄷ ㅣ ◂ <금광13:23-24>

無盡無滅海印出妙功德陁羅尼ㅗ 無盡無滅衆生意行言語通達陁羅尼ㅗ … 無盡無滅無邊佛身能顯現陁羅尼ㅗ ㄱ ㄕ ㄹ ㅅ ㅅ ㅅ ▸ ㅌ ㅊ ㄷ ㅣ ◂ <금광14:07-15>

② -다. § 형용사와 결합한 예임.

¶ 諸 行法ㄹ 說ㅌ ㄕ ㅗ 去來ㄱ ㄕ 所 無 ▸ ㅌ ㅊ ㄷ ㅣ ◂ 一切 法ㄱ 異ㅅ ㄱ 無ㅅ ㄱ ㅅ ㅊ{故}ㅗ <금광14:21-22>

【관련】 ナ hӓ ヒ 丨

【선후】 (향가)恨音叱如

爲內尸等焉國惡大平▸恨音叱如◂ <安民歌 9>

ㅌ 立[ᄂᆞ셔]

【ㅌ/선어말어미+立/종결어미】

-기를 (원한다). § 願望을 나타내는 종결형태임. 동사, 형용사, 계사에 모두 결합됨.

¶ 若七 宮亠 室亠ノ今ラ十 在ソ去丁丨十丁 當 願 衆生 {於}聖地氵十 入ソ氵ホ 永去 穢欲乙 除▸ㅌ立◂ <화엄02:24>

佛塔乙 見白去丁 時 當 願 衆生 尊重ソ丁矢 塔 如支ソ氵入 天人ラ 供乙 受▸ㅌ立◂ <화엄08:06>

瓔珞乙 著ソ去丁 時亠十丁 當 願 衆生 諸丁 僞飾乙 捨ソロハ 眞實處氵十 到▸ㅌ立◂ <화엄03:01>

水乙 以 面乙 洗去丁丨十丁 當 願 衆生 淨法門乙 得氵ホ 永去 垢染 無▸ㅌ立◂ <화엄04:16>

若七 洗足ソ去丁 時十丁 當 願 衆生 神足七 力乙 具ㅎ氵ホ 所行 礙尸 無▸ㅌ立◂ <화엄08:13>

若 沙門乙 見 當 願 衆生 調柔ソ㠯 寂靜ソ㠯ソ氵ホ 畢竟 第一刂▸ㅌ立◂ <화엄06:12>

【관련】 (ソ)ㅌ支立

ㅌ 示 ᄏ 厼[ᄂᆞ시리며]

【ㅌ/선어말어미+示/선어말어미+ᄏ[ㄹㆆ/동명사어미(+이/의존명사)+이/계사]+厼/연결어미】

-실 것이며. § <화엄경>에서 조건절 '-ㅌ尸入丁'의 후행절에 쓰인 예임.

¶ 若 諸 佛 授記 所 {爲}入乙ソㅌ尸入丁 則 一切 佛刂 其 前氵十 現▸ㅌ示ᄏ厼◂ <화엄12:15>

【관련】 ㅌᄏ厼, ㅌ尸厼

ㅌ 示 尸 入 丁[ᄂᆞ싫든]

【ㅌ/선어말어미+示/선어말어미+尸/동명사어미+入/의존명사+丁/보조사】

-시면. § 조건구문에 쓰이며 후행절에는 '-ㅌᄏ-'가 옴.

¶ 若 一切 佛 其 前 現▸ㅌ示尸入丁◂ 則 神通深密用乙 了ソㅌᄏ厼 <화엄12:16>

【관련】 ㅌ尸入丁

ㅌ ㄷ[ㄷㅅ]

【(ㄴ/동명사어미)+ㅌ/의존명사+ㄷ/속격조사; ㅌ/동명사어미+ㄷ/속격조사】

① -은. § 형용사의 현재시제임. 'ㅌㄷ'은 형용사, 계사의 관형사절에 주로 쓰임.

¶ 若ㄷ 美ソ▸ㅌㄷ◂ 味乙 得ㄋ乃 專ロ 自ㄋ灬 受ㄕ 不ソㄋハ <화소09:10-11>

一リㄉ 二リ▸ㅌㄷ◂{之} 義ㄱ 其 事 云何ㄷソロㅌㄋ <구인14:19-20>

【관련】 ㄱㅌㄷ

② -은. § 동사의 과거시제임.

¶ 我ㄘ 等ソㄱㄱ 皆 當ハ 盡▸ㅌㄷ◂ 心灬 供養ソ白ㄉ <금광15:07>

又 此 正法ㄋ十 住ソ▸ㅌㄷ◂ 者ㄱ {於}无戲論涅槃界ㄷ 中ㄋ十 心 樂ㄘ 安住ソㄋホ 證得ノㄕ入乙 樂欲ソㄕ亠 <유가20:17-18>

【관련】 -ㄱㅌㄷ, 今ㄷ

ㄱ[1][은]

【ㄱ/보조사】

① -은/는. § 주제를 나타냄.

¶ {此}リ 菩薩▸ㄱ◂ {是}リ 事 有ㄷㄱ入灬 故ㄆ {是}リ 事 有ㄷㄉ <화소01:04-05>

② -은/는. § 대조를 나타냄.

¶ 法身▸ㄱ◂ 虛空 如ㄆㄋ 智慧▸ㄱ◂ 大雲 如ㄆㄋソㄋ <금광07:14>

③ -은/는. § 연결어미나 부사어의 뒤에 붙어 강조의 뜻을 나타냄.

¶ 若ㄷ 自ㄋ灬 食ソ今ㄷ 時ㄋ十▸ㄱ◂ {是}リ 念言ノㄕ入乙 作ソナㄕ丁 <화소09:12-13>

聞ㄕ 已ㄋソロハ▸ㄱ◂ 著ㄕ 不ソㄋホ 有 非ㄆㄱ入乙 了達ソㄉ <화소13:02-03>

{此}リ 陀羅尼乙 得ㄕ 已ㄋソㄋソ▸ㄱ◂ 法ㄷ 光明乙 以ㄋ 廣リ 衆生ㄋ {爲}三 {於}法乙 演說ソㄕ入灬リナㄧ <화소25:14- 15>

若ㄷ 上衣乙 著ソㄊㄱㄧ十▸ㄱ◂ 當 願 衆生 勝善根乙 獲ㄋホ 法ㄷ 彼岸ㄋ十 至ㅌ立 <화엄04:08>

{於}十地ㄋ十▸ㄱ◂ 智波羅蜜乙 行向ソナㄘㄷㄧ <금광08:15- 16>

【선후】 (향가)隱, (15)은/은

ㄱ[2][은]

【ㄱ/동명사어미】

① -은/는. § 형용사의 현재시제임.

¶ 謂ノㄱㄱ 識 無ㄷ▸ㄱ◂入灬 故ㄆ 名色 無ㄷ▸ㄱ◂ㄆナㄧ <화소01:19>

衆▸ㄱ◂ 魔ㄋ 外道ㄋノ今ㄋ 懷ㄕ 不(ノ)能リㄆノㄕ 所リㄉ 轉身ソㄋホ 受生ノㄕム 忘不 於過去現在未來 說法 盡 無ㄉ <화소23:13-14>

一ㄱ 法乙 演ソ爫ㅎㄱ入乙 說ㅅ 一ㄱ 根ㄷ 量リ 無▸ㄱ◂ 種ㄷ種ㄷ 性乙 說ㅅ <화소25:03-04>

大願ㄷ 心ㅎ 變異ㄕ 無▸ㄱ◂入灬{故}リㅅ <화소26:16-17>

法王ㄱ 上 無ㄷ3 人 中3ㄷ 樹リ二下 大衆乙 覆蓋ソ白ㄅㄕム 量 無ㄷ▸ㄱ◂ 光灬ソ二ㅅ <구인11:09>

聽ノㄕ 無ㄷㅅ 說ノㄕ 無ㄷ▸ㄱ◂入乙 卽3 {爲} 一リㅌㄷ 義ㆍソㅅ 二リㅌㄷ 義ㆍノオ▸ㄱ◂入灬 故ノㆍ <구인14:21-22>

② -은. § 동사의 과거시제임.

¶ 手3十 楊枝乙 執ㅊ▸ㄱ◂ㅣ十ㄱ 當 願 衆生 皆ㄷ 妙法乙 得3ホ 究竟 淸淨ソㅌ立 <화엄04:10>

路乙 涉3ホ 而灬 去ㅊ▸ㄱ◂ㅣ十ㄱ 當 願 衆生 淨法界乙 履ノㄕム 心3十 障礙ㄕ 無ㅌ立 <화엄04:21>

事乙 訖ロハ 水3十 就ㅊ▸ㄱ◂ㅣ十ㄱ 當 願 衆生 出世ㄷ 法ㄷ 中3十 速疾ㅎ 而灬 往ソㅌ立 <화엄04:13>

二 他師敎リㄱ 謂▸ㄱ◂ 所ㄱ 大師ㄕ 鄔波柁耶ㅗ 阿遮利耶ㅗノㄕㄋ {於}時時間3十 敎授敎誡ノㄕ入乙 依3 攝受依止ソㄕ矢ㅣ <유가25:08-10>

③ -은/는 것. -은 곳. § 동명사어미의 명사적 용법임. 형용사, 계사의 현재시제임.

¶ 高▸ㄱ◂ㄋ十 昇ノ令ㄷ 路乙 見3ㄱㅣ十ㄱ 當 願 衆生 永ㅊ 三界乙 出ソ3ホ 心3十 怯弱 無ㅌ立 <화엄04:22>

此乙 除ロ斤 更3 若 過ソㆆ 若 增ソㆆソㄱ 无ソ▸ㄱ◂リㄱ丁 <유가31:11>

④ -은 것. § 동명사어미의 명사적 용법임. 동사의 과거시제임.

¶ 當ハ 知ㅎㅣ 多リ 所作 {有}ㅓ▸ㄱ◂リㄱ丁 <유가10:15>

⑤ (謂 뒤에서) 이른바. 이르기를.

¶ 无信解障圓滿リㅣソㄱ入ㄱ{者} 謂▸ㄱ◂ 有ㄔㅣ 一 如ㄆソㄱリ <유가02:10>

謂▸ㄱ◂ 聞正法圓滿ㅅ 涅槃爲上首ㅅ 能熟解脫慧ㄷ 成熟ㅅ乙 依ソㄱ入灬{故}ㅣ <유가07:21-23>

【관련】 ㄕ

ㄱ[3][ㄴ]

【ㄱ/동명사어미】

('諸' 뒤에서) 모든.

¶ 時十 諸▸ㄱ◂ 貪人ㄱ 彼 大王ㄋ十 從ㄷソ3 <화소12:13>

乃ㆍ 他方 恒河沙ㄷ 諸二▸ㄱ◂ 佛ㄷ 國土3十 至リソㅌハ二ㅣ <구인02:13-14>

【선후】 (15)모든

ㄱ[4][ㄴ]

【ㄱ/말음첨기】

① ('一' 뒤에서) 한.

¶ 一▸ㄱ◂ 佛㐊 名號㆑ 乃ㄝ氵 至刂 不可說不可說七 佛㐊 名號㆑ノ今乙 持ㄝ尔 <화소 24:01-02>

分別 無㇇{有} 功用 無㇇ㄝナㄱ㆑ {於}一▸ㄱ◂ 念七 頃七ㄋ十 十方ㄋ十 徧亇丨ノア厶 <화엄14:17>

【선후】 (계림유사)河屯(一曰▸河屯◂), (15)ᄒᆞᆫ

② ('百' 뒤에서) 백.

¶ 過去七 一ㄱ 生㆑ 二ア 生㆑ 乃ㄝ氵 至刂 十ア 生㆑ 百▸ㄱ◂ 生㆑ 千ㄱ 生㆑ 百▸ㄱ◂ 千ㄱ 生㆑ 量刂 無ㄱ 百▸ㄱ◂ 千ㄱ 生㆑ 成劫㆑ 壞劫㆑ 成塊劫㆑ 一ㄱ 非矢ㄴ七 成劫㆑ 一ㄱ 非矢ㄴ七 壞劫㆑ 一ㄱ 非矢ㄴ七 成壞劫㆑ 百▸ㄱ◂ 劫㆑ 千ㄱ 劫㆑ 百▸ㄱ◂ 千ㄱ 億 那由他㆑ <화소20:07-11>

【선후】 (15)온

③ ('千' 뒤에서) 천.

¶ 過去七 一ㄱ 生㆑ 二ア 生㆑ 乃ㄝ氵 至刂 十ア 生㆑ 百ㄱ 生㆑ 千▸ㄱ◂ 生㆑ 百ㄱ 千▸ㄱ◂ 生㆑ 量刂 無ㄱ 百ㄱ 千▸ㄱ◂ 生㆑ 成劫㆑ 壞劫㆑ 成塊劫㆑ 一ㄱ 非矢ㄴ七 成劫㆑ 一ㄱ 非矢ㄴ七 壞劫㆑ 一ㄱ 非矢ㄴ七 成壞劫㆑ 百ㄱ 劫㆑ 千▸ㄱ◂ 劫㆑ 百ㄱ 千▸ㄱ◂ 億 那由他㆑ <화소20:07-11>

【선후】 (15)즈믄

ㄱㄴ七[은ᄂᆞᆺ]

【ㄱ/동명사어미+ㄴ/의존명사+七/속격조사; ㄱ/중복표기+ㄴ/동명사어미+七/속격조사】

① -은. -는. § 형용사의 현재시제임.

¶ 若 能 四攝法 成就ㄝㄴア入ㄱ 則 衆生ㄋ十 限㇇ 無▸ㄱㄴ七◂ 利㇇ア入ㄱ 與ㄝㄴ矛尔 <화엄12:07>

或 無常㆑ 衆苦㆑ノ今七 門 以 或 我㆑ 壽者㆑ノ今 無▸ㄱㄴ七◂ 門 以 或 不淨離欲門 以 或 滅盡三昧門乙 以ㄝア力ㄝナㄋ <화엄17:11-15>

幻諦七 法ㄱ 佛刂 出世ㄝ白ㄋア 無七三▸ㄱㄴ七◂ 前ㄋ十 名字 無七㇇ 義七 名 無七㇇ㄝ尔 <구인14:02-03>

相 無七▸ㄱㄴ七◂ 第一義ㄱ 自 無七㇇ 他作 無七㇇ㄝ尔 <구인14:24>

② -은. § 동사의 과거시제임.

¶ 我ㄱ 今ㄝㄱ 已氵 諸ㄱ 菩薩ア {爲}氵 佛矢 往ㄋ十 修㇇㇇▸ㄱㄴ七◂ 淸淨行乙 說ㄋ口乙㇇ㄱ刂罒 <화엄08:23>

仁力 亦ㄝㄱ 當八 {於}{此}刂 會七 中ㄋ七ㄝㄋ八 修行ㄝ㇇㇇▸ㄱㄴ七◂ 勝功德乙 演暢ㄝ口八㇇立 <화엄08:24>

時十 無色界七矛ㄱ 量 無七ㄱ 變ノ▸ㄱㄴ七◂ 大香花乙 雨ㄋㄱ厶 <구인02:14-15>

生乙 含ㄝ▸ㄱㄴ七◂{之} 生ㄱ 妙報乙 受口ㄴㄱ㆑ <구인11: 12>

菩薩リ 成佛ソ尸 未リソㅌ七 時十 菩提乙 {以}氵ㄋ 煩惱 {爲}氵ナ尸∶ 菩薩リ 成佛ソ去▶ㄱㅌ七◀ 時十 煩惱乙 以ㄋ 菩提 {爲}氵ナㅎ七丨 <구인15:18-19>

【관련】 ソㄱㅌ七, ソ去ㄱㅌ七, ソ去ハニㄱㅌ七, ニㄱㅌ七, ㅠㅎㄱㅌ七, ソㄱㅌ, (ソ)ㅌ七, (ソ)ㄱ

【비고】 의존명사/동명사어미+속격조사(七)의 결합이 관형절을 만들고 있음.

ㄱ 丁[은뎌]

【ㄱ/동명사어미+丁[ㄷ/의존명사+여/조사]】

① -은/는 것을. -은/는 것이다. § 후치된 목적어절에 붙은 요소임. '-リㄱ丁'의 예만 보임.

¶ 當ハ 知ㅎ丨 卽ㅎ 解脫圓滿ㄱ 无餘依涅槃界乙 {以}氵 而灬 上首 {爲}氵ソㅈリ▶ㄱ丁◀ <유가05:17-18>

{於}二種 不淨想乙 修ノ今七 中ㄋ十 當ハ 知ㅎ丨 多リ 所作 {有}斗ㄱリ▶ㄱ丁◀ <유가10:14-15>

當ハ 知ㅎ丨 卽ㅎ 是ㄱ 初靜慮七 近分定乙 得ナㅈ罒 未至位灬 攝ノ尸 所リ▶ㄱ丁◀ <유가15:03-04>

當ハ 知ㅎ丨 摠亐 說ロㄱ 一門ㄋ十ㄱ 十二リㄅ 一門ㄋ十ㄱ 十四リㄱリ▶ㄱ丁◀ <유가10:12-13>

是 如支ソ尸入乙 當ハ 知ㅎ丨 資糧乙 由氵ㄱ入灬 故ノ 其 心 安住ソ去ㄱ丁ノㅈリ▶ㄱ丁◀ <유가25:03-04>

② -은/는 것이. -은/는 것이여. § 후치된 주어절에 붙은 요소임. '-リㄱ丁'의 예만 보임.

¶ 時十 波斯匿王ㄱ 言ニ尸 善ニㄋㄱ亻 大事七 因緣灬 故ノソニロトㄱリ▶ㄱ丁◀ソㄋ 卽ㄋ 百億種色七 花乙 散ソロハニㄱ 變ソㄋホ 百億寶帳リ 成ナㄋ 諸ㄱ 大衆乙 蓋ソロㅌ丨 <구인03:20-21>

③ -은 것이라고. -는 것이라고. § 명명 구문에 쓰인 것임.

¶ 何ㅎ {等}丨ソㄱ乙 {爲} {是}リ 事 有七ㄱ入灬 故支 {是}リ 事 有七▶ㄱ丁◀ノ今ロ <화소01:17>

善男子ㄋ 是 如支ソ丨 汝 等ソㄱㄱ 當ハ 此 如支ソニㄱ 經典乙 精勤修行ソロㅎ{應}七ソㄱ亠 則ノ 法乙 久ㄋ {於}世ラ十 住今リ白ㄋ▶ㄱ丁◀ノㅈナㄱリ丨ソㅌハニ丨<금광15:14 -16>

是ㄱ 法尔灬ハ 大師乙 供養ソ白ㄋ▶ㄱ丁◀ノㅈ罒 是 故灬 此乙 說ㄋ 名下 饒益他亠ノㅈㄅ <유가06:06-07>

卽ㅎ 名下 已氵 得ホ {於}現見法ㄋ十 永ㄋ 熾燃乙 離ソㄋ▶ㄱ丁◀ノ今 非矢丨 <유가22:06>

是 如支ソ尸入乙 當ハ 知ㅎ丨 資糧乙 由氵ㄱ入灬 故ノ 其 心 安住ソ去▶ㄱ丁◀ノㅈリㄱ丁 <유가25:03-04>

④ -은 것이니. § 나열 구문에 쓰인 것임.

¶ 一ㄱ佛ㅿ 出世ソㄋ 授記乙 說ㅠㅎ▶ㄱ丁◀ 乃ソ氵 至リ 不可說不可說七 佛ㅿ 出世ソㄋ

授記乙 說㢱㫆▸ㄱ丁◂ノ令乙 念ソ㫆 <화소20:14-16>
一ㄱ 法乙 演ソ㢱㫆▸ㄱ丁◂ 乃ソ氵 至刂 不可說不可說七 法乙 演ソ㢱㫆▸ㄱ丁◂ノ令乙 念ソ㫆 <화소21:01-02>
【관련】 ソㄱ丁, -刂ㄱ丁, 尸丁
【선후】 (15)-ㄴ뎌

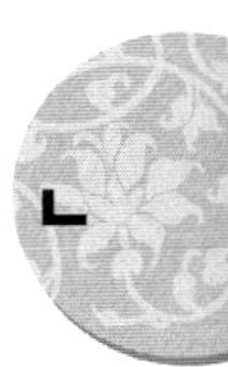

ㄱ矢[은디]

【ㄱ/동명사어미+矢[ᄃᆞ/의존명사+이/주격조사]】
-은/는 것이. § 형용사, 계사의 현재시제임. '譬入ㄱ…' 이나 '如支-', '{如}丨-', '{若}丨-'가 후행함.
¶ 一切 世間七 衆ㄱ 苦患ㄱ 深ソ㠯 廣ソ㠯ソ㇏㫆 涯㇇ 無▸ㄱ矢◂ 大海 如支ソロㄱ乙 <화엄18:12>
有入 無入ㄱ 本ᅳ八 自㇇ 二刂▸ㄱ矢◂ 譬入ㄱ 牛㇇ 二 角 {若}丨ソ㫆 <구인15:03>
世間ㄱ 一㫆 異ソㄱ 不矢刂▸ㄱ矢◂ 譬入ㄱ 空谷㇏七 響 如支ソ㇏ <금광13:14-15>
【관련】 ソㄱ矢

ㄱ入ᅳ[은ᄃᆞ로]

【ㄱ/동명사어미+入/의존명사+ᅳ/구격조사】
① -은 까닭으로. -었기 때문에. § 동사의 과거시제임. 주로 '故'가 후행함.
¶ 等入 慧入 灌頂入七 三品士ㄱ 前㇇ 餘ソㄱ 習刂ㄱ 無明緣: 無明習相刂ㄱ 故七ノㄱㅌ七 煩惱:ノ乙 除ソニㅏㄱㄱ入ㄱ 二諦理乙 窮㇏ 一切之七 盡㇏ニ▸ㄱ入ᅳ▸刂ㄱ丨 <구인11:01- 02>
善男子㇏ 是 金光明經乙 聽聞ソ㠯 受持ソ㠯ソㄱ入乙 {以}氵▸ㄱ入ᅳ◂ 故ノ <금광14:03-04>
{於}自心㇏+ 清淨ソ{令}刂尸 未刂ソㄱ丨+ㄱ 必八 {於}衆苦㇏+ 得㫆 解脫ソ㇏ 吉祥性乙 成刂尸 不八ソ尸入乙 由氵▸ㄱ入ᅳ◂ᅩ <유가22:03-04>
② -은 까닭으로. -기 때문에. § 형용사, 계사의 현재시제임. '故'가 후행함.
¶ {此}刂 菩薩ㄱ {是}刂 事 有七▸ㄱ入ᅳ◂ 故支 {是}刂 事 有七㫆 <화소01:04-05>
人願七 心㫆 變異尸 無▸丨入ᅳ◂{故}刂㫆 <화소26:16-17>
一切 諸ㄱ佛ᅩ 護念ソ㢱㫆尸 所刂▸ㄱ入ᅳ◂{故}刂㫆 <화소26:18>
體刂 是ㄱ 生老病死七 法刂▸ㄱ入ᅳ◂ 故ノ 內壞苦㇇{之} 隨逐ノ尸 所乙 爲八㫆 <유가18:04-05>
【관련】 ㄱ入ᅳ, 七ㄱ入ᅳ, 氵ㄱ入ᅳ

ㄱ入ᅳ刂ナ丨[은ᄃᆞ로이겨다]

【ㄱ/동명사어미+入/의존명사+灬/구격조사+リ/계사+ナ/선어말어미+丨/종결어미】

-기 때문이다. -는 까닭으로이다.

¶ 何以故ㆍソ禾尸入ㄱ 一切 法ㄱ 作ノ尸 無ホ 作者 無ホ 言說 無ホ 處所 無ホ 生 不矢ホ 起 不矢ホ 與 不矢ホ 取 不矢ホ 動轉 無ホ 作用 無▸ㄱ入灬リナ丨◂ <화소19:04-09>

【관련】 ㄱ入灬故リナ丨, ㄱ入灬故丨, (ソ)ㄱ入灬, ㄱ入灬ㅗ, ㄱ入灬故ㅗ

ㄱ入灬故リナ丨[은ᄃᆞ로이겨다]

【ㄱ/동명사어미+入/의존명사+灬/구격조사+リ/계사+ナ/선어말어미+丨/종결어미】

-기 때문이다. -는 까닭으로이다.

¶ 一切 衆生ラ {爲}三 一切 佛ᄊ 神力乙 現ㅎ3 教化調伏ソ3ホ 修行不斷 令リㅎ尸 盡ㄊㅎ{可}セソヒ 不矢▸ㄱ入灬{故}リナ丨◂ <화소20:01-03>

何以故ㆍソ禾尸入ㄱ {此}リ 菩薩ㄱ 盡虛空徧法界セ 邊尸 無ㄱ 身乙 成就ソ▸ㄱ入灬{故}リナ丨◂ <화소26:02-03>

【관련】 -ㄱ入灬リナ丨, -ㄱ入灬故丨, (ソ)ㄱ入灬, -ㄱ入灬ㅗ, -ㄱ入灬故ㅗ, -ㄱ入灬 故ノㆍ

ㄱ入灬故リホ[은ᄃᆞ로이며]

【ㄱ/동명사어미+入/의존명사+灬/구격조사+リ/계사+ホ/연결어미】

('無' 뒤에서) 없기 때문이며.

¶ 大願セ 心ㅎ 變異尸 無▸ㄱ入灬{故}リホ◂ <화소26:16-17>

【관련】 -ㄱ入灬故-

ㄱ入乙[은ᄃᆞᆯ]

【ㄱ/동명사어미+入/의존명사+乙/대격조사】

① -은 것을. § 동사의 과거시제임.

¶ 一ㄱ 法乙 演ソ市ㅎ▸ㄱ入乙◂ 說ホ 一ㄱ 根セ 量リ 無ㄱ 種セ種セ 性乙 說ホ <화소25:03-04>

菩薩ㄱ {於}中3十 自在乙 得ナㄱ入灬 老病死セ 衆ㄱ 患乙 受トㅎ▸ㄱ入乙◂ 示リナホ <화엄18:21>

或ナ丨 復ソㄱ 恒河水3十 入ノ▸ㄱ入乙◂ 示リㄨㄱ矢ㆍ <화엄19:24>

時十 諸ㄱ 大衆ㄱ 月光王リ 十四王ラ 量 無セㄱ 功德藏乙 歎ソ二トㄱ▸ㄱ入乙◂ 聞白ロソㄱ 大法利乙 得ヒハ二ホ <구인11:14-15>

善男子3 菩薩 三地3十ㄱ 是 相リ 前現ノ尸ㅿ 自身リ 勇健ソㄱラ十 鎧仗灬 莊嚴ソ3 一切 怨賊乙 皆セ 能ホ 摧伏今リトノ▸ㄱ入乙◂ 菩薩ㄱ 悉3 見ソナㅎセ丨 <금광06:02-04>

{於}無上微妙法輪乙 轉ソ二トノ▸ㄱ入乙◂ 菩薩ㄱ 悉3 見ナㅎセ丨 <금광06:22>

身刂 此 三種 雜染 相應丷ㄱ 過患 {有}斗ノ▸ㄱ入乙◂ 觀丷ㄋ 心ㄋ十 厭患ノ尸入乙 生刂ナㅎ七丨 <유가21:14-16>

又 彼ㄱ {於}晝夜ㄋ十 若 行丷乃 若 住丷乃 衣服亠 飮食亠 命緣亠ノ尸乙 習近ノㄱ入乙 如八 習近丷▸ㄱ入乙◂ 由氵ㄱ入灬 故ノ <유가27:21-22>

彼ㄱ 是 如攴 心ㄋ十 思慕乙 生刂▸ㄱ入乙◂ 由ㄋ <유가29:02-03>

② -은/는 것을. § 형용사, 계사의 현재시제임.

¶ {是}刂ㄱ 有記法刂厼 {是}刂ㄱ 無記法刂▸ㄱ入乙◂ 知ナㅎ七丨 <화소01:04-08>

法ラ 見厼 夢 如攴丷ㄋ亦 堅固丷ㄱ {於}諸ㄱ 善根ㄋ十 無ㅎ▸ㄱ入乙◂ {有} 有想乙 起尸 不丷厼 亦丷ㄱ 倚ノ尸 所ㄋ 無ㄋ <화소13:05-06>

{此}刂 菩薩ㄱ 未來七 諸ㄱ 佛心 {之} 修行丷而ㅎ尸 所乙 聞口八 有 非矢▸ㄱ入乙◂ 了達丷厼 <화소13:12-13>

若七 能攴 大供養乙 興集丷ヒ尸入ㄱ 彼人ㄱ 佛矢 不思議刂而ㅎ▸ㄱ入乙◂ 信丷ヒオ厼 <화엄10:15>

語七 境界 不思議刂▸ㄱ入乙◂ 知ナ尸入乙 是乙 名下 說法三昧七 力:ノオナ丨 <화엄20:15>

聽ノ尸 無七厼 說ノ尸 無七▸ㄱ入乙◂ 卽ろ {爲} 一刂ヒ七 義:丷厼 二刂ヒ七 義:ノオㄱ入灬 故ノ: <구인14:21-22>

此 因果刂 永ㄋ 滅盡丷去▸ㄱ入乙◂ 由氵ㄱ入灬 故ノ 卽 名下 苦邊亠ノ尸亠 更ㄋ 餘 所 无ㄋ亦 無上丷ゑ 无勝丷ゑ丷ナㅎ七丨 <유가31:17-18>

【관련】 丷ㄱ入乙, (丷)尸入乙, ㄱ入灬

ㄱ乙[1][은을]

【ㄱ/동명사어미＋乙/대격조사】

① -은/는 것을. § 형용사, 계사의 현재시제임.

¶ 路刂 塵 多▸ㄱ乙◂ 見丷ㄱ丨十ㄱ 當 願 衆生 塵坌乙 遠離丷ㄋ八 淸淨法乙 獲ヒ立 <화엄05:02>

嚴飾 無七▸ㄱ乙◂ 見 當 願 衆生 諸ㄱ 飾好乙 捨丷口八 頭陀七 行乙 具ㅎヒ立 <화엄06:01>

慚恥ノ尸 無▸ㄱ乙◂ 見 當 願 衆生 慚恥ノ尸入乙 捨離丷口八 大悲七 道ㄋ十 住丷ヒ立 <화엄07:13>

十方ㄋ十 有ㄱ 所七 勝妙華: 塗香: 末香: 無價寶: 是 如攴丷▸ㄱ乙◂ 皆七 手七 中乙 從七 出刂ㄋ亦 道樹ㄋ七 諸ㄱ 最勝刂而▸ㄱ乙◂ 供養丷白ヒ厼 <화엄15:18-19>

② -은 것을. § 동사의 과거시제임.

¶ 若 華開丷▸ㄱ乙◂ 見 當 願 衆生 神通{等}丨丷ㄱ 法刂 華 如攴丷ㄋ 開敷丷ヒ立 <화엄05:11>

1 乙²[은을]

【1/동명사어미+乙/대격조사; 1 乙/연결어미】

① -거늘. -은/는데. § 형용사, 계사의 현재시제임.

¶ {此}刂 身1 危㺃 脆㺃ッ氵 堅固ッ1 無▸1乙◂{有} 我1 今ッ1 云何七： 而灬 戀著ノ尸入乙 生刂ㅎ禾氵七ロ <화소16:11>

彼 諸1 功德1 量氵ㅎ亠{可}七ッ1 不矢▸1乙◂ 我1 今ッ1 力乙 隨ㅎ 少分亇㐃乙 說ㅎ尸厶 <화엄09:02-03>

衆生氵 形相1 各亦 不冬 同刂ㄅ 行業： 音聲：ノ㐃 亦刀 量刂 無▸1乙◂ {是}刂 如攴ッ1 一切乙 皆七 能攴 現ㅎ卜ㅎ1入1 海印三昧七 威神七 力刂ナ丨 <화엄15:01-02>

其 會七 方廣1 九百五十里刂▸1乙◂ 大衆刂 僉然ㅎ 而灬 坐ッヒハ二丨 <구인02:08-09>

一切 外人刂 來ッ氵亦 相ノ 詰難ッ去▸1乙◂ 善(能 解釋)(ッ氵亦?) 其乙 降伏 令刂ッ尸矢 是 波羅蜜義刂ㄅ <금광05:20-21>

出世心乙 得ㄅ 昔尸 得尸 未刂ッ氵七丨ノ1 所刂▸1乙◂ 而灬 今ハ1氵 始ノ 得ッㄅ <금광06:23-24>

② -거늘. -은데. § 동사의 과거시제임.

¶ 三賢： 十聖：ノ㐃1 果報氵十 住ッ二▸1乙◂ 唯ハ 佛刂二尸 一人刂二氵 淨土氵十 居ッ二1 <구인11:06>

一切 外人刂 來ッ氵亦 相ノ 詰難ッ去▸1乙◂ 善(能 解釋)(ッ氵亦?) 其乙 降伏 令刂ッ尸矢 是 波羅蜜義刂ㄅ <금광05:20 -21>

衆生刂 {於}見乙 失刂氵▸1乙◂ 世尊刂二氵 能ㄅ 濟度ッ二ロ乙ㄅ <금광13:04-05>

【관련】 ッ1乙

【선후】 (향가)隱乙, (이두)去乙, (음독구결)乙, 去乙, 去ヒ, (15)거늘/거늘

1 乙ッㄅ[은을ᄒᆞ며]

【1/동명사어미+乙/대격조사#ッ/동사+ㄅ/연결어미】

-은/는 것을 하며.

¶ 百1 萬尸 阿僧祇七 陀羅尼乙 以氵亦 眷屬 {爲}三▸1乙ッㄅ◂ <화소25:13-14>

譬入1 鳥足灬 履ㅎ1 所七 空 如攴ッ▸1乙ッㄅ◂ 亦ッ1 大地氵七 一1 微塵 如攴ッ1乙ッロ乙ㅎ亠七丨 <화엄09: 09>

1 ：¹[은여]

【1/동명사어미+：/조사】

① -다. -은 것이다. § 형용사의 현재시제임. 여기서 '：'는 도치된 주어절에 붙은 요소임.

¶ 若七 有ナ丨 衆生刂 壽ㅎ 量 無▸ㄱㆍ◂ 煩惱 微細ソ彡 樂 具足ソ彡ソナㄱ刂ㆍ <화엄 18:20>

② -었다. -은 것이다. § 동사의 과거시제임.

¶ {是}刂乙 {爲}ソ口尸 菩薩摩訶薩尸 七 第七 慧藏ㆍソ口乙ㅎ禾▸ㄱㆍ◂ <화소 20:03-04>

時十 十六大國王七 中ろ七 舍衛國主刂ニ尸 波斯匿王刂 名(火?) 曰白尸 月光ㆍソ白ク令ㄱ 德行ㄱ 十地ㆍ 六度ㆍ 三十七品ㆍ 四不壞淨ㆍノ乙ソ彡 摩訶衍七 化乙 行ソ彡ソニト▸ㄱㆍ◂ <구인02:24-03:01>

大王下 {是}刂 故灬 佛佛刂 {於}世十 出現ソニ下 衆生乙 爲人ソニ尸入灬 故ノ 說ろホ 三界ㆍ 六道ㆍノ令七 名字乙 作ソ白クㄱ乙 是乙 名ろ 無量名字ㆍノ矛▸ㄱㆍ◂ <구인 14:04-06

【관련】 ソㄱㆍ/ソㄱ亠, -尸ㆍ/尸亠

ㄱㆍ[2][은여]

【ㄱ/동명사어미+ㆍ/조사; ㄱㆍ/연결어미】

① -니. -은데. -은/는 것이니. § 형용사의 현재시제임.

¶ 我ㄱ 無始灬ハ 已來ㅎㄱム 飢餓乙 以三ㄱ入灬 故支 身乙 喪ろㅎㄱム 數ㄱ 無七刂ソろㅎ▸ㄱㆍ◂ <화소10:09>

我ㄱ 身ㆍ 財寶ㆍ 及七 以ろ 王位ㆍノ令ㄱ 悉ろ {是}刂ㄱ 無常刂罒 敗壞ソ令七{之} 法刂▸ㄱㆍ◂ <화소12:01-02>

衆生乙 惡趣乙 捨離 令刂{爲}人 心ろ十 分別 無七ナ▸ㄱㆍ◂ 菩薩道乙 修ろホ 佛法乙 成就ソろ 而灬 {爲}三ㅎ 開演ソナ尸入乙 {是}刂乙 名下 現在施ㆍノ禾ナ丨 <화소 15:10-13>

十方七 一切 諸ㄱ 妓樂刂ㄱ 鐘ㆍ 鼓ㆍ 琴ㆍ 瑟ㆍノ令ㄱ 一ㄱ 類 非矢▸ㄱㆍ◂ 悉ろ 和雅ソヒ七 妙音聲乙 奏ソナ令乙 {於}掌七 中乙 從 出ソ尸 不ソ尸丁 <화엄 15:24-16:01>

復ソㄱ 十方淨土乙 變ソ彡 百億高座乙 現ソ彡 百億須彌寶花乙 化ソ彡ノㄱヒ 有七ナ▸ㄱㆍ◂ <구인02:02-03>

{是}刂 名味句ㄱ 音聲七 果刂▸ㄱㆍ◂ 文字記句ㄱ 一切之七 如刂ナ丨 <구인15:25>

② -었으니. -었는데. -은 것이니. § 동사의 과거시제임.

¶ 大衆ㄱ 歡喜ソろ 各ㄱ各ㄱホ 量 無七ㄱ 神通乙 現クヒハニ▸ㄱㆍ◂ 地ㆍ 及ハ 虛空ㆍノㄱ十 大衆刂 而灬 住ソヒハニ丨 <구인03:14-15>

十六大國王刂 意ろ十 國土乙 護ノ令七 因緣乙 問白{欲}人ソニトクㄱ入乙(火?) 知白ろ口ク▸ㄱㆍ◂ソㄱ乃 <구인03:17- 18>

③ -지만. § 여기서 'ㆍ'는 역접의 기능임.

¶ 一切恩愛刀 會{恨}ソ乃ソ口ハㄱ 當ハ 別離ノ禾▸ㄱㆍ◂ 而ㄱ{於}衆生ㄱ十ㄱ 饒益ノ尸 所ろ 無七去禾ろ七丨 <화소12:15 -16>

【관련】 丷ㄱ氵/丷ㄱ亠, -尸氵/尸亠

ㄱ 亠[1][은여]

【ㄱ/동명사어미+亠/조사】

-(은) 것이. § '亠'는 '有ナ丨'의 후치된 주어절에 붙은 요소임.

¶ 云何丷ㄱ乙 聖諦現觀ろ十 入丷尸矢丨ノ令ロ 謂ㄱ 有ナ丨 如來尸 諸 弟子衆刂 已氵 善 ホ 世間淸淨乙 修習丷ナ▸ㄱ亠◂ <유가20:09-10>

【비고】 '亠'는 문장 종결의 기능을 하는 것으로 보는 견해도 있음.

ㄱ 亠[2][은여]

【ㄱ/동명사어미+亠/조사; ㄱ 亠/연결어미】

① **-니. -은데. -은/는 것이니.** § 형용사, 계사의 현재시제임. '亠'는 절 접속의 기능임.

¶ 是 如攴丷ㄱ 初支七 生圓滿七 廣聖敎七 義ろ十 此 十種 有丷▸ㄱ亠◂ 此乙 除ロ斤 更 ろ 餘 生圓滿刂 若 過丷ゟ 若 增丷ゟ丷ㄱ 無ナㄱ刂丨 <유가04:04-06>

又 卽丆 是 如攴丷ㄱ 所對治法七 能治七 白法ろ十 還丆 尒所ケ 有丷▸ㄱ亠◂ {於}二種 不淨想乙 修ノ令七 中ろ十 當八 知丆丨 多刂 所作 {有}廾ㄱ刂ㄱ丁 <유가10:13-15>

二 {於}无戱論涅槃ろ十 信解愛樂ノ令七 所作刂▸ㄱ亠◂ 謂ㄱ 我ㄱ 當八 {於}无戱論涅槃ろ十 心ろ十 退轉ノ尸 无ろ 憂慮乙 生刂ろホ 謂尸 我ㄋ 我ㄱ 今ㅂ{者} 何丆 所ろ十 在丷去ㄱ刂ろ七ロ丷尸{耶} 不冬ノ矛ㄱ刂ろ七丨丷尸矢ホ <유가08:116-19>

是 如攴丷ㄱ 五因ㄱ 當八 知丆丨 諦現觀七 逆次因乙 依ろ 說ノㄱ刂▸ㄱ亠◂ 順次因灬 ノ𠤎 非矢刂ㄱ丁 <유가23:10- 11>

② **-는/을 것이니. -는/을 것이다.** § 동사의 현재시제임.

¶ 謂ㄱ 時時間ろ十 諮受丷ゟ 讀丷ゟ 誦丷ゟ 論量 決擇丷ゟ丷ろホ 勤七 善品乙 修ノ矛ナ ▸ㄱ亠◂ 是 如攴丷ろ八氵 乃氵 他ㄋ 信施乙 受ノ亣{應}七丷ホ <유가17:19-20>

障㝵乙 爲一刂尸入灬 故ノ 喜樂乙 生尸 不冬丷ㅏ▸ㄱ亠◂ <유가08:10>

③ **-지만.** § 여기서 '亠'는 역접의 기능임.

¶ 謂ㄱ 若 有ナ丨 已氵 三摩地乙 得ろ▸ㄱ亠◂ 而ㄱ 圓滿 未刂丷ゟ 自在丷ㄱ入乙 得尸 未 刂丷ゟ丷ナㄱ刂亠 <유가27:11- 12>

【비고】 '亠'는 문장 종결의 기능을 하는 것으로 보는 견해도 있음.

丨[1][다]

【丨/종결어미】

-다.

¶ {是}リㄱ 有記法リケ {是}リㄱ 無記法リㄱ入乙 知ナㅎセ▶丨◀ <화소01:04-08>

謂ノㄱㄱ 無明 有セㄱ入灬 故支 行 有セㄱ矢ナ▶丨◀ <화소01:17-18>

何等 {爲} 出世間セ 法氵ノ令ロ 謂 所 戒人 定人 慧人 解脫人 解脫知見人リナ▶丨◀ <화소02:15-16>

我ラ 身ㅎ弋 飢苦丷ㄱ丨十ㄱ 彼カ 亦丷ㄱ 飢苦丷禾ろセ▶丨◀ <화소09:14-15>

煢獨丷ゟ 羸頓丷ゟ丷ロㄱ 死ノ尸入ㄱ 將与令ハ 久ろ尸 不丷去ロ乙ㅎ▶丨◀ <화소10:18-19>

我ㄱ 曾ハㅎカ 得尸 未リ丷セロ乙ㅎ▶丨◀ <화소11:19>

然氵丷乃 {此}リ 法ㄱ{者} 處所 有セㄱヒ 非矢ケ 處所 無セㄱヒ 非矢ケ 內 非矢ケ 外 非矢ケ 近 非矢ケ 遠 非矢ㄱリろセ▶丨◀丷ナケ <화소13:20-14:02>

我ㅈラ 身ㄱ 薄祐丷ろ 諸ㄱ 根 殘缺丷ロセノ▶丨◀ <화소15:20>

{爲}三ㅎ 何ㅎ {等}丨丷ㄱ乙 說ㅎセ▶丨◀ノ令ロ <화소18:19>

猶入ㄱ 大海ろセ 一ㄱ 滴ㅎセ 水 如支丷ㄱ乙丷ロ乙ㅎㅎセ▶丨◀ <화엄09:03>

{於}佛氵 及セ 佛法氵ノ令乙 深信丷ケ 亦丷ㄱ 佛子ラ 所行セ 道乙 信丷ケ 及セ 無上大菩提乙 信丷ケ丷ナㄱ入灬 菩薩ㄱ 是乙 {以}氵ろ 初セㅎ 發心丷ナㄱリ▶丨◀ <화엄09:18-19>

是セ丷ㄱ 時十 世界セ 其 地ㄱ 六種灬 震動丷ロヒ▶丨◀ <구인02:18>

吾ㄱ 今丷ㄱ 先ろ 諸ㄱ 菩薩 {爲}氵ㅎ 佛果乙 護ノ令セ 因緣氵 十地セ 行乙 護ノ令セ 因緣氵ノ乙 說白ろㅎセ▶丨◀ <구인03:18-19>

天尊𠃍 快亐 十四王ラ阝乙 說口ハ二𠃍 {是}刂 故灬 我𠃍 今ソ𠃍 略亐 佛乙 歎ソ白口卜𠂊▶丨◀ソ𠤎ハ二▶丨◀ <구인11:13>

我𠃍 八住七 菩薩刂尸{爲}入乙ソ丨ハ白𠂊𠃍入灬 今ソ𠃍 {於}我ラ 前阝十ソ阝 大師子吼乙ソナ卜▶丨◀ <구인11:22>

汝𠃍 今ソ𠃍 聽ノ尸 無七ケ 我𠃍 今ソ𠃍 說ノ尸 無七白𠂊▶丨◀ <구인14:21>

幻師刂 幻法乙 見尸矢七ソ阝 諦實灬ソ口𠃍 卽𠂊 皆七 無ソ𠃍刂阝七▶丨◀ソ尸入乙 名阝 {爲}諸 佛七 觀氵ノ乎刂ケ <구인15:09>

行阝十 亦ソ𠃍 不受ソ ᄒ 不行阝十 亦ソ𠃍 不受ソ ᄒ 非行非不行阝十 亦ソ𠃍 不受ソ ᄒ乃氵 至刂 一切法阝十刀 亦ソ𠃍 不受ソ ᄒソ二ケソ二亍七▶丨◀ <구인15:16-18>

五者 衆生ラ 一切 煩惱根乙 断人刂{爲}人ソ尸入灬 故ノソ尸矢ナ𠃍刂▶丨◀ <금광03:20-21>

善男子阝 是乙 名下 菩薩摩訶薩刂 智波羅蜜乙 成就ソ尸丁ノ乎ナ𠃍刂▶丨◀ <금광05:07-08>

是 故灬 十地乙 說尸 名下 法雲地亠ノ乎ナ𠃍刂▶丨◀ <금광07:15>

世尊下 希有難量ノ乎二口▶丨◀ <금광13:20>

法界𠃍 分別 無七口𠃍 是 故灬 異ソ𠃍 乘 無七口𠃍乙 衆生乙 度ソ{爲}人ソ二尸入灬 故ノ 分別ソ阝 三乘乙 說二口𠃍刂阝七▶丨◀ソ𠤎ハ二▶丨◀ <금광13:16-17>

善男子阝 若 得阝亦 是 金光明經乙 聽聞ソ白口ナ𠃍 一切 菩薩𠃍 阿耨多羅三藐三菩提阝十𠃍 退 不冬ソ𠤎亍七▶丨◀ <금광13:22-24>

量 無𠃍 衆生𠃍 菩提心乙 發ソ𠤎▶丨◀ <금광14:24>

若 善男子亠 善女人亠ノ尸𠃍 當 諸 香亠 花亠 繒亠 綵亠 幡亠 蓋亠ノ尸乙 {以}氵 是 說法處乙 供養ノ亍{應}七ソ口▶丨◀ <금광15:11-13>

謂𠃍 若 正說法亠 若 正聞法亠ノ今七 二種乙 摠亐 名下 聞正法圓滿亠ノ乎▶丨◀ <유가04:06-07>

廣刂 說尸入𠃍 當ハ 知亍▶丨◀ 二十種 有七𠃍亠 菩薩地阝十 當ハ 說白ノ尸 如支ソ𠃍刂𠃍丁 <유가04:09-10>

謂𠃍 我𠃍 乞食受用乙 因 {爲}氵阝 身 得亦 久住ソ ᄒ 有力ソ ᄒ 調適ソ ᄒソ阝 常刂 能ケ 方便灬 諸 善法乙 修ノ乎𠃍刂阝七▶丨◀ソ尸矢ケ <유가08:20-21>

三摩呬多地七 中阝十 已氵 說人ノ𠃍 如支ソ▶丨◀ <유가11:03-04>

此 五相乙 由阝ソ尸入乙 當ハ 知亍▶丨◀ 是乙 名下 初處阝十 觀察ソ尸丁ノ乎刂𠃍丁 <유가17:04-05>

三 入境界門乙 由氵𠃍入灬{故}▶丨◀ 謂𠃍 此 入境界門乙 緣ソ𠃍入乙 由阝 必ハ 能ケ 正性離生阝十 趣入ノ尸厶 餘𠃍 前ラ 說ノ𠃍 如支ソ尸矢▶丨◀ <유가23:04-06>

若 己ラ乙 謂阝亦 聰明ノ𠃍刂阝七▶丨◀ソ阝 而灬 高擧乙 生刂阝亦 他乙 從七 觀阝十 順ソ𠃍 正法乙 聞尸 不冬ソ尸入乙 <유가26:19-21>

二種 補特伽羅ラ 多分 顯ノ𠃍 所刂𠤎 有ナ𠃍刂▶丨◀ 一十𠃍{者} 異生人 二者 有學人刂▶丨◀ <유가30:04-05>

【선후】 (향가)-如, (15)-다/라

丨²[다]

【丨/의존명사】

('ㄱ' 뒤, '+(ㄱ)' 앞에서) 때.

¶ 佛子⺀ 云何七ソㄱ乙 用心ソㄱ▸丨◂+ 能支 一切勝妙功德乙 獲尸丁ノ令ロソ衤尸入ㄱ <화엄02:17-18>

大小師ラ+ 詣去ㄱ▸丨◂+ㄱ 當 願 衆生 巧刂 師長乙 事ハ白⺀ハ 善法乙 習行ソ七立 <화엄03:08>

路刂 無塵ソㄱ乙 見⺀ㄱ▸丨◂+ㄱ 當 願 衆生 常刂 大悲乙 行ソ⺀ホ 其 心ㅎ 潤澤ソ七立 <화엄05:03>

時+ 或ㄌ 有ナ丨 人刂 來ソ⺀ホ 王ラ+ 白⺀ 言白ナ尸丁… 我ㄱ 當ハ 統領ソ⺀ハ 王ラ 福樂乙 受七七ㄔ去ロ乙ㅎ丨ソ去ㄱ▸丨◂+ <화소11:08-11>

二者 福德火七 具尸 未ハソㄱ▸丨◂+ㄱ 得⺀ホ 安樂 不冬ソ亦 <금광03:13>

我ㄱ 今日 苦ラ 隨逐ノ尸入乙 爲ハ⺀ {於}勝定⺀+ 自在ソㄱ入乙 獲得 未ハソㄱ▸丨◂+ 中路⺀+ 止息ソ s 或 復 退屈ソ s ノㅎ{應}七ソㄱ 不矢ㄱ刂⺀七丨ソ⺀ <유가18:15-17>

【선후】 (이두)如

如直子無在▸如◂亦中 <상서도관첩>

(15)다

부텨 說法ᄒᆞ신▸다◂마다 다 能히 놀애로 브르ᅀᆞᄫᆞᄂᆞ니라 <月釋1:15a>

【비고】 '丨+'를 'ᄃᆞ/의존명사+아긔/처격조사'로 분석할 수도 있음.

丨³[다]

【丨/선어말어미】

-더-.

¶ 善男子⺀ {是}刂 月光王ㄱ 已氵 {於}過去七 十千劫七 中⺀七 龍光王佛法七 中⺀+ソ⺀ 四住七 開士刂尸{爲}入乙ソ▸丨◂ナㄱ乙 我ㄱ 八住七 菩薩刂尸{爲}入乙ソ▸丨◂ハ白⺀ㄱ入灬 今ソㄱ {於}我ラ 前⺀+ソ⺀ 大師子吼乙ソナㅏ丨 <구인11:20- 22>

善男子⺀ {云}(何)亠 (初地) 而灬 名下 歡喜刂ハソロ令ロソナ衤入ㄱ 出世心乙 得亦 昔尸 得尸 未刂ソ⺀七▸丨◂ノㄱ 所刂ㄱ乙 而灬 今ハㄱ氵 始ノ 得ソ亦 <금광06:22-24>

昔尸 得尸 未刂ソラ七▸丨◂ノㄱ 所七 勝利乙 得⺀ㄱ入灬 故ノ 動踊ソㅏㄱㄌ 無明乙 因ノソ亦 聞持陀羅尼乙 具尸 不ハソㅏㄱㄌ 無明乙 因ノソ衤皿 是乙 三地 障亠ノ衤亦 <금광07:18 -20>

請問乙 依ソㄱ入灬 故ノ 昔尸 聞白尸 未刂ソラ七▸丨◂ノㄱ 甚深 法義乙 聞亦 <유가07:03-04>

【선후】 (15)-다-

【비고】 '丨'는 선어말어미 '-더-'와 '-오-'의 화합형로 보는 견해와 '-오-' 앞에 나타나

는 '-더-'의 이형태로 보는 견해가 있음.

丨ㅅナ7氵[다ᄒᆞ견여]

【丨/어근+ㅅ/용언+ナ/선어말어미+7/동명사어미+氵/조사; 丨/어근+ㅅ/용언+ナ/선어말어미+7氵/연결어미】

('如' 뒤에서) 같은데.

¶ 時十 無色界ㄷ子7 量 無ㄷ7 變ノ7ㅌㄷ 大香花乙 雨ケ7ㅿ 香7 車輪 {如}丨ㅅ𫝀 花7 須彌山王 {如}▸丨ㅅナ7氵◂ 雲 {如}丨ㅅ𠃍 而灬 下ㅅ口ㅌ乙ヶ <구인02:14-15>

【관련】 (ㅅ)ナ7氵, (如)丨ㅅ-, (如)支ㅅ-

丨ㅅナ7刂罒[다ᄒᆞ견이라]

【丨/어근+ㅅ/용언+ナ/선어말어미+7/동명사어미+刂/계사+罒/연결어미】

('如' 뒤에서) 같은 것이어서.

¶ 大王下 若ㄷ 菩薩 上十 見ケㄕ 所𠃍 {如}丨ㅅ7 衆生7 幻化刂罒 皆ㄷ {是}刂7 假誑ㅅ7矢 空中𠃍ㄷ 花 {如}▸丨ㅅナ7刂罒◂ 十住菩薩人 諸ニ7 佛人ㄷ 五眼刀 幻諦乙 {如}𢀳 而灬 見ニㅏ7刂ナ丨 <구인14:11-13>

【관련】 刂ナ7刂罒, 刂矢ノ禾ナ7刂罒, (如)丨ㅅ-

【비고】 '罒'는 연결어미 '𠃍'의 이형태로 계사 '刂' 뒤에 쓰임.

丨ㅅナ丨[다ᄒᆞ겨다]

【丨/어근+ㅅ/용언+ナ/선어말어미+丨/종결어미】

('如', '若' 뒤에서) 같다.

¶ 是 {如}丨ㅅヶ 是 {如}丨ㅅ𠃍 汝ㄋ 解ㅅ又7 所𠃍 {如}▸丨ㅅナ丨◂ <구인11:22-23>

諦聽 諦聽ヶ 善ヶ 之乙 思ㅅ𫝀 念ㅅ𫝀ㅅヶ 法乙 {如}𢀳 修行ㅅナ𠃍 七佛ㄷ 偈刂 是 {如}▸丨ㅅナ丨◂ <구인14:22-23>

諸7 法7 因緣灬 有ㅅヶㅅ口7 有人 無人ㄷ 義刂 {是}刂 {如}▸丨ㅅナ丨◂ <구인15:02>

菩薩刂 衆生乙 化ノㄕ {爲} 此 {若}▸丨ㅅナ丨◂ㅅニ下 <구인14:13-14>

【관련】 (如)支ㅅナ丨

丨ㅅナ丨ㅅニ下[다ᄒᆞ겨다ᄒᆞ시하]

【丨/어근+ㅅ/용언+ナ/선어말어미+丨/종결어미#ㅅ/용언+ニ/선어말어미+下/연결어미】

('若' 뒤에서) 같다 하시어.

¶ 菩薩刂 衆生乙 化ノㄕ {爲} 此 {若}▸丨ㅅナ丨ㅅニ下◂ {此}刂 法乙 說ニ今ㄷ 時十 量 無ㄷ7 天子氵 及ハ 諸7 大衆氵ノ今 有ㄷナ7氵 <구인14:13-15>

【관련】(如)ㅣㅅナㅣ, (如)攴ㅅナㅣ
【비고】'下'는 연결어미 '3'의 이형태로 선어말어미 '二/亦'와 사동접미사 'リ' 뒤에 나타남.

ㅣㅅ口ハ二ㄱ[다ᄒ곡신;다ᄒ고기신]

【ㅣ/어근+ㅅ/용언+口/선어말어미+ハ/선어말어미?+二/선어말어미+ㄱ/동명사어미】
('如' 뒤에서) 같으셨는데. 같으시니. § 여기서 'ㄱ'는 절 접속의 기능임.
¶ 佛ㄱ… 卽ㄋ 定乙 從七 起ㅅ二下 方(七?) 蓮花師子座上3十 坐ㅅ白ㄋㄱム 金剛山王 {如}▸ㅣㅅ口ハ二ㄱ◂ 大衆ㄱ 歡喜ㅅ3 各ㄋ各ㄋ*ホ* 量 無七ㄱ 神通乙 現ㄋ㐬ハ二ㄱ: 地: 及ハ 虛空:ノㄋ十 大衆リ 而ᅟ 住ㅅ㐬ハ二ㅣ <구인03:13-15>
【관련】(ㅅ)口ハ二ㄱ, (ㅅ)口ハ亦立

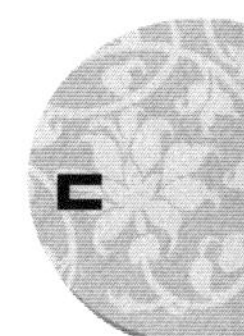

ㅣㅅ㐬ハ二ㄋ[다ᄒᄂ시며:다ᄒᄂ기시며]

【ㅣ/어근+ㅅ/용언+㐬/선어말어미+ハ/선어말어미?+二/선어말어미+ㄋ/연결어미】
('如' 뒤에서) 같으시며.
¶ 彼 他方 佛國七 中3七 南方3七 法才菩薩ㄱ 五百萬億 大衆リ 俱ㅅㄱ乙 共七 來ㅅ3ホ {此}リ 大會3十 入ㅅ二ㄋ … 西方3七 善住菩薩ㄱ 十恒河沙七 大衆リ 俱ㅅㄱ乙 共七 來ㅅ3ホ {此}リ 大會3十 入ㅅ二ㄋ 六方3七ㄋカ 亦ㅅㄱ 復ㄋ {是}リ {如}▸ㅣㅅ㐬ハ二ㄋ◂ <구인03:06-12>
【관련】(ㅅ)㐬ハ二ㄋ

ㅣㅅ㐬七[다ᄒᄂᆺ]

【ㅣ/어근+ㅅ/용언(+ㄴ/동명사어미)+㐬/의존명사+七/속격조사; ㅣ/어근+ㅅ/용언+㐬/동명사어미+七/속격조사】
('等' 뒤에서) 같은. § 'ㅣㅅ-'는 복수의 의미임.
¶ 一切 仙人ㄋ 殊勝行ㄱ 人天 {等}▸ㅣㅅ㐬七◂ 類ㄕ 同リ 信仰ノオㄱ乙 是 如攴 難行ノ 今七 苦行七 法乙 菩薩ㄱ 應七ノㄱ 隨ㄋ 悉3 能攴 作ㅅナㄋ <화엄19:16-17>
【관련】(等)ㅣㅅㄱ, ㅅ㐬七, ㅅㄱ㐬七

ㅣㅅㄱ[다ᄒᆫ]

【ㅣ/어근+ㅅ/용언+ㄱ/동명사어미】
① ('如' 뒤에서) 같은. § 'ㅣ/攴/如'가 독립적으로 쓰이는 경우를 고려하면 부사로 볼 수도 있음.
¶ 大王下 若七 菩薩 上十 見ㄋㄕ 所3 {如}▸ㅣㅅㄱ◂ 衆生ㄱ 幻化リ罒 <구인14:11-12>

② ('等' 뒤에서) 같은. § '丨丷-'는 복수의 의미임.

¶ 何ㅎ {等}丨丷示ㄱ 如來刂 最ハ 先ラ 出丷示ケ 何ㅎ {等}▸丨丷ㄱ◂ 聲聞 辟支佛刂 最ハ 先ラ 出丷ケ 何ㅎ {等}▸丨丷ㄱ◂ 衆生刂 最ハ 先ラ 出丷ケ 何ㅎ {等}丨丷示ㄱ 如來刂 最ハ 後刂十 出丷示ケ 何ㅎ {等}▸丨丷ㄱ◂ 聲聞 辟支佛刂 最ハ 後刂十 出丷ケ 何ㅎ {等}▸丨丷ㄱ◂ 衆生刂 最ハ 後刂十 出丷ケ 何ㅎ 法刂 最ハ 初ろ十 在丷ケ 何ㅎ 法刂 最ハ 後刂十 在丷禾ろ七ㅁノ尸人 <화소07:20-08:03>

何ㅎ {等}▸丨丷ㄱ◂ 法刂 壞丷亠 可七丷ㄱ 不矢丨ノ令ㅁ <화소18:20>

菩薩ㄱ {是}刂 如攴丷尸 {等}▸丨丷ㄱ◂ 量刂 無七ㄱ 慧藏乙 成就丷ナろ <화소19:09-10>

若 華 開丷ㄱ乙 見 當願衆生 神通 {等}▸丨丷ㄱ◂ 法刂 華 如攴丷ろ 開敷丷匕立 <화엄05:11>

十善妙行 {等}▸丨丷ㄱ◂ 諸ㄱ 道刂ㄱ 無上 勝寶乙 皆七 現ㅎ 令刂ナ亠七丨 <화엄14:12>

衆生ラ 苦氵 樂氵 利氵 衰氵丷尸 {等}▸丨丷ㄱ◂ 一切 世間七 作丷卜亠ㄱ 所七 法ろ十 悉ろ 能攴 應現丷ろホ 其 事ラ十 同丷ナろ <화엄18:10-11>

但ハ 世間乙 利益ノ令七 事乙 說丷ナろ 呪術氵 藥草氵丷尸 {等}▸丨丷ㄱ◂ 衆ㄱ 論刂ㄱ 是 如丷ㄱ 有ㄱ 所乙 皆七 能攴 說ナケ <화엄19:14-15>

【관련】 (如)攴丷ㄱ, (等)丷ㄱ

丨丷ㄱㄱ[다흔은]

【丨/어근+丷/용언+ㄱ/동명사어미+ㄱ/보조사】

('等' 뒤에서) 같은 이는. 등은. 들은. § '丨丷-'는 복수의 의미임.

¶ 我ㄡ {等}▸丨丷ㄱㄱ◂ 風乙 欽七ㅁ七ノ尸人灬 故去 來丷ろホ {此}刂厶 至去ㅁ七ノ丨 <화소12:11>

【관련】 (等)丷ㄱㄱ, 丷ㄱㄱ

丨丷ㄱ乙[다흔을]

【丨/어근+丷/용언+ㄱ/동명사어미+乙/대격조사】

('等' 뒤에서) 같은 것을. 등을. 들을. § '丨丷-'는 복수의 의미임.

¶ 佛子ろ 何ㅎ {等}▸丨丷ㄱ乙◂ 菩薩摩訶薩尸 聞藏氵ノ令ㅁ{爲}丷ナ禾尸人ㄱ <화소01:03>

何ㅎ {等}▸丨丷ㄱ乙◂ {爲} {是}刂 事 有七ㄱ人灬 {故攴} {是}刂 事 有七ㄱ丁ノ令ㅁ <화소01:17>

何ㅎ {等}▸丨丷ㄱ乙◂ {爲} {是}刂 事 無七ㄱ人灬 {故攴} {是}刂 事 無七ㄱ丁ノ令ㅁ <화소01:18-19>

何ㅎ {等}▸丨丷ㄱ乙◂ {爲} {是}刂 事 起丷ㄱ人灬 {故攴} {是}刂 事 起丷ㄱ丁ノ令ㅁ

<화소02:02>
何ㅎ {等}▸ㅣッ1乙◂ {爲} {是}リ 事 滅ッ1入灬 {故支} {是}リ 事 滅ッ1丁ノ令ロ <화소02:04-05>
佛子ㅣ 何ㅎ {等}▸ㅣッ1乙◂ 菩薩摩訶薩ㄕ 施藏ㆍノ令ロ{爲}ッナ禾ㄕ入1 <화소 09:04-05>
佛子ㅣ 何ㅎ {等}▸ㅣッ1乙◂ 菩薩摩訶薩ㄕ 慧藏ㆍノ令ロ{爲}ッナ禾ㄕ入1 <화소 16:18-19>
{爲}三ㅎ 何ㅎ {等}▸ㅣッ1乙◂ 說ㅎ七ㅣノ令ロ <화소18:19>
何ㅎ {等}▸ㅣッ1乙◂ 十ㆍノ令ロ{爲}ッナ禾ㄕ入1 <화소19: 13>
何ㅎ {等}▸ㅣッ1乙◂ 十ㄕㆍノ令ロ{爲}ッナ禾ㄕ入1 <화소26:12- 13>
佛子ㅣ 何ㅎ {等}▸ㅣッ1乙◂ 菩薩摩訶薩ㄕ 念藏ㆍノ令ロ{爲}ッナ禾ㄕ入1 <화소 20:05-06>
佛子ㅣ 何ㅎ {等}▸ㅣッ1乙◂ 菩薩摩訶薩ㄕ 持藏ㆍノ令ロ{爲}ッナ禾ㄕ入1 <화소 23:18-19>
佛子ㅣ 何ㅎ {等}▸ㅣッ1乙◂ 菩薩摩訶薩ㄕ 辯藏ㆍノ令ロ{爲}ッナ禾ㄕ入1 <화소 24:17>
{是}リ {等}▸ㅣッ1乙◂ 化ッ{爲}人 導師リㄕ入乙 作ッナㅅ <화엄19:23>
根ㆍ 果ㆍッㄕ {等}▸ㅣッ1乙◂ 食ッㅏㅎ1入乙 悉ㅣ 示ッ㢱 行ッ㢱ッㅣ <화엄 20:01>
【관련】 (等)ッ1乙, (如)支ッ1乙

ㅣッ1乙ㅣ刀[다혼을아도;다혼을라도;다혼을안도]

【ㅣ/어근+ッ/용언+1/동명사어미+乙/대격조사+ㅣ/미상+刀/보조사】
('等' 뒤에서) 같은 것도. §'ㅣッ-'는 복수의 의미임.
¶ 諸1 仙七 行 {等}▸ㅣッ1乙ㅣ刀◂ 悉ㅣ 餘ッ1 無リッナㅎ七ㅣ <화엄18:19>
【관련】 乙四刀
【선후】 (이두)乙良置
三等流罪▸/乙良置◂ /並只 杖一百 四年/乙 徒役/使內齊 <대명률직해 명례율【徒流人又犯罪】>
【비고】 '乙ㅣ刀'는 '乙四刀 <금광15:07>' 및 이두의 '乙良置'와 비슷하게 대격의 기능과 '同一'이라는 보조사적 의미가 결합된 것으로 추측됨.

ㅣッ1ㅋ[다혼의]

【ㅣ/어근+ッ/용언+1/동명사어미(+이/의존명사)+ㅋ/속격조사】
('等' 뒤에서) 같은 이의. §'ㅣッ-'는 복수의 의미임.
¶ 迦陵頻伽ㅋ 美妙ッㅌ七 音ㆍ 俱枳羅 {等}▸ㅣッ1ㅋ◂ 妙音聲ㆍ 種種七 梵音ㆍノ令乙

皆ㅌ 具足ソナ аз 其 心樂乙 隨ㅎ {爲}氵ㅎ 說法ソナ 氵 <화엄18:06-07>

【관련】 (等)ソ丁ラ, ソ丁ラ

【비고】 15세기에 의존명사 '이'가 속격조사 '-의/의' 앞에서 탈락하는 현상이 있음. 예) 늘그늬(<-늙+은+이+의)

| ソ丁刂ホ[다ᄒᆞᆫ이며]

【|/어근+ソ/용언+丁/동명사어미(+이/의존명사)+刂/계사+ホ/연결어미】

('如' 뒤에서) 같은 것이며.

¶ 大王下 {是}刂 故⺌ 佛佛刂 {於}世十 出現ソ二下 衆生乙 爲人ソ二尸入⺌ 故ノ 說ㄋホ 三界ㆍ 六道ㆍノ今ㅌ 名字乙 作ソ白ㄋ丁乙 是乙 名ㄋ 無量名字ㆍノ矛丁ㆍ 空法人 四大法人 心法人 色法人 {如}▸|ソ丁刂ホ◂ 相續假法丁 一 非失ㄋ 異 非失ㄋソナ| <구인14:04-07>

相待假法ㄴ 一切之ㅌ 名ㄋ 相待ㆍソホ 亦ソ丁 名ㄋ 不定相待ㆍノ矛丁ㆍ 五色 等ソ丁 法人 有無ㅌ 一切 等ソ丁 法人 {如}▸|ソ丁刂ホ◂ <구인14:08-10>

【관련】 (等)|ソ丁刂ㆍ

| ソ丁刂ㆍ[다ᄒᆞᆫ이여]

【|/어근+ソ/용언+丁/동명사어미+刂/의존명사+ㆍ/조사 】

('等' 뒤에서) 같은 이이니. 같은 이와. § '|ソ-'는 복수의 의미임. 'ㆍ'는 나열의 기능임.

¶ 一切 世間ㄋㅌ 諸丁 天ㆍ 魔ㆍ 梵ㆍ 沙門ㆍ 婆羅門ㆍ 乾闥婆ㆍ 阿修羅ㆍソ尸 {等}▸|ソ丁刂ㆍ◂ 及ㅌ 以ㄋ 一切 聲門ㆍ 緣覺ㆍノ今ラ 動尸 不能刂失ノ尸 所刂ㄊナㅎㅌ| <화엄08:17-18>

或ソ丁 童男ㆍ 童女ラ 形ㆍ 天ㆍ 龍ㆍ 及ㅌ 以ㄋ 阿修羅ㆍ 乃氵 至刂 摩睺羅伽 {等}▸|ソ丁刂ㆍ◂ノ矛ヒ丁入乙 現ㅎㄋ 其 樂ㅎ尸 所乙 隨ㅎ 悉ㄋ 見刂{令}刂ロㅌ(ホ) <화엄14:23-24>

【관련】 (等)|ソ丁刂ホ

| ソ丁刂ㆍノ矛ヒ丁入乙[다ᄒᆞᆫ이여호리닌들]

【|/어근+ソ/용언+丁/동명사어미+刂/의존명사+ㆍ/조사#ノ[ᄒᆞ/용언+오/선어말어미]+矛/선어말어미+ヒ[ㄴ/동명사어미+이/계사]+丁/동명사어미+入/의존명사+乙/대격조사; |/어근+ソ/용언+丁/동명사어미+刂/의존명사+ㆍ/조사#ノ[ᄒᆞ/용언+오/선어말어미]+矛[ㄹㆆ/동명사어미(+이/의존명사)+이/계사]+ヒ[ㄴ/동명사어미+이/계사]+丁/동명사어미+入/의존명사+乙/대격조사】

('等' 뒤에서) 같은 이이니 하는 이들을. § '|ソ-'는 복수의 의미임. 'ㆍ'는 나열의 기능임. 'ノ矛ヒ丁入乙'의 'ᄒᆞ-'는 'ㆍ'로 나열된 명사구를 아우르는 요소임.

¶ 或ㅅ丁 童男: 童女ラ 形: 天: 龍: 及ㅌ 以ㅋ 阿修羅: 乃ㅋ 至ㅣ 摩睺羅伽 {等}▸ㅣㅅ丁ㅣ:ノオヒ丁入乙◂ 現ㅎㅋ 其 樂ㅎ尸 所乙 隨ㅎ 悉ㅋ 見ㅣ{令}ㅣㅁㅌ(ㅅ) <화엄14:23-24>

【관련】 (等)ㅣㅅ丁ㅣ:

ㅣㅅ亦[다ㅎ며]

【ㅣ/어근+ㅅ/용언+亦/연결어미】

('如', '若' 뒤에서) 같으며.

¶ 是 {如}▸ㅣㅅ亦◂ 是 {如}ㅣㅅㅋ 汝ラ 解ㅅ乂丁 所ㅋ {如}ㅣㅅナㅣ <구인11:22-23>
有ㅅ 無ㅅ丁 本ㅆ八 自ラ 二ㅣ丁矢 譬ㅅ丁 牛ラ 二 角 {若}▸ㅣㅅ亦◂ <구인15:03>
世諦丁 幻化ㅆ 起ㅅㅁ丁 譬ㅅ丁 虛空ㅌ 花 {如}▸ㅣㅅ亦◂ 影: 三ㅋㅌ 手ㅣ 無ノ丁丁ノ今 {如}▸ㅣㅅ亦◂ㅅ丁: 因緣ㅆ 故ノ 誑有ㅅナ丁ㅣ亦 <구인15:07-08>

【관련】 (如)支ㅅ亦

ㅣㅅ亦ㅅ丁:[다ㅎ며ㅎ여]

【ㅣ/어근+ㅅ/용언+亦/연결어미#ㅅ/용언+丁/동명사어미+:/조사; ㅣ/어근+ㅅ/용언+亦/연결어미#ㅅ/용언+丁:/연결어미】

('如' 뒤에서) 같으며 하니. § 여기서 ':'는 절 접속의 기능임.

¶ 世諦丁 幻化ㅆ 起ㅅㅁ丁 譬ㅅ丁 虛空ㅌ 花 {如}ㅣㅅ亦 影: 三ㅋㅌ 手ㅣ 無ノ丁丁ノ今 {如}▸ㅣㅅ亦ㅅ丁:◂ 因緣ㅆ 故ノ 誑有ㅅナ丁ㅣ亦 <구인15:07-08>

【관련】 (若)ㅣㅅ亦, (如)ㅣㅅ亦

ㅣㅅ㒸丁[다ㅎ신]

【ㅣ/어근+ㅅ/용언+㒸/선어말어미+丁/동명사어미】

('等' 뒤에서) 같으신. § 복수의 의미임.

¶ 何ㅎ {等}▸ㅣㅅ㒸丁◂ 如來ㅣ 最八 先ラ 出ㅅ㒸亦 … 何ㅎ {等}▸ㅣㅅ㒸丁◂ 如來ㅣ 最八 後ㅣ十 出ㅅ㒸亦 <화소07:20- 08:02>

【관련】 (等)ㅣㅅ丁

ㅣㅅㅋ[다ㅎ아]

【ㅣ/어근+ㅅ/용언+ㅋ/연결어미】

('如' 뒤에서) 같아.

¶ 香丁 車輪 {如}ㅣㅅ㐃 花丁 須彌山王 {如}ㅣㅅナ丁: 雲 {如}▸ㅣㅅㅋ◂ 而ㅆ 下ㅅㅁㅌㄴ亦 <구인02:15>

是 {如}丨ぃ𥝌 是 {如}▸丨ぃ⺀◂ 汝ㄋ 解ぃㄨ㇆ 所⺀ {如}丨ぃナ丨 <구인11:22-23>
【관련】 (如)支ぃ⺀

丨ぃ亽[다ᄒᆞ져]

【丨/어근+ぃ/용언+亽/연결어미】

('如' 뒤에서) 같고.

¶ 香㇆ 車輪 {如}▸丨ぃ亽◂ 花㇆ 須彌山王 {如}丨ぃナ㇆ㅅ 雲 {如}丨ぃ⺀ 而灬 下ぃロ
ㅌㄴ𥝌 <구인02:15>

丁[뎌]

【丁/부사파생접미사】

('新' 뒤에서) 새로.

¶ 無間滅心乙 依⺀ 新▸丁◂ 起ノ㇆ 所七 作意乙 由⺀ 無常 等ぃ㇆ 行乙 {以}氵 實 如支
思惟ぃ𥝌 <유가23:17-18>
【선후】 (15)새려
【비고】 자형이 불분명함. 15세기의 '새려'를 고려할 때 '丁'를 '려'로 읽을 가능성이 있음.

亻[뎌]

【亻[ᄃᆞ/의존명사+여/조사]】

('-㇆{哉}' 뒤에서) -구나. § '-㇆哉亻'의 예만 나타남.

¶ 爾時+ 文殊師利菩薩㇆ 智首菩薩乙 告ぃ⺀ 言㢱𠂆 善ナ㇆{哉}▸亻◂ 佛子ㅅ 汝㇆ 今ぃ㇆
饒益ノ𠂆 所 多𥝌 <화엄02:10- 12>
爾ぃ㇆ 時+ 賢首菩薩㇆ 偈乙 以⺀ 答ぃ⺀ 曰㢱𠂆 善㢱ロ㇆{哉}▸亻◂ 仁者ㅅ 諦刂 聽㢱
ㅎ㢱{應}七ぃナ丨 <화엄09:01- 02>
【관련】 (ぃ)七亻, 亽刂七亻, 刂ロㅌ㇆亻, 二ㄋ㇆亻
【선후】 (16) -ᄂᆞ뎌
　儼若思ᄒᆞ며 安定辭ᄒᆞ면 安民哉▸ᄂᆞ뎌◂ <飜小4:2b>
【비고】 '亻'를 '셔(ᄉᆞ+여)'로 보는 견해도 있음.

刀[1][도]

【刀/말음첨기?】

① ('亦', '復', '又' 뒤에서) 또.

¶ 凡ㄋ 受ㅎ𠂆 所七 物七火七ハ𠂆入㇆ 悉⺀ 亦▸刀◂ {是}刂 如支ぃロㅌ𥝌 <화소
09:11-12>
一㇆ 塵七 中⺀+ 示現ノ㇆ 所乙ぃ𠂆 如支 一切 微塵⺀+刀 悉⺀ 亦▸刀◂ 然ㅅぃナト

ㄱ矢 : <화엄15:14>

又ソㄱ 復▸刀◂ 過去七 諸ㄱ 法ラ 十方ㄋ十 推求ソ乃 都七 得ㄋ丁丁{可}七ソㄱ 不矢七ㄱ入乙 觀察ソナ氵 <화소13:09- 10>

或ソㄱ 復▸刀◂ 杵ㄋ十 臥ソㄋ示 出離ノア入乙 求ソ氵ノアム 而ㅡ {於}彼衆ラ十 師首リア入乙 作ソナ丁七丨 <화엄20:03>

又▸刀◂ 光明乙 放ソナ丁七丨 妙莊嚴:ノ彡: 量リ 無ㄱ 寶蓮華乙 出生ノアム 其 華七 色相ㄱ 皆七 殊妙ソㄱ乙 此乙 以ㄋ {於}諸ㄱ 佛乙 供養ソナ氵 又▸刀◂ 光明乙 放ソナ丁七丨 華莊嚴:ノ彡: 種種七 妙華乙 集ソㄋ示 帳 {爲}氵丁ナㄱ乙 普リ 十方七 諸 國土ㄋ十 散ソㄋ示 一切 大德尊乙 供養ソナ氵 <화엄16:06-09>

【관련】 (亦)ソㄱ, (復)ㄅ, (復)ソㄱ, (又)ソㄱ

【선후】 (15)또

② ('或' 뒤에서) 혹은. 또는.

¶ 時十 或▸刀◂ 有ナ丨 人リ 來ソㄋ示 {是}リ 言乙 作ソナア丁 <화소10:07-08>

或▸刀◂ 有ナ丨 諸ㄱ 天廟乙 謁ソト丁ㄱ入乙 示リ乂ㄱ矢 : <화엄19:24>

【관련】 (或)ソㄱ

刀²[도]

【刀/보조사】

-도.

¶ 我ラ 身丁弋 充樂ソ氵 彼▸刀◂ 亦ソㄱ 充樂ソ禾ㄋ七氵 我ラ 身丁弋 飢苦ソㄱ丨十ㄱ 彼▸刀◂ 亦ソㄱ 飢苦ソ禾ㄋ七丨 <화소09:14-15>

曾ハ丁▸刀◂ 得ㄋ示 毫末許ケ 如支ソ七▸刀◂ 衆生乙 饒益ソㄋ 而ㅡ 獲丁七七 善利乙 {有}亠ア 未リノㄱリㄋ七丨 <화소10:09-10>

今七 我ラ {此}リ 身ㄱ 後リ十乃 當必ソㄋ 死ソ去ㄱ丨十ㄱ 一ㄱ 利益ノアケ▸刀◂ 無七去禾ㄋ七丨 <화소11:02-03>

諸ㄱ 仙七 行 {等}丨ソㄱ乙ㄋ▸刀◂ 悉ㄋ 餘ソㄱ 無リソナ丁七丨 <화엄18:19>

或ソㄱ 邊呪語ㅡ 四諦乙 說ア▸刀◂ソ氵 或ソㄱ 善密語ㅡ 四諦乙 說ア▸刀◂ソ氵 … 善支 {於}他乙 破ソㄋ 四諦 說 外ア 動ソㄋ丁ア 所ㄋ 非矢罒 四諦 說 或 八部語ㅡ 四諦 說 或 一切語ㅡ 四諦乙 說ア▸刀◂ソ氵ソㄋ <화엄20:08-11>

爾七ソㄱ 時十 波斯匿王ㄱ 卽ㄅ 神力乙 {以}氵ㄋ 八萬種七 音樂乙 作ソ二氵 十八梵天: 六欲七 諸ㄱ 天:ノ今▸刀◂ 亦ソㄱ 八萬種七 音樂乙 作ソ二下 <구인03:04-05>

復ソㄱ {於}頂上ㄋ十ソㄋ 千寶蓮花乙 出ソ白ㄅㄱム 其 花ㄱ 上ソㄱ 非想非非想天ㄋ十 至ㄹ 光▸刀◂ 亦ソㄱ 復ㄅ 爾七ㄹソ二氵 <구인02:12-13>

彼 他方 佛國七 中ㄋ七 南方ㄋ七 法才菩薩ㄱ 五百萬億 大衆リ 俱ソㄱ乙 共七 來ソㄋ示 {此}リ 大會ㄋ十 入ソ二氵 … 六方ㄋ七彡▸刀◂ 亦ソㄱ 復ㄅ {是}リ {如}丨ソ七ハ二氵 作樂ノア▸刀◂ 亦ソㄱ 然七ソ二下 <구인03:06-12>

三生乙ソロ 正位ㄋ十 入ソㄱ七▸刀◂リㄹ{者} 或ソㄱ 四生: 五生: 乃氵 至リ 十生

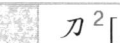

氵ノ乙丷口 得㫆 正位阝十 入丷丁七▶刀◀刂ㅎ丷ナ丷 聖人性乙 證丷丁七▶刀◀刂丷 一切 無量報乙 得七▶刀◀刂ナ丨 <구인11:17-19>
伏忍乙 得七▶刀◀刂丷{者} 空氵 無生氵ノ亽七 忍乙 得七▶刀◀刂丷 乃氵 至刂 一地氵 十地氵ノ亽七 不可說七 德行乙丷丁七▶刀◀刂ナ丨 <구인14:15-16>
一切法 空丷丁入乙 {以}氵入灬 故ノ 空▶刀◀ 空丷ナ丨 <구인15:14>
行阝十 亦丷丁 不受丷ㅎ … 非行非不行阝十 亦丷丁 不受丷ㅎ 乃氵 至刂 一切法阝十▶刀◀ 亦丷丁 不受丷ㅎ丷二丷丷二ㅎ七丨 <구인15:16-18>
初地阝十 有相道乙 行丷{欲}人丷卜丁▶刀◀ 是丁 無明刂丷 障礙 生死乙 怖畏丷卜丁▶刀◀ 是丁 無明刂罒 是乙 初地七 障亠ノ才丷 <금광07:16-17>
大神通阝十 得阝㫆 意乙 如八 未八丷卜丁▶刀◀ 無明刂 因{爲}刂尸入乙丷丷 <금광08:06-07>
世尊丁 佛眼灬 故ノ 一法相亇▶刀◀ 見尸 無二丷 <금광13:05>
我彡 等丷丁丁 皆 當八 盡七七 心灬 供養丷白丷 諸 聽衆乙罒▶刀◀ 安隱快樂丷{令}刂口口七ノ才丷 <금광15:07>
二 {於}餘 所七 事阝十▶刀◀ 他ラ 爲ノ尸入乙 請丷阝 能丷 成辦ノ亽 非矢刂丁入灬 {故}丷 <유가22:02-03>
厭患 極厭患乙丷丁 如支 怖畏 極怖畏人 遮止 極遮止人▶刀◀ 當八 知ㅎ丨 亦 尒丷丁刂丁丁 <유가22:17-18>
【선후】 (이두)置, (15)도

刀阝ㅎ丁刂罒[도아온이라]

【刀[ㄷ/말음첨기+오/선어말어미]+阝/선어말어미+ㅎ/선어말어미+丁/동명사어미+刂/계사+罒/연결어미】

('受' 뒤에서) 받았으므로. 받은 것이므로. 받은 것이라서.

¶ 我丁 {於}長夜阝十丷阝 其 身乙 愛著丷阝㫆 充飽 令刂{欲}人 而灬 飲食乙 受▶刀阝ㅎ丁刂罒◀ <화소09:17-18>
【비고】 '罒'는 연결어미 '阝'의 이형태로 계사 '刂' 뒤에 쓰임.

斗[1][두]

【斗/동사】

('有' 뒤에서) 두-. 가지고 있-.

¶ 汝丁 今丷丁 {有}▶斗◀乂丁 所乙 悉阝 當八 我ラ十 與丷口八𠂹立丷去丁丨十 <화소10:08>
惟八 願口尸入丁 仁慈灬 善方便乙 以阝八 己ラ {有}▶斗◀𠂹ㅎ丁 所乙 捨丷阝㫆 我乂乙 具足 令刂口八𠂹立丷去丁丨十 <화소15:20-16:01>
若七 世界刂 始ㅎ 成立丷去丁氵 衆生丁 資身七 具乙 {有}▶斗◀尸 未刂ノ丁入乙 見口

ハ丁 <화엄19:12>
譬 師子刂 (臆長毫)獸氵七 王刂罒 大神力 {有}▸斗◂ㅎ 獨步ノㄕム 畏ノㄕ 無ㅎ <금광02:02-03>
{於}初七 所作氵十丁 嬾惰懈怠 {有}▸斗◂ホ {於}第二所作氵十丁 薩迦耶見 {有}▸斗◂ホ {於}第三所作氵十丁 愛味貪 {有}▸斗◂ホ {於}第四所作氵十丁 世間七 種種 樂欲 貪愛 {有}▸斗◂ホソㄕ矢丨 <유가09:04-07>
【선후】 (15)두-

斗²

☞ 人雖斗

斗去丁丨十丁 [두건다귄]

【斗/동사+去/선어말어미+丁/동명사어미+丨十[ㄷ/의존명사+아긔/처격조사]+丁/보조사; 斗/동사+去/선어말어미+丁/동명사어미+丨/의존명사+十/처격조사+丁/보조사**】**

가지고 있으면.

¶ 若七 施ノㄕ 所乙 {有}▸斗去丁丨十丁◂ 當願衆生 一切乙 能攴 捨ソ氵ホ 心氵十 愛著ノㄕ 無ㄴ立 <화엄03:03>

【관련】 (ソ)去丁丨十丁

斗ナ人雖斗 [두겨과두]

【斗/동사+ナ/선어말어미+人斗/연결어미**】**

(가지고) 있어도. (가지고) 있더라도. § '人斗'는 양보의 연결어미로 주로 '然ソ乃', '而丁'가 후행함.

¶ 諸 有學丁 聖法 {有}▸斗ナ人{雖}斗◂ 而丁 相續七 中氵十 非聖煩惱〻{之} 隨逐ノ丁 所刂 現氵 得ノ亠{可}七ソ丁入乙 由氵丁入灬{故}亠 <유가04:02-04>

【관련】 斗人雖斗, 人斗, 亠七人斗, ナ人斗, ナ亠七人斗

斗ナ丨 [두겨다]

【斗/동사+ナ/선어말어미+丨/종결어미**】**

(가지고) 있다.

¶ 妙三昧名丁 {有}▸斗ナ丨◂ 隨樂ミノ〻ミ <화엄17:20>

【관련】 (ソ)ナ丨

斗ナ㫆七丨[두겼다]

【斗/동사+ナ/선어말어미+㫆七/선어말어미+丨/종결어미】

(가지고) 있다. 가지고 있을 수 있다.

¶ 又 出家者1 {於}出家位七 中3+ 時時3+ 略ㅎ 四種 所作 {有}▸斗ナ㫆七丨◂ <유가08:12-13>

又 彼1 是 如支ソ1 資糧3+ 住 已氵ソ3斤 相應作意加行乙 修ソ{爲}人ソア入灬 故太 二種 加行方便 {有}▸斗ナ㫆七丨◂ <유가25:04-06>

【관련】 (ソ)ナ㫆七丨

斗口1[두곤]

【斗/동사+口/선어말어미+1/동명사어미; 斗/동사+口1/연결어미】

(가지고) 있으니. § 여기서 '1'은 절 접속의 기능임.

¶ 若 {於}是 如支ソ1 十種 過失3+ 永3 不相應ソ11 唯ハ 最後身ラ 任持ノ1 所氵 {有}▸斗口1◂ 第二餘身1 畢竟 不起ソナ矛灬 <유가31:01-02>

【관련】 (ソ)口1

斗口七ノ1刂皿[두곳온이라]

【斗/동사+口七/선어말어미+ノ/선어말어미+1/동명사어미+刂/계사+皿/연결어미】

(가지고) 있으니. § 'ノ'는 1인칭 주어와 호응함.

¶ 吾叉ア 曹1 今ソ1 {者} 各3亦 求ノア 所乙 {有}▸斗口七ノ1刂皿◂ 願口ア入1 普刂 慈乙 垂刂而下ハ 得3亦 滿足 令刂口ハ而立ソ3 <화소12:12>

【비고】 '口'와 '七'을 분석할 가능성이 있음. '皿'는 연결어미 '3'의 이형태로 계사 '刂' 뒤에 쓰임.

斗人斗[두과두]

【斗/동사+人斗/연결어미】

(가지고) 있어도. (가지고) 있더라도. § '人斗'는 양보의 연결어미로 주로 '然ソ乃', '而1'가 후행함.

¶ 五 智德 {有}▸斗人{雖}斗◂ 然ソ乃 是1 愛行刂皿 多刂 利養恭敬乙 求ノ今七 過失刂 ㇱ <유가13:15-16>

【관련】 斗ナ人斗, 㫆七人斗, ナ人斗, ナ㫆七人斗

斗乂1[두논]

【斗/동사+ㄡ[ㄴ/선어말어미+오/선어말어미]+ㄱ/동명사어미】
(가지고) 있는.
¶ 汝ㄱ 今ㄱ {有}▸斗ㄡㄱ◂ 所乙 悉ㄱ 當ハ 我ㄊ十 與ㄱロハ示立ㄱ去ㄱㅣ十 <화소10:08>
【관련】 ㄱㄡㄱ, ㄱㄡㄱㅅㄱ, ㄱㄡㄱ矣ㄱ

斗ㅌ [두ᄂᆞ]

【斗/동사(+ㄴ/동명사어미)+ㅌ/의존명사; 斗/동사+ㅌ/동명사어미】
(가지고) 있는 것.
¶ 是 如ㄡㄱㄱ 六種 所對治ㄷ 法ㄱ十 還ㄱ 六法ㄱ 能ㄱ 對治ㄱ尸{爲}ㅅ乙ㄱㄱ 多ㄱ 所作 {有}▸斗ㅌ◂ 有ㄱㄱ亠 <유가10:23-11:02>
【관련】 斗ㅌㄷ

斗ㅌㄷ [두ᄂᆞᆺ]

【斗/동사(+ㄴ/동명사어미)+ㅌ/의존명사+ㄷ/속격조사; 斗/동사+ㅌ/동명사어미+ㄷ/속격조사】
(가지고) 있는.
¶ 背恩人乙 見 當願衆生 {於}惡ㄱㅅ乙 {有}▸斗ㅌㄷ◂ 人ㄊ十 其 報ノ尸ㅅ乙 加尸 不ㄱㅌ立 <화엄06:11>
【관련】 斗ㅌ, ㅌㄷ, (ㄱ)ㄱㅌㄷ

斗ㄱㅅ灬 [둔ᄃᆞ로]

【斗/동사+ㄱ/동명사어미+ㅅ/의존명사+灬/구격조사】
(가지고) 있으므로.
¶ 八 此 失ㄱ 无ㄷㅅ{雖}ㄱ 然ㄱ乃 懈怠 嬾惰 {有}▸斗ㄱㅅ灬◂ 故ノ 加行乙 棄捨ノ令ㄷ 過失ㄱㄱ <유가13:18-20>
又 {於}清淨 證得ㅅ 及ㄷ 雜染 斷滅ㅅㄷ 中ㄱ十 嬾惰懈怠 {有}▸斗ㄱㅅ灬◂ 故ノ 心 便ㄱ 遮止ㄱㄱ <유가22:13-15>
【관련】 ㄱㅅ灬

斗ㄱㄱㄱ丁 [둔인뎌]

【斗/동사+ㄱ/동명사어미+ㄱ/계사+ㄱ/동명사어미+丁[ᄃᆞ/의존명사+여/조사]】
(가지고) 있는 줄을. § 'ㄱㄱ'은 '當知', '應知'의 목적어절에 붙는 요소임. '丁'는 후치된 목적어절에 붙는 요소임.

¶ {於}二種 不淨想乙 修ノ令七 中⺀十 當八 知ㅎㅣ 多リ 所作 {有}▸斗ㄱリㄱ丁◂ <유가10:14-15>

【관련】 ㄱリㄱ丁, ソㄱリㄱ丁, リㄱリㄱ丁, リㄱ

斗尸[둚]

【斗/동사+尸/동명사어미】

가지고 있지. §'尸'는 부정소 '未, 莫' 앞에 쓰인 예임.

¶ 曾八ㅎ刀 得⺀ホ 毫末許ケ 如支ソㅌ刀 衆生乙 饒益ソ⺀ 而灬 獲ㅎㅌ七 善利乙 {有}▸斗尸◂ 未リノㄱリ⺀七ㅣ <화소10:09 -10>

唯八 願口尸入ㄱ 大王リ㢱ㄱ入ㄱ 更⺀ 籌量ソ⺀八 顧惜ノ尸 所乙 {有}▸斗尸◂ 莫七㢱下八 <화소10:20-11:01>

若七 世界リ 始ㅎ 成立ソ去ㄱ⺀ 衆生ㄱ 資身七 具乙 {有}▸斗尸◂ 未リノㄱ入乙 見口八ㄱ <화엄19:12>

謂ㄱ {於}四沙門果⺀十 能ㄱ 隨ノ 證ノ尸 所乙 {有}▸斗尸◂ 未八ソㄱ入灬 故ノ 猶リ 惡趣苦⺈ 隨逐ノ尸 所乙 爲八ㄱ <유가18:02-04>

斗尸矢リㄱ亠[둚디인여]

【斗/동사+尸/동명사어미+矢[ㄷ/의존명사+이/계사]+リ/중복표기+ㄱ/동명사어미+亠/조사】

(가지고) 있을 것이니. §'亠'는 절 접속의 기능임.

¶ 十五 此 失ㄱ 無七人{雖}斗 然ソ⺁ 五失 相應ソㄱ 臥具乙 受用ノ令七 過失 {有}▸斗尸矢リㄱ亠◂ 五失 相應ソㄱ 臥具ㄱ 知ノㅎ{應}七ㅣ 聲聞地⺀十 當八 說白ノ尸 如支ソㄱリㄱ丁 <유가14:04-06>

【관련】 尸矢, リㄱ亠

斗ㄱ[두며]

【斗/동사+ㄱ/연결어미】

(가지고) 있으며. 가지며.

¶ 一十ㄱ {於}奢摩他 毘鉢舍那品⺀十 闇味心 {有}▸斗ㄱ◂ 二 {於}諸 定⺀十 隨ㅎ 愛味ノ尸 {有}▸斗ㄱ◂ 三 {於}生⺀十 隨動相心 {有}▸斗ㄱ◂ 四 後後日乙 推ソ§ 餘 時乙 顧待ソ§ソ⺀ 不死尋乙 隨ノ 熾然ㅎ 勤七 方便乙 修 能 不八ソㄱソ尸矢ㅣ <유가09:12-16>

一十ㄱ {於}未生ソㄱ 善法リ 最初ㅎ 生ソㅎ{應}七ソㄱ⺈十 而灬 嬾墮 {有}▸斗ㄱ◂ <유가10:17-18>

謂ㄱ 在家位七 中⺀十ㄱ {於}諸 妻室⺀十 淫欲 相應ソㄱ 貪 {有}▸斗ㄱ◂ {於}餘 親屬

人 及 諸 財寶人氵十㇠ 受用 相應丷㇠ 愛 {有}▸斗㫆◂丷尸入乙 是 如支丷㇠乙 名下 {爲} 在家位氵十 處丷㇠ 所對治法亠ノ尸亠 <유가08:05-08>
一十㇠ 斷乙 樂尸 不冬丷今七 同梵行者乙 伴 {爲}氵ノ七七 過失 {有}▸斗㫆◂ ... 二十 此 失㇠ 无七人{雖}斗 然丷乃 先下 毘鉢舍那品乙 修行 不ハ丷㇠入灬 故ノ {於}增上慧法 毘鉢舍那刂㇠ 如實觀七 中氵十 不欣樂ノ今七 過失 {有}▸斗㫆◂丷尸矢丨 <유가13:08-14:16>
【선후】 (15)두며

斗㫆丷尸矢丨[두며홇디다]

【斗/동사+㫆/연결어미#丷/동사+尸/동명사어미+矢[匚/의존명사+이/계사]+丨/종결어미】
가지며 하는 것이다. § 여기서 '丷-'는 '㫆'로 나열된 동사구를 아우르는 요소임.
¶ {於}初七 所作氵十㇠ 嬾惰懈怠 {有}斗㫆 {於}第二所作氵十㇠ 薩迦耶見 {有}斗㫆 {於}第三所作氵十㇠ 愛味貪 {有}斗㫆 {於}第四所作氵十㇠ 世間七 種種 樂欲 貪愛 {有}▸斗㫆丷尸矢丨◂ <유가09:04-07>
一十㇠ 斷乙 樂尸 不冬丷今七 同梵行者乙 伴 {爲}氵ノ七七 過失 {有}斗㫆 ... 二十 此 失㇠ 无七人{雖}斗 然丷乃 先下 毘鉢舍那品乙 修行 不ハ丷㇠入灬 故ノ {於}增上慧法 毘鉢舍那刂㇠ 如實觀七 中氵十 不欣樂ノ今七 過失 {有}▸斗㫆丷尸矢丨◂ <유가13:08-14:16>
云何丷㇠乙 名下 {爲}十種 過失刂丨ノ今口 謂㇠ 所㇠ 外七 諸 欲乙 依丷㇠㇈十 有七㇠ 所七 愁歎憂苦 種種惱亂刂㇠ 苦苦相應丷㇠ 過失刂㫆 ... 又 樂住乙 愛味ノ今七 過失 {有}斗㫆 ... 又 發起行雜染品七 過失 {有}▸斗㫆丷尸矢丨◂ <유가30:15- 23>
【관련】 (丷)㫆丷尸矢丨, 斗㫆, 丷尸矢丨

斗㫆丷尸入乙[두며홇들]

【斗/동사+㫆/연결어미#丷/동사+尸/동명사어미+入/의존명사+乙/대격조사】
가지며 하는 것을. § 여기서 '丷-'는 '㫆'로 나열된 동사구를 아우르는 요소임.
¶ 謂㇠ 在家位七 中氵十㇠ {於}諸 妻室氵十 淫欲 相應丷㇠ 貪 {有}斗㫆 {於}餘 親屬人 及 諸 財寶人氵十㇠ 受用 相應丷㇠ 愛 {有}▸斗㫆丷尸入乙◂ 是 如支丷㇠乙 名下 {爲} 在家位氵十 處丷㇠ 所對治法亠ノ尸亠 <유가08:05-08>
【관련】 斗㫆, 丷尸入乙

斗示𠃍㇠[두시온]

【斗/동사+示/선어말어미+𠃍/선어말어미+㇠/동명사어미】
가지고 계신. § '𠃍'는 대상 활용의 용법. 모두 '所'를 수식하는 예임.
¶ {此}刂 菩薩㇠ 過去七 諸㇠ 佛㔾刂 菩薩尸 {有}▸斗示𠃍㇠◂ 所七 功德乙 聞ナ㫆 <화

소13:01-02>
惟ハ 願ロアㅅ1 仁慈灬 善方便乙 以3ハ 己ラ {有}▸斗示ㅎ1◂ 所乙 捨ソ3ホ 我又乙 具足 令リロハ示立ソ去11+ <화소15:20-16:01>
如來ア 十力: 無所畏: 及ヒ 以3 十八不共法: {有}▸斗示ㅎ1◂ 所ヒ 量 無1 諸1 功德:ノ仒乙 悉3 以3ホ 示現ソ3 衆生乙 度リナ㢱 <화엄18:24-19:01>

【관련】 示ㅎ1

【선후】 (15)두샤

如來ㅣ 種種 衆生 化호ᄆᆞᆯ 爲ᄒᆞ샤 機를 應ᄒᆞ시며 量ᄋᆞᆯ 조ᄎᆞ샤 ▸두샤◂ 말ᄊᆞ미 ᄯᅩ 엇뎨 一定ᄒᆞ샴 겨시리오 <金剛43a>

斗示ㅎ㢱[두시오며]

【斗/동사+示/선어말어미+ㅎ/선어말어미+㢱/연결어미】

가지고 계시며, 가지고 있으며 §'ㅎ'는 1인칭 주어와 호응함. 1인칭 주어임에도 주체높임의 '示'가 쓰인 것이 특이함.

¶ 我1 今ソ1 盛壯ソ示ㅎ㢱 當ㅎ1ㅿ1 天下乙 {有}▸斗示ㅎ㢱◂ 乞者リ 現前ソ㢱ソロ1 <화소12:02-03>

【관련】 ソ示ㅎ㢱

斗白ノ1[두숩온]

【斗/동사+白/선어말어미+ノ/선어말어미+1/동명사어미】

가지고 있는. §'白'은 객체높임의 용법임. 'ノ'는 대상 활용의 용법임.

¶ 如來ア 諸 弟子衆ラ {有}▸斗白ノ1◂ 所ヒ 聖法乙 證得ソナㅎヒㅣ <유가03:21-22>

【관련】 斗ノ1, 白ノ1

斗白ノ矛罒[두숩오리라]

【斗/동사+白/선어말어미+ノ/선어말어미+矛[ㄹㆆ/동명사어미(+이/의존명사)+이/계사]+罒/연】결어미

가질 것이니, 가지게 될 것이니. §'白'과 'ノ'의 기능은 미상임.

¶ 謂1 若 愛樂ソ3ホ 諸 在家ㅅ 及ヒ 出家ㅅヒ 衆乙 與ヒ 雜 居住ノアㅅ1{者} 便ㅎ 種種ヒ 世間 相應ソ1 見聞 受用ヒ 諸 散亂事乙 {有}▸斗白ノ矛罒◂ 我灬 {於}彼 正審觀察ノ仒ヒ 心一境位3+ 當ハ 障导乙 作ㅅリア 勿ノ矛1リ3ヒㅣソア矢ㅣ <유가08:22-09:02>

【관련】 斗白ノ1

【비고】 '罒'는 연결어미 '3'의 이형태로 계사 'リ' 뒤에 쓰임

𣁾 𠄌 [두어]

【𣁾/동사+𠄌/연결어미】

가져.

¶ 佛子𠄌 {此}刂 十尸 種七 無盡藏㇒ 十尸 種七 無盡乙 {有}▸𣁾𠄌◂ 諸㇒ 菩薩乙 無上菩提乙 究竟成就 令刂𠂇ㅊ七丨 <화소26:11-12>

空閑丷㇒彡十 處丷ㅊ七入{雖}𣁾 猶刂 種種七 染汙尋思 {有}▸𣁾𠄌◂ 其 心乙 擾亂㇒尸入 <유가10:07-08>

或 {於}是處𠄌十 親戚交遊亠 談謔亠 等丷𠤎 {有}▸𣁾𠄌◂ 住丷𠄌尒 而灬 {於}是處𠄌十 遠離乙 樂尸 不冬㇒尸厶 <유가26:11-12>

四 其 能聽者刂 樂欲 {有}▸𣁾𠄌◂尒 屬耳丷𠄌 而灬 聽丷ㅊ七入{雖}𣁾 <유가13:13-14>

【관련】 𣁾𠄌尒

【선후】 (15)두어

𣁾 𠄌 尒 [두어곰]

【𣁾/동사+𠄌/연결어미+尒/첨사】

가져서.

¶ {此}刂 菩薩㇒ 深智慧乙 {有}▸𣁾𠄌尒◂ 實相乙 了知丷𠄌 <화소24:18>

四 其 能聽者刂 樂欲 {有}▸𣁾𠄌尒◂ 屬耳丷𠄌 而灬 聽丷ㅊ七入{雖}𣁾 <유가13:13-14>

【관련】 𣁾𠄌

𣁾 𠄌 ㇒ 丨 十 ㇒ [두언다긘]

【𣁾/동사+𠄌/선어말어미+㇒/동명사어미+丨/의존명사+十/처격조사+㇒/보조사】

가지고 있으면. 가지면.

¶ 若 {於}尸羅𠄌十 缺犯㇒尸 所 {有}▸𣁾𠄌㇒丨十㇒◂ 此 因緣乙 由𠄌 便𢒯 自灬 懇責丷ㅎ丷㢱 <유가17:13-14>

【관련】 𠄌㇒丨十㇒, (丷/刂)𠫔㇒丨十㇒

𣁾 ㅎ [두져]

【𣁾/동사+ㅎ/연결어미】

가지고 있고.

¶ 譬 師子刂 (臆 長毫) 獸𠄌七 王刂罒 大神力 {有}▸𣁾ㅎ◂ <금광02:02-03>

又 善友彡{之} 攝受㇒㇒ 所乙 依𠄌斤 {於}所知境刂㇒ 眞實性七 中𠄌十 覺了欲 {有}▸

斗ㅎ◂ <유가06:19-20>

又 正方便… 諸 想乙 修ㅅ今七 者丨 能ㅅ 所治法乙 斷滅ㅅ今七 欲 {有}▸斗ㅎ◂ <유가 12:18-19>

斗ノ丨[두온]

【斗/동사+ノ/선어말어미+丨/동명사어미】

가지고 있는. § 'ノ'는 대상 활용의 용법. 모두 '所'를 수식하는 예임.

¶ 今 此 義七 中(ㅅ?)十 意丨 无學ㅋ {有}▸斗ノ丨◂ 所七 聖法乙 取ノ丨リ丨 <유가 03:23-04:01>

於}晝夜分ㅅ十 時時ㅅ十 自他ㅋ {有}▸斗ノ丨◂ 所七 衰盛 等ㅅ丨 事乙 觀察ㅅㅅホ 心ㅅ十 厭患乙 生リㅅ <유가24:23- 25:01>

{於}晝夜分ㅅ十 自己ㅋ {有}▸斗ノ丨◂ 所七 善法 增長ㅅトノ丨入乙 實 如支 了知ㅅㅎ <유가27:18-19>

【관련】 斗白ノ丨, 斗而ㅎ丨, ノ丨

斗ノ丨入乙[두온들]

【斗/동사+ノ/선어말어미+丨/동명사어미+入/의존명사+乙/대격조사】

가지고 있는 것을. § 'ノ'는 보문절 구성 표지임.

¶ 彼丨 己ㅋ 身リ 此 三種 雜染 相應ㅅ丨 過患 {有}▸斗ノ丨入乙◂ 觀ㅅㅅ 心ㅅ十 厭患ノ尸入乙 生リナㅎ七丨 <유가21:14-16>

彼丨 自ㅋ 身リ 此 五種 淸淨 不相應ㅅ丨 過患 {有}▸斗ノ丨入乙◂ 觀ㅅㅅホ 心ㅅ十 厭患ノ尸入乙 生リナㅎ七丨 <유가21: 22-23>

【관련】 ノ丨入乙

斗ノ尸厶[두옰딕]

【斗/동사+ノ/선어말어미+尸/동명사어미+厶[딕/의존명사+익/처격조사]; 斗/동사+ノ/선어말어미+尸/동명사어미+厶/의존명사; 斗/동사+ノ尸厶/연결어미】

가지고 있되.

¶ 二 伴丨 有德ㅅ入{雖}斗 然ㅅ乃 能ㅅ 修定方便乙 宣說ㅅ今七 師リ 過失 {有}▸斗ノ尸厶◂ 謂丨 顚倒ㅎ 修定方便乙 說ㅅ尸矢ㅅ <유가13:09-10>

又 內乙 依ㅅ 諸 根乙 不護ノ今七 過失 {有}▸斗ノ尸厶◂ 諸 根乙 不護ㅅ丨入乙 由ㅅ丨入… 故ノ 愁歎 等ㅅ丨乙 生リㅅ <유가30:17-18>

【관련】 ノ尸厶, ノ丨厶

矢[1][디]

【矢/말음첨기?】

('能' 뒤에서) 능히. § 주로 '能矢 …(ッ)令 無/莫-' 구문에 쓰임.

¶ 若七 高山乙 見 當 願 衆生 善根 超出ッ3ハ 能▸矢◂ 頂3十 至3令 無ヒ立 <화엄05:08>

信1 諸1 根 淨ッ3ホ 明利 令リナ才ゕ 信1 力 堅固ッ3ホ 能▸矢◂ 壞3令 無ナ1リゕ <화엄10:02>

若 處生死 疲厭ッア 無ヒア入1 則 能 勇健ッ3ホ 能▸矢◂ 勝3令 無ヒ才ゕ <화엄12:01>

若 身 充徧 虛空 如 安住 不動 十方 滿ッヒア入1 則 彼ㇵ 所行1 與七ッ3ホ 等ロ令 無3 諸1 天:: 世人::ノ才 能▸矢◂ 知ノ令 莫去ナ〻七丨 <화엄14:07-08>

復ッ1 彌勒:: 師子吼::ッア 等ッ二1 十千人ㇵ十 問ッ二ゕッ二1乙 能▸矢◂ 答ッ二令七 者 無七ヒハ二丨 <구인03:02-04>

量 無1 智慧七 光明3十 三昧リ 傾動ノ〻七{可}ッ1 不矢ヒ人 能▸矢◂ 摧伏ッロ令 無1 聞持陁羅尼人リ {爲}::ノ 本リ入乙 作ッ去1入㐅 故ノ <금광07:02-03>

諸 煩惱行ㇵ 動 令リア 能▸矢◂ 不ハノ才ナ1入㐅 故ノ <금광07:11-12>

【관련】 (能)リ矢, (能)支, (能)ゕ

【비고】 이 구문에서 '能矢' 대신 '能リ矢'가 나오는 경우도 있음.

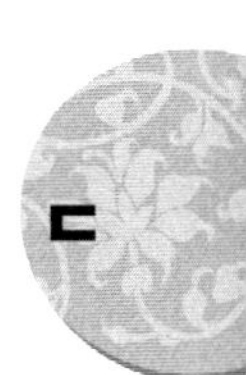

矢[2][디]

【矢/말음첨기】

① ('佛' 뒤에서) 부처의.

¶ 趾乙 發ッ3ホ 道乙 向ッ去1丨十1 當 願 衆生 佛▸矢◂ 所行3十 趣ッ3ハ 無依處3十 入乙ヒ立 <화엄04:19>

下リㇵ十 趣ノ令七 路乙 見31丨十1 當 願 衆生 其 心〻 謙下ッ3ハ 佛▸矢◂ 善根乙 長ッヒ立 <화엄04:23>

若 味乙 受去1 時 當 願 衆生 佛▸矢◂ 上味乙 得3ハ 甘露 滿足ッヒ立 <화엄07:19>

若 灌頂大神通 獲 {於}最勝 諸 三昧 住ッヒア入乙(1) 則 {於}十方七 諸1 佛▸矢◂ 所3十ッ3ハ 灌頂乙 受3ホ 而㐅 階位ッ〻{應}七ッヒ才ゕ <화엄14:01-02>

一切 佛▸矢◂ 所3十カ 皆七 {是}リ 如支ッア入乙 大士ㇵ 三昧神通七 力::ノ才ナ丨 <화엄17:03>

② ('佛' 뒤에서) 부처가. 부처의. § 여기서 '佛矢'는 주어적 속격으로 쓰임.

¶ 經乙 諷誦ッ去1 時十1 當 願 衆生 佛▸矢◂ 說〻〻1 所3十 順七ッ3ハ 摠持ッ3ホ 忘ア 不ッヒ立 <화엄08:03>

我1 今ッ1 已:: 諸1 菩薩ア {爲}:: 佛▸矢◂ 往3十 修〻〻1ヒ七 淸淨行乙 說3ロ乙〻1リ罒 <화엄08:23>

若㇏ 能㇃ 大供養乙 興集丷𠤎尸入丅 彼人丅 佛▸矢◂ 不思議刂𢀳丆丅入乙 信丷𠤎ㄋ㇇ <화엄10:15>

若 諸丅 佛▸矢◂ 護念丷𢀳丆尸 所刂尸{爲}入乙丷𠤎尸入丅 則 能 菩提心乙 發起丷𠤎ㄋ㇇ <화엄11:03>

彼 一丅 塵乙…八 內⺀㇏ 衆丅 多刂丅 刹丅 或力 有𠂇丨 佛▸矢◂ 有𠂇八𢀳丆丅矢⺀ 或𠂇丨 佛▸矢◂ 無𢀳丆丅矢⺀ <화엄15:10>

【관련】 (佛)㠯, (佛)㇏, (佛)㠯刂, (佛)刂

【선후】 (15)부톄, 부텻

矢去ㄅ[디거오]

【矢/말음첨기(+이/계사)+去/선어말어미+ㄅ/연결어미?】

('非' 뒤에서) 아니므로. § '矢'는 부정소 '안디'의 말음첨기임.

¶ 一 非矢㇇ 異 非▸矢去ㄅ◂ 故去 名⺀ 續諦⺀ノㄋ刂㇇ <구인14:08>

【관련】 (見)卜ㄅ, (如㇃)丷白丆

矢𠤎丅入丅

☞矢𠤎丅入乙

矢𠤎丅入乙[디닌둘]

【矢/말음첨기(+이/계사)+𠤎[ㄴ/동명사어미+이/계사]+丅/동명사어미+入/의존명사+乙/대격조사】

('不' 뒤에서) 아닌 것을. 않은 것을. 않는 것을. § '矢'는 부정소 '안디'의 말음첨기임.

¶ 又丷丅 復力 過去㇏ 諸丅 法㇇ 十方⺀+ 推求丷乃 都㇏ 得⺀丆ㄊ{可}㇏丷丅 不▸矢𠤎丅入乙◂ 觀察丷𠂇㇇ <화소13:09 -10>

若 如來尸 體刂 常住丷𢀳丆丅入丅 見白𠤎尸入丅 則 能㇃ 法㇇ 永去 滅丷口丅 不▸矢𠤎丅入乙◂ 知𠤎ㄋ㇇ <화엄11:15>

若 能 法㇇ 永去 滅丷口丅 不▸矢𠤎丅入乙◂ 知𠤎尸入丅 則 得⺀赤 辯才刂 障礙丷尸 無𠤎ㄋ㇇ <화엄11:16>

【관련】 (非/不)矢丅入乙, 丅入乙

矢𠤎人[디ᄂᆞ과]

【矢/말음첨기(+이/계사+ㄴ/동명사어미)+𠤎/의존명사+人/접속조사; 矢/말음첨기(+이/계사)+𠤎/동명사어미+人/접속조사】

('不' 뒤에서) 아닌 것과. 않은 것과. § '矢'는 부정소 '안디'의 말음첨기임.

¶ 量 無ㄱ 智慧七 光明氵十 三昧リ 傾動ノ〻七{可}ソㄱ 不▸矢𠃋ㅅ◂ 能矢 摧伏ソロ今 無ㄱ 聞持陁羅尼ㅅリ {爲}氵ノ 本リ入乙{作}ソ去ㄱ入⺍ 故ノ <금광07:02-03>

【관련】 (非)矢𠃋七, (不)矢リ𠃋七

矢𠃋七[디늣]

【矢/말음첨기(+이/계사+ㄴ/동명사어미)+𠃋/의존명사+七/속격조사; 矢/말음첨기(+이/계사)+𠃋/동명사어미+七/속격조사】

('非' 뒤에서) 아닌. § '矢'는 부정소 '안디'의 말음첨기임. '𠃋七'은 형용사, 계사의 관형사절에 주로 쓰임.

¶ 成劫氵 壞劫氵 成壞劫氵 一ㄱ 非▸矢𠃋七◂ 成劫氵 一ㄱ 非▸矢𠃋七◂ 壞劫氵 一ㄱ 非▸矢𠃋七◂ 成壞劫氵 百ㄱ 劫氵 千ㄱ 劫氵 百ㄱ 千ㄱ 億 那由他氵 <화소20:09-11>

【관련】 (非)矢𠃋ㅅ, (不)矢リ𠃋七, (不)冬ノ𠃋七, (未)リソ𠃋七, (無)ㄱ𠃋七, (無)七二ㄱ𠃋七, リ𠃋七

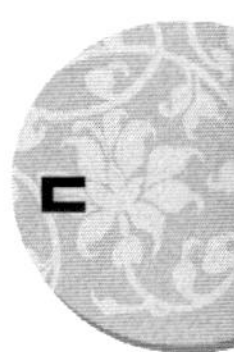

矢ㄱ矢ナ丨[딘디겨다]

【矢/말음첨기(+이/계사)+ㄱ/동명사어미+矢[드/의존명사+이/계사]+ナ/선어말어미+丨/종결어미】

('不' 뒤에서) 않은 것이다. 아닌 것이다. § 첫 번째 '矢'는 부정소 '안디'의 말음첨기임.

¶ 聲聞ㅋ 法氵 獨覺ㅋ 法氵 菩薩𠃑 法氵ノ今 壞ソ〻{可}七ソㄱ 不▸矢ㄱ矢ナ丨◂ <화소19:02-03>

【관련】 ソㄱ矢ナ丨, (有/無)七ㄱ矢ナ丨

矢ㄱ入⺍[딘드로]

【矢/말음첨기(+이/계사)+ㄱ/동명사어미+入/의존명사+⺍/구격조사】

('不' 뒤에서) 아니기 때문에. § '矢'는 부정소 '안디'의 말음첨기임.

¶ 何〻 {等}丨ソㄱ乙 十氵ノ今ロ{爲}ソナ禾𠃑入ㄱ 謂ノㄱ 所ㄱ 多聞善巧 盡去〻{可}七ソ𠃋 不▸矢ㄱ入⺍◂{故}リか 善知識乙 親近ノ𠃑 盡去〻{可}七ソ𠃋 不▸矢ㄱ入⺍◂{故}リか ... 一切 衆生ㅋ {爲}三 一切 佛⺌ 神力乙 現〻氵 敎化 調伏ソ氵ホ 修行 不斷 令リ〻𠃑 盡去〻{可}七ソ𠃋 不▸矢ㄱ入⺍◂{故}リナ丨 <화소19:13-20:03>

何以故入ㄱ {於}第一義氵十 而⺍ 二 不▸矢ㄱ入⺍◂ 故ノリか <구인15:19-20>

一リ丨ソロ𠃑入ㄱ 亦ソㄱ 續ソ今 不矢か 異リ丨ソロ𠃑入ㄱ 亦ソㄱ 續ソ今 不▸矢ㄱ入⺍◂氵 一 非矢か 異 非矢去氵 故去 名氵 續諦氵ノ矛リか <구인14:07-08>

【관련】 (不)矢ㄱ入⺍氵, ㄱ入⺍

矢1入灬故リナ丨[딘ᄃᆞ로이겨다]

【矢/말음첨기(+이/계사)+1/동명사어미+入/의존명사+灬/구격조사+リ/계사+ナ/선어말어미+丨/종결어미】

('不' 뒤에서) 아니기 때문이다. § '矢'는 부정소 '안디'의 말음첨기임.

¶ 何ㅎ {等}丨ソ1乙 十氵ノ令ロ{爲}ソナ禾尸入1 謂ノ1 所1 多聞善巧 盡去ㅎ{可}セソ ㅌ 不矢1入灬{故}リか 善知識乙 親近ノ尸 盡去ㅎ{可}セソㅌ 不矢1入灬{故}リか … 一切 衆生ラ {爲}三 一切 佛ㅛ 神力乙 現ㅎ3 教化 調伏ソ3ホ 修行 不斷 令リㅎ尸 盡去ㅎ{可}セソㅌ 不▸矢1入灬{故}リナ丨◂ <화소19:13-20:03>

【관련】 (不)矢1入灬氵, 1入灬

矢1入灬故リか[딘ᄃᆞ로이며]

【矢/말음첨기(+이/계사)+1/동명사어미+入/의존명사+灬/구격조사+リ/계사+か/연결어미】

('不' 뒤에서) 아니기 때문이며. § '矢'는 부정소 '안디'의 말음첨기임.

¶ 何ㅎ {等}丨ソ1乙 十氵ノ令ロ{爲}ソナ禾尸入1 謂ノ1 所1 多聞善巧 盡去ㅎ{可}セソ ㅌ 不▸矢1入灬{故}リか◂ 善知識乙 親近ノ尸 盡去ㅎ{可}セソㅌ 不▸矢1入灬{故}リ か◂ ... 一切 衆生ラ {爲}三 一切 佛ㅛ 神力乙 現ㅎ3 教化 調伏ソ3ホ 修行 不斷 令 リㅎ尸 盡去ㅎ{可}セソㅌ 不矢1入灬{故}リナ丨 <화소19:13-20:03>

【관련】 (不)矢1入灬氵, 1入灬

矢1入灬氵[딘ᄃᆞ로여]

【矢/말음첨기(+이/계사)+1/동명사어미+入/의존명사+灬/구격조사+氵/조사】

('不' 뒤에서) 아닌 까닭에서이다. 아니기 때문이다. § '氵'는 도치 구문에서 후치된 성분에 붙음. '矢'는 부정소 '안디'의 말음첨기임.

¶ 相續假法1 一 非矢ㄹ 異 非矢ㄹソナ丨 一リ丨ソロ尸入1 亦ソ1 續ソ令 不矢か 異リ 丨ソロ尸入1 亦ソ1 續ソ令 不▸矢1入灬氵◂ <구인14:07-14:08>

【관련】 (不)矢1入灬, 1入灬氵, (不)ハソ1入灬 (故ノ), (無)ソ1入灬故ㅗ, (未)リソナ1 入灬

矢1入乙[딘ᄃᆞᆯ]

【矢/말음첨기(+이/계사)+1/동명사어미+入/의존명사+乙/대격조사】

('非', '不' 뒤에서) 아닌 것을. 아닌 줄을. § '矢'는 부정소 '안디'의 말음첨기임.

¶ 聞尸 已氵ソロハ1 著尸 不ソ3ホ 有 非▸矢1入乙◂ 了達ソか <화소13:02-03> {此}リ 菩薩1 未來セ 諸1 佛ㅛ{之} 修行ソ而ㅎ尸 所乙 聞ロハ 有 非▸矢1入乙◂ 了

達ᄼ⺀ <화소13:12-13>
但ᄉ 諸ㄱ 行ᄼ 夢 如支ᄼ㇇ホ 實 不▸矢ㄱ入乙◂ 觀ᄼ㇇ 貪著尸 無ᄼ⺀{有} <화소15:09-10>
諸ㄱ 法ᄼ 壞ᄼ〻{可}ᄼᄼㄱ 不▸矢ㄱ入乙◂ 說尸矢ナㅣ <화소18:19-20>
解ᄼㄱᄂᄼ 心㇇十 二 不▸矢ㄱ入乙◂ 見ᄂㄱㅣ罒 二乙 求ノㄱム 得㇇ᄂ〻{可}ᄼᄼㄱ 不矢⺀ <구인15:04>
【관련】 (不)矢ᄂㄱ入乙, ㄱ入乙

矢ㄱ乙[딘을]

【矢/말음첨기(+이/계사)+ㄱ/동명사어미+乙/대격조사; 矢/말음첨기(+이/계사)+ㄱ乙/연결어미】
('不' 뒤에서) 아니지만. 아니거늘. § '矢'는 부정소 '안디'의 말음첨기임.
¶ 彼 諸ㄱ 功德ㄱ 量㇇〻〻{可}ᄼᄼㄱ 不▸矢ㄱ乙◂ 我ㄱ 今ᄼㄱ 力乙 隨〻 少分ᄉ今乙 說〻尸ム <화엄09:02-03>
而ㄱ 彼 微塵ㄱ 亦ᄼㄱ 增ᄼロㄱ 不▸矢ㄱ乙◂ {於}一ㄱᄼ十 普ㅣ 難思ᄼ 刹乙 現〻ロᄂ⺀ <화엄15:09>
【관련】 (不)矢ㄱ乙ᄼ㇇ㄱ入⺢, (非/不)矢ㄱ入乙, (無)ㄱ乙, (不)矢ㄱ〻

矢ㄱ乙ᄼ㇇ㄱ入⺢[딘을ᄒᆞ안ᄃᆞ로]

【矢/말음첨기(+이/계사)+ㄱ/동명사어미+乙/대격조사#ᄼ/동사+㇇/선어말어미+ㄱ/동명사어미+入/의존명사+⺢/구격조사】
('不' 뒤에서) 아닌 것을 한 까닭으로. § '矢'는 부정소 '안디'의 말음첨기임. 여기서 'ᄼ-'는 앞에 나오는 '修行'의 대동사임.
¶ 是ㄱ 方便勝智乙 修行ノ尸ム 自在〻尸入ㄱ 難〻 得ノ〻ㄱ乙ᄼ㇇ㄱ入⺢{故}⺀ 見思煩惱ㅣ 伏ノ〻{可}ᄼㄱ 不▸矢ㄱ乙ᄼ㇇ㄱ入⺢◂ 故ノ 是 故⺢ 五地乙 說尸 名下 難勝地亠ノ〻⺀ <금광07:05-07>
【관련】 (不)矢ㄱ乙, (非/不)矢ㄱ入乙, (ᄼ)㇇ㄱ入⺢

矢ㄱ〻[딘여]

【矢/말음첨기(+이/계사)+ㄱ/동명사어미+〻/조사】
('非', '不' 뒤에서) 아닌데. 아니니. § '矢'는 부정소 '안디'의 말음첨기임. '〻'는 절 접속의 기능임.
¶ 十方ᄼ 一切 諸ㄱ 妓樂ㅣㄱ 鐘〻 鼓〻 琴〻 瑟〻ノ소ㄱ 一ㄱ 類 非▸矢ㄱ〻◂ 悉㇇ 和雅ᄼᄂᄼ 妙音聲乙 奏ᄼナ今乙 {於}掌ᄼ 中乙 從 出ᄼ尸 不ᄼ尸丁ノ尸 靡ᄼㅣᄼロᄂ⺀ <화엄15:24-16:01>

得㇏ㄅ亠{可}ヒソㄱ 不▸矢ㄱ㇏◂ <구인15:05난상>

【관련】(不)矢ㄱ乙, 刂ㄱ㇏

矢ㄱ刂尸入ㄱ[딘읺든]

【矢/말음첨기(+이/계사)+ㄱ/동명사어미+刂/계사+尸/동명사어미+入/의존명사+ㄱ/보조사】

('非' 뒤에서) 아닌 것이라면. 아니라면. §'矢'는 부정소 '안디'의 말음첨기임.

¶ 若ヒ 法刂 有 非▸矢ㄱ刂尸入ㄱ◂ 不可ソ丨 捨ソ尸 不冬ソ尸丁ソナ尸入乙 {是}刂乙 名下 未來施㇏ノ禾ナ丨 <화소14:03 -04>

謂ノ亽 非矢刂丨 二諦刂 一刂丨ソ尸丁 二 非▸矢ㄱ刂尸入ㄱ◂ 何ヒ㇏ 得ㄅ亠{可}ヒソ オ尸口ノオㄱ入灬㇏ <구인15:05>

【관련】刂尸入ㄱ

【비고】'尸入ㄱ'을 연결어미로 보는 견해도 있음.

矢ㄱ刂㇇ヒ丨ソナ㇃[딘이앗다ᄒᆞ겨며]

【矢/말음첨기(+이/계사)+ㄱ/동명사어미+刂/계사+㇇ヒ/선어말어미+丨/종결어미#ソ/동사+ナ/선어말어미+㇃/연결어미】

('非' 뒤에서) 아닌 것이다 하며. §'矢'는 부정소 '안디'의 말음첨기임.

¶ 然㇏ソ乃 {此}刂 法ㄱ{者} 處所 有ヒㄱㄷ 非矢㇃ 處所 無ヒㄱㄷ 非矢㇃ 內 非矢㇃ 外 非矢㇃ 近 非矢㇃ 遠 非▸矢ㄱ刂㇇ヒ丨ソナ㇃◂ <화소13:20-14:02>

【관련】(不)矢ㄱ刂㇇ヒ丨ソ㇇, 一ㄱ刂㇇ヒ丨, ソナ㇃

矢ㄱ刂㇇ヒ丨ソ㇇[딘이앗다ᄒᆞ아]

【矢/말음첨기(+이/계사)+ㄱ/동명사어미+刂/계사+㇇ヒ/선어말어미+丨/종결어미#ソ/동사+㇇/연결어미】

('不' 뒤에서) 아닌 것이다 하여. 아닌 것입니다 하여. §'矢'는 부정소 '안디'의 말음첨기임.

¶ 我ㄱ … 中路㇇十 止息ソ㇌ 或 復 退屈ソ㇌ノ亠{應}ヒソㄱ 不▸矢ㄱ刂㇇ヒ丨ソ㇇◂ 是 如支 精勤㇉ 如理作意ソ尸入乙 乃㇏ 得尸 名下 {爲}出家之想亠ソ㇃ 及ヒ 沙門想亠ノオ 丨 <유가18:15-19>

【관련】(非)矢ㄱ刂㇇ヒ丨ソナ㇃, (ソ)ㄱ刂㇇ヒ丨ソ一

矢丨[디다]

【矢/말음첨기(+이/계사)+丨/종결어미】

('非' 뒤에서) 아니다. 없다. §'矢'는 부정소 '안디'의 말음첨기임.

¶ 是 故灬 {於}彼氵十 厭惡丷㇏亦 而灬 住丷尸亠 不厭惡丷令 非▶𠂉丨◀ <유가20:16-17>
即刂 名下 已氵 得亦 {於}現見法㇏十 永㇏ 熾燃乙 離丷㇏㇕丁丿令 非▶𠂉丨◀ <유가22:06>
何刂 {等}丨丷㇕ 法刂 壞丷亠{可}七丷㇕ 不▶𠂉丨◀丿令口 <화소18:20>
【관련】 (非)𠂉刂丨, (不)𠂉丨丿令口

𠂉丨丿令口[디다호리고]

【𠂉/말음첨기(+이/계사)+丨/종결어미#丿[ᄒᆞ/동사+오/선어말어미]+令[ᄙ/동명사어미+이/의존명사]+口/의문조사】
('不' 뒤에서) 아니다 하겠는가. 없다 하겠는가. § '𠂉'는 부정소 '안디'의 말음첨기임. '口/㇇'는 의문사가 있는 설명의문문에 쓰임.
¶ 何刂 {等}丨丷㇕ 法刂 壞丷亠{可}七丷㇕ 不▶𠂉丨丿令口◀ <화소18:20>
【관련】 刂丨丿令口, 丷㇕𠂉丨丿令口, (非)𠂉丨, (非)𠂉刂丨

𠂉支刂㇇[디?이며]

【𠂉支/말음첨기?+刂/계사+㇇/연결어미】
('元' 뒤에서) 근본이며.
¶ 信㇕ 道㇏七 元▶𠂉支刂㇇◀ 功德七 母刂尸{爲}入乙丷口𠂇㇕ 一切 諸㇕ 善法乙 長養丷𢀳 疑網乙 斷除丷㇏亦 愛流乙 出丷𢀳丷𠂇𠂎罒 涅槃: 無上道:丿令乙 開丷𢀳 示丷𢀳丷𠂇𠂎㇇ <화엄09:20-22>

𠂉罒[디라]

【𠂉/말음첨기(+이/계사)+罒/연결어미】
('非', '未' 뒤에서) 아니라서. § '𠂉'는 부정소 '안디'의 말음첨기임.
¶ 善支 {於}他乙 破丷㇏ 四諦 說 外尸 動丷㇏刂尸 所㇏ 非▶𠂉罒◀ 四諦 說 或 八部語灬 四諦 說 或 一切語灬 四諦乙 說尸力丷㇇丷㇏ <화엄20:10-11>
其 心刂… 諸 隨煩惱氵{之} 染汚丿尸 所乙 爲ハ𠂇尸入灬 名下 圓滿丷㇏亦 清淨鮮白丷去㇕丁丿令 未▶𠂉罒◀ 是 如支丷㇕ 諸 隨煩惱乙 現行 不冬丷{令}刂{爲}入丷尸入灬 {故}㇇ <유가16:10-13>
又 {於}妙五欲㇏十 樂刂 習近丿尸入㇕{者} {於}聖法亠 毘柰耶亠丿令十 所行處 非▶𠂉罒◀ 若 {於}宜丷㇕入乙 隨丿 得丿㇕ 所七 衣服亠 飮食亠 諸 坐臥具亠丿令十 便刂 喜足乙 生刂㇏ 獲得丿㇕ 所七 利養恭敬乙 隨丿 其 心乙 制伏丿尸厶 <유가24:17-20>
【관련】 刂罒
【비고】 '罒'는 연결어미 '㇏'의 이형태로 계사 '刂' 뒤에 쓰임.

矢㢱 [디며]

【矢/말음첨기(+이/계사)+㢱/연결어미】

('非', '不' 뒤에서) 아니며. § '矢'는 부정소 '안디'의 말음첨기임.

¶ 然氵丷乃 {此}刂 法1{者} 處所 有七1ㅌ 非▸矢㢱◂ 處所 無七1ㅌ 非▸矢㢱◂ 內 非▸矢㢱◂ 外 非▸矢㢱◂ 近 非▸矢㢱◂ 遠 非矢1刂阝七丨丷ナ㢱 <화소13:20-14:02>

我 非▸矢㢱◂ 堅固丷1 非▸矢㢱◂ 少七丷1 法亇刀 得阝ホ 成立丷ㅎ{可}七丷1 無ㅎ1入乙{有} 知ナ亽ミ <화소18:14- 15>

色 壞丷ㅎ{可}七丷1 不▸矢㢱◂ 受想行識 壞丷ㅎ{可}七丷1 不▸矢㢱◂ 無明 壞丷ㅎ{可}七丷1 不▸矢㢱◂ <화소19:01 -02>

彼ㄋ{之} 功德1 邊際 無口ナ1 稱量丷阝ㅎㅎ{可}七丷1 不▸矢㢱◂ 與七丷阝ホ 等阝丷阝亽 無七ナ丨 <화엄09:05>

一刂丨丷口尸入1 亦丷1 續丷亽 不▸矢㢱◂ 異刂丨丷口尸入1 亦丷1 續丷亽 不矢1入灬ミ <구인14:07-08>

一 非▸矢㢱◂ 異 非矢去ㄋ 故去 名阝 續諦ミノオ刂㢱 <구인14:08>

解丷1ヒ七 心阝十 二 不矢1入乙 見ト1刂罒 二乙 求ノ1厶 得阝ㄋㅎ{可}七丷1 不▸矢㢱◂ <구인15:04>

衆具 匱乏丷阝ホ 愛樂ノㅎ{可}七丷1 不▸矢㢱◂ <유가27:07-08>

【관련】 刂㢱

矢ㄋ丨 [디오다]

【矢/말음첨기(+이/계사)+ㄋ/선어말어미+丨/종결어미】

('不' 뒤에서) 아닐 것입니다. § '矢'는 부정소 '안디'의 말음첨기임. 여기서 'ㄋ'는 상대높임의 용법임.

¶ 若七 言二尸 無七丨丷二ㄋオ尸入1{者} 智1 二刂ㅎ{應}七丷1 不矢刂口乙㢱 若七 言二尸 有七丨丷二口オ尸入1{者} 智1 一刂ㅎ{應}七丷1 不▸矢ㄋ丨◂ <구인14:18-19>

【관련】 (阝二1入灬)刂ㄋ丨, ノオ二口丨

【비고】 여기서 'ㄋ'는 상대높임의 선어말어미 '口'가 계사 뒤에서 약화된 형태임.

矢刂 [디이]

【矢/말음첨기+刂/미상】

('不' 뒤에서) 아니고. 아니라. 않고. § '矢'는 부정소 '안디'의 말음첨기임. '不矢刂'는 선행문 부정, 후행문 긍정의 기능을 함.

¶ 五欲ミ 及七 王位ミ 富饒ミ 自樂ミ 大名稱ミノ亽乙 求丷阝丷1ヒ1(?) 不▸矢刂◂ 但ハ 永去 衆生ㄋ 苦乙 滅阝㢱 世間乙 利益丷㢱丷{爲}入 而灬 發心丷ナ1刂㢱 <화엄

09:12-13>
衆生乙 逼惱ノ今七 物七乙 作ソナ今1 不▸矢リ◂ 但八 世間乙 利益ノ今七 事乙 說ソナ3 呪術氵 藥草氵ソ尸 {等}丨ソ1 衆1 論リ1 是 如ソ1 有1 所乙 皆七 能攴 說ナ𢀳 <화엄19:14-15>
【관련】(非)リ矢
【선후】(이두)不喩

矢リナ1リ𢀳[디이견이며]

【矢/말음첨기+リ/계사+ナ/선어말어미+1/동명사어미+リ/계사+𢀳/연결어미】
('不' 뒤에서) 아닌 것이며. § '矢'는 부정소 '안디'의 말음첨기임.
¶ 照解3十 無二ノ1入乙 見ㅏ1リ罒 二諦1 常リ 卽ソ1ㅌ 不▸矢リナ1リ𢀳◂ 解ソ1ㅌ七 心3十 二 不矢1入乙 見ㅏ1リ罒 二乙 求ノ1ム 得3ろ㐄{可}七ソ1 不矢𢀳 <구인15:03-04>
【관련】(ソ)ナ1リ𢀳

矢リロ1[디이곤]

【矢/말음첨기+リ/계사+ロ/선어말어미+1/동명사어미; 矢/말음첨기+リ/계사+ロ1/연결어미】
('不' 뒤에서) 아니니. 아니어서. § '矢'는 부정소 '안디'의 말음첨기임.
¶ 眞義乙 得3 說ㅏ1リ罒 思議ノ㐄{可}七ソ1 不矢𢀳 度量ノ㐄 {可}七ソ1 不▸矢リロ1◂ 唯八 佛人 與七 佛人リ二氵 乃氵 {斯}リ 事乙 知二㐄七丨 <구인11:23-24>
【관련】-ロ1

矢リロ乙𢀳[디이골며]

【矢/말음첨기+リ/계사+ロ乙/선어말어미?+𢀳/연결어미; 矢/말음첨기+ロ/선어말어미+乙/동명사어미(+이/계사)+𢀳/연결어미】
('不' 뒤에서) 아닐 것이며. § '矢'는 부정소 '안디'의 말음첨기임.
¶ 若七 言二尸 無七丨ソ二ろ矛尸入1{者} 智1 二リ㐄{應}七ソ1 不▸矢リロ乙𢀳◂ 若七 言二尸 有七丨ソ二ロ矛尸入1{者} 智1 一リ㐄{應}七ソ1 不矢ろ丨 <구인14:18-19>
【관련】ソ二ロ乙𢀳, (ソ)二ロ尸𢀳
【비고】여기서 '乙'은 동명사어미 '尸'의 이표기로 보임.

矢リㅌ七[디이늣]

【矢/말음첨기+リ/계사(+ㄴ/동명사어미)+ㅌ/의존명사+七/속격조사; 矢/말음첨기+リ/계사+

ㅌ/동명사어미+七/속격조사】

('不' 뒤에서) 아닌. 없는. 않은. § '矢'는 부정소 '안디'의 말음첨기임.

¶ 復ソㄱ 五道七 一切 衆生リ 有七ナㅊ 復ソㄱ 他方七 量ノ京{可}七ソㄱ 不▸矢リㅌ七◂ 衆 有七ナㅊ <구인02:01-02>

【관련】 (不)矢ㅌ人, (未リ)ソㅌ七, (不冬)ノㅌ七, ーㄱㅌ七, ーㅌ七

矢リㄱ[디인]

【矢/말음첨기+リ/계사+ㄱ/동명사어미】

('不' 뒤에서) 아닌. 없는. 않은. § '矢'는 부정소 '안디'의 말음첨기임.

¶ 七 {於}思ノ京{應}七ソㄱ 不▸矢リㄱ◂ 處ㅈ十 强ち 其 心乙 攝ソㅈ 諸 法乙 思擇ソㅊ ソ尸矢丨 <유가12:12-13>

【관련】 リㄱ, (ソㄱ)リㄱ

矢リㄱ丁[디인뎌]

【矢/말음첨기+リ/계사+ㄱ/동명사어미+丁[ㄷ/의존명사+여/조사]】

('非' 뒤에서) 아닌 것을. 아닌 줄을. § '矢'는 부정소 '안디'의 말음첨기임. 'リㄱ'은 '當知', '應知'의 목적어절에 붙는 요소임. '丁'는 후치된 목적어절에 붙는 요소임.

¶ 當ハ 知ㅎ丨 此 清淨ㄱ 唯ハ 正法ㅈ十ㅅ 在ソロ 諸 外道ㅋ十ㄱソㅌ 非▸矢リㄱ丁◂ <유가20:01-20:02>

是 如ㅊソㄱ 五因ㄱ 當ハ 知ㅎ丨 諦現觀七 逆次因乙 依ㅈ 說ノㄱリㄱ亠 順次因ㅡノㅌ 非▸矢リㄱ丁◂ <유가23:10-11>

【관련】 ーリㄱ丁, (無ソㄱ)リㄱ丁, (无ソㄱ)リㄱ丁

矢リㄱ矢[디인디]

【矢/말음첨기+リ/계사+ㄱ/동명사어미+矢[ㄷ/의존명사+이/주격조사]】

('不' 뒤에서) 아닌 것이. § '矢'는 부정소 '안디'의 말음첨기임. '譬入ㄱ…' 이나 '如ㅊ-', '{如}丨-', '{若}丨-'가 후행함.

¶ 世間ㄱ 一ㅊ 異ソㄱ 不▸矢リㄱ矢◂ 譬入ㄱ 空谷ㅈ七 響 如ㅊソㅈ 不度ソㅎ 亦 不滅ソㅎソトノㄱ入乙 唯ハ 佛リニㅅ 能ㅊ 了知ソニロ尸ㅊ <금광13:14-15>

【관련】 リㄱ矢, ㅎ矛ㄱ矢, (ソ)ㄱ矢

矢リㄱ入ㅡ[디인ᄃᆞ로]

【矢/말음첨기+リ/계사+ㄱ/동명사어미+入/의존명사+ㅡ/구격조사】

('非' 뒤에서) 아닌 까닭으로. 아니므로. § '矢'는 부정소 '안디'의 말음첨기임. '非矢リㄱ

入灬'의 피부정어로 'ㅅ令, ノ令'가 쓰인 예만 보임.

¶ 又 彼ㄱ {於}色 相應ㅅㅌㄷ 愛味 俱行ㅅㄱ 煩惱ㄱ十 能ㄱ 一切之ㄷ 皆 永斷ㅅ令 非▸矢リㄱ入灬◂ 故ノ 名下 非得勝ㅗノオㄱ <유가15:14-16>

又 {於}彼 諸 善法ㄷ 中ㄱ十 皆 勤修ㅅ令 非▸矢リㄱ入灬◂ 故ノ 名下 他所勝ㅗノオㄱ <유가15:16-17>

一十ㄱ 若 捨ㅅㄱ赤 爲ㅅ尸 不冬ㅅㄱ丨十ㄱ 自作 能 不ハㅅ尸入灬{故}ㄱ 二 {於}餘 所ㄷ 事ㄱ十カ 他ㄱ 爲ノ尸入乙 請ㅅㄱ 能ㄱ 成辦ノ令 非▸矢リㄱ入灬◂{故}ㄱ 三 決定作ノ禾{應}ㄷㅅㄱ入灬{故}丨 <유가22:01-03>

【관련】 リㄱ入灬, (ノㄱ)リㄱ入灬, (不ハ)ㅅㄱ入灬, (不ハ)ㅅ尸入灬

矢リㄱ入灬故ㄱ[디인ᄃᆞ로며]

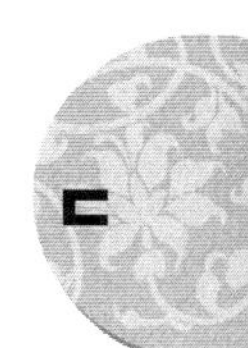

【矢/말음첨기+リ/계사+ㄱ/동명사어미+入/의존명사+灬/구격조사(+이/계사)+ㄱ/연결어미**】**

('非' 뒤에서) 아닌 까닭이며. 아니며. § '矢'는 부정소 '안디'의 말음첨기임. '非矢リㄱ入灬'의 피부정어로 'ㅅ令, ノ令'가 쓰인 예만 보임.

¶ 一十ㄱ 若 捨ㅅㄱ赤 爲ㅅ尸 不冬ㅅㄱ丨十ㄱ 自作 能 不ハㅅ尸入灬{故}ㄱ 二 {於}餘 所ㄷ 事ㄱ十カ 他ㄱ 爲ノ尸入乙 請ㅅㄱ 能ㄱ 成辦ノ令 非▸矢リㄱ入灬{故}ㄱ◂三 決定作ノ禾{應}ㄷㅅㄱ入灬{故}丨 <유가22:01-03>

【관련】 リㄱ入灬, (ノㄱ)リㄱ入灬, (不ハ)ㅅㄱ入灬, (不ハ)ㅅ尸入灬

矢リ丨[디이다]

【矢/말음첨기+リ/계사+丨/종결어미**】**

('非' 뒤에서) 아니다. § '矢'는 부정소 '안디'의 말음첨기임.

¶ 謂ノ令 非▸矢リ丨◂ 二諦リ 一リ丨ㅅ尸丁 二 非矢ㄱリ尸入ㄱ 何ㄷ: 得ㄱ禾{可}ㄷㅅオ尸ロノオㄱ入灬: <구인15:05>

【관련】 (非)矢丨, (不)矢丨(ノ令ロ), リ丨

矢リㄱㄱㅌㄱ[디이온丶아]

【矢/말음첨기+リ/계사+ㄱ/선어말어미+ㄱ/동명사어미+ㅌ/의존명사+ㄱ/의문조사; 矢/말음첨기+リ/계사+ㄱ/선어말어미+ㄱ/중복표기+ㅌ/동명사어미+ㄱ/의문조사**】**

('不' 뒤에서) (그렇지) 않습니까. (그렇지) 않은 것입니까. § '矢'는 부정소 '안디'의 말음첨기임.

¶ 第一義ㄷ 中ㄱ十 世諦 有ㄷ丨ㅅロㄱ令ㄱ 不▸矢リㄱㄱㅌㄱ◂ 若ㄷ 言ニ尸 無ㄷ丨ㅅニㄱオ尸入ㄱ{者} 智ㄱ 二リ禾{應}ㄷㅅㄱ 不矢リロ乙ㄱ <구인14:18-19>

【관련】 (有ㄷ丨)ㅅロㄱ令ㄱ, (何)ㄷㅅロㅌㄱ, ーノ令ロ, ㅅ去尸去(ㅅナ尸入灬)

【비고】 '𠃌'는 'ㅁ'에서 'ㄱ'이 약화된 형태임.

矢 㒵[디져]

【矢/말음첨기(+이/계사)+㒵/연결어미】

('非', '不' 뒤에서) 아니고. § '矢'는 부정소 '안디'의 말음첨기임.

¶ 相續假法1 一 非▸矢㒵◂ 異 非▸矢㒵◂ソナ丨◂ <구인14:07>

常刂 得3ホ 佛乙 見白㒵 世尊乙 離 不▸矢㒵◂ソ3 常刂 妙法乙 聞白㒵 常刂 正法乙 聽白㒵ソヒ𢩦𠃌 <금광14:05- 06>

【관련】 (未)刂㒵, (非)矢㒵(ソナ丨), 不矢㒵(ソ3), (不)ソ㒵, (不)冬ソ㒵, (不)冬㒵

矢 㒵 ソ ナ 丨[디져ᄒᆞ겨다]

【矢/말음첨기(+이/계사)+㒵/연결어미#ソ/용언+ナ/선어말어미+丨/종결어미】

('非' 뒤에서) 아니고 하다. § '矢'는 부정소 '안디'의 말음첨기임.

¶ 相續假法1 一 非矢㒵 異 非▸矢㒵ソナ丨◂ … 一 非矢𠃌 異 非矢𠫓𠃌 故𠫓 名3 續諦 ミノ𢩦刂𠃌 <구인14:07-08>

【관련】 (非)矢㒵, (未)刂㒵, (不)矢㒵ソ3, (無ヒ)㒵ソナ丨, (ソ而丁禾)㒵ソナ丨, (不)冬㒵ソナ𢩦罒

矢 㒵 ソ 3[디져ᄒᆞ아]

【矢/말음첨기(+이/계사)+㒵/연결어미#ソ/용언+3/연결어미】

('不' 뒤에서) 아니고 하여. 않고 하여. § '矢'는 부정소 '안디'의 말음첨기임.

¶ 善男子3 是 金光明經乙 聽聞ソ㒵 受持ソ㒵ソ1入乙 {以}ミ1入⺣ 故ノ … 常刂 得3 ホ 佛乙 見白㒵 世尊乙 離 不▸矢㒵ソ3◂ 常刂 妙法乙 聞白㒵 常刂 正法乙 聽白㒵ソ ヒ𢩦𠃌 <금광14:03-06>

【관련】 (非)矢㒵, (未)刂㒵, (非)矢㒵ソナ丨, (不)ソ㒵ソ3, (ソ/刂)㒵ソ3

入 1[든]

【入/의존명사+1/보조사;(尸)入1/연결어미】

① **('願' 뒤에서) 원컨대. 바라건대. 원하기는.**

¶ 父母乙 孝事ソ𠫓1丨+1 當ハ 願▸入1◂ 衆生1 善支 {於}佛乙 事ハ白3ホ 一切乙 護ソ㒵 養ソ㒵ソヒ支立 <화엄02:20>

菩薩1 勤ヒ 大悲行乙 修3ホ 願▸入1◂ 一切乙 度刂ロハ㒵ノ尸厶 果㐭尸 不ソ尸丁ノ 尸 無刂ソ3ナ𢩦罒 <화엄14:09>

【관련】 (願)ロ尸入1

② ('猶', '譬' 뒤에서) 비유하자면. 비유컨대. § 주로 '如支ㅅ-, 如丨ㅅ-'가 후행함.

¶ 若 橋道乙 見 當 願 衆生 廣刂 一切乙 度刂㐊尸厶 猶▸入ㄱ◂ 橋梁 如支ㅅㄹ立 <화엄05:19>

猶▸入ㄱ◂ 大海氵七 一ㄱ 滴㐊七 水 如支ㅅㄱ乙ㅅ口乙㐊㐊七丨 <화엄09:03>

譬▸入ㄱ◂ 鳥足灬 履㐊ㄱ 所七 空 如支ㅅㄱ乙ㅅ㢱 亦ㅅㄱ 大地氵七 一ㄱ 微塵 如支ㅅㄱ乙ㅅ口乙㐊㐊七丨 <화엄09:09>

{是}刂 故灬 依行乙 次第乙 說㐊今ラ十 信樂刂氵 最勝ㅅ氵ホ 甚刂 難刂氵 得㐊矛ㄱ矢 譬▸入ㄱ◂ 一切 世間七 中氵十 而灬 隨意妙寶珠刂 有ㄱ 如支ㅅㄱ刂丨 <화엄10:08-09>

譬▸入ㄱ◂ 蓮華刂 水氵十 著 不ノ尸 如支 是 如支 世刂十 在ㅅ氵ホ 深信 令刂ナ㐊七丨 <화엄19:05>

有亽 無入ㄱ 本灬八 自ラ 二刂ㄱ矢 譬▸入ㄱ◂ 牛ラ 二 角 {若}丨ㅅ㢱 <구인15:03>

譬▸入ㄱ◂ 虛空七 花 {如}丨ㅅ㢱 <구인15:07>

譬▸入ㄱ◂ 風輪ㄱ 那(羅延 力 勇壯) 速疾ㅅㄱ如支 是 如支 第四心刂 退轉ㅅ尸 不冬ㅅ去ㄱ入灬 故(ノ?) <금광02:04-05>

世間ㄱ 一㢱 異ㅅㄱ 不矢刂ㄱ矢 譬▸入ㄱ◂ 空谷氵七 響 如支ㅅ氵 <금광13:14-15>

③ ('何以故' 뒤에서) 어째서인가 하면. 왜냐하면.

¶ 何以故▸入ㄱ◂ 衆生 空ㅅㄱ入乙 {以}氵入灬 故ノ 得ホ 菩提 空乙 置ㅅ㢱 菩提 空ㅅㄱ入乙 {以}氵入灬 故ノ 得ホ 衆生 空乙 置ㅅ㢱ノ矛ㄱ入灬ㆍ <구인15:12-13>

何以故▸入ㄱ◂ 般若ㄱ 無相ㅅ㢱 二諦ㄱ 虛刂ㆆ 空刂ㆆㅅ㢱ㅅㄱ入灬ㆍ <구인15:14-15>

何以故▸入ㄱ◂ {於}第一義氵十 而灬 二 不矢ㄱ入灬 故ノ刂㢱 諸ニㄱ 佛刂ニ尸 如來ㆍ 乃氵 至刂 一切法ㆍノ今ㄱ 如刂ニㄱ入灬 故ノㆍ <구인15:19-20>

【관련】(何以故)ㆍㅅ禾尸入ㄱ, (何以故)ㅗㅅ白ノ矛尸入ㄱ, (何以故)ㅗㅅ口ㄱ

④ ('恐' 뒤에서) 두려워하건대.

¶ 恐▸入ㄱ◂ 資緣 乏氵ホ 是 如支ㅅㄱ 所受七 正法乙 退失ㅅ去尸去ㅅナ尸入灬 是 故灬 慇懃兮 種種七 衣服ㅗ 飮食ㅗ 諸 坐臥具ㅗ 病緣醫藥ㅗノ尸 供身什物乙 奉施ㅅ尸矢丨 <유가03:16-18>

入乙ノ㐊

☞ 刂尸爲入乙ノ㐊應七ㅅㄹ立

入乙ㅅ去ナ㐊七丨

☞ 刂尸爲入乙ㅅ去ナ㐊七丨

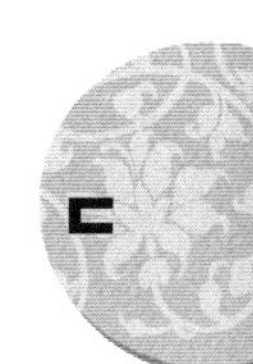

入乙ソナ丁刂㢱

☞ 刂尸爲入乙ソナ丁刂㢱

入乙ソナオろ七口[ᄃᆞᆯᄒᆞ겨리앗고]

【入/의존명사+乙/대격조사#ソ/용언+ナ/선어말어미+オ/선어말어미+ろ七/선어말어미+口/종결어미; 入/의존명사+乙/대격조사#ソ/용언+ナ/선어말어미+オ[ㅭ/동명사어미(+이/의존명사)+이/계사]+ろ七/선어말어미+口/종결어미】

-이 되겠습니까. § '口/ろ'는 의문사가 있는 설명의문문에 쓰임.

¶ 云何 {於}一切 衆生七 中ろ十 第一刂尸{爲} 大 爲 勝 爲 最勝 爲 妙 爲 極妙 爲 上 爲 無上 爲 無等 爲 無等等 {爲}▸入乙ソナオろ七口◂ <화엄02:07-09>

【관련】 (ソ)禾ろ七口(ノ尸入), ミノ禾ろ七口(ノ尸入刂ナ丨), ソ丁刂ろ七口(ノ尸入), (生)刂ㅎ禾ろ七口

【비고】 '無等等 {爲}入乙'은 '無等等刂尸 {爲}入乙'에서 표기상 '刂尸'이 생략된 것임.

入乙ソナ㢱

☞ 刂尸爲入乙ソナ㢱

入乙ソ口ナ丁

☞ 刂尸爲入乙ソ口ナ丁

入乙ソ口ハ示立ソ去丁丨十

☞ 刂尸爲入乙ソ口ハ示立ソ去丁丨十

入乙ソヒオ㢱[1][ᄃᆞᆯᄒᆞᄂᆞ리며]

【入/의존명사+乙/대격조사#ソ/용언+ヒ/선어말어미+オ[ㅭ/동명사어미(+이/의존명사)+이/계사]+㢱/연결어미】

-이 될 것이며. § <화엄경>에서 조건절 '-ヒ尸入丁'의 후행절에 주로 쓰임.

¶ 若 神通深密用 了ソヒ尸入丁 則 諸丁 佛矢 憶念ソ示ㅎ尸 所 {爲}▸入乙ソヒオ㢱◂ <화엄12:17>

【관련】 刂尸爲入乙ソヒオ㢱

【비고】 '所刂尸爲入乙ソヒオ㢱'에서 '刂尸'이 생략된 것임.

入乙ソ⺁ 丿 ᄼ[2]

☞刂尸爲入乙ソ⺁ 丿 ᄼ

入乙ソ⺁尸入丁[1][ᄃᆞᆯ ᄒᆞᄂᆞᆶ든]

【入/의존명사+乙/대격조사#ソ/용언+⺁/선어말어미+尸/동명사어미+入/의존명사+丁/보조사】

-이 되면. § 조건구문에 쓰이며 후행절에는 '-⺁丿-'가 옴.

¶ 若 諸 佛 授記 所 {爲}▸入乙ソ⺁尸入丁◂ 則 一切 佛刂 其 前阝十 現⺁亦丿ᄼ <화엄12:15>

若 諸 佛 所憶念 {爲}▸入乙ソ⺁尸入丁◂ 則 佛德乙 以阝 自𢒑(ㅎ)令乙 莊嚴ソ⺁丿ᄼ <화엄12:18>

【관련】 刂尸爲入乙ソ⺁尸入丁, 乙ソ⺁尸入丁, ソ⺁尸入丁

【비고】 '刂尸爲入乙ソ⺁尸入丁'에서 '刂尸'이 생략된 것임. '-⺁尸入丁'은 <화엄경>에만 나타남. '尸入丁'을 연결어미로 보는 견해도 있음.

入乙ソ⺁尸入丁[2]

☞刂尸爲入乙ソ⺁尸入丁

入乙ソ⺁立

☞刂尸爲入乙ソ⺁立

入乙ソ丨𠂇丁乙

☞刂尸爲入乙ソ丨𠂇丁乙

入乙ソ丨八白𠃌丁入灬

☞刂尸爲入乙ソ丨八白𠃌丁入灬

入乙ソ令

☞刂尸爲入乙ソ令

入乙ソ丿二

☞刂尸爲入乙丷矛亠

入乙丷矛刂ㄱ丁

☞ 刂尸爲入乙丷矛刂ㄱ丁

入乙丷尸矢ゕ

☞刂尸爲入乙丷尸矢ゕ

入乙丷ゕ

☞刂尸爲入乙丷ゕ

入乙丷ㄋ

☞刂尸爲入乙丷ㄋ

入乙丷ㄋ尒

☞ 刂尸爲入乙丷ㄋ尒

入乙丷ㄋ八

☞ 刂尸爲入乙丷ㄋ八

夂[1][돌]

【夂/말음첨기】

('不' 뒤에서) 안.

¶ 佛刂 華上ㄋ十 坐丷ㄋ 十方ㄋ十 示現ノ尸厶 不▸夂◂ 徧ケ丨ノㄱ 靡七ㄋ尒 悉ㄋ 能支 諸ㄱ 衆生乙 <화엄13:02-03>

衆生ㄋ 形相ㄱ 各尒 不▸夂◂ 同刂ゕ <화엄15:01-02>

諸ㄱ 衆生ㄋ 病 不▸夂◂ 同刂ㄱ入乙 隨ㄋ 悉ㄋ 法藥乙 以ㄋ <화엄17:16>

【선후】 (이두)不/冬

夂[2]

☞冬令 刂 下

冬令 刂 下 [듣(ᄒᆞ)이하]

【冬/말음첨기(+ᄒᆞ/동사)+刂/사동접미사+下/연결어미】

('不' 뒤에서) 않게 하여.

¶ 我ㄋ 作ソㅏㅎㄱ 所乙ソㄕ 如支 此乙 以ㄋ 一切衆生乙 開導ソㄋハ {於}身心ㄋ十 貪愛乙 生刂ㄕ 不▸冬 令刂下◂ 悉ㄋ 得ㄋ尒 清淨智身乙 成就ㅅ刂ㅎ禾ㄋㄷㅣソナㄕ入乙 {是}刂乙 名下 究竟施ミノ禾ナㅣ <화소16:14-17>

【관련】 ㅅ刂下, ソ令刂下, (不)冬ソ令刂ㅎ, (不)冬ソ令刂爲ㅅソㄕ入ㅆ故ㄱ

【비고】 '下'는 연결어미 'ㄋ'의 이형태로 선어말어미 '二/亦'와 사동접미사 '刂' 뒤에 나타남.

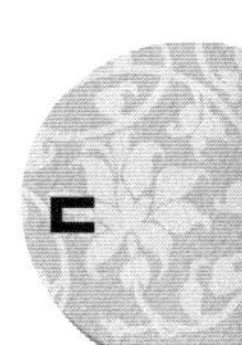

冬ㅎ [듣(ᄒᆞ)져]

【冬/말음첨기(+ソ/용언)+ㅎ/연결어미】

('不' 뒤에서) 않고.

¶ {於}法如如ㄋ十 動 不▸冬ㅎ◂ 去 不▸冬ㅎ◂ 來 不▸冬ㅎ◂ソㄱ <금광14:17-18>
{於}諸 言辭ㄋ十 動 不▸冬ㅎ◂ 去 不▸冬ㅎ◂ 住 不▸冬ㅎ◂ 來 不▸冬ㅎ◂ソナ矛皿 <금광14:19-20>

【관련】 冬ソㅎ

【선후】 (이두)不/冬齊

冬ㅎソナ矛皿 [듣(ᄒᆞ)져ᄒᆞ겨리라]

【冬/말음첨기(+ソ/용언)+ㅎ/연결어미#ソ/용언+ナ/선어말어미+矛[ㄹ이/동명사어미(이/+의존명사)+이/계사]+皿/연결어미】

('不' 뒤에서) 않고 하는 것이어서.

¶ {於}諸 言辭ㄋ十 動 不冬ㅎ 去 不冬ㅎ 住 不冬ㅎ 來 不▸冬ㅎソナ矛皿◂ 能ㄱ 生滅乙 現ㄷㄕ二 無生滅乙 向ソㄱ <금광14:19-21>

【관련】 (不)冬ソㅎソナ矛皿, (不)冬ㅎソㄱ

【비고】 '皿'는 연결어미 'ㄋ'의 이형태로 계사 '刂' 뒤에 쓰임.

冬ㅎソㄱ [듣(ᄒᆞ)져ᄒᆞ며]

【冬/말음첨기(+ソ/용언)+ㅎ/연결어미#ソ/용언+ㄱ/연결어미】

('不' 뒤에서) 않고 하며.

¶ 二者 身命乙 惜ㄕ 不冬ソㅎ 安樂止息ノ令ㄷ{之} 觀乙 生ㄕ 不▸冬ㅎソㄱ◂ <금광

03:07>
{於}法如如⺀十 動 不冬彡 去 不冬彡 來 不▸冬彡ソ㇇◂ <금광14:17-18>
【관련】 (不)冬ソ彡ソ㇇, (不)冬彡ソナ㇈罒

冬ノ㐫七[돌호놋]

【冬/말음첨기+ノ[ᄒᆞ/용언+오/선어말어미](+ㄴ/동명사어미)+㐫/의존명사+七/속격조사;冬/말음첨기+ノ[ᄒᆞ/용언+오/선어말어미]+㐫/동명사어미+七/속격조사**】**
('不' 뒤에서) 않는.
¶ 謂ㄱ 妙五欲乙 依⺀ 得ノㄱ 所七 利養恭敬乙 由⺀ 心 便ㆆ 堅住 不▸冬ノ㐫七◂ 此 因緣乙 由⺀ 一切 非所行處乙 遠離ソ㇇ <유가24:20-22>
【관련】 ノ㐫七, ノㄱ㐫七

冬ノ㇈ㄱリ⺀七丨ソ尸矢㇇[돌호린이앗다홇디며]

【冬/말음첨기+ノ[ᄒᆞ/용언+오/선어말어미]+㇈/선어말어미+ㄱ/동명사어미+リ/계사+⺀七/선어말어미+丨/종결어미#ソ/동사+尸/동명사어미+矢[ᄃᆞ/의존명사+이/계사]+㇇/연결어미;冬/말음첨기+ノ[ᄒᆞ/용언+오/선어말어미]+㇈[ㄹᅙ/동명사어미(+이/의존명사)+이/계사]+ㄱ/동명사어미+リ/계사+⺀七/선어말어미+丨/종결어미#ソ/동사+尸/동명사어미+矢[ᄃᆞ/의존명사+이/계사]+㇇/연결어미**】**
('不' 뒤에서) 않을 것이다 할 것이며. 않을 것입니다 할 것이며.
¶ 謂尸 我⺀ 我ㄱ 今㫐{者} 何ㆆ 所⺀十 在ソ厶ㄱリ⺀七口ソ尸{耶} 不▸冬ノ㇈ㄱリ⺀七丨ソ尸矢㇇◂ <유가08:18-19>
【관련】 ノ㇈ㄱリ⺀七丨ソ尸矢㇇, ノ㇈ㄱリ⺀七丨ソ尸矢丨, (ソ彡ソ爲人)ノ㇈ㄱリ⺀七丨ソ㇇

冬ノ㇈リナ丨[돌호리이겨다]

【冬/말음첨기+ノ[ᄒᆞ/용언+오/선어말어미]+㇈/선어말어미+リ/중복표기+ナ/선어말어미+丨/종결어미;冬/말음첨기+ノ[ᄒᆞ/용언+오/선어말어미]+㇈[ㄹᅙ/동명사어미(+이/의존명사)+이/계사]+リ/중복표기+ナ/선어말어미+丨/종결어미**】**
('不' 뒤에서) 않는 것이다.
¶ 菩薩リ 四生乙 化ノ尸厶 色⺀ 如⺀ノ㇇人 受想行識⺀ 如⺀ノ㇇人 衆生我人常樂我淨⺀ 如⺀ノ㇇人 知見壽者⺀ 如⺀ノ㇇人 菩薩⺀ 如⺀ノ㇇人 六度四攝一(切行如 二諦如) 觀ソ 不▸冬ノ㇈リナ丨◂ <구인03:23-25>
【관련】 ⺀ノ㇈リナ丨, ⺀ノ㇈ナ丨

⺈ノア人[돌홇과]

【⺈/말음첨기+ノ[ᄒᆞ/용언+오/선어말어미]+ア/동명사어미+人/접속조사】
('不' 뒤에서) 않는 것과.

¶ 又 尋思⺍ 擾亂ノア 所乙 爲ハ亅入⺍ 故ノ 遠離刂亅 內心寂靜 奢摩他定乙 樂ア 不▸⺈ノア人◂ 又 彼 身刂 不調適ソ亅入乙 由氵亅入⺍ 故ノ 毘鉢舍那乙 善修 能 不ハソ氵 實 如支 諸 法乙 觀察 能 不ハノア人刂丨 <유가10:09-10>

【관련】 (不)ハノア人刂丨, ノア人

⺈ノア厶[돌홇딕]

【⺈/말음첨기+ノ[ᄒᆞ/용언+오/선어말어미]+ア/동명사어미+厶[ᄃᆞ/의존명사+ᄋᆡ/처격조사]; ⺈/말음첨기+ノ[ᄒᆞ/용언+오/선어말어미]+ア/동명사어미+厶/의존명사; ⺈/말음첨기+ノア厶[ᄒᆞ/용언+옰ᄃᆡ/연결어미]】
('不' 뒤에서) 않는데. 않되.

¶ 或 {於}是處氵十 親戚 交遊亠 談謔亠 等ソ㔾 {有}斗氵 住ソ氵⺮ 而⺍ {於}是處氵十 遠離乙 樂ア 不▸⺈ノア厶◂ 謂亅 長夜氵十 數習ソ氵⺮ 彼乙 與七 共居ノ㔾七 增上力⺍ 故ノソ⺄ 或 復 樂ㅎ 二ㅎ 第七ㅋ乙 與七 共住ソ⺄ソ⺀ノア <유가26:11 -14>
又 彼亅 是 如支 欲樂乙 發生ソ⺄ 勤精進乙 發ソ⺄ 遠離乙 樂⺄氵ソア 已氵ソ口 喜足乙 生ア 不▸⺈ノア厶◂ 謂亅 {於}少分殊勝ソ亅 所證氵十 心氵十 喜足ノア 无氵 {於}諸 善法刂 轉上ソ⺄ 轉勝ソ⺄ 轉微妙ソ⺄ソ亅 處氵十 悕求ソ氵⺮ 而⺍ 住ソ⺀ソ𭕄罒 <유가29:09-13>

【관련】 ノア厶

⺈ソ

☞ ⺈ソ令刂爲人ソア入⺍故⺀, ⺈ソ令刂⺄

⺈ソ令刂爲人ソア入⺍故⺀[돌ᄒᆞ이과홇ᄃᆞ로며]

【⺈/말음첨기+ソ/동사+刂/사동접미사+人/연결어미#ソ/동사+ア/동명사어미+入/의존명사+⺍/구격조사(+이/계사)+⺀/연결어미】
('不' 뒤에서) 않게 하고자 하기 때문이며.

¶ 是 如支ソ亅 諸 隨煩惱乙 現行 不▸⺈ソ{令}刂{爲}人ソア入⺍{故}⺀◂ <유가16:12-13>

【관련】 ソ令刂爲人ソア (不⺈ソ⺄), 人刂爲人ソア入⺍故⺀, ソア入⺍

【비고】 '人'의 독음을 'ᄒᆞ'로 보는 견해와 '히'로 보는 견해가 있음. 후자의 경우 사동접미사를 중복 표기한 것으로 봄.

冬丷令刂ㄹ[들ᄒᆞ이져]

【冬/말음첨기+丷/동사+刂/사동접미사+ㄹ/연결어미】

('不' 뒤에서) 않게 하고.

¶ 謂ㄱ 是 如支 等丷ㄱ 諸 資生具ㄱ 但八 身乙 治丷ㄋ亦 敗壞尸 不▸冬丷{令}刂ㄹ◂ <유가19:14-15>

【관련】 丷令刂ㄹ, (不)冬令刂ㄹ, (不)冬丷ㄹ, (不)冬ㄹ

冬丷去ㄱ入灬[들ᄒᆞ건ᄃᆞ로]

【冬/말음첨기+丷/동사+去/선어말어미+ㄱ/동명사어미+入/의존명사+灬/구격조사】

('不' 뒤에서) 않기 때문에.

¶ 譬入ㄱ 風輪ㄱ 那(羅延 力 勇壯) 速疾丷ㄱ 如支 是 如支 第四心刂 退轉丷尸 不▸冬丷去ㄱ入灬◂ 故(ノ?) 是乙 (名毗梨耶波)羅蜜因亠ノ オ ケ <금광02:04-05>

【관련】 (如)支丷去ㄱ入灬 (故ノ), 丷去ㄱ入灬

冬丷ナ令ミ[들ᄒᆞ겨리여]

【冬/말음첨기+丷/동사+ナ/선어말어미+令[ㄹㆆ/동명사어미+이/의존명사]+ミ/조사;冬/말음첨기+丷/동사+ナ/선어말어미+令ミ[ㄹㆆ/동명사어미(+이/의존명사)+이여/조사]】

('不' 뒤에서) 않는데. 않는다. § 여기서 'ミ'는 절 접속 또는 종결의 기능임.

¶ 善根乙 以ㄋ八 {於}彼ㄋ十 迴向尸 不丷ケ亦丷ㄱ {於}彼ㄋ十 而灬 善根乙 退尸 不丷ケ 常刂 勤七 修行ノ尸ム 曾八ㅎカ 廢捨尸 未▸冬丷ナ令ミ◂ 但八 彼 境界乙 因三ㄋ八 衆生乙 攝取丷{欲}入 爲三ㅎ 眞實乙 說丷ㄋ八 佛法乙 成熟 令刂ナ禾ケ <화소13:15-17>

【관련】 丷ナ令ミ

冬丷ナㅎ七ㅣ[들ᄒᆞ겼다]

【冬/말음첨기+丷/동사+ナ/선어말어미+ㅎ七/선어말어미+ㅣ/종결어미】

('不' 뒤에서) 않는다. 않을 수 있다.

¶ 五障乙 解脫丷ケ 三地乙 念ノ尸入乙 忘 不▸冬丷ナㅎ七ㅣ◂ <금광10:01>

【관련】 (不)冬丷ケ, 丷ナㅎ七ㅣ, 丷ナㅎ七ㅣ

冬丷ロロ七ノㅎ七ㅣ[들ᄒᆞ고곳홊다;들ᄒᆞ고곳옶다]

【冬/말음첨기+丷/동사+ロ/선어말어미+ロ七/연결어미#ノ[ᄒᆞ/동사+오/선어말어미]+ㅎ七/선어말어미+ㅣ/종결어미;冬/말음첨기+丷/동사+ロ/선어말어미+ロ七/선어말어미+ノ/선어말어미+ㅎ七/선어말어미+ㅣ/종결어미】

('不' 뒤에서) 않고자 한다. 않으려 한다. § 'ノ'는 1인칭 주어와 호응함.

¶ 我𢀳 等ソ11 皆 當八 盡𠤎七 心⺍ 供養ソ白㢱 諸 聽衆乙罒力 安隱快樂ソ{令}刂口口七ノ𢀳㢱 … 是 說法處乙火 一切 諸 天亠 人亠 非人亠 等ソ1刂亠 及 諸 衆生亠ノ尸乙 得(氵?)ホ 上乙 從七 而⺍ 過ソ氵 說法七{之} 處乙 汗漫令刂尸 不▸夂ソ口口七ノ亣七丨◂ <금광15:07-11>

【관련】 ソ令刂口口七ノ亣七丨, 令刂口口七ノ𢀳㢱, ソ令刂口口七ノ𢀳㢱

夂ソト1亠[돌ᄒᆞ눈여]

【夂/말음첨기+ソ/동사+ト/선어말어미+1/동명사어미+ㆍ/조사;夂/말음첨기+ソ/동사+ト/선어말어미+1亠/연결어미**】**

('不' 뒤에서) 않을 것이다. 않을 것이니.

¶ 設一八 得ホ 出家ソ氵乃 此 尋思⺍{之} 擾動ノ1 所乙 由氵 障㝵乙 爲一刂尸入⺍ 故ノ 喜樂乙 生尸 不▸夂ソト1亠◂ 是 如支ソ1 二種七 所對治七 法氵十 其 次第乙 隨ノ 不淨想乙 修ソ㔾 无常想乙 修ソ㔾ソ尸入乙 當八 知ホ丨 是乙 彼ラ 修習對治亠ノ𢀳刂1 丁 <유가08:09-12>

【관련】 (不)八ソト1力

夂ソ𠤎八二㢱[돌ᄒᆞᄂᆞᆨ시며;돌ᄒᆞᄂᆞ기시며]

【夂/말음첨기+ソ/동사+𠤎/선어말어미+八/선어말어미?+二/선어말어미+㢱/연결어미**】**

('不' 뒤에서) 않으시며.

¶ 是 金光明經乙 說尸 已氵ソ白八二1 三万億 菩薩摩訶薩1 無生法忍乙 得𠤎八二㢱 量 無1 諸 菩薩1 菩提心乙 退 不▸夂ソ𠤎八二㢱◂ <금광14:23>

【관련】 (ソ)𠤎八二㢱, (ソ)𠤎八二丨, ソ𠤎八二1ㆍ, (現)ケ𠤎八二1ㆍ

夂ソ𠤎𢀳㢱[돌ᄒᆞᄂᆞ리며]

【夂/말음첨기+ソ/동사+𠤎/선어말어미+𢀳[ㄹ이/동명사어미(+이/의존명사)+이/계사]+㢱/연결어미**】**

('不' 뒤에서) 않으며. 않을 것이며. § <화엄경>에서 조건절 '-𠤎尸入1'의 후행절에 주로 쓰임.

¶ 常刂 妙法乙 聞白㔾 常刂 正法乙 聽白㔾ソ𠤎𢀳㢱 不退地氵十 生ソ二 師子勝人乙 而⺍ 得氵ホ 親近ソ白氵 相ノ 遠離 不▸夂ソ𠤎𢀳㢱◂ <금광14:06-07>

【관련】 (不)ソ𠤎𢀳㢱, (無)刂ソ𠤎𢀳㢱, ソ𠤎𢀳㢱

夂ソ𠤎亣七丨[돌ᄒᆞᄂᆞᆶ다]

【冬/말음첨기+ㅅ/동사+ㅌ/선어말어미+ㅎㅌ/선어말어미+ㅣ/종결어미】

('不' 뒤에서) 않는다. 않을 것이다. 않을 수 있다.

¶ 佛ㄱ {言}ㄗㅡㄕ … 善男子ㄋ 若 得ㄋㅈ 是 金光明經ㄹ 聽聞ㅅ白ㅁㄴㄱ 一切 菩薩ㄱ 阿耨多羅三藐三菩提ㄋ十ㄱ 退 不▸冬ㅅㅌㅎㅌㅣ◂ <금광13:22-24>

【관련】 (ㅅ)ㅌㅎㅌㅣ

冬ㅅㄱㅣ十ㄱ[돌흔다긘]

【冬/말음첨기+ㅅ/동사+ㄱ/동명사어미+ㅣ十[ㄷ/의존명사+아긔/처격조사]+ㄱ/보조사;冬/말음첨기+ㅅ/동사+ㄱ/동명사어미+ㅣ/의존명사+十/처격조사+ㄱ/보조사】

('不' 뒤에서) 않을 때에는. 않는 경우에는. 않으면.

¶ 一十ㄱ 若 捨ㅅㄋㅈ 爲ㅅㄕ 不▸冬ㅅㄱㅣ十ㄱ◂ 自作 能 不ハㅅㄕㅅ灬{故}ㄣ <유가 22:01-02>

【관련】 (未)ハㅅㄱㅣ十ㄱ, (未)ㅣㅅㄱㅣ十ㄱ, ㅅㄱㅣ十ㄱ

冬ㅅ今ㅌ[돌흐릿]

【冬/말음첨기+ㅅ/동사+今[ㄹㅎ/동명사어미+이/의존명사]+ㅌ/속격조사】

('不' 뒤에서) 않는.

¶ 一十ㄱ 斷ㄹ 樂ㄕ 不▸冬ㅅ今ㅌ◂ 同梵行者ㄹ 伴 {爲}ㅌノㅌㅌ 過失 {有}ㅓㄣ <유가 13:08-09>

【관련】 ㅅ今ㅌ

冬ㅅㄕ丁ㅅナㄕ入ㄹ[돌홇뎌ᄒᆞ겂돌]

【冬/말음첨기+ㅅ/동사+ㄕ/동명사어미+丁[ㄷ/의존명사+여/조사]#ㅅ/동사+ナ/선어말어미+ㄕ/동명사어미+入/의존명사+ㄹ/대격조사】

('不' 뒤에서) 않는다(고) 하는 것을.

¶ 復ㄉ {是}ㅣ 念ㄴ 作ㅅナㄕ丁 若ㅌ 法ㅣ 有 非矢ㄱㅣㄕ入ㄱ 不可ㅅㅣ 捨ㅅㄕ 不▸冬ㅅㄕ丁ㅅナㄕ入ㄹ◂ {是}ㅣㄹ 名下 未來施ㅌノ禾ナㅣ <화소14:03-04>

【관련】 ㅅㄕ丁ㅅナ矛ㅣ, (濟ㅣ)ㄕ丁ㅅナㄣ, (ㅅㅣ)ㅎ禾ㄋㅌㅣㅅナㄕ入ㄹ, ㅅㄕ丁, ㅅナㄕ入ㄹ

冬ㅅㄕ矢[돌홇디]

【冬/말음첨기+ㅅ/동사+ㄕ/동명사어미+矢[ㄷ/의존명사+이/주격조사]】

('不' 뒤에서) 않는 것이.

¶ 大甚深智ㄹ 滿足ㅅㄕ矢 是 波羅蜜義ㅣㄣ 行非行ㄹ? 法ㄹ 心ㄋ十 執著 不▸冬ㅅㄕ矢◂

是 波羅蜜義刂㢱 <금광05:10>
【관련】 丷尸矢

㑞丷尸入乙[돌홇돌]

【㑞/말음첨기+丷/동사+尸/동명사어미+入/의존명사+乙/대격조사】
('不' 뒤에서) 않는 것을.

¶ 謂㇐ 聞ノ㇐ 所乙 如八 已氵 得㫆 究竟丷㇏ 法乙 忘念 不▸㑞丷尸入乙◂ 名丅 法光明亠ノ尸亠 <유가11:05-06>
若 已𠄌乙 謂㇏㫆 聰明ノ㇐刂㇏七丨丷㇏ 而⺍ 高擧乙 生刂㇏㫆 他乙 從七 觀㇏十 順丷㇐ 正法乙 聞尸 不▸㑞丷尸入乙◂ 是乙 名丅 毘鉢舍那支㇏十 不隨順丷㇐ 性亠ノ㐅㢱 <유가26:19-21>
【관련】 (不八丷㔾)丷尸入乙, (如支)丷尸入乙, 丷尸入乙

㑞丷㢱[돌ᄒᆞ며]

【㑞/말음첨기+丷/동사+㢱/연결어미】
('不' 뒤에서) 않으며.

¶ 一者 諸 煩惱乙 與七 得㇏㫆 共住丷尸 不▸㑞丷㢱◂ <금광03:12-13>
二者 福德火七 具尸 未八丷㇐丨十㇐ 得㇏㫆 安樂 不▸㑞丷㢱◂ <금광03:13>
三者 一切 難行ノ尸𠄌十 猒心乙 生尸 不▸㑞丷㢱◂ <금광03:13-14>
五障乙 解脫丷㢱 初地乙 念ノ尸入乙 忘尸 不▸㑞丷㢱◂丷𠂇㢴七丨 <금광09:10>
亦 一切 衆生刂 成熟令刂ノ㢴{可}七丷㇐乙{者} 見尸 不▸㑞丷㢱◂ <금광14:18-19>
謂㇐ 有𠂇丨 一 如支丷㇐刂 必 五无間業乙 成就尸 不▸㑞丷㢱◂ <유가02:11>
{於}彼 一切 世間七 盛事㇏十 願樂乙 生尸 不▸㑞丷㢱◂ <유가07:08-09>
此 利養恭敬乙 依㇏ 而⺍ 貪着乙 生刂尸 不▸㑞丷㢱◂ <유가19:02-03>
【관련】 (不)八丷㢱, (不)丷㢱, (不)㑞丷㔾, (不)㑞丷㇏

㑞丷㢱丷𠂇㢴七丨[돌ᄒᆞ며ᄒᆞ겼다]

【㑞/말음첨기+丷/동사+㢱/연결어미#丷/동사+𠂇/선어말어미+㢴七/선어말어미+丨/종결어미】
('不' 뒤에서) 않으며 한다. 않으며 할 수 있다.

¶ 五障乙 解脫丷㢱 初地乙 念ノ尸入乙 忘尸 不▸㑞丷㢱丷𠂇㢴七丨◂ <금광09:10>
五障乙 解脫丷㢱 二地乙 念ノ尸入乙 忘 不▸㑞丷㢱丷𠂇㢴七丨◂ <금광09:18>
十地乙 念ノ尸入乙 忘 不▸㑞丷㢱丷𠂇㢴七丨◂ <금광12:25- 13:01>
【관련】 (不)㑞丷𠂇㢴七丨, 丷㢱丷𠂇㢴七丨, 丷㔾丷𠂇㢴七丨

　ㅽ 丷 ニ ロ 尸 亠 [들ᄒᆞ시곩여]

【ㅽ/말음첨기+丷/동사+ニ/선어말어미+ロ/선어말어미+尸/동명사어미+亠/조사; ㅽ/말음첨기+丷/동사+ニ/선어말어미+ロ/선어말어미+尸亠/연결어미】

('不' 뒤에서) 않으시지만. 않으시고도. § '亠'는 역접의 기능임.

¶ 世尊ラ 無邊身1 一言字ㄘ力 說尸 不▸ㅽ丷ニロ尸亠◂ 一切 弟子衆ラ+ 法雨乙 飽滿亽刂七彳丷尸入灬 故ノ丷ニロ尸ㅅ <금광13:10-11>

【관련】 (無丷1刂3七丨)丷ニロ尸亠, (故ノ)丷ニロ尸ㅅ, (丷)ニロ尸ㅅ, 丷ニロ乙ㅅ

　ㅽ 丷 ニ 1 入 灬 [들ᄒᆞ신ᄃᆞ로]

【ㅽ/말음첨기+丷/동사+ニ/선어말어미+1/동명사어미+入/의존명사+灬/구격조사】

('不' 뒤에서) 않으신 까닭으로. 않으시므로.

¶ 生死乙 損 不▸ㅽ丷ニ1入灬◂ 故ノ 願丷3ホ 尊1 涅槃乙 證丷ニロ1刂罒 二法見乙 過丷ニ1入灬 故ノ 是 故灬 寂靜乙 證丷ニロ1刂3七ㅅ <금광13:08>

世尊ラ 智1 一味刂ニ下 淨品亠 不淨品亠ノ亽+ 界乙 分別 不▸ㅽ丷ニ1入灬◂ 故ノ 無上淸淨乙 獲ニロ1刂3七丨 <금광13:09-10>

【관련】 丷ニ1入灬 (故ノ)

　ㅽ 丷 ニ ㅅ [들ᄒᆞ시며]

【ㅽ/말음첨기+丷/동사+ニ/선어말어미+ㅅ/연결어미】

('不' 뒤에서) 않으시며.

¶ 口3+ 常刂 說法丷白ㄋ尸ム 無義丷1入乙丷尸 非▸ㅽ丷ニㅅ◂ <구인11:10>

【관련】 丷ニㅅ

　ㅽ 丷 3 [들ᄒᆞ아]

【ㅽ/말음첨기+丷/동사+3/연결어미】

('不' 뒤에서) 않아.

¶ 佛+ 白3 言ニ尸 云何七⺀ 十方七 諸ニ1 如來⺀ 一切 菩薩⺀ノ衤 文字乙 離 不▸ㅽ丷3◂ 而灬 諸1 法相3+ 行丷ニ㪅七丨丷ロㄋ亽ㄋ <구인15:21-22>

又 {於}所治七 現行法七 中3+ 心3+ 染着 不▸ㅽ丷3◂ホ 速刂 斷滅丷{令}刂ㄜ <유가12:20-21>

{於}此 少小丷1 殊勝定七 中3+ 喜足乙 生尸 不▸ㅽ丷3◂ {於}勝三摩地圓滿丷1ラ+ 更3 求願ノ尸入乙 起ㅅ <유가15:10-11>

{於}行住 坐臥 語默 等丷1 中3+ 欲ノ尸入乙 隨ノ 行尸 不▸ㅽ丷3◂ 憍慢乙 制伏丷3ホ 他ラ 家3+ 往趣ノ尸ム 審正觀察丷3ホ 遊行乞食丷尸入乙 是 如支丷1乙 名下

{爲} 誓ホ 下劣ソ1 威儀乙 受ノア入乙 觀察ソア丁ノ𐨉ㄌ <유가16:22-17:02>

又 彼1 是 如支 勤精進ソ1入灬 故ノ 在家亠 出家亠ノ今七 衆乙 與七 相ㄱ 雜住ソア 不▸夂ソ𝄌◂ 邊際七 諸 坐臥具乙 習近ソ𝄌ホ 心𝄌十 遠離乙 樂ㄌ <유가29:06-08>

【관련】 (不)夂ソ𝄌ホ, (不)夂ソ𝄊, (不)夂ソㄌ

夂ソ𝄌ホ[돌ᄒᆞ아곰]

【夂/말음첨기+ソ/동사+𝄌/연결어미+ホ/첨사】

('不' 뒤에서) 않아서.

¶ 又 {於}所治七 現行法七 中𝄌十 心𝄌十 染着 不▸夂ソ𝄌ホ◂ 速刂 斷滅ソ{令}刂𝄊 <유가12:20-21>

又 愛人 慢人 見人 无明人 疑惑人七 種種 定七 中𝄌十ソ1 諸 隨煩惱乙 復ハ 現行ソア 不▸夂ソ𝄌ホ◂ 善ㄌ 念住乙 守ソㄌ <유가19:06-07>

【관련】 (不)ハソ𝄌ホ, (不)ソ𝄌ハ

夂ソ𝄊[돌ᄒᆞ져]

【夂/말음첨기+ソ/동사+𝄊/연결어미】

('不' 뒤에서) 않고.

¶ 二者 身命乙 惜ア 不▸夂ソ𝄊◂ 安樂止息ノ今七{之} 觀乙 生ア 不夂𝄊ソㄌ <금광03:07>

無上尊1 法眼灬 不思議義乙 見三ㄌ 能ㄌ 一法ケカ 生刂ア 不▸夂ソ𝄊◂ 亦 一法ケカ 滅ア 不▸夂ソ𝄊◂ソ三下 <금광13:06>

眼亠 耳亠 一(乙) 隨ノソ1 支分?? 缺 不▸夂ソ𝄊◂ <유가02:04-05>

{於}五無間七 一乙 隨ノソ1 業障𝄌十 自灬 造作ア 不▸夂ソ𝄊◂ 他乙 教ソ𝄌 作入刂ア 不▸夂ソ𝄊◂ソア矢丨 <유가02:07-08>

{於}惡處𝄌十 而灬 信解乙 生刂入 不▸夂ソ𝄊◂ {於}惡處𝄌十 清淨心乙 發ノアム <유가02:11-12>

他乙 引ソ𝄌 {於}己𝄎乙 信ソ{令}刂{爲}入ソア 不▸夂ソ𝄊◂ 利養亠 恭敬亠 稱譽亠ノア乙 爲ソロア丁ㄱア 不▸夂ソ𝄊◂ソア矢丨 <유가04:18>

又 彼1 尸羅律儀𝄌十 安住ソ𝄌 犯戒ソ1入乙 由𝄌 私立 自灬 懇責ソア 不▸夂ソ𝄊◂ 亦 彼 同梵行者𝄎 法乙 {以}氵 呵擯ノア入乙 爲ハア 不▸夂ソ𝄊◂ソㄌ <유가17:10-11>

亦 彼 同梵行者𝄎 法乙 {以}氵 呵擯ノア入乙 爲ハア 不▸夂ソ𝄊◂ソㄌ 尸羅乙 犯ソ1刂 有七去乃 而1 輕擧 不▸夂ソ𝄊◂ <유가17:11-12>

謂1 {於}種種七 邪天 處所𝄌十 及七 {於}種種七 外道 處所𝄌十ソア 不▸夂ソ𝄊◂ソナ𐨉亠 <유가02:12-13>

【관련】 (不)夂𝄊, (不)夂ソ𝄌, (不)夂ソㄌ, (不)ハソ𝄊(ソア入乙)

冬ソ s ソナ衤罒[듣ㅎ져ㅎ겨리라]

【冬/말음첨기+ソ/동사+ s/연결어미#ソ/동사+ナ/선어말어미+衤[ㄹㅎ/동명사어미(+이/의존명사)+이/계사]+罒/연결어미】

('不' 뒤에서) 않고 하는 것이라서.

¶ 又 煩惱道亠 後有業道亠ノア1 {於}現法セ 中3十 已氵 永3 斷絶ソs 彼 絶ソ去1入乙 由氵1入灬 故ノ 當來セ 苦道刀 更3 復ハ 轉 不▸冬ソsソナ衤罒◂ 此 因果刂 永3 滅盡ソ去1入乙 由氵1入灬 故ノ 卽 名下 苦邊亠ノア亠 更3 餘 所 无3ホ 無上ソs 无勝ソsソナ令セ丨 <유가31:15-17>

【관련】(不)冬sソナ衤罒, ソsソナ衤罒

【비고】'罒'는 연결어미 '3'의 이형태로 계사 '刂' 뒤에 쓰임.

冬ソ s ソア矢丨[듣ㅎ져ㅎ읋디다]

【冬/말음첨기+ソ/동사+ s/연결어미#ソ/동사+ア/동명사어미+矢[ㄷ/의존명사+이/계사]+丨/종결어미】

('不' 뒤에서) 않고 하는 것이다.

¶ 无業障圓滿刂丨ソ1入1{者} 謂1 有ナ丨 一 如支ソ1刂 依止 圓滿ソ亦{於}五無間セ 一乙 隨ノソ1 業障3十 自灬 造作ア 不冬ソs 他乙 敎ソ3 作𠆢刂ア 不▸冬ソsソア矢丨◂ <유가02:06-09>

他乙 引ソ3 {於}已ラ乙 信ソ{令}刂{爲}𠆢ソア 不冬ソs 利養亠 恭敬亠 稱譽亠ノア乙 爲ソロア丁令ア 不▸冬ソsソア矢丨◂ <유가04:18-19>

【관련】ソsソア矢丨

冬ソ s ソ亦[듣ㅎ져ㅎ며]

【冬/말음첨기+ソ/동사+ s/연결어미#ソ/동사+亦/연결어미】

('不' 뒤에서) 않고 하며.

¶ 又 彼1 尸羅律儀3十 安住ソ3 犯戒ソ1入乙 由3 私立 自灬 懇責ソア 不冬ソs 亦 彼 同梵行者ラ 法乙 {以}氵 呵擯ノア入乙 爲ハア 不▸冬ソsソ亦◂ <유가17:10-12>

【관련】(不)ソsソ亦, (不)冬ソsソ亦ソナ衤罒

冬ソ s ソ亦ソナ衤罒[듣ㅎ져ㅎ며ㅎ겨리라]

【冬/말음첨기+ソ/동사+ s/연결어미#ソ/동사+亦/연결어미#ソ/동사+ナ/선어말어미+衤[ㄹㅎ/동명사어미(+이/의존명사)+이/계사]+罒/연결어미】

('不' 뒤에서) 않고 하며 하는 것이라서.

¶ 彼1 {於}圓滿ソ1ラ十 多 方便乙 修ノ1入乙 以ホ 依止 {爲}氵3 … 復 樂斷乙 依3

常刂 勤七 修習丷ㅅ … 又 勝奢摩他乙 證得ノ1入灬 卽丂 是 如攴丷1 奢摩他乙 {以}氵1入灬 故ノ 已ㅋ乙 謂3ホ 一切 所作乙 已辨丷3ノ1刂3七丨丷尸 非冬丷彡 亦 他乙 向3 已ㅋ 證ノ1 所乙 說尸 不▸冬丷彡丷ㅅ丷𠂇矛罒◂ <유가18:19-19:10>

【관련】 (不)冬丷彡丷𠂇矛罒, 丷彡丷𠂇矛罒

【비고】 '罒'는 연결어미 '3'의 이형태로 계사 '刂' 뒤에 쓰임.

冬丷彡丷二下 [돌ᄒᆞ져ᄒᆞ시하]

【冬/말음첨기+丷/동사+彡/연결어미#丷/동사+二/선어말어미+下/연결어미】

('不' 뒤에서) 않고 하시어.

¶ 能ㅅ 一法ケカ 生刂尸 不冬丷彡 亦 一法ケカ 滅尸 不▸冬丷彡丷二下◂ 平等見刂二1入乙 爲二1入灬 故ノ 尊1 無上處3十 至二口1刂3七丷ㅅ <금광13:06-08>

【관련】 丷彡丷二下, (不)丷彡丷3

【비고】 '下'는 연결어미 '3'의 이형태로 선어말어미 '二/示'와 사동접미사 '刂' 뒤에 나타남.

厶 [디]

【厶/의존명사】

① 곳.

¶ 是 會七 大衆1 皆 悉 彼▸厶◂ 往3 爲ノ 聽衆刂尸入乙 作丷口七ノ矛ㅅ <금광15:05-06>

我又 {等}丨丷11 風乙 欽七口七ノ尸入灬 故去 來丷3ホ {此}刂▸厶◂ 至去口七ノ丨 <화소12:11>

② ('-亠1, -亠尸' 뒤에서) -되.

¶ 我1 無始灬八 已來亠1▸厶◂ 飢餓乙 以三1入灬 故攴 身乙 喪3亠1厶 數ㅋ 無七刂丷3亠1冫 <화소10:09>

{是}刂 念乙 作丷尸 已氵丷口八1 卽攴 便刂 {之}刂乙 施ノ尸▸厶◂ 而灬 悔丷尸 所3 無七刂丷𠂇尸入乙 {是}刂乙 名下 外施冫ノ禾𠂇丨 <화소11:14-15>

或丷1 百1 千1 億 那由他 劫3十 說ㅅ 或丷1 無數冫 無量冫 乃丷氵 至刂 不可說不可說冫ノ今七 劫3十 說ㅅノ尸▸厶◂ 劫數1 盡去亠{可}七丷1冫 <화소25:09-10>

若 橋道乙 見 當 願 衆生 廣刂 一切乙 度刂亠尸▸厶◂ 猶入1 橋梁 如攴丷ㅌ立 <화엄05:19>

樂著丷ㅌ七 人乙 見 當 願 衆生 法乙 以3ホ 自ㅋ乙 娛刂亠尸▸厶◂ 歡愛丷3ホ 捨尸 不丷ㅌ立 <화엄06:02>

若七 佛法乙 聞亠尸▸厶◂ 厭足尸 無ㅌ尸入1 彼人1 法刂 不思議刂示亠1入乙 信丷ㅌ矛ㅅ <화엄10:17>

若 能 佛乙 念丷白亠尸▸厶◂ 心亠 動尸 不丷ㅌ尸入1 則 常刂 量 無示1 佛乙 覩見丷

白ヒ𢀳ㄉ <화엄11:13>
花上ろ十 皆セ 量 無セㄱ 國土リ 有セㄅㄱ▸ム◂ 一一國土ろ十ケ丨 佛ミ 及ハ 大衆ミ ノ𢀳リソ白ㄅㄱム 今乙 {如}亠 異ソㄱ 無セニㄉ <구인02:05-06>
復ソㄱ {於}頂上ろ十ソろ 千寶蓮花乙 出ソ白ㄅㄱ▸ム◂ 其 花ㄱ 上ソㄱ 非想非非想天ろ十 至ゑ 光刀 亦ソㄱ 復ㄅ 爾セゑソニㄉ <구인02:12-13>
法王ㄱ 上 無セろ 人 中ろセ 樹リニ下 大衆乙 覆蓋ソ白ㄅア▸ム◂ 量 無セㄱ 光灬ソニㄉ 口ろ十 常リ 說法ソ白ㄅア▸ム◂ 無義ソㄱ入乙ソア 非冬ソニㄉ <구인11:09-10>
一者 一切 諸佛亠 菩薩亠 聰慧大智リニㄱリ亠ノア乙 供養ソゑ 親近ソゑソ白ノア▸ム◂ 心ろ十 猒足ノア 無ㄉ <금광03:24- 25>
一者 {於}一切 法リ 本灬セ 來ノㄱア▸ム◂ 不生ソゑ 不滅ソゑ 不有ソゑ 不無ソゑソㄱ ラ十 心 安樂亐 住ソㄉ <금광04:12 -13>
一セ十{者} {於}一切 法ろ十 善惡乙 分別ノア▸ム◂ 智 能 具足ソㄉ 二者 {於}黑白法ろ十 遠離ソゑ 攝受ソゑ今リノア▸ム◂ 智 能 具足ソㄉ <금광05:02-04>
衆生ラ 相乙 思惟ソ白ノア▸ム◂ 一切 種 皆セ 無ソㄱリろセ丨ソニロア亠 困苦ソトㄱ 諸 衆生ラ十 世尊リニミ 普リ 救濟ソニロアㄉ <금광13:12-13>
又 自ラ 增上生事人 及セ 決定勝事人乙 依ろノア▸ム◂ 謂ㄱ 己ラ 身亠 財寶亠ノ今人 所證人セ 盛事ろ十 作意思惟ソろホ 歡喜乙 發生ソㄉ <유가28:13-15>
又 內乙 依ろ 諸 根乙 不護ノ今セ 過失 {有}斗ノア▸ム◂ 諸 根乙 不護ソㄱ入乙 由ミㄱ入灬 故ノ 愁歎 等ソㄱ乙 生リㄉ <유가30:17-18>

【비고】 'ム'를 'ᄃᆞ/의존명사+ᄋᆡ/처격조사'로 분석하는 견해와 'ㅎㄱム, ㅎアム'를 하나의 연결어미로 보는 견해도 있음.

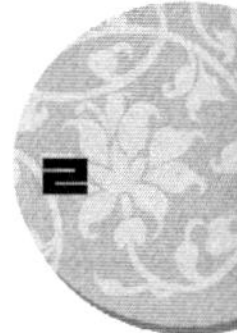

〮¹[로]

【〮/부사화접미사】

('幷' 뒤에서) 아울러.

¶ 惟ハ 願ロアㅅㄱ 大王リ乊ㄱㅅㄱ 之乙 捨ソ氵ホ 我ラナ 與ソロハ乊ケ 幷▸〮◂ 及七 王ラ 身ㄲ 我ラ 臣僕リア{爲}ㅅ乙ソロハ乊立ソ去ㄱㅣナ

〮²[로]

【〮/부사화접미사】

('自' 뒤에서) 스스로.

¶ {於}解氵ナ 常リ 自▸〮◂ 一リケ {於}諦氵ナ 常リ 自ラ▸〮◂ 二リㄱリ氵七ㅣソ氵 <구인15:05-06>

謂ㄱ 自▸〮◂ 誓ホ 下劣ソㄱ 形相亠 威儀亠 衆具亠ノア乙 受ケ 又 自▸〮◂ 誓ホ 禁制尸羅乙 受ケ 又 自▸〮◂ 誓ホ 精勤無間ち 善法乙 修習ノアㅅ乙 受ケ <유가16:16-18>

彼ㄱ 自▸〮◂ 尸羅清淨乙 思惟ソㄱㅅ〮 故ノ 悔惱ノア 无ケ <유가25:14>

若七 美ソヒ七 味乙 得氵ㄲ 專ロ 自ラ▸〮◂ 受ア 不ソ氵ハ 要ち 衆生氵ナ 與ソㄱ 然七ソㄱ乙〮七 後リナ氵 方七 食ソナケ … 若七 自ラ▸〮◂ 食ソ今七 時氵ナㄱ {是}リ 念言ノアㅅ乙 作ソナア丁 <화소09:10-13>

菩薩ㄱ 自ラ▸〮◂ 念ソナア丁 <화소10:08>

因緣〮 本〮ハ 自ラ▸〮◂ 有ソㄱヒㄲ 自 無七ゑ 他作 無七ゑソケ <구인14:24-25>

【비고】 '自〮'는 주로 <유가사지론>에 보이는 표기임.

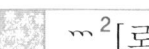

〱[3][로]

【〱/구격조사】

① -로. § 도구나 수단의 의미로 쓰임.

¶ 自身刂 勇健丷乛𠄌十 鎧仗▸〱◂ 莊嚴丷𠄎 <금광06:02-04>

偏袒右肩 右膝著地 合掌恭敬丷𠄎𠃍 頂▸〱◂ 佛足乙 禮丷白口 <금광13:02>

是 說法師乙火 種種▸〱◂ 利益丿 安樂 無障丷㐅 身心 泰然丷㐅亽刂𠃍 <금광15:06-07>

是七丷乛 時十 世界七 其 地乛 六種▸〱◂ 震動丷口𠤎丨 <구인02:18>

菩薩刂 三昧七 中𠄎十 住在丷𠄎丷乛 種種七 自在▸〱◂ 衆生乙 攝丷𠂇亽⺀ 悉𠄎 所行七 功德七 法乙 以𠄎 量刂 無乛 方便▸〱◂ 而▸〱◂ 開誘丿尸厶 <화엄17:04-05>

一十乛 常刂 方便▸〱◂ 善法乙 修丿亽七 所作刂乛亠 <유가08:13-14>

睡眠乙 始七𠀋 寤去乛丨十乛 當 願 衆生 一切智▸〱◂ 覺丿尸厶 周七 十方乙 顧丷𠤎立丿𠃋𠂇丨 <화엄08:15>

或丷乛 邊呪語▸〱◂ 四諦乙 說尸力丷𠃍 或丷乛 善密語▸〱◂ 四諦乙 說尸力丷𠃍 或人𠄌 直語▸〱◂ 四諦 說 或 天𠄌 密語▸〱◂ 四諦乙 說 文字乙 分別丷𠄎 四諦 說 決定丷𠤎七 義理▸〱◂ 四諦 說 善支 {於}他乙 破丷𠄎 四諦 說 外尸 動丷𠄎𠀋尸 所𠄎 非矢罒 四諦 說 或 八部語▸〱◂ 四諦 說 或 一切語〱 四諦乙 說尸力丷𠃍丷𠄎 <화엄20:08-11>

頂上𠄎七 白蓋乛 量 無丷乛 衆寶▸〱◂{之} 莊嚴丿乛 所乛乙 {以}氵𠃍 {於}上亠十 覆丷𠄌七丿乛入乙 菩薩乛 悉𠄎 見𠂇𠀋七丨 <금광06:18-19>

② -로. § 원인이나 이유의 의미로 쓰임.

¶ 諸乛 法乛 因緣▸〱◂ 有丷𠃍丷口乛 有人 無人七 義刂 {是}刂 {如}丨丷𠂇丨 <구인15:02>

功德▸〱◂ 普洽丷𠄎𠃍 廣刂 一切乙 利刂𠃍丷去乛入▸〱◂(故 是 名 力波)羅蜜因亠丿𠃋𠃍 <금광02:16-17>

{是}刂 故▸〱◂ 依行乙 次第乙 說𠀋亽𠄌十 信樂刂氵 最勝丷𠄎𠃍 甚刂 難刂氵 得𠀋𠃋乛矢 譬入乛 一切 世間七 中𠄎十 而〱 隨意妙寶珠刂 有乛 如支丷乛刂丨 <화엄10:08-09>

大王下 {是}刂 故▸〱◂ 佛佛刂 {於}世十 出現丷二下 衆生乙 爲人丷二尸入▸〱◂ 故丿 說𠄎𠃍 三界⺀ 六道⺀丿亽七 名字乙 作丷白𠄎乛乙 是乙 名𠄎 無量名字⺀丿𠃋乛⺀ <구인14:04-06>

法界乛 分別 無七口乛 是 故▸〱◂ 異丷乛 乘 無七口乛乙 衆生乙 度丷{爲}人丷二尸入〱 故丿 <금광13:16>

是 故▸〱◂ 說尸 名下 聖所住𠄎十 住丷去乛丁丿𠃋丨 <유가31:05>

{此}刂 菩薩乛 {是}刂 事 有七乛入▸〱◂ 故支 {是}刂 事 有七𠃍 <화소01:04-05>

彼𠄌十 施丷{爲}人丷尸入▸〱◂ 故支氵 而▸〱◂ 自𠄌▸〱◂ {之}刂乙 食丷𠂇亽⺀ 其味𠄎十 貪尸 不丷𠂇𠃍 <화소09:16>

一切 衆生ㆵ {爲}三 一切 佛㠯 神力乙 現ㅎ丷 敎化調伏丷ㅎ亦 修行不斷 令刂ㅎ尸 盡ㅊ ㅎ{可}七丷ㅌ 不矢ㄱ入▸⺌◂{故}刂ナㅣ <화소20:01-03>

何以故ㆍ丷禾尸入ㄱ {此}刂 菩薩ㄱ 十尸 種七 無盡藏乙 成就丷ナㄱ入▸⺌◂{故}刂ㄱㆍ <화소25:11-12>

一切 衆生乙 饒益丷尸入▸⺌◂ 本願乙 以ㅎ 善支 迴向丷尸入▸⺌◂{故}刂ㅎ 一切 劫ㅎ 十 斷絶尸 無刂丷尸入▸⺌◂{故}刂ㅎ 虛空界乙 盡ㅎ 悉ㅎ 開悟ノ尸ム 心ㅎ 限尸 無刂 丷尸入▸⺌◂{故}刂ㅎ 有爲ㅎ十 迴向丷ㅅㆍ 而ㄱ 著尸 不丷尸入▸⺌◂{故}刂ㅎ 一ㄱ 念七 境界ㅎ十 一切法 盡尸 無刂丷尸入▸⺌◂{故}刂ㅎ 大願七 心ㅎ 變異尸 無ㄱ入▸⺌ ◂{故}刂ㅎ 善支 諸ㄱ 陀羅尼乙 攝取丷ㄱ入▸⺌◂{故}刂ㅎ 一切 諸ㄱ佛㠯 護念丷㢴ㅎ 尸 所刂ㄱ入▸⺌◂{故}刂ㅎ 一切 法ㆵ 皆七 幻 如支ノㄱ入乙 了丷尸入▸⺌◂{故}刂ナ ㅣ <화소26:13-19>

衆生乙 利益丷{爲欲}ㅅ丷尸入▸⺌◂{故}ㆍ <화엄18:19>

大王下 {是}刂 故▸⺌◂ 佛佛刂 {於}世十 出現丷二下 衆生乙 爲ㅅ丷二尸入▸⺌◂ 故ノ 說ㅎ亦 三界ㆍ 六道ㆍノㅅ七 名字乙 作丷白ㅎㄱ乙 是乙 名ㅎ 無量名字ㆍノ㢱ㄱㆍ <구인14:04- 06>

善男子ㅎ 是 金光明經乙 聽聞丷ㅎ 受持丷ㅎ丷ㄱ入乙 {以}ㅅㄱ入▸⺌◂ 故ノ 是 善男子 亠 善女人亠ノ尸ㄱ 一切 罪障乙 悉 能ㅎ 除滅丷ロ 極淸淨丷ㄱ入乙 得丷ㅌ㢱ㅎ <금광14:03-05>

七 郎ㅎ 是 如支丷ㄱ 增上力乙 由ㅅㄱ入▸⺌◂ 故ノ 諸 事務 多ノㅅ七 過失刂ㅎ <유가13:17-18>

③ -로. § 출발점의 의미로 쓰임.

¶ 各ㆵ各ㆵㅎ亦 座前七 花▸⺌◂七 上十 量 無七ㄱ 化佛刂 有ナハ二ㅎ <구인02:03>

我ㄱ 無始▸⺌◂ハ 已來ㅎㄱム 飢餓乙 以三ㄱ入⺌ 故支 身乙 喪ㅎㅎㄱム 數ㆵ 無七刂 丷ㅎㅎㄱㆍ <화소10:09>

法性ㄱ 本▸⺌◂ハ 無丷ㄱ 性刂罒 第一義刂ㅎ 空刂ㅎ 如刂ㅎ丷ㅎ <구인14:25>

一者 {於}一切 法刂 本▸⺌◂七 來ノㄱ尸ム <금광04:12-13>

④ -로. § 피사동주 표지로 쓰임.

¶ 云何亠ㅎ尸入ㄱ 彼▸⺌◂ 正七 修行丷ㅎ亦 轉丷{令}刂ㅎノ㢱ㄱ刂ㅎ七ロ丷二尸入⺌ <유가06:05>

我▸⺌◂ {於}彼 正審觀察ノㅅ七 心一境位ㅎ十 當ハ 障㝵乙 作ㅅ刂尸 勿ノ㢱ㄱ刂ㅎ七 ㅣ丷尸矢ㅣ <유가09:01-02>

【선후】 (15)-로

 ⺌ハ[록]

【⺌/구격조사+ハ/첨사】

① -로부터.

¶ 我ㄱ 無始▸⺌ハ◂ 已來ㅎㄱム 飢餓乙 以三ㄱ入⺌ 故支 身乙 喪ㅎㅎㄱム 數ㆵ 無七刂

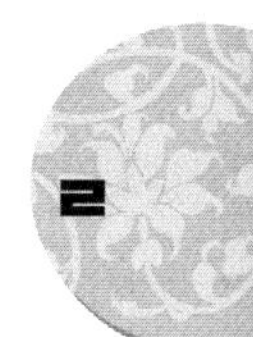

ㅅ 3 ㅎ 1 ㆍ <화소10:09>

② ('本' 뒤에서) 본디. 본래.

¶ 因緣ㅡ 本▸ㅡ八◂ 自ㄋㅡ 有ㅅ 1 ㅌ ㄲ 自 無ㄴ ㅎ 他作 無ㄴ ㅎ ㅅ ㅎ 法性 1 本▸ㅡ八◂ 無ㅅ 1 性ㄹ ㅁ 第一義ㄹ ㅎ 空ㄹ ㅎ 如ㄹ ㅎ ㅅ ㅎ <구인14:24-25>

法性 1 本▸ㅡ八◂ 無ㅅ 1 性ㄹ ㅁ 第一義ㄹ ㅎ 空ㄹ ㅎ 如ㄹ ㅎ ㅅ ㅎ <구인14:25>

有人 無人 1 本▸ㅡ八◂ 自ㄋ 二ㄹ 1 矢 譬入 1 牛ㄋ 二 角 {若} | ㅅ ㅎ <구인15:03>

③ ('法尒' 뒤에서) 法대로.

¶ 故去 彼ㄹ 正法行ㄹ 修習ㅅ 今ㄴ 時ㅗ 十 卽ㅎ 是 1 法尒▸ㅡ八◂ 大師ㄹ 供養ㅅ 白 3 1 丁ノ 才 ㅁ <유가06:05-06>

④ ('假使' 뒤에서) 가령. 假使.

¶ 佛子 3 {此} ㄹ 菩薩 1 假使▸ㅡ八◂ 有ナ | 量ㄹ 無ㄴ 1 衆生ㄹ … 來ㅅ 3 ホ 其 所 3 十 至 3 菩薩ㄕ 十 告ㅅ 3 言白ナㄕ 丁 <화소15:17-20>

菩薩 1 {之} ㄹ ㄹ 聞ㅁ 卽支 便ㄹ 施與ノㄕ ㅿ 假使▸ㅡ八◂ {此} ㄹ ㄹ 由ㄹ 3 八 阿僧祇 ㄴ 劫ㄹ 經 3 諸 1 根 不具ノㄕ 矢去 ㄲ <화소16:02-03>

【관련】 ㄹㅡ八, ㅡㄴ

【선후】 (15)-록

ㅡㄴ [롯]

【ㅡ/구격조사+ㄴ/첨사; ㅡ/구격조사+ㄴ/속격조사】

① -로부터. § 방향이나 시간상의 선후를 나타내는 명사 앞에 옴.

¶ 各ㄋ 各ㄋ 3 ホ 座前ㄴ 花▸ㅡㄴ◂ 上十 量 無ㄴ 1 化佛ㄹ 有ナ 八 ニ ㅎ <구인02:03>

如來 滅ㅅ ㄲ 1 ㄹ▸ㅡㄴ◂ 後ㄹ 十 有ㄹ | 如來 滅ㅅ ㄲ 1 ㄹ▸ㅡㄴ◂ 後ㄹ 十 無ㄹ | 如來 滅 後 亦 有 亦 無ㄹ | 如來 滅 後 非有非無ㄹ | ノㄕ 入 <화소07:03-05>

若ㄴ 美ㅅ ㅌ ㄴ 味ㄹ 得 3 ㄲ 專ㅁ 自ㄋㅡ 受ㄕ 不ㅅ 3 八 要ㅅ 3 衆生 3 十 與ㅅ 1 然ㄴ ㅅ 1 ㄹ▸ㅡㄴ◂ 後ㄹ 十 ㅅ 方ㄴ 食ㅅナ ㅎ <화소09:10-11>

② ('本' 뒤에서) 본디.

¶ 一者 {於}一切 法ㄹ 本▸ㅡㄴ◂ 來ノ 1 ㄕ ㅿ 不生ㅅ ㅎ 不滅ㅅ ㅎ 不有ㅅ ㅎ 不無ㅅ ㅎ ㅅ 1 ㄋ 十 心 安樂ㄎ 住ㅅ ㅎ <금광04:12 -13>

【관련】 ㅡ八, ㄹㅡ八

【선후】 (15)-롯

ㅡノ ㅌ [로호ㄴ]

【ㅡ/구격조사#ノ[ᄒᆞ/용언+오/선어말어미](+ㄴ/동명사어미)+ㅌ/의존명사; ㅡ/구격조사#ノ[ᄒᆞ/용언+오/선어말어미]+ㅌ/동명사어미】

-로 하는 것. § 'ᄒᆞ-'는 대동사임.

¶ 是 如支ㅅ 1 五因 1 當八 知ㅎ | 諦現觀ㄴ 逆次因ㄹ 依 3 說ノ 1 ㄹ 1 ㅗ 順次因▸ㅡノ

ㅌ◂ 非矢刂ㄱ丁 <유가23:10-11>

【관련】 ノㅌㄷ

罒ノㄱ[로혼]

【罒/구격조사#ノ[ᄒᆞ/용언+오/선어말어미]+ㄱ/동명사어미】

-로 한. §'ᄒᆞ-'는 대동사임.

¶ 三千大千世界ㄷ 地 平ソㄱ矢 掌 如攴ソㄱㄋ十 量 無ㄅ 數 無ソㄱ 種種ㄷ 妙色刂ㄱ 清淨ソㅌㄷ{之} 寶▸罒ノㄱ◂ 莊嚴ㄷ{之} 具刂ソ3ㄷノㄱ入乙 菩薩ㄱ 悉3 見ソナ六ㄷㅣ <금광06:01-02>

【관련】 ノㄱ

罒ソ口ㄱ[로ᄒᆞ곤]

【罒/구격조사#ソ/동사+口/선어말어미+ㄱ/동명사어미;罒/구격조사#ソ/동사+口/연결어미+ㄱ/보조사】

-로 하니. §'ソ-'는 대동사임.

¶ 幻師刂 幻法乙 見尸矢ㄷソ3 諦實▸罒ソ口ㄱ◂ 卽ㄋ 皆ㄷ 無ソㄱ刂3ㄷㅣソ尸入乙 名3 {爲}諸 佛ㄷ 觀ㄗノ矛刂ㄅ <구인15:09>

【관련】 ソ口ㄱ

罒ソニㄅ[로ᄒᆞ시며]

【罒/구격조사#ソ/용언+ニ/선어말어미+ㄅ/연결어미】

-로 하시며. §'ソ-'는 대동사임

¶ 法王ㄱ 上 無ㄷ3 人 中3ㄷ 樹刂ニ下 大衆乙 覆蓋ソ白ㄋ尸厶 量 無ㄷㄱ 光▸罒ソニㄅ◂ <구인11:09>

【관련】 ソニㄅ

禾3ㄷ口ノ尸厶[리잇고옳과]

【禾/선어말어미+3ㄷ/선어말어미+口/종결어미#ノ[ᄒᆞ/동사+오/선어말어미]+尸/동명사어미+厶/접속조사;禾[ㄹ㆒/동명사어미(+이/의존명사)+이/계사]+3ㄷ/선어말어미+口/종결어미#ノ[ᄒᆞ/동사+오/선어말어미]+尸/동명사어미+厶/접속조사】

-을 것인가 하는 것과. §'口/ㄋ'는 의문사가 있는 설명의문문에 쓰임.

¶ 何等 {爲} 無記法ㄗノ令口 謂ノㄱㄱ 世間ㄱ 有邊刂ㅣ 世間ㄱ 無邊刂ㅣ 世間ㄱ 亦 有邊 亦 無邊刂ㅣ 世間ㄱ 非有邊非無邊刂ㅣノ尸人 … 世界ㄱ 何ㄘ 處乙 從ㄷ 來ソㄅ 去3ハㄱ 何ㄘ 所ㄷ3十 至▸禾3ㄷ口ノ尸人◂ … 何ㄷソㄱ乙{者} {爲}生死ㄷ 最ハ 後際ㄗノ

禾氵七ロノ尸入刂ナ丨 <화소05:11-08:13>
【관련】 ソ禾氵七ロノ尸入, 一氵七ロ, ノ尸入

尸[1][ㄹㆆ]

【尸/말음첨기】
('二' 뒤에서) 둘.
¶ 過去七 一1 生⺀ 二▸尸◂ 生⺀ 乃ソ氵 至刂 十尸 生⺀ 百1 生⺀ 千1 生⺀ 百1 千1 生⺀ 量刂 無1 百1 千1 生⺀ <화소20:07-09>
【선후】 (계림유사)途孛, (15)둘ㅎ

尸[2][ㄹㆆ]

【尸/말음첨기】
('十' 뒤에서) 열.
¶ 過去七 一1 生⺀ 二尸 生⺀ 乃ソ氵 至刂 十▸尸◂ 生⺀ 百1 生⺀ 千1 生⺀ 百1 千1 生⺀ 量刂 無1 百1 千1 生⺀ <화소20:07-09>
菩薩1 十▸尸◂ 種 行乙 行ソ彡 亦ソ1 一切 大人ラ 法乙 行ソ彡ソトホ1入乙 示刂⺍ <화엄18:18>
【선후】 (향가)二尸/二肹, (계림유사)噎, (15)열ㅎ

尸[3][ㄹㆆ]

【尸/말음첨기】
('萬' 뒤에서) 萬.
¶ 百1 萬▸尸◂ 阿僧祇七 陀羅尼乙 以氵ホ 眷屬 {爲}三1乙ソ⺍ <화소25:13-14>

尸[4][ㄹㆆ]

【尸/말음첨기】
('昔' 뒤에서) 옛날에.
¶ 出世心乙 得⺍ 昔▸尸◂ 得尸 未刂ソ氵七丨ノ1 所刂1乙 而灬 今ハ1氵 始ノ 得ソ⺍ <금광06:23-24>
昔▸尸◂ 得尸 未刂ソラ七丨ノ1 所七 勝利乙 得氵1入灬 故ノ <금광07:18>
昔▸尸◂ 聞白尸 未刂ソラ七丨ノ1 甚深 法義乙 聞⺍ <유가07:04>

尸[5][ㄹㆆ]

【尸/속격조사】

① ('菩薩', '如來', '梵志', '大師' 뒤에서) -의.

¶ 佛子氵 云何七丷㇕乙 菩薩▸尸◂ 分減施⺀丿今口{爲}丷𠂇禾尸入㇕ <화소09:09>

若 能 勤火七 佛功德乙 修丷𠤎尸入㇕ 則 得氵ホ 如來▸尸◂ 家氵十 生在丷𠤎矛𠂼 <화엄11:05>

譬入㇕ 大海氵七 金剛聚㇕ 彼㇇ 威力乙 {以}⺀氵 衆㇕ 寶乙 生丿㇕厶 減丿尸 無𠂼 增丿尸 無𠂼 亦刂㇕ 盡尸 無㇕ 如攴 菩薩▸尸◂ 功德聚 亦刀 然七丷𠂇丨 <화엄14:13-14>

或丷㇕ 梵志▸尸◂ 諸㇕ 威儀乙 現ㅎ氵ホ {於}彼 衆七 中氵十 上首刂尸{爲}入乙丷𠂇𠂼 <화엄19:21>

善男子氵 菩薩▸尸◂ 四地氵十㇕ (是) 相刂 前現丿㇕厶 <금광06:04-05>

如來▸尸◂{之} 身刂 金色 晃耀丷二下 <금광06:20>

謂㇕ 如來▸尸◂ 弟子刂 生圓滿乙 依氵 轉丷今七 時亠十 <유가04:15-16>

二 他師教刂㇕ 謂㇕ 所㇕ 大師▸尸◂ 鄔波柁耶亠 阿遮利耶亠丿尸㇇ {於}時時間氵十 教授教誡丿尸入乙 依氵 攝受依止丷尸矢丨 <유가25:08-10>

② ('菩薩, 如來, 三世, 類' 등의 뒤에서) -의. -이/가. § 주어적 속격의 용법임.

¶ {此}刂 菩薩㇕ 過去七 諸㇕ 佛𠂊刂 菩薩▸尸◂ {有}斗𠇍ㅎ㇕ 所七 功德乙 聞𠂇𠂼 <화소13:01-02>

{於}戒⺀ 及七 學⺀丿今㇇十 常 順行丷𠤎尸入乙 一切 如來▸尸◂ 偁美丷𠇍ㅎ尸 所刂𠤎矛𠂼 <화엄10:13>

二者 諸佛如來▸尸◂ 說白丿㇕ 甚深法乙 心氵十 常刂 樂丿 聞白丿尸厶 猒足丿尸 無有七𠂼 <금광03:25-01>

若七 水氵十 入丷𠫓㇕ 時十㇕ 當 願 衆生 一切智氵十 入丷氵ホ 三世▸尸◂ 等氵丿㇕入乙 知𠤎立 <화엄07:23>

一切 仙人㇇ 殊勝行㇕ 人天 {等}丨丷𠤎七 類▸尸◂ 同刂 信仰丿矛㇕乙 <화엄19:16>

【관련】 -七, -㇇

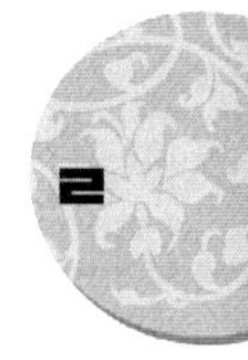

尸[6][ㄹㅎ]

【尸/동명사어미】

① -ㄹ. -는. § 체언 수식 용법임. '所, 入' 등의 의존명사를 수식함. 동사와만 결합됨. 자립명사를 수식할 때에는 주로 '今七'이 쓰임.

¶ 凡㇇ 受ㅎ▸尸◂ 所七 物七火七八尸入㇕ 悉氵 亦刀 {是}刂 如攴丷口𠤎𠂼 <화소09:11-12>

{是}刂 念乙 作丷尸 已⺀丷口八㇕ 卽攴 便刂 {之}刂乙 施丿尸厶 而𠆢 悔丷▸尸◂ 所氵 無七刂丷𠂇尸入乙 {是}刂乙 名下 外施⺀丿禾𠂇丨 <화소11:14-15>

大王下 若七 菩薩 上十 見㇇▸尸◂ 所氵 {如}丨丷㇕ 衆生㇕ 幻化刂罒 <구인14:11-12>

又 无嫉丿▸尸◂入乙 依氵丿尸厶 {於}自㇇ 身氵十丿尸入乙丷㇕ 如攴 {於}他㇇十丿尸

亦 尒𠆤ソ㢱 <유가28:15-16>

謂ㄱ {於}四沙門果良+ 能㢱 隨ノ 證ノ▸尸◂ 所乙 {有}斗尸 未ハソㄱ入灬 故ノ 猶リ 惡趣苦ラ 隨逐ノ▸尸◂ 所乙 爲ハ㢱 <유가18:02-04>

② **-ㄴ.** § 체언 수식 용법임. 동일 지시적인 두 체언을 연결하는 '-リ(ニ)尸'에 쓰임. 계사와만 결합됨.

¶ 時+ 十六大國王七 中良七 舍衛國主リニ▸尸◂ 波斯匿王リ 名(火?) 曰白尸 月光:ソ白ろ今ㄱ 德行ㄱ 十地: 六度: 三十七品: 四不壞淨:ノ乙ソ㢱 摩訶衍七 化乙 行ソ㢱ソニトㄱ: <구인02:24-03:01>

如來七 三業ㄱ 德リ 無極ソロハニㄱ 我リ▸尸◂ 今ハ 月光ㄱ 三寶乙 禮ソ白ロトろㄱ: <구인11:08>

得良ホ 一切 怖畏リㄱ 一切 惡獸リ▸尸◂ 虎狼師子𠆤 一切 惡鬼𠆤 人非人 等ソㄱ 怨賊𠆤 災橫𠆤 諸ラ 有ソㄱ 惱害𠆤ノ尸乙 度脫ソ良 <금광09:24-10:01>

③ **-ㄹ, -는.** § '-尸 所リ尸{爲}入乙ソ-'의 형식으로 피동 구문을 이룸.

¶ 林藪良+ 處ソㄱ乙 見 當 願 衆生 天人ラ{之} 歎仰ノ▸尸◂ 所リ尸{爲}入乙ノ亠{應}七ソ㐊立 <화엄07:02>

若 諸ㄱ 佛矢 護念ソ𢀳亠▸尸◂ 所リ尸{爲}入乙ソ㐊尸入ㄱ 則 能 菩提心乙 發起ソ㐊ㄋ㢱 <화엄11:03>

④ **-이니/과 하는.** § 나열된 명사구를 아우르는 표현임.

¶ 他方七 大衆: 及ハ 以ホ 化衆: {此}リ 三界七 中良七 衆:ノ▸尸◂ 十二大衆ㄱ 皆七 來ソ良ホ 集會ソ良 九劫蓮花座良+ 坐ソ白ろㄱ厶 <구인02:07-08>

善男子良 其 說白ろㄱ 所七 十四般若波羅蜜リㄱ 三忍: 地地良+ 上中下ホソㄱ 三十忍:ノ▸尸◂ 一切(行藏 一切佛藏 不可思議) <구인11:24-25>

是 如支 先下 說ノㄱ 所乙 如ハソㄱ 若 修處所人 若 修因緣人 若 修瑜伽人 若 修果人ノ▸尸◂ 一切乙 揔ち 說良 {爲}修所成地𠆤ノㄋ丨 <유가32:04-06>

【선후】 (15)-ㄹ/-ㅭ

⑤ **-ㅁ.** § 명사적 용법에 쓰인 예임.

¶ 善知識乙 親近ノ▸尸◂ 盡ㄊ亠{可}七ソ㐊 不矢ㄱ入灬{故}リ㢱 <화소19:14-15>

樹リ 葉茂ソㄱ乙 見 當 願 衆生 定: 解脫:ノ今乙 以良ハ 而灬 蔭映ノ▸尸◂ 爲:㐊立 <화엄05:10>

菩薩リ 衆生乙 化ノ▸尸◂ {爲} 此 {若}丨ソナ丨ソニ下 <구인14:13-14>

不善決定ソㄱ入灬 故ノ {於}思惟ノ尸 所良+ 疑リ 隨逐ノ▸尸◂ 有七㢱 <유가11:16>

⑥ **-ㅁ.** § 부정소 '無/无, 靡, 莫' 앞에 쓰인 예임.

¶ 但ハ 諸ㄱ 行ラ 夢 如支ソ良ホ 實 不矢ㄱ入乙 觀ソ良 貪著▸尸◂ 無七㢱 <화소15:09-10>

若七 施ノ尸 所乙 {有}斗ㄊㄱ丨+ㄱ 當 願 衆生 一切乙 能支 捨ソ良ホ 心良+ 愛著ノ▸尸◂ 無㐊立 <화엄03:03>

幻諦七 法ㄱ 佛リ 出世ソ白ろ▸尸◂ 無七ニㄱ㐊七 前良+ 名字 無七㢱 義七 名 無七㢱ソ㢱 <구인14:02-03>

獨步ノ尸厶 畏ノ▸尸◂ 無ゑ 戰怖ノ▸尸◂ 無有ゑソㄱ如支 (如是 第)三 心乙 說ろ 羼提
波羅蜜因亠ノ才ヶ <금광02:03- 04>
{於}能ヶ 擧罪ソ今セ 同梵行者ラ十 心ろ十 恚恨ノ▸尸◂ 无ゑ 損ノ▸尸◂ 無ゑ 惱ノ▸
尸◂ 无ゑソろホ 而灬 自灬 修治ソヶノ今セ 此 五相乙 由ろソ尸入乙 <유가17:15-17>
唯ハ 願ロ尸入ㄱ 大王リ示ㄱ入ㄱ 更ろ 籌量ソろハ 顧惜ノ尸 所乙 {有}斗▸尸◂ 莫セ示
下ハ <화소10:20-11:01>
無價 寶衣： 雜妙香： 寶セ 幢： 幡： 蓋：ノ才 皆セ 嚴好ソㄱリ： 眞金乙 華 {爲}シ
ソㄱリ： 寶乙 帳 {爲}シソㄱリ：ノ今乙 皆セ 掌セ 中乙 從セ 雨リ尸 不ソ尸丁ノ▸尸
◂ 莫セリソロヒヶ <화엄15:20-21>
見聞ソゑ 聽受ソゑ 若セ 供養ソゑソロヒ火セハ尸入ㄱ 皆セ 安樂乙 獲リ{令}リ尸 不ソ
尸丁ノ▸尸◂ 靡リセソヒ才ヶ <화엄14:10>
十方セ 一切 諸ㄱ 伎樂リㄱ 鐘： 鼓： 琴： 瑟：ノ今ㄱ 一ㄱ 類 非矢ㄱ： 悉ろ 和雅ソ
ヒセ 妙音聲乙 奏ソナ今乙 {於}掌セ 中乙 從 出ソ尸 不ソ尸丁ノ▸尸◂ 靡セリソロヒヶ
<화엄15:24-16:01>

【선후】 (15)-ᇝ(다ᇝ 없-)

⑦ **-지.** § 부정소 '未, 不, 勿' 앞에 쓰인 예임.

¶ 若セ 美ソヒセ 味乙 得ろ乃 專ロ 自ラ灬 受▸尸◂ 不ソろハ <화소09:10-11>
常リ 勤セ 修行ノ尸厶 曾ハㆆカ 廢捨▸尸◂ 未冬ソナ今： <화소13:17>
衆生乙 隨ㆆ 住ソろホ 恒リ 捨離▸尸◂ 不ソヶ 諸ㄱ 法相乙 {如}皀 悉ろ 能支 通達ソ
ヶ <화엄02:14-15>
菩薩リ 成佛ソ▸尸◂ 未リソヒセ 時十 菩提乙 {以}シろ 煩惱 {爲}シナ尸： 菩薩リ 成
佛ソ去ㄱヒセ 時十 煩惱乙 以ろ 菩提 {爲}シナㆆセ丨 <구인15:18-19>
二者 一切 衆生ラ {爲}シㆆ 煩惱 因緣乙 作ソ▸尸◂ 不冬ソヶ <금광03:01-02>
二者 福德火セ 具▸尸◂ 未ハソㄱ丨十ㄱ 得ろホ 安樂 不冬ソヶ <금광03:13>
達須亠 篾戾車亠ノ今セ 中リㄱ 謂ㄱ {於}是處リ 四衆リ 行ソ今 无ゑ 亦 賢聖リㄱ 正至
亠 正行亠ノ今セ 諸 善丈夫 無(ゑノ今十) 生▸尸◂ 不冬ソ尸矢丨 <유가02:02-03>
我灬 {於}彼 正審觀察ノ今セ 心一境位ろ十 當ハ 障㝵乙 作ㅅリ▸尸◂ 勿ノ才ㄱリろセ
丨ソ尸矢丨 <유가09:01-02>
{於}自心ろ十 淸淨ソ{令}リ▸尸◂ 未リソㄱ丨十ㄱ 必ハ {於}衆苦ろ十 得ホ 解脫ソろ
吉祥性乙 成リ尸 不ハソ尸入乙 由シㄱ入灬亠 <유가22:03-04>
一切 衆生ㄱ {於}生死セ 中ろ十ソろ 多聞ノㄱ 無ロナㄱ{有} {此}リ 一切法乙 了知▸尸
◂ 不(ノ)能リ矢ソトㄱリ罒 <화소08:20-09:01>
十方セ 一切 諸ㄱ 如來リ 悉ろ 共セ 偁揚ソ二乃 盡ろ▸尸◂ 不(ノ)能リ矢ソ二ロ乙ㆆセ
丨 <화엄09:07>

【선후】 (15)-ᇝ(아닗 아니-)

⑧ ('如' 앞에서) -와/과.

¶ 我ラ 作ソトㆆㄱ 所乙ソ▸尸◂ 如支 此乙 以ろ 一切 衆生乙 開導ソろハ <화소
16:14-15>

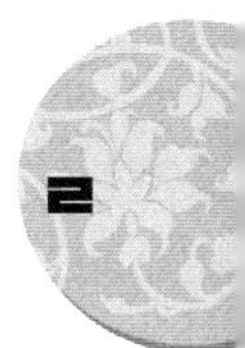

一丨 塵七 中阝十 示現ノ丨 所乙ソ▸ア◂ 如攴 一切 微塵阝十刀 悉阝 亦刀 然氵ソナト丨矢氵 <화엄15:14>

第二 發心丨 譬入丨 大地刂 一切 (法) 事亠ノア乙 持▸ア◂ 如攴ソ去丨入灬 故ノ <금광02:01-02>

廣刂 說ア入丨 當八 知ㅎ丨 二十種 有七丨亠 菩薩地阝十 當八 說白ノ▸ア◂ 如攴ソ丨刂丨丁 <유가04:09-10>

⑨ ('等' 앞에서) -는 것 (등). § '-(氵)ソア {等}(丨)ソ-'의 형태로 쓰여 '氵'로 나열된 명사구를 아우르는 요소임.

¶ 次第灬 居士刂二ア 寶氵 蓋氵 法氵 淨名氵ソ▸ア◂ 等ソ二丨 八百人ㅋ十 問二ㅊ <구인03:01-02>

⑩ ('已氵ソ-' 앞에서) -는 것(을 마치고 나-).

¶ {是}刂 念乙 作ソ▸ア◂ 已氵ソ口八丨 卽攴 便刂 {之}刂乙 施ノアム 而灬 悔ソア 所阝 無七刂ソナア入乙 <화소11:14-15>

念▸ア◂ 已氵ソ口ソ丨 {之}刂乙 施ノアム 心阝十 悔ノア 所阝 無七刂ソナア入乙 {是}刂乙 名下 內施氵ノ禾ナ丨 <화소11:04-05>

謂丨 卽ㅎ 大師刂 善ㅊ 爲ㅎ 俗正法乙 開示▸ア◂ 已氵ソ口八 <유가03:06-07>

爾時十 文殊師利菩薩丨 無濁亂淸淨行七 大功德乙 說▸ア◂ 已氵ソ口 菩提心七 功德乙 顯示ソ{欲}入ソ二ア入灬 故攴 偈乙 以阝 賢首菩薩ア十 問阝 曰二ア <화엄08:20-22>

又 彼丨 是 如攴 欲樂乙 發生ソㄹ 勤精進乙 發ソㄹ 遠離乙 樂ㄹソ▸ア◂ 已氵ソ口 喜足乙 生ア 不冬ノアム <유가29:09- 10>

是 如攴 信解刂 生▸ア◂ 已氵ソ阝ㄏ 思所成智乙 成辦ソ{爲欲}入 身心阝十 憒鬧乙 遠離ソ口 而灬 住ソㄹ <유가05:04-05>

{此}刂 陀羅尼乙 得▸ア◂ 已氵ソ阝ソ丨 法七 光明乙 以阝 廣刂 衆生ㅋ {爲}三 {於}法乙 演說ソア入灬刂ナ丨 <화소25:14-15>

云何ソ丨乙 聖諦現觀阝十 入▸ア◂ 已氵ソ阝 諸 障导乙 離ソア矢丨ノ令口 <유가26:03>

是 如攴 信解刂 生▸ア◂ 已氵ソ阝ㄏ 思所成智乙 成辦ソ{爲欲}入 身心阝十 憒鬧乙 遠離ソ口 而灬 住ソㄹ <유가05:04-05>

其 家阝十 入▸ア◂ 已氵ソ去丨丨十丨 當 願 衆生 得阝ホ 佛乘阝十 入ソ阝八 三世平等ソㅌ立 <화엄07:05>

是 金光明經乙 說▸ア◂ 已氵ソ白八二丨 三万億 菩薩摩訶薩丨 無生法忍乙 得ㅌ八二ㅊ <금광14:22-23>

⑪ ('說', '謂', '曰', '爲' 등의 뒤에서) -기를. § 연결어미적 용법으로 쓰인 예임.

¶ 時十 波斯匿王丨 言二▸ア◂ … 卽ㄅ 百億種色七 花乙 散ソ口八二丨 變ソ阝ホ 百億寶帳刂 成ナ阝 諸丨 大衆乙 蓋ソ口ㅌ丨 <구인03:20-21>

佛 {言}ㄌ二▸ア◂ 善男子阝 五種 法乙 依阝 菩薩摩訶薩 檀波羅蜜乙 成就ソナㅎ七丨 <금광02:21-22>

{此}刂 慧無盡藏阝十 十ア 種七 不可盡 有七丨入灬 故攴 說▸ア◂ 無盡氵{爲}ノ禾ナ丨

<화소19:12-13>
謂ㄱ 無學ㄋ 正見ㅅ 廣刂 說▸ㄕ◂ 乃ㆍ 至刂 無學ㄋ 正智ㅅ刂丨 <유가04:01-02>
二 {於}无戱論涅槃ㆍ十 信解愛樂ノ令七 所作刂ㄱ亠 … 謂▸ㄕ◂ 我ㄋ 我ㄱ 今巳{者} 何ㆆ 所ㆍ十 在ソ去ㄱ刂ㆍ七ロソㄕ{耶} 不冬ノ禾ㄱ刂ㆍ七丨ソㄕ矢ゕ <유가08:16-19>

⑫ ('名' 앞에서) -어/아. -는 것을.

¶ 是 故ᅲ 二地乙 說▸ㄕ◂ 名下 無垢地亠ノ禾ゕ <금광07:01- 02>
是 如支 精勤ㆆ 如理作意ソㄕ入乙 乃ㆍ 得▸ㄕ◂ 名下 {爲}出家之想亠ソゕ 及七 沙門想亠ノ禾丨 <유가18:17-19>
是 故ᅲ 說▸ㄕ◂ 名下 聖所住ㆍ十 住ソ去ㄱ丁ノ禾丨 <유가31:05>

ㄕ丁ノ令ロ [ㄹㆆ뎌호리고]

【ㄕ/동명사어미+丁[ᄃᆞ/의존명사+여/조사]#ノ[ᄒᆞ/동사+오/선어말어미]+令[ㄹㆆ/동명사어미+이/의존명사]+ロ/의문조사】

-ㄴ다고 하는가. -는 것이라고 하는가. § 'ロ/ㄋ'는 의문사가 있는 설명의문문에 쓰임.

¶ 云何七ソㄱ乙 知▸ㄕ丁ノ令ロ◂ <화소18:08-09>
佛子ㆍ 云何七ソㄱ乙 用心ソㄱ丨十 能支 一切 勝妙 功德乙 獲▸ㄕ丁ノ令ロ◂ソ禾ㄕ入ㄱ <화엄02:17-18>

【관련】 -ㄱ丁ノ令ロ, -ㄕ矢丨ノ令ロ, -ㄱ矢丨ノ令ロ, ㆍノ令ロ, 刂丨ノ令ロ

ㄕ丁ノ令ロソ禾ㄕ入ㄱ [ㄹㆆ뎌호리고ᄒᆞ릶ᄃᆞᆫ]

【ㄕ/동명사어미+丁[ᄃᆞ/의존명사+여/조사]#ノ[ᄒᆞ/동사+오/선어말어미]+令[ㄹㆆ/동명사어미+이/의존명사]+ロ/의문조사#ソ/동사+禾[ㄹㆆ/동명사어미(+이/의존명사)+이/계사]+ㄕ/동명사어미+入/의존명사+ㄱ/보조사】

-ㄴ다고 하는가 하면. -는 것이라고 하는가 하면. § 'ロ/ㄋ'는 의문사가 있는 설명의문문에 쓰임.

¶ 佛子ㆍ 云何七ソㄱ乙 用心ソㄱ丨十 能支 一切勝妙功德乙 獲▸ㄕ丁ノ令ロソ禾ㄕ入ㄱ◂ 佛子ㆍ 菩薩刂 在家ソㄱ丨十ㄱ 當八 願ロㄕ入ㄱ 衆生ㄱ 家性ㄋ 空ノㄱ入乙 知ㆍホ 其 逼迫乙 免支七立ソ乂禾ゕ <화엄02:17-19>

【관련】 ㄕ丁ノ令ロ, ソ禾ㄕ入ㄱ, -ノ令ロソ禾ㄕ入ㄱ, -ノ令ロ爲ソナ禾ㄕ入ㄱ, -ノ令ロソナㄕ入ㄱ

【비고】 'ㄕ入ㄱ'을 연결어미로 보는 견해도 있음. '禾'는 선어말어미일 가능성이 있음.

ㄕ矢ナ丨 [ㄹㆆ디겨다]

【ㄕ/동명사어미+矢[ᄃᆞ/의존명사+이/계사]+ナ/선어말어미+丨/종결어미】

('說' 뒤에서) 說하는 것이다.

¶ 諸ㄱ 法ㆍ 壞ソ ㅎ{可}ヒソㄱ 不矢ㄱㅅㄹ 說▸ㄕ矢ナㅣ◂ <화소18:19-20>

【관련】 -ㄱ矢ナㅣ

ㄕ矢ヒソ3 [ㄹㆆ딧ᄒᆞ아]

【ㄕ/동명사어미+矢ヒ/의존명사#ソ/용언+3/연결어미】

-는 듯하여. -는 것과 같아.

¶ 幻師ㅣ 幻法ㄹ 見▸ㄕ矢ヒソ3◂ 諦實ᅟ...ソロㄱ 卽ㄋ 皆ヒ 無ソㄱㅣ3ヒㅣソㄕㅅㄹ 名3 {爲}諸 佛ヒ 觀ㆍノ矛ㅣ亇 <구인15:09>

【선후】 (15)-ㄹ 듯ᄒᆞ야

ㄕㅅㄱ [ㄹㆆ돈]

【ㄕ/동명사어미+ㅅ/의존명사+ㄱ/보조사】

-면. §'說'에 붙은 예만 보임.

¶ 廣ㅣ 說▸ㄕㅅㄱ◂ 當ハ 知ㆆㅣ 二十種 有ヒㄱ亠 <유가04:09 -10>

又 此 聖諦現觀ヒ 義ㄱ 廣ㅣ 說▸ㄕㅅㄱ◂ 知ノㅎ{應}ヒㅣ 謂ㄱ 心厭患相3+ 二十種 有ヒ亇 心安住相3+ 亦 二十種ㅣㄱ亠 <유가25:23-26:01>

廣ㅣ 說▸ㄕㅅㄱ◂ 知ノㅎ{應}ヒㅣ 謂ㄱ 四種 法ㄹ 依止 {爲}ㆍㄱㅅ... 故ノ 能亇 五法ㄹ 修習圓滿ソ{令}ㅣㄕ亠 <유가29: 22-23>

廣ㅣ 說▸ㄕㅅㄱ◂ 知ノㅎ{應}ヒㅣ 說ノㄱ 所ヒ 相ㄹ 如ハソㄱ亠 <유가31:23-32:01>

【관련】 -ロㄕㅅㄱ, -ㅌㄕㅅㄱ, -矛ㄕㅅㄱ

【비고】 'ㄕㅅㄱ'을 연결어미로 보는 견해도 있음.

ㄕㅅㄱソ亇

☞ ㅣ爲ㄕㅅㄱソ亇

ㄕㆍ

☞ ㄕㆍ爲ノ禾ナㅣ, ㄕㆍノ今ロ爲ソナ禾ㄕㅅㄱ

ㄕㆍ爲ノ禾ナㅣ [ㄹㆆ여호리겨다]

【ㄕ/말음첨기+ㆍ/조사#ノ[ᄒᆞ/동사+오/선어말어미]+禾/선어말어미+ナ/선어말어미+ㅣ/종결어미; ㄕ/말음첨기+ㆍ/조사#ノ[ᄒᆞ/동사+오/선어말어미]+禾[ㄹㆆ/동명사어미(+이/의존명사)+이/계사]+ナ/선어말어미+ㅣ/종결어미】

('十' 뒤에서) 열이라고 한다. 열이라고 하는 것이다.

¶ {是}ㅣ乙 十▸ㄕ∶{爲}ノ禾ナㅣ◂ <화소20:03>

【관련】 ∶(爲)ノ禾ナㅣ, ∶ノ矛ナㅣ

ㄕ∶ノ今ロ

☞ ㄕ∶ノ今ロ爲ソナ禾ㄕㅅㄱ

ㄕ∶ノ今ロ爲ソナ禾ㄕㅅㄱ[ㄹㆆ여호리고ᄒᆞ겨릶든]

【ㄕ/말음첨기+∶/조사#ノ[ᄒᆞ/동사+오/선어말어미]+今[ㄹㆆ/동명사어미+이/의존명사]+ロ/의문조사#ソ/동사+ナ/선어말어미+禾/선어말어미+ㄕ/동명사어미+ㅅ/의존명사+ㄱ/보조사; ㄕ/말음첨기+∶/조사#ノ[ᄒᆞ/동사+오/선어말어미]+今[ㄹㆆ/동명사어미+이/의존명사]+ロ/의문조사#ソ/동사+ナ/선어말어미+禾[ㄹㆆ/동명사어미(+이/의존명사)+이/계사]+ㄕ/동명사어미+ㅅ/의존명사+ㄱ/보조사】

('十' 뒤에서) 열이라고 하는가 하면. § 'ロ/ㄋ'는 의문사가 있는 설명의문문에 쓰임.

¶ 何ㄋ {等}ㅣソㄱ乙 十▸ㄕ∶ノ今ロ{爲}ソナ禾ㄕㅅㄱ◂ <화소26:12-13>

【관련】 ∶ノ今ロ爲ソナ禾ㄕㅅㄱ

【비고】 'ㄕㅅㄱ'을 연결어미로 보는 견해도 있음.

ㄕ十[1][ㄹㆆ긔]

【ㄕ十/여격조사; ㄕ十[ㄹ/말음첨기+ㆆ긔/여격조사]; ㄕ/말음첨기+十/여격조사; ㄕ/속격조사+十/의존명사; ㄕ[ㄹ/말음첨기+ㆆ/속격조사]+十/의존명사】

① **('菩薩' 뒤에서) -께.** § '菩薩' 뒤에 쓰임.

¶ 來ソ３ホ 其 所３十 至３ 菩薩▸ㄕ十◂ 告ソ３ 言白ナㄕ丁 <화소15:19-20>

爾ᅩヒソㄱ 時十 智首菩薩ㄱ 文殊師利菩薩▸ㄕ十◂ 問３ 言ホㄕ <화엄01:04>

爾時十 文殊師利菩薩ㄱ 無濁亂淸淨行ヒ 大功德乙 說ㄕ 已氵ソロ 菩提心ヒ 功德乙 顯示ソ{欲}ㅅソニㄕㅅ灬 故支 偈乙 以３ 賢首菩薩▸ㄕ十◂ 問３ 曰ニㄕ <화엄08:20-22>

佛子３ {此}ㅣ 菩薩ㄱ 假使灬ハ 有ナㅣ 量ㅣ 無ヒㄱ 衆生ㅣ … 來ソ３ホ 其 所３十 至３ 菩薩▸ㄕ十◂ 告ソ３ 言白ナㄕ丁 <화소15:19-20>

爾ᅩヒソㄱ 時十 智首菩薩ㄱ 文殊師利菩薩▸ㄕ十◂ 問３ 言ホㄕ <화엄01:04>

爾時十 文殊師利菩薩ㄱ 無濁亂淸淨行ヒ 大功德乙 說ㄕ 已氵ソロ 菩提心ヒ 功德乙 顯示ソ{欲}ㅅソニㄕㅅ灬 {故支} 偈乙 以３ 賢首菩薩▸ㄕ十◂ 問３ 曰ニㄕ <화엄08:20-22>

② **-에 대해.** § '菩薩' 뒤에 쓰임.

¶ {於}聲聞ㄋ十 如實知 聲聞ㄋ 法乙 如實知 … {於}獨覺ㄋ十 如實知 獨覺ㄋ 法乙 如實知 … {於}菩薩▸ㄕ十◂ 如實知 菩薩ㄕ 法乙 如實知 菩薩集 如實知 <화소17:19-18:03>

端正人乙 見 當願衆生 {於}佛ㅣ 菩薩▸ㄕ十◂ 常ㅣ 淨信乙 生ソヒ立 <화엄06:08>

報恩人乙 見 當願衆生 {於}佛刂 菩薩▸尸十◂ 能支 恩德乙 知ㅌ立 <화엄06:10>
【관련】 ラ十, 十

尸十²[ㄹ긔]

【尸/말음첨기+十/처격조사】
('一切' 뒤에서) 一切에. 一切에 대해.
¶ {是}刂 如支ソ1 一切▸尸十◂ 皆七 自在ラソトㅎ1入1 佛華嚴三昧七 力乙 {以}氵ㅎ ナ丨 <화엄15:07>
【관련】 十

乙[을]

【乙/대격조사】
① -을/를.
¶ 世間1 何ㅎ 處▸乙◂ 從七 來ソ彡 去氵ハ1 何ㅎ 所七氵十 至彡 <화소08:05-06>
爾時十 文殊師利菩薩1 智首菩薩▸乙◂ 告ソ氵 言ㅁ尸 <화엄02:10>
復ソ1 十方淨土▸乙◂ 變ソ금 百億高座▸乙◂ 現ソ금 百億須彌寶花▸乙◂ 化ソ금ノ1 ㅌ 有七ナ1:<구인02:02-03>
是▸乙◂ 名下 尸波羅蜜因一ノ才彡 <금광02:02>
{於}惡處氵十 而灬 信解▸乙◂ 生刂人 不冬ソ금 <유가02:11-12>
天尊1 快ラ 十四王ラ氵▸乙◂ 說ロハ二1 {是}刂 故灬 我1 今ソ1 略ラ 佛乙 歎ソ白 ロトク丨ソㅌハ二丨 <구인11:13>
十地▸乙◂ 念ノ尸入▸乙◂ 忘 不冬ソ彡ソナㅎ七丨 <금광12:25-13:01>
或ソ1 復カ 杵氵十 臥ソ氵ホ 出離ノ尸入▸乙◂ 求ソ彡ノ尸ム 而灬 {於}彼衆ラ十 師首 刂尸入▸乙◂ 作ソナㅎ七丨 <화엄20:03>
此 正加行灬 作意思惟ソ尸入▸乙◂ 名下 正加行一ノ才丨 <유가25:11-12>
佛子氵 {此}刂 菩薩1 種七種七 上味: 飮食: 香華: 衣服: 資生 {之}七 具:ノ今▸乙◂ 得氵ハ <화소10:04-06>
誓ホ 下劣ソ1 形相一 威儀一 及七 資身七 具一ノ尸▸乙◂ 受ソ금 <유가18:11-12>
【선후】 (향가)肐/乙, (이두)乙, (15)-을/를/ᄋᆞᆯ/ᄅᆞᆯ/ㄹ
② -을/를. -로 하여금. § 피사동주의 표지로 쓰임.
¶ 衆生乙 攝取ソ{欲}人 爲三ㅎ 眞實乙 說ソ氵ハ 佛法▸乙◂ 成熟 令刂ナ禾彡 <화소13:18-19>
不可思議七 土氵十 住ソ氵ホ 不可思議七 法乙 演說ソ氵 不思議七 衆▸乙◂ 歡喜 令刂ㅌ才彡 <화엄13:05-06>
能彡 多刂1 功德寶▸乙◂ 得刂{令}刂去1入灬 故ノ <금광02:12>
眞實ラ 能彡 心▸乙◂ 闇昧ソ{令}刂尸入1{者} <유가11:08>

願ロ尸入ㄱ 衆生乙 普刂 充飽ノ尸入▸乙◂ 得刂{令}刂ㅎ禾3セ丨ソナ3 <화소09:15 -16>

【선후】 (15)-을/를/올/롤

③ ('如㐫/如ハ' 앞에서) -와 같이.

¶ 諦刂 聽ホ 諦刂 聽ゕ 善ゕ 之▸乙◂ 思ソㅎ 念ソㅎソゕ 法▸乙◂ 如㐫 修行ソゕソナ3 ソロハニㄱ <구인03:19>

諦聽 諦聽ゕ 善ゕ 之乙 思ソㅎ 念ソㅎソゕ 法▸乙◂ 如㐫 修行ソナ3 七佛セ 偈刂 是{如}丨ソナ丨 <구인14:22-23>

其 須セ彳ノ尸 所乙 隨ノ 意▸乙◂ 如ハ 供給ソ3ホ 悉 具足ソ{令}刂ロロセノㅎセ丨 <금광15:13-14>

④ ('與セ', '共セ' 앞에서) -와 (함께).

¶ {於}一切 世界セ 中3ナソ3 衆生▸乙◂ 與セ 同住ソ(乃?) 曾ハㅎ力 過咎 無ゕ <화소23:14-15>

一切 世間セ 衆ㄱ … 涯ラ 無ㄱ矢 大海 如支ソロㄱ乙 彼▸乙◂ 與セ 同事ソ3ホ 悉 能支 忍ソ3 其乙 利益ソ3ホ 安樂乙 得刂{令}刂ナゕ <화엄18:12-13>

謂ㄱ 若 愛樂ソ3ホ 諸 在家人 及セ 出家人セ 衆▸乙◂ 與セ 雜 居住ノ尸入ㄱ{者} <유가08:22-23>

彼 他方 佛國セ 中3セ 南方3セ 法才菩薩ㄱ 五百萬億 大衆刂 俱ソㄱ▸乙◂ 共セ 來ソ3ホ {此}刂 大會3ナ 入ソニゕ <구인03:06-08>

⑤ ('從セ' 앞에서) -로부터.

¶ 世間ㄱ 何ㅎ 處▸乙◂ 從セ 來ソゕ 去3ハㄱ 何ㅎ 所セ3ナ 至ゕ <화소08:05-06>

菩薩ㄱ 右手3ナ 淨光乙 放ノㄱム 光セ 中3ナㄱ 香水乙 空▸乙◂ 從セ 雨刂3 <화엄16:04>

般若刂 空ノㄱム {於}無明▸乙◂ 從セ 乃氵 薩婆若3ナ 至刂ソナ丨 <구인15:16>

高擧乙 生刂3ホ 他▸乙◂ 從セ 觀3ナ 順ソㄱ 正法乙 聞尸 不冬ソ尸入乙 是乙 名下 毘鉢舍那支3ナ 不隨順ソㄱ 性亠ノオゕ <유가26:20-21>

⑥ ('隨ㅎ/ノ' 앞에서) -을/를.

¶ {是}刂 故灬 衆生乙 饒益ソ{爲}人 其 有セㄱ 所▸乙◂ 隨ㅎ 一切之セ 皆セ 捨ノ尸ム 乃ソ氵 盡命ソ尸矢ナ 至刂ソ(乃?) <화소10:11-13>

若 智慧 以 先導 爲 身語意業 恒 失尸 無ヒ尸入ㄱ 則 其 願力3ナ 自在乙 得3ホ 普刂 諸ㄱ 趣▸乙◂ 隨ㅎ 而灬 身乙 現ㅎヒオゕ <화엄13:11-12>

其 須セ彳ノ尸 所▸乙◂ 隨ノ 意乙 如ハ 供給ソ3ホ 悉 具足ソ{令}刂ロロセノㅎセ丨 <금광15:13-14>

四 後後日乙 推ソㅎ 餘 時乙 顧待ソㅎソ3 不死尋▸乙◂ 隨ノ 熾然ㅎ 勤セ 方便乙 修 能 不ハソゕソ尸矢丨 <유가09:14-16>

⑦ (동명사어미 'ㄱ' 뒤에서) -거늘. § 'ㄱ乙'은 절 접속의 기능임.

¶ 而ㄱ 彼 微塵ㄱ 亦ソㄱ 增ソロㄱ 不矢ㄱ▸乙◂ {於}一ㄱラナ 普刂 難思セ 刹乙 現ㅎロヒゕ <화엄15:09>

復ㅅㄱ 彌勒ㅋ 師子吼ㅋㅅㄕ 等ㅅㅊㄱ 十千人ㄋㄊ 問ㅅㅊㄕㅅㅊㄱ▸ㄹ◂ 能矢 答ㅅㅊ 수ㄴ 者 無ㄴㄴㅅㅊㅣ <구인03:02-04>

生死ㅣㅣ 涅槃ㅣㅣㅅㄕㅅㄱ 皆 是ㄱ 妄見ㅣㄱ▸ㄹ◂ 能ㄕ 度ノㄕㅿ 餘ㅂ 無ㅅㅊㄱㅅㄕ 矢 是 波羅蜜義ㅣㄕ <금광05:18- 19>

若 說法師ㅣ 此 義ㄹ 爲ㅅ邑ㅅㅅㄕㅅ灬 故ノ 正法ㄹ 宣說ㅅㅏㄱ▸ㄹ◂ 其 聽法者ㅣ 卽 ㅎ 此 義ㄹ {以}ㅋ 而灬 正法ㄹ 聽ㅅナ丁皿 <유가05:21-22>

乙 ㅌ 立 [ㄹㄴ셔]

【ㄹ/말음첨기＋ㅌ/선어말어미＋立/종결어미】

('入' 뒤에서) 들기를 (바란다). §'ㅌ立'는 願望을 나타내는 종결형태임.

¶ 趾ㄹ 發ㅅㄋ亦 道ㄹ 向ㅅㅊㄱㅣㄊㄱ 當願衆生 佛矢 所行ㄋㄊ 趣ㅅㄋㅅ 無依處ㄋㄊ 入 ▸ㄹㅌ立◂ <화엄04:19>

【관련】 (入)ㅅㅌ立

乙 皿 刀 [을라도;을아도]

【ㄹ皿/보조사?＋刀/보조사; ㄹ/대격조사＋皿/보조사?＋刀/보조사; ㄹ/대격조사＋皿[ㄹ/중복표기＋아/보조사?]＋刀/보조사】

-도. § 대격의 기능과 '동일'이라는 보조사적 의미가 결합된 것으로 추측됨.

¶ 諸 聽衆▸ㄹ皿刀◂ 安隱快樂ㅅ{令}ㅣㅁㅁㄴノ丁ㄕ <금광15:07>

【관련】 (ㅣㅅㄱ)ㄹㄋ刀

【선후】 (이두)乙良置

三等流罪/▸乙良置◂/並只 杖一百 四年/乙 徒役/使內齊 <대명률직해 명례율 徒流人又犯罪>

乙 灬 [을로]

【ㄹ/중복표기＋灬/구격조사】

-(으)로.

¶ 骨節ㄋ 相持ノㄱㅣㄕ 血肉▸ㄹ灬◂ 塗ノㄱ 所ㅣㄕ 九孔ㄋㄊ 常ㅣ 人ㄋ 惡賤ノㄕ 所ㄹ 流ㅅㄕㅅㅏㅎㄱㅅㄹ 觀ㅅナㄕ <화소16:08-09>

業報ㄹ 從ㄴㅅㄕ 諸ㄱ 行ㄴ 因緣▸ㄹ灬◂{之} 造作ノㄱ 所ㅣㄕ <화소18:11-12>

{於}法ㅋ 及ㄴ 僧ㅋノ수ㄋㄊ 亦刀 {是}ㅣ 如支ㅅㄕㅅㄋ 至誠▸ㄹ灬◂ 供養ㅅㄴㅅ 而灬 發心ㅅナㄱㅣㄕ <화엄09:16-17>

若 身晃耀 金山 如支ㅅㅌㄕㅅㄱ 則 相▸ㄹ灬◂ 莊嚴ノㄕㅿ 三十二ㄹㅅㅌ丁ㄕ <화엄12:21>

若 身光明 限量 無ㅌㄕㅅㄱ 則 不思議ㄴ 光▸ㄹ灬◂ 莊嚴ㅅㅌ丁ㄕ <화엄12:24>

彼 諸ㄱ 大士ㅋ 威神ㅌ 力▸乙灬◂ 法眼 常全ソ⺍ホ 缺減ソ尸 無リソ𠄌オ𠂉 <화엄14:11>
月光影 如支ソ⺍ホ 周ㅌソ尸 不ソ尸丁ノ尸 靡ㅌ⺍ 量リ 無ㄱ 方便▸乙灬◂ 羣生乙 化ソロ𠄌オ𠂉 <화엄14:18>
菩薩ㄱ 種種ㅌ 方便門▸乙灬◂ 世ㅌ 法⺍十 隨ㄋ 順ㅌソ⺍ 衆生乙 度リㄋ尸ム <화엄19:04>
其ㅋ {爲}⺀ 方便▸乙灬◂ 妙法乙 說⺍ 悉⺍ 得⺍ホ 眞實諦乙 解ソ{令}リㄋㄱム <화엄20:07>
【관련】 灬, 乙灬ハ
【선후】 (향가)乙留, (15)-ᄋᆞ로/으로

乙灬ハ[을록]

【乙/중복표기+灬/구격조사+ハ/첨사】
-으로부터. § '안, 밖, 위, 아래, 앞, 뒤' 등 기준점을 필요로 하는 명사 앞에 쓰임.
¶ 彼 一ㄱ 塵▸乙灬ハ◂ 內⺍ㅌ 衆ㄱ 多リㄱ 刹ㄱ 或刀 有ナ丨 佛矢 有ナハ而ㄋㄱ矢⺀ 或ナ丨 佛矢 無而ㄋㄱ矢⺀ <화엄15:10>
【관련】 灬ハ, 灬ㅌ, 乙灬, 灬
【선후】 (15)-록, -롯

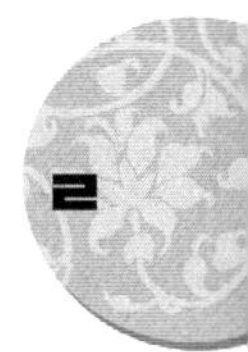

乙火[을븟]

【乙/대격조사+火/보조사】
① -을/를.
¶ 是 說法師▸乙火◂ 種種灬 利益ノ 安樂無障ソㆆ 身心 泰然ソㆆ今リ𠂉 <금광15:06-07>
是 說法處▸乙火◂ 一切 諸 天ㅗ 人ㅗ 非人ㅗ 等ソㄱリㅗ 及 諸 衆生ㅗノ尸乙 得⺍ホ 上乙 從ㅌ 而灬 過ソ⺍ 說法ㅌ{之} 處乙 汗漫今リ尸 不冬ソロロㅌノㄋㅌ丨 <금광15:09-11>
② -와/과. § '如ソ-'의 논항으로 쓰인 예임.
¶ {是}リ 三昧神通相▸乙火◂ 如ソㄱ 一切 天人リ 能矢 測⺍今 莫ㅌナ丨 <화엄17:19>
【관련】 乙, 火
【선후】 (음독)火, 火ㅌ, (15)-븟

乙ノ尸ム[을홇ᄃᆡ]

【乙/대격조사#ノ[ᄒᆞ/동사+오/선어말어미]+尸/동명사어미+ム[ᄃᆞ/의존명사+ᄋᆡ/처격조사]; 乙/대격조사#ノ[ᄒᆞ/동사+오/선어말어미]+尸/동명사어미+ム/의존명사; 乙/대격조사#ノ尸

ㅿ[ᄒᆞ/동사+옮ᄃᆡ/연결어미]】

-을 하되. -을 함에 있어.

¶ 一切 世間⺀七 衆㇀ 技術▸乙ノ尸ㅿ◂ 譬入㇀ 幻師 如攴ソ⺀尒 現ㅎ尸 不ソ尸丁ノ尸 無ナ㢱 <화엄19:07>

【관련】 ノ尸ㅿ

乙ソ去㇀[을ᄒᆞ건]

【乙/대격조사#ソ/동사+去/선어말어미+㇀/동명사어미】

('時' 앞에서) -을 할 경우. -을 할 때.

¶ 大小便▸乙ソ去㇀◂ 時+㇀ 當 願 衆生 貪瞋癡乙 棄ソロハ 罪七 法乙 蠲除ソㅌ立 <화엄04:12>

【관련】 乙ソ去㇀丨+㇀

乙ソ去㇀丨+㇀[을ᄒᆞ건다긘]

【乙/대격조사#ソ/용언+去/선어말어미+㇀/동명사어미+丨/의존명사++/처격조사+㇀/보조사; 乙/대격조사#ソ/용언+去/선어말어미+㇀/동명사어미+丨+[ᄃᆞ/의존명사+아긔/처격조사]+㇀/보조사】

-을 할 경우에는. -을 할 때에는.

¶ 塔乙 繞ノ尸ㅿ 三帀▸乙ソ去㇀丨+㇀◂ 當 願 衆生 勤七 佛道乙 求ノ尸ㅿ 心⺀+ 懈歇尸 無ㅌ立 <화엄08:10>

【관련】 乙ソ去㇀ (時+㇀), (ソ)去㇀丨+㇀

乙ソナト丨[을ᄒᆞ겨누다]

【乙/대격조사#ソ/동사+ナ/선어말어미+ト/선어말어미+丨/종결어미】

-을 한다.

¶ 善男子⺀ {是}刂 月光王㇀ 已⺀ {於}過去七 十千劫七 中⺀七 龍光王佛法七 中⺀+ソ⺀ 四住七 開士刂尸{爲}入乙ソ丨ナ㇀乙 我㇀ 八住七 菩薩刂尸{爲}入乙ソ丨ハ白⺀㇀入⺀ 今ソ㇀ {於}我⺀ 前⺀+ソ⺀ 大師子吼▸乙ソナト丨◂ <구인11:20-22>

【관련】 (然⺀)ソナト㇀矢⺀

乙ソロ[을ᄒᆞ고]

【乙/대격조사#ソ/동사+ロ/연결어미】

-을 하고(서).

¶ 八部 阿須輪王㇀ 現⺀+ 鬼身乙 轉ソロ 天上⺀+ソ⺀ 道乙 受ナ㢱 三生▸乙ソロ◂ 正

位⺋十 入丷㇆⼔刀刂〻{者} 或丷㇆ 四生⺀ 五生⺀ 乃⺡ 至刂 十生⺀丿▸乙丷口◂ 得⺬ 正位⺋十 入丷㇆⼔刀刂〻丷𠂇⺁ <구인11:17-18>

【관련】 丷口

【선후】 (15)-을 ᄒᆞ고

乙丷⼔矛⺁ [을ᄒᆞᄂᆞ리며]

【乙/대격조사#丷/동사+⼔/선어말어미+矛[ㄹㅎ/동명사어미(+이/의존명사)+이/계사]+⺁/연결어미】

-을 할 것이며. § <화엄경>에서 조건절 '-⼔尸人㇆'의 후행절에 주로 쓰임.

¶ 若 身 晃耀 金山 如支丷⼔尸人㇆ 則 相乙⺍ 莊嚴丿尸厶 三十二▸乙丷⼔矛⺁◂ <화엄12:21>

【관련】 丷⼔矛⺁

乙丷⼔尸人㇆ [을ᄒᆞᄂᆞᆶ든]

【乙/대격조사#丷/동사+⼔/선어말어미+尸/동명사어미+人/의존명사+㇆/보조사; 乙/대격조사#丷/동사+⼔/선어말어미+尸人㇆/연결어미】

-을 하면. § 조건구문에 쓰이며 후행절에는 '-⼔矛-'가 옴.

¶ 若 相 莊嚴 三十二▸乙丷⼔尸人㇆◂ 則 隨好乙 具⺬⺋⺬ 嚴飾 {爲}⺡⼔矛⺁ <화엄12:22>

【관련】 丷⼔尸人㇆

【비고】 '-⼔尸人㇆'은 <화엄경>에만 나타남. '尸人㇆'을 연결어미로 보는 견해도 있음.

乙丷㇆ [을ᄒᆞᆫ]

【乙/대격조사#丷/동사+㇆/동명사어미】

('如' 앞에서) -처럼.

¶ 厭患 極厭患▸乙丷㇆◂ 如支 怖畏 極怖畏人 遮止 極遮止人刀 當八 知⺬丨 亦 尒丷㇆刂㇆丁 <유가22:17-18>

{於}衣服⺋十丿尸人▸乙丷㇆◂ 如支 {於}餘 飮食亠 臥具亠 等丷㇆⺈十 喜足丿尸 當八 知⺬丨 亦 尒丷㇆刂㇆丁 <유가19:12-13>

又 无嫉丿尸人乙 依⺋丿尸厶 {於}自⺈ 身⺋十丿尸人▸乙丷㇆◂ 如支 {於}他⺈十丿尸 亦 尒亠丷⺁ <유가28:15-16>

【관련】 乙丷尸 (如支)

乙丷㇆⼔刀刂𠂇丨 [을ᄒᆞᆫᄂᆞ도이겨다]

【乙/대격조사#ソ/동사+ㄱ/동명사어미+ㅌ/의존명사+刀/보조사#リ/계사+ナ/선어말어미+丨/종결어미; 乙/대격조사#ソ/동사+ㄱ/중복표기+ㅌ/동명사어미+刀/보조사#リ/계사+ナ/선어말어미+丨/종결어미】

-을 한 이도 있었다. -을 한 이도 있다. § 'リ-'는 '있다'의 의미임.

¶ {此}リ 法乙 說ニ今七 時十 量 無七ㄱ 天子ㆍ 及ハ 諸ㄱ 大衆ㆍノ今 有七ナㄱㆍ 伏忍乙 得ㅌ刀リ彡{者} 空ㆍ 無生ㆍノ今七 忍乙 得ㅌ刀リ彡 乃氵 至リ 一地ㆍ 十地ㆍノ今七 不可說七 德行▸乙ソㄱㅌ刀リナ丨◂ <구인14:14-16>

【관련】 ソㄱㅌ刀リ-, ㅌ刀リ-

乙ソ尸[을홇]

【乙/대격조사#ソ/동사+尸/동명사어미】

('如' 앞에서) -처럼.

¶ 復刀 {是}リ 念乙 作ソナ尸丁 {此}リ 身ㄱ 危亠 脆亠ソ氵 堅固ソㄱ 無ㄱ乙{有} 我ㄱ 今ソㄱ 云何七ㆍ 而灬 戀著ノ尸入乙 生リ亠禾氵七口 以氵亦 彼𢀳十 施氵ハ 其 願乙 充滿亽リ亠亠{應}七ソㄱリ氵七彡 我𢀳 作ソ卜亠ㄱ 所▸乙ソ尸◂ 如支 此乙 以氵 一切 衆生乙 開導ソ氵ハ {於}身心氵十 貪愛乙 生リ尸 不冬 令リ下 悉氵 得氵亦 清淨智身乙 成就亽リ亠禾氵七丨ソナ尸入乙 {是}リ乙 名下 究竟施ㆍノ禾ナ丨 <화소16:10-17>

修多羅▸乙ソ尸◂ 如支 祇夜ㆍ 授記ㆍ 伽陀ㆍ 尼陀那ㆍ 優陀那ㆍ 本事ㆍ 本生ㆍ 方廣ㆍ 未曾有ㆍ 譬喩ㆍ 論議ㆍノ今乙 亦刀 {是}リ 如支ソ彡 <화소20:17-20>

一ㄱ 塵七 中氵十 示現ノㄱ 所▸乙ソ尸◂ 如支 一切 微塵氵十刀 悉氵 亦刀 然ㆍソナ卜ㄱ矢ㆍ <화엄15:14>

【관련】 乙ソㄱ (如支)

【비고】 'ソ-'를 형식동사로 볼 가능성이 있음.

乙ソ尸矢[을홇디]

【乙/대격조사#ソ/동사+尸/동명사어미+矢[ㄷ/의존명사+이/주격조사]】

-을 하는 것이.

¶ 行道七 勝利▸乙ソ尸矢◂ 是 波羅蜜義リ彡 <금광05:08-09>

【관련】 ソ尸矢

乙ソ彡[을ᄒᆞ며]

【乙/대격조사#ソ/동사+彡/연결어미】

-을 하며.

¶ 何七ソㄱ乙{者} {爲}五リハ口ノ今口ソナ尸入ㄱ 一者 信根▸乙ソ彡◂ 二者 慈悲▸乙ソ彡◂ 三者 求欲心 無彡 四者 一切 衆生乙 攝受ソ彡 五者 一切智智乙 願求ソ彡ソ尸矢ナ

ㄱ(刂丨?) <금광02:22-24>

云何ッ1乙 {爲}五 … 三者 眞俗勝智▸乙ッ㢱◂ … 五者 {於}世間七 五明七{之} 法⺡十 (皆 悉)⺡ (通)達ッ㢱ッ尸矢ナ1刂丨 <금광03:24-04:03>

【관련】 乙ッ二㢱, ッ㢱

【선후】 (15)-올/을 ᄒᆞ며

乙ッ二㢱 [을ᄒᆞ시며]

【乙/대격조사#ッ/동사+二/선어말어미+㢱/연결어미】

-을 하시며.

¶ 三十生乙 盡⺡ロ 等⺡ 大覺ッ二㢱 大寂無爲刂1 金剛藏▸乙ッ二㢱◂ 一切 報乙 盡⺡ロ 無極ッ1ㅌ七 悲▸乙ッ二㢱◂ 第一義諦⺡十 常刂 安隱ッ二下 <구인11:03-04>

【관련】 乙ッ㢱, ッ二㢱

【선후】 (16)-올/을 ᄒᆞ시며

乙ッ二下 [을ᄒᆞ시하]

【乙/대격조사#ッ/동사+二/선어말어미+下/연결어미】

-을 하시어. §'下'는 선어말어미 '二, 㐆'나 사동접미사 '刂'에 통합하는 연결어미 '⺡'의 이형태임.

¶ 圓智1 無相▸乙ッ二下◂ 三界七 王刂罒 <구인11:03>

【관련】 ッ二下

【선후】 (15)-올/을 ᄒᆞ샤

【비고】 '下'는 연결어미 '⺡'의 이형태로 선어말어미 '二/㐆'와 사동접미사 '刂' 뒤에 나타남.

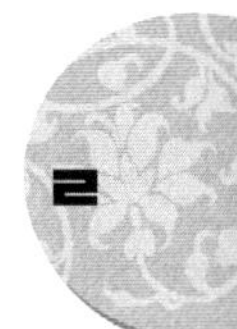

乙ッ⺡ [을ᄒᆞ아]

【乙/대격조사#ッ/동사+⺡/연결어미】

-을/를 하여.

¶ (三者 一)切 相乙 (過) 心 如如▸乙ッ⺡◂ 無作ッ㔾 無行ッ㔾 不異ッ㔾 不動ッ㔾ッ⺡亦 (心 於如 安) <금광04:15-16>

【선후】 (15)-올/롤 ᄒᆞ야

世尊하 이 내 두 아ᄃᆞ리 ᄒᆞ마 佛事▸롤 ᄒᆞ야◂ <釋詳21:44a>

亇 [마]

【亇/의존명사】

만큼. 만한 것. § 주로 '수량'을 나타내는 데 쓰임.

¶ 又 卽ᄒ 是 如支ソㄱ 所對治法七 能治七 白法ろ十 還ᄒ 尒所▸亇◂ 有ソㄱニ <유가10:13-14>

曾八ᄒ刀 得ろホ 毫末許▸亇◂ 如支ソヒ刀 衆生乙 饒益ソろ 而ᅳ 獲ᄒヒ七 善利乙 {有}斗尸 未リノㄱリろ七丨 <화소10:09-10>

過去ろ十 幾七▸亇◂七 如來 {有}ナ币丅 般涅槃ソ币ケ 幾七▸亇◂七 聲聞 辟支佛リ 般涅槃ソケ <화소07:16-17>

今七 我ラ {此}リ 身ㄱ 後リ十乃 當必ソろ 死ソ去ㄱ丨十ㄱ 一ㄱ 利益ノ尸▸亇◂刀 無七去禾ろ七丨 <화소11:02-03>

{是}リ 觀乙 作ソ尸 已氵ソロソㄱ 一ㄱ 念七 愛著ノ令七{之} 心▸亇◂刀 生リ尸 不ソナケ <화소16:09-10>

【관련】 ᅳ亇刀, (ᅳ)亇丨

【선후】 (15)마

亇丨ノㄱ [마다혼]ᄒ아]

【亇丨/부사+ノ[ᄒ/동사+오/선어말어미]+ㄱ/동명사어미】

두루함. 두루 미침.

¶ 其 光リ 若七 諸ㄱ 蓮華乙 出ソヒ尸入ㄱ 則 量リ 無ㄱ 佛リ 華上ろ十 坐ソろ 十方ろ十 示現ノ尸厶 不冬 徧▸亇丨ノㄱ◂ 靡七ろホ 悉ろ 能支 諸ㄱ 衆生乙 調伏ソヒオケ <화엄

13:02-03>

【관련】 亇丨, ノ1

【비고】 '亇丨'를 보조사로 보는 견해도 있음.

亇 丨 ノ ㄕ ㅿ [마다홇딕]

【亇丨/부사+ノ[ㅎ/동사+오/선어말어미]+ㄕ/동명사어미+ㅿ[ᄃ/의존명사+이/처격조사]; 亇丨/부사+ノ[ㅎ/동사+오/선어말어미]+ㄕ/동명사어미+ㅿ/의존명사; 亇丨/부사# ノㄕㅿ[ㅎ/동사+옳딕/연결어미]】

두루하되. 두루 미치되.

¶ 分別 無ㄋ{有} 功用 無ㄋ丷ナ1 : {於}一1 念ㄜ 頃ㄜ𠃍十 十方𠃍十 徧▸亇丨ノㄕㅿ◂ 月光影 如支丷𠃍亦 周ㄜ丷ㄕ 不丷ㄕ了ノㄕ 靡ㄜ𠃍 量刂 無1 方便ㄹ… 羣生ㄹ 化丷ロ ㄜ𠂹ㄘ <화엄14:17-18>

【관련】 ノㄕㅿ

【비고】 '亇丨'를 보조사로 보는 견해도 있음.

亇 丨 丷 𠃍 [마다ㅎ아]

【亇丨/부사+丷/동사+𠃍/연결어미】

두루하여. 두루 미쳐.

¶ 能支 一1 手ㄹ 以𠃍 三千𠃍十 徧▸亇丨丷𠃍◂ 普刂 一切 諸1 如來ㄹ 供丷ナ今(ㅅ) : <화엄15:17>

【비고】 '亇丨'를 보조사로 보는 견해도 있음.

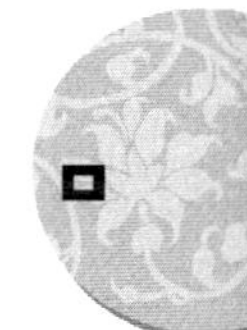

亇 刀 [마도]

【亇/의존명사+刀/보조사】

만큼도. 정도도. § 부정문에 쓰임.

¶ 我 非失ㄘ 堅固丷1 非失ㄘ 少ㄜ丷1 法▸亇刀◂ 得𠃍亦 成立丷ㅎ可ㄜ丷1 無ㅎ1入ㄹ {有} 知ナ今 : <화소18:14-15>

無上尊1 法眼… 不思議義ㄹ 見二ㄘ 能ㄘ 一法▸亇刀◂ 生刂ㄕ 不冬丷ㄋ 亦 一法▸亇刀◂ 滅ㄕ 不冬丷ㄋ丷二下 <금광13:06-07>

世尊ㄋ 無邊身1 一言字▸亇刀◂ 說ㄕ 不冬丷二ロㄕ亠 <금광13:10-11>

【선후】 (15)마도

亇 今 ㄹ [마릴]

【亇今/미상+ㄹ/대격조사】

('少分' 뒤에서) 조금만을.

¶ 彼 諸1 功德1 量3 ㅎ ㅎ{可}ㅌ ソ 1 不矢1 乙 我1 今ソ1 力乙 隨ㅎ 少分▸ㄚ 亽 乙◂ 說ㅎ ㄕ ㅿ 猶入1 大海3 ㅌ 一1 滴ㅎ ㅌ 水 如支ソ1 乙ソロ乙ㅎ ㅎ ㅌ | <화엄09:02-03>

{是}ㅣ 如如 邊ㄕ 無1 大功德乙 我1 今ソ1 {於}中3 十ソ3 ハ 少分▸ㄚ 亽 乙◂ 說ㅎ ㄕ ㅿ 譬入1 鳥足 灬 履ㅎ 1 所ㅌ 空 如支ソ1 乙ソ 彡 亦ソ1 大地3 ㅌ 一1 微塵 如支ソ1 乙ソロ乙ㅎ ㅎ ㅌ | <화엄09:08-9>

【관련】 ㄚ, ㄚ ㅌ, ㄚ ㄲ

【비고】 'ㄚ'가 'ㅅ'처럼 쓰여 있음.

ㄚ ㅌ [맛]

【ㄚ/의존명사+ㅌ/속격조사】

만큼의. 정도의.

¶ 若 諸 有智ソ1 同梵行者ㅣ 見聞疑乙 由3 或 其 罪乙 擧ソ ㅎ 或 憶念ソ{令}ㅣ ㅎ 或 隨學ソ{令}ㅣ ㅎ ソ ㅊ 1 {於}尒所▸ㄚ ㅌ◂ 時ㅗ 十 <유가06:22-07:01>

過去3 十 幾ㅌ▸ㄚ ㅌ◂ 如來 {有}ナ 而 下 般涅槃ソ 而 彡 幾ㅌ▸ㄚ ㅌ◂ 聲聞 辟支佛ㅣ 般涅槃ソ 彡 未來3 十1 幾ㅌ▸ㄚ ㅌ◂ 如來 ㅌ 幾ㅌ ㄚ ㅌ 聲聞 辟支佛 ㅌ 幾ㅌ▸ㄚ ㅌ◂ 衆生 ㅌ ノ 亽 有 彡 現在3 十1 幾ㅌ▸ㄚ ㅌ◂ 佛 㣺 {有}ナ 而 下 住ソ 而 彡 幾ㅌ▸ㄚ ㅌ◂ 聲聞 辟支佛ㅣ 住ソ 彡 幾ㅌ▸ㄚ ㅌ◂ 衆生ㅣ 住ソ1 ㅣ 3 ㅌ ロ ノ ㄕ 入 <화소07:16-19>

【관련】 ㄚ

【선후】 (15)맛

彡[1] [며]

【彡/연결어미】

-며.

¶ 一切 惡乙 斷ソ▸彡◂ 衆1 善乙 具足 當ハ 普賢 如支ソ3 色像 第一ㅣ▸彡◂ <화엄02:15-16>

諦ㅣ 聽亦 諦ㅣ 聽▸彡◂ 善彡 之乙 思ソ ㅎ 念ソ ㅎ ソ▸彡◂ 法乙 如亠 修行ソ▸彡◂ソ ナ3 ソロハ ニ1 <구인03:19>

出世心乙 得彡 昔ㄕ 得ㄕ 未ㅣソ3 ㅌ | ノ1 所ㅣ1 乙 而 灬 今ハ1 ㅎ 始ノ 得ソ▸彡◂ <금광06:23-24>

便ㅎ 能彡 善決定義ㅣ1 思所成智乙 趣入ソ▸彡◂ <유가05:06-07>

最極損減ㅅ ㅣ 亽 ㅌ 方便道理 灬 煩惱乙 斷ソ1 入 灬{故}▸彡◂ 殊勝ソ1 所證法乙 獲得ソ1 入 灬 故ノ 亦 喜悅乙 修得圓滿ソ{令}ㅣ▸彡◂ <유가29:15-17>

過去3 十 幾ㅌ ㄚ ㅌ 如來 {有}ナ 而 下 般涅槃ソ 而▸彡◂ 幾ㅌ ㄚ ㅌ 聲聞 辟支佛ㅣ 般涅槃ソ▸彡◂ <화소07:16-17>

何以故ミソ禾尸入ㄱ 一切 法ㄱ 作ノ尸 無▸㢱◂ 作者 無㢱 言說 無㢱 處所 無▸㢱◂ <화소19:04-07>

{於}諸ㄱ 佛法ㄋ十 心ㅎ 礙ノ尸 所ㄋ 無▸㢱◂ 去來今セ 諸ㄱ 佛巛 {之} 道ㄋ十 住ソ▸㢱◂ <화엄02:13-14>

三千大千世界ㄋ十 量 無セ▸㢱◂ 邊 無ソㄱ 種種セ 寶藏リ 皆セ 悉ㄋ 盈滿リラセノㄱ入乙 菩薩ㄱ 悉 見ソナㅎセ丨 <금광05:24-25>

{是}リㄱ 世間セ 法リ▸㢱◂ {是}リㄱ 出世間セ 法リ▸㢱◂ <화소01:06-07>

生死ㄱ 過失リ㢱 (涅槃 功)德リㄱリㄋセ丨ソㄋ 正覺 正觀ソ尸矢 是 波羅蜜義リ▸㢱◂ <금광05:10-11>

【선후】 (향가)-旀, (이두)-旀/旀/彌, (음독)-㢱/ㄨ/旀/弥/彌, (15)-며

㢱²[며]

【㢱/부사화접미사】

① ('善' 뒤에서) 잘.

¶ 諦リ 聽ホ 諦リ 聽㢱 善▸㢱◂ 之乙 思ソㅎ 念ソㅎソ㢱 法乙 如亠 修行ソ㢱ソナㄋソロハニㄱ <구인03:19>

諦聽 諦聽㢱 善▸㢱◂ 之乙 思ソㅎ 念ソㅎソ㢱 法乙 如亠 修行ソナㄋ <구인14:22-23>

謂ㄱ 卽ㅎ 大師リ 善▸㢱◂ 爲ㅎ 俗正法乙 開示尸 已ミソロハ <유가03:06-07>

{於}四處所ㄋ十 二十二相乙 {以}ミ 善▸㢱◂ 觀察ノㅎ{應}セ丨 <유가16:15-16>

又 愛入 慢入 見入 无明入 疑惑入セ 種種 定セ 中ㄋ十ソㄱ 諸 隨煩惱乙 復ハ 現行ソ尸 不冬ソㄋホ 善▸㢱◂ 念住乙 守ソ㢱 <유가19:06-07>

謂ㄱ 有ナ丨 如來尸 諸 弟子衆リ 已ミ 善▸㢱◂ 世間淸淨乙 修習ソナㄱ亠 <유가20:09-10>

【관련】 (善)支

② ('能' 뒤에서) 능히.

¶ 四者 見思煩惱乙 是 如支ソㄱ 勝智巛 能▸㢱◂ 分別ソㄋ 斷ソ㢱 <금광04:01-02>

檀 等ソㄱリ亠 及 智亠ノ尸乙 能▸㢱◂ 不退轉地ㄋ十 至リ{令}リソ尸矢 是 波羅蜜義リ㢱 能▸㢱◂ 無生法忍乙 滿足 令リソ尸矢 是 波羅蜜義リ㢱 一切 衆生ラ 功德 善根乙 能▸㢱◂ 成熟 令リソ尸矢 是 波羅蜜義リ㢱 <금광05:14-17>

衆生リ {於}見乙 失リㄋㄱ乙 世尊リニミ 能▸㢱◂ 濟度ソニロ乙㢱 世尊ㄱ 佛眼巛 故ノ 一法相亇刀 見尸 無ニ㢱 無上尊ㄱ 法眼巛 不思議義乙 見ニ㢱 能▸㢱◂ 一法亇刀 生リ尸 不冬ソㅎ 亦 一法亇刀 滅尸 不冬ソㅎソニ下 <금광13:04-07>

又 善心乙 {以}ミ 正法乙 聽聞ノ尸ム 便ㅎ 能▸㢱◂ 所設法義リㄱ 甚深上味乙 領受ソㄋホ 此乙 因ㅎ 廣大ソㄱ 歡喜乙 證得ソㅎ 又 能▸㢱◂ 出離善根乙 引發ソㅎソナ矛四 <유가05:23- 06:02>

又 能▸㢱◂ 彼乙 對治ソ今セ 有セㄱ 所セ 善法乙 修集ソ{爲}入 一切 煩惱 對治リㄱ 有セㄱ 所セ 善法乙 修集ソ㢱 <유가07:11-13>

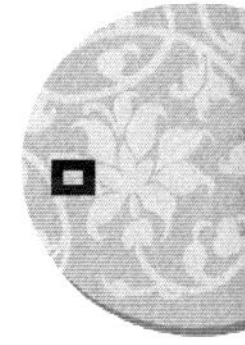

謂ㄱ 此 所依乙 依ソㄱ入乙 由氵 無間兮 必ハ 能▸ㅅ◂ 正性離生氵十 趣入ノ尸厶 餘ㄱ 前ㇰ 說ノㄱ 如支ソ尸矢丨 <유가23:03-04>

卽 此 二 雜染品乙 斷ソ{爲}人 善說法一 毘柰耶一ノ令十 入ソヒ七 時一十 能▸ㅅ◂ 障导乙 爲一リ令七 有ソㄱ 所七 煩惱リㄱ 此 諸 煩惱ㄱ 能▸ㅅ◂ 隨眠リ尸{爲}入乙ソ氵 深遠兮 心氵十 入ゾ 又 能▸ㅅ◂ 種種七 諸 苦乙 發生ゾソ才皿 若 能▸ㅅ◂ {於}此ㇰ十 餘 无兮 永斷ソ尸入乙 名下 極淨道果乙 {爲}證得ソ氵ㄱ丁ノ才丨 <유가30:07-11>

【관련】 (能)支

【비고】 '能ㅅ'는 <유가사지론> 계열에 쓰이며, <화엄경> 계열에서는 '能支'로 나타남.

ㅅ³[며]

【ㅅ/말음첨기】

('況' 뒤에서) 하물며.

¶ 何七 ː 況▸ㅅ◂ 量 無ㅅ 邊尸 無 劫氵十 具ㅎ 地度乙 修七?ヒ七 諸ㄱ 功德リロヒㄱ亻 <화엄09:06>

【선후】 (이두)況旀, (15)ᄒᆞ믈며

ㅅノ尸厶[며홅ᄃᆡ]

【ㅅ/연결어미#ノ[ᄒᆞ/용언+오/선어말어미]+尸/동명사어미+厶[ᄃᆞ/의존명사+ᄋᆡ/처격조사]; ㅅ/연결어미#ノ[ᄒᆞ/용언+오/선어말어미]+尸/동명사어미+厶/의존명사; ㅅ/연결어미#ノ尸厶[ᄒᆞ/용언+옳ᄃᆡ/연결어미]】

-며 하는 데 있어. -며 하되. § 'ᄒᆞ-'는 '-ㅅ'로 나열된 동사구를 아우르는 요소임.

¶ 或ソㄱ 百ㄱ 千ㄱ 億 那由他 劫氵十 說ㅅ 或ソㄱ 無數ː 無量ː 乃ソ氵 至リ 不可說不可說ːノ令七 劫氵十 說▸ㅅノ尸厶◂ 劫數ㄱ 盡去ㅎ可七ソㄱː <화소25:09-10>

或ソㄱ 蹲踞ノㄱ入乙 現ㅎㅅ 或ソㄱ 翹足ソㅅ 或ソㄱ 草棘ː 及七 灰上ːノ令ㇰ十 臥ソㅅ 或ソㄱ 復ㄲ 杵氵十 臥ソ氵ホ 出離ノ尸入乙 求ソ▸ㅅノ尸厶◂ 而ㅛ {於}彼衆ㇰ十 師首リ尸入乙 作ソナㅎ七丨 <화엄20:02-03>

【관련】 ノ尸厶

【선후】 (15)-며 호ᄃᆡ

萬物이 주그며 살▸며 호ᄃᆡ◂ 업디 아니ᄒᆞ는 거시 잇ᄂᆞ니 <月釋15:31b>

네 그 가온ᄃᆡ 이셔 두루 ᄃᆞ니며 안ᄌᆞ며 누으▸며 호ᄃᆡ◂ <金三2:23a>

ㅅソナ令ː[며ᄒᆞ겨리여]

【ㅅ/연결어미#ソ/용언+ナ/선어말어미+令[ㄹㆆ/동명사어미+이/의존명사]+ː/조사; ㅅ/연결어미#ソ/용언+ナ/선어말어미+令ː[ㄹㆆ/동명사어미(+이/의존명사)+이여/조사]】

-며 할 것이다. -며 한다. § 'ㆍ-'는 '-㢱'로 나열되는 동사구를 아우르는 요소임.

¶ 一㇀ 煩惱七 量刂 無㇀ 種七種七 法乙 說㢱 一㇀ 三昧七 量刂 無㇀ 種七種七 性乙 說㢱 乃ㆍ氵 至刂 不可說不可說七 三昧七 量刂 無㇀ 種七種七 性乙 說▸㢱ㆍナ令氵◂ <화소25:04-06>

【관련】 ㆍナ令氵

㢱ㆍ㇀亠[며혼여]

【㢱/연결어미#ㆍ/용언+㇀/동명사어미+亠/조사;㢱/연결어미#ㆍ/용언+㇀亠/연결어미】

-며 하니. § 'ㆍ-'는 '-㢱'로 나열되는 동사구를 아우르는 요소임. '亠'는 절접속의 기능임.

¶ 謂㇀ 思所成慧 俱ㆍ㇀ 光明想㇌十 四法 有七㢱 修所成慧 俱ㆍ㇀ 光明想㇌十 七法 有▸㢱ㆍ㇀亠◂ 是 如支ㆍ㇀ 所治㇌十 合刂ロ㇀ 十一 有七丨 <유가11:12-14>

【관련】 (如丨ㆍ)㢱ㆍ㇀氵, ㆍ㇀亠, ㆍ㇀氵

㢱ㆍ尸矢丨[며홇디다]

【㢱/연결어미#ㆍ/용언+尸/동명사어미+矢[ᄃ/의존명사+이/계사]+丨/종결어미】

-며 한 것이다. § 'ㆍ-'는 '-㢱'로 나열되는 단위들을 아우르는 용언임.

¶ 或 {於}晝分㇌十㇀ 諸 諠逸 多㢱 {於}夜分 中㇌十㇀ 蚊虻 等ㆍ㇀ 衆苦灬 觸ノ㇀ 所 多㢱 又 怖畏 多㢱 諸 災厲 多㢱ㆍ㢱 衆具 匱乏ㆍ㇌亦 愛樂ノ㢴{可}七ㆍ㇀ 不矢㢱 惡友ラ 攝持ノ㇀刂罒 諸 善友 無▸㢱ㆍ尸矢丨◂ <유가27:05-08>

【관련】 ㆍ尸矢丨

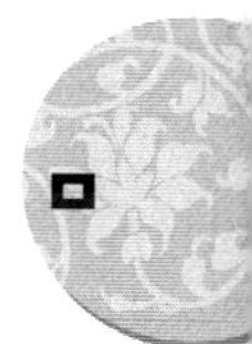

㢱ㆍ㇌[며ᄒᆞ아]

【㢱/연결어미#ㆍ/용언+㇌/연결어미】

-며 하여. § 'ㆍ-'는 '-㢱'로 나열되는 동사구를 아우르는 요소임.

¶ 諸㇀ 弟子衆刂 此 正法乙 依㢱 復 他人ラ 爲㢴 隨順ㆍ㇀ 敎誡亠 敎授亠ノ尸乙 說ノ尸入乙 得▸㢱ㆍ㇌◂ <유가03:07-08>

【관련】 ㆍ㇌

【선후】 (15)-며 ᄒᆞ야

바다 디녀 닐그며 외오며 사겨 니ᄅᆞ며 쓰▸며 ᄒᆞ야◂ 供養호리이다 <釋詳19:37b-38a>

세 位옛 聲聞이 ᄒᆞ마 드트레나 나가며 오▸며 ᄒᆞ야◂ 靜을 求호미 疎ᄒᆞ며 親호미 잇도다 <金三2:53a-53b>

毛ㅣ巴ハ[미상]

【毛ㅣ巴ハ/미상】

('斯' 뒤에서) 이렇게.

¶ 爾セㅣ1 時十 波斯匿王1 卽ㄅ 神力乙 {以}ㅣ3 八萬種セ 音樂乙 作ㅣ二ㅅ 十八梵天ㅣ 六欲セ 諸1 天ㅣノ令刀 亦ㅣ1 八萬種セ 音樂乙 作ㅣ二下 聲灬 三千乙 動ㅣㄷハ二1ㅣ 乃ㅣ 十方セ 恒河沙セ 佛土3十 至刂 有緣ㅣ1ㅋ十1 斯▸毛ㅣ巴ハ◂ 現ㅣㄷハ二丨 <구인03:04-06>

今日3十 如來刂 大光明乙 放ㅣ二ㅏㅋ1入1 斯▸毛ㅣ巴ハ◂ 何セㅣ1 事乙 作ㅣセイㅣ二ㅏ1刂3セロㅣㄷハ二ㅅ <구인02:23-24>

勿[?]

【勿/말음첨기】

('實'과 '如支' 사이에서) 실상대로. 실제와 같이.

¶ {此}刂 菩薩1 {於} 色3十 實▸勿◂ 如支 知ㅅ 色集乙 實▸勿◂ 如支 知ㅅ 色滅乙 實▸勿◂ 如支 知ㅅ 色滅道乙 實▸勿◂ 如支 知ㅅ … 菩薩尸 涅槃乙 實▸勿◂ 如支 知ナ ㅎセ丨 <화소17:05-18:04>

ㅎ[ㅁ]

【ㅎ/말음첨기】

① ('心' 뒤에서) 마음.

¶ 虛空界乙 盡3 悉3 開悟ノ尸ム 心▸ㅎ◂ 限尸 無刂ㅣ尸入灬{故}刂ㅅ <화소26:14-15>

出家ノ尸入乙 求請ㅣ去1丨十1 當 願 衆生 不退法乙 得3ホ 心▸ㅎ◂ 障礙尸 無ㄷ立 <화엄03:09>

信1 能支 惠施ノ尸ム 心▸ㅎ◂ 吝ノ尸 無刂入刂ナ矛ㅅ 信1 能支 歡喜ㅣ3ホ 佛法3十 入刂ナ矛ㅅ <화엄09:24>

一十1 不正尋思ㅋ 作ノ1 所セ 擾亂灬 心▸ㅎ◂ 安靜 不ハㅣㅅ <유가24:11-12>

【선후】 (15)ᄆᆞᅀᆞᆷ

② ('二, 五, 六' 등의 서수에 쓰여) -번(째).

¶ {是}刂乙 名下 菩薩摩訶薩尸 五▸ㅎ◂ 第セ 多聞藏ㅣノ禾ナ丨 <화소09:03-09:04>

{是}刂乙 {爲}ㅣロ尸 菩薩摩訶薩尸 六▸ㅎ◂ 第セ 施藏ㅣノ禾ナ丨 <화소16:17-18>

或 復 樂ㅎ 二▸ㅎ◂ 第セ矛乙 與セ 共住ㅣ호ㅣㅅノ尸 <유가26:13-14>

立[ㅁ]

【ㅍ/말음첨기】

('私' 뒤에서) 사사로이. § '私'의 古訓 '아름'의 말음 첨기임.

¶ 尸羅律儀氵十 安住丷氵 犯戒丷丁入乙 由氵 私▸ㅍ◂ 自灬 懇責丷尸 不冬丷ㄋ <유가17:11>

【관련】 (心)㐃, (身)㐃弋

【선후】 (15)아름

私 ▸아름◂ ᄉᆞ <新類下4a>

또 自然히 뎌와 뎌왜 業을 發ᄒᆞ야 各各 ▸아름◂뎌 受ᄒᆞ니잇가 <楞嚴8:66a>

몸과 고기와 ᄲᅧ와 피와ᄅᆞᆯ 즁ᄉᆡᆼ과 어우러 ᄒᆞ면 제 모ᄆᆞᆯ ▸아름◂ 삼디 아니ᄒᆞ며 <楞嚴6:108a>

【비고】 석독구결에서 말음 'ㅁ'은 일반적으로 '音'의 약자인 '㐃'으로 표기함.

㐃可七[ㅁㅅ]

【㐃七/어미】

('不矢-' 앞에서) 할 수 (없-).

¶ 又丷丁 復ㄲ 過去七 諸丁 法ㅋ 十方氵十 推求丷乃 都七 得氵ㅎ▸㐃{可}七◂丷丁 不矢七丁入乙 觀察丷ナ㇏ <화소13:09-10>

彼 諸丁 功德丁 量氵ㅎ▸㐃{可}七◂丷丁 不矢丁乙 我丁 今丷丁 力乙 隨ㅎ 少分ケ介乙 說ㅎ尸ム <화엄09:02-03>

彼ㅋ{之} 功德丁 邊際 無口ナ丁 稱量丷氵ㅎ▸㐃{可}七◂丷丁 不矢㇏ <화엄09:05>

復丷丁 他方七 量ノ▸㐃{可}七◂丷丁 不矢リ七七 衆 有七ナ㇏ <구인02:01-02>

解丷丁七七 心氵十 二 不矢丁入乙 見卜丁リ罒 二乙 求ノ丁ム 得氵ㄅ▸㐃{可}七◂丷丁 不矢㇏ <구인15:04>

彼丁 {於}戲論界氵十 易ㅎ 安住丷▸㐃{可}七◂丷丁亠 謂丁 {於}世間七 一切種淸淨氵十 丷尸矢㇏ <유가20:13-15>

衆具 匱乏丷氵ホ 愛樂ノ▸㐃{可}七◂丷丁 不矢㇏ <유가27:07-08>

【관련】 -㐃應七-, -㐃應可七-

【비고】 '可七丷-'를 '짓ᄒᆞ-'로 읽는 견해도 있으나 점토석독구결을 참고하여 '可'를 부독자로 처리함.

㐃應七[ㅁㅅ]

【㐃七/어미】

(마땅히) 해야 (하-).

¶ 亦丷丁 悋ノ尸 所氵 無七リノ▸㐃{應}七◂丷丁リ氵七丨丷ナ㐃七丨 <화소10:11-13>

以氵ホ 彼ㅋ十 施氵ハ 其 願乙 充滿ᄉリㅎ▸㐃{應}七◂丷丁リ氵七㇏ <화소16:12>

若七 叢林乙 見氵丁丨十丁 當 願 衆生 諸丁 天ㄷ 及七 人ㄷノ介ㅋ 敬禮ノ▸㐃{應}七◂

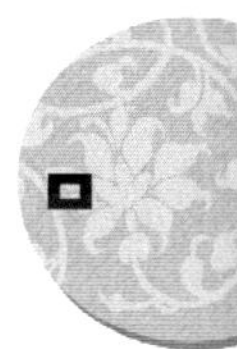

ッ1 所リ𠃋立 <화엄05:07>
善爫ロ1{哉}亻 仁者氵 諦リ 聽爫ㅎ▸ㅎ{應}セ◂ッナ丨 <화엄09:02>
若セ 言ニㄕ 無セ丨ッニ𠃌ホㄕ入1{者} 智1 二リ▸ㅎ{應}セ◂ッ1 不矢リロ乙ㅅ <구인14:18-19>
若セ 言ニㄕ 有セ丨ッニロホㄕ入1{者} 智1 一リ▸ㅎ{應}セ◂ッ1 不矢𠃌丨 <구인14:19>
當 諸 香亠 花亠 繒亠 綵亠 幡亠 蓋亠ノㄕ乙 {以}氵 是 說法處乙 供養ノ▸ㅎ{應}セ◂ッロ丨 <금광15:11-13>
善男子氵 是 如支ッ丨 汝 等ッ11 當ハ 此 如支ッニ1 經典乙 精勤修行ッロ▸ㅎ{應}セ◂ッ1亠 <금광15:14-15>
彼 與セ 俱行ッ氵 彼 相應ッ1 想乙 知ノ▸ㅎ{應}セ◂丨 名下 光明想亠ノホリ1丁 <유가11:07>
五失 相應ッ1 臥具1 知ノ▸ㅎ{應}セ◂丨 聲聞地氵十 當ハ 說白ノㄕ 如支ッ1リ1丁 <유가14:05-06>
我1 當ハ 心自在性亠 定自在性亠ノㄕ乙 證ノ▸ㅎ{應}セ◂ッ1リ氵セ丨ッ氵 <유가16:14-15>
【관련】 -ㅎ可セ-, -ㅎ應可セ-
【비고】 '應セッ-'를 '맛ᄒᆞ-, 짓ᄒᆞ-'로 읽는 견해도 있으나 점토석독구결을 참고하여 '應'을 부독자로 처리함.

ㅎ應可セ [ᄆᆞㅅ]

【ㅎセ/어미】
할 만한.
¶ 十方氵十 有1 所セ 諸1 妙物リ 無上尊𠃌十 奉獻ッ白ㅎ▸ㅎ{應可}セ◂ッ1乙 掌セ 中氵十 悉氵 雨リㅎ1ム 備ㅎㄕ 不ッㄕ丁ノㄕ 無リッナ氵 菩提樹セ 前氵十 持リ氵ホ <화엄15:22-23>
【관련】 -ㅎ可セ-, -ㅎ應セ-

ㅎロハ斤 [ᄆᆞ곡근]

【ㅎ/말음첨기?+ロ/연결어미+ハ/중복표기+斤[ㄱ/첨사+은/보조사]】
('訖' 뒤에서) 마치고 나서는.
¶ 飯食乙 已氵 訖▸ㅎロハ斤◂ 當 願 衆生 所作乙 皆セ 辨ッ氵ホ 諸1 佛法乙 具ㅎ𠃋立 <화엄07:20>
【관련】 ロ斤, (ッ)ロハ1, (已氵)ッロッ1

亣ㄱ[ㅁ은]

【亣/말음첨기+ㄱ/보조사】

('者' 뒤에서) 놈은. 사람은.

¶ {此}刂 藏ろ十 住丷去ナヒ七 者▸亣ㄱ◂ 無盡智慧乙 得ろホ 普刂 一切 衆生乙 能支 開悟亽刂ナ亣七丨 <화소20:04-05>

【관련】(者)亣乙, (人)亣ラ十

【선후】(15)노믄

亣弋[ㅁ익]

【亣/말음첨기+弋/주격조사】

('身' 뒤에서) 몸이.

¶ 我ラ 身▸亣弋◂ 充樂丷氵 彼刀 亦丷ㄱ 充樂丷禾ろ七ホ <화소09:14>

我ラ 身▸亣弋◂ 飢苦丷ㄱ丨十ㄱ 彼刀 亦丷ㄱ 飢苦丷禾ろ七丨 <화소09:14-15>

【선후】(향가)身靡只

▸身靡只◂碎良只塵伊去米 <常隨佛學歌 5>

(이두)弋只

亣乙[ㅁ을]

【亣/말음첨기+乙/대격조사】

('者' 뒤에서) 놈을. 사람을.

¶ 其 心ろ十 愜亐丷ろ 色乙 樂亣ナ今七 者▸亣乙◂ 皆七 道ろ十 從七 俾刂ナホ <화엄18:05>

【관련】(者)亣ㄱ, (人)亣ラ十

【선후】(15)노몰

亣七[ㅁㅅ]

【亣/말음첨기+七/속격조사】

('滴' 뒤에서) 방울의.

¶ 彼 諸ㄱ 功德ㄱ 量ろ亣亣{可}七丷ㄱ 不矢ㄱ乙 我ㄱ 今丷ㄱ 力乙 隨亣 少分ケ今乙 說亣尸厶 猶入ㄱ 大海ろ七 一ㄱ 滴▸亣七◂ 水 如支丷ㄱ乙丷口乙亣亣七丨 <화엄09:02- 03>

【선후】(16) 믈뎜

滴 믈뎜 뎍 <신증유합下50a>

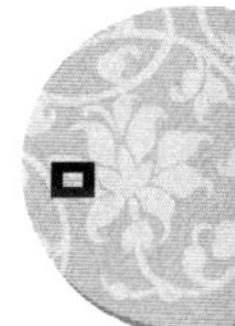

⺈ ⺈ 十 [ㅁ의긔]

【⺈/말음첨기+⺈ 十/여격조사】

('人' 뒤에서) 사람에게.

¶ 若ㅌ 已⺈ᄉ乙 輟{捨}ㅁ 人▸⺈⺈十◂ 施ㅅㄱㅣ十ㄱ 則支 窮苦ㅅ⺈⺈ 天命ノ禾ㅌㄱ乙 <화소10:06-07>

【관련】 (者)⺈ㄱ, (者)⺈乙

【선후】 (15)ᄂᆞᄆᆡ게, 사ᄅᆞᄆᆡ게

火[븟]

【火/보조사】

-만. -뿐. § 강조를 나타내는 보조사. 대격조사 '乙' 뒤에 주로 나타남.

¶ 時十 十六大國王七 中3七 舍衛國主リニ尸 波斯匿王リ 名▸(火?)◂ 曰白尸 月光:ソ白ケ令ㄱ 德行ㄱ 十地: 六度: 三十七品: 四不壞淨:ノ乙ソㅎ 摩訶衍七 化乙 行ソㅎソニトㄱ: <구인02:24-03:01>

十六大國王リ 意3十 國土乙 護ノ令七 因緣乙 問白{欲}人ソニトケㄱ入乙▸(火?)◂ 知白3ロケㄱ:ソㄱ乃 <구인03:17-18>

幻化3十ソ3 幻化乙 見トケ 衆生ラノㄱ乙▸(火?)◂ 名3 幻諦:ノォリㄅ <구인15:08 난상>

是 說法師乙▸火◂ 種種灬 利益ノ 安樂無障ソㅎ 身心 泰然ソㅎ令リㄅ <금광15:06-07>

是 說法處乙▸火◂ 一切 諸 天亠 人亠 非人亠 等ソㄱリ亠 及 諸 衆生亠ノ尸乙 得(3?)ホ 上乙 從七 而灬 過ソ3 <금광15: 09-10>

二者 福德▸火◂七 具尸 未ハソㄱ丨十ㄱ 得3ホ 安樂 不冬ソㄅ <금광03:13>

【관련】 火七, 乙火, 人ソニトケㄱ入乙火, ラノㄱ乙火

【비고】 '火?'은 <구역인왕경>에만 나타나는 특이한 글자체로 마치 'ソ人'처럼 보임.

火七[1][븟]

【火七/말음첨기】

('勤' 뒤에서) 부지런히.

¶ 若 能 菩提心乙 發起ㅅㅌ尸入ㄱ 則 能 勤▸火七◂ 佛功德乙 修ㅌ才ㅅ <화엄11:04>
若 能 勤▸火七◂ 佛功德乙 修ㅅㅌ尸入ㄱ 則 得3ホ 如來尸 家3十 生在ㅅㅌ才ㅅ <화엄11:05>

【관련】 勤七

火七²[븟]

【火七/보조사】

-만. -뿐. § 강조를 나타내는 보조사.

¶ 二者 福德▸火七◂ 具尸 未ハㅅㄱㅣ十ㄱ 得3ホ 安樂 不冬ㅅㅅ <금광03:13>
是 如支 等ㅅㄱ 類 諸ㄱ 外道ㅋ十 其 意解乙 觀ㅅ口 與七 同事ㅅナ3 示リㅎㄱ 所七 苦行▸火七◂ハ尸入ㄱ 世リ十 堪リ矢ㅅ3ㅅ 靡七リㅅ3ホ 彼乙 見リ尸 已氵ㅅ口 皆七 調伏 令リ口ㅌㅅ <화엄20:04-05>

【관련】 火, 乙火, 入ㅅ二ト3ㄱ入乙火, ㅋノㄱ乙火

火七ハ尸入ㄱ[븟긇든;븟깂든]

【火七/보조사+ハ/미상+尸/동명사어미+入/의존명사+ㄱ/보조사】

-은.

¶ 是 如支 等ㅅㄱ 類 諸ㄱ 外道ㅋ十 其 意解乙 觀ㅅ口 與七 同事ㅅナ3 示リㅎㄱ 所七 苦行▸火七ハ尸入ㄱ◂ 世リ十 堪リ矢ㅅ3ㅅ 靡七リㅅ3ホ 彼乙 見リ尸 已氵ㅅ口 皆七 調伏 令リ口ㅌㅅ <화엄20:04-05>

【관련】 七火七ハ尸入ㄱ, ㅅㅎㅅ口ㅌ火七ハ尸入ㄱ

【비고】 '火七ハ尸入ㄱ'의 'ハ'를 어간의 일부로 보거나 '火七ハ'를 [븘/보조사+이/계사]와 같이 보는 견해도 있음. '尸入ㄱ'을 연결어미로 보는 견해도 있음.

氵[1][사]

【氵/보조사】

-(이어)야. -(이라)야.

¶ 要ㄎ 衆生3十 與ソ1 然七ソ1乙灬七 後刂十▶氵◀ 方七 食ソナ㫆 <화소09:11>
唯八 佛㣺▶氵◀ 能支 了ソ而ㄊ禾ろソナ丨 <화소24:14-15>
一 文: 一1 句:ノ今ラ七 義理1 難刂▶氵◀ 盡ナㄊ七丨 <화소25:10-11>
飯食乙 已▶氵◀ 訖ㄊ口八斤 當 願 衆生 所作乙 皆七 辦ソ3㫆 諸1 佛法乙 具ㄊ㔾立 <화엄07:20>
我1 今ソ1 已▶氵◀ 諸1 菩薩尸 {爲}氵 佛矢 往3十 修而ㄊ1㔾七 淸淨行乙 說3口乙ㄊ1刂罒 <화엄08:23>
旣▶氵◀ 遠離 已▶氵◀ソ3斤 諸 念住乙 依3 樂斷樂修ソ㫆 <유가24:22-23>

【氵/보조사; 氵/연결어미】

-어야.

¶ 我ラ 身ㄊ弋 充樂ソ▶氵◀ 彼刀 亦ソ1 充樂ソ禾3七㫆 <화소09:14>
{是}刂 故灬 依行乙 次第乙 說ㄊ今ラ十 信樂刂▶氵◀ 最勝ソ3㫆 甚刂 難刂氵 得ㄊ禾1矢 譬入1 一切 世間七 中3十 而灬 隨意妙寶珠刂 有1 如支ソ1刂丨 <화엄10:08-09>
或ソ1 飮食七 上好ソ㔾七 味: 寶衣: 嚴具: 衆1 妙物:ノ今乙 以ソ㫆 乃ソ▶氵◀ 至刂 王位乙 皆七 能捨ソ㫆ソ3 <화엄17:24-18:01>
三賢: 十聖:ノ今1 果報3十 住ソ二1乙 唯八 佛刂二尸 一人刂二▶氵◀ 淨土3十 居ソ二1刂罒 <구인11:06>
一切 衆生1 {暫}氵火七 報3十 住ソ口1乙 金剛原3十 登ソ去八二1刂▶氵◀ 淨土3十 居ソ二ㄋㄊ七丨 <구인11:07>

無ㄲ 無ッ1矢▸氵◂ 諦 實ッ1ㅌ七 無リㅌ1リ罒 寂滅リ彡 第一空リ彡ッ㇇ <구인15:01-02>
衆生リ {於}見乙 失リ3 1乙 世尊リ二▸氵◂ 能㇇ 濟度ッ二ロ乙㇇ <금광13:04-05>
廣リ 說尸 乃▸氵◂ 至リ 心リ 正定3十 入ッ衤罒 <유가25:15 -16>
【관련】 (15)사

氵[2][삼]

【氵/동사】

① ('爲' 뒤에서) 삼-. § 논항에 대격 표지 '乙'이 나타나지 않음.

¶ 云何 智乙 先導 {爲}▸氵◂ㅎ令七 身語意業乙 得㇇ <화엄01:10>
若七 飯食ッ令七 時十1 當 願 衆生 禪悅乙 食 {爲}▸氵◂㇇ <화엄07:18>
菩薩リ 成佛ッ尸 未リッㅌ七 時十 菩提乙 {以}氵3 煩惱 {爲}▸氵◂ナ尸ㅅ 菩薩リ 成佛ッ去1ㅌ七 時十 煩惱乙 以3 菩提 {爲}▸氵◂ナㅎ七丨 <구인15:18-19>
此 所依リ1 所建立處乙 依止 {爲}▸氵◂1入乙 由氵1入⺍ 故ノ <유가03:20-21>
十法リ 轉ノ尸ム 涅槃乙 首 {爲}▸氵◂ッㅌ 有七丨 <유가04 :20>
法乙 緣ッ令七 光明乙 以㇇ 境界 {爲}▸氵◂3 光明想乙 修ノ尸入乙 辯ノ1リ丨 <유가11:04-05>

② ('由' 뒤에서) 말미암아. § 대격을 논항으로 취함.

¶ 此乙 證ッ1入乙 由▸氵◂1入⺍ 故ノ 解脫圓滿ッ衤罒 <유가05:13>

③ ('以', '用' 뒤에서) 써. -로써. § 대격을 논항으로 취함.

¶ 又 善心乙 {以}▸氵◂ 正法乙 聽聞ノ尸ム <유가05:23>
又 毘鉢舍那支1 最初亏 必(ハ?) 善友乙 {用}▸氵◂ 依 {爲}氵彡 <유가06:17-18>

氵[3][삼]

【氵/동사】

('爲', '與' 뒤에서) 위하여. § 속격을 논항으로 취함.

¶ 云何 得3㇇ 一切衆生ㄱ {與}▸氵◂ 依リ尸{爲}入乙ッ㇇ 救リ尸{爲}入乙ッ㇇ <화엄02:06-07>
我1 今ッ1 已氵 諸1 菩薩尸 {爲}▸氵◂ 佛矢 往3十 修ㅁㅎ1ㅌ七 淸淨行乙 說3ロ乙ㅎ1リ罒 <화엄08:23>
其 欲ㅎ尸 所乙 隨ㅎ 皆七 滿 {令}リ3㇇ 普リ 衆生ㄱ {爲}▸氵◂ 饒益乙 作ッナ㇇ <화엄17:22-23>
【관련】 {爲}氵(ㅎ), 爲ㅎ, 爲(氵)ノ, {爲}三(ㅎ)

氵ナ尸ㅅ[삼겸여]

【氵/동사+ナ/선어말어미+尸/동명사어미+ㆍ/조사; 氵/동사+ナ/선어말어미+尸亠/연결어미】
('爲' 뒤에서) 삼지만. § 여기서 'ㆍ'는 역접의 기능임.
¶ 菩薩刂 成佛ソ尸 未刂ソ𠃍七 時十 菩提乙 {以}氵⺀ 煩惱 {爲}▸氵ナ尸ㆍ◂ 菩薩刂 成佛ソ𠫔𠃌𠃍七 時十 煩惱乙 以⺀ 菩提 {爲}氵ナ㇇七丨 <구인15:18-19>
【관련】 -尸亠, -𠃌ㆍ, -𠃌亠

氵ナ㇇七丨[삼겺다]

【氵/동사+ナ/선어말어미+㇇七/선어말어미+丨/종결어미】
('爲' 뒤에서) 삼는다.
¶ 菩薩刂 成佛ソ𠫔𠃌𠃍七 時十 煩惱乙 以⺀ 菩提 {爲}▸氵ナ㇇七丨◂ <구인15:19-20>
【관련】 (ソ)ナ㇇七丨, (爲)氵ナ尸ㆍ

氵ホ

【氵/동사+ホ/보조사; 氵/동사(+아/연결어미)+ホ/첨사】
('以' 뒤에서) -으로써. § 대격을 논항으로 취함.
¶ 頂上⺀七 白蓋𠃌 量 無ソ𠃌 衆寶𥫗{之} 莊嚴ノ𠃌 所𠃌乙 {以}▸氵ホ◂ {於}上亠十 覆ソラ七ノ𠃌人乙 菩薩𠃌 悉⺀ 見ナ㇇七丨 <금광06:18-19>
【관련】 (15)뼈곰

氵𠃍[삼ᄂᆞ]

【氵/동사(+ㄴ/동명사어미)+𠃍/의존명사; 氵/동사+𠃍/동명사어미】
('爲' 뒤에서) 삼는 것.
¶ 有餘依涅槃界乙 依止ソ⺀ 九法刂 轉ノ尸厶 涅槃乙 首 {爲}▸氵𠃍◂ 有七㢱 <유가04:22-23>
无餘依涅槃界乙 依止ソ⺀ 一法刂 轉ノ尸厶 涅槃乙 首 {爲}▸氵𠃍◂ 有ソ𠃌刂𠃌丁 <유가04:23-05:01>
【관련】 ソ𠃍

氵𠃍矛㢱[삼ᄂᆞ리며]

【氵/동사+𠃍/선어말어미+矛[ㄹㆆ/동명사어미(+이/의존명사)+이/계사]+㢱/연결어미】
('爲' 뒤에서) 삼는 것이며. § <화엄경>에서 조건절 '-𠃍尸人𠃌'의 후행절에 주로 쓰임.
¶ 若 相 莊嚴 三十二乙ソ𠃍尸人𠃌 則 隨好乙 具㇇⺀ホ 嚴飾 {爲}▸氵𠃍矛㢱◂ 若 隨好 具 嚴飾 {爲}氵𠃍尸人𠃌 則 身七 光明刂 限量 無𠃍矛㢱 <화엄12:22>
【관련】 ソ𠃍矛㢱

氵㔾尸入丁[삼놇든]

【氵/동사+㔾/선어말어미+尸/동명사어미+入/의존명사+丁/보조사】

('爲' 뒤에서) 삼으면. § 조건구문에 쓰이며 후행절에는 '-㔾㐅-'가 옴.

¶ 若 相 莊嚴 三十二乙丷㔾尸入丁 則 隨好乙 具ㄋ㇌厼 嚴飾 {爲}氵㔾㐅亦 若 隨好 具 嚴飾 {爲}}▸氵㔾尸入丁◂ 則 身七 光明刂 限量 無㔾㐅亦 <화엄12:22>

【관련】(丷)㔾尸入丁

【비고】'-㔾尸入丁'은 <화엄경>에만 나타남. '尸入丁'을 연결어미로 보는 견해도 있음.

氵㔾立[삼ᄂ셔]

【氵/동사+㔾/선어말어미+立/종결어미】

('爲' 뒤에서) 삼기를(바란다). § '㔾立'는 願望을 나타내는 종결형태임.

¶ 定氵 解脫氵ノ仒乙 以㇌八 而灬 蔭映ノ尸 {爲}▸氵㔾立◂ <화엄05:10>

當 願 衆生 三十二相乙 以㇌厼 嚴好 {爲}▸氵㔾立◂ <화엄05:24>

【관련】-㔾立

【비고】'蔭映ノ尸 爲氵㔾立'의 '氵'는 '氵' 또는 '二'처럼 보임.

氵丁入灬[삼은ᄃ로]

【氵/동사+丁/동명사어미+入/의존명사+灬/구격조사 】

① ('爲' 뒤에서) 삼은 까닭으로.

¶ 謂丁 我丁 {於}諸 法㇌十 常刂 方便灬 修ノ丁入乙 依止 {爲}▸氵丁入灬◂ 故 當八 能亦 隨ノ 樂乙 愛味丷仒七 一切 心識乙 制伏丷㇏ <유가08:14-15>

卽 此 思擇乙 依止 {爲}▸氵丁入灬◂ 故ノ {於}生起丷丁 所七 諸 不善法㇌十 不堅着丷丁入乙 由㇌ 方便道理灬 駈擯遠離丷㇏ {於}諸 善法㇌十 能亦 勤七 修習丷㇏丷尸矢丨 <유가28:01-03>

謂丁 聖弟子刂 已氵 聖諦乙 見丷㇏ 已氵 證淨乙 得㇏丷㇌ 卽ㄋ 證淨乙 {以}氵 依止 {爲}▸氵丁入灬◂ 故ノ {於}佛法僧刂丁 勝功德田㇌十 作意思惟丷㇌厼 歡喜乙 發生丷亦 <유가28:10 -12>

廣刂 說尸入丁 知ノㄋ{應}七丨 謂丁 四種 法乙 依止 {爲}▸氵丁入灬◂ 故ノ 能亦 五法乙 修習圓滿丷{令}刂尸亠 <유가29:22 -23>

② ('以, 由' 뒤에서) 말미암은 까닭으로.

¶ 善男子㇌ 是 金光明經乙 聽聞丷㇏ 受持丷㇏丷丁入乙 {以}▸氵丁入灬◂ 故ノ 是 善男子亠 善女人亠ノ尸丁 一切 罪障乙 悉 能亦 除滅丷口 <금광14:03-05>

此 所依刂丁 所建立處乙 依止 {爲}氵丁入乙 由▸氵丁入灬◂ 故ノ 如來尸 諸 弟子衆㇇ {有}斗白ノ丁 所七 聖法乙 證得丷ナㄋ七丨 <유가03:20-22>

三 入境界門乙 由▸氵丁入灬◂{故}丨 <유가23:04-05

【관련】 -ㄱ入灬

氵ㄱ入灬亠[삼은ᄃᆞ로여]

【氵/동사+ㄱ/동명사어미+入/의존명사+灬/구격조사+亠/조사】

('由' 뒤에서) 연유한 까닭이다. 연유하기 때문이다.

¶ 何以故亠ソロㄱ 此 次第入 此 因入 此 緣入乙 依阝 瑜伽乙 修習ソㄱ 方氵 得ホ 成滿ソ尸入乙 由▸氵ㄱ入灬亠◂ <유가07:20-21>

{於}自心阝十 清淨ソ{令}リ尸 未リソㄱㅣ十ㄱ 必八 {於}衆苦阝十 得ホ 解脫ソ阝 吉祥性乙 成リ尸 不八ソ尸入乙 由▸氵ㄱ入灬亠◂ <유가22:03-04>

【관련】 -ㄱ入灬亠, -ㄱ入灬氵

氵尸刀ソ么[삼읈도ᄒᆞ며]

【氵/동사+尸/동명사어미+刀/보조사#ソ/동사+么/연결어미】

('爲' 뒤에서) 삼기도 하며.

¶ 或ソㄱ 邪命七 種種七 行乙 現ㅎ阝 非法乙 習行ソ阝ホ 以阝 勝ソㄱ {爲}▸氵尸刀ソ么◂ <화엄19:20>

【관련】 (ソ)尸刀ソ么

氵么[삼으며]

【氵/동사+么/연결어미】

('爲' 뒤에서) 삼으며.

¶ 若七 飯食ソ令七 時十ㄱ 當 願 衆生 禪悅乙 食 {爲}▸氵么◂ 法喜乙 充滿ソ七立 <화엄07:18>

華鬘乙 飾 {爲}▸氵么◂ 香乙 體阝十 塗ソ么ソ阝 威儀乙 具足ソ阝ホ 衆生乙 度リナ么 <화엄18:03>

【관련】 (爲)氵-

【선후】 (15)사므며

氵ㅎナㄱ乙[삼견을]

【氵ㅎ/동사+ナ/선어말어미+ㄱ/동명사어미+乙/대격조사; 氵ㅎ/동사+ナ/선어말어미+ㄱ乙/연결어미】

('爲' 뒤에서) 삼거늘. §'ㄱ乙'은 절접속의 기능임.

¶ 又刀 光明乙 放ソナㅎ七ㅣ 華莊嚴氵ノ矛氵 種種七 妙華乙 集ソ阝ホ 帳 {爲}▸氵ㅎナㄱ乙◂ 普リ 十方七 諸 國土阝十 散ソ阝ホ 一切 大德尊乙 供養ソナ么 <화엄16:08-09>

又 光明 放 香莊嚴 種種七 妙香乙 集ソ⺁ホ 帳 {爲}▸氵ㅎナ1乙◂ 普刂 十方七 諸1 國土⺁十 散ソ⺁ホ 一切 大德尊乙 供養ソナか <화엄16:10-11>

【관련】 刂尸爲入乙ソ丨ナ1乙

氵火七 [사븟]

【氵火七/부사?】

('暫' 뒤에서) 잠시.

¶ 一切 衆生1 {暫}▸氵火七◂ 報⺁十 住ソロ1乙 金剛原⺁十 登ソ𠫓ハ二1刂氵 淨土⺁十 居ソ二𠃌ㅎ七丨 <구인11:07>

氵⺁ [삼아]

【氵/동사+⺁/연결어미】

① ('爲' 뒤에서) 삼아.

¶ 卽ㅎ 此 涅槃乙 以ホ 上首 {爲}▸氵⺁◂ 前七 九法乙 次第… 修習ソ⺁ 而… 得ホ 圓滿ソ{令}刂ナㅎ七丨 <유가05:14-15>

是 如攴ソ1 涅槃乙 首 {爲}▸氵⺁◂ 正法乙 聽聞ソ亽1當ハ 知ㅎ丨 五種 勝利乙 獲得ソ矛刂1丁 <유가05:17-18>

是乙 名𠰋 涅槃乙 以ホ 上首 {爲}▸氵⺁◂ 正法乙 聽聞ソ1𠃌 得ノ1 所七 勝利亠ノ矛丨 <유가06:10-12>

謂1 我1 乞食受用乙 因 {爲}▸氵⺁◂ 身 得ホ 久住ソ㫆 有力ソ㫆 調適ソ㫆ソ⺁ <유가08:20-21>

法乙 緣ソ亽七 光明乙 以ホ 境界 {爲}▸氵⺁◂ 光明想乙 修ノ尸入乙 辯ノ1刂丨 <유가11:04-05>

卽ㅎ 此 四種 修道乙 依 {爲}▸氵⺁◂ 先𠰋 說ノ1 所七 諸 歡喜事⺁十 生ソ1 所七 歡喜乙 如ハ 彼1 {於}尒ソ1 時亠十 修得圓滿亽刂か <유가29:13-15>

若 此 說ノ1 所七 出世間一切種淸淨入乙 摠略ソ⺁ホ 一 {爲}▸氵⺁◂ 說尸 名𠰋 修果亠ノ矛丨 <유가32:02-04>

【관련】 (爲)氵-

【선후】 (15)사마

② ('以' 뒤에서)-로써. (-를) 써서.

¶ 亦ソ1 佛子𠃌 所行七 道乙 信ソか 及七 無上大菩提乙 信ソかソナ1入… 菩薩1 是乙 {以}▸氵⺁◂ 初七ㅎ 發心ソナ1刂丨 <화엄09:18-19>

譬入1 大海⺁七 金剛聚1 彼𠃌 威力乙 {以}▸氵⺁◂ 衆1 寶乙 生ノ1厶 滅ノ尸 無か 增ノ尸 無か 亦刂1 盡尸 無1 如攴 菩薩尸 功德聚 亦ㄉ 然七ソナ丨 <화엄14:13-14>

爾七ソ1 時十 波斯匿王1 卽𠃌 神力乙 {以}▸氵⺁◂ 八萬種七 音樂乙 作ソ二か <구인03:04>

菩薩刂 成佛ソ尸 未刂ソㅌ七 時十 菩提乙 {以}▸氵阝◂ 煩惱 {爲}氵ナ尸氵 菩薩刂 成佛ソ去1ㅌ七 時十 煩惱乙 以阝 菩提 {爲}氵ナ亠七丨 <구인15:18-19>
能ホ 十種 過失乙 遠離ソ彡 又 能ホ 聖所住處阝十 安住ソ彡ソ1入乙 {以}▸氵阝◂ 故去 名下 功德亠ノ才丨 <유가31:05- 07>
【관련】 (以)氵-

氵阝八 [삼악]

【氵/동사+阝/연결어미+八/첨사】
('爲' 뒤에서) 삼아서.
¶ 智慧乙 以阝 先導 {爲}▸氵阝八◂ 身語意業阝十 恒刂 失尸 無ㅌ才ホ <화엄13:09-10>
【관련】 (爲)氵-, (ソ)阝八

氵刂

☞ 刂氵

¶ 窮原ソ彡 盡性ソ彡ソ二1 妙智▸氵刂◂ 存ソ二ホ
【비고】 '妙智氵刂'는 '妙智刂氵'의 잘못으로 보임.

氵彡 [삼져]

【氵/동사+彡/연결어미】
('爲' 뒤에서) 삼고.
¶ 唯八 涅槃乙 {以}氵 而灬 上首 {爲}▸氵彡◂ 唯八 涅槃乙 求ソ彡 唯八 涅槃乙 緣ソ彡ソ阝 <유가04:17>
又 毘鉢舍那支1 最初ㅎ 必 善友乙 {用}氵 依 {爲}▸氵彡◂ 奢摩他支1 尸羅圓滿灬 {之} 攝受ノ1 所刂彡ソホ <유가06:17 -18>
【관련】 (爲)氵-

氵ノ [삼오]

【氵/동사+ノ/부사화소】
('爲' 뒤에서) 위하여. § 대상에 해당하는 논항이 생략된 예만 나타남.
¶ 量 無1 智慧七 光明阝十 三昧刂 傾動ノ亠七{可}ソ1 不失ㅌ人 能失 摧伏ソロ수 無1 聞持陁羅尼人刂 {爲}▸氵ノ◂ 本刂入乙 作ソ去1入灬 故ノ <금광07:02-03>
【관련】 {爲}氵(亠), 爲ㄱ, 爲ノ, {爲}三(ㄱ)
【비고】 '위하여'를 뜻하는 '{爲}氵(亠), {爲}三'은 조사 '-ラ'를 지배하는 예만 나타나고,

'{爲}氵𭕄, {爲}三𭕄, 爲𭕄, 爲(氵)ノ'는 논항이 생략된 예만 나타남.

氵ノ𠃣七[삼온ㅅ]

【氵(ホ)/동사+ノ/선어말어미+(ㄴ/동명사어미)+𠃣/의존명사+七/속격조사】

삼는 (것의). § 동사 '氵(ホ)-'은 'NP乙 NP {爲}氵ホ-'의 구성을 이룸. 'ノ'는 보문 구성 표지임.

¶ 斷乙 樂尸 不冬丷亽七 同梵行者乙 伴 {爲}▸氵ノ𠃣七◂ 過失 {有}𠂉𠃊 <유가13:09>

【관련】 (𭕄/ノ)𠃣七, 氵𭕄亽七

【비고】 '氵(ホ)丷-'의 구성이 많이 나타나는 것으로 보아 '氵ノ𠃣七'의 'ノ'는 동사 '丷'와 선어말어미 '𭕄'의 결합형일 가능성이 있음.

氵ノ禾罒[삼오리라]

【氵(ホ)/동사+ノ/선어말어미+禾[ㄹㆆ/동명사어미(+이/의존명사)+이/계사]+罒/연결어미 】

삼으리라(서). § '-丷𠃣' 뒤에 쓰인 예만 보임.

¶ 有七㇆ 所七 有情𠃌十 得ホ 最勝丷𠃣 {爲}▸氵ノ禾罒◂ <유가31:05>

心刂 {於}妙五欲氵十 極 猒背丷𠃣 {爲}▸氵ノ禾罒◂ <유가31:13-14>

【관련】 ノ禾罒

【선후】 (15)사모리라

【비고】 '-罒'는 계사 뒤에 쓰이는 '-氵'의 이형태임.

氵𭕄[삼오]

【氵(ホ)/동사+𭕄/부사화소】

('爲' 뒤에서) 위하여. § 대상에 해당하는 논항이 생략된 예만 나타남.

¶ 或𠃑 有𠂇丨 國土刂 法乙 知尸 不丷𠂇尸矢⺀法乙 知尸 不丷𠂇尸矢⺀ {於}彼刂十㇆ {爲}▸氵𭕄◂ 妙法藏乙 說口𠃣禾𠃊 <화엄14:16-18>

皆七 具足丷𠂇氵 其 心樂乙 隨𭕄 {爲}▸氵𭕄◂ 說法丷𠂇𠃊 <화엄18:08-09>

菩薩㇆ {爲}▸氵𭕄◂ 國⺀ 財⺀ノ亽乙 捨丷口 常刂 出家ノ尸入乙 <화엄18:15-17>

彼𠃌 解ノ尸 所七 語言音乙 隨𭕄 {爲}▸氵𭕄◂ 四諦乙 說氵ホ 解脫 令刂𠂇ホ七丨 <화엄:12-13>

【관련】 {爲}氵(ホ), 爲𭕄, 爲(氵)ノ, {爲}三(𭕄)

【비고】 '위하여'를 뜻하는 '{爲}氵(ホ), {爲}三'은 속격을 지배하는 예만 나타나고, '{爲}氵𭕄, {爲}三𭕄, 爲𭕄, 爲(氵)ノ'는 논항이 생략된 예만 나타남.

氵𭕄亽七[삼오릿]

【氵(示)/동사+ㅎ/선어말어미+令[ㄹㅎ/동명사어미+이/의존명사]+七/속격조사】

삼는 §'令七'은 대부분 동사 뒤에 연결됨.

¶ 云何 智乙 先導 {爲}▸氵ㅎ令七◂ 身語意業乙 得ㅅ <화엄01:10-12>

【관련】 氵ノヒ七, ㅎ令七

氵丷去ㄱ丨十ㄱ[사ᄒᆞ건다긘]

【氵/보조사#丷/동사+去/선어말어미+ㄱ/동명사어미+丨十[ᄃᆞ/의존명사+아긔/처격조사]+ㄱ/보조사; 氵/보조사#丷/동사+去/선어말어미+ㄱ/동명사어미+丨/의존명사+十/처격조사+ㄱ/보조사】

('已' 뒤에서) 이미 한 경우에는.

¶ 其 家阝十 入尸 已▸氵丷去ㄱ丨十ㄱ◂ 當願衆生 得阝亦 佛乘阝十 入丷阝八 <화엄07:05>

【관련】 丷去ㄱ丨十ㄱ, 刂去ㄱ丨十ㄱ, 去ㄱ丨十ㄱ

氵丷口[사ᄒᆞ고]

【氵/보조사#丷/동사+口/연결어미】

('已' 뒤에서) 이미 하고 (나서). §'V+尸 已氵丷口'의 형태로 나타남.

¶ 爾時十 文殊師利菩薩ㄱ 無濁亂淸淨行七 大功德乙 說尸 已▸氵丷口◂ 菩提心七 功德乙 顯示丷{欲}人丷二尸入灬 <화엄08:20 -22>

堪刂矢丷阝令 靡七刂丷阝亦 彼乙 見刂尸 已▸氵丷口◂ 皆七 調伏 令刂口ヒㅅ <화엄20:06>

勤精進乙 發丷彡 遠離乙 樂彡丷尸 已▸氵丷口◂ 喜足乙 生尸 不冬ノ尸厶 <유가29:09-13>

【관련】 氵丷口八, 氵丷口丷ㄱ, 氵丷口八ㄱ, 氵丷白八二ㄱ

氵丷口八[사ᄒᆞ곡]

【氵/보조사#丷/동사+口/연결어미+八/첨사】

('已' 뒤에서) 이미 하고서.

¶ 謂ㄱ 卽ㅎ 大師刂 善ㅅ 爲ㅎ 俗正法乙 開示尸 已▸氵丷口八◂ 諸ㄱ 弟子衆刂 此 正法乙 依ㅅ <유가03:06-07>

【관련】 氵丷口, 氵丷口八ㄱ, 氵丷口丷ㄱ, 氵丷白八二ㄱ

氵丷口八ㄱ[1][사ᄒᆞ곡은;사ᄒᆞ고근]

【氵/보조사#丷/동사+口/연결어미+八/첨사+ㄱ/보조사】

('已' 뒤에서) 이미 하고서는.

¶ {是}刂 念乙 作ソㄕ 巳▸氵ソロハ丁◂ 卽攴 便刂 {之}刂乙 施ノㄕム 而灬 悔ソㄕ 所氵 無セ刂ソナㄕ入乙 {是}刂乙 名下 外施氵ノ禾ナ丨 <화소11:14-15>
{是}刂 念乙 作ㄕ 已▸氵ソロハ丁◂ 悉氵 皆セ 施與ノㄕム 心氵十 悔恨 無刂ソナ小 <화소12:18-19>
聞ㄕ 已▸氵ソロハ丁◂ 著ㄕ 不ソ氵ホ 有 非矢丁入乙 了達ソ小 <화소13:02-03>
{是}刂 念乙 作ソㄕ 巳▸氵ソロハ丁◂ {於}過去セ 法氵十 畢竟 皆セ 捨ソナㄕ入乙 {是}刂乙 名下 過去施氵ノ禾ナ丨 <화소13:10-11>
聞ㄕ 已▸氵ソロハ丁◂ 其 心亦 迷ㄕ 不ソ㇋ 沒ㄕ 不ソ㇋ 聚ㄕ 不ソ㇋ <화소15:07-08>
【관련】 氵ソロ, 氵ソロソ丁, 氵ソ白ハ二丁, 氵ソ氵斤, ロ斤

氵ソロソ丁[2][사ᄒᆞ고ᄒᆞᆫ]

【氵/보조사#ソ/동사+ロ/연결어미+ソ/첨사+丁/보조사】

('已' 뒤에서) 이미 하고서는.

¶ 念ㄕ 巳▸氵ソロソ丁◂ {之}刂乙 施ノㄕム 心氵十 悔ノㄕ 所氵 無セ刂ソナㄕ入乙 {是}刂乙 名下 內施氵ノ禾ナ丨 <화소11:04-05>
{是}刂 念乙 作ㄕ 已▸氵ソロソ丁◂ 卽攴 便刂 {之}刂乙 施ソ小 <화소12:03-05>
{是}刂 觀乙 作ソㄕ 巳▸氵ソロソ丁◂ 一丁 念セ 愛著ノ今セ{之} 心ケカ 生刂ㄕ 不ソナ小 <화소16:09-10>
【관련】 氵ソロハ丁, 氵ソロハ, 氵ソロ, 氵ソ白ハ二丁
【비고】 'ロソ丁'의 'ソ'는 첨사 'ハ'의 약화형으로 추정됨. 'ソ丁'을 '조동사+동명사어미'로 보는 견해도 있음.

氵ソ乃[사ᄒᆞ나]

【氵/보조사#ソ/동사+乃/연결어미】

('然' 뒤에서) 그렇기야 하나. 그러나.

¶ 但ハ 彼 境界乙 因三氵ハ 衆生乙 攝取ソ{欲}入 爲三ㄊ 眞實乙 說ソ氵ハ 佛法乙 成熟 令刂ナ禾小 然▸氵ソ乃◂ {此}刂 法丁{者} 處所 有セ丁ヒ 非矢小 處所 無セ丁ヒ 非矢小 內 非矢小 外 非矢小 近 非矢小 遠 非矢丁刂氵セ丨ソナ小 <화소13:18-14:02>
【관련】 (然)ソ乃

氵ソヒ[삼ᄒᆞᄂᆞ]

【氵(ㄊ)/동사+ソ/동사+(ㄴ/동명사어미)+ヒ/의존명사; 氵(ㄊ)/동사+ソ/동사+ヒ/동명사어미】

삼음. 삼는 것.

¶ 十法刂 轉ノㄕム 涅槃乙 首{爲}▸氵ソㅌ◂ 有七丨 <유가04:20-21>

【관련】 ソㅌ, ソ㇗ㅌ, 刂ㅌ, 氵ソ一

氵ソ㇗刂氵[삼흔이여]

【氵(ㅎ)/동사+ソ/동사+㇗/동명사어미+刂/의존명사+氵/조사】

삼은 것이니. 삼은 것과. §'氵'는 나열의 기능임.

¶ 眞金乙 華{爲}▸氵ソ㇗刂氵◂ 寶乙 帳{爲}▸氵ソ㇗刂氵◂ノ今乙 皆七 掌七 中乙 從七 雨刂ㄕ 不ソㄕ丁ノㄕ 莫七刂ソロㅌ亦 <화엄15:20-21>

【관련】 ソ㇗刂氵, 丨ソ㇗刂氵, ソ㇗刂亠, 氵ソ一

氵ソ㇗刂氵ノ今乙[삼흔이여호릴]

【氵(ㅎ)/동사+ソ/동사+㇗/동명사어미+刂/의존명사+氵/조사#ノ[ㅎ/동사+오/선어말어미]+今[ㄹㅎ/동명사어미+이/의존명사]+乙/대격조사】

삼은 것이니 하는 것을. §'ノ今乙'의 'ㅎ-'는 '氵'로 나열된 명사구를 아우르는 동사임.

¶ 眞金乙 華{爲}氵ソ㇗刂氵 寶乙 帳{爲}▸氵ソ㇗刂氵ノ今乙◂ 皆七 掌七 中乙 從七 雨刂ㄕ 不ソㄕ丁ノㄕ 莫七刂ソロㅌ亦 <화엄15:20-21>

【관련】 氵ソ一

氵ソ禾刂㇗丁[삼흐리인뎌]

【氵(ㅎ)/동사+ソ/동사+禾[ㄹㅎ/동명사어미+이/의존명사]+刂/계사+㇗/동명사어미+丁[ㄷ/의존명사+여/조사]; 氵(ㅎ)/동사+ソ/동사+禾[ㄹㅎ/동명사어미(+이/의존명사)+이/계사]+刂/중복표기+㇗/동명사어미+丁[ㄷ/의존명사+여/조사]】

삼는 줄(을). §'刂㇗'은 '當知', '應知'의 목적어절에 붙는 요소임. '丁'는 후치된 목적어절에 붙는 요소임.

¶ 當ハ 知ㅎ丨 即ㅎ 解脫圓滿㇗ 无餘依涅槃界乙 {以}氵 而ᅭ 上首{爲}▸氵ソ禾刂㇗丁◂ <유가05:17-18>

【관련】 ソ禾刂㇗丁, 氵ソ一

氵ソ禾刂㇗亠[삼흐리인여]

【氵(ㅎ)/동사+ソ/동사+禾[ㄹㅎ/동명사어미+이/의존명사]+刂/계사+㇗/동명사어미+亠/조사; 氵(ㅎ)/동사+ソ/동사+禾[ㄹㅎ/동명사어미(+이/의존명사)+이/계사]+刂/중복표기+㇗/동명사어미+亠/조사】

삼을 것이니. §'亠'는 절 접속의 기능임.

¶ 又 光明想 1 多 || 1 光明 乙 緣 丷 3 以 ホ 境界 {爲} ▸ 氵 丷 ⺢ 刂 1 亠 ◂ 三摩呬多地 七 中 3 十 已 氵 說 人 ノ 1 如 攴 丷 丨 <유가11:02-04>
【관련】 丷 ⺢ 刂 1 亠, ノ ⺢ 刂 1 亠, 氵 丷 一

氵 丷 㢱 [삼ᄒᆞ며]

【氵(ホ)/동사+丷/동사+㢱/연결어미】
삼으며.
¶ 謂 1 聞所成慧 乙 {以} 氵 因 {爲} ▸ 氵 丷 㢱 ◂ <유가05:01-02>
【관련】 氵 丷 一, 丷 㢱, 㢱
【선후】 (15)사ᄆᆞ며

氵 丷 白 八 二 1 [사ᄒᆞ숩기신]

【氵/보조사#丷/동사+白/선어말어미+八/선어말어미?+二/선어말어미+1/동명사어미】
(이미) 하신 뒤에. § '八'는 대개 '二, 示' 앞에 나타남.
¶ 是 金光明經 乙 說 尸 已 ▸ 氵 丷 白 八 二 1 ◂ 三万億 菩薩摩訶薩 1 無生法忍 乙 得 ㅌ 八 二 㢱 <금광14:22-24>
【관련】 氵 丷 口, 氵 丷 口 八, 氵 丷 口 八 1, 氵 丷 口 丷 1
【비고】 여기서 '八 二'는 '쇼'로 판독할 가능성도 있음. '白, 八'는 조동사로 처리하는 견해도 있음.

氵 丷 3 [사ᄒᆞ아]

【氵/보조사#丷/동사+3/연결어미】
('已' 뒤에서) 이미 하고 (나서).
¶ 云何 丷 1 乙 聖諦現觀 3 十 入 尸 已 ▸ 氵 丷 3 ◂ 諸 障导 乙 離 丷 尸 矢 丨 ノ 쇼 口 <유가26:03>
【관련】 氵 丷 3 斤, 氵 丷 口

氵 丷 3 斤 [사ᄒᆞ아근]

【氵/보조사#丷/동사+3/연결어미+斤[ㄱ/첨사+은/보조사]】
('已' 뒤에서) 이미 하고서는.
¶ 是 如 攴 信解 刂 生 尸 已 ▸ 氵 丷 3 斤 ◂ 思所成智 乙 成辦 丷 {爲欲} 人 身心 3 十 憒鬧 乙 遠離 丷 口 <유가05:04-06>
是 如 攴 尸羅 乙 善 圓滿 已 ▸ 氵 丷 3 斤 ◂ 五相 乙 {以} 氵 精勤方便 ⺍ 諸 善品 乙 修 丷 ナ 示 {應} 七 丨 <유가17:17-19>

二 聖諦現觀⺀十 入尸 已▸氵丷⺀斤◂ 諸 障㝵乙 離丷㢴 <유가20:05-07>
是 如支 欲樂乙 生刂尸 已▸氵丷⺀斤◂ 勤精進乙 發丷⺀尒 <유가29:05-06>
【관련】 氵丷口八㇆, 氵丷口, 氵丷口八, 氵丷⺀

氵丷⺀丷㇆ [사ᄒᆞ아ᄒᆞᆫ]

【氵/보조사#丷/동사+⺀/연결어미+丷/첨사+㇆/보조사】
('已' 뒤에서) 이미 하여서는.
¶ {此}刂 陀羅尼乙 得尸 已▸氵丷⺀丷㇆◂ 法七 光明乙 以⺀ 廣刂 衆生ラ {爲}三 {於}法乙 演說丷尸入灬刂ナ丨 <화소25:14- 15>
【관련】 氵丷⺀, 氵丷⺀斤
【비고】 '丷㇆'의 '丷'는 첨사 '八'의 약화형으로 추정됨.

二 [시]

【二/선어말어미】
-시-. § 주체높임의 용법임.
¶ 十方七 一切 諸㇆ 如來刂 悉⺀ 共七 偁揚丷▸二◂乃 盡⺀尸 不(ノ)能刂矢丷二口乙㇈七丨 <화엄09:07>
量 無七㇆ 菩薩氵 比丘氵 八部氵ノ今七 大衆刂 有ナ八▸二◂下 各ラ各ラ尒 寶蓮花⺀十 坐丷▸二◂㢴 <구인02:04>
其 會七 方廣㇆ 九百五十里刂㇆乙 大衆刂 僉然亐 而灬 坐丷㔾八▸二◂丨 <구인02:08-09>
善男子⺀ 是 陁羅尼七 名㇆ 一 恒河沙數乙 過丷▸二◂㇆ 諸 佛刂初地菩薩乙 救護丷{爲}入丷白ノ㇆刂二㇆刂罒 <금광09:07 -08>
量 無㇆ 諸 菩薩㇆ 菩提心乙 退 不冬丷㔾八▸二◂㢴 <금광14:23>
大師刂 正法乙 建立丷{爲欲}入 方便灬 正等覺 成ノ尸入乙 示現丷▸二◂下 <유가06:04-05>
【관련】 示, 二下, 示下
【선후】 (향가)-賜-, (15)-시-

二口卜㇆乙亠 [시고눈을여]

【二/선어말어미+口/선어말어미+卜/선어말어미+㇆/동명사어미+乙/대격조사+亠/조사】
-신 것을. -시는 것을. § '亠'는 '敬禮丷白口ノ㇈七丨'의 후치된 목적어절에 붙은 요소임.
¶ 即ノ 偈頌乙 {以}氵 而灬 佛乙 讚歎丷白二尸 敬禮丷白口ノ㇈七丨 譬喩丷⺀ノ尸入 無二下 深無相義乙 說▸二口卜㇆乙亠◂ 衆生刂 {於}見乙 失刂⺀㇆乙 世尊刂二氵 能㢴 濟度丷二口乙㢴 <금광13:02-05>

【관련】 ㅅㅏㄱㄹ

二ロ1刂3七丨[시곤이앗다]

【二/선어말어미+ロ/선어말어미+1/동명사어미+刂/계사+3七/선어말어미+丨/종결어미】

-하신 것입니다.

¶ 世尊ㅋ 智1 一味刂二下 淨品亠 不淨品亠ノ今十 界乙 分別 不冬ソ二1入灬 故ノ 無上清淨乙 獲▸二ロ1刂3七丨◂ <금광13:09-10>

法界1 分別 無七ロ1 是 故灬 異ソ1 乘 無七ロ1乙 衆生乙 度ソ{爲}人ソ二尸入灬 故ノ 分別ソ3 三乘乙 說▸二ロ1刂3七丨◂ソㅌ八二丨 <금광13:16-17>

【관련】 一1刂3七丨, ソ二ロ1刂罒

二ロ1刂3七丨ソㅌ八二丨[시곤이앗다ᄒᆞᄂᆞᆨ시다;시곤이앗다ᄒᆞᄂᆞ기시다]

【二/선어말어미+ロ/선어말어미+1/동명사어미+刂/계사+3七/선어말어미+丨/종결어미# ソ/동사+ㅌ/선어말어미+八/선어말어미?+二/선어말어미+丨/종결어미】

-하신 것입니다 하셨다. §'二ロ1刂3七丨'의 주체는 '佛(世尊)', 'ソㅌ八二丨'의 주체는 '師子相無礙光焰菩薩'임.

¶ 是 時十 師子相無礙光焰菩薩1 即ノ 座乙 従七 起(ソ)二下 … 偈頌乙 {以}氵 而灬 佛乙 讚歎ソ白二尸… 世尊刂二氵 能ㄅ 濟度ソ二ロ乙ㄅ 世尊1 佛眼灬故ノ 一法相ㄒ力 見尸 無二ㄅ… 世尊ㅋ 智1 一味刂二下 … 無上清淨乙 獲二ロ1刂3七丨 世尊ㅋ 無邊身1 一言字ㄒ力 說尸 不冬ソ二ロ尸亠… 世尊ㅋ 慧1 著ノ尸 無二ロ尸ㄅ 佛刂二氵 能ㄅ 了知ソ二ロ尸ㄅ 法界1 分別 無七ロ1 是 故灬 異ソ1 乘 無七ロ1乙 衆生乙 度ソ{爲}人ソ二尸入灬 故ノ 分別ソ3 三乘乙 說▸二ロ1刂3七丨ソㅌ八二丨◂ <금광13:01-17>

【관련】 二ロ1刂3七ソㄅ

二ロ1刂3七ㄅ[시곤이앗며]

【二/선어말어미+ロ/선어말어미+1/동명사어미+刂/계사+3七/선어말어미+ㄅ/연결어미】

-하신 것이며.

¶ 亦 一法ㄒ力 滅尸 不冬ソ乡ソ二下 平等見刂二1入乙 爲二1入灬 故ノ 尊1 無上處3十 至▸二ロ1刂3七ソㄅ◂ <금광13:07>

【관련】 ソ二ロ1刂3七ㄅ, ソ禾3七ㄅ

【비고】 선어말어미 '3七' 뒤에 용언 'ソ-'가 오는 것은 형태론적으로 문제가 있으므로, 후행하는 <금광13:09>의 '證ソ二ロ1刂3七ㄅ'와 이 부분의 점토구결을 참조하여 '二ロ1刂3七ㄅ'로 파악함.

ㄷロㄱリㇾ七ソ㢱

☞ ㄷロㄱリㇾ七㢱

ㄷロ尸㢱[시곮며]

【ㄷ/선어말어미+ロ/선어말어미+尸/미상+㢱/연결어미; ㄷ/선어말어미+ロ尸/선어말어미?+㢱/연결어미】

-(으)시며.

¶ 苦ㅗ 樂ㅗ 常ㅗ 無常ㅗ 有我ㅗ 無我ㅗ 等ソㄱ 是 如攴 衆多ソㄱ 義ㇾ十 世尊ㅋ 慧ㄱ 著ノ尸 無▸ㄷロ尸㢱◂ <금광13:13- 14>

【관련】 ソㄷロ尸㢱, ソロ㠯乙㢱, 㠯尸㢱

ㄷㅏㄱリナㅣ[시눈이겨다]

【ㄷ/선어말어미+ㅏ/선어말어미+ㄱ/동명사어미+リ/계사+ナ/선어말어미+ㅣ/종결어미】

-(으)시는 것이다.

¶ 十住菩薩人 諸ㄷㄱ 佛人七 五眼刀 幻諦乙 {如}㐁 而ᅟ 見▸ㄷㅏㄱリナㅣ◂ <구인14:13-14>

【관련】 リナㅣ

ㄷㄱ[신]

【ㄷ/선어말어미+ㄱ/동명사어미】

('諸' 뒤에서) 모든. § 모두 '諸佛', '諸如來'의 '諸'에 현토됨.

¶ 乃氵 他方 恒河沙七 諸▸ㄷㄱ◂ 佛七 國土ㇾ十 至リソ㠯ハㄷㅣ <구인02:14-02:15>

十住菩薩人 諸▸ㄷㄱ◂ 佛人七 五眼刀 幻諦乙 {如}㐁 而ᅟ 見ㄷㅏㄱリナㅣ <구인14:13>

諸▸ㄷㄱ◂ 佛リㄷ尸 如來ㆍ 乃氵 至リ 一切法ㆍノ今ㄱ 如リㄷㄱ人ᅟ 故ノㆍ <구인15:20>

佛十 白ㇾ 言ㄷ尸 云何七ㆍ 十方七 諸▸ㄷㄱ◂ 如來ㆍ 一切 菩薩ㆍノ㪅 文字乙 離 不冬ソㇾ 而ᅟ 諸ㄱ 法相ㇾ十 行ソㄷㅎ七ㅣソロㇰ今ㇰ <구인15:21-22>

諸▸ㄷㄱ◂ 佛リ 二地菩薩乙 救護ソ{爲}人ソ白ノㄱリㄷㄱリ罒 <금광09:16>

【관련】 (諸)ㄱ (佛)

【선후】 (16) 모ᄃᆞ신

일쳬 ▸모ᄃᆞ신◂ 부톄 일로뼈 셩이 도외니(一切諸佛以此爲性)<장수멸죄호제동자다라니경22a>

二丨乃 [신나]

【二/선어말어미+丨/중복표기+乃/연결어미】

-(으)시나.

¶ 五眼刂 成就ソ去ハ二丨ㅌ七 時十 見▸二丨乃◂ 見ㄗ尸 所氵 無七二ㄅ <구인15:16>

【관련】 (知)白氵ロㄗ丨ミソ丨乃, 二乃

二丨入罒 [신ᄃᆞ로]

【二/선어말어미+丨/동명사어미+入/의존명사+罒/구격조사 】

-(으)신 까닭으로.

¶ 亦 一法ケカ 滅尸 不冬ソ言ソ二下 平等見刂二丨入乙 爲▸二丨入罒◂ 故ノ 尊丨 無上處氵十 至二ロ丨刂氵七ソㄅ <금광13: 07>

【관련】 -丨入罒

二丨乙 [신을]

【二/선어말어미+丨/동명사어미+乙/대격조사; 二/선어말어미+丨乙/연결어미】

-신 것을. -시거늘.

¶ 復 得(ホ) 大師?? 出世?? 謂(丨) 所(丨) 如來 應正等覺 一切 知者刂言 一切 見者(刂言??) {於}一切 境氵十 得ホ 障导 無▸二丨乙◂ 値遇ソ尸矢丨 <유가02:21-23>

三賢ミ 十聖ミノ今丨 果報氵十 住ソ▸二丨乙◂ 唯ハ 佛刂二尸 一人刂二ミ 淨土氵十 居ソ二丨刂罒 <구인11:06>

復ソ丨 彌勒ミ 師子吼ミソ尸 等ソ二丨 十千人ㄋ十 問ソ二ㄅソ▸二丨乙◂ 能矢 答ソ二今七 者 無七ㅌハ二丨 <구인03:02-03>

{於}解氵十 常刂 自罒 一刂ㄅ {於}諦氵十 常刂 自ㄋ罒 二刂丨刂氵七丨ソ氵 {此}刂 無二ソ丨入乙 通達ソ氵ハ▸二丨乙◂ 眞ㄒ 第一義氵十 入ソ去ハ二丨刂ミノ禾ナ丨 <구인15:05-06>

善男子氵 菩薩 十地氵十丨 是 相刂 前現ノ尸ム 如來尸{之} 身刂 金色 晃耀ソ二下 量無丨 淨光刂 悉氵 皆 圓滿ソ▸二丨乙◂ 量 無ソ丨 億梵王刂 圍遶ソ氵ホ 恭敬ソ言 供養ソ言ソ白ト丨ノ丨刂二丨亠 <금광06:19-22>

二今七 [시릿]

【二/선어말어미+今[ㄹㆆ/동명사어미+이/의존명사]+七/속격조사】

-(으)실. -(으)시는.

¶ {此}刂 法乙 說▸二今七◂ 時十 量 無七丨 天子ミ 及ハ 諸丨 大衆ミノ今 有七ナ丨ミ <구인14:14-15>

生死流乙 逆▸ㅡ今七◂ 道ㄱ 甚 深ソ𢀳 微ソ𢀳ソ二下 難氵 見白ノ才ロハ二ㄱ 貪欲灬 覆ノㄱ 衆生ㄱ 愚ソ㇀ホ 冥暗ソナㄱ入灬 見尸 不ハノ才ナㄱリ丨ソ𠃋ハ二丨 <금광15:01-02>

【관련】(照リ)ᄼ今七, ソ二今七, ソ今七, ノ今七

二尸 [싫]

【ㅡ/선어말어미+尸/동명사어미】

('言, 曰, 告' 뒤에서) 이르시기를. 말씀하시기를. 이르시되. § 화법동사와 통합하여 직접 인용문을 이끎.

¶ 爾時十 文殊師利菩薩ㄱ 無濁亂清淨行七 大功德乙 說尸 已氵ソロ … 賢首菩薩尸十 問㇀ 曰▸二尸◂ 我ㄱ 今ソㄱ 已(氵) 諸ㄱ 菩薩尸 {爲}氵 佛矢 往㇀十 修ᄼ𠁣ㄱ𠃋七 清淨行乙 說㇀ロ乙𠁣ㄱリ罒 仁リ 亦ソㄱ 當ハ {於}{此}リ 會七 中㇀七ソ㇀入(ハ) 修行ソᄼ𠁣ㄱ𠃋七 勝功德乙 演暢ソロハᄼ立 <화엄08:20- 24>

時十 波斯匿王ㄱ 言▸二尸◂ 善二㇀ㄱ彳 大事七 因緣灬 故ノソ二ロハㄱリㄱ丁ソ㇀ 卽㇀ 百億種色七 花乚 散ソロハ二ㄱ 變ソ㇀ホ 百億寶帳リ 成ナ㇀ 諸ㄱ 大衆乚 蓋ソロ𠃋丨 <구인03: 20-21>

佛ㄱ 諸㇇ 道果乙 得ナㄱ 實天衆㇇十 告▸二尸◂ 善男子㇀ {是}リ 月光王ㄱ 已氵 {於}過去七 十千劫七 中㇀七 龍光王佛法七 中㇀十ソ㇀ 四住七 開士リ尸 {爲}入乙ソ丨ナㄱ乙 我ㄱ 八住七 菩薩リ尸 {爲}入乙ソ丨ハ白㇀ㄱ入灬 今ソㄱ {於}我㇇ 前㇀十ソ㇀ 大師子吼乙ソナㅏ丨 <구인11:20-22>

【관련】ᄼ尸, (ソ)ナ尸, 尸

二㢱 [시며]

【ㅡ/선어말어미+㢱/연결어미】

-(으)시며.

¶ 次第灬 居士リ二尸 寶氵 蓋氵 法氵 淨名氵ソ尸 等ソ二ㄱ 八百人㇇十 問▸二㢱◂ 復ソㄱ 須菩提氵 舍利佛氵ソ尸 等ソ二ㄱ 五千人㇇十 問▸二㢱◂ <구인03:01-02>

佛ㄱ 卽㇀ 時リ𠫓㇀ㄱ入乚 知▸二㢱◂ 衆生㇇ 根乚 得二ソㄱ 卽㇀ 定乚 從七 起ソ二下 方才 蓮花師子座上㇀十 坐ソ白㇀ㄱ厶 金剛山王 {如}丨ソロハ二ㄱ <구인03:13-14>

世尊ㄱ 佛眼灬{故ノ} 一法相亇力 見尸 無▸二㢱◂ <금광13: 06>

無上尊ㄱ 法眼灬 不思議義乙 見▸二㢱◂ <금광13:06>

【관련】ソ二㢱, ソᄼ㢱, リ二㢱

【선후】(15)-시며

二㐃七丨 [싫다]

【〻/선어말어미+㪅七/선어말어미+丨/종결어미】
-(으)신다. -(으)실 수 있다.
¶ 唯ハ 佛人 與七 佛人刂〻氵 乃氵 {斯}刂 事乙 知▸〻㪅七丨◂ <구인11:24>
【관련】 ソ〻㪅七丨(ソロㄋ令ㄋ), (㪅/ノ)㪅七丨

〻ㄋ1亻[시온뎌]

【〻/선어말어미+ㄋ/선어말어미+1/동명사어미+亻[ᄃᆞ/의존명사+여/조사]; 〻/선어말어미+ㄋ/선어말어미+1亻/종결어미】
-(으)시다. -(으)시구나. § 형용사와 통합하여 감탄의 의미를 나타냄.
¶ 時十 波斯匿王1 言〻尸 善▸〻ㄋ1亻◂ 大事七 因緣灬 故ノソ〻ロハ1刂1丁ソ³ <구인03:20>
【관련】 㢱ロ1哉亻, 刂ロヒ1亻
【선후】 (16)-신뎌
傷홀가 ᄒᆞ돗 ᄒᆞ신 仁곳 아니시면 엇디 이에 미츠시리오 탄홉다 그 지극ᄒᆞ▸신뎌◂ <간이벽온방3a>
【비고】 ‘〻ㄋ1亻’는 ‘*〻ロ1亻’에서 ‘ㄱ’이 약화된 형태로 추정됨.

〻下[시하]

【〻/선어말어미+下/연결어미 】
-(으)시어.
¶ 敬禮ソ白ロノ㪅七丨譬喩ソ³ノ尸入 無▸〻下◂ 深無相義乙 說〻ロト1乙亠 <금광13:04>
座乙 從七 而灬 起▸〻下◂ 偏³ 右肩乙 袒ᅀ <금광13:18- 19>
大會七{之} 衆1 座乙 從七 而灬 起▸〻下◂ 偏袒右肩 右膝着地 合掌恭敬ソ白³ホ 頂灬 佛足乙 禮白ロ <금광15:03-04>
是 時十 師子相無礙光焰菩薩1 即ノ 座乙 從七 起▸〻下◂ 偏袒右肩 右膝著地 合掌恭敬ソ³ホ 頂灬 佛足乙 禮ソ白ロ <금광13:01-02>
【관련】 (ソ/刂)〻下, (有)ナ㢱下
【선후】 (15)-샤
【비고】 ‘下’는 연결어미 ‘³’의 이형태로 선어말어미 ‘〻/㢱’와 사동접미사 ‘刂’ 뒤에 나타남.

〻ソ1[시흔]

【〻/선어말어미+ソ/미상+1/동명사어미】
-(으)시니.

¶ 佛ㄱ 卽ぅ 時リ去ぅㄱ入し 知ニ㢱 衆生ラ 根し 得▸ニソㄱ◂ 卽ぅ 定し 從セ 起ソニ下 方す 蓮花師子座上ㇰ十 坐ソ白ぅㄱム 金剛山王 {如}丨ソロハニㄱ 大衆ㄱ 歡喜ソㇰ 各ラ各ラ(ㇰ)ホ 量 無セㄱ 神通し 現ぅヒハニㄱ氵 地氵 及ハ 虛空氵ノラ十 大衆リ 而灬 住ソヒハニ丨<구인03:13-03:15>

示[시]

【示/선어말어미】

-시-. § 주체높임의 용법임.

¶ 過去ㇰ十 幾セ个セ 如來 {有}ナ▸示◂下 般涅槃ソ▸示◂㢱 幾セ个セ 聲聞 辟支佛リ 般涅槃ソ㢱 <화소07:16-17>

何ㅎ {等}丨ソ▸示◂ㄱ 如來リ 最ハ 後リ十 出ソ▸示◂㢱 <화소08:01-02>

汝ㄱ 今ソㄱ {有}斗乂ㄱ 所乙 悉ㇰ 當ハ 我ラ十 與ソロハ▸示◂立ソ去ㄱ丨十 <화소10:08>

若 常リ 量リ 無▸示◂ㄱ 佛乙 覩見ソ白ヒㄕ入ㄱ 則 如來ㄕ 體リ 常住ソ▸示◂ㅎㄱ入ㄱ 見白ヒ矛㢱 <화엄11:14>

如來ㄕ 十力氵 無所畏氵 及セ 以ㇰ 十八不共法氵 {有}斗▸示◂ㅎㄱ 所セ 量 無ㄱ 諸ㄱ 功德氵ノ令乙 悉ㇰ 以ㇰホ 示現ソㇰ 衆生乙 度リナ㢱 <화엄18:24-19:01>

【관련】 ニ, ニ下, 示下

【선후】 (향가)-賜-, (15)-시-

【비고】 화엄경 계통에서만 사용됨.

示ロㄱ

☞ 示ロㄱ哉ㅕ

示ロㄱ哉ㅕ[시곤뎌]

【示/선어말어미+ロ/선어말어미+ㄱ/동명사어미+ㅕ[ㄷ/의존명사+여/조사]; 示/선어말어미+ロ/선어말어미+ㄱㅕ/종결어미】

('善' 뒤에서) 善하구나. 善하도다.

¶ 賢首菩薩ㄱ 偈乙 以ㇰ 答ソㇰ 曰示ㄕ 善▸示ロㄱ{哉}ㅕ◂ 仁者氵 諦リ 聽示ㅎ立{應}セソナ丨 <화엄09:02>

【관련】 (久)去ハ示ロㄱ氵, (善)ニぅㄱㅕ

示ㄱ[신]

【示/선어말어미+ㄱ/동명사어미】

-으신.

¶ 若 能 佛乙 念ぃ白ㅎ尸厶 心ㅎ 動尸 不ぃヒ尸入ㄱ 則 常リ 量 無▸示ㄱ◂ 佛乙 覩見ぃ白ヒ才か 若 常リ 量リ 無▸示ㄱ◂ 佛乙 覩見ぃ白ヒ尸入ㄱ 則 如來尸 體リ 常住ぃ示ㅎㄱ入ㄱ 見白ヒ才か <화엄11:13-14>

【관련】 (ぃ/リ)示ㄱ, (ぃ/リ)=ㄱ

示尸 [싫]

【示/선어말어미+尸/동명사어미 】

('曰, 言' 뒤에서) 이르시되(말씀하시되). 이르시니(말씀하시니). § 화법동사와 통합하여 직접인용문을 이끎. 주체는 모두 '菩薩'임.

¶ 爾ㅗヒぃㄱ 時ᅷ 智首菩薩ㄱ 文殊師利菩薩尸十 問う 言▸示尸◂ 佛子う 菩薩ㄱ 云何ヒ:ㆍ 無過失身語意業乙 得か <화엄01:04-06>

爾時十 文殊師利菩薩ㄱ 智首菩薩乙 告ぃう 言▸示尸◂ 善ナㄱ{哉}ㅓ 佛子: 汝ㄱ … 是 如支ぃヒヒ 義乙 問ㅊナㄱ丁 <화엄02:10-12>

爾ぃㄱ 時十 賢首菩薩ㄱ 偈乙 以う 答ぃう 曰▸示尸◂ 善示ロㄱ{哉}ㅓ 仁者: 諦リ 聽示ㅎㅎ{應}ヒぃナㅣ <화엄09:01-02>

【관련】 (ぃ/リ)=尸, 尸

示ㅎㄱ [시온]

【示/선어말어미+ㅎ/선어말어미+ㄱ/동명사어미】

-(으)신. § '所'를 수식하는 용례만 보임.

¶ {此}リ 菩薩ㄱ 諸ㄱ 佛ㅆ 說▸示ㅎㄱ◂ 所ヒ 修多羅乙 持ノ尸厶 文句: 義理:ノ今ㅋ十 忘失尸 無リぃナ今:{有} <화소23:19-20>

經乙 諷誦ぃㅊㄱ 時十ㄱ 當願衆生 佛矢 說▸示ㅎㄱ◂ 所う十 順ヒぃう八 摠持ぃう爫 忘尸 不ぃヒ立 <화엄08:04>

【관련】 示ㅎㄱ矢, 示ㅎㄱ丁, 示ㅎㄱヒヒ, 示ㅎㄱ入乙, 示ㅎㄱ厶

【선후】 (15)-샨

示ㅎㄱヒヒ [시온돗]

【示/선어말어미+ㅎ/선어말어미+ㄱ/동명사어미+ヒ/의존명사+ヒ/속격조사; 示/선어말어미+ㅎ/선어말어미+ㄱ/중복표기+ヒ/동명사어미+ヒ/속격조사】

-(으)신. -(으)신 바의.

¶ 我ㄱ 今ぃㄱ 已(:) 諸ㄱ 菩薩尸 {爲}: 佛矢 往う十 修▸示ㅎㄱヒヒ◂ 清淨行乙 說うロ乙ㅎㄱリ罒 仁リ 亦ぃㄱ 當八 {於}{此}リ 會ヒ 中うヒぃう八 修行ぃ▸示ㅎㄱヒヒ◂ 勝功德乙 演暢ぃロ八示立 <화엄08:23-24>

【관련】 ッ㐱ㅎ㇆ㅌㅌ, ニ㇆ㅌㅌ, (ッ)ㅌㅌ

㐱ㅎ㇆丁[시온뎌]

【㐱/선어말어미+ㅎ/선어말어미+㇆/동명사어미+丁[ᄃ/의존명사+여/조사]】

-(으)신 것이니. -(으)신 것과. § '丁'에 나열의 기능을 하는 조사 '여'가 포함된 것임.

¶ 一㇆ 佛㠯 出世ッ㇇ 授記乙 說▸㐱ㅎ㇆丁◂ 乃ッ氵 至刂 不可說不可說七 佛㠯 出世ッ㇇ 授記乙 說▸㐱ㅎ㇆丁◂ノ今乙 念ッ㫃 <화소20:14-16>

一㇆ 佛㠯 出世ッ㇇ 修多羅乙 說▸㐱ㅎ㇆丁◂ 乃ッ氵 至刂 不可說不可說七 佛㠯 出世ッ㇇ 修多羅乙 說▸㐱ㅎ㇆丁◂ノ今乙 念ッ㫃 <화소20:16-17>

【관련】 ッ㐱ㅎ㇆丁, 㐱ㅎ㇆丁ノ今乙

㐱ㅎ㇆丁ノ今乙[시온뎌호릴;시온뎌호리를]

【㐱/선어말어미+ㅎ/선어말어미+㇆/동명사어미+丁[ᄃ/의존명사+여/조사]+ノ[ᄒ/동사+오/선어말어미]+今[ᄚ/동명사어미+이/의존명사]+乙/대격조사】

- 하신 것이니 하는 것을. - 하신 것을. § '丁'에 나열의 기능을 하는 조사 '여'가 포함된 것임. 'ノ今乙'의 'ッ-'는 '丁'로 나열된 동사구를 아우르는 요소임.

¶ 一㇆ 佛㠯 出世ッ㇇ 授記乙 說㐱ㅎ㇆丁 乃ッ氵 至刂 不可說不可說七 佛㠯 出世ッ㇇ 授記乙 說▸㐱ㅎ㇆丁ノ今乙◂ 念ッ㫃 <화소20:14-16>

一㇆ 佛㠯 出世ッ㇇ 修多羅乙 說㐱ㅎ㇆丁 乃ッ氵 至刂 不可說不可說七 佛㠯 出世ッ㇇ 修多羅乙 說▸㐱ㅎ㇆丁ノ今乙◂ 念ッ㫃 <화소20:16-17>

【관련】 㐱ㅎ㇆丁, ッ㐱ㅎ㇆丁ノ今乙, 氵ノ今乙, 亠ノ今乙

㐱ㅎ㇆矢亠[시온디여]

【㐱/선어말어미+ㅎ/선어말어미+㇆/동명사어미+矢亠[ᄃ/의존명사+이여/조사]】

-(으)신 것이. § 주체가 존칭체언임. '亠'는 '有ナ㇑'의 후치된 주어절에 붙은 요소임.

¶ 或ㄲ 有ナ㇑ 刹土刂 佛矢 無▸㐱ㅎ㇆矢亠◂{有} {於}彼刂十㇆ 正覺 成ㅏㅎ㇆入乙 現ッナ㫃 <화엄14:16>

【관련】 㐱ㅎ㇆矢氵, ッ㇆矢氵

【비고】 화엄경에서는 일반적으로 '氵'가 사용되는데 부분적으로는 이와 같이 '亠'가 사용되기도 함.

㐱ㅎ㇆矢氵[시온디여]

【㐱/선어말어미+ㅎ/선어말어미+㇆/동명사어미+矢氵[ᄃ/의존명사+이여/조사]】

-(으)신 것이. § '氵'는 '有ナ㇑, 或ナ㇑'의 후치된 주어절에 붙은 요소임.

¶ 彼 一ㄱ 塵乙灬八 內氵七 衆ㄱ 多刂ㄱ 刹ㄱ 或刀 有ナ丨 佛矢 有ナ八▸示ㆆㄱ矢⺀◂ 或ナ丨 佛矢 無▸示ㆆㄱ矢⺀◂ 或刀 有ナ丨 雜染ソㄱ矢⺀ 或ナ丨 淸淨ソㄱ矢⺀ <화엄15:10-11>

【관련】 示ㆆㄱ矢亠, ソㄱ矢⺀

示ㆆ亣

☞ 示ㆆ亣應七ソナ丨

示ㆆ亣應七ソナ丨[시옶ᄒᆞ겨다]

【示/선어말어미+ㆆ/선어말어미+亣七/어미+ソ/용언+ナ/선어말어미+丨/종결어미】

-(으)시어야 한다.

¶ 善示ロㄱ{哉}彳 仁者⺀ 諦刂 聽▸示ㆆ亣{應}七ソナ丨◂ <화엄09:02-03>

【관련】 (ノ/ㆆ)亣應七ソ一, ソナ丨

白[1][ᄉᆞᆸ]

【白/선어말어미】

① **(객체높임)** § 객체높임의 용법임.

¶ 父母乙 孝事ソ去ㄱ丨十ㄱ 當八 願入ㄱ 衆生ㄱ 善支 {於}佛乙 事八▸白◂氵ホ 一切乙 護ソ彡 養ソ彡ソ匕支立 <화엄02:20>

大小師ラ十 詣去ㄱ丨十ㄱ 當願衆生 巧刂 師長乙 事八▸白◂氵八 善法乙 習行ソ匕立 <화엄03:08>

諦刂 佛乙 觀ソ▸白◂去ㄱ 時十ㄱ 當願衆生 皆七 普賢 如支ソ氵 端正 嚴好ソ匕立 佛塔乙 見▸白◂去ㄱ 時 當願衆生 尊重ソㄱ矢 塔 如支ソ氵人 天人ラ 供乙 受匕立 <화엄08:05-06>

如來尸 諸 弟子衆ラ {有}斗▸白◂ノㄱ 所七 聖法乙 證得ソナ亣七丨 <유가03:21-22>

【선후】(15)-ᅀᆞᇦ/ᄉᆞᇦ/ᄌᆞᇦ/ᅀᆞᆸ/ᄉᆞᆸ/ᄌᆞᆸ-

② **-시-.** § 주체높임의 용법임.

¶ 花上氵十 皆七 量 無七ㄱ 國土刂 有七ㄋㄱ厶 一一國土氵十ケ丨 佛⺀ 及八 大衆⺀ノ礻刂ソ▸白◂ㄋㄱ厶 今乙 如亶 異ソㄱ 無七二ㄅ <구인02:05-06>

法王ㄱ 上 無七氵 人 中氵七 樹刂二下 大衆乙 覆蓋ソ▸白◂ㄋ尸厶 量 無七ㄱ 光灬ソ二ㄅ <구인11:09>

口氵十 常刂 說法ソ▸白◂ㄋ尸厶 無義ソㄱ入乙ソ尸 非夂ソ二ㄅ <구인11:10>

善男子氵 是 陁羅尼七 名ㄱ 一 恒河沙數乙 過ソ二ㄱ 諸 佛刂 初地菩薩乙 救護ソ{爲}人ソ▸白◂ノㄱ刂二ㄱ刂罒 此 陁羅尼呪乙 誦持ソ白ナ尸入ㄱ 得氵ホ 一切 怖畏刂ㄱ 一切 惡獸亠 一切 惡鬼亠 人非人 等ソㄱ刂亠 災橫亠 諸惱亠ノ尸乙 度脫ソ氵 五障乙 解脫ソ

彡 初地乙 念ノ尸入乙 忘尸 不冬ㇽ彡ㇽナ㪅七丨 <금광09:07-10>

白²

☞ 白欲人ㇽ二卜ㄅ丁入乙火

白欲人ㇽ二卜ㄅ丁入乙火[숣과ᄒᆞ시누온들븟]

【白/선어말어미+人/연결어미#ㇽ/동사+二/선어말어미+卜/선어말어미+ㄅ/선어말어미+丁/동명사어미+入/의존명사+乙/대격조사+火/보조사】

-고자 하시는 것을.

¶ 爾七ㇽ丁 時十 佛丁 大衆彡十 告ㇽ二尸 十六大國王刂 意彡十 國土乙 護ノ令七 因緣乙 問▸白{欲}人ㇽ二卜ㄅ丁入乙火◂ 知白彡口ㄅ丁ㇱㇽ丁ㄋ 吾丁 今ㇽ丁 先彡 諸丁 菩薩{爲}ㇱ㪅 佛果乙 護ノ令七 因緣ㇱ 十地七 行乙 護ノ令七 因緣ㇱノ乙 說白ㄅ㪅七丨 <구인03:17-19>

【관련】 ㇽ二卜ㄅ丁入乙, 一人ㇽ一, 火, 火七, 乙火, 彡ノ丁乙火

白𠫔丁[숣건]

【白/선어말어미+𠫔/선어말어미+丁/동명사어미】

-(으)ㄹ. -는. -(으)ㄴ.

¶ 諦刂 佛乙 觀ㇽ▸白𠫔丁◂ 時十丁 當願衆生 皆七 普賢 如支ㇽ彡 端正 嚴好ㇽ㐅立 佛塔乙 見▸白𠫔丁◂ 時 當願衆生 尊重ㇽ丁矢 塔 如支ㇽ彡人 天人彡 供乙 受㐅立 <화엄08:05-06>

佛矢 相好乙 讚ㇽ▸白𠫔丁◂丨十丁 當 願 衆生 佛身乙 成就ㇽ彡㫌 無相七 法乙 證ㇽ㐅立 <화엄08:12>

【관련】 ㇽ白𠫔丁, ㇽ白𠫔丁丨十丁

白ナ尸丁[숣겲뎌]

【白/선어말어미+ナ/선어말어미+尸/동명사어미+丁[ᄃᆞ/의존명사+여/조사]】

-(으)ㅁ이. -(으)ㄴ 것이. § 여기서 '丁'는 '有ナ丨'의 후치된 주어절에 붙은 요소임.

¶ 時十 或ㄲ 有ナ丨 人刂 來ㇽ彡㫌 王彡十 白彡 言▸白ナ尸丁◂ <화소10:17-18>

時十 或ㄲ 有ナ丨 人刂 來ㇽ彡㫌 王彡十 白彡 言▸白ナ尸丁◂ <화소11:08-09>

時十 或ㄲ 有ナ丨 人刂 而〜 來ㇽ彡㫌 白彡 言▸白ナ尸丁◂ <화소11:18-19>

佛子彡 {此}刂 菩薩丁 假使〜八 有ナ丨 量刂 無七丁 衆生刂 或ㄲ 有ナ丨 眼 無七丁刂ㇱ…來ㇽ彡㫌 其 所彡十 至彡 菩薩尸十 告ㇽ彡 言▸白ナ尸丁◂ <화소15:17-20>

【관련】 ㇽナ尸丁, (ㇽ)ナ尸

白 ロ [ᄉᆞᆲ고]

【白/선어말어미+ロ/연결어미】

-고.

¶ 是 時十 大會セ{之} 衆ㄱ 座乙 從セ 而灬 起ニ下 偏袒右肩 右膝着地 合掌恭敬ソ白ろ尔 頂灬 佛足乙 禮▸白ロ◂ 而灬 白佛 言白ニア <금광15:03-04>

頂灬 佛足乙 禮ソ▸白ロ◂ <금광13:02>

【관련】 ソ白ロ

【선후】 (이두)爲白遣, (15)-ᄉᆞᆸ고

白 ロ ソ ㄱ [ᄉᆞᆲ고ᄒᆞᆫ]

【白/선어말어미+ロ/연결어미+ソ/첨사+ㄱ/보조사】

-고서는.

¶ 時十 諸ㄱ 大衆ㄱ 月光王リ 十四王ラ 量 無セㄱ 功德藏乙 歎ソニトクㄱ入乙 聞▸白ロソㄱ◂ 大法利乙 得ヒハニㄅ <구인11:14-15>

【관련】 ソロソㄱ

【비고】 'ソ'는 첨사 'ハ'의 약화형으로 추정됨.

白 ヒ オ ㄅ [ᄉᆞᆲᄂᆞ리며]

【白/선어말어미+ヒ/선어말어미+オ[ᇙ/동명사어미(+이/의존명사)+이/계사]+ㄅ/연결어미】

-(으)ㄹ 것이며. § <화엄경>에서 조건절 '-ヒア入ㄱ'의 후행절에 주로 쓰임.

¶ 若 常リ 量リ 無ホㄱ 佛乙 覩見ソ白ヒア入ㄱ 則 如來ア 體リ 常住ソホㅎㄱ入ㄱ 見▸白ヒオㄅ◂ <화엄11:14>

若 能 摩訶衍乙 具足ソヒア入ㄱ 則 能 法ろ十 {如}ㄹ 佛乙 供養ソ▸白ヒオㄅ◂ <화엄11:11>

若 能 佛乙 念ソ白ㅎアム 心ㅎ 動ア 不ソヒア入ㄱ 則 常リ 量 無ホㄱ 佛乙 覩見ソ▸白ヒオㄅ◂ <화엄11:13>

【관련】 ソ白ヒオㄅ, (ソ/リ)ヒオㄅ, ロヒオㄅ

白 ヒ ア 入 ㄱ [ᄉᆞᆲᄂᆞᇙ든]

【白/선어말어미+ヒ/선어말어미+ア/동명사어미+入/의존명사+ㄱ/보조사】

-(으)면. § 조건구문에 쓰이며 후행절에는 '-ヒオ-'가 옴.

¶ 若 如來ア 體リ 常住ソホㅎㄱ入ㄱ 見▸白ヒア入ㄱ◂ 則 能支 法ラ 永去 滅ソロㄱ 不矢ヒㄱ入乙 知ヒオㄅ <화엄11:15>

若七 常刂 {於}諸丁 佛乙 信奉ソ▸白ㅌ尸入丁◂ 則支 能支 戒乙 持ソㅎ 學處乙 受ㅎソㅌ才ㅅ <화엄10:10>

若七 常刂 {於}諸丁 佛乙 信奉ソ▸白ㅌ尸入丁◂ 則支 能支 大供養乙 興集ソㅌ才ㅅ <화엄10:14>

若 能 法ろ十 {如}亠 佛乙 供養ソ▸白ㅌ尸入丁◂ 則 能支 佛乙 念ソ白ㅎ尸厶 心ㅎ 動尸 不ソㅌ才ㅅ <화엄11:12>

若 常刂 量刂 無而丁 佛乙 覩見ソ▸白ㅌ尸入丁◂ 則 如來尸 體刂 常住ソ而ㅎ丁入丁 見白ㅌ才ㅅ <화엄11:14>

【관련】 ソ白ㅌ尸入丁, (ソ)ㅌ尸入丁

【비고】 '-ㅌ尸入丁'은 <화엄경>에만 나타남. '尸入丁'을 연결어미로 보는 견해도 있음.

白ㅌ立[숩ᄂᆞ셔]

【白/선어말어미+ㅌ/선어말어미+立/종결어미】

-기를 (바란다). § '-ㅌ立'는 願望을 나타내는 종결형태임.

¶ 若七 得ろ尔 佛乙 見白ろ丁丨十丁 當願衆生 無礙眼乙 得ろ尔 一切 佛乙 見▸白ㅌ立◂ <화엄08:04>

【관련】 (ソ/刂)ㅌ立, (ソ)ロ八而立

白尸[숩읈]

【白/선어말어미+尸/동명사어미】

① ('曰' 뒤에서) 일컫되. 일컫기를. § '-尸'은 명명· 인용 구문에 쓰인 예임.

¶ 今日ろ十 如來刂 大光明乙 放ソ二トク丁の丁… 時十 十六大國王七 中ろ七 舍衛國主刂二尸 波斯匿王刂 名火? 曰▸白尸◂ 月光:ソ白ク今丁 德行丁 十地: 六度: 三十七品: 四不壞淨:ノ乙ソㅎ 摩訶衍七 化乙 行ソㅎソ二ト丁: <구인02:23-03: 01>

② -지. § '-尸'은 부정소 '未' 앞에 쓰인 예임.

¶ 請問乙 依ソ丁入灬 故ノ 昔尸 聞▸白尸◂ 未刂ソラ七丨ノ丁 甚深 法義乙 聞ㅅ <유가07:04>

【관련】 (ソ)尸

白ㅅ[숩며]

【白/선어말어미+ㅅ/연결어미】

-(으)며.

¶ 世俗正法施設圓滿刂丨ソ丁入丁{者} 謂丁 卽ㅎ 彼 補特迦羅刂 佛刂 出世ソ白ノ尸入乙 値▸白ㅅ◂ <유가02:23-03:01>

衆生乙 利樂ソㅅ 國土乙 莊嚴ソㅅ 佛乙 供養ソ▸白ㅅ◂ <화엄09:14-15>

議 七 刹 乙 嚴淨 ソ 㢱 一切 諸 1 如來 乙 供養 ソ ▸ 白 㢱 ◂ <화엄15:03-04>
我 ɡ 等 ソ 1 1 皆 當 ハ 盡 ㅌ 七 心 灬 供養 ソ ▸ 白 㢱 ◂ <금광15:07>

【관련】 ソ 白 㢱

【선후】 (15)-ᅀᆞᄫᆞ며

ᄀᆞ저긔 世尊씌 四衆이 圍繞ᄒᆞᅀᆞᄫᆞ샤 養供ᄒᆞ▸ᅀᆞᄫᆞ며◂ 恭敬ᄒᆞ▸ᅀᆞᄫᆞ며◂ 尊重히 너기ᅀᆞᄫᆞ 讚嘆ᄒᆞᅀᆞᆸ더니 <釋詳13:11b>

白 ニ 尸 [ᅀᆞᆸ싫]

【白/선어말어미＋ニ/선어말어미＋尸/동명사어미】

('言' 뒤에서) 이르시되(말씀하시되). 이르시니(말씀하시니).

¶ 是 時 + 大會 七{之} 衆 1 座 乙 從 七 而 灬 起 ニ 下 偏袒右肩 右膝着地 合掌恭敬 ソ 白 3 ホ 頂 灬 佛足 乙 禮 白 ロ 而 灬 白佛 言 ▸ 白 ニ 尸 ◂ 若 有 處處 3 + 此 金光明經 乙 講宣 ᄉ 白 ロ ナ 1 矢 ㅗ <금광15:03-05>

即 ノ 偈頌 乙 {以} 氵 而 灬 佛 乙 讚歎 ソ ▸ 白 ニ 尸 ◂ 敬禮 ソ 白 ロ ノ ㅎ 七 丨 譬喻 ソ 3 ノ 尸 入 無 ニ(下?) 深無上意 乙 說 ニ ロ ト 1 乙 ㅗ <금광13:02-04>

【관련】 ソ 白 ニ 尸

白 3 ロ ㇷ 1 ㆍ ソ 1 乃 [ᅀᆞᆸ아고온여ᄒᆞ나]

【白/선어말어미＋3/선어말어미＋ロ/선어말어미＋ㇷ/선어말어미＋1/동명사어미＋ㆍ/조사＋ソ/용언＋1/중복표기＋乃/연결어미】

-고 있으나.

¶ 爾 七 ソ 1 時 + 佛 1 大衆 ラ + 告 ソ ニ 尸 十六大國王 刂 意 3 + 國土 乙 護 ノ ᄉ 七 因緣 乙 問 白 {欲} 入 ソ ニ ト ㇷ 1 入 乙 火 知 ▸ 白 3 ロ ㇷ 1 ㆍ ソ 1 乃 ◂ 吾 1 今 ソ 1 先 3 諸 1 菩薩 {爲} 氵 ㅎ 佛果 乙 護 ノ ᄉ 七 因緣 ㆍ 十地 七 行 乙 護 ノ ᄉ 七 因緣 ㆍ ノ 乙 說 白 ㇷ ㅎ 七 丨 <구인03:17-19>

【관련】 ソ 白 ロ ト ㇷ 1 ㆍ, ニ 1 乃, ソ ニ 乃, ソ 乃

白 3 ハ ニ 1 刂 罒 [ᅀᆞᆸ악신이라;ᅀᆞᆸ아기신이라]

【白/선어말어미＋3/선어말어미＋ハ/선어말어미?＋ニ/선어말어미＋1/동명사어미＋刂/계사＋罒/연결어미】

-(으)ㄴ 것이라(서).

¶ 佛 1 大王 ラ + 告 ニ 尸 汝 1 {於}過去 七 七佛 + 已 氵 一 刂 ㅌ 七 義 ㆍ 二 刂 ㅌ 七 義 ㆍ ノ (ᄉ) 乙 問 ▸ 白 3 ハ ニ 1 刂 罒 ◂ 汝 1 今 ソ 1 聽 ノ 尸 無 七 㢱 我 1 今 ソ 1 說 ノ 尸 無 七 白 ㇷ 丨 <구인14:20-14:21>

【관련】 (ソ 爲 入) ソ 白 ノ 1 刂 ニ 1 刂 罒, ソ ニ (ロ) 1 刂 罒

【비고】‘罒’는 연결어미 ‘㇌’의 이형태로 계사 ‘刂’ 뒤에 쓰임.

白㇌㇆丨十㇆[숩안다권]

【白/선어말어미+㇌/선어말어미+㇆/동명사어미+丨十[ᄃ/의존명사+아긔/처격조사]+㇆/보조사; 白/선어말어미+㇌/선어말어미+㇆/동명사어미+丨/의존명사+十/처격조사+㇆/보조사】

-(으)ㄹ/ㄴ/ 경우에는. -는 경우에는.

¶ 若七 得㇌ホ 佛乙 見▸白㇌㇆丨十㇆◂ 當願衆生 無礙眼乙 得㇌ホ 一切佛乙 見白ヒ立 <화엄08:04>

【관련】(ㅅ)去㇆丨十㇆, (ㅅ)㇌㇆丨十㇆

白ㄅ㇆[숩온]

【白/선어말어미+ㄅ/선어말어미+㇆/동명사어미】

-(으)ㄴ.

¶ 善男子㇌ 其 說▸白ㄅ㇆◂ 所七 十四般若波羅蜜刂㇆ 三忍氵 地地㇌十 上中下ホㅅ㇆ 三十忍氵ノ尸 一切(行藏 一切佛藏 不可思議) <구인11:24-25>

【관련】白ノ㇆, ホ㇆

白ㄅ亠七丨[숩옰다]

【白/선어말어미+ㄅ/선어말어미+亠七/선어말어미+丨/종결어미】

-(으)ㄴ다. -(으)ㄹ 수 있다.

¶ 吾㇆ 今ㅅ㇆ 先㇌ 諸㇆ 菩薩 {爲}氵亠 佛果乙 護ノ今七 因緣氵 十地七 行乙 護ノ今七 因緣氵ノ乙 說▸白ㄅ亠七丨◂ <구인03:18-19>

【관련】ㅅ白ロノ亠七丨, (ㅅ)ナ亠七丨

白㇋[숩져]

【白/선어말어미+㇋/연결어미】

-고.

¶ 常刂 得㇌ホ 佛乙 見▸白㇋◂ 世尊乙 離 不矢㇋ㅅ㇌ <금광14:05>
常刂 妙法乙 聞▸白㇋◂ 常刂 正法乙 聽白㇋ㅅヒ矛㇌ <금광14:06>
常刂 正法乙 聽▸白㇋◂ㅅヒ矛㇌ <금광14:06-07>

【관련】(ㅅ/刂)㇋

白ㄹ丷七矛㢱[숣져ᄒᆞᄂᆞ리며]

【白/선어말어미+ㄹ/연결어미#丷/용언+七/선어말어미+矛[ㄹㆆ/동명사어미(+이/의존명사)+이/계사]+㢱/연결어미】

-고 하며. § <화엄경>에서 조건절 '-七尸入1'의 후행절에 주로 쓰임.

¶ 常刂 妙法乙 聞白ㄹ 常刂 正法乙 聽▸白ㄹ丷七矛㢱◂ <금광14:06>

【관련】 丷七矛㢱, 白ㄹ

白ノ1[숣온]

【白/선어말어미+ノ/선어말어미+1/동명사어미】

-(으)ㄴ.

¶ 佛1 {言}ㄗ二尸 … 云何丷1乙 {爲}五 一者 … 無㢱 二者 諸佛如來尸 說▸白ノ1◂ 甚深法乙 心3十 常刂 樂ノ 聞白ノ尸ㅿ 猒足ノ尸 無有七㢱 <금광03:22-04:01>

【관련】 白ㄋ1, ㆆ1

白ノ矛口ハ二1[숣오리곡신;숣오리고기신]

【白/선어말어미+ノ/선어말어미+矛/선어말어미+口/선어말어미+ハ/선어말어미?+二/선어말어미+1/동명사어미;白/선어말어미+ノ/선어말어미+矛[ㄹㆆ/동명사어미(+이/의존명사)+이/계사]+口/선어말어미+ハ/선어말어미?+二/선어말어미+1/동명사어미】

-시거늘. -시니.

¶ 是 時十 世尊1 而灬 偈乙 說3 言刂二尸 生死流乙 逆二今七 道1 甚 深丷ㄹ 微丷ㄹ丷二下 難氵 見▸白ノ矛口ハ二1◂ 貪欲灬 覆ノ1 衆生1 愚丷3 㢱 冥暗丷ナ1入灬 見尸 不ハノ矛ナ1刂丨丷七ハ二丨 <금광14:24-15:02>

【관련】 丷刂白口ハ二1, 丷口1二1

白ノ尸[숣옳]

【白/선어말어미+ノ/선어말어미+尸/동명사어미】

-(으)ㅁ. § 모두 '如支丷-'의 논항임.

¶ 廣刂 說尸入1 當ハ 知ㆆ丨 二十種 有七1亠 菩薩地3十 當ハ 說▸白ノ尸◂ 如支丷1刂1丁 <유가04:09-10>

當ハ 知ㆆ丨 廣刂 說口1 十六種 有七1亠 亦 菩薩地七 中3十 當ハ 說▸白ノ尸◂ 如支丷1刂1丁 <유가04:13-14>

五失 相應丷1 臥具1 知ノㆆ{應}七丨 聲聞地3十 當ハ 說▸白ノ尸◂ 如支丷1刂1丁 <유가 14:05-06>

【관련】 ノ尸, ㆆ尸, 丷尸

白ノ尸ム[숣옳딕]

【白/선어말어미+ノ/선어말어미+尸/동명사어미+ム[딕/의존명사+익/처격조사];白/선어말어미+ノ/선어말어미+尸/동명사어미+ム/의존명사;白/선어말어미+ノ尸ム/연결어미】

-는 경우에는. -하되.

¶ 二者 諸佛如來尸 說白ノ1 甚深法乙 心3+ 常リ 樂ノ 聞▸白ノ尸ム◂ 猒足ノ尸 無有七ㅅ <금광03:25-04:01>

一者 一切 諸佛亠 菩薩亠 聰慧大智リ二1リ亠ノ尸乙 供養ゾ 親近ソゝソ▸白ノ尸ム◂ 心3+ 猒足ノ尸 無ㅅ <금광03:24- 25>

衆生ラ 相乙 思惟ソ▸白ノ尸ム◂ <금광13:12>

【관련】ソ白ノ尸ム, ソ白ㅎ尸ム

七[1][ㅅ]

【七/말음첨기(부사)】

① ('及' 뒤에서) 및.

¶ 我ミ 及▸七◂ 衆生ミノ今1 有リ丨 我ミ 及七 衆生ミノ今1 無リ丨 <화소07:11-14>

或ソ1 牛ミ 狗ミ 及▸七◂ 鹿ミノ今ラ 戒乙 持ソㅅ <화엄19:22>

又 {於}清淨 證得入 ▸及七◂ 雜染 斷滅入七 中3+ 嬾惰懈怠 {有}Ⅎ1入灬 故ノ 心便ㅎ 遮止ソㅅ <유가22:13-15>

【선후】(15)밋

② ('若' 뒤에서) 만약.

¶ 若▸七◂ 美ソㅌ七 味乙 得3乃 專口 自ラ灬 受尸 不ソ3ハ <화소09:10-11>

若▸七◂ 牀座乙 敷ソ去1丨+1 當 願 衆生 善法乙 開敷ソ3ハ 眞實相乙 見ㅌ立 <화엄03:22>

若▸七◂ 言二尸 無七丨ソ二ろ才尸入1{者} 智1 二リㅎ{應}七ソ1 不矢リ口乙ㅅ <구인14:18-19>

若▸七◂ 言二尸 有七丨ソ二口才尸入1{者} 智1 一リㅎ{應}七ソ1 不矢ろ丨 <구인14:19>

③ ('方' 뒤에서) 비로소. 마침.

¶ 要ち 衆生3+ 與ソ1 然七ソ1乙灬七 後リ+ジ 方▸七◂ 食ソナㅅ <화소09:11>

佛子3 {此}リ 菩薩1 年支 方▸七◂ 少(五)色ゝ 盛七ゝソㅅ 端正美好ソナ1ミ 香華ミ 衣服ミノ今灬 以3ホ 其 身乙 嚴ソ3 <화소10:14-16>

釋迦牟尼佛1 年乙 初七ろソ1 月七 八日3+ 方▸七◂ 十地3+ 坐ソ二下 <구인02:10-11>

④ ('初' 뒤에서) 처음.

¶ {於}初▸七◂ 所作3+1 嬾墮懈怠 {有}Ⅎㅅ <유가09:04>

初▸七◂ 世間一切種清淨乙 依3 <유가15:07-08>

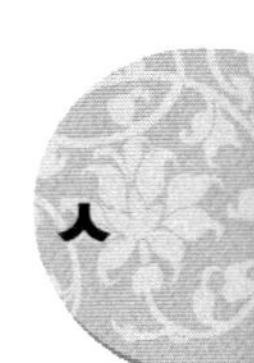

【관련】(初)七ㅎ, (初)七亦

⑤ ('正' 뒤에서) 마침. 바로.

¶ 正▸七◂ 出家丷𠫔乛 時氵十乛 當 願 衆生 佛𢀳 出家丷帀ㅎ乛ラ十 同丷ろ八 一切乙 救護丷ㅌ立 <화엄03:13>

若 有ナ丨 正▸七◂ 法隨法行乙 修丷ナ才亠 <유가06:03-04>

云何亠亐尸入乛 彼灬 正▸七◂ 修行丷ろ尒 轉丷{令}刂ろノ才乛刂ろ七口丷二尸入灬 <유가06:05>

正▸七◂ 衆苦ラ 隨逐ノ尸入乙 觀察ノ亦{應}七丨 <유가16: 19>

又 正▸七◂ 觀察丷ろ 他乙 從七 畜積ノ尸 所 无丷乛 諸 供身七 具乙 獲得丷尸入乙 是 如支丷乛乙 名下 {爲} 誓尒 下劣丷乛 衆具乙 受ノ尸入乙 觀察丷尸丁ノ才丨 <유가17:02-03>

又 正▸七◂ 了知丷ろ尒 而灬 {爲}受用ノ尸ム <유가19:13 -14>

彼乛 是 如支 正七◂ 修行丷乛入乙 由氵乛入灬 故ノ {於}三摩地ろ十 自在丷乛入乙 獲得丷ケ <유가19:16-17>

有閒无閒亐 隨轉丷令七 我慢 俱行丷乛 心相刂 能ケ 現觀乙 障丷令十 作意刂 正▸七◂ 通達丷乛入灬{故}ケ <유가23:14-15>

【선후】(16)못

正 ▸못◂ 졍 <光千10a>

⑥ ('皆', '都' 뒤에서) 다. 모두.

¶ {是}刂 念乙 作尸 已氵丷口八乛 悉ろ 皆▸七◂ 施與ノ尸ム 心ろ十 悔恨 無刂丷ナケ <화소12:18-19>

一切 行願乙 皆▸七◂ 得ろ尒 具足丷ケ <화엄02:16>

手ろ十 楊枝乙 執𠫔乛丨十乛 當 願 衆生 皆▸七◂ 妙法乙 得ろ尒 究竟 淸淨丷ㅌ立 <화엄04:10>

花上ろ十 皆▸七◂ 量 無七乛 國土刂 有七ク乛ム 一一國土ろ十亇丨 佛氵 及八 大衆氵ノ才刂丷白ク乛ム <구인02:05-06>

一切 法乛 皆▸七◂ 緣灬 成丷乛氵 假成衆生氵 俱時七 因果氵 異時七 因果氵 三世七 善惡氵ノ令乛 一切之七 幻化刂ナ乛刂罒 是乙 幻諦七 衆生氵ノ才刂ナ丨 <구인14:10-11>

三千大千世界ろ十 量 無七ケ 邊 無丷乛 種種七 寶藏刂 皆▸七◂ 悉ろ 盈滿刂ラ七ノ乛入乙 菩薩乛 悉 見丷ナ亦七丨<금광05 :24-25>

又丷乛 復刀 過去七 諸乛 法ラ 十方ろ十 推求丷乃 都▸七◂ 得ろㅎ亦{可}七丷乛 不矢ヒ乛入乙 觀察丷ナケ <화소13:09-10>

【선후】(향가)頓(部)叱

⑦ ('今' 뒤에서) 이제.

¶ 今▸七◂ 我ラ {此}刂 身乛 後刂十乃 當必丷ろ 死丷𠫔乛丨十乛 <화소11:02-03>

{於}諸乛 佛法ろ十 心亦 礙ノ尸 所ろ 無ケ 去來 今▸七◂ 諸乛 佛𢀳 {之} 道ろ十 住丷ケ <화엄02:13-14>

【관련】 (今)ハ, (今)支, (今)艮, (今)ソ丁

⑧ ('周', '通' 뒤에서) 두루.

¶ 大王ラ 名稱乙 周▸ㅌ◂ 十方阝十 聞リロハ示丁 <화소12:10 -11>

當 願 衆生 一切智㣺 覺ノア厶 周▸ㅌ◂ 十方乙 顧ソヒ立ノ才ナ丨 <화엄08:15>

月光影 如支ソ阝示 周▸ㅌ◂ソア 不ソア丁ノア 靡ㅌ阝 量リ 無丁 方便乙㣺 羣生乙 化ソロヒ才ホ <화엄14:18>

四 通▸ㅌ◂ 隱ソホ 顯ソ丁ラ十 處ソ阝 串習力乙 由阝ソホ <유가09:22-23>

⑨ ('勤' 뒤에서) 부지런히.

¶ 常リ 勤▸ㅌ◂ 修行ノア厶 曾ハ亠刀 廢捨ア 未冬ソナ今 <화소13:17>

俗服乙 脫去ソ厶丁丨十丁 當 願 衆生 勤▸ㅌ◂ 善根乙 修阝ハ 諸 罪ㅌ 軛乙 捨ソヒ立 <화엄03:10>

若 園苑乙 見 當 願 衆生 勤▸ㅌ◂ 諸丁 行乙 修阝示 佛菩提阝十 趣ソヒ立 <화엄05:23>

菩薩丁 勤▸ㅌ◂ 大悲行乙 修阝示 願入丁 一切乙 度リロハ㐃ノア厶 果㐭ア 不ソア丁ノア 無リソ阝ナ才罒 <화엄14:09>

不死尋乙 隨ノ 熾然亏 勤▸ㅌ◂ 方便乙 修 能 不ハソホソア矢丨 <유가09:15-16>

時時間阝十 諮受ソ㐃 讀ソ㐃 誦ソ㐃 論量 決擇ソ㐃ソ阝示 勤▸ㅌ◂ 善品乙 修ノ才ナ丁 亠 <유가17:19-20>

復 樂斷乙 依阝 常リ 勤▸ㅌ◂ 修習ソホ <유가18:21>

⑩ ('暫' 뒤에서) 잠시.

¶ 暫▸ㅌ◂ 飢渴乙 止阝示 梵行乙 攝受ソ㐃ソ{爲}入ノ才丁リ阝ㅌ丨ソホ <유가19:15>

【관련】 (暫)氵火ㅌ

⑪ ('共' 뒤에서) 함께.

¶ 當 願 衆生 諸丁 天氵 及ㅌ 人氵ノ今ラ 共▸ㅌ◂ 瞻仰ノア 所ヒ立 <화엄08:07>

十方ㅌ 一切 諸丁 如來リ 悉阝 共▸ㅌ◂ 偁揚ソニ乃 盡阝ア 不(ノ)能リ矢ソニロ乙亠ㅌ 丨 <화엄09:07>

爾ㅌソ丁 時十 諸丁 大衆丁 俱ㅌソ阝示 共▸ㅌ◂ 僉然亏 生疑ソ阝 <구인02:19>

法才菩薩丁 五百萬億 大衆リ 俱ソ丁乙 共▸ㅌ◂ 來ソ阝示 {此}リ 大會阝十 入ソニホ <구인03:06-08>

亦ソ丁 復ㄅ 共▸ㅌ◂ 量 無ㅌ丁 音樂乙 作ソ阝 如來乙 覺寤ソリ白ロハニ丁 <구인03:12-13>

【관련】 (與)ㅌ

【선후】 (15)다뭇

⑫ ('與' 뒤에서) (-와) 함께. § 주로 대격을 논항으로 취함.

¶ {於}一切 世界ㅌ 中阝十ソ阝 衆生乙 與▸ㅌ◂ 同住ソ乃 曾ハ亠刀 過咎 無ホ <화소23:15>

彼乙 與▸ㅌ◂ 同事ソ阝示 悉 能支 忍ソ阝 其乙 利益ソ阝示 安樂乙 得リ{令}リナホ <화엄18:13>

唯ハ 佛人 與▸七◂ 佛人リニ氵 乃氵 {斯}リ 事乙 知ニㅎ七丨 <구인11:24>
諸ㄱ 外道ラ十 其 意解乙 觀ソロ 與▸七◂ 同事ソナろ 示リㅎㄱ 所七 苦行火七ハ尸入ㄱ <화엄20:04>
一者 諸 煩惱乙 與▸七◂ 得ろホ 共住ソ尸 不冬ソゟ <금광03:12-13>
衆苦亠 及 與▸七◂ 苦因亠ノ尸乙 遠離ソロ 衆樂亠 及 與▸七◂ 樂因亠ノ尸乙 引發ソ尸矢丨 <유가28:17-19>
三種 雜染 與▸七◂ 相應ノㄱ入乙 觀ソゟ <유가21:05-06>
【관련】 (共)七
【선후】 (15)다뭇

七²[人]

【七/말음첨기】
('何' 뒤에서) 어떤. 어느.
¶ 何▸七◂ 等ソㄱ乙 {爲}五 一者 諸 煩惱乙 與七 得ろホ 共住ソ尸 不冬ソゟ <금광03:12>
【관련】 (何)ㅎ (等ソㄱㄴ/{等}丨ソㄱㄴ), (何)七ソㄱ乙

七³[人]

【七/말음첨기(동사)】
① ('從' 뒤에서) -로부터. 좇아. 따라서. § 주로 대격을 논항으로 취함.
¶ 世間ㄱ 何ㅎ 處乙 從▸七◂ 來ソゟ 去ろハㄱ 何ㅎ 所七ろ十 至ゟ <화소08:05-06>
但ハ 自ラ灬 身ラ 初七ㅎ 入胎ソㄱ乙 從▸七◂ 不淨ソㅌ七 微形リ四 胞段七 諸ㄱ 根リ 生老病死ソトㅎㄱ入乙 觀ソナゟ <화소16:04-05>
若 王子乙 見 當 願 衆生 法乙 從▸七◂ 化生ソろハ 而灬 佛子リ尸{爲}入乙ソㅌ立 <화엄06:21>
舍乙 從▸七◂ 出ソ去ㄱ 時 當 願 衆生 深リ 佛智ろ十 入ソろハ 永去 三界乙 出ソㅌ立 <화엄07:22>
塗香冫 末香冫 無價寶冫 是 如支ソㄱ乙 皆七 手七 中乙 從▸七◂ 出リろホ 道樹ろ七 諸ㄱ 最勝リ示ㄱ乙 供養ソ白ㅌゟ <화엄15:18-19>
皆七 掌七 中乙 從▸七◂ 雨リ尸 不ソ尸丁ノ尸 莫七リソロㅌゟ <화엄15:20-21>
是 如支ソㄱ 種種七 妙言辭乙 皆七 掌內乙 從▸七◂ 而灬 開演ソロㅌゟ <화엄16:02-03>
右手ろ十 淨光乙 放ノㄱム 光七 中ろ十ㄱ 香水乙 空乙 從▸七◂ 雨リろ 普リ 十方七 諸 佛土ろ十 灑ソろホ 一切 世乙 照リ示今七 燈乙 供養ソロㅌゟ <화엄16:04-05>
衆生乙 度リナろ 悉ろ 歡心灬 法化ろ十 從▸七◂ 使リㅎ尸ム <화엄17:20-21>
施乙 好ㅎソ今七 者乙 悉ろ 化ろ十 從▸七◂ 令リナゟ <화엄18:01>

心ㅅ十 愜ㄘㅛㅅ 色ㄹ 樂ㅎナ令ヒ 者ㅎㄹ 皆ヒ 道ㅅ十 從▸ヒ◂ 俾リナㅎ <화엄18:05>

時リ去ㅋ1入ㄹ 知ニㅎ 衆生ㅋ 根ㄹ 得ニㅛ1 卽ㅋ 定ㄹ 從▸ヒ◂ 起ㅛニ下 <구인03:13>

般若リ 空ノ1ム {於}無明ㄹ 從▸ヒ◂ 乃ㅣ 薩婆若ㅅ十 至リㅛナ| <구인15:16>

又 正ヒ 觀察ㅛㅅ 他ㄹ 從▸ヒ◂ 畜積ノ尸 所 无ㅛ1 諸 供身ヒ 具ㄹ 獲得ㅛ尸入ㄹ 是 如ㄹㅛ1ㄹ 名下 {爲} 誓ㅎ 下劣ㅛ1 衆具ㄹ 受ノ尸入ㄹ 觀察ㅛ尸丁ノ矛| <유가17:02-03>

高擧ㄹ 生リㅅㅎ 他ㄹ 從▸ヒ◂ 觀ㅅ十 順ㅛ1 正法ㄹ 聞尸 不冬ㅛ尸入ㄹ 是ㄹ 名下 毘鉢舍那支ㅅ十 不隨順ㅛ1 性ㅗノ矛ㅎ <유가26:19-21>

② ('違' 뒤, '不' 앞에서) 어긋나지. § 피부정어에 동명사어미 '尸'이 결합되는데 표기상 생략되기도 함.

¶ 廣リ 衆生ㅋ {爲}三 諸1 法ㄹ 演說ノ尸ム 一切 諸1 佛ㅆ 經典ㅅ十 違▸ヒ◂ 不ㅛナ令ㅣ <화소24:18-19>

ヒ[4][人]

【ヒ/말음첨기(명사)】

① ('物' 뒤에서) 것.

¶ 又ㅛ1 {此}リ 身ㅋ 眞實 無ㅎ{有} 慙愧 無ㅎ{有} 賢聖ヒ 物▸ヒ◂ 非ㅊㅎ 臭穢ㅛㅅㅎ 潔尸 不ㅛㅎ <화소16:06-08>

【관련】 (物)ヒㄹ

【선후】 (15)갓/것

② ('種' 뒤에서) 가지. 종류.

¶ {此}リ 菩薩1 十尸 種▸ヒ◂ 施ㄹ 行ㅛナㅎヒ| <화소09: 05-06>

佛子ㅅ {此}リ 菩薩1 種▸ヒ◂種▸ヒ◂ 上味ㅣ 飮食ㅣ 香華ㅣ 衣服ㅣ 資生 {之}ヒ 具ㅣノ令ㄹ 得ㅅハ <화소10:04-06>

能ㅎ 種種▸ヒ◂ 珍妙法寶ㄹ 現ㅛ尸ㅊ 是 波羅蜜義リㅎ <금광05:12-13>

云何ㅛ1ㄹ 十種▸ヒ◂ 瑜伽ㄹ 修習ㅛㅅ 對治ノ尸 所ヒ 法リ|ノ令ロ <유가08:04-05>

二者 歌舞倡伎ㅗ 笑戱歡娛ㅗ 遊從掉逸ㅗ 親愛聚會ㅗノ令ヒ 種種▸ヒ◂ 世事ㄹ 棄捨ノ1入ㅆ{之} 顯現ㅛ1 所リ| <유가17: 08-10>

ヒ[5][人]

【ヒ/속격조사】

-의.

¶ {是}リ1 世間▸ヒ◂ 法リㅎ {是}リ1 出世間▸ヒ◂ 法リㅎ <화소01:06-07>

如來 {有}ナ币下 般涅槃ㅛ币ㅎ 幾ヒ个▸ヒ◂ 聲聞 辟支佛リ 般涅槃ㅛㅎ <화소07:17-18>

我ㅋ 身▸ㅌ◂ 中ㅣ十 八萬戶蟲ㅣ 有ㅌㅣ <화소09:13>
輪王▸ㅌ◂ 位ㅣ十 處ソㅣ <화소12:08-09>
若 無量 神通▸ㅌ◂ 力乙 現ㅎㅌ尸入ㄱ <화엄13:05-06>
圓智ㄱ 無相乙ソニ下 三界▸ㅌ◂ 王ㅣ皿 <구인11:03>
行道▸ㅌ◂ 勝利乙ソ尸矢 是 波羅蜜義ㅣ 〻 <금광05:08-09>
智慧▸ㅌ◂ 火乙 {以}ㅣ 光明乙 增長ソ去ㄱ入灬{故}〻 <금광07:04>
是 如支ソㄱ 三支▸ㅌ◂ 廣聖敎ㅌ 義ㄱ 謂 十十種ㅣㄱ亠 <유가07:18>

【관련】 ㅋ

【선후】 (15)入

ㅌ[6]

 〻

¶ 皆 能▸ㅌ◂ 一切 佛法亠 一切 佛恩亠 成就ソ〻ソニロㄱ入灬 <금광13:21>

【비고】 皆자에 권점이 찍혀 있음. '皆'에 붙어야 할 'ㅌ'을 잘못 적은 것으로 보임. 난상에 '能〻로 수정되어 있음.

ㅌ去乃[ㅅ거나]

【ㅌ/말음첨기+去/선어말어미+乃/연결어미】

('有' 뒤에서) 있어도.

¶ 亦 彼 同梵行者ㅋ 法乙 {以}ㅣ 呵擯ノ尸入乙 爲ハ尸 不冬ソㅎソ〻 尸羅乙 犯ソㄱㅣ 有▸ㅌ去乃◂ 而ㄱ 輕擧 不冬ソㅎ <유가17:11-12>

【관련】 ノ尸矢去乃

ㅌ去ㄱ丨十ㄱ[ㅅ건다긘]

【ㅌ/말음첨기+去/선어말어미+ㄱ/동명사어미+丨+[ᄃ/의존명사+아긔/처격조사]+ㄱ/보조사; ㅌ/말음첨기+去/선어말어미+ㄱ/동명사어미+丨/의존명사+十/처격조사+ㄱ/보조사】

('修' 뒤에서) 닦은 때에는.

¶ 若 {於}觀乙 修▸ㅌ去ㄱ丨十ㄱ◂ 當 願 衆生 如實理乙 見ㅣ ホ 永去 乖諍 無ㅌ立 <화엄04:02>

【관련】 (ソ)去ㄱ丨十ㄱ

ㅌ去禾ㅣㅌ丨[ㅅ거리앗다]

【ㅌ/말음첨기+去/선어말어미+禾/선어말어미+ㅣㅌ/선어말어미+丨/종결어미; ㅌ/말음첨기+

ㅊ/선어말어미+ 㫆 [ㄹㆆ/동명사어미(+이/의존명사)+이/계사]+ 㠯 ㅌ/선어말어미+ ㅣ/종결어미】

('無' 뒤에서) 없을 것이다. 없을 것입니다.

¶ {此}刂 身㇀ 後刂十㠯 當必丷㠯 死丷ㅊ㇀丨十㇀ 一㇀ 利益ノ尸ケ力 無▸ㅌㅊ禾㠯ㅌ丨 <화소11:03>

一切恩愛力 會{恨}丷乃丷口八㇀ 當八 別離ノ禾㇀㇀ 而㇀{於}衆生ラ十㇀ 饒益ノ尸 所㠯 無▸ㅌㅊ禾㠯ㅌ丨◂ <화소12:15- 16>

【관련】 -禾㠯ㅌ丨

ㅌナ㇀㇀ [ㅅ견여]

【ㅌ/말음첨기+ナ/선어말어미+㇀/동명사어미+㇀/조사; ㅌ/말음첨기+ナ/선어말어미+㇀㇀/연결어미】

① ('有' 뒤에서) 있거늘. 있는데.

¶ 復丷㇀ 十方淨土乙 變丷ㅎ 百億高座乙 現丷ㅎ 百億須彌寶花乙 化丷ㅎノ㇀ㅌ 有▸ㅌナ㇀㇀◂ 各ラ各ラ㠯ホ 座前ㅌ 花灬ㅌ 上十 量 無ㅌ㇀ 化佛刂 有ナ八二ケ <구인02:02-03>

卽ㄱ {於}座ㅌ 中㠯十 十恒沙ㅌ 天王㇀ 十恒沙ㅌ 梵王㇀ 十恒沙ㅌ 鬼神王㇀ 乃氵 至刂 三趣ㅌ㫆㇀ノ今 有▸ㅌナ㇀㇀◂ 無生法忍乙 得ナケ <구인11:15-16>

{此}刂 法乙 說二今ㅌ 時十 量 無ㅌ㇀ 天子㇀ 及八 諸㇀ 大衆㇀ノ今 有▸ㅌナ㇀㇀◂ 伏忍乙 得ㅌ力刂ケ{者} <구인14:14- 15>

② ('無' 뒤에서) 없거늘. 없는데.

¶ 衆生乙 惡趣乙 捨離 令刂{爲}ㅅ 心㠯十 分別 無▸ㅌナ㇀㇀◂ 菩薩道乙 修㠯ホ 佛法乙 成就丷㠯 而灬 {爲}三ㅎ 開演丷ナ尸ㅅ乙 <화소15:10-12>

【비고】 종결일 가능성도 있음.

ㅌナ丨 [ㅅ겨다]

【ㅌ/말음첨기+ナ/선어말어미+丨/종결어미】

① ('有' 뒤에서) 있다.

¶ {此}刂 念㠯十 十尸 種ㅌ 有▸ㅌナ丨◂ 謂ノ㇀ 所㇀ 寂靜念㇀ 淸淨念㇀ 不獨念㇀ 明徹念㇀ 離塵念㇀ 離種種塵念㇀ 離垢念㇀ 光耀念㇀ 可愛樂念㇀ 無障礙念㇀ノ禾ナ丨 <화소23:06-10>

佛㇀ {言}㠯二尸 善男子㠯 又 五法 有▸ㅌナ丨◂ 菩薩摩訶薩刂 般若波羅蜜乙 成就ノ㫆亠 <금광03:22-23>

佛 言 善男子 又 五法 有▸ㅌナ丨◂ 菩薩摩訶薩刂 願波羅蜜乙 成就ノ㫆亠 <금광04:11-12>

佛㇀ 言刂二尸 (善男子 復) 五法 有▸ㅌナ丨◂ 菩薩摩訶薩刂 修行丷㠯ホ 智(波羅蜜) 成

就ノオㅗ <금광04:25-05:02>

② ('無', '莫' 뒤에서) 없다.

¶ 彼ラ{之} 功德ㄱ 邊際 無ロナㄱ 稱量ソ3ㅎ亠{可}七ソㄱ 不失ㅅ 與七ソ3ホ 等3ソ3 ㅅ 無▸七ナ丨◂ <화엄09:05>

{是}刂 三昧神通相乙火 如ソㄱ 一切 天人刂 能失 測3ㅅ 莫▸七ナ丨◂ <화엄17:19>

佛ㄷ 及ハ 衆生ㄷノㅅㄱ 一刂罒 而ㅡ 二 無▸七ナ丨◂ <구인15:12>

【관련】(ソ)ナ丨

七ナㅅ[ㅅ겨며]

【七/말음첨기+ナ/선어말어미+ㅅ/연결어미】

('有' 뒤에서) 있으며.

¶ 復ソㄱ 五道七 一切 衆生刂 有▸七ナㅅ◂ <구인02:01>

復ソㄱ 他方七 量ノ亠{可}七ソㄱ 不失刂ㅌ七 衆 有▸七ナㅅ◂ <구인02:01-02>

【관련】(ソ)ナㅅ

七ㅌハ二丨[ㅅ늑시다;ㅅ누기시다]

【七/말음첨기+ㅌ/선어말어미+ハ/선어말어미?+二/선어말어미+丨/종결어미】

('無' 뒤에서) 없으셨다.

¶ 能失 答ソ二ㅅ七 者 無▸七ㅌハ二丨◂ <구인03:04>

【관련】(ソ)ㅌハ二丨

七ㅌ立[ㅅ느셔]

【七/말음첨기+ㅌ/선어말어미+立/종결어미】

('莫' 뒤에서) 없기를 (바란다). § 'ㅌ立'는 願望을 나타내는 종결형태임.

¶ 不美食乙 得 當 願 衆生 諸ㄱ 三味七 味乙 獲得ソ尸 不ソ尸丁ノ尸 莫▸七ㅌ立◂ <화엄07:15>

【관련】-ㅌ(支)立

七ㄱ[ㅅ은]

【七/말음첨기+ㄱ/동명사어미】

① ('有' 뒤에서) 있는.

¶ 我ラ 今支 {此}刂 有▸七ㄱ◂ 所七 飮食乙 受ㅏㅎㄱㅅㄱ <화소09:15>

堪能ㄱ 寂靜淸凉ソ3ホ 唯ハ 餘依氵 有▸七ㄱ◂ 涅槃七{之} 界乙 證得ソナオ罒 <유가06:07-08>

【선후】(15)이신

② ('無' 뒤에서) 없는.

¶ 佛子ㅅ {此}ㄲ 菩薩ㄱ 假使ㅆㅅ 有ナㅣ 量ㄲ 無▸ㅌㄱ◂ 衆生ㄲ <화소15:17-18>
時ㅊ 無色界ㅌ矛ㄱ 量 無▸ㅌㄱ◂ 變ノㄱㅌㅌ 大香花乙 雨ケㄱㅿ <구인02:14-15>

【선후】(15)업슨

ㅌㄱㅌ[ㅅ은ᄂᆞ]

【ㅌ/말음첨기+ㄱ/동명사어미+ㅌ/의존명사; ㅌ/말음첨기+ㄱ/중복표기+ㅌ/동명사어미】

① ('有' 뒤에서) 있는 것.

¶ 但ㅅ 彼 境界乙 因ㅌㅅㅅ 衆生乙 攝取ㅅ{欲}ㅅ 爲ㅌㅎ 眞實乙 說ㅅㅅㅅ 佛法乙 成熟令ㄲナ禾ㅅ 然ㅅㅅ乃 {此}ㄲ 法ㄱ{者} 處所 有▸ㅌㄱㅌ◂ 非矢ㅅ 處所 無ㅌㄱㅌ 非矢ㅅ 內 非矢ㅅ 外 非矢ㅅ 近 非矢ㅅ 遠 非矢ㄱㄲㅅㅌㅣㅅナㅅ <화소13:18-14:02>

② ('無' 뒤에서) 없는 것. § 형용사문에서는 부정소 앞에 주로 동명사어미 'ㄱ'이 쓰이나 여기서는 'ㅌ'가 쓰였음.

¶ 但ㅅ 彼 境界乙 因ㅌㅅㅅ 衆生乙 攝取ㅅ{欲}ㅅ 爲ㅌㅎ 眞實乙 說ㅅㅅㅅ 佛法乙 成熟令ㄲナ禾ㅅ 然ㅅㅅ乃 {此}ㄲ 法ㄱ{者} 處所 有ㅌㄱㅌ 非矢ㅅ 處所 無▸ㅌㄱㅌ◂ 非矢ㅅ 內 非矢ㅅ 非矢ㅅ 近 非矢ㅅ 遠 非矢ㄱㄲㅅㅌㅣㅅナㅅ <화소13:18-14: 02>

【관련】ㅅㄱㅌ

ㅌㄱㅌㅌ[ㅅ은ᄂᆞᆺ]

【ㅌ/말음첨기+ㄱ/동명사어미+ㅌ/의존명사+ㅌ/속격조사; ㅌ/말음첨기+ㄱ/중복표기+ㅌ/동명사어미+ㅌ/속격조사】

('無' 뒤에서) 없는.

¶ 相 無▸ㅌㄱㅌㅌ◂ 第一義ㄱ 自 無ㅌㅎ 他作 無ㅌㅎㅅㅅ <구인14:24>

【관련】(無)ㄱㅌㅌ, ㅅㄱㅌㅌ

ㅌㄱ丁ノ令ㅁ[ㅅ은뎌호리고]

【ㅌ/말음첨기+ㄱ/동명사어미+丁[ᄃᆞ/의존명사+여/조사]#ノ[ᄒᆞ/동사+오/선어말어미]+令[ㄹㅎ/동명사어미+이/의존명사]+ㅁ/의문조사】

① ('有' 뒤에서) 있다 하는가. § 'ㅁ/ケ'는 의문사가 있는 설명의문문에 쓰임.

¶ 何ㅎ {等}ㅣㅅㄱ乙 {爲} {是}ㄲ 事 有ㅌㄱㅅㅆ 故ㅊ {是}ㄲ 事 有▸ㅌㄱ丁ノ令ㅁ◂ <화소01:17>

② ('無' 뒤에서) 없다 하는가. § 'ㅁ/ケ'는 의문사가 있는 설명의문문에 쓰임.

¶ 何ㅎ {等}ㅣㅅㄱ乙 {爲} {是}ㄲ 事 無ㅌㄱㅅㅆ 故ㅊ {是}ㄲ 事 無▸ㅌㄱ丁ノ令ㅁ◂ <화소01:18-19>

ㄷ 1 矢 ナ | [ㅅ은디겨다]

【ㄷ/말음첨기+ 1/동명사어미+ 矢[ㄷ/의존명사+이/계사]+ ナ/선어말어미+ ㅣ/종결어미】

① ('有' 뒤에서) 있는 것이다.

¶ 何ㅎ {等}ㅣ ㅅ 1 乙 {爲} {是}ㅣ 事 有ㄷ 1 入 灬 故支 {是}ㅣ 事 有ㄷ 1 丁 ノ 令 ロ 謂ノ 1 1 無明 有ㄷ 1 入 灬 故支 行 有▸ ㄷ 1 矢 ナ ㅣ◂ <화소01:17-18>

② ('無' 뒤에서) 없는 것이다.

¶ 何ㅎ {等}ㅣ ㅅ 1 乙 {爲} {是}ㅣ 事 無ㄷ 1 入 灬 故支 {是}ㅣ 事 無ㄷ 1 丁 ノ 令 ロ 謂ノ 1 1 識 無ㄷ 1 入 灬 故支 名色 無▸ ㄷ 1 矢 ナ ㅣ◂ <화소01:18-19>

【관련】 -1 矢 ナ |

ㄷ 1 入 灬 [ㅅ은드로]

【ㄷ/말음첨기+ 1/동명사어미+ 入/의존명사+ 灬/구격조사】

① ('有' 뒤에서) 있으므로.

¶ {此}ㅣ 菩薩 1 {是}ㅣ 事 有▸ ㄷ 1 入 灬◂ 故支 {是}ㅣ 事 有ㄷ 㫆 <화소01:04-05>

謂ノ 1 1 無明 有▸ ㄷ 1 入 灬◂ 故支 行 有ㄷ 1 矢 ナ | <화소01:17-18>

② ('無' 뒤에서) 없으므로.

¶ 何ㅎ {等}ㅣ ㅅ 1 乙 {爲} {是}ㅣ 事 無▸ ㄷ 1 入 灬◂ 故支 {是}ㅣ 事 無ㄷ 1 丁 ノ 令 ロ <화소01:18-19>

謂ノ 1 1 識 無▸ ㄷ 1 入 灬◂ 故支 名色 無ㄷ 1 矢 ナ | <화소01:19>

【관련】 -1 入 灬

ㄷ 1 入 乙 [ㅅ은들]

【ㄷ/말음첨기+ 1/동명사어미+ 入/의존명사+ 乙/대격조사】

('無' 뒤에서) 없는 것을. 없거늘.

¶ 聽ノ 尸 無ㄷ 㫆 說ノ 尸 無▸ ㄷ 1 入 乙◂ 卽 㢱 {爲} 一ㅣ ㅌ ㄷ 義 ㆍ ㅅ 㫆 二ㅣ ㅌ ㄷ 義 ㆍ ノ 矛 1 入 灬 故ノ ㆍ <구인14:21-22>

【관련】 -1 入 乙

ㄷ 1 乙 [ㅅ은을]

【ㄷ/말음첨기+ 1/동명사어미+ 乙/대격조사】

('無' 뒤에서) 없는 것을.

¶ 嚴飾 無▸ ㄷ 1 乙◂ 見 當 願 衆生 諸 1 飾好 乙 捨ㅅ ロ 八 頭陀ㄷ 行 乙 具ㅎ ㅌ 立 <화엄06:01>

【관련】 -1 乙

ㅌ ㄱ ㅗ[ㅅ은여]

【ㅌ/말음첨기+ㄱ/동명사어미+ㅗ/조사】

('有' 뒤에서) 있음을. § 'ㅗ'는 '知ㅎ丨'의 후치된 목적어절에 붙는 요소임.

¶ 廣リ 說尸入ㄱ 當八 知ㅎ丨 二十種 有▸ㅌㄱㅗ◂ <유가04:09 -10>

當八 知ㅎ丨 廣リ 說ロㄱ 十六種 有▸ㅌㄱㅗ◂ <유가04:13 -14>

【관련】 -リㄱㅗ, -リㄱ丁

ㅌ ㄱ リ ㆍ[ㅅ은이여]

【ㅌ/말음첨기+ㄱ/동명사어미+リ/의존명사+ㆍ/조사】

('無' 뒤에서) 없는 이가. § 'ㆍ'는 '有ナ丨, 或ナ丨'의 후치된 주어절에 붙는 요소임.

¶ 或ㄲ 有ナ丨 眼 無▸ㅌㄱリㆍ◂ 或ㄲ 有ナ丨 耳 無▸ㅌㄱリㆍ◂ 或ナ丨 鼻ㆍ 舌ㆍ 及ㅌ 以ㄋ 手ㆍ 足ㆍノ令 無▸ㅌㄱリㆍ◂ <화소15:18-19>

ㅌ 丨[ㅅ다]

【ㅌ/말음첨기+丨/종결어미】

('有' 뒤에서) 있다.

¶ 復 五因リ 二十種 相ㅡ{之} 攝受ノㄱ 所リㅌ 有▸ㅌ丨◂ <유가22:20-21>

又 二法 有▸ㅌ丨◂ {於}現觀乙 修ノ令十極 障导リ尸{爲}入乙ソ刃ㅗ <유가24:10>

ㅌ 丨 ソ ロ ㄋ 令 ㄋ[ㅅ다ᄒᆞ고오리아]

【ㅌ/말음첨기+丨/종결어미#ソ/동사+ロ/선어말어미+ㄋ/선어말어미+令[ㄹㆆ/동명사어미+이/의존명사]+ㄋ/의문조사】

('有' 뒤에서) 있다고 하겠습니까. § 선어말어미 'ロ'는 상대높임의 용법임.

¶ 第一義ㅌ 中ㄋ十 世諦 有▸ㅌ丨ソロㄋ令ㄋ◂ 不矢リㄋㄱㅌㄋ <구인14:18>

【관련】 -丨ソロㄋ令ㄋ, (不)矢リㄋㄱㅌㄋ

ㅌ 丨 ソ ニ ロ 刃 尸 入 ㄱ[ㅅ다ᄒᆞ시고릶든]

【ㅌ/말음첨기+丨/종결어미#ソ/용언+ニ/선어말어미+ロ/선어말어미+刃/선어말어미+尸/동명사어미+入/의존명사+ㄱ/보조사; ㅌ/말음첨기+丨/종결어미#ソ/용언+ニ/선어말어미+ロ/선어말어미+刃[ㄹㆆ/동명사어미(+이/의존명사)+이/계사]+尸/동명사어미+入/의존명사+ㄱ/보조사】

① ('有' 뒤에서) 있다 하실 것이면. 있다 하신다면.

¶ 第一義ㅌ 中ㄋ十 世諦 有ㅌ丨ソロㄋ令ㄋ 不矢リㄋㄱㅌㄋ 若ㅌ 言ニ尸 無ㅌ丨ソニㄋ刃

ㄕㅅㄱ{者} 智ㄱ 二ㅣ亦{應}七ㄴㄱ 不失ㅣㅁ乙ㄕ 若七 言ニㄕ 有▸七ㅣㄴニㅁ𝓏ㄕㅅㄱ◂{者} 智ㄱ 一ㅣ亦{應}七ㄴㄱ 不失ㄅㅣ <구인14:18-14:19>

【관련】 七ㅣㄴニㄅ𝓏ㄕㅅㄱ, 七ㅣ, ㄴ𝓏ㄕㅅㄱ, (ㄕ丁ノ令ㅁ)ㄴ𝓏ㄕㅅㄱ

【비고】 'ㄕㅅㄱ'을 연결어미로 보는 견해도 있음.

② ('無' 뒤에서) 없다 하실 것이면. 없다 하신다면.

¶ 若七 言ニㄕ 無▸七ㅣㄴニㄅ𝓏ㄕㅅㄱ◂{者} 智ㄱ 二ㅣ亦{應}七ㄴㄱ 不失ㅣㅁ乙ㄕ 若七 言ニㄕ 有七ㅣㄴニㅁ𝓏ㄕㅅㄱ{者} 智ㄱ 一ㅣ亦{應}七ㄴㄱ 不失ㄅㅣ <구인14:18-19>

【관련】 七ㅣㄴニㅁ𝓏ㄕㅅㄱ, 七ㅣ, (ㄕ丁ノ令ㅁ)ㄴ𝓏ㄕㅅㄱ

【비고】 'ㄕㅅㄱ'을 연결어미로 보는 견해도 있음.

七彳[ㅅ뎌]

【七彳/연결어미】

-고자.

¶ 我ㄱ 當ハ 統領ㄴㄋハ 王ㄅ 福樂乙 受▸七彳◂ㄴ去ㅁ乙亦ㅣㄴ去ㄱㅣ十 <화소11:11>

其 須▸七彳◂ノㄕ 所乙 隨ノ 意乙 如ハ 供給ㄴㄋ尒 悉 具足ㄴ{令}ㅣㅁㅁ七ノ亦七ㅣ <금광15:13-14>

別ㄎ 樂亦 諸ㄱ 佛㇈ 國土ㄋ十 往生ㄴ▸七彳◂ㄴㄕ 不ㄴㄕ <화소13:13-14>

我ㄅ{之} 身命ㄱ 必ハ 冀ㅣㄱㅅㄱ 存活ㄴ▸七彳◂ㄴ去ㅁ乙亦ㅣ <화소10:20>

若七 有ナㅣ 菩薩ㅣ 初七亦 發心ㄴㄋ 誓ㅣㄕ 求ㄴㄋ尒 當ハ 佛菩提乙 證ㄴ▸七彳◂ㄴナ𝓏ㄹ <화엄09:04>

亦ㄉ {是}ㅣ 如支ㄴㄕㄴㄋ 至誠乙灬 供養ㄴ▸七彳◂ 而灬 發心ㄴナㄱㅣㄕ <화엄09:16-17>

今日ㄋ十 如來ㅣ 大光明乙 放ㄴニトㄅㄱㅅㄱ 斯毛ㄴ巴ハ 何七ㄴㄱ 事乙 作ㄴ▸七彳◂ㄴニトㄱㅣㄋ七ㅁㄴ七ハニㄕ <구인02:23-24>

五者 一切 (功德 願)(尒?) 滿足ㄴ▸七彳◂ㄴㄕㅅ灬 故ノㄴㄕ失ナㄱㅣㅣ <금광03:03-04>

二者 (生死) 二處 解脫ㅅㅣ▸七彳◂ 不著ㄴㄕ <금광03:18- 19>

一切 弟子衆ㄅ十 法雨乙 飽滿(ㅅ/令)ㅣ▸七彳◂ㄴㄕㅅ灬 故ノㄴニㅁㄕㄕ <금광13:11>

【관련】 ㄴ七彳, ㅅㅣ七彳

【비고】 '七彳'는 '의도'를 나타내는 어미로, 한문 원문에 '爲, 欲, 爲欲' 등이 없을 때 나타남.

七彳ノㄕ[ㅅ뎌홇]

【七彳/연결어미#ノ[ᄒᆞ/동사+오/선어말어미]+ㄕ/동명사어미】

('須' 뒤에서) 필요로 하는. 구하고자 하는.

¶ 其 須▸七彳ノㄕ◂ 所乙 隨ノ 意乙 如ハ 供給ㄴㄋ尒 悉 具足ㄴ{令}ㅣㅁㅁ七ノ亦七ㅣ

<금광15:13-14>

【관련】 ㆍ七ㆍ, ㅅ川七ㆍ

【비고】 '七ㆍ'는 '의도'를 나타내는 어미로, 한문 원문에 '爲, 欲, 爲欲' 등이 없을 때 나타남.

七ㆍソ去ロ乙ㆆㅣソ去ㄱㅣ十[ㅅ뎌ᄒᆞ거골오다ᄒᆞ건다긔]

【七ㆍ/연결어미#ソ/용언+去/선어말어미+ロ乙/선어말어미?+ㆆ/선어말어미+ㅣ/종결어미#ソ/용언+去/선어말어미+ㄱ/동명사어미+ㅣ十[ᄃᆞ/의존명사+아긔/처격조사];七ㆍ/연결어미#ソ/용언+去/선어말어미+ロ乙/선어말어미?+ㆆ/선어말어미+ㅣ/종결어미#ソ/용언+去/선어말어미+ㄱ/동명사어미+ㅣ/의존명사+十/처격조사】

-고자 합니다 하면. § 'ㆆ'는 일인칭 주어와 호응함.

¶ 時十 或刀 有ナㅣ 人川 來ソ彡ホ 王ㇷ十 白彡 言白ナㇲ丁… 我ㄱ 當ハ 統領ソ彡ハ 王ㇷ 福樂乙 受▸七ㆍソ去ロ乙ㆆㅣソ去ㄱㅣ十◂ <화소11:08-11>

【관련】 七ㆍ, ソ去ロ乙ㆆㅣ, ソ去ㄱㅣ十

【비고】 '七ㆍ'는 '의도'를 나타내는 어미로, 한문 원문에 '爲, 欲, 爲欲' 등이 없을 때 나타남.

七乙[ㅅ울]

【七/말음첨기+乙/대격조사】

('物' 뒤에서) 것을.

¶ {此}川 一切 必ハ 離散ソ去今七 物▸七乙◂ 以彡ハ 衆生ㇷ 願乙 滿ㅅ川ㆆ禾彡七ㅣソナ㢱 <화소12:16-17>

衆生乙 逼惱ノ今七 物▸七乙◂ 作ソナ今ㄱ 不矢川 但ハ 世間乙 利益ノ今七 事乙 說ソナ彡 呪術: 藥草:ソㇲ {等}ㅣソㄱ 衆ㄱ 論川ㄱ 是 如ソㄱ 有ㄱ 所乙 皆七 能支 說ナ㢱 <화엄19:14-15>

【관련】 (物)七

【선후】 (15)가술/가슬

七个七[ㅅ맛]

【七/말음첨기+个/의존명사+七/속격조사】

('幾' 뒤에서) 몇 정도의. 얼마만큼의.

¶ 過去彡十 幾▸七个七◂ 如來 {有}ナ而下 般涅槃ソ而㢱 幾▸七个七◂ 聲聞 辟支佛川 般涅槃ソ㢱 未來彡十ㄱ 幾▸七个七◂ 如來: 幾▸七个七◂ 聲聞 辟支佛: 幾▸七个七◂ 衆生:ノ今 有㢱 現在彡十ㄱ 幾▸七个七◂ 佛㠯 {有}ナ而下 住ソ而㢱 幾▸七个七◂ 聲聞 辟支佛川 住ソ㢱 幾▸七个七◂ 衆生川 住ソㄱ川彡七ロノㇲㅅ 何ㆆ {等}ㅣソ而ㄱ 如

來刂 最ハ 先ラ 出ソ而弥 <화소07:17-20>

【관련】 ケ七

【선후】 (15)몃 맛

萬 가지로 應ᄒ시니 ▸몃 맛◂ 人天이 말솜 아래 갈 ᄃᆡ를 알며 <金三1:25a>

七弥[ㅅ며]

【七/말음첨기+弥/연결어미】

① ('有' 뒤에서) 있으며.

¶ {是}刂 事 有七ㄱ入灬 故支 {是}刂 事 有▸七弥◂ <화소01:04 -05>

九法刂 轉ノ尸ム 涅槃乙 首 {爲}氵ㅌ 有▸七弥◂ <유가04:22 -23>

謂ㄱ 思所成慧 俱ソㄱ 光明想ろ十 四法 有▸七弥◂ <유가11:12-13>

【관련】 (ソ)弥

【선후】 (15)이시며

② ('無, 無有' 뒤에서) 없으며.

¶ {是}刂 事 無七ㄱ入灬 故支 {是}刂 事 無▸七弥◂ <화소01:05>

佛ㄱ 大王ラ十 告ニ尸 汝ㄱ {於}過去七 七佛十 已氵 一刂ㅌ七 義ミ 二刂ㅌ七 義ミノ(令)乙 問白ろハニㄱ刂罒 汝ㄱ 今ソㄱ 聽ノ尸 無▸七弥◂ 我ㄱ 今ソㄱ 說ノ尸 無七白ク丨 聽ノ尸 無▸七弥◂ 說ノ尸 無七ㄱ入乙 卽ク {爲} 一刂ㅌ七 義ミソ弥 二刂ㅌ七 義ミノオㄱ入灬 故ノミ <구인14:20-14:22>

心ろ十 常刂 樂ノ 聞白ノ尸ム 猒足ノ尸 無有▸七弥◂ <금광03:25-01>

【관련】 (ソ)弥

【선후】 (15)업스며

七亠[ㅅㅁ]

【七亠/말음첨기】

('初' 뒤에서) 처음.

¶ 若七 有ナ丨 菩薩刂 初▸七亠◂ 發心ソろ 誓刂弥 求ソろホ 當ハ 佛菩提乙 證ソ七イソナオミ <화엄09:04>

【관련】 (初)七亠, (初)七クソㄱ

【선후】 (15)처섬

【비고】 '*첫엄'의 제1 음절과 제2 음절의 종성을 표기한 것으로 보았음.

七火七ハ尸入ㄱ[ㅅ븟긊든;ㅅ븟긻든]

【七/말음첨기+火七/보조사+ハ/미상+尸/동명사어미+入/의존명사+ㄱ/보조사】

('物' 뒤에서) 것이면. 것이라면. 물건이라면.

¶ 凡ㅋ 受ㅎㅁ 所ㅅ 物▸ㅅ火ㅅㅅㅁ入ㄱ◂ 悉ㅋ 亦刀 {是}ㅣ 如ㅊㅅㅁㅌㅅ <화소09:11-12>

【관련】 火ㅅㅅㅁ入ㄱ, ㅅㅎㅅㅁㅌ火ㅅㅅㅁ入ㄱ

【비고】 '火ㅅㅅㅁ入ㄱ'의 'ㅅ'를 어간의 일부로 보거나 '火ㅅㅅ'를 [븘/보조사+ 이/계사]와 같이 보는 견해도 있음. 'ㅁ入ㄱ'을 연결어미로 보는 견해도 있음.

ㅅ ニ ㄱ ㅌ ㅅ [ㅅ신人;ㅅ시人]

【ㅅ/말음첨기+ニ/선어말어미+ㄱ/동명사어미+ㅌ/의존명사+ㅅ/속격조사; ㅅ/말음첨기+ニ/선어말어미+ㄱ/중복표기+ㅌ/동명사어미+ㅅ/속격조사】

('無' 뒤에서) 없으신.

¶ 幻諦ㅅ 法ㄱ 佛ㅣ 出世ㅅ白ㅋㅁ 無▸ㅅニㄱㅌㅅ◂ 前ㅋ十 名字 無ㅅㅎ 義ㅅ 名 無ㅅㅎ ㅅㅅ <구인14:02-14:03>

【관련】 (ㅅ)ㄱㅌㅅ

【비고】 15세기에는 선어말어미 '-시-'가 매개모음을 취하나 구결 자료에서는 이를 확인할 수 없어 '-ニ/示-' 앞의 매개모음을 독음에 반영하지 않았음. '--하기 전에'를 의미하는 구문이 15세기에는 '--ᄒ디 아니ᄒᆫ 前에'로 표현되는데 이 예도 이와 비슷한 양상을 보임.

ㅅ ニ ㅅ [ㅅ시며]

【ㅅ/말음첨기+ニ/선어말어미+ㅅ/연결어미】

('無 ' 뒤에서) 없으시며.

¶ 花上ㅋ十 皆ㅅ 量 無ㅅㄱ 國土ㅣ 有ㅅㅋㄱㅿ 一一國土ㅋ十ㅅㅣ 佛ㅊ 及ㅅ 大衆ㅊノ矛ㅣㅅ白ㅋㄱㅿ 今乙 如ㅊ 異ㅅㄱ 無▸ㅅニㅅ◂ <구인02:05-06>

五眼ㅣ 成就ㅅㅊㅅニㄱㅌㅅ 時十 見ニㄱ乃 見ㅋㅁ 所ㅋ 無▸ㅅニㅅ◂ <구인15:16>

【관련】 (ㅅ)ㅅ

【선후】 (15)업스시며

ㅅ 示 下 ㅅ [ㅅ시학]

【ㅅ/말음첨기+示/선어말어미+下/연결어미+ㅅ/첨사】

('莫' 뒤에서) 없으시어서.

¶ 唯ㅅ 願ㅁㅁ入ㄱ 大王ㅣ示ㄱ入ㄱ 更ㅋ 籌量ㅅㅋㅅ 顧惜ノㅁ 所乙 {有}ㅏㅁ 莫▸ㅅ示下ㅅ◂ 但ㅅ 慈念ノㅁ入乙 以ㅋ 見ㅋ示 {於} 我ㅋ十 施ㅅㅁㅅ示立ㅅㅊㄱㅣ十 <화소10:20-11:01>

【관련】 ㅣ示下ㅅ, 示下, ニ下, (ㅅ)ㅋㅅ

【비고】 '下'는 연결어미 'ㅋ'의 이형태로 선어말어미 'ニ/示'와 사동접미사 'ㅣ' 뒤에 나타남.

七白ㄋ丨[ㅅ숩오다]

【七/말음첨기+白/선어말어미+ㄋ/선어말어미+丨/종결어미】

('無' 뒤에서) 없다. § 'ㄋ'는 일인칭 주어와 호응함. 여기서 '白'은 주체높임의 기능

¶ 汝ㄱ {於}過去七 七佛十 已氵 一刂ㅌ七 義ㆍ 二刂ㅌ七 義ㆍノ(亽)乙 問白ㄋハ二ㄱ刂罒 汝ㄱ 今丷ㄱ 聽ノ尸 無七ㄘ 我ㄱ 今丷ㄱ 說ノ尸 無▸七白ㄋ丨◂ <구인14:21>

【관련】 丷白口ㅏㄋ丨(丷ㅌハ二丨), ㄋハ二ㄋ丨, 刂ㄋ丨

七ㄋ[ㅅ아]

【七/말음첨기+ㄋ/연결어미】

① ('有' 뒤에서) 있어.

¶ 幾七ケ七 世界 有▸七ㄋ◂ 成丷ㄘ 幾七ケ七 世界 有▸七ㄋ◂ 壞丷ㄘ <화소08:06>

我ㄋ 身七 中ㄋ十 八萬戶蟲刂 有▸七ㄋ◂ {於}我乙 依ㄋホ 住丷ㄱ刂罒 我ㄋ 身七 中ㄋ十 我ㄋ 身ㄘ弋 充樂丷氵 彼ㄉ 亦丷ㄱ 充樂丷禾ㄋ七ㄘ <화소09:13-14>

【관련】 (丷)ㄋ, 七ㄋホ

【선후】 (15)이셔

② ('靡, 無' 뒤에서) 없어.

¶ 月光影 如支丷ㄋホ 周七丷尸 不丷尸丁ノ尸 靡▸七ㄋ◂ 量刂 無ㄱ 方便乙灬 羣生乙 化丷口ㅌ彡ㄘ <화엄14:18>

法王ㄱ 上 無▸七ㄋ◂ 人中ㄋ七 樹刂二下 大衆乙 覆蓋丷白ㄋ尸厶 量 無七ㄱ 光灬丷二ㄘ <구인11:09>

【관련】 (丷)ㄋ, 七ㄋホ

【선후】 (15)업서

七ㄋホ[ㅅ아곰]

【七/말음첨기+ㄋ/연결어미+ホ/첨사】

('靡' 뒤에서) 없어서.

¶ 十方ㄋ十 示現ノ尸厶 不冬 徧ケ丨ノㄱ 靡▸七ㄋホ◂ 悉ㄋ 能支 諸ㄱ 衆生乙 調伏丷ㅌ彡ㄘ <화엄13:02-03>

【관련】 (丷)ㄋホ, 七ㄋ

七ㄋ十[ㅅ아긔]

【七/말음첨기+ㄋ十/처격조사】

① ('所' 뒤에서) 곳에.

¶ 世間ㄱ 何ㄘ 處乙 從七 來丷ㄘ 去ㄋハㄱ 何ㄘ 所▸七ㄋ十◂ 至ㄘ <화소08:05-06>

世界ㄱ 何ㅎ 處乙 從ㅌ 來ソ㫆 去ㅅハㄱ 何ㅎ 所▸ㅌㅅ十◂ 至禾ㅅㅌロノ尸入 何ㅌソㄱ乙{者}{爲} 生死ㅌ 最ハ 初際ㆍソ㫆 <화소08:06-13>

② ('頃' 뒤에서) 사이에.

¶ {於}一ㄱ 念ㅌ 頃▸ㅌㅅ十◂ 十方ㅅ十 徧𠂉丨ノ尸厶 月光影 如攴ソㅅ亦 周ㅌソ尸 不ソ尸丁ノ尸 靡ㅌㅅ 量リ 無ㄱ 方便乙灬 羣生乙 化ソロㅌ矛㫆 <화엄14:17-18>

【비고】 15세기 '所'의 훈 '곧', '頃'의 훈 '덛'에 해당하는데 종성 'ㄷ'을 'ㅌ'으로 표기한 것으로 보임.

ㅌㆍ [ㅅ여]

【ㅌㆍ/말음첨기】

① 어찌.

¶ 我ㄱ 今ソㄱ 云何▸ㅌㆍ◂ 而灬 戀著ノ尸入乙 生リㅎ禾ㅅㅌロ <화소15:11>

二諦リ 一リ丨ソ尸丁 二 非矢ㄱリ尸入ㄱ 何▸ㅌㆍ◂ 得ㄋㅎ{可}ㅌソ矛尸ロノ矛ㄱ入灬ㆍ <구인15:05>

佛十 白ㅅ 言ニ尸 云何▸ㅌㆍ◂ 十方ㅌ 諸ニㄱ 如來ㆍ 一切 菩薩ㆍノ矛 文字乙 離 不冬ソㅅ 而灬 諸ㄱ 法相ㅅ十 行ソニㅎㅌ丨ソロㄋ㑅ㄋ <구인15:21-15:22>

② 어찌. § 이 예의 '何'는 일반적인 의문사가 아니라 '何況' 전체가 '하물며'라는 의미인데 축자적으로 현토된 것임.

¶ 何▸ㅌㆍ◂ 況㫆 量 無㫆 邊尸 無 劫ㅅ十 具ㅎ 地度乙 修ㅌ?ㅌㅌ 諸ㄱ 功德リロㅌㄱ彳 <화엄09:06-07>

【관련】 ㅌㆍ氵

【선후】 (15)엇데/엇뎌

【비고】 'ㅌㆍ'는 '엇뎌'의 제1음절과 제2음절의 말음을 표기한 것으로 보았음.

ㅌㆍ氵 [ㅅ여사]

【ㅌㆍ/말음첨기+氵/보조사】

어찌 해야.

¶ 爾亠ㅌソㄱ 時十 智首菩薩ㄱ 文殊師利菩薩尸十 問ㅅ 言㢱尸 佛子ㅅ 菩薩ㄱ 云何▸ㅌㆍ氵◂ 無過失身語意業乙 得㫆 云何▸ㅌㆍ氵◂ 不害身語意業乙 得㫆 … 云何▸ㅌㆍ氵◂ 生處具足ㆍ 種族具足ㆍ 家具足 色具足 相具足 念具足 慧具足 行具足 無畏具足 覺悟具足ㆍノ㑅乙 得㫆 云何▸ㅌㆍ氵◂ 勝慧ㆍ 第一慧 最上慧 最勝慧 無量慧 無數慧 不思議慧 無與等慧 不可量慧 不可說慧ㆍノ㑅乙 得㫆 … 云何▸ㅌㆍ氵◂ 善攴 念覺分ㆍ 擇法覺分 精進覺分 喜覺分 猗覺分 定覺分 捨覺分ㆍ 空ㆍ 無相ㆍ 無願ㆍノ㑅乙 修習ソ㫆 … 云何 {於}一切衆生ㅌ 中ㅅ十 第一リ尸{爲} 爲大 爲勝 爲最勝 爲妙 爲極妙 爲上 爲無上 爲無等 無等等 {爲}入乙ソナ矛ㅅㅌロ <화엄01:04-02:09>

【관련】 ㅌㆍ

ㅌ ㄅ ㄱ ㅿ [ㅅ온딕]

【ㅌ/말음첨기+ㄅ/선어말어미+ㄱ/동명사어미+ㅿ[ㄷ/의존명사+ᄋᆡ/처격조사]; ㅌ/말음첨기+ㄅ/선어말어미+ㄱ/동명사어미+ㅿ/의존명사; ㅌ/말음첨기+ㄅㄱㅿ/연결어미】

('有' 뒤에서) 있되. 있는데.

¶ 花上3十 皆ㅌ 量 無ㅌㄱ 國土刂 有▸ㅌㄅㄱㅿ◂ 一一國土3十ㄘ丨 佛ㆍ 及ハ 大衆ㆍ ノ氵刂ソ白ㄅㄱㅿ 今乙 如ㅊ 異ソㄱ 無ㅌ二ㄋ <구인02:05-06>

【관련】 ㄘㄱㅿ, ㄅㄱㅿ, ノㄱㅿ

【선후】 (15)이쇼딕/이슈딕

ㅌ ㄅ ソ ㄱ [ㅅ오혼]

【ㅌ/말음첨기+ㄅ/부사화소+ソ/동사+ㄱ/동명사어미】

('初' 뒤에서) 시작하는.

¶ 諦刂ㄹ 金剛智刂ㄹソ二ㄱ 釋迦牟尼佛ㄱ 年ㄴ 初▸ㅌㄅソㄱ◂ 月ㅌ 八日3十 方ㅌ 十地3十 坐ソ二ㅜ 大寂室三昧3十 入ソ二ソㄱ 緣乙 思ソ3ホ 大光明乙 放ソ3 三界ㅌ 中乙 照ソㅌハ二ㄋ <구인02:10-11>

ㅌ 刂[1] [ㅅ이]

【ㅌ/말음첨기+刂/부사화소】

('無' 뒤에서) 없이.

¶ 心智 寂滅ソ二ㅜ 緣 無▸ㅌ刂◂ 照ソ二ロ乙ㄋ <구인11:10>

【관련】 (無)ㅌ刂ノ尸, (莫)ㅌ刂ソロㅌㄋ, (靡)ㅌ刂ソロㅌㄋ

ㅌ 刂[2] [ㅅ이]

【ㅌ/말음첨기+刂/부사화소; ㅌ/말음첨기+刂/주격조사】

('種種' 뒤에서) 가지가지. 가지가지가.

¶ 又放光明幢莊嚴 其 幢ㄱ 絢煥ソ3ホ 衆ㄱ 色乙 備ㄘナㄱㆍ 種種▸ㅌ刂◂ 量刂 無3ホ 皆ㅌ 殊好ソㄱ乙 此乙 以3ホ 諸ㄱ 佛土乙 莊嚴ソナㄋ <화엄16:22-23>

【관련】 (種種)ㅌ

ㅌ 刂 ㄱ [ㅅ인]

【ㅌ刂/말음첨기?+ㄱ/동명사어미】

('有' 뒤에서) 있는.

¶ 諸ㄗ 有▸ㅌ刂ㄱ◂ 本有ソㅌㅌ 法ㄱ 三假刂 集ソㄱㅅ灬ソ3 假有ソナㄱ刂ㄋ <구인

15:01>
【관련】 (有)ㅌㄱ
【선후】 (15)이신
【비고】 '有'가 동명사어미 '-ㄱ'과 통합할 때 '有ㅌㄱ'으로 현토되는 것이 일반적임.

ㅌリㄱ乙[ㅅ인을]

【ㅌリ/말음첨기?+ㄱ/동명사어미+乙/대격조사; ㅌリ/말음첨기?+ㄱ乙/연결어미】
('有' 뒤에서) 있거늘.
¶ 譬 七寶樓觀ㅅ十 四階道 有▸ㅌリㄱ乙◂ 淸涼之風リ 來ソㅅホ 四門乙 吹尸 如支 是 如支 第五心リ 上ㅌ 種種ㅌ 功德法藏ㅅ十 猶リ 滿足ソ尸 未リ소ㅌノ 是乙 名下 禪波羅蜜因ㅗノ오ㅅ <금광02:06-08>
【관련】 ㄱ乙

ㅌリノ尸[ㅅ이홀]

【ㅌ/말음첨기+リ/부사화소+ノ[ㅎ/동사+오/선어말어미]+尸/동명사어미】
('無' 뒤에서) 없이 함.
¶ 一切 福德乙 集ノ尸ㅿ 心ㅅ十 疲倦尸 無▸ㅌリノ尸◂ 盡 可 不 故 <화소19:17>
【관련】 (無)ㅌリソㅅㅎㄱㆍ, (無)ㅌリノㅎ應ㅌソㄱリㅅㅌ丨ソナㅎㅌ丨, (無)ㅌリソナ尸ㅅ乙, (無)ㅌリソナ尸乙

ㅌリノㅎ應ㅌソㄱリㅅㅌ丨ソナㅎㅌ丨[ㅅ이홇흔이앗다ㅎ겠다]

【ㅌ/말음첨기+リ/부사화소+ノ[ㅎ/용언+오/선어말어미]+ㅎㅌ/어미+ソ/형용사+ㄱ/동명사어미+リ/계사+ㅅㅌ/선어말어미+丨/종결어미#ソ/동사+ナ/선어말어미+ㅎㅌ/선어말어미+丨/종결어미】
('無' 뒤에서) 없이 해야 하는 것이다 한다.
¶ 今ソㄱ 我ㄱ 亦ソㄱ 當ハ {於}往昔ㅅ十 同ソㅅハ 而灬 其 命乙 捨ソロ乙ㅎ禾罒 {是}リ 故灬 衆生乙 饒益ソ{爲}ㅅ 其 有ㅌㄱ 所乙 隨ㅎ 一切之ㅌ 皆ㅌ 捨ノ尸ㅿ 乃ソㆍ 盡命ソ尸矢十 至リソ(乃?) 亦ソㄱ 悋ノ尸 所ㅅ 無▸ㅌリノㅎ應ㅌソㄱリㅅㅌ丨ソナㅎㅌ丨◂ <화소10:10-13>
【관련】 (無)ㅌリ, -ㅎ應ㅌソㄱ, -リㅅㅌ丨, ソナㅎㅌ丨

ㅌリソナ尸ㅅ乙[ㅅ이ㅎ겷들]

【ㅌ/말음첨기+リ/부사화소+ソ/동사+ナ/선어말어미+尸/동명사어미+ㅅ/의존명사+乙/대격조사】

('無' 뒤에서) 없이 하는 것을. 없이 함을.

¶ {之}刂乙 施ノア厶 心㇏十 悔ノア 所㇏ 無▸セ刂ソナア入乙◂ {是}刂乙 名下 內施ミノ禾ナ丨 <화소11:04-05>

{之}刂乙 施ノア厶 而灬 悔ソア 所㇏ 無▸セ刂ソナア入乙◂ {是}刂乙 名下 外施ミノ禾ナ丨 <화소11:14-15>

【관련】 セ刂ソナア乙, ソナア入乙

セ刂ソナア乙[ㅅ이ᄒᆞ겼을]

【セ/말음첨기+刂/부사화소+ソ/동사+ナ/선어말어미+ア/동명사어미+乙/대격조사】

('無' 뒤에서) 없이 함을. 없이 하는 것을.

¶ {是}刂 念乙 作ア 已ミソロソ㇀ 卽支 便刂 {之}刂乙 施ソ𠃍 乃ソミ 至刂 身乙 以㇏ 恭勤作役ノア厶 心㇏十 悔ノア 所㇏ 無▸セ刂ソナア乙◂ {是}刂乙 名下 內外施ミノ禾ナ丨<화소12: 03-05>

【관련】 セ刂ソナア入乙, ソナア乙

セ刂ソロㅌ𠃍[ㅅ이ᄒᆞ고ᄂᆞ며]

【セ/말음첨기+刂/부사화소+ソ/용언+ロ/선어말어미+ㅌ/선어말어미+𠃍/연결어미】

('莫', '靡' 뒤에서) 없이 하며.

¶ 無價 寶衣ミ 雜妙香ミ 寶セ 幢ミ 幡ミ 蓋ミノ𢀳 皆セ 嚴好ソ㇀刂ミ 眞金乙 華 {爲}ミソ㇀刂ミ 寶乙 帳 {爲}ミソ㇀刂ミノ令乙 皆セ 掌セ 中乙 從セ 雨刂ア 不ソア丁ノア 莫▸セ刂ソロㅌ𠃍◂ <화엄15:20-22>

十方セ 一切 諸㇀ 妓樂刂㇀ 鐘ミ 鼓ミ 琴ミ 瑟ミノ令㇀ 一㇀ 類 非矢㇀ミ 悉㇏ 和雅ソㅌセ 妙音聲乙 奏ソナ令乙 {於}掌セ 中乙 從 出ソア 不ソア丁ノア 靡▸セ刂ソロㅌ𠃍◂ <화엄15:24-16:01>

【관련】 ソロㅌ(乙)𠃍

【비고】 'ソロㅌ𠃍'는 'ソロㅌ乙𠃍'의 이표기로 볼 가능성도 있고 'ソロㅌ𢀳𠃍'의 '𢀳'가 빠진 것으로 볼 가능성도 있음.

セ刂ソㅌ𢀳𠃍[ㅅ이ᄒᆞᄂᆞ리며]

【セ/말음첨기+刂/부사화소+ソ/용언+ㅌ/선어말어미+𢀳[ㄹㆆ/동명사어미(+이/의존명사)+이/계사]+𠃍/연결어미】

('靡' 뒤에서) 없이할 것이며. § <화엄경>에서 조건절 '-ㅌア入㇀'의 후행절에 주로 쓰임.

¶ 菩薩㇀ 勤セ 大悲行乙 修㇏亦 願入㇀ 一切乙 度刂ロ八㇋ノア厶 果㐭ア 不ソア丁ノア 無刂ソ㇏ナ𢀳罒 見聞ソ㇋ 聽受ソ㇋ 若セ 供養ソ㇋ソロㅌ火セ八ア入㇀ 皆セ 安樂乙 獲刂{令}刂ア 不ソア丁ノア 靡▸刂セソㅌ𢀳𠃍◂ <화엄14:09-10>

【관련】(靡)ㅅㅣㅅㅡ, ㅡㅌㅈㅎ, (無/莫)ㅅㅣ, (無)ㅣㅅㅌㅈㅎ, ㅌㄹㅎ
【비고】'靡ㅣㅅㅅㅌㅈㅎ'의 '靡ㅣㅅ'는 '靡ㅅㅣ'의 잘못임.

ㅅㅣㅅㅏ尔[ㅅ이ㅎ아곰]

【ㅅ/말음첨기+ㅣ/부사화소+ㅅ/동사+ㅏ/연결어미+尔/첨사】
('靡' 뒤에서) 없이 하여서.

¶ 世ㅣ十 堪ㅣ矢ㅅㅏ今 靡▸ㅅㅣㅅㅏ尔◂ 彼乙 見ㅣ尸 已氵ㅅ口 皆ㅅ 調伏 令ㅣ口ㅌㅎ <화엄20:05>
【관련】ㅅㅏ尔

ㅅㅣㅅㅏ㇁ㄱ氵[ㅅ이ㅎ아온여]

【ㅅ/말음첨기+ㅣ/부사화소+ㅅ/동사+ㅏ/선어말어미+㇁/선어말어미+ㄱ/동명사어미+氵/조사; ㅅ/말음첨기+ㅣ/부사화소+ㅅ/동사+ㅏ/선어말어미+㇁/선어말어미+ㄱ氵/연결어미】
('無' 뒤에서) 없이 하였으나. § 여기서 '氵'는 역접의 의미임.

¶ 我ㄱ 無始灬八 已來㇁ㄱ厶 飢餓乙 以三ㄱ入灬 故攴 身乙 喪ㅏ㇁ㄱ厶 數ㅋ 無▸ㅅㅣㅅㅏ㇁ㄱ氵◂ 曾八㇁刀 得ㅏ尔 毫末許ㅅ 如攴ㅅㅌ刀 衆生乙 饒益ㅅㅏ 而灬 獲㇁ㅌㅅ 善利乙 {有}斗尸 未ㅣ丿ㄱㅣㅏㅅ丨 <화소10:09-10>

ㅅ㆒[ㅅ져]

【ㅅ/말음첨기+㆒/연결어미】
('無' 뒤에서) 없고.

¶ 幻諦ㅅ 法ㄱ 佛ㅣ 出世ㅅ白ㄅ尸 無ㅅ二ㄱㅌㅅ 前ㅏ十 名字 無▸ㅅ㆒◂ 義ㅅ 名 無▸ㅅ㆒◂ㅅㅎ <구인14:02-14:03>
幻法氵 幻化氵丿今ㄱ 名字 無▸ㅅ㆒◂ 體相 無▸ㅅ㆒◂ㅅㅎ三界ㅅ 名字 無▸ㅅ㆒◂ 善惡果報ㅣㄱ 六道ㅅ 名字 無▸ㅅ㆒◂ㅅナ丨 <구인14:03-14:04>
相 無ㅅㄱㅌㅅ 第一義ㄱ 自 無▸ㅅ㆒◂ 他作 無▸ㅅ㆒◂ㅅㅎ 因緣灬 本灬八 自ㅋ灬 有ㅅㄱㅌ刀 自 無▸ㅅ㆒◂ 他作 無▸ㅅ㆒◂ㅅㅎ <구인14:24-14:25>
著丿尸 所 無▸ㅅ㆒◂ 見丿尸 所 無▸ㅅ㆒◂ 患累 無▸ㅅ㆒◂ 異ㅅㄱ 思惟 無▸ㅅ㆒◂ㅅ尸矢 是 波羅蜜義ㅣナㄱㅣ丨 <금광05:22-23>

ㅅ㆒ㅅナ丨[ㅅ져ㅎ겨다]

【ㅅ/말음첨기+㆒/연결어미#ㅅ/용언+ナ/선어말어미+丨/종결어미】
('無' 뒤에서) 없고 하다. 없다.

¶ 幻法氵 幻化氵丿今ㄱ 名字 無ㅅ㆒ 體相 無ㅅ㆒ㅅㅎ 三界ㅅ 名字 無ㅅ㆒ 善惡果報ㅣㄱ

六道セ 名字 無▸セろソナ丨◂ <구인14:04>

【관련】 セろ, ソナ丨

セろソ1入⺌[ㅅ져흔드로]

【セ/말음첨기+ろ/연결어미#ソ/동사+1/동명사어미+入/의존명사+⺌/구격조사】

('無' 뒤에서) 없고 한 까닭으로. 없고 하기 때문에.

¶ 般若刂 空ノ1ム {於}無明乙 從セ 乃氵 薩婆若阝十 至刂ソナ丨 自相 無セろ 他相 無▸セろソ1入⺌◂ 故ノ〻 <구인15:15 -16>

【관련】 セろ, ソ1入⺌

セろソ尸矢[ㅅ져홇디]

【セ/말음첨기+ろ/연결어미#ソ/동사+尸/동명사어미+矢[ㄷ/의존명사+이/주격조사]】

('無' 뒤에서) 없고 한 것이. 없고 함이.

¶ 著ノ尸 所 無セろ 見ノ尸 所 無セろ 患累 無セろ 異ソ1 思惟 無▸セろソ尸矢◂ 是 波羅蜜義刂ナ1刂丨 <금광05:22-23>

【관련】 セろ, ソ尸矢

セろソ㢱[ㅅ져ᄒᆞ며]

【セ/말음첨기+ろ/연결어미#ソ/동사+㢱/연결어미】

① ('無' 뒤에서) 없고 하며.

¶ 幻諦セ 法1 佛刂 出世ソ白ㄅ尸 無セ二1ヒセ 前阝十 名字 無セろ 義セ 名 無▸セろソ㢱◂ <구인14:02-14:03>

幻法〻 幻化〻ノ令1 名字 無セろ 體相 無▸セろソ㢱◂ <구인14:03-14:04>

相 無セ1ヒセ 第一義1 自 無セろ 他作 無▸セろソ㢱◂ <구인14:24>

本⺌八 自ㄋ⺌ 有ソ1ヒ刀 自 無セろ 他作 無▸セろソ㢱◂ <구인14:24-14:25>

② ('盛' 뒤에서) 성하고 하며. 왕성하고 하며.

¶ {此}刂 菩薩1 年支 方セ 少(五)邑ろ 盛▸セろソ㢱◂ <화소10:14-16>

【관련】 セろ, ソ㢱

セろソ二㢱[ㅅ져ᄒᆞ시며]

【セ/말음첨기+ろ/연결어미#ソ/용언+二/선어말어미+㢱/연결어미】

('爾' 뒤에서) 그러하고 하시며. 그러하시며.

¶ 復ソ1 {於}頂上阝十ソ阝 千寶蓮花乙 出ソ白ㄅ1ム 其 花1 上ソ1 非想非非想天阝十 至ろ 光刀 亦ソ1 復ㄅ 爾▸セろソ二㢱◂ <구인02:12-13>

【관련】 ㅅ㇞, ㅅ二ㅅ

ㄷノ㇆ [ㅅ혼]

【ㄷ/말음첨기+ノ[ᄒᆞ/용언+오/선어말어미]+㇆/동명사어미】

('應' 뒤에서) 적당함. 마땅함.

¶ 色相ᄉ 顔容ᄉ 及ㄷ 衣服ᄉノ今乙 應▸ㄷノ㇆◂ 隨ᅙ 普 現ᅙ㇆ム 其 心ㅅ十 愜ᄒᆞㅅ ㅅ 色乙 樂ᅙナ今ㄷ 者ᅙ乙 皆ㄷ 道ㅅ十 從ㄷ 俾リナㅅ <화엄18:04-05>

是 如支 難行ノ今ㄷ 苦行ㄷ 法乙 菩薩㇆ 應▸ㄷノ㇆◂ 隨ᅙ 悉ㅅ 能支 作ㅅナㅅ <화엄19:17>

【관련】 ノ㇆

ㄷノ㇆ㅌㄷ [ㅅ혼ᄃᆞㅅ]

【ㄷ/말음첨기?+ノ[ᄒᆞ/용언+오/선어말어미]+㇆/동명사어미+ㅌ/의존명사+ㄷ/속격조사; ㄷ/말음첨기?+ノ[ᄒᆞ/용언+오/선어말어미]+㇆/중복표기+ㅌ/동명사어미+ㄷ/속격조사】

('故' 뒤에서) 연유한.

¶ 等ㅅ 慧ㅅ 灌頂ㅅㄷ 三品士㇆ 前ㅋ 餘ㅅ㇆ 習リ㇆ 無明緣ᄉ 無明習相リ㇆ 故▸ㄷノ㇆ㅌㄷ◂ 煩惱ᄉノ乙 除ㅅ二ㅏㅋ㇆ㅅ㇆ 二諦理乙 窮ㅅ 一切之ㄷ 盡ㅅ(二)㇆ㅅ罒リㅋ丨 <구인11:01- 02>

【관련】 ノ㇆ㅌㄷ, ノㅌㄷ

【비고】 여기서 'ノ'는 선어말어미일 가능성이 있음.

ㄷᅙ [ㅅ오]

【ㄷ/말음첨기+ᅙ/부사화소】

('始, 初' 뒤에서) 비로소. 처음으로.

¶ 香華ᄉ 衣服ᄉノ今罒 以ㅅ亦 其 身乙 嚴ㅅㅅ 始▸ㄷᅙ◂ 灌頂轉輪王位乙 受ㅅ 七寶 具足ㅅㅅ亦 四天下乙 王ㅅナ㇆丨十 <화소10:16-17>

名華ᄉ 上服ᄉノ今罒 而罒 以ㅅ亦 身乙 嚴ㅅㅅ 始▸ㄷᅙ◂ 灌頂轉輪王位乙 受ㅅ 七寶 具足ㅅㅅ亦 四天下乙 王ㅅナ㇆丨十 <화소11:07-08>

睡眠乙 始▸ㄷᅙ◂ 寤ㅊ㇆丨十㇆ 當願衆生 一切智罒 覺ノㄕム 周ㄷ 十方乙 顧ㅅㅌ立ノ オナ丨 <화엄08:15>

惜ノㄕ㇇力 生リㄕ 不ㅅナㅅ 但ハ 自ㅋ罒 身ㅋ 初▸ㄷᅙ◂ 入胎ㅅ㇆乙 從ㄷ 不淨ㅅㅌ ㄷ 微形リ罒 胞段ㄷ 諸㇆ 根リ 生老病死ㅅㅏᅙ㇆ㅅ乙 觀ㅅナㅅ <화소16:04-05>

菩薩㇆ 是乙 {以}ᄉㅅ 初▸ㄷᅙ◂ 發心ㅅナ㇆リ丨 <화엄09:18 -19>

【관련】 (初)ㄷ亦, (初)ㄷㅋㅅ㇆

【선후】 (15)비르수, (16)비르소

ㅌ丷厶丨丷ㅌ亠[ㅅ ᄒᆞ거다ᄒᆞᆺ여]

【(ㅎ)ㅌ/어미+丷/형용사+厶/선어말어미+丨/종결어미#丷/용언+ㅌ亠/연결어미?】

('應' 뒤에서) -어야 하겠다 하지만. -음이 마땅하다 하지만. § 일반적으로 역접은 '-尸亠'가 나타내나 여기서는 '-ㅌ亠'가 사용되었음.

¶ 左邊亠 右邊亠ノ令十丷ㅅ 地(獄)ㅅ十 墮{應}▸ㅌ丷厶丨丷ㅌ亠◂ (菩)薩力乙 (以) 故ノ 還ノ 得ㅅ尒 不墮丷ㅅ 損傷ノ尸 無{有}丷ㅎ 痛(惱) 無{有}ㅌ丷ㅎ丷トノ乛入乙 菩薩 悉見ナ ㅎㅌ丨 <금광06:13-15>

【비고】 '丷ㅌ亠'의 '丷'와 'ㅌ'의 판독이 불확실함. 일반적으로 '應ㅌ' 앞에는 '-ㅎ'이 오므로 여기서도 '應ㅌ' 앞에 '-ㅎ'이 생략된 것으로 볼 수 있음.

ㅌ丷ナ丨[1][ㅅ ᄒᆞ겨다]

【ㅌ/말음첨기+丷/용언+ナ/선어말어미+丨/종결어미】

('然' 뒤에서) 그러하다.

¶ 譬入乛 大海ㅅㅌ 金剛聚乛 彼ㅋ 威力乙 {以}氵ㅅ 衆乛 寶乙 生ノ乛厶 滅ノ尸 無ㅅ 增ノ尸 無ㅅ 亦刂(丷)乛 盡尸 無乛 如支 菩薩尸 功德聚 亦刀 然▸ㅌ丷ナ丨◂ <화엄14:13-14>

菩薩ㅌ 觀刀 亦丷乛 然▸ㅌ丷ナ丨◂ <구인15:10>

【관련】 丷ナ丨

ㅌ丷ナ丨[2]

☞ 而ㅅㅎ應ㅌ丷ナ丨

ㅌ丷口ㅌㄋ[ㅅ ᄒᆞ고ᄂᆞ오]

【ㅌ/말음첨기#丷/용언+口/선어말어미(+ㄴ/동명사어미)+ㅌ/의존명사+ㄋ/의문조사; ㅌ/말음첨기#丷/용언+口/선어말어미+ㅌ/동명사어미+ㄋ/의문조사】

('云何' 뒤에서) 어떠한 것입니까. § 선어말어미 '口'는 상대높임의 용법임.

¶ 一刂ㅅ 二刂ㅌㅌ{之} 義乛 其 事 云何▸ㅌ丷口ㅌㄋ◂ <구인14:19-14:20>

【관련】 (刂丨/丷二ㅎㅌ丨)丷口ㄋ令ㄋ, (刂八丷)口ノ令口(丷ナ尸入乛/丷ナ矛尸入乛), (刂八)丷口令口(丷ナ矛入乛)

【비고】 'ㄋ'는 '口'에서 'ㄱ'이 약화된 형태임.

ㅌ丷口丨

☞ ノ ㅎ 應ㅌ ソ ロ ㅣ

ㅌ ソ ㅌ

☞ 去 ㅎ 可ㅌ ソ ㅌ

ㅌ ソ ㅌ ㅈ ア 入 ㄱ [ㅅ호ᄂ롫든]

【(ㅎ)ㅌ/어미+ソ/용언+ㅌ/선어말어미+ㅈ/선어말어미+ア/동명사어미+入/의존명사+ㄱ/보조사;(ㅎ)ㅌ/어미+ソ/용언+ㅌ/선어말어미+ㅈ[ㄹㆆ/동명사어미(+이/의존명사)+이/계사]+ア/동명사어미+入/의존명사+ㄱ/보조사】

('應' 뒤에서) 할 수 있으면. 하면.

¶ 若 灌頂大神通 獲 {於}最勝諸三昧 住ソㅌア入ㄹ(ㄱ) 則 {於}十方ㅌ 諸ㄱ 佛矢 所ㅋ十ソㅋハ 灌頂ㄹ 受ㅋホ 而… 鼎位ソㅎ{應}ㅌソㅌㅈ 亽 若 {於}十方ㅌ 諸ㄱ 佛矢 所 灌頂 受 而 鼎位 {應}▸ㅌソㅌㅈア入ㄱ◂ 則 十方ㅌ 一切佛ㅣ 手以甘露灌其頂 蒙ㅌㅈ 亽 <화엄14:01-04>

【관련】 ソナㅈア入ㄱ, ソㅌア入ㄱ, ノㅈㅌア入ㄱ

【비고】 '鼎位ソㅎ{應}ㅌソ-'이 되어야 하나 앞에 '鼎位ソㅎ{應}ㅌソㅌㅈ亽'가 있어 생략됨. 'ア入ㄱ'을 연결어미로 보는 견해도 있음.

ㅌ ソ ㅌ ㅈ 亽

☞ ソ ㅎ 應ㅌ ソ ㅌ ㅈ 亽

ㅌ ソ ㅌ 立

☞ ㅣ ア 爲入 ㄹ ノ ㅎ 應ㅌ ソ ㅌ 立

ㅌ ソ ㄱ[1] [ㅅ혼]

【ㅌ/말음첨기+ソ/형용사+ㄱ/동명사어미】

('爾, 是' 뒤에서) 이. 이러한.

¶ 爾▸ㅌソㄱ◂ 時十 菩薩ㄱ {是}ㅣ 念言ノア入ㄹ 作ソナア <화소11:20-12:01>

菩薩ㄱ 是▸ㅌソㄱ◂ 時十 心ㅋ十 {是}ㅣ 念ㄹ 作ソナア丁 <화소12:15>

爾▸ㅌソㄱ◂ 時十 十號ㅣㅎ 三明ㅣㅎ 大滅諦ㅣㅎ 金剛智ㅣㅎソニㄱ 釋迦牟尼佛ㄱ <구인02:10-11>

是▸ㅌソㄱ◂ 時十 世界ㅌ 其 地ㄱ 六種… 震動ソロㅌㅣ <구인02:18>

【관련】 (是)ㆍㅌソㄱ, (爾)ㅗㅌソㄱ, (爾)ソㄱ

【비고】 '(爾/是)七ㅅ丨'은 <화엄경>의 '(是)ㆍ七ㅅ丨, (爾)亠七ㅅ丨'과 같은 형태를 표기한 것으로 추정됨.

七ㅅ丨[2][ㅅ혼]

【七/말음첨기+ㅅ/형용사+丨/동명사어미】
('少' 뒤에서) 적은.

¶ 我 非矢かゝ 堅固ㅅ丨 非矢かゝ 少▸七ㅅ丨◂ 法七刀 得ㄋ亦 成立ㅅ亍可七ㅅ丨 無亍丨入乙 {有} 知ナ今ㆍ <화소18:14-15>

少▸七ㅅ丨◂ 方便乙 以ㄋ 一切法乙 了ノ尸ム 自然明達ㅅナ今ㆍ <화소19:10-11>

七ㅅ丨[3][ㅅ혼]

【七/말음첨기+ㅅ/형용사+丨/동명사어미】
('何' 뒤에서) 어떤.

¶ 今日ㄋ十 如來刂 大光明乙 放ㅅ二卜ㄋ丨入丨 斯毛ㅅ巴八 何▸七ㅅ丨◂ 事乙 作ㅅ七彳ㅅ二卜丨刂ㄋ七ロㅅ七八二かゝ <구인02: 23-24>

【관련】 (何/云何)七ㅅ丨乙

七ㅅ丨[4]

☞ ㄋㄋ亍可七ㅅ丨, 刂亍應七ㅅ丨, ノ亍應七ㅅ丨, ノ亍可七ㅅ丨, ㅅ亍可七ㅅ丨, ㅅㄋ亍亍可七ㅅ丨

七ㅅ丨入乙

☞ ノ亍可七ㅅ丨入乙

七ㅅ丨乙[1][ㅅ혼올]

【七/말음첨기+ㅅ/형용사+丨/동명사어미+乙/대격조사】
('何', '云何' 뒤에서) 어떤 것을. 무엇을.

¶ 何▸七ㅅ丨乙◂{者} {爲} 生死七 最八 初際ㆍㅅかゝ 何▸七ㅅ丨乙◂{者} {爲} 生死七 最八 後際ㆍノ禾ㄋ七ロノ尸入刂ナ丨 <화소08:12-13>

佛子ㄋ 云何▸七ㅅ丨乙◂ 菩薩尸 分減施ㆍノ今ロ{爲}ㅅナ禾尸入丨 <화소09:09>

佛子ㄋ 云何▸七ㅅ丨乙◂ 用心ㅅ丨丨十 能支 一切勝妙功德乙 獲尸丁ノ今ロㅅ矛尸入丨 <화엄02:17-18>

何▸七ㅅ丨乙◂{者} {爲}五刂八ロノ今ロㅅナ尸入丨 <금광02:22>

【관련】 ㅆ丨乙

ㅌ丷丨乙²

☞ 丿ㅎ可ㅌ丷丨乙, 亽刂丿ㅎ可ㅌ丷丨乙, 丷白ㅎㅎ應可ㅌ丷丨乙

ㅌ丷丨乙灬ㅌ[ㅅ흔을롯]

【ㅌ/말음첨기+丷/형용사+丨/동명사어미+乙灬/구격조사+ㅌ/속격조사; ㅌ/말음첨기+丷/형용사+丨/동명사어미+乙灬/구격조사+ㅌ/첨사】

그러한 것으로부터. ('然' 뒤, '後' 앞에서) 그러한 연후.

¶ 要ㅎ 衆生ㄋ十 與丷丨 然▸ㅌ丷丨乙灬ㅌ◂ 後刂十ㆍ 方ㅌ 食丷ナ亦 <화소09:11>

【관련】 丷ホ丨乙灬ㅌ, 灬ㅌ, 一灬八

【비고】 '乙灬'는 'ㄹ'의 중복 표기일 가능성이 있음.

ㅌ丷丨亠

☞ 丷ロㅎ應ㅌ丷丨亠, 丷ㅎ可ㅌ丷丨亠

ㅌ丷丨ㆍ

☞ 厶ㅎ可ㅌ丷丨ㆍ

ㅌ丷丨ラ十

☞ 丷ㅎ應ㅌ丷丨ラ十, 丷令刂ㅎ丿ㅎ應ㅌ丷丨ラ十

ㅌ丷丨刂丨丁[ㅅ흔인뎌]

【ㅌ/미상+丷/용언+丨/동명사어미+刂/계사+丨/동명사어미+丁[ㄷ/의존명사+여/조사]】

('有' 뒤에서) 있는 것이다. 있다. § '刂丨'은 '應知', '當知'의 목적어절에 붙는 요소임. '丁'는 후치된 목적어절에 붙는 요소임.

¶ 當八 知ㅎ丨 此 障ㄋ十 略ロ丨 二種 有丿丨刂丨丁(난상 ▸ㅌ丷丨刂丨丁◂) <유가 26:03-04>

【비고】 '此 障ㄋ十 略ロ丨 二種 有丿丨刂丨丁 <유가 26:03- 04>'의 '有'에 달릴 토를 다시 쓴 것으로 보이는데, '有ㅌ丨刂丨丁' 또는 '有丷丨刂丨丁'의 잘못으로 추정됨.

七丷乛刂乛丁

☞ 亽刂丆亣應七丷乛刂乛丁

七丷乛刂罒

☞ 丿亣應七丷乛刂罒

七丷乛刂㇋七丨丷𠂇亣七丨

☞ 七刂丿亣應七丷乛刂㇋七丨丷𠂇亣七丨

七丷乛刂㇋七丨丷㇋

☞ 丿亣應七丷乛刂㇋七丨丷㇋

七丷乛刂㇋七㢱

☞ 亽刂丆亣應七丷乛刂㇋七㢱

七丷矛尸口丿矛乛入灬氵

☞ ㇌亣可七丷矛尸口丿矛乛入灬氵

七丷尸[ㅅᄒᆞᇙ]

【七/말음첨기+丷/용언+尸/동명사어미】

('周' 뒤에서) 두루 하지. 빠짐없이 골고루 하지.

¶ 月光影 如支丷㇋尒 周▸七丷尸◂ 不丷尸丁丿尸 靡七㇋ 量刂 無乛 方便乙灬 羣生乙 化丷口七矛㢱 <화엄14:18>

【관련】 丷尸

七丷㢱[1][ㅅᄒᆞ며]

【七/말음첨기+丷/동사+㢱/연결어미】

① ('嬰' 뒤에서) 걸렸으며.

¶ 我乛 今丷乛 衰老丷㇋ 身乛 重疾㇋十 嬰▸七丷㢱◂ <화소10:18>

【관련】 丷㢱

② ('從' 뒤에서) 따르며.

¶ 業報乙 從▸ㅌソ𠇗◂ 諸ㄱ 行ㅌ 因緣乙⺍{之} 造作ノㄱ 所リ𠇗 <화소18:11-12>

【관련】 (從)ㅌソ阝, ソ𠇗

③ ('與' 뒤에서) 함께 하며.

¶ 作事乙 隨ノ 善品乙 棄捨ソロ 數リ 衆會乙 與▸ㅌソ𠇗◂ <유가26:05-07>

【관련】 (與)ㅌソ阝尒, ソ𠇗

【선후】 (15)다뭇ᄒᆞ-

ㅌソ𠇗²

☞ ノ㐪應ㅌソ𠇗, ソ㐪應ㅌソ𠇗, ノ㐪可ㅌソ𠇗

ㅌソ二下[ㅅᄒᆞ시하]

【ㅌ/말음첨기+ソ/형용사+二/선어말어미+下/연결어미】

('然' 뒤에서) 그러하시어.

¶ 六方阝ㅌㄋカ 亦ソㄱ 復ㄅ {是}リ {如}ㅣソㅌハ二𠇗 作樂ノㄕカ 亦ソㄱ 然▸ㅌソ二下◂ 亦ソㄱ 復ㄅ 共ㅌ 量 無ㅌㄱ 音樂乙 作ソ阝 如來乙 覺寤ソリ白ロハ二ㄱ <구인03:11-12>

【관련】 ソ二下

【비고】 '下'는 연결어미 '阝'의 이형태로 선어말어미 '二/㫆'와 사동접미사 'リ' 뒤에 나타남.

ㅌソ阝[ㅅᄒᆞ아]

【ㅌ/말음첨기+ソ/용언+阝/연결어미】

① ('從' 뒤에서) -로부터. -에게.

¶ 時十 諸ㄱ 貪人ㄱ 彼 大王ㄋ十 從▸ㅌソ阝◂ 或ソㄱ 國土乙 乞ソㄕカソ𠇗 或ソㄱ 妻子乙 乞ソㄕカソ𠇗 <화소12:13-14>

② ('順' 뒤에서) 따라.

¶ 菩薩ㄱ 種種ㅌ 方便門乙⺍ 世ㅌ 法阝十 隨㐪 順▸ㅌソ阝◂ 衆生乙 度リ㐪ㄕム <화엄19:04>

時十ㄱ 當願衆生 佛矢 說㫆㐪ㄱ 所阝十 順▸ㅌソ阝◂ハ 摠持ソ阝尒 忘ㄕ 不ソㅌ立 <화엄08:03>

【관련】 (從)ㅌソ𠇗

ㅌソ阝尒[ㅅᄒᆞ아곰]

【ㅌ/말음첨기+ㅛ/동사+ㅣ/연결어미+ㅊ/첨사】
('與, 俱' 뒤에서) 함께 하여서.

¶ 彼ㅋ{之} 功德ㄱ 邊際 無ㅁナㄱ 稱量ㅛㅣ亦ㅎ可ㅌㅛㄱ 不矢ㅅ 與▸ㅌㅛㅣㅊ◂ 等ㅣㅛㅣ소 無ㅌナㅣ <화엄09:05>

若 身充徧如虛空 安住不動 十方 滿ㅛヒㄕ入ㄱ 則 彼ㅋ 所行ㄱ 與▸ㅌㅛㅣㅊ◂ 等ㅁ소 無ㅣ 諸ㄱ 天ミ 世人ミノ矛 能矢 知ノ소 莫ㅊナㅎㅌㅣ <화엄14:07-08>

爾ㅌㅛㄱ 時ナ 諸ㄱ 大衆ㄱ 俱▸ㅌㅛㅣㅊ◂ 共ㅌ 僉然亐 生疑ㅛㅣ 各ㅊ 相ㄅ毛ㅊㄅ 謂言ㅛナㄕ <구인02:19>

【관련】 (與)ㅌㅛㅅ

【선후】 (15)다뭇ᄒᆞ-

ㅌㅛㅣハ[ㅅᄒᆞ악]

【ㅌ/말음첨기+ㅛ/동사+ㅣ/연결어미+ハ/첨사】
('順' 뒤에서) 따라서.

¶ 時ナㄱ 當願衆生 佛矢 說ㅊㅎㄱ 所ㅣナ 順▸ㅌㅛㅣハ◂ 摠持ㅛㅣㅊ 忘ㄕ 不ㅛヒ立 <화엄08:03>

【관련】 (順)ㅌㅛㅣ

ㅌㅛㅎㅛトノㄱ入ㄹ[ㅅᄒᆞ져ᄒᆞ누온돌]

【ㅌ/말음첨기+ㅛ/용언+ㅎ/연결어미#ㅛ/용언+ト/선어말어미+ノ/선어말어미+ㄱ/동명사어미+入/의존명사+ㄹ/대격조사】
('無有' 뒤에서) 없고 하는 것을. 없는 것을.

¶ 損傷ノㄕ 無{有}ㅛㅎ 痛(惱) 無{有}▸ㅌㅛㅎㅛトノㄱ入ㄹ◂ 菩薩 悉 見ナㅎㅌㅣ <금광06:14-15>

【관련】 ㅛトノㄱ入ㄹ

【비고】 'ㅌㅛㅎ'는 'ㅌㅎ' 또는 'ㅛㅎ'의 오기일 가능성이 있음.

ㅌナ[ㅅ긔]

【ㅌ/말음첨기+ナ/처격조사】
('一' 뒤에서) 첫째에. 첫째로.

¶ 一▸ㅌナ◂{者} {於}一切 法ㅣナ 善惡ㄹ 分別ノㄕム 智 能 具足ㅛㅅ 二者 … 智 能 具足ㅛㅅ <금광05:02-04>

【관련】 (一)ナㄱ(者)

七 子 ㄱ [ㅅ?은]

【七/속격조사+子/의존명사?+ㄱ/보조사】

-의 이는. -에 있는 이는.

¶ 時十 無色界▶七子ㄱ◀ 量 無七ㄱ 變ノㄱㅌ七 大香花ㄴ 雨ㄅㄱ厶 <구인02:14-15>

【비고】 '子'의 기원에 대해서는 '孫' 또는 '佛子'에서 온 것으로 보는 견해가 있음.

七 子 乙 [ㅅ?을]

【七/속격조사+子/의존명사?+乙/대격조사】

-의 이를. ('與七' 앞에서) -의 이와 함께.

¶ 或 復 樂ㅎ 二ㅎ 第▶七子乙◀ 與七 共住ソㅎソㅊノㄕ <유가26:13-14>

【비고】 '子'의 기원에 대해서는 '孫' 또는 '佛子'에서 온 것으로 보는 견해가 있음.

七 子 ⺀ ノ 令 [ㅅ?여호리]

【七/속격조사+子/의존명사?+⺀/조사#ノ[ᄒᆞ/동사+오/선어말어미]+令[ㄹㆆ/동명사어미+이/의존명사(+이/주격조사)]】

-의 이이니 하는 이가. § 'ノ令'의 'ᄒᆞ-'는 '⺀'로 나열된 명사구를 아우르는 요소임.

¶ 卽ㄅ {於}座七 梵王⺀ 十恒沙七 鬼神王⺀ 乃ㅊ 至リ 三趣▶七子⺀ノ令◀ 有七ナㄱ⺀ 無生法忍乙 得ナㅊ <구인11:15-16>

【비고】 '子'의 기원에 대해서는 '孫' 또는 '佛子'에서 온 것으로 보는 견해가 있음.

阝[1][아]

【阝/말음첨기】

('所' 뒤에서) 바. 것.

¶ 亦丷1 悋ノ尸 所▸阝◂ 無七刂ノ亠應七丷1刂阝七丨丷ナ亠七丨 <화소10:11-13>
{之}刂乙 施ノ尸厶 心阝十 悔ノ尸 所▸阝◂ 無七刂丷ナ尸入乙 {是}刂乙 名下 內施氵ノ禾ナ丨 <화소11:04>
{於}諸1 佛法阝十 心亠 礙ノ尸 所▸阝◂ 無ゕ 去來今七 諸1 佛ㅅ {之} 道阝十 住丷ゕ <화엄02:13-14>
五眼刂 成就丷去八二1ヒ七 時十 見二1乃 見ㄅ尸 所▸阝◂ 無七二ゕ <구인15:16>
大王下 若七 菩薩 上十 見ㄅ尸 所▸阝◂ {如}丨丷1 衆生1 幻化刂罒 <구인14:11-12>
【선후】 (15)바

阝[2][아]

【阝/호격조사】

-아/야.

¶ 佛子▸阝◂ 云何七丷1乙 菩薩尸 分減施氵ノ令口{爲}丷ナ禾尸入1 <화소09:09>
善男子▸阝◂ {是}刂 月光王1 已氵 {於}過去七 十千劫七 中阝七 龍光王佛法七 中阝十丷阝 四住七 開士刂尸{爲}入乙丷丨ナ1乙 <구인11:20-22>
善男子▸阝◂ 是 如支丷丨 是 如支丷丨 汝 等丷11 當八 此 如支丷二1 經典乙 精勤修行丷口亠{應}七丷1亠 <금광15:14- 15>
【관련】 (佛子)氵, (大王)下

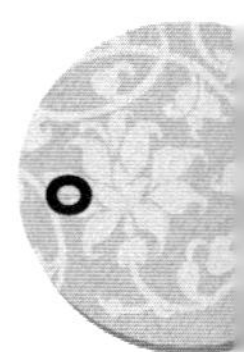

【선후】 (15)-아/야

㺃 ³[아]

【㺃/부사화소】

① ('更' 뒤에서) 다시.

¶ 唯ハ 願ロア入乛 大王刂禾乛入乛 更▸㺃◂ 籌量丷㺃ハ 顧惜ノア 所乙 {有}斗ア 莫七禾下ハ <화소10:20-11:01>

未來㺃十 是 礙刂 更▸㺃◂ 生乛 不ハ丷ア乙 更▸㺃◂ 生 不ハ今刂今七 智乙 得ア 未入丷卜乛力 無明刂 因{爲}刂ア入乙丷尒 <금광08:09-10>

此乙 除ロ斤 更▸㺃◂ 若 過丷㐁 若 增丷㐁丷乛 无丷乛刂乛丁 <유가28:07-08>

【선후】 (15)가식야

② ('悉' 뒤에서) 다.

¶ 虛空界乙 盡㺃 悉▸㺃◂ 開悟ノア厶 心㐁 限ア 無刂丷ア入灬{故}刂尒 <화소26:14-15>

恒刂 捨離ア 不丷尒 諸乛 法相乙 {如}亦 悉▸㺃◂ 能攴 通達丷尒 <화엄02:14-15>

大事亠 大用亠ノア乙 意七 願ノ乛 所乙 如ハ 悉▸㺃◂ 皆 成就丷尒丷㺃 <금광06:24>

【선후】 (15)다

③ ('先' 뒤에서) 먼저.

¶ 吾乛 今丷乛 先▸㺃◂ 諸乛 菩薩 {爲}氵㐁 佛果乙 護ノ今七 因緣： 十地七 行乙 護ノ今七 因緣：十地七 行乙 護ノ今七 因緣：ノ乙 說白㺃㐁七丨 <구인03:18-19>

【관련】 (先)下, (先)㇇

【비고】 '先㇇'는 <화엄경소>에서, '先㺃'는 <구역인왕경>에서, '先下'는 <유가사지론>에서 쓰임.

④ ('永' 뒤에서) 길이. 오래. 영원히.

¶ 卽㐁 名下 已氵 得尒 {於}現見法㺃十 永▸㺃◂ 熾燃乙 離丷㺃乛丁ノ今 非失丨 <유가22:06>

現觀乙 障丷今七 我慢亂心乙 便㐁 永▸㺃◂ 斷滅丷ロ 心一境性乙 證得丷ナ乛入灬 <유가23:20-21>

若 {於}是 如攴丷乛 十種 過失㺃十 永▸㺃◂ 不相應丷乛乛 唯ハ 最後身㇇ 任持ノ乛 所氵 {有}斗ロ乛 第二餘身乛 畢竟 不起丷ナ禾罒 <유가31:01-02>

{於}現法七 中㺃十 已氵 永▸㺃◂ 斷絶丷㐁 <유가31:16>

此 因果刂 永▸㺃◂ 滅盡丷厷乛入乙 由氵乛入灬 故ノ 卽 名下 苦邊亠ノ 由氵乛入灬 故ノ 卽 名下 苦邊亠ノア亠 <유가31:17 -18>

【관련】 (永)厷

【비고】 '永厷'는 <화엄경>과 <화엄경소>에서, '永㺃'는 <유가사지론>에서 쓰임.

⑤ ('久' 뒤에서) 오래.

¶ 則ノ 法乙 久▸㺃◂ {於}世㇇十 住今刂白㺃乛丁ノ禾ナ乛刂丨丷七ハ二丨 <금광

15:15-16>

㇄ [4] [아]

【㇄/연결어미】

-아/어/여.

¶ 始七㇇ 灌頂轉輪王位乙 受▸㇄◂ 七寶 具足丷㇄尒 四天下乙 王丷𠂇㇖丨十 時十 或𠃌 有𠂇丨 人刂 來丷㇄尒 王㇇十 白▸㇄◂ 言白𠂇尸丁 <화소10:16-18>

貪窮丷𠃋七 {之} 人氵 來丷㇄尒 其 前㇄十 詣▸㇄◂ 而〃 {是}刂 言乙 作丷𠂇尸丁 <화소12:09-10>

來丷㇄尒 其 所㇄十 至▸㇄◂ 菩薩尸十 告丷㇄ 言白𠂇尸丁 <화소15:19-20>

{此}刂乙 由三㇄八 阿僧祇七 劫乙 經▸㇄◂ 諸㇖ 根 不具丿尸矢去乃 <화소16:02-03>

虛空界乙 盡▸㇄◂ 悉㇄ 開悟丿尸厶 心㇇ 限尸 無刂丷尸入〃{故}刂㇇ <화소26:14-15>

爾亠七丷㇖ 時十 智首菩薩㇖ 文殊師利菩薩尸十 問▸㇄◂ 言而尸 <화엄01:04>

今丷㇖ {此}刂 食乙 以▸㇄◂ 衆生㇇十 惠施丷口八 <화소09:18-19>

則 彼㇇ 所行㇖ 與七丷㇄尒 等口亽 無▸㇄◂ 諸㇖ 天氵 世人氵丿矛 能矢 知丿亽 莫去𠂇㇇七丨 <화엄14:07-08>

諸㇖ 大士㇖ 皆七 示現丷㇄尒 能支 衆生乙 盡▸㇄◂ 調伏 使刂𠂇㇇ <화엄19:03>

或丷㇖ 五熱乙 受▸㇄◂ 日乙 隨㇇ 轉丷𠂇㇇ <화엄19:22>

其㇇ {爲}氵 方便乙〃 妙法乙 說▸㇄◂ 悉㇄ 得㇄尒 眞實諦乙 解丷{令}刂㇇㇖厶 <화엄20:07>

時十 大王㇖ 復丷㇖ 起丷㇄ 作禮丷白口 佛十 白▸㇄◂ 言二尸 <구인03:22>

二諦理乙 窮▸㇄◂ 一切之七 盡㇄(二)㇖入〃刂㇇丨 <구인11:01-02>

三十生乙 盡㇄口 等▸㇄◂ 大覺丷二㇇ 大寂無爲刂㇖ 金剛藏乙丷二㇇ <구인11:03-04>

幻化刂 幻化七 衆生乙 見𠃊㇇ 名▸㇄◂ 幻諦氵丿矛刂㇇ <구인15:08>

眞義乙 得▸㇄◂ 說𠃊㇖刂罒 <구인11:23>

佛十 白▸㇄◂ 言二尸 <구인15:21-22>

(如是 第)三 心乙 說▸㇄◂ 羼提波羅蜜因亠丿矛㇇ <금광02:03-04>

三者 願丷㇄尒 神通乙 得▸㇄◂ 衆生㇇ 善根乙 成熟亽刂{爲}入丷尸入〃 故丿丷㇇ <금광03:19-20>

是 時十 大自在梵王㇖ … 座乙 從七 而〃 起二下 偏▸㇄◂ 右肩乙 袒㇇ <금광13:18-19>

是 會七 大衆㇖ 皆 悉 彼厶 往▸㇄◂ 爲丿 聽衆刂尸入乙 作丷口七丿矛㇇ <금광15:05-06>

諸 有學㇖ … 相續七 中㇄十 非聖煩惱㇇{之} 隨逐丿㇖ 所刂 現▸㇄◂ 得 丿㇇{可}七丷㇖入乙 由氵㇖入〃{故}亠 <유가04:02-04>

當八 知㇇丨 此乙 齊▸㇄◂ 已氵 能㇇ 根本靜慮㇄十 證入丷去㇖丁丿矛刂㇖丁 <유가16:04-05>

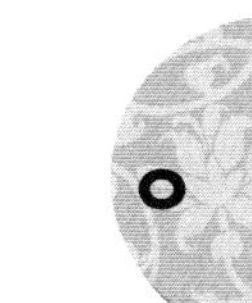

此 利養恭敬乙 依▸㇏◂ 而灬 貪着乙 生刂尸 不冬丷尒 <유가19:02-03>
亦 他乙 向▸㇏◂ 己𢒑 證ノ1 所乙 說尸 不冬丷㕝丷尒丷ナ矛罒 <유가19:09-10>
若 修瑜伽㇏ 若 修果㇏ノ尸 一切乙 摠亐 說▸㇏◂ {爲}修所成地亠ノ矛丨 <유가32:04-06>

【관련】 丷㇏, -(二/㢴/刂)下, -刂罒

【선후】 (이두)良, (15)아/어/여

㇏爲㇏丷矢ナ1刂丨[아과ᄒᆞ(ㅀ)디견이다]

【㇏/선어말어미+㇏/연결어미#丷/동사(+ㅀ/동명사어미)+矢[ᄃᆞ/의존명사+이/계사]+ナ/선어말어미+1/동명사어미+刂/계사+丨/종결어미】

('得' 뒤에서) 얻고자 하는 것이다.

¶ 四者 一切 衆生𢒑 功德 善根乙 成熟㇏刂{爲欲}㇏ 慈悲心乙 發丷尒 五者 甚深 無生法忍乙 得▸㇏{爲}㇏丷矢ナ1刂丨◂ <금광03:08-09>

【관련】 丷尸矢ナ1刂丨

【비고】 '丷矢'는 원래의 구결을 수정하여 오른 쪽에 다시 쓴 것으로 '丷尸矢'의 잘못으로 보임.

㇏口[아고]

【㇏/선어말어미+口/연결어미】

('盡' 뒤에서) 다하고.

¶ 圓智1 無相乙丷二下 三界七 王刂罒 三十生乙 盡▸㇏口◂ 等㇏ 大覺丷二尒 大寂無爲刂1 金剛藏乙丷二尒 一切 報乙 盡▸㇏口◂ 無極丷1ᄂ七 悲乙丷二尒 <구인11:03-04>

【관련】 (盡)厶ㅎ可七丷-

㇏口乙ㅎ1刂罒[아골온이라]

【㇏/선어말어미+口乙/선어말어미?+ㅎ/선어말어미+1/동명사어미+刂/계사+罒/연결어미】

('說' 뒤에서) 말하였으므로. 말하였으니. § '口乙'은 상대높임의 용법임.

¶ 我1 今丷1 已(㇏) 諸1 菩薩尸 {爲}㇏ 佛矢 往㇏十 修㢴ㅎ1ᄂ七 淸淨行乙 說▸㇏口乙ㅎ1刂罒◂ 仁刂 亦丷1 當八 {於}{此}刂 會七 中㇏七丷㇏八 修行丷㢴ㅎ1ᄂ七 勝功德乙 演暢丷口八㢴立 <화엄08:23-24>

【관련】 (受)刀㇏ㅎ1刂罒

【비고】 '罒'는 연결어미 '㇏'의 이형태로 계사 '刂' 뒤에 쓰임.

㇏口乙ㅎ尸入1[아골옳든]

【氵/선어말어미+口乙/선어말어미?+㇀/선어말어미+尸/동명사어미+入/의존명사+丨/보조사】

-면. §'口(乙)'은 상대높임의 용법임.

¶ 若七 王亐 身七 手足⺀ 血肉⺀ 頭目⺀ 骨髓⺀ ノ令乙 得▸氵口乙㇀尸入丨◂ 我亐 {之} 身命丨 必八 冀刂丨入丨 存活ソ七亻ソ去口乙㇀丨 <화소10:19-20>

【관련】 ㇀尸入丨

【비고】 '尸入丨'을 연결어미로 보는 견해도 있음.

氵尒[1][아곰]

【氵/말음첨기?+尒/첨사】

('各' 뒤에서) 각각.

¶ 吾又尸 曹丨 今ソ丨 {者} 各▸氵尒◂ 求ノ尸 所乙 {有}ㅏ口七ノ丨刂罒 <화소12:12>

各亐各亐▸氵尒◂ 座前七 花⺍七 上十 量 無七丨 化佛刂 有ナ八ニ㇇ <구인02:03>

【관련】 亐氵尒

【선후】 (15)제여곰

氵尒[2][아곰]

【氵/말음첨기?+尒/첨사】

('得', '能' 뒤에서) 능히.

¶ 曾八㇀力 得▸氵尒◂ 毫末許㇇ 如支ソ𠂤力 衆生乙 饒益ソ氵 而⺍ 獲㇀𠂤七 善利乙 {有}ㅏ尸 未刂ノ丨刂氵七丨 <화소10: 09-10>

第七心刂 能㇇ 得▸氵尒◂ 生死險惡道乙 度 令刂去丨入⺍{故}㇇ <금광02:11-12>

第三發心丨 難動ㅗノ尸 三摩提刂 攝受ソ丨入⺍ 得▸氵尒◂ 生ソ㇇ <금광08:18-19>

若七 能▸氵尒◂ 惡知識乙 遠離ソ𠂤尸入丨 則 得 善知識乙 親近ソ𠂤才㇇ <화엄10:22>

【선후】 (15)시러곰

【비고】 '(得)氵尒'의 '氵'는 기원적으로 연결어미일 가능성이 있음.

氵尒[3][아곰]

【氵/연결어미+尒/첨사】

-아/어/여서.

¶ 我亐 身七 中氵十 八萬戶蟲刂 有七氵 {於}我乙 依▸氵尒◂ 住ソ丨刂罒 我亐 身㇀七 充樂ソ氵 彼力 亦ソ丨 充樂ソ 彼力 亦ソ丨 充樂ソ禾氵七㇇ <화소09:13>

若七 自亐⺍ 以▸氵尒◂ 受用ソ丨丨十丨 則支 安樂ソ㇁ 延年ソ㇁ノ禾㇇ <화소10:06>

但八 慈念ノ尸入乙 以氵 見▸氵尒◂ {於} 我亐十 施ソ口八而立ソ去丨丨十 <화소11:01>

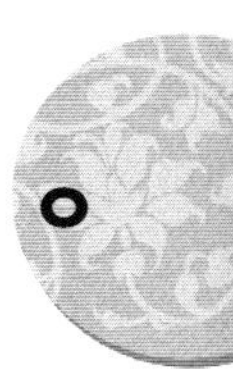

菩薩道乙 修▸ㆍ氵ホ◂ 佛法乙 成就ソ氵 <화소15:11-12>
一切之セ 虛假ソ氵 空▸氵ホ◂ 實 無セ氵{有} <화소18:13- 14>
{此}リ 菩薩ㄱ 深智慧乙 {有}斗▸氵ホ◂ 實相乙 了知ソ氵 <화소24:18>
其 根性乙 隨ㅎ 悉氵 滿足 令リ▸氵ホ◂ 心氵十 歡喜ノ尸入乙 得リ氵 <화소25:17-18>
菩薩リ … 衆生ㄱ 家性ラ 空ノㄱ入乙 知▸氵ホ◂ 其 逼迫乙 免支ㅌ立ソ又ㅕ氵 <화엄02:18-19>
父母乙 孝事ソ去ㄱㅣ十ㄱ 當ハ 願入ㄱ 衆生ㄱ 善支 {於}佛乙 事ハ白▸氵ホ◂ 一切乙 護ソㅎ 養ソㅎソㅌ支立 <화엄02:20>具足戒乙 受去ㄱㅣ十ㄱ 當願衆生 諸ㄱ 方便乙 具ㅎ▸氵ホ◂ 最勝法乙 得ㅌ立 <화엄03:20>
信ㄱ 垢濁 無▸氵ホ◂ 心ㅎ 清淨ㅅリナㅕ氵 <화엄09:22>
{是}リ 故灬 佛佛リ {於}世十 出現ソニ下 衆生乙 爲入ソニ尸入灬 故ノ 說▸氵ホ◂ 三界ㅅ 六道ㅅノ令セ 名字乙 作ソ白ㄱ乙 是乙 名氵 無量名字ㅅノㅕㄱㅅ <구인14:04-06>
生死セ 過失乙 見▸氵ホ◂ 勝解乙 發起ソㅎ <유가05:09-10>
四 其 能聽者リ 樂欲 {有}斗▸氵ホ◂ 屬耳ソ氵 <유가13:13- 14>
【관련】 ソ氵ホ, 斗氵ホ, 令リ氵ホ, ハ白氵ホ
【선후】 (15)ᄒᆞ야곰, 우러곰, ᄢᅧ곰, ᄆᆞ라곰

氵ハ [악]

【氵/연결어미+ハ/첨사】
-아/어/여서.

¶ 當ハ 不堅ソㄱ入乙 以▸氵ハ◂ 而灬 堅ソㅌセ 法乙 求ノ禾氵セㅣソナ氵 <화소12:03>
以氵ホ 彼ラ十 施▸氵ハ◂ 其 願乙 充滿ㅅリㅎㅎ應セソㄱリ氵セ氵 <화소16:12>
居家乙 捨ソ去ㄱ 時十ㄱ 當願衆生 出家ノ尸ム 礙尸 無▸氵ハ◂ 心氵十 解脫ノ尸入乙 得ㅌ立 <화엄03:06>
俗服乙 脫去ソ去ㄱㅣ十ㄱ 當願衆生 勤セ 善根乙 修▸氵ハ◂ 諸 罪セ 軛乙 捨ソㅌ立 <화엄03:10>
心氵十 解脫ノ尸入乙 得▸氵ハ◂ 安住ソ氵ホ 動尸 不ソㅌ立 <화엄04:04>
曾ハㅎカ 廢捨尸 未冬ソナ令ㅅ 但ハ 彼 境界乙 因三▸氵ハ◂ 衆生乙 攝取ソ{欲}ㅅ 爲三ㅎ 眞實乙 說ソ▸氵ハ◂ 佛法乙 成熟 令リナ禾氵 <화소13:18-19>
假使灬ハ {此}リ乙 由三▸氵ハ◂ 阿僧祇セ 劫乙 經氵 諸ㄱ 根 不具ノ尸矢去乃 <화소16:02-03>
智慧乙 以氵 先導 {爲}ㅅ▸氵ハ◂ 身語意業氵十 恒リ 失尸 無ㅌㅕ氵 <화엄13:09-10>
功德法性身乙 獲▸氵ハ◂ 法セ 威力乙 以氵 世間氵十 現ㅌㅕ氵 <화엄13:19-20>
【관련】 ソ氵ハ, 三氵ハ, ㅅ氵ハ
【선후】 (15)(ᄒᆞ)약

氵八1 [악은;아근]

【氵/연결어미+八/첨사+1/보조사】

-아/어/여서는.

¶ 世間1 何ㅎ 處乙 從七 來ソ氵 去▸氵八1◂ 何ㅎ 所七氵十 至氵 <화소08:05-06>

世界1 何ㅎ 處乙 從七 來ソ氵 去▸氵八1◂ 何ㅎ 所七氵十 至禾氵七ロノ尸入 <화소08:06-07>

【관련】(ソ)氵斤, ソ氵ソ1

氵八二ㄅ丨 [악시오다;아기시오다]

【氵/선어말어미+八/선어말어미?+二/선어말어미+ㄅ/선어말어미+丨/종결어미】

('說' 뒤에서) 말씀하셨다. 말씀하셨습니다. § 여기서 'ㄅ'는 상대높임의 용법임.

¶ 世尊1 … 摩訶般若波羅蜜ㆍ 金剛般若波羅蜜ㆍ 天王問般若波羅蜜ㆍ 光讚般若波羅蜜ㆍノ乙 說▸氵八二ㄅ丨◂ <구인02:21- 23>

【관련】白氵八二1刂罒, ソ氵八二1乙

【비고】'ㄅ'는 상대높임의 선어말어미 'ロ'가 선어말어미 '二' 뒤에서 약화된 형태임.

氵斤 [아근]

【氵/연결어미+斤[ㄱ/첨사+은/보조사]】

-아/어/여서는. -고 나서는.

¶ 大師圓滿刂丨ソ1入1{者} 謂1 卽ㅎ 彼 補特伽羅刂 內 五種 生圓滿乙 具(ㅎ尸) 已氵ソ▸氵斤◂ …{於}一切 境氵十 得ホ 障导 無二1乙 值遇ソ尸矢丨 <유가02:19-23>

是 如支 信解刂 生尸 已氵ソ▸氵斤◂ 思所成智乙 成辦ソ{爲欲}入 身心氵十 憒鬧乙 遠離ソ彡ソ氵 <유가05:04-06>

又 善友ㅋ{之} 攝受ノ1 所乙 依▸氵斤◂ {於}所知境刂1 眞實性七 中氵十 覺了欲{有}ㅛ彡 <유가06:19-20>

尸羅圓滿灬{之} 攝受ノ1 所乙 依▸氵斤◂ {於}增上尸羅氵十 淨戒乙 毁犯ソ氵ホ 非法乙 現行ソ氵… {於}尒所ㅅ七 時亠十 譏論乙 堪忍ソ彡ソ氵 <유가06:21-07:02>

又 此 三摩地乙 得▸氵斤◂ 當八 知ㅎ丨 卽ㅎ 是1 初靜慮七 近分定乙 得ナ牙罒 未至位灬 攝ノ尸 所刂1丁 <유가15:02-03>

三摩地乙 得氵▸斤◂已 善 宣說ソ彡 已 善 開示ソ彡ソト1刂丨 <유가15:08>

是 如支 尸羅乙 善 圓滿 已氵ソ▸氵斤◂ 五相乙 {以}氵 精勤方便灬 諸 善品乙 修ソナㅎ{應}七丨 <유가17:17-19>

彼1 是 如支ソ1 四苦ㅋ 隨逐ノ尸入乙 爲八▸氵斤◂ 七相乙 {以}氵 審正觀察ノㅎ{應}七ソ1刂罒 <유가18:07-08>

或 夜分氵十 居ソ▸氵斤◂ 而灬 睡眠乙 樂着ソ氵 <유가26:09-10>

【관련】 㣧八㇆, 氵丷㣧斤, 八㣧斤, 丷㣧丷㇆, -口斤

㣧 乃 [아나]

【㣧/선어말어미+乃/연결어미】
-으나. -어도. -더라도.
¶ 若七 美丷𠃊七 味乙 得▸㣧乃◂ 專口 自𠂉灬 受尸 不丷㣧八 <화소09:10-11>

㣧 又 ㇆ [아논]

【㣧/선어말어미?+又[𠃊/선어말어미+오/선어말어미]+㇆/동명사어미】
('說' 뒤에서) 말하는. 말한. § '오'는 대상 활용의 기능임.
¶ 善男子㣧 汝𠂉 說▸㣧又㇆◂ 所 如攴丷𠂇丨 <금광13:22>

㣧 𠃊 立 [아느셔]

【㣧/선어말어미+𠃊/선어말어미+立/종결어미】
('盡' 뒤에서) 다하기를 (바란다). § '𠃊立'는 願望을 나타내는 종결형태임.
¶ 盛暑刂罒 炎毒刂厶㇆丨十㇆ 當願衆生 衆㇆ 惱乙 捨離丿尸厶 一切乙 皆 盡▸㣧𠃊立◂ <화엄08:01>
【비고】 '㣧'가 말음첨기일 가능성도 있음.

㣧 ㇆ 丨 十 ㇆ [안다귄]

【㣧/선어말어미+㇆/동명사어미+丨+[ㄷ/의존명사+아긔/처격조사]+㇆/보조사; 㣧/선어말어미+㇆/동명사어미+丨/의존명사+十/처격조사+㇆/보조사】
-는 경우에는. -면.
¶ 若七 五欲乙 得▸㣧㇆丨十㇆◂ 當願衆生 欲箭乙 拔除丷㣧八 究竟安隱丷𠃊攴立 <화엄02:22>
手㣧十 錫杖 執▸㣧㇆丨十㇆◂ 當願衆生 大施會乙 設丷㣧㫺 如實道乙 示刂𠃊立 <화엄04:17>
高㇆𠂉十 昇丿今七 路乙 見▸㣧㇆丨十㇆◂ 當願衆生 永厶 三界乙 出丷㣧㫺 心㣧十 怯弱 無𠃊立 <화엄04:22>
若七 得㣧㫺 佛乙 見白▸㣧㇆丨十㇆◂ 當願衆生 無礙眼乙 得㣧㫺 一切佛乙 見白𠃊立 <화엄08:04>
若 {於}尸羅㣧十 缺犯丿尸 所 {有}斗▸㣧㇆丨十㇆◂ 此 因緣乙 由㣧 便㫺 自灬 悲責丷㫺丷ㄱ <유가17:13-14>
【관련】 白㣧㇆丨十㇆, 斗㣧㇆丨十㇆, -(厶)㇆丨十㇆,

【선후】 (15)-ㄴ댄

氵ㄱ入⺀[안드로]

【氵/선어말어미+ㄱ/동명사어미+入/의존명사+⺀/구격조사】

-은 까닭으로.

¶ 一切 微細ソㅌㄷ{之} 罪ㄲㄱ 破戒ㄷ 過失乙 皆ㄷ 清淨ソ▸氵ㄱ入⺀◂ 故ノ 是 故⺀ 二地乙 說尸 名下 無垢地亠ノ차ᅩ <금광06:25-07:01>

昔尸 得尸 未ㄲソ⺘ㄷㅣノㄱ 所ㄷ 勝利乙 得▸氵ㄱ入⺀◂ 故ノ 動踊ソㅏㄱ刀 無明乙 因ノソᅩ <금광07:18>

【관련】 ソ氵ㄱ入⺀, -(ナ/ㅊ)ㄱ入⺀

氵ㄱ亠[안여]

【氵/선어말어미+ㄱ/동명사어미+亠/조사; 氵/선어말어미+ㄱ亠/연결어미】

(‘而ㄱ’ 앞에서) -었으나. § 여기서 ‘亠’는 역접의 기능임.

¶ 若 三摩地乙 得▸氵ㄱ亠◂ 而ㄱ 圓滿 未ㄲ⺍ 亦 自在 未ㄲソ⺍ソㄱㄱ <유가24:06-07>

謂ㄱ 若 有ナㅣ 已氵 三摩地乙 得▸氵ㄱ亠◂ 而ㄱ 圓滿 未ㄲソ⺍ 自在ソㄱ入乙 得尸 未ㄲソ⺍ソナㄱㄲ亠 <유가27:11- 12>

【관련】 -ㄱ亠, -ㄱ氵

氵䒑[아리]

【氵/선어말어미+䒑[ㄹㆆ/동명사어미+이/의존명사(+이/주격조사)]】

-을 것이. -을 이가. -을 수 있는 것이. -을 수 있는 이가. § 모두 ‘無, 莫’ 등 부정소 앞에 쓰인 예임. 주로 ‘能(ㄲ)矢’가 앞에 나타남.

¶ 菩薩ㄲ {是}ㄲ 念氵十 住ソㅌㄷ 時氵十ㄱ 一切 世間ㄲ 能ㄲ矢 嬈亂ソ▸氵䒑◂ 無ᅩ 一切 異論ㄲ 能ㄲ矢 變動ソ▸氵䒑◂ 無ᅩ <화소23:10-11>

若ㄷ 高山乙 見 當願衆生 善根超出ソ氵ハ 能矢 頂氵十 至▸氵䒑◂ 無ㅌ立 <화엄05:08>

{於}塔乙 頂禮ソ白ㅊㄱㅣ十ㄱ 當願衆生 一切 天人ㄲ 能矢 頂乙 見▸氵䒑◂ 無ㅌ立 <화엄08:08>

彼⺘{之} 功德ㄱ 邊際 無ㅁナㄱ 稱量ソ氵ㆆㆆ可ㄷソㄱ 不矢ᅩ 與ㄷソ氵ホ 等氵ソ▸氵䒑◂ 無ㄷナㅣ <화엄09:05>

信ㄱ 諸ㄱ 根 淨ソ氵ホ 明利 令ㄲナ차ᅩ 信ㄱ 力 堅固ソ氵ホ 能矢 壞▸氵䒑◂ 無ナㄱㄲᅩ <화엄10:02>

若ㄷ 得氵ホ 信心ㄲ 退轉尸 不ソㅌ尸入ㄱ 彼人ㄱ 信力ㄲ 能矢 動ソ▸氵䒑◂ 無ㅌ차ᅩ

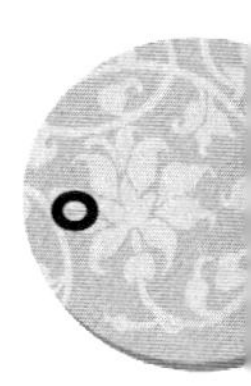

<화엄10:19>

若七 得氵亦 信力刂 能支 動丷▸氵令◂ 無𠤎尸入丁 則支 得氵亦 諸丁 根 淨丷氵 明利丷𠤎才彡 <화엄10:20>

若 處生死 疲厭丷尸 無𠤎尸入丁 則 能 勇健丷氵亦 能矢 勝▸氵令◂ 無𠤎才彡 <화엄12:01>

{是}刂 三昧神通相乙火 如丷丁 一切 天人刂 能矢 測▸氵令◂ 莫七ナ丨 <화엄17:19>

【관련】 丷氵令

氵令七[아릿]

【氵/말음첨기+令[ㄹㆆ/동명사어미+이/의존명사]+七/속격조사】

('滅' 뒤에서) 없애는. 滅하는.

¶ 信丁 能支 永去 煩惱乙 滅▸氵令七◂ 本刂尸入乙丷ナ丁刂彡 信丁 能支 專㇇ 佛功德氵十 向ㅅ刂ナ才彡 <화엄10:03>

【관련】 −令七

【선후】 (15)배아다

氵尸[앓]

【氵/말음첨기+尸/동명사어미】

-아/어/여지. §'尸'은 부정소 '不' 앞에 쓰인 것임.

¶ 煢獨丷ㅎ 羸頓丷ㅎ丷口丁 死ノ尸入丁 將与令八 久▸氵尸◂ 不丷去口乙㇇丨 <화소10:18-19>

十方七 一切 諸丁 如來刂 悉氵 共七 偁揚丷二乃 盡▸氵尸◂ 不(ノ)能刂矢丷二口乙㇇七丨 <화엄09:07>

氵彡[아며]

【氵/말음첨기+彡/연결어미】

('滅' 뒤에서) 없애며. 滅하며.

¶ 樂氵 大名稱氵ノ令乙 求丷氵丷丁𠤎丁(?) 不矢刂 但八 永去 衆生㇇ 苦乙 滅▸氵彡◂ 世間乙 利益丷彡丷{爲}ㅅ 而灬 發心丷ナ丁刂彡 <화엄09:12-13>

【선후】 (15)배아다

氵二丁入灬刂㇇丨[아신드로이오다]

【氵/말음첨기+二/선어말어미+丁/동명사어미+入/의존명사+灬/구격조사+刂/계사+㇇/선어말어미+丨/종결어미】

('盡' 뒤에서) 다하신 까닭이다.

¶ 等ㅅ 慧ㅅ 灌頂ㅅㄷ 三品士ㄱ 前ㅋ 餘ㅅㄱ 習ㄲㄱ 無明緣ㄷ 無明習相ㄲㄱ 故ㄷノㄱㄷ ㄷ 煩惱ㄷノ乙 除ㅅ二ト乃ㄱㅅㄱ 二諦理乙 窮ㄱ 一切之ㄷ 盡▸ㄱ(二)ㄱㅅ灬ㄲ乃丨◂ <구인11:01- 02>

【관련】 ㄲ乃丨, ㅡㄱㅅ灬

【비고】 '二'의 자형이 불분명함.

3 ㄷ[앗]

【3/처격조사+ㄷ/속격조사】

-에의. -에 있는.

¶ 猶ㅅㄱ 大海▸3ㄷ◂ 一ㄱ 滴ㅎㄷ 水 如支ㅅㄱ乙ㅅロ乙ㅎㅎㄷ丨 <화엄09:03>

亦ㅅㄱ 大地▸3ㄷ◂ 一ㄱ 微塵 如支ㅅㄱ乙ㅅロ乙ㅎㅎㄷ丨 <화엄09:09>

信ㄱ 道▸3ㄷ◂ 元矢支ㄲㅅ 功德ㄷ 母ㄲㄕ{爲}ㅅ乙ㅅロナㄱ <화엄09:20>

亦ㅅㄱ 法藏▸3ㄷ◂ 第一財ㄲㄕ{爲}ㅅ乙ㅅㅅ <화엄09:23>

彼 一ㄱ 塵乙灬ハ 内▸3ㄷ◂ 衆ㄱ 多ㄲㄱ 刹ㄱ 或ㄲ 有ナ丨 佛矢 有ナハ㒸ㅎㄱ矢ㄷ <화엄15:10>

天上▸3ㄷ◂ 因陀網 如支ㅅㄱ矢ㄷ <화엄15:13>

雅思ㄲㅎ 淵才ㄲㅎㅅ3 文中▸3ㄷ◂ 王ㄲㄕㅅ乙ㅅナㅅ <화엄19:06>

一切 世間▸3ㄷ◂ 衆ㄱ 技術乙ノㄕㅅ 譬ㅅㄱ 幻師 如支ㅅ3ㅅ 現ㅎㄕ 不ㅅㄕ丁ノㄕ 無ナㅅ <화엄19:07>

彼 他方 佛國ㄷ 中▸3ㄷ◂ 南方▸3ㄷ◂ 法才菩薩ㄱ <구인03:06-08>

譬 師子ㄲ (臆長毫)獸▸3ㄷ◂ 王ㄲ罒 <금광02:02-03>

頂上▸3ㄷ◂ 白蓋ㄱ 量 無ㅅㄱ 衆寶灬{之} 莊嚴ノㄱ 所ㄱ乙 {以}ㄷㅅ <금광06:18-19>

譬ㅅㄱ 空谷▸3ㄷ◂ 響 如支ㅅ3 <금광13:14-15>

云何ㅅㄱ乙 生圓滿 中▸3ㄷ◂ 外乙 依ㅅㄱㅋ十 五 有ㅅㄱ矢丨ノ今ロ <유가02:16-17>

此 中▸3ㄷ◂ 義ㄲㄕㅅㄱ{者} <유가25:12-14>

【선후】 (15)앳/엣/옛

3 ㄷ子ㄲ[앗?도]

【3/처격조사+ㄷ/속격조사+子/의존명사?+ㄲ/보조사】

-의 이도. -에 있는 이도.

¶ 西方3ㄷ 善住菩薩ㄱ 十恒河沙ㄷ 大衆ㄲ 俱ㅅㄱ乙 共ㄷ 來ㅅ3ㅅ {此}ㄲ 大會3十 入ㅅ二ㅅ 六方▸3ㄷ子ㄲ◂ 亦ㅅㄱ 復ㄱ {是}ㄲ {如}丨ㅅㄷハ二ㅅ <구인03:10-12>

【관련】 ㄷ子ㄱ, ㄷ子乙, ㄷノ今ㅋㄷ子今乙

【비고】 '子'의 기원에 대해서는 '孫' 또는 '佛子'에서 온 것으로 보는 견해가 있음.

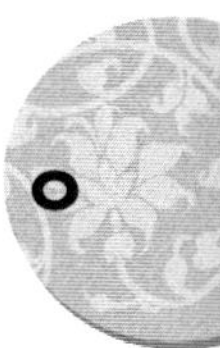

 𝟑 𝟓 𝟔

☞ 𝟑 𝟓 𝟔 可 ⺄ 𝟒 𝟏

𝟑 𝟓 𝟔 可 ⺄ 𝟒 𝟏 [아읎흔]

【𝟑/선어말어미+𝟓/선어말어미+𝟔⺄/어미+𝟒/형용사+𝟏/동명사어미】

-을 만하지. -을 수 있지. -을 수 있는 것. § '𝟏'은 부정소 '不' 앞에 쓰인 것임.

¶ 解𝟒𝟏𝟕⺄ 心𝟑𝟖 二 不矢𝟏𝟗乙 見𝟐𝟏𝟗𝟗 二乙 求𝟗𝟏𝟗 得▸𝟑𝟓𝟔{可}⺄𝟒𝟏◂ 不矢𝟗 <구인15:04>

得▸𝟑𝟓𝟔{可}⺄𝟒𝟏◂ 不矢𝟏𝟗 <구인15:05난상>

【관련】 𝟑𝟔𝟔可⺄𝟒𝟏, -𝟔可⺄𝟒𝟏

 𝟑 𝟗 𝟏 𝟗 乙 [아온들]

【𝟑/말음첨기+𝟗[ᄒᆞ/동사+오/선어말어미]+𝟏/동명사어미+𝟗/의존명사+乙/대격조사】

('等' 뒤에서) 같음을.

¶ 若⺄ 水𝟑𝟖 入𝟒𝟗𝟏 時𝟖𝟏 當願衆生 一切智𝟑𝟖 入𝟒𝟑𝟗 三世𝟗 等▸𝟑𝟗𝟏𝟗乙◂ 知𝟕立 <화엄07:23>

【관련】 (等)𝟑𝟒𝟑𝟗

【선후】 (15) 다ᄒᆞ다

부톄 舍利弗 ᄃᆞ려 니ᄅᆞ샤ᄃᆡ 됴타 됴타 네 말 ▸다ᄒᆞ니라◂ <月釋12:35a>

별해 ᄇᆞ른 빗 ▸다호라◂ <악학궤범5:08a>

𝟑 𝟗 𝟗 𝟗 [아옳ᄃᆡ;아홇ᄃᆡ]

【𝟑/연결어미#𝟗[ᄒᆞ/동사+오/선어말어미]+𝟗/동명사어미+𝟗[ᄃᆞ/의존명사+ᄋᆡ/처격조사]; 𝟑/연결어미#𝟗[ᄒᆞ/동사+오/선어말어미]+𝟗/동명사어미+𝟗/의존명사; 𝟑/연결어미#𝟗𝟗𝟗[ᄒᆞ/동사+옳ᄃᆡ/연결어미]】

('依' 뒤에서) 의지하여 하되.

¶ 又 自𝟗 增上生事𝟗 及⺄ 決定勝事𝟗乙 依▸𝟑𝟗𝟗𝟗◂ <유가28:13-14>

又 无嫉𝟗𝟗𝟗乙 依▸𝟑𝟗𝟗𝟗◂ {於}自𝟗 身𝟑𝟖𝟗𝟗𝟗乙𝟒𝟏 如𝟗 {於}他𝟗𝟖𝟗𝟗 亦 尒𝟗𝟒𝟗 <유가28:15-16>

又 知恩𝟗𝟗𝟗乙 依▸𝟑𝟗𝟗𝟗◂ 謂𝟏 有恩𝟒𝟕⺄ 者𝟗𝟖 大師𝟗 恩乙 念𝟒𝟑𝟗 作意思惟𝟒𝟑 歡喜乙 發生𝟒𝟗𝟒𝟗𝟗 <유가28:16-17>

【관련】 𝟗𝟗𝟗

3 ㅎ 1 厶 [아온ᄃᆡ]

【3/말음첨기+ㅎ/선어말어미+1/동명사어미+厶[ᄃᆞ/의존명사+ᄋᆡ/처격조사]; 3/말음첨기+ㅎ/선어말어미+1/동명사어미+厶/의존명사; 3/말음첨기+ㅎ 1 厶/연결어미】

('喪' 뒤에서) 잃되.

¶ 我1 無始ᅟ八 已來ㅎ1厶 飢餓乙 以三1入ᅟ 故支 身乙 喪▸3ㅎ1厶◂ 數ぅ 無七リソ3ㅎ1ㆍ <화소10:09>

【선후】 (15)배아다

3 ㅎ ㅊ

☞ 3 ㅎ ㅊ 可 七 ソ 1

3 ㅎ ㅊ 可 七 ソ 1 [아옰ᄒᆞᆫ]

【3/선어말어미+ㅎ/선어말어미+ㅊ七/어미+ソ/형용사+1/동명사어미】

-을 만하지. -을 수 있지. -을 수 있는 것. § 여기서 '1'은 부정소 '不' 앞에 쓰인 것임.

¶ 又ソ1 復刀 過去七 諸1 法ぅ 十方3+ 推求ソろ 都七 得▸3ㅎㅊ{可}七ソ1◂ 不矢七1入乙 觀察ソナろ <화소13:09-10>

彼 諸1 功德1 量▸3ㅎㅊ{可}七ソ1◂ 不矢1乙 我1 今ソ1 力乙 隨ㅎ 少分ㅅ수乙 說ㅎ尸厶 <화엄09:02-03>

彼ぅ{之} 功德1 邊際 無ロナ1 稱量ソ▸3ㅎㅊ{可}七ソ1◂ 不矢ろ <화엄09:05>

【관련】 3ろㅊ可七ソ1, -ㅊ可七ソ1

3 ソ 尸 刀 ソ ろ [아ᄒᆞᇙ도ᄒᆞ며]

【3/연결어미#ソ/동사+尸/동명사어미+刀/보조사#ソ/동사+ろ/연결어미】

('-乙 以' 뒤에서) -로써 하는 것도 하며.

¶ 或ソ1 如來乙 供養ソ白ㅎ수七 門乙 以▸3ソ尸刀ソろ◂ 或ソ1 難思七 布施門乙 以▸3ソ尸刀ソろ◂ … 或 滅盡三昧門乙 以ソ尸刀ソナ3 <화엄17:06-15>

【관련】 (ソ)尸刀ソろ

3 ソ 尸 入 乙 [아ᄒᆞᇙ들]

【3/연결어미#ソ/동사+尸/동명사어미+入/의존명사+乙/대격조사】

('由' 뒤에서) 말미암는 것을.

¶ 此 五相乙 由▸3ソ尸入乙◂ 當ハ 知ㅎ丨 是乙 名下 初處3+ 觀察ソ尸丁ノ禾リ1丁 <유가17:04-05>

此 五相乙 由▸㇌ㄓㄕ入乙◂ 是乙 名下 {於}第二處㇌十 觀察ㄓㄕ丁ノ矛丨 <유가17:15-17>
此 五相乙 由▸㇌ㄓㄕ入乙◂ 是乙 名下 第三處㇌十 觀察ㄓㄕ丁ノ矛丨 <유가17:23-18:01>
此 七相乙 由▸㇌ㄓㄕ入乙◂ 是乙 名下 第四處㇌十 觀察ㄓㄕ丁ノ矛丨 <유가18:08-09>
【관련】 -ㄕ入乙

㇌ㄓ㢱[아ᄒᆞ며]

【㇌/연결어미#ㄓ/동사+㢱/연결어미】

('由' 뒤에서) 말미암으며.

¶ 一十ㄱ 母邑乙 親近ㄓ㢱 … 四 通七 隱ㄓ㢱 顯ㄓㄱ㇇十 處ㄓ㇌ 串習力乙 由▸㇌ㄓ㢱◂ <유가09:22-23>
【관련】 ㄓ㢱

㇌ㄓ㇌今[아ᄒᆞ아리]

【㇌/말음첨기#ㄓ/동사+㇌/선어말어미+今[ㄹㆆ/동명사어미+이/의존명사(+이/주격조사)];㇌/연결어미#ㄓ/동사+㇌/선어말어미+今[ㄹㆆ/동명사어미+이/의존명사(+이/주격조사)]】

('等' 뒤에서) 같은 것. 동등한 것. § 'ㄓ㇌今'는 '無'와 같은 부정소 앞에 쓰임.

¶ 彼㇇{之} 功德ㄱ 邊際 無口ナㄱ 稱量ㄓ㇌ㆆㆆ可七ㄓㄱ 不矢㢱 與七ㄓ㇌㢱 等▸㇌ㄓ㇌今◂ 無七ナ丨 <화엄09:05>
【관련】 ㄓ㇌今

㇌十[아긔]

【㇌十/처격조사】

① -에.

¶ 過去▸㇌十◂ 幾七个七 如來 {有}ナ而下 般涅槃ㄓ而㢱 <화소07:16-17>
何ㆆ 法リ 最ハ 初▸㇌十◂ 在ㄓ㢱 <화소08:03>
我㇇ 身七 中▸㇌十◂ 八萬戶蟲リ 有七㇌ {於}我乙 依㇌㢱 住ㄓㄱ <화소09:13>
其 味▸㇌十◂ 貪ㄕ 不ㄓナ㢱 <화소09:16>
大王㇇ 名稱乙 周七 十方▸㇌十◂ 聞リ口ハ而ㄱ <화소12:10- 11>
{於}諸ㄱ 佛法▸㇌十◂ 心ㆆ 礙ノㄕ 所㇌ 無㢱 去來今七 諸ㄱ 佛㒵 {之} 道▸㇌十◂ 住ㄓ㢱 <화엄02:13-14>
當 願 衆生 無生智▸㇌十◂ 入ㄓ㇌ハ 無依處㇌十 到ヒ立 <화엄03:19>
若七 水▸㇌十◂ 入ㄓ去ㄱ 時十ㄱ 當 願 衆生 一切智▸㇌十◂ 入ㄓ㇌㢱 三世ㄕ 等㇌ノㄱ入乙 知ヒ立 <화엄07:23>

信ㄱ 能攴 專乎 佛功德▸ろ十◂ 向亽リナネゕ <화엄10:04>
{於}一切 衆生ラ 心乙 一ㄱ 念▸ろ十◂ 悉ろ 知乎アム 有餘ソㄱ 無リソヒネゕ <화엄13:15-16>
{於}一ㄱ 念セ 頃セ▸ろ十◂ 十方ろ十 徧ケ丨ノアム <화엄14:17>
花上▸ろ十◂ 皆セ 量 無セㄱ 國土リ 有セ白ㄱム 一一國土 皆セ 量 無セㄱ 國土リ 有セ白ㄱム 一一國土▸ろ十◂ケ丨 佛ミ 及ハ 大衆ミノネリソ白ㄱム <구인02:05-06>
其 佛セ 座前▸ろ十◂ 自然亐 而灬 九百萬億劫花リ 生ノㄱム <구인02:17>
三賢ミ 十聖ミノ令ㄱ 果報▸ろ十◂ 住ソニㄱ乙 唯ハ 佛リニア 一人リニ氵 淨土ろ十 住ソニㄱ乙 唯ハ 佛リニア 一人リニ氵 淨土▸ろ十◂ 居ソニㄱリ罒 <구인11:06>
地上▸ろ十◂ 圓滿令セノㄱ入乙 菩薩ㄱ 悉 見ソナ乎セ丨 <금광06:06>
邊亠 右邊亠ノ令十 師子リ 臆▸ろ十◂ 長毫ソㄱㄱ 獸ろセ 王リ罒 <금광06:15-16>
右膝乙 地▸ろ十◂ 著ソろ <금광13:19>
{於}諸 妻室▸ろ十◂ 淫欲 相應ソㄱ 貪 {有}斗ゕ <유가08:05-06>
三 {於}時時 中▸ろ十◂ 聚落▸ろ十◂ 遊行ソろホ 乞食ノ令セ 所作リㄱ亠 <유가08:19-20>

② -에서.

¶ 菩薩ㄱ 右手▸ろ十◂ 淨光乙 放ノㄱム <화엄16:04>
第八心リ 一切 境界▸ろ十◂ 清淨 具足ソ去ㄱ入灬 故ノ <금광02:13-14>
當ハ 知乎丨 是乙 名下 初處▸ろ十◂ 觀察ソア丁ノネリㄱ丁<유가17:04-05>

③ -에 대해서.

¶ {此}リ 菩薩ㄱ {於} 色▸ろ十◂ 實勿 如攴 知ゕ 色集乙 實勿 如攴 知ゕ <화소17:05-06>
{於}一切 衆生ラ 三聚▸ろ十◂ 智力灬 能ゕ 分別ソろ 知ゕ <금광04:23>
{於}彼 法義▸ろ十◂ 轉リ 得ホ 明淨ソゕ <유가07:05>
【관련】 ミ十, 亠十, リ十, ラ十

ろ十ㄱ [아귄]

【ろ十/처격조사+ㄱ/보조사】

-에는.

¶ 未來▸ろ十ㄱ◂ 幾セケセ 如來ミ 幾セケセ 聲聞 辟支佛ミ 幾セケセ 衆生ミノ令 有ゕ <화소07:17-18>
現在▸ろ十ㄱ◂ 幾セケセ 佛心 {有}ナ而下 住ソ而ゕ 幾セケセ 聲聞 辟支佛リ 住ソゕ <화소07:18-19>
善男子ろ 初 菩薩地▸ろ十ㄱ◂ 是 相リ 前現ノㄱム 三千大千世界ろ十 量 無セゕ <금광05:23-24>
善男子ろ 菩薩 十地▸ろ十ㄱ◂ 是 相リ 前現ノアム <금광06:19-20>
{於}初セ 所作▸ろ十ㄱ◂ 嬾墯懈怠 {有}斗ゕ <유가09:04>

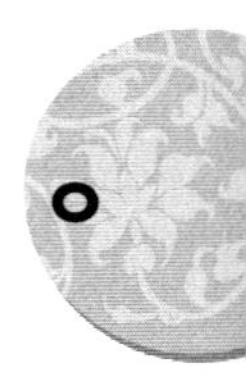

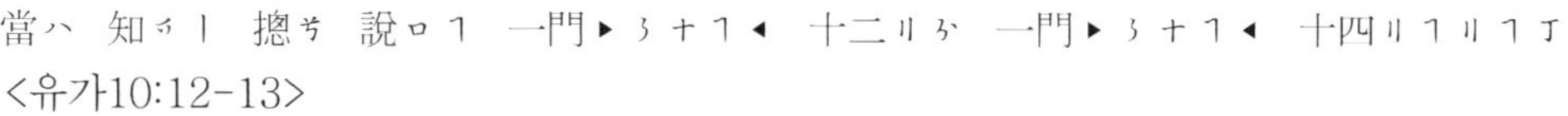

當ハ 知ㅎ丨 摠ㅎ 說ロㄱ 一門▸阝十ㄱ◂ 十二刂ケ 一門▸阝十ㄱ◂ 十四刂ㄱ刂ㄱ丁 <유가10:12-13>

{於}無戲論界▸阝十ㄱ◂ 難氵 安住丷ㅎ{可}七丷ㄱ亠 <유가20: 15>

或 {於}晝分▸阝十ㄱ◂ 諸 諠逸 多ケ <유가27:05-06>

② -에서는.

¶ 菩薩ㄱ 右手阝十 淨光乙 放ノㄱム 光七 中▸阝十ㄱ◂ 香水乙 空乙 從七 雨刂阝 普刂 十方七 諸 佛土阝十 灑丷阝ホ <화엄16:04-05>

一意▸阝十ㄱ◂ 涅槃阝十 入丷{欲}入 思惟丷ケ <금광07:21>

謂ㄱ 在家位七 中▸阝十ㄱ◂ {於}諸 妻室阝十 淫欲 相應丷ㄱ 貪 {有}斗ケ <유가08:05-06>

③ -에 대해서는.

¶ {於}餘 親屬人 及 諸 財寶人▸阝十ㄱ◂ 受用 相應丷ㄱ 愛 {有}斗ケ丷尸入乙 是 如支 <유가08:06-07>

【관련】 十ㄱ, (時)氵十ㄱ, (時)亠十ㄱ, (時)刂十ㄱ

阝 十 刀 [아긔도]

【阝十/처격조사+刀/보조사】

-에서도.

¶ 一ㄱ 塵七 中阝十 示現ノㄱ 所乙丷尸 如支 一切 微塵▸阝十刀◂ 悉阝 亦刀 然氵丷ナトㄱ矢氵 <화엄15:14>

一切 佛矢 所▸阝十刀◂ 皆七 {是}刂 如支丷尸入乙 大士ラ 三昧神通七 力氵ノオナ丨 <화엄17:03>

五眼刂 成就丷去ハ二ㄱヒ七 時十 見ニㄱ乃 見ろ尸 所阝 無七二ケ 行阝十 亦丷ㄱ 不受丷ㅎ … 乃氵 至刂 一切法▸阝十刀◂ 亦丷ㄱ 不受丷ㅎ丷二ケ丷二ㅎ七丨<구인15:15-18>

二 {於}餘 所七 事▸阝十刀◂ 他ラ 爲ノ尸入乙 請丷阝 能ケ 成辦ノ亽 非矢刂ㄱ入灬 {故}ケ <유가22:02-03>

【관련】 阝十氵, 阝十亇丨

阝 十 亇 丨 [아긔마다]

【阝十/처격조사+亇丨/보조사; 阝十/처격조사#亇丨/부사】

① (장소명사 뒤에서) -에마다.

¶ 花上阝十 皆七 量 無七ㄱ 國土刂 有七ろㄱム 一一國土▸阝十亇丨◂ 佛氵 及ハ 大衆氵ノオ刂丷白ろㄱム 今乙 如㐫 異丷ㄱ 無七二ケ <구인02:05-06>

② (시간명사 뒤에서) -마다.

¶ {於}彼 十方世界七 中阝十 念念▸阝十亇丨◂ 佛道 成トㅎㄱ入乙 示現丷ㅎ 正法輪乙 轉

ㄹ 寂滅ㅋ十 入ㄴㄹ 乃氵 至刂 舍利乙 廣刂 分布ㄴㄹㄴ口ㅌ ㄱ <화엄14:19-20>

【관련】 ㅋ十氵, ㅋ十刀

ㅋ十氵[아긔사]

【ㅋ十/처격조사+氵/보조사】

-에야. -에만.

¶ 當八 知ㅎㅣ 此 淸淨ㄱ 唯八 正法▸ㅋ十氵◂ 在ㄴ口 諸 外道ㅋ十ㄱㄴㅌ 非矢刂ㄱ丁 <유가20:01-20:02>

【관련】 ㅋ十刀, ㅋ十ㅊㅣ

【선후】 (15)애/에사

ㅋ十ノ尸入乙ㄴㄱ[아긔홇들흔]

【ㅋ十/처격조사#ノ[ㅎ/동사+오/선어말어미]+尸/동명사어미+入/의존명사+乙/대격조사#ㄴ/동사+ㄱ/동명사어미】

-에 (대해) 하는 것. § 모두 '如'의 논항임.

¶ {於}衣服▸ㅋ十ノ尸入乙ㄴㄱ◂ 如支 {於}餘 飮食亠 臥具亠 等ㄴㄱㅋ十 喜足ノ尸 當八 知ㅎㅣ <유가19:12-13>

又 无嫉ノ尸入乙 依ㅋノ尸厶 {於}自ㅋ 身▸ㅋ十ノ尸入乙ㄴㄱ◂ 如支 {於}他ㅋ十ノ尸 亦 尒亠ㄴㄱ <유가28:15-16>

【관련】 ノ尸入乙

ㅋ十ㄴㅊ八ニㄱ亠[아긔ㅎ겨신여;아긔ㅎ겨기신여]

【ㅋ十/처격조사#ㄴ/용언+ㅊ/선어말어미+八/선어말어미?+ニ/선어말어미+ㄱ/동명사어미+亠/조사;ㅋ十/처격조사#ㄴ/용언+ㅊ/선어말어미+八/선어말어미?+ニ/선어말어미+ㄱ亠/연결어미】

-에 계셨는데. § 여기서 '亠'는 절 접속의 기능임.

¶ 是 時十 大自在梵王ㄱ {於}大會ㅌ 中▸ㅋ十ㄴㅊ八ニㄱ亠◂ 座乙 從ㅌ 而灬 起ニ下 <금광13:18>

【관련】 ㅋ十ㄴ-, (有)ㅊ八ニㄱ, (有)ㅊ八ニ下

ㅋ十ㄴ口ㅌㄱ[아긔ㅎ고느며]

【ㅋ十/처격조사#ㄴ/동사+口/선어말어미+ㅌ/선어말어미+ㄱ/연결어미】

-에 하며. 동안 하며.

¶ {是}刂 如支 三乘ㅌ 敎乙 開闡ㄴㅋホ 廣刂 衆生乙 度刂ㅎ尸ㄱ 量刂 無ㄱ 劫▸ㅋ十ㄴ口

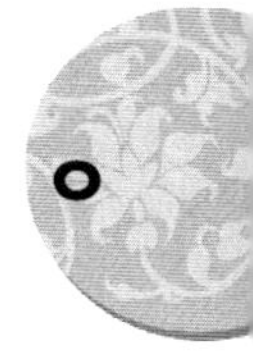

ㅌ㢱◀ <화엄14:21-22>

【관련】 ソㄹソロㅌ㢱, ソロㅌ㢱, ソロㅌ乙㢱

【비고】 'ソロㅌ㢱'는 'ソロㅌ乙㢱'의 이표기로 볼 가능성도 있고 'ソロㅌ齐㢱'의 '齐'가 빠진 것으로 볼 가능성도 있음.

3 十ソ 1 [아긔혼]

【3 十/처격조사#+ソ/동사+ 1/동명사어미】

-에 있는.

¶ 初ㅌ 世間一切種淸淨乙 依3 {於}此 正法▸3 十ソ 1◂ 補特伽羅 1 三摩地乙 得3 斤 <유가15:08>

又 善說法亠 毘柰耶亠ノ令ㅌ 中▸3 十ソ 1◂ 諸 出家者ㄋ 受ソ 1 所ㅌ 尸羅 1 略ㄎ 二事乙 捨ノ 1 入灬{之} 顯現ソ 1 <유가17:05-06>

又 愛入 慢入 見入 无明入 疑惑入ㅌ 種種 定ㅌ 中▸3 十ソ 1◂ 諸 隨煩惱乙 復ハ 現行ソ尸 不冬ソ3 ホ 善㢱 念住乙 守ソ㢱 <유가19:06-07>

三 能㢱 此乙 證ソ齐リ 1 亠 {於}增上慧學▸3 十ソ 1◂ 正見灬 攝ノ尸 所ㅌ 微妙聖道リ丨 <유가21:09-10>

是 如支ソ 1 二處ㅌ 十種 善巧 1 {於}二處所▸3 十ソ 1◂ 十一種 障乙 能㢱 斷滅ソ{令}リ下 生起ソ 1 所乙 隨ノ 卽ㄋ 便ㄋ 遠離ソナ齐四 <유가28:04-05>

【관련】 3 十ソ一

3 十ソ尸矢丨[아긔홇디다]

【3 十/처격조사#ソ/용언+尸/동명사어미+矢[ㄷ/의존명사+이/계사]+丨/종결어미】

-에 하는 것이다.

¶ 彼 1 {於}戱論界3 十 易ㄎ 安住ソㄋ{可}ㅌソ 1 亠 謂 1 {於}世間ㅌ 一切種淸淨3 十ソ尸矢㢱{於}無戱論界3 十 1 難氵 安住ソㄋ{可}ㅌソ 1 亠 謂 1 {於}出世間 一切種淸淨▸3 十ソ尸矢丨◂ <유가20:13-16>

【관련】 3 十ソ尸矢㢱, ソ尸矢丨

3 十ソ尸矢㢱[아긔홇디며]

【3 十/처격조사#ソ/용언+尸/동명사어미+矢[ㄷ/의존명사+이/계사]+㢱/연결어미】

-에 하는 것이며.

¶ 彼 1 {於}戱論界3 十 易ㄎ 安住ソㄋ{可}ㅌソ 1 亠 謂 1 {於}世間ㅌ 一切種淸淨▸3 十ソ尸矢㢱◂ {於}無戱論界3 十 1 難氵 安住ソㄋ{可}ㅌソ 1 亠 謂 1 {於}出世間 一切種淸淨3 十ソ尸矢丨 <유가20:13-16>

【관련】 3 十ソ尸矢丨, ソ尸矢㢱

氵十丷二下 [아긔ᄒᆞ시하]

【氵十/처격조사#丷/용언+二/선어말어미+下/연결어미】

-동안에. -에. -동안 계시면서. §'氵十丷氵'와 기능은 같으나 문장의 주어가 존칭 체언이므로 '丷二下'가 쓰인 것임.

¶ 四無所畏刂乙… 法身刂乙丷二ㄱ 大覺世尊ㄱ 前ラ 已氵 我チ 等丷ㄱ 大衆ラ {爲}氵ᄒ 二十九年▸氵十丷二下◂ 摩訶般若波羅蜜 ⺀ … 光讚般若波羅蜜 ⺀ ノ乙 說氵ハ二ㄅㅣ <구인02:21-24>

【관련】 氵十丷氵

【비고】 '下'는 연결어미 '氵'의 이형태로 선어말어미 '二/示'와 사동접미사 '刂' 뒤에 나타남.

氵十丷氵 [아긔ᄒᆞ아]

【氵十/처격조사#丷/용언+氵/연결어미】

① (장소명사 뒤에서) -에서.

¶ {於}一切 世界七 中▸氵十丷氵◂ 衆生乙 與七 同住丷ㄋ 曾ハᄒ刀 過咎 無ㄅ <화소23:14-15>

八部 阿須輪王ㄱ 現氵十 鬼身乙 轉丷口 天上▸氵十丷氵◂ 道乙 受ナㄅ <구인11:17>

我ㄱ 八住七 菩薩刂尸{爲}入乙丷ㅣハ白ㄅㄱ入灬 今丷ㄱ {於}我ラ 前▸氵十丷氵◂ 大師子吼乙丷ナㅏㅣ <구인11:22>

{於}菩提道場▸氵十丷氵◂ 佛慧亠 十力亠 四無所畏亠 不共法亠 等丷ㄱ乙 成就丷尸矢 是 波羅蜜義刂ㄅ <금광05:17-18>

② (장소명사 뒤에서) -에서부터.

¶ 復丷ㄱ {於}頂上▸氵十丷氵◂ 千寶蓮花乙 出丷白ㄅㄱ厶 <구인02:12>

③ (시간명사 뒤에서) -에.

¶ 我ㄱ {於}長夜▸氵十丷氵◂ 其 身乙 愛著丷氵ホ 充飽 令刂{欲}入 而灬 飮食乙 受刀氵ᄒㄱ刂罒 <화소09:17-18>

一切 衆生ㄱ {於}生死七 中▸氵十丷氵◂ 多聞ノㄱ 無口ナㄱ{有} {此}刂 一切法乙 了知尸 不(ノ)能刂矢丷ㅏㄱ刂罒 <화소08:20-09:1>

④ -에 대해.

¶ 幻化▸氵十丷氵◂ 幻化乙 見ㅏㄅ 衆生ラノㄱ乙(火?) 名氵 幻諦 ⺀ ノ†刂ㄅ <구인15:08 난상>

大王下 菩薩摩訶薩ㄱ {於}第一義七 中▸氵十丷氵◂ 常刂 二諦乙 照丷氵 衆生乙 化丷二ㅏㄱ ⺀ <구인15:11-12>

【관련】 氵十丷氵ハ

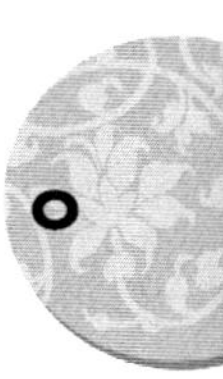

⺈十丷⺈八[아긔ᄒᆞ악]

【⺈十/처격조사#丷/용언+⺈/연결어미+八/첨사】

-에서.

¶ {是}刂 如支 邊尸 無1 大功德乙 我1 今丷1 {於}中▸⺈十丷⺈八◂ 少分亇今乙 說ㅎ尸厶 <화엄09:08>

若 灌頂大神通 {於}最勝諸三昧 住丷ㅌ尸入1 則 {於}十方七 諸1 佛矢 所▸⺈十丷⺈八◂ 灌頂乙 受⺈ホ 而灬 鼎位丷ㅎ{應}七丷ㅌ5ㅅ <화엄14:01-02>

【관련】 ⺈十丷⺈

亠[1][여]

【亠/말음첨기】

('何' 뒤에서) 어째서. 어찌.

¶ 善男子⺈ {云}(何)▸亠◂ (初地) 而灬 名下 歡喜刂八丷口今口丷ナ5入1 <금광06:22-23>

所以者 何▸亠◂丷口1 定心 中⺈七 慧刂 {於}所知七 境⺈十 清淨ㅎ 轉丷尸入灬{故}亠 <유가06:16>

大師刂 正法乙 建立丷{爲欲}入 方便灬 正等覺 成ノ尸入乙 示現丷二下 云何▸亠◂ㅎ尸入1 彼灬 正七 修行丷⺈ホ 轉丷{令}刂⺈ノ5 1刂⺈七口丷二尸入灬 <유가06:04-05>

謂尸 我1 何▸亠◂ㅎ尸入1 當八 能ㅅ 具足ㅎ 是 如支丷1 聖處刂1 阿羅漢⺈ 所具足住 如支丷1⺈十 住ノ5 1刂⺈七口丷ㅅ <유가29:03-05>

【관련】 (何)七氵(氵)

【선후】 (15)엇더

亠[2][여]

【亠/조사】

① **-이니.** § 명사구 나열에 쓰임. 나열된 명사구를 아우르는 동사 'ᄒᆞ'가 후행함.

¶ 若七 宮▸亠◂室▸亠◂ノ今⺈十 在丷ㅊ1丨十1 <화엄02:24>

譬 虛空▸亠◂及 轉輪聖王▸亠◂丷尸如支丷⺈ <금광02:17-18>

四者 {於}聲聞▸亠◂ 緣覺▸亠◂ノ尸⺈{之} 地乙 過丷ㅅ <금광03:03>

一者 (於)一切 衆生▸亠◂ 意欲 煩惱行▸亠◂ノ今十 心 悉⺈ 通達丷ㅅ <금광04:05-06>

五者 {於}奢摩他▸亠◂ 毗鉢舍那▸亠◂ノ今十 同時⺈十 能ㅅ 住丷ㅅ丷尸矢ナ1刂丨 <금광04:17>

四者 大福德七 行▸亠◂ 大智慧七 行▸亠◂ノ尸乙灬 得⺈ホ 究竟⺈十 度ノ尸厶 智 能 具足丷ㅅ <금광05:04-05>

若 {於}宜ッ1入乙 隨ノ 得ノ1 所セ 衣服▸亠◂ 飮食▸亠◂ 諸 坐臥具▸亠◂ノ令十 便ᄒ 喜足乙 生リ३ <유가24:18-19>

住處障リ丨ッ1入1{者} 謂1 空閑ッ1ㄋ十 處ッ३ 奢摩他▸亠◂ 毘鉢舍那▸亠◂ノ尸乙 修ッ尸入乙 摠ㄎ 名下 {爲}住亠ノ尸亠 <유가26:14-16>

謂1 己ㄋ 身▸亠◂ 財寶▸亠◂ノ令入 所證入セ 盛事३十 作意思惟ッ३ホ歡喜乙 發生ッ㢱 <유가28:14-15>

又 外道ㄋ 不共ッ1 卽ᄒ 彼 各別ッ1 邪見灬 起ッ1 所セ 語言▸亠◂ 尋思▸亠◂ 追求▸亠◂ノ令セ 三種 過失 {有}屮㢱 <유가30:19-21>

② **-라고.** § 명명구문에 쓰인 것임.

¶ 是 如支ッ1 十種乙 名下 內外乙 依ッ1 生圓滿▸亠◂ノ㐅丨 <유가03:18-19>

卽ᄒ 此 十種セ 生圓滿乙 名下 修瑜伽處所▸亠◂ノ尸亠 <유가03:19-20>

若 正說法亠 若 正聞法亠ノ令セ 二種乙 摠ㄎ 名下 聞正法圓滿▸亠◂ノ㐅丨 <유가04:06-07>

是 如支 精勤ㄎ 如理作意ッ尸入乙 乃氵 得尸 名下 {爲}出家之想▸亠◂ッ㢱 及セ 沙門想▸亠◂ノ㐅丨 <유가18:17-19>

住處障リ丨ッ1入1{者} 謂1 空閑ッ1ㄋ十 處ッ३ 奢摩他亠 毘鉢舍那亠ノ尸乙 修ッ尸入乙 摠ㄎ 名下 {爲}住▸亠◂ノ尸亠 <유가26:14-16>

此 因果リ 永३ 滅盡ッ𠫔1入乙 由氵1入灬 故ノ 卽 名下 苦邊▸亠◂ノ尸亠 更३ 餘所 无३ホ 無上ッ𢀳 无勝ッ𢀳ッナ㢤セ丨 <유가31:17-18>

③ **-임을.** § '知ᄒ丨'의 후치된 목적어에 붙음.

¶ 廣リ 說尸入1 當ハ 知ᄒ丨 二十種 有セ1▸亠◂ 菩薩地३十 當ハ 說白ノ尸 如支ッ1リ1丁 <유가04:09-10>

當ハ 知ᄒ丨 廣リ 說ロ1 十六種 有セ1▸亠◂ 亦 菩薩地セ 中३十 當ハ 說白ノ尸 如支ッ1リ1丁 <유가04:13-14>

是 如支ッ1 五因1 當ハ 知ᄒ丨 諦現觀セ 逆次因乙 依३ 說ノ1リ1▸亠◂ 順次因灬ノㅌ 非矢リ1丁 <유가23:10-11>

④ **-이/가.** § 후치된 주어에 붙음.

¶ 諸 有ナ丨 正信ッㅌセ 長者亠 居士亠 婆羅門亠 等ッ1リ▸亠◂ <유가03:14-15>

若 有ナ丨 正セ 法隨法行乙 修ッナ㐅▸亠◂ <유가06:03-04>

若 有ナ丨 一切 苦惱乙 斷ッ{爲}入 此 三處乙 受ッナ㐅▸亠◂ <유가16:18-19>

謂1 有ナ丨 如來尸 諸 弟子衆リ 已氵 善㢱 世間淸淨乙 修習ッナ1▸亠◂ <유가20:09-10>

若 有ナ丨 忘念 增上力灬 故ノ {於}沈掉 等ッ1 諸 隨煩惱३十 心乙 遮護 不ハッナ㐅▸亠◂ <유가27:01-03>

若 有ナ丨 五失 相應ッ1 諸 坐臥具乙 習近ッナ㐅▸亠◂ 當ハ 知ᄒ丨 是乙 名下 處所३十 不順隨ッ1 性亠ノ㐅リ1丁 <유가27:03-04>

謂1 若 有ナ丨 已氵 三摩地乙 得३1亠 而1 圓滿 未リッ𢀳 自在ッ1入乙 得尸 未リッ𢀳ッナ1リ▸亠◂ <유가27:11-12>

若 有ナ丨 {於}三摩地氵十 已氵 得㢱 圓滿ㅣ彡 亦 自在乙 得彡ㅣナ丨丨丨▸亠◂ <유가 27:14-15>

④ -이다.

¶ 而灬 白佛言 世尊下 希有難量ノ才ニロ丨 是 金光明經亠 微妙ㅣニヒセ{之} 義刂 究竟 滿足ㅣニ㢱 皆 能セ 一切 佛法亠 一切 佛恩亠 成就ㅣ㢱ㅣニロ丨入灬▸亠◂ <금광 13:20-21>

諸 行法乙 說ヒ尸亠 去來ノ尸 所 無ヒ亠セ丨 一切 法丨 異ㅣ丨 無ㅣ丨入灬 {故}▸亠◂ <금광14:21-22>

說法セ{之} 處刂 即ノ 是丨 其 塔刂ニロ丨入灬▸亠◂ <금광15:11>

定心 中氵セ 慧刂 {於}所知セ 境氵十 清淨ケ 轉ㅣ尸入灬 {故}▸亠◂ <유가06:16-17>

住處障刂丨ㅣ丨入丨{者} 謂丨 空閑ㅣ丨ラ十 處ㅣ氵 奢摩他亠 毘鉢舍那亠ノ尸乙 修ㅣ尸 入乙 攝ケ 名下 {爲}住亠ノ尸▸亠◂ <유가26:14-16>

⑤ ('何以故' 뒤에서) 어째서인가. 왜냐.

¶ 何以故▸亠◂ㅣ白ノ才尸入丨 說法セ{之} 處刂 即ノ 是丨 其 塔刂ニロ丨入灬亠 <금광 15:11>

何以故▸亠◂ㅣロ丨 <유가04: 02>

何以故▸亠◂ㅣロ丨 此 次第入 此 因入 此 緣入乙 依氵 瑜伽乙 修習ㅣ丨 方氵 得㢱 成滿ㅣ尸入乙 由氵丨入灬亠 <유가07: 20>

何以故▸亠◂ㅣロ丨 <유가11:07-08>

⑥ -이니. § '亠'는 절 접속의 기능임.

¶ 又 光明想丨 多刂丨 光明乙 緣ㅣ氵 以㢱 境界 {爲}氵ㅣ才刂丨▸亠◂ 三摩呬多地セ 中氵十 已氵 說入ノ丨 如支ㅣ丨 <유가11:02-04>

十五 此 失丨 無セ入{雖}ㅓ 然ㅣ㢱 五失 相應ㅣ丨 臥具乙 受用ノ令セ 過失 {有}ㅓ尸矢 刂丨▸亠◂ 五失 相應ㅣ丨 臥具丨 知ノ亠{應}セ丨 <유가18:02-04>

二 能㢱 此乙 證ㅣ才刂丨▸亠◂ 謂丨 增上心學乙 依ㅣ丨 善心三摩地刂㢱 <유가 21:08-09>

三 能㢱 此乙 證ㅣ才刂丨▸亠◂ {於}增上慧學氵十ㅣ丨 正見灬 攝ノ尸 所セ 微妙聖道刂 丨 <유가21:09-10>

⑦ -이나. 이지만. § '亠'는 역접의 기능임.

¶ 若 三摩地乙 得氵丨▸亠◂ 而丨 圓滿 未刂彡 亦 自在 未刂ㅣ彡ㅣ丨丨 彼丨 或 止相乙 思惟ㅣ彡 或 擧相乙 思惟ㅣ彡 或 捨相乙 思惟ㅣ彡ㅣ氵㢱 其 心乙 安住入刂下 諦現觀氵 十 入ㅣ㢱ㅣナ亠セ丨 <유가24:06-08>

謂丨 若 有ナ丨 已氵 三摩地乙 得氵丨▸亠◂ 而丨 圓滿 未刂ㅣ彡 自在ㅣ丨入乙 得尸 未刂ㅣ彡ㅣナ丨刂亠 <유가27:11-12>

又 {於}正信ㅣヒセ 長者亠 居士亠 婆羅門亠 等ㅣ丨ラ十 種種セ 利養恭敬乙 獲得ㅣ尸▸ 亠◂ 而丨 此 利養恭敬乙 依氵 而灬 貪着乙 生刂尸 不冬ㅣ㢱 <유가18:23-19:02>

【관련】 氵

⺀ㄴ丷 ㇆[엿흔]

【⺀ㄴ/말음첨기+丷/형용사+㇆/동명사어미】

('爾' 뒤에서) 그러한. 그.

¶ 爾▸⺀ㄴ丷㇆◂ 時十 智首菩薩㇆ 文殊師利菩薩尸十 問氵 言𢒇尸 <화엄01:04>

【관련】 (爾)ㄴ丷㇆, (是)⺀ㄴ丷㇆

⺀ノ令[여호리]

【⺀/조사#ノ[ㅎ/동사+오/선어말어미]+令[ㄹㆆ/동명사어미+이/의존명사(+이/주격조사)]】

① -이니 하는 이(가).

¶ (謂 {於}是處 有 四)衆𢀳 行ノ𢒇刂㇆ 謂㇆ 苾蒭⺀ 苾蒭尼⺀ 近事男⺀ 近事女▸⺀ノ令◂ <유가01:23-02:01>

② -이니 하는 것.

¶ 是 如攴 樂斷丷𢆶 樂修丷𢆶 心氵十 貪⺀ 恚▸⺀ノ令◂ 无𢆶 … 離𢆶丷㇆入乙 由氵 … 便𠂊 喜足乙 生刂㢱 <유가19:10-11>

【관련】 ⺀ノ令, ⺀ノ令ㄴ, ⺀ノ令人, ⺀ノ令十, ⺀ノ令𢀳十

⺀ノ令人[여호리과]

【⺀/조사#ノ[ㅎ/동사+오/선어말어미]+令[ㄹㆆ/동명사어미+이/의존명사]+人/접속조사】

-이니 하는 것과.

¶ 謂㇆ 己𢀳 身⺀ 財寶▸⺀ノ令人◂ 所證人ㄴ 盛事氵十 作意思惟丷氵㢱 歡喜乙 發生丷㢱 <유가28:14-15>

【관련】 ⺀ノ令人, ⺀ノ令/⺀ノ令

⺀ノ令ㄴ[여호릿]

【⺀/조사#ノ[ㅎ/동사+오/선어말어미]+令[ㄹㆆ/동명사어미+이/의존명사]+ㄴ/속격조사】

① -이니 하는 것의. -이니 하는.

¶ 二者 量 無丷㇆ 對治⺀ 諸法▸⺀ノ令ㄴ◂{之} 門乙 心氵十 皆 曉了丷㢱 <금광04:06-07>

達須⺀ 篾戾車▸⺀ノ令ㄴ◂ 中刂㇆ 謂㇆ {於}是處刂 四衆刂 行丷令 无𢆶 … 善丈夫 無(𢆶ノ令十) 生尸 不冬丷尸矢丨 <유가02:02-03>

謂㇆ 若 正說法⺀ 若 正聞法▸⺀ノ令ㄴ◂ 二種乙 摠兮 名下 聞正法圓滿⺀ノ𢒇丨 <유가04:06-07>

二者 歌舞倡伎⺀ 笑戱歡娛⺀ 遊從掉逸⺀ 親愛聚會▸⺀ノ令ㄴ◂ 種種ㄴ 世事乙 棄捨ノ㇆入灬{之} 顯現丷㇆ <유가17:08-10>

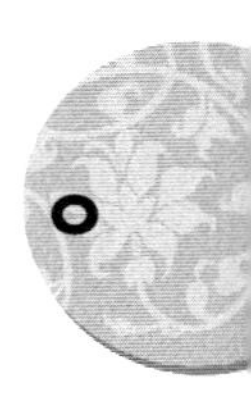

諸 不可意七 身業語業乙 現行ソ今七 事▸亠ノ今七◂ 中阝十 心阝十 憤恚乙 生リ尸 不冬ソ𢀳 <유가19:03-06>

又 善說法亠 毘柰耶▸亠ノ今七◂ 中阝十ソㄱ 諸 出家者ラ 受ソㄱ 所七 尸羅ㄱ 略ケ 二事乙 捨ノㄱㅅ灬{之} 顯現ソㄱ 所リㅣ <유가17:05-06>

語言亠 尋思亠 追求▸亠ノ今七◂ 三種 過失 {有}斗ㄅ <유가30:19-21>

② -이니 하는 이의.

¶ 是 如支 勤精進ソㄱㅅ灬 故ノ 在家亠 出家▸亠ノ今七◂ 衆乙 與七 相ケ 雜住ソ尸 不冬ソ阝 <유가29:06-08>

【관련】 〻ノ今七, 亠ノ今/〻ノ今

亠ノ今ラ十[여호리의긔]

【亠/조사#ノ[ᄒᆞ/동사+오/선어말어미]+今[ᄙ/동명사어미+이/의존명사]+ラ十/처격조사】

(장소명사 뒤에서) -이니 하는 곳에.

¶ 若七 宮亠 室▸亠ノ今ラ十◂ 在ソ去ㄱㅣ十ㄱ 當願衆生 {於}聖地阝十 入ソ阝ホ 永去 穢欲乙 除ㅌ立 <화엄02:24>

【관련】 〻ノ今ラ十, 亠ノ今十, 亠ノ今/〻ノ今

亠ノ今十[여호리긔]

【亠/조사#ノ[ᄒᆞ/동사+오/선어말어미]+今[ᄙ/동명사어미+이/의존명사]+十/처격조사】

① (장소명사 뒤에서) -이니 하는 곳에서.

¶ 左邊亠 右邊▸亠ノ今十◂ 師子リ 臆阝十 長毫ソㄱㄱ 獸阝七 王リ罒 一切 衆獸乙 悉阝 皆 怖畏今リトノㄱㅅ乙 菩薩ㄱ 悉阝 見ナㅎ七ㅣ <금광06:16-17>

② -이니 하는 것에.

¶ 五者 {於}奢摩他亠 毗鉢舍那▸亠ノ今十◂ 同時阝十 能ㄅ 住ソㄅソ尸矢ナㄱリㅣ <금광04:17>

此 二 雜染品乙 斷ソ{爲}ㅅ 善說法亠 毘柰耶▸亠ノ今十◂ 入ソㅌ七 時亠十 能ㄅ <유가30:07-08>

③ -이니 하는 것에 대해서.

¶ 一者 (於)一切 衆生亠 意欲 煩惱行▸亠ノ今十◂ 心 悉阝 通達ソㄅ <금광04:05-06>

淨品亠 不淨品▸亠ノ今十◂ 界乙 分別 不冬ソニㄱㅅ灬故ノ <금광13:09-10>

{於}妙五欲阝十 樂ケ 習近ノ尸ㅅㄱ{者} {於}聖法亠 毘柰耶▸亠ノ今十◂ 所行處 非矢罒 <유가24:17-18>

得ノㄱ 所七 衣服亠 飮食亠 諸 坐臥具▸亠ノ今十◂ 便ケ 喜足乙 生リ阝 <유가24:18-19>

一十ㄱ 自灬 {於}契經亠 阿毘達磨▸亠ノ今十◂ 讀ソ𢀳 誦ソ𢀳 受持ソ𢀳 正作意乙 修ソ𢀳ソ <유가25:06-08>

【관련】 亠ノ今ラ十, 亠ノ今 /ㅋノ今

亠ノ今十ソ𝑎 [여호리긔ᄒᆞ아]

【亠/조사# ノ[ᄒᆞ/동사+오/선어말어미]+今[ㄹㆆ/동명사어미+이/의존명사]+十/처격조사# ソ/동사+𝑎/연결어미】

(장소명사 뒤에서) -이니 하는 곳에서 하여.

¶ 善男子𝑎 菩薩 七地𝑎十7 是 相 前現ノア厶 左邊亠 右邊▸亠ノ今十ソ𝑎◂ 地(獄)𝑎十 墮{應}ヒソ厷丨ソヒ亠 <금광06:13- 14>

【관련】 𝑎十ソ𝑎

亠ノ矛ナ7リ丨 [여호리견이다]

【亠/조사# ノ[ᄒᆞ/동사+오/선어말어미]+矛/선어말어미+ナ/선어말어미+7/동명사어미+リ/계사+丨/종결어미; 亠/조사# ノ[ᄒᆞ/동사+오/선어말어미]+矛[ㄹㆆ/동명사어미(+이/의존명사)+이/계사]+ナ/선어말어미+7/동명사어미+リ/계사+丨/종결어미】

-라고 한다. -라고 하는 것이다. §'亠'는 명명구문에 쓰인 것임.

¶ 是 如支ソ7 十種乙 菩薩摩訶薩ア 菩提心因▸亠ノ矛ナ7リ丨◂ <금광02:19-20>

是 故𝑚 十地乙 說ア 名𝑇 法雲地▸亠ノ矛ナ7リ丨◂ <금광07:15>

是乙 如來地ヒ 障▸亠ノ矛ナ7リ丨◂ <금광08:10>

善男子𝑎 是乙 諸 菩薩摩訶薩ア 十種 發心▸亠ノ矛ナ7リ丨◂ <금광08:25>

【관련】 ソア丁ノ矛ナ7リ丨

亠ノ矛人

☞ 亠ノ矛人雖𝑎

亠ノ矛人雖𝑎 [여호리과두]

【亠/조사# ノ[ᄒᆞ/동사+오/선어말어미]+矛[ㄹㆆ/동명사어미(+이/의존명사)+이/계사]+人𝑎/연결어미】

-라고 하여도. §'亠'는 명명구문에 쓰인 것임. '人𝑎'는 양보의 연결어미로 주로 '然ソ𝑎', '而7'가 후행함.

¶ 三摩地乙 證得ソ𝑎7入𝑚 故ノ 名𝑇 三摩地圓滿▸亠ノ矛人{雖}𝑎◂ 其 心リ 猶リ 三摩地𝑚 生ソ7 愛味人 … 无明人 等ソ7 諸 隨煩惱ラ{之} 染汚ノア 所乙 爲ハナア入𝑚 名𝑇 圓滿ソ𝑎ホ 淸淨鮮白ソ厷7丁ノ今 未矢𝑚 <유가16:09-12>

【관련】 ソ(ㅎヒ)人雖𝑎

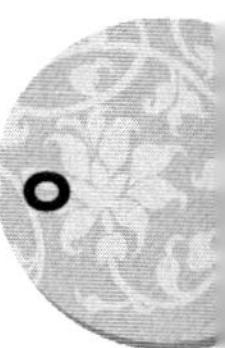

亠ノ冫丨[여호리다]

【亠/조사#ノ[ᄒᆞ/동사+오/선어말어미+冫[ㄹᅙ/동명사어미(+이/의존명사)+이/계사]+丨/종결어미】

-라 한다. -라 하는 것이다. § '亠'는 명명구문에 쓰인 것임.

¶ 是乙 名下 智波羅蜜因▸亠ノ冫丨◂ <금광02:19>
如支ㅅ乛 十種乙 名下 內外乙 依ㅅ乛 生圓滿▸亠ノ冫丨◂ <유가03:18-19>
正聞法亠ノ今七 二種乙 摠亏 名下 聞正法圓滿▸亠ノ冫丨◂ <유가04:06-07>
卽 此 解脫圓滿乙 名下 有餘依涅槃界▸亠ノ冫丨◂ <유가05:14>
三摩地自在人乙 摠亏 名下 无上世間一切種淸淨▸亠ノ冫丨◂ <유가19:22-20:01>
此 正加行灬 作意思惟ㅅ尸人乙 名下 正加行▸亠ノ冫丨◂ <유가25:11-12>
此 正加行 作意思惟乙 宣說ㅅ氵 名下 心住方便▸亠ノ冫丨◂ <유가25:16-17>
諸ㄱ 是 如支 等ㅅ乛乙 名下 住處障▸亠ノ冫丨◂ <유가27:08 -09>
是 如支ㅅ乛乙 名下 {爲}遠離障㝵▸亠ノ冫丨◂ <유가28:06>
慧蘊人 解脫蘊人 解脫知見蘊人乙 名下 極淸淨道▸亠ノ冫丨◂ <유가30:11-13>
【관련】 亠ノ冫㢱, ㅅ尸丁ノ冫丨

亠ノ冫㢱[여호리며]

【亠/조사#ノ[ᄒᆞ/동사+오/선어말어미+冫[ㄹᅙ/동명사어미(+이/의존명사)+이/계사]+㢱/연결어미】

-라 하며. -라 하는 것이며. § '亠'는 명명구문에 쓰인 것임.

¶ (譬 寶須彌)山王 (如)ㅅ白亠 是乙 名下 檀波羅蜜因▸亠ノ冫㢱◂ 第二 發心乛 譬人乛 大地刂 一切 (法) 事亠ノ尸乙 持尸 如支ㅅ去乛人灬 故ノ 是乙 名下 尸波羅蜜因▸亠ノ冫㢱◂ <금광02:01-02>
是 故灬 初地乙 名下 {爲}歡喜地▸亠ノ冫㢱◂ <금광06:24- 25>
是 故灬 四地乙 說尸 名下 焰地▸亠ノ冫㢱◂ <금광07:05>
是 故灬 此 時乙 名下 饒益他▸亠ノ冫㢱◂ <유가05:22-23>
是 故灬 此乙 說氵 名下 饒益他▸亠ノ冫㢱◂ <유가06:06-07>
諸 煩惱 斷ㅅ乛 究竟涅槃乙 名下 無怖處▸亠ノ冫㢱◂ <유가21:07-08>
是乙 名下 毘鉢舍那支氵十 不隨順ㅅ乛 性▸亠ノ冫㢱◂ <유가26:21>
【관련】 亠ノ冫丨, ㅅ尸丁ノ冫㢱, 亠ノ冫ナ乛刂丨

亠ノ冫二㢱[여호리시며]

【亠/조사#ノ[ᄒᆞ/동사+오/선어말어미]+冫[ㄹᅙ/동명사어미(+이/의존명사)+이/계사]+二/선어말어미+㢱/연결어미】

-라고 하는 것이며. § '亠'는 명명구문에 쓰인 것임.

¶ 是 故⺀ 七地乙 說尸 名下 遠行地亠ノ矛〻 … 是 故⺀ 八地乙 說尸 名下 不動地▸亠ノ矛二〻◂ …是 故⺀ 九地乙 說尸 名下 善慧地亠ノ矛〻 <금광07:10-14>

【관련】 亠ノ矛〻, 氵ノ矛刂〻

【비고】 이 예문의 앞뒤에 같은 문맥이 10번 반복되는데 위의 예만 제외하고 모두 '亠ノ矛〻'로 되어 있는 점을 고려할 때 '亠ノ矛二〻'는 '亠ノ矛〻'의 잘못으로 보임.

亠ノ矛刂1丁 [여호리인뎌]

【亠/조사#ノ[ㅎ/동사+오/선어말어미]+矛[ㅭ/동명사어미+이/의존명사]+刂/계사+1/동명사어미+丁[ㄷ/의존명사+여/조사]; 亠/조사#ノ[ㅎ/동사+오/선어말어미]+矛[ㅭ/동명사어미(+이/의존명사)+이/계사]+刂/중복표기+1/동명사어미+丁[ㄷ/의존명사+여/조사]】

-이라고 하는 줄(을). -이라고 하는 것인 줄(을). § '亠'는 명명구문에 쓰인 것임. '刂1'은 '當知', '應知'의 목적어절에 붙는 요소임. '丁'는 후치된 목적어절에 붙는 요소임.

¶ 此 三支乙 當八 知𠂊丨 卽 是乙 修瑜伽因緣▸亠ノ矛刂1丁◂ <유가07:19-20>

當八 知𠂊丨 是乙 彼彡 修習對治▸亠ノ矛刂1丁◂ <유가08:11-12>

彼 與七 俱行丷氵 彼 相應丷1 想乙 知ノ𠂊{應}七丨 名下 光明想▸亠ノ矛刂1丁◂ <유가11:06-07>

當八 知𠂊丨 卽𠂊 是乙 光明▸亠ノ矛刂1丁◂ <유가11:10>

此 修對治乙 當八 知𠂊丨 卽𠂊 是乙 修習瑜伽▸亠ノ矛刂1丁◂ <유가12:23-13:01>

又 正加行⺀ 作意思惟丷尸入乙 當八 知𠂊丨 是乙 名下 第三方便▸亠ノ矛刂1丁◂ <유가25:10-11>

當八 知𠂊丨 是乙 名下 奢摩他支氵十 不隨順丷1 性▸亠ノ矛刂1丁◂ <유가26:23-27:01>

若 有𠂇丨 … 煩惱氵十 心乙 遮護 不八丷𠂇矛亠 當八 知𠂊丨 是乙 名下 彼 俱品念氵十 不隨順丷1 性▸亠ノ矛刂1丁◂ 若 有𠂇丨 … 諸 坐臥具乙 習近丷𠂇矛亠 當八 知𠂊丨 是乙 名下 處所氵十 不順隨丷1 性▸亠ノ矛刂1丁◂ <유가27:01-05>

【관련】 丷尸丁ノ矛刂1丁, 丷去1丁ノ矛刂1丁

亠ノ尸 [여홀]

【亠/조사#ノ[ㅎ/용언+오/선어말어미]+尸/동명사어미】

① -이라고 하는. § '亠'는 명명구문에 쓰인 것임.

¶ 善男子 菩薩摩訶薩尸 初發心1 名1 妙寶起▸亠ノ尸◂ 三摩提刂 攝受丷1入⺀ 得氵ホ 生丷〻 <금광08:16-17>

第二發心1 可愛住▸亠ノ尸◂ 三摩提刂 攝受丷1入⺀ 得氵ホ 生丷〻 <금광08:17-18>

第十發心 首楞嚴▸亠ノ尸◂ 三昧刂 攝受丷1入⺀ 得氵ホ 生丷𠂇𠂊七丨 <금광08:24-25>

善男子 菩薩摩訶薩1 {於}此 初地氵十 依功德力▸亠ノ尸◂ 名七 陁羅尼乙 得氵ホ 生刂

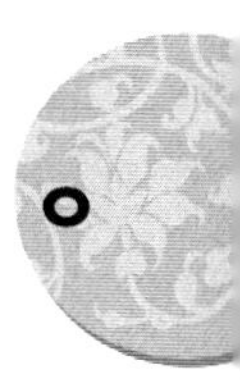

ナ㢱七丨 <금광08:25-09:02>

善男子⺃ 菩薩摩訶薩ㄱ {於}此 二地⺃十 善安樂住▸亠ノ尸◂ 名七 陁羅尼乙 得⺃尒 生刂ナ㢱七丨 <금광09:10-11>

菩薩摩訶薩ㄱ {於}此 十地⺃十 破壞堅固金剛山▸亠ノ尸◂ 名 陁羅尼乙 得⺃尒 生刂ナ㢱七丨 <금광12:10-12>

② -이니 하는. -이니 하는 것.

¶ 種種七 衣服亠 飮食亠 諸 坐臥具亠 病緣醫藥▸亠ノ尸◂ 供身什物乙 奉施丷尸矢丨 <유가03:17-18>

惡鬼亠 人非人 等丷ㄱ 怨賊亠 災橫亠 諸 惱▸亠ノ尸◂乙 度脫丷⺃ <금광09:16-18>

人 非人 等丷ㄱ 怨賊亠 災橫亠 及 諸 毒害▸亠ノ尸◂入乙 度丷⺃ <금광10:08-10>

【관련】 氵ノ尸

亠ノ尸ㄱ[여홇은]

【亠/조사#ノ[ᄒᆞ/용언+오/선어말어미]+尸/동명사어미+ㄱ/보조사】

-이니 하는 이는. -이니 하는 것은.

¶ 是 善男子亠 善女人▸亠ノ尸ㄱ◂ 一切 罪障乙 悉 能⺀ 除滅丷口 極淸淨丷ㄱ入乙 得丷ㅌ礻⺀ 若 善男子亠 善男女人▸亠ノ尸ㄱ◂ 當 諸 香亠 花亠 繒亠 綵亠 幡亠 蓋亠ノ尸乙 {以}氵 是 說法處乙 供養ノ㢱{應}七丷口丨 <금광15:11-13>

又 煩惱道亠 後有業道▸亠ノ尸ㄱ◂ {於}現法七 中⺃十 已氵 永⺃ 斷絶丷㖨 <유가31:15-16>

【관련】 亠ノ令, 亠ノ尸乙, 亠ノ尸入乙

亠ノ尸入乙[여홇들]

【亠/조사#ノ[ᄒᆞ/용언+오/선어말어미]+尸/동명사어미+入/의존명사+乙/대격조사】

-이니 하는 것을.

¶ 人 非人 等丷ㄱ 怨賊亠 災橫亠 及 諸 毒害▸亠ノ尸入乙◂ 度丷⺃ <금광10:08-10>

【관련】 亠ノ尸乙

亠ノ尸乙[여홇을]

【亠/조사#ノ[ᄒᆞ/용언+오/선어말어미]+尸/동명사어미+乙/대격조사】

① -이니 하는 이를.

¶ 愚人亠 智人▸亠ノ尸乙◂ (皆悉 攝)受丷尸矢 是 波羅蜜義刂⺀ <금광05:11-12>

四 在家亠 出家▸亠ノ尸乙◂ 與七 共相 雜住丷⺃ <유가11:20 -21>

一者 一切 諸佛亠 菩薩亠 聰慧大智刂二ㄱ刂▸亠ノ尸乙◂ 供養丷㖨 親近丷㖨丷白ノ尸厶 <금광03:24-25>

② -이니 하는 것을.

¶ 第二 發心1 譬入1 大地刂 一切 (法) 事▸亠ノ尸乙◂ 持尸 如支ソ去1入灬 故ノ 是乙 名下 尸波羅蜜因亠ノ禾ケ <금광02:01-02>

法界亠 衆生界▸亠ノ尸乙◂ 正 分別ソ3 知ソ尸矢 是 波羅蜜義刂ケ <금광05:14>

大事亠 大用▸亠ノ尸乙◂ 意七 願ノ1 所乙 如ハ 悉3 皆 成就ソケソ3 <금광06:24>

說法無量亠 名味句無量亠 知慧分別無量▸亠ノ尸乙◂ 攝持尸 能 未ハソ卜1カ 無明刂 因{爲}刂尸入乙ソケ <금광08:04- 05>

一切 惡鬼亠 人非人 等ソ1刂亠 災橫亠 諸惱▸亠ノ尸乙◂ 度脫ソ3 <금광09:08-10>

無垢心行印陁羅尼亠 無盡無滅無邊佛身能顯現陁羅尼▸亠ノ尸乙◂ソ3ソヒ亠七丨 <금광14:07-15>

是 所刂1 國土3十1 諸 怨賊亠 恐怖ノ令七{之} 難▸亠ノ尸乙◂ 無刂ソろ <금광15:08>

法亠 有无罪亠 廣刂 說尸 乃氵 至刂 諸緣生法▸亠ノ尸乙◂ 開示ソろ <유가03:01-03>

本事亠 本生亠 方廣亠 希法亠 及 與七 論議▸亠ノ尸乙◂ 分別ソろソ二尸矢丨 <유가03:03-05>

復 他人彡 爲ホ 隨順ソ1 教誡亠 教授▸亠ノ尸乙◂ 說ノ尸入乙 得ケソ3 <유가03:07-08>

利養亠 恭敬亠 稱譽▸亠ノ尸乙◂ 爲ソ口尸丁ホ尸 不冬ソろソ尸矢丨 <유가04:19>

我1 當ハ 心自在性亠 定自在性▸亠ノ尸乙◂ 證ノ亠{應}七ソ1刂3七丨ソ3 <유가16:14-15>

謂1 自灬 誓ホ 下劣ソ1 形相亠 威儀亠 衆具▸亠ノ尸乙◂ 受ケ <유가16:16>

【관련】 亠ノ尸入乙

亠ノ尸乙灬[여홇을로]

【亠/조사#ノ[ᄒᆞ/용언+오/선어말어미]+尸/동명사어미+乙灬/구격조사;亠/조사+ノ[ᄒᆞ/용언+오/선어말어미]+尸/동명사어미+乙/중복표기+灬/구격조사】

-이니 하는 것으로.

¶ 四者 大福德七 行亠 大智慧七 行▸亠ノ尸乙灬◂ 得3ホ 究竟3十 度ノ尸ㅅ 智 能 具足ソケ <금광05:04-05>

散多那花亠 妙寶瓔珞▸亠ノ尸乙灬◂ 身首乙 貫飾ソ3七ノ1入乙 菩薩1 悉3 見ソナ亠七丨 <금광06:07-08>

【관련】 亠ノ尸/氵ノ尸

亠ノ尸乙ソ3ソヒ亠七丨[여홇을ᄒᆞ아ᄒᆞ訖다]

【亠/조사#ノ[ᄒᆞ/용언+오/선어말어미]+尸/동명사어미+乙/대격조사#ソ/동사+3/연결어미#ソ/동사+ヒ/선어말어미+亠七/선어말어미+丨/종결어미】

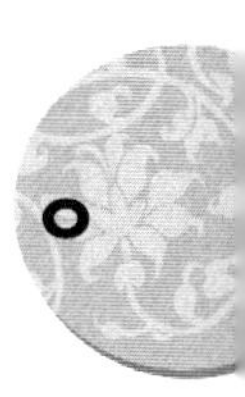

-이니 하는 것을 하여 할 수 있다.

¶ 不退地⺀⼗ 生ソニ 師子勝人乙 而⺍ 得⺀ホ 親近ソ白⺀ 相ノ 遠離 不冬ソㅌ才ㄅ … 無垢心行印陁羅尼亠 無盡無減無邊佛身能顯現陁羅尼▸亠ノ尸乙ソ⺀ソㅌ㐄七丨◂ <금광14:06-15>

【관련】 (ソ)ㅌ㐄七丨, (不)冬ソㅌ㐄七丨

【비고】 점토를 고려할 때 'ソ⺀ソㅌ㐄七丨'는 'ソ⺀ㅌ㐄七丨'로 파악할 가능성이 있음.

亠ノ尸亠[여홇여]

【亠/조사#ノ[ㅎ/용언+오/선어말어미]+尸/동명사어미+亠/조사】

-이라고 한다. §'ノ尸' 앞의 '亠'는 명명구문에 쓰인 것임.

¶ 即㐄 此 十種七 生圓滿乙 名下 修瑜伽處所▸亠ノ尸亠◂ <유가03:19-20>

涅槃乙 首 {爲}⺀1ㅋ⼗ 有七1 所七 廣義▸亠ノ尸亠◂ <유가06:12-13>

是 如支ソ1 十種乙 能熟解脫慧七 成熟法▸亠ノ尸亠◂ <유가07:14-15>

是乙 思所成慧 俱ソ1 光明想ㅋ{之} 所對治▸亠ノ尸亠◂ <유가11:22-12:01>

是乙 修所成慧 俱ソ1 光明想ㅋ 所對治七 法▸亠ノ尸亠◂ <유가12:13-14>

是 如支ソ1乙 名下 {爲}修習對治▸亠ノ尸亠◂ <유가12:23>

此 中⺀七 義リ尸入1{者} 謂1 尸羅淨⺀⼗ 有七1 所七 作意乙 名下 正加行 作意思惟▸亠ノ尸亠◂ <유가25:12-14>

鉢舍那亠ノ尸乙 修ソ尸入乙 摠ㅎ 名下 {爲}住▸亠ノ尸亠◂ <유가26:14-16>

謂1 勝善慧乙 名下 {爲}思擇▸亠ノ尸亠◂ <유가27:17>

此 因果リ 永⺀ 滅盡ソ㐅1入乙 由⺀1入⺍ 故ノ 即 名下 苦邊▸亠ノ尸亠◂ 更⺀ 餘 所 无⺀ホ 無上ソㅎ 无勝ソㅎソナ㐄七丨 <유가31:17-18>

【관련】 亠ノ才丨, 亠ノ才ㄅ

亠ノ尸ㅋ[여홇의]

【亠/조사#ノ[ㅎ/용언+오/선어말어미]+尸/동명사어미+ㅋ/속격조사】

-이니 하는 이의.

¶ 四者 {於}聲聞亠 緣覺▸亠ノ尸ㅋ◂{之} 地乙 過ソㄅ <금광03:03>

二 他 師敎リ1 謂1 所1 大師尸 鄔波柁耶亠 阿遮利耶▸亠ノ尸ㅋ◂ {於}時時間⺀⼗ 敎授敎誡ノ尸入乙 依⺀ 攝受依止ソ尸矢丨 <유가25:08-10>

【비고】 '阿遮利耶亠ノ尸ㅋ'의 'ㅋ'는 주어적 속격의 예임.

亠ノㅋ⼗[여호의긔;여홇의긔]

【亠/조사#ノ[ㅎ/동사+오/선어말어미](+尸/동명사어미)+ㅋ⼗/처격조사】

-이니 하는 것에.

¶ 鬱波羅花ㅗ 拘物頭花ㅗ 分陁利花▸ㅗノ҃ㅑ+◂ 其 池乙 莊嚴ッ尔ッ҃ㅑ七丨乙 {於}花池所 ㄋ十 自ㅑ 身リ 遊戲快樂ノ尸ム 清淨 清凉 無比ㄎッ卜ノ丨入乙 菩薩丨 悉ㄋ 見ッナㅎ 七丨 <금광06:10-12>

【비고】 구결토만을 고려하면 'ㅗノ҃ㅑ+'는 'ㅗノ尸҃ㅑ+'의 잘못으로 추정되나 문맥을 고려하면 'ㅗノ今'가 적당한 것으로 생각됨.

ㅗノノ丨ッ尔

☞ ㅗノ矛尔

ㅗㄎ尸入丨[여힒든]

【ㅗ/말음첨기+ㄎ/미상+尸/동명사어미+入/의존명사+丨/보조사】

('何' 뒤에서) 어찌하면. 어찌해야.

¶ 大師リ 正法乙 建立ッ{爲欲}入 方便⺀ 正等覺 成ノ尸入乙 示現ッニ下 云何▸ㅗㄎ尸入 丨◂ 彼⺀ 正七 修行ッㄋ亦 轉ッ{令}リㄋノ矛丨リㄋ七ロッニ尸入⺀ <유가06:04-05>

謂尸 我丨 何▸ㅗㄎ尸入丨◂ 當ハ 能尔 具足ㄎ 是 如攴ッ丨 聖處リ丨 阿羅漢ㅑ 所具足 住 如攴ッ丨ㅑ+ 住ノ矛丨リㄋ七ロッ尔 <유가29:03-05>

【관련】 (ッ古ッロヒ火七)ハ尸入丨, 一尸入丨

【선후】 '尸入丨'을 연결어미로 보는 견해도 있음.

ㅗッロ丨[여ᄒᆞ곤]

【ㅗ/조사#ッ/동사+ロ/연결어미+丨/보조사】

('何以故, 所以者何' 뒤에서) 왜냐하면. 어떤 까닭인가 하면.

¶ 何以故▸ㅗッロ丨◂ 諸 有學丨 聖法 {有}ㅓナ入{雖}ㅓ 而丨 相續七 中ㄋ十 非聖煩惱ㅑ {之} 隨逐ノ丨 所リ 現ㄋ 得ノㅎ{可}七ッ丨入乙 由氵丨入⺀{故}ㅗ <유가04:02-03>

所以者何▸ㅗッロ丨◂ 定心 中ㄋ七 慧リ {於}所知七 境ㄋ十 清淨ㄎ 轉ッ尸入⺀{故}ㅗ <유가06:16-17>

何以故▸ㅗッロ丨◂ 此 次第入 此 因入 此 緣入乙 依ㄋ 瑜伽乙 修習ッ丨 方氵 得亦 成滿ッ尸入乙 由氵丨入⺀ㅗ <유가07:20>

何以故▸ㅗッロ丨◂ <유가11:07-08>

【관련】 (何以故)氵ッ禾尸入丨, (何以故)入丨, (何以故)ㅗッ白ノ矛尸入丨, ッロ丨

ㅗッ尸[여ᄒᆞᇙ]

【ㅗ/조사#ッ/동사+尸/동명사어미】

-이니 함. -이니 하는 것. § '如攴'의 논항임.

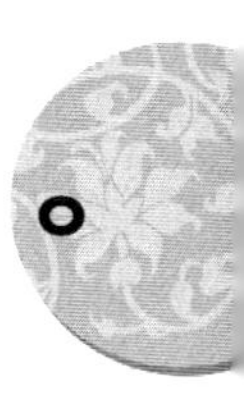

¶ 譬 虛空亠 及 轉輪聖王▸亠ㅅ尸◂ 如支ㅅ 3 … 是乙 名下 智波羅蜜因亠ノ才丨 <금광02:17-18>

【관련】 -尸 (如支), 氵ㅅ尸, 亠ノ尸

亠ㅅ 㫆[1][여ᄒᆞ며]

【亠/조사#ㅅ/동사+㫆/연결어미】

-이라고 하며. § '亠'는 명명구문에 쓰인 것임.

¶ 謂丨 毘鉢舍那支 成熟ㅅ丨入灬 故ノ 亦 名下 慧成熟▸亠ㅅ㫆◂ <유가06:14-15>
是 如支 精勤ㅎ 如理作意ㅅ尸入乙 乃氵 得尸 名下 {爲}出家之想▸亠ㅅ㫆◂ 及七 沙門想亠ノ才丨 <유가18:17-19>

【관련】 ㅅ㫆

亠ㅅ 㫆[2][여ᄒᆞ며]

【亠/미상+ㅅ/동사+㫆/연결어미】

('尒' 뒤에서) 그러하며.

¶ 又 无嫉ノ尸入乙 依3ノ尸厶 {於}自ㅋ 身3十ノ尸入乙ㅅ丨 如支 {於}他ㅋ十ノ尸 亦 尒▸亠ㅅ㫆◂ <유가28:15-16>

【관련】 (爾)亠七ㅅ丨, (爾)七ㅅ丨, (亦 尒)ㅅ-

亠ㅅ白ノ才尸入丨[여ᄒᆞ숩오릶든]

【亠/조사#ㅅ/동사+白/선어말어미+ノ/선어말어미+才[ㄹㆆ/동명사어미(+이/의존명사)+이/계사]+尸/동명사어미+入/의존명사+丨/보조사】

('何以故' 뒤에서) 왜냐하면. 어떤 까닭이신가 하면. § 여기서 '白'은 주체높임의 용법임. '白'은 주체높임으로 쓰일 경우 주로 동명사어미 앞에 쓰임.

¶ 何以故▸亠ㅅ白ノ才尸入丨◂ 說法七{之} 處刂 即ノ 是丨 其 塔刂二口丨入灬亠 <금광15:11>

【관련】 (何以故)氵ㅅ禾尸入丨, (何以故)入丨, (何以故)亠ㅅ口丨

【비고】 '尸入丨'을 연결어미로 보는 견해도 있음.

亠十[여긔]

【亠十/처격조사;亠/말음첨기+十/처격조사】

① ('時' 뒤에서) 때에.

¶ 如來尸 弟子刂 生圓滿乙 依3 轉ㅅ今七 時▸亠十◂ <유가04:15-16>
謂丨 法乙 聽聞ㅅ今七 時▸亠十◂ 自他乙 饒益ㅅ3 <유가05:19>

正行乙 修丷亽七 時▸亠十◂ 自他乙 饒益丷ᄒ <유가05:19-20>
或 隨學丷{令}刂ᄒ丷去ㄱ {於}尒所ケ七 時▸亠十◂ 議論乙 堪忍丷ᄒ <유가06:22-07:01>
彼ㄱ {於}尒丷ㄱ 時▸亠十◂ <유가23:20-21>
彼ㄱ {於}尒丷ㄱ 時▸亠十◂ 此 五因七 二十種 相乙 由ㄋ <유가25:18-19>
當ハ {於}是 如支 心 安住丷ㅌ七 時▸亠十◂ 知ノ㫆{應}七丨 <유가25:21-22>
善說法亠 毘柰耶亠ノ亽十 入丷ㅌ七 時▸亠十◂ <유가30:07-08>
猶刂 得ホ 現行丷尸亠 彼ㄱ {於}後七 時▸亠十◂ 任運ㄎ 而灬 滅丷ᄒ丷ナオㄅ <유가31:14-15>

【관련】(時)ミ十, (時)刂十, (時)十

② ('上' 뒤에서) 위에.

¶ 頂上ㄋ七 白蓋ㄱ 量 無丷ㄱ 衆寶灬{之} 莊嚴ノㄱ 所ㄱ乙 {以}ミホ {於}上▸亠十◂ 覆丷ラ七ノㄱ入乙 菩薩ㄱ 悉ㄋ 見ナ㫆七丨 <금광06:18-19>

【관련】(上)十

【선후】(이두)亦中

亠十ㄱ[여긘]

【亠十/처격조사+ㄱ/보조사;亠/말음첨기+十/처격조사+ㄱ/보조사】

('時' 뒤에서) 때에는.

¶ 瓔珞乙 著丷去ㄱ 時▸亠十ㄱ◂ 當願衆生 <화엄03:01>

【관련】(時)ミ十ㄱ

 ミ[1][여]

【ミ/말음첨기】

('何七' 뒤에서) 어찌.

¶ 我ㄱ 今丷ㄱ 云何七▸ミ◂ 而灬 戀著ノ尸入乙 生刂㫆禾ㄋ七口 <화소16:11>
何七▸ミ◂ 況ㄅ 量 無ㄅ 邊尸 無 劫ㄋ十 具ㄎ 地度乙 修七?ㅌ七 諸ㄱ 功德刂口ㅌㄱ彳 <화엄09:06>
佛十 白ㄋ 言ニ尸 云何七▸ミ◂ 十方七 諸ニㄱ 如來ミ 一切 菩薩ミノオ 文字乙 離 不冬丷ㄋ 而灬 諸ㄱ 法相ㄋ十 行丷ニ㫆七丨<구인15:21-22>
云何七▸ミ◂氵 生處具足ミ … 覺悟具足ミノ亽 <화엄01:10- 12>

【관련】(何)亠, (何)七ミ(氵)

【선후】(15)엇뎌

ミ[2][여]

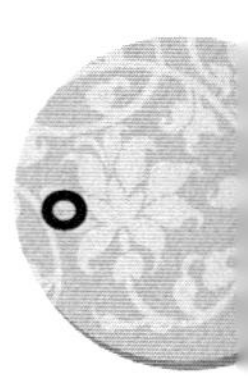

【⺀/조사】

① -이니. § 명사구 나열에 쓰임. 나열된 명사구를 아우르는 동사 'ᄒᆞ'가 후행함.

¶ 我▸⺀◂ 及七 衆生▸⺀◂ノ令ㄱ 有リ丨 我▸⺀◂ 及七 衆生▸⺀◂ノ令ㄱ 無リ丨 <화소07:11-14>

謂ノㄱ 所ㄱ 分減施▸⺀◂ 竭盡施▸⺀◂ 內施▸⺀◂ 外施▸⺀◂ 內外施▸⺀◂ 一切施▸⺀◂ 過去施▸⺀◂ 未來施▸⺀◂ 現在施▸⺀◂ 究竟施⺀ノ禾ナ丨 <화소09:06-08>

一切 世間3七 諸ㄱ 天▸⺀◂ 魔▸⺀◂ 梵▸⺀◂ 沙門▸⺀◂ 婆羅門▸⺀◂ 乾闥婆▸⺀◂ 阿修羅▸⺀◂丷尸 {等}丨丷ㄱリ▸⺀◂ 及七 以3 一切 聲門▸⺀◂ 緣覺▸⺀◂ノ令ラ 動尸 不能リ矢ノ尸 所リ去ナ示七丨 <화엄08:17-18>

五欲▸⺀◂ 及七 王位▸⺀◂ 富饒▸⺀◂ 自樂▸⺀◂ 大名稱▸⺀◂ノ令乙 求丷3丷ㄱヒㄱ(?) 不矢リ 但ハ 永去 <화엄09:12 -13>

無價 寶衣▸⺀◂ 雜妙香▸⺀◂ 寶七 幢▸⺀◂ 幡▸⺀◂ 蓋▸⺀◂ノネ 皆七 嚴好丷ㄱリ▸⺀◂ 眞金乙 華 {爲}⺀丷ㄱリ▸⺀◂ 寶乙 帳 {爲}⺀丷ㄱリ▸⺀◂ノ令乙 皆七 掌七 中乙 從七 雨リ尸 不丷尸丁 <화엄15:20-21>

量 無七ㄱ 菩薩▸⺀◂ 比丘▸⺀◂ 八部▸⺀◂ノ令七 大衆リ 有ナハニ下 <구인02:04>

諸ニㄱ 佛リニ尸 如來▸⺀◂ 乃⺀ 至リ 一切法▸⺀◂ノ令ㄱ 如リニㄱ入灬 故ノ <구인15:20>

② -(이)라고. § 명명구문에 쓰인 것임.

¶ 佛子3 何可 {等}丨丷ㄱ乙 菩薩摩訶薩尸 聞藏▸⺀◂ノ令ロ{爲}丷ナ禾尸入ㄱ <화소01:03>

何等 {爲} 世間七 法▸⺀◂ノ令ロ <화소02:09>

何七丷ㄱ乙{者} {爲}生死七 最ハ 初際▸⺀◂丷ゕ 何七丷ㄱ乙{者} {爲}生死七 最ハ 後際▸⺀◂ノ禾3七ロノ尸入リナ丨 <화소08:12-13>

{是}リ乙 名下 菩薩摩訶薩尸 五示 第七 多聞藏▸⺀◂ノ禾ナ丨 <화소09:03-09:04>

幻化乙 見トケ 衆生ラノㄱ乙(火?) 名3 幻諦▸⺀◂ノネリゕ <구인15:08난상>

③ -이/가. § 후치된 주어에 붙은 것임.

¶ 或刀 有ナ丨 眼 無七ㄱリ▸⺀◂ 或刀 有ナ丨 耳 無七ㄱリ▸⺀◂ 或ナ丨 鼻⺀ 舌⺀ 及七 以3 手⺀ 足⺀ノ令 無七ㄱリ▸⺀◂ <화소15:18-19>

又刀 光明乙 放丷ナ示七丨 妙莊嚴⺀ノネ▸⺀◂ 量リ 無ㄱ 寶蓮華乙 出生ノ尸ム <화엄16:06>

善ナㄱ{哉}亻 佛子▸⺀◂ 汝ㄱ 今丷ㄱ 饒益ノ尸 所 多ゕ 安隱ノ尸 所 <화엄02:10-12>

善而ロㄱ{哉}亻 仁者▸⺀◂ 諦リ 聽而可示{應}七丷ナ丨 <화엄09:02>

④ -이니. § 여기서 '⺀'는 절접속의 기능임. 예문에 따라 종결로 파악하는 견해도 있음.

¶ 何以故⺀丷禾尸入ㄱ {此}リ 菩薩ㄱ 十尸 種七 無盡藏乙 成就丷ナㄱ入灬{故}リㄱ▸⺀◂ {此}リ 藏乙 成就丷ㄱ入灬 一切 法乙 攝ノ令七 陀羅尼門乙 得3尒 現在前ノㄱム 百ㄱ 萬尸 阿僧祇七 陀羅尼乙 以3尒 眷屬 {爲}三ㄱ乙丷ゕ <화소25:11-14>

十方七 一切 諸ㄱ 妓樂リㄱ 鐘⺀ 鼓⺀ 琴⺀ 瑟⺀ノ令ㄱ 一ㄱ 類 非矢ㄱ▸⺀◂ 悉3 和雅丷ヒ七 妙音聲乙 奏丷ナ令乙 {於}掌七 中乙 從 出丷尸 不丷尸丁ノ尸 靡七リ丷ロヒゕ

<화엄15: 24-16:01>
其 幢ㄱ 絢煥ソ3ホ 衆ㄱ 色乙 備ㅎナㄱ▸⺀◂ 種種七刂 量刂 無3ホ 皆七 殊好ソㄱ乙 此乙以3ホ 諸ㄱ 佛土乚 莊嚴ソナ亇 <화엄16:22-23>
{是}刂 名味句ㄱ 音聲七 果刂ㄱ▸⺀◂ 文字記句ㄱ 一切之七 如刂ナ丨 <구인15:25>
得3ㄋㅎ{可}七ソㄱ 不矢ㄱ▸⺀◂ <구인15:05난상>

⑤ ('何以故' 뒤에서) 어째서인가. 왜냐.

¶ 何以故▸⺀◂ソ禾尸入ㄱ 一切 法ㄱ 作ノ尸 無亇 作者 無亇 <화소19:04-07>
何以故▸⺀◂ソ禾尸入ㄱ {此}刂 菩薩ㄱ 十尸 種七 無盡藏乙 成就ソナㄱ入灬{故}刂ㄱ⺀ <화소25:11-12>
何以故▸⺀◂ソ禾尸入ㄱ {此}刂 菩薩ㄱ 盡虛空徧法界七 邊尸 無ㄱ 身乙 成就ソㄱ入灬{故}刂ナ丨 <화소26:02-03>

⑥ -이나. 이지만. § 여기서 '⺀'는 역접의 기능임.

¶ 彼ㄋ十 施ソ{爲}入ソ尸入灬 故攴氵 而灬 自ㄋ灬 {之}刂乙 食ソナ今▸⺀◂ 其 味3十 貪尸 不ソナ亇 <화소09:16>
一切恩愛力 會{恨}ソ乃ソ口八ㄱ 當八 別離ノ禾ㄱ▸⺀◂ 而ㄱ{於}衆生ㄋ十ㄱ 饒益ノ尸 所3 無七厶禾3七丨 <화소12:15- 16>
【관련】 亠

⺀ 𠯈 立

☞ 氵 𠯈 立

⺀ 七 ソ ㄱ[엿흔]

【⺀七/말음첨기?+ソ/형용사+ㄱ/동명사어미】

('是' 뒤에서) 이러한.

¶ 是▸⺀七ソㄱ◂ 時十 菩薩ㄱ 工匠刂尸{爲}入乙ソ亇 之ㄋ {爲}氵ㅎ 種種七 業乙 示現ノ尸厶 <화엄19:13>
【관련】 (是/爾)七ソㄱ

⺀ ノ 今[여호리]

【⺀/조사# ノ[ᄒᆞ/용언+오/선어말어미]+今[ㄹㆆ/동명사어미+이/의존명사(+이/주격조사)]】

① -이니 하는 이가.

¶ 未來3十ㄱ 幾七亇七 如來⺀ 幾七亇七 聲聞 辟支佛⺀ 幾七亇七 衆生▸⺀ノ今◂ 有亇 <화소07:17-18>
{此}刂 法乙 說二今七 時十 量 無七ㄱ 天子⺀ 及八 諸ㄱ 大衆▸⺀ノ今◂ 有七ナㄱ⺀ 伏忍乙 得𠯈力刂亇{者} <구인14:14 -15>

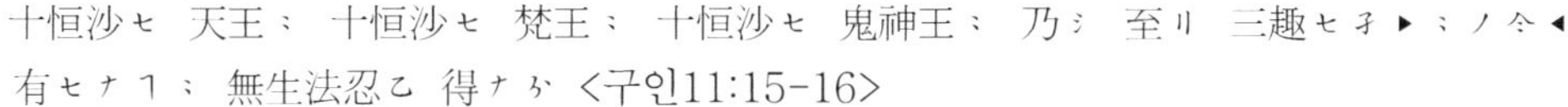

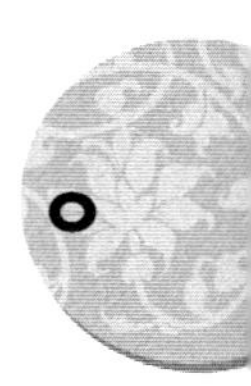

十恒沙七 天王ㅣ 十恒沙七 梵王ㅣ 十恒沙七 鬼神王ㅣ 乃氵 至刂 三趣七矛▸ㅣ丿今◂ 有七ナ丨ㅣ 無生法忍乙 得ナ㢴 <구인11:15-16>

② -이니 하는 것이.

¶ 或刀 有ナ丨 耳 無七丨刂ㅣ 或ナ丨 鼻ㅣ 舌ㅣ 及七 以氵 手ㅣ 足▸ㅣ丿今◂ 無七丨刂ㅣ <화소15:18-19>

聲聞ㄋ 法ㅣ 獨覺ㄋ 法ㅣ 菩薩尸 法▸ㅣ丿今◂ 壞ソ㐃可七ソ丨 不矢丨矢ナ丨 <화소9:02-03>

衆生ㄋ 形相丨 各㣺 不冬 同刂㢴 行業ㅣ 音聲▸ㅣ丿今◂ 亦刀 量刂 無丨乙 {是}刂 如攴ソ丨 一切乙 皆七 能攴 現㐃卜㐃丨入丨 海印三昧七 威神七 力刂ナ丨 <화엄15:01-02>

或 無常ㅣ 衆苦ㅣ丿今七 門 以 或 我ㅣ 壽者▸ㅣ丿今◂ 無丨ヒ七 門 以 或 不淨離欲門 以 或 滅盡三昧門乙 以ソ尸刀ソナ氵 <화엄17:11-15>

【관련】 亠丿今, ㅣ丿矛, ㅣ丿今口, ㅣ丿今人, ㅣ丿今刀, ㅣ丿今乙, ㅣ丿今灬, ㅣ丿今午丨, ㅣ丿今七, ㅣ丿今ㄋ, ㅣ丿今ㄋ七, ㅣ丿今ㄋ十

ㅣ丿今口[여호리고]

【ㅣ/조사#丿[ㅎ/동사+오/선어말어미]+今[ㅭ/동명사어미+이/의존명사]+口/의문조사】

-이라 할 것인가. § 'ㅣ'는 명명구문에 쓰인 것임. '口/㢴'는 의문사가 있는 설명의문문에 쓰임.

¶ 佛子氵 何㐃 {等}丨ソ丨乙 菩薩摩訶薩尸 聞藏▸ㅣ丿今口◂{爲}ソナ禾尸入丨 <화소01:03>

何等 {爲} 世間七 法▸ㅣ丿今口◂ <화소02:09>

何㐃 {等}丨ソ丨乙 十尸▸ㅣ丿今口◂{爲}ソナ禾尸入丨 <화소26:12-13>

【관련】 -丁丿今口, -丨丿今口, 刂八(ソ)口丿今口(ソナ尸入丨)

ㅣ丿今人[여호리과]

【ㅣ/조사#丿[ㅎ/동사+오/선어말어미]+今[ㅭ/동명사어미+이/의존명사]+人/접속조사】

-이니 하는 것과. § 'ㅣ'는 나열의 기능임. 동사 'ㅎ'는 'ㅣ'로 나열된 명사구를 아우르는 요소임.

¶ 菩薩刂 四生乙 化丿尸厶 色ㅣ 如▸ㅣ丿今人◂ 受想行識ㅣ 如▸ㅣ丿今人◂ 衆生我人常樂我淨ㅣ 如▸ㅣ丿今人◂ 知見壽者ㅣ 如▸ㅣ丿今人◂ 菩薩ㅣ 如▸ㅣ丿今人◂ 六度四攝一(切行如 二諦如) 觀ソ 不冬丿矛刂ナ丨 <구인03:23-25>

【관련】 亠丿今人

ㅣ丿今丨[여호린]

【ㅣ/조사#丿[ㅎ/동사+오/선어말어미]+今[ㅭ/동명사어미+이/의존명사]+丨/보조사】

① -이니 하는 이는. § '⺀'는 나열의 기능임. 동사 '호'는 '⺀'로 나열된 명사구를 아우르는 요소임.

¶ 我⺀ 及七 衆生▸⺀ノ令1◂ 有リ丨 我⺀ 及七 衆生▸⺀ノ令1◂ 無リ丨 我 及 衆生 亦 有 亦 無リ丨 <화소07:11-14>

三賢⺀ 十聖▸⺀ノ令1◂ 果報⺀十 住ソ二1乙 <구인11:06>

佛⺀ 及八 衆生▸⺀ノ令1◂ 一リ罒 而灬 二 無七ナ丨 <구인15:12>

② -이니 하는 것은. § '⺀'는 나열의 기능임. 동사 '호'는 '⺀'로 나열된 명사구를 아우르는 요소임.

¶ 我矛 身⺀ 財寶⺀ 及七 以⺀ 王位▸⺀ノ令1◂ 悉⺀ {是}リ1 無常リ罒 <화소12:01-02>

方七 一切 諸1 妓樂リ1 鐘⺀ 鼓⺀ 琴⺀ 瑟▸⺀ノ令1◂ 一1 類 非矢1⺀ <화엄15:24-16:01>

記心⺀ 教戒⺀ 及七 神足▸⺀ノ令1◂ 悉⺀ 是1 如來尸 自在用リ示1乙 彼 諸1 大士1 皆七 示現ソ⺀ホ 能支 衆生乙 盡⺀ 調伏 使リナ⺀ <화엄19:02>

幻法⺀ 幻化▸⺀ノ令1◂ 名字 無七⺀ 體相 無七⺀ソ⺀ <구인14:03-04>

俱時七 因果⺀ 異時七 因果⺀ 三世七 善惡▸⺀ノ令1◂ 一切之七 幻化リナ1リ罒 <구인14:10-11>

諸二1 佛リ二尸 如來⺀ 乃⺀ 至リ 一切法▸⺀ノ令1◂ 如リ二1入灬 故ノ⺀ <구인15:20>

【관련】 ⺀ノ令

⺀ノ令刀[여호리도]

【⺀/조사#ノ[호/동사+오/선어말어미]+令[ㅭ/동명사어미+이/의존명사]+刀/보조사】

-이니 하는 것도.

¶ 十八梵天⺀ 六欲七 諸1 天▸⺀ノ令刀◂ 亦ソ1 八萬種七 音樂乙 作ソ二下 <구인03:04-05>

【관련】 ⺀ノ令

⺀ノ令灬[여호리로]

【⺀/조사#ノ[호/동사+오/선어말어미]+令[ㅭ/동명사어미+이/의존명사]+灬/구격조사】

-이니 하는 것으로.

¶ 香華⺀ 衣服▸⺀ノ令灬◂ 以⺀ホ 其 身乙 嚴ソ⺀ <화소10:14 -16>

衆1 相 具足ソ⺀ソナ⺀ 名華⺀ 上服▸⺀ノ令灬◂ 而灬 以⺀ホ 身乙 嚴ソ⺀ <화소11:06-07>

【관련】 ⺀ノ令

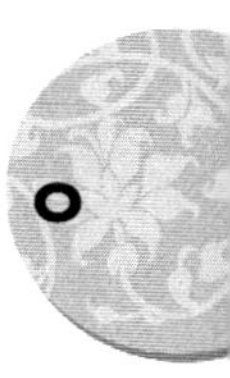

、ノ令乙 [여호릴]

【、/조사#ノ[ㅎ/동사+오/선어말어미]+令[ㄹㆆ/동명사어미+이/의존명사]+乙/대격조사】
-이니 하는 것을.

¶ 味、 飮食、 香華、 衣服、 資生 {之}七 具▸、ノ令乙◂ 得ㇾハ <화소10:04-06>
若七 王ㇷ 身七 手足、 血肉、 頭目、 骨髓▸、ノ令乙◂ 得ㇾロ乙ㆆㄕㅅ1 <화소10:19>
一1 劫數、 乃ソ氵 至リ 不可說不可說七 劫數▸、ノ令乙◂ 持ソ㢴 <화소24:03>
圓滿ソ㢴 及七 以ㇾ 慈、 悲、 喜、 捨▸、ノ令乙◂ 圓滿ソ㢴 <화엄01:21-23>
無價 寶衣、 雜妙香、 寶七 幢、 幡、 蓋、ノ矛 皆七 嚴好ソ1リ、 眞金乙 華 {爲}氵ソ1リ、 寶乙 帳 {爲}氵ソ1リ▸、ノ令乙◂ 皆七 掌七 中乙 從七 雨リㄕ 不ソㄕ丁ノㄕ 莫七リソロ㪅㢴 <화엄15:20-21>
【관련】 亠ノㄕ乙, 、ノ令

、ノ令ケ丨 [여호리마다]

【、/조사#ノ[ㅎ/동사+오/선어말어미]+令[ㄹㆆ/동명사어미+이/의존명사]+ケ丨/보조사】
-이니 하는 이마다. § '、'는 나열의 기능임. 동사 'ㅎ'는 '、'로 나열된 명사구를 아우르는 요소임.

¶ 一一國土七 中ㇾ十 一一佛、 及ハ 大衆▸、ノ令ケ丨◂ 各ㇷ各ㇷ尒 般若波羅密乙說㪅ハ二丨 <구인02:06-07>
【관련】 、ノ令
【비고】 'ケ丨'를 부사로 보는 견해도 있음.

、ノ令七 [여호릿]

【、/조사#ノ[ㅎ/동사+오/선어말어미]+令[ㄹㆆ/동명사어미+이/의존명사]+七/속격조사】
-이니 하는.

¶ 數、 不可稱、 不可思、 不可量、 不可說不可說▸、ノ令七◂ 劫、ノ令乙 憶念ソナ㢴 <화소20:11-13>
無數、 無量、 乃ソ氵 至リ 不可說不可說▸、ノ令七◂ 劫ㇾ十 說㢴ノㄕム 劫數1 盡ㄊㆆ可七ソ1、 <화소25:09-10>
或 福智莊嚴門 以 或 因緣、 解脫▸、ノ令七◂ 門 以 或 根、 力、 正道、ノ令七 門 以 <화엄17:11-15>
或刀 有ナ丨 貪欲、 瞋恚、 癡▸、ノ令七◂ 煩惱七 猛火リ 常リ 熾然ソナ1リ㢴 <화엄18:22>
量 無七1 菩薩、 比丘、 八部▸、ノ令七◂ 大衆リ 有ナハ二下 各ㇷ各ㇷ尒 寶蓮花ㇾ十 坐ソ二㢴 <구인02:04>

三界氵 六道▸氵ノ今七◂ 名字乙 作ソ白ㅎ1乙 是乙 名ろ 無量名字氵ノ永1氵 <구인14:04-06>
伏忍乙 得ㅌカリ彡{者} 空氵 無生▸氵ノ今七◂ 忍乙 得ㅌカリ彡 乃氵 至リ 一地氵 十地▸氵ノ今七◂ 不可說七 德行乙ソ1ㅌカリナ丨 <구인14:15-16>
【관련】 ㇀ノ今七

氵ノ今ㅋ[여호리의]

【氵/조사#ノ[ᄒ/동사+오/선어말어미]+今[ㄹᅙ/동명사어미+이/의존명사]+ㅋ/속격조사】
① -이니 하는 것의.
¶ 或ソ1 牛氵 狗氵 及七 鹿▸氵ノ今ㅋ◂ 戒乙 持ソ彡 <화엄19:22>
無煩天氵 無熱天氵 善見天氵 善現天氵 色究竟天▸氵ノ今ㅋ◂七子今乙 聞ナ彡 <화소14:06-15:01>
② -이니 하는 이의, -이니 하는 이가. § 여기서 'ㅋ'는 주어적 속격의 용법임.
¶ 衆1 魔氵 外道▸氵ノ今ㅋ◂ 懷尸 不(ノ)能リ矢ノ尸 所リ彡 轉身ソろ亦 <화소23:13-14>
云何 常リ 天王氵 龍王氵 … 人王 梵王▸氵ノ今ㅋ◂{之} 守護ソ㐅 恭敬ソ㐅 供養ソ㐅ノ尸 所乙 得彡 <화엄02:03-06>
當願衆生 諸1 天氵 及七 人▸氵ノ今ㅋ◂ 敬禮ノ㐭{應}七ソ1 所リㅌ立 <화엄05:07>
當願衆生 諸1 天氵 及七 人▸氵ノ今ㅋ◂ 共七 瞻仰ノ尸 所ㅌ立 <화엄08:07>
一切 聲門氵 緣覺▸氵ノ今ㅋ◂ 動尸 不能リ矢ノ尸 所リ去ナ㐭七丨 <화엄08:17-18>
【관련】 ㇀ノ尸ㅋ, 氵ノ今

氵ノ今ㅋ七[여호리읫]

【氵/조사#ノ[ᄒ/동사+오/선어말어미]+今[ㄹᅙ/동명사어미+이/의존명사]+ㅋ/처격조사+七/속격조사; 氵/조사#ノ[ᄒ/동사+오/선어말어미]+今[ㄹᅙ/동명사어미+이/의존명사]+ㅋ/속격조사+七/속격조사】
-이니 하는.
¶ 一 文氵 一1 句▸氵ノ今ㅋ七◂ 義理1 難リ氵 盡ナ㐭七丨 <화소25:10-11>
無煩天氵 無熱天氵 善見天氵 善現天氵 色究竟天▸氵ノ今ㅋ七◂子今乙 聞ナ彡 <화소14:06-15:01>
【관련】 ノ尸ㅋ七, 氵ノ今ㅋ, 氵ノ今七

氵ノ今ㅋ七子今乙[여호리읫?릴]

【氵/조사#ノ[ᄒ/동사+오/선어말어미]+今[ㄹᅙ/동명사어미+이/의존명사]+ㅋ/처격조사+七/속격조사+子今/의존명사?+乙/대격조사; 氵/조사#ノ[ᄒ/동사+오/선어말어미]+今[ㄹᅙ/동명사어

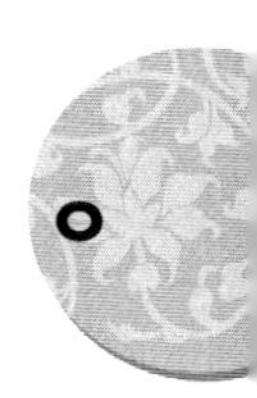

미+이/의존명사]+ㇷ/속격조사+七/속격조사+ㄋ 今/의존명사?+乙/대격조사】
-이니 하는 것의 소리(?)를.

¶ {此}刂 菩薩ㄱ … 無煩天⺀ 無熱天⺀ 善見天⺀ 善現天⺀ 色究竟天▸⺀ノ今ㇷ七ㄋ今乙◂ 聞ナ㢱 <화소14:06-15:01>

【관련】 ⺀ノ今ㇷ七, (⺀)七ㄋ一

⺀ ノ 今 ㇷ 十 [여호리의긔]

【⺀/조사#ノ[ㅎ/동사+오/선어말어미]+今[ㄹㆆ/동명사어미+이/의존명사]+ㇷ十/처격조사】

① -이니 하는 것에.

¶ 善支 一切音聲⺀ 言語⺀ 文字⺀ 辯才▸⺀ノ今ㇷ十◂ 入ソ⺀ 一切衆生乙 佛種乙 斷ㄕ 不ソ⺀㢱 淨心相續 令刂㢱 <화소25:19-20>

{於}戒⺀ 及七 學▸⺀ノ今ㇷ十◂ 常 順行ソ⺀ㄕ入乙 一切 如來ㄕ 偁美ソ⺀ㄕ 所刂⺀ ㄋ㢱 <화엄10:13>

或ソㄱ 翹足ソ㢱 或ソㄱ 草棘⺀ 及七 灰上▸⺀ノ今ㇷ十◂ 臥ソ㢱 <화엄20:02>

② (시간 표현 뒤에서) -이니 하는 동안에.

¶ 或ソㄱ 一日⺀十 說㢱 或ソㄱ 半月⺀ 一月▸⺀ノ今ㇷ十◂ 說㢱 <화소25:07>

或ソㄱ 百年⺀ 千年⺀ 百千年▸⺀ノ今ㇷ十◂ 說㢱 或ソㄱ 一劫⺀ 百劫⺀ 千劫⺀ 百千劫▸⺀ノ今ㇷ十◂ 說㢱 <화소25:07 -08>

③ -이니 하는 것에 대해.

¶ 文句⺀ 義理▸⺀ノ今ㇷ十◂ 忘失ㄕ 無刂ソナ今⺀{有} <화소23:20>

一切佛乙 恭敬尊重ソ而矢㢱 {於}法⺀ 及七 僧▸⺀ノ今ㇷ十◂ 亦ㄉ {是}刂 如支ソ㢱ソ⺀ <화엄09:16-17>

【관련】 亠ノ今十

⺀ ノ ㄋ [여호리]

【⺀/조사#ノ[ㅎ/동사+오/선어말어미]+ㄋ[ㄹㆆ/동명사어미+이/의존명사(+이/주격조사)]】

① -이니 하는 이(가).

¶ 若 身 充徧 虛空 如 安住 不動 十方 滿ソ⺀ㄕ入ㄱ 則 彼ㇷ 所行ㄱ 與七ソ⺀㢱 等ロ今 無⺀ 諸ㄱ 天⺀ 世人▸⺀ノㄋ◂ 能矢 知ノ今 莫去ナㄒ七丨 <화엄14:07-08>

乃ソ⺀ 至刂 聲聞⺀ 緣覺▸⺀ノ禾◂ 功德 具足ノㄱ入乙 聞ナ㢱 <화소15:06-07>

佛十 白⺀ 言ニㄕ 云何七⺀ 十方七 諸ニㄱ 如來⺀ 一切 菩薩▸⺀ノㄋ◂ 文字乙 離 不冬ソ⺀ 而灬 諸ㄱ 法相⺀十 行ソニㄒ七丨ソロ㇌今㇌ <구인15:21-22>

② -이니 하는 것(이).

¶ 無價 寶衣⺀ 雜妙香⺀ 寶七 幢⺀ 幡⺀ 蓋▸⺀ノㄋ◂ 皆七 嚴好ソㄱ刂⺀ … 寶乙 帳 {爲}⺀ソㄱ刂⺀ノ今乙 皆七 掌七 中乙 從七 雨刂ㄕ 不ソㄕ丁ノㄕ 莫七刂ソロㇳ㢱 <화엄15:20-21>

【관련】 ⺀ノ令, 亠ノ令

【비고】 'ㄹㆆ/동명사어미+이/의존명사'의 구성은 일반적으로 '令'로 표기됨.

⺀ノ禾ナ丨[여호리겨다]

【⺀/조사#ノ[ㆆ/용언+오/선어말어미]+禾/선어말어미+ナ/선어말어미+丨/종결어미; ⺀/조사#ノ[ㆆ/용언+오/선어말어미]+禾[ㄹㆆ/동명사어미(+이/의존명사)+이/계사]+ナ/선어말어미+丨/종결어미】

-(이)라고 한다. § 여기서 '⺀'는 명명구문에 쓰인 것임.

¶ {是}刂 如支ッ尸入乙 大士ラ 三昧神通セ 力▸⺀ノ禾ナ丨◂ <화엄17:03>

語セ 境界 不思議刂ㄱ入乙 知ナ尸入乙 是乙 名下 說法三昧セ 力▸⺀ノ禾ナ丨◂ <화엄20:15>

眞ホ 第一義ㄋ十 入ッ去ハ二ㄱ刂▸⺀ノ禾ナ丨◂ <구인15:06>

{是}刂乙 名下 分滅施▸⺀ノ禾ナ丨◂ <화소09:19-20>

{是}刂乙 名下 菩薩摩訶薩尸 五ホ 第セ 多聞藏▸⺀ノ禾ナ丨◂ <화소09:03-09:04>

{是}刂乙 {爲}ッロ尸 十尸 種セ 無盡法刂 能支 一切世間セ 作ノㄱ 所乙 悉ㄋ 得ㄋホ 究竟 令刂ナ令セ 無盡大藏▸⺀ノ禾ナ丨◂ <화소26:19-20>

【관련】 亠ノ禾丨

⺀ノ禾ㄱ入灬[여호린드로]

【⺀/조사#ノ[ㆆ/용언+오/선어말어미]+禾[ㄹㆆ/동명사어미(+이/의존명사)+이/계사]+ㄱ/동명사어미+入/의존명사+灬/구격조사】

('故ノ⺀' 앞에서) -(이)라고 하는 까닭에서이다.

¶ 卽ㄋ {爲} 一刂ヒセ 義⺀ッㄗ 二刂ヒセ 義▸⺀ノ禾ㄱ入灬◂ 故ノ⺀ <구인14:21-22>

【관련】 ッㄗノ禾ㄱ入灬⺀, (得)ㄋホ可セッ禾尸ロノ禾ㄱ入灬⺀

⺀ノ禾ㄱ⺀[여호린여]

【⺀/조사#ノ[ㆆ/용언+오/선어말어미]+禾[ㄹㆆ/동명사어미(+이/의존명사)+이/계사]+ㄱ/동명사어미+⺀/조사】

-(이)라고 하는 것이니. -(이)라고 하는 것이다. § '⺀ノ禾ㄱ⺀'에서 앞의 '⺀'는 명명구문에 쓰인 것이고 뒤의 '⺀'는 절 접속 또는 종결의 기능임.

¶ 佛佛刂 {於}世十 出現ッ二下 衆生乙 爲人ッ二尸入灬 故ノ 說ㄋホ 三界⺀ 六道⺀ノ令セ 名字乙 作ッ白ㄋㄱ乙 是乙 名ㄋ 無量名字▸⺀ノ禾ㄱ⺀◂ 空法人 四大法人 心法人 色法人 {如}丨ッㄱ刂ㄗ 相續 假法ㄱ 一 非矢ㄋ 異 非矢ㄋッナ丨 <구인14:04-07>

相待假法乙 一切之セ 名ㄋ 相待⺀ッㄗ 亦ッㄱ 名ㄋ 不定相待▸⺀ノ禾ㄱ⺀◂ 五色 等ッㄱ 法人 有無セ 一切 等ッㄱ 法人 {如}丨ッㄱ刂ㄗ <구인14:08-10>

【관련】 ㆍノ矛丨入ㅡ (故ノㆍ)

ㆍノ矛尸

☞ ㆍノ矛尸爲入乙ソ㢱

ㆍノ矛尸爲入乙ソ㢱[여호릺들ᄒᆞ며]

【ㆍ/조사#ノ[ᄒᆞ/용언+오/선어말어미]+矛[ㄹㆆ/동명사어미(+이/의존명사)+이/계사]+尸/동명사어미+入/의존명사+乙/대격조사#ソ/동사+㢱/연결어미】

-이니 하는 것이 되며.

¶ 或 國王ㆍ 及七 大臣刂尸{爲}入乙ソ㢱 … 或ソ丨 良藥ㆍ 衆丨 寶藏▸ㆍノ矛尸{爲}入乙ソ㢱◂ <화엄19:09-10>

【관련】 ㆍノ尸, 刂尸爲入乙ソ−

ㆍノ矛ㆍ[여호리여]

【ㆍ/조사#ノ[ᄒᆞ/용언+오/선어말어미]+矛[ㄹㆆ/동명사어미+이/의존명사]+ㆍ/조사; ㆍ/조사#ノ[ᄒᆞ/용언+오/선어말어미]+矛ㆍ[ㄹㆆ/동명사어미(+이/의존명사)+이여/조사]】

-(이)라 하는 것이니. -(이)라 하는 것이다. § 여기서 앞의 'ㆍ'는 명명구문에 쓰인 것임.

¶ 又刀 光明乙 放ソナ㫆七丨 妙莊嚴▸ㆍノ矛ㆍ◂ 量刂 無丨 寶蓮華乙 出生ノ尸厶 <화엄16:06>

又刀 光明乙 放ソナ㫆七丨 華莊嚴▸ㆍノ矛ㆍ◂ 種種七 妙華乙 集ソ3㫒 帳{爲}ㆍ㫆ナ丨乙 普刂 十方七 諸 國土3十 散ソ3㫒 一切 大德尊乙 供養ソナ㢱 <화엄16:08-09>

妙三昧名丨 {有}斗ナ丨 隨樂▸ㆍノ矛ㆍ◂ 菩薩丨 {此}刂ㄋ十 住ソ3ソ丨 普刂 觀察ソロ 宜丨ㄋ十 隨㫆 示現ソ3㫒 衆生乙 度刂ナ3 悉3 歡心ㅡ 法化3十 從七 使刂㫆尸厶 <화엄17: 20>

【관련】 亠ノ尸亠

ㆍノ矛刂ナ丨[여호리이겨다]

【ㆍ/조사#ノ[ᄒᆞ/용언+오/선어말어미]+矛[ㄹㆆ/동명사어미+이/의존명사]+刂/계사+ナ/선어말어미+丨/종결어미; ㆍ/조사#ノ[ᄒᆞ/용언+오/선어말어미]+矛[ㄹㆆ/동명사어미(+이/의존명사)+이/계사]+刂/중복표기+ナ/선어말어미+丨/종결어미】

-(이)라고 하는 것이다. § 여기서 'ㆍ'는 명명구문에 쓰인 것임.

¶ 一切 法丨 皆七 緣ㅡ 成ソ丨ㆍ 假成衆生ㆍ 俱時七 因果ㆍ 異時七 因果ㆍ 三世七 善惡ㆍノ令丨 一切之七 幻化刂ナ丨刂罒 是乙 幻諦七 衆生▸ㆍノ矛刂ナ丨◂ <구인14:10-11>

【관련】 ⺀ノ〻ナ丨, ⺀ノ〻刂㢱

⺀ノ〻刂㢱[여호리이며]

【⺀/조사#ノ[ᄒᆞ/용언+오/선어말어미]+〻[ᄚ/동명사어미+이/의존명사]+刂/계사+㢱/연결어미; ⺀/조사#ノ[ᄒᆞ/용언+오/선어말어미]+〻[ᄚ/동명사어미(+이/의존명사)+이/계사]+刂/중복표기+㢱/연결어미】

-(이)라고 하는 것이며. § 여기서 '⺀'는 명명구문에 쓰인 것임.

¶ 婆羅門⺀ 刹利⺀ 毗舍⺀ 首陁⺀ノ㇇ 神我 等丷㇆ 色心乙 名⺄ {爲}幻諦▸⺀ノ〻刂㢱◂ <구인14:01-02>

一 非矢㢱 異 非矢㐄㇉ 故㐄 名⺄ 續諦▸⺀ノ〻刂㢱◂ <구인14:08>

幻化刂 幻化七 衆生乙 見⺊㇉ 名⺄ 幻諦▸⺀ノ〻刂㢱◂ <구인15:08>

無丷㇆刂⺄七丨丷尸入乙 名⺄ {爲}諸 佛七 觀▸⺀ノ〻刂㢱◂ <구인15:09>

幻化乙 見⺊㇉ 衆生㇇ノ㇆乙(火?) 名⺄ 幻諦▸⺀ノ〻刂㢱◂ <구인15:08난상>

【관련】 亠ノ〻㢱, ⺀ノ〻刂ナ丨

⺀ノ〻刂丷白㇉㇆厶[여호리이ᄒᆞ숩온ᄃᆡ]

【⺀/조사#ノ[ᄒᆞ/용언+오/선어말어미]+〻[ᄚ/동명사어미(+이/의존명사)+이/주격조사]+刂/중복표기#丷/동사+白/선어말어미+㇉/선어말어미+㇆/동명사어미+厶[ᄃᆞ/의존명사+ᄋᆡ/처격조사]; ⺀/조사#ノ[ᄒᆞ/용언+오/선어말어미]+〻[ᄚ/동명사어미(+이/의존명사)+이/주격조사]+刂/중복표기#丷/동사+白/선어말어미+㇉/선어말어미+㇆/동명사어미+厶/의존명사; ⺀/조사#ノ[ᄒᆞ/용언+오/선어말어미]+〻[ᄚ/동명사어미(+이/의존명사)+이/주격조사]+刂/중복표기#丷/동사+白/선어말어미+㇉㇆厶/연결어미】

-이니 하는 이가 계신데. § 여기서 '白'은 주체높임의 용법임.

¶ 花上⺄十 皆七 量 無七㇆ 國土刂 有七㇉㇆厶 一一國土⺄十㐅丨 佛⺀ 及八 大衆▸⺀ノ〻刂丷白㇉㇆厶◂ 今乙 如㔾 異丷㇆ 無七二㢱 <구인02:05-06>

【관련】 ⺀ノ〻, 丷白㇉㇆厶

⺀ノ禾

☞ ⺀ノ〻

⺀ノ禾ナ丨

☞ ⺀ノ〻ナ丨

ㆍノ禾㇏七ロノ尸入刂ナ丨[여호리앗고홇과이겨다]

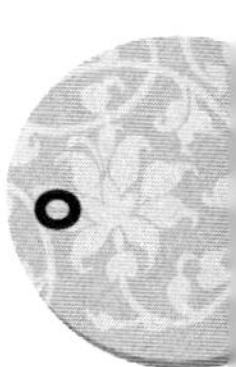

【ㆍ/조사#ノ[ᄒᆞ/용언+오/선어말어미]+禾/선어말어미+㇏七/선어말어미+ロ/종결어미#ノ[ᄒᆞ/용언+오/선어말어미]+尸/동명사어미+入/접속조사+刂/계사+ナ/선어말어미+丨/종결어미; ㆍ/조사#ノ[ᄒᆞ/용언+오/선어말어미]+禾[ᄙ/동명사어미(+이/의존명사)+이/계사]+㇏七/선어말어미+ロ/종결어미#ノ[ᄒᆞ/용언+오/선어말어미]+尸/동명사어미+入/접속조사+刂/계사+ナ/선어말어미+丨/종결어미】

-(이)라고 할 것입니까 하는 것이다. §'ロ/ㅎ'는 의문사가 있는 설명의문문에 쓰임.

¶ 世界ㄱ 何ㅎ 處乙 從七 來ソ㐅 去㇏ハㄱ 何ㅎ 所七㇏十 至禾㇏七ロノ尸入 何七ソㄱ乙 {者}{爲}生死七 最ハ 後際▸ㆍノ禾㇏七ロノ尸入刂ナ丨◂ <화소08:06-13>

【관련】 (ソ)禾㇏七ロノ尸入, ソㄱ刂㇏七ロノ尸入

ㆍノ尸[여홇]

【ㆍ/조사#ノ[ᄒᆞ/용언+오/선어말어미]+尸/동명사어미】

-이니 하는. § 여기서 'ㆍノ尸'은 동격구성에 쓰인 것임. 'ノ尸'의 'ソ'는 'ㆍ'로 나열된 명사구를 아우르는 요소임.

¶ 他方七 大衆ㆍ 及ハ 以ホ 化衆ㆍ {此}刂 三界七 中㇏七 衆▸ㆍノ尸◂ 十二大衆ㄱ 皆七 來ソ㇏ホ 集會ソ㇏ 九劫蓮花座㇏十 坐ソ白ㅎㄱ厶 <구인02:07-08>

善男子㇏ 其 說白ㅎㄱ 所七 十四般若波羅蜜刂ㄱ 三忍ㆍ 地地㇏十 上中下ホソㄱ 三十忍 ▸ㆍノ尸◂ 一切(行藏 一切佛藏 不可思議) <구인11:24-25>

【관련】 亠ノ尸, ㆍソ尸

ㆍノ尸乙[여홇을]

【ㆍ/조사#ノ[ᄒᆞ/용언+오/선어말어미]+尸/동명사어미+乙/대격조사】

-이니 하는 것을.

¶ 若 十地ㆍ 十自在▸ㆍノ尸乙◂ 獲㇏ホ 諸ㄱ 度 勝解脫 修行ソㅌ尸入ㄱ 則 灌頂大神通乙 獲㇏ホ {於}最勝ソ㑅七 諸ㄱ 三昧㇏十 住ソㅌ禾㐅 <화엄13:23-24>

【관련】 亠ノ尸乙, ㆍノ㑅乙, ㆍノ乙

【비고】 'ㆍノ尸乙'은 화엄경 계통에서는 주로 'ㆍノ㑅乙'로, <금광명경>과 <유가사지론>에서는 '亠ノ尸乙'로, <구역인왕경>에서는 'ㆍノ乙'로 나타남.

ㆍノ乙[여홀;여홇을;여호릴]

【ㆍ/조사#ノ[ᄒᆞ/용언+오/선어말어미](+尸/동명사어미)+乙/대격조사; ㆍ/조사#ノ[ᄒᆞ/동사+오/선어말어미](+㑅[ᄙ/동명사어미+이/의존명사])+乙/대격조사】

-이니 하는 것을.

¶ 二十九年 3 十ソ 二 下 摩訶般若波羅蜜⺀ 金剛般若波羅蜜⺀ 天王問般若波羅蜜⺀ 光讚般若波羅蜜▸⺀ノ乙◂ 說 3 ハ 二 夕 丨 <구인02:21-23>
吾ㄱ 今ソㄱ 先 3 諸ㄱ 菩薩 {爲}氵ㅎ 佛果乙 護ノ令七 因緣⺀ 十地七 行乙 護ノ令七 因緣▸⺀ノ乙◂ 說白夕ㅎ七丨 <구인03:18-19>
等人 慧人 灌頂人七 三品士ㄱ 前ヲ 餘ソㄱ 習刂ㄱ 無明緣⺀ 無明習相刂ㄱ 故七ノㄱㅌ七 煩惱▸⺀ノ乙◂ 除ソ二ト夕ㄱ入ㄱ 二諦理乙 窮 3 一切之七 盡 3 (二)ㄱ入灬刂夕丨 <구인11:01- 02>
汝ㄱ {於}過去七 七佛十 已氵 一刂ㅌ七 義⺀ 二刂ㅌ七 義▸⺀ノ乙◂ 問白 3 ハ 二ㄱ刂罒 <구인14:20-21>
月光⺀ソ白夕令ㄱ 德行ㄱ 十地⺀ 六度⺀ 三十七品⺀ 四不壞淨▸⺀ノ乙◂ソㅎ 摩訶衍七 化乙 行ソㅎソ二トㄱ⺀ <구인02:24 -03:01>
或ソㄱ 四生⺀ 五生⺀ 乃氵 至刂 十生▸⺀ノ乙◂ソ口 得ホ 正位 3 十 入ソㄱㅌ刀刂ㅎソナㄱ <구인11:17>
【관련】 ⺀ノア乙, 亠ノア乙, ⺀ノ令乙
【비고】 <구역인왕경>에만 나타남. 다른 문헌에서는 '⺀ノア乙, ⺀ノ令乙' 등으로 나타남을 고려하여 생략표기로 처리하였음.

⺀ノ乙ソ口 [여홀ᄒᆞ고;여홇을ᄒᆞ고;여호릴ᄒᆞ고]

【⺀/조사#ノ[ᄒᆞ/용언+오/선어말어미](+ア/동명사어미)+乙/대격조사#ソ/동사+口/연결어미; ⺀/조사#ノ[ᄒᆞ/동사+오/선어말어미](+令[ㅭ/동명사어미+이/의존명사])+乙/대격조사#ソ/동사+口/연결어미】

-이니 하는 것을 하고.

¶ 或ソㄱ 四生⺀ 五生⺀ 乃氵 至刂 十生▸⺀ノ乙ソ口◂ 得ホ 正位 3 十 入ソㄱㅌ刀刂ㅎソナㄱ <구인11:17>
【관련】 ⺀ノ乙ソㅎ, ⺀ノ乙

⺀ノ乙ソㅎ [여홀ᄒᆞ져;여홇을ᄒᆞ져;여호릴ᄒᆞ져]

【⺀/조사#ノ[ᄒᆞ/용언+오/선어말어미](+ア/동명사어미)+乙/대격조사#ソ/동사+ㅎ/연결어미; ⺀/조사#ノ[ᄒᆞ/동사+오/선어말어미](+令[ㅭ/동명사어미+이/의존명사])+乙/대격조사#ソ/동사+ㅎ/연결어미】

-이니 하는 것을 하고.

¶ 月光⺀ソ白夕令ㄱ 德行ㄱ 十地⺀ 六度⺀ 三十七品⺀ 四不壞淨▸⺀ノ乙ソㅎ◂ 摩訶衍七 化乙 行ソㅎソ二トㄱ⺀ <구인02:24 -03:01>
【관련】 ⺀ノ乙ソ口, ⺀ノ乙,

⺀ 丿 ⺈ [여호의;여홂의;여호리의]

【⺀/조사#丿[ᄒᆞ/동사+오/선어말어미](+尸/동명사어미)+⺈/속격조사; ⺀/조사#丿[ᄒᆞ/동사+오/선어말어미](+今[ㄹㅎ/동명사어미+이/의존명사])+⺈/속격조사】

-이니 하는 것의.

¶ 婆羅門⺀ 刹利⺀ 毗舍⺀ 首陁▸⺀丿⺈◂ 神我 等ソ㇀ 色心乙 名⺋ {爲}幻諦⺀丿矛刂㫄 <구인14:01-02>

⺀ 丿 ⺈ 十 [여호의긔;여홂의긔;여호리의긔]

【⺀/조사#丿[ᄒᆞ/동사+오/선어말어미](+尸/동명사어미)+⺈十/처격조사; ⺀/조사#丿[ᄒᆞ/동사+오/선어말어미](+今[ㄹㅎ/동명사어미+이/의존명사])+⺈十/처격조사】

-이니 하는 곳에.

¶ 無七㇀ 神通乙 現⺋ㅌハ二㇀⺀ 地⺀ 及ハ 虛空▸⺀丿⺈十◂ 大衆刂 而灬 住ソㅌハ二丨 <구인03:14-15>

【관련】 ⺀丿今⺈十, 亠丿今⺈十

⺀ ソ ナ ト ㇀ 矢 ⺀ [여ᄒᆞ겨눈디여]

【⺀/말음첨기+ソ/동사+ナ/선어말어미+ト/선어말어미+㇀/동명사어미+矢⺀[ᄃᆞ/의존명사+이여/조사]】

('然' 뒤에서) 그러한 것이니. 그러한 것이다.

¶ 一㇀ 塵七 中⺋十 示現丿㇀ 所乙ソ尸 如支 一切 微塵⺋十力 悉⺋ 亦力 然▸⺀ソナト㇀矢⺀◂ <화엄15:14>

【관련】 (然)七ソ一, ト㇀矢⺀, (乙)ソナト丨

【비고】 '然'의 말음첨기로 '⺀'가 나타난 것이 특이함.

⺀ ソ ロ 乙 ㅎ 禾 ㇀ ⺀ [여ᄒᆞ곯오린여]

【⺀/조사#ソ/동사+ロ乙/선어말어미?+ㅎ/선어말어미+禾[ㄹㅎ/동명사어미(+이/의존명사)+이/계사]+㇀/동명사어미+⺀/조사】

-(이)라 하는 것이니. -(이)라 하는 것이다. § 여기서 앞의 '⺀'는 명명구문에 쓰인 것이고 뒤의 '⺀'는 절 접속 또는 종결의 기능으로 쓰인 것임.

¶ {是}刂乙 {爲}ソロ尸 菩薩摩訶薩尸 七 第七 慧藏▸⺀ソロ乙ㅎ禾㇀⺀◂ {此}刂 藏⺋十 住ソ去ナㅌ七 者ㅎ㇀ 無盡智慧乙 得⺋㫄 普刂 一切 衆生乙 能支 開悟ㅅ刂ナㅎ七丨 <화소20:03- 05>

【관련】 -ロ乙ㅎ-

氵丷禾尸入㇆[여ᄒᆞ릾든]

【氵/조사#丷/동사+禾[ᄙᅙ/동명사어미(+이/의존명사)+이/계사]+尸/동명사어미+入/의존명사+㇆/보조사】

('何以故' 뒤에서) 어째서인가 하면. 왜냐하면.

¶ 何以故▸氵丷禾尸入㇆◂ 一切 法㇆ 作ノ尸 無3 作者 無3 言說 無3 處所 無3 生 不矢3 起 不矢3 與 不矢3 取 不矢3 動轉 無3 作用 無㇆入灬刂ナ丨 <화소19:04-09>

何以故▸氵丷禾尸入㇆◂ {此}刂 菩薩㇆ 十尸 種七 無盡藏乙 成就丷ナ㇆入灬{故}刂㇆氵 <화소25:11-12>

何以故▸氵丷禾尸入㇆◂ {此}刂 菩薩㇆ 盡虛空徧法界七 邊尸 無㇆ 身乙 成就丷㇆入灬{故}刂ナ丨 <화소26:02-03>

【관련】 (何以故)亠丷白ノ禾尸入㇆, (何以故)入㇆, (何以故)亠丷口㇆

【비고】 '尸入㇆'을 연결어미로 보는 견해도 있음.

氵丷尸[여홇]

【氵/조사#丷/동사+尸/동명사어미】

-이니 하는 것. § '等(丨)丷-' 앞에 쓰인 예임.

¶ 一切 世間阝七 諸㇆ 天氵 魔氵 梵氵 沙門氵 婆羅門氵 乾闥婆氵 阿修羅▸氵丷尸◂ {等}丨丷㇆刂氵 及七 以阝 一切 聲門氵 緣覺氵ノ今彡 動尸 不能刂矢ノ尸 所刂去ナ亏七丨 <화엄08:17 -18>

施氵 戒氵 忍氵 進氵 及七 禪定氵 智慧氵 方便氵 神通▸氵丷尸◂ 等丨丷㇆ {是}刂 如支丷㇆ 一切尸十 皆七 自在ᄒ丷卜亏㇆入㇆ 佛華嚴三昧七 力乙 {以}氵亏ナ丨 <화엄15:04-07>

衆生彡 苦氵 樂氵 利氵 衰▸氵丷尸◂ {等}丨丷㇆ 一切 世間七 作丷卜亏㇆ 所七 法阝十 悉阝 能支 應現丷阝ホ 其 事彡十 同丷ナ阝 <화엄18:10-11>

世間乙 利益ノ今七 事乙 說丷ナ阝 呪術氵 藥草▸氵丷尸◂ {等}丨丷㇆ 衆㇆ 論刂㇆ 是 如丷㇆ 有㇆ 所乙 皆七 能支 說ナ3 <화엄19:14-15>

根氵 果▸氵丷尸◂ {等}丨丷㇆乙 食丷卜亏㇆入乙 悉阝 示丷ᄒ 行丷ᄒ丷阝 <화엄20:01>

次第灬 居士刂ニ尸 寶氵 蓋氵 法氵 淨名▸氵丷尸◂ 等丷ニ㇆ 八百人彡十 問ニ3 <구인03:01-02>

復丷㇆ 須菩提氵 舍利佛▸氵丷尸◂ 等丷ニ㇆ 五千人彡十 問ニ3 <구인03:02>

復丷㇆ 彌勒氵 師子吼▸氵丷尸◂ 等丷ニ㇆ 十千人彡十 問丷ニ3丷ニ㇆乙 能矢 答丷ニ今七 者 無七ᄐハニ丨 <구인03:02- 04>

【관련】 亠丷尸 (如支丷-), 氵ノ尸, 亠ノ尸

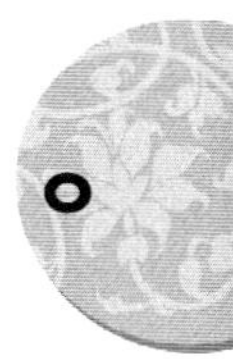

 ミソ㢱[여ᄒᆞ며]

【ミ/조사#ソ/동사+㢱/연결어미】

-이라 하며. § 여기서 'ミ'는 명명구문에 쓰인 것임.

¶ 何七ソㄱ乙{者} {爲} 生死七 最八 初際▸ミソ㢱◂ <화소08: 12-13>

相待假法乙 一切之七 名ろ 相待▸ミソ㢱◂ <구인14:08-10>

說ノ尸 無七ㄱ入乙 卽ㄋ {爲} 一リモ七 義▸ミソ㢱◂ <구인14:21-22>

【관련】 ミソ白ろ令ㄱ

ミソ白ろ令ㄱ[여ᄒᆞ숣오린]

【ミ/조사#ソ/동사+白/선어말어미+ろ/선어말어미+令[ㄹ/동명사어미+이/의존명사]+ㄱ/보조사】

-이라 하는 이는. § 여기서 'ミ'는 명명구문에 쓰인 것임.

¶ 國主リニ尸 波斯匿王リ 名(火?) 曰白尸 月光▸ミソ白ろ令ㄱ◂ 德行ㄱ 十地ミ 六度ミ 三十七品ミ 四不壞淨ミノ乙ソ㢱 摩訶衍七 化乙 行ソ㢱ソニトㄱミ <구인02:24-03:01>

【관련】 ミソ㢱

 ミ十[여긔]

【ミ十/처격조사; ミ/말음첨기+十/처격조사】

('時' 뒤에서) 때에.

¶ 則 能 衆ラ {爲}ミ 說法ソ令七 時▸ミ十◂ 音聲リ 類乙 隨ホノ尸ム 難ミ 思議ノオモオ㢱 <화엄13:13-14>

若七 自ラ灬 食ソ令七 時▸ミ十◂ㄱ {是}リ 念言ノ尸入乙 作ソナ尸丁 <화소09:12-13>

菩薩リ {是}リ 念ろ十 住ソモ七 時▸ミ十◂ㄱ 一切 世間リ 能リ矢 嬈亂ソろ令 無㢱 <화소23:10-11>

【관련】 (時)亠十, (時)リ十, (時)十, (時)ミ十ㄱ, (時)十ㄱ

 ミ十ㄱ[여긘]

【ミ十/처격조사+ㄱ/보조사; ミ/말음첨기+十/처격조사+ㄱ/보조사】

('時' 뒤에서) 때에는.

¶ 若七 自ラ灬 食ソ令七 時▸ミ十ㄱ◂ {是}リ 念言ノ尸入乙 作ソナ尸丁 <화소09:12-13>

菩薩リ {是}リ 念ろ十 住ソモ七 時▸ミ十ㄱ◂ 一切 世間リ 能リ矢 嬈亂ソろ令 無㢱 <화소23:10-11>

其 說法ソナ令七 時▸ミ十ㄱ◂ 廣長舌乙 以ろ 妙音聲乙 出ノㄱム <화소25:16-17>

正セ 出家ソ去1 時▸ㅅ十1◂ 當願衆生 <화엄03:13>
戒乙 受ソ々 學ソ々ソ去1 時▸ㅅ十1◂ 當願衆生 <화엄03: 17>
若セ 說法ソ令セ 時▸ㅅ十1◂ 當願衆生 <화엄07:21>
【관련】 (時)十1, (時)ㅅ十, (時)亠十, (時)リ十, (時)十

ㇷ[1][오]

【ㇷ/말음첨기】

① ('復' 뒤에서) 다시.

¶ 其 花1 上ソ1 非想非非想天3十 至々 光刀 亦ソ1 復▸ㇷ◂ 爾セ々ソニㇱ <구인02:13>
彼 他方 佛國セ 中3セ 南方3セ 法才菩薩1 五百萬億 大衆リ 俱ソ1乙共セ 來ソ3ホ {此}リ 大會3十 入ソニㇱ … 六方3セオ刀 亦ソ1 復▸ㇷ◂ {是}リ {如}|ソヒハニㇱ <구인03: 06-12>
亦ソ1 復▸ㇷ◂ 共セ 量 無セ1 音樂乙 作ソ3 如來乙 覺寤ソリ白ロハニ1 佛1 … 方(セ?) 蓮花師子座上3十 坐ソ白ㇷ1ム 金剛山王 {如}|ソロハニ1 <구인03:12-14>
【관련】 (復)ソ1, (復)刀, (復)ハ

② ('卽' 뒤에서) 즉시.

¶ 爾セソ1 時十 波斯匿王1 卽▸ㇷ◂ 神力乙 {以}ㅅ3 八萬種セ 音樂乙 作ソニㇱ <구인03:04>
佛1 卽▸ㇷ◂ 時リ去ㇷ1入乙 知ニㇱ 衆生ㇷ 根乙 得ニソ1 卽▸ㇷ◂ 定乙 從セ 起ソニ下 <구인03:13>
卽▸ㇷ◂ 百億種色セ 花乙 散ソロハニ1 變ソ3ホ 百億寶帳リ 成ナ3 諸1 大衆乙 蓋ソロヒ| <구인03:20-21>
卽▸ㇷ◂ {於}座セ 中3十 十恒沙セ 天王ㅅ 十恒沙セ 梵王ㅅ 十恒沙セ 鬼神王ㅅ 乃ㅅ 至リ 三趣セオㅅノ令 有セナ1ㅅ 無生法忍乙 得ナㇱ <구인11:15-16>
聽ノ尸 無セㇱ 說ノ尸 無セ1入乙 卽▸ㇷ◂ {爲} 一リヒセ 義ㅅソㇱ 二リヒセ 義ㅅノオ1入灬 故ノㅅ <구인14:21-22>
【관련】 (卽)支, (卽)ㅎ

ㇷ[2][오]

【ㇷ/의문조사】

-ㄴ가. § 의문사가 있는 설명의문문에 쓰임.

¶ 世尊下 一切 菩薩1 云何セソ1乙 佛果乙 護ソㇱ 云何セソ1乙 十地セ 行乙 護ノ令セ 因緣リ|ソロㇷ令▸ㇷ◂ <구인03: 22-23>
一リㇱ 二リヒセ{之} 義1 其 事 云何セソロヒ▸ㇷ◂ <구인14:19-20>
佛十 白3 言ニ尸 云何セㅅ 十方セ 諸ニ1 如來ㅅ 一切 菩薩ㅅノオ 文字乙 離 不多ソ

ㄋ 而灬 諸ㄱ 法相ㄋ十 行ソニㅎ七丨ソロㄌ令▶ㄌ◀ <구인15:21-22>

【관련】 ㅁ

【비고】 'ㄌ'는 'ㅁ'에서 'ㄱ'이 약화된 형태임.

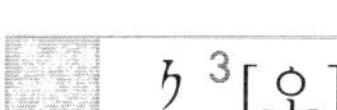

ㄌ[3][오]

【ㄌ/선어말어미】

① 보문절 구성 표지.

¶ 花上ㄋ十 皆七 量 無七ㄱ 國土リ 有七▶ㄌ◀ㄱム 一一國土ㄋ十ケ丨 佛ミ 及ハ 大衆ミノオリソ白▶ㄌ◀ㄱム 今ㄹ 如這 異ソㄱ 無七ニㄘ <구인02:05-06>

他方七 大衆ミ 及ハ 以ホ 化衆ミ {此}リ 三界七 中ㄋ七 衆ミノㄕ 十二大衆ㄱ 皆七 來ソㄋホ 集會ソㄋ 九劫蓮花座ㄋ十 坐ソ白▶ㄌ◀ㄱム <구인02:07-08>

時十 無色界七ㄋㄱ 量 無七ㄱ 變ノㄱㅌ七 大香花ㄹ 雨▶ㄌ◀ㄱム <구인02:14-15>

今日ㄋ十 如來リ 大光明ㄹ 放ソニト▶ㄌ◀ㄱ入ㄱ 斯ㅌソ巴ハ 何七ソㄱ 事ㄹ作ソ七ㄔソニトㄱリㄋ七ロソㅌハニㄘ <구인02: 23 -24>

時十 十六大國王七 中ㄋ七 舍衛國主リニㄕ 波斯匿王リ 名(火?) 曰白ㄕ 月光ミソ白▶ㄌ◀令ㄱ 德行ㄱ 十地ミ 六度ミ 三十七品ミ 四不壞淨ミノㄹソㄹ 摩訶衍七 化ㄹ 行ソㄹソニトㄱミ <구인02:24-03:01>

佛ㄱ 卽ㄌ 時リ去▶ㄌ◀ㄱ入ㄹ 知ニㄘ 衆生ㄋ 根ㄹ 得ニソㄱ 卽ㄌ 定ㄹ 從七 起ソニ下 <구인03:13>

善ニ▶ㄌ◀ㄱㄔ 大事七 因緣灬 故ノソニロトㄱリㄱ丁ソㄋ <구인03:20>

法王ㄱ 上 無七ㄋ 人 中ㄋ七 樹リニ下 大衆ㄹ 覆蓋ソ白▶ㄌ◀ㄕム 量 無七ㄱ 光灬ソニㄘ <구인11:09>

時十 諸ㄱ 大衆ㄱ 月光王リ 十四王ㄋ 量 無七ㄱ 功德藏ㄹ 歎ソニト▶ㄌ◀ㄱ入ㄹ 聞白ロソㄱ 大法利ㄹ 得ㅌハニㄘ <구인11:14-15>

我ㄱ 八住七 菩薩リㄕ{爲}入ㄹソ丨ハ白▶ㄌ◀ㄱ入灬 今ソㄱ {於}我ㄋ 前ㄋ十ソㄋ 大師子吼ㄹソナト丨 <구인11:22>

幻諦七 法ㄱ 佛リ 出世ソ白▶ㄌ◀ㄕ 無七ニㄱㅌ七 前ㄋ十 名字 無七ㄹ 義七 名 無七ㄹソㄘ <구인14:02-03>

大王下 {是}リ 故灬 佛佛リ {於}世十 出現ソニ下 衆生ㄹ 爲入ソニㄕ入灬 故ノ 說ㄋホ 三界ミ 六道ミノ令七 名字ㄹ 作ソ白▶ㄌ◀ㄱㄹ 是ㄹ 名ㄋ 無量名字ミノオㄱミ <구인14:04-06>

爾七ソㄱ 時十 波斯匿王ㄱ 言ニㄕ 第一義七 中ㄋ十 世諦 有七丨ソロ▶ㄌ◀令ㄋ 不矢リㄌㄱㅌㄋ <구인14:18>

若七 言ニㄕ 無七丨ソニ▶ㄌ◀オㄕ入ㄱ{者} 智ㄱ 二リㅎ{應}七ソㄱ 不矢リロㄹㄘ <구인14:18-19>

佛十 白ㄋ 言ニㄕ 云何七ミ 十方七 諸ニㄱ 如來ミ 一切 菩薩ミノオ 文字ㄹ 離 不冬ソㄋ 而灬 諸ㄱ 法相ㄋ十 行ソニㅎ七丨ソロ▶ㄌ◀令ㄌ <구인15:21-22>

【관련】 ㅎ
【선후】 (이두)-乎- (15)-오-

② 상대 높임의 선어말어미.

¶ 二十九年ㄋ+ㅅ二下 摩訶般若波羅蜜ㆍ 金剛般若波羅蜜ㆍ 天王問般若波羅蜜ㆍ 光讚般若波羅蜜ㆍノ乙 說ㄋハ二▸ㄅ◂ㅣ <구인02:21-23>
等人 慧人 灌頂人ㄷ 三品士ㄱ 前ㄗ 餘ㅅㄱ 習ㅣㄱ 無明緣ㆍ 無明習相ㅣㄱ 故ㄷノㄱㅌㄷ 煩惱ㆍノ乙 除ㅅ二ㅏㄅㄱ入ㄱ 二諦理乙 窮ㄋ 一切之ㄷ 盡ㄋ(二)ㄱ入ᅳㅣ▸ㄅ◂ㅣ <구인11:01 -02>
若ㄷ 言二ㄕ 有ㄷㅣㅅ二ㅁㄗㄕ入ㄱ{者} 智ㄱ 一ㅣㅎ{應}ㄷㅅㄱ 不矢▸ㄅ◂ㅣ <구인14:19>

【관련】 ㅁ
【비고】 여기서 'ㄅ'는 상대높임의 선어말어미 'ㅁ'가 계사 뒤에서 약화된 형태임.

③ 1인칭 주어 표지.

¶ 天尊ㄱ 快ㄘ 十四王ㄗㄋ乙 說ㅁハ二ㄱ {是}ㅣ 故ᅳ 我ㄱ 今ㅅㄱ 略ㄘ 佛乙 歎ㅅ白ㅁㅏ▸ㄅ◂ㅣㅅㅌハ二ㅣ <구인11:13>
汝ㄱ 今ㅅㄱ 聽ノㄕ 無ㄷㄅ 我ㄱ 今ㅅㄱ 說ノㄕ 無ㄷ白▸ㄅ◂ㅣ <구인14:21>

【관련】 ㅎ
【선후】 (15)-오-

ㄅㅌハ二ㄱㆍ[오눅신여;오누기신여]

【ㄅ/말음첨기?+ㅌ/선어말어미+ハ/선어말어미?+二/선어말어미+ㄱ/동명사어미+ㆍ/조사; ㄅ/말음첨기?+ㅌ/선어말어미+ハ/선어말어미?+二/선어말어미+ㄱㆍ/연결어미】

('現' 뒤에서) 나타내시니. § 여기서 'ㆍ'는 절접속의 기능임.

¶ 大衆ㄱ 歡喜ㅅㄋ 各ㄗ各ㄗㅎ 量 無ㄷㄱ 神通乙 現▸ㄅㅌハ二ㄱㆍ◂ 地ㆍ 及ハ 虛空ㆍノㄗ+ 大衆ㅣ 而ᅳ 住ㅅㅌハ二ㅣ <구인03:14-15>

【관련】 ㅅㅌハ二ㄱㆍ, (ㄋ+)ㅅナハ二ㄱ亠, (ㅅ)ㅌハ二-

ㄅㄱム[온딕]

【ㄅ/선어말어미+ㄱ/동명사어미+ム[딕/의존명사+익/처격조사]; ㄅ/선어말어미+ㄱ/동명사어미+ム/의존명사; ㄅㄱム/연결어미】

-었는데. -되.

¶ 時+ 無色界ㄷㄗㄱ 量 無ㄷㄱ 變ノㄱㅌㄷ 大香花乙 雨▸ㄅㄱム◂ 香ㄱ 車輪 {如}ㅣㅅㄋ 花ㄱ 須彌山王 {如}ㅣㅅナㄱㆍ 雲 {如}ㅣㅅㄋ 而ᅳ 下ㅅㅁㅌ乙ㄅ <구인02:14-15>
花上ㄋ+ 皆ㄷ 量 無ㄷㄱ 國土ㅣ 有ㄷ▸ㄅㄱム◂ 一一國土ㄋ+ㄘㅣ 佛ㆍ 及ハ 大衆ㆍノㄗㅣㅅ白ㄅㄱム 今乙 如ㄷ 異ㅅㄱ 無ㄷ二ㄅ <구인02:05-06>
復ㅅㄱ {於}頂上ㄋ+ㅅㄋ 千寶蓮花乙 出ㅅ白▸ㄅㄱム◂ 其 花ㄱ 上ㅅㄱ 非想非非想天

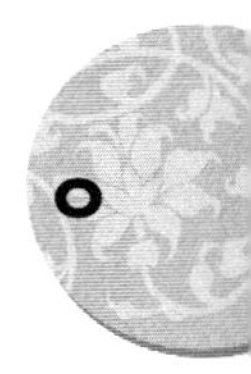

ㄋ十 至ㄹ 光刀 亦ㅅㄱ 復ㄋ 爾七ㄹㅅ二ㄱ <구인02:12_13>
他方七 大衆氵 及八 以ホ 化衆氵 {此}リ 三界七 中ㄋ七 衆氵ノ尸 十二大衆ㄱ 皆七 來ㅅㄋホ 集會ㅅㄋ 九劫蓮花座ㄋ十 坐ㅅ白▸ㄋㄱム◂ 其 會七 方廣ㄱ 九百五十里リㄱ乙 大衆リ 僉然ㄎ 而灬 坐ㅅ
ヒ八二丨 <구인02:07-08>
【관련】 ㅅ白ㄋㄱム, (氵ノ矛リㅅ)白ㄋㄱム, 一ㅎㄱム, ノㄱム, ㅅ白ㄋ尸ム
【선후】 (이두)-乎矣
一品軍作隣/ホ 二十一人/亦 堀取五尺石築十尺方/良中 排立/令是白內▸乎矣◂ <淨兜寺形止記 27-28>
(15)-오딕

ㄋ尸 [옲]

【ㄋ/선어말어미+尸/동명사어미】

① -음.

¶ 幻諦七 法ㄱ 佛リ 出世ㅅ白▸ㄋ尸◂ 無七二ㄱヒ七 前ㄋ十 名字 無七ㄹ 義七 名 無七ㄹㅅㄱ <구인14:02-03>
【관련】 ㅅ白ㄋ尸

② -을.

¶ 大王下 若七 菩薩 上十 見▸ㄋ尸◂ 所ㄋ {如}丨ㅅㄱ 衆生ㄱ 幻化リ罒 <구인14:11-12>
五眼リ 成就ㅅ去八二ㄱヒ七 時十 見二ㄱㄋ 見▸ㄋ尸◂ 所ㄋ 無七二ㄱ <구인15:16>
【관련】 ㅎ尸
【선후】 (15)-옲

ㄋ毛去ㄋ [오모거오]

【ㄋ毛去ㄋ/?】

('相' 뒤에서) 서로.

¶ 爾七ㅅㄱ 時十 諸ㄱ 大衆ㄱ 俱七ㅅㄋホ 共七 僉然ㄎ 生疑ㅅㄋ 各ホ 相▸ㄋ毛去ㄋ◂ 謂言ㅅナ尸 <구인02:19>
【관련】 (相)ㅎ, (相)ノ

ㄋㅎ

☞ ㄋㅎ可七ㅅ矛尸ロノ矛ㄱ入灬氵

𛀁 𛀂 可 七 ソ 㫆 尸 口 ノ 㫆 ㄱ 入 灬 氵 [욊ᄒᆞᇙ고호린ᄃᆞ로여]

【ㄅ/선어말어미＋ㅎ七/어미＋ソ/형용사＋㫆/선어말어미＋尸/동명사어미＋口/의문조사#ノ[ᄒᆞ/용언＋오/선어말어미]＋㫆[ᇙ/동명사어미(＋이/의존명사)＋이/계사]＋ㄱ/동명사어미＋入/의존명사＋灬/구격조사＋氵/조사】

-을 수 있겠는가 하기 때문이다. § '口/ㄅ'는 의문사가 있는 설명의문문에 쓰임.

¶ 謂ノ令 非矢リ丨 二諦リ 一リ丨ソ尸丁 二 非矢ㄱリ尸入ㄱ 何七氵 得▸ㄅㅎ{可}七ソ㫆尸口ノ㫆ㄱ入灬氵◂ <구인15:05>

【관련】 ソㄅノ㫆ㄱ入灬氵, -ㄱ入灬氵, ㄋㄅㅎ可七ソㄱ

ㄅ ㅎ 七 丨 [욊다]

【ㄅ/선어말어미＋ㅎ七/선어말어미＋丨/종결어미】

① **-겠다.** § 'ㄅ'는 1인칭 주어와 호응함. 여기서 'ㅎ七'는 의지를 나타냄.

¶ 吾ㄱ 今ソㄱ 先ㄋ 諸ㄱ 菩薩 {爲}氵ㅎ 佛果乙 護ノ令七 因緣氵 十地七 行乙 護ノ令七 因緣氵ノ乙 說白▸ㄅㅎ七丨◂ <구인03:18-19>

【선후】 (향가)花肹折叱可獻▸乎理音如◂

(15)-욊다

내 分이 죽건 디 오란 사ᄅᆞ미로ᄃᆡ 모로매 降히요려 커든 내 알픠셔 주거 뵈▸욊다◂ ᄒᆞ야ᄂᆞᆯ <三綱런던忠6>

② **-을 수 있다.** § 여기서 'ㅎ七'는 능력, 가능을 나타냄.

¶ 一切 衆生ㄱ {暫}氵火七 報ㄋ十 住ソ口ㄱ乙 金剛原ㄋ十 登ソ厶八二ㄱリ氵 淨土ㄋ十 居ソ二▸ㄅㅎ七丨◂ <구인11:07>

【관련】 -ㅎ七丨, -ナㅎ七丨, -ㅌㅎ七丨

【비고】 'ㄅ'는 상대높임 선어말어미 '口'에서 ㄱ이 약화된 형태임.

五 邑 ㄹ [?져]

【五邑/말음첨기?＋ㄹ/연결어미】

('少' 뒤에서) 적고. 젊고.

¶ 佛子ㄋ {此}リ 菩薩ㄱ 年攴 方七 少▸(五)邑ㄹ◂ 盛七ㄹソㄅ 端正美好ソナㄱ氵 香華氵 衣服氵ノ令灬 以ㄋ亦 其 身乙 嚴ソㄋ <화소10:14-16>

【관련】 -ㄹ

于 [우]

【于/말음첨기】

('我' 뒤, '等' 앞에서) 우리.

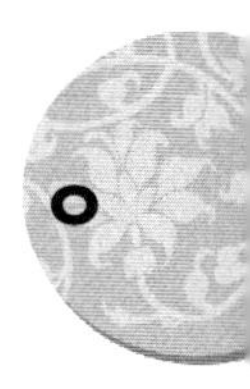

¶ 四無所畏リㅎ 十八不共法リㅎ 五眼リㅎ 法身リㅎソニㄱ 大覺世尊ㄱ 前ラ 已シ 我▶手◀ 等ソㄱ 大衆ラ {爲}シホ <구인02: 19-21>

我▶手◀ 等ソㄱㄱ 皆 當ハ 盡ヒ七 心灬 供養ソ白ケ <금광15:07>

我▶手◀ 等ソㄱㄱ 爲ノ 救護ソㅎ 利益ソㅎノ尸入乙 作ソろ <금광15:13>

【관련】 (我)又, (吾)又尸

ラ[1] [의]

【ラ/말음첨기?】

① ('自' 뒤에서) 스스로.

¶ 有入 無入ㄱ 本灬ハ 自▶ラ◀ 二リㄱ矢 譬入ㄱ 牛ラ 二 角 {若}丨ソケ <구인15:03>

【관련】 (自)ラ灬, (自)灬

【선후】 (15)스싀

張文節公이 宰相이 드외야 ▶스싀◀ 奉養호미 河陽ㅅ 掌書記ㅅ 시절ᄀ티 ᄒ더니 <內訓3:57b>

이제 公이 祿俸호미 젹디 아니호ᄃᆡ ▶스싀◀ 奉養호미 이 ᄀᄐ시니 <內訓3:57b-58a>

② ('自' 뒤에서) 자신의.

¶ 鬱波羅花亠 拘物頭花亠 分陁利花亠ノラ十 其 池乙 莊嚴ソケソラ七ㄱ乙 {於}花池所ろ十 自▶ラ◀ 身リ 遊戲快樂ノ尸ム <금광06:10-12>

彼 對治果乙 證得ソ{爲欲}入ソㅎ 亦 自▶ラ◀ 心乙 得ホ 清淨ㅅリ{爲}入ソㅎソ尸入灬 故ノ 心ろ十 正願乙 生リナホ七丨 <유가07:13-14>

彼ㄱ 自▶ラ◀ 身リ 此 五種 清淨 不相應ソㄱ 過患 {有}斗ノㄱ入乙 觀ソろホ 心ろ十 厭患ノ尸入乙 生リナホ七丨 <유가21:22-23>

又 自▶ラ◀ 增上生事入 及七 決定勝事入乙 依ろノ尸ム <유가28:13-14>

又 无嫉ノ尸入乙 依ろノ尸ム {於}自▶ラ◀ 身ろ十ノ尸入乙ソㄱ 如支 {於}他ラ十ノ尸 亦 尒亠ソケ <유가28:15-16>

【비고】 이때의 'ラ'를 속격조사로 볼 가능성도 있음.

ラ[2] [의]

【ラ/말음첨기】

① ('己' 뒤에서) 스스로.

¶ {於}道亠 道果涅槃亠ノ令十 三種 信解乙 起ノ尸ム 一十ㄱ 實有性乙 信ソㅎ 二 有功德乙 信ソㅎ 三 己▶ラ◀ 有能リㄱ 得樂ノ令七 方便乙 信ソㅎソケ <유가05:01-03>

【비고】 속격의 의미를 지닌 것으로 볼 가능성도 있음.

② ('己' 뒤에서) 자신의.

¶ 又 彼ㄱ 能ケ {於}己▶ラ◀ 下劣信解乙 陵蔑ノ尸 无ろ 增上力灬 故ノソケ <유가

15:18-19>
沙門果證 闕ノ1 增上力乙 由氵1入灬 故ノ {於}己▸ラ◂ 雜染 相應ソ1ラ十 心3十 厭患ノ尸入乙 生リ㢱 {於}己ラ 淸淨 不相應ソ1ラ十 心3十 厭患ノ尸入乙 生リ㢱 {於}己▸ラ◂ 雜染 相應ソ1 過患3十 心3十 厭患ノ尸入乙 生リ㢱 {於}己▸ラ◂ 淸淨 不相應ソ1 過患3十 心3十 厭患ノ尸入乙 生リ㢱 {於}己ラ十 淸淨乙 難氵 成辨ノ尸入乙 見ノ1ラ十 心3十 厭患ノ尸入乙 生リ㢱ソナ㪽七| <유가20:18-23>
彼1 己▸ラ◂ 身リ 沙門果證 闕ソ3㫆 彼 闕ソ1入乙 由氵1入灬 故ノ 三種 雜染 與七 相應ノ1入乙 觀ソ㢱 <유가21:04- 06>
彼1 己▸ラ◂ 身リ 此 三種 淸淨 與七 不相應ノ1入乙 觀ソ1入灬 故ノ 心3十 厭患ノ尸入乙 生リナ㪽七| <유가21:10- 12>
彼1 己▸ラ◂ 身リ 此 三種 雜染 相應ソ1 過患 {有}十ノ1入乙 觀ソ3 心3十 厭患ノ尸入乙 生リナ㪽七| <유가21:14- 16>
又 自ラ 增上生事人 及七 決定勝事人乙 依3ノ尸厶 謂1 己▸ラ◂ 身亠 財寶亠ノ今人 所證人七 盛事3十 作意思惟ソ3㫆 歡喜乙 發生ソ㢱 <유가28:13-15>

③ ('己' 뒤에서) 자신의. 자신이. § 주어적 속격 위치에 쓰임.

¶ 惟八 願ロ尸入1 仁慈灬 善方便乙 以3八 己▸ラ◂ {有}十㢴𠄌1 所乙 捨ソ3㫆 我又乙 具足 令リロ八㢴立ソ𠫔1|十 <화소15:20-16:01>
己ラ乙 謂3㫆 一切 所作乙 已辨ソ3ノ1リ3七|ソ尸 非冬ソ㪽 亦 他乙 向3 己▸ラ◂ 證ノ1 所乙 說尸 不冬ソ㪽ソ㢱ソナ矛罒 <유가19:09-10>
{於}晝夜分3十 自己▸ラ◂ {有}十ノ1 所七 善法 增長ソトノ1入乙 實 如攴 了知ソ㪽 <유가27:18-19>
【비고】 이때의 'ラ'를 속격조사로 볼 가능성도 있음.

ラ³[의]

【ラ/말음첨기】

① ('先' 뒤에서) 먼저.

¶ 何𠀋 {等}|ソ㢴1 如來リ 最八 先▸ラ◂ 出ソ㢴㢱 <화소07:20-08:03>
何𠀋 {等}|ソ1 聲聞辟支佛リ 最八 先▸ラ◂ 出ソ㢱 <화소07:20-08:01>
何𠀋 {等}|ソ1 衆生リ 最八 先▸ラ◂ 出ソ㢱 <화소08:01>
凡▸ラ◂ 受𠀋尸 所七 物七火七八尸入1 悉3 亦力 {是}リ 如攴ソロ㐌㢱 <화소09:11-12>
【관련】 (先)3, (先)下
【선후】 (15)몬져
【비고】 '先ラ'는 <화엄경소>에서, '先3'는 <구역인왕경>에서, '先下'는 <유가사지론>에서 쓰임.

② ('便' 뒤에서)

¶ 若 同梵行リ 法乙 {以}氵 呵擯ソ𠫔1|十1 卽𠀋 便(▸ラ?◂) 法乙 如八 而灬 自灬 悔

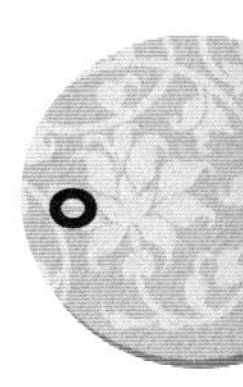

除丷六 <유가17:14-15>
是 如支丷1 二處七 十種 善巧1 {於}二處所〻十丷1 十一種 障乙 能六 斷滅丷{令}刂下 生起丷1 所乙 隨丿 卽ㆆ 便▸ㆎ◂ 遠離丷ナ𠄌罒 <유가28:04-05>
【관련】(便)ㆆ
【비고】<유가사지론>에 '便ㆆ'가 많이 보이는 것을 고려할 때 'ㆆ'로 볼 가능성이 있음

ㆎ[4][의]

【ㆎ/속격조사】

① -의.

¶ 我▸ㆎ◂ 身七 中〻十 八萬戶蟲刂 有七〻 {於}我乙 依〻尒 住丷1刂罒 我ㆎ 身ㆆ弋 充樂丷氵 彼刀 亦丷1 充樂丷禾〻七六 我ㆎ 身ㆆ弋 飢苦丷1丨十1 彼刀 亦丷1 飢苦丷禾〻七丨 <화소09:13-15>
幷灬 及七 王▸ㆎ◂ 身刀 我▸ㆎ◂ 臣僕刂尸{爲}入乙丷口八𠃍立丷去1丨十 <화소11:20>
{於}聲聞ㆎ十 如實知 聲聞▸ㆎ◂ 法乙 如實知 聲聞▸ㆎ◂ 集乙 如實知 聲聞▸ㆎ◂ 涅槃乙 如實知 {於}獨覺ㆎ十 如實知 獨覺▸ㆎ◂ 法乙 如實知 獨覺集如實知 獨覺▸ㆎ◂ 涅槃乙 如實知 {於}菩薩尸十 如實知 菩薩尸 法乙 如實知 菩薩集如實知 <화소17:19-18:03>
袈裟衣乙 著丷去1丨十1 當 願 衆生 心〻十 染丿尸 所〻 無〻八 大仙▸ㆎ◂ 道乙 具ㆆヒ立 <화엄03:12>
疾病人乙 見 當 願 衆生 身▸ㆎ◂ 空寂丿1入乙 知〻尒 乖諍七 法乙 離支ヒ立 <화엄06:07>
{於}佛氵 及七 佛法氵丿今乙 深信丷六 亦丷1 佛子▸ㆎ◂ 所行七 道乙 信丷六 及七 無上大菩提乙 信丷六丷ナ1入灬 菩薩1 是乙 {以}氵〻 初七ㆆ 發心丷ナ1刂丨 <화엄09:18-19>
一切 佛矢 所〻十刀 皆七 {是}刂 如支丷尸入乙 大士▸ㆎ◂ 三昧神通七 力氵丿𠄌ナ丨 <화엄17:03>
時十 諸1 大衆1 月光王刂 十四王▸ㆎ◂ 量 無七1 功德藏乙 歎丷二卜ㄱ1入乙 聞白口丷1 大法利乙 得ヒ八二六 <구인11: 14-15>
有亽 無亽1 本灬八 自ㆎ 二刂1矢 譬入1 牛▸ㆎ◂ 二 角 {若}丨丷六 <구인15:03>
三者 願丷〻尒 神通乙 得〻 衆生▸ㆎ◂ 善根乙 成熟亽刂{爲}入丷尸入灬 故丿丷六 <금광03:19-20>
世尊▸ㆎ◂ 智1 一味刂二下 淨品亠 不淨品亠丿今十 界乙 分別 不冬丷二1入灬 故丿 無上淸淨乙 獲二口1刂〻七丨 <금광13:09-10>
衆生▸ㆎ◂ 相乙 思惟丷白丿尸厶 一切 種 皆七 無丷1刂〻七丨丷二口尸亠 <금광13:12>
謂1 無學▸ㆎ◂ 正見亽 廣刂 說尸 乃氵 至刂 無學▸ㆎ◂ 正智亽刂丨 <유가04:01-02>

當ハ 知ㆆ丨 是乙 彼▸ㆉ◂ 修習對治亠ノ扌刂ㄱ丁 <유가08:11-12>

【관련】 (⺀)ノ今ㆉ, ソㄱㆉ

② **-의. -이/가.** § 주어적 속격으로 쓰임.

¶ 骨節ㆉ 相持ノㄱ刂ㄅ 血肉乙灬 塗ノㄱ 所刂ㄅ 九孔ㄋ十 常刂 人▸ㆉ◂ 惡賤ノ尸 所乙 流ソㄅソトㆆㄱ入乙 觀ソナㄅ <화소16:08-09>

{爲}三ㆆ 何ㆆ {等}丨ソㄱ乙 說ㅎ七丨ノ今口 諸ㄱ 法▸ㆉ◂ 壞ソㅎ可七ソㄱ 不矢ㄱ入乙 說尸矢ナ丨 <화소18:19-20>

一切 法▸ㆉ◂ 皆七 幻 如支ノㄱ入乙 了ソ尸入灬{故}刂ナ丨 <화소26:13-19>

佛子ㄋ 菩薩刂 在家ソㄱ丨十ㄱ 當ハ 願口尸入ㄱ 衆生ㄱ 家性▸ㆉ◂ 空ノㄱ入乙 知ㄋ尒 其 逼迫乙 免支ㅌ立ソ㐅扌ㄅ <화엄02:18-19>

跏趺坐乙 捨ソ去ㄱ丨十ㄱ 當 願 衆生 諸ㄱ 行法▸ㆉ◂ 悉ㄋ 散滅ノ尸矣(矢)十 歸ノ尸入乙 觀ソㅌ立 <화엄04:03>

若 如來尸 體刂 常住ソ𠂉ㆆㄱ入ㄱ 見白ㅌ尸入ㄱ 則 能支 法▸ㆉ◂ 永去 滅ソ口ㄱ 不矢ㅌㄱ入乙 知ㅌ扌ㄅ <화엄11:15>

彼▸ㆉ◂ 解ノ尸 所七 語言音乙 隨ㆆ {爲}⺀ㆆ 四諦乙 說ㄋ尒 解脫 令刂ナㅎ七丨 <화엄20:13>

是 {如}丨ソㄅ 是 {如}丨ソㄋ 汝▸ㆉ◂ 解ソ㐅ㄱ 所ㄋ {如}丨ソナ丨 <구인11:22-23>

佛ㄱ {言}ㄗ二尸 是 如支丨 是 如支丨 善男子ㄋ 汝▸ㆉ◂ 說ㄋ㐅ㄱ 所 如支ソナ丨 <금광13:21-22>

此 所依刂ㄱ 所建立處乙 依止 {爲}⺀ㄱ入乙 由⺀ㄱ入灬 故ノ 如來尸 諸 弟子衆▸ㆉ◂ {有}斗白ノㄱ 所七 聖法乙 證得ソナㅎ七丨 <유가03:20-22>

正七 衆苦▸ㆉ◂ 隨逐ノ尸入乙 觀察ノㅎ{應}七丨 <유가16:19>

又 善說法亠 毘柰耶亠ノ今七 中ㄋ十ソㄱ 諸 出家者▸ㆉ◂ 受ソㄱ 所七 尸羅ㄱ 略兮 二事乙 捨ノㄱ入灬{之} 顯現ソㄱ 所刂丨 <유가17:05-06>

彼ㄱ 是 如支ソㄱ 四苦▸ㆉ◂ 隨逐ノ尸入乙 爲ハㄋ斤 七相乙 {以}⺀ 審正觀察ノㅎ{應}七ソㄱ刂罒 <유가18:07-08>

又 外道▸ㆉ◂ 不共ソㄱ 卽ㆆ 彼 各別ソㄱ 邪見灬 起ソㄱ 所七 語言亠 尋思亠 追求亠ノ今七 三種 過失 {有}斗ㄅ <유가30:19-21>

【관련】 ソㄱㆉ

【선후】 (15)-이/의

③ **('{爲}三', '{爲}⺀ㅎ', '{爲}⺀' 앞에서) -(으)ㄹ.**

¶ 我ㄱ 當ハ 發意ソㄋ尒 多聞藏乙 持ソㄋハ 阿耨多羅三藐三菩提乙 證ソㄋ尒 諸ㄱ 衆生▸ㆉ◂ {爲}三 眞實法乙 說ㆆ禾ㄋ七丨ソナ尸入乙 <화소09:01-03>

一切 衆生▸ㆉ◂ {爲}三 一切 佛𢀳 神力乙 現ㆆㄋ 敎化調伏ソㄋ尒 修行不斷 令刂ㆆ尸 盡去ㅎ可七ソㅌ 不矢ㄱ入灬{故}刂ナ丨 <화소20:01-03>

廣刂 衆生▸ㆉ◂ {爲}三 諸ㄱ 法乙 演說ノ尸厶 一切 諸ㄱ 佛𢀳 經典ㄋ十 違七 不ソナ今⺀ <화소24:18-19>

{此}刂 陀羅尼乙 得尸 已⺀ソㄋソㄱ 法七 光明乙 以ㄋ 廣刂 衆生▸ㆉ◂ {爲}三 {於}法

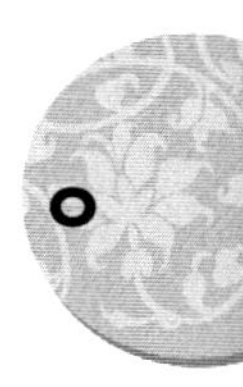

乙 演說ㆍ尸入罒リナ丨 <화소25:14 -15>
四無所畏リㆍ 十八不共法リㆍ 五眼リㆍ 法身リㆍ丷二丨 大覺世尊丨 前ㆍ 已氵 我千 等丷丨 大衆▸ㆍ◂ {爲}氵ㆍ 二十九年阝十丷二ㆍ 摩訶般若波羅蜜ㆍ 金剛般若波羅蜜ㆍ 天王問般若波羅蜜ㆍ 光讚般若波羅蜜ㆍノ乙 說阝ハ二ㆍ丨 <구인02:19-23>
人中阝七 師子丨 衆▸ㆍ◂ {爲}氵ㆍ 說ロハ二丨 大衆丨 歡喜丷阝 金花乙 散丷白ロ七乙ㆍ <구인11:11>
二者 一切 衆生▸ㆍ◂ {爲}氵ㆍ 煩惱 因緣乙 作丷尸 不冬丷ㆍ <금광03:01-02>
若其願力得自在 普隨諸趣而 身乙 現ㆍ七尸入丨 則 能 衆▸ㆍ◂ {爲}氵 說法丷ㆍ七 時ㆍ十 音聲リ 類乙 隨ㆍノ尸ム 難氵 思議ノオ七オㆍ <화엄13:13-14>
劫七 中リ 饑饉丷阝ㆍ 災難リ去七七 時リ十丨 悉阝 世間七 諸丨 樂具乙 與丷ナ阝 其欲ㆍ尸 所乙 隨ㆍ 皆七 滿 {令}リ阝ㆍ 普リ 衆生▸ㆍ◂ {爲}氵 饒益乙 作丷ナㆍ <화엄17:22-23>
【관련】 {爲}氵(ㆍ), (爲)ㆍ, (爲)ノ, {爲}三(ㆍ)
【비고】 '위하여'를 뜻하는 '{爲}氵(ㆍ), {爲}三'은 조사 '-ㆍ'를 지배하는 예만 나타나고, '{爲}氵ㆍ, {爲}三ㆍ, 爲ㆍ, 爲ノ'는 논항이 생략된 예만 나타남

ㆍ[5][의]

【ㆍ/처격조사】

('前' 뒤에서) 앞에서. § '前ㆍ'의 형태로 나타나며 이때의 'ㆍ'는 특이처격조사임.

¶ 四無所畏リㆍ 十八不共法リㆍ 五眼リㆍ 法身リㆍ丷二丨 大覺世尊丨 前▸ㆍ◂ 已氵 我千 等丷丨 大衆ㆍ {爲}氵ㆍ <구인02: 19-21>
等人 慧人 灌頂人七 三品士丨 前▸ㆍ◂ 餘丷丨 習リ丨 無明緣ㆍ 無明習相リ丨 故七ノ丨七七 煩惱ㆍノ乙 除丷二ㆍㆍ丨入丨 二諦理乙 窮阝 一切之七 盡阝(二)丨入罒リㆍ丨 <구인11:01- 02>
謂丨 此 所依乙 依丷丨入乙 由阝 無間ㆍ 必ハ 能ㆍ 正性離生阝十 趣入ノ尸ム 餘丨 前▸ㆍ◂ 說ノ丨 如支丷尸矢丨 <유가23:03-04>
謂丨 此 入境界門乙 緣丷丨入乙 由阝 必ハ 能ㆍ 正性離生阝十 趣入ノ尸ム 餘丨 前▸ㆍ◂ 說ノ丨 如支丷尸矢丨 <유가23:05- 06>
謂丨 此 攝受資糧乙 由阝 必ハ 能ㆍ 正性離生阝十 趣入ノ尸ム 餘丨 前▸ㆍ◂ 說ノ丨 如支丷尸矢丨 <유가23:07-08>
【선후】 (15)알픽

ㆍ[6][의]

【ㆍ/말음첨기?】

('諸', '凡' 뒤에서) 모든.

¶ 佛丨 諸▸ㆍ◂ 道果乙 得ナ丨 實天衆ㆍ十 告二尸 <구인11: 20>

諸▸ㅋ◂ 有ㄷㄲㄱ 本有ㅅㅌㄷ 法ㄱ 三假ㄲ 集ㅅㄱㅅ罒ㅅㄋ 假有ㅅㄱㄱㄲ㢱 <구인15:01>

得ㄋ㢱 一切 怖畏ㄲㄱ 一切 惡獸ㄲㄕ 虎狼師子ㅗ 一切 惡鬼ㅗ 人非人 等ㅅㄱ 怨賊ㅗ 災橫ㅗ 諸▸ㅋ◂ 有ㅅㄱ 惱害ㅗノㄕㄹ 度脫ㅅㄋ <금광09:24-10:01>

得ㄋ㢱 一切 怖畏ㄲㄱ 一切 毒害ㄲㄕ 虎 狼 師子ㅗ 一切 惡鬼ㅗ 人 非人 等ㅅㄱ 怨賊ㅗ 災橫ㅗ 諸▸ㅋ◂ 有ㅅㄱ 惱害ㅗノㄕㄹ 度ㅅㄋ <금광10:18-20>

得 一切 怖畏ㄲㄱ 一切 毒害ㄲㄕ 虎狼師子ㅗ 一切 惡鬼ㅗ 人非人 等ㅅㄱ 怨賊ㅗ 災橫ㅗ 諸▸ㅋ◂ 有ㅅㄱ 惱害ㅗノㄕㄹ 度ㅅㄋ <금광11:04-06>

諸▸ㅋ◂ 是 如攴 等ㅅㄱㄹ 名下 行處障ㅗノ㢱ㅣ <유가26: 14>

諸▸ㅋ◂ 是 如攴 等ㅅㄱㄹ 名下 住處障ㅗノ㢱ㅣ <유가27:08 -09>

凡▸ㅋ◂ 受ㄱㄕ 所ㄷ 物ㄷ火ㄷㅅㄕㅅㄱ 悉ㄋ 亦ㄉ {是}ㄲ 如攴ㅅㅁㅌ㢱 <화소09:11-12>

ㅋ㢱 [의곰]

【ㅋ/말음첨기+㢱/보조사】

('各ㅋ各' 뒤에서) 각각. §'各ㅋ各ㅋ㢱'의 형태로만 출현함.

¶ 量 無ㄷㄱ 菩薩ㄹ 比丘ㄹ 八部ㄹノ㐃ㄷ 大衆ㄲ 有ㄱㅅニ下 各ㅋ各▸ㅋ㢱◂ 寶蓮花ㄋㅗ 坐ㅅニ㢱 <구인02:04>

一一國土ㄷ 中ㄋㅗ 一一佛ㄹ 及ㅅ 大衆ㄹノ㐃ㄱㅣ 各ㅋ各▸ㅋ㢱◂ 般若波羅密ㄹ說ㅌㅅニㅣ <구인02:06-07>

大衆ㄱ 歡喜ㅅㄋ 各ㅋ各▸ㅋ㢱◂ 量 無ㄷㄱ 神通ㄹ 現ㄱㅌㅅニㄱㄹ 地ㄹ 及ㅅ 虛空ㄹノㅋㅗ 大衆ㄲ 而罒 住ㅅㅌㅅニㅣ <구인03:14-15>

【관련】 (各ㅋ各)ㅋㄋ㢱, (各)㢱

【선후】 (15)제여곰

이ᄐᆞ렛 衆生ᄃᆞᆯ히 各各 ▸제여고밀씨◂ 分身ᄒᆞ야 度脫호ᄃᆡ 남지늬 몸도 現ᄒᆞ며 겨지븨 몸도 現ᄒᆞ며 天龍 몸도 現ᄒᆞ며 <釋詳11:6b>

ㅋ罒 [의로]

【ㅋ/말음첨기?+罒/구격조사】

('自' 뒤에서) 스스로.

¶ 若ㄷ 美ㅅㅌㄷ 味ㄹ 得ㄋ㢱 專ㅁ 自▸ㅋ罒◂ 受ㄕ 不ㅅㄋㅅ <화소09:10-11>

若ㄷ 自▸ㅋ罒◂ 食ㅅ㐃ㄷ 時ㄹㅗㄱ {是}ㄲ 念言ノㄕㅅㄹ 作ㅅㄱㄕ丁 <화소09:12-13>

彼ㅋㅗ 施ㅅ{爲}ㅅㅅㄕㅅ罒 故攴ㄋ 而罒 自▸ㅋ罒◂ {之}ㄲㄹ 食ㅅㄱ㐃ㄹ 其 味ㄋㅗ 貪ㄕ 不ㅅㄱ㢱 <화소09:16>

若ㄷ 自▸ㅋ罒◂ 以ㄋ㢱 受用ㅅㄱㅣㅗㄱ 則攴 安樂ㅅㄹ 延年ㅅㄹノ禾㢱 <화소10:06>

菩薩ㄱ 自▸ㅋ罒◂ 念ㅅㄱㄕ丁 <화소10:08>

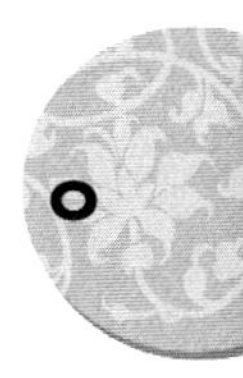

但ハ 自▸ラ𝆺◂ 身ラ 初七ㅎ 入胎ソ1乙 從七 不淨ソヒ七 微形リ罒 胞段七 諸1 根リ 生老病死ソトㅎ1入乙 觀ソナ𝆺 <화소16:04-05>
或ソ1 外道出家人リア入乙 作ソ𝆺 或ソ1 山林3十 在ソ3ホ 自▸ラ𝆺◂ 勤苦ソ𝆺 <화엄19:18>
因緣𝆺 本𝆺ハ 自▸ラ𝆺◂ 有ソ1ヒカ 自 無七ㅎ 他作 無七ㅎソ𝆺 <구인14:24-25>
{於}解3十 常リ 自𝆺 一リ𝆺 {於}諦3十 常リ 自▸ラ𝆺◂ 二リ1リ3七丨ソ3 {此}リ 無二ソ1入乙 通達ソ3ハニ1乙 <구인15:05-06>

【관련】 (自)𝆺, (自)ラ

【선후】 (15)스싀로

그 어미 이 ᄯᆞ니믈 東山 딕희오고 ▸스싀로◂ 가 밥 어더 ▸스싀로◂ 먹고 ᄯᆞ님믜 밥 보내요믈 날마다 그리 ᄒᆞ다가 <釋詳11: 40b>

ラ𝆺乙 [의릴]

【ラ/말음첨기+𝆺/미상+乙/대격조사】

('己' 뒤에서) 자기를.

¶ 若七 已▸ラ𝆺乙◂ 輟{捨}口 人ㅎラ十 施ソ1丨十1 則支 窮苦ソ3ホ 天命ノ禾ヒ1乙 <화소10:06-07>
若 諸佛所憶念 {爲}入乙ソヒア入1 則 佛德乙 以3 自▸ラ(ㅎ)𝆺乙◂ 莊嚴ソヒ才𝆺 <화엄12:18>

【관련】 (自)ラ乙, (已)ラ乙

ラ乙 [의를]

【ラ/말음첨기+乙/대격조사】

('自', '己' 뒤에서) 자기를.

¶ 樂著ソヒ七 人乙 見 當願衆生 法乙 以3ホ 自▸ラ乙◂ 娛リㅎア厶 歡愛ソ3ホ 捨ア 不ソヒ立 <화엄06:02>
是 故𝆺 此 時乙 能𝆺 自▸ラ乙◂ 饒益ソア丁ノ才𝆺 <유가06: 02-03>
是 故𝆺 此乙 說3 能𝆺 自▸ラ乙◂ 饒益ソア丁ノ才𝆺 <유가06:08-09>
他乙 引ソ3 {於}已▸ラ乙◂ 信ソ{令}リ{爲}入ソア 不冬ソㅎ <유가04:18>
已▸ラ乙◂ 謂3ホ 一切 所作乙 已辨ソ3ノ1リ3七丨ソア 非冬ソㅎ 亦 他乙 向3 已ラ 證ノ1 所乙 說ア 不冬ソㅎソ𝆺ソナ才罒 <유가19:09-10>

【관련】 (已)ラ𝆺乙, (自)ラ, (已)ラ

ラ七 [읫]

【ラ/처격조사+七/속격조사】

-의.

¶ 一切 行願乙 皆七 得3朩 具足ッ3 {於}一切 法3十 自在ア 不ッアエノア 無而灬 衆生▸ラ七◂ 第二 導師リア{爲}入乙ッ去ナ亦七丨 <화엄02:16-17>

【관련】 (氵)ノ今ラ七, 3七

【선후】 (15)읫

瓶▸읫◂ 믈이 뻬며 다둔 이피 열어늘 부러 뵌 길흘 츠자 가더니 <월천65b>

ラ 3 朩 [의아곰]

【ラ3/말음첨기?+朩/보조사】

('各ラ各' 뒤에서) 각각. §'各ラ各ラ3朩'의 형태로 나타남.

¶ 各ラ各▸ラ3朩◂ 座前七 花灬七 上十 量 無七1 化佛リ 有ナハニ3 <구인02:03>

【관련】 (各ラ各)ラ朩, (各)朩

【선후】 (15)제여곰

衆生들히 슬허 울오 받도 ▸제여곰◂ 눈호며 집도 ▸제여곰◂ 짓더니 <月釋1:45a>

ラ 3 乙 [의아를]

【ラ/처격조사?+3/미상+乙/대격조사】

-에게.

¶ 天尊1 快ㄎ 十四王▸ラ3乙◂ 說ロハニ1 {是}リ 故灬 我1 今ッ1 略ㄎ 佛乙 歎ッ白ロト3丨ッㅌハニ丨 <구인11:13>

ラ ノ 1 乙 火 [의혼을븟]

【ラ/속격조사#ノ[호/동사+오/선어말어미]+1/동명사어미+乙/대격조사+火/보조사】

-의 한 것을. -이 한 것을. § 여기서 'ラ'는 주어적 속격임.

¶ 幻化3十ッ3 幻化乙 見ト3 衆生▸ラノ1乙(火?)◂ 名3 幻諦ミノ矛リ3 <구인15:08 난상>

【관련】 火, 乙火, 火七, 白欲入ッニト3 1入乙火

ラ 十[1] [의긔]

【ラ十/처격조사】

① -에.

¶ 則ノ 法乙 久3 {於}世▸ラ十◂ 住今リ白3 1丁ノ矛ナ1リ丨ッㅌハニ丨 <금광15:15-16>

空閑ッ1 ▸ラ十◂ 處ッ亦七入{雖}++ 猶リ 種種七 染汙尋思 {有}++3 其 心乙 擾亂ノア

ㅅ <유가10:07-08>

謂ㄱ 所ㄱ 外ㄷ 諸 欲乙 依ㅅㄱ▸ㅋ十◂ 有ㄷㄱ 所ㄷ 愁歎憂苦 種種惱亂リㄱ 苦苦相應ㅅㄱ 過失リ亦 <유가30:15-17>

【관련】 ㄱㅋ十, リㅋ十, (此)リㅋ十, (ㅅ)ㄱㅋ十, ㅡ今ㅋ十, ㅌ十, 二十, リ十, 3十, 十

【선후】 (이두)良中/亦中

② ('同ㅅ-' 앞에서) -와/과. § '同ㅅ-'의 논항으로 쓰인 예임.

¶ 衆生ㅋ 苦ㅌ 樂ㅌ 利ㅌ 衰ㅌㅅㄕ {等}ㅣㅅㄱ 一切 世間ㄷ 作ㅅ卜ㅎㄱ 所ㄷ 法3十 悉3 能支 應現ㅅ3ホ 其 事▸ㅋ十◂ 同ㅅナ3 <화엄18:10-11>

正ㄷ 出家ㅅ去ㄱ 時ㅌ十ㄱ 當 願 衆生 佛ㅆ 出家ㅅㄹㅎㄱ▸ㅋ十◂ 同ㅅ3ハ 一切乙 救護ㅅㅌ立 <화엄03:13>

三千大千世界ㄷ 地 平ㅅㄱ矢 掌 如支ㅅㄱ▸ㅋ十◂ 量 無亦 數 無ㅅㄱ 種種ㄷ 妙色リㄱ 清淨ㅅㅌㄷ{之} 寶ㅆノㄱ 莊嚴ㄷ{之} 具リㅅ3ㄷノㄱ入乙 菩薩ㄱ 悉3 見ㅅナㅎㄷㅣ <금광06:01- 02>

【관련】 ㅅㄹㅎㄱㅋ十, ㅅㄱㅋ十

ㅋ 十[2][의긔]

【ㅋ十/여격조사】

-에게.

¶ 汝ㄱ 今ㅅㄱ {有}斗乂ㄱ 所乙 悉3 當ハ 我▸ㅋ十◂ 與ㅅロハ示立ㅅ去ㄱㅣ十 菩薩ㄱ 自ㅋㅆ 念ㅅナㄕ丁 <화소10:08>

時十 或ㄉ 有ナㅣ 人リ 來ㅅ3ホ 王▸ㅋ十◂ 白3 言白ナㄕ丁 <화소11:08-09>

以3ホ 彼▸ㅋ十◂ 施3ハ 其 願乙 充滿ㅅリㅎㅎ應ㄷㅅㄱリ3ㄷ亦 <화소16:12>

背恩人乙 見 當 願 衆生 {於}惡ㄱ入乙 {有}斗ㅌㄷ 人▸ㅋ十◂ 其 報ノㄕ入乙 加ㄕ 不ㅅㅌ立 <화엄06:11>

十方3十 有ㄱ 所ㄷ 諸ㄱ 妙物リ 無上尊▸ㅋ十◂ 奉獻ㅅ白ㅎㅎ應可ㄷㅅㄱ乙 掌ㄷ 中3十 悉3 雨リㅎㄱㅅ 備ㅎㄕ 不ㅅㄕ丁ノㄕ 無リㅅナ3 菩提樹ㄷ 前3十 持リ3ホ 佛乙 供ㅅ白ㅌ亦 <화엄15:22-23>

或ㅅㄱ 形體乙 露ㅎ3ホ 衣服 無ㅎㄱ入乙ㅅ3 而ㅆ {於}彼 衆▸ㅋ十◂ 師長リㄕ入乙 作ㅅ亦 <화엄19:19>

次第ㅆ 居士リ二ㄕ 寶ㅌ 蓋ㅌ 法ㅌ 淨名ㅌㅅㄕ 等ㅅ二ㄱ 八百人▸ㅋ十◂ 問二亦 復ㅅㄱ 須菩提ㅌ 舍利佛ㅌㅅㄕ 等ㅅ二ㄱ 五千人▸ㅋ十◂ 問二亦 <구인03:01-02>

佛ㄱ 大王▸ㅋ十◂ 告二ㄕ <구인14:20>

困苦ㅅ卜ㄱ 諸 衆生▸ㅋ十◂ 世尊リ二ㅌ 普リ 救濟ㅅ二ロㄕ亦 <금광13:12-13>

{於}此 少小ㅅㄱ 殊勝定ㄷ 中3十 喜足乙 生ㄕ 不冬ㅅ3 {於}勝三摩地圓滿ㅅㄱㅋ十 更3 求願ノㄕ入乙 起亦 又 卽ㅎ {於}彼▸ㅋ十◂ 勝功德乙 見ㅅ亦 <유가15:10-12>

一切 有情リㄱ 乃ㅌ 至リ 上ハ 第一有3十 生ㅅㅌㄷ 者リㄱ {於}彼 一切 有ㄷㄱ 所ㄷ 有情▸ㅋ十◂ 得ホ 最勝ㅅㅌ {爲}ㅌノ矛罒 <유가31:03-05>

【관련】 ラ十ㄱ, ラ十ㄱソㅌ, ラ十ノ尸, ラ十ソㄱ, 一今ラ十, 氵十, 亠十, 刂十, 3十, 十
【선후】 (이두)良中/亦中

ラ十ㄱ [의긘]

【ラ十/여격조사+ㄱ/보조사】
-에게는.
¶ 一切恩愛ㄲ 會{恨}ソ乃ソロハㄱ 當ハ 別離ノ禾ㄱ氵 而ㄱ{於}衆生▸ラ十ㄱ◂ 饒益ノ尸 所3 無ㅌ去禾3ㅌㅣ <화소12:15- 16>
乃氵 十方ㅌ 恒河沙ㅌ 佛土3十 至刂 有緣ソㄱ▸ラ十ㄱ◂ 斯モソ巴ハ 現ソㅌハ二ㅣ <구인03:06>
當ハ 知ㅎㅣ 此 清淨ㄱ 唯ハ 正法3十氵 在ソロ 諸 外道▸ラ十ㄱ◂ソㅌ 非失刂ㄱ丁 <유가20:01-20:02>
【관련】 (ソ)ㄱラ十ㄱ, ラ十ㄱソㅌ, 3十ㄱ

ラ十ㄱソㅌ [의긘ᄒᆞᄂᆞ]

【ラ十/처격조사+ㄱ/보조사#ソ/동사(+ㄴ/동명사어미)+ㅌ/의존명사; ラ十/처격조사+ㄱ/보조사#ソ/동사+ㅌ/동명사어미】
-에게는 하는 것. -에게는 있는 것.
¶ 當ハ 知ㅎㅣ 此 清淨ㄱ 唯ハ 正法3十氵 在ソロ 諸 外道▸ラ十ㄱソㅌ◂ 非失刂ㄱ丁 <유가20:01-20:02>
【관련】 ラ十ソㄱ, 3十ソㄱ, ラ十ㄱ, (ソ)ㄱラ十ㄱ, 3十ㄱ, ソㅌ

ラ十ノ尸 [의긔홇]

【ラ十/처격조사#ノ[ᄒᆞ/동사+오/선어말어미]+尸/동명사어미】
-에게 하는 것이. -에게 함이.
¶ 又 无嫉ノ尸入乙 依3ノ尸ム {於}自ラ 身3十ノ尸入乙ソㄱ 如支 {於}他▸ラ十ノ尸◂ 亦 尒亠ソ㢱 <유가28:15-16>
【관련】 3十ノ尸(入乙ソㄱ)

ラ十ソㄱ [의긔ᄒᆞᆫ]

【ラ十/처격조사#ソ/동사+ㄱ/동명사어미】
-에게 있는.
¶ 三 {於}在家衆▸ラ十ソㄱ◂ 諸 无間業乙 優塞 能 未ハソ㢱 <유가21:18-19>
四 {於}出家衆▸ラ十ソㄱ◂ 量 无ソㄱ 見趣乙 不相應 未ハソ㢱 <유가21:19-20>

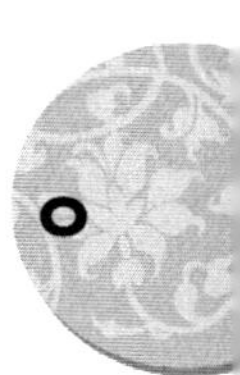

【관련】 ㅋ十ソ1, ㅋ十1

ㅣ[1][이]

【ㅣ/대명사】

('是', '此' 뒤에서) 이. 이것.

¶ 凡ㅋ 受ㅎ尸 所七 物七火七ハ尸入1 悉ㅋ 亦刀 {是}▸ㅣ◂ 如支ソロㅌ小 <화소09:11-12>

{是}▸ㅣ◂ {等}ㅣソ1乙 化ソ{爲}入 導師ㅣ尸入乙 作ソナ小 <화엄19:23>

彼 他方 佛國七 中ㅋ七 南方ㅋ七 法才菩薩1 五百萬億 大衆ㅣ 俱ソ1乙 共七 來ソㅋホ {此}ㅣ 大會ㅋ十 入ソ二小 … 六方ㅋ七才刀 亦ソ1 復ㅋ {是}▸ㅣ◂ {如}ㅣソㅌハ二小 <구인03: 06-12>

{於}解ㅋ十 常ㅣ 自灬 一ㅣ小 {於}諦ㅋ十 常ㅣ 自ㅋ灬 二ㅣ1ㅣㅋ七ㅣソㅋ {此}▸ㅣ◂ 無二ソ1入乙 通達ソㅋハ二1乙 <구인15:05-06>

{是}▸ㅣ◂1 世間七 法ㅣ小 {是}ㅣ1 出世間七 法ㅣ小 <화소01:06-07>

{是}▸ㅣ◂乙 名下 無記法ㅋノ禾ナㅣ <화소08:18-19>

假使灬ハ {此}▸ㅣ◂乙 由三ㅋハ 阿僧祇七 劫乙 經ㅋ 諸1 根 不具ノ尸矢去乃 <화소16:02-03>

{是}▸ㅣ◂乙 {爲}ソロ尸 菩薩摩訶薩尸 十尸 第七 辯藏ㅋノ禾ナㅣ <화소26:03>

菩薩1 {此}▸ㅣ◂ㅋ十 住ソㅋソ1 普ㅣ 觀察ソロ 宜1ㅋ十 隨ㅎ 示現ソㅋホ 衆生乙 度ㅣナㅋ 悉ㅋ 歡心灬 法化ㅋ十 從七 使ㅣㅎ尸ム <화엄17:20-21>

【관련】 ㅣ1, ㅣ乙, ㅣㅋ十

【선후】 (향가)此, (15)이

【비고】 'ㅣ'는 '此, 斯, 是'의 전훈독 표기임.

ㅣ[2][이]

【ㅣ/관형사】

('是', '此', '斯' 뒤에서) 이. 이러한.

¶ {此}▸ㅣ◂ 菩薩1 {是}▸ㅣ◂ 事 有七1入灬 故支 {是}▸ㅣ◂ 事 有七小 {是}▸ㅣ◂ 事 無七1入灬 故支 {是}▸ㅣ◂ 事 無七小 {是}▸ㅣ◂ 事 起ソ1入灬 故支 {是}▸ㅣ◂ 事 起ソ小 <화소01:04-06>

我ㅋ 今支 {此}▸ㅣ◂ 有七1 所七 飮食乙 受ㅏㅎ1入1 願ロ尸入1 衆生乙 普ㅣ 充飽ノ尸入乙 得ㅣ令ㅣㅎ禾ㅋ七ㅣソナㅋ <화소09:15-16>

{是}▸ㅣ◂ 觀乙 作ソ尸 已ㅋソロソ1 一1 念七 愛著ノ今七{之} 心ケ刀 生ㅣ尸 不ソナ小 <화소16:09-10>

{是}▸ㅣ◂ 故灬 衆生乙 饒益ソ{爲}入 其 有七1 所乙 隨ㅎ 一切之七 皆七 捨ノ尸ム <화소10:11-13>

菩薩刂 {是}▸刂◂ 念3十 住ソㅌ七 時ミ十ㄱ 一切 世間刂 能刂矢 嬈亂ソ3亽 無ᄼ 一切 異論刂 能刂矢 變動ソ3亽 無ᄼ <화소23:10-11>
{是}▸刂◂ 三昧神通相乙火 如ソㄱ 一切 天人刂 能矢 測3亽 莫七ナ丨 <화엄17:19>
大王下 {是}▸刂◂ 故灬 佛佛刂 {於}世十 出現ソ二下 衆生乙 爲人ソ二尸入灬 故ノ 說3ホ 三界ミ 六道ミノ亽七 名字乙 作ソ白ㄋㄱ乙 是乙 名3 無量名字ミノ矛ㄱミ <구인14:04-06>
{是}▸刂◂ 名味句ㄱ 音聲七 果刂ㄱミ 文字記句ㄱ 一切之七 如刂ナ丨 <구인15:25>
{此}▸刂◂ 菩薩ㄱ {是}刂 事 有七ㄱ入灬 故支 {是}刂 事 有七ᄼ <화소01:04-05>
彼 他方 佛國七 中3七 南方3七 法才菩薩ㄱ 五百萬億 大衆刂 俱ソㄱ乙 共七 來ソ3ホ {此}▸刂◂ 大會3十 入ソ二ᄼ <구인03:06-08>
唯ハ 佛人 與七 佛人刂二氵 乃氵 {斯}▸刂◂ 事乙 知二ㅎ七丨 <구인11:24>
【선후】 (향가)此, (15)이
【비고】 '刂'는 '此, 斯, 是'의 전훈독 표기임.

刂³[이]

【刂/주격조사】
-이/가.

¶ 現在3十ㄱ 幾七个七 佛心 {有}ナ而下 住ソ而ᄼ 幾七个七 聲聞 辟支佛▸刂◂ 住ソᄼ 幾七个七 衆生▸刂◂ 住ソㄱ刂3七ロノ尸人 <화소07:18-19>
何ㅎ {等}丨ソ而ㄱ 如來▸刂◂ 最ハ 先ㄋ 出ソ而ᄼ 何ㅎ {等}丨ソㄱ 聲聞 辟支佛▸刂◂ 最ハ 先ㄋ 出ソᄼ 何ㅎ {等}丨ソㄱ 衆生▸刂◂ 最ハ 先ㄋ 出ソᄼ 何ㅎ {等}丨ソ而ㄱ 如來▸刂◂ 最ハ 後刂十 出ソ而ᄼ 何ㅎ {等}丨ソㄱ 聲聞 辟支佛▸刂◂ 最ハ 後刂十 出ソᄼ 何ㅎ {等}丨ソㄱ 衆生▸刂◂ 最ハ 後刂十 出ソᄼ 何ㅎ 法▸刂◂ 最ハ 初3十 在ソᄼ 何ㅎ 法▸刂◂ 最ハ 後刂十 在ソ禾3七ロノ尸人 世間ㄱ 何ㅎ 處乙 從七 來ソᄼ 去3ハㄱ 何ㅎ 所七3十 至ᄼ <화소07:20-08:06>
若 樹華乙 見 當 願 衆生 衆ㄱ 相▸刂◂ 華 如支ソ3 三十二乙 具ㅎㅌ立 <화엄05:12>
若七 得3ホ 信心刂 退轉尸 不ソㅌ尸入ㄱ 彼人ㄱ 信力▸刂◂ 能矢 動ソ3亽 無ㅌ矛ᄼ <화엄10:19>
若 常刂 量▸刂◂ 無而ㄱ 佛乙 覩見ソ白ㅌ尸入ㄱ 則 如來尸 體▸刂◂ 常住ソ而ㅎㄱ入ㄱ 見白ㅌ矛ᄼ <화엄11:14>
各ㄋ各ㄋ3ホ 座前七 花灬七 上十 量 無七ㄱ 化佛▸刂◂ 有ナハ二ᄼ 量 無七ㄱ 菩薩ミ 比丘ミ 八部ミノ亽七 大衆▸刂◂ 有ナハ二下 各ㄋ各ㄋホ 寶蓮花3十 坐ソ二ᄼ <구인02:03-04>
彼 他方 佛國七 中3七 南方3七 法才菩薩ㄱ 五百萬億 大衆▸刂◂ 俱ソㄱ乙共七 來ソ3ホ {此}刂 大會3十 入ソ二ᄼ 東方3七 寶柱菩薩ㄱ 九百萬億 大衆▸刂◂ 俱七ソㄱ乙 共七 來ソ3ホ {此}刂 大會3十 入ソ二ᄼ <구인03:06-09>
卽ㄋ 百億種色七 花乙 散ソロハ二ㄱ 變ソ3ホ 百億寶帳▸刂◂ 成ナ3 諸ㄱ 大衆乙 蓋

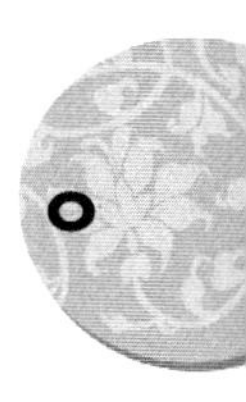

ソロヒ丨 <구인03:20-21>

如來七 三業ㄱ 德▶刂◀ 無極ソロハニㄱ 我刂尸 今ハ 月光ㄱ 三寶乙 禮ソ白ロトろㄱ氵 <구인11:08>

(幻)化七 衆生▶刂◀ 幻化乙 見トㄱ刂ㄅ 幻化▶刂◀ 幻化乙 見トㄱ刂罒 <구인14:01>

諸ㄱ 法ㄱ 因緣灬 有ソㄅソロㄱ 有人 無人七 義▶刂◀ {是}刂 {如}丨ソナ丨 <구인15:02>

影氵 三ㄅ七 手▶刂◀ 無ノㄱ丁ノ今 {如}丨ソㄅソㄱ氵 因緣灬 故ノ 誑有ソナㄱ刂ㄅ <구인15:07-08>

菩薩▶刂◀ 成佛ソ尸 未刂ソヒ七 時十 菩提乙 {以}氵ろ 煩惱 {爲}氵ナ尸氵 菩薩▶刂◀ 成佛ソ去ㄱヒ七 時十 煩惱乙 以ろ 菩提 {爲}氵ナㅎ七丨 <구인15:18-19>

第二 發心ㄱ 譬入ㄱ 大地▶刂◀ 一切 (法) 事亠ノ尸乙 持尸 如支ソ去ㄱ入灬 故ノ 是乙 名下 尸波羅蜜因亠ノオㄅ <금광02:01-02>

譬 月▶刂◀ 淨ソろホ 圓滿ソㄱ如支 是 如支 第八心▶刂◀ 一切 境界ろ十 淸淨 具足ソ去ㄱ入灬 故ノ 是乙 名下 願波羅蜜因亠ノオㄅ <금광02:13-14>

善男子ろ 是乙 名下 菩薩摩訶薩▶刂◀ 禪那波羅蜜乙 成就ソ尸丁ノオナㄱ刂丨 <금광03:21-22>

佛 言 善男子 又 五法 有七ナ丨 菩薩摩訶薩▶刂◀ 願波羅蜜乙 成就ノオ亠 <금광04:11-12>

一切 外人▶刂◀ 來ソろホ 相ノ 詰難ソ去ㄱ乙 善(能 解釋)(ソろホ?) 其乙 降伏 令刂ソ尸矢 是 波羅蜜義刂ㄅ <금광05:20-21>

善男子ろ 菩薩 二地ろ十ㄱ 是 相▶刂◀ 前現ノ尸ム <금광05:25-06:01>

四方 風輪▶刂◀ 種種七 妙花乙 悉ろ 皆七 散灑刂ロㄱ 地上ろ十 圓滿今七ノㄱ入乙 菩薩ㄱ 悉 見ソナㅎ七丨 <금광06:05-06>

見思煩惱▶刂◀ 伏ノㅎ{可}ソㄱ 不矢ㄱ乙ソろㄱ入灬 故ノ <금광07:06>

微妙秘密ソヒ七{之} 藏乙 修行ノ尸ム 足 未ハソトㄱカ 無明▶刂◀ 因{爲}刂尸(入乙ソ) オ罒 <금광08:07-08>

是 金光明經亠 微妙ソニヒ七{之} 義▶刂◀ 究竟 滿足ソニㄅ <금광13:20-21>

何以故亠ソ白ノオ尸入ㄱ 說法七{之} 處▶刂◀ 卽ノ 是ㄱ 其 塔刂ニロㄱ入灬亠 <금광15:11>

達須亠 篾戾車亠ノ今七 中刂ㄱ 謂ㄱ {於}是處▶刂◀ 四衆▶刂◀ 行ソ今 无ㅎ 亦 賢聖刂ㄱ 正至亠 正行亠ノ今七 諸 善丈夫 無(ㅎノ今十) 生尸 不冬ソ尸矢丨 <유가02:02-03>

謂ㄱ 卽ㅎ 彼 補特迦羅▶刂◀ 佛▶刂◀ 出世ソ白ノ尸入乙 値白ㄅ <유가03:01>

彼▶刂◀ 正法乙 受用ソろホ 而灬 轉ソトノㄱ入乙 知ろ <유가03:15-16>

彼ㄱ 己ラ 身▶刂◀ 沙門果證 闕ソろホ 彼 闕ソㄱ入乙 由氵ㄱ入灬 故ノ 三種 雜染 與七 相應ノㄱ入乙 觀ソㄅ <유가21:04-06>

何以故亠ソロㄱ 諸 有學ㄱ 聖法 {有}斗ナ人{雖}斗 而ㄱ 相續七 中ろ十 非聖煩惱ラ{之} 隨逐ノㄱ 所▶刂◀ 現ろ 得ノㅎ{可}七ソㄱ入乙 由氵ㄱ入灬{故}亠 <유가04:02-04>

當八 知ㅎㅣ 七法▸リ◂ 所對治リㄕ{爲}入乙ソ扌リ1丁 <유가10:03>
然ソ乃 能ㅅ 修定方便乙 宣說ソ令セ 師▸リ◂ 過失 {有}斗ノㄕム <유가13:09-10>
自灬 形色▸リ◂ 人ラ十 異去ノ1入乙 觀察ノㅎ{應}セソ1リ罒 <유가16:20-21>
尸羅乙 犯ソ1▸リ◂ 有セ去乃 而1 輕擧 不冬ソ㱏 <유가17:12-13>
又 此 有學ラ 金剛喩定▸リ◂ 究竟3十 到去1入灬 故ノ 修得圓滿ㅅナㅎセ丨 <유가29:19-20>
此 因果▸リ◂ 永3 滅盡ソ去1入乙 由氵1入灬 故ノ 卽 名下 苦邊二ノㄕ二 更3 餘所 无3ホ 無上ソ㱏 无勝ソ㱏ソナㅎセ丨 <유가31:17-18>
【관련】 ソ1リ, 入リ, (佛)㠯リ, (種種)セリ
【선후】 (향가)是, (이두)是/亦, (음독) リ/乀/是/伊, (15)이

リ[4][이]

【リ/부사화소?】
('至' 뒤에서) 이르기(까지). § 주로 '乃氵, 乃ソ氵' 뒤에 나옴. '-3十, -十' 등을 논항으로 취하기도 함.
¶ {是}リ 故灬 衆生乙 饒益ソ{爲}入 其 有セ1 所乙 隨ㅎ 一切之セ 皆セ 捨ノㄕム 乃ソ氵 盡命ソㄕ矢十 至▸リ◂ソ(乃?) <화소10:11-13>
{是}リ 念乙 作ㄕ 已氵ソロソ1 卽支 便リ {之}リ乙 施ソㅅ 乃ソ氵 至▸リ◂ 身乙 以3 恭勤作役ノㄕム 心3十 悔ノㄕ 所3 無セリソナㄕ乙 {是}リ乙 名下 內外施氵ノ禾ナ丨 <화소12: 03-05>
一1 佛㠯 出世ソ3 授記乙 說而ㅎ1丁 乃ソ氵 至▸リ◂ 不可說不可說セ 佛㠯 出世ソ3 授記乙 說而ㅎ1丁ノ令乙 念ソㅅ <화소20:14-16>
一1 三昧セ 種セ種セ 性氵 乃ソ氵 至▸リ◂ 不可說不可說セ 三昧セ 種セ種セ 性氵ノ令乙 持ソナㅎセ丨 <화소24:10-12>
{於}彼 十方世界セ 中3十 念念3十ケ丨 佛道 成卜ㅎ1入乙 示現ソ㱏 正法輪乙 轉㱏 寂滅3十 入ソ㱏 乃氵 至▸リ◂ 舍利乙 廣リ 分布ソ㱏ソロヒㅅ <화엄14:19-20>
或ソ1 飮食セ 上好ソヒセ 味氵 寶衣氵 嚴具氵 衆1 妙物氵ノ令乙 以ソㅅ 乃ソ氵 至▸リ◂ 王位乙 皆セ 能捨ソㅅソ3 <화엄17:24-18:01>
乃氵 十方セ 恒河沙セ 佛土3十 至▸リ◂ 有緣ソ1ラ十1 斯毛ソ巴八 現ソヒ八二丨 <구인03:06>
或ソ1 四生氵 五生氵 乃氵 至▸リ◂ 十生氵ノ乙ソロ 得ホ 正位3十 入ソ1ヒカリ㱏ソナㅅ <구인11:17>
謂1 無學ラ 正見入 廣リ 說ㄕ 乃氵 至▸リ◂ 無學ラ 正智入リ丨 <유가04:01-02>
彼乙 依止ソ1入灬 故ノ 其 心 淸ソ㱏 白ソ㱏 瑕穢 无{有}㱏 隨煩惱乙 離㱏 廣リ 說ㄕ 乃氵 至▸リ◂ 不動乙 獲得ソ㱏ソ3 能ㅅ 一切 勝神通慧乙 引ソナㅎセ丨 <유가19:17-19>
若 身語意行乙 安靜 不八ソ3ホ 躁動輕擧ソ3 數リ 尸羅乙 犯ソ3ホ 憂悔 等ソ1乙 生

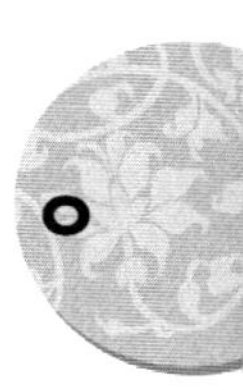

刂ㅎ 乃氵 至▸刂◂ 得尓 心 善 安住 不ハソㅎソ尸入乙 <유가26:21-23>
【선후】 (15)니르리

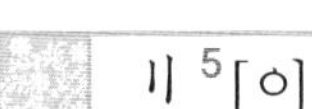

刂⁵[이]

【刂/부사화소】

① ('普' 뒤에서) 널리.

¶ 願口尸入ㄱ 衆生乙 普▸刂◂ 充飽ノ尸入乙 得刂{令}刂ㅎ禾氵七丨ソナ氵 <화소09:15-16>

若 智慧 以 先導 爲 身語意業 恒 失尸 無ㅌ尸入ㄱ 則 其 願力氵十 自在乙 得氵尓 普▸刂◂ 諸ㄱ 趣乙 隨ㅎ 而灬 身乙 現ㅎㅌ矛ㅅ <화엄13:11-12>

能支 一ㄱ 手乙 以氵 三千氵十 徧ケ丨ソ氵 普▸刂◂ 一切 諸ㄱ 如來乙 供ソナ今(ㅅ)ㆍ <화엄15:17>

又力 光明乙 放ソナㅎ七丨 華莊嚴ㆍノ矛ㆍ 種種七 妙華乙 集ソ氵尓 帳 {爲}氵ㅎナㄱ乙 普▸刂◂ 十方七 諸 國土氵十 散ソ氵尓 一切 大德尊乙 供養ソナㅅ <화엄16:08-09>

困苦ソトㄱ 諸 衆生ラ十 世尊刂ニ氵 普▸刂◂ 救濟ソニ口尸ㅅ <금광13:12-13>

② ('廣' 뒤에서) 널리.

¶ 衆生乙 其 實性乙 知刂令刂{欲}入 廣▸刂◂ {爲}三ㅎ 說宣ソナㅎ七丨 <화소18:17-18>

若 橋道乙 見 當 願 衆生 廣▸刂◂ 一切乙 度刂ㅎ尸ㅿ 猶入ㄱ 橋梁 如支ソㅌ立 <화엄05:19>

功德灬 普洽ソ氵尓 廣▸刂◂ 一切乙 利刂ㅅソ去ㄱ入灬(故 是 名 力波)羅蜜因亠ノ矛ㅅ <금광02:16-17>

廣▸刂◂ 說尸 乃氵 至刂 {於}食氵十 知量ソナㅎ七丨 <유가19:16>

③ ('便' 뒤에서) 곧. 즉시.

¶ {是}刂 念乙 作ソ尸 已氵ソ口ハㄱ 卽支 便▸刂◂ {之}刂乙 施ノ尸ㅿ 而灬 悔ソ尸 所氵 無七刂ソナ尸入乙 <화소11:14-15>

{是}刂 念乙 作尸 已氵ソ口ソㄱ 卽支 便▸刂◂ {之}刂乙 施ソㅅ <화소12:03-04>

菩薩ㄱ {之}刂乙 聞口 卽支 便▸刂◂ 施與ノ尸ㅿ <화소16:02>

【관련】 (便)ㅎ, (便)ノ

④ ('常', '恒' 뒤에서) 늘. 항상.

¶ 常▸刂◂ 勤七 修行ノ尸ㅿ 曾ハㅎ力 廢捨尸 未冬ソナ今ㆍ <화소13:17>

骨節ラ 相持ノㄱ刂ㅅ 血肉乙灬 塗ノㄱ 所刂ㅅ 九孔氵十 常▸刂◂ 人ラ 惡賤ノ尸 所乙 流ソㅅソトㅎㄱ入乙 觀ソナㅅ <화소16:08-09>

常▸刂◂ 諸ㄱ 衆生乙 利樂ソㅅ 國土乙 莊嚴ソㅅ … 菩提乙 證ソㅅソ{欲}入ソ尸入灬 故支 而灬 發心ソナㄱ刂ㅅ <화엄09: 14-15>

若七 常▸刂◂ 淸淨僧乙 信奉ソㅌ尸入ㄱ 則支 得氵尓 信心刂 退轉尸 不ソㅌ矛ㅅ <화엄10:18>

三十生乙 盡ろロ 等ろ 大覺ソニぶ 大寂無爲リㄱ 金剛藏乙ソニぶ 一切 報乙 盡ろロ 無極ソㄱヒ七 悲乙ソニぶ 第一義諦ろ十 常▸リ◂ 安隱ソニ下 <구인11:03-04>

{於}解ろ十 常▸リ◂ 自灬 一リぶ {於}諦ろ十 常▸リ◂ 自ラ灬 二リㄱリろ七丨ソろ {此}リ 無二ソㄱ入乙 通達ソろハニㄱ乙 <구인15:05-06>

二者 諸佛如來尸 說白ノㄱ 甚深法乙 心ろ十 常▸リ◂ 樂ノ 聞白ノ尸ム 猒足ノ尸 無有七ぶ <금광03:25-01>

一十ㄱ 常▸リ◂ 方便灬 善法乙 修ノ今七 所作リㄱ亠 謂ㄱ 我ㄱ {於}諸 法ろ十 常リ 方便灬 修ノㄱ入乙 依止 {爲}氵ㄱ入灬 故ノ … 又 能ぶ 實 如支 苦性乙 覺了ソㆆノオリㄱリろ七丨ソ尸矢ぶ <유가08:13-16>

衆生乙 隨ㅎ 住ソろホ 恒▸リ◂ 捨離尸 不ソぶ 諸ㄱ 法相乙 {如}逜 悉ろ 能支 通達ソぶ <화엄02:14-15>

若 王都乙 見 當 願 衆生 功德共聚ソろハ 心ㅎ 恒▸リ◂ 喜樂ソヒ立 <화엄07:01>

三 {於}師長乙 恭敬ソろ 往ソろホ 請問ノ今七 中ろ十 恒▸リ◂ 相續 不ハソぶ <유가10:19-20>

四 {於}恒リ 善法乙 修ソろホ 常▸リ◂ 師乙 隨ノ 轉ノ今十 淨信乙 遠離ソぶ <유가10:20-21>

六 {於}內ろ十 放逸ソろホ 放逸ソㄱ入乙 由氵ㄱ入灬 故ノ {於}常▸リ◂ 諸 善法乙 修習ノ今七 中ろ十 恒リ 隨轉 不ハソ尸矢丨 <유가10:22-23>

⑤ ('猶' 뒤에서) 오히려.

¶ 第五心リ 上七 種種七 功德法藏ろ十 猶▸リ◂ 滿足ソ尸 未リ今七ノ 是乙 名下 禪波羅蜜因亠ノオぶ <금광02:07-08>

復次 已氵 根本三摩地乙 證得ソろㄱ入灬 故ノ 名下 三摩地圓滿亠ノオ人{雖}斗 其 心リ 猶▸リ◂ 三摩地灬 生ソㄱ 愛味人 慢人 見人 疑人 无明人 等ソㄱ 諸 隨煩惱ラ{之} 染汚ノ尸 所乙 爲ハナ尸入灬 名下 圓滿ソろホ 淸淨鮮白ソ去ㄱ丁ノ今 未矢罒 <유가16:09-12>

謂ㄱ {於}四沙門果ろ十 能ぶ 隨ノ 證ノ尸 所乙 {有}斗尸 未ハソㄱ入灬 故ノ 猶▸リ◂ 惡趣苦ラ 隨逐ノ尸 所乙 爲ハぶ <유가18:02-04>

若 世間七 心ㄱ 復ハ 已斷ソㅎ七人{雖}斗 猶▸リ◂ 得ホ 現行ソ尸亠 彼ㄱ {於}後七 時亠十 任運ㅎ 而灬 滅ソㆆソナオぶ <유가31:14-15>

⑥ ('巧' 뒤에서) 공교히. 잘.

¶ 大小師ラ十 詣去ㄱ丨十ㄱ 當 願 衆生 巧▸リ◂ 師長乙 事ハ白ろハ 善法乙 習行ソヒ立 <화엄03:08>

若 池沼乙 見 當 願 衆生 語業 滿足ソろホ 巧▸リ◂ 能支 演說ソヒ立 <화엄05:16>

⑦ ('深' 뒤에서) 깊이.

¶ {於}法乙 歸ソㄱ乙灬 自ノソㄱ 當 願 衆生 深▸リ◂ 經藏ろ十 入ソろハ 智慧リ 海 如支ソヒ立 <화엄03:15>

舍乙 從七 出ソ去ㄱ 時 當 願 衆生 深▸リ◂ 佛智ろ十 入ソろハ 永去 三界乙 出ソヒ立 <화엄07:22>

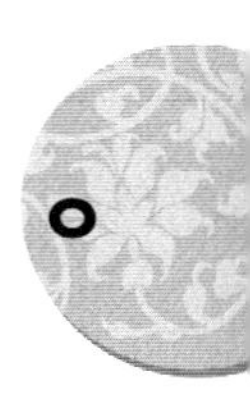

而灬 {於}諸 欲ㄋ十 深▸刂◂ 過患乙 見ソㆆ {於}上勝境ㄋ十 寂靜德乙 見ソㆆソナ才亠 <유가20:12-13>

⑧ ('諦' 뒤에서) 자세히. 잘.

¶ 諦▸刂◂ 佛乙 觀ソ白去ㄱ 時十ㄱ 當 願 衆生 皆七 普賢 如支ソㄋ 端正 嚴好ソヒ立 <화엄08:05>

善而口ㄱ{哉}亻 仁者氵 諦▸刂◂ 聽而ㅎ亣{應}七ソナ丨 <화엄09:02>

諦▸刂◂ 聽ホ 諦▸刂◂ 聽か 善か 之乙 思ソㆆ 念ソㆆソか 法乙 {如}這 修行ソかソナㄋソ口八二ㄱ <구인03:19>

⑨ ('速' 뒤에서) 빨리. 속히.

¶ 又 {於}所治七 現行法七 中ㄋ十 心ㄋ十 染着 不冬ソㄋホ 速▸刂◂ 斷滅ソ{令}刂ㆆ <유가12:19-21>

是 如支ソㄱ 方便乙 由氵ㄱ入灬 故ノ 心 速▸刂◂ 安住ソナ亣七丨 <유가25:17>

⑩ ('兼' 뒤에서) 아울러.

¶ 若 憍慢氵 及七 放逸氵ノ今乙 離支ヒ尸入ㄱ 則 能支 兼▸刂◂ 一切 衆乙 利刂ヒ才か <화엄11:23>

若 能 兼▸刂◂ 一切 衆乙 利刂ヒ尸入ㄱ 則 生死ㄋ十 處ノ尸厶 疲厭ソ尸 無ヒ才か <화엄11:24>

⑪ ('多' 뒤에서) 많이.

¶ 四者 {於}摩訶波羅蜜ㄋ十 多▸刂◂ 能か 修行ソㄋ 成就 滿足ノ尸入乙 悉ㄋ 皆七 願求ソか <금광04:08-09>

無相ㄋ十 多▸刂◂ 思惟ソㄋ 現前ソ去ㄱ入灬 故ノ 是 故灬 六地乙 說尸 名下 現前地亠ノ才か <금광07:07-08>

{於}無上法ㄋ十 多▸刂◂ 功力乙 用ソトㄱ刀 無明刂 因{爲}刂尸入乙ソか <금광08:02-03>

{於}二種 不淨想乙 修ノ今七 中ㄋ十 當八 知ㅎ丨 多▸刂◂ 所作 {有}斗ㄱ刂ㄱ丁 <유가10:14-15>

是 如支ソㄱ 六種 所對治七 法ㄋ十 還ㅎ 六法刂 能か 對治刂尸{爲}入乙ソㄋ 多▸刂◂ 所作 {有}斗ヒ 有ソㄱ亠 <유가10: 23-11:01>

{於}立破門ㄋ十 多▸刂◂ 言論乙 生刂ㄋ 相續 不捨ソㆆノ尸入ㄱ <유가12:08-09>

五 智德 {有}斗人{雖}斗 然ソ乃 是ㄱ 愛行刂罒 多▸刂◂ 利養恭敬乙 求ノ今七 過失刂か <유가13:15-16>

{於}愛盡 寂滅ソヒ七 涅槃ㄋ十 速疾ㅎ 多▸刂◂ 住ソㄋホ 心ㄋ十 退轉ノ尸 無ㆆ <유가22:21-22>

⑫ ('遠' 뒤에서) 멀리.

¶ 無漏無間(ㅎ?) 無相ㄋ十 思惟ソ今七 解脫三昧乙 遠▸刂◂ 修行ソ去ㄱ入灬{故}か <금광07:09>

⑬ ('轉' 뒤에서) 옮겨. 굴러서.

¶ 數數刂 聽聞ソㄋホ 間斷ノ尸 无ソㄱ入灬 故ノ {於}彼 法義ㄋ十 轉▸刂◂ 得ホ 明淨ソ

ㄅ <유가07:04-05>

是 如ㄆ 慧覺リ 轉▸リ◂ 明淨ソㄱㅅ灬 故ノ {於}諸 世間ㄷ 有ㄷㄱ 所ㄷ 盛事ㅋ+ 能ㄅ 過患乙 見ソ3ホ 深心灬 猒離ソㄅ <유가07:06-07>

⑭ ('數', '數數' 뒤에서) 자주.

¶ 又 彼ㄱ 是 如ㄆ 法相乙 隨ノ 轉ソ3ホ 數▸リ◂ 入ソㅎ 數▸リ◂ 出ソㅎソ3 速疾通慧乙 證得ソ{爲欲}ㅅ 定圓滿乙 依3 樂ㅎ 正法乙 聞ナ尸ㅅ灬 故ノ <유가15:21-23>

行處障リ丨ソㄱㅅㄱ{者} 謂ㄱ 聖弟子 如ㄆソㄱリ 或 衆乙 與ㄷ 同居ソ3 其 生起ソㄱ 僧所作事乙 隨ノ 善品乙 棄捨ソロ 數▸リ◂ 衆會乙 與ㄷソㄅ <유가26:05-07>

若 身語意行乙 安靜 不ハソ3ホ 躁動輕擧ソ3 數▸リ◂ 尸羅乙 犯ソ3ホ 憂悔 等ソㄱ乙 生リㅎ 乃ㅊ 至リ 得ホ 心 善 安住 不ハソㅎソ尸ㅅ乙 <유가26:21-23>

法相リ 數數▸リ◂ 行ソ3 {於}心3+ 至トㄱカ 無明リ 因{爲}リ尸ㅅ乙ソㅈ四 <금광07:24-25>

數數▸リ◂ 聽聞ソ3ホ 間斷ノ尸 无ソㄱㅅ灬 故ノ {於}彼 法義3+ 轉リ 得ホ 明淨ソㄅ <유가07:04-05>

又 彼ㄱ 已ㅊ 善 世間道乙 得3 數數▸リ◂ 三摩地自在乙 得ソ{爲}ㅅソ尸ㅅ灬 故ノ 樂修乙 依止ソ3ホ 无間ㅎ 而灬 轉ソㄅ <유가18:21-23>

彼ㄱ 是 如ㄆ 心3+ 思慕乙 生リㄱㅅ乙 由3 出離樂欲乙 數數▸リ◂ 現行ソ3ホ <유가29:02-03>

⑮ ('倍' 뒤에서) 갑절로. 곱절로.

¶ 二 {於}已生ソㄱ 善法乙 住ソㅎ 不忘ソㅎ 修習圓滿ソㅎ 倍▸リ◂ 增廣ソ{令}リㅎノㅎ {應}ㄷソㄱㅋ+ 有ソㄱ 所ㄷ 懈怠リㄅ <유가10:18-19>

⑯ ('大' 뒤에서) 크게.

¶ 大▸リ◂ 歡喜 慶樂(ソㅊㄱㅅ灬?){故}ノ 是 故灬 初地乙 名下 {爲}歡喜地ㅗノㅈㄅ <금광06:24-25>

⑰ ('甚' 뒤에서) 매우. 아주.

¶ {是}リ 故灬 依行乙 次第乙 說ㅎ今ㅋ+ 信樂リㅊ 最勝ソ3ホ 甚▸リ◂ 難リㅊ 得ㅎㅈㄱ矢 譬ㅅㄱ 一切 世間ㄷ 中3+ 而灬 隨意妙寶珠リ 有ㄱ 如ㄆソㄱリ丨 <화엄10:08-09>

リ^6^[이]

【リ/부사화소】

('無', '未', '靡' 뒤에서) 없이. § 주로 '無/未/靡リソ-'의 형태로 나옴.

¶ 我ㄱ 今ソㄱ 永ㅊ 貪愛乙 捨ソ{爲欲}ㅅ {此}リ 一切 必ハ 離散ソㅊ今ㄷ 物ㄷ乙 以3ハ 衆生ㅋ 願乙 滿ㅅリㅎ禾3ㄷ丨ソナㄅ {是}リ 念乙 作尸 已ㅊソロハㄱ 悉3 皆ㄷ 施與ノ尸ム 心3+ 悔恨 無▸リ◂ソナㄅ <화소12:16-19>

我ㄱ 曾ハㅎカ 得尸 未▸リ◂ソㄷロ乙ㅎ丨 <화소11:19>

{此}リ 菩薩ㄱ 諸ㄱ 佛㠯 說ㅁㅎㄱ 所ㄷ 修多羅乙 持ノ尸ム 文句ㅊ 義理ㅊノ今ㅋ+ 忘

失ㄕ 無▸刂◂ソナ令ㅣ{有} 一ㄱ 生乙 持ソ阝 乃ソ氵 至刂 不可說不可說ㄷ 生乙 持ソ阝ソナ彡 <화소23:19-24:01>

菩薩刂 發意ソ3 菩提乙 求ソ乂ㄱ入ㄱ {是}刂 因 無刂ソ彡 緣 無▸刂◂ソㄷ{有} 非刂矢 {於}佛法僧3十 淨信乙 生刂3 是乙 {以}氵3 而灬 廣大心乙 生刂ナㄱ刂ㅣ <화엄09:10-11>

信ㄱ 能攴 惠施ノㄕ厶 心亠 吝ノㄕ 無▸刂◂ㅅ刂ナ才彡 信ㄱ 能攴 歡喜ソ3ホ 佛法3十 入刂ナ才彡 <화엄09:24>

若 能 衆 爲 說法 時 音聲 類 隨 難 思議ノ才ㄷㄕ入ㄱ 則 {於}一切 衆生ㄋ 心乙 一ㄱ 念3十 悉3 知ㄱㄕ厶 有餘ソㄱ 無▸刂◂ソㄷ才彡 <화엄13:15-16>

若 於一切衆生 心 一念 悉 知 有餘ソㄱ 無▸刂◂ソㄷㄕ入ㄱ 則 煩惱刂 起ノㄕ 所3 無ㄱㄱ入乙 知3ホ 永去 {於}生死3十 沒溺ソㄕ 不ソㄷ才彡 <화엄13:17-18>

菩薩ㄱ 勤ㄷ 大悲行乙 修3ホ 願入ㄱ 一切乙 度刂口八阝ノㄕ厶 果᠁ㄕ 不ソㄕ丁ノㄕ 無刂ソ3ナ才罒 見聞ソ阝 聽受ソ阝 若ㄷ 供養ソ阝ソ口ㄷ火ㄷ八ㄕ入ㄱ 皆ㄷ 安樂乙 獲刂{令}刂ㄕ 不ソㄕ丁ノㄕ 靡▸刂◂ㄷソㄷ才彡 <화엄14:09-10>

菩薩ㄱ 十ㄕ 種 行乙 行ソ阝 亦ソㄱ 一切 大人ㄋ 法乙 行ソ阝ソトㄱㄱ入乙 示刂彡 諸ㄱ 仙ㄷ 行 {等}ㅣソㄱ乙3力 悉3 餘ソㄱ 無▸刂◂ソナ亠ㄷㅣ <화엄18:18-19>

有ㄱ 所ㄷ 一切 諸ㄱ 佛法乙 皆ㄷ {是}刂 如攴 說ㄱㄕ厶 盡ㄕ 不ソㄕ丁ノㄕ 無▸刂◂ソナ3 語ㄷ 境界 不思議刂ㄱ入乙 知ナㄕ入乙 是乙 名下 說法三昧ㄷ 力ㅣノ才ナㅣ <화엄20:14-15>

菩薩刂 成佛ソㄕ 未▸刂◂ソㄷㄷ 時十 菩提乙 {以}氵3 煩惱 {爲}氵ナㄕㅣ 菩薩刂 成佛ソ去ㄱㄷㄷ 時十 煩惱乙 以3 菩提 {爲}氵ナ亠ㄷㅣ <구인15:18-19>

昔ㄕ 得ㄕ 未▸刂◂ソㄋㄷㅣノㄱ 所ㄷ 勝利乙 得3ㄱ入灬 故ノ <금광07:18>

我チ 等ソㄱㄱ… 是 所刂ㄱ 國土3十ㄱ 諸 怨賊亠 恐怖ノ令ㄷ{之} 難亠ノㄕ乙 無▸刂◂ソ阝 飢饉ㄷ 畏ノㄕ入乙 無▸刂◂ソ阝 非人ㄷ 畏ノㄕ入乙 無▸刂◂ソ阝 人民 興盛ソ阝令刂口口ㄷノ才彡 <금광15:07-09>

若 三摩地乙 得3ㄱ亠 而ㄱ 圓滿 未刂阝 亦 自在 未▸刂◂ソ阝ソㄱㄱ 彼ㄱ 或 止相乙 思惟ソ阝 或 擧相乙 思惟ソ阝 或 捨相乙 思惟ソ阝ソ3ホ 其 心乙 安住ㅅ刂下 諦現觀3十 入ソ彡ソナ亠ㄷㅣ <유가24:06-09>

刂[7]

☞ 刂令刂ナ彡, 刂令刂ㄱ禾3ㄷㅣソナ3, 刂令刂欲ㅅ, 刂令刂ㄕ, 刂令刂口ㄷ, 刂令刂去ㄱ入灬, 刂令刂ソㄕ矢

刂令刂欲ㅅ[이이과]

【刂/중복표기+刂/사동접미사+ㅅ/연결어미】

-게 하고자.

¶ 我 非失Ʒ 堅固ㅅ丨 非失Ʒ 少セソ丨 法ケ刀 得ㅎホ 成立ソ吊{可}セソ丨 無ホ丨入乙 {有} 知ナ숫ㅎ 衆生乙 其 實性乙 知▸ㅣ{令}ㅣ{欲}入◂ 廣ㅣ {爲}三ホ 說宣ソナ吊セㅣ <화소18:14-18>

【관련】 ㅅㅣ爲入, ソ令ㅣ爲入ソ-, ㅅㅣ爲欲入, ㅣ爲入, ㅣ欲入

ㅣ令ㅣ去丨入… [이이건ᄃ로]

【ㅣ/중복표기+ㅣ/사동접미사+去/선어말어미+丨/동명사어미+入/의존명사+…/구격조사】

('得' 뒤, '故' 앞에서) 얻게 한 까닭으로. § '-ア/丨入…' 뒤에는 '故'가 나타나는 것이 일반적임.

¶ (譬) 大富商主ㅣ 能 一切心願乙 滿足 令ㅣア如支 是 如支 第七心ㅣ 能Ʒ 得ㅎホ 生死險惡道乙 度 令ㅣ去丨入…{故}Ʒ 能Ʒ 多ㅣ丨 功德寶乙 得▸ㅣ{令}ㅣ去丨入…◂ 故ノ 是乙 名ㅜ 方便勝智波羅蜜因ㅗノ자Ʒ <금광02:10-13>

【관련】 (ソ)去丨入…

ㅣ令ㅣナƷ [이이겨며]

【ㅣ/중복표기+ㅣ/사동접미사+ナ/선어말어미+Ʒ/연결어미】

('得' 뒤에서) 얻게 하며.

¶ 彼乙 與セ 同事ソㅎホ 悉 能支 忍ソㅎ 其乙 利益ソㅎホ 安樂乙 得▸ㅣ{令}ㅣナƷ◂ <화엄18:13>

【관련】 ㅅㅣナƷ, ㅣナƷ

ㅣ令ㅣ口ㅌ [이이고ᄂ(며)]

【ㅣ/중복표기+ㅣ/사동접미사+口/선어말어미+ㅌ/선어말어미(+Ʒ/연결어미)】

-게 하며. 시키며.

¶ 或ソ丨 童男ㅎ 童女ㅋ 形ㅎ 天ㅎ 龍ㅎ 及セ 以ㅎ 阿修羅ㅎ 乃ㅎ 至ㅣ 摩睺羅伽 {等}ㅣソ丨ㅣㅎノ자ヒ丨入乙 現ホㅎ 其 樂ホア 所乙 隨ホ 悉ㅎ 見▸ㅣ{令}ㅣ口ㅌ◂ <화엄14:23-24>

【관련】 令ㅣ口ㅌƷ, -口ㅌƷ, (現)ホ口ㅌƷ, -口ㅌ자Ʒ, -口ㅌ乙Ʒ

【비고】 '口ㅌƷ'에서 'Ʒ'가 실수로 빠진 듯함. '-口ㅌƷ'는 '-口ㅌ乙Ʒ'의 이표기로 볼 가능성도 있고 '-口ㅌ자Ʒ'에서 '자'가 빠진 것으로 볼 가능성도 있음.

ㅣ令ㅣア [이잃]

【ㅣ/중복표기+ㅣ/사동접미사+ア/동명사어미】

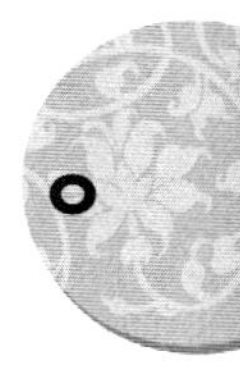

-게 하지. -게 함. § 여기서 '-尸'은 부정소 '不' 앞에 쓰인 것임.

¶ 見聞丷氵 聽受丷氵 若七 供養丷氵丷口ㅌ火七ハ尸入ㄱ 皆七 安樂乙 獲▸刂{令}刂尸◂ 不丷尸丁ノ尸 靡刂七丷ㅌ矛㇏ <화엄14:10>

【관련】 丷令刂尸, ㅅ刂尸

刂令刂ㅎ禾氵七丨丷ナ氵[이이오리앗다ㅎ겨아]

【刂/중복표기+刂/사동접미사+ㅎ/선어말어미+禾/선어말어미+氵七/선어말어미+丨/종결어미#丷/동사+ナ/선어말어미+氵/연결어미; 刂/중복표기+刂/사동접미사+ㅎ/선어말어미+禾[ㄹㅎ/동명사어미(+이/의존명사)+이/계사]+氵七/선어말어미+丨/종결어미#丷/동사+ナ/선어말어미+氵/연결어미】

('得' 뒤에서) 얻게 한다 하여.

¶ 願ロ尸入ㄱ 衆生乙 普刂 充飽ノ尸入乙 得▸刂{令}刂ㅎ禾氵七丨丷ナ氵◂ <화소09:15-16>

【관련】 ㅅ刂ㅎ禾氵七丨丷ナ一, ㅎ禾氵七丨丷ナ尸入乙,

刂令刂丷尸矢[이읾디]

【刂/중복표기+刂/사동접미사+尸/동명사어미+矢[ㄷ/의존명사+이/주격조사]】

-게 하는 것이. § '-尸矢'는 모두 'A尸矢 是B' 구문에 쓰였음.

¶ 檀 等丷ㄱ刂亠 及 智亠ノ尸乙 能㇏ 不退轉地氵十 至▸刂{令}刂丷尸矢◂ 是 波羅蜜義刂㇏ <금광05:14-15>

【관련】 令刂丷尸矢

【비고】 <금광명경>에서는 표기상 '丷'가 잘못 들어간 예가 많은 바 이 항목의 '丷'도 잘못 들어간 것으로 보아 '刂令刂尸矢'로 처리하였음.

刂欲ㅅ[이과]

【刂/사동접미사+ㅅ/연결어미】

('令', '使' 뒤에서) -게 하고자.

¶ 我ㄱ {於}長夜氵十丷氵 其 身乙 愛著丷氵亦 充飽 令▸刂{欲}ㅅ◂ 而灬 飮食乙 受力氵ㅎㄱ刂罒 <화소09:17-18>

家ㄱ 是ㄱ 貪愛繫縛七 所刂ヒ 衆生乙 悉氵 免離 使▸刂{欲}ㅅ◂ 故ㅊ 出家丷氵亦 解脫乙 得氵 <화엄18:16-17>

【관련】 ㅅ刂爲ㅅ, 丷令刂爲ㅅ丷一, ㅅ刂爲欲ㅅ, 刂爲ㅅ

刂爲ㅅ[이과]

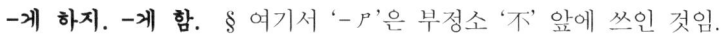

【刂/사동접미사+ㅅ/연결어미】
('㑹' 뒤에서) -게 하고자.
¶ 衆生乙 惡趣乙 捨離 令▸刂{爲}ㅅ◂ 心氵十 分別 無七ナ1氵 <화소15:10-11>
【관련】 ㅅ刂爲ㅅ, ソ令刂爲ㅅソ-, ㅅ刂爲欲ㅅ, 刂欲ㅅ

刂去ナ𠃍七丨[이거겠다]

【刂/계사+去/선어말어미+ナ/선어말어미+𠃍七/선어말어미+丨/종결어미】
-이다. -이 될 수 있다.
¶ 佛子氵 若七 諸1 菩薩刂 {是}刂 如攴 用心ソヒ尸入1 則攴 一切 勝妙功德乙 獲氵ホ 一切 世間氵七 諸1 天氵 魔氵 梵氵 沙門氵 婆羅門氵 乾闥婆氵 阿修羅氵ソ尸 {等}丨ソ1刂氵 及七 以氵 一切 聲門氵 緣覺氵ノ令ラ 動尸 不能刂矢ノ尸 所▸刂去ナ𠃍七丨◂ <화엄08:16-18>
【관련】 去ナ𠃍七丨, 刂尸{爲}入乙ソ去ナ𠃍七丨, (ソ)ナ𠃍七丨

刂去ヒ七[이거늣]

【刂/계사+去/선어말어미(+ㄴ/동명사어미)+ヒ/의존명사+七/속격조사; 刂/계사+去/선어말어미+ヒ/동명사어미+七/속격조사】
-인. -이 있는.
¶ 菩薩1 … 劫七 中刂 饑饉ソ氵ホ 災難▸刂去ヒ七◂ 時刂十1 悉氵 世間七 諸1 樂具乙 與ソナ氵 其 欲𠃍尸 所乙 隨𠃍 皆七 滿 {令}刂氵ホ 普刂 衆生ラ {爲}氵 饒益乙 作ソナ∽ <화엄17: 20-23>
【관련】 ソ去ヒ七, ソ去1ヒ七. 1ヒ七. ソ1ヒ七, ソ去ナヒ七

刂去1丨十1[이건다긘]

【刂/계사+去/선어말어미+1/동명사어미+丨十[ᄃᆞ/의존명사+아긔/처격조사]+1/보조사; 刂/계사+去/선어말어미+1/동명사어미+丨/의존명사+十/처격조사+1/보조사】
-인 때에는. -이면.
¶ 盛暑刂罒 炎毒▸刂去1丨十1◂ 當 願 衆生 衆1 惱乙 捨離ノ尸ム 一切乙 皆 盡氵ヒ立 <화엄08:01>
暑 退ソ氵 涼初▸刂去1丨十1◂ 當 願 衆生 無上法乙 證ソ氵ホ 究竟 淸涼ソヒ立 <화엄08:02>
【관련】 (ソ)去1丨十1, 氵1丨十1

刂去1入〴[이건ᄃᆞ로]

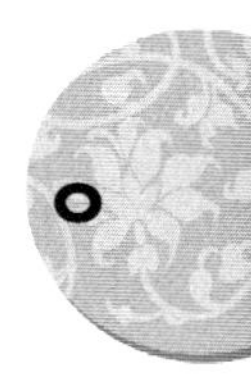

【刂/사동접미사+ 去/선어말어미+ 1/동명사어미+ 入/의존명사+ 灬/구격조사】
('故' 앞에서) -게 한 까닭으로. § '-尸/1入灬' 뒤에는 '故'가 나타나는 것이 일반적임.
¶ (譬) 大富商主刂 能 一切心願乙 滿足 令刂尸如支 是 如支 第七心刂 能ㄱ 得氵ホ 生死 險惡道乙 度 令刂去1入灬{故}ㄱ 能ㄱ 多刂1 功德寶乙 得▸刂{令}刂去1入灬◂ 故ノ 是乙 名下 方便勝智波羅蜜因亠ノ才ㄱ <금광02:10-13>
【관련】 (丷)去1入灬 {故}, -1入灬 {故}

刂 去 1 入 灬 [이건드로]

【刂/계사+ 去/선어말어미+ 1/동명사어미+ 入/의존명사+ 灬/구격조사】
('故' 앞에서) -인 까닭으로. § '-尸/1入灬' 뒤에는 '故'가 나타나는 것이 일반적임.
¶ 能ㄱ 煩惱乙 燒ノ尸厶 智慧七 火乙 {以}氵 光明乙 增長丷去1入灬{故}ㄱ 是1 道品乙 修行ノ今七 依處所▸刂去1入灬◂ {故}ノ 是 故灬 四地乙 說尸 名下 焰地亠ノ才ㄱ <금광07:04-05>
【관련】 (丷)去1入灬 {故}

刂 去 1 入 灬 故 ㄱ [이건드로며]

【刂/사동접미사+ 去/선어말어미+ 1/동명사어미+ 入/의존명사+ 灬/구격조사(+이/계사)+ ㄱ/연결어미】
('令' 뒤에서) -게 한 때문이며. -게 한 까닭에서이며.
¶ (譬) 大富商主刂 能 一切心願乙 滿足 令刂尸如支 是 如支 第七心刂 能ㄱ 得氵ホ 生死 險惡道乙 度 令▸刂去1入灬{故}ㄱ◂ 能ㄱ 多刂1 功德寶乙 得刂{令}刂去1入灬 故ノ 是乙 名下 方便勝智波羅蜜因亠ノ才ㄱ <금광02:10-13>
【관련】 去1入灬故ㄱ, 去1入灬

刂 去 𠄌 1 入 乙 [이거온들]

【刂/계사+ 去/선어말어미+ 𠄌/선어말어미+ 1/동명사어미+ 入/의존명사+ 乙/대격조사】
-인 것을.
¶ 佛1 卽𠄌 時▸刂去𠄌1入乙◂ 知二ㄱ 衆生𠃍 根乙 得二丷1 卽𠄌 定乙 從七 起丷二下 方(七?) 蓮花師子座上氵十 坐丷白𠄌1厶 金剛山王 {如}丨丷口八二1 大衆1 歡喜丷氵 各𠃍各𠃍ホ 量 無七1 神通乙 現𠄌ㅌ八二1氵 地氵 及八 虛空氵ノ𠃍十 大衆刂 而灬 住丷ㅌ八二丨 <구인03:13-15>
【관련】 -𠄌1入乙, -ホ1入乙, -ノ1入乙, 丷去1入乙

刂 ナ 1 刂 丨[1] [이견이다]

【刂/사동접미사+ナ/선어말어미+ㄱ/동명사어미+刂/계사+丨/종결어미】

('生' 뒤에서) 낸 것이다. 내는 것이다.

¶ 菩薩刂 發意ソㄋ 菩提乙 求ソメㄱ入ㄱ {是}刂 因 無刂ソㅊ 緣 無刂ソㅌ{有} 非刂矢 {於}佛法僧ㄋ十 淨信乙 生刂ㄋ 是乙 {以}シㄋ 而灬 廣大心乙 生▸刂ナㄱ刂丨◂ <화엄09:10-11>

【관련】(ソ)ナㄱ刂丨

刂ナㄱ刂丨[2][이견이다]

【刂/계사+ナ/선어말어미+ㄱ/동명사어미+刂/계사+丨/종결어미】

-인 것이다.

¶ 著ノア 所 無セㄹ 見ノア 所 無セㄹ 恚累 無セㄹ 異ソㄱ 思惟 無セㄹソア矢 是 波羅蜜義▸刂ナㄱ刂丨◂ <금광05:22-23>

【관련】(ソ)ナㄱ刂丨

刂ナㄱ刂罒[이견이라]

【刂/계사+ナ/선어말어미+ㄱ/동명사어미+刂/계사+罒/연결어미】

-인 것이라서.

¶ 一切 法ㄱ 皆セ 緣灬 成ソㄱ: 假成衆生: 倶時セ 因果: 異時セ 因果: 三世セ 善惡:ノ令ㄱ 一切之セ 幻化▸刂ナㄱ刂罒◂ 是乙 幻諦セ 衆生:ノオ刂ナ丨 <구인14:10-11>

輕安灬 故ノ 生ソㄱ 身心 淸凉灬 攝受ノㄱ 極所▸刂ナㄱ刂罒◂ 是 如支 二種乙 修得圓滿ㅅ刂ㅊ <유가29:18-19>

【관련】ソナㄱ刂罒, ソㄱ刂罒, (觀察)ノㅎ應セソㄱ刂罒, (ソ)トㄱ刂罒, ノㄱ刂罒, 刂ㅌㄱ刂罒, ㅎㄱ刂罒

【비고】'罒'는 연결어미 'ㄋ'의 이형태로 계사 '刂' 뒤에 쓰임.

刂ナ丨[1][이겨다]

【刂/계사+ナ/선어말어미+丨/종결어미】

-이다.

¶ 此ㄱ 大名稱▸刂ナ丨◂ 諸ㄱ 聖人ㅋ 三昧解脫神通セ 力▸刂ナ丨◂ <화엄15:15>

{是}刂 名味句ㄱ 音聲セ 果刂ㄱ: 文字記句ㄱ 一切之セ 如▸刂ナ丨◂ <구인15:25>

何等 {爲} 世間セ 法:ノ令口 謂ノㄱ 所ㄱ 色ㅅ 受ㅅ 想ㅅ 行ㅅ 識ㅅ▸刂ナ丨◂ <화소02:09>

世界ㄱ 何ㅎ 處乙 從セ 來ソㅊ 去ㄋハㄱ 何ㅎ 所セㄋ十 至禾ㄋセ口ノアㅅ 何セソㄱ乙 {者} {爲}生死セ 最ハ 初際:ソㅊ 何セソㄱ乙{者} {爲}生死セ 最ハ 後際:ノ禾ㄋセ口

ノ尸入▶刂ナ丨◀ <화소08:6-13>
{此}刂 陀羅尼乙 得尸 已氵丷乊丷乛 法七 光明乙 以乊 廣刂 衆生ラ {爲}三 {於}法乙 演說丷尸入灬▶刂ナ丨◀ <화소25:14 -15>
菩薩刂 四生乙 化ノ尸厶 色氵 如氵ノ令人 受想行識氵 如氵ノ令人 衆生我人常樂我淨氵 如氵ノ令人 知見壽者氵 如氵ノ令人 菩薩氵 如氵ノ令人 六度四攝一(切行如 二諦如) 觀丷 不冬ノ禾▶刂ナ丨◀ <구인03:23-25>
十住菩薩人 諸二乛 佛人七 五眼刀 幻諦乙 {如}亠 而灬 見二卜乛▶刂ナ丨◀ <구인14:13>
伏忍乙 得七刀刂ㄉ{者} 空氵 無生氵ノ令七 忍乙 得七刀刂ㄉ 乃氵 至刂 一地氵 十地氵ノ令七 不可說七 德行乙丷乛七刀▶刂ナ丨◀ <구인14:15-16>
【관련】 丷ナ丨

刂ナ丨2

☞ 丷尸入灬故刂ナ丨, 丷乛入灬故刂ナ丨

刂ナ令七[이겨릿]

【刂/사동접미사+ナ/선어말어미+令[ㄹㆆ/동명사어미+이/의존명사]+七/속격조사】
('令' 뒤에서) -게 할.
¶ {是}刂乙 {爲}丷口尸 十尸 種七 無盡法刂 能支 一切世間七 作ノ乛 所乙 悉乊 得乊亦 究竟 令▶刂ナ令七◀ 無盡大藏氵ノ禾ナ丨 <화소26:19-20>
【관련】 丷ナ令七, (樂)ㅎナ令七

刂ナ禾ㄉ[이겨리며]

【刂/사동접미사+ナ/선어말어미+禾[ㄹㆆ/동명사어미(+이/의존명사)+이/계사]+ㄉ/연결어미】
① ('令' 뒤에서) -게 할 것이며.
¶ 信乛 諸乛 根 淨丷乊亦 明利 令▶刂ナ禾ㄉ◀ 信乛 力 堅固丷乊亦 能矢 壞乊令 無ナ乛刂ㄉ <화엄10:02>
② -게 할 것이며.
¶ 亦丷乛 法藏乊七 第一財刂尸{爲}入乙丷ㄉ 淸淨手刂尸{爲}入乙丷乊亦 衆乛 行乙 受▶刂ナ禾ㄉ◀ 信乛 能支 惠施ノ尸厶 心ㅎ 吝ノ尸 無刂ム▶刂ナ禾ㄉ◀ 信乛 能支 歡喜丷乊亦 佛法乊十 入▶刂ナ禾ㄉ◀ 信乛 能支 智七 功德乙 增長丷ナ禾ㄉ 信乛 能支 必八 如來尸 地乊十 到▶刂ナ禾ㄉ◀ <화엄09:23-10:01>
【관련】 ム刂ナ禾ㄉ, (無刂)ム刂ナ禾ㄉ

刂ナ邪亠

☞ 丂丷亏丷令刂ナ邪亠

刂ナ尸入丨[이겳든]

【刂/계사+ナ/선어말어미+尸/동명사어미+入/의존명사+丨/보조사】

('時' 뒤에서) 때에는.

¶ 一切 榮盛丷丨力 必當丷阝 衰歇丷去禾阝七丷 {於}衰歇丷去ヒ七 時▸刂ナ尸入丨◂ 復甲尸 更阝 衆生乙 饒益尸 不(ノ)能刂矢ノ禾ナ丨刂罒 <화소11:12-13>

【관련】 (時)刂十, (時)刂十丨, (時)十丨, (時)氵十丨, (時)亠十丨, (非矢丨)刂尸入丨, -尸入丨

【비고】 '尸入丨'을 연결어미로 보는 견해도 있음.

刂ナ丷[이겨며]

【刂/사동접미사+ナ/선어말어미+丷/연결어미】

① ('令', '使' 뒤에서) -게 하며.

¶ 或丷丨 飮食七 上好丷ヒ七 味氵 寶衣氵 嚴具氵 衆丨 妙物氵ノ令乙 以丷丷 乃丷氵 至刂 王位乙 皆七 能捨丷丷丷阝 施乙 好亏丷令七 者乙 悉阝 化阝十 從七 令▸刂ナ丷◂ <화엄17:24-18:01>

彼 諸丨 大士丨 皆七 示現丷阝亦 能支 衆生乙 盡阝 調伏 使▸刂ナ丷◂ <화엄19:03>

彼乙 與七 同事丷阝亦 悉 能支 忍丷阝 其乙 利益丷阝亦 安樂乙 得刂 令▸刂ナ丷◂ <화엄18:13>

【관련】 厶刂ナ丷, 刂令刂ナ丷

② -게 하며.

¶ 華鬘乙 飾 {爲}氵丷 香乙 體阝十 塗丷丷丷阝 威儀乙 具足丷阝亦 衆生乙 度▸刂ナ丷◂ <화엄18:03>

此乙 以阝亦 普刂 諸丨 衆生乙 度▸刂ナ丷◂ <화엄18:11>

如來尸 十力氵 無所畏氵 及七 以阝 十八不共法氵 {有}十而亏丨 所七 量 無丨 諸丨 功德氵ノ令乙 悉阝 以阝亦 示現丷阝 衆生乙 度▸刂ナ丷◂ <화엄18:24-19:01>

{於}諸丨 欲樂阝十 受亏尸 所阝 無亏丨入乙 示▸刂ナ丷◂ <화엄18:17>

菩薩丨 {於}中阝十 自在乙 得ナ丨入灬 老病死七 衆丨 患乙 受ㅏ亏丨入乙 示▸刂ナ丷◂ <화엄18:21>

或丷丨 正道乙 以阝 衆生ラ十 示▸刂ナ丷◂ <화엄19:11>

其 心阝十 愜丂丷阝 色乙 樂亏ナ令七 者亠乙 皆七 道阝十 從七 俾▸刂ナ丷◂ <화엄18:05>

【관련】 厶刂ナ丷

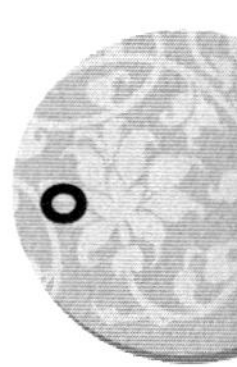

刂ナ㫆七丨[이겼다]

【刂/사동접미사+ナ/선어말어미+㫆七/선어말어미+丨/종결어미】

('生' 뒤에서) 내게 한다. 내게 할 수 있다.

¶ 善男子 菩薩摩訶薩㇐ {於}此 初地氵十 依功德力亠ノ尸 名七 陁羅尼乙 得氵尒 生▸刂ナ㫆七丨◂ <금광08:25-09:02>

善男子氵 菩薩摩訶薩㇐ {於}此 二地氵十 善安樂住亠ノ尸 名七 陁羅尼乙 得氵尒 生▸刂ナ㫆七丨◂ <금광09:10-11>

善男子 菩薩摩訶薩㇐ {於}此 十地氵十 破壞堅固金剛山亠ノ尸 名 陁羅尼乙 得氵尒 生▸刂ナ㫆七丨◂ <금광12:10-12>

彼 對治果乙 證得丷{爲欲}入丷㣺 亦 自彡 心乙 得尒 淸淨厶刂{爲}入丷㣺丷尸入灬 故ノ 心氵十 正願乙 生▸刂ナ㫆七丨◂ <유가07:13-14>

彼㇐ {於}是 如攴丷㇐ 四處氵十 二十二相乙 {以}氵 正 觀察丷今七 時亠十 便(㫆?) 是 如攴丷㇐ 如理作意乙 生▸刂ナ㫆七丨◂ <유가18:09-11>

是 如攴 觀 已氵丷氵斤 心氵十 厭患ノ尸入乙 生▸刂ナ㫆七丨◂ <유가21:06>

彼㇐ 己彡 身刂 此 三種 淸淨 與七 不相應ノ㇐入乙 觀丷㇐入灬 故ノ 心氵十 厭患ノ尸入乙 生▸刂ナ㫆七丨◂ <유가21:10-12>

彼㇐ 己彡 身刂 此 三種 雜染 相應丷㇐ 過患 {有}ㅓノ㇐入乙 觀丷氵 心氵十 厭患ノ尸入乙 生▸刂ナ㫆七丨◂ <유가21:14-16>

【관련】 厶刂ナ㫆七丨, 令刂ナ㫆七丨, 丷令刂ナ㫆七丨, 一ナ㫆七丨

刂ナ氵[이겨아]

【刂/사동접미사+ナ/선어말어미+氵/연결어미】

('度' 뒤에서) 제도하여.

¶ 菩薩㇐ {此}刂彡十 住丷氵丷㇐ 普刂 觀察丷口 宜㇐彡十 隨㫆 示現丷氵尒 衆生乙 度▸刂ナ氵◂ 悉氵 歡心灬 法化氵十 從七 使刂㫆尸厶 <화엄17:20-21>

【관련】 (丷)ナ氵, (度)刂ナ㢱

刂口口七ノ矛㢱

 丷令刂口口七ノ矛㢱

刂口口七ノ㫆七丨

 丷令刂口口七ノ㫆七丨

刂口八示乛[이곡신;이고기신]

【刂/사동접미사+口/선어말어미+八/선어말어미?+示/선어말어미+乛/동명사어미】

('聞' 뒤에서) 듣게 하셨으니. 듣게 하시니. § 여기서 '乛'는 절 접속의 용법임.

¶ 大王ラ 名稱乙 周七 十方阝十 聞▸刂口八示乛◂ 我又 {等}丨ソ乛乛 風乙 欽七口七ノ尸入灬 故厶 來ソ阝尓 {此}刂ム 至厶口七ノ丨 <화소12:10-11>

【관련】(ソ)口八二乛, (ソ)口八示立

刂口八示立[이곡시셔;이고기시셔]

【刂/사동접미사+口/선어말어미+八/선어말어미?+示/선어말어미+立/종결어미】

① **('贍' 뒤에서) 넉넉하게 하소서. 넉넉하게 하십시오. 더해지게 하소서.** § '口八示立'는 願望을 나타내는 종결형태임.

¶ 惟八 願口尸入乛 仁慈ソ示尸入灬 特ㄎ 矜念ノ尸入乙 垂刂示下八 {此}刂 王位乙 捨ソ阝尓 以阝 {於}我ラ十 贍▸刂口八示立◂ <화소11:09-10>

【관련】令刂口八示立ソ一, (ソ)口八示立, (ソ)口八二乛

② **('令' 뒤에서) -게 하소서. -게 하십시오.**

¶ 願口尸入乛 普刂 慈乙 垂刂示下八 得阝尓 滿足 令▸刂口八示立◂ソ阝 <화소12:12>
惟八 願口尸入乛 仁慈灬 善方便乙 以阝八 己ラ {有}斗示ㅎ乛 所乙 捨ソ阝尓 我又乙 具足 令▸刂口八示立◂ソ厶乛丨十 菩薩乛 {之}刂乙 聞口 卽支 便刂 施與ノ尸ム <화소15:20-16:02>

【관련】令刂口八示立ソ一, (ソ)口八示立, (ソ)口八二乛

刂口八示立ソ厶乛丨十[이곡시셔ᄒ건다긔;이고기시셔ᄒ건다긔]

【刂/사동접미사+口/선어말어미+八/선어말어미?+示/선어말어미+立/종결어미#ソ/동사+厶/선어말어미+乛/동명사어미+丨十[ᄃ/의존명사+아긔/처격조사]; 刂/사동접미사+口/선어말어미+八/선어말어미?+示/선어말어미+立/종결어미#ソ/동사+厶/선어말어미+乛/동명사어미+丨/의존명사+十/처격조사】

('令' 뒤에서) -게 하소서 할 때에. § '口八示立'는 願望을 나타내는 종결형태임.

¶ 惟八 願口尸入乛 仁慈灬 善方便乙 以阝八 己ラ {有}斗示ㅎ乛 所乙 捨ソ阝尓 我又乙 具足 令▸刂口八示立ソ厶乛丨十◂ 菩薩乛 {之}刂乙 聞口 卽支 便刂 施與ノ尸ム <화소15:20-16:02>

【관련】令刂口八示立ソ阝, 刂口八示立, (ソ)口八示立, (ソ)口八二乛

刂口八示立ソ阝[이곡시셔ᄒ아;이고기시셔ᄒ아]

【刂/사동접미사+口/선어말어미+八/선어말어미?+示/선어말어미+立/종결어미#ソ/동사+阝/

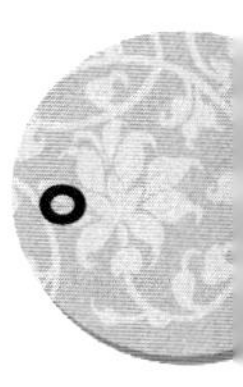

연결어미】

('令' 뒤에서) -게 하소서 하여. -게 하십시오 하여. § '口八亦立'는 願望을 나타내는 종결 형태임.

¶ 吾又尸 曹㇆ 今ソ㇆ {者} 各氵㫆 求ノ尸 所乙 {有}斗口七ノ㇆刂罒 願口尸入㇆ 普刂 慈乙 垂刂亦下八 得氵㫆 滿足 令▸刂口八亦立ソ氵◂ 時十 諸㇆ 貪人㇆ 彼 大王𠃍十 從七ソ氵 <화소12:12-13>

【관련】 令刂口八亦立ソ去㇆丨十, 刂口八亦立, (ソ)口八亦立, (ソ)口八二㇆

刂 口 八 彡 ノ 尸 厶 [이곡져홇딕;이고기져홇딕]

【刂/사동접미사+ 口/선어말어미+ 八/선어말어미?+ 彡/연결어미# ノ [ㅎ/동사+오/선어말어미]+ 尸/동명사어미+ 厶[ᄃᆡ/의존명사+익/처격조사]; 刂/사동접미사+ 口/선어말어미+ 八/선어말어미?+ 彡/연결어미# ノ [ㅎ/용언+오/선어말어미]+ 尸/동명사어미+ 厶/의존명사; 刂/사동접미사+ 口/선어말어미+ 八/선어말어미?+ 彡/연결어미# ノ 尸 厶 [ㅎ/용언+옳ᄃᆡ/연결어미]】

('度' 뒤에서) 제도하고자 할 때.

¶ 菩薩㇆ 勤七 大悲行乙 修氵㫆 願入㇆ 一切乙 度▸刂口八彡ノ尸厶◂ 果言尸 不ソ尸丁ノ尸 無刂ソ氵ナ㐅罒 見聞ソ彡 聽受ソ彡 若七 供養ソ彡ソ口七火七八尸入㇆ 皆七 安樂乙 獲刂{令}刂尸 不ソ尸丁ノ尸 靡刂七ソ七㐅㢱 <화엄14:09-10>

【관련】 令刂口八(亦立), ノ尸厶

【선후】 (15)-고져 ㅎ-

刂 口 七[1] [이고ᄂᆞ(며)]

【刂/사동접미사 + 口/선어말어미+ 七/선어말어미(+ 㢱/연결어미)】

하게 하며.

¶ 或ソ㇆ 聲聞⺀ 獨覺七 道乙 現㇆㢱 或ソ㇆ 成佛ソ氵㫆 普刂 莊嚴ノ㇆入乙 現㇆㢱ソ氵 {是}刂 如支 三乘七 教乙 開闡ソ氵㫆 廣刂 衆生乙 度刂㇆尸㢱 量刂 無㇆ 劫氵十ソ口七㢱 或ソ㇆ 童男⺀ 童女𠃍 形⺀ 天⺀ 龍⺀ 及七 以氵 阿修羅⺀ 乃⺀ 至刂 摩睺羅伽 {等}丨ソ㇆刂⺀ノ㐅匕㇆入乙 現㇆氵 其 樂㇆尸 所乙 隨㇆ 悉氵 見刂 令▸刂口七◂ <화엄14:21-24>

【관련】 刂口七㢱, (ソ)口七㢱, (ソ)口七㐅㢱, 口七乙㢱, 口尸㢱, 七尸㢱

【비고】 '口七'로 끝나는 유일례임. '口七㢱'에서 '㢱'가 빠진 것으로 보임. '-口七㢱'는 'ソ口七乙㢱'의 이표기로 볼 가능성도 있고 'ソ口七㐅㢱'의 '㐅'가 빠진 것으로 볼 가능성도 있음.

刂 口 七[2]

☞ 刂㑂刂ロヒ

刂ロヒ丁彳[이고는뎌]

【刂/계사+ロ/선어말어미+ヒ/선어말어미+丁/동명사어미+彳[ㄷ/의존명사+여/조사]】

-인 것이랴.

¶ 彼ラ{之} 功德丁 邊際 無ロナ丁 稱量ソ氵ㅎ亠{可}ヒソ丁 不矢ㅅ 與ヒソ氵ホ 等氵ソ氵亽 無ヒナ丨 何ヒ⺀ 況ㅅ 量 無ㅅ 邊ㄕ 無 劫氵十 具ㅎ 地度乙 修ヒヒヒ 諸丁 功德▸刂ロヒ丁彳◂ <화엄09:05-06>

【관련】 ロヒ丁⺀, 二ㄋ丁彳

【비고】 '彳'를 '셔(亽+여)'로 보는 견해도 있음.

刂ロヒㅅ[이고느며]

【刂/사동접미사+ロ/선어말어미+ヒ/선어말어미+ㅅ/연결어미】

하게 하며. 시키며.

¶ 世刂十 堪刂矢ソ氵亽 靡ヒ刂ソ氵ホ 彼乙 見刂ㄕ 已氵ソロ 皆ヒ 調伏 令▸刂ロヒㅅ◂ <화엄20:05>

【관련】 -ロヒㅅ, (現)ㅎロヒㅅ, -ロヒ犭ㅅ, -ロヒ乙ㅅ

【비고】 '-ロヒㅅ'는 '-ロヒ乙ㅅ'의 이표기로 볼 가능성도 있고 '-ロヒ犭ㅅ'에서 '犭'가 빠진 것으로 볼 가능성도 있음.

刂ロ丁[이곤]

【刂/말음첨기+ロ/선어말어미+丁/동명사어미; 刂/계사+ロ丁/연결어미】

-(으)니. -(으)면.

¶ 四方 風輪刂 種種ヒ 妙花乙 悉氵 皆ヒ 散灑▸刂ロ丁◂ 地上氵十 圓滿亽ヒノ丁入乙 菩薩丁 悉 見ソナㅎヒ丨 <금광06:05-06>

是 如支ソ丁 所治氵十 合▸刂ロ丁◂ 十一 有ヒ丨 <유가11:14>

【관련】 (ソ)ロ丁, (不)矢刂ロ丁

刂ハ[익;이기]

【刂/계사+ハ/미상】

-이라고 (하는가 하면). -인가 (하면).

¶ 何{者} {爲}五▸刂ハ◂ 一者 {於}一切 法刂 本ㅡヒ 來ノ丁ㄕム … 五者 {於}奢摩他亠 毗鉢舍那亠ノ亽十 同時氵十 能ㅅ 住ソㅅソㄕ矢ナ丁刂丨 <금광04:12-17>

何ソ丁乙{等} {爲}五▸刂ハ◂ 一ヒ十{者} {於}一切 法氵十 善惡乙 分別ノㄕム 智 能

具足ソㄅ … 五者 一切 諸佛七 不共法 等ソ1リ亠 及ハ 一切智智亠ノ亽十 灌頂 智 能 具足ソㄅソ尸矢ナ1(リ丨) <금광05:02-07>

【관련】 リハロノ亽ロソナ尸入1, リハソロ亽ロソナオ入1, リハソロノ亽ロソナオ尸入1, ミノ亽ロ(爲ソナ禾尸入1)

【비고】 'リハ'은 'リハロノ亽ロソナオ尸入1'의 생략 표기로 보임.

リハロノ亽ロソナ尸入1[익고호리고ᄒᆞ겷든;이기고호리고ᄒᆞ겷든]

【リ/계사+ハ/미상+ロ/어미?#ノ[ᄒᆞ/용언+오/선어말어미]+亽[ㄹㆆ/동명사어미+이/의존명사]+ロ/의문조사#ソ/용언+ナ/선어말어미+尸/동명사어미+入/의존명사+1/보조사】

-(이)라고 하는가 하면. § 'ロ/ㄅ'는 의문사가 있는 설명의문문에 쓰임.

¶ 何七ソ1乙{者} {爲}五▸リハロノ亽ロソナ尸入1◂ 一者 信根乙ソㄅ … 五者 一切智 智乙 願求ソㄅソ尸矢ナ1(リ丨?) <금광02:22-24>

何ソ1乙{者} {爲}五▸リハロノ亽ロソナ尸入1◂ 一者 三業 淸淨ソㄅ … 五者 一切 (功德 願)(ホ?) 滿足ソ七亻ソ尸入… 故ノソ尸矢ナ1リ丨 <금광03:01-04>

【관련】 リハソロ亽ロソナオ入1, リハソロノ亽ロソナオ尸入1, リハ, ミノ亽ロ(爲ソナ禾尸入1)

【비고】 'リハロノ亽ロソナオ尸入1'에서 표기상 'オ'가 생략된 것으로 보임. '尸入1'을 연결어미로 보는 견해도 있음.

リハソロ亽ロソナオ入1[익ᄒᆞ고리고ᄒᆞ겨랎든;이기ᄒᆞ고리고ᄒᆞ겨랎든]

【リ/계사+ハ/미상#ソ/용언+ロ/어미(#ノ[ᄒᆞ/동사+오/선어말어미])+亽[ㄹㆆ/동명사어미+이/의존명사]+ロ/의문조사#ソ/용언+ナ/선어말어미+オ[ㄹㆆ/동명사어미+이/계사](+ㄹㆆ/동명사어미)+入/의존명사+1/보조사】

-(이)라고 하는가 하면. § 'ロ/ㄅ'는 의문사가 있는 설명의문문에 쓰임.

¶ 善男子ろ {云}(何)亠 (初地) 而… 名下 歡喜▸リハソロ亽ロソナオ入1◂ 出世心乙 得ㄅ 昔尸 得尸 未リソろ七丨ノ1 所リ1乙 而… 今ハ1ミ 始ノ 得ソㄅ … 大リ 歡喜 慶樂 (ソ去1入…?){故}ノ 是 故… 初地乙 名下 {爲}歡喜地亠ノオㄅ <금광06:22-25>

【관련】 リハロノ亽ロソナ尸入1, リハソロノ亽ロソナオ尸入1, リハ, ミノ亽ロ(爲ソナ禾尸入1)

【비고】 'リハロノ亽ロソナオ尸入1'의 잘못된 표기로 보임. '尸入1'을 연결어미로 보는 견해도 있음.

リハソロノ亽ロソナオ尸入1[익ᄒᆞ고호리고ᄒᆞ겨랎든;이기ᄒᆞ고호리고ᄒᆞ겨랎든]

【リ/계사+ハ/미상#ソ/용언+ロ/어미#ノ[ᄒᆞ/동사+오/선어말어미]+亽[ㄹㆆ/동명사어미+이/의존명사]+ロ/의문조사#ソ/용언+ナ/선어말어미+オ[ㄹㆆ/동명사어미(+이/의존명사)+이/계

사]+ㄕ/동명사어미+ㅅ/의존명사+ㄱ/보조사】

-(이)라고 하는가 하면. §'ㅁ/ㄋ'는 의문사가 있는 설명의문문에 쓰임.

¶ 佛ㄱ {言}ㄗ二ㄕ 善男子ㄋ 何ㄱㄱ乙{者} 波羅蜜義▸ㄲㅅㄱㅁノ令ㅁㄱナ矛ㄕㅅㄱ◂ 行道ㄷ 勝利乙ㄱㄕ失 是 波羅蜜義ㄲ尒 … 著ノㄕ 所 無ㄷ3 見ノㄕ 所 無ㄷ3 患累 無ㄷ3 異ㄱㄱ 思惟 無ㄷ3ㄱㄕ失 是 波羅蜜義ㄲナㄱㄲㅣ <금광05:08-23>

【관련】 ㄲㅅㅁノ令ㅁㄱナㄕㅅㄱ, ㄲㅅㄱㅁ令ㅁㄱナ矛ㅅㄱ, ㄲㅅ, ㄋノ令ㅁ(爲ㄱナ禾ㄕㅅㄱ)

【비고】 'ㄲㅅㅁノ令ㅁㄱナ矛ㄕㅅㄱ'의 잘못된 표기로 보임. 'ㄕㅅㄱ'을 연결어미로 보는 견해도 있음.

ㄲ乂ㄱ失ㆍ[이논디여]

【ㄲ/말음첨기+乂[ᄂᆞ/선어말어미+오/선어말어미]+ㄱ/동명사어미+失ㆍ[ᄃᆞ/의존명사+이여/조사]】

('示' 뒤에서) 보이는 것이. § 여기서 '失ㆍ'는 '有ナㅣ', '或ナㅣ'의 후치된 주어절에 붙은 요소임.

¶ 或ㄲ 有ナㅣ 諸ㄱ 天廟乙 謁ㄱㅏ㇇ㄱㅅ乙 示▸ㄲ乂ㄱ失ㆍ◂ 或ナㅣ 復ㄱㄱ 恒河水ㄋ十 入ノㄱㅅ乙 示▸ㄲ乂ㄱ失ㆍ◂ <화엄19:24>

【관련】 (ㄱ)ㄱ失ㆍ, (ㄱ)ㄱ失亠

ㄲㅏㄱㄲㄋㄷㅣノㄕㅅ乙[이눈이앗다홇둘]

【ㄲ/말음첨기+ㅏ/선어말어미+ㄱ/동명사어미+ㄲ/계사+ㄋㄷ/선어말어미+ㅣ/종결어미#ノ[ᄒᆞ/동사+오/선어말어미]+ㄕ/동명사어미+ㅅ/의존명사+乙/대격조사】

('生' 뒤에서) 내는 것이구나 할 것을.

¶ {於}彼 諸 欲ㄋ十 愛樂乙 生▸ㄲㅏㄱㄲㄋㄷㅣノㄕㅅ乙◂ 知ナㄱㅅ灬 故ノ <유가20:12>

【관련】 ㄱㄱㄲㄋㄷㅣㄱㄕㅅ乙, (ㄱ/ノ/ㄲ)ㄱㄲㄋㄷㅣ, ノㄕㅅ乙

ㄲㅌ[이ᄂᆞ]

【ㄲ/계사(+ㄴ/동명사어미)+ㅌ/의존명사; ㄲ/계사+ㅌ/동명사어미】

-인 것.

¶ 復 五因ㄲ 二十種 相灬{之} 攝受ノㄱ 所▸ㄲㅌ◂ 有ㄷㅣ <유가22:20-21>
二種 補特伽羅ㄋ 多分 顯ノㄱ 所▸ㄲㅌ◂ 有ナㄱㄲㅣ <유가30:04-05>

【관련】 ㄲㅌㄷ, (有)ㄐㅌ

ㄲㅌㄱㄲ罒[이ᄂᆞᆫ이라]

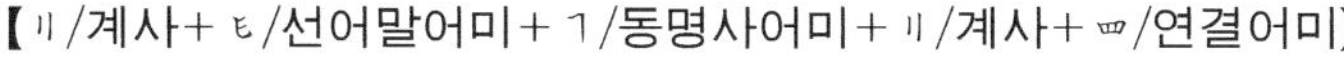

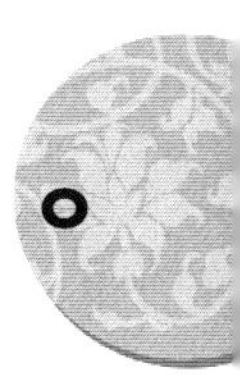

【刂/계사+ㅌ/선어말어미+ㄱ/동명사어미+刂/계사+罒/연결어미】
-인 것이어서. -인 것이므로.
¶ 無刀 無ソ丁矢氵 諦 實ソ丁ㅌ七 無▸刂ㅌ丁刂罒◂ 寂滅刂 乊 第一空刂 乊ソ 㢱 <구인15:01-15:02>
【관련】 刂ナ丁刂罒, (ソ)ト丁刂罒, -丁刂罒
【비고】 '罒'는 연결어미 '氵'의 이형태로 계사 '刂' 뒤에 쓰임.

刂 ㅌ 矛 㢱 [이느리며]

【刂/사동접미사+ㅌ/선어말어미+矛[ㄹㆆ/동명사어미(+이/의존명사)+이/계사]+㢱/연결어미】
-게 하겠으며. -게 할 것이며. § <화엄경>에서 조건절 '-ㅌ尸入丁'의 후행절에 주로 쓰임.
¶ 若 能 邊尸 無 法乙 開演ソㅌ尸入丁 則 能 慈愍ソ氵㢱 衆生乙 度▸刂ㅌ矛㢱◂ <화엄11:18>
若 憍慢氵 及七 放逸氵ノ令乙 離支ㅌ尸入丁 則 能支 兼刂 一切 衆乙 利▸刂ㅌ矛㢱◂ <화엄11:23>
若七 能支 {是}刂 如支 衆生乙 調ソ㢱ト丆丁入乙ソㅌ尸矛㢱 則 量 無丁 神通七 力乙 現丆ㅌ矛㢱 若 無量 神通七 力乙 現丆ㅌ尸入丁 則 不可思議七 土氵十 住ソ氵㢱 不可思議七 法乙 演說ソ氵 不思議七 衆乙 歡喜 令▸刂ㅌ矛㢱◂ <화엄13:04-06>
【관련】 (ソ)ㅌ矛㢱, ㅌ尸㢱

刂 ㅌ 矛 㢱 [이느리며]

【刂/계사+ㅌ/선어말어미+矛[ㄹㆆ/동명사어미(+이/의존명사)+이/계사]+㢱/연결어미】
('所' 뒤에서) 바이겠으며. 바일 것이며. § <화엄경>에서 조건절 '-ㅌ尸入丁'의 후행절에 주로 쓰임.
¶ {於}戒氵 及七 學氵ノ令ㄹ十 常 順行ソㅌ尸入乙 一切 如來尸 俑美ソ㢱丆尸 所▸刂ㅌ矛㢱◂ <화엄10:13>
【관련】 (ソ)ㅌ矛㢱, ㅌ尸㢱, ㅌ乙㢱

刂 ㅌ 尸 入 丁 [이늞든]

【刂/사동접미사+ㅌ/선어말어미+尸/동명사어미+入/의존명사+丁/보조사】
-게 하면. § 조건구문에 쓰이며 후행절에는 '-ㅌ矛-'가 옴.
¶ 若 能 慈愍ソ氵㢱 衆生乙 度▸刂ㅌ尸入丁◂ 則 堅固ソㅌ七 大悲心乙 得ㅌ矛㢱 <화엄11:19>
若 能 兼刂 一切 衆乙 利▸刂ㅌ尸入丁◂ 則 生死氵十 處ノ尸ム 疲厭ソ尸 無ㅌ矛㢱 <화엄11:24>

若 不可思議ㅌ 法乙 說ソ3 不思議ㅌ 衆乙 歡喜 令▸リヒㄕ入 7◂ 則 智慧 辯才ㅌ 力乙 以3ホ 衆生ラ 心乙 隨ゔ {而…} 化誘ソヒオ 3 <화엄13:07-08>

【관련】 (ソ)ヒㄕ入 7

【비고】 '-ヒㄕ入 7'은 <화엄경>에만 나타남. 'ㄕ入 7'을 연결어미로 보는 견해도 있음.

リヒ立[이느셔]

【リ/사동접미사+ヒ/선어말어미+立/종결어미】

-게 되기를 (원한다). § '-ヒ立'는 願望을 나타내는 종결형태임.

¶ 衆會 聚集ソ去 7 | + 7 當願衆生 衆 7 聚ㅌ 法乙 捨ソ3ハ 一切智乙 成▸リヒ立◂ <화엄03:04>

{於}塔乙 右繞ソ去 7 | + 7 當願衆生 行ノ 7 所3 ケ(ㅅ) |(7) 逆ㄕ 無3ハ 一切智乙 成▸リヒ立◂ <화엄08:09>

手3 + 錫杖 執3 7 | + 7 當願衆生 大施會乙 設ソ3ホ 如實道乙 示▸リヒ立◂ <화엄04:17>

【관련】 ㅅリヒ立, (ソ)ヒ立, (ソ)ヒ支立, (ソ)ロハ示立

リヒ立[이느셔]

【リ/계사+ヒ/선어말어미+立/종결어미】

-이/가 되기를 (원한다). § 'ヒ立'는 願望을 나타내는 종결형태임.

¶ 若ㅌ 叢林乙 見3 7 | + 7 當願衆生 諸 7 天ㅣ 及ㅌ 人ㅣノㅅラ 敬禮ノㅎ{應}ㅌソ 7 所▸リヒ立◂ <화엄05:07>

若 沙門乙 見 當願衆生 調柔ソ彡 寂靜ソ彡ソ3ホ 畢竟 第一▸リヒ立◂ <화엄06:12>

【관련】 (ソ)ヒ立, (ソ)ヒ支立, (ソ)ロハ示立

リヒㅌ[이늣]

【リ/계사(+ㄴ/동명사어미)+ヒ/의존명사+ㅌ/속격조사; リ/계사+ヒ/동명사어미+ㅌ/속격조사】

-인. -인 것의. -이라는.

¶ 一リ3 二▸リヒㅌ◂{之} 義 7 其 事 {云}何ㅌソロヒ 3 <구인14:19-14:20>

汝 7 {於}過去ㅌ 七佛 + 已ㅣ 一▸リヒㅌ◂ 義ㅣ 二▸リヒㅌ◂ 義ㅣノ(ㅅ)乙 問白3ハ ニ 7 リ罒 <구인14:20-14:21>

聽ノㄕ 無ㅌ3 說ノㄕ 無ㅌ 7 入乙 卽ゥ {爲} 一▸リヒㅌ◂ 義ㅣソ3 二▸リヒㅌ◂ 義ㅣノオ 7 入…{故ノ}ㅣ <구인14:21-14:22>

復ソ 7 五道ㅌ 一切 衆生リ 有ㅌナ3 復ソ 7 他方ㅌ 量ノㅎ{可}ㅌソ 7 不失▸リヒㅌ◂ 衆 有ㅌナ3 <구인02:01-02>

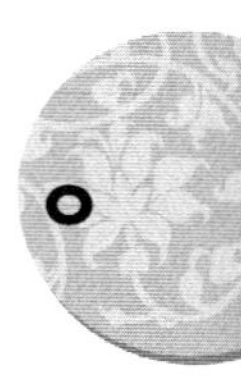

【관련】 (不)矢ㅣㅌㅊ, ㅣㅌ, ㅡㅌㅊ, ㅡㄱㅌㅊ

ㅣㄱ[이는]

【ㅣ/대명사+ㄱ/보조사】

이것은.

¶ {是}▸ㅣㄱ◂ 世間ㅊ 法ㅣ㢱 {是}▸ㅣㄱ◂ 出世間ㅊ 法ㅣ㢱 {是}▸ㅣㄱ◂ 有爲法ㅣ㢱 {是}▸ㅣㄱ◂ 無爲法ㅣ㢱 {是}▸ㅣㄱ◂ 有記法ㅣ㢱 {是}▸ㅣㄱ◂ 無記法ㅣㄱ入ㄹ 知ナぉㅊㅣ <화소01:04-08>

能ㅣ矢 制伏ソ3今 無ㅎ 量ㅣ 無ㅎ 盡ア 無ㅎ 大威力ㄹ 具ぉㅎ {是}▸ㅣㄱ◂ 佛境界ㅣㅎ 唯ハ 佛㠯氵 能支 了ソ而ぉ禾ㅎソナㅣ <화소24:14-15>

皆ㅊ {是}▸ㅣㄱ◂ 假誑ソㄱ矢 空中3ㅊ 花 {如}ㅣソナㄱㅣ罒 <구인14:12-14:13>

【관련】 (是)ㄱ

【선후】 (15)이는

舍衛國 祇洹精舍애 가 소ᄂᆞ로 ᄀᆞᄅᆞ치며 닐오ᄃᆡ ▸이는◂ 舍利弗ㅅ 塔이니이다 <釋詳24:37b>

【비고】 'ㅣ'는 '是'의 전훈독 표기임. '是ㄱ'의 형태로도 나타남. '인'으로 읽을 가능성도 있음.

ㅣㄱ[인]

【ㅣ/말음첨기?+ㄱ/동명사어미】

('多' 뒤에서) 많은.

¶ 彼 一ㄱ 塵ㄹ㐅ハ 內3ㅊ 衆ㄱ 多▸ㅣㄱ◂ 刹ㄱ 或刀 有ナㅣ 佛矢 有ナハ而ぉㄱ矢氵 或ナㅣ 佛矢 無而ぉㄱ矢氵 <화엄15: 10>

第七心ㅣ 能㢱 得3ホ 生死險惡道ㄹ 度 令ㅣ去ㄱ入㐅{故}㢱 能㢱 多▸ㅣㄱ◂ 功德寶ㄹ 得ㅣ{令}ㅣ去ㄱ入㐅 故ノ 是ㄹ 名下 方便勝智波羅蜜因ㅗノ肴㢱 <금광02:11-13>

又 光明想ㄱ 多▸ㅣㄱ◂ 光明ㄹ 緣ソ3 以ホ 境界 {爲}氵ソ肴ㅣㄱㅗ 三摩呬多地ㅊ 中3十 已氵 說ㅅノㄱ 如支ソㅣ <유가11:02-04>

然ソ乃 性多睡眠ソ3ホ 多▸ㅣㄱ◂ 睡眠隨煩惱ㅣ 現行ノ今ㅊ 過失 {有}ㅓ㢱 <유가14:10-11>

彼ㄱ 止擧捨ㅊ 三種 善巧ㄹ 修習ソ3ホ 此ㄹ 由3 多▸ㅣㄱ◂ 諸 定樂ㄹ 發生ソぉ{應}ㅊソ㢱 <유가27:12-14>

彼ㄱ 入住出定ㅊ 三種 善巧ㄹ 修習ソ3ホ 此ㄹ 由3 多▸ㅣㄱ◂ 諸 定樂ㄹ 發生ソぉ{應}ㅊㅣ <유가27:15-16>

【관련】 (多)ㅣ

刂ㄱ[인]

【刂/계사+ㄱ/동명사어미】

① -인.

¶ 十善妙行 {等}丨ハㄱ 諸ㄱ 道▸刂ㄱ◂ 無上 勝寶乙 皆七 現す 令刂ナ す七丨 <화엄14:12>

十方七 一切 諸ㄱ 妓樂▸刂ㄱ◂ 鐘氵 鼓氵 琴氵 瑟氵ノ令ㄱ 一ㄱ 類 非矢ㄱ氵 悉㇏ 和雅ハ𠯗七 妙音聲乙 奏ハナ令乙 {於}掌七 中乙 從 出ハア 不ハア丁ノア 靡七刂ハロ𠯗ぃ <화엄15:24-16:01>

但ハ 世間乙 利益ノ令七 事乙 說ハナ㇏ 呪術氵 藥草氵ハア {等}丨ハㄱ 衆ㄱ 論▸刂ㄱ◂ 是 如ハㄱ 有ㄱ 所乙 皆七 能攴 說ナぃ <화엄19:14-15>

等人 慧人 灌頂人七 三品士ㄱ 前㇇ 餘ハㄱ 習▸刂ㄱ◂ 無明緣氵 無明習相▸刂ㄱ◂ 故七ノㄱ𠯗七 煩惱氵ノ乙 除ハ二ト㇇ㄱ入ㄱ 二諦理乙 窮㇏ 一切之七 盡㇏(二)ㄱ入灬刂㇇丨 <구인11: 01-11:02>

三十生乙 盡㇏ロ 等㇏ 大覺ハ二ぃ 大寂無爲▸刂ㄱ◂ 金剛藏乙ハ二ぃ 一切 報乙 盡㇏ロ 無極ハㄱ𠯗七 悲乙ハ二ぃ 第一義諦㇏十 常刂 安隱ハ二下 <구인11:03-04>

幻法氵 幻化氵ノ令ㄱ 名字 無七㕛 體相 無七㕛ハぃ 三界七 名字 無七㕛 善惡果報▸刂ㄱ◂ 六道七 名字 無七㕛ハナ丨 <구인14:03-04>

三千大千世界七 地 平ハㄱ矢 掌 如攴ハㄱ㇇十 量 無ぃ 數 無ハㄱ 種種七 妙色▸刂ㄱ◂ 淸淨ハ𠯗七{之} 寶灬ノㄱ 莊嚴七{之} 具刂ハ㇏七ノㄱ入乙 菩薩ㄱ 悉㇏ 見ハナ す七丨 <금광06: 01-02>

一切 微細ハ𠯗七{之} 罪▸刂ㄱ◂ 破戒七 過失乙 皆七 淸淨ハ㇏ㄱ入灬 故ノ <금광06:25-07:01>

得㇏ホ 一切 怖畏▸刂ㄱ◂ 一切 惡獸亠 一切 惡鬼亠 人非人 等ハㄱ 怨賊亠 災橫亠 諸惱亠ノア乙 度脫ハ㇏ <금광09:16 -18>

彼ㄱ 前生㇏十 {於}佛 聖敎▸刂ㄱ◂ 善說法處㇏十 淨信乙 修習ハ㇏ 長時 相續ハㄱ入乙 由㇏ <유가02:13-15>

便す 能ぃ 善決定義▸刂ㄱ◂ 思所成智乙 趣入ハぃ <유가05: 06-07>

又 能ぃ 彼乙 對治ハ令七 有七ㄱ 所七 善法乙 修集ハ{爲}人 一切 煩惱 對治▸刂ㄱ◂ 有七ㄱ 所七 善法乙 修集ハぃ <유가07:11-13>

一十ㄱ 老病死苦七 根本七{之} 生刂ぃ 二 自性苦▸刂ㄱ◂ 无暇處㇏十 生ハア矢ぃ 三 一切 處七 生无常性刂丨 <유가21:13-14>

{於}佛法僧▸刂ㄱ◂ 勝功德田㇏十 作意思惟ハ㇏ホ 歡喜乙 發生ハぃ <유가28:12-13>

謂ア 我ㄱ 何亠㇇ア入ㄱ 當ハ 能ぃ 具足㇇ 是 如攴ハㄱ 聖處▸刂ㄱ◂ 阿羅漢㇇ 所具足住 如攴ハㄱ㇇十 住ノオㄱ刂㇏七ロハぃ <유가29:03-05>

謂ㄱ {於}三位▸刂ㄱ◂ 樂位人 苦位人 不苦不樂位人㇏十 諸 煩惱㇇{之} 隨眠ノア 所乙 爲ハノア厶 <유가30:02-04>

【선후】 (15)인

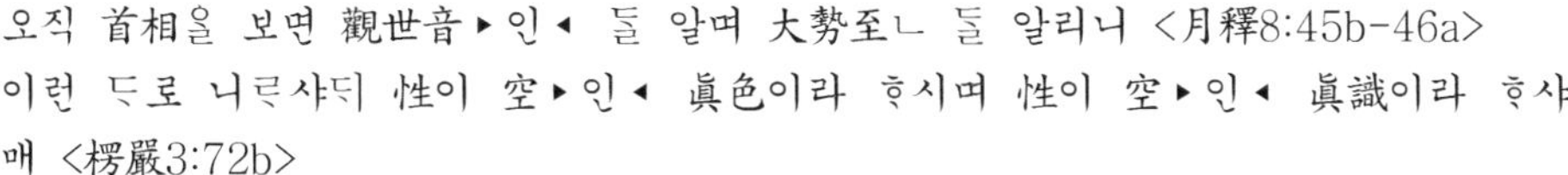

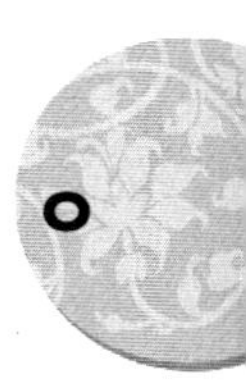

오직 首相ᄋᆞᆯ 보면 觀世音▸인◂ ᄃᆞᆯ 알며 大勢至ㄴ ᄃᆞᆯ 알리니 <月釋8:45b-46a>

이런 ᄃᆞ로 니ᄅᆞ샤ᄃᆡ 性이 空▸인◂ 眞色이라 ᄒᆞ시며 性이 空▸인◂ 眞識이라 ᄒᆞ샤매 <楞嚴3:72b>

② -이니.

¶ 二 他師教▸刂ㄱ◂ 謂ㄱ 所ㄱ 大師尸 鄔波柁耶亠 阿遮利耶亠ノ尸ラ {於}時時間阝十 教授教誡ノ尸入乙 依阝 攝受依止ソ尸矢丨 <유가25:08-10>

又 若 先下 世間道乙 {以}氵 三摩地乙 得ㅎ 亦 得ホ 圓滿ソㅎ 亦 自在乙 得ㅎソㄱㄱ 彼ㄱ 或 {於}入三摩地相▸刂ㄱ◂ 謂ㄱ 此乙 由氵ㄱ入灬 故ノ 三摩地阝十 入ノ令十 或 {於}住三摩地相▸刂ㄱ◂ 謂ㄱ 此乙 由氵ㄱ入灬 故ノ 三摩地阝十 住ノ令十 或 {於}出三摩地相▸刂ㄱ◂ 謂ㄱ 此乙 由氵ㄱ入灬 故ノ 三摩地乙 出ノ令十 {於}此 諸 相阝十 作意思惟ソ阝ホ 其 心乙 安住ᄉ刂下 諦現觀阝十 入ソケ <유가23:23-24:06>

又 十 無學支灬 攝ノ尸 所七 五 无學蘊▸刂ㄱ◂ 謂ㄱ 所ㄱ 戒蘊人 定蘊人 慧蘊人 解脫蘊人 解脫知見蘊人乙 名下 極淸淨道亠ノ矛丨 <유가30:11-13>

【관련】 刂ㄱ亠

【비고】 'ㄱ'을 절 접속의 기능이 아니라 동격으로 보는 견해가 있음.

刂ㄱ丁[인뎌]

【刂/계사+ㄱ/동명사어미+丁[ᄃᆞ/의존명사+여/조사]】

① -인 것을. -인 것이다. § '刂ㄱ'은 '當知', '應知'의 목적어절에 붙는 요소임. '丁'는 후치된 목적어절에 붙는 요소임.

¶ 當ハ 知ᄒ丨 卽ᄒ 是ㄱ 初靜慮七 近分定乙 得ナ矛罒 未至位灬 攝ノ尸 所▸刂ㄱ丁◂ <유가15:03-04>

廣刂 說尸入ㄱ 當ハ 知ᄒ丨 二十種 有七ㄱ亠 菩薩地阝十 當ハ 說白ノ尸 如支ソㄱ▸刂ㄱ丁◂ <유가04:09-10>

是 如支ソㄱ 涅槃乙 首 {爲}氵阝 正法乙 聽聞ソ令ㄱ 當ハ 知ᄒ丨 五種 勝利乙 獲得ソ矛▸刂ㄱ丁◂ <유가05:17-18>

又 {於}遠離閑居ソ阝ホ 方便作意ノ令七 位七 中阝十 當ハ 知ᄒ丨 略ロㄱ 四種 所治 有ソㄱ▸刂ㄱ丁◂ <유가09:11-12>

當ハ 知ᄒ丨 摠ᄒ 說ロㄱ 一門阝十ㄱ 十二刂ケ 一門阝十ㄱ 十四刂ㄱ▸刂ㄱ丁◂ <유가10:12-13>

當ハ 知ᄒ丨 此乙 齊阝 已氵 能ケ 根本靜慮阝十 證入ソ去ㄱ丁ノ矛▸刂ㄱ丁◂ <유가16:04-05>

此 五相乙 由阝ソ尸入乙 當ハ 知ᄒ丨 是乙 名下 初處阝十 觀察ソ尸丁ノ矛▸刂ㄱ丁◂ <유가17:04-05>

是 如支ソㄱ 五因ㄱ 當ハ 知ᄒ丨 諦現觀七 逆次因乙 依阝 說ノㄱ刂ㄱ亠 順次因灬ノヒ 非矢▸刂ㄱ丁◂ <유가23:10-11>

又 正加行灬 作意思惟ソ尸入乙 當ハ 知ᄒ丨 是乙 名下 第三方便亠ノ矛▸刂ㄱ丁◂ <유

가25:10-11>

② -인 것이. -인 것이여. § 후치된 주어절에 붙은 요소임.

¶ 時+ 波斯匿王ㄱ 言ニㄕ 善ニㄋㄱㄔ 大事ㄷ 因緣灬 故ノㅅニロㅏㄱ▸リㄱ丁◂ㅅㄋ <구인03:20>

【관련】 -ㄱ丁, -ㄕ丁

リㄱ矢[인디]

【リ/계사+ㄱ/동명사어미+矢[ᄃ/의존명사+이/주격조사]】

-인 것이. -인 바로 그것이. § '譬ㅅㄱ…' 이나 '如ㄹ-', '{如}ㅣ-', '{若}ㅣ-'가 후행함.

¶ 有ㅅ 無ㅅㄱ 本灬ハ 自ㄋ 二▸リㄱ矢◂ 譬ㅅㄱ 牛ㄋ 二 角 {若}ㅣㅅㄅ <구인15:03>

世間ㄱ 一ㄅ 異ㅅㄱ 不矢▸リㄱ矢◂ 譬ㅅㄱ 空谷ㄋㄷ 響 如ㄹㅅㄋ <금광13:14-15>

【관련】 (不)矢リㄱ矢, (ㅅ)ㄱ矢, ㅎㄔㄱ矢

リㄱㅅㄱ[인둔]

【リ/말음첨기?+ㄱ/동명사어미+ㅅ/의존명사+ㄱ/보조사】

('冀' 뒤에서) 바라는 것은. 바라기는.

¶ 若ㄷ 王ㄋ 身ㄷ 手足ㆍ 血肉ㆍ 頭目ㆍ 骨髓ㆍノ今乙 得ㄋロ乙ㅎㄕㅅㄱ 我ㄋ{之} 身命ㄱ 必ハ 冀▸リㄱㅅㄱ◂ 存活ㅅㄷㄔㅅ去ロ乙ㅎㅣ <화소10:19_20>

【관련】 (ㅅ)ㄱㅅㄱ

リㄱㅅ灬[인ᄃ로]

【リ/계사+ㄱ/동명사어미+ㅅ/의존명사+灬/구격조사】

-인 까닭으로. -이므로. § '故'가 후행함. 형용사, 계사의 현재시제임.

¶ 體リ 是ㄱ 生老病死ㄷ 法▸リㄱㅅ灬◂ 故ノ 內壞苦ㄋ{之} 隨逐ノㄕ 所乙 爲ハㄅ <유가18:04-05>

自業ㄋ 作ノㄱ 所▸リㄱㅅ灬◂ 故ノ 一切 苦因ㄋ{之} 隨逐ノㄕ 所リㅣ <유가18:06-07>

【관련】 (非)矢リㄱㅅ灬, (ㅅ)ㄱリㄱㅅ灬, (ㅅ)ㄱㅅ灬

リㄱㅅ灬故リㄅ[인ᄃ로이며]

【リ/계사+ㄱ/동명사어미+ㅅ/의존명사+灬/구격조사+リ/계사+ㄅ/연결어미】

-인 까닭이며. -이기 때문이며.

¶ 何ㅎ {等}ㅣㅅㄱ乙 十ㄕㆍノ今ロ{爲}ㅅㄔ禾ㄕㅅㄱ 一切 衆生乙 饒益ㅅㄕㅅ灬{故}リㄅ … 一切 諸ㄱ佛㕛 護念ㅅ而ㅎㄕ 所▸リㄱㅅ灬{故}リㄅ◂ 一切 法ㄋ 皆ㄷ 幻 如ㄹノㄱ

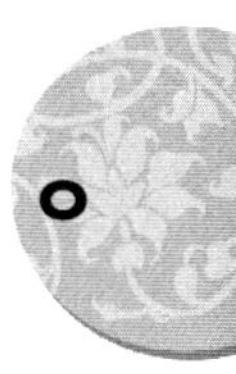

入乙 了丷尸入灬{故}刂𠂇丨 <화소26:12-19>

【관련】 (非)矢刂㇁入灬, (丷)㇁刂㇁入灬, -㇁入灬故-

 刂㇁入乙[인둘]

【刂/말음첨기?+㇁/동명사어미+入/의존명사+乙/대격조사】

('同' 뒤에서) 같은 것을.

¶ 諸㇁ 衆生㇇ 病 不冬 同▸刂㇁入乙◂ 隨𢀳 悉氵 法藥乙 以氵 {而灬} 對治丷𢀳 <화엄17:16>

【刂/사동접미사+㇁/동명사어미+入/의존명사+乙/대격조사】

-게 한 것을.

¶ 彼㇁ 是 如攴 心氵十 思慕乙 生▸刂㇁入乙◂ 由氵 出離樂欲乙 數數刂 現行丷氵𢀳 <유가29:02-03>

【관련】 (丷)㇁入乙

 刂㇁入乙[인둘]

【刂/계사+㇁/동명사어미+入/의존명사+乙/대격조사】

-인 것을. -인 바로 그것을.

¶ 語七 境界 不思議▸刂㇁入乙◂ 知𠂇尸入乙 是乙 名下 說法三昧七 力氵ノ㇇𠂇丨 <화엄20:15>

{是}刂㇁ 有記法刂𢀳 {是}刂㇁ 無記法▸刂㇁入乙◂ 知𠂇𢀳七丨 <화소01:04-08>

五 彼 淸淨㇁ 學无學道乙 證得ノ㇁入灬 顯ノ㇁ 所▸刂㇁入乙◂ 由氵㇁入灬{故}丨 <유가22:08-09>

【관련】 (丷)㇁入乙, 刂二㇁入乙

 刂㇁乙[인을]

【刂/계사+㇁/동명사어미+乙/대격조사】

-임을. -인 것을.

¶ 他方七 大衆氵 及八 以𢀳 化衆氵 {此}刂 三界七 中氵七 衆氵ノ尸 十二大衆㇁ 皆七 來丷氵𢀳 集會丷氵 … 其 會七 方廣㇁ 九百五十里▸刂㇁乙◂ 大衆刂 僉然𢀳 而灬 坐丷𠃍八二丨 <구인02:07-09>

生死刂丨 涅槃刂丨丷尸入㇁ 皆 是㇁ 妄見▸刂㇁乙◂ 能𢀳 度ノ尸厶 餘良 無丷二㇁丷尸矢 是 波羅蜜義刂𢀳 <금광05:18-19>

昔尸 得尸 未刂丷氵七丨ノ㇁ 所▸刂㇁乙◂ 而灬 今八㇁氵 始ノ 得丷𢀳 <금광06:23-24>

【관련】 (丷)㇁乙

刂ㄱ亠[인여]

【刂/계사+ㄱ/동명사어미+亠/조사】

-이여.

¶ 是 如攴丷ㄱ 三支七 廣聖敎七 義ㄱ 謂 十十種▸刂ㄱ亠◂ <유가07:18>

一十ㄱ 常刂 方便灬 善法乙 修ノ亽七 所作▸刂ㄱ亠◂ <유가08:13-14>

又 此 聖諦現觀七 義ㄱ 廣刂 說尸入ㄱ 知ノ亍{應}七丨 謂ㄱ 心厭患相ㄋ十 二十種 有七ケ 心安住相ㄋ十 亦 二十種▸刂ㄱ亠◂ <유가25:23-26:01>

【관련】 (丷)ㄱ亠

【비고】 <유가사지론>에만 보임.

刂ㄱ亠[인여]

【刂/계사+ㄱ/동명사어미+亠/조사; 刂/계사+ㄱ亠/연결어미】

-이니. § '亠'는 절 접속의 기능임.

¶ 又 次第乙 隨ノ 已氵 三支刂ㄱ 謂ㄱ 聞正法圓滿人 涅槃爲上首人 能熟解脫慧七{之} 成熟人乙 說人ノㄱ亠 是 如攴丷ㄱ 三支七 廣聖敎七 義ㄱ 謂 十十種▸刂ㄱ亠◂ 此乙 除口斤 更ㄋ 若 過丷ㅎ 若 增丷ㅎ丷ㄱ 无ナㄱ刂丨 <유가07:16-19>

一十ㄱ 常刂 方便灬 善法乙 修ノ亽七 所作▸刂ㄱ亠◂ 謂ㄱ 我ㄱ {於}諸 法ㄋ十 常刂 方便灬 修ノㄱ入乙 依止 {爲}氵ㄱ入灬 故ノ 當八 能ケ 隨ノ 樂乙 愛味丷亽七 一切 心識乙 制伏丷ㅎ 又 能ケ 實 如攴 苦性乙 覺了丷ㅎノオ刂ㄱ刂ㄋ七丨丷尸矢ケ <유가08:13 -16>

二 {於}无戲論涅槃ㄋ十 信解愛樂ノ亽七 所作▸刂ㄱ亠◂ 謂ㄱ 我ㄱ 當八 {於}无戲論涅槃ㄋ十 心ㄋ十 退轉ノ尸 无ㄋ 憂慮乙 生刂ㄋホ 謂尸 我ラ 我ㄱ 今且{者} 何亍 所ㄋ十 在丷去ㄱ刂ㄋ七口丷尸{耶} 不冬ノオㄱ刂ㄋ七丨丷尸矢ケ <유가08:16-19>

三 {於}時時 中ㄋ十 聚落ㄋ十 遊行丷ㄋホ 乞食ノ亽七 所作▸刂ㄱ亠◂ 謂ㄱ 我ㄱ 乞食 受用乙 因 {爲}氵ㄋ 身 得ホ 久住丷ㅎ 有力丷ㅎ 調適丷ㅎ丷ㄋ 常刂 能ケ 方便灬 諸 善法乙 修ノオㄱ刂ㄋ七丨丷尸矢ケ <유가08:19-21>

四 {於}遠離處ㄋ十 安住ノ亽七 所作▸刂ㄱ亠◂ 謂ㄱ 若 愛樂丷ㄋホ 諸 在家人 及七 出家人七 衆乙 與七 雜 居住ノ尸入ㄱ{者} 便亍 種種七 世間相應丷ㄱ 見聞 受用七 諸 散亂事乙 {有}斗白ノオ罒 我灬 {於}彼 正審觀察ノ亽七 心一境位ㄋ十 當八 障导乙 作人刂尸 勿ノオㄱ刂ㄋ七丨丷尸矢丨 <유가08:21-09:01-02>

又 此 聖諦現觀七 義ㄱ 廣刂 說尸入ㄱ 知ノ亍{應}七丨 謂ㄱ 心厭患相ㄋ十 二十種 有七ケ 心安住相ㄋ十 亦 二十種▸刂ㄱ亠◂ 此乙 除口斤 更ㄋ 若 過丷ㅎ 若 增丷ㅎ丷ㄱ 无丷ㄱ刂ㄱ了 <유가25:23-26:02>

【관련】 刂ㄱ氵, (丷)ㄱ亠, 刂ㄱ

【비고】 '亠'는 문장 종결의 기능을 하는 것으로 보는 견해도 있음.

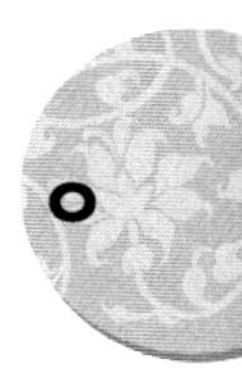

刂 1 㫆 [인여]

【刂/계사+ 1/동명사어미+ 㫆/조사; 刂/계사+ 1 㫆/연결어미】

-이니. § '㫆'는 절 접속의 기능임.

¶ 我 ㇇ 身 㫆 財寶 㫆 及 七 以 3 王位 㫆 ノ 令 1 悉 3 {是} 刂 1 無常 刂 罒 敗壞 ソ 令 七{之} 法 ▸ 刂 1 㫆 ◂ 我 1 今 ソ 1 盛壯 ソ 㢱 ㅎ 㫆 當 ㅎ 1 ム 1 天下 乙 {有} 屮 㢱 ㅎ 㫆 乞者 刂 現前 ソ 㫆 ソ ロ 1 當 八 不堅 ソ 1 入 乙 以 3 八 而 灬 堅 ソ ㅌ 七 法 乙 求 ノ 禾 3 七 丨 ソ ナ 㫆 <화소 12:01-03>

{是} 刂 名味句 1 音聲 七 果 ▸ 刂 1 㫆 ◂ 文字記句 1 一切 之 七 如 刂 ナ 丨 <구인15:25>

【관련】 刂 1 ㅗ, (ソ) 1 㫆

刂 1 刂 1 丁 [인인뎌]

【刂/계사+ 1/동명사어미+ 刂/계사+ 1/동명사어미+ 丁 [ㄷ/의존명사+여/조사]】

-인 것을. -인 줄을. § '刂 1 丁'의 '刂 1'은 '應知', '當知'의 목적어절에 붙는 요소임. '丁'는 후치된 목적어절에 붙는 요소임.

¶ 當 八 知 ㅎ 丨 摠 ㇂ 說 ロ 1 一門 3 十 1 十二 刂 㫆 一門 3 十 1 十四 ▸ 刂 1 刂 1 丁 ◂ <유가 10:12-13>

【관련】 刂 1 丁, (ソ) 1 刂 1 丁, 屮 1 刂 1 丁

刂 1 刂 3 七 丨 ソ 3 [인이앗다ᄒᆞ아]

【刂/계사+ 1/동명사어미+ 刂/계사+ 3 七/선어말어미+ 丨/종결어미# ソ/동사+ 3/연결어미】

-인 것이로다 하여. -이로다 하여. § '3 七'은 내적 사유를 나타내는 피인용절에 나타나는 경향이 있음.

¶ {於}解 3 十 常 刂 自 灬 一 刂 㫆 {於}諦 3 十 常 刂 自 ㇇ 灬 二 ▸ 刂 1 刂 3 七 丨 ソ 3 ◂ {此} 刂 無二 ソ 1 入 乙 通達 ソ 3 八 ニ 1 乙 <구인15:05-15:06>

生死 1 過失 刂 㫆 (涅槃 功)德 ▸ 刂 1 刂 3 七 丨 ソ 3 ◂ 正覺 正觀 ソ 尸 矢 是 波羅蜜義 刂 㫆 <금광05:10-11>

【관련】 -1 刂 3 十 丨, (ソ 3) ノ 1 刂 3 七 丨 ソ 3, 禾 3 七 丨

【비고】 '3 七'을 '3/선어말어미+ 七/선어말어미'로 볼 가능성도 있음.

刂 丨 [이다]

【刂/계사+ 丨/종결어미】

① **-이다.**

¶ 又 善說法 ㅗ 毘柰耶 ㅗ ノ 令 七 中 3 十 ソ 1 諸 出家者 ㇇ 受 ソ 1 所 七 尸羅 1 略 ㇂ 二事 乙 捨 ノ 1 入 灬{之} 顯現 ソ 1 所 ▸ 刂 丨 ◂ <유가17:05-06>

② **-이다.** § 여기서 'ㅣ丨'는 내포문 또는 인용절에 쓰인 예임.

¶ 謂ノ1 1 世間1 有邊▸ㅣ丨◂ 世間1 無邊▸ㅣ丨◂ 世間1 亦 有邊 亦 無邊▸ㅣ丨◂ 世間1 非有邊非無邊▸ㅣ丨◂ノ尸人 <화소06:05-08>

是1 涅槃▸ㅣ丨◂ 思惟ソ彡 是1 生死▸ㅣ丨◂ 思惟ソ彡ソト1ㄲ <금광07:22>

③ **-이라고.**

¶ 生死▸ㅣ丨◂ 涅槃▸ㅣ丨◂ソ尸入1 皆 是1 妄見ㅣ1乙 能ケ 度ノ尸ム 餘ㅌ 無ソ二1 ソ尸矢 是 波羅蜜義ㅣケ <금광05:18-19>

【선후】 (15)이라

ㅣ丨ノ令ロ[이다호리고]

【ㅣ/계사+丨/종결어미#ノ[ᄒᆞ/동사+오/선어말어미]+令[ᇙ/동명사어미+이/의존명사]+ロ/의문조사】

-이라 하는가. § <유가사지론>에만 보이는 예로 '何(等)ソ1乙 (名下) …ㅣ丨ノ令ロ' 구문을 이룸. 'ロ/ㄋ'는 의문사가 있는 설명의문문에 쓰임.

¶ 云何ソ1乙 聞正法圓滿▸ㅣ丨ノ令ロ◂ <유가04:06>

何ㄱ 等ソ1乙 {爲}四▸ㅣ丨ノ令ロ◂ <유가09:12>

云何ソ1乙 名下 {爲}多諸思擇▸ㅣ丨ノ令ロ◂ <유가27:16-17>

【관련】 ノ令ロ, ㅣ丨ソロㄋ令ㄋ

【선후】 (15)이라 ᄒᆞ리오/이라 ᄒᆞ료

【비고】 <화엄경>과 <화엄경소>에서는 'ㅣ丨' 대신 '⺀'가 쓰임.

ㅣ丨ノ尸人[이다홂과]

【ㅣ/계사+丨/종결어미#ノ[ᄒᆞ/동사+오/선어말어미]+尸/동명사어미+人/접속조사】

-이라 하는 것과.

¶ 謂ノ1 1 世間1 有邊ㅣ丨 世間1 無邊ㅣ丨 世間1 亦 有邊 亦 無邊ㅣ丨 世間1 非有邊非無邊▸ㅣ丨ノ尸人◂ 世間1 有常ㅣ丨 世間1 無常ㅣ丨 世間1 亦 有常 亦 無常ㅣ丨 世間1 非有常非無常▸ㅣ丨ノ尸人◂ 如來 滅ソ市1乙⺌七 後ㅣ十 有ㅣ丨 如來 滅ソ市1乙⺌七 後ㅣ十 無ㅣ丨 如來 滅 後 亦 有 亦 無ㅣ丨 如來 滅 後 非有非無▸ㅣ丨ノ尸人◂ 我⺀ 及七 衆生⺀ノ令1 有ㅣ丨 我⺀ 及七 衆生⺀ノ令1 無ㅣ丨 我 及 衆生 亦 有 亦 無ㅣ丨 我 及 衆生 非有非無▸ㅣ丨ノ尸人◂ <화소06:05-07:14>

【관련】 ㅣ丨, ノ尸, -(禾)ㄋ七ロノ尸人, (不ハ)ノ尸人ㅣ丨, ノ尸人(ノ尸)

ㅣ丨ソロ尸入1[이다ᄒᆞ곰든]

【ㅣ/계사+丨/종결어미#ソ/동사+ロ/선어말어미+尸/동명사어미+入/의존명사+1/보조사】

-이라 하면.

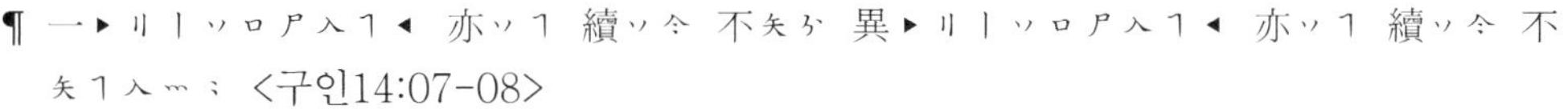
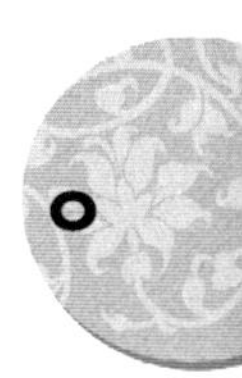

¶ 一▸刂丨ソ口尸入ㄱ◂ 亦ソㄱ 續ソ亽 不矢ヶ 異▸刂丨ソ口尸入ㄱ◂ 亦ソㄱ 續ソ亽 不矢ㄱ入灬氵 <구인14:07-08>

【관련】 口尸入ㄱ, 刂丨ソ尸入ㄱ, ―尸入ㄱ

【비고】 '尸入ㄱ'을 연결어미로 보는 견해도 있음.

刂丨ソ口ろ亽ろ[이다ᄒᆞ고오리오]

【刂/계사+丨/종결어미#ソ/동사+口/선어말어미+ろ/선어말어미+亽[ㄹㆆ/동명사어미+이/의존명사]+ろ/의문조사】

-이라 합니까. -이라 하는 것입니까. § '口/ろ'는 의문사가 있는 설명의문문에 쓰임.

¶ 世尊下 一切 菩薩ㄱ 云何セソㄱ乚 佛果乚 護ソヶ 云何セソㄱ乚 十地セ 行乚 護ノ亽セ 因緣▸刂丨ソ口ろ亽ろ◂ <구인03:22-03:23>

【관련】 刂丨ノ亽口, (ソ二ㅎセ丨)ソ口ろ亽ろ, 刂ハソ口亽口(ソナ矛入ㄱ), ―ノ亽口

【비고】 'ろ'는 '口'에서 'ㄱ'이 약화된 형태임.

刂丨ソㄱ入ㄱ[이다ᄒᆞᆫ든]

【刂/계사+丨/종결어미#ソ/동사+ㄱ/동명사어미+入/의존명사+ㄱ/보조사】

-이라 하는 것은.

¶ 大王下 法輪▸刂丨ソㄱ入ㄱ◂{者} 法本如刂ヶ 重誦如刂ヶ 授記如刂ヶ 不誦偈如刂ヶ 無問而自說如刂ヶ 戒經如刂ヶ 譬喩如刂ヶ 法界如刂ヶ 本事如刂ヶ 方廣如刂ヶ 未曾有如刂ヶ 論議如刂ヶソナ丨 <구인15:22-15:25>

无業障圓滿▸刂丨ソㄱ入ㄱ◂{者} 謂ㄱ 有ナ丨 一 如支ソㄱ刂 依止 圓滿ソヶ {於}五無間セ 一乙 隨ノソㄱ 業障氵十 自灬 造作尸 不冬ソ𠄌 他乙 教ソ氵 作亽刂尸 不冬ソ𠄌ソ尸矢丨 <유가02:06-09>

勝義正法隨轉圓滿▸刂丨ソㄱ入ㄱ◂{者} 謂ㄱ 卽ㅎ 大師刂 善ヶ 爲ㅎ 俗正法乙 開示尸已氵ソ口ハ 諸ㄱ 弟子衆刂 此 正法乙 依ヶ 復 他人ㄱ 爲ㅎ 隨順ソㄱ 教誡亠 教授亠ノ尸乙 說ノ尸入乙 得ヶソ氵 <유가03:05-08>

行處障▸刂丨ソㄱ入ㄱ◂{者} 謂ㄱ 聖弟子 如支ソㄱ刂 或 衆乙 與セ 同居ソ氵 其 生起ソㄱ 僧所作事乙 隨ノ 善品乙 棄捨ソ口 數刂 衆會乙 與セソヶ <유가26:05-07>

【관련】 刂丨ソ尸入ㄱ, 刂丨ソ口尸入ㄱ, ―ㄱ入ㄱ

刂丨ソ尸丁[이다ᄒᆞᆶ뎌]

【刂/계사+丨/종결어미#ソ/동사+尸/동명사어미+丁[ㄷ/의존명사+여/조사]】

-이라 하는 것(이). § '丁'는 후치된 성분에 붙은 요소임.

¶ 謂ノ亽 非矢刂丨 二諦刂 一▸刂丨ソ尸丁◂ <구인15:05>

【관련】 刂丨, ソ尸丁

刂丨丷尸入亇[이다홇든]

【刂/계사+丨/종결어미#丷/동사+尸/동명사어미+入/의존명사+亇/보조사】

-이라 하는 것은.

¶ 生死刂丨 涅槃▸刂丨丷尸入亇◂ 皆 是亇 妄見刂亇乙 能㢱 度ノ尸厶 餘良 無丷二亇丷尸矢 是 波羅蜜義刂㢱 <금광05:18-19>

【관련】 刂丨丷亇入亇, 刂丨丷口尸入亇

【비고】 '尸入亇'을 연결어미로 보는 견해도 있음.

刂矢[1][이디]

【刂矢/말음첨기?】

('非' 뒤에서) 아니라.

¶ 菩薩刂 發意丷㇏ 菩提乙 求丷乂亇入亇 {是}刂 因 無刂丷㢱 緣 無刂丷ㅌ{有} 非▸刂矢◂ {於}佛法僧㇏十 淨信乙 生刂㇏ 是乙 {以}氵㇏ 而⺍ 廣大心乙 生刂ナ亇刂丨 <화엄09:10-11>

【관련】 (不)矢刂

【선후】 (이두)不喩

【비고】 '不矢刂'의 예로 보아 '刂'와 '矢'의 순서가 잘못 바뀌었을 가능성이 있음.

刂矢[2][이디]

【刂矢/말음첨기?】

('能' 뒤에서) 능히. § '能刂矢 …丷㇏亽 無-' 구문에 쓰임. 의미상 '不能' 구문과 같음.

¶ 菩薩刂 {是}刂 念㇏十 住丷ㅌ七 時氵十亇 一切 世間刂 能▸刂矢◂ 嬈亂丷㇏亽 無㢱 一切異論刂 能▸刂矢◂ 變動丷㇏亽 無㢱 <화소23:10-11>

佛子㇏ {此}刂 持藏亇 邊尸 無㇏ 難刂氵 滿ノ禾㖵 難刂氵 其 底㇏十 至丆禾㖵 難刂氵 得㇏㫆 親近ノ禾㖵 能▸刂矢◂ 制伏丷㇏亽 無㖵 量刂 無㖵 盡尸 無㖵 大威力乙 具丆㖵 {是}刂亇 佛境界刂㖵 唯ハ 佛㣺氵 能支 了丷帀丆禾㖵丷ナ丨 <화소24:12-15>

【관련】 (不能)刂矢, (能)支, (能)矢, (能)㢱 (堪)刂矢

刂矢ノ禾ナ亇刂罒[이디호리견이라]

【刂矢/말음첨기?+ノ[호/동사+오/선어말어미]+禾/선어말어미+ナ/선어말어미+亇/동명사어미+刂/계사+罒/연결어미; 刂矢/말음첨기?+ノ[호/동사+오/선어말어미]+禾[ㄹ/동명사어미(+이/의존명사)+이/계사]+ナ/선어말어미+亇/동명사어미+刂/계사+罒/연결어미】

('不能' 뒤에서) 능히 …할 수 없을 것이므로. § '-尸 不能-' 구문에 쓰였음.

¶ 一切 榮盛丷亇刀 必當丷㇏ 衰歇丷厷禾㇏七㢱 {於}衰歇丷厷ㅌ七 時刂十尸入亇 復甲尸

更ㄋ 衆生乙 饒益尸 不能▸刂矢ノ禾ナㄱ刂罒◂ 我ㄱ 今丷ㄱ 宜ㄱ 彼ラ 求ノㄱ 所乙 隨ㅎ 其 意乙 充滿ㅅ刂ㅎ亍{應}七丷ㄱ刂ㄱ丁 <화소11:12-14>

【관련】 (不能)刂矢, (能)刂矢, (堪)刂矢

【비고】 '罒'는 연결어미 'ㄋ'의 이형태로 계사 '刂' 뒤에 쓰임.

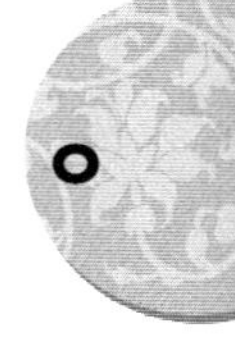

刂 矢 ノ 尸 [이디홇]

【刂矢/말음첨기?+ノ[ᄒᆞ/동사+오/선어말어미]+尸/동명사어미】

('不能' 뒤에서) 능히 …할 수 없는. § '-尸 不能-' 구문에 쓰였음.

¶ 一切 世間ㄋ七 諸ㄱ 天ㆍ 魔ㆍ 梵ㆍ 沙門ㆍ 婆羅門ㆍ 乾闥婆ㆍ 阿修羅ㆍ丷尸 {等}ㅣ丷ㄱ刂ㆍ 及七 以ㄋ 一切 聲門ㆍ 緣覺ㆍノ今ラ 動尸 不能▸刂矢ノ尸◂ 所刂去ナ亍七ㅣ <화엄08:17-18>

衆ㄱ 魔ㆍ 外道ㆍノ今ラ 懷尸 不能▸刂矢ノ尸◂ 所刂ㄘ 轉身丷ㄋホ 受生ノ尸厶 忘不於過去現在未來 說法 盡 無ㄘ <화소23:13-14>

【관련】 (不能)刂矢, (能)刂矢, (堪)刂矢

刂 矢 丷 ㅏ ㄱ 刂 罒 [이디ᄒᆞ눈이라]

【刂矢/말음첨기?+丷/동사+ㅏ/선어말어미+ㄱ/동명사어미+刂/계사+罒/연결어미】

('不能' 뒤에서) 능히 …할 수 없으니. § '-尸 不能刂矢-' 구문에 쓰였음.

¶ 一切 衆生ㄱ {於}生死七 中ㄋ十丷ㄋ 多聞ノㄱ 無口ナㄱ{有} {此}刂 一切法乙 了知尸 不能▸刂矢丷ㅏㄱ刂罒◂ 我ㄱ 當ハ 發意丷ㄋホ 多聞藏乙 持丷ㄋハ 阿耨多羅三藐三菩提乙 證丷ㄋホ 諸ㄱ 衆生ラ {爲}三 眞實法乙 說ㅎ禾ㄋ七ㅣ丷ナ尸入乙 <화소08:20-09:03>

【관련】 (不能)刂矢, (能)刂矢, (堪)刂矢, ㅏㄱ刂罒,

【비고】 '罒'는 연결어미 'ㄋ'의 이형태로 계사 '刂' 뒤에 쓰임.

刂 矢 丷 二 口 乙 亍 七 ㅣ [이디ᄒᆞ시곯읎다]

【刂矢/말음첨기?+丷/동사+二/선어말어미+口乙/선어말어미?+亍七/선어말어미+ㅣ/종결어미】

('不能' 뒤에서) 능히 …하실 수 없다.

¶ 十方七 一切 諸ㄱ 如來刂 悉ㄋ 共七 偁揚丷二乃 盡ㄋ尸 不(ノ)能▸刂矢丷二口乙亍七ㅣ◂ <화엄09:07>

【관련】 (不能)刂矢, (能)刂矢, (堪)刂矢, (如支丷ㄱ乙)丷口乙ㅎ亍七ㅣ

刂 矢 丷 ㄋ 今 [이디ᄒᆞ아리]

【刂矢/말음첨기?+ソ/동사+氵/선어말어미+ㅅ[ㄹㅎ/동명사어미+이/의존명사(+이/주격조사)]】

('堪' 뒤에서) 능히 … 할 수 있는 이. § '堪刂矢 …ソ氵ㅅ 靡七-' 구문에 쓰였음. 의미상 '不能' 구문과 같음.

¶ 是 {如}支 等ソ1 類 諸1 外道彡十 其 意解乙 觀ソロ 與七 同事ソナ氵 示刂ㅎ1 所七 苦行火七ハ尸入1 世刂十 堪▸刂矢ソ氵ㅅ◂ 靡七刂ソ氵ホ 彼乙 見刂尸 已氵ソロ 皆七 調伏 令刂ロヒ𠃍 <화엄20:04-05>

【관련】 (不能)刂矢, (能)刂矢, ソ氵ㅅ

【비고】 화엄경 계통의 자료에서 주로 "能(刂)矢/堪刂矢 -氵ㅅ 無/莫/靡-"와 같이 나타남.

刂ム[이ᄃᆡ]

【刂/관형사+ム[ᄃ/의존명사+ᄋᆡ/처격조사]; 刂/관형사+ム/의존명사】

이곳에.

¶ 我又 {等}丨ソ1 1 風乙 欽七ロ七ノ尸入灬 故𠫓 來ソ氵ホ {此}▸刂ム◂ 至𠫓ロ七ノ丨 <화소12:11>

【관련】 (ソ)尸ム, (ソ)1ム

【비고】 '刂'는 '此'의 전훈독 표기임.

刂人刂ナ矛𠃍[이ᄒᆞ이겨리며]

【刂/부사화소+人刂[ᄒᆞ/동사+이/사동접미사]+ナ/선어말어미+矛[ㄹㅎ/동명사어미(+이/의존명사)+이/계사]+𠃍/연결어미】

('無' 뒤에서) 없이 하게 할 것이며.

¶ 信1 能支 惠施ノ尸ム 心ㅎ 吝ノ尸 無▸刂人刂ナ矛𠃍◂ 信1 能支 歡喜ソ氵ホ 佛法氵十 入刂ナ矛𠃍 <화엄09:24>

【관련】 人刂ナ矛𠃍, (無)刂ソ-, (令)刂ナ矛𠃍

【비고】 '人'의 독음을 'ᄒᆞ'로 보는 견해와 '히'로 보는 견해가 있음. 후자의 경우 사동접미사를 중복 표기한 것으로 봄.

刂罒[이라]

【刂/계사+罒/연결어미】

-이므로. -이라서.

¶ 柔輭食乙 得 當願衆生 大悲灬 熏ノ1 所▸刂罒◂ 心意柔輭ソヒ立 <화엄07:16>

或ソ1 賈客▸刂罒◂ 商人彡 導刂尸{爲}入乙ソ𠃍 <화엄19:08>

{此}刂 菩薩1 稟性ノ1 仁慈▸刂罒◂ 好ㅎ 惠施乙 行ソロナ1 <화소09:10>

法性1 本灬 無ソ1 性▸刂罒◂ 第一義刂ㅎ 空刂ㅎ 如刂ㅎソ𠃍 <구인14:25>

譬 師子刂 (臆長毫)獸氵七 王▸刂罒◂ 大神力 {有}ㅓㅎ <금광02:02-03>

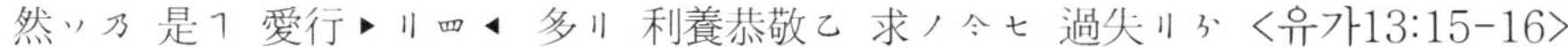

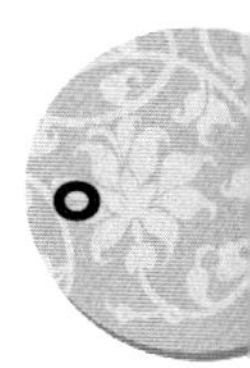

然ソ㢤 是1 愛行▸刂罒◂ 多刂 利養恭敬乙 求ノ㪽七 過失刂㢱 <유가13:15-16>
或ソ1 長者▸刂罒◂尒 邑七 中氵七 主刂尸{爲}入乙ソ㢱 <화엄19:08>
三賢: 十聖 : ノ㪽1 果報氵十 住ソ二1乙 唯八 佛刂二尸 一人刂二氵 淨土氵十 居ソ二1▸刂罒◂ 一切 衆生1 {暫}氵火七 報氵十 住ソ口1乙 金剛原氵十 登ソ去八二1刂氵 淨土氵十 居ソ二㇒亠七丨 <구인11:06-07>
惡友㇒ 攝持ノ1▸刂罒◂ 諸 善友 無㢱ソ尸矢丨 <유가27:08>

【관련】 刂罒尒, -1刂罒
【선후】 (음독구결)丶丶, 丶亽, (15)이라
【비고】 '罒'는 연결어미 '氵'의 이형태로 계사 '刂' 뒤에 쓰임.

刂 罒 尒 [이라곰]

【刂/계사+罒/연결어미+尒/첨사】
-이므로. -이라서.
¶ 或ソ1 長者▸刂罒尒◂ 邑七 中氵七 主刂尸{爲}入乙ソ㢱 <화엄19:08>

【관련】 刂罒
【비고】 '罒'는 연결어미 '氵'의 이형태로 계사 '刂' 뒤에 쓰임.

刂 㪽

☞ 八ソ㪽刂㪽

刂 㪽 七 ノ [이(ᄒᆞ)릿오]

【刂/말음첨기(+ᄒᆞ/동사)+㪽/선어말어미?+七/선어말어미+ノ/연결어미?】
('未' 뒤에서) 아니하여서. 아니하므로. § 후행하는 명명구문의 이유를 나타내고 있음.
¶ 第五心刂 上七 種種七 功德法藏氵十 猶刂 滿足ソ尸 未▸刂㪽七ノ◂ 是乙 名下 禪波羅蜜因亠ノ㢴㢱 <금광02:07-08>

【관련】 矢去㇒
【비고】 '㪽'의 독음을 'ᄒᆞ'로 보는 견해와 '히'로 보는 견해가 있음. 후자의 경우 사동접미사를 중복 표기한 것으로 봄. 여기의 'ノ'는 '非矢去㇒'의 '㇒'와 '譬 寶須彌)山王 (如)ソ白㢴'의 '㢴'와 관련되는 것으로 보임.

刂 㢴 刂 1 丁

☞ ソ㪽刂㢴刂1丁

刂 尸[1] [읈]

【刂/사동접미사+尸/동명사어미】

① ('令' 뒤에서) 시킴. -게 함.

¶ (譬) 大富商主刂 能 一切 心願乙 滿足 令▸刂尸◂ 如支 是 如支 第七心刂 能ㄱ 得氵ホ 生死險惡道乙 度 令刂去ㄱ入灬 故ㄱ <금광02:10-12>

② ('令' 뒤에서) -게 하지. § 여기서 '-尸'은 부정소 '不' 앞에 쓰인 것임.

¶ 整衣ソㄱ 束帶ソ去ㄱㅣ+ㄱ 當 願 衆生 善根乙 檢束ソ氵ハ 散失 令▸刂尸◂ 不ソヒ立 <화엄04:07>

見聞ソ彡 聽受ソ彡 若七 供養ソ彡ソロヒ火七ハ尸入ㄱ 皆七 安樂乙 獲刂 令▸刂尸◂ 不ソ尸丁ノ尸 靡刂七ソヒ矛ㄱ <화엄14:10>

諸 煩惱行氵 動 令▸刂尸◂ 能矢 不ハノ矛ナㄱ入灬 故ノ <금광07:11-12>

【관련】 ソ令刂尸, 刂令刂尸

刂 尸[2] [읈]

【刂/말음첨기+尸/동명사어미】

① ('生' 뒤에서) 내지. § 여기서 '-尸'은 부정소 '不(夊)' 앞에 쓰인 것임.

¶ 亦ソㄱ {於}衆生氵+ 而灬 厭賤ノ尸入乙 生▸刂尸◂ 不ソナ尸入乙 <화소12:18-19>

味尸 不ソ彡 著尸 不ソ彡ソㄱ 亦ソㄱ 厭ノ尸入乙 生▸刂尸◂ 不ソㄱ <화소13:14-15>

{於}身心氵+ 貪愛乙 生▸刂尸◂ 不夊 令刂下 悉氵 得氵ホ 淸淨智身乙 成就ㅅ刂ㄱ禾氵七ㅣソナ尸入乙 <화소16:15-16>

能ㄱ 一法ケカ 生▸刂尸◂ 不夊ソ彡 <금광13:06>

醜陋人乙 見 當 願 衆生 {於}不善ソヒ七 事氵+ 樂著乙 生▸刂尸◂ 不ソヒ立 <화엄06:09>

而ㄱ 此 利養恭敬乙 依氵 而灬 貪着乙 生▸刂尸◂ 不夊ソㄱ <유가19:02-03>

亦 {於}他氵 利養恭敬亠 及七 餘 不信ソヒ七 婆羅門 等ソㄱ氵 對面ソ彡 背面ソ彡ソ氵 諸 不可意七 身業語業乙 現行ソ今七 事亠ノ今七 中氵+ 心氵+ 憤恚乙 生▸刂尸◂ 不夊ソ彡 又 復 {於}彼氵+ 損害心 无彡ソㄱ <유가19:03-06>

② ('生' 뒤에서) 내기를. § 여기서 '-尸'은 '已氵ソ-'에 선행하는 요소임.

¶ 是 如支 欲樂乙 生▸刂尸◂ 已氵ソ氵斤 勤精進乙 發ソ氵ホ 无閒常委ㄘ {於}三十七 菩提分法氵+ 方便灬 勤修ソㄱ <유가29:05-06>

【비고】 '生刂-'의 '-刂-'는 사동접미사일 가능성이 있음.

刂 尸[3] [읈]

【刂/말음첨기+尸/동명사어미】

('雨' 뒤에서) 뿌리지. § 여기서 '-尸'은 부정소 '不' 앞에 쓰인 것임.

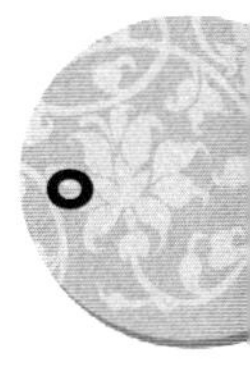

¶ 無價 寶衣⺀ 雜妙香⺀ 寶七 幢⺀ 幡⺀ 蓋⺀ノ才 皆七 嚴好丷ㄱ刂⺀ 眞金乙 華 {爲}氵 丷ㄱ刂⺀ 寶乙 帳 {爲}氵丷ㄱ刂⺀ノ亽乙 皆七 掌七 中乙 從七 雨▸刂尸◂ 不丷尸丁ノ 尸 莫七刂丷ロヒケ <화엄15:20-21>

【비고】 '雨刂-'의 '-刂-'는 사동접미사일 가능성이 있음.

刂 尸 4 [읾]

【刂/말음첨기+尸/동명사어미】

('成' 뒤에서) 이루지. § 여기서 '-尸'은 부정소 '不' 앞에 쓰인 것임.

¶ {於}自心ろ十 淸淨丷{令}刂尸 未刂丷ㄱ丨十ㄱ 必ハ {於}衆苦ろ十 得ホ 解脫丷ろ 吉祥 性乙 成▸刂尸◂ 不ハ丷尸入乙 由氵ㄱ入罒亠 <유가22:03-04>

【비고】 '成刂-'의 '-刂-'는 사동접미사로 추정됨.

刂 尸 5 [읾]

【刂/말음첨기+尸/동명사어미】

('見' 뒤에서) 보이기를. § 여기서 '-尸'은 '已氵丷-'에 선행하는 요소임.

¶ 是 如支 等丷ㄱ 類 諸ㄱ 外道ラ十 其 意解乙 觀丷ロ 與七 同事丷ナろ 示刂ケㄱ 所七 苦行火七ハ尸入ㄱ 世刂十 堪刂矢丷ろ亽 靡七刂丷ろホ 彼乙 見▸刂尸◂ 已氵丷ロ 皆七 調伏 令刂ロヒケ <화엄20:04-05>

【비고】 '見刂-'의 '-刂-'는 사동접미사로 추정됨.

刂 尸 6 [읾]

【刂/계사+尸/동명사어미】

-인. § 여기서 '-刂尸'은 후행하는 명사와 동격 구성을 이룸.

¶ 如來七 三業ㄱ 德刂 無極丷ロハ二ㄱ 我▸刂尸◂ 今ハ 月光ㄱ 三寶乙 禮丷白ロトクㄱ⺀ <구인11:08>

得ろホ 一切 怖畏刂ㄱ 一切 惡獸▸刂尸◂ 虎 狼 師子亠 一切 惡鬼亠 人非人 等丷ㄱ 怨賊亠 災橫亠 諸ラ 有丷ㄱ 惱害亠ノ尸乙 度脫丷ろ <금광09:24-10:01>

得ろホ 一切 怖畏刂ㄱ 一切 毒害▸刂尸◂ 虎 狼 師子亠 一切 惡鬼亠 人 非人 等丷ㄱ 怨賊亠 災橫亠 諸ラ 有丷ㄱ 惱害亠ノ尸乙 度丷ろ <금광10:18-20>

得 一切 怖畏刂ㄱ 一切 惡獸▸刂尸◂ 虎 狼 師子亠 一切 惡鬼亠 人非人 等丷ㄱ 怨賊亠 毒害亠 災橫亠ノ尸乙 度丷ろ <금광11:15-17>

【관련】 刂ㄱ

刂 尸 7

☞ ソ令リ尸

リ尸丁ソナ㢱[읎뎌ᄒᆞ겨며]

【リ/말음첨기+尸/동명사어미+丁[ᄃᆞ/의존명사+여/조사]#ソ/용언+ナ/선어말어미+㢱/연결어미】

('濟' 뒤에서) 구제하리라 하며. 구제하겠다 하며. §'ソナ㢱'의 'ソ'는 인용동사임.

¶ 爾七ソ1 時十 菩薩1 {是}リ 念言ノ尸入乙 作ソナ尸丁 今七 我ラ {此}リ 身1 … 宜1 時リ十 疾リ 捨ソ3ハ 以3 衆生乙 濟▸リ尸丁ソナ㢱◂ <화소11:02-04>

【관련】 ソ尸丁ソナ木丨, (不冬)ソ尸丁ソナ尸入乙, ソナ㢱

【비고】 '濟リ-'의 '-リ-'는 사동접미사로 추정됨.

リ尸矢㢱

☞ ソ令リ尸矢㢱

リ尸入1[읎ᄃᆞᆫ]

【リ/계사+尸/동명사어미+入/의존명사+1/보조사】

① -인 것은. -은.

¶ 此 中3七 義▸リ尸入1◂{者} 謂1 尸羅淨3十 有七1 所七 作意乙 名下 正加行 作意 思惟亠ノ尸亠 <유가25:12-14>

② -이라면.

¶ 若七 法リ 有 非矢1▸リ尸入1◂ 不可ソ丨 捨ソ尸 不冬ソ尸丁ソナ尸入乙 {是}リ乙 名下 未來施ㄷノ未ナ丨 <화소14:03-04>

謂ノ令 非矢リ丨 二諦リ 一リ丨ソ尸丁 二 非矢1▸リ尸入1◂ 何七ㄷ 得ㄋ㐃{可}七ソ木尸ロノ木1入灬ㄷ <구인15:05>

【관련】 (非)矢1リ尸入1

【비고】 '尸入1'을 연결어미로 보는 견해도 있음.

リ尸入1

☞ ソ令リ尸入1

リ尸入灬

☞ 㐅リ尸入灬

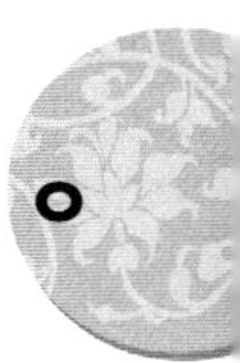

刂尸爲入ㄱ丷ヒ才亦

☞ 刂尸爲入乙丷ヒ才亦

刂爲尸入ㄱ丷亦[읽든호며]

【刂/계사+尸/동명사어미+入/의존명사+ㄱ/보조사#丷/동사+亦/연결어미】

-이 되며.

¶ 是 五地セ 障亠ノ才亦 行法相刂 續3十 了了 顯現丷トㄱ刀 無明刂 因▸刂{爲}尸入ㄱ丷亦◂ <금광07:23-24>

【비고】 동일한 문맥의 '微細丷ㄱ 諸相刂 或現丷ㆆ 不現丷ㆆ丷トㄱ刀 無明刂 因{爲}刂尸入乙丷亦 <금광07:25-08:01>'를 참조하면 '刂{爲}尸入ㄱ丷亦'는 '刂{爲}尸入乙丷亦'의 오기로 보임.

刂尸爲入乙ノ亣應セ丷ヒ立[읽둘홇호ᄂ셔]

【刂/계사+尸/동명사어미+入/의존명사+乙/대격조사#ノ[ᄒᆞ/용언+오/선어말어미]+亣セ/어미+丷/형용사+ヒ/선어말어미+立/종결어미】

-이 될 수 있기를 (바란다). 될 만하기를 (바란다). § 'ヒ立'는 願望을 나타내는 종결형태임.

¶ 林藪3十 處丷ㄱ乙 見 當 願 衆生 天人ラ{之} 歎仰ノ尸 所▸刂尸{爲}入乙ノ亣{應}セ丷ヒ立◂ <화엄07:02>

【관련】 刂尸爲入乙丷ヒ立

刂尸爲入乙丷去ナ亣セ丨[읽둘호거겺다]

【刂/계사+尸/동명사어미+入/의존명사+乙/대격조사#丷/용언+去/선어말어미+ナ/선어말어미+亣セ/선어말어미+丨/종결어미】

-이 될 수 있다.

¶ {於}一切 法3十 自在尸 不丷尸丁ノ尸 無 而灬 衆生ラセ 第二 導師▸刂尸{爲}入乙丷去ナ亣セ丨◂ <화엄02:16-17>

【관련】 刂去ナ亣セ丨, (莫)去ナ亣セ丨

刂尸爲入乙丷ナㄱ刂亦[읽둘호견이며]

【刂/계사+尸/동명사어미+入/의존명사+乙/대격조사#丷/용언+ナ/선어말어미+ㄱ/동명사어미+刂/계사+亦/연결어미】

-이 되는 것이며.

¶ 信ㄱ 功德ㄝ 不壞種▸リㄕ{爲}入乙ソナㄱリ𢀳◂ 信ㄱ 能攴 菩提樹乙 生長ソナ矛𢀳 <화엄10:06>

【관련】 リㄕ入乙ソナㄱリ𢀳, (ソ)ナㄱリ𢀳, (不矢リ)ナㄱリ𢀳

リㄕ爲入乙ソナ𢀳 [읽들ㅎ겨며]

【リ/계사+ㄕ/동명사어미+入/의존명사+乙/대격조사#ソ/용언+ナ/선어말어미+𢀳/연결어미】

-이 되며.

¶ 或ソㄱ 梵志ㄕ 諸ㄱ 威儀乙 現ㅎ氵ホ {於}彼 衆ㄝ 中氵+ 上首▸リㄕ{爲}入乙ソナ𢀳◂ <화엄19:21>

【관련】 リㄕ入乙ソナ𢀳, リㄕ入乙ソ𢀳(ソナㄱリ𢀳), リㄕ入乙 (作)ソナ𢀳, ㄷノ矛ㄕ爲入乙ソ𢀳

リㄕ爲入乙ソロナㄱ [읽들ㅎ고견]

【リ/계사+ㄕ/동명사어미+入/의존명사+乙/대격조사#ソ/용언+ロ/선어말어미+ナ/선어말어미+ㄱ/동명사어미】

-이 되므로. -이 되니. § 여기서 'ㄱ'은 절 접속의 기능임.

¶ 信ㄱ 道氵ㄝ 元矢攴リ𢀳 功德ㄝ 母▸リㄕ{爲}入乙ソロナㄱ◂ 一切 諸ㄱ 善法乙 長養ソ 㠯 疑網乙 斷除ソ氵ホ 愛流乙 出ソ㠯ソナ矛罒 涅槃ㄷ 無上道ㄷノ今乙 開ソ㠯 示ソ㠯ソナ矛𢀳 <화엄09:20-22>

【관련】 (ソ)(白)ロナㄱ, リㄕ入乙ソナㄱリ𢀳

【비고】 'ロㄱ'을 연결어미로 보아 'ロナㄱ'을 불연속형태의 구성으로 보는 견해도 있음.

リㄕ爲入乙ソロハ示立ソ𠄌ㄱㅣ+ [읽들ㅎ곡시셔ㅎ건다긔;읽들ㅎ고기셔ㅎ건다긔]

【リ/계사+ㄕ/동명사어미+入/의존명사+乙/대격조사#ソ/용언+ロ/선어말어미+ハ/선어말어미?+示/선어말어미+立/종결어미#ソ/용언+𠄌/선어말어미+ㄱ/동명사어미+ㅣ+[ㄷ/의존명사+아긔/조사]; リ/계사+ㄕ/동명사어미+入/의존명사+乙/대격조사#ソ/용언+ロ/선어말어미+ハ/선어말어미?+示/선어말어미+立/종결어미#ソ/용언+𠄌/선어말어미+ㄱ/동명사어미+ㅣ/의존명사++/처격조사】

-이 되소서 한 때에. § 'ロハ示立'는 願望을 나타내는 종결형태임.

¶ 惟ハ 願ロㄕ入ㄱ 大王リ示ㄱ入ㄱ 之乙 捨ソ氵ホ 我ㄋ+ 與ソロハ示𢀳 并灬 及ㄝ 王ㄋ 身刀 我ㄋ 臣僕▸リㄕ{爲}入乙ソロハ示立ソ𠄌ㄱㅣ+◂ 爾ㄝソㄱ 時+ 菩薩ㄱ {是}リ 念言ノㄕ入乙 作ソナㄕ丁 <화소11:19-12:01>

【관련】 (ソ)ロハ示立ソ𠄌ㄱㅣ+, (ソ)ロハ示立, (ㄝイソ𠄌ロ乙ㅎㅣ)ソ𠄌ㄱㅣ+

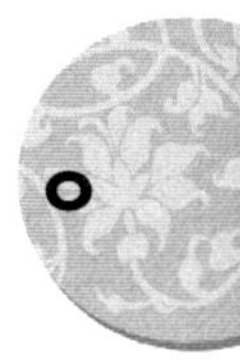

 刂 尸爲入乙 丷 𠃋 矛 㢱 [읈 돌 ᄒᆞᄂᆞ리며]

【刂/계사+尸/동명사어미+入/의존명사+乙/대격조사#丷/용언+𠃋/선어말어미+矛[ㄹㆆ/동명사어미(+이/의존명사)+이/계사]+㢱/연결어미】

-이 될 것이며. § <화엄경>에서 조건절 '-𠃋尸入丁'의 후행절에 주로 쓰임.

¶ 若 無生深法忍 得 則 諸丁 佛矢 授記丷𢀳ㅎ尸 所▸刂尸{爲}入乙丷𠃋矛㢱◂ <화엄12:14>

若 殊勝決定解乙 得𠃋尸入丁 則支 諸丁 佛矢 護念丷𢀳ㅎ尸 所▸刂尸{爲}入丁丷𠃋矛㢱◂ <화엄11:02>

【관련】 爲入乙丷𠃋矛㢱, 乙丷𠃋矛㢱

【비고】 '所刂尸{爲}入丁丷𠃋矛㢱'는 '所刂尸{爲}入乙丷𠃋矛㢱'의 잘못임

 刂 尸爲入乙 丷 𠃋 尸 入 丁 [읈 돌 ᄒᆞᄂᆞᆶ든]

【刂/계사+尸/동명사어미+入/의존명사+乙/대격조사#丷/용언+𠃋/선어말어미+尸/동명사어미+入/의존명사+丁/보조사】

-이 되면. § 조건구문에 쓰이며 후행절에는 '-𠃋矛-'가 옴.

¶ 若 諸丁 佛矢 護念丷𢀳ㅎ尸 所▸刂尸{爲}入乙丷𠃋尸入丁◂ 則 能 菩提心乙 發起丷𠃋矛㢱 <화엄11:03>

【관련】 爲入乙丷𠃋尸入丁, 乙丷𠃋尸入丁, 丷𠃋尸入丁

【비고】 '-𠃋尸入丁'은 <화엄경>에만 나타남. '尸入丁'을 연결어미로 보는 견해도 있음.

 刂 尸爲入乙 丷 𠃋 立 [읈 돌 ᄒᆞᄂᆞ셔]

【刂/계사+尸/동명사어미+入/의존명사+乙/대격조사#丷/용언+𠃋/선어말어미+立/종결어미】

-이 되기를 (바란다). § '𠃋立'는 願望을 나타내는 종결형태임.

¶ 若 王子乙 見 當 願 衆生 法乙 從七 化生丷㇇八 而灬 佛子▸刂尸{爲}入乙丷𠃋立◂ <화엄06:21>

【관련】 刂尸爲入乙ノㅎ應七丷𠃋立, 丷𠃋立

 刂 尸爲入乙 丷 丨 ナ 丁 乙 [읈 돌 ᄒᆞ다견을]

【刂/계사+尸/동명사어미+入/의존명사+乙/대격조사#丷/용언+丨/선어말어미+ナ/선어말어미+丁/동명사어미+乙/대격조사; 刂/계사+尸/동명사어미+入/의존명사+乙/대격조사#丷/용언+丨/선어말어미+ナ/선어말어미+丁乙/연결어미】

-이 되어 있었거늘. -이 되어 있었는데.

¶ 善男子㇇ {是}刂 月光王丁 已氵 {於}過去七 十千劫七 中㇇七 龍光王佛法七 中㇇十丷㇇

四住七 開士▶刂尸{爲}入乙丷丨𠂇ㄱ乙◀ 我ㄱ 八住七 菩薩刂尸{爲}入乙丷丨八白ㄋㄱ入灬 今丷ㄱ {於}我ㄋ 前氵十丷氵 大師子吼乙丷𠂇卜丨 <구인11:20-22>

【관련】 刂尸爲入乙丷丨八白ㄋㄱ入灬, (未刂)丷ㄋ七丨ノㄱ, (未刂)丷氵七丨ノㄱ, (爲)氵ホ𠂇ㄱ乙, 刂氵ㄱ乙

刂尸爲入乙丷丨八白ㄋㄱ入灬[읾들ᄒᆞ닥숣온ᄃᆞ로;읾들ᄒᆞ다기숣온ᄃᆞ로]

【刂/계사+尸/동명사어미+入/의존명사+乙/대격조사#丷/용언+丨/선어말어미+八/선어말어미?+白/선어말어미+ㄋ/선어말어미+ㄱ/동명사어미+入/의존명사+灬/구격조사】

-이 되어 있었으므로.

¶ 善男子氵 {是}刂 月光王ㄱ 已氵 {於}過去七 十千劫七 中氵七 龍光王佛法七 中氵十丷氵 四住七 開士刂尸{爲}入乙丷丨𠂇ㄱ乙 我ㄱ 八住七 菩薩▶刂尸{爲}入乙丷丨八白ㄋㄱ入灬◀ 今丷ㄱ {於}我ㄋ 前氵十丷氵 大師子吼乙丷𠂇卜丨 <구인11:20-22>

【관련】 刂尸爲入乙丷丨𠂇ㄱ乙, (未刂)丷ㄋ七丨ノㄱ, (未刂)丷氵七丨ノㄱ, 刂入乙 (作丷去ㄱ入灬), 丷白ㄋㄱ乙

刂尸爲入乙丷含[읾들ᄒᆞ리]

【刂/계사+尸/동명사어미+入/의존명사+乙/대격조사#丷/용언+含[ㄹㆆ/동명사어미+이/의존명사(+이/주격조사)]】

-이 되는 것.

¶ 又 第一義七 思所成慧人 及七 修所成慧人 俱丷ㄱ 光明想氵十 十一法刂 所對治▶刂尸{爲}入乙丷含◀ 有七丨 <유가11:10- 12>

又 此 二障氵十 當八 知ㅎ丨 摠ㅁㄱ 二種 因緣刂 能ㄅ 遠離▶刂尸{爲}入乙丷含◀ 有丷ㄱ刂ㄱ丁 <유가27:09-10>

刂尸爲入乙丷矛亠[읾들ᄒᆞ리여]

【刂/계사+尸/동명사어미+入/의존명사+乙/대격조사#丷/용언+矛[ㄹㆆ/동명사어미+이/의존명사]+亠/조사; 刂/계사+尸/동명사어미+入/의존명사+乙/대격조사#丷/용언+矛亠[ㄹㆆ/동명사어미(+이/의존명사)+이여/조사]】

-이 되는 것이. § 여기서 '亠'는 '有七丨'의 후치된 주어절의 후치된 성분에 붙음.

¶ 又 二法 有七丨 {於}現觀乙 修ノ含十 極 障㝵▶刂尸{爲}入乙丷矛亠◀ <유가24:10>

【관련】 ノ矛亠, 丷𠂇矛亠, 刂尸入乙丷矛罒

【비고】 화엄경 계열에서 나타나는 '丷(𠂇)含氵'는 절 접속에 쓰여 주로 역접의 의미를 보이나 <유가사지론>의 '丷(𠂇)矛亠'는 도치된 성분에 붙음.

刂尸爲入乙丷矛刂ㄱ丁[읽들ᄒ리인뎌]

【刂/계사+尸/동명사어미+入/의존명사+乙/대격조사#丷/용언+矛[ㄹㅎ/동명사어미+이/의존명사]+刂/계사+ㄱ/동명사어미+丁[ᄃ/의존명사+여/조사]; 刂/계사+尸/동명사어미+入/의존명사+乙/대격조사#丷/용언+矛[ㄹㅎ/동명사어미(+이/의존명사)+이/계사]+刂/중복표기+ㄱ/동명사어미+丁[ᄃ/의존명사+여/조사]】

-이 되는 것이. §'刂ㄱ'은 '當知', '應知'의 목적어절에 붙는 요소임. '丁'는 후치된 목적어절에 붙는 요소임.

¶ 思擇力〴 攝ノ尸 不淨想七 中阝十 當ハ 知ㄋ丨 五法刂 所對治▸刂尸{爲}入乙丷矛刂ㄱ丁◂ <유가09:20-21>

修習力〴 攝ノ尸 不淨想七 中阝十 當ハ 知ㄋ丨 七法刂 所對治▸刂尸{爲}入乙丷矛刂ㄱ丁◂ <유가10:02-03>

【관련】 丷矛刂ㄱ丁, 丷矛刂ㄱ亠, (丷去ㄱ丁)ノ矛刂ㄱ丁, (丷尸丁)ノ矛刂ㄱ丁, ノㄱ刂ㄱ亠

刂尸爲入乙丷尸矢ㄅ[읽들ᄒᆯ디며]

【刂/계사+尸/동명사어미+入/의존명사+乙/대격조사#丷/용언+尸/동명사어미+矢[ᄃ/의존명사+이/계사]+ㄅ/연결어미】

-이 될 것이며.

¶ 此ㄱ {於}寂靜ㄎ 正思惟丷令七 時亠十 能ㄅ 障㝵▸刂尸{爲}入乙丷尸矢ㄅ◂ <유가12:09-10>

【관련】 (ノ矛ㄱ刂阝七丨)丷尸矢ㄅ, (阝十)丷尸矢ㄅ, 丷尸矢ㄅ

刂尸爲入乙丷ㄅ[읽들ᄒ며]

【刂/계사+尸/동명사어미+入/의존명사+乙/대격조사#丷/용언+ㄅ/연결어미】

-이 되며.

¶ 云何 得阝ホ 一切 衆生ㄋ {與}氵 依▸刂尸{爲}入乙丷ㄅ◂ 救▸刂尸{爲}入乙丷ㄅ◂ 歸ノ矛尸{爲} 趣ノ矛尸{爲} 炬刂尸{爲} 明 爲 照 爲 導 爲 勝導 爲 普導▸刂尸{爲}入乙丷ㄅ◂ <화엄02:06-07>

亦丷ㄱ 法藏阝七 第一財▸刂尸{爲}入乙丷ㄅ◂ 淸淨手刂尸{爲}入乙丷阝ホ 衆ㄱ 行乙 受刂ナ矛ㄅ <화엄09:23>

或丷ㄱ 長者刂罒ホ 邑七 中阝七 主▸刂尸{爲}入乙丷ㄅ◂ 或丷ㄱ 賈客刂罒 商人ㄋ 導▸刂尸{爲}入乙丷ㄅ◂ 或 國王氵 及七 大臣▸刂尸{爲}入乙丷ㄅ◂ 或丷ㄱ 良醫刂尸入乙 作丷阝ホ 衆ㄱ 論乙 善支丷ㄅ 或丷ㄱ {於}曠野阝十 大樹刂尸入乙 作丷ㄅ 或丷ㄱ 良藥氵 衆ㄱ 寶藏氵ノ矛尸{爲}入乙丷ㄅ <화엄19:08-10>

【관련】 刂尸入乙丷(ナ)ㄅ, 刂尸入乙丷ㄅ(丷ナㄱ刂ㄅ), 刂尸入乙 (作丷-), 氵ノ矛尸爲入乙丷ㄅ

刂尸爲入乙丷氵[읽둘ᄒᆞ아]

【刂/계사+尸/동명사어미+入/의존명사+乙/대격조사#丷/용언+氵/연결어미】

-이 되어.

¶ 是 如支丷1 六種 所對治七 法氵十 還㇇ 六法刂 能ᄼ 對治▸刂尸{爲}入乙丷氵◂ 多刂 所作 {有}屮ㅌ 有丷1亠 <유가10:23-11:02>

此 諸 煩惱1 能ᄼ 隨眠▸刂尸{爲}入乙丷氵◂ 深遠兮 心氵十 入丷ㅎ 又 能ᄼ 種種七 諸 苦乙 發生丷ㅎ丷矛罒 <유가30:09-10>

若 {於}王乙 見 當 願 衆生 得氵ホ 法王▸刂尸{爲}入乙丷氵◂ハ 正法乙 恒轉丷ㅌ立 <화엄06:20>

亦丷1 法藏氵七 第一財刂尸{爲}入乙丷ᄼ 淸淨手▸刂尸{爲}入乙丷氵◂ホ 衆1 行乙 受刂ナ矛ᄼ <화엄09:23>

【관련】 刂尸爲入乙丷氵ハ, 刂尸爲入乙丷氵ホ, 刂尸入乙 (作丷氵ホ), (丷ㅎ)ノ尸入乙 (作丷氵)

刂尸爲入乙丷氵ホ[읽둘ᄒᆞ아곰]

【刂/계사+尸/동명사어미+入/의존명사+乙/대격조사#丷/용언+氵/연결어미+ホ/첨사】

-이 되어서.

¶ 亦丷1 法藏氵七 第一財刂尸{爲}入乙丷ᄼ 淸淨手▸刂尸{爲}入乙丷氵ホ◂ 衆1 行乙 受刂ナ矛ᄼ <화엄09:23>

【관련】 刂尸爲入乙丷氵, 刂尸爲入乙丷氵ハ, 刂尸入乙 (作丷氵ホ), (丷ㅎ)ノ尸入乙 (作丷氵)

刂尸爲入乙丷氵ハ[읽둘ᄒᆞ악]

【刂/계사+尸/동명사어미+入/의존명사+乙/대격조사#丷/용언+氵/연결어미+ハ/첨사】

-이 되어서.

¶ 若 {於}王乙 見 當 願 衆生 得氵ホ 法王▸刂尸{爲}入乙丷氵ハ◂ 正法乙 恒轉丷ㅌ立 <화엄06:20>

【관련】 刂尸爲入乙丷氵, 刂尸爲入乙丷氵ホ, 刂尸入乙 (作丷氵ホ), (丷ㅎ)ノ尸入乙 (作丷氵)

刂尸入乙[읽둘]

【刂/계사+尸/동명사어미+入/의존명사+乙/대격조사】

('作丷-' 앞에서) -이 되-.

¶ 或丷1 良醫▸刂尸入乙◂ 作丷氵ホ 衆1 論乙 善支丷ᄼ 或丷1 {於}曠野氵十 大樹▸刂尸入乙◂ 作丷ᄼ 或丷1 寶珠▸刂尸入乙◂ 作丷氵ホ 求ノ尸 所乙 隨 或丷1 正道乙 以氵 衆生ラ十 示刂ナᄼ <화엄19:9-11>

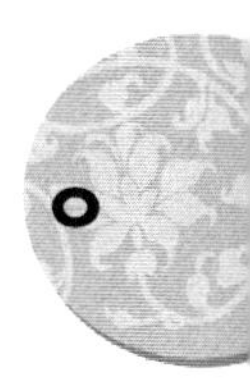

或ソㄱ 外道出家人▸リア入乙◂ 作ソ㢱 或ソㄱ 山林ㄋ十 在ソㄋホ 自ラ灬 勤苦ソ㢱 <화엄19:18>
或ソㄱ 形體乙 露ㅎㄋホ 衣服 無ㅎㄱ入乙ソㄋ 而灬 {於}彼 衆ラ十 師長▸リア入乙◂ 作ソ㢱 <화엄19:19>
{是}リ {等}丨ソㄱ乙 化ソ{爲}人 導師▸リア入乙◂ 作ソナ㢱 <화엄19:23>
或ソㄱ 復刀 杵ㄋ十 臥ソㄋホ 出離ノア入乙 求ソ㢱ノア厶 而灬 {於}彼衆ラ十 師首▸リア入乙◂ 作ソナㅎセ丨 <화엄20:03>
是 會セ 大衆ㄱ 皆 悉 彼厶 往ㄋ 爲ノ 聽衆▸リア入乙◂ 作ソ口セノネ㢱 <금광15:05-06>
【관련】 リア入乙ソ–, リア爲入乙ソ–

リア入乙ソナㄱリ㢱[읋ᄃᆞᆯᄒᆞ견이며]

【リ/계사+ア/동명사어미+入/의존명사+乙/대격조사#ソ/용언+ナ/선어말어미+ㄱ/동명사어미+リ/계사+㢱/연결어미**】**

-이 되는 것이며.

¶ 信ㄱ 垢濁 無ㄋホ 心ㅎ 清淨个リナネ㢱 憍慢乙 滅除ソ口 恭敬ノ今セ 本▸リア入乙ソナㄱリ㢱◂ <화엄09:22>
信ㄱ 能支 永去 煩惱乙 滅ㄋ今セ 本▸リア入乙ソナㄱリ㢱◂ 信ㄱ 能支 專ㅎ 佛功德ㄋ十 向个リナネ㢱 <화엄10:03>
【관련】 リア爲入乙ソナㄱリ㢱, リア入乙ソ–, リア爲入乙ソ–, リア入乙 (作ソ–)

リア入乙ソナ㢱[읋ᄃᆞᆯᄒᆞ겨며]

【リ/계사+ア/동명사어미+入/의존명사+乙/대격조사#ソ/용언+ナ/선어말어미+㢱/연결어미**】**

-이 되며.

¶ 雅思リㅎ 淵才リㅎソㄋ 文中ㄋセ 王▸リア入乙ソナ㢱◂ 歌舞ソㅎ 談說ソㅎノア厶 衆欣ノア 所リア入乙ソ㢱 一切 世間ㄋセ 衆ㄱ 技術乙ノア厶 譬入ㄱ 幻師 如支ソㄋホ 現ㅎア 不ソア丁ノア 無ナ㢱 或ソㄱ 長者リ罒ホ 邑セ 中ㄋセ 主リア{爲}入乙ソ㢱 或ソㄱ 賈客リ罒 商人ラ 導リア{爲}入乙ソ㢱 或 國王: 及セ 大臣リア{爲}入乙ソ㢱 <화엄19:06_09>
【관련】 リア爲入乙ソナ㢱, リア入乙ソ–, リア爲入乙ソ–, リア入乙 (作ソ–), ソナ㢱

リア入乙ソネ罒[읋ᄃᆞᆯᄒᆞ리라]

【リ/계사+ア/동명사어미+入/의존명사+乙/대격조사#ソ/용언+ネ/선어말어미+罒/연결어미; リ/계사+ア/동명사어미+入/의존명사+乙/대격조사#ソ/용언+ネ[ㅭ/동명사어미(+이/의존

명사)+이/계사]+罒/연결어미】

-이 될 것이라서.

¶ 生死 涅槃氵十 不平等ㅎ 思惟ソ㇐ㄱ刀 無明刂 因{爲}▸刂尸入乙ソ𠂤罒◂ 是 五地ㄝ 障亠ノ𠂤ㄘ <금광07:23-24>

法相刂 數數刂 行ソ氵 {於}心氵十 至㇐ㄱ刀 無明刂 因{爲}▸刂尸入乙ソ𠂤罒◂ 是(乙?) 六地ㄝ 障亠ノ𠂤ㄘ <금광07:24-25>

方便乙 得尸 未入ソ㇐ㄱ刀 無明刂 因{爲}▸刂尸入乙ソ𠂤罒◂ 是乙 七地ㄝ 障亠ノ𠂤ㄘ <금광08:01-02>

相自在刂 難氵 得氵ホ 度ノ ㅎ{可}ㄝソㄱ乙 執ソ㇐ㄱ刀 無明刂 因{爲}▸刂尸入乙ソ𠂤罒◂ 是乙 八地ㄝ 障亠ノノㄱソㄘ <금광08:03-04>

四無礙辯氵十 得氵ホ 自在 未ソ㇐ㄱ刀 無明刂 因{爲}▸刂尸入乙ソ𠂤罒◂ 是乙 九地ㄝ 障亠ノ𠂤ㄘ <금광08:05-06>

微妙秘密ソㄹㄝ{之} 藏乙 修行ノ尸厶 足 未八ソ㇐ㄱ刀 無明刂 因{爲}▸刂尸入乙ソ𠂤罒◂ 是ㄱ 十地ㄝ 障亠ノ𠂤ㄘ <금광08:07-08>

未來氵十 是 礙刂 更氵 生ㄱ 不入ソ尸乙 更氵 生 不八今刂今ㄝ 智乙 得尸 未入ソ㇐ㄱ刀 無明刂 因{爲}▸刂尸入乙ソ𠂤罒◂ 是乙 如來地ㄝ 障亠ノ𠂤𠂇ㄱ刂丨 <금광08:09-10>

【관련】 刂尸入乙ソ-, 刂尸爲入乙ソ-, 刂尸入乙 (作ソ-), ソ𠂤罒

【비고】 '罒'는 연결어미 '氵'의 이형태로 계사 '刂' 뒤에 쓰임.

刂尸入乙ソㄘ[잃들ᄒᆞ며]

【刂/계사+尸/동명사어미+入/의존명사+乙/대격조사#ソ/용언+ㄘ/연결어미】

-이 되며.

¶ 戒ㄱ 能ㄊ 菩提乙 開發ノ今ㄝ 本▸刂尸入乙ソㄘ◂ 學ㄱ 是ㄱ 功德乙 勤修ノ今ㄝ 地▸刂尸入乙ソㄘ◂ソ𠂇ㄱ刂ㄘ <화엄10:12>

歌舞ソㅎ 談說ソㅎノ尸厶 衆 欣ノ尸 所▸刂尸入乙ソㄘ◂ <화엄19:06>

是ㄱ 涅槃刂丨 思惟ソㅎ 是ㄱ 生死刂丨 思惟ソㅎソ㇐ㄱ刀 無明刂 因{爲}▸刂尸入乙ソㄘ◂ <금광07:22-23>

微細ソㄱ 諸相刂 或現ソㅎ 不現ソㅎソ㇐ㄱ刀 無明刂 因{爲}▸刂尸入乙ソㄘ◂ <금광07:25-08:01>

說法無量亠 名味句無量亠 知慧分別無量亠ノ尸乙 攝持尸 能 未八ソ㇐ㄱ刀 無明刂 因{爲}▸刂尸入乙ソㄘ◂ <금광08:04-05>

最大神通氵十 得氵ホ 意乙 如八 未八ソ㇐ㄱ刀 無明刂 因{爲}▸刂尸入乙ソㄘ◂ <금광08:06-07>

一切 境界氵十 微細智礙刂ソ㇐ㄱ刀 無明刂 因{爲}▸刂尸入乙ソㄘ◂ <금광08:08-09>

【관련】 刂尸入乙ソ-, 刂尸爲入乙ソ-, 刂尸入乙 (作ソ-)

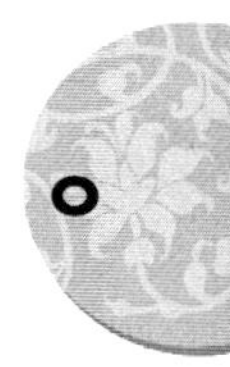

刂尸入乙丷ㄅ丷𠂇㇆刂ㄅ[읎들ᄒᆞ며ᄒᆞ견이며]

【刂/계사+尸/동명사어미+入/의존명사+乙/대격조사#丷/용언+ㄅ/연결어미#丷/용언+𠂇/선어말어미+㇆/동명사어미+刂/계사+ㄅ/연결어미】

-이 되며 하는 것이며. §'丷𠂇㇆刂ㄅ'의 '丷-'는 '-ㄅ'로 나열된 동사구를 아우르는 요소임.

¶ 戒㇆ 能支 菩提乙 開發ノ令七 本刂尸入乙丷ㄅ 學㇆ 是㇆ 功德乙 勤修ノ令七 地▸刂尸入乙丷ㄅ丷𠂇㇆刂ㄅ◂ <화엄10:12>

【관련】 刂尸入乙丷-, 刂尸爲入乙丷-, 刂尸入乙 (作丷-), 丷𠂇㇆刂ㄅ

刂尸亠

☞ 丷令刂尸亠

刂乙[이를]

【刂/대명사+乙/대격조사】

이것을.

¶ {是}▸刂乙◂ 名下 無記法氵ノ禾𠂇丨 <화소08:18-19>

{是}▸刂乙◂ 名下 菩薩摩訶薩尸 五亠 第七 多聞藏氵ノ禾𠂇丨 <화소09:03-09:04>

{是}刂 念乙 作丷尸 已氵丷口八㇆ 卽支 便刂 {之}▸刂乙◂ 施ノ尸厶 而灬 悔丷尸 所氵 無七刂丷𠂇尸入乙 {是}▸刂乙◂ 名下 外施氵ノ禾𠂇丨 <화소11:14-15>

{是}▸刂乙◂ 十尸氵{爲}ノ禾𠂇丨 <화소20:03>

{是}▸刂乙◂ {爲}丷口尸 十尸 種七 無盡法刂 能支 一切世間七 作ノ㇆ 所乙 悉氵 得氵亦 究竟 令刂𠂇令七 無盡大藏氵ノ禾𠂇丨 <화소26:19-20>

彼ラ十 施丷{爲}入丷尸入灬 故支氵 而灬 自ラ灬 {之}▸刂乙◂ 食丷𠂇令氵 其 味氵十 貪尸 不丷𠂇ㄅ <화소09:16>

菩薩㇆ {之}▸刂乙◂ 聞口 卽支 便刂 施與ノ尸厶 假使灬八 {此}▸刂乙◂ 由三氵八 阿僧祇七 劫乙 經氵 諸㇆ 根 不具ノ尸矢去乃 <화소16:02-03>

【선후】 (15)이를

내 ▸이를◂ 爲ᄒᆞ야 어엿비 너겨 <훈언2b>

【비고】 '刂'는 '是', '之', '此'의 전훈독표기임.

刂ㄅ[1][이며]

【刂/말음첨기?+ㄅ/연결어미】

-며.

¶ 若七 有𠂇丨 菩薩刂 初七亠 發心丷氵 誓▸刂ㄅ◂ 求丷氵亦 當八 佛菩提乙 證丷七彳丷

ナオ氵 <화엄09:04>

衆生ㄋ 形相ㄱ 各ホ 不冬 同▸リ㐃◂ 行業氵 音聲氵ノ今 亦刀 量リ 無ㄱ乙 {是}リ 如支ソㄱ 一切乙 皆七 能支 現ㄒトㄒㄱ入ㄱ 海印三昧七 威神七 力リナ丨 <화엄15:01-02>

【선후】 (15)-며

リ㐃²[이며]

【リ/사동접미사+㐃/연결어미】

① ('令' 뒤에서) -게 하며.

¶ 善支 一切音聲氵 言語氵 文字氵 辯才氵ノ今ㄋ十 入ソ㇇ 一切衆生乙 佛種乙 斷ㄕ 不ソ㇇ホ 淨心相續 令▸リ㐃◂ <화소25:19-20>

二者 能㐃 一切 衆生乙 {於}甚深ソヒ七{之} 法㇇十 入 令▸リ㐃◂ <금광04:21>

【관련】 亽リ㐃, リナ㐃, ソ令リ㐃

② ('生' 뒤에서) 내며.

¶ 彼ㄱ 是 如支 {於}諸 世間七 增上 生道㇇十 願心 无ソㄱ入乙 由氵ㄱ入灬 故ノ 諸 惡趣七 法乙 斷除ソ{爲欲}入 心㇇十 正願乙 生▸リ㐃◂ <유가07:10-11>

彼ㄱ 是 如支 樂斷ソ㇋ 樂修ソ㇋ 心㇇十 貪ㅗ 恚ㅗノ今 无㇋ 正念現前ソ㇋ 增上慢乙 離㇋ソㄱ入乙 由㇇ 於}諸 衣服乙 宜ソㄱ入乙 隨ノ 獲得ノㄱㄋ十 便ㄒ 喜足乙 生▸リ㐃◂ <유가19:11-12>

沙門果證 闕ノㄱ 增上力乙 由氵ㄱ入灬 故ノ {於}己ㄋ 雜染 相應ソㄱㄋ十 心㇇十 厭患ノㄕ入乙 生▸リ㐃◂ {於}己ㄋ 清淨 不相應ソㄱㄋ十 心㇇十 厭患ノㄕ入乙 生▸リ㐃◂ {於}己ㄋ 雜染 相應ソㄱ 過患㇇十 心㇇十 厭患ノㄕ入乙 生▸リ㐃◂ {於}己ㄋ 清淨 不相應ソㄱ 過患㇇十 心㇇十 厭患ノㄕ入乙 生▸リ㐃◂ <유가20:19-22>

③ ('示' 뒤에서) 보이며.

¶ 菩薩ㄱ 十ㄕ 種 行乙 行ソ㇋ 亦ソㄱ 一切 大人ㄋ 法乙 行ソ㇋ソトㄒㄱ入乙 示▸リ㐃▸ <화엄18:18>

④ ('得' 뒤에서) 얻게 하며.

¶ 心㇇十 歡喜ノㄕ入乙 得▸リ㐃◂ 一切 煩惱七 纏垢乙 滅除ソ㐃 <화소25:18>

リ㐃³[이며]

【リ/계사+㐃/연결어미】

① -이며.

¶ {是}リㄱ 世間七 法▸リ㐃◂ {是}リㄱ 出世間七 法▸リ㐃◂ {是}リㄱ 有爲法▸リ㐃◂ {是}リㄱ 無爲法▸リ㐃◂ <화소01:06-07>

{是}リㄱ 有記法▸リ㐃◂ {是}リㄱ 無記法リㄱ入乙 知ナㄒ七丨 <화소01:04-08>

骨節ㄋ 相持ノㄱリ㐃 血肉乙灬 塗ノㄱ 所▸リ㐃◂ 九孔㇇十 常リ 人ㄋ 惡賤ノㄕ 所乙

流ソゕソトㅎㄱ入乙 觀ソナゕ <화소16:08-09>

衆ㄱ 魔ミ 外道ミノ亽ラ 懷尸 不(ノ)能刂矢ノ尸 所▸刂ゕ◂ 轉身ソろホ 受生ノ尸ム 忘不 於過去現在未來 說法 盡 無ゕ <화소23:13-14>

一ナㄱ{者} 父母亠 妻子亠 奴婢亠 僕使亠 朋友亠 眷屬亠 財穀亠 珍寶亠 等ソㄱ乙 棄捨ノㄱ入灬 顯ソㄱ 所▸刂ゕ◂ <유가17:06-08>

一▸刂ゕ◂ 二刂ヒセ{之} 義ㄱ 其 事 云何セソロヒろ <구인14:19-20>

{於}解ろナ 常刂 自灬 一▸刂ゕ◂ {於}諦ろナ 常刂 自ラ灬 二刂ㄱ刂ろセ丨ソろ {此}刂 無二ソㄱ入乙 通達ソろハニㄱ乙 <구인15:05-06>

大王下 法輪刂丨ソㄱ入ㄱ{者} 法本如▸刂ゕ◂ 重誦如▸刂ゕ◂ 授記如▸刂ゕ◂ 不誦偈如▸刂ゕ◂ 無問而自說如▸刂ゕ◂ 戒經如▸刂ゕ◂ 譬喩如▸刂ゕ◂ 法界如▸刂ゕ◂ 本事如▸刂ゕ 方廣如▸刂ゕ◂ 未曾有如▸刂ゕ◂ 論議如刂ゕソナ丨 <구인15:22-25>

生死ㄱ 過失▸刂ゕ◂(涅槃 功)德刂ㄱ刂ろセ丨ソろ 正覺 正觀ソ尸矢 是 波羅蜜義▸刂ゕ▸ <금광05:10-11>

【선후】 (15)-이며

② ('…ㄱ入灬 故', '…尸入灬 故' 뒤에서) 때문이며.

¶ 謂ノㄱ 所ㄱ 多聞善巧 盡去ㅎ可セソヒ 不矢ㄱ入灬{故}▸刂ゕ◂ 善知識乙 親近ノ尸 盡去ㅎ可セソヒ 不矢ㄱ入灬{故}▸刂ゕ◂ <화소19:14-15>

一切 衆生乙 饒益ソ尸入灬{故}▸刂ゕ◂ 本願乙 以ろ 善支 迴向ソ尸入灬{故}▸刂ゕ◂ 一切 劫ろナ 斷絶尸 無刂ソ尸入灬{故}▸刂ゕ◂ 虛空界乙 盡ろ 悉ろ 開悟ノ尸ム 心ㅎ 限尸 無刂ソ尸入灬{故}▸刂ゕ◂ 有爲ろナ 迴向ソ亽ミ 而ㄱ 著尸 不ソ尸入灬{故}▸刂ゕ◂ 一ㄱ 念セ 境界ろナ 一切法 盡尸 無刂ソ尸入灬{故}▸刂ゕ◂ 大願セ 心ㅎ 變異尸 無ㄱ入灬{故}▸刂ゕ◂ 善支 諸ㄱ 陀羅尼乙 攝取ソㄱ入灬{故}▸刂ゕ◂ 一切 諸ㄱ佛㣺 護念ソホㅎ尸 所刂ㄱ入灬{故}▸刂ゕ◂ 一切 法ラ 皆セ 幻 如支ノㄱ入乙 了ソ尸入灬{故}刂ナ丨 <화소26:13-19>

【관련】 (故)ノ刂ゕ, (故)ゕ

【선후】 (15)-이며

刂ゕソ去ㄱ入灬[이며ᄒᆞ건ᄃᆞ로]

【刂/사동접미사+ゕ/연결어미#ソ/동사+去/선어말어미+ㄱ/동명사어미+入/의존명사+灬/구격조사**】**

('利' 뒤에서) 이롭게 하며 한 까닭으로. § 'ソ去ㄱ入灬'의 'ソ'는 'ゕ'로 나열된 동사구를 아우르는 요소임.

¶ 譬 轉輪聖王ラ 主兵寶臣刂 意乙 如ハ 處分ソ尸 如支 是 如支 第九(心 善能) 淸淨 佛土乙 (莊)嚴ソゕ 功德灬 普洽ソろホ 廣刂 一切乙 利▸刂ゕソ去ㄱ入灬◂(故 是 名 力波)羅蜜因亠ノネゕ <금광02:14-17>

【관련】 ソ去ㄱ入灬 (故-)

刂ㄉ丷ナ丨[이며ᄒᆞ겨다]

【刂/계사+ㄉ/연결어미#丷/동사+ナ/선어말어미+丨/종결어미】

-이며 하다. § '丷ナ丨'의 '丷'는 'ㄉ'로 나열된 명사구를 아우르는 요소임.

¶ 大王𠂆 法輪刂丨丷1入1{者} 法本如刂ㄉ 重誦如刂ㄉ 授記如刂ㄉ 不誦偈如刂ㄉ 無問而自說如刂ㄉ 戒經如刂ㄉ 譬喩如刂ㄉ 法界如刂ㄉ 本事如刂ㄉ 方廣如刂ㄉ 未曾有如刂ㄉ 論議如▸刂ㄉ丷ナ丨◂ <구인15:22-25>

【관련】 ノ禾ㄉ丷ナ丨

刂ㄉ丷ナ亣七丨[이며ᄒᆞ겼다]

【刂/말음첨기+ㄉ/연결어미#丷/동사+ナ/선어말어미+亣七/선어말어미+丨/종결어미】

('生' 뒤에서) 내며 할 것이다. § '丷ナ亣七丨'의 '丷'는 'ㄉ'로 나열된 동사구를 아우르는 요소임.

¶ 沙門果證 闕ノ1 增上力乙 由氵1入罒 故ノ {於}己ㄋ 雜染 相應丷1ㄋ十 心阝十 厭患ノ尸入乙 生刂ㄉ … {於}己ㄋ十 淸淨乙 難氵 成辨ノ尸入乙 見ノ1ㄋ十 心阝十 厭患ノ尸入乙 生▸刂ㄉ丷ナ亣七丨◂ <유가20:18-23>

【관련】 丷ㄉ丷ナ亣七丨, (不)冬丷ㄉ丷ナ亣七丨, 刂ㄉ, 丷ナ亣七丨

刂ㄉ丷二1入罒亠[이며ᄒᆞ신ᄃᆞ로여]

【刂/계사+ㄉ/연결어미#丷/용언+二/선어말어미+1/동명사어미+入/의존명사+罒/구격조사+亠/조사】

-이며 하신 까닭으로. § '丷二1入罒亠'의 '丷'는 'ㄉ'로 나열된 동사구를 아우르는 요소임.

¶ 何以故 善男子阝 是1 退乙 不 地 菩薩 善根乙 成熟ノ令十 是1 第一印刂二ㄉ 是 金光明微妙經典1 衆經阝七{之} 王▸刂ㄉ丷二1入罒亠◂ 故厶 得阝ホ 聽聞丷ㄋ 受持丷ㄋ 讀丷ㄋ 誦丷ㄋ丷ナ㐅丨 <금광13:24-14:01>

【관련】 -1入罒亠, -1入罒氵, -1入罒 (故ノ氵)

刂亣

☞ 刂亣應七丷1

刂亣應七丷1[읪ᄒᆞᆫ]

【刂/계사+亣七/어미+丷/형용사+1/동명사어미】

-임. -인 것. ('不' 앞에서) -일 수 없-. § 여기서 '-1'은 부정소 '不' 앞에 쓰인 것임.

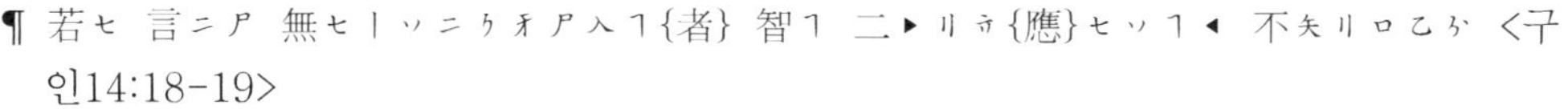

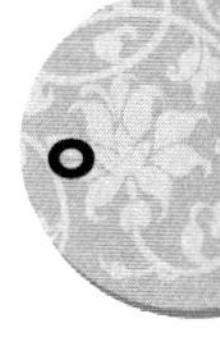

¶ 若セ 言二尸 無セ丨丷二ㄅオ尸入ㄱ{者} 智ㄱ 二▶刂ㅎ{應}セ丷ㄱ◀ 不矢刂ロ乙ㄅ <구인14:18-19>

若セ 言二尸 有セ丨丷二ロオ尸入ㄱ{者} 智ㄱ 一▶刂ㅎ{應}セ丷ㄱ◀ 不矢ㄅ丨 <구인14:19>

【관련】 ノㅎ可セ丷ㄱ, ㅡㅎ應セ丷ㅡ, ㅡㅎ應可セ丷ㅡ, ㅡㅎ可セ丷ㅡ

刂氵[1][이사]

【刂/말음첨기+氵/보조사】

('難' 뒤에서) 어렵게야.

¶ 佛子ㄋ {此}刂 持藏ㄱ 邊尸 無ㄋ 難▶刂氵◀ 滿ノ禾ㅎ 難▶刂氵◀ 其 底ㄋ十 至ㅎ禾ㅎ 難▶刂氵◀ 得ㄋホ 親近ノ禾ㅎ <화소24:12-14>

一 文ㆍ 一ㄱ 句ㆍノ今ラセ 義理ㄱ 難▶刂氵◀ 盡ナㅎセ丨 <화소25:10-11>

難▶刂氵◀ 得ㄋホ 入ノㅎ可セ丷ㄅ 普刂 一切 佛法{之}セ 門ㄋ十 入ノ禾ㄅ丷ナ丨 <화소26:07-08>

{是}刂 故灬 依行乙 次第乙 說ㅎ今ラ十 信樂刂氵 最勝丷ㄋホ 甚刂 難▶刂氵◀ 得ㅎオㄱ矢 譬入ㄱ 一切 世間セ 中ㄋ十 而灬 隨意妙寶珠刂 有ㄱ 如支丷ㄱ刂丨 <화엄10:08-09>

手ㄋ十 供具乙 出ノㄱム 難▶刂氵◀ 思議ノオ罒 {是}刂 如支 一ㄱ 導師乙 供養丷ナㄅ <화엄17:02>

刂氵[2][이사]

【刂/계사+氵/보조사; 刂/계사+氵/연결어미】

-이야.

¶ {是}刂 故灬 依行乙 次第乙 說ㅎ今ラ十 信樂▶刂氵◀ 最勝丷ㄋホ 甚刂 難刂氵 得ㅎオㄱ矢 譬入ㄱ 一切 世間セ 中ㄋ十 而灬 隨意妙寶珠刂 有ㄱ 如支丷ㄱ刂丨 <화엄10:08-09>

一切 衆生ㄱ {暫}氵火セ 報ㄋ十 住丷ロㄱ乙 金剛原ㄋ十 登丷去ハ二ㄱ▶刂氵◀ 淨土ㄋ十 居丷二ㄅㅎ十丨 <구인11:07>

窮原丷ㅎ 盡性丷ㅎ丷二ㄱ 妙智▶氵刂◀ 存丷二ㄅ <구인11:05>

【관련】 丷去ハ二ㄱ刂氵, 刂二氵, 氵刂

【선후】 (15)-이ᅀᅡ

【비고】 '妙智氵刂'는 '妙智刂氵'의 잘못으로 보임.

刂二ロㄱ入灬亠[이시곤ᄃᆞ로여]

【刂/계사+二/선어말어미+ロ/선어말어미+ㄱ/동명사어미+入/의존명사+灬/구격조사+亠/조

사]

-이시기 때문이다.

¶ 何以故亠丷白ノ矛尸入丨 說法七{之} 處刂 即ノ 是丨 其 塔▸刂二ㅁ丨入灬亠◂ <금광15:11>

【관련】 丷ㅅ丷二ㅁ丨入灬亠, 刂二丨入灬 (故ノ冫), -丨入灬亠, -丨入灬冫

刂 二 丨 入 灬 [이신드로]

【刂/계사+二/선어말어미+丨/동명사어미+入/의존명사+灬/구격조사】

-이시므로. -이신 까닭으로.

¶ 何以故入丨 {於}第一義氵十 而灬 二 不失丨入灬 故ノ刂ㅅ 諸二丨 佛刂二尸 如來冫 乃氵 至刂 一切法冫ノ令丨 如▸刂二丨入灬◂ 故ノ冫 <구인15:19-20>

【관련】 丷二丨入灬 故ノ, -二ㅁ丨入灬亠, -丨入灬亠, -丨入灬冫

刂 二 丨 入 乙 [이신둘]

【刂/계사+二/선어말어미+丨/동명사어미+入/의존명사+乙/대격조사】

-이신 것을.

¶ 世尊丨 … 平等見▸刂二丨入乙◂ 爲二丨入灬 故ノ 尊丨 無上處氵十 至二ㅁ丨刂氵七丷ㅅ <금광13:05-07>

【관련】 刂丨入乙, -丨入乙

刂 二 丨 刂 亠 ノ 尸 乙 [이신이여홅을]

【刂/계사+二/선어말어미+丨/동명사어미+刂/의존명사+亠/조사#ノ[ᄒᆞ/용언+오/선어말어미]+尸/동명사어미+乙/대격조사】

-이신 이이니(분이니) 하는 이를. § 여기서 'ᄒᆞ'는 '亠'로 나열된 명사구를 아우르는 요소임.

¶ 一者 一切 諸佛亠 菩薩亠 聰慧大智▸刂二丨刂亠ノ尸乙◂ 供養丷ㅎ 親近丷ㅎ丷白ノ尸ㅿ 心氵十 猒足ノ尸 無ㅅ <금광03:24-25>

【관련】 -丨刂亠, 亠ノ尸乙, 冫ノ尸(乙)

刂 二 尸[1] [이싫]

【刂/말음첨기+二/선어말어미+尸/동명사어미】

('言', '曰' 뒤에서) 말씀하시기를. § 화법동사와 통합하여 직접인용문을 이끎.

¶ 佛丨 言▸刂二尸◂ 善男子氵 此 五法乙 依氵 菩薩摩訶薩刂 力波羅蜜乙 成就丷ナ亠七丨 <금광04:18-20>

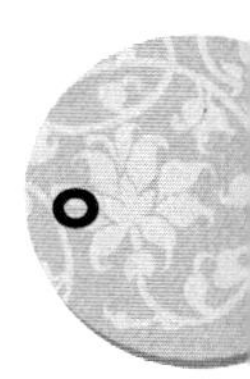

佛㇒ 言▸刂二尸◂ (善男子 復) 五法 有七𠂇丨 菩薩摩訶薩刂 修行丷㇀𣳾 智(波羅蜜) 成就ノ矛亠 <금광04:25-05:02>

是 時十 世尊㇒ 而灬 偈乙 說㇀ 言▸刂二尸◂ 生死流乙 逆二今七 道㇒ 甚 深丷𭔡 微丷𭔡丷二下 難氵 見白ノ矛ロ八二㇒ 貪欲灬 覆ノ㇒ 衆生㇒ 愚丷㇀𣳾 冥暗丷𠂇㇒入灬 見尸 不八ノ矛𠂇㇒刂丨丷𠀋八二丨 <금광14:24-15:02>

佛㇒ 言▸刂二尸◂ 善男子㇀ 是 如攴丷丨 汝 等丷㇒㇒ 當八 此 如攴丷二㇒ 經典乙 精勤修行丷ロ亠{應}七丷㇒亠 則ノ 法乙 久㇀ {於}世㇀十 住今刂白㇀㇒丁ノ矛𠂇㇒刂丨丷𠀋八二丨 <금광15:14-16>

爾 時十 世尊㇒ 而灬 呪乙 說㇀ 曰▸刂二尸◂ <금광09:02>

【관련】 (言)乃二尸, (言)白二尸, (言)二尸, (言)𠀋尸, (曰)二尸, (告)二尸

刂 二 尸[2][이싫]

【刂/계사+二/선어말어미+尸/동명사어미】

-이신. § 후행하는 명사와 동격 구성을 이룸.

¶ 時十 十六大國王七 中㇀七 舍衛國主▸刂二尸◂ 波斯匿王刂 名(火?) 曰白尸 月光㇀丷白㇀今㇒ 德行㇒ 十地㇀ 六度㇀ 三十七品㇀ 四不壞淨㇀ノ乙丷𭔡 摩訶衍七 化乙 行丷𭔡丷二卜㇒㇀ <구인02:24-03:01>

次第灬 居士▸刂二尸◂ 寶㇀ 蓋㇀ 法㇀ 淨名㇀丷尸 等丷二㇒ 八百人㇀十 問二㇀ <구인03:01-02>

三賢㇀ 十聖㇀ノ今㇒ 果報㇀十 住丷二㇒乙 唯八 佛▸刂二尸◂ 一人刂二氵 淨土㇀十 居丷二㇒刂罒 <구인11:06>

諸二㇒ 佛▸刂二尸◂ 如來㇀ 乃氵 至刂 一切法㇀ノ今㇒ 如刂二㇒入灬 故ノ㇀ <구인15:20>

【관련】 刂尸

刂 二 㫆[이시며]

【刂/계사+二/선어말어미+㫆/연결어미】

-이시며.

¶ 是㇒ 退乙 不 地 菩薩 善根乙 成熟ノ今十 是㇒ 第一印▸刂二㫆◂ 是 金光明微妙經典㇒ 衆經㇀七{之} 王刂㫆丷二㇒入灬亠 故㐅 <금광13:24-14:01>

【관련】 -二㫆

【선후】 (15)-이시며

刂 二 氵[이시사]

【刂/계사+二/선어말어미+氵/보조사; 刂/계사+二/선어말어미+氵/연결어미】

-이시어야.

¶ 三賢ㆍ 十聖ㆍノ令1 果報ㆍ十 住ソニ1乙 唯八 佛リニア 一人▸リニㆍ◂ 淨土ㆍ十 居ソニ1リ罒 <구인11:06>

衆生リ {於}見乙 失リ3 1乙 世尊▸リニㆍ◂ 能ㆍ 濟度ソニロ乙ㆍ <금광13:04-05>

困苦ソト1 諸 衆生ラ十 世尊▸リニㆍ◂ 普リ 救濟ソニロアㆍ <금광13:12-13>

不度ソㆍ 亦 不滅ソㆍソトノ1入乙 唯八 佛▸リニㆍ◂ 能ㆍ 了知ソニロアㆍ <금광13:15>

唯八 佛人 與セ 佛人▸リニㆍ◂ 乃ㆍ {斯}リ 事乙 知ニㆍセ| <구인11:24>

【관련】 人リニㆍ, リㆍ, ソ太八ニ1リㆍ

リ ニ 下 [이시하]

【リ/계사+ニ/선어말어미+下/연결어미】

-이시어.

¶ 法王1 上 無セ3 人 中3セ 樹▸リニ下◂ 大衆乙 覆蓋ソ白3アム 量 無セ1 光ㅆソニㆍ <구인11:09>

世尊ラ 智1 一味▸リニ下◂ 淨品亠 不淨品亠ノ令十 界乙 分別 不冬ソニ1入ㅆ 故ノ 無上淸淨乙 獲ニロ1リ3セ| <금광13:09-10>

【관련】 -ニ下, リ示下八, (莫セ)示下八

【선후】 (15)-이사

【비고】 '下'는 연결어미 '3'의 이형태로 선어말어미 'ニ/示'와 사동접미사 'リ' 뒤에 나타남.

リ 示 ト 1 乙 [이시눈을]

【リ/말음첨기+示/선어말어미+ト/선어말어미+1/동명사어미+乙/대격조사; リ/말음첨기+示/선어말어미+ト/선어말어미+1乙/연결어미】

('度' 뒤에서) 제도하시는데.

¶ 八萬四千セ 諸1 法門乙 諸1 佛1 此乙 以3 衆生乙 度▸リ示ト1乙◂ 彼刀 亦ソ1 其 差別法乙 如印 世セ 宜1 所乙 隨ㆍ 而ㅆ 化度ソナ3 <화엄18:0809>

【관련】 (ソ)ト1乙

リ 示 1 入 1 [이신든]

【リ/계사+示/선어말어미+1/동명사어미+入/의존명사+1/보조사】

-이신 이는. -께서는.

¶ 唯八 願ロア入1 大王▸リ示1入1◂ 更3 籌量ソ3八 顧惜ノア 所乙 {有}ナア 莫セ示下八 但八 慈念ノア入乙 以3 見3ㆍ {於}我ラ十 施ソロ八示立ソ太1|十 爾セソ1 時

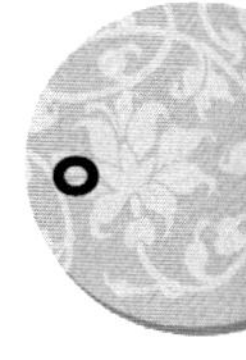

十 菩薩丨 {是}刂 念言ノ尸入乙 作丷ナ尸丁 <화소10:20-11:04>

惟八 願ロ尸入丨 大王▸刂示丨入丨◂ 之乙 捨丷氵ホ 我ラ十 與丷ロ八示分 并灬 及七 王ラ 身カ 我ラ 臣僕刂尸{爲}入乙丷ロ八示立丷去丨丨十 爾七丷丨 時十 菩薩丨 {是}刂 念言ノ尸入乙 作丷ナ尸丁 <화소11:19-12:01>

【관련】 刂丨入丨, 一丨入丨

刂 示 丨 乙 [이신을]

【刂/계사+示/선어말어미+丨/동명사어미+乙/대격조사; 刂/계사+示/선어말어미+丨乙/연결어미】

① -이심을.

¶ 若七 一切 佛乙 供養丷白{欲}入丷去丨丨十丨 {于}三昧氵十 入丷氵ホ 神變乙 起ノ尸ム … 十方氵十 有丨 所七 勝妙華氵 塗香氵 末香氵 無價寶氵 是 如攴丷丨乙 皆七 手七 中乙 從七 出刂氵ホ 道樹氵七 諸丨 最勝▸刂示丨乙◂ 供養丷白ㅌ分 <화엄15:16-19>

② -이시거늘.

¶ 記心氵 教戒氵 及七 神足氵ノ今丨 悉氵 是丨 如來尸 自在用▸刂示丨乙◂ 彼 諸丨 大士丨 皆七 示現丷氵ホ 能攴 衆生乙 盡氵 調伏 使刂ナ分 <화엄19:02-03>

【관련】 一刂丨乙, 二丨乙, 刂示卜丨乙

刂 示 今 七 [이시릿]

【刂/말음첨기+示/선어말어미+今[ㄹ이/동명사어미+이/의존명사]+七/속격조사】

('照' 뒤에서) 비추시는.

¶ 菩薩丨 右手氵十 淨光乙 放ノ丨ム 光七 中氵十丨 香水乙 空乙 從七 雨刂氵 普刂 十方七 諸 佛土氵十 灑丷氵ホ 一切 世乙 照▸刂示今七◂ 燈乙 供養丷ロㅌ分 <화엄16:04-05>

【관련】 二今七, 尒刂今七, 一刂今七

刂 示 下 八 [이시학]

【刂/말음첨기+示/선어말어미+下/연결어미+八/첨사】

('垂' 뒤에서) 드리우시어. 내리시어.

¶ 惟八 願ロ尸入丨 仁慈丷示尸入灬 特丂 矜念ノ尸入乙 垂▸刂示下八◂ {此}刂 王位乙 捨丷氵ホ 以氵 {於}我ラ十 贍刂ロ八示立 <화소11:09-10>

吾又尸 曹丨 今丷丨 {者} 各氵ホ 求ノ尸 所乙 {有}斗ロ七ノ丨刂罒 願ロ尸入丨 普刂 慈乙 垂▸刂示下八◂ 得氵ホ 滿足 令刂ロ八示立丷氵 <화소12:12>

【관련】 刂二下, (莫七)示下八

【비고】 '下'는 연결어미 '氵'의 이형태로 선어말어미 '二/示'와 사동접미사 '刂' 뒤에 나

타남.

刂ㄲ㐅ㄱ入乙[이시온돌]

【刂/계사+ㄲ/선어말어미+㐅/선어말어미+ㄱ/동명사어미+入/의존명사+乙/대격조사 】

-이신 것을. -이심을.

¶ 若七 能支 大供養乙 興集ソヒ尸入ㄱ 彼人ㄱ 佛矢 不思議▸刂ㄲ㐅ㄱ入乙◂ 信ソヒ矛ㄱ <화엄10:15>

若七 佛法乙 聞㐅尸ム 厭足尸 無ヒ尸入ㄱ 彼人ㄱ 法刂 不思議▸刂ㄲ㐅ㄱ入乙◂ 信ソヒ矛ㄱ <화엄10:17>

【관련】 ソㄲ㐅ㄱ入乙, -㐅ㄱ入乙

刂七ソヒ矛ㄱ

☞ 七刂ソヒ矛ㄱ

刂ㄋ[이아]

【刂/말음첨기+ㄋ/연결어미; 刂/사동접미사+ㄋ/연결어미】

① ('生' 뒤에서) 내어.

¶ 菩薩刂 發意ソㄋ 菩提乙 求ソ乂ㄱ入ㄱ {是}刂 因 無刂ソㄱ 緣 無刂ソヒ{有} 非刂矢 {於}佛法僧ㄋ十 淨信乙 生▸刂ㄋ◂ 是乙 {以}氵ㄋ 而灬 廣大心乙 生刂ナㄱ刂丨 <화엄09:10-11>

【刂/말음첨기+ㄋ/연결어미】

② ('雨' 뒤에서) 뿌리어.

¶ 菩薩ㄱ 右手ㄋ十 淨光乙 放ノㄱム 光七 中ㄋ十ㄱ 香水乙 空乙 從七 雨▸刂ㄋ◂ 普刂 十方七 諸 佛土ㄋ十 灑ソㄋ㣺 一切 世乙 照刂ㄲ今七 燈乙 供養ソロヒㄱ <화엄16:04-05>

【관련】 刂ㄋ㣺

【비고】 '雨刂-'의 '刂'도 사동접미사일 가능성이 있음.

刂ㄋ㣺[1][이아곰]

【刂/사동접미사+ㄋ/연결어미+㣺/첨사】

① ('令' 뒤에서) -게 하여.

¶ 其 說法ソナ今七 時氵十ㄱ 廣長舌乙 以ㄋ 妙音聲乙 出ノㄱム 十方七 一切世界ㄋ十 充滿ソㄋソナㄋ 其 根性乙 隨㐅 悉ㄋ 滿足 令▸刂ㄋ㣺◂ 心ㄋ十 歡喜ノ尸入乙 得刂ㄱ 一切 煩惱七 纏垢乙 滅除ソㄱ <화소25:16-18>

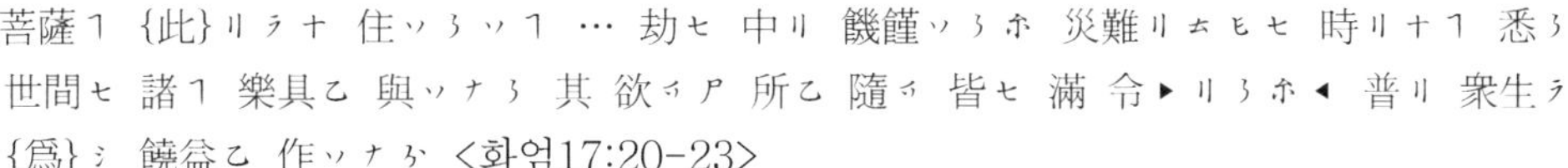

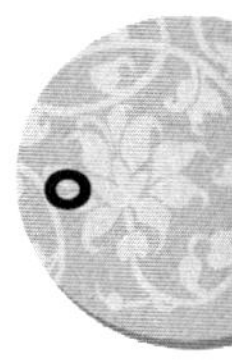

菩薩ㄱ {此}刂ㅋ十 住ソㄋソㄱ … 劫七 中刂 饑饉ソㄋ尒 災難刂太ヒ七 時刂十ㄱ 悉ㄋ 世間七 諸ㄱ 樂具乙 與ソナㄋ 其 欲ㅎ尸 所乙 隨ㅎ 皆七 滿 令▸刂ㄋ尒◂ 普刂 衆生ㅋ {爲}ㄋ 饒益乙 作ソナ亇 <화엄17:20-23>

② ('生', '出' 뒤에서) 내어서.

¶ 二 {於}无戱論涅槃ㄋ十 信解愛樂ノ令七 所作刂ㄱ亠 謂ㄱ 我ㄱ 當八 {於}无戱論涅槃ㄋ十 心ㄋ十 退轉ノ尸 无ㄋ 憂慮乙 生▸刂ㄋ尒◂ 謂尸 我ㅋ 我ㄱ 今艮{者} 何ㅎ 所ㄋ十 在ソ太ㄱ刂ㄋ七ロソ尸{耶} 不冬ノ矛ㄱ刂ㄋ七丨ソ尸矢亇 <유가08:16-19>

若 己ㅋ乙 謂ㄋ尒 聰明ノㄱ刂ㄋ七丨ソㄋ 而灬 高擧乙 生▸刂ㄋ尒◂ 他乙 從七 觀ㄋ十 順ソㄱ 正法乙 聞尸 不冬ソ尸入乙 <유가26:19-21>

十方ㄋ十 有ㄱ 所七 勝妙華: 塗香: 末香: 無價寶: 是 如支ソㄱ乙 皆七 手七 中乙 從七 出▸刂ㄋ尒◂ 道樹ㄋ七 諸ㄱ 最勝刂亦ㄱ乙 供養ソ白ヒ亇 <화엄15:18-19>

【관련】 刂ㄋ, -ㄋ尒

刂ㄋ尒²[이아곰]

【刂/말음첨기+ㄋ/연결어미+尒/첨사】

('持' 뒤에서) 지녀서.

¶ 十方ㄋ十 有ㄱ 所七 諸ㄱ 妙物刂 無上尊ㅋ十 奉獻ソ白ㅎㅎ應可七ソㄱ乙 掌七 中ㄋ十 悉ㄋ 雨刂ㅎㄱ厶 備ㅎ尸 不ソ尸丁ノ尸 無刂ソナㄋ 菩提樹七 前ㄋ十 持▸刂ㄋ尒◂ 佛乙 供ソ白ヒ亇 <화엄15:22-23>

【관련】 -ㄋ尒

刂ㄋㄱ乙[이안을]

【刂/말음첨기+ㄋ/선어말어미+ㄱ/동명사어미+乙/대격조사; 刂/말음첨기+ㄋ/선어말어미+ㄱ乙/연결어미】

('失' 뒤에서) 잃었거늘. 잃었는데. 잃은 것을.

¶ 衆生刂 {於}見乙 失▸刂ㄋㄱ乙◂ 世尊刂ニㄋ 能亇 濟度ソニロ乙亇 <금광13:04-05>

【관련】 ソ太ㄱ乙

【비고】 '失刂ㄋ-'가 15세기의 '배아-(喪, 滅)'를 표기한 것으로 파악하여 '刂ㄋ' 전체를 말음첨기로 볼 가능성도 있음.

刂ㄋノ矛ㄱ刂ㄋ七ロソニ尸入灬

☞ ソ令刂ㄋノ矛ㄱ刂ㄋ七ロソニ尸入灬

刂ㅋ七ノㄱ入乙[이읫온들]

【刂/말음첨기+𠃌七/선어말어미+ノ/선어말어미+㇠/동명사어미+入/의존명사+乙/대격조사】

('盈滿' 뒤에서) 가득찬 것을. 가득차 있는 것을.

¶ 善男子氵 初 菩薩地氵十㇠ 是 相刂 前現ノ㇠ム 三千大千世界氵十 量 無七尒 邊 無丷㇠ 種種七 寶藏刂 皆七 悉氵 盈滿▸刂𠃌七ノ㇠入乙◂ 菩薩㇠ 悉 見丷𠂇ㅎ七丨 <금광05:23-25>

【관련】 丷𠃌七ノ㇠入乙, (具刂)丷氵七ノ㇠入乙, -ノ㇠入乙/ㅎ㇠入乙, 丷尒丷𠃌七㇠乙

刂𠃌十[1][이의긔]

【刂/대명사+𠃌十/처격조사】

('此' 뒤에서) 여기에.

¶ 菩薩㇠ {此}▸刂𠃌十◂ 住丷氵丷㇠ 普刂 觀察丷口 宜㇠𠃌十 隨ㅎ 示現丷氵尒 衆生乙 度刂𠂇氵 悉氵 歡心… 法化氵十 從七 使刂ㅎ尸ム <화엄17:20-21>

【관련】 (此)𠃌十

【비고】 '刂'는 '此'의 전훈독 표기임.

刂𠃌十[2][이의긔]

【刂/말음첨기+𠃌十/처격조사】

('下' 뒤에서) 아래에.

¶ 下▸刂𠃌十◂ 趣ノ令七 路乙 見氵㇠丨十㇠ 當 願 衆生 其 心ㅎ 謙下丷氵八 佛矢 善根乙 長丷ㅌ立 <화엄04:23>

刂彡[1][이져]

【刂/말음첨기(+刂/계사)+彡/연결어미】

('未' 뒤에서) 아니고. § '刂'는 부정소 '안디'의 말음첨기임.

¶ 若 一切 衆刂 生 善根乙 種一尸 未▸刂彡◂ 善根乙 成熟 未▸刂彡◂ 諸 佛乙 親近 未▸刂彡◂丷𠂇㇠㇠ <금광14:01-03>

若 三摩地乙 得氵㇠亠 而㇠ 圓滿 未▸刂彡◂ 亦 自在 未刂丷彡丷㇠㇠ <유가24:06-07>

【관련】 (未)刂丷彡(丷㇠㇠), (非)矢彡(丷𠂇丨), (不)矢彡(丷氵), (不)丷彡, (不)冬丷彡, (不)冬彡

刂彡[2][이져]

【刂/사동접미사+彡/연결어미】

-게 하고.

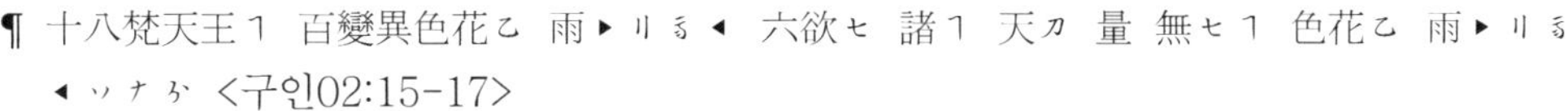

¶ 十八梵天王ㄱ 百變異色花乙 雨▸刂彡◂ 六欲七 諸ㄱ 天刀 量 無七ㄱ 色花乙 雨▸刂彡◂ソナゕ <구인02:15-17>

又 作意ソろ 彼 相乙 思惟ソㄱ入乙 由氵ㄱ入灬 故ノ 心ろ十 猒患ノ尸入乙 生▸刂彡◂ 卽ㄋ {於}此 相ろ十 所作 多ソㄱ入灬 故ㄋ 心 極 厭患ソ彡ソゕ <유가22:15-17>

若 身語意行乙 安靜 不ハソろ尒 躁動輕擧ソろ 數刂 尸羅乙 犯ソろ尒 憂悔 等ソㄱ乙 生▸刂彡◂ 乃氵 至刂 得尒 心 善 安住 不ハソ彡ソ尸入乙 <유가26:21-23>

【비고】'十八梵天王ㄱ 百變異色花乚 雨▸刂彡◂ 六欲七 諸ㄱ 天刀 量 無七ㄱ 色花乚 雨▸刂彡◂ソナゕ <구인02:15-02:17>'에서 '雨刂-'의 '刂'는 단순한 말음첨기인지 사동접미사인지 분명하지 않음.

刂彡[3][이져]

【刂/계사+彡/연결어미】

-이고. §'-彡'로 나열된 구성에는 아우르는 요소인 'ソ-'가 후행함.

¶ 能刂矢 制伏ソろ今 無彡 量刂 無彡 盡尸 無彡 大威力乙 具ㄋ彡 {是}刂ㄱ 佛境界▸刂彡◂ 唯ハ 佛㣺氵 能支 了ソ而ㄋ禾彡ソナㅣ <화소24:14-15>

雅思▸刂彡◂ 淵才▸刂彡◂ソろ 文中ろ七 王刂尸入乙ソナゕ <화엄19:06>

爾七ソㄱ 時十 十号▸刂彡◂ 三明▸刂彡◂ 大滅諦▸刂彡◂ 金剛智▸刂彡◂ソニㄱ 釋迦牟尼佛ㄱ 年乙 初七ㄅソㄱ 月七 八日ろ十 方七 十地ろ十 坐ソニ下 <구인02:10-11>

三生乙ソロ 正位ろ十 入ソㄱヒ刀▸刂彡◂{者} 或ソㄱ 四生㇀ 五生㇀ 乃氵 至刂 十生㇀ノ乙ソロ 得尒 正位ろ十 入ソㄱヒ刀▸刂彡◂ソナゕ 聖人性乙 證ソ·ㄱヒ刀刂ゕ 一切 無量報乙 得ヒ刀刂ナㅣ <구인11:17-19>

法性ㄱ 本灬ハ 無ソㄱ 性刂罒 第一義▸刂彡◂ 空▸刂彡◂ 如▸刂彡◂ソゕ <구인14:25>

復 得(尒) 大師?? 出世?? 謂(ㄱ) 所(ㄱ) 如來 應正等覺 一切 知者▸刂彡◂ 一切 見者(▸刂彡◂??) {於}一切 境ろ十 得尒 障㝵 無ニㄱ乙 值遇ソ尸矢ㅣ <유가02:21-23>

【관련】ソ彡, 刂彡ソ-

刂彡[4]

☞ ソ令刂彡

刂彡ノㄊ

☞ ソ令刂彡ノㄊ應七ソㄱ氵十

刂彡ソ去ㄱ

☞ ソ㑅リㅎソ𠫔ㄱ

リㅎソナㄱㄱ[이져ᄒᆞ견ᄋᆞᆫ]

【リ/말음첨기+ㅎ/연결어미#ソ/용언+ナ/선어말어미+ㄱ/동명사어미+ㄱ/보조사】

('未' 뒤에서) 아니하고 하는 것은. 아니하고 한다면.

¶ 若 一切 衆リ 生 善根乙 種一ㄕ 未リㅎ 善根乙 成熟 未リㅎ 諸 佛乙 親近 未▸リㅎソナㄱㄱ◂ 得ㅎ尓 是 金光明經乙 聽聞 不ハソナオㄱ入ᅳ丶 <금광14:01-03>

【관련】 (未)リㅎ, (ソ)ㄱㄱ

リㅎソナ尓[이져ᄒᆞ겨며]

【リ/말음첨기+ㅎ/연결어미#ソ/동사+ナ/선어말어미+尓/연결어미】

('雨' 뒤에서) 뿌리고 하며. § 'ソナ尓'의 'ソ'는 'ㅎ'로 나열된 동사구를 아우르는 요소임.

¶ 十八梵天王ㄱ 百變異色花乙 雨リㅎ 六欲七 諸ㄱ 天刀 量 無七ㄱ 色花乙 雨▸リㅎソナ尓◂ <구인02:15-17>

【관련】 (雨)リㅎ, ソㅎソナ尓

リㅎソ尓[이져ᄒᆞ며]

【リ/계사+ㅎ/연결어미#ソ/용언+尓/연결어미 】

-이고 하며. § 여기서 'ソ-'는 'ㅎ'로 나열된 동사구를 아우르는 요소임.

¶ 法性ㄱ 本ᅳハ 無ソㄱ 性リ罒 第一義リㅎ 空リㅎ 如▸リㅎソ尓◂ … 無刀 無ソㄱ矢氵 諦 實ソㄱㅌ七 無リㅌㄱリ罒 寂滅リㅎ 第一空▸リㅎソ尓◂ 諸ㄱ 法ㄱ 因緣ᅳ 有ソ尓ソロㄱ 有入 無入七 義リ {是}リ {如}ㅣソナㅣ <구인14:25-15:02>

又 毘鉢舍那支ㄱ 最初ㅎ 必(ハ?) 善友乙 {用}氵 依 {爲}氵ㅎ 奢摩他支ㄱ 尸羅圓滿ᅳ {之} 攝受ノㄱ 所▸リㅎソ尓◂ <유가06:17-19>

【관련】 リㅎソ尓ソㄱ入ᅳ氵

リㅎソ尓ソㄱ入ᅳ氵[이져ᄒᆞ며ᄒᆞᆫ드로여]

【リ/계사+ㅎ/연결어미#ソ/용언+尓/연결어미#ソ/용언+ㄱ/동명사어미+入/의존명사+ᅳ/구격조사+氵/조사】

-이고 하며 한 까닭으로이다. § 'ソ尓'의 'ソ'는 'ㅎ'로 나열된 동사구를 아우르는 요소임. 'ソㄱ入ᅳ氵'의 'ソ'는 '尓'로 나열된 동사구를 아우르는 요소임.

¶ 一切法 空ソㄱ入乙 {以}氵入ᅳ 故ノ 空刀 空ソナㅣ 何以故入ㄱ 般若ㄱ 無相ソ尓 二諦ㄱ 虛リㅎ 空▸リㅎソ尓ソㄱ入ᅳ氵◂ <구인15:14-15>

【관련】 リㅎソ尓, ーㄱ入ᅳ氵

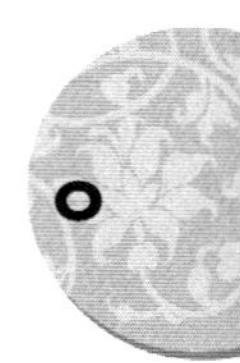

 刂㇏ソニ㇇[이져ᄒᆞ신]

【刂/계사+㇏/연결어미#ソ/용언+ニ/선어말어미+㇇/동명사어미】

-이고 하신. -이신. § 후행하는 명사와 동격 구성을 이룸. 여기서 'ソ'는 '㇏'로 나열된 동사구를 아우르는 요소임.

¶ 爾セソ㇇ 時ナ 十号刂㇏ 三明刂㇏ 大滅諦刂㇏ 金剛智▸刂㇏ソニ㇇◂ 釋迦牟尼佛㇇ 年乙 初セ㇇ソ㇇ 月セ 八日㇏ナ 方セ 十地㇏ナ 坐ソニ下 <구인02:10-11>

四無所畏刂㇏ 十八不共法刂㇏ 五眼刂㇏ 法身▸刂㇏ソニ㇇◂ 大覺世尊㇇ 前ラ 已㇏ 我チ 等ソ㇇ 大衆ラ {爲}㇏ホ 二十九年㇏ナソニ下 摩訶般若波羅蜜㇏ 金剛般若波羅蜜㇏ 天王問般若波羅蜜㇏ 光讚般若波羅蜜㇏ノ乙 說㇏ハニ㇇丨 <구인02:19-23>

【관련】 刂㇏ソ一

刂㇏ソ㇏[이져ᄒᆞ아]

【刂/계사+㇏/연결어미#ソ/용언+㇏/연결어미】

-이고 하여. § 'ソ'는 '㇏'로 나열된 동사구를 아우르는 요소임.

¶ 菩薩㇇ … 雅思刂㇏ 淵才▸刂㇏ソ㇏◂ 文中㇏セ 王刂ア入乙ソナ㇏ 歌舞ソ㇏ 談說ソ㇏ノア厶 衆 欣ノア 所刂ア入乙ソ㇏ <화엄19:04-06>

 刂下

☞ ソ令刂下

刂㇢㇇[이온]

【刂/사동접미사+㇢/선어말어미+㇇/동명사어미】

('示' 뒤에서) 보인.

¶ 是 如支 等ソ㇇ 類 諸㇇ 外道ラナ 其 意解乙 觀ソロ 與セ 同事ソナ㇏ 示▸刂㇢㇇◂ 所セ 苦行火セハア入㇇ 世刂ナ 堪刂矢ソ㇏令 靡セ刂ソ㇏ホ 彼乙 見刂ア 已㇏ソロ 皆セ 調伏 令刂ロヒ㇏ <화엄20:04-05>

【관련】 -㇢㇇, -㇇㇇

 刂㇢㇇厶[이온ᄃᆡ]

【刂/말음첨기+㇢/선어말어미+㇇/동명사어미+厶[ᄃᆞ/의존명사+ᄋᆡ/처격조사]; 刂/말음첨기+㇇/선어말어미+㇇/동명사어미+厶/의존명사; 刂/말음첨기+㇇㇇厶/연결어미】

('雨' 뒤에서) 뿌리되.

¶ 十方㇏ナ 有㇇ 所セ 諸㇇ 妙物刂 無上尊ラナ 奉獻ソ白㇢ホ{應可}セソ㇇乙 掌セ 中㇏ナ

悉氵 雨▸刂⺈丁厶◂ 備⺈尸 不丷尸丁ノ尸 無刂丷𠂇氵 菩提樹七 前氵十 持刂氵ホ 佛乙 供丷白ㅌ丷 <화엄15:22-23>

【관련】 丷令刂⺈丁厶, -⺈丁厶, -ラ丁厶

刂⺈禾氵七口[이오리앗고]

【刂/사동접미사+⺈/선어말어미+禾/선어말어미+氵七/선어말어미+口/종결어미; 刂/사동접미사+⺈/선어말어미+禾[ㄹ̆/동명사어미(+이/의존명사)+이/계사]+氵七/선어말어미+口/종결어미】

('生' 뒤에서) 내겠습니까. § '口/ラ'는 의문사가 있는 설명의문문에 쓰임.

¶ 我丨 今丷丨 云何七⺀ 而灬 戀著ノ尸入乙 生▸刂⺈禾氵七口◂ <화소16:11>

【관련】 (丷)禾氵七口(ノ尸入), ⺀ノ禾氵七口(ノ尸入刂𠂇丨)

刂⺈禾氵七丨丷𠂇氵

☞ 刂令刂⺈禾氵七丨丷𠂇氵

刂⺈尸[이옰]

【刂/사동접미사+⺈/선어말어미+尸/동명사어미】

('令' 뒤에서) -게 하는 것. -게 하게 함.

¶ 一切 衆生ラ {爲}三 一切 佛㣺 神力乙 現⺈氵 敎化調伏丷氵ホ 修行不斷 令▸刂⺈尸◂ 盡去亠{可}七丷ㅌ 不矢丁入灬{故}刂𠂇丨 {是}刂乙 十尸⺀{爲}ノ禾𠂇丨 <화소20:01-03>

【관련】 ⺈尸, ラ尸

刂⺈尸厶[이옰딕]

【刂/사동접미사+⺈/선어말어미+尸/동명사어미+厶[ᄃᆡ/의존명사+ᄋᆡ/처격조사]; 刂/사동접미사+⺈/선어말어미+尸/동명사어미+厶/의존명사; 刂/사동접미사+⺈尸厶/연결어미】

-게 하되. -게 함에 있어.

¶ 若 橋道乙 見 當 願 衆生 廣刂 一切乙 度▸刂⺈尸厶◂ 猶入丨 橋梁 如支丷ㅌ立 <화엄05:19>

菩薩丨 種種七 方便門乙灬 世七 法氵十 隨⺈ 順七丷氵 衆生乙 度▸刂⺈尸厶◂ 譬入丨 蓮華刂 水氵十 著 不ノ尸 如支 是 如支 世刂十 在丷氵ホ 深信 令刂𠂇亠七丨 <화엄19:04-05>

樂著丷ㅌ七 人乙 見 當 願 衆生 法乙 以氵ホ 自ラ乙 娛▸刂⺈尸厶◂ 歡愛丷氵ホ 捨尸 不丷ㅌ立 <화엄06:02>

菩薩ㄱ {此}ㅣ 𠄌ㅏ 住ㅅ 入 ㅅ ㄱ 普ㅣ 觀察ㅅ ㅁ 宜ㄱ 𠄌ㅏ 隨ㅎ 示現ㅅ 入 ㅊ 衆生乙 度ㅣ 𠂇 入 悉入 歡心ㅁ 法化入 十 從ㄷ 使▸ㅣ ㅎ ㅁ ㅅ◂ 劫ㄷ 中ㅣ 饑饉ㅅ 入 ㅊ 災難ㅣ ㅅ ㅌ ㄷ 時ㅣ 十 ㄱ … 其 欲ㅎ ㅁ 所乙 隨ㅎ 皆ㄷ 滿 {令}ㅣ 入 ㅊ 普ㅣ 衆生 ㅏ {爲}ㅅ 饒益乙 作 ㅅ 𠂇 ㅅ <화엄17:20-23>

【관련】 ㅅ ㅎ 今ㅣ ノ ㅁ ㅅ, ノ ㅁ ㅅ, ㅅ 白 ㅎ ㅁ ㅅ, ㅎ ㄱ ㅅ, ノ ㄱ ㅅ, ㅅ 白 入 ㅁ ㅅ, (ㅅ ㅎ)ㅅ 白 ノ ㅁ ㅅ

ㅣ ㅎ ㅁ ㅅ [이옯며;이옯(이)며]

【ㅣ/말음첨기+ㅎ ㅁ/선어말어미+ㅅ/연결어미; ㅣ/말음첨기+ㅎ/선어말어미+ㅁ/선어말어미+ㅅ/연결어미; ㅣ/말음첨기+ㅎ/선어말어미+ㅁ/동명사어미(+이/계사)+ㅅ/연결어미】

('度' 뒤에서) 구제할 것이며. 건네줄 것이며.

¶ 或ㅅ ㄱ 聲聞ㅅ 獨覺ㄷ 道乙 現ㅎ ㅅ 或ㅅ ㄱ 成佛ㅅ 入 ㅊ 普ㅣ 莊嚴ノ ㄱ 入乙 現ㅎ ㅅ ㅅ 入 {是}ㅣ 如ㅊ 三乘ㄷ 敎乙 開闡ㅅ 入 ㅊ 廣ㅣ 衆生乙 度▸ㅣ ㅎ ㅁ ㅅ◂ 量ㅣ 無ㄱ 劫入 十 ㅅ ㅁ ㅌ ㅅ <화엄14:21-22>

【관련】 (ㅅ 二)ㅁ ㅁ ㅅ

【비고】 'ㅎ ㅁ ㅅ'의 'ㅎ'는 'ㅣ' 뒤에서 'ㅁ ㅁ ㅅ'의 'ㅁ'가 약화된 형태임.

ㅣ ノ ㄱ 入 乙 [이혼들]

【ㅣ/말음첨기+ノ[ᄒᆞ/용언+오/선어말어미]+ㄱ/동명사어미+入/의존명사+乙/대격조사】

('未' 뒤에서) 않은 것을.

¶ 若ㄷ 世界ㅣ 始ㅎ 成立ㅅ ㅅ ㄱ ㅅ 衆生ㄱ 資身ㄷ 具乙 {有}ㅏ ㅁ 未▸ㅣ ノ ㄱ 入乙◂ 見ㅁ ㅅ ㄱ 是ㅅ ㄷ ㅅ ㄱ 時十 菩薩ㄱ 工匠ㅣ ㅁ{爲}入乙ㅅ ㅅ 之ㅏ {爲}ㅅ ㅎ 種種ㄷ 業乙 示現 ノ ㅁ ㅅ <화엄19:12-13>

【관련】 ノ ㄱ 入乙

ㅣ ノ ㄱ ㅣ 入 ㄷ ㅣ [이혼이앗다]

【ㅣ/말음첨기+ノ[ᄒᆞ/용언+오/선어말어미]+ㄱ/동명사어미+ㅣ/계사+入 ㄷ/선어말어미+ㅣ/종결어미】

('未' 뒤에서) 아니하였다. 아니하였습니다.

¶ 菩薩ㄱ 自ㅏ ㅁ 念ㅅ 𠂇 ㅁ 丁 我ㄱ 無始ㅁ ㅅ 已來ㅎ ㄱ ㅅ 飢餓乙 以三ㄱ 入ㅁ 故ㅊ 身乙 喪 入 ㅎ ㄱ ㅅ 數ㅏ 無ㄷ ㅣ ㅅ 入 ㅎ ㄱ ㅅ 曾ㅅ ㅎ 刀 得入 ㅊ 毫末許ㅅ 如ㅊ ㅅ ㅌ 刀 衆生乙 饒益ㅅ 入 而ㅁ 獲ㅎ ㅌ ㄷ 善利乙 {有}ㅏ ㅁ 未▸ㅣ ノ ㄱ ㅣ 入 ㄷ ㅣ◂ <화소10:08-10>

【관련】 -ㄱ ㅣ 入 ㄷ ㅣ

刂ソナ丁入灬[이ᄒᆞ견ᄃᆞ로]

【刂/말음첨기+ソ/동사+ナ/선어말어미+丁/동명사어미+入/의존명사+灬/구격조사】

('未' 뒤에서) 못한 까닭으로.

¶ 彼丁 {於}圓滿ソ丁ラ十 多 方便乙 修ノ丁入乙 以ホ 依止 {爲}氵3 世間道乙 由3 三摩地圓滿乙 證得ソ丁入灬 故ノ {於}煩惱斷3十 猶刂 證得 未▸刂ソナ丁入灬◂ 復 樂斷乙 依3 常刂 勤七 修習ソ〻 <유가18:19-21>

【관련】 (未)刂ソ-, -ナ丁入灬

刂ソナ丨[이ᄒᆞ겨다]

【刂/부사화소+ソ/용언+ナ/선어말어미+丨/종결어미】

('至' 뒤에서) 이르기까지 (그러)하다. § 여기서 'ソ-'는 앞에 나온 '空ソ-'를 받는 대동사임.

¶ 一切法 空ソ丁入乙 {以}氵入灬 故ノ 空刀 空ソナ丨 何以故入丁 般若丁 無相ソ〻 二諦丁 虛刂ㆆ 空刂ㆆソ〻ソ丁入灬〻 般若刂 空ノ丁ム {於}無明乙 從七 乃氵 薩婆若3十 至▸刂ソナ丨◂ <구인15:14-16>

【관련】 -ナ丨

刂ソナ令〻[이ᄒᆞ겨리여]

【刂/부사화소+ソ/동사+ナ/선어말어미+令[ᄙ/동명사어미+이/의존명사]+〻/조사; 刂/부사화소+ソ/동사+ナ/선어말어미+令〻[ᄙ/동명사어미(+이/의존명사)+이여/조사]】

① **('無' 뒤에서) 없이 하는데.**

¶ {此}刂 菩薩丁 諸丁 佛㣺 說㐃ㄱ丁 所七 修多羅乙 持ノ尸ム 文句〻 義理〻ノ令ラ十 忘失尸 無▸刂ソナ令〻◂{有} 一丁 生乙 持ソㆆ 乃ソ氵 至刂 不可說不可說七 生乙 持ソㆆソナ〻 <화소23:19-24:01>

② **('無' 뒤에서) 없이 하지만.**

¶ 亦ソ丁 法七 光明乙 以3 而灬 法乙 演說ノ尸ム 窮盡尸 無▸刂ソナ令〻◂{有} 疲倦乙 生刂尸 不ソナㄱ七丨 <화소25:20-26:01>

【관련】 -ナ令〻, ソナ矛〻, (爲)氵ナ尸〻

刂ソナ矛〻[이ᄒᆞ겨리며]

【刂/부사화소+ソ/동사+ナ/선어말어미+矛[ᄙ/동명사어미(+이/동명사어미)+이/계사]+〻/연결어미】

('無' 뒤에서) 없게 할 것이며.

¶ 信丁 {於}境界3十 所著ノ尸 無▸刂ソナ矛〻◂ 諸丁 難乙 遠離ソロハ 無難乙 得刂ナ矛

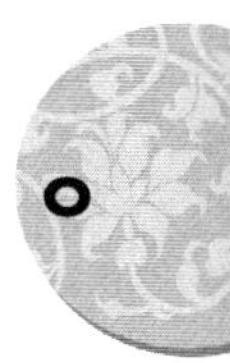

㢱 <화엄10:04>

【관련】 −ナ㐅㢱, (令)刂ナ禾㢱, 刂ソナ㢱

刂ソナ㢱[이ᄒᆞ겨며]

【刂/부사화소+ソ/용언+ナ/선어말어미+㢱/연결어미】

('無' 뒤에서) 없이 하며.

¶ 我1 今ソ1 永𠫔 貪愛乙 捨ソ{爲欲}入 {此}刂 一切 必八 離散ソ𠫔亽七 物七乙 以氵八 衆生𢒑 願乙 滿亽刂𢀳禾氵七丨ソナ㢱 {是}刂 念乙 作尸 已氵ソロ八1 悉氵 皆七 施與ノ尸厶 心氵十 悔恨 無▸刂ソナ㢱◂ <화소12:16-19>

【관련】 刂ソナ㐅㢱, ソナ㢱

刂ソナ𢀳七丨[이ᄒᆞ겼다]

【刂/부사화소+ソ/용언+ナ/선어말어미+𢀳七/선어말어미+丨/종결어미】

('無' 뒤에서) 없게 한다.

¶ 菩薩1 十尸 種 行乙 行ソ𢒑 亦ソ1 一切 大人𢒑 法乙 行ソ𢒑ソト𢀳1入乙 示刂㢱 諸1 仙七 行{等}丨ソ1乙氵力 悉氵 餘ソ1 無▸刂ソナ𢀳七丨◂ <화엄18:18-19>

【관련】 −ナ𢀳七丨

刂ソナ氵[이ᄒᆞ겨아]

【刂/부사화소+ソ/용언+ナ/선어말어미+氵/연결어미】

('無' 뒤에서) 없이 하여.

¶ 十方氵十 有1 所七 諸1 妙物刂 無上尊𢒑十 奉獻ソ白𢀳𢀳應可七ソ1乙 掌七 中氵十 悉氵 雨刂𢀳1厶 備𢀳尸 不ソ尸丁ノ尸 無▸刂ソナ氵◂ 菩提樹七 前氵十 持刂氵亦 佛乙 供ソ白ㅌ㢱 <화엄15:22-23>

有1 所七 一切 諸1 佛法乙 皆七 {是}刂 如支 說𢀳尸厶 盡尸 不ソ尸丁ノ尸 無▸刂ソナ氵◂ 語七 境界 不思議刂1入乙 知ナ尸入乙 是乙 名下 說法三昧七 力𣺮ノ㐅ナ丨 <화엄20:14-15>

【관련】 ソナ氵, (無)刂ソナ−

刂ソ乃[이ᄒᆞ나]

【刂/부사화소+ソ/동사+乃/연결어미】

('至' 뒤에서) 이르게까지 하지만.

¶ 今ソ1 我1 亦ソ1 當八 {於}往昔氵十 同ソ氵八 而灬 其 命乙 捨ソロ乙𢀳禾四 {是}刂 故灬 衆生乙 饒益ソ{爲}入 其 有七1 所乙 隨𢀳 一切之七 皆七 捨ノ尸厶 乃ソ氵 盡命

ソ尸矢十 至▸リソ乃◂ 亦ソㄱ 恡ノ尸 所ㄋ 無七リノㅎ{應}七ソㄱリㄋ七丨ソナㅎ七丨 <화소10:10-13>

【관련】 ソ乃

【비고】 '乃'의 자형이 다소 특이함.

リソトㄱ刀[1][이눈도]

【リ/사동접미사+ト/선어말어미+ㄱ/동명사어미+刀/보조사】

('生' 뒤에서) 내는 것도.

¶ 禪定樂乙 味リソㄋ 愛著心乙 生▸リソトㄱ刀◂ 無明乙 因ノソㅅ 微妙 淨法七 愛ソトㄱ刀 無明乙 因ノソネ罒 是乙 四地七 障亠ノネㅅ <금광07:20-21>

【관련】 (ソ)トㄱ刀

【비고】 '生リソトㄱ刀'는 '生リトㄱ刀' 또는 '生ソトㄱ刀'의 잘못으로 보임. <금광명경>에서는 표기상 'ソ'가 잘못 들어간 예가 많음.

リソトㄱ刀[2][이ᄒᆞ눈도]

【リ/주격조사#ソ/동사+ト/선어말어미+ㄱ/동명사어미+刀/보조사】

-이 하는 것도.

¶ 微細 罪過▸リソトㄱ刀◂ 無明乙 因ノソㅅ 種種七 業行相▸リソトㄱ刀◂ 無明乙 因ノソネ罒 是乙 二地七 障亠ノネㅅ <금광07:17-18>

一切 境界ㄋ十 微細智礙▸リソトㄱ刀◂ 無明リ 因{爲}リ尸入乙ソㅅ 未來ㄋ十 是 礙リ 更ㄋ 生ㄱ 不ハソ尸乙 更ㄋ 生 不ハ令リ令七 智乙 得尸 未ハソトㄱ刀 無明リ 因{爲}リ尸入乙ソネ罒 是乙 如來地七 障亠ノネナㄱリ丨 <금광08:08-10>

【관련】 (ソ)トㄱ刀, (不)ハソトㄱ刀

リソㅌ[이ᄒᆞᄂᆞ]

【リ/부사화소+ソ/동사(+ㄴ/동명사어미)+ㅌ/의존명사; リ/부사화소+ソ/동사+ㅌ/동명사어미】

('無' 뒤에서) 없게 하는 것.

¶ 菩薩リ 發意ソㄋ 菩提乙 求ソ又ㄱ入ㄱ {是}リ 因 無リソㅅ 緣 無▸リソㅌ◂{有} 非リ矢 {於}佛法僧ㄋ十 淨信乙 生リㄋ 是乙 {以}氵ㄋ 而灬 廣大心乙 生リナㄱリ丨 <화엄09:10-11>

【관련】 ソㅌ

リソㅌハニ丨[이ᄒᆞᄂᆞᆨ시다;이ᄒᆞᄂᆞ기시다]

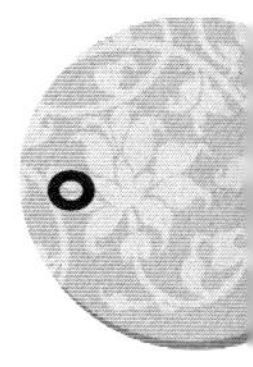

【刂/부사화소+丷/용언+𠃍/선어말어미+八/선어말어미?+二/선어말어미+丨/종결어미】

('至' 뒤에서) 이르셨다.

¶ 其 花亇 上丷亇 非想非非想天阝十 至𢀳 光刀 亦丷亇 復㇌ 爾七𢀳丷二㫆 乃氵 他方 恒河沙七 諸二亇 佛七 國土阝十 至▸刂丷𠃍八二丨◂ <구인02:13-14>

【관련】 丷𠃍八二丨

刂 丷 𠃍 矛 㫆 [이ᄒᆞᄂᆞ리며]

【刂/부사화소+丷/용언+𠃍/선어말어미+矛[ㄹㅎ/동명사어미(+이/의존명사)+이/계사]+㫆/연결어미】

('無' 뒤에서) 없이 할 것이며. § <화엄경>에서 조건절 '-𠃍尸入亇'의 후행절에 주로 쓰임.

¶ 若 能 衆 爲 說法 時 音聲 類 隨 難 思議丿矛𠃍尸入亇 則 {於}一切 衆生㇌ 心乙 一亇 念阝十 悉阝 知丆尸厶 有餘丷亇 無▸刂丷𠃍矛㫆◂ <화엄13:15-16>

見聞丷𢀳 聽受丷𢀳 若七 供養丷𢀳丷口𠃍火七八尸入亇 皆七 安樂乙 獲刂{令}刂尸 不丷尸丁丿尸 靡刂七丷𠃍矛㫆 彼 諸亇 大士㇌ 威神七 力乙灬 法眼 常全丷阝㫈 缺減丷尸 無▸刂丷𠃍矛㫆◂ <화엄14:10-11>

【관련】 (靡)七刂丷𠃍矛㫆, -𠃍矛㫆, 𠃍尸㫆

刂 丷 𠃍 尸 入 亇 [이ᄒᆞᄂᆞᇙ든]

【刂/부사화소+丷/용언+𠃍/선어말어미+尸/동명사어미+入/의존명사+亇/보조사】

('無' 뒤에서) 없게 한다면. § 조건구문에 쓰이며 후행절에는 '-𠃍矛-'가 옴.

¶ 若 於一切衆生 心 一念 悉 知 有餘丷亇 無▸刂丷𠃍尸入亇◂ 則 煩惱刂 起丿尸 所阝 無丆亇入乙 知阝㫈 永去 {於}生死阝十 沒溺丷尸 不丷𠃍矛㫆 <화엄13:17-18>

【관련】 (丷)𠃍尸入亇

【비고】 '-𠃍尸入亇'은 <화엄경>에만 나타남. '尸入亇'을 연결어미로 보는 견해도 있음.

刂 丷 𠃍 立 [이ᄒᆞᄂᆞ셔]

【刂/부사화소+丷/용언+𠃍/선어말어미+立/종결어미】

('無' 뒤에서) 없게 하기를 (바란다). § '-𠃍立'는 願望을 나타내는 종결형태임.

¶ {於}定乙 修行丷去亇丨十亇 當 願 衆生 定乙 以阝八 心乙 伏丿尸厶 究竟 餘丷亇 無▸刂丷𠃍立◂ <화엄04:01>

【관련】 (丷)𠃍立

刂 丷 𠃍 七 [이ᄒᆞᆫ]

【刂/말음첨기+丷/용언(+ㄴ/동명사어미)+𠃍/의존명사+七/속격조사; 刂/말음첨기+丷/용언+

ㅌ/동명사어미+ㅌ/속격조사】

('未' 뒤에서) 아니한.

¶ 菩薩刂 成佛ソア 未▸刂ソㅌㅌ◂ 時十 菩提乙 {以}氵彡 煩惱 {爲}氵ナア氵 菩薩刂 成佛ソ去ㄱㅌㅌ 時十 煩惱乙 以彡 菩提 {爲}氵ナ 亠ㅌ丨 <구인15:18-19>

【관련】 (ソ)ㅌㅌ

刂ソㄱ丨十ㄱ[이혼다건]

【刂/말음첨기+ソ/용언+ㄱ/동명사어미+丨+[ㄷ/의존명사+아긔/처격조사]+ㄱ/보조사; 刂/말음첨기+ソ/용언+ㄱ/동명사어미+丨/의존명사+十/처격조사+ㄱ/보조사】

('未' 뒤에서) 아니하면.

¶ 三 決定 作ノ亠{應}ㅌソㄱ入灬{故}丨 {於}自心彡十 淸淨ソ{令}刂ア 未▸刂ソㄱ丨十ㄱ ◂ 必ハ {於}衆苦彡十 得ホ 解脫ソ彡 吉祥性乙 成刂ア 不ハソア入乙 由氵ㄱ入灬亠 <유가22:03-04>

【관련】 ソㄱ丨十ㄱ, (未)ハソㄱ丨十ㄱ, (不)冬ソㄱ丨十ㄱ

刂ソア矢[이홇디]

【刂/부사화소+ソ/동사+ア/동명사어미+矢[ㄷ/의존명사+이/주격조사]】

('令' 뒤에서) -게 하는 것이. § '-ア矢'는 모두 'Aア矢 是B' 구문에 쓰였음.

¶ 檀 等ソㄱ刂亠 及 智亠ノア乙 能ㄅ 不退轉地彡十 至刂 令▸刂ソア矢◂ 是 波羅蜜義刂ㄅ 能ㄅ 無生法忍乙 滿足 令▸刂ソア矢◂ 是 波羅蜜義刂ㄅ 一切 衆生ㄋ 功德 善根乙 能ㄅ 成熟 令▸刂ソア矢◂ 是 波羅蜜義刂ㄅ <금광05:14-17>

一切 外人刂 來ソ彡ホ 相ノ 詰難ソ去ㄱ乙 善(能 解釋)(ソ彡ホ?) 其乙 降伏 令▸刂ソア矢◂ 是 波羅蜜義刂ㄅ <금광05:20-21>

【관련】 刂令刂ソア矢, ソア矢

刂ソア入灬

☞ 刂ソア入灬故刂ㄅ

刂ソア入灬故刂ㄅ[이홇ᄃᆞ로이며]

【刂/부사화소+ソ/용언+ア/동명사어미+入/의존명사+灬/구격조사+刂/계사+ㄅ/연결어미】

('無' 뒤에서) 없게 하기 때문이며.

¶ 何亠 {等}丨ソㄱ乙 十ア氵ノ令ロ{爲}ソナ禾ア入ㄱ … 一切 劫彡十 斷絶ア 無▸刂ソア入灬{故}刂ㄅ◂ 虛空界乙 盡彡 悉彡 開悟ノアム 心亠 限ア 無▸刂ソア入灬{故}刂ㄅ◂ 有爲彡十 迴向ソ令氵 而ㄱ 著ア 不ソア入灬{故}刂ㄅ 一ㄱ 念ㅌ 境界彡十 一切法 盡ア

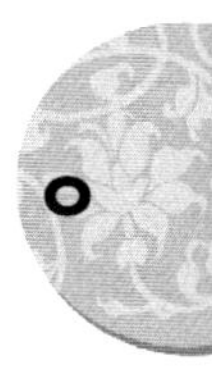

無▸刂丷尸入灬{故}刂㢱◂ <화소26:12-16>

【관련】 丷尸入灬故刂㢱, (丷)尸入灬

刂丷㢱[이ᄒᆞ며]

【刂/부사화소+丷/용언+㢱/연결어미】

('無' 뒤에서) 없이 하며.

¶ 菩薩刂 發意丷㇏ 菩提乙 求丷乂㇐入㇐ {是}刂 因 無▸刂丷㢱◂ 緣 無刂丷㐌{有} 非刂失 {於}佛法僧㇏十 淨信乙 生刂㇏ 是乙 {以}氵㇏ 而灬 廣大心乙 生刂𠂇㇐刂丨 <화엄09:10-11>

不可思議七 刹乙 嚴淨丷㢱 一切 諸㇐ 如來乙 供養丷白㢱 大光明乙 放ノ㇐厶 邊尸 無▸刂丷㢱◂ {有} 衆生乙 度脫ノ尸厶 亦丷㇐ 限ㅎ(㇇) 無▸刂丷㢱◂ <화엄15:03-04>

【관련】 (無)刂丷𠂇㢱, (無七)刂丷一

刂丷ㅎ七人

☞ 刂丷ㅎ七人雖斗

刂丷ㅎ七人雖斗[이ᄒᆞᇙ과두]

【刂/부사화소+丷/용언+ㅎ七/선어말어미+人斗/연결어미 】

('至' 뒤에서) 이르더라도. §'人斗'는 양보의 연결어미로 주로 '然丷力', '而㇐'가 후행함.

¶ 五 世間道乙 由㇏ 乃氵 有頂七 若 定人 若 生人㇏十 至▸刂丷ㅎ七人{雖}斗◂ 而㇐ {於}初後際 無㇇ 生死流轉ノ令十 邊際乙 作 未八丷㢱丷尸失丨 <유가21:20-22>

【관련】 一ㅎ七人雖斗, (丷)人雖斗

刂丷七口乙ㅎ丨[이ᄒᆞᆺ골오다]

【刂/말음첨기+丷/용언+七/선어말어미+口乙/선어말어미?+ㅎ/선어말어미+丨/종결어미】

('未' 뒤에서) 못하였습니다. §'ㅎ'는 1인칭과 호응함.

¶ {此}刂 轉輪位㇏十 王㇐ 處丷而ㅎ㇐厶 已氵 久去八而口㇐㇀ 我㇐ 曾八ㅎ力 得尸 未▸刂丷七口乙ㅎ丨◂ <화소11:18-19>

【관련】 丷去口乙ㅎ丨, ノ㇐刂口乙ㅎ丨

刂丷㇏[이ᄒᆞ아]

【刂/부사화소+丷/용언+㇏/연결어미】

('味' 뒤에서) 맛들여. 즐겨서.

¶ 禪定樂乙 味▸リッ３◂ 愛著心乙 生リット７刀 無明乙 因ノッ㢱 微妙 淨法七 愛ット７刀 無明乙 因ノッ矛罒 是乙 四地七 障亠ノ矛㢱 <금광07:20-21>

リッ３ナ矛罒[이ㅎ아겨리라]

【リ/부사화소+ッ/용언+３/선어말어미+ナ/선어말어미+矛[ㅭ/동명사어미(+이/의존명사)+이/계사]+罒/연결어미】

('無' 뒤에서) 없이 할 것이라서.

¶ 菩薩７ 勤七 大悲行乙 修３㢱 願入７ 一切乙 度リロハ㢱ノアム 果直ア 不ッア丁ノア 無▸リッ３ナ矛罒◂ 見聞ッ㢱 聽受ッ㢱 若七 供養ッ㢱ッロヒ火七ハア入７ 皆七 安樂乙 獲リ{令}リア 不ッア丁ノア 靡リ七ッヒ矛㢱 <화엄14:9-10>

【관련】 (ッ)ナ矛罒

【비고】 '罒'는 연결어미 '３'의 이형태로 계사 'リ' 뒤에 쓰임.

リッ３七丨ノ７[이ㅎ앗다온]

【リ/말음첨기+ッ/용언+３七/선어말어미+丨/선어말어미+ノ/선어말어미+７/동명사어미】

('未' 뒤에서) 못하였던.

¶ 善男子３ {云}(何)亠 (初地) 而灬 名下 歡喜リハッロ今ロッナ矛入７ 出世心乙 得㢱 昔ア 得ア 未▸リッ３七丨ノ７◂ 所リ７乙 而灬 今ハ７氵 始ノ 得ッ㢱 <금광06:22-24>

【관련】 (未)リッㇻ七丨ノ７

リッ３七ノ７入乙[이ㅎ앗온들]

【リ/주격조사#ッ/동사+３七/선어말어미+ノ/선어말어미+７/동명사어미+入/의존명사+乙/대격조사】

-이 (나타나) 있는 것을. § 'ッ'는 '現'의 대동사임.

¶ 善男子３ 菩薩 二地３十７ 是 相リ 前現ノアム 三千大千世界七 地 平ッ７矢 掌 如支ッ７ㇻ十 量 無㢱 數 無ッ７ 種種七 妙色リ７ 淸淨ッヒ七{之} 寶灬ノ７ 莊嚴七{之} 具▸リッ３七ノ７入乙◂ 菩薩７ 悉３ 見ッナ𠆢七丨 <금광05:25-06:02>

【관련】 ッ３七ノ７入乙

リッㇻ七丨ノ７[이ㅎ읫다온]

【リ/말음첨기+ッ/용언+ㇻ七/선어말어미+丨/선어말어미+ノ/선어말어미+７/동명사어미】

('未' 뒤에서) 못하였던.

¶ 昔ア 得ア 未▸リッㇻ七丨ノ７◂ 所七 勝利乙 得３７入灬 故ノ 動踊ット７刀 無明乙 因ノッ㢱 聞持陁羅尼乙 具ア 不ハット７刀 無明乙 因ノッ矛罒 是乙 三地 障亠ノ矛㢱

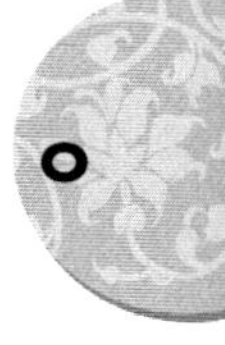

<금광07:18-20>
請問乙 依丷丨入灬 故丿 昔尸 聞白尸 未▸刂丷ラ七丨丿丨◂ 甚深 法義乙 聞㫃 <유가07:03-04>
【관련】(未)刂丷彡七丨丿丨

刂丷彡[이ᄒᆞ져]

【刂/말음첨기+丷/용언+彡/연결어미】
('未' 뒤에서) 못하고. 않고.
¶ 謂丨 若 有ナ丨 已氵 三摩地乙 得彡丨亠 而丨 圓滿 未▸刂丷彡◂ 自在丷丨入乙 得尸 未▸刂丷彡◂丷ナ丨刂亠 <유가27:11-12>
【관련】(未)刂彡

刂丷彡[이ᄒᆞ져]

【刂/부사화소+丷/용언+彡/연결어미】
('無', '未' 뒤에서) 없게 하고.
¶ 我禾 等丷丨丨… 是 所刂丨 國土彡十丨 諸 怨賊亠 恐怖丿今七{之} 難亠丿尸乙 無▸刂丷彡◂ 飢饉七 畏丿尸入乙 無▸刂丷彡◂ 非人七 畏丿尸入乙 無▸刂丷彡◂ 人民 興盛丷彡令刂口口七丿矛㫃 <금광15:07-09>
若 三摩地乙 得彡丨亠 而丨 圓滿 未刂彡 亦 自在 未▸刂丷彡◂丷丨丨 彼丨 或 止相乙 思惟丷彡 或 擧相乙 思惟丷彡 或 捨相乙 思惟丷彡丷彡㫆 其 心乙 安住亽刂下 諦現觀彡十 入丷㫃丷ナ亠七丨 <유가24:06-09>
謂丨 若 有ナ丨 已氵 三摩地乙 得彡丨亠 而丨 圓滿 未▸刂丷彡◂ 自在丷丨入乙 得尸 未▸刂丷彡◂丷ナ丨刂亠 彼丨 止擧捨七 三種 善巧乙 修習丷彡㫆 此乙 由彡 多刂丨 諸 定樂乙 發生丷亠{應}七丷㫃 <유가27:11-14>

刂丷彡丷ナ丨刂亠[이ᄒᆞ져ᄒᆞ견이여]

【刂/말음첨기+丷/용언+彡/연결어미#丷/용언+ナ/선어말어미+丨/동명사어미+刂/의존명사+亠/조사】
('未' 뒤에서) 못한 사람이. § '亠'는 '有ナ丨'의 후치된 주어절에 붙은 요소임. '丷ナ丨刂亠'의 '丷'는 彡로 나열된 동사구를 아우르는 요소임.
¶ 謂丨 若 有ナ丨 已氵 三摩地乙 得彡丨亠 而丨 圓滿 未刂丷彡 自在丷丨入乙 得尸 未▸刂丷彡丷ナ丨刂亠◂ 彼丨 止擧捨七 三種 善巧乙 修習丷彡㫆 此乙 由彡 多刂丨 諸 定樂乙 發生丷亠{應}七丷㫃 <유가27:11-14>
【관련】彡丷ナ丨刂亠, 丷ナ丨亠, 彡丷ナ丨氵, 彡丷ナ矛亠, (丷)丨矢氵, (丷)丨矢亠

刂ソ㇒ソ㇕㇕[이ᄒᆞ져ᄒᆞᆫ온]

【刂/말음첨기+ソ/용언+㇒/연결어미#ソ/용언+㇕/동명사어미+㇕/보조사】

('未' 뒤에서) 아니하고 하면. § 'ソ㇕㇕'의 'ソ'는 '㇒'로 나열된 동사구를 아우르는 요소임.

¶ 若 三摩地乙 得氵㇕亠 而㇕ 圓滿 未刂㇒ 亦 自在 未▸刂ソ㇒ソ㇕㇕◂ 彼㇕ 或 止相乙 思惟ソ㇒ 或 擧相乙 思惟ソ㇒ 或 捨相乙 思惟ソ㇒ソ氵㸦 其 心乙 安住亽刂下 諦現觀氵十 入ソ㇃ソナ㇇七丨 <유가24:07-09>

【관련】 (未)刂㇒, (未)刂ソ㇒, ㇒ソ㇕㇕, ソ㇕㇕

刂十¹[이긔]

【刂/말음첨기+十/처격조사】

① ('後' 뒤에서) 후에. 뒤에.

¶ 如來 滅ソ㇇㇕乙⺍七 後▸刂十◂ 有刂丨 如來 滅ソ㇇㇕乙⺍七 後▸刂十◂ 無刂丨 如來 滅 後 亦 有 亦 無刂丨 如來 滅 後 非有非無刂丨ノ尸亽 <화소07:03-05>

何㇇ {等}丨ソ㇇㇕ 如來刂 最ハ 後▸刂十◂ 出ソ㇇㇃ 何㇇ {等}丨ソ㇕ 聲聞 辟支佛刂 最ハ 後▸刂十◂ 出ソ㇃ 何㇇ {等}丨ソ㇕ 衆生刂 最ハ 後▸刂十◂ 出ソ㇃ 何㇇ 法刂 最ハ 初氵十 在ソ㇃ 何㇇ 法刂 最ハ 後▸刂十◂ 在ソ禾氵七口ノ尸亽 <화소08:01-03>

要㇉ 衆生氵十 與ソ㇕ 然七ソ㇕乙⺍七 後▸刂十◂㇀ 方七 食ソナ㇃ <화소09:11>

今七 我㇇ {此}刂 身㇕ 後▸刂十◂乃 當必ソ氵 死ソ去㇕丨十㇕ 一㇕ 利益ノ尸㇅力 無七去禾氵七丨 <화소11:02-03>

【관련】 (後)刂十㇀, (後)刂十乃, (後)氵十

② ('世' 뒤에서) 세상에.

¶ 譬入㇕ 蓮華刂 水氵十 著 不ノ尸 如支 是 如支 世▸刂十◂ 在ソ氵㸦 深信 令刂ナ㇇七丨 <화엄19:05>

是 如支 等ソ㇕ 類 諸㇕ 外道㇇十 其 意解乙 觀ソ口 與七 同事ソナ氵 示刂㇇㇕ 所七 苦行火七ハ尸入㇕ 世▸刂十◂ 堪刂矢ソ氵亽 靡七刂ソ氵㸦 彼乙 見刂尸 已㇀ソ口 皆七 調伏 令刂口ㅌ㇃ <화엄20:04-05>

【관련】 (世)十

③ ('時' 뒤에서) 때에.

¶ 宜(丨) 時▸刂十◂ 疾刂 捨ソ氵ハ 以氵 衆生乙 濟刂尸丁ソナ㇃ <화소11:03-04>

劫七 中刂 饑饉ソ氵㸦 災難刂去ㅌ七 時▸刂十◂㇕ 悉氵 世間七 諸㇕ 樂具乙 與ソナ氵 其 欲㇇尸 所乙 隨㇇ 皆七 滿 {令}刂氵㸦 普刂 衆生㇇ {爲}㇀ 饒益乙 作ソナ㇃ <화엄17:22-23>

【관련】 (時)十, (時)㇀十, (時)亠十, (時時)氵十

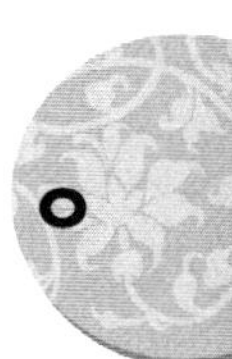

刂 十[2][이긔]

【刂 十/여격조사】

('彼' 뒤에서) 그에게. 그 사람에게.

¶ 根⺀ 果⺀ソ尸 {等}丨ソ1乙 食ソ卜ㅎ1入乙 悉3 示ソ⺋ 行ソ⺋ソ3 {於}彼▸刂十◂ 常刂 已ラ十 勝ソ匕七 法乙 思ᄉ刂ナㄅ <화엄20:01>

或刀 有ナ丨 刹土刂 佛矢 無亦ㅎ1矢ᅩ{有} {於}彼▸刂十◂1 正覺 成卜ㅎ1入乙 示現ソナㄅ 或刀 有ナ丨 國土刂 法乙 知尸 不ソナ尸矢⺀ {於}彼▸刂十◂1 {爲}氵ㅎ 妙法藏乙 說口匕オㄅ <화엄14:15-16>

【관련】 (彼)刂十1, (彼)ラ十

刂 十 乃[이긔나]

【刂/말음첨기+十/처격조사(+이/계사)+乃/연결어미】

('後' 뒤에서) 후에. 후에라도.

¶ 今七 我ラ {此}刂 身1 後▸刂十乃◂ 當必ソ3 死ソ去1丨十1 一1 利益ノ尸ケ刀 無七去禾3七丨 <화소11:02-03>

【관련】 (後)刂十, (後)刂十氵, (後)3十

刂 十 1[이긘][1]

【刂/말음첨기+十/처격조사+1/보조사】

('時' 뒤에서) 때에는.

¶ 劫七 中刂 饑饉ソ3ホ 災難刂去匕七 時▸刂十1◂ 悉3 世間七 諸1 樂具乙 與ソナ3 其 欲ㅎ尸 所乙 隨ㅎ 皆七 滿 {令}刂3ホ 普刂 衆生ラ {爲}氵 饒益乙 作ソナㄅ <화엄17:22-23>

【관련】 (時)刂十, (時)十1, (時)⺀十1, (時)ᅩ十1

刂 十 1[이긘][2]

【刂 十/여격조사+1/보조사】

('彼' 뒤에서) 그에게는.

¶ 或刀 有ナ丨 刹土刂 佛矢 無亦ㅎ1矢ᅩ{有} {於}彼▸刂十1◂ 正覺 成卜ㅎ1入乙 示現ソナㄅ 或刀 有ナ丨 國土刂 法乙 知尸 不ソナ尸矢⺀ {於}彼▸刂十1◂ {爲}氵ㅎ 妙法藏乙 說口匕オㄅ <화엄14:15=16>

【관련】 (彼)刂十, (彼)ラ十

刂 十 尸 入 丁

☞ 刂 ナ 尸 入 丁

刂 十 氵 [이긔사]

【刂/말음첨기+十/처격조사+氵/보조사】

('後' 뒤에서) 후에야. 뒤라야.

¶ {此}刂 菩薩丁 稟性ノ丁 仁慈刂罒 好ㄱ 惠施乙 行ソロナ丁 … 要ㄓ 衆生氵十 與ソ丁 然七ソ丁乙〜七 後▸刂十氵◂ 方七 食ソナ㢴 <화소09:10-11>

【관련】(後)刂十, (後)氵十, 氵十氵

ㅎ [져]

【ㅎ/연결어미】

① -고 § 동사에 결합된 예. '-ㅎ'는 주로 동사구를 나열할 때 쓰이고, 마지막 '-ㅎ' 뒤에는 아우르는 요소 'ソ-'가 반드시 옴.

¶ 若七 自ラ灬 以ろ朩 受用ソㄱ丨十ㄱ 則支 安樂ソ▸ㅎ◂ 延年ソ▸ㅎ◂ノ禾ㅏ <화소10:06>

聞尸 已氵ソロハㄱ 其 心ㅎ 迷尸 不ソ▸ㅎ◂ 沒尸 不ソ▸ㅎ◂ 聚尸 不ソ▸ㅎ◂ 散尸 不ソ▸ㅎ◂ソろ <화소15:07-08>

佛子ろ {此}リ 持藏ㄱ 邊尸 無ろ 難リ氵 滿ノ禾▸ㅎ◂ 難リ氵 其 底ろ十 至ㅎ禾▸ㅎ◂ 難リ氵 得ろ朩 親近ノ禾▸ㅎ◂ 能リ矢 制伏ソろ今 無ㅎ 量リ 無ㅎ 盡尸 無▸ㅎ◂ 大威力乙 具ㅎ▸ㅎ◂ {是}リㄱ 佛境界リㅎ 唯ハ 佛ㅅ氵 能支 了ソ丙ㅎ禾▸ㅎ◂ソナ丨 <화소24:12-15>

云何 常リ 天王ㆍ 龍王ㆍ 夜叉王 乾闥婆王 阿修羅王 迦樓羅王 緊那羅王 摩睺羅伽王 人王 梵王ㆍノ今ラ{之} 守護ソ▸ㅎ◂ 恭敬ソ▸ㅎ◂ 供養ソ▸ㅎ◂ノ尸 所乙 得ㅏ <화엄02:03-06>

善ナㄱ{哉}彳 佛子ㆍ 汝ㄱ 今ソㄱ 饒益ノ尸 所 多ㅏ 安隱ノ尸 所ろ 多ナㄱ入乙灬 世間乙 哀愍ソ▸ㅎ◂ 天人乙 利樂ソ▸ㅎ◂ソ{爲欲}人 是 如支ソㅌ七 義乙 問去ナㄱ丁 <화엄02:10-12>

時乙 以ろ 寢息ソ去ㄱ丨十ㄱ 當 願 衆生 身ろ十 安隱ソㄱ入乙 得▸ㅎ◂ 心ろ十 動亂尸 無▸ㅎ◂ソㅌ立 <화엄08:14>

十八梵天王ㄱ 百變異色花乙 雨リ▸ㅎ◂ 六欲七 諸ㄱ 天刀 量 無七ㄱ 色花乙 雨リ▸ㅎ◂ソナㅏ <구인02:15-17>

時十 十六大國王七 中3七 舍衛國主刂ニ尸 波斯匿王刂 名(火?) 曰白尸 月光⺀丷白う今 1 德行1 十地⺀ 六度⺀ 三十七品⺀ 四不壞淨⺀ノ乙丷▸ㆆ◂ 摩訶衍七 化乙 行丷▸ㆆ◂丷ニㅏ1⺀ <구인02:24-03:01>

二者 身命乙 惜尸 不冬丷▸ㆆ◂ 安樂止息ノ今七{之} 觀乙 生尸 不冬▸ㆆ◂丷ㅅ <금광03:07>

譬 師子刂 (臆長毫)獸3七 王刂皿 大神力 {有}斗▸ㆆ◂ 獨步ノ尸ㅿ 畏ノ尸 無▸ㆆ◂ 戰怖ノ尸 無有▸ㆆ◂丷1如支 (如是 第)三 心乙 說3 羼提波羅蜜因亠ノ才ㅅ <금광02:02-04>

彼 對治果乙 證得丷{爲欲}人丷▸ㆆ◂ 亦 自ラ 心乙 得亦 淸淨人刂{爲}人丷▸ㆆ◂丷尸人灬 故ノ <유가07:13-14>

常刂 得3亦 佛乙 見白▸ㆆ◂ 世尊乙 離 不矢▸ㆆ◂丷3 常刂 妙法乙 聞白▸ㆆ◂ 常刂 正法乙 聽白▸ㆆ◂丷ㅌ才ㅅ <금광14:05-06>

若 諸 有智丷1 同梵行者刂 見聞疑乙 由3 或 其 罪乙 擧丷▸ㆆ◂ 或 憶念丷{令}刂▸ㆆ◂ 或 隨學丷{令}刂▸ㆆ◂丷去1 {於}尒所ケ七 時亠十 <유가06:22-07:01>

二 {於}已生丷1 善法乙 住丷▸ㆆ◂ 不忘丷▸ㆆ◂ 修習圓滿丷▸ㆆ◂ 倍刂 增廣丷{令}刂ㆆノ示{應}七丷1ラ十 有丷1 所七 懈怠刂ㅅ <유가10:18-19>

{於}能ㅅ 擧罪丷今七 同梵行者ラ十 心3十 恚恨ノ尸 无▸ㆆ◂ 損ノ尸 無▸ㆆ◂ 惱ノ尸 无▸ㆆ◂丷3亦 而灬 自灬 修治丷ㅅノ今七 此 五相乙 由3丷尸人乙 <유가17:15-17>

己ラ乙 謂3亦 一切 所作乙 已辨丷3ノ1刂3七|丷尸 非冬丷▸ㆆ◂ 亦 他乙 向3 己ラ 證ノ1 所乙 說尸 不冬丷▸ㆆ◂丷ㅅ丷ナ才皿 <유가19:09-10>

謂1 若 有ナ| 已氵 三摩地乙 得31亠 而1 圓滿 未刂丷▸ㆆ◂ 自在丷1人乙 得尸 未刂丷▸ㆆ◂丷ナ1刂亠 <유가27:11-12>

謂1 聖弟子刂 已氵 聖諦乙 見丷▸ㆆ◂ 已氵 證淨乙 得▸ㆆ◂丷3 卽ㆆ 證淨乙 {以}氵 依止 {爲}氵1人灬 故ノ <유가28:10-12>

② (형용사, 계사와 결합하여) -고. -며. § 형용사, 계사에 쓰인 예임. '-ㆆ'는 동사구를 나열할 때 쓰이고, 마지막 '-ㆆ' 뒤에는 아우르는 요소 '丷-'가 반드시 옴.

¶ 佛子3 {此}刂 菩薩1 年盛丷▸ㆆ◂ 色美丷▸ㆆ◂ 衆1 相 具足丷▸ㆆ◂丷ナ3 名華⺀ 上服⺀ノ今灬 而灬 以3亦 身乙 嚴丷3 <화소11:06-07>

雅思刂▸ㆆ◂ 淵才刂▸ㆆ◂丷3 文中3七 王刂尸人乙丷ナㅅ <화엄19:06>

爾七丷1 時十 十号刂▸ㆆ◂ 三明刂▸ㆆ◂ 大滅諦刂▸ㆆ◂ 金剛智刂▸ㆆ◂丷ニ1 釋迦牟尼佛1 年乙 初七う丷1 月七 八日3十 方七 十地3十 坐丷ニ下 <구인02:10-11>

時十 無色界七才1 量 無七1 變ノ1ㅌ七 大香花乙 雨う1ㅿ 香1 車輪 {如}|丷▸ㆆ◂ 花1 須彌山王 {如}|丷ナ1⺀ 雲 {如}|丷3 而灬 下丷ㅁㅌ乙ㅅ 十八梵天王1 百變異色花乙 雨刂ㆆ 六欲七 諸1 天力 量 無七1 色花乙 雨刂ㆆ丷ナㅅ <구인02:14-17>

相續假法1 一 非矢▸ㆆ◂ 異 非矢▸ㆆ◂丷ナ| <구인14:07>

幻諦七 法1 佛刂 出世丷白う尸 無七ニ1ㅌ七 前3十 名字 無七▸ㆆ◂ 義七 名 無七▸ㆆ◂丷ㅅ 幻法⺀ 幻化⺀ノ今1 名字 無七▸ㆆ◂ 體相 無七▸ㆆ◂丷ㅅ 三界七 名字 無

ㅌ▶㫆◀ 善惡果報刂ㄱ 六道ㅌ 名字 無ㅌ▶㫆◀ㄓナㅣ <구인14:02-04>

(菩)薩力乙 (以)故ノ 還ノ 得氵示 不墮ㄓ氵 損傷ノ尸 無{有}ㄓ▶㫆◀ 痛(惱) 無{有}ㅌㄓ▶㫆◀ㄓㅏノㄱ入乙 菩薩 悉 見ナ㐃ㅌㅣ <금광06:14-15>

若 三摩地乙 得氵ㄱ丷 而ㄱ 圓滿 未刂▶㫆◀ 亦 自在 未刂ㄓ▶㫆◀ㄓㄱㄱ <유가24:06-07>

③ 하거나. § '-㫆'는 동사구를 나열할 때 쓰이고, 마지막 '-㫆' 뒤에는 아우르는 요소 'ㄓ-'가 반드시 옴.

¶ 此乙 除口斤 更氵 若 過ㄓ▶㫆◀ 若 增ㄓ▶㫆◀ㄓㄱ 无ㄓㄱ刂ㄱ了 <유가13:03>

當ハ 知㐃ㅣ 唯ハ 此 二十種氵 有ㄓㄱ丷 此乙 除口斤 更氵 若 過ㄓ▶㫆◀ 若 增ㄓ▶㫆◀ㄓㄱ 無ㄓㄱ刂ㄱ了 <유가15:06-07>

㫆ㄓナㄱ氵[져ᄒ견여]

【㫆/연결어미#ㄓ/용언+ナ/선어말어미+ㄱ/동명사어미+氵/조사; 㫆/연결어미#ㄓ/용언+ナ/선어말어미+ㄱ氵/연결어미】

-고 한 것이다. -고 한 것이니. § 'ㄓナㄱ氵'의 'ㄓ'는 '㫆'로 나열된 동사구를 아우르는 요소임.

¶ 或刀 有ナㅣ 國土刂 法乙 知尸 不ㄓナ尸矢氵 {於}彼刂十ㄱ {爲}氵㐃 妙法藏乙 說口ㅌ并ㄏ 分別 無㫆{有} 功用 無▶㫆ㄓナㄱ氵◀ {於}一ㄱ 念ㅌ 頃ㅌ氵十 十方氵十 徧ケㅣノ尸ム 月光影 如支ㄓ氵示 周ㅌㄓ尸 不ㄓ尸了ノ尸 靡ㅌ氵 量刂 無ㄱ 方便乙㇇ 羣生乙 化ㄓ口ㅌ并ㄏ <화엄14:16-18>

【관련】 ㄓナㄱ氵, 㫆ㄓナㄱ刂丷, (未)刂ㄓ㫆ㄓナㄱ刂丷, ㄓナㄱ丷, 㫆ㄓナ并丷, ㄓナ尸矢氵

㫆ㄓナㄱ刂丷[져ᄒ견이여]

【㫆/연결어미#ㄓ/용언+ナ/선어말어미+ㄱ/동명사어미+刂/의존명사+丷/조사】

-고 한 것이. § '丷'는 '有ナㅣ'의 후치된 주어절에 붙은 요소임. 'ㄓナㄱ刂丷'의 'ㄓ'는 '㫆'로 나열된 동사구를 아우르는 요소임.

¶ 若 有ナㅣ {於}三摩地氵十 已氵 得示 圓滿ㄓ㫆 亦 自在乙 得▶㫆ㄓナㄱ刂丷◀ 彼ㄱ 入住出定ㅌ 三種 善巧乙 修習ㄓ氵示 此乙 由氵 多刂ㄱ 諸 定樂乙 發生ㄓ㐃{應}ㅌㅣ <유가27:14-16>

謂ㄱ 若 有ナㅣ 已氵 三摩地乙 得氵ㄱ丷 而ㄱ 圓滿 未刂ㄓ㫆 自在ㄓㄱ入乙 得尸 未刂ㄓ▶㫆ㄓナㄱ刂丷◀ <유가27:11-12>

【관련】 (未)刂ㄓ㫆ㄓナㄱ刂丷, ㄓナㄱ丷, 㫆ㄓナㄱ氵, 㫆ㄓナ并丷, (ㄓ)ㄱ矢氵, (ㄓ)ㄱ矢丷

㫆ㄓナ㐃ㅌㅣ[져ᄒ겄다]

【㫆/연결어미#ㄓ/용언+ナ/선어말어미+㐃ㅌ/선어말어미+ㅣ/종결어미】

-고 한다. §‘丷ナ氵七丨’의 ‘丷’는 ‘氵’로 나열된 동사구를 아우르는 요소임.

¶ 彼ㄱ {於}尒丷ㄱ 時𠃍十 … {於}愛盡 寂滅丷ㅌ七 涅槃界七 中阝十 善 安住丷{令}刂下 復八 退轉ノ尸 无氵 心阝十 驚怖丷阝ホ 謂尸 我ラ 我ㄱ 今艮{者} 何亠 所阝十 在丷去ㄱ刂阝七ロノ尸{耶} 无▸氵丷ナ氵七丨◂ <유가25:18-21>

又 是 如支丷ㄱ 三摩地圓滿乙 依丷ㄱ入灬 故ノ {於}正方便刂ㄱ 根本定灬 攝ノ尸 內心奢摩他阝十 遠離愛樂乙 證得丷氵 又 法毘鉢舍那刂ㄱ 是 如支 觀察丷阝ホ 熾燃明淨ノ仒十 有七ㄱ 所七 愛樂乙 證得丷▸氵丷ナ氵七丨◂ <유가16:01-04>

此 因果刂 永阝 滅盡丷去ㄱ入乙 由氵ㄱ入灬 故ノ 卽 名下 苦邊𠃍ノ尸𠃍 更阝 餘 所 无阝ホ 無上丷氵 无勝丷▸氵丷ナ氵七丨◂ <유가31:17-18>

【관련】 丷氵丷ナ氵七丨, (丷)ナ氵七丨

氵丷ㅌ矛介[져ᄒᆞᄂᆞ리며]

【氵/연결어미#丷/용언+ㅌ/선어말어미+矛[ㄹㅎ/동명사어미(+이/의존명사)+이/계사]+介/연결어미】

-고 할 것이며. §‘丷ㅌ矛介’의 ‘丷’는 ‘氵’로 나열된 동사구를 아우르는 요소임. <화엄경>에서 조건절 ‘-ㅌ尸入ㄱ’의 후행절에 주로 쓰임.

¶ 若七 常刂 {於}諸ㄱ 佛乙 信奉丷白ㅌ尸入ㄱ 則支 能支 戒乙 持丷氵 學處乙 受▸氵丷ㅌ矛介◂ 若七 常刂 戒乙 持氵 學處乙 受氵丷ㅌ尸入ㄱ 則支 能支 諸ㄱ 功德乙 具足丷ㅌ矛介 <화엄10:10-11>

常刂 得阝ホ 佛乙 見白氵 世尊乙 離 不矢氵丷阝 常刂 妙法乙 聞白氵 常刂 正法乙 聽白▸氵丷ㅌ矛介◂ 不退地阝十 生丷二 師子勝人乙 而灬 得阝ホ 親近丷白阝 相ノ 遠離 不冬丷ㅌ矛介 <금광14:05-07>

【관련】 白氵丷ㅌ矛介, (丷)ㅌ矛介, ㅌ尸介

氵丷ㅌ尸入ㄱ[져ᄒᆞᄂᆞᆶ든]

【氵/연결어미#丷/용언+ㅌ/선어말어미+尸/동명사어미+入/의존명사+ㄱ/보조사】

-고 하면. -고 할 경우에는. § 조건구문에 쓰이며 후행절에는 ‘-ㅌ矛-’가 옴. ‘丷ㅌ尸入ㄱ’의 ‘丷’는 ‘氵’로 나열된 동사구를 아우르는 요소임.

¶ 若七 常刂 戒乙 持氵 學處乙 受▸氵丷ㅌ尸入ㄱ◂ 則支 能支 諸ㄱ 功德乙 具足丷ㅌ矛介 <화엄10:11>

【관련】 (丷)ㅌ尸入ㄱ

【비고】 ‘-ㅌ尸入ㄱ’은 <화엄경>에만 나타남. ‘尸入ㄱ’을 연결어미로 보는 견해도 있음.

氵丷ㅌ立[져ᄒᆞᄂᆞ셔]

【氵/연결어미#丷/용언+ㅌ/선어말어미+立/종결어미】

-고 하기를 (바란다). § '-ㅌ立'는 願望을 나타내는 종결형태임. 'ッㅌㄕㅅㄱ'의 'ッ'는 'ㅎ'로 나열된 동사구를 아우르는 요소임.

¶ 時乙 以ㅣ 寢息ッ𠫔ㄱㅣ十ㄱ 當 願 衆生 身ㅣ十 安隱ッㄱㅅ乙 得ㅎ 心ㅣ十 動亂ㄕ 無▸ㅎッㅌ立◂ <화엄08:14>

【관련】(ッ)ㅌ立, ッㅎッㅌ攴立

ㅎッㄱ[져흔]

【ㅎ/연결어미#ッ/용언+ㄱ/동명사어미 】

-고 함. -고 한 것. § 'ッㄱ'의 'ッ'는 'ㅎ'로 나열된 동사구를 아우르는 요소임.

¶ 譬 師子リ (臆長毫)獸ㅣ七 王リ皿 大神力 {有}ㅓㅎ 獨步ノㄕム 畏ノㄕ 無ㅎ 戰怖ノㄕ 無有▸ㅎッㄱ◂ 如攴 (如是 第)三 心乙 說ㅣ 羼提波羅蜜因ㅗノ𣴎ㅅ <금광02:02-04>

【관련】ッㅎッㄱ

ㅎッㄱㄱ[져흔은]

【ㅎ/연결어미#ッ/용언+ㄱ/동명사어미+ㄱ/보조사】

-고 하면. § 'ッㄱㄱ'의 'ッ'는 'ㅎ'로 나열된 동사구를 아우르는 요소임.

¶ 又 若 先下 世間道乙 {以}ㅋ 三摩地乙 得ㅎ 亦 得ホ 圓滿ッㅎ 亦 自在乙 得▸ㅎッㄱㄱ◂ 彼ㄱ 或 {於}入三摩地相リㄱ 謂ㄱ 此乙 由ㅋㄱㅅ灬 故ノ 三摩地ㅣ十 入ノ今十 … {於}此 諸 相ㅣ十 作意思惟ッㅣホ 其 心乙 安住ㅅリ下 諦現觀ㅣ十 入ッㅅ <유가23:23-24:06>

[若 三摩地乙 得ㅣㄱㅗ 而ㄱ 圓滿 未リㅎ 亦 自在 未リッ▸ㅎッㄱㄱ◂ 彼ㄱ 或 止相乙 思惟ッㅎ 或 擧相乙 思惟ッㅎ 或 捨相乙 思惟ッㅎッㅣホ 其 心乙 安住ㅅリ下 諦現觀ㅣ十 入ッㅅッナㅎ七ㅣ <유가24:06-07>

【관련】(未)リッㅎッㄱㄱ, ッㄱㄱ

ㅎッㄱㅅ乙[져흔둘]

【ㅎ/연결어미#ッ/용언+ㄱ/동명사어미+ㅅ/의존명사+乙/대격조사】

-고 하는 것을. § 'ッㄱㅅ乙'의 'ッ'는 'ㅎ'로 나열된 동사구를 아우르는 요소임.

¶ 又 求願ッㅎ 勝功德乙 見▸ㅎッㄱㅅ乙◂ 由ㅣ 彼乙 求ッ{爲}ㅅッㄕㅅ灬 故ノ 勇猛精進ッㅣ 策勵ッㅣホ 而灬 住ッㅅ <유가15:12-14>

彼ㄱ 是 如攴 樂斷ッㅎ 樂修ッㅎ 心ㅣ十 貪ㅗ 恚ㅗノ今 无ㅎ 正念現前ッㅎ 增上慢乙 離▸ㅎッㄱㅅ乙◂ 由ㅣ {於}諸 衣服乙 宜ッㄱㅅ乙 隨ノ 獲得ノㄱㅋ十 便ㅎ 喜足乙 生リㅅ <유가19:10-12>

善男子ㅣ 是 金光明經乙 聽聞ッㅎ 受持ッ▸ㅎッㄱㅅ乙◂ {以}ㅋㄱㅅ灬 故ノ 是 善男子ㅗ 善女人ㅗノㄕㄱ 一切 罪障乙 悉 能ㅅ 除滅ッロ 極淸淨ッㄱㅅ乙 得ッㅌ𣴎ㅅ <금광

14:03-05>
此 作意乙 修習ソ㇊ 多 修習ソ▸㇊ソ丨入乙◂ 由氵丨入⺀ 故ノ 所緣 能緣 平等 平等ソ丨 智刂 生ソ去丨 <유가23:18-20>
能㢱 十種 過失乙 遠離ソ㇊ 又 能㢱 聖所住處㇌十 安住ソ▸㇊ソ丨入乙◂ {以}氵㇌ 故去 名下 功德亠ノ㐅丨 <유가31:05-07>
【관련】 ソ㇊ソ丨入乙, 一丨入乙, ソ㇊ソ尸入乙

㇊ソ尸[져홀]

【㇊/연결어미#ソ/용언+尸/동명사어미】
-고 함(을). 고 하는 것(을). §'ソ尸'의 'ソ'는 '㇊'로 나열된 동사구를 아우르는 요소임. 여기서 '尸'은 '已氵ソ一' 앞에 쓰인 예임.
¶ 又 彼丨 是 如攴 欲樂乙 發生ソ㇊ 勤精進乙 發ソ㇊ 遠離乙 樂▸㇊ソ尸◂ 已氵ソロ 喜足乙 生尸 不冬ノ尸厶 <유가29:09-10>

㇊ソ㢱[져ᄒᆞ며]

【㇊/연결어미#ソ/용언+㢱/연결어미】
-고 하며. §'ソ㢱'의 'ソ'는 '㇊'로 나열된 동사구를 아우르는 요소임.
¶ 亦 {於}他㇇ 利養恭敬亠 及七 餘 不信ソㅌ七 婆羅門 等ソ丨㇇ 對面ソ㇊ 背面ソ㇊ソ㇌ 諸 不可意七 身業語業乙 現行ソ令七 事亠ノ令七 中㇌十 心㇌十 憤恚乙 生刂尸 不冬ソ㇊ 又 復 {於}彼㇇十 損害心 无▸㇊ソ㢱◂ <유가19:03-06>
或 {於}晝分㇌十丨 諸 諠逸 多㢱 {於}夜分 中㇌十丨 蚊虻 等ソ丨 衆苦⺀ 觸ノ丨 所 多㢱 又 怖畏 多㇊ 諸 災厲 多▸㇊ソ㢱◂ … 惡友㇇ 攝持ノ丨刂罒 諸 善友 無㢱ソ尸矢丨 <유가27:05-08>
佛子㇌ {此}刂 菩薩丨 年攴 方七 少(五)邑㇊ 盛七▸㇊ソ㢱◂ 端正美好ソナ丨⺀ 香華⺀ 衣服⺀ノ令⺀ 以㇌㣺 其 身乙 嚴ソ㇌ <화소10:14-16>
味尸 不ソ㇊ 著尸 不ソ▸㇊ソ㢱◂ 亦ソ丨 厭ノ尸入乙 生刂尸 不ソ㢱 <화소13:14-15>
相 無七丨ㅌ七 第一義丨 自 無七㇊ 他作 無七▸㇊ソ㢱◂ 因緣⺀ 本⺀八 自㇇⺀ 有ソ丨ㅌ𠚣 自 無七㇊ 他作 無七▸㇊ソ㢱◂ <구인14:24-25>
無𠚣 無ソ丨矢氵 諦 實ソ丨ㅌ七 無刂ㅌ丨刂罒 寂滅刂㇊ 第一空刂▸㇊ソ㢱◂ <구인15:01-02>
{於}法如如㇌十 動 不冬㇊ 去 不冬㇊ 來 不冬▸㇊ソ㢱◂ <금광14:17-18>
{於}晝夜分㇌十 自己㇇ {有}斗ノ丨 所七 善法 增長ソトノ丨入乙 實 如攴 了知ソ㇊ 不善法 增長ソトノ丨入乙 實 如攴 了知ソ▸㇊ソ㢱◂ 善法 衰退ソトノ丨入乙 實 如攴 了知ソ㇊ 不善法 衰退ソトノ丨入乙 實 如攴 了知ソ▸㇊ソ㢱◂ <유가27:18-21>
【관련】 ソ㇊ソ㢱, 刂㇊ソ㢱

ㅎソㄋ [져ᄒᆞ아]

【ㅎ/연결어미#ソ/용언+ㄋ/연결어미】

-고 하여. §'ソㄋ'의 'ソ'는 'ㅎ'로 나열된 동사구를 아우르는 요소임.

¶ {此}リ 身ㄱ 危ㅎ 脆▸ㅎソㄋ◂ 堅固ソㄱ 無ㄱ乙{有} 我ㄱ 今ソㄱ 云何七氵 而灬 戀著ノㄕ入乙 生リ亐禾ㄋ七ロ <화소16:11>

聞ㄕ 已氵ソロハㄱ 其 心亐 迷ㄕ 不ソㅎ 沒ㄕ 不ソㅎ 聚ㄕ 不ソㅎ 散ㄕ 不ソ▸ㅎソㄋ◂ <화소15:07-08>

若 沙門乙 見 當 願 衆生 調柔ソㅎ 寂靜ソ▸ㅎソㄋ◂ホ 畢竟 第一リヒ立 <화엄06:12>

雅思リㅎ 淵才リ▸ㅎソㄋ◂ 文中ㄋ七 王リㄕ入乙ソナゕ <화엄19:06>

五者 理乙 如 種亽リ{爲}入ソㅎ 熟亽リ{爲}入ソㅎ 脫亽リ{爲}入ソ▸ㅎソㄋ◂ <금광04:23-24>

法身ㄱ 虛空 如支ㅎ 智慧ㄱ 大雲 如支▸ㅎソㄋ◂ <금광07:14>

謂ㄱ 時時間ㄋ十 諮受ソㅎ 讀ソㅎ 誦ソㅎ 論量 決擇ソ▸ㅎソㄋ◂ホ 勤七 善品乙 修ノオナㄱ亠 <유가17:19-20>

亦 {於}他ラ 利養恭敬亠 及七 餘 不信ソヒ七 婆羅門 等ソㄱラ 對面ソㅎ 背面ソ▸ㅎソㄋ◂ 諸 不可意七 身業語業乙 現行ソ亽七 事亠ノ亽七 中ㄋ十 心ㄋ十 憤恚乙 生リㄕ 不冬ソㅎ 又 復 {於}彼ラ十 損害心 无ㅎソゕ <유가19:03-06>

謂ㄱ 聖弟子リ 已氵 聖諦乙 見ソㅎ 已氵 證淨乙 得▸ㅎソㄋ◂ 卽亐 證淨乙 {以}氵 依止 {爲}氵ㄱ入灬 故ノ {於}佛法僧リㄱ 勝功德田ㄋ十 作意思惟ソㄋホ 歡喜乙 發生ソゕ <유가28:10-13>

【관련】 ㅎソㄋホ, ソㅎソㄋ, ソㄋ

ㅎソㄋホ [져ᄒᆞ아곰]

【ㅎ/연결어미#ソ/용언+ㄋ/연결어미+ホ/첨사】

-고 하여서. §'ソㄋホ'의 'ソ'는 'ㅎ'로 나열된 동사구를 아우르는 요소임.

¶ {於}能ゕ 擧罪ソ亽七 同梵行者ラ十 心ㄋ十 恚恨ノㄕ 无ㅎ 損ノㄕ 無ㅎ 惱ノㄕ 无▸ㅎソㄋホ◂ 而灬 自灬 修治ソゕノ亽七 此 五相乙 由ㄋソㄕ入乙 是乙 名下 {於}第二處ㄋト 觀察ソㄕ丁ノオ丨 <유가17:15-17>

若 沙門乙 見 當 願 衆生 調柔ソㅎ 寂靜ソ▸ㅎソㄋホ◂ 畢竟 第一リヒ立 <화엄06:12>

一切 世間七 衆ㄱ 苦患ㄱ 深ソㅎ 廣ソ▸ㅎソㄋホ◂ 涯ラ 無ㄱ矢 大海 如支ソロㄱ乙 <화엄18:12>

(三者 一)切 相乙 (過) 心 如如乙ソㄋ 無作ソㅎ 無行ソㅎ 不異ソㅎ 不動ソ▸ㅎソㄋホ◂ (心 於如 安) <금광04:15-16>

一十ㄱ 自灬 {於}契經亠 阿毗達磨亠ノ亽十 讀ソㅎ 誦ソㅎ 受持ソㅎ 正作意乙 修ソ▸ㅎソㄋホ◂ {於}蘊 等ソㄱ 事ㄋ十 極 善巧ソ{令}リゕ <유가25:06-08>

【관련】 ソㅎソㄋホ, ㅎソㄋ, ソㄋホ

㢱ソ㇏ノ1亠[져ᄒ아온여]

【㢱/연결어미#ソ/용언+㇏/선어말어미+ノ/선어말어미+1/동명사어미+亠/조사; 㢱/연결어미#ソ/용언+㇏/선어말어미+ノ/선어말어미+1亠/연결어미】

-고 하였으나. -고 하였는데. §'ソ㇏ノ1亠'의 'ソ'는 '㢱'로 나열된 동사구를 아우르는 요소임.

¶ 謂1 我1 是 如支ソ1 事乙 求ソ{爲}入ソ尸入灬 故ノ 誓ホ 下劣ソ1 形相亠 威儀亠 及七 資身七 具亠ノ尸乙 受ソ㢱 … 誓ホ 精勤亐 常リ 善法乙 修ノ尸入乙 受▸㢱ソ㇏ノ1亠◂ 而1 我1 今艮{者} {於}四種 苦㇏十 何ホ 等ソ1乙 {爲}脫ソ㇏ノ1リ㇏七口 <유가18:11-14>

【관련】ソ㇏ノ1亠, (得)㇏1亠 (而1), ノ禾1氵(而1), ソ尸亠(而1)

㐌 [터]

【㐌/말음첨기】

① ('佛' 뒤에서) 부처. 부처가. § '佛'의 뒤에만 쓰임. '부텨'의 '텨'를 표기함.

¶ 現在㠯十㇖ 幾七ケ七 佛▸㐌◂ {有}ナ㢱下 住丷㢱⺀ 幾七ケ七 聲聞辟支佛 住丷⺀ 幾七ケ七 衆生刂 住丷㇖刂㠯七ロノ尸入 <화소07:18-19>

{此}刂 菩薩㇖ 未來七 諸㇖ 佛▸㐌◂ {之} 修行丷㢱㪽尸 所乙 聞ロハ 有 非矢㇖入乙 了達丷⺀ <화소13:12-13>

一㇖ 佛▸㐌◂ 出世丷㠯 授記乙 說㢱㪽㇖丁 乃丷氵 至刂 不可說不可說七 佛▸㐌◂ 出世丷㠯 授記乙 說㢱㪽㇖丁ノ今乙 念丷⺀ 一㇖ 佛▸㐌◂ 出世丷㠯 修多羅乙 說㢱㪽㇖丁 乃丷氵 至刂 不可說不可說七 佛▸㐌◂ 出世丷㠯 修多羅乙 說㢱㪽㇖丁ノ今乙 念丷⺀ <화소20:14-17>

{此}刂 菩薩㇖ 諸㇖ 佛▸㐌◂ 說㢱㪽㇖ 所七 修多羅乙 持ノ尸厶 <화소23:19-20>

一切 諸㇖佛▸㐌◂ 護念丷㢱㪽尸 所刂㇖入灬{故}刂⺀ <화소26:18>

正七 出家丷去㇖ 時氵十㇖ 當願衆生 佛▸㐌◂ 出家丷㪽㪽㇖㠯十 同丷㠯ハ 一切 救護丷ヒ立 <화엄03:13>

② ('佛' 뒤에서) 부처. 부처의 § '佛'의 뒤에만 쓰임. '부텨'의 '텨'를 표기함.

¶ {於}相乙 取尸 不丷⺀ 別亐 樂㪽 諸㇖ 佛▸㐌◂ 國土㠯十 往生丷七亻丷尸 不丷⺀ <화소13:13-14>

一切 衆生㠯 {爲}三 一切 佛▸㐌◂ 神力乙 現㪽㠯 教化調伏丷㠯㢱 修行不斷 令刂㪽尸 盡去㪽{可}七丷ヒ 不矢㇖入灬{故}刂ナ丨 <화소20:01-03>

一㇖ 佛▸㐌◂ 名號氵 乃丷氵 至刂 不可說不可說七 佛▸㐌◂ 名號氵ノ今乙 念丷⺀ <화소20:13-14>

一切 諸1 佛凵 衆會道場3十 入ノ尸厶 障礙ノ尸 所3 無ㅅ 一切 佛▸凵◂ 所3十 悉3 得3ホ 親近ソナ亍七丨 <화소23:15-17>

一1 佛▸凵◂ 授記乙 說ㅅ 一1 修多羅乙 說ㅅ 一1 衆會乙 說ㅅ <화소25:02-03>

{於}諸1 佛法3十 心亍 礙ノ尸 所3 無ㅅ 去來今七 諸1 佛▸凵◂ {之} 道3十 住ソㅅ <화엄02:13-14>

【관련】 (佛)凵リ, (佛)凵氵, (佛)矢

【선후】 (15)부텨

【비고】 '부톄'의 '톄'를 표기한 것으로 보는 견해도 있음.

凵氵 [텨사]

【凵/말음첨기+氵/보조사 】

부처만이.

¶ 能リ矢 制伏ソ3今 無ㆆ 量リ 無ㆆ 盡尸 無ㆆ 大威力乙 具亍ㆆ {是}リ1 佛境界リㆆ 唯八 佛▸凵氵◂ 能支 了ソ而亍禾ㆆソナ丨 <화소24:14-15>

【관련】 (佛/世尊)リ二氵

【선후】 (15)부톄사

凵リ [텨이]

【凵/말음첨기+リ/공동격조사?】

부처와. § 'リ'가 공동격조사로 쓰인 유일례임.

¶ {此}リ 菩薩1 過去七 諸1 佛▸凵◂リ 菩薩尸 {有}斗而亍1 所七 功德乙 聞ナㅅ <화소13:01-02>

丅[1] [하]

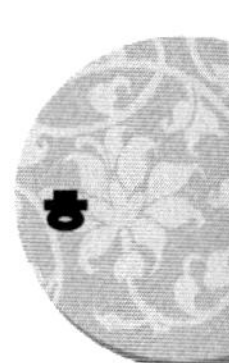

【丅/말음첨기?】

('先' 뒤에서) 먼저.

¶ 謂ㄱ 如來尸 弟子刂 生圓滿乙 依阝 轉丷今七 時亠十 先▸丅◂ 說丿ㄱ 所七 相乙 如(ハ?) 而灬 正法乙 聽聞丿尸厶 <유가04:15-16>

諦現觀阝十 入丿尸厶 先▸丅◂ 見道刂ㄱ 有學解脫乙 得阝 已氵 得亦 見迹丷分 <유가05:11_12>

又 能分 先▸丅◂ 生丷ㄱ 所七 疑乙 除遣丷分 <유가07:05-06>

十九 此 失ㄱ 无七亼{雖}斗 然丷乃 先▸丅◂ 奢摩他品乙 修行 不ハ丷ㄱ入灬 故丿 {於}內心寂止刂ㄱ 遠離七 中阝十 不欣樂丿今七 過失 {有}斗分 <유가14:11-13>

{於}定 所緣 境界法七 中阝十 卽丆 先▸丅◂ 得丿ㄱ 所七 止擧捨相乙 無閒亼 殷重亼七 方便灬 修丷ㄱ入灬 故丿 隨順亐 而灬 轉丷分 <유가15:20-21>

又 先▸丅◂ 說丿ㄱ 所七 得三摩地亼 若 中阝十 說丿ㄱ 所七 三摩地圓滿亼 及七 今ハ 說丿ㄱ 所七 三摩地自在亼乙 摠亐 名丅 无上世間一切種淸淨亠丿彡丨 <유가19:22-20:01>

是 如支丷ㄱ 五因ㄱ 當ハ 知丆丨 諦現觀七 逆次因乙 依阝 說丿ㄱ刂ㄱ亠 順次因灬丿匕 非矢刂ㄱ丁 最勝因乙 依阝 先▸丅◂ 說丿ㄱ 事乙 如ハ 逆次灬 說丿ㄱ刂ㄱ入灬{故}亠 <유가23:10-12>

卽丆 此 四種 修道乙 依 {爲}氵阝 先▸丅◂ 說丿ㄱ 所七 諸 歡喜事阝十 生丷ㄱ 所七 歡喜乙 如ハ 彼ㄱ {於}尒丷ㄱ 時亠十 修得圓滿亼刂分 <유가29:13-15>

是 如支 先▸丅◂ 說丿ㄱ 所乙 如ハ丷ㄱ 若 修處所亼 若 修因緣亼 若 修瑜伽亼 若 修果亼丿尸 一切乙 摠亐 說阝 {爲}修所成地亠丿彡丨 <유가32:04-06>

【관련】 (先)⺀, (先)ㅋ
【비고】 <구역인왕경>에는 '先⺀'로 나타나고 있음.

下²[하]

【下/호격조사】
-이시여. -이여. § 존칭 체언 뒤에 붙음.
¶ 大王▸下◂ 當ハ 知ロハ示立 <화소10:17-18>
世尊▸下◂ 一切 菩薩1 云何七ソ1乙 佛果乙 護ソ》 云何七ソ1乙 十地七 行乙 護ノ 令七 因緣リ丨ソロ个令个 <구인03:22-23>
大王▸下◂ {是}リ 故灬 佛佛リ {於}世十 出現ソニ下 衆生乙 爲入ソニア入灬 故ノ 說⺀ホ 三界⺀ 六道⺀ノ令七 名字乙 作ソ白个1乙 是乙 名⺀ 無量名字⺀ノ才1⺀ <구인14:04-06>
大王▸下◂ 若七 菩薩 上十 見个ア 所⺀ {如}丨ソ1 衆生1 幻化リ罒 … 十住菩薩ㅅ 諸ニ1 佛ㅅ七 五眼刀 幻諦乙 如㐌 而灬 見ニト1リナ丨 <구인14:11-13>
大王▸下◂ 菩薩摩訶薩1 {於}第一義七 中⺀十ソ⺀ 常リ 二諦乙 照ソ⺀ 衆生乙 化ソニト1⺀ <구인15:11-12>
大王▸下◂ 法輪リ丨ソ1入1{者} 法本如リ》 重誦如リ》 … 未曾有如リ》 論議如リ》ソナ丨 <구인15:22-25>
世尊▸下◂ 希有難量ノ才ニロ丨 <금광13:20>
【관련】 ⺀
【선후】 (15)-하

下³[하]

【下[ㅎ/말음첨기+아/연결어미]】
-아/어(서). § 명명 구성의 '名'에 통합됨. 명명 구성은 '-乙 名下 … ㅗ, ⺀, 丁, リ丨'을 이룸.
¶ 菩薩摩訶薩1 {是}リ 如支ソ1 念乙 作ソナア丁 一切 衆生1 … {此}リ 一切法乙 了知ア 不(ノ)能リ失ソト1リ罒 我1 當ハ 發意ソ⺀ホ … 諸1 衆生ㅋ {爲}三 眞實法乙 說ㅎ禾⺀七丨ソナア入乙 {是}リ乙 名▸下◂ 菩薩摩訶薩ア 五ㅎ 第七 多聞藏⺀ノ禾ナ丨 <화소08:20-09:04>
今ソ1 我1 亦ソ1 當ハ {於}往昔⺀十 同ソ⺀ハ 而灬 其 命乙 捨ソロ乙ㅎ禾罒 … 亦ソ1 悋ノア 所⺀ 無七リノㅎ應七ソ1リ⺀七丨ソナㅎ七丨 {是}リ乙 名▸下◂ 竭盡施⺀ノ禾ナ丨 <화소10:10-13>
宜(丨) 時リ十 疾リ 捨ソ⺀ハ 以⺀ 衆生乙 濟リア丁ソナ》 念ア 已氵ソロソ1 {之}リ乙 施ノアム 心⺀十 悔ノア 所⺀ 無七リソナア入乙 {是}リ乙 名▸下◂ 內施⺀ノ禾ナ丨 <화소11:03-05>

有1 所セ 一切 諸1 佛法乙 皆セ {是}刂 如支 說ㅎ尸ム 盡尸 不ッ尸丁ノ尸 無刂ッナろ 語セ 境界 不思議刂1入乙 知ナ尸入乙 是乙 名▸下◂ 說法三昧セ 力ミノ矛ナ丨 <화엄20:14_15>

譬 七寶樓觀ろ十 四階道 有セ(刂1?)乙 淸涼之風刂 來ッろ尒 四門乙 吹尸如支 是 如支 第五心刂 上セ 種種セ 功德法藏ろ十 猶刂 滿足ッ尸 未刂今セノ 是乙 名▸下◂ 禪波羅蜜因亠ノ矛ㅅ <금광02:07-08>

(譬) 大富商主刂 能 一切心願乙 滿足 令刂尸如支 是 如支 第七心刂 能ㅅ 得ろ尒 生死險惡道乙 度 令刂去1入灬{故}ㅅ 能ㅅ 多刂1 功德寶乙 得刂{令}刂去1入灬 故ノ 是乙 名▸下◂ 方便勝智波羅蜜因亠ノ矛ㅅ <금광02:10-13>

善男子ろ 是乙 名▸下◂ 菩薩摩訶薩刂 羼提波羅蜜乙 成就ッ尸丁ノ矛ナ1刂丨 <금광03:09-10>

大刂 歡喜 慶樂(ッ去1入灬?){故}ノ 是 故灬 初地乙 名▸下◂ {爲}歡喜地亠ノ矛ㅅ <금광06:24-25>

是 故灬 十地乙 說尸 名▸下◂ 法雲地亠ノ矛ナ1刂丨 <금광07:15>

是 如支ッ1 十種乙 名▸下◂ 內外乙 依ッ1 生圓滿亠ノ矛丨 卽ㅎ 此 十種セ 生圓滿乙 名下 修瑜伽處所亠ノ尸亠 <유가03:18-20>

云何ッ1乙 聞正法圓滿刂丨ノ今ロ 謂1 若 正說法亠 若 正聞法亠ノ今セ 二種乙 捴亏 名▸下◂ 聞正法圓滿亠ノ矛丨 <유가04:06-07>

是 故灬 此乙 說ろ 名▸下◂ 饒益他亠ノ矛ㅅ <유가06:06-07>

是乙 名▸下◂ 涅槃乙 以尒 上首 {爲}ミろ 正法乙 聽聞ッ1ラ 得ノ1 所セ 勝利亠ノ矛丨 是 如支ッ1乙 名▸下◂ {爲} 涅槃乙 首 {爲}ミ1ラ十 有セ1 所セ 廣義亠ノ尸亠 <유가06:10-13>

彼 與セ 俱行ッろ 彼 相應ッ1 想乙 知ノㅎ{應}セ丨 名▸下◂ 光明想亠ノ矛刂1丁 <유가11:06-07>

何ㅎ 等ッ1乙 名▸下◂ {爲}修所成慧 俱ッ1 光明想ラ 所治セ 七法刂丨ノ今ロ <유가12:01-03>

此 五相乙 由ろッ尸入乙 當八 知ㅎ丨 是乙 名▸下◂ 初處ろ十 觀察ッ尸丁ノ矛刂1丁 <유가17:04-05>

卽ㅎ 名▸下◂ 已ミ 得尒 {於}現見法ろ十 永ろ 熾燃乙 離ッろ1丁ノ今 非矢丨 <유가22:06>

當八 {於}是 如支 心 安住ッヒセ 時亠十 知ノㅎ{應}セ丨 已ミ 名▸下◂ 諦現觀ろ十 入ッ去1丁ノ矛刂1丁 是 如支ッ1乙 名▸下◂ 聖諦現觀ろ十 入ッ去1丁ノ矛丨 <유가25:21-22>

當八 知ㅎ丨 是乙 名▸下◂ 處所ろ十 不順隨ッ1 性亠ノ矛刂1丁 <유가27:04-05>

云何ッ1乙 名▸下◂ {爲}多諸思擇刂丨ノ今ロ 謂1 勝善慧乙 名下 {爲}思擇亠ノ尸亠 <유가27:16-17>

若 能ㅅ {於}此ラ十 餘艮 无亏 永斷ッ尸入乙 名▸下◂ 極淨道果乙 {爲}證得ッろ1丁ノ矛丨 <유가30:10-11>

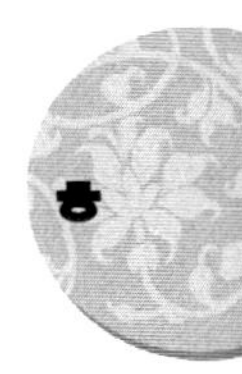

云何ッ1乙 名▸下◂ {爲}十種 過失リ丨ノ令ロ <유가30:15>

是 故灬 說尸 名▸下◂ 聖所住阝十 住ッ去1丁ノ矛丨 能㢠 十種 過失乙 遠離ッ᠋ 又 能㢠 聖所住處阝十 安住ッ᠋ッ1入乙 {以}氵阝 故去 名▸下◂ 功德亠ノ矛丨 <유가31:05-07>

是 如支 若 先下 說ノ1 所七 世間一切種淸淨𠆢 若 此 說ノ1 所七 出世間一切種淸淨入乙 摠略ッ阝示 一 {爲}氵阝 說尸 名▸下◂ 修果亠ノ矛丨 <유가32:02-04>

【관련】 (名)阝

【비고】 '名下'와 15세기 국어의 '일큳-', '일훔' 등을 바탕으로 '名'의 의미를 지니는 동사 '*잃-'을 재구할 수 있음.

下[4][하]

【下/연결어미】

① -아/어(서).

¶ 過去阝十 幾七个七 如來 {有}ナ而▸下◂ 般涅槃ッ而㢠 幾七个七 聲聞 辟支佛リ 般涅槃ッ㢠 <화소07:16-17>

現在阝十1 幾七个七 佛ᄊ {有}ナ而▸下◂ 住ッ而㢠 幾七个七 聲聞 辟支佛リ 住ッ㢠 幾七个七 衆生リ 住ッ1リ阝七ロノ尸𠆢 <화소07:18-19>

唯八 願ロ尸入1 大王リ而1入1 更阝 籌量ッ阝八 顧惜ノ尸 所乙 {有}斗尸 莫七而▸下▸八 但八 慈念ノ尸入乙 以阝 見阝示 {於} 我亏十 施ッロ八而立ッ去1丨十 爾七ッ1 時十 菩薩1 {是}リ 念言ノ尸入乙 作ッナ尸丁 <화소10:20-11:04>

惟八 願ロ尸入1 仁慈ッ而尸入灬 特ッ阝 矜念ノ尸入乙 垂リ而▸下◂八 {此}リ 王位乙 捨ッ阝示 以阝 {於}我亏十 贍リロ八而立 <화소11:09-19>

願ロ尸入1 普リ 慈乙 垂リ而▸下◂八 得阝示 滿足 令リロ八而立ッ阝 <화소12:12>

量 無七1 菩薩氵 比丘氵 八部氵ノ令七 大衆リ 有ナ八二▸下◂ 各亏各亏示 寶蓮花阝十 坐ッ二㢠 <구인02:04>

爾七ッ1 時十 十号リ᠋ 三明リ᠋ 大滅諦リ᠋ 金剛智リ᠋ッ二1 釋迦牟尼佛1 年乙 初七ㄋッ1 月七 八日阝十 方七 十地阝十 坐ッ二▸下◂ <구인02:10-11>

二十九年阝十ッ二▸下◂ 摩訶般若波羅蜜氵 金剛般若波羅蜜氵 天王問般若波羅蜜氵 光讚般若波羅蜜氵ノ乙 說阝八二ㄋ丨 <구인02:21-23>

十八梵天氵 六欲七 諸1 天氵ノ令力 亦ッ1 八萬種七 音樂乙 作ッ二▸下◂ <구인03:04-05>

六方阝七矛力 亦ッ1 復ㄋ {是}リ {如}丨ッ⺊八二㢠 作樂ノ尸力 亦ッ1 然七ッ二▸下◂ <구인03:11-12>

圓智1 無相乙ッ二▸下◂ 三界七 王リ罒 <구인11:03>

法王1 上 無七阝 人 中阝七 樹リ二▸下◂ 大衆乙 覆蓋ッ白ㄋ尸厶 量 無七1 光灬ッ二㢠 <구인11:09>

大王下 {是}リ 故灬 佛佛リ {於}世十 出現ッ二▸下◂ 衆生乙 爲𠆢ッ二尸入灬 故ノ 說

3ホ 三界: 六道:ノ今七 名字乙 作ソ白5丨乙 是乙 名3 無量名字:ノオ丨: <구인14:04-06>

菩薩リ 衆生乙 化ノア {爲} 此 {若}丨ソナ丨ソ二▸下◂ <구인14:13-14>

如來ア{之} 身リ 金色 晃耀ソ二▸下◂ <금광06:20>

敬禮ソ白ロノ寸七丨[譬喩ソ3ノア入 無二▸下◂ 深無相義乙 說二ロト丨乙亠 <금광13:04>

無上尊丨 法眼灬 不思議義乙 見二氵 能氵 一法亇刀 生リア 不冬ソ hole 亦 一法亇刀 滅ア 不冬ソるソ二▸下◂ <금광13:06_07>

世尊ラ 智丨 一味リ二▸下◂ <금광13:09>

是 時十 世尊丨 而灬 偈乙 說3 言リ二ア 生死流乙 逆二今七 道丨 甚 深ソる 微ソるソ二▸下◂ 難氵 見白ノオロハ二丨 貪欲灬 覆ノ丨 衆生丨 愚ソ3ホ 冥暗ソナ丨入灬 見ア 不ハノオナ丨リ丨ソヒハ二丨 <금광14:24-15:02>

是 時十 大會七{之} 衆丨 座乙 從七 而灬 起二▸下◂ 偏袒右肩 右膝着地 合掌恭敬ソ白3ホ 頂灬 佛足乙 禮白ロ <금광15:03-04>

大師リ 正法乙 建立ソ{爲欲}入 方便灬 正等覺 成ノア入乙 示現ソ二▸下◂ <유가06:04-05>

【관련】 -3

【선후】 (15)-샤

그 부톄 本來 道場애 안ᄌᆞ▸샤◂ 魔軍 허르샤 ᄒᆞ마 阿耨多羅三藐三菩提 得ᄒᆞᄉᆞᆸ 저긔 諸佛法이 알ᄑᆡ 現티 아니ᄒᆞ시니 <月釋14:10b>

【비고】 '下'는 연결어미 '3'의 이형태로 선어말어미 '二/㫆' 뒤에 나타남.

② -아/어(서).

¶ {於}身心3十 貪愛乙 生リア 不冬 令リ▸下◂ 悉3 得3ホ 清淨智身乙 成就ㅅリ𠃍禾3七丨ソナア入乙 {是}リ乙 名下 究竟施:ノ禾ナ丨 <화소16:15-16>

此 能氵 所對治乙 斷ソ今七 法リ 所作 多ソ丨入乙 由氵丨入灬 故ノ 疾疾亏 能氵 得ホ 其 心乙 正住ㅅリ▸下◂ 三摩地乙 證ㅅリナオ氵 <유가15:01-02>

{於}此 諸 相3十 作意思惟ソ3ホ 其 心乙 安住ㅅリ▸下◂ 諦現觀3十 入ソ氵 <유가24:05-06>

若 三摩地乙 得3丨亠 而丨 圓滿 未リる 亦 自在 未リソるソ丨丨 彼丨 … 或 捨相乙 思惟ソるソ3ホ 其 心乙 安住ㅅリ▸下◂ 諦現觀3十 入ソ氵ソナ寸七丨 <유가24:06-09>

{於}愛盡 寂滅ソヒ七 涅槃界七 中3十 善 安住ソ{令}リ▸下◂ 復ハ 退轉ノア 无る 心3十 驚怖ソ3ホ 謂ア 我ラ 我丨 今ㅌ{者} 何𠃍 所3十 在ソ去丨リ3七ロノア{耶} 无るソナ寸七丨 <유가25:19-21>

【관련】 3

【선후】 (15)히여

太子 羅睺羅丨 나히 ᄒᆞ마 아호빌씨 出家히여 聖人ㅅ 道理 비화사 ᄒᆞ리니 <釋詳6:3a_3b>

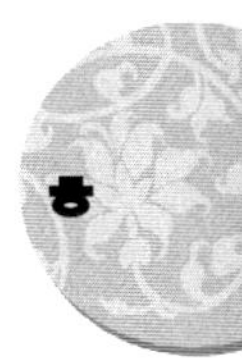

【비고】 '𠂇'는 연결어미 '⺀'의 이형태로 사동접미사 '刂' 뒤에 나타남.

ノ[1][오]

【ノ/말음첨기】

① ('卽', '便' 뒤에서) 곧. 즉시. 바로.

¶ 是 時十 師子相無礙光焰菩薩1 即▸ノ◂ 座乙 従七 起(丷)ニ𠂇 偏袒右肩 右膝著地 合掌恭敬丷⺀ホ 頂灬 佛足乙 禮丷白ロ 即▸ノ◂ 偈頌乙 {以}氵 而灬 佛乙 讚歎丷白ニア <금광13:01-03>

說法七{之} 處刂 即▸ノ◂ 是1 其 塔刂ニロ1入灬ㅗ <금광15:11>

悔惱ノア 无丷1入灬 故ノ 便▸ノ◂ 歡喜乙 生刂彡 <유가25:15>

【관련】 (卽)ゔ, (卽)ㄋ, (卽)攴, (便)ゔ

【비고】 <금광명경>에서는 '即ノ'로 나타나고 <유가사지론>에서는 '卽ゔ'로 나타남.

② ('相' 뒤에서) 서로.

¶ 一切 外人刂 來丷⺀ホ 相▸ノ◂ 詰難丷去1乙 善(能 解釋)(丷⺀ホ?) 其乙 降伏 令刂丷ア矢 是 波羅蜜義刂彡 <금광05:20-21>

不退地⺀十 生丷ニ 師子勝人乙 而灬 得⺀ホ 親近丷白⺀ 相▸ノ◂ 遠離 不冬丷ㅌオ彡 <금광14:06-07>

【관련】 (相)ゔ, (相)ㄋ毛去ㄋ

③ ('樂' 뒤에서) 즐겨. 기꺼이.

¶ 二者 諸佛如來ア 說白ノ1 甚深法乙 心⺀十 常刂 樂▸ノ◂ 聞白ノアム 猒足ノア 無有七彡 <금광03:25-01>

【선후】 (樂)ゔ

ノ[2][오]

【ノ/말음첨기?】

('何' 뒤에서) 어떠한.

¶ 何▸ノ◂ (等 爲)五 一者 一切 善法乙 攝持不散丷彡 … 五者 衆生ラ 一切 煩惱根乙 断ㅅ刂{爲}ㅅ丷ア入灬 故ノ丷ア矢ナ1刂丨 <금광03:17-21>

【관련】 (何)ゔ

【선후】 (15)어누

ノ[3][오]

【ノ/부사화소】

① ('隨' 뒤에서) 따라. 좇아.

¶ 其 須七イノア 所乙 隨▸ノ◂ 意乙 如八 供給丷⺀ホ 悉 具足丷{令}刂ロロ七ノ㐃七丨

<금광15:13-14>
又 次第乙 隨▸ノ◂ 已氵 三支刂㇏ 謂㇏ 聞正法圓滿亽 涅槃爲上首亽 能熟解脫慧七{之}成熟亽乙 說亽ノ㇏亠 <유가07:16-18>
當ハ 能ㄌ 隨▸ノ◂ 樂乙 愛味ソ今七 一切 心識乙 制伏ソ㇗ 又 能ㄌ 實 如支 苦性乙 覺了ソ㇗ノ㇇刂㇏刂㇀七丨ソ尸矢ㄌ <유가08:15_16>
四 {於}恒刂 善法乙 修ソ㇀ホ 常刂 師乙 隨▸ノ◂ 轉ノ今十 淨信乙 遠離ソㄌ <유가10:20-21>
四 在家亠 出家亠ノ尸乙 與七 共相 雜住ソ㇀ {於}聞ノ㇏ 所乙 隨▸ノ◂ 究竟ノ尸 所七 法㇀十 如理亐 作意思惟 能 不ハソㄌソ尸矢丨 <유가11:20-21>
{於}行住 坐臥 語黙 等ソ㇏ 中㇀十 欲ノ尸入乙 隨▸ノ◂ 行尸 不冬ソ㇀ 憍慢乙 制伏ソ㇀ホ 他ㇷ 家㇀十 往趣ノ尸ム 審正觀察ソ㇀ホ 遊行乞食ソ尸入乙 是 如支ソ㇏乙 名下 {爲} 誓ホ 下劣ソ㇏ 威儀乙 受ノ尸入乙 觀察ソ尸丁ノ㇇ㄌ <유가16:22-17:02>
謂㇏ {於}四沙門果㇀十 能ㄌ 隨▸ノ◂ 證ノ尸 所乙 {有}十尸 未ハソ㇏入灬 故ノ 猶刂 惡趣苦ㇷ 隨逐ノ尸 所乙 爲ハㄌ <유가18:02-04>
是 如支ソ㇏ 二處七 十種 善巧㇏ {於}二處所㇀十ソ㇏ 十一種 障乙 能ㄌ 斷滅ソ{令}刂下 生起ソ㇏ 所乙 隨▸ノ◂ 卽ㄋ 便ㇷ 遠離ソナ㇇罒 是 如支ソ㇏乙 名下 {爲}遠離障㝵亠ノ㇇丨 <유가28:04-06>
獲得ノ㇏ 所七 利養恭敬乙 隨▸ノ◂ 其 心乙 制伏ノ尸ム <유가24:19-20>
【관련】 (隨)ㄋ

② ('還' 뒤에서) 다시. 또.

¶ 善男子㇀ 菩薩 七地㇀十㇏ 是 相 前現ノ尸ム 左邊亠 右邊亠ノ今十ソ㇀ 地(獄)㇀十 墮{應}七ソ去丨ソ七亠 (菩)薩力乙 (以)故ノ 還▸ノ◂ 得㇀ホ 不墮ソ㇀ 損傷ノ尸 無{有}ソ㇗ 痛(惱) 無{有}七ソ㇗ソトノ㇏入乙 菩薩 悉 見ナㄋ七丨 <금광06:12-15>
【관련】 (還)ㄋ

③ ('始' 뒤에서) 비로소.

¶ 善男子㇀ {云}(何)亠 (初地) 而灬 名下 歡喜刂ハソ口今口ソナ㇇入㇏ 出世心乙 得ㄌ 昔尸 得尸 未刂ソ㇀七丨ノ㇏ 所刂㇏乙 而灬 今ハ㇏氵 始▸ノ◂ 得ソㄌ … 大刂 歡喜 慶樂(ソ去㇏入灬?){故}▸ノ◂ 是 故灬 初地乙 名下 {爲}歡喜地亠ノ㇇ㄌ <금광06:22-25>
【관련】 (始)七ㄋ

ノ[4][오]

【ノ/부사화소?】

('爲' 뒤에서) 위하여. § 논항을 취하지 않음.

¶ 是 會七 大衆㇏ 皆 悉 彼ム 往㇀ 爲▸ノ◂ 聽衆刂尸入乙 作ソ口七ノ㇇ㄌ <금광15:05-06>
我ㄘ 等ソ㇏㇏ 爲▸ノ◂ 救護ソ㇗ 利益ソ㇗ノ尸入乙 作ソ㇀ 一切 障礙乙 消除今刂ㄌ <금광15:13>

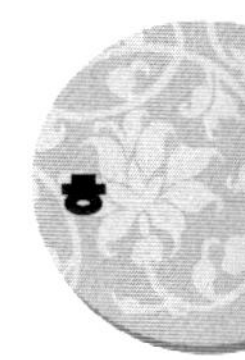

【관련】 (爲)ㅎ, {爲}氵ㅎ {爲}三ㅎ, {爲}氵, {爲}三
【비고】 '위하여'를 뜻하는 '삼(氵/三)'이 논항을 지배할 때에는 '爲' 뒤에 아무것도 붙지 않음.

ノ[5][오]

【ノ/부사화소?】
미상
¶ 是 說法師乙火 種種灬 利益▸ノ◂ 安樂無障丷ゔ 身心 泰然丷ゔ亽刂ヶ <금광15:06-07>
則▸ノ◂ 法乙 久ろ {於}世ラ十 住亽刂白ろㄱ丁ノネナㄱ刂丨丷ヒハ二丨 <금광15:15-16>

ノ[6][오]

【ノ/미상】
('-(尸)入灬 故', '-ㄱ入灬 故' 뒤에서) 그런 까닭으로.
¶ 大王下 {是}刂 故灬 佛佛刂 {於}世十 出現丷二下 衆生乙 爲人丷二尸入灬 故▸ノ◂ 說ろ亦 三界⺀ 六道⺀ノ亽七 名字乙 作丷白ろㄱ乙 是乙 名ろ 無量名字⺀ノネㄱ⺀ <구인14:04-06>
譬入ㄱ 虛空七 花 {如}丨丷ヶ 影⺀ 三ㄓ七 手刂 無ノㄱ丁ノ亽 {如}丨丷ヶ丷ㄱ⺀ 因緣灬 故▸ノ◂ 誑有丷ナㄱ刂ヶ <구인15:07_08>
一切法 空丷ㄱ入乙 {以}氵入灬 故▸ノ◂ 空刀 空丷ナ丨 <구인15:14>
第二 發心ㄱ 譬入ㄱ 大地刂 一切 (法) 事亠ノ尸乙 持尸 如支丷去ㄱ入灬 故▸ノ◂ 是乙 名下 尸波羅蜜因亠ノネヶ <금광02:01-02>
一切 微細丷ヒ七{之} 罪刂ㄱ 破戒七 過失乙 皆七 淸淨丷ろㄱ入灬 故▸ノ◂ 是 故灬 二地乙 說尸 名下 無垢地亠ノネヶ <금광06:25-07:02>
昔尸 得尸 未刂丷ラ七丨ノㄱ 所七 勝利乙 得ろㄱ入灬 故▸ノ◂ 動踊丷卜ㄱ刀 無明乙 因ノ丷ヶ <금광07:18-19>
世尊ㄱ 佛眼灬 故▸ノ◂ 一法相个刀 見尸 無二ヶ <금광13:05>
生死乙 損 不冬丷二ㄱ入灬 故▸ノ◂ 願丷ろ亦 尊ㄱ 涅槃乙 證丷二ロㄱ刂罒 二法見乙 過丷二ㄱ入灬 故▸ノ◂ 是 故灬 寂靜乙 證丷二ロㄱ刂ろ七ヶ <금광13:08_09>
此乙 依止丷ㄱ入灬 故▸ノ◂ 便ㅎ 能ヶ 善決定義刂ㄱ 思所成智乙 趣入丷ヶ 此乙 依止丷ㄱ入灬 故▸ノ◂ 又 能ヶ 無間人 殷重人七 二修方便乙 趣入丷ヶ <유가05:06-08>
此乙 證丷ㄱ入乙 由氵ㄱ入灬 故▸ノ◂ 解脫圓滿丷ネ罒 卽 此 解脫圓滿乙 名下 有餘依涅槃界亠ノネ丨 <유가05:13_14>
數數刂 聽聞丷ろ亦 間斷ノ尸 无丷ㄱ入灬 故▸ノ◂ {於}彼 法義ろ十 轉刂 得亦 明淨丷ヶ <유가07:04-05>

彼 對治果乙 證得ソ{爲欲}人ソㅎ 亦 自ラ 心乙 得ホ 淸淨亽刂{爲}人ソㅎソ尸入灬 故▸ノ◂ 心ㄋ十 正願乙 生刂ナ亍七丨 <유가07:13-14>

十一 此 失ㄱ 無七人{雖}斗 然ソ乃 慢人 恚人七 過灬 故▸ノ◂ 敎誨乙 領受 能 不ハノ今七 過失 {有}斗ケ <유가13:22-23>

又 求願ソㅎ 勝功德乙 見ㅎソㄱ入乙 由ㄋ 彼乙 求ソ{爲}人ソ尸入灬 故▸ノ◂ 勇猛精進ソㄋ 策勵ソㄋホ 而灬 住ソケ <유가15:12-14>

又 彼ㄱ {於}色 相應ソヒ七 愛味 俱行ソㄱ 煩惱ㄋ十 能ケ 一切之七 皆 永斷ソ今 非矢刂ㄱ入灬 故▸ノ◂ 名下 非得勝亠ノ ネケ <유가15:14-16>

又 彼ㄱ 是 如支 法相乙 隨ノ 轉ソㄋホ 數刂 入ソㅎ 數刂 出ソㅎソㄋ 速疾通慧乙 證得ソ{爲欲}人 定圓滿乙 依ㄋ 樂亍 正法乙 聞ナ尸入灬 故▸ノ◂ {於}時時七 中ㄋ十 慇懃請問ソケ <유가15:23-16:01>

然ソ乃 慢人 恚人七 過灬 故▸ノ◂ 敎誨乙 領受 能 不ハノ今七 過失 {有}斗ケ <유가13:22-23>

彼ㄱ 雜染 淸淨 相應 不相應乙 觀見ソㄱ入乙 由氵ㄱ入灬 故▸ノ◂ 心ㄋ十 厭患ノ尸入乙 生刂ケ <유가22:11-12>

又 彼ㄱ 是 如支 勤精進ソㄱ入灬 故▸ノ◂ 在家亠 出家亠ノ今七 衆乙 與七 相亍 雜住ソ尸 不冬ソㄋ 邊際七 諸 坐臥具乙 習近ソㄋホ 心ㄋ十 遠離乙 樂ケ <유가29:06-08>

異熟 無去ㄱ入灬 故▸ノ◂ 後ㄋ十 更ㄋ 續 不冬ソㅎ 若 世間七 心ㄱ 復ハ 已斷ソ亍七人{雖}斗 猶刂 得ホ 現行ソ尸亠 彼ㄱ {於}後七 時亠十 任運亐 而灬 滅ソㅎソナネケ <유가31:13-15>

【관련】 (ソ)ㄱ入灬 (故支), (ソ)尸入灬 (故支), (ソ)尸入灬 (故去)

【비고】 '灬'의 말음을 첨기한 것으로 보는 견해가 있음.

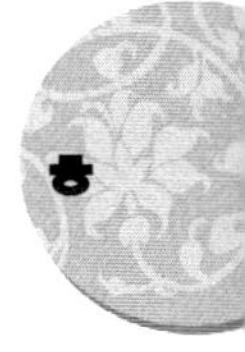

ノ ヒ 七 [호늣]

【ノ[ᄒᆞ/용언+오/선어말어미](+ㄴ/동명사어미)+ヒ/의존명사+七/속격조사; ノ[ᄒᆞ/용언+오/선어말어미]+ヒ/동명사어미+七/속격조사】

한. 하는.

¶ 種種七 雜寶灬 莊嚴▸ノヒ七◂ 蓋ㄋ十 衆ㄱ 妙ㄱ 繒幡刂 共七 垂飾ソケ 摩尼寶鐸ㄋ十 佛音乙 演ソケソ今乙 執持ソㄋホ 諸ㄱ 如來乙 供養ソナ亍七丨 <화엄16:24-17:01>

或ソㄱ 相好灬 莊嚴▸ノヒ七◂ 身氵 上妙衣服氵 寶瓔珞氵ノ今乙 以ケ <화엄18:02>

{於}增上尸羅ㄋ十 淨戒乙 毁犯ソㄋホ 非法乙 現行ソㄋ 軌範乙 壞▸ノヒ七◂ 中ㄋ十 <유가06:21-22>

謂ㄱ 長夜ㄋ十 數習ソㄋホ 彼乙 與七 共居▸ノヒ七◂ 增上力灬 故ノソㅎ <유가26:12-13>

【관련】 ノㄱヒ七, {爲}氵ノヒ七, (不)冬ノヒ七, ソ爲人ノヒ七, (故)七ノㄱヒ七

ノ 1 [혼]

【ノ[ㅎ/용언+오/선어말어미]+1/동명사어미】

① **함.** § 명사적 용법임.

¶ 一切 衆生 1 {於}生死 七 中 3 十 ㅅ 3 多聞 ▸ ノ 1 ◂ 無 ロ ナ 1 {有} {此} リ 一切法 乙 了知 ア 不(ノ)能 リ 矢 ソ ト 1 リ 罒 <화소08:20-09:01>

二 所依 乙 由 ㅊ 1 入 ㅡ {故} ㅣ 謂 1 此 所依 乙 依 ソ 1 入 乙 由 3 無間 ㅎ 必 ハ 能 ㅅ 正性離生 3 十 趣入 ノ ア ム 餘 1 前 ラ 說 ▸ ノ 1 ◂ 如 攴 ソ ア 矢 ㅣ <유가23:03-04>

謂 1 此 入境界門 乙 緣 ソ 1 入 乙 由 3 必 ハ 能 ㅅ 正性離生 3 十 趣入 ノ ア ム 餘 1 前 ラ 說 ▸ ノ 1 ◂ 如 攴 ソ ア 矢 ㅣ <유가23:05-06>

謂 1 此 攝受資糧 乙 由 3 必 ハ 能 ㅅ 正性離生 3 十 趣入 ノ ア ム 餘 1 前 ラ 說 ▸ ノ 1 ◂ 如 攴 ソ ア 矢 ㅣ <유가23:07-08>

{此} リ 菩薩 1 稟性 ▸ ノ 1 ◂ 仁慈 リ 罒 好 ㅎ 惠施 乙 行 ソ ロ ナ 1 若 七 美 ソ ㅌ 七 味 乙 得 3 ㅁ 專 ロ 自 ラ ㅡ 受 ア 不 ソ 3 ハ 要 ㅎ 衆生 3 十 與 ソ 1 然 七 ソ 1 乙 ㅡ 七 後 リ 十 ㅊ 方 七 食 ソ ナ ㅅ <화소09:10-11>

【관련】 (有)ㅓ ノ 1, ㅅ ノ 1, ㅡ ノ 1, ㅜ ㅣ ノ 1, ソ 1, ㅎ 1

【선후】 (15)혼, ㅎ온

② **한.** § 관형사적 용법임.

¶ 謂 ▸ ノ 1 ◂ 所 1 色 ㅅ 受 ㅅ 想 ㅅ 行 ㅅ 識 ㅅ リ ナ ㅣ <화소02:09>

一 1 塵 七 中 3 十 示現 ▸ ノ 1 ◂ 所 乙 ソ ア 如 攴 一切 微塵 3 十 刀 悉 3 亦 刀 然 ㅊ ソ ナ ト 1 矢 ㅊ <화엄15:14>

頂上 3 七 白蓋 1 量 無 ソ 1 衆寶 ㅡ {之} 莊嚴 ▸ ノ 1 ◂ 所 1 乙 {以} ㅊ ㅊ {於}上 ㅗ 十 覆 ソ ラ 七 ノ 1 入 乙 菩薩 1 悉 3 見 ナ ㅎ 七 ㅣ <금광06:18-19>

是 時 十 世尊 1 而 ㅡ 偈 乙 說 3 言 リ ニ ア …貪欲 ㅡ 覆 ▸ ノ 1 ◂ 衆生 1 愚 ソ 3 ㅊ 冥暗 ソ ナ 1 入 ㅡ 見 ア 不 ハ ノ ォ ナ 1 リ ㅣ ソ ㅌ ハ ニ ㅣ <금광14:24-15:02>

【관련】 ㅎ 1

【선후】 (15)혼, ㅎ온

ノ 1 ㅌ 七 [혼ᄂᆞᆺ]

【ノ[ㅎ/용언+오/선어말어미]+1/동명사어미+ㅌ/의존명사+七/속격조사; ノ[ㅎ/용언+오/선어말어미]+1/중복표기+ㅌ/동명사어미+七/속격조사】

한.

¶ 時 十 無色界 七 ㅊ 1 量 無 七 1 變 ▸ ノ 1 ㅌ 七 ◂ 大香花 乙 雨 ㅋ 1 ム <구인02:14-15>

【관련】 (故)七 ノ 1 ㅌ 七, ノ ㅌ 七, ㅌ 七 , ソ ㅎ ノ 1 ㅌ, ソ 1 ㅌ 七

ノ 1 1 [혼온]

【ノ[ᄒᆞ/동사+오/선어말어미]+ㄱ/동명사어미+ㄱ/보조사】

('謂' 뒤에서) 이른바.

¶ 謂▸ノㄱㄱ◂ 無明 有セㄱㅅ⺌ 故҆ 行 有セㄱ矢ナㅣ <화소01:17-18>

謂▸ノㄱㄱ◂ 識 無セㄱㅅ⺌ 故҆ 名色 無セㄱ矢ナㅣ <화소01:19>

謂▸ノㄱㄱ◂ 四聖諦ㅅ 四沙門果ㅅ 四辯ㅅ 四無所畏ㅅ 四念處ㅅ 四正勤ㅅ 四神足ㅅ 五根ㅅ 五力ㅅ 七覺分ㅅ 八聖道分ㅅㅣナㅣ <화소04:17-19>

謂▸ノㄱㄱ◂ 世間ㄱ 有邊ㅣㅣ 世間ㄱ 無邊ㅣㅣ 世間ㄱ 亦 有邊 亦 無邊ㅣㅣ 世間ㄱ 非有邊非無邊ㅣㅣノ尸ㅅ <화소06:05-08>

【관련】 (謂)ㄱ, (謂)ノㄱ (所)ㄱ, (謂)ㄱ 所ㄱ, (謂)尸, ソㄱㄱ

ノㄱ丁ノ令[혼뎌호리]

【ノ[ᄒᆞ/용언+오/선어말어미]+ㄱ/동명사어미+丁[ᄃᆞ/의존명사+여/조사]#ノ[ᄒᆞ/용언+오/선어말어미]+令[ㄹㅎ/동명사어미+이/의존명사]】

하다 하는 것.

¶ 譬ㅅㄱ 虛空セ 花 {如}ㅣソ꺄 影ㆍ 三ㆍセ 手ㅣ 無▸ノㄱ丁ノ令◂ {如}ㅣソ꺄ソㄱㆍ 因緣⺌ 故ノ 誑有ソナㄱㅣ꺄 <구인15:07-08>

【관련】 -ㄱ丁, ㅗ/ㆍノ令, -ㄱ丁ノ令

ノㄱㅅ⺌[혼ᄃᆞ로]

【ノ[ᄒᆞ/동사+오/선어말어미]+ㄱ/동명사어미+ㅅ/의존명사+⺌/구격조사】

한 까닭으로.

¶ 又 善說法ㅗ 毘柰耶ㅗノ令セ 中ㆍナソㄱ 諸 出家者ㆍ 受ソㄱ 所セ 尸羅ㄱ 略ㆍ 二事乙 捨▸ノㄱㅅ⺌◂{之} 顯現ソㄱ 所ㅣㅣ <유가17:05-06>

一ナㄱ{者} 父母ㅗ 妻子ㅗ 奴婢ㅗ 僕使ㅗ 朋友ㅗ 眷屬ㅗ 財穀ㅗ 珍寶ㅗ 等ソㄱ乙 棄捨▸ノㄱㅅ⺌◂ 顯ソㄱ 所ㅣ꺄 二者 歌舞倡伎ㅗ 笑戲歡娛ㅗ 遊從掉逸ㅗ 親愛聚會ㅗノ令セ 種種セ 世事乙 棄捨▸ノㄱㅅ⺌◂{之} 顯現ソㄱ 所ㅣㅣ <유가17:06-10>

又 勝奢摩他乙 證得▸ノㄱㅅ⺌◂ 卽ㆍ 是 如҆ソㄱ 奢摩他乙 {以}ㆍㄱㅅ⺌ 故ノ <유가19:07-09>

五 彼 淸淨ㄱ 學无學道乙 證得▸ノㄱㅅ⺌◂ 顯ノㄱ 所ㅣㄱㅅ乙 由ㆍㄱㅅ⺌{故}ㅣ <유가22:08-09>

【관련】 -ㄱㅅ⺌

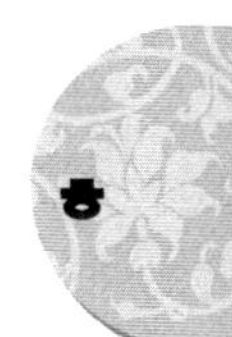

ノㄱㅅ乙[혼ᄃᆞᆯ]

【ノ[ᄒᆞ/용언+오/선어말어미]+ㄱ/동명사어미+ㅅ/의존명사+乙/대격조사】

한 것을.

¶ 乃ッ氵 至刂 聲聞氵 緣覺氵ノ禾 功德 具足▸ノㄱ入乙◂ 聞ナケ <화소15:06-07>
佛子3 菩薩刂 在家ッㄱㅣ十ㄱ 當ハ 願ロ尸入ㄱ 衆生ㄱ 家性ラ 空▸ノㄱ入乙◂ 知3ホ 其 逼迫乙 免支ヒ立ッヌオケ <화엄02:18-19>
或ッㄱ 聲聞氵 獨覺セ 道乙 現ᄒケ 或ッㄱ 成佛ッ3ホ 普刂 莊嚴▸ノㄱ入乙◂ 現ᄒケ ッ3 {是}刂 如支 三乘セ 敎乙 開闡ッ3ホ 廣刂 衆生乙 度刂ᄒ尸ケ 量刂 無ㄱ 劫3十 ッロヒケ <화엄14:21-22>
照解3十 無二▸ノㄱ入乙◂ 見ㅏㄱ刂罒 二諦ㄱ 常刂 卽ッㄱヒ 不矢刂ナㄱ刂ケ <구인15:03-04>
謂ㄱ 我ㄱ {於}諸 法3十 常刂 方便灬 修▸ノㄱ入乙◂ 依止 {爲}氵ㄱ入灬 故ノ 當ハ 能ケ 隨ノ 樂乙 愛味ッ今セ 一切 心識乙 制伏ッ㇏ 又 能ケ 實 如支 苦性乙 覺了ッ㇏ノ オ刂ㄱ刂3セㅣッ尸矢ケ <유가08:14-16>
彼ㄱ 己ラ 身刂 此 三種 淸淨 與セ 不相應▸ノㄱ入乙◂ 觀ッㄱ入灬 故ノ 心3十 厭患ノ尸入乙 生刂ナᄒセㅣ <유가21:10-12>
又 彼ㄱ {於}晝夜3十 若 行ッ乃 若 住ッ乃 衣服亠 飮食亠 命緣亠ノ尸乙 習近▸ノㄱ入乙◂ 如ハ 習近ッㄱ入乙 由氵ㄱ入灬 故ノ 不善法 增長ッ㇏ … 不善法 衰退ッ㇏ッㅏノㄱ入乙 皆 實 如支 了知ッケ <유가27:21-28:01>
【관련】 -ㄱ入乙

ノㄱム[혼딕]

【ノ[ᄒᆞ/용언+오/선어말어미]+ㄱ/동명사어미+ム[ᄃᆞ/의존명사+ᄋᆡ/처격조사]; ノ[ᄒᆞ/용언+오/선어말어미]+ㄱ/동명사어미+ム/의존명사; ノㄱム[ᄒᆞ/용언+온ᄃᆡ/연결어미]】
하되.

¶ {此}刂 藏乙 成就ッㄱ入灬 一切 法乙 攝ノ今セ 陀羅尼門乙 得3ホ 現在前▸ノㄱム◂ 百ㄱ 萬尸 阿僧祇セ 陀羅尼乙 以3ホ 眷屬 {爲}三ㄱ乙ッケ <화소25:12-14>
其 說法ッナ今セ 時氵十ㄱ 廣長舌乙 以3 妙音聲乙 出▸ノㄱム◂ 十方セ 一切世界3十 充滿ッ3ッナ3 其 根性乙 隨ᄒ 悉3 滿足 令刂3ホ <화소25:16-18>
譬入ㄱ 大海3セ 金剛聚ㄱ 彼ラ 威力乙 {以}氵3 衆ㄱ 寶乙 生▸ノㄱム◂ 滅ノ尸 無ケ 增ノ尸 無ケ 亦刂(ッ)ㄱ 盡尸 無ㄱ 如支 菩薩尸 功德聚 亦ㄌ 然セッナㅣ <화엄14:13-14>
菩薩ㄱ 右手3十 淨光乙 放▸ノㄱム◂ 光セ 中3十ㄱ 香水乙 空乙 從セ 雨刂3 普刂 十方セ 諸 佛土3十 灑ッ3ホ 一切 世乙 照刂亦今セ 燈乙 供養ッロヒケ <화엄16:04-05>
解ッㄱヒセ 心3十 二 不矢ㄱ入乙 見ㅏㄱ刂罒 二乙 求▸ノㄱム◂ 得3ケᄒ{可}セッㄱ 不矢ケ <구인15:04>
般若刂 空▸ノㄱム◂ {於}無明乙 從セ 乃氵 薩婆若3十 至刂ッナㅣ <구인15:16>
善男子3 初 菩薩地3十ㄱ 是 相刂 前現▸ノㄱム◂ 三千大千世界3十 量 無セケ 邊 無ッㄱ 種種セ 寶藏刂 皆セ 悉3 盈滿刂ラセノㄱ入乙 菩薩ㄱ 悉 見ッナᄒセㅣ <금광

05:23-25>
【관련】 -ㅎ1ム, -ㅎ1ム, ノㄕム, -ㅎㄕム
【선후】 (이두)乎矣, (15)호딕

ノ1ㄕム[혼딕]

【ノ[ᄒᆞ/용언+오/동명사어미]+1/동명사어미+ム[ᄃᆞ/의존명사+ᄋᆡ/처격조사]; ノ[ᄒᆞ/용언+오/동명사어미]+1/동명사어미+ム/의존명사; ノ1ム[ᄒᆞ/용언+온딕/연결어미]】
하되. §'1ㄕ'의 통합형이 보이지 않으므로 'ノ1ㄕム'는 'ノ1ム'의 잘못으로 파악함.
¶ 一者 {於}一切 法刂 本ᅟ七 來▸ノ1ㄕム◂ 不生ソ('彡') 不滅ソ彡 不有ソ彡 不無ソ彡ソ1 ラ十 心 安樂ち 住ソか <금광04:12-13>
【관련】 ノ1ム, (已來)ㅎ1ム, -ㅎ1ム, ノㄕム, -ㅎㄕム

ノ1ラ十[혼의긔]

【ノ[ᄒᆞ/용언+오/선어말어미]+1/동명사어미+ラ十/처격조사】
함에. 하는 것에.
¶ {於}諸 衣服乙 宜ソ1入乙 隨ノ 獲得▸ノ1ラ十◂ 便ㅎ 喜足乙 生刂か <유가 19:11-12>
{於}已ラ十 淸淨乙 難氵 成辨ノㄕ入乙 見▸ノ1ラ十◂ 心シ十 厭患ノㄕ入乙 生刂かソナㅎ七丨 <유가20:22-23>
【관련】 ソ而ㅎ1ラ十, ソ1ラ十, -1ラ十

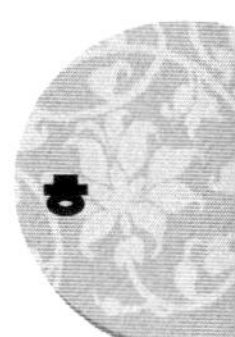

ノ1刂ロ乙ㅎ丨[혼이골오다]

【ノ[ᄒᆞ/용언+오/선어말어미]+1/동명사어미+刂/계사+ロ乙/선어말어미?+ㅎ/선어말어미+丨/종결어미】
('逼迫' 뒤에서) 핍박받는 이입니다. §'ㅎ'는 1인칭 주어와 호응함.
¶ 我1 今ソ1 貪窶ソシ 衆1 苦ᅟ 逼迫▸ノ1刂ロ乙ㅎ丨◂ <화소11:09>
【관련】 (ソ)ロ乙ㅎ丨

ノ1刂1丁[혼인뎌]

【ノ[ᄒᆞ/용언+오/선어말어미]+1/동명사어미+刂/계사+1/동명사어미+丁[ᄃᆞ/의존명사+여/조사]】
('有' 뒤에서) 있는 것을. 있는 줄을. §'ノ1刂1丁'의 '刂1'은 '應知', '當知'의 목적어절에 붙는 요소임. '丁'는 후치된 목적어절에 붙는 요소임.
¶ 當ハ 知ㅎ丨 此 障シ十 略ロ1 二種 有▸ノ1刂1丁◂ (난상 七ソ1刂1丁) <유가

26:03-04>
【관련】 (說)ノ1リ1ㅗ, (ソ)1リ1丁

ノ1リ1入〜故ㅗ[혼인ᄃ로여]

【ノ[ᄒ/동사+오/선어말어미]+1/동명사어미+リ/계사+1/동명사어미+入/의존명사+〜/구격조사+ㅗ/조사】
한 까닭으로이다.
¶ 是 如ㄡソ1 五因1 當八 知ㅎ丨 諦現觀セ 逆次因乙 依3 說ノ1リ1ㅗ 順次因〜ノㅌ 非矢リ1丁 最勝因乙 依3 先下 說ノ1 事乙 如八 逆次〜 說▸ノ1リ1入〜{故}ㅗ◂ <유가23:11-12>
【관련】 (ソ)1入〜

ノ1リ1ㅗ[혼인여]

【ノ[ᄒ/용언+오/선어말어미]+1/동명사어미+リ/계사+1/동명사어미+ㅗ/조사】
한 것인 줄을. § 'ノ1リ1ㅗ'의 'リ1'은 '應知', '當知'의 목적어절에 붙는 요소임. 'ㅗ'는 후치된 목적어절에 붙는 요소임.
¶ 是 如ㄡソ1 五因1 當八 知ㅎ丨 諦現觀セ 逆次因乙 依3 說▸ノ1リ1ㅗ◂ 順次因〜ノㅌ 非矢リ1丁 最勝因乙 依3 先下 說ノ1 事乙 如八 逆次〜 說ノ1リ1入〜{故}ㅗ <유가23:11-12>
【관련】 ノ1リ1丁, (ソ)1リ1丁

ノ1リ丨[혼이다]

【ノ[ᄒ/용언+오/선어말어미]+1/동명사어미+リ/계사+丨/종결어미】
한 것이다.
¶ 今 此 義セ 中(3?)+ 意1 无學ㄗ {有}ㅓノ1 所セ 聖法乙 取▸ノ1リ丨◂ <유가03:23-04:01>
今八 此 義セ 中3+ 意1 法乙 緣ソ슈セ 光明乙 以ホ 境界 {爲}ㄗ3 光明想乙 修ノア入乙 辯▸ノ1リ丨◂ <유가11:04-05>
此1 最勝 資糧道乙 依3 說▸ノ1リ丨◂ <유가25:04>
【관련】 -1リ丨, ノ1リ罒, ノ1リ分, ノ1リ3セ丨(ソ3), ノ1リ口乙ㅎ丨

ノ1リ罒[혼이라]

【ノ[ᄒ/용언+오/선어말어미]+1/동명사어미+リ/계사+罒/연결어미】
한 것이라(서).

¶ 衆具 匱乏ソ³ホ 愛樂ノ㐃{可}セソ1 不失ㄅ 惡友ラ 攝持▸ノ1リ罒◂ 諸 善友 無ㄅソア失丨 <유가27:07-08>

【관련】 ｰ1リ罒, ノ1リ丨, ノ1リㄅ

【비고】 '罒'는 연결어미 '³'의 이형태로 계사 'リ' 뒤에 쓰임

ノ1リㄅ[혼이며]

【ノ[ᄒᆞ/용언+오/선어말어미]+1/동명사어미+リ/계사+ㄅ/연결어미】

한 것이며.

¶ 骨節ラ 相持▸ノ1リㄅ◂ 血肉乙灬 塗ノ1 所リㄅ 九孔³十 常リ 人ラ 惡賤ノア 所乙 流ソㄅソト㐃1入乙 觀ソナㄅ <화소16:08-09>

【관련】 ｰ1リㄅ, ノ1リ丨, ノ1リ罒

ノ1リ³セ丨ソ³[혼이앗다ᄒᆞ아]

【ノ[ᄒᆞ/용언+오/선어말어미]+1/동명사어미+リ/계사+³セ/선어말어미+丨/종결어미#ソ/동사+³/연결어미】

하다 하여.

¶ 若 已ラ乙 謂³ホ 聰明▸ノ1リ³セ丨ソ³◂ 而灬 高擧乙 生リ³ホ 他乙 從セ 觀³十 順ソ1 正法乙 聞ア 不冬ソア入乙 是乙 名下 毘鉢舍那支³十 不隨順ソ1 性亠ノ𥝌ㄅ <유가26:19-21>

便㐃 自灬 思惟ソナア 我1 已氵 心一境性乙 證得ソ³▸ノ1リ³セ丨ソ³◂ 實 如攴 了知ソナ㐃セ丨 <유가23:21-22>

【관련】 ソ³ノ1リ³セ丨ソ³, リ1リ³セ丨ソ³, ｰ1リ³セ丨

ノ㑒[호리]

【ノ[ᄒᆞ/동사+오/선어말어미]+㑒[ㄹ/동명사어미+이/의존명사(+이/주격조사)]】

할 것(이). 할 이(가).

¶ 若 身 充徧 虛空 如 安住 不動 十方 滿ソㅌア入1 則 彼ラ 所行1 與セソ³ホ 等口㑒 無³ 諸1 天氵 世人氵ノ𥝌 能失 知▸ノ㑒◂ 莫去ナ㐃セ丨 <화엄14:07-08>

二 {於}餘 所セ 事³十ㄲ 他ラ 爲ノア入乙 請ソ³ 能ㄅ 成辦▸ノ㑒◂ 非失リ1入灬 {故}ㄅ <유가22:02-03>

謂▸ノ㑒◂ 非失リ丨 二諦リ 一リ丨ソア丁 二 非失1リア入1 何セ氵 得ㄋ㐃{可}セソ𥝌ア口ノ𥝌1入灬氵 <구인15:05>

未來³十1 幾セ个セ 如來氵 幾セ个セ 聲聞 辟支佛氵 幾セ个セ 衆生氵▸ノ㑒◂ 有ㄅ <화소07:17-18>

其 心リ 猶リ 三摩地灬 生ソ1 愛味人 慢人 見人 疑人 无明人 等ソ1 諸 隨煩惱ラ{之}

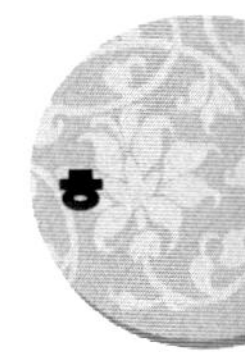

染汚ノア 所乙 爲ハナアㅅ灬 名下 圓滿ッ3ホ 淸淨鮮白ッ去1丁▸ノ令◂ 未矢皿 <유가16:10-12>

【관련】 亠ノ令, 氵ノ令, 一1丁ノ令, (ッア丁)ノア

【선후】 (15)호리

ノ令ㅅ[호리과;호리와]

【ノ[ᄒ/동사+오/선어말어미]+令[ᄙ/동명사어미+이/의존명사]+ㅅ/접속조사】

하는 것과.

¶ 又 不淨想3十 略口1 二種 有七丨 一十1 思擇力灬 攝▸ノ令ㅅ◂ 二 修習力灬 攝ノ令ㅅリ丨 <유가09:19-20>

【관련】 亠ノ令ㅅ, 氵ノ令ㅅ, (故)ノノ令ㅅ, ノ令ㅅリ丨, ノアㅅ

ノ令ㅅリ丨[호리과이다;호리와이다]

【ノ[ᄒ/동사+오/선어말어미]+令[ᄙ/동명사어미+이/의존명사]+ㅅ/접속조사+リ/계사+丨/종결어미】

하는 것(과)이다. 하는 것이다.

¶ 又 不淨想3十 略口1 二種 有七丨 一十1 思擇力灬 攝ノ令ㅅ 二 修習力灬 攝▸ノ令ㅅリ丨◂ <유가09:19-20>

【관련】 ノ令ㅅ, (ハ)ノアㅅリ丨

ノ令七[호릿]

【ノ[ᄒ/동사+오/선어말어미]+令[ᄙ/동명사어미+이/의존명사]+七/속격조사】

하는.

¶ {是}リ 觀乙 作ッア 已氵ッ口ッ1 一1 念七 愛著▸ノ令七◂{之} 心亇刀 生リア 不ッナ今 復刀 {是}リ 念乙 作ッナア丁 <화소16:19-11>

高1ラ十 昇▸ノ令七◂ 路乙 見3 1丨十1 當 願 衆生 永去 三界乙 出ッ3ホ 心3十 怯弱 無ㅌ立 <화엄04:22>

世尊下 一切 菩薩1 云何七ッ1乙 佛果乙 護ッ今 云何七ッ1乙 十地七 行乙 護▸ノ令七◂ 因緣リ丨ッ口ノ令ノ <구인03:22-23>

二者 身命乙 惜ア 不冬ッ乡 安樂止息▸ノ令七◂{之} 觀乙 生ア 不冬乡ッ今 <금광03:07>

謂1 本所作事3十 心 散亂▸ノ令七◂ 性ㅅ 本所作事3十 作用乙 趣▸ノ令七◂ 性ㅅ 方便作意3十 善巧 不ハノ令七 性リ1 恭敬ッ3ホ 勤七 請問 不ハッ1ㅅ乙 由氵1ㅅ灬 故ノノ令ㅅ <유가10:04-06>

【관련】 氵ノ令七, 亠ノ令七, (不)ハノ令七, (爲)ハノ令七

ノ令十[호리긔]

【ノ[ᄒᆞ/동사+오/선어말어미]+令[ᄙᆞ/동명사어미+이/의존명사]+十/처격조사】

하는 것에. 함에.

¶ 是1 退乙 不 地 菩薩 善根乙 成熟▸ノ令十◂ 是1 第一印刂ニㄅ <금광13:24-25>

四 {於}恒刂 善法乙 修ソ3ホ 常刂 師乙 隨ノ 轉▸ノ令十◂ 淨信乙 遠離ソㄅ <유가10:20-21>

又 法毘鉢舍那刂1 是 如支 觀察ソ3ホ 熾燃明淨▸ノ令十◂ 有七1 所七 愛樂乙 證得ソ3ソナ亣七丨 <유가16:03-04>

或 {於}住三摩地相刂1 謂1 此乙 由氵1入灬 故ノ 三摩地3十 住▸ノ令十◂ 或 {於}出三摩地相刂1 謂1 此乙 由氵1入灬 故ノ 三摩地乙 出▸ノ令十◂ {於}此 諸 相3十 作意思惟ソ3ホ 其 心乙 安住亽刂下 諦現觀3十 入ソㄅ <유가24:03-06>

又 二法 有七丨 {於}現觀乙 修▸ノ令十◂ 極 障㝵刂尸{爲}入乙ソ矛亠 <유가24:10>

一者 (於)一切 衆生亠 意欲 煩惱行亠▸ノ令十◂ 心 悉3 通達ソㄅ 二者 量 無ソ1 對治亠 諸法亠ノ令七{之} 門乙 心3十 皆 曉了ソㄅ <금광04:05-07>

是 如支ソ1 障㝵乙 對治ソ{爲欲}亽▸ノ令十◂ 當ハ 知亣丨 二種刂 {於}所緣境3十 其 心乙 安住亽刂令 有ソ1刂1丁 <유가24:12-14>

或 經典乙 讀ソ3 誦ソ3ソ{爲}亽▸ノ令十◂ 而灬 談話乙 好樂ソㄅ <유가26:08-09>

【관련】 ノ令, 亠ノ令十, (亠/氵)ノ令ラ十, ノ尸ラ十

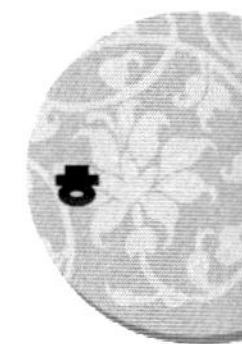

ノ矛ナ1亠[호리견여]

【ノ[ᄒᆞ/동사+오/선어말어미]+矛[ᄙᆞ/동명사어미(+이/의존명사)+이/계사]+ナ/선어말어미+1/동명사어미+亠/조사; ノ[ᄒᆞ/동사+오/선어말어미]+矛[ᄙᆞ/동명사어미(+이/의존명사)+이/계사]+ナ/선어말어미+1亠/연결어미】

하는 것이니.

¶ 謂1 時時間3十 諮受ソ3 讀ソ3 誦ソ3 論量 決擇ソ3ソ3ホ 勤七 善品乙 修▸ノ矛ナ1亠◂ 是 如支ソ3ハ氵 乃氵 他ラ 信施乙 受ノ亣{應}七ソㄅ <유가17:19-20>

【관련】 ソナ1亠, 一1亠,

【비고】 '矛'를 선어말어미로 본 가능성도 있음.

ノ矛ㅌ矛ㄅ[호리ᄂᆞ리며]

【ノ[ᄒᆞ/동사+오/선어말어미]+矛/선어말어미+ㅌ/선어말어미+矛[ᄙᆞ/동명사어미(+이/의존명사)+이/계사]+ㄅ/연결어미; ノ[ᄒᆞ/동사+오/선어말어미]+矛[ᄙᆞ/동명사어미(+이/의존명사)+이/계사]+ㅌ/선어말어미+矛[ᄙᆞ/동명사어미(+이/의존명사)+이/계사]+ㄅ/연결어미】

할 것이며. § <화엄경>에서 조건절 '-ㅌ尸入1'의 후행절에 주로 쓰임.

¶ 若 其願力 自在 得 普 諸趣 隨 而 身乙 現亣ㅌ尸入1 則 能 衆ラ {爲}氵 說法ソ令七

時氵十 音聲リ 類乙 隨ㅎノア厶 難氵 思議▸ノ𢩯ㅌ𢩯ゟ◂ <화엄13:13-14>

【관련】 ノ𢩯ㅌア入ㄱ, ノ禾ㅌㄱ乙, (ソ)ㅌ𢩯ゟ, ㅌアゟ

ノ𢩯ㅌア入ㄱ[호리늖든]

【ノ[ᄒᆞ/동사+오/선어말어미]+𢩯/선어말어미+ㅌ/선어말어미+ア/동명사어미+入/의존명사+ㄱ/보조사; ノ[ᄒᆞ/동사+오/선어말어미]+𢩯[ᄙᅙ/동명사어미(+이/의존명사)+이/계사]+ㅌ/선어말어미+ア/동명사어미+入/의존명사+ㄱ/보조사】

할 것이면. § 조건구문에 쓰이며 후행절에는 '-ㅌ𢩯-'가 옴.

¶ 若 能 衆 爲 說法 時 音聲 類 隨 難 思議▸ノ𢩯ㅌア入ㄱ◂ 則 {於}一切 衆生ラ 心乙 一ㄱ 念ろ十 悉ろ 知ㅎア厶 有餘ソㄱ 無リソㅌ𢩯ゟ <화엄13:15-16>

【관련】 -ㅌア入ㄱ

【비고】 '-ㅌア入ㄱ'은 <화엄경>에만 나타남. 'ア入ㄱ'을 연결어미로 보는 견해도 있음.

ノ𢩯ㄱ乙[호릳을]

【ノ[ᄒᆞ/동사+오/선어말어미]+𢩯[ᄙᅙ/동명사어미(+이/의존명사)+이/계사]+ㄱ/동명사어미+乙/대격조사; ノ[ᄒᆞ/동사+오/선어말어미]+𢩯[ᄙᅙ/동명사어미(+이/의존명사)+이/계사]+ㄱ乙/연결어미】

할 것이거늘.

¶ 一切 仙人ラ 殊勝行ㄱ 人天 {等}丨ソㅌ七 類ア 同リ 信仰▸ノ𢩯ㄱ乙◂ 是 如攴 難行ノ令七 苦行七 法乙 菩薩ㄱ 應七ノㄱ 隨ㅎ 悉ろ 能攴 作ソナゟ <화엄19:16-17>

是ㄱ 方便勝智乙 修行ノア厶 自在ホア入ㄱ 難氵 得▸ノ𢩯ㄱ乙◂ソろㄱ入灬{故}ゟ 見思煩惱リ 伏ノㅎ{可}ソㄱ 不矢ㄱ乙ソろㄱ入灬 故ノ 是 故灬 五地乙 說ア 名下 難勝地亠ノ𢩯ゟ <금광07:05-07>

【관련】 ノ𢩯ㄱ乙ソろㄱ入灬, ノ禾ㅌㄱ乙

【비고】 '𢩯'를 선어말어미로 볼 가능성도 있음.

ノ𢩯ㄱ乙ソろㄱ入灬故ゟ[호릳을ᄒᆞ안ᄃᆞ로며]

【ノ[ᄒᆞ/동사+오/선어말어미]+𢩯[ᄙᅙ/동명사어미(+이/의존명사)+이/계사]+ㄱ/동명사어미+乙/대격조사#ソ/동사+ろ/선어말어미+ㄱ/동명사어미+入/의존명사+灬/구격조사(+이/계사)+ゟ/연결어미】

할 것을 한 까닭이며.

¶ 是ㄱ 方便勝智乙 修行ノア厶 自在ホア入ㄱ 難氵 得▸ノ𢩯ㄱ乙ソろㄱ入灬{故}ゟ◂ <금광07:05-06>

【관련】 ノ𢩯ㄱ乙, (ソ)ろㄱ入灬

【비고】 '𢩯'를 선어말어미로 볼 가능성도 있음.

㇒ 㫆 ㇖ 刂 ㇇ 七 ロ ㇱ ㇱ [호릳이앗고ᄒᆞ며]

【㇒[ᄒᆞ/동사+오/선어말어미]+㫆[ᇙ/동명사어미(+이/의존명사)+이/계사]+㇖/동명사어미+刂/계사+㇇七/선어말어미+ロ/종결어미#ㇱ/동사+ㇱ/연결어미】

할 것인가 하며. §'ロ/ㇷ'는 의문사가 있는 설명의문문에 쓰임.

¶ 謂ㇳ 我㇖ 何亠ㇷㇳ入㇖ 當ハ 能ㇱ 具足ㇷ 是 如攴ㇱ㇖ 聖處刂㇖ 阿羅漢ㇷ 所具足住 如攴ㇱ㇖ㇷ十 住▸㇒㫆㇖刂㇇七ロㇱㇱ◂ <유가29:03-05>

【관련】(ㇱ令刂㇇)㇒㫆㇖刂㇇七ロ(ㇱ二ㇳ入⺍), 一㇖刂㇇七ロ

【비고】'㫆'를 선어말어미로 볼 가능성도 있음.

㇒ 㫆 ㇖ 刂 ㇇ 七 丨 ㇱ ㇳ 矢 丨 [호릳이앗다ᄒᆞᇙ디다]

【㇒[ᄒᆞ/동사+오/선어말어미]+㫆[ᇙ/동명사어미(+이/의존명사)+이/계사]+㇖/동명사어미+刂/계사+㇇七/선어말어미+丨/종결어미#ㇱ/동사+ㇳ/동명사어미+矢[ᄃᆞ/의존명사+이/계사]+丨/종결어미】

한다 할 것이다.

¶ 二 {於}无戲論涅槃㇇十 信解愛樂㇒令七 所作刂㇖亠 謂㇖ 我㇖ 當ハ {於}无戲論涅槃㇇十 心㇇十 退轉㇒ㇳ 无㇇ 憂慮乙 生刂㇇ㇵ 謂ㇳ 我ㇷ 我㇖ 今艮{者} 何ㇹ 所㇇十 在ㇱ 去㇖刂㇇七ロㇱㇳ{耶} 不冬㇒㫆㇖刂㇇七丨ㇱㇳ矢ㇱ … 四 {於}遠離處㇇十 安住㇒令七 所作刂㇖亠 謂㇖ 若 愛樂ㇱ㇇ㇵ 諸 在家人 及七 出家人七 衆乙 與七 雜 居住㇒ㇳ入㇖ {者} 便ㇹ 種種七 世間相應ㇱ㇖ 見聞 受用七 諸 散亂事乙 {有}斗白㇒㫆罒 我⺍ {於}彼 正審觀察㇒令七 心一境位㇇十 當ハ 障㝵乙 作入刂ㇳ 勿▸㇒㫆㇖刂㇇七丨ㇱㇳ矢丨◂ <유가08:16-09:02>

【관련】㇒㫆㇖刂㇇七丨ㇱㇳ矢ㇱ, (不)冬㇒㫆㇖刂㇇七丨ㇱㇳ矢ㇱ, (ㇱ㇍ㇱ爲人)㇒㫆㇖刂㇇七丨ㇱㇱ, 一㇖刂㇇七丨, ㇱㇳ矢丨, (ㇱ㇍)㇒㫆刂㇖刂㇇七丨ㇱㇳ矢ㇱ

【비고】'㫆'를 선어말어미로 볼 가능성도 있음.

㇒ 㫆 ㇖ 刂 ㇇ 七 丨 ㇱ ㇳ 矢 ㇱ [호릳이앗다ᄒᆞᇙ디며]

【㇒[ᄒᆞ/동사+오/선어말어미]+㫆[ᇙ/동명사어미(이/의존명사)+이/계사]+㇖/동명사어미+刂/계사+㇇七/선어말어미+丨/종결어미#ㇱ/동사+ㇳ/동명사어미+矢[ᄃᆞ/의존명사+이/계사]+ㇱ/연결어미】

한다 할 것이며.

¶ 二 {於}无戲論涅槃㇇十 信解愛樂㇒令七 所作刂㇖亠 謂㇖ 我㇖ 當ハ {於}无戲論涅槃㇇十 心㇇十 退轉㇒ㇳ 无㇇ 憂慮乙 生刂㇇ㇵ 謂ㇳ 我ㇷ 我㇖ 今艮{者} 何ㇹ 所㇇十 在ㇱ 去㇖刂㇇七ロㇱㇳ{耶} 不冬▸㇒㫆㇖刂㇇七丨ㇱㇳ矢ㇱ◂ 三 {於}時時 中㇇十 聚落㇇十 遊行ㇱ㇇ㇵ 乞食㇒令七 所作刂㇖亠 謂㇖ 我㇖ 乞食受用乙 因 {爲}㇍㇇ 身 得ㇵ 久住ㇱ㇍ 有力ㇱ㇍ 調適ㇱ㇍ㇱ㇇ 常刂 能ㇱ 方便⺍ 諸 善法乙 修▸㇒㫆㇖刂㇇七丨ㇱㇳ矢ㇱ◂

四 {於}遠離處ろ十 安住ノ亽七 所作刂ㄱ亠 謂ㄱ 若 愛樂ソろホ 諸 在家人 及七 出家人七 衆乙 與七 雜 居住ノ尸入ㄱ{者} 便ㅎ 種種七 世間相應ソㄱ 見聞 受用七 諸 散亂事乙 {有}斗白ノォ罒 我灬 {於}彼 正審觀察ノ亽七 心一境位ろ十 當ハ 障导乙 作入刂尸 勿ノォㄱ刂ろ七丨ソ尸矢丨 <유가08:16-09:02>

【관련】 (不)冬ノォㄱ刂ろ七丨ソ尸矢ホ, ノォㄱ刂ろ七丨ソ尸矢丨, ソ尸矢ホ, (ソㅎ)ノォ刂ㄱ刂ろ七丨ソ尸矢ホ, (ソㅎソ爲人)ノォㄱ刂ろ七丨ソホ

【비고】 'ォ'를 선어말어미로 볼 가능성도 있음.

ノォ罒[호리라]

【ノ[ㆆ/용언+오/선어말어미]+ォ[ㄹㆆ/동명사어미(+이/의존명사)+이/계사]+罒/연결어미】

할 것이라(서). 하는 것이라(서).

¶ 手ろ十 供具乙 出ノㄱム 難刂氵 思議▸ノォ罒◂ {是}刂 如攴 一ㄱ 導師乙 供養ソナホ <화엄17:02>

六 多分 憂愁ソろホ 難養難滿▸ノォ罒◂ 喜足乙 知尸 不ハノ亽七 過失刂ホ <유가13:16-17>

故去 彼刂 正法行乙 修習ソ亽七 時亠十 卽ㅎ 是ㄱ 法尒灬ハ 大師乙 供養ソ白ろㄱ丁▸ノォ罒◂ 是 故灬 此乙 說ろ 名下 饒益他亠ノォホ <유가06:05-07>

四十ㄱ {於}惡業乙 現在ろ十 不作ソ尸入乙 卽ㅎ 彼乙 說ろ {爲} 已氵 淸淨乙 作ソろㄱ丁▸ノォ罒◂ 卽ㅎ 名下 已氵 得ホ {於}現見法ろ十 永ろ 熾燃乙 離ソろㄱ丁ノ亽 非矢丨 <유가22:05-06>

【관련】 ソ(白)ろㄱ丁ノォ罒

【비고】 '罒'는 연결어미 'ろ'의 이형태로 계사 '刂' 뒤에 쓰임.

ノォ尸[호릻]

【ノ[ㆆ/용언+오/선어말어미]+ォ[ㄹㆆ/동명사어미(+이/의존명사)+이/계사]+尸/동명사어미】

함. 하는 것.

¶ 云何 得ろホ 一切衆生ラ 與氵 依刂尸{爲}入乙ソホ 救刂尸{爲}入乙ソホ 歸▸ノォ尸◂{爲} 趣▸ノォ尸◂{爲} 炬刂尸{爲} 明 爲 照 爲 導 爲 勝導 爲 普導刂尸{爲}入乙ソホ <화엄02:06-07>

或ソㄱ {於}曠野ろ十 大樹刂尸入乙 作ソホ 或ソㄱ 良藥ミ 衆ㄱ 寶藏ミ▸ノォ尸◂{爲}入乙ソホ 或ソㄱ 寶珠刂尸入乙 作ソろホ 求ノ尸 所乙 隨 或ソㄱ 正道乙 以ろ 衆生ラ十 示刂ナホ <화엄19:10-11>

【관련】 ミノォ尸爲入乙ソホ, 刂尸爲入乙ソ一

【비고】 'ォ'를 선어말어미로 볼 가능성도 있음.

ノ矛ニロ丨[호리시고다]

【ノ[ᄒ/용언+오/선어말어미]+矛[ᄚ/동명사어미(+이/의존명사)+이/계사]+ニ/선어말어미+ロ/선어말어미+丨/종결어미】

한 것입니다. § 여기서 'ロ'는 상대높임의 용법임.

¶ 世尊下 希有難量▸ノ矛ニロ丨◂ 是 金光明經亠 微妙ソニヒセ{之} 義刂 究竟 滿足ソニ尓 皆 能セ 一切 佛法亠 一切 佛恩亠 成就ソ尓ソニロ1入灬亠 <금광13:20-21>

【관련】 ノ㐬應セソロ丨, (ㄋハ)ニク丨

ノ矛亠[호리여]

【ノ[ᄒ/용언+오/선어말어미]+矛[ᄚ/동명사어미+이/의존명사]+亠/조사; ノ[ᄒ/용언+오/선어말어미]+矛亠[ᄚ/동명사어미(+이/의존명사)+이여/조사]】

함(이). 하는 것(이). § '亠'는 '有(セ)ナ丨'의 후치된 주어절에 붙은 요소임.

¶ 佛1 {言}ㄗニア 善男子ㄋ 又 五法 有セナ丨 菩薩摩訶薩刂 般若波羅蜜乙 成就▸ノ矛亠◂ <금광03:22-23>

佛 言 善男子 又 五法 有セナ丨 菩薩摩訶薩刂 願波羅蜜乙 成就▸ノ矛亠◂ <금광04:11-12>

佛1 言刂ニア (善男子 復) 五法 有セナ丨 菩薩摩訶薩刂 修行ソㄋホ 智(波羅蜜) 成就▸ノ矛亠◂ <금광04:25-05:02>

【관련】 ソナ矛亠, ソナ矛ミ, 一刂ミ, ソナア矢ミ

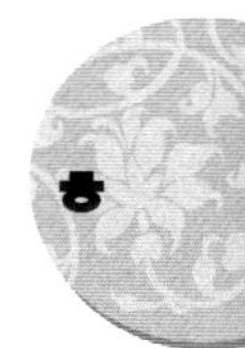

ノ矛成刂ソア矢丨[호리?이홇디다]

【ノ[ᄒ/용언+오/선어말어미]+矛/선어말어미+成/미상+刂/미상#ソ/용언+ア/동명사어미+矢[ᄃ/의존명사+이/계사]+丨/종결어미; ノ[ᄒ/용언+오/선어말어미]+矛[ᄚ/동명사어미(+이/의존명사)+이/계사]+成/미상+刂/미상#ソ/용언+ア/동명사어미+矢[ᄃ/의존명사+이/계사]+丨/종결어미】

할 것이다.

¶ 謂1 是 如ㄋソ1 方便乙 攝受ソ1入乙 由ㄋ 必ハ 能尓 正性離生ㄋ十 趣入ノアム 乃ミ 至刂 廣刂 說▸ノ矛成刂ソア矢丨◂ <유가23:09-10>

【관련】 ソア矢丨

ノ禾ナ丨

☞ ミノ禾ナ丨

ノ禾ヒ丁乙[호리는을]

【ノ[ᄒᆞ/동사+오/선어말어미]+禾[ㄹㅎ/동명사어미(+이/의존명사)+이/계사]+ㅌ/선어말어미+丁/동명사어미+乙/대격조사; ノ[ᄒᆞ/동사+오/선어말어미]+禾[ㄹㅎ/동명사어미(+이/의존명사)+이/계사]+ㅌ/선어말어미+丁乙/연결어미】

할 것이거늘.

¶ 若ㄴ 自ラ灬 以氵ホ 受用ソ丁丨十丁 則支 安樂ソ彡 延年ソ彡ノ禾ㄅ 若ㄴ 已ラ今乙 輟{捨}ロ 人ㅊラ十 施ソ丁丨十丁 則支 窮苦ソ氵ホ 天命▸ノ禾ヒ丁乙◂ 時十 或刀 有ナ丨 人刂 來ソ氵ホ {是}刂 言乙 作ソナ尸丁 <화소10:06-08>

【관련】 ノ礻丁乙, ー丁乙, ノ礻ヒ礻ㄅ, ノ礻ヒ尸入丁

【비고】 '礻'를 선어말어미로 볼 가능성도 있음.

ノ禾丁ㆍ[호린여]

【ノ[ᄒᆞ/동사+오/선어말어미]+礻[ㄹㅎ/동명사어미(+이/의존명사)+이/계사]+丁/동명사어미+ㆍ/조사; ノ[ᄒᆞ/동사+오/선어말어미]+礻[ㄹㅎ/동명사어미(+이/의존명사)+이/계사]+丁ㆍ/연결어미】

했으니. 한 것이니. § 여기서 'ㆍ'는 절 접속의 기능임.

¶ 一切恩愛刀 會{恨}ソ乃ソロハ丁 當ハ 別離▸ノ禾丁ㆍ◂ 而丁{於}衆生ラ十丁 饒益ノ尸 所氵 無ㄴ去禾氵ㄴ丨 <화소12:15-16>

【관련】 ソ今ㆍ, ソ丁亠, ㄴソ丁ㆍ, 丨ソㄅソ丁ㆍ

ノ禾ㄅソナ丨[호리며ᄒᆞ겨다]

【ノ[ᄒᆞ/동사+오/선어말어미]+禾[ㄹㅎ/동명사어미(+이/의존명사)+이/계사]+ㄅ/연결어미#ソ/동사+ナ/선어말어미+丨/종결어미】

하며 한다. 할 것이며 한다. § 'ソナ丨'의 'ソ'는 'ㄅ'로 나열된 동사구를 아우르는 요소임.

¶ {此}刂 藏丁 窮盡尸 無ㄅ … 甚深ソ氵ホ 底 無ㄅ 難刂ㆍ 得氵ホ 入ノㅊ{可}ㄴソㄅ 普刂 一切 佛法{之}ㄴ 門氵十 入▸ノ禾ㄅソナ丨◂ <화소26:04-08>

【관련】 刂ㄅソナ丨

ノ禾氵ㄴ丨ソナ尸入乙[호리앗다ᄒᆞ겨ㄹ ᄃᆞᆯ]

【ノ[ᄒᆞ/동사+오/선어말어미]+禾[ㄹㅎ/동명사어미(+이/의존명사)+이/계사]+氵ㄴ/선어말어미+丨/종결어미#ソ/동사+ナ/선어말어미+尸/동명사어미+入/의존명사+乙/대격조사】

('斷' 뒤에서) 끊을 것입니다 하는 것을. § '-ナ尸入乙' 뒤에는 모두 '{是}刂乙 名下' 구성이 옴.

¶ 願ロ尸入1 我1 {於}身㇏十 永𠫔 貪著乙 斷▸ノ禾㇏七丨ソナ尸入乙◂ {是}刂乙 名下分滅施⺀ノ禾ナ丨 <화소09:19-20>

【관련】 ㇇禾㇏七丨ソナ尸入乙, 亽刂㇇禾㇏七丨ソナ尸入乙, 亽刂㇇禾㇏七丨, ノ禾㇏七丨ソナ𠃍, 一禾㇏七丨

【비고】 '𠂤'를 선어말어미로 볼 가능성도 있음.

ノ禾㇏七丨ソナ𠃍[호리앗다ᄒᆞ겨며]

【ノ[ᄒᆞ/동사+오/선어말어미]+禾[ᇙ/동명사어미(+이/의존명사)+이/계사]+㇏七/선어말어미+丨/종결어미#ソ/동사+ナ/선어말어미+𠃍/연결어미】

('求' 뒤에서) 구할 것입니다 하며.

¶ 我1 今ソ1 盛壯ソ㇇㇇𠃍 當㇇1ム1 天下乙 {有}ㅒ㇇㇇𠃍 乞者刂 現前ソ𠃍ソロ1 當ハ 不堅ソ1入乙 以㇏ハ 而灬 堅ソㅌ七 法乙 求▸ノ禾㇏七丨ソナ𠃍◂ <화소12:02-03>

【관련】 亽刂㇇禾㇏七丨ソナ𠃍, ノ禾㇏七丨ソナ尸入乙, ソナ𠃍, 一禾㇏七丨

【비고】 '𠂤'를 선어말어미로 볼 가능성도 있음.

ノ禾㇗[호리저]

【ノ[ᄒᆞ/용언+오/선어말어미]+禾[ᇙ/동명사어미(+이/의존명사)+이/계사]+㇗/연결어미】

할 것이며. 할 수 있는 것이며.

¶ 佛子㇏ {此}刂 持藏1 邊尸 無㇏ 難刂氵 滿▸ノ禾㇗◂ 難刂氵 其 底㇏十 至㇇禾㇗ 難刂氵 得㇏㇎ 親近▸ノ禾㇗◂ 能刂矢 制伏ソ㇏亽 無㇗ 量刂 無㇗ 盡尸 無㇗ 大威力乙 具㇇㇗ {是}刂1 佛境界刂㇗ 唯ハ 佛𠃊氵 能㇋ 了ソ㇇㇇禾㇗ソナ丨 <화소24:12-15>

【관련】 ㇇禾㇗, ソ㇇㇇禾㇗ソナ丨

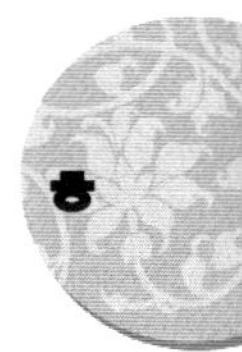

ノ尸[홅]

【ノ[ᄒᆞ/용언+오/선어말어미]+尸/동명사어미】

① -함. § 명사적 용법으로 쓰임.

¶ 何以故⺀ソ禾尸入1 一切 法1 作▸ノ尸◂ 無𠃍 作者 無𠃍 言說 無𠃍 處所 無𠃍 <화소19:04-07>

善知識乙 親近▸ノ尸◂ 盡𠫔㇇可七ソㅌ 不矢1入灬{故}刂𠃍 <화소19:14-15>

善㇋ 句義乙 分別▸ノ尸◂ 盡可不故 深法界㇏十 入ノ尸 盡可不故 一味七 智乙 以㇏ 莊嚴ノ尸 盡可不故 <화소19:15-17>

若七 施ノ尸 所乙 {有}ㅒ𠫔1丨十1 當 願 衆生 一切乙 能㇋ 捨ソ㇏㇎ 心㇏十 愛著▸ノ尸◂ 無ㅌ立 <화엄03:03>

樹刂 葉茂ソ1乙 見 當 願 衆生 定⺀ 解脫⺀ノ亽乙 以㇏ハ 而灬 蔭映▸ノ尸◂ 爲⺀ㅌ

立 <화엄05:10>

慙恥▸ノㄕ◂ 無㇆乙 見 當 願 衆生 慙恥ノㄕ入乙 捨離ソロハ 大悲セ 道〻十 住ソヒ立 <화엄07:13>

信㇆ {於}境界〻十 所著▸ノㄕ◂ 無リソナ㢱〻 諸㇆ 難乙 遠離ソロハ 無難乙 得リナ㢱〻 <화엄10:04>

譬入㇆ 大海〻セ 金剛聚㇆ 彼ラ 威力乙 {以}〻〻 衆㇆ 寶乙 生ノ㇆ム 減▸ノㄕ◂ 無〻 增▸ノㄕ◂ 無〻 亦リ(ソ)㇆ 盡ㄕ 無㇆ 如攴 菩薩ㄕ 功德聚 亦刀 然セソナ丨 <화엄14:13-14>

譬入㇆ 蓮華リ 水〻十 著 不▸ノㄕ◂ 如攴 是 如攴 世リ十 在ソ〻尒 深信 令リナ㇇セ丨 <화엄19:05>

菩薩リ 衆生乙 化▸ノㄕ◂ {爲} 此 {若}丨ソナ丨ソニ下 <구인14:13-14>

汝㇆ 今ソ㇆ 聽▸ノㄕ◂ 無セ〻 我㇆ 今ソ㇆ 說▸ノㄕ◂ 無セ白〻丨 <구인14:21>

苦亠 樂亠 常亠 無常亠 有我亠 無我亠 等ソ㇆ 是 如攴 衆多ソ㇆ 義〻十 世尊ラ 慧㇆ 著▸ノㄕ◂ 無ニロㄕ〻 <금광13:13-14>

數數リ 聽聞ソ〻尒 間斷▸ノㄕ◂ 无ソ㇆入灬 故ノ {於}彼 法義〻十 轉リ 得尒 明淨ソ〻 <유가07:04-05>

二 {於}諸 定〻十 隨㇇ 愛味▸ノㄕ◂ {有}斗〻 <유가09:13-14>

{於}能〻 擧罪ソ今セ 同梵行者ラ十 心〻十 恚恨▸ノㄕ◂ 无㇏ 損▸ノㄕ◂ 無㇏ 惱▸ノㄕ◂ 无㇏ソ〻尒 而灬 自灬 修治ソ〻ノ今セ 此 五相乙 由〻ソㄕ入乙 是乙 名下 {於}第二處〻十 觀察ソㄕ丁ノ㢱丨 <유가17:15-17>

{於}衣服〻十ノㄕ入乙ソ㇆ 如攴 {於}餘 飮食亠 臥具亠 等ソ㇆ラ十 喜足▸ノㄕ◂ 當ハ 知㇇丨 亦 尒ソ㇆リ㇆丁 <유가19:12-13>

【관련】 ㄕ (無リ)-, (ソㄕ丁)ノㄕ (無/莫セ/靡セ)-, 乙ソㄕ (如)攴, (有)斗ㄕ (莫セ)

② **-할.** § 관형사적 용법으로 쓰임.

¶ 唯ハ 願ロㄕ入㇆ 大王リ㢴㇆入㇆ 更〻 籌量ソ〻ハ 顧惜▸ノㄕ◂ 所乙 {有}斗ㄕ 莫セ㢴下ハ <화소10:20-11:01>

一切恩愛刀 會{恨}ソ乃ソロハ㇆ 當ハ 別離ノ禾㇆〻 而㇆{於}衆生ラ十㇆ 饒益▸ノㄕ◂ 所〻 無セ去禾〻セ丨 <화소12:15-16>

往世セ 善根乙 悉〻 得〻尒 淸淨ソ〻 {於}諸㇆ 世セ 法〻十 染著▸ノㄕ◂ 所〻 無〻 <화소23:12-13>

善ナ㇆{哉}㢱 佛子〻 汝㇆ 今ソ㇆ 饒益▸ノㄕ◂ 所 多〻 安隱▸ノㄕ◂ 所〻 多ナ㇆入乙灬 世間乙 哀愍ソ㇏ 天人乙 利樂ソ㇏ ソ{爲欲}入 是 如攴ソヒセ 義乙 問去ナ㇆丁 <화엄02:10-12>

袈裟衣乙 著ソ去㇆丨十㇆ 當 願 衆生 心〻十 染▸ノㄕ◂ 所〻 無〻ハ 大仙ラ 道乙 具㇇ヒ立 <화엄03:12>

林藪〻十 處ソ㇆乙 見 當 願 衆生 天人ラ{之} 歎仰▸ノㄕ◂ 所リㄕ{爲}入乙ノ㇇{應}セソヒ立 <화엄07:02>

敬ノ今セ 心灬 塔乙 觀ソ白去㇆丨十㇆ 當 願 衆生 諸㇆ 天〻 及セ 人〻ノ今ラ 共セ 瞻

仰▸ノア◂ 所ㅌ立 <화엄08:07>
雅思リㅎ 淵才リㅎソ3 文中3ㅌ 王リア入乙ソナ7 歌舞ソㅎ 談說ソㅎノアム 衆 欣▸ノア◂ 所リア入乙ソ7 <화엄19:06>
著▸ノア◂ 所 無ㅌㅎ 見▸ノア◂ 所 無ㅌㅎ 患累 無ㅌㅎ 異ソ1 思惟 無ㅌㅎソア矢 是 波羅蜜義リナ1リ| <금광05:22-23>
當ハ 知ㅎ| 略ち 說ロ1 {於}三位ㅌ 中3十 十種ㅌ 瑜伽乙 修習ソ3 對治▸ノア◂ 所ㅌ 法 有ソ1リ1丁 <유가08:01-02>
修習力⺌ 攝▸ノア◂ 不淨想ㅌ 中3十 當ハ 知ㅎ| 七法リ 所對治リア{爲}入乙ソ矛リ1丁 <유가10:02-03>
又 此 三摩地乙 得3斤 當ハ 知ㅎ| 卽ㅎ 是1 初靜慮ㅌ 近分定乙 得ナ矛罒 未至位⺌ 攝▸ノア◂ 所リ1丁 <유가15:03-04>
{於}正方便リ1 根本定⺌ 攝▸ノア◂ 內心奢摩他3十 遠離愛樂乙 證得ソㅎ <유가16:02-03>
猶リ 四苦ラ 常リ 隨逐▸ノア◂ 所乙 爲ハ3 得ホ 解脫 未ハソ(3?)ノ1リ罒 <유가18:15>

ノア人[홇과]

【ノ[ㅎ/동사+오/선어말어미]+ア/동명사어미+人/접속조사】

하는 것과.

¶ 空閑ソ1ラ十 處ソㅎㅌ入{雖}ㅜ 猶リ 種種ㅌ 染汙尋思 {有}ㅜ3 其 心乙 擾亂▸ノア人◂ 又 {於}飮食3十 知量 不ハソ1入⺌ 故ノ 身 不調適▸ノア人◂ 又 尋思⺌ 擾亂ノア 所乙 爲ハ1入⺌ 故ノ <유가10:07-09>
此ㅌ 中3十 若 聖諦現觀3十 入▸ノア人◂ 若 障㝵乙 離▸ノア人◂ 若 速疾通慧乙 證得ソ{爲}入 諸 歡喜事乙 作意思惟▸ノア人◂ 若 得ノ1 所乙 如ハソ1 道乙 修習▸ノア人◂ 若 極淸淨道ㅗ 及 果功德ㅗノア乙 證得▸ノア人◂ノア 是 如支ソ1乙 名下 {爲}出世間一切種淸淨ㅗノ矛| <유가31:18-23>
又 尋思⺌ 擾亂ノア 所乙 爲ハ1入⺌ 故ノ 遠離リ1 內心寂靜 奢摩他定乙 樂ア 不夂▸ノア人◂ 又 彼 身リ 不調適ソ1入乙 由シ1入⺌ 故ノ 毘鉢舍那乙 善修 能 不ハソ3 實 如支 諸 法乙 觀察 能 不ハ▸ノア人◂リ| <유가10:09-10>
謂ノ11 世間1 有邊リ| 世間1 無邊リ| 世間1 亦 有邊 亦 無邊リ| 世間1 非有邊非無邊リ|▸ノア人◂ 世間1 有常リ| 世間1 無常リ| 世間1 亦 有常 亦 無常リ| 世間1 非有常非無常リ|▸ノア人◂ 如來 滅ソ㢱1乙⺌ㅌ 後リ十 有リ| 如來 滅ソ㢱1乙⺌ㅌ 後リ十 無リ| 如來 滅 後 亦 有 亦 無リ| 如來 滅 後 非有非無リ|▸ノア人◂ 我ㆍ 及ㅌ 衆生ㆍノ今1 有リ| 我ㆍ 及ㅌ 衆生ㆍノ今1 無リ| 我 及 衆生 亦 有 亦 無リ| 我 及 衆生 非有非無リ|▸ノア人◂ <화소06:05-07:14>
現在3十1 幾ㅌ𠂉ㅌ 佛㠯 {有}ナ㢱下 住ソ㢱7 幾ㅌ𠂉ㅌ 聲聞 辟支佛リ 住ソ7 幾ㅌ𠂉ㅌ 衆生リ 住ソ1リ3ㅌロ▸ノア人◂ <화소07:18-19>

何ㅎ 法刂 最ハ 初ᄒ十 在ソ今 何ㅎ 法刂 最ハ 後刂十 在ソ禾ᄒヒロ▸ノ尸入◂ 世間1 何ㅎ 處乙 從ヒ 來ソ今 去ᄒハ1 何ㅎ 所ヒᄒ十 至今 … 世界1 何ㅎ 處乙 從ヒ 來ソ今 去ᄒハ1 何ㅎ 所ヒᄒ十 至禾ᄒヒロ▸ノ尸入◂ 何ヒソ1乙{者} {爲} 生死ヒ 最ハ 初際ミソ今 何ヒソ1乙{者} {爲} 生死ヒ 最ハ 後際ミノ禾ᄒヒロ▸ノ尸入◂刂ナ丨 <화소08:03-13>

【관련】 ノ尸入ノ尸, 刂丨ノ尸入, ソ1刂ᄒヒロノ尸入, 禾ᄒヒロノ尸入, ノ仒入

ノ尸入ノ尸[홇과홇]

【ノ[ᄒ/동사+오/선어말어미]+尸/동명사어미+入/접속조사#ノ[ᄒ/동사+오/선어말어미]+尸/동명사어미】

하는 것과 하는.

¶ 此ヒ 中ᄒ十 若 聖諦現觀ᄒ十 入ノ尸入 … 若 極淸淨道亠 及 果功德亠ノ尸乙 證得▸ノ尸入ノ尸◂ 是 如支ソ1乙 名下 {爲}出世間一切種淸淨亠ノ矛丨 <유가31:18-23>

【관련】 ノ尸入, 入ノ尸, ノ仒入

ノ尸刀[홇도]

【ノ[ᄒ/용언+오/선어말어미]+尸/동명사어미+刀/보조사】

하는 것도.

¶ 六方ᄒヒ矛刀 亦ソ1 復ᄒ {是}刂 {如}丨ソ㐌ハ二今 作樂▸ノ尸刀◂ 亦ソ1 然ヒソ二下 <구인03:11-12>

【관련】 (ソ)尸刀ソ今, (ミ)ノ仒刀

ノ尸矢去乃[홇디거나]

【ノ[ᄒ/용언+오/선어말어미]+尸/동명사어미+矢[ᄃ/의존명사+이/계사]+去/선어말어미+乃/연결어미】

할지라도.

¶ 菩薩1 {之}刂乙 聞ロ 卽支 便刂 施與ノ尸厶 假使亠ハ {此}刂乙 由三ᄒハ 阿僧祇ヒ 劫乙 經ᄒ 諸1 根 不具▸ノ尸矢去乃◂ 亦ソ1 心ᄒ十 一1 念ヒ 悔惜ノ尸ケ刀 生刂尸 不ソナᄒ <화소16:02-03>

【관련】 (有)ヒ去乃

ノ尸矢十[홇디긔]

【ノ[ᄒ/동사+오/선어말어미]+尸/동명사어미+矢十[ᄃ/의존명사+이긔/처격조사]】

하는 것에. 하는 데에.

¶ 跏趺坐乙 捨ソ去1丨十1 當 願 衆生 諸1 行法ラ 悉3 散滅▸ノア矣(失)十◂ 歸ノア入乙 觀ソヒ立 <화엄04:03>

【관련】 ソア失十, ノアラ十

【비고】 '矣'자가 '失'자처럼 보임.

ノア入1[홇든]

【ノ[ᄒᆞ/용언+오/선어말어미]+ア/동명사어미+入/의존명사+1/보조사】

하면.

¶ 煢獨ソる 羸頓ソるソロ1 死▸ノア入1◂ 將与今ハ 久3ア 不ソ去ロ乙ㅎ丨 <화소10:18-19>

謂1 若 愛樂ソ3ホ 諸 在家人 及ヒ 出家人ヒ 衆乙 與ヒ 雜 居住▸ノア入1◂{者} … 我灬 {於}彼 正審觀察ノ今ヒ 心一境位3十 當ハ 障㝵乙 作入リア 勿ノ牙1リ3ヒ丨ソア失丨

又 {於}妙五欲3十 樂ㅎ 習近▸ノア入1◂{者} {於}聖法亠 毘柰耶亠ノ今十 所行處 非失罒 … 獲得ノ1 所ヒ 利養恭敬乙 隨ノ 其 心乙 制伏ノアム <유가24:17-20>

五 卽ㅎ 是 如支ソ1 方便作意乙 依3 {於}法3十 精勤ソ3ホ 論議決擇ソる {於}立破門3十 多リ 言論乙 生リ3 相續 不捨ソる▸ノア入1◂ 此1 {於}寂靜于 正思惟ソ今ヒ 時亠十 能ㄱ 障㝵リア{爲}入乙ソア失ㄱ <유가12:07-10>

【관련】 ソるノア入1, -ア入1, ㅎア入1

【비고】 'ア入1'을 연결어미로 보는 견해도 있음.

ノア入乙[홇둘]

【ノ[ᄒᆞ/용언+오/선어말어미]+ア/동명사어미+入/의존명사+乙/대격조사】

한 것을.

¶ 願ロア入1 衆生乙 普リ 充飽▸ノア入乙◂ 得リ{令}リㅎ禾3ヒ丨ソナ3 <화소09:15-16>

但ハ 慈念▸ノア入乙◂ 以3 見3ホ {於} 我ラ十 施ソロハ而立ソ去1丨十 爾ヒソ1 時十 菩薩1 {是}リ 念言▸ノア入乙◂ 作ソナアT <화소11:01-04>

惟ハ 願ロア入1 仁慈ソ而ア入灬 特ソ3 矜念▸ノア入乙◂ 垂リ而下ハ {此}リ 王位乙 捨ソ3ホ 以3 {於}我ラ十 贍リロハ而立 <화소11:09-19>

我1 今ソ1 云何ヒ : 而灬 戀著▸ノア入乙◂ 生リㅎ禾3ヒロ <화소15:11>

跏趺坐乙 捨ソ去1丨十1 當 願 衆生 諸1 行法ラ 悉3 散滅ノア矣(失)十 歸▸ノア入乙◂ 觀ソヒ立 <화엄04:03>

菩薩1 {爲}: ㅎ 國: 財: ノ今乙 捨ソロ 常リ 出家▸ノア入乙◂ 樂ㅎソ3ホ 心ㅎ 寂靜ノ1入乙 現ㅎナㄱ <화엄18:15>

四者 {於}摩訶波羅蜜3十 多リ 能ㄱ 修行ソ3 成就 滿足▸ノア入乙◂ 悉3 皆ヒ 願求

ㅅ亇 <금광04:08-09>

五障乙 解脫ㅅ亇 初地乙 念▸ノ尸入乙◂ 忘尸 不冬ㅅ亇ㅅナ亏七丨 <금광09:10>

飢饉七 畏▸ノ尸入乙◂ 無刂ㅅ彡 非人七 畏▸ノ尸入乙◂ 無刂ㅅ彡 <금광15:08-09>

復 他人ラ 爲亏 隨順ㅅ1 敎誡亠 敎授亠ノ尸乙 說▸ノ尸入乙◂ 得亇ㅅ3 <유가03:07-08>

然ㅅ乃 他 種種七 障导刂 生起▸ノ尸入乙◂ 爲ハノ今七 過失 {有}斗亇 <유가13:20>

{於}行住 坐臥 語黙 等ㅅ1 中3十 欲▸ノ尸入乙◂ 隨ノ 行尸 不冬ㅅ3 憍慢乙 制伏ㅅ3ホ 他ラ 家3十 往趣ノ尸ム 審正觀察ㅅ3ホ 遊行乞食ㅅ尸入乙 是 如攴ㅅ1乙 名下 {爲} 誓ホ 下劣ㅅ1 威儀乙 受▸ノ尸入乙◂ 觀察ㅅ尸丁ノ㢱亇 <유가16:22-17:02>

彼1 是 如攴ㅅ1 四苦ラ 隨逐▸ノ尸入乙◂ 爲ハ3斤 七相乙 {以}氵 審正觀察ノ亏{應}七ㅅ1刂罒 此 七相乙 由3ㅅ尸入乙 是乙 名下 第四處3十 觀察ㅅ尸丁ノ㢱丨 <유가18:07-09>

是 如攴 觀 已氵ㅅ3斤 心3十 厭患▸ノ尸入乙◂ 生刂ナ亏七丨 <유가21:06>

二 {於}餘 所七 事3十力 他ラ 爲▸ノ尸入乙◂ 請ㅅ3 能亇 成辨ノ今 非矢刂1入灬 {故}亇 <유가22:02-03>

又 知恩▸ノ尸入乙◂ 依3ノ尸ム 謂1 有恩ㅅㅌ七 者ラ十 大師ラ 恩乙 念ㅅ3ホ 作意思惟ㅅ3 歡喜乙 發生ㅅ亇ㅅ尸亠 <유가28:16-17>

{於}衣服3十▸ノ尸入乙◂ㅅ1 如攴 {於}餘 飮食亠 臥具亠 等ㅅ1ラ十 喜足ノ尸 當ハ 知亏丨 亦 尒ㅅ1刂1丁 <유가19:12-13>

{於}彼 諸 欲3十 愛樂乙 生刂卜1刂3七丨▸ノ尸入乙◂ 知ナ1入灬 故ノ 而灬 {於}諸 欲3十 深刂 過患乙 見ㅅ彡 {於}上勝境3十 寂靜德乙 見ㅅ彡ㅅナ㢱亠 <유가20:12-13>

得3ホ 一切 怖畏刂1 一切 惡獸刂尸 虎狼師子亠 一切 惡鬼亠 人 非人 等ㅅ1 怨賊亠 災橫亠 及 諸 毒害亠▸ノ尸入乙◂ 度ㅅ3 <금광10:08-10>

我手 等ㅅ11 爲ノ 救護ㅅ彡 利益ㅅ彡▸ノ尸入乙◂ 作ㅅ3 <금광15:13>

【관련】 3十ノ尸入乙ㅅ1, 刂卜1刂3七丨ノ尸入乙, 亠ノ尸入乙, ㅅ彡ノ尸入乙

ノ尸ム[홇딘]

【ノ[ᄒᆞ/동사+오/선어말어미]+尸/동명사어미+ム[ᄃᆞ/의존명사+ᄋᆡ/처격조사]; ノ[ᄒᆞ/동사+오/선어말어미]+尸/동명사어미+ム/의존명사; ノ尸ム[ᄒᆞ/동사+홇ᄃᆡ/연결어미]】

하되. 하는데. 하기를.

¶ {是}刂 故灬 衆生乙 饒益ㅅ{爲}入 其 有七1 所乙 隨亏 一切之七 皆七 捨▸ノ尸ム◂ 乃ㅅ氵 盡命ㅅ尸矢十 至刂ㅅ乃 <화소10:11-13>

{是}刂 念乙 作ㅅ尸 已氵ㅅロハ1 卽攴 便刂 {之}刂乙 施▸ノ尸ム◂ 而灬 悔ㅅ尸 所3 無七刂ㅅナ尸入乙 <화소11:14-15>

衆1 魔氵 外道氵ノ今ラ 懷尸 不(ノ)能刂矢ノ尸 所刂亇 轉身ㅅ3ホ 受生▸ノ尸ム◂ 忘不 於過去現在未來 說法 盡 無亇 <화소23:13-14>

居家乙 捨ㅅ去1 時十1 當 願 衆生 出家▸ノ尸ム◂ 礙尸 無3ハ 心3十 解脫ノ尸入乙

得ㅌ立 <화엄03:06>

若 能 兼リ 一切 衆乙 利リㅌ尸入ㄱ 則 生死3十 處▸ノ尸ム◂ 疲厭ソ尸 無ㅌオ›› <화엄11:24>

若 十方 一切 佛 手 以 甘露 其頂 灌 蒙ㅌ尸入ㄱ 則 身リ 充徧▸ノ尸ム◂ 虛空 如支ソ3ハ 安住不動ソ3ホ 十方3十 滿ソㅌオ›› <화엄14:05-06>

是:セソㄱ 時十 菩薩ㄱ 工匠リ尸{爲}入乙ソ›› 之ラ {爲}:ㅎ 種種セ 業乙 示現▸ノ尸ム◂ 衆生乙 逼惱ノ今セ 物セ乙 作ソナ今ㄱ 不矢リ <화엄19:13-14>

菩薩リ 四生乙 化▸ノ尸ム◂ 色: 如:ノ今入 受想行識: 如:ノ今入 衆生我人常樂我淨: 如:ノ今入 知見壽者: 如:ノ今入 菩薩: 如:ノ今入 六度四攝一(切行如 二諦如) 觀ソ 不冬ノオリナ丨 <구인03:23-25>

三者 一切 衆生リ 生死3十 往還▸ノ尸ム◂ 其 因緣乙 隨ノソトノㄱ入乙 是 如支 見知ソ›› … 五者 理乙 如 種ᄉリ{爲}入ソ점 熟ᄉリ{爲}入ソ점 脫ᄉリ{爲}入ソ점ソ3 是 如支 說法▸ノ尸ム◂ 智力灬 故ノソ尸失ナㄱリ丨 <금광04:22-24>

善男子 菩薩 五地3十ㄱ 是 相リ 前現▸ノ尸ム◂ (寶)女人 如支ソㄱリ 一切之セ 其 身 頂上乙 莊嚴▸ノ尸ム◂ 散多那花ニ 妙寶瓔珞ニノ尸乙灬 身首乙 貫飾ソ3セノㄱ入乙 菩薩ㄱ 悉3 見ソナㅎセ丨 <금광06:06-08>

能›› 煩惱乙 燒▸ノ尸ム◂ 智慧セ 火乙 {以}: 光明乙 增長ソ去ㄱ入灬{故}›› <금광07:04>

是ㄱ 方便勝智乙 修行▸ノ尸ム◂ 自在ゔ尸入ㄱ 難: 得ノオㄱ乙ソ3ㄱ入灬{故}›› <금광07:05-06>

微妙秘密ソㅌセ{之} 藏乙 修行▸ノ尸ム◂ 足 未ハソトㄱカ 無明リ 因{爲}リ尸(入乙ソ)オ罒 <금광08:07-08>

{於}惡處3十 淸淨心乙 發▸ノ尸ム◂ 謂ㄱ {於}種種セ 邪天 處所3十 及セ {於}種種セ 外道 處所3十ソ尸 不冬ソ점ソナオニ <유가02:12-13>

有餘依涅槃界乙 依止ソ3 九法リ 轉▸ノ尸ム◂ 涅槃乙 首 {爲}:ㅌ 有セ›› 无餘依涅槃界乙 依止ソ3 一法リ 轉▸ノ尸ム◂ 涅槃乙 首 {爲}:ㅌ 有ソㄱリㄱ了 <유가04:22-05:01>

五 勤 方便灬 不淨乙 修習ソナㅎセ入{雖}斗 而ㄱ 作意錯亂▸ノ尸ム◂ 謂ㄱ 不淨乙 觀 不ハソ3ホ 淨相乙 隨ノ 轉ソ尸入乙 是 如支ソㄱ乙 名下 {爲}作意錯亂ニノオ丨 <유가09:23-10:02>

謂ㄱ 是 如支ソㄱ 通達作意乙 由3 无間ゔ 必ハ 能›› 正性離生3十 趣入▸ノ尸ム◂ 諦現觀3十 入ソ3 聖智見乙 證ソ尸失丨 <유가23:01-03>

謂ㄱ 彼ㄱ 是 如支 生ソㄱ 所セ 廣大无罪歡喜灬 其 心乙 漑灌ソ3ホ 究竟乙 趣ソ{爲}入 {於}現法セ 中3十 心 極 思慕▸ノ尸ム◂ 彼ㄱ 是 如支 心3十 思慕乙 生リㄱ入乙 由3 出離樂欲乙 數數リ 現行ソ3ホ <유가28:23-29:02-03>

或ソㄱ 百ㄱ 千ㄱ 億 那由他 劫3十 說›› 或ソㄱ 無數: 無量: 乃ソ: 至リ 不可說不可說:ノ今セ 劫3十 說››▸ノ尸ム◂ 劫數ㄱ 盡去ㅎ{可}セソㄱ: <화소25:09-10>

若 其願力 自在 得 普 諸趣 隨 而 身乙 現ㅎㅌ尸入ㄱ 則 能 衆ラ {爲}: 說法ソ今セ

時ㆍ十 音聲刂 類乙 隨ㆆ▸ノ尸ム◂ 難氵 思議ノ矛ヒ矛ㄅ <화엄13:13-14>

菩薩㇐ 勤七 大悲行乙 修⺋ホ 願入㇐ 一切乙 度刂ロハ⺋▸ノ尸ム◂ 果言尸 不ソ尸丁ノ尸 無刂ソ⺋ナ矛罒 <화엄14:09>

一切 世間⺋七 衆㇐ 技術乙▸ノ尸ム◂ 譬入㇐ 幻師 如攴ソ⺋ホ 現ㆆ尸 不ソ尸丁ノ尸 無ナㄅ <화엄19:07>

又 无嫉ノ尸入乙 依⺋▸ノ尸ム◂ {於}自ラ 身⺋十ノ尸入乙ソ㇐ 如攴 {於}他ラ十ノ尸 亦 尒亠ソㄅ <유가28:15-16>

【관련】 ㅡ尸ム, ノ㇐ム, ㆆ尸ム, 斗ノ尸ム

ノ尸ケ刀[홅마도]

【ノ[ᄒᆞ/용언+오/선어말어미]+尸/동명사어미+ケ/의존명사+刀/보조사】

함도. 하는 것만큼도. 하는 것조차도. § 'ケ刀'는 부정문에만 나타남.

¶ 今七 我ラ {此}刂 身㇐ 後刂十乃 當必ソ⺋ 死ソ去㇐丨十㇐ 一㇐ 利益▸ノ尸ケ刀◂ 無七去禾⺋七丨 <화소11:02-03>

假使ㅡハ {此}刂乙 由三⺋ハ 阿僧祇七 劫乙 經⺋ 諸㇐ 根 不具ノ尸矢去乃 亦ソ㇐ 心⺋十 一㇐ 念七 悔惜▸ノ尸ケ刀◂ 生刂尸 不ソナ⺋ <화소16:02-03>

【관련】 ケ刀

ノ尸ラ七[홅읫]

【ノ[ᄒᆞ/용언+오/선어말어미]+尸/동명사어미+ラ/처격조사+七/속격조사】

함의. 하는 것의. 함에 있어서의.

¶ 是 如攴ソ㇐ 二十種 法乙 是乙 奢摩他人 毘鉢舍那入七 品ㅡ 心一境性乙 證得▸ノ尸ラ七◂{之} 所對治亠ノ矛丨 <유가14:16-17>

【관련】 ⺋七, (ㆍ)ノ令ラ七

ノ尸ラ十[홅의긔]

【ノ[ᄒᆞ/용언+오/선어말어미]+尸/동명사어미+ラ十/처격조사】

함에. 함에 대해.

¶ 三者 一切 難行▸ノ尸ラ十◂ 猒心乙 生尸 不冬ソㄅ <금광03:13-14>

【관련】 ㅡ㇐ラ十, (ㆍ/亠)ノ令ラ十, ㆆ令ラ十

ノ㐃七

☞ ノ㐃七可ソ㇐

ノ㝵七可ソ㇠[홇흔]

【ノ[ᄒᆞ/용언+오/선어말어미]+㝵七/어미+ソ/용언+㇠/동명사어미】

함직하지. 함직함이. §'㇠'은 부정소 '不' 앞에 쓰인 것임.

¶ 量 無㇠ 智慧七 光明氵十 三昧刂 傾動▸ノ㝵七{可}ソ㇠◂ 不矢七人 能矢 摧伏ソロ令 無㇠ 聞持陁羅尼ㅅ刂 {爲}氵ノ 夲刂ㅅ乙 作ソ去㇠ㅅ灬 故ノ 是 故灬 三地乙 說尸 名下 明地亠ノ才ケ <금광07:02-03>

【관련】 -㝵可七ソ-, -㝵應七ソ-

ノ㝵可七ソ㇠[홇흔]

【ノ[ᄒᆞ/용언+오/선어말어미]+㝵七/어미+ソ/형용사+㇠/동명사어미】

① 할 수 있음. 할 수 있는 것.

¶ 相自在刂 難氵 得氵㫆 度▸ノ㝵{可}七ソ㇠◂乙 執ソ卜㇠力 無明刂 因{爲}刂尸ㅅ乙ソ才 罒 <금광08:03-04>

亦 一切 衆生刂 成熟ㅅ刂▸ノ㝵{可}七ソ㇠◂乙{者} 見尸 不冬ソケ <금광14:18-20>

諸 有學㇠ 聖法 {有}⺾ナㅅ{雖}⺾ 而㇠ 相續七 中氵十 非聖煩惱ラ{之} 隨逐ノ㇠ 所刂 現氵 得▸ノ㝵{可}七ソ㇠◂ㅅ乙 由氵㇠ㅅ灬{故}亠 <유가04:02-04>

② 할 수 있지. §'㇠'은 부정소 '不' 앞에 쓰인 것임.

¶ 復ソ㇠ 他方七 量▸ノ㝵{可}七ソ㇠◂ 不矢刂七七 衆 有七ナケ<구인02:01-02>

衆具 匱乏ソ氵㫆 愛樂▸ノ㝵{可}七ソ㇠◂ 不矢ケ <유가27:07 -08>

【관련】 ソ㝵可七ソ㇠, ソ㝵應七ソ㇠

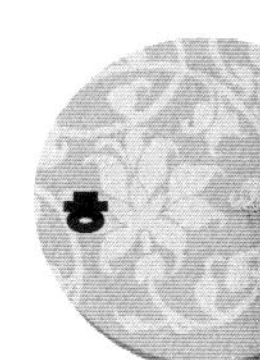

ノ㝵可七ソ㇠ㅅ乙[홇흔들]

【ノ[ᄒᆞ/용언+오/선어말어미]+㝵七/어미+ソ/형용사+㇠/동명사어미+ㅅ/의존명사+乙/대격조사】

할 수 있음을. 할 수 있는 것을.

¶ 煩惱ラ{之} 隨逐ノ㇠ 所刂 現氵 得▸ノ㝵{可}七ソ㇠ㅅ乙◂ 由氵㇠ㅅ灬{故}亠 <유가04:03-04>

淸淨刂 此 五相乙 由氵 難氵 成辨▸ノ㝵{可}七ソ㇠ㅅ乙◂ 觀ソ氵㫆 心氵十 厭患ノ尸ㅅ 乙 生刂ナ㝵七丨 <유가22:09-10>

【관련】 -㝵應七ソ㇠, ソ㇠ㅅ乙

ノ㝵可七ソ㇠乙[홇흔을]

【ノ[ᄒᆞ/동사+오/선어말어미]+㝵七/어미+ソ/형용사+㇠/동명사어미+乙/대격조사】

할 수 있는 것을.

¶ 相自在刂 難氵 得阝ホ 度▸ノ亠{可}セソ1乙◂ 執ソト1刀 無明刂 因{爲}刂尸入乙ソ𢀳罒 <금광08:03-04>

【관련】 厶刂ノ亠可セソ1乙

【비고】 'ノ'는 선어말어미일 가능성이 있음.

ノ亠可セソ𢀳[홅ᄒᆞ며]

【ノ[ᄒᆞ/용언+오/선어말어미]+亠セ/어미+ソ/형용사+𢀳/연결어미】

할 수 있으며.

¶ 難刂氵 得阝ホ 入▸ノ亠{可}セソ𢀳◂ <화소26:07-08>

【관련】 ノ亠應セソ𢀳

【비고】 'ノ'는 선어말어미일 가능성이 있음.

ノ亠應セソロ丨[홅ᄒᆞ고다]

【ノ[ᄒᆞ/용언+오/선어말어미]+亠セ/어미+ソ/용언+ロ/선어말어미+丨/종결어미】

해야 합니다. § 선어말어미 'ロ'는 상대높임의 용법임.

¶ 若 善男子𠆢 善男女人𠆢ノ尸1 當 諸 香𠆢 花𠆢 繒𠆢 綵𠆢 幡𠆢 蓋𠆢ノ尸乙 {以}氵 是 說法處乙 供養▸ノ亠{應}セソロ丨◂ <금광15:11-13>

ノ亠應セソ1[홅ᄒᆞᆫ]

【ノ[ᄒᆞ/용언+오/선어말어미]+亠セ/어미+ソ/형용사+1/동명사어미】

① 해야 하는. 할 만한.

¶ 若セ 叢林乙 見阝11丨+1 當願衆生 諸1 天氵 及セ 人氵ノ今ラ 敬禮▸ノ亠{應}セソ1◂ 所刂ㅌ立 <화엄05:07>

三 決定 作▸ノ亠{應}セソ1◂入灬{故}丨 <유가22:03>

② 해야 하는 것. 해야 함.

¶ 我1 當ハ 心自在性𠆢 定自在性𠆢ノ尸乙 證▸ノ亠{應}セソ1◂刂阝セ丨ソ阝 <유가16:14-15>

自灬 形色刂 人ラ+ 異厶ノ1入乙 觀察▸ノ亠{應}セソ1◂刂罒 是 如支ソ1乙 名下 {爲} 誓ホ 下劣ソ1 形相乙 受ノ尸入乙 觀察ソ尸丁ノ𢀳𢀳 <유가16:20-22>

彼1 是 如支ソ1 四苦ラ 隨逐ノ尸入乙 爲ハ阝斤 七相乙 {以}氵 審正觀察▸ノ亠{應}セソ1◂刂罒 此 七相乙 由阝ソ尸入乙 是乙 名下 第四處阝+ 觀察ソ尸丁ノ𢀳丨 <유가18:07-08>

③ ('不' 앞에서) 하지 말아야 하-. 하지 않음이 마땅하-. § '1'은 부정소 '不' 앞에 쓰인 것임.

¶ 七 {於}思▸ノ亠{應}セソ1◂ 不矢刂1 處阝+ 强ち 其 心乙 攝ソ阝 諸 法乙 思擇ソ𢀳

ソア矢丨 <유가12:12>
中路⼃十 止息ソる 或 復 退屈ソる▸ノ㇒{應}セソ⺄◂ 不矢⺄刂⼃セ丨ソ⼃ <유가18:17>

ノ㇒應セソ⺄刂罒[홇흔이라]

【ノ[ᄒᆞ/용언+오/선어말어미]+㇒セ/어미+ソ/형용사+⺄/동명사어미+刂/계사+罒/연결어미】

해야 하는 것이라서.

¶ 自⺌ 形色刂 人ラ十 異厶ノ⺄入乙 觀察▸ノ㇒{應}セソ⺄刂罒◂ 是 如支ソ⺄乙 名下 {爲} 誓⺬ 下劣ソ⺄ 形相乙 受ノア入乙 觀察ソア丁ノ矛⺈ <유가16:20-21>
彼⺄ 是 如支ソ⺄ 四苦ラ 隨逐ノア入乙 爲ハ⼃斤 七相乙 {以}氵 審正觀察▸ノ㇒{應}セソ⺄刂罒◂ 此 七相乙 由⼃ソア入乙 是乙 名下 第四處⼃十 觀察ソア丁ノ矛丨 <유가18:07-09>

【관련】 ソ⺄刂罒

【비고】 '罒'는 연결어미 '⼃'의 이형태로 계사 '刂' 뒤에 쓰임.

ノ㇒應セソ⺄刂⼃セ丨ソ⼃[홇흔이앗다ᄒᆞ아]

【ノ[ᄒᆞ/용언+오/선어말어미]+㇒セ/어미+ソ/형용사+⺄/동명사어미+刂/계사+⼃セ/선어말어미+丨/종결어미#ソ/동사+⼃/연결어미】

해야 하는 것이다 하여. §'ソ⼃'의 'ソ-'는 대동사로 쓰인 것임.

¶ 彼⺄ 是 思ノア入乙 作ソナア 我⺄ 當ハ 心自在性亠 定自在性亠ノア乙 證▸ノ㇒{應}セソ⺄刂⼃セ丨ソ⼃◂ {於}四處所⼃十 二十二相乙 {以}氵 善⺈ 觀察ノ㇒{應}セ丨 <유가16:14-15>

【관련】 -㇒應セソ⺄, -刂⼃セ丨, ソ⼃

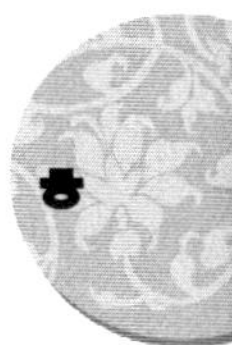

ノ㇒應セソ⺈[홇ᄒᆞ며]

【ノ[ᄒᆞ/용언+오/선어말어미]+㇒セ/어미+ソ/형용사+⺈/연결어미】

할 수 있으며.

¶ 是 如支ソ⼃ハ氵 乃氵 他ラ 信施乙 受▸ノ㇒{應}セソ⺈◂ <유가17:20>

【관련】 ソ㇒應セソ⺈, ノ㇒可セソ⺈

【비고】 'ノ'는 선어말어미일 가능성이 있음.

ノ㇒⺄

☞ノソ1

ノソトノ1入乙[오ᄒᆞ누온돌]

【ノ/부사화소+ソ/용언+ト/선어말어미+ノ/선어말어미+1/동명사어미+入/의존명사+乙/대격조사】

('隨' 뒤에서) 좇아 하는 것을. 따라 하는 것을.

¶ 三者 一切 衆生刂 生死氵+ 往還ノ尸ム 其 因緣乙 隨▸ノソトノ1入乙◂ 是 如支 見知ソ㫆 <금광04:22-23>

【관련】(隨)ノソ1, (ソ)トノ1入乙, (ソ)ト㫆1入乙

ノソ1[오ᄒᆞᆫ]

【ノ/부사화소+ソ/용언+1/동명사어미】

① ('隨' 뒤에서) 따른.

¶ 眼亠 耳亠 一(乙) 隨▸ノソ1◂ 支分?? 缺 不多ソ㫆 <유가02:04-05>

謂1 有ナ丨 一 如支ソ1刂 依止 圓滿ソ㫆 {於}五無間七 一乙 隨▸ノソ1◂ 業障氵+ 自灬 造作尸 不多ソ㫆 他乙 敎ソ氵 作亽刂尸 不多ソ㫆ソ尸矢丨 <유가02:07-09>

【관련】(隨)ノ, (隨)㫆

② ('自' 뒤에서) 부터는.

¶ {於}佛乙 歸ソ1乙灬 自▸ノソ1◂ 當 願 衆生 佛種乙 紹隆ソ氵㫆 無上意乙 發ソ七立 <화엄03:14>

{於}法乙 歸ソ1乙灬 自▸ノソ1◂ 當 願 衆生 深刂 經藏氵+ 入ソ氵ハ 智慧刂 海 如支ソ七立 <화엄03:15>

{於}僧乙 歸ソ1乙灬 自▸ノソ1◂ 當 願 衆生 大衆乙 統理ノ尸ム 一切之七 礙尸 無七立 <화엄03:16>

【비고】<화엄03:16>의 '自ノソ1'은 '自ノ㫆1'으로 표기되어 있으나 위의 두 예를 고려하여 '自ノソ1'의 잘못으로 처리하였음.

ノソ矛罒[오ᄒᆞ리라]

【ノ/부사화소+ソ/용언+矛[ㄹᅙ/동명사어미(+이/의존명사)+이/계사]+罒/연결어미】

('因' 뒤에서) 인하여 할 것이라.

¶ 微細 罪過刂ソト1刀 無明乙 因ノソ㫆 種種七 業行相刂ソト1刀 無明乙 因▸ノソ矛罒◂ 是乙 二地七 障亠ノ矛㫆 <금광07:17-18>

昔尸 得尸 未刂ソㄱ七丨ノ1 所七 勝利乙 得氵1入灬 故ノ 動踊ソト1刀 無明乙 因ノソ㫆 聞持陁羅尼乙 具尸 不ハソト1刀 無明乙 因▸ノソ矛罒◂ 是乙 三地 障亠ノ矛㫆 <금광07:18-20>

禪定樂乙 味刂ソ３ 愛著心乙 生刂ソㅏ1ㄌ 無明乙 因ノソㅊ 微妙 淨法ㄷ 愛ソㅏ1ㄌ 無明乙 因▸ノソ㕘罒◂ 是乙 四地ㄷ 障亠ノ㕘ㅊ <금광07:20-21>

【관련】(因)ノ, (因)ㅎ, (因)ノソㅊ

【비고】'罒'는 연결어미 '３'의 이형태로 계사 '刂' 뒤에 쓰임

ノソ尸矢ナ1刂丨[오홇디견이다]

【ノ/미상+ソ/용언+尸/동명사어미+矢[ᄃᆞ/의존명사+이/계사]+ナ/선어말어미+1/동명사어미+刂/계사+丨/종결어미】

('-尸入灬 故', '灬 故' 뒤에서) 까닭으로 하는 것이다.

¶ 五者 一切 (功德 願)(ㅊ?) 滿足ソㄷ彳ソ尸入灬 故▸ノソ尸矢ナ1刂丨◂ <금광03:03-04>

四者 發心ソ３ㅊ 法界乙 洗浣ソ３ 心乙 清淨亼刂{爲}入ソ尸入灬 故ノソㅊ 五者 衆生ㅋ 一切 煩惱根乙 断亼刂{爲}入ソ尸入灬 故▸ノソ尸矢ナ1刂丨 <금광03:20-21>

五者 理乙 如 種亼刂{爲}入ソ㆔ 熟亼刂{爲}入ソ㆔ 脫亼刂{爲}入ソ㆔ソ３ 是 如支 說法ノ尸厶 智力灬 故▸ノソ尸矢ナ1刂丨 <금광04:23-24>

【관련】ソㅊソ尸矢ナ1刂丨, ノ㕘ナ1刂丨

ノソㅊ[1][오ᄒᆞ며]

【ノ/부사화소+ソ/용언+ㅊ/연결어미】

('因' 뒤에서) 인하여 하며.

¶ 微細 罪過刂ソㅏ1ㄌ 無明乙 因▸ノソㅊ◂ 種種ㄷ 業行相刂ソㅏ1ㄌ 無明乙 因ノソ㕘罒 是乙 二地ㄷ 障亠ノ㕘ㅊ <금광07:17-18>

昔尸 得尸 未刂ソㅋㄷ丨ノ1 所ㄷ 勝利乙 得３1入灬 故ノ 動踊ソㅏ1ㄌ 無明乙 因▸ノソㅊ◂ 聞持陁羅尼乙 具尸 不ハソㅏ1ㄌ 無明乙 因ノソ㕘罒 是乙 三地 障亠ノ㕘ㅊ <금광07:18-20>

禪定樂乙 味刂ソ３ 愛著心乙 生刂ソㅏ1ㄌ 無明乙 因▸ノソㅊ◂ 微妙 淨法ㄷ 愛ソㅏ1ㄌ 無明乙 因ノソ㕘罒 是乙 四地ㄷ 障亠ノ㕘ㅊ <금광07:20-21>

【관련】(因)ノソ一, (因)ㅎ

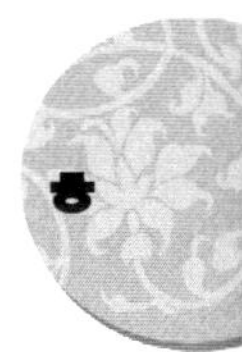

ノソㅊ[2][오ᄒᆞ며]

【ノ/미상#ソ/용언+ㅊ/연결어미】

('-尸入灬/1入灬/灬 故' 뒤에서) 까닭으로 하며.

¶ 三者 願ソ３ㅊ 神通乙 得３ 衆生ㅋ 善根乙 成熟亼刂{爲}入ソ尸入灬 故▸ノソㅊ◂ 四者 發心ソ３ㅊ 法界乙 洗浣ソ３ 心乙 清淨亼刂{爲}入ソ尸入灬 故▸ノソㅊ◂ 五者 衆生ㅋ 一切 煩惱根乙 断亼刂{爲}入ソ尸入灬 故ノソ尸矢ナ1刂丨 <금광03:19-21>

又 彼ㄱ 能ㅅ {於}己ㅋ 下劣信解乙 陵蔑ノア 无ろ 增上力⺍ 故▸ノッㅅ◂ 又 彼ㄱ … 卽ㅎ 先下 得ノㄱ 所ㄷ 止舉捨相乙 無間ㅅ 殷重ㅅㄷ 方便⺍ 修ッㄱ入⺍ 故ノ 隨順ㅎ 而⺍ 轉ッㅅ <유가15:18-21>

【관련】 (故)ノ, (故)ㅎ, (故)ノリㅅ

ノッニロㅏㄱリㄱ丁ッろ[오ᄒᆞ시고눈인뎌ᄒᆞ아]

【ノ/미상#ッ/용언+ニ/선어말어미+ロ/선어말어미+ㅏ/선어말어미+ㄱ/동명사어미+リ/계사+ㄱ/동명사어미+丁[ᄃᆞ/의존명사+여/조사]#ッ/용언+ろ/연결어미】

('⺍ 故' 뒤에서) 그런 까닭으로 하시는 것이다 하고. 그런 까닭으로 하시는 것이로구나 하고. § '丁'는 후치된 성분에 붙은 요소임.

¶ 時十 波斯匿王ㄱ 言ニア 善ニㅎㄱㅊ 大事ㄷ 因緣⺍ 故▸ノッニロㅏㄱリㄱ丁ッろ◂ 卽ㅎ 百億種色ㄷ 花乙 散ッロハニㄱ 變ッろホ 百億寶帳リ 成ナろ 諸ㄱ 大衆乙 蓋ッロㅌ ㅣ <구인03: 20-21>

【관련】 (ッ)ㄱリㄱ丁

ノッニロアㅅ[오ᄒᆞ시곮며]

【ノ/미상#ッ/동사+ニ/선어말어미+ロ/선어말어미+ア/미상+ㅅ/연결어미; ノ/미상#ッ/동사+ニ/선어말어미+ロア/선어말어미?+ㅅ/연결어미】

('-ア入⺍ 故' 뒤에서) 그런 까닭으로 하시며.

¶ 世尊ㅋ 無邊身ㄱ 一言字ㄔカ 說ア 不冬ッニロアㅗ 一切 弟子衆ㅋ十 法雨乙 飽滿ㅅリㄷ ㅊッア入⺍ 故▸ノッニロアㅅ◂ 衆生ㅋ 相乙 思惟ッ白ノアム 一切 種 皆ㄷ 無ッㄱリろ ㄷㅣッニロアㅗ 困苦ッㅏㄱ 諸 衆生ㅋ十 世尊リニ氵 普リ 救濟ッニロアㅅ <금광 13:10-13>

【관련】 (ッ)ニロアㅅ, ッニロ乙ㅅ

【비고】 '-ロアㅅ'는 '-ロ乙ㅅ'로 표기되기도 함.

ㅎ[1][오]

【ㅎ/말음첨기】

('具' 뒤에서) 갖추.

¶ 何ㄷ氵 況ㅅ 量 無ㅅ 邊ア 無 劫ろ十 具▸ㅎ◂ 地度乙 修ㄷ?ㅌㄷ 諸ㄱ 功德リロㅌㄱㅊ <화엄09:06>

【선후】 (15)マ초

【비고】 '具ㅎ-'는 대개 타동사로 쓰이는데, 여기서는 타동사 어간이 부사로 영파생된 것임.

ㅎ 2[오]

【ㅎ/말음첨기】

① ('卽', '便' 뒤에서) 곧. 즉시. 바로.

¶ 卽▸ㅎ◂ 此 十種セ 生圓滿乙 名下 修瑜伽處所亠ノア亠 <유가03:19-20>

當ハ 知ㅎㅣ 卽▸ㅎ◂ 此 解脫圓滿ㄱ 无餘依涅槃界乙 {以}氵 而灬 上首 {爲}氵ソ矛リ ㄱ丁 <유가05:16-17>

此乙 依止ソㄱ入灬 故ノ 便▸ㅎ◂ 能ㄅ 善決定義リㄱ 思所成智乙 趣入ソㄅ <유가05:06-07>

又 善心乙 {以}氵 正法乙 聽聞ノアム 便▸ㅎ◂ 能ㄅ 所設法義リㄱ 甚深上味乙 領受ソろ尒 <유가05:23-06:01>

若 {於}尸羅ろ十 缺犯ノア 所 {有}斗ろㄱㅣ十ㄱ 此 因緣乙 由ろ 便▸ㅎ◂ 自灬 懇責ソゑソㄅ <유가17:13-14>

【관련】 (卽)ㄅ, (卽)ノ, (卽)攴, (便)ノ

② ('相' 뒤에서) 서로.

¶ 又 彼ㄱ 是 如攴 勤精進ソㄱ入灬 故ノ 在家亠 出家亠ノ令セ 衆乙 與セ 相▸ㅎ◂ 雜住ソア 不冬ソろ 邊際セ 諸 坐臥具乙 習近ソろ尒 心ろ十 遠離乙 樂ㄅ <유가29:06-08>

【관련】 (相)ノ, (相)ㄅ毛去ㄅ

③ ('樂', '好' 뒤에서) 즐겨. 기꺼이.

¶ 定圓滿乙 依ろ 樂▸ㅎ◂ 正法乙 聞ナア入灬 故ノ <유가15: 23>

又 此 正法ろ十 住ソㅌセ 者ㄱ {於}无戱論涅槃界セ 中ろ十 心 樂▸ㅎ◂ 安住ソろ尒 證得ノア入乙 樂欲ソア亠 <유가20:17- 18>

或 復 樂▸ㅎ◂ 二亍 第セ子乙 與セ 共住ソゑソㄅノア <유가26:13-14>

{此}リ 菩薩ㄱ 稟性ノㄱ 仁慈リ皿 好▸ㅎ◂ 惠施乙 行ソロナㄱ <화소09:10>

【관련】 (樂)ノ, (好)ㄅ

④ ('全' 뒤에서) 전적으로.

¶ 二 {於}一切 修定方便ろ十 全▸ㅎ◂ 加行 無亏ㅅリア入灬{故}ㄅ <유가14:20-21>

【선후】 (15)오ᄋᆞ로?

ㅎ 3[오]

【ㅎ/말음첨기?】

① ('何' 뒤에서) 어느.

¶ 何▸ㅎ◂ 法リ 最ハ 初ろ十 在ソㄅ <화소08:03>

世間ㄱ 何▸ㅎ◂ 處乙 從セ 來ソㄅ 去ろハㄱ 何▸ㅎ◂ 所セろ十 至ㄅ <화소08:05-06>

謂ア 我ㄋ 我ㄱ 今ㅌ{者} 何▸ㅎ◂ 所ろ十 在ソ去ㄱリろセロソア{耶} 不冬ノ矛ㄱリろセㅣソア矢ㄅ <유가08:18-19>

【선후】 (15)어누/어느

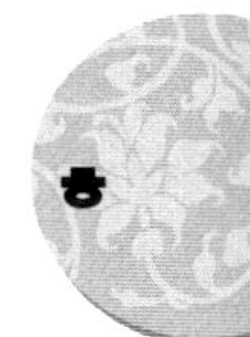

② ('何' 뒤에서) **어떠한.** § 복수의 의미를 나타내는 '等'과 함께 쓰인 경우임.

¶ 何▸ㅎ◂ {等}丨ㅅ1乙 {爲} {是}リ 事 有七1入灬 故え {是}リ 事 有七1丁ノ令ロ <화소01:17>

何▸ㅎ◂ 等ㅅ1乙 名下 {爲}修所成慧 倶ㅅ1 光明想ㅋ 所治七 七法リ丨ノ令ロ <유가12:01-03>

何▸ㅎ◂ {等}丨ㅅ1 法リ 壞ㅅ亠 可七ㅅ1 不矢丨ノ令ロ <화소18:20>

【관련】 (何)ノ, (何)七ㅅ1乙, (等)ㅅ1乚/(等)丨ㅅ1乚)

【선후】 (15)어누/어느

ㅎ[4][오]

【ㅎ/부사화소】

① ('隨' 뒤에서) **따라. 좇아.**

¶ 我1 今ㅅ1 宜1 彼ㅋ 求ノ1 所乙 隨▸ㅎ◂ 其 意乙 充滿ㅅリㅎ亠{應}七ㅅ1リ1丁 <화소11:13-14>

諸1 衆生ㅋ 行差別ノ1入乙 隨▸ㅎ◂ 悉3 善巧乙 以3 而灬 成就ㅅリ卜1ㅅ <화엄17:18>

一切 世間ㅋ 好ㅅ 尙ㅎ尸 所七 色相ㅅ 顔容ㅅ 及七 衣服ㅅノ令乙 應七ノ1 隨▸ㅎ◂ 普 現ㅎ1ㅿ <화엄18:04-05>

菩薩1 種種七 方便門乙灬 世七 法3十 隨▸ㅎ◂ 順七ㅅ3 衆生乙 度リㅎ尸ㅿ <화엄19:04>

二 {於}諸 定3十 隨▸ㅎ◂ 愛味ノ尸 {有}ㅗㅅ <유가09:13-14>

【관련】 (隨)ノ

【선후】 (15)조초

② ('因' 뒤에서) **말미암아.**

¶ 此乙 因▸ㅎ◂ 廣大ㅅ1 歡喜乙 證得ㅅ 3 <유가06:01-02>

【관련】 (因)ノ(ㅅ-)

【선후】 (15)지즈로/지즈루

③ ('還' 뒤에서) **다시. 또.**

¶ 又 卽ㅎ 是 如えㅅ1 所對治法七 能治七 白法3十 還▸ㅎ◂ 尒所ㅅ 有ㅅ1ㅗ <유가10:13-14>

是 如えㅅ1 六種 所對治七 法3十 還▸ㅎ◂ 六法リ 能ㅅ 對治リ尸{爲}入乙ㅅ3 多リ 所作 {有}ㅗ 七 有ㅅ1ㅗ <유가11: 01-02>

此 所治七 法3十 還▸ㅎ◂ 十一リ1 此 與七 相違ㅅ1 能對治七 法リ 能ㅅ {於}彼乙 斷ㅅㅅ 有ㅅ1ㅗ <유가12:16-17>

【관련】 (還)ノ

④ ('始' 뒤에서) **비로소.**

¶ 若七 世界リ 始▸ㅎ◂ 成立ㅅ太1ㅅ 衆生1 資身七 具乙 {有}ㅗ尸 未リノ1入乙 見ロ

ハㄱ <화엄19:12>

【관련】 (始)セㅎ, (始)ノ

⑤ ('爲' 뒤에서) 위하여. § 논항을 취하지 않음.

¶ 菩薩ㄱ 爲▸ㅎ◂ 老病死乙 現ㅎ3ホ 彼 衆生乙 悉3 調伏 令リナケ <화엄18:23>
謂ㄱ 卽ㅎ 大師リ 善ケ 爲▸ㅎ◂ 俗正法乙 開示尸 已氵ソ口ハ <유가03:06-07>
復 他人ラ 爲▸ㅎ◂ 隨順ソㄱ 敎誡亠 敎授亠ノ尸乙 說ノ尸入乙 得ケソ3 <유가03:07-08>

【관련】 (爲)ノ, (爲)氵ㅎ (爲)三ㅎ , (爲)氵 , (爲)三

【비고】 '위하여'를 뜻하는 '삼(氵/三)'이 논항을 지배할 때에는 '爲' 뒤에 아무것도 붙지 않음.

ㅎ[5][오]

【ㅎ/선어말어미】

① 미상 § 'ㅎ'는 1인칭 주어와 호응함.

¶ 我ㄱ 當ハ 發意ソ3ホ 多聞藏乙 持ソ3ハ 阿耨多羅三藐三菩提乙 證ソ3ホ 諸ㄱ 衆生ラ {爲}三 眞實法乙 說▸ㅎ◂禾3セ丨ソナ尸入乙 <화소09:01-03>
我ラ 今支 {此}リ 有セㄱ 所セ 飮食乙 受トㅎㄱ入ㄱ 願口尸入ㄱ 衆生乙 普リ 充飽ノ尸入乙 得リ{令}リ▸ㅎ◂禾3セ丨ソナ3 <화소09:15-16>
今ソㄱ 我ㄱ 亦ソㄱ 當ハ {於}往昔3十 同ソ3ハ 而灬 其 命乙 捨ソ口乙▸ㅎ◂禾四 <화소10:10-11>
我ㄱ 今ソㄱ 衰老ソ3 身ㄱ 重疾3十 嬰セソケ 煢獨ソゑ 羸頓ソゑソ口ㄱ 死ノ尸入ㄱ 將与今ハ 久3尸 不ソ去口乙▸ㅎ◂丨 <화소10:18-19>
我ラ {之} 身命ㄱ 必ハ 冀リㄱ入ㄱ 存活ソセ千ソ去口乙▸ㅎ◂丨 <화소10:20>
我ㄱ 今ソㄱ 貪窶ソ3 衆ㄱ 苦灬 逼迫ノㄱリ口乙▸ㅎ◂丨 <화소11:09>
我ㄱ 當ハ 統領ソ3ハ 王ラ 福樂乙 受セ千ソ去口乙▸ㅎ◂丨ソ去ㄱ丨十 <화소11:11>
我ㄱ 今ソㄱ 盛壯ソ而▸ㅎ◂ケ 當ㅎㄱㅿㄱ 天下乙 {有}斗而ㅎケ 乞者リ 現前ソケソ口ㄱ <화소12:02-03>
我ㄱ 今ソㄱ 永去 貪愛乙 捨ソ{爲欲}人 {此}リ 一切 必ハ 離散ソ去今セ 物セ乙 以3ハ 衆生ラ 願乙 滿ㅅリ▸ㅎ◂禾3セ丨ソナケ <화소12:16-17>
我ㄱ 今ソㄱ 云何セミ 而灬 戀著ノ尸入乙 生リ▸ㅎ◂禾3セ口 <화소15:11>
我ラ 作ソトㅎㄱ 所乙ソ尸 如支 此乙 以3 一切衆生乙 開導ソ3ハ … 淸淨智身乙 成就ㅅリ▸ㅎ◂禾3セ丨ソナ尸入乙 <화소16:14-16>

【관련】 ク

【선후】 (15)-오-

② 미상 § '-ㅎ-'는 대상활용의 용법

¶ 凡ラ 受▸ㅎ◂尸 所セ 物セ火セハ尸入ㄱ 悉3 亦刀 {是}リ 如支ソ口ヒケ <화소09:11-12>

佛子 3 {此}刂 菩薩 1 上 尸 說 ▸ ㄱ ◂ 1 所 3 如 攴 ソ 3 <화소11:16-17>
{此}刂 菩薩 1 過去 七 諸 1 佛 ㅆ 刂 菩薩 尸 {有} 斗 ホ ▸ ㄱ ◂ 1 所 七 功德 乙 聞 ナ 今 <화소13:01-02>
{此}刂 菩薩 1 未來 七 諸 1 佛 ㅆ {之} 修行 ソ ホ ▸ ㄱ ◂ 尸 所 乙 聞 口 八 有 非 矢 1 入 乙 了達 ソ 今 <화소13:12-13>
惟 八 願 口 尸 入 1 仁慈 〃 善方便 乙 以 3 八 己 ラ {有} 斗 ホ ▸ ㄱ ◂ 1 所 乙 捨 ソ 3 ホ 我 又 乙 具足 令 刂 口 八 ホ 立 ソ 去 1 丨 十 <화소15:20-16:01>
我 ラ 作 ソ ト ▸ ㄱ ◂ 1 所 乙 ソ 尸 如 攴 此 乙 以 3 一切 衆生 乙 開導 ソ 3 八 <화소16:14-15>
{此}刂 菩薩 1 諸 1 佛 ㅆ 說 ホ ▸ ㄱ ◂ 1 所 七 修多羅 乙 持 ノ 尸 ム <화소23:19-20>
一切 諸 1 佛 ㅆ 護念 ソ ホ ▸ ㄱ ◂ 尸 所 刂 1 入 〃 {故} 刂 今 <화소26 :18>
經 乙 諷誦 ソ 去 1 時 十 1 當 願 衆生 佛 矢 說 ホ ▸ ㄱ ◂ 1 所 3 十 順 七 ソ 3 八 摠持 ソ 3 ホ 忘 尸 不 ソ ㅌ 立 <화엄08:03>
譬 入 1 鳥足 〃 履 ▸ ㄱ ◂ 1 所 七 空 如 攴 ソ 1 乙 ソ 今 亦 ソ 1 大地 3 七 一 1 微塵 如 攴 ソ 1 乙 ソ 口 乙 ㄱ 亍 七 丨 <화엄09:09>
{於}戒 ⺀ 及 七 學 ⺀ ノ 令 ラ 十 常 順行 ソ ㅌ 尸 入 乙 一切 如來 尸 偁美 ソ ホ ▸ ㄱ ◂ 尸 所 刂 ㅌ 才 今 <화엄10:13>
若 殊勝決定解 乙 得 ㅌ 尸 入 1 則 攴 諸 1 佛 矢 護念 ソ ホ ▸ ㄱ ◂ 尸 所 刂 尸 {爲} 入 1 ソ ㅌ 才 今 <화엄11:02>
若 無生深法忍 得 則 諸 1 佛 矢 授記 ソ ホ ▸ ㄱ ◂ 尸 所 刂 尸 {爲} 入 乙 ソ ㅌ 才 今 <화엄12:14>
或 ソ 1 童男 ⺀ 童女 ラ 形 ⺀ 天 ⺀ 龍 ⺀ 及 七 以 3 阿修羅 ⺀ 乃 氵 至 刂 摩睺羅伽 {等} 丨 ソ 1 刂 ⺀ ノ 才 ヒ 1 入 乙 現 ㄱ 3 其 樂 ▸ ㄱ ◂ 尸 所 乙 隨 ㄱ 悉 3 見 刂 {令} 刂 口 ㅌ <화엄14:23-24>
衆生 ラ 苦 ⺀ 樂 ⺀ 利 ⺀ 衰 ⺀ ソ 尸 {等} 丨 ソ 1 一切 世間 七 作 ソ ト ▸ ㄱ ◂ 1 所 七 法 3 十 悉 3 能 攴 應現 ソ 3 ホ 其 事 ラ 十 同 ソ ナ 3 <화엄18:10-11>
{於}諸 1 欲樂 3 十 受 ▸ ㄱ ◂ 尸 所 3 無 ㄱ 1 入 乙 示 刂 ナ 今 <화엄18:17>
如來 尸 十力 ⺀ 無所畏 ⺀ 及 七 以 3 十八不共法 ⺀ {有} 斗 ホ ▸ ㄱ ◂ 1 所 七 量 無 1 諸 1 功德 ⺀ ノ 令 乙 悉 3 以 3 ホ 示現 ソ 3 衆生 乙 度 刂 ナ 今 <화엄18:24-19:01>
是 如 攴 等 ソ 1 類 諸 1 外道 ラ 十 其 意解 乙 觀 ソ 口 與 七 同事 ソ ナ 3 示 刂 ▸ ㄱ ◂ 1 所 七 苦行 火 七 八 尸 入 1 <화엄20:04>

【선후】 (이두)-乎-, (15)-오-

③ 미상 § '-ㄱ-'는 보문구성표지임.

¶ 我 ラ 今 攴 {此}刂 有 七 1 所 七 飮食 乙 受 ト ▸ ㄱ ◂ 1 入 1 願 口 尸 入 1 衆生 乙 普 刂 充飽 ノ 尸 入 乙 得 刂 {令} 刂 ㄱ 禾 3 七 丨 ソ ナ 3 <화소09:15-16>
若 七 王 ラ 身 七 手足 ⺀ 血肉 ⺀ 頭目 ⺀ 骨髓 ⺀ ノ 令 乙 得 3 口 乙 ▸ ㄱ ◂ 尸 入 1 <화소10:19>
骨節 ラ 相持 ノ 1 刂 今 血肉 乙 〃 塗 ノ 1 所 刂 今 九孔 3 十 常 刂 人 ラ 惡賤 ノ 尸 所 乙 流 ソ

𣎴ソト▶ㆆ◀𠃍入乙 觀ソナ𣎴 <화소16:08-09>

我 非矢𣎴 堅固ソ𠃍 非矢𣎴 少セソ𠃍 法亇刀 得ろホ 成立ソㆆ{可}セソ𠃍 無▶ㆆ◀𠃍入乙{有} 知ナ今⺀ <화소18:14-15>

一𠃍 法乙 演ソ币▶ㆆ◀𠃍入乙 說𣎴 一𠃍 根セ 量リ 無𠃍 種セ種セ 性乙 說𣎴 <화소25:03-04>

{是}リ 故⺍ 依行乙 次第乙 說ㆆ今ラ十 信樂リ冫 最勝ソろホ 甚リ 難リ冫 得▶ㆆ◀才𠃍矢 譬入𠃍 一切 世間セ 中ろ十 而⺍ 隨意妙寶珠リ 有𠃍 如支ソ𠃍リ丨 <화엄10:08-09>

若セ 能支 大供養乙 興集ソヒ尸入𠃍 彼人𠃍 佛矢 不思議リ币▶ㆆ◀𠃍入乙 信ソヒ才𣎴 <화엄10:15>

若 常リ 量リ 無币𠃍 佛乙 覩見ソ白ヒ尸入𠃍 則 如來尸 體リ 常住ソ币▶ㆆ◀𠃍入𠃍 見白ヒ才𣎴 <화엄11:14>

若 能 四攝法 成就ソヒ尸入𠃍 則 衆生ラ十 限ㆆ 無𠃍ヒセ 利▶ㆆ◀尸入𠃍 與ソヒ才𣎴 <화엄12:07>

若セ 能支 {是}リ 如支 衆生乙 調ソ币ト▶ㆆ◀𠃍入乙ソヒ尸才𣎴 則 量 無𠃍 神通セ 力乙 現ㆆヒ才𣎴 <화엄13:04>

{於}彼 十方世界セ 中ろ十 念念ろ十亇丨 佛道 成ト▶ㆆ◀𠃍入乙 示現ソᄒ 正法輪乙 轉ᄒ 寂滅ろ十 入ソᄒ 乃冫 至リ 舍利乙 廣リ 分布ソᄒソロヒ𣎴 <화엄14:19-20>

衆生ラ 形相𠃍 各ホ 不冬 同リ𣎴 行業⺀ 音聲⺀ノ今 亦刀 量リ 無𠃍乙 {是}リ 如支ソ𠃍 一切乙 皆セ 能支 現ㆆト▶ㆆ◀𠃍入𠃍 海印三昧セ 威神セ 力リナ丨 <화엄15:01-02>

彼 一𠃍 塵乙⺍ハ 內ろセ 衆𠃍 多リ𠃍 刹𠃍 或刀 有ナ丨 佛矢 有ナハ币▶ㆆ◀𠃍矢⺀ 或ナ丨 佛矢 無币▶ㆆ◀𠃍矢⺀ <화엄15:10>

或ソ𠃍 形體乙 露ㆆろホ 衣服 無▶ㆆ◀𠃍入乙ソろ 而⺍ {於}彼 衆ラ十 師長リ尸入乙 作ソ𣎴 <화엄19:19>

根⺀ 果⺀ソ尸 {等}丨ソ𠃍乙 食ソト▶ㆆ◀𠃍入乙 悉ろ 示ソᄒ 行ソᄒソろ {於}彼リ十 常リ 己ラ十 勝ソヒセ 法乙 思ㅅリナ𣎴 <화엄20:01>

【관련】 ㄌ

【선후】 (이두)-乎- (15)-오-

④ 미상 § <유가사지론>의 ‘當ハ 知ㆆ丨’ 구성에 나타남.

¶ 廣リ 說尸入𠃍 當ハ 知▶ㆆ◀丨 二十種 有セ𠃍亠 菩薩地ろ十 當ハ 說白ノ尸 如支ソ𠃍リ𠃍丁

又 {於}遠離閑居ソろホ 方便作意ノ今セ 位セ 中ろ十 當ハ 知▶ㆆ◀丨 略ロ𠃍 四種 所治 有ソ𠃍リ𠃍丁 <유가09:11-12>

當ハ 知▶ㆆ◀丨 摠亐 說ロ𠃍 一門ろ十𠃍 十二リ𣎴 一門ろ十𠃍 十四リ𠃍リ𠃍丁 <유가10:12-13>

又 此 三摩地乙 得ろ斤 當ハ 知▶ㆆ◀丨 卽ㆆ 是𠃍 初靜慮セ 近分定乙 得ナ才罒 未至位⺍ 攝ノ尸 所リ𠃍丁 <유가15:02- 04>

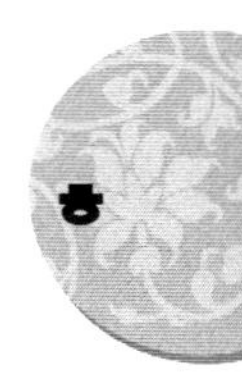

又 正加行〃 作意思惟ッアㅅㄹ 當ハ 知▸ㅎ◂ㅣ 是ㄹ 名下 第三方便ㅗノオリㄱ丁 <유가25:10-11>
若 有ナㅣ 五失 相應ッㄱ 諸 坐臥具ㄹ 習近ッナオㅗ 當ハ 知▸ㅎ◂ㅣ 是ㄹ 名下 處所ㅅ十 不順隨ッㄱ 性ㅗノオリㄱ丁 <유가27:03-05>

ㅎナㄱ氵[오견여]

【ㅎ/말음첨기+ナ/선어말어미+ㄱ/동명사어미+氵/조사; ㅎ/말음첨기+ナ/선어말어미+ㄱ氵/연결어미】

('備' 뒤에서) 갖추었는데.

¶ 又放光明幢莊嚴 其 幢ㄱ 絢煥ッㅅ尒 衆ㄱ 色ㄹ 備▸ㅎナㄱ氵◂ 種種セリ 量リ 無ㅅ尒 皆セ 殊好ッㄱㄹ 此ㄹ 以ㅅ尒 諸ㄱ 佛土ㄹ 莊嚴ッナ㢱 <화엄16:22-23>

【관련】 -ナㄱ氵, (具)ㅎ-

ㅎナ今セ[오겨릿]

【ㅎ/말음첨기+ナ/선어말어미+今[ㄹㆆ/동명사어미+이/의존명사]+セ/속격조사】

('樂' 뒤에서) 즐겨하는.

¶ 其 心ㅅ十 愜ㅎッㅅ 色ㄹ 樂▸ㅎナ今セ◂ 者ㅎㄹ 皆セ 道ㅅ十 從セ 俾リナ㢱 <화엄18:05>

ㅎナ㢱[오겨며]

【ㅎ/말음첨기+ナ/선어말어미+㢱/연결어미】

('現' 뒤에서) 나타내며.

¶ 菩薩ㄱ {爲}氵ㅎ 國氵 財氵ノ今ㄹ 捨ッㅁ 常リ 出家ノアㅅㄹ 樂ㅎッㅅ尒 心ㅎ 寂靜ノㄱㅅㄹ 現▸ㅎナ㢱◂ <화엄18:15>

【관련】 -ナ㢱

ㅎㅁㅌ㢱[오고ᄂᆞ며]

【ㅎ/말음첨기+ㅁ/선어말어미+ㅌ/선어말어미+㢱/연결어미】

('現' 뒤에서) 나타내며.

¶ 而ㄱ 彼 微塵ㄱ 亦ッㄱ 增ッㅁㄱ 不矢ㄱㄹ {於}一ㄱ㇇十 普リ 難思セ 刹ㄹ 現▸ㅎㅁㅌ㢱◂ <화엄15:09>

【관련】 -ㅁㅌ㢱, -ㅁㅌㄹ㢱, -ㅁㅌオ㢱

【비고】 '-ㅁㅌ㢱'는 '-ㅁㅌㄹ㢱'의 이표기로 볼 가능성도 있고 '-ㅁㅌオ㢱'에서 'オ'가 빠진 것으로 볼 가능성도 있음.

㒖 卜 㒖 1 入 1 [오누온둔]

【㒖/말음첨기+卜/선어말어미+㒖/선어말어미+1/동명사어미+入/의존명사+1/보조사】

('現' 뒤에서) 나타내는 것은. 나타냄은.

¶ 衆生ㄅ 形相1 各ホ 不冬 同刂ㄅ 行業ミ 音聲ミノ今 亦ゕ 量刂 無1乙 {是}刂 如支ソ1 一切乙 皆セ 能支 現▸㒖卜㒖1入1◂ 海印三昧セ 威神セ 力刂ナ丨 <화엄15:01-02>

【관련】 -卜㒖1入1

㒖 ㅌ 矛 ㅎ [오누리며]

【㒖/말음첨기+ㅌ/선어말어미+矛[ㄹㆆ/동명사어미(+이/의존명사)+이/계사]+ㅎ/연결어미】

① **('現' 뒤에서) 나타낼 것이며.** § <화엄경>에서 조건절 '-ㅌ尸入1'의 후행절에 주로 쓰임.

¶ 若セ 能支 {是}刂 如支 衆生乙 調ソ㒖卜㒖1入乙ソㅌ尸矛ㅎ 則 量 無1 神通セ 力乙 現▸㒖ㅌ矛ㅎ◂ <화엄13:04>

若以智慧爲先導 身語意業 恒 失尸 無ㅌ尸入1 則 其 願力3十 自在乙 得3ホ 普刂 諸1 趣乙 隨㒖 而灬 身乙 現▸㒖ㅌ矛ㅎ◂ <화엄13:11-12>

【관련】 (ソ)ㅌ矛ㅎ, ㅌ尸ㅎ

② **('具' 뒤에서) 갖출 것이며.** § <화엄경>에서 조건절 '-ㅌ尸入1'의 후행절에 주로 쓰임.

¶ 若 衆生 無限利 與ソㅌ尸入1 則 最勝ソㅌセ 智方便乙 具▸㒖ㅌ矛ㅎ◂ <화엄12:08>

【관련】 (ソ)ㅌ矛ㅎ, ㅌ尸ㅎ

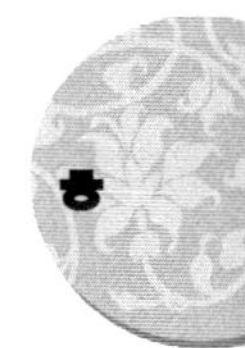

㒖 ㅌ 尸 入 1 [오눓둔]

【㒖/말음첨기+ㅌ/선어말어미+尸/동명사어미+入/의존명사+1/보조사】

① **('現' 뒤에서) 나타내면.** § 조건구문에 쓰이며 후행절에는 '-ㅌ矛-'가 옴.

¶ 若 無量 神通セ 力乙 現▸㒖ㅌ尸入1◂ 則 不可思議セ 土3十 住ソ3ホ 不可思議セ 法乙 演說ソ3 不思議セ 衆乙 歡喜 令刂ㅌ矛ㅎ <화엄13:05-06>

若其願力得自在 普隨諸趣而 身乙 現▸㒖ㅌ尸入1◂ 則 能 衆ㄅ {爲}ミ 說法ソ今セ 時ミ十 音聲刂 類乙 隨㒖ノ尸ム 難ミ 思議ノ矛ㅌ矛ㅎ <화엄13:13-14>

【관련】 (ソ)ㅌ尸入1

② **('具' 뒤에서) 갖추면.** § '-尸入1'은 조건의 기능.

¶ 若 最勝ソㅌセ 智方便 具▸㒖ㅌ尸入1◂ 則 勇猛 無上道3十 住ソㅌ矛ㅎ <화엄12:09>

【관련】 (ソ)ㅌ尸入1

【비고】 '-ㅌ尸入1'은 <화엄경>에만 나타남. '尸入1'을 연결어미로 보는 견해도 있음.

ㅎ ㅌ ㅎ [오누셔]

【ㅎ/말음첨기+ㅌ/선어말어미+ㅎ/종결어미】

('具' 뒤에서) 갖추기를 (바란다). § 'ㅌ ㅎ'는 願望을 나타내는 종결형태임.

¶ 袈裟衣乙 著ソ去丁丨十丁 當願衆生 心3十 染ノ尸 所3 無3ハ 大仙ラ 道乙 具▸ㅎㅌ 立◂ <화엄03:12>

若セ {於}足乙 擧ソ去丁丨十丁 當願衆生 生死海乙 出ソ3ホ 衆丁 善法乙 具▸ㅎㅌ立◂ <화엄04:05>

若 樹華乙 見 當願衆生 衆丁 相リ 華 如支ソ3 三十二乙 具▸ㅎㅌ立◂ <화엄05:12>

嚴飾 無セ丁乙 見 當願衆生 諸丁 飾好乙 捨ソロハ 頭陀セ 行乙 具▸ㅎㅌ立◂ <화엄06:01>

【관련】 −ㅌ立

ㅎ ㅌ セ [오눗]

【ㅎ/선어말어미(+ㄴ/동명사어미)+ㅌ/의존명사+セ/속격조사; ㅎ/선어말어미+ㅌ/동명사어미+セ/속격조사】

-(으)ㄴ. § 동사의 과거시제임.

¶ 曾ハ亠刀 得3ホ 毫末許ケ 如支ソㅌ刀 衆生乙 饒益ソ3 而灬 獲▸ㅎㅌセ◂ 善利乙 {有}+尸 未リノ丁リ3セ丨 <화소10:09 -10>

【관련】 ノㅌセ, ノ丁ㅌセ, (ソ)亦ㅎ丁ㅌセ

ㅎ 丁 [온]

【ㅎ/선어말어미+丁/동명사어미】

① -(으)ㄴ 것. § 선어말어미 'ㅎ'는 보문구성표지.

¶ 佛子3 {此}リ 菩薩丁 亦ソ丁 上尸 說▸ㅎ丁◂ 如支ソ3 <화소12:08>

【관련】 ソ亦ㅎ丁, ソ卜ㅎ丁, ノㅎ丁, ソ丁

② -(으)ㄴ. § 선어말어미 '-ㅎ-'는 대상활용의 용법임.

¶ 佛子3 {此}リ 菩薩丁 上尸 說▸ㅎ丁◂ 所3 如支ソ3 <화소11:16-17>

譬入丁 鳥足灬 履▸ㅎ丁◂ 所セ 空 如支ソ丁乙ソ㇏ 亦ソ丁 大地3セ 一丁 微塵 如支ソ丁乙ソロ乙ㅎ亠セ丨 <화엄09:09>

【관련】 ソ亦ㅎ丁, ソ卜ㅎ丁, ノㅎ丁, ソ丁

③ ('自ノ' 뒤에서) 한 뒤에는. 하고 나서는.

¶ {於}僧乙 歸ソ丁乙灬 自ノ▸ㅎ丁◂ 當願衆生 大衆乙 統理ノ尸ム 一切之セ 礙尸 無ㅌ立 <화엄03:16>

【관련】 (自)ノソ丁

ᄒㄱ入乙[온들]

【ᄒ/선어말어미+ㄱ/동명사어미+入/의존명사+乙/대격조사】

-(으)ㄴ 것을.

¶ 法ラ 見ホ 夢 如支ソ阝ホ 堅固ソㄱ {於} 諸ㄱ 善根阝十 無▸ᄒㄱ入乙◂ {有} 有想乙 起尸 不ソホ 亦ソㄱ 倚ノ尸 所阝 無阝 <화소13:05-06>

我 非矢ホ 堅固ソㄱ 非矢ホ 少七ソㄱ 法ケ刀 得阝ホ 成立ソᄒ可七ソㄱ 無▸ᄒㄱ入乙◂ {有} 知ナ今ㅣ <화소18:14-15>

法ラ 見ホ 夢 如支ソ阝ホ 堅固ソㄱ {於} 諸ㄱ 善根阝十 無▸ᄒㄱ入乙◂ {有} 有想乙 起尸 不ソホ 亦ソㄱ 倚ノ尸 所阝 無阝 <화소13:05-06>

{於}諸ㄱ 欲樂阝十 受ᄒ尸 所阝 無▸ᄒㄱ入乙◂ 示リナホ 菩薩ㄱ 十尸 種 行乙 行ソ五 亦ソㄱ 一切 大人ラ 法乙 行ソ五ソトᄒㄱ入乙 示リホ <화엄18:17-18>

或ソㄱ 形體乙 露ᄒ阝ホ 衣服 無▸ᄒㄱ入乙◂ソ阝 而灬 {於}彼 衆ラ十 師長リ尸入乙 作ソホ <화엄19:19>

【관련】 (ソ)トᄒㄱ入乙, (ソ)而ᄒㄱ入乙, ソㄱ入乙

【비고】 '無' 뒤에 나타난 예만 보임.

ᄒㄱ入乙ソ阝[온들ᄒ아]

【ᄒ/선어말어미+ㄱ/동명사어미+入/의존명사+乙/대격조사#ソ/동사+阝/연결어미】

-(으)ㄴ 것을 하여.

¶ 或ソㄱ 形體乙 露ᄒ阝ホ 衣服 無▸ᄒㄱ入乙ソ阝◂ 而灬 {於}彼 衆ラ十 師長リ尸入乙 作ソホ <화엄19:19>

【관련】 ᄒㄱ入乙, ソㄱ入乙, ソ阝

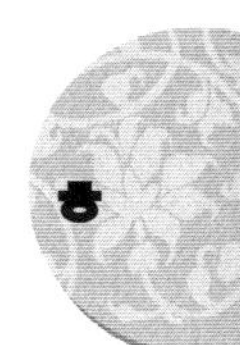

ᄒㄱム[온딕]

【ᄒ/선어말어미+ㄱ/동명사어미+ム[드/의존명사+이/처격조사]; ᄒ/선어말어미+ㄱ/동명사어미+ム/의존명사; ᄒㄱム/연결어미】

-(으)되, -(으)ㅁ에 있어서.

¶ 我ㄱ 無始灬ハ 已來▸ᄒㄱム◂ 飢餓乙 以三ㄱ入灬 故支 身乙 喪阝▸ᄒㄱム◂ 數ラ 無七リソ阝ᄒㄱㅣ 曾ハᄒ刀 得阝ホ 毫末許ケ 如支ソ七刀 衆生乙 饒益ソ阝 而灬 獲ᄒ七七 善利乙 {有}斗尸 未リノㄱリ阝七ㅣ <화소10:09-10>

一切 世間ラ 好ホ 尙ᄒ尸 所七 色相ㅣ 顔容ㅣ 及七 衣服ㅣノ今乙 應七ノㄱ 隨ᄒ 普 現▸ᄒㄱム◂ <화엄18:04-05>

此}リ 轉輪位阝十 王ㄱ 處ソ而▸ᄒㄱム◂ 已氵 久去ハ而ロㄱㅣ 我ㄱ 曾ハᄒ刀 得尸 未リソ七ロ乙ᄒㅣ <화소11:18-19>

十方阝十 有ㄱ 所七 諸ㄱ 妙物リ 無上尊ラ十 奉獻ソ白ᄒᄒ{應可}七ソㄱ乙 掌七 中阝十

悉⺀ 雨刂▸ㅎ1ㅿ◂ 備ㅎ尸 不ソ尸丁ノ尸 無刂ソナ⺀ 菩提樹七 前⺀十 持刂⺀ホ 佛乙 供ソ白ㅌ⺈ <화엄15:22-23>

其ラ {爲}⺀ 方便乙灬 妙法乙 說⺀ 悉⺀ 得⺀ホ 眞實諦乙 解ソ{令}刂▸ㅎ1ㅿ◂ <화엄20:07>

【관련】 ソ㐫ㅎ1ㅿ, (喪)⺀ㅎ1ㅿ, ノ1ㅿ, ㄅ1ㅿ, ノ尸ㅿ, ㅎ尸ㅿ, (ソ白)ㄅ尸ㅿ

【선후】 (이두)-乎矣, (15)-오ᄃᆡ

ㅎ 1 ㅿ 1 [온ᄃᆡᆫ]

【ㅎ/선어말어미＋1/동명사어미＋ㅿ[ᄃᆞ/의존명사＋ᄋᆡ/처격조사]＋1/보조사 】

('當' 뒤에서) 당함에 있어서는. 지금에 있어서는.

¶ 我1 今ソ1 盛壯ソ㐫ㅎ⺈ 當▸ㅎ1ㅿ1◂ 天下乙 {有}ㅓ㐫ㅎ⺈ 乞者刂 現前ソ⺈ソロ1 <화소12:02-03>

ㅎ | [오다]

【ㅎ/선어말어미＋|/종결어미】

('知' 뒤에서) 알아야 한다. § 'ㅎ|'는 '當知'에 특징적으로 나타나는 요소임. '當知'의 목적어절 '-刂1'은 일반적으로 도치되어 후행하는데, 도치된 요소임을 나타내는 '丁'가 결합하여 나타남.

¶ 廣刂 說尸入1 當八 知▸ㅎ|◂ 二十種 有七1亠 菩薩地⺀十 當八 說白ノ尸 如支ソ1刂1丁 <유가04:09-10>

{於}此 四種 所作事七 中⺀十 當八 知▸ㅎ|◂ 四 所對治七 法 有ソ1刂1丁 <유가09:03-04>

此 修對治乙 當八 知▸ㅎ|◂ 卽ㅎ 是乙 修習瑜伽亠ノ矛刂1丁 <유가12:23-13:01>

{於}衣服⺀十ノ尸入乙ソ1 如支 {於}餘 飮食亠 臥具亠 等ソ1ラ十 喜足ノ尸 當八 知▸ㅎ|◂ 亦 尒ソ1刂1丁 <유가19:12 -13>

是 如支ソ尸入乙 當八 知▸ㅎ|◂ 入境界門乙 由⺀1入灬 故ノ 其 心 安住ソ去1丁ノ矛刂1丁 <유가24:16-17>

又 此 二障⺀十 當八 知▸ㅎ|◂ 摠ロ1 二種 因緣刂 能⺈ 遠離刂尸{爲}入乙ソ今 有ソ1刂1丁 <유가27:09-10>

【관련】 ソ七ロ乙ㅎ|, ソ去ロ乙ㅎ|, ノ1刂ロ乙ㅎ|

【비고】 이 구성은 <유가사지론>에만 나타남.

ㅎ 今 ラ 十 [오리의긔]

【ㅎ/선어말어미＋今[ㄹㆆ/동명사어미＋이/의존명사]＋ラ十/여격조사】

-(으)ㄹ 이에게. -는 이에게.

¶ {是}刂 故灬 依行乙 次第乙 說▸乎今ラ十◂ 信樂刂氵 最勝ソ阝亦 甚刂 難刂氵 得乎矛ㄱ矢 譬入ㄱ 一切 世間七 中阝十 而灬 隨意妙寶珠刂 有ㄱ 如攴ソㄱ刂丨 <화엄 10:08-09>

【관련】 (亠/⺀)ノ今ラ十, ノ尸ラ十

乎 矛 ㄱ 矢[오린디]

【乎/선어말어미+矛[ㄹㆆ/동명사어미(+이/의존명사)+이/계사]+ㄱ/동명사어미+矢[ᄃᆞ/의존명사+이/주격조사]】

-는 것이. -(으)ㄹ 수 있는 것이. § '譬入ㄱ…' 이나 '如攴-', '{如}丨-', '{若}丨-'가 후행함.

¶ {是}刂 故灬 依行乙 次第乙 說乎今ラ十 信樂刂氵 最勝ソ阝亦 甚刂 難刂氵 得▸乎矛ㄱ矢◂ 譬入ㄱ 一切 世間七 中阝十 而灬 隨意妙寶珠刂 有ㄱ 如攴ソㄱ刂丨 <화엄 10:08-09>

【관련】 刂ㄱ矢, (不)矢刂ㄱ矢, (ソ)ㄱ矢

乎 禾 阝 七 丨 ソ ナ 尸 入 乙[오리앗다ᄒᆞ겳ᄃᆞᆯ]

【乎/선어말어미+禾/선어말어미+阝七/선어말어미+丨/종결어미#ソ/동사+ナ/선어말어미+尸/동명사어미+入/의존명사+乙/대격조사; 乎/선어말어미+矛[ㄹㆆ/동명사어미(+이/의존명사)+이/계사]+阝七/선어말어미+丨/종결어미#ソ/동사+ナ/선어말어미+尸/동명사어미+入/의존명사+乙/대격조사】

-겠다 하는 것을. -겠습니다 하는 것을. § 여기서 '乎禾'는 1인칭 주체의 의지를 나타냄. '-ナ尸入乙' 뒤에는 모두 '{是}刂乙 名下' 구성이 옴.

¶ 我ㄱ 當ハ 發意ソ阝亦 多聞藏乙 持ソ阝ハ 阿耨多羅三藐三菩提乙 證ソ阝亦 諸ㄱ 衆生ラ {爲}三 眞實法乙 說▸乎禾阝七丨ソナ尸入乙◂ {是}刂乙 名下 菩薩摩訶薩尸 五亍 第七 多聞藏⺀ノ禾ナ丨 <화소09:01-04>

我ラ 作ソト乎ㄱ 所乙ソ尸 如攴 此乙 以阝 一切衆生乙 開導ソ阝ハ {於}身心阝十 貪愛乙 生刂尸 不冬 令刂下 悉阝 得阝亦 清淨智身乙 成就𠆢刂▸乎禾阝七丨ソナ尸入乙◂ {是}刂乙 名下 究竟施⺀ノ禾ナ丨 <화소16:15-17>

【관련】 ノ禾阝七丨ソナ尸入乙, 𠆢刂乎禾阝七丨ソナ尸入乙, ソナ尸入乙

乎 禾 彡[오리져]

【乎/선어말어미+禾[ㄹㆆ/동명사어미(+이/의존명사)+이/계사]+彡/연결어미】

-을 수 있고.

¶ 佛子阝 {此}刂 持藏ㄱ 邊尸 無阝 難刂氵 滿ノ禾彡 難刂氵 其 底阝十 至▸乎禾彡◂ 難刂氵 得阝亦 親近ノ禾彡 能刂矢 制伏ソ阝今 無彡 量刂 無彡 盡尸 無彡 大威力乙 具乎

𢒑 {是}刂𠃍 佛境界刂𢒑 唯ハ 佛𢖻氵 能支 了丷而▶乎禾𢒑◀丷ナ丨 <화소24:12-15>
【관련】 ノ禾𢒑, 丷而乎禾𢒑丷ナ丨

乎尸[1][옳]

【乎/말음첨기+尸/동명사어미】

① ('現' 뒤에서) 나타내지. § 여기서 '尸'는 부정소 '不' 앞에 쓰인 것임.

¶ 一切 世間𠄎七 衆𠃍 技術乙ノ尸厶 譬入𠃍 幻師 如支丷𠄎尒 現▶乎尸◀ 不丷尸丁ノ尸 無ナケ <화엄19:07>

② ('備' 뒤에서) 갖추지. § 여기서 '尸'는 부정소 '不' 앞에 쓰인 것임.

¶ 十方𠄎十 有𠃍 所七 諸𠃍 妙物刂 無上尊ラ十 奉獻丷白乎亍應可七丷𠃍乙 掌七 中𠄎十 悉𠄎 雨刂乎𠃍厶 備▶乎尸◀ 不丷尸丁ノ尸 無刂丷ナ𠄎 菩提樹七 前𠄎十 持刂𠄎尒 佛乙 供丷白ㅌケ <화엄15:22-23>

乎尸[2][옳]

【乎/선어말어미+尸/동명사어미】

① -(으)ㄹ. -는. § '所'를 수식하는 관형절에 쓰인 용법임. 여기서 '-乎-'는 대상 활용의 용법임.

¶ 凡ラ 受▶乎尸◀ 所七 物七火七ハ尸入𠃍 悉𠄎 亦刀 {是}刂 如支丷ロㅌケ <화소09:11-12>

或丷𠃍 童男ミ 童女ラ 形ミ 天ミ 龍ミ 及七 以𠄎 阿修羅ミ 乃氵 至刂 摩睺羅伽 {等}丨丷𠃍刂ミノ才ヒ𠃍入乙 現乎𠄎 其 樂▶乎尸◀ 所乙 隨乎 悉𠄎 見刂{令}刂ロㅌ <화엄14:23-24>

劫七 中刂 饑饉丷𠄎尒 災難刂去ㅌ七 時刂十𠃍 悉𠄎 世間七 諸𠃍 樂具乙 與丷ナ𠄎 其 欲▶乎尸◀ 所乙 隨乎 皆七 滿 {令}刂𠄎尒 普刂 衆生ラ {爲}氵 饒益乙 作丷ナケ <화엄17:22-23>

一切 世間ラ 好ケ 尙▶乎尸◀ 所七 色相ミ 顔容ミ 及七 衣服ミノ今乙 應七ノ𠃍 隨乎 普 現乎𠃍厶 <화엄18:04-05>

{於}諸𠃍 欲樂𠄎十 受▶乎尸◀ 所𠄎 無乎𠃍入乙 示刂ナケ <화엄18:17>

{此}刂 菩薩𠃍 未來七 諸𠃍 佛𢖻 {之} 修行丷而▶乎尸◀ 所乙 聞ロハ 有 非矢𠃍入乙 了達丷ケ <화소13:12-13>

② -는 것(이). § 여기서 '乎'는 보문절 용법임.

¶ 一切 衆生ラ {爲}三 一切 佛𢖻 神力乙 現乎𠄎 敎化調伏丷𠄎尒 修行不斷 令刂▶乎尸◀ 盡去亍可七丷ㅌ 不矢𠃍入灬{故}刂ナ丨 <화소20:01-03>

【관련】 ノ尸, 丷而乎尸, 丷𠄎乎尸

ㅎ尸入ㄱ [옳든]

【ㅎ/선어말어미+尸/동명사어미+入/의존명사+ㄱ/보조사】

① -(으)ㄴ 것을. -(으)ㄴ 것은.

¶ 若 能 四攝法 成就ソㅌ尸入ㄱ 則 衆生ㄋ十 限ㅎ 無ㄱㅌ七 利▸ㅎ尸入ㄱ◂ 與ソㅌ矛ㄏ <화엄12:07>

【비고】 여기서 'ㅎ尸入ㄱ'는 'ㅎ尸入乙'의 잘못일 가능성도 있음. '尸入ㄱ'을 연결어미로 보는 견해도 있음.

② -면. § 여기서 '-尸入ㄱ'은 조건을 나타냄.

¶ 若七 王ㄋ 身七 手足⺀ 血肉⺀ 頭目⺀ 骨髓⺀ノ今乙 得ㄋ口乙▸ㅎ尸入ㄱ◂ 我ㄋ{之} 身命ㄱ 必ハ 冀刂ㄱ入ㄱ 存活ソ七彳ソ去口乙ㅎ丨 <화소10:19-20>

【관련】 -ㅌ尸入ㄱ, (ソ)ナ禾尸入ㄱ

【비고】 '尸入ㄱ'을 연결어미로 보는 견해도 있음.

ㅎ尸厶 [옳듸]

【ㅎ/선어말어미+尸/동명사어미+厶[드/의존명사+의/처격조사]; ㅎ/선어말어미+尸/동명사어미+厶/의존명사; ㅎ尸厶/연결어미】

-되. -(으)ㅁ에 있어서.

¶ 彼 諸ㄱ 功德ㄱ 量ㄋㅎ亠{可}七ソㄱ 不矢ㄱ乙 我ㄱ 今ソㄱ 力乙 隨ㅎ 少分ケ今乙 說▸ㅎ尸厶◂猶入ㄱ 大海ㄋ七 一ㄱ 滴亠七 水 如支ソㄱ乙ソ口乙ㅎ亠七丨 <화엄09:02-03>

{是}刂 如如(女+丶) 邊尸 無ㄱ 大功德乙 我ㄱ 今ソㄱ {於}中ㄋ十ソㄋハ 少分ケ今乙 說▸ㅎ尸厶◂ 譬入ㄱ 鳥足灬 履ㅎㄱ 所七 空 如支ソㄱ乙ソㄏ 亦ソㄱ 大地ㄋ七 一ㄱ 微塵 如支ソㄱ乙ソ口乙ㅎ亠七丨 <화엄09:08-0>

若七 常刂 {於}尊法乙 信奉ソㅌ尸入ㄱ 則支 佛法乙 聞▸ㅎ尸厶◂ 厭足尸 無ㅌ矛ㄏ <화엄10:16>

若七 佛法乙 聞▸ㅎ尸厶◂ 厭足尸 無ㅌ尸入ㄱ 彼人ㄱ 法刂 不思議刂而ㅎㄱ入乙 信ソㅌ矛ㄏ <화엄10:17>

若 能爲衆說法時 音聲隨類難思議ノ矛ㅌ尸入ㄱ 則 {於}一切 衆生ㄋ 心乙 一ㄱ 念ㄋ十 悉ㄋ 知▸ㅎ尸厶◂ 有餘ソㄱ 無刂ソㅌ矛ㄏ <화엄13:15-16>

有ㄱ 所七 一切 諸ㄱ 佛法乙 皆七 {是}刂 如支 說▸ㅎ尸厶◂ 盡尸 不ソ尸丁ノ尸 無刂ソナㄋ <화엄20:14>

若 橋道乙 見 當 願 衆生 廣刂 一切乙 度刂▸ㅎ尸厶◂ 猶入ㄱ 橋梁 如支ソㅌ立 <화엄05:19>

若 能 法ㄋ十 {如}ㄹ 佛乙 供養ソ白ㅌ尸入ㄱ 則 能支 佛乙 念ソ白▸ㅎ尸厶◂ 心亠 動尸 不ソㅌ矛ㄏ <화엄11:12>

【관련】 ソ白ㅎ尸厶, 刂ㅎ尸厶, ノ尸厶, ソ白ㄋ尸厶, (ソㄹ)ソ白ノ尸厶, ㅎㄱ厶, ノㄱ厶

【선후】 (이두)乎矣

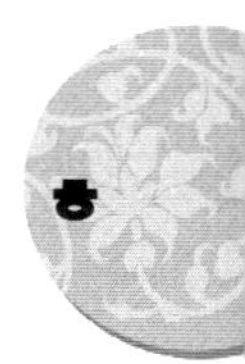

金達舍 進置 右寺原 問內▸乎矣◂ 大山是在以 別地主 無亦在弥 <慈寂禪師碑陰銘>
死罪乙良 唯只 照律爲▸乎矣◂ 當死如 申聞爲白遣 絞罪斬罪乙良 一定正言 不冬 伏候上決爲白乎 事十惡乙 犯爲在隱 不用此律 <대명률 1: 8ㄱ>

(15)호ᄃᆡ

ㅎ 㢱 [오며]

【ㅎ/말음첨기+㢱/연결어미】

('現' 뒤에서) 나타내며.

¶ 或ᄼ 1 聲聞ᅌ 獨覺ㄷ 道乙 現▸ㅎ㢱◂ 或ᄼ 1 成佛ᄼ 3 ホ 普刂 莊嚴ノ 1 入乙 現▸ㅎ㢱◂ᄼ 3 {是}刂 如攴 三乘ㄷ 敎乙 開闡ᄼ 3 ホ 廣刂 衆生乙 度刂ㅎ尸㢱 量刂 無 1 劫 3 十ᄼロㅌ㢱 <화엄14:21-22>
或ᄼ 1 蹲踞ノ 1 入乙 現▸ㅎ㢱◂ 或ᄼ 1 翹足ᄼ㢱 或ᄼ 1 草棘ᅌ 及ㄷ 灰上ᅌノ今ラ十 臥ᄼ㢱 <화엄20:02>

【관련】 (現)ㅎ㢱ᄼ 3

【선후】 (15)나토며

ㅎ 㢱 ᄼ 3 [오며ᄒᆞ아]

【ㅎ/말음첨기+㢱/연결어미#ᄼ/동사+ 3 /연결어미】

('現' 뒤에서) 나타내며 하여. § 여기서 'ᄼ-'는 '-㢱'로 나열된 동사구를 아우르는 요소임.

¶ 或ᄼ 1 聲聞ᅌ 獨覺ㄷ 道乙 現ㅎ㢱 或ᄼ 1 成佛ᄼ 3 ホ 普刂 莊嚴ノ 1 入乙 現▸ㅎ㢱ᄼ 3 ◂ {是}刂 如攴 三乘ㄷ 敎乙 開闡ᄼ 3 ホ 廣刂 衆生乙 度刂ㅎ尸㢱 量刂 無 1 劫 3 十ᄼロㅌ㢱 <화엄14:21-22>

【관련】 (現)ㅎ㢱

ㅎ 3 [오아]

【ㅎ/말음첨기+ 3 /연결어미】

('現' 뒤에서) 나타내어.

¶ 一切 衆生ラ {爲}三 一切 佛㣺 神力乙 現▸ㅎ 3 ◂ 敎化調伏ᄼ 3 ホ 修行不斷 令刂ㅎ尸 盡去ㅎ可ㄷᄼㅌ 不矢 1 入灬{故}刂ナ丨 <화소20:01-03>
或ᄼ 1 童男ᅌ 童女ラ 形ᅌ 天ᅌ 龍ᅌ 及ㄷ 以 3 阿修羅ᅌ 乃氵 至刂 摩睺羅伽 {等}丨ᄼ 1 刂ᅌノ矛ㄴ 1 入乙 現▸ㅎ 3 ◂ 其 樂ㅎ尸 所乙 隨ㅎ 悉 3 見刂{令}刂ロㅌ <화엄14:23-24>
或ᄼ 1 邪命ㄷ 種種ㄷ 行乙 現▸ㅎ 3 ◂ 非法乙 習行ᄼ 3 ホ 以 3 勝ᄼ 1 {爲}氵尸力ᄼ㢱 <화엄19:20>

菩薩ㄱ 爲ㅎ 老病死乙 現▶ㅎ阝◀㢱 彼 衆生乙 悉阝 調伏 令リナゕ <화엄18:23>
或丷ㄱ 梵志尸 諸ㄱ 威儀乙 現▶ㅎ阝◀㢱 {於}彼 衆七 中阝十 上首リ尸{爲}入乙丷ナゕ <화엄19:21>
【관련】 (現)ㅎ阝㢱
【선후】 (15)나토아

ㅎ阝㢱[오아곰]

【ㅎ/말음첨기+阝/연결어미+㢱/첨사】

① ('現' 뒤에서) 나타내어서.

¶ 菩薩ㄱ 爲ㅎ 老病死乙 現▶ㅎ阝㢱◀ 彼 衆生乙 悉阝 調伏 令リナゕ <화엄18:23>
或丷ㄱ 梵志尸 諸ㄱ 威儀乙 現▶ㅎ阝㢱◀ {於}彼 衆七 中阝十 上首リ尸{爲}入乙丷ナゕ <화엄19:21>
【관련】 (現)ㅎ阝, (現)ㅎ-

② ('露' 뒤에서) 드러내어서. 나타내어서.

¶ 或丷ㄱ 形體乙 露▶ㅎ阝㢱◀ 衣服 無ㅎㄱ入乙丷阝 而⺍ {於}彼 衆ラ十 師長リ尸入乙 作丷ゕ <화엄19:19>
【비고】 '露ㅎ-'는 '現ㅎ-'와 같은 훈으로 읽었을 가능성이 있음.

③ ('具' 뒤에서) 갖추어서.

¶ 具足戒乙 受去ㄱ丨十ㄱ 當 願 衆生 諸ㄱ 方便乙 具▶ㅎ阝㢱◀ 最勝法乙 得ヒ立 <화엄03:20>
慙恥丷亽七 人乙 見 當 願 衆生 慙恥七 行乙 具▶ㅎ阝㢱◀ 諸ㄱ 根乙 藏護丷ヒ立 <화엄07:12>
佛功德乙 讚丷白去ㄱ丨十ㄱ 當 願 衆生 衆ㄱ 德乙 悉阝 具▶ㅎ阝㢱◀ 偁歎丷入(刀) 盡尸 無ヒ立 <화엄08:11>
若七 洗足丷去ㄱ 時十ㄱ 當 願 衆生 神足七 力乙 具▶ㅎ阝㢱◀ 所行 礙尸 無ヒ立 <화엄08:13>
若 相 莊嚴 三十二乙丷ヒ尸入ㄱ 則 隨好乙 具▶ㅎ阝㢱◀ 嚴飾 {爲}氵ヒオゕ <화엄12:22>
【관련】 (具)ㅎ-

ㅎ{令}リナㅎ七丨[오이겼다]

【ㅎ/말음첨기+リ/사동접미사+ナ/선어말어미+ㅎ七/선어말어미+丨/종결어미】

('現' 뒤에서) 나타나게 한다. 나타나게 할 수 있다.

¶ 十善妙行 {等}丨丷ㄱ 諸ㄱ 道リㄱ 無上 勝寶乙 皆七 現▶ㅎ{令}リナㅎ七丨◀ <화엄14:12>
【비고】 여기서 'ㅎ'를 사동접미사로 볼 가능성이 있는데, 이 경우 '得リ{令}リ-, 見リ{令}

刂-'처럼 사동접미사가 형태상 두 개 나타났으나 기능상으로는 하나의 사동 표현임.

㫆 㪅 [오져]

【㫆/말음첨기+㪅/연결어미】

('具' 뒤에서) 갖추고. 갖추며.

¶ 能刂矢 制伏ソ3𠆢 無㪅 量刂 無㪅 盡尸 無㪅 大威力乙 具▸㫆㪅◂ {是}刂7 佛境界刂㪅 唯八 佛㣺氵 能支 了ソ𢂰㫆禾㪅ソナ丨 <화소24:14-15>

【관련】(具)㫆-

㫆 ノ 尸 [오홇]

【㫆/부사화소+ノ[ᄒᆞ/용언+오/선어말어미]+尸/동명사어미】

('樂' 뒤에서) 좋아하는. 즐기는.

¶ 樂著 無7乙 見 當 願 衆生 有爲事七 中3十 心3十 樂▸㫆ノ尸◂ 所3 無ㅌ立 <화엄06:03>

諸7 衆生㇇ 心七 樂▸㫆ノ尸◂ 所乙 隨㫆 悉3 方便乙 以3 而灬 滿足𠆢刂𠃍 <화엄17:17>

【관련】(樂)㫆, 㫆ノ尸厶

㫆 ノ 尸 厶 [오홇ᄃᆡ]

【㫆/부사화소+ノ[ᄒᆞ/동사+오/선어말어미]+尸/동명사어미+厶[ᄃᆞ/의존명사+ᄋᆡ/처격조사]; 㫆/부사화소+ノ[ᄒᆞ/동사+오/선어말어미]+尸/동명사어미+厶/의존명사; 㫆/부사화소+ノ尸厶[ᄒᆞ/동사+옳ᄃᆡ/연결어미]】

('隨' 뒤에서) 따르되.

¶ 若其願力得自在 普隨諸趣 而 身乙 現㫆ㅌ尸入7 則 能 衆㇇ {爲}氵 說法ソ𠆢七 時:十 音聲刂 類乙 隨▸㫆ノ尸厶◂ 難氵 思議ノ𢂰ㅌ𢂰𠃍 <화엄13:13-14>

【관련】(隨)㫆, ノ尸厶

㫆 ソ 𠆢 七 [오ᄒᆞ릿]

【㫆/부사화소+ソ/동사+𠆢[㞢/동명사어미+이/의존명사]+七/속격조사】

('好' 뒤에서) 즐겨 하는. 즐기는.

¶ 施乙 好▸㫆ソ𠆢七◂ 者乙 悉3 化3十 從七 令刂ナ𠃍 <화엄18:01>

【관련】(好)㫆, ソ𠆢七

乎ソろホ[오ᄒᆞ아곰]

【乎/부사화소+ソ/동사+ろ/연결어미+ホ/첨사】

('樂' 뒤에서) 즐겨 하여서. 즐겨서.

¶ 菩薩ㄱ {爲}氵乎 國氵 財氵ノ今乙 捨ソ口 常リ 出家ノ尸入乙 樂▸乎ソろホ◂ 心示 寂靜ノㄱ入乙 現乎ナケ <화엄18:15>

【관련】 (樂)乎, ソろホ

亐[히]

【亐/부사화소】

① -하게.

¶ {於} 相乙 取尸 不ソケ 別▸亐◂ 樂乎 諸ㄱ 佛心 國土ろ十 往生ソセ彳ソ尸 不ソケ <화소13:13-14>

若 長者乙 見 當 願 衆生 善能▸亐◂ 明斷ソろホ 惡法乙 行尸 不ソヒ立 <화엄06:22>

其 佛セ 座前ろ十 自然▸亐◂ 而灬 九百萬億劫花リ 生ノㄱム <구인02:17>

天尊ㄱ 快▸亐◂ 十四王ラろ乙 說口ハニㄱ {是}リ 故灬 我ㄱ 今ソㄱ 略亐 佛乙 歎ソ白口トク丨ソヒハニ丨 <구인11:13>

不生ソる 不滅ソる 不有ソる 不無ソるソㄱラ十 心 安樂▸亐◂ 住ソケ <금광04:13>

生死 涅槃ろ十 不平等▸亐◂ 思惟ソトㄱカ 無明リ 因{爲}リ尸入乙ソォ罒 <금광07:23>

極▸亐◂ 能ケ 修所成慧 俱ソㄱ 光明想乙 障㝵ソろ 修所成セ 若 知人 若 見人乙 淸淨▸亐◂ 轉 不ハソ{令}リナ示セ丨 <유가12:14-16>

又 自灬 誓ホ 精勤無間▸亐◂ 善法乙 修習ノ尸入乙 受ケ <유가16:17-18>

是 如支 精勤▸亐◂ 如理作意ソ尸入乙 乃氵 得尸 名下 {爲}出家之想亠ソケ 及セ 沙門想亠ノォ丨 <유가18:17-19>

彼ㄱ {於}戱論界ろ十 易▸亐◂ 安住ソ示{可}セソㄱ亠 <유가20:13-14>

亦 憂慮ソろホ 謂尸 我ラ 我ㄱ 今良{者} {爲}何 所ろ十 在ソ去ㄱリろセ口ノ尸 无▸亐◂ソるソ{令}リナォ亠 <유가22:22-23>

旣氵 通達 已氵ソろ斤 {於}作意 俱行ソㄱ 心リ 任運▸亐◂ 轉ソ今セ 中ろ十 能善▸亐◂ 棄捨ソろホ 无間亐 滅ソ{令}リケ <유가23:15-17>

謂尸 我ㄱ 何亠亐尸入ㄱ 當ハ 能ケ 具足▸亐◂ 是 如支ソㄱ 聖處リㄱ 阿羅漢ラ 所具足住 如支ソㄱラ十 住ノォㄱリろセ口ソケ <유가29:03-05>

此 諸 煩惱ㄱ 能ケ 隨眠リ尸{爲}入乙ソろ 深遠▸亐◂ 心ろ十 入ソる 又 能ケ 種種セ 諸 苦乙 發生ソるソォ罒 <유가30:09-10>

若 世間セ 心ㄱ 復ハ 已斷ソ示セ人{雖}斗 猶リ 得ホ 現行ソ尸亠 彼ㄱ {於}後セ 時亠十 任運▸亐◂ 而灬 滅ソるソナォケ <유가31:14-15>

{是}リ 如支ソㄱ 一切尸十 皆セ 自在▸亐◂ソト乎ㄱ入ㄱ 佛華嚴三昧セ 力乙 {以}氵ナ丨{示} <화엄15:07>

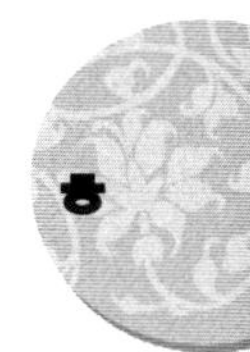

二 {於}一切 修定方便氵＋ 全丁 加行 無▸ㄜ◂ㅅ刂尸入灬{故}ㄌ <유가14:20-21>

② ('略' 뒤에서) 간략하게.

¶ 天尊ㄱ 快ㄜ 十四王ラ氵乙 說ロハニㄱ {是}刂 故灬 我ㄱ 今ソㄱ 略▸ㄜ◂ 佛乙 歎ソ白ロトㄋ丨ソヒハニ丨 <구인11:13>

當ハ 知丁丨 略▸ㄜ◂ 說ロㄱ {於}三位ヒ 中氵＋ 十種ヒ 瑜伽乙 修習ソ氵 對治ノ尸 所ヒ 法 有ソㄱ刂ㄱ丁 <유가08:01-02>

又 出家者ㄱ {於}出家位ヒ 中氵＋ 時時氵＋ 略▸ㄜ◂ 四種 所作 {有}ㅛナ亍ヒ丨 <유가08:12-13>

是 如攴 精勤ㄜ 善品乙 修ソ令ヒ 者ㄱ 略▸ㄜ◂ 四苦ラ{之} 隨逐ノ尸 所乙 爲ハナ亍ヒ丨 <유가18:01-02>

【관련】 (略)ロㄱ

③ ('摠' 뒤에서) 통틀어.

¶ 謂ㄱ 若 正說法亠 若 正聞法亠ノ令ヒ 二種乙 摠▸ㄜ◂ 名下 聞正法圓滿亠ノ才丨 <유가04:06-07>

當ハ 知丁丨 摠▸ㄜ◂ 說ロㄱ 一門氵＋ㄱ 十二刂ㄌ 一門氵＋ㄱ 十四刂ㄱ刂ㄱ丁 <유가10:12-13>

住處障刂丨ソㄱ入ㄱ{者} 謂ㄱ 空閑ソㄱラ＋ 處ソ氵 奢摩他亠 毘鉢舍那亠ノ尸乙 修ソ尸入乙 摠▸ㄜ◂ 名下 {爲}住亠ノ尸亠 <유가26:14-16>

【관련】 (摠)ロㄱ

ㄜㅅ刂尸入灬

☞ ㄜㅅ刂尸入灬故ㄌ

ㄜㅅ刂尸入灬故ㄌ [히ᄒᆞᆯ딕로며]

【ㄜ/부사화소+ㅅ刂[ᄒᆞ/동사+이/사동접미사]+尸/동명사어미+入/의존명사+灬/구격조사(+이/계사)+ㄌ/연결어미】

('無' 뒤에서) 없이 하게 하는 까닭으로이며. 없이 하게 하기 때문이며.

¶ 何 等ソㄱ乙 {爲}四刂丨ノ令ロ 一＋ㄱ {於}三摩地方便氵＋ 善巧 不ハㅅ刂尸入灬(난상 不ハ令刂尸入灬){故}ㄌ 二 {於}一切 修定方便氵＋ 全丁 加行 無▸ㄜㅅ刂尸入灬{故}ㄌ◂ … 四 加行乙 緩緩ㅅ刂尸入灬{故}丨 <유가14:19-22>

【관련】 ㅅ刂尸入灬故ㄌ

ㄜ尸入ㄱ[1] [힗든]

【ㄜ/미상+尸/동명사어미+入/의존명사+ㄱ/보조사】

('何ㅗ' 뒤에서) 어쩌 하면.

¶ 大師刂 正法乙 建立丷{爲欲}人 方便灬 正等覺 成丿尸入乙 示現丷二下 云何亠▸丂尸入 乛◂ 彼灬 正七 修行丷氵尒 轉丷{令}刂氵丿矛乛刂氵七口丷二尸入灬 <유가06:04-05> 謂尸 我乛 何亠▸丂尸入乛◂ 當八 能㢱 具足丂 是 如支丷乛 聖處刂乛 阿羅漢氵 所具足住 如支丷乛氵十 住丿矛乛刂氵七口丷㢱 <유가29:03-05>

【관련】(丷㠯丷口𠄌火七)八尸入乛, 一尸入乛

【비고】'尸入乛'을 연결어미로 보는 견해도 있음.

丂尸入乛[2][히(ᄒᆞ)ᇙ든;힗든]

【丂/부사화소(#丷/용언)+尸/동명사어미+入/의존명사+乛/보조사; 丂/미상+尸/동명사어미+入/의존명사+乛/보조사】

('自在' 뒤에서) 자재히 하는 것은. 자재라는 것은.

¶ 是乛 方便勝智乙 修行丿尸厶 自在▸丂尸入乛◂ 難氵 得丿矛乛乙丷氵乛入灬{故}㢱 <금광07:06>

【관련】(自在)丂丷㢱, (自在)丂丷卜㢱乛入乛

【비고】<금광명경>에서는 현토하는데 '丷'가 생략된 것으로 볼 수 있는 예가 많이 나타남. '尸入乛'을 연결어미로 보는 견해도 있음.

丂丷𠂇氵[히ᄒᆞ겨아]

【丂/부사화소+丷/동사+𠂇/선어말어미+氵/연결어미】

하게 하여.

¶ 十方七 一切世界氵十 充滿▸丂丷𠂇氵◂ 其 根性乙 隨㢱 悉氵 滿足 令刂氵尒 心氵十 歡喜丿尸入乙 得刂㢱 一切 煩惱七 纏垢乙 滅除丷㢱 <화소25:17-18>

【관련】丷𠂇氵, (成)𠂇氵, 丂丷氵

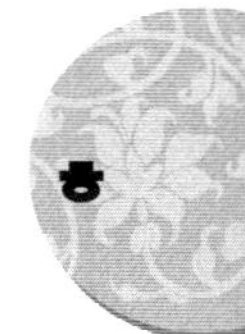

丂丷卜㢱乛入乛[히ᄒᆞ누온든]

【丂/부사화소+丷/동사+卜/선어말어미+㢱/선어말어미+乛/동명사어미+入/의존명사+乛/보조사】

-게 하시는 것은.

¶ {是}刂 如支丷乛 一切尸十 皆七 自在▸丂丷卜㢱乛入乛◂ 佛華嚴三昧七 力乙 {以}氵㢱 𠂇丨 <화엄15:07>

【관련】(㢱)卜㢱乛入乛, 丷二卜㢱乛入乛

丂丷卜丿乛入乙[히ᄒᆞ누온들]

【丂/부사화소+丷/동사+卜/선어말어미+丿/선어말어미+乛/동명사어미+入/의존명사+乙/대

격조사】

-게 하는 것을.

¶ 鬱波羅花㇐ 拘物頭花㇐ 分陁利花㇐ノ㇁十 其 池乙 莊嚴ソ㇀ソ㇁七㇆乙 {於}花池所㇏十 自㇁ 身刂 遊戱快樂ノ尸厶 淸淨 淸凉 無比▸㇇ソㇳノ㇆入乙◂ 菩薩㇆ 悉㇏ 見ソナ㇋七丨 <금광06:10-12>

【관련】 ソㇳノ㇆入乙

㇇ソ㇀[히ᄒᆞ며]

【㇇/부사화소+ソ/동사+㇀/연결어미】

-게 하며.

¶ 二者 量 無ソ㇆ 對治㇐ 諸法㇐ノ今七{之} 門乙 心㇏十 皆 曉了ソ㇀ 三者 大慈大悲⺍ 入出ノ尸厶 自在▸㇇ソ㇀◂ <금광04:06-08>

【관련】 ㇇ソ一

㇇ソ㇏[히ᄒᆞ아]

【㇇/부사화소+ソ/동사+㇏/연결어미】

-게 하여.

¶ 其 心㇏十 愜▸㇇ソ㇏◂ 色乙 樂㇋ナ今七 者㇋乙 皆七 道㇏十 從七 俾刂ナ㇀ <화엄18:05>

【관련】 ㇇ソナ㇏, ㇇ソ一

㇇ソ㇌ソ

☞ ㇇ソ㇌ソ令刂ナ㇊㇐

㇇ソ㇌ソ令刂ナ㇊㇐[히ᄒᆞ져ᄒᆞ이겨리여]

【㇇/부사화소+ソ/용언+㇌/연결어미#ソ/동사+刂/사동접미사+ナ/선어말어미+㇊[ㄹㆆ/동명사어미+이/의존명사]+㇐/조사;㇇/부사화소+ソ/용언+㇌/연결어미#ソ/동사+刂/사동접미사+ナ/선어말어미+㇊㇐[ㄹㆆ/동명사어미(+이/의존명사)+이여/조사]】

('无' 뒤에서) 없게 하고 하게 하는 것이. § '㇐'는 '有ナ丨'의 후치된 주어절에 붙은 요소임.

¶ 復 五因刂 二十種 相⺍{之} 攝受ノ㇆ 所刂㇏ 有七丨 {於}愛盡 寂滅ソ㇏七 涅槃㇏十 速疾㇇ 多刂 住ソ㇏㇘ 心㇏十 退轉ノ尸 無㇌ 亦 憂慮ソ㇏㇘ 謂尸 我㇁ 我㇆ 今㫐{者} {爲}何 所㇏十 在ソ㇞㇆刂㇏七ロノ尸 无▸㇇ソ㇌ソ{令}刂ナ㇊㇐◂ <유가22:20-23>

【관련】 ソ㇌ソナ㇊㇐, (未)刂ソ㇌ソナ㇆刂㇐, ㇌ソナ㇆刂㇐, ㇇ソ一

ソ

☞ ソ爲欲ㅅソア亠

ソ欲爲ㅅソア入灬故〻[ᄒᆞ과홇ᄃᆞ로여]

【ソ/동사+ㅅ/연결어미#ソ/동사+ア/동명사어미+入/의존명사+灬/구격조사+〻/조사】

하고자 하기 때문이다.

¶ 衆生乙 利益▸ソ{爲欲}ㅅソア入灬{故}〻◂ <화엄18:19>

【관련】 ソ爲欲ㅅソア入灬故〻, ソア入灬故亠, ーㄱ入灬〻, ーㄱ入灬亠

ソ欲ㅅソトㄱヵ[ᄒᆞ과ᄒᆞᄂᆞᆫ도]

【ソ/동사+ㅅ/연결어미#ソ/동사+ト/선어말어미+ㄱ/동명사어미+ヵ/보조사】

하고자 하는 것도.

¶ 初地⺃十 有相道乙 行▸ソ{欲}ㅅソトㄱヵ◂ 是ㄱ 無明リㄘ <금광07:16>

【관련】 ソ爲/欲/爲欲ㅅ-, ソトㄱヵ

ソ欲ㅅソニア入灬[ᄒᆞ과ᄒᆞ싫ᄃᆞ로]

【ソ/동사+ㅅ/연결어미#ソ/동사+ニ/선어말어미+ア/동명사어미+入/의존명사+灬/구격조사】

하고자 하시므로.

¶ 爾時十 文殊師利菩薩ㄱ 無濁亂清淨行七 大功德乙 說ア 已〻ソロ 菩提心七 功德乙 顯示▸ソ{欲}ㅅソニア入灬◂ 故ㄡ 偈乙 以⺃ 賢首菩薩ア十 問⺃ 曰ニア <화엄08:20-22>

【관련】 ソ爲ㅅソニア入灬, ソ爲/欲/爲欲ㅅ-

ソ爲欲ㅅノ今十[ᄒᆞ과호리긔]

【ソ/동사+ㅅ/연결어미#ノ[ᄒᆞ/동사+오/선어말어미]+今[ᇙ/동명사어미+이/의존명사]+十/처격조사】

하고자 하는 데에.

¶ 是 如ㄡソㄱ 障导乙 對治▸ソ{爲欲}ㅅノ今十◂ 當八 知ㄘㅣ 二種リ {於}所緣境⺃十 其心乙 安住ㅅリ今 有ソㄱリㄱㄒ <유가24:12-14>

【관련】 ソ爲/欲ㅅ-, ノ今十

ソ爲欲ㅅソア入灬故〻[ᄒᆞ과홇ᄃᆞ로여]

【丷/동사+入/연결어미#丷/동사+尸/동명사어미+入/의존명사+灬/구격조사+氵/조사】
하고자 하기 때문이다. 하고자 하는 까닭이다.
¶ 衆生乙 利益▸丷{爲欲}入丷尸入灬{故}氵◂ <화엄18:19>
【관련】 丷欲爲入丷尸入灬故氵, 丷爲入丷尸入灬, -ㄱ入灬氵

丷爲欲入丷尸亠[ᄒᆞ과ᄒᆞᆶ여]

【丷/동사+入/연결어미#丷/동사+尸/동명사어미+亠/조사;丷/동사+入/연결어미#丷/동사+尸亠/연결어미】
하고자 하니. 하고자 하는데.
¶ 又 復 堅固精進乙 發起丷氵 證得▸丷{爲欲}入丷尸亠◂ 彼ㄱ 雜染 淸淨 相應 不相應乙 觀見丷ㄱ入乙 由氵ㄱ入灬 故ノ 心氵十 厭患ノ尸入乙 生刂ㄋ <유가22:10-11>
【관련】 丷爲/欲/爲欲入-, 丷尸亠

丷爲欲入丷衤[ᄒᆞ과ᄒᆞ져]

【丷/동사+入/연결어미#丷/동사+衤/연결어미】
하고자 하고.
¶ 彼 對治果乙 證得▸丷{爲欲}入丷衤◂ 亦 自ㄋ 心乙 得ホ 淸淨入刂{爲}入丷衤丷尸入灬 故ノ 心氵十 正願乙 生刂ナ古七丨 <유가07:13-14>
【관련】 丷爲欲入, 丷爲欲入丷尸入灬, 入刂爲欲入, 丷爲入-, 丷欲入-

丷爲入[ᄒᆞ과]

【丷/동사+入/연결어미】
하고자.
¶ {是}刂 故灬 衆生乙 饒益▸丷{爲}入◂ 其 有七ㄱ 所乙 隨ㄋ 一切之七 皆七 捨ノ尸厶 乃丷氵 盡命丷尸矢十 至刂丷ろ <화소10:11-13>
又 能ㄋ 彼乙 對治丷今七 有七ㄱ 所七 善法乙 修集▸丷{爲}入◂ 一切 煩惱 對治刂ㄱ 有七ㄱ 所七 善法乙 修集丷ㄋ <유가07:11-13>
若 有ナ丨 一切 苦惱乙 斷▸丷{爲}入◂ 此 三處乙 受丷ナ禾亠 <유가16:18-19>
五欲氵 及七 王位氵 富饒氵 自樂氵 大名稱氵ノ今乙 求丷氵丷ㄱㄹㄱ(?) 不矢刂 但ハ 永去 衆生ㄋ 苦乙 滅氵ㄋ 世間乙 利益丷ㄋ▸丷{爲}入◂ 而灬 發心丷ナㄱ刂ㄋ <화엄09:12-13>
(四)者 衆生乙 利益▸丷{爲}入◂ノㄹ七 事灬 {於}俗諦中氵十 得氵ホ (安心 住) <금광04:16-17>
善男子氵 是 陁羅尼七 名ㄱ 一 恒河沙數乙 過丷二ㄱ 諸 佛刂 初地菩薩乙 救護▸丷{爲}入◂丷白ノㄱ刂二ㄱ刂罒 <금광09:07 -08>

是 如支ㅅㄱ 諸 隨煩惱乙 現行 不令ㅅ{令}リ{爲}ㅅㅅㄕ入ㅡ{故}ㅅ 心乙 練▶ㅅ{爲}ㅅ◀ㅅㄕ入ㅡ{故}ㅅ 心乙 調▶ㅅ{爲}ㅅ◀ㅅㄕ入ㅡ 故ノ <유가16:12-13>
謂ㄱ 第一障乙 對治▶ㅅ{爲}ㅅ◀ㅅㄕ入ㅡ 故ノ 阿那波那念乙 修ㅅㅅ 第二章乙 對治▶ㅅ{爲}ㅅ◀ㅅㄕ入ㅡ 故ノ 諸 念住乙 修ㅅㄕ矢ㅣ <유가24:14-16>
或 經典乙 讀ㅅ乡 誦ㅅ乡▶ㅅ{爲}ㅅ◀ノ令十 而ㅡ 談話乙 好樂ㅅㅅ <유가26:08-09>

ㅅ爲ㅅノ ㅌ ㅅ[ᄒᆞ과호ᇫ]

【ㅅ/동사+ㅅ/연결어미#ノ[ᄒᆞ/동사+오/선어말어미](+ㄴ/동명사어미)+ㅌ/의존명사+ㅅ/속격조사;ㅅ/동사+ㅅ/연결어미#ノ[ᄒᆞ/동사+오/선어말어미]+ㅌ/동명사어미+ㅅ/속격조사】
하고자 하는.
¶ (四)者 衆生乙 利益▶ㅅ{爲}ㅅノㅌㅅ◀ 事ㅡ {於}俗諦中ㅅ十 得ㅅ亦 (安心 住) <금광04:16-17>
【관련】 ㅅ爲/欲/爲欲ㅅㅅ-, ノㅌㅅ, ノㄱㅌㅅ

ㅅ爲ㅅㅅㄕ入ㅡ[ᄒᆞ과홇ᄃᆞ로]

【ㅅ/동사+ㅅ/연결어미#ㅅ/동사+ㄕ/동명사어미+入/의존명사+ㅡ/구격조사】
('故' 앞에서) 하고자 하는 까닭으로. 하고자 하기 때문에.
¶ 願ロㄕ入ㄱ 衆生乙 普リ 充飽ノㄕ入乙 得リ{令}リㅅ禾ㅅㅅㅣㅅナㅅ 彼ㅅ十 施▶ㅅ{爲}ㅅㅅㄕ入ㅡ◀ 故支ㅅ 而ㅡ 自ㅅㅡ {之}リ乙 食ㅅナ令ㅅ 其 味ㅅ十 貪ㄕ 不ㅅナㅅ <화소09:16>
又 求願ㅅ乡 勝功德乙 見乡ㅅㄱ入乙 由ㅅ 彼乙 求▶ㅅ{爲}ㅅㅅㄕ入ㅡ◀ 故ノ 勇猛精進ㅅㅅ 策勵ㅅㅅ亦 而ㅡ 住ㅅㅅ <유가15:13>
心乙 練▶ㅅ{爲}ㅅㅅㄕ入ㅡ◀{故}ㅅ 心乙 調▶ㅅ{爲}ㅅㅅㄕ入ㅡ◀ 故ノ 彼ㄱ 是 思ノㄕ入乙 作ㅅナㄕ <유가16:13-14>
謂ㄱ 我ㄱ 是 如支ㅅㄱ 事乙 求▶ㅅ{爲}ㅅㅅㄕ入ㅡ◀ 故ノ 誓亦 下劣ㅅㄱ 形相ㅡ 威儀ㅡ 及ㅅ 資身ㅅ 具ㅡノㄕ乙 受ㅅ乡 <유가18:11>
又 彼ㄱ 已ㅅ 善 世間道乙 得ㅅ 數數リ 三摩地自在乙 得▶ㅅ{爲}ㅅㅅㄕ入ㅡ◀ 故ノ 樂修乙 依止ㅅㅅ亦 无間ㅅ 而ㅡ 轉ㅅㅅ <유가18:21-23>
謂ㄱ 第一障乙 對治▶ㅅ{爲}ㅅㅅㄕ入ㅡ◀ 故ノ 阿那波那念乙 修ㅅㅅ 第二章乙 對治▶ㅅ{爲}ㅅㅅㄕ入ㅡ◀ 故ノ 諸 念住乙 修ㅅㄕ矢ㅣ <유가24:15-16>
又 彼ㄱ 是 如支ㅅㄱ 資糧ㅅ十 住 已ㅅㅅㅅ斤 相應作意加行乙 修▶ㅅ{爲}ㅅㅅㄕ入ㅡ◀ 故ㅅ 二種 加行方便 {有}ㅅナㅅㅅㅣ <유가25:04-06>
【관련】 ㅅ爲ㅅㅅㄕ入ㅡ故ㅅ, -ㅅ爲/欲/爲欲ㅅ, ㅅリ爲ㅅㅅㄕ入ㅡ

ㅅ爲ㅅㅅㄕ入ㅡ故ㅅ[ᄒᆞ과홇ᄃᆞ로며]

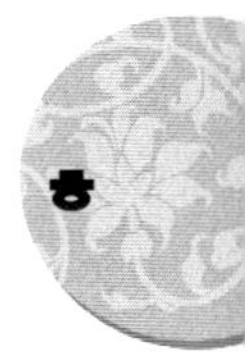

【ㇱ/동사+ㅅ/연결어미#ㇱ/동사+ㄕ/동명사어미+㇏/의존명사+ㅡ/구격조사(+이/계사)+ㄌ/연결어미】

하고자 하기 때문이며.

¶ 心乙 練▸ㇱ{爲}ㅅㇱㄕ㇏ㅡ{故}ㄌ◂ 心乙 調ㇱ{爲}ㅅㇱㄕ㇏ㅡ 故ノ 彼ㄱ 是 思ノㄕ㇏乙 作ㇱナㄕ <유가16:13-14>

【관련】 (不冬)ㇱ令ㄲ爲ㅅㇱㄕ㇏ㅡ故ㄌ, (不ハ)ㇱㄕ㇏ㅡ故ㄌ, ㇱㄕ㇏ㅡ故ㄲㄌ, ㇱㄕ㇏ㅡ(故-)

ㇱ爲ㅅㇱ𠄠ㄕ㇏ㅡ[ᄒᆞ과ᄒᆞ싦ᄃᆞ로]

【ㇱ/동사+ㅅ/연결어미#ㇱ/동사+𠄠/선어말어미+ㄕ/동명사어미+㇏/의존명사+ㅡ/구격조사】

하고자 하실 것이므로. 하고자 하시기 때문에.

¶ 法界ㄱ 分別 無ㄷㅁㄱ 是 故ㅡ 異ㇱㄱ 乘 無ㄷㅁㄱ乙 衆生乙 度▸ㇱ{爲}ㅅㇱ𠄠ㄕ㇏ㅡ◂ 故ノ 分別ㇱ㇌ 三乘乙 說𠄠ㅁㄱㄲ㇌ㄷㅣㇱㄷハ𠄠ㅣ <금광13:16-17>

【관련】 ㇱ欲ㅅㇱ𠄠ㄕ㇏ㅡ, ㇱㄕ㇏ㅡ

ㇱ爲ㅅㇱ白ノㄱㄲ𠄠ㄱㄲ罒[ᄒᆞ과ᄒᆞ숩온이신이라]

【ㇱ/동사+ㅅ/연결어미#ㇱ/동사+白/선어말어미+ノ/선어말어미+ㄱ/동명사어미+ㄲ/계사+𠄠/선어말어미+ㄱ/동명사어미(+이/의존명사)+ㄲ/계사+罒/연결어미】

하고자 하신 것이라(서). § 여기서 '白'은 주체높임의 용법임.

¶ 善男子㇌ 是 陁羅尼ㄷ 名ㄱ 一 恒河沙數乙 過ㇱ𠄠ㄱ 諸 佛ㄲ 初地菩薩乙 救護▸ㇱ{爲}ㅅㇱ白ノㄱㄲ𠄠ㄱㄲ罒◂ 此 陁羅尼呪乙 誦持ㇱ白ナㄕ㇏ㄱ … 五障乙 解脫ㇱㄌ 初地乙 念ノㄕ㇏乙 忘ㄕ 不冬ㇱㄌㇱナ㇋ㄷㅣ <금광09:07-010>

善男子 是 陁羅尼ㄷ 名ㄱ 二 恒河沙數乙 過ㇱ𠄠ㄱ 諸𠄠ㄱ 佛ㄲ 二地菩薩乙 救護▸ㇱ{爲}ㅅㇱ白ノㄱㄲ𠄠ㄱㄲ罒◂ 此 陁羅尼呪乙 誦持ㇱ白ㅁナㄕ㇏ㄱ … 五障乙 解脫ㇱㄌ 二地乙 念ノㄕ㇏乙 忘 不冬ㇱㄌㇱナ㇋ㄷㅣ <금광09:15-18>

善男子㇌ 是 陁羅尼 灌頂吉祥句ㄷ 名ㄱ 十 恒河沙乙 過ㇱ𠄠ㄱ 諸 佛ㄲ 十地菩薩乙 救護▸ㇱ{爲}ㅅㇱ白ノㄱㄲ𠄠ㄱㄲ罒◂ 陁羅尼呪乙 誦持ㇱ白ㅁナㄕ㇏ㄱ … 五障乙 解脫ㇱㄌ 十地乙 念ノㄕ㇏乙 忘 不冬ㇱㄌㇱナ㇋ㄷㅣ <금광12:22-13:01>

【관련】 -𠄠ㄱㄲ罒, 白ノㄱ, ㇱ爲ㅅ-, ㇱ爲欲ㅅ, ㇱ欲ㅅ-

【비고】 '罒'는 연결어미 '㇌'의 이형태로 계사 'ㄲ' 뒤에 쓰임

ㇱ去ナㄷㄷ[ᄒᆞ거겨ᄂᆞᆺ]

【ㇱ/동사+去/선어말어미+ナ/선어말어미(+ㄴ/동명사어미)+ㄷ/의존명사+ㄷ/속격조사; ㇱ/동사+去/선어말어미+ナ/선어말어미+ㄷ/동명사어미+ㄷ/속격조사】

하는. 하고 있는. 하여 있는.

¶ {此}リ 藏ろ十 住▸ソ去ナㅌ七◂ 者亍ㄱ 無盡智慧乙 得ろ尒 普リ 一切 衆生乙 能支 開悟ㅅリナ亍七丨 <화소20:04-05>

【관련】 ソ去ㅌ七, 去ナㄱ丁, 去ナ亍七丨, リ去ㅌ七, ソ去ㄱㅌ七, ㄱㅌ七, ソㄱㅌ七

ソ去口乙ㅎ丨 [ᄒᆞ거골오다]

【ソ/용언+去/선어말어미+口乙/선어말어미?+ㅎ/선어말어미+丨/종결어미】

합니다. §'ㅎ'는 1인칭과 주어와 호응함.

¶ 時十 或刀 有ナ丨 人リ 來ソろ尒 王ラ十 白ろ 言白ナ尸丁 大王下 當ハ 知口ハ而立 我ㄱ 今ソㄱ 衰老ソろ 身ㄱ 重疾ろ十 嬰七ソㅅ 煢獨ソゑ 羸頓ソゑソ口ㄱ 死ノ尸入ㄱ 將与今ハ 久ろ尸 不▸ソ去口乙ㅎ丨◂ <화소10:17-19>

若七 王ラ 身七 手足ミ 血肉ミ 頭目ミ 骨髓ミノ今乙 得ろ口乙ㅎ尸入ㄱ 我ラ{之} 身命ㄱ 必ハ 冀リㄱ入ㄱ 存活ソ七亻▸ソ去口乙ㅎ丨◂ <화소10:19-20>

我ㄱ 當ハ 統領ソろハ 王ラ 福樂乙 受七亻▸ソ去口乙ㅎ丨◂ソ去ㄱ丨十 <화소11:11>

【관련】 口乙ㅎ丨. 口乙ㅎ亍七丨. 口乙ㅎ禾四. 二口尸ㅅ. ソ七口乙ㅎ丨. ソ二口乙亍七丨.

ソ去ハ二ㄱㅌ七 [ᄒᆞ걱신ᄂᆞᆺ;ᄒᆞ거기신ᄂᆞᆺ]

【ソ/동사+去/선어말어미+ハ/선어말어미?+二/선어말어미+ㄱ/동명사어미+ㅌ/의존명사+七/속격조사;ソ/동사+去/선어말어미+ハ/선어말어미?+二/선어말어미+ㄱ/중복표기+ㅌ/동명사어미+七/속격조사】

하신. 하여 있으신. §'去'는 자동사 뒤에 통합한 것임.

¶ 五眼リ 成就▸ソ去ハ二ㄱㅌ七◂ 時十 見二ㄱ乃 見ㄅ尸 所ろ 無七二ㅅ <구인15:16>

【관련】 去ハ二, 去ハ而, ソ去ハ二ㄱ, 去ハ而口ㄱミ, ソ去ナㅌ七, ソ去ㄱㅌ七, 而ㅎㄱㅌ七, 二ㄱㅌ七

ソ去ハ二ㄱリシ [ᄒᆞ걱신이사;ᄒᆞ거기신이사]

【ソ/동사+去/선어말어미+ハ/선어말어미?+二/선어말어미+ㄱ/동명사어미+リ/의존명사+シ/보조사】

하신 이어야. 하여 있으신 이어야. § 선어말어미 '去'는 자동사 뒤에 통합한 것임.

¶ 一切 衆生ㄱ {暫}シ火七 報ろ十 住ソ口ㄱ乙 金剛原ろ十 登▸ソ去ハ二ㄱリシ◂ 淨土ろ十 居ソ二ㄅ亍七丨 <구인11:07>

【관련】 ソ去ハ二ㄱリミノ矛ナ丨, ソ去ハ二ㄱㅌ七, ソ去ハ二ㄱ. 去ハ而口ㄱミ. ソ去ナㅌ七, 白ろハ二ㄱリ四, リシ, リ二シ

ㄩ𠫓ハ〢丁刂ㆍノ㐅ナ丨[ᄒᆞ걱신이여호리겨다;ᄒᆞ거기신이여호리겨다]

【ㄩ/동사+𠫓/선어말어미+ハ/선어말어미?+〢/선어말어미+丁/동명사어미+刂/의존명사+ㆍ/조사#ノ[ᄒᆞ/용언+오/선어말어미]+㐅/선어말어미+ナ/선어말어미+丨/종결어미;ㄩ/동사+𠫓/선어말어미+ハ/선어말어미?+〢/선어말어미+丁/동명사어미+刂/의존명사+ㆍ/조사#ノ[ᄒᆞ/용언+오/선어말어미]+㐅[ㄹㆆ/동명사어미(+이/의존명사)+이/계사]+ナ/선어말어미+丨/종결어미】

하신 것이라(이이라) 할 것이다. 하여 있으신 것이라(이이라) 할 것이다. §'𠫓'는 자동사 뒤에 통합한 것임.

¶ {此}刂 無二ㄩ丁入乙 通達ㄩ㇎ハ〢丁乙 眞亍 第一義㇎十 入▸ㄩ𠫓ハ〢丁刂ㆍノ㐅ナ丨◂ <구인15:05-06>

【관련】 ㄩ𠫓ハ〢丁刂㇒, ㄩ𠫓ハ〢丁ㄝ七, ㄩ𠫓ハ〢丁, 𠫓ハ而口丁ㆍ, ㄩ𠫓ナㄝ七, 白㇎ハ〢丁刂罒, ㆍノ㐅ナ丨

ㄩ𠫓ㄝ七[ᄒᆞ거ᇫ]

【ㄩ/용언+𠫓/선어말어미(+ㄴ/동명사어미)+ㄝ/의존명사+七/속격조사;ㄩ/용언+𠫓/선어말어미+ㄝ/동명사어미+七/속격조사】

한. 하여 있는.

¶ 爾七ㄩ丁 時十 菩薩丁 {是}刂 念言ノ尸入乙 作ㄩナ尸丁 一切 榮盛ㄩ丁ㄌ 必當ㄩ㇎ 衰歇ㄩ𠫓禾㇎七㇇ {於}衰歇▸ㄩ𠫓ㄝ七◂ 時刂十尸入丁 復甲尸 更㇎ 衆生乙 饒益尸 不(ノ)能刂矢ノ禾ナ丁刂罒 <화소11:11-13>

【관련】 刂𠫓ㄝ七, ㄩ𠫓丁ㄝ七, 丁ㄝ七, ㄩ丁ㄝ七, ㄩ𠫓ナㄝ七

ㄩ𠫓丁[ᄒᆞ건]

【ㄩ/용언+𠫓/선어말어미+丁/동명사어미】

한. 하여 있는. § 피수식어로 '時, 丨'와 같은 시간성 명사를 취함.

¶ 瓔珞乙 著▸ㄩ𠫓丁◂ 時ㆍ十丁 當願衆生 諸丁 僞飾乙 捨ㄩ口ハ 眞實處㇎十 到ㄝ立 <화엄03:01>

居家乙 捨▸ㄩ𠫓丁◂ 時十丁 當願衆生 出家ノ尸厶 礙尸 無㇎ハ 心㇎十 解脫ノ尸入乙 得ㄝ立 <화엄03:06>

正七 出家▸ㄩ𠫓丁◂ 時ㆍ十丁 當願衆生 佛㐀 出家ㄩ𢆶亍丁㇇十 同ㄩ㇎ハ 一切乙 救護ㄩㄝ立 <화엄03:13>

若 諸 有智ㄩ丁 同梵行者刂 見聞疑乙 由㇎ 或 其 罪乙 擧ㄩ𢆶 或 憶念ㄩ{令}刂𢆶 或 隨學ㄩ{令}刂𢆶▸ㄩ𠫓丁◂ {於}尒所ケ七 時亠十 譏論乙 堪忍ㄩ𢆶ㄩ㇇ <유가06:22-07:02>

此 作意乙 修習ㄩ𢆶 多 修習ㄩ𢆶ㄩ丁入乙 由ㆍ丁入灬 故ノ 所緣 能緣 平等 平等ㄩ丁

智リ 生▸ㅅㅊㄱ◂ 彼ㄱ {於}尒ㅅㄱ 時ㅗ十 能ㅅ 現觀ㄹ 障ㅅ令ㄷ 我慢亂心ㄹ 便ㄱ 永ㄱ 斷滅ㅅㅁ 心一境性ㄹ 證得ㅅナㄱㅅ… <유가23:18-21>

【관련】 ㅊㄱㅣ十, ㅊㄱㅣ十ㄱ

ㅅ ㅊ ㄱ ㅌ ㄷ [ᄒᆞ건ᄃᆞᆺ]

【ㅅ/용언+ㅊ/선어말어미+ㄱ/동명사어미+ㅌ/의존명사+ㄷ/속격조사; ㅅ/용언+ㅊ/선어말어미+ㄱ/중복표기+ㅌ/동명사어미+ㄷ/속격조사】

한. 하여 있는.

¶ 菩薩リ 成佛ㅅㄕ 未リㅅㅌㄷ 時十 菩提ㄹ {以}ㅊㄱ 煩惱 {爲}ㅊナㄕㅊ 菩薩リ 成佛▸ㅅㅊㄱㅌㄷ◂ 時十 煩惱ㄹ 以ㄱ 菩提 {爲}ㅊナㅎㄷㅣ <구인15:18-19>

【관련】 ㅅㅊㅌㄷ, ㄱㅌㄷ, ㅅㄱㅌㄷ, リㅊㅌㄷ, ㅅㅌㄷ

ㅅ ㅊ ㄱ ㅣ 十 ㄱ [ᄒᆞ건다긘]

【ㅅ/용언+ㅊ/선어말어미+ㄱ/동명사어미+ㅣ十[ᄃᆞ/의존명사+아긔/처격조사]+ㄱ/보조사; ㅅ/용언+ㅊ/선어말어미+ㄱ/동명사어미+ㅣ/의존명사+十/처격조사+ㄱ/보조사】

할 때에는. 할 경우에는. § 조건절에 쓰임.

¶ 今ㄷ 我ㅋ {此}リ 身ㄱ 後リ十ㄗ 當必ㅅㄱ 死▸ㅅㅊㄱㅣ十ㄱ◂ 一ㄱ 利益ㄥㄕㄘㄉ 無ㄷㅊ禾ㄱㄷㅣ <화소11:02-03>

父母ㄹ 孝事▸ㅅㅊㄱㅣ十ㄱ◂ 當ㅅ 願ㅅㄱ 衆生ㄱ 善ㄊ {於}佛ㄹ 事ㅅ白ㄱㅅ 一切ㄹ 護ㅅㅎ 養ㅅㅎㅅㅌㄊ立 <화엄02:20>

若 同梵行リ 法ㄹ {以}ㅊ 呵擯▸ㅅㅊㄱㅣ十ㄱ◂ 卽ㄱ 便(ㅋ?) 法ㄹ 如ㅅ 而… 自… 悔除ㅅㅅ <유가17:14-15>

塔ㄹ 繞ㄥㄕㅿ 三帀ㄹ▸ㅅㅊㄱㅣ十ㄱ◂ 當 願 衆生 勤ㄷ 佛道ㄹ 求ㄥㄕㅿ 心ㄱ十 懈歇ㄕ 無ㅌ立 <화엄08:10>

若ㄷ 一切 佛ㄹ 供養ㅅ白{欲}ㅅ▸ㅅㅊㄱㅣ十ㄱ◂ {于}三昧ㄱ十 入ㅅㄱㅅ 神變ㄹ 起ㄥㄕㅿ 能ㄊ 一ㄱ 手ㄹ 以ㄱ 三千ㄱ十 徧ㄘㅣㅅㄱ 普リ 一切 諸ㄱ 如來ㄹ 供ㅅナ令(ㅅ)ㅊ <화엄15:16-17>

【관련】 (ㅅ)ㄱㅣ十ㄱ, (ㅅ)ㄱㄱㅣ十ㄱ, ㅅㅊㄱㅣ十, ㅅナㄱㅣ十

ㅅ ㅊ ㄱ ㄒ ㄥ 令 [ᄒᆞ건뎌호리]

【ㅅ/용언+ㅊ/선어말어미+ㄱ/동명사어미+ㄒ[ᄃᆞ/의존명사+여/조사]#ㄥ[ᄒᆞ/동사+오/선어말어미]+令[ㄹㅎ/동명사어미+이/의존명사(+이/주격조사)]】

한 것이라고 할 것.

¶ 其 心リ 猶リ 三摩地… 生ㅅㄱ 愛味ㅅ 慢ㅅ 見ㅅ 疑ㅅ 无明ㅅ 等ㅅㄱ 諸 隨煩惱ㅋ{之} 染汚ㄥㄕ 所ㄹ 爲ㅅナㄕㅅ… 名ㄒ 圓滿ㅅㄱㅅ 清淨鮮白▸ㅅㅊㄱㄒㄥ令◂ 未矢皿 <유가

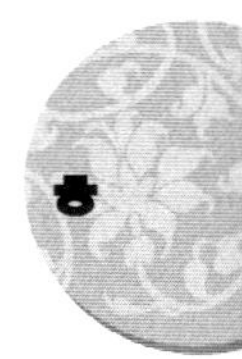

16:10-12>

【관련】 丷ろ𠃍丁ノ今, 丷𠫔𠃍丁ノ矛丨, 丷𠫔𠃍丁ノ今刂𠃍丁, ノ今

【비고】 <유가사지론>에만 나타나는 표현임.

丷𠫔𠃍丁ノ矛丨[ᄒᆞ건뎌호리다]

【丷/용언+𠫔/선어말어미+𠃍/동명사어미+丁[ᄃᆞ/의존명사+여/조사]#ノ[ᄒᆞ/동사+오/선어말어미]+矛[ㄹㆆ/동명사어미(+이/의존명사)+이/계사]+丨/종결어미**】**

한 것이라고 한다. 했다고 한다. § '丁'에 들어 있는 '여'는 명명구문과 관련된 요소임.

¶ 是 如支丷𠃍乙 名下 聖諦現觀ろ十 入▸丷𠫔𠃍丁ノ矛丨◂ <유가25:22>

是 故灬 說尸 名下 聖所住ろ十 住▸丷𠫔𠃍丁ノ矛丨◂ <유가31:05>

【관련】 丷ろ𠃍丁ノ矛丨. 丷白ろ𠃍丁ノ矛罒. 今刂白ろ𠃍丁ノ矛ナ𠃍刂丨. 丷𠫔𠃍丁ノ今刂𠃍丁. 丷𠫔𠃍丁ノ今.

【비고】 <유가사지론>에만 나타나는 표현임.

丷𠫔𠃍丁ノ矛刂𠃍丁[ᄒᆞ건뎌호리인뎌]

【丷/용언+𠫔/선어말어미+𠃍/동명사어미+丁[ᄃᆞ/의존명사+여/조사]#ノ[ᄒᆞ/동사+오/선어말어미]+矛[ㄹㆆ/동명사어미+이/의존명사]+刂/계사+𠃍/동명사어미+丁[ᄃᆞ/의존명사+여/조사];丷/용언+𠫔/선어말어미+𠃍/동명사어미+丁[ᄃᆞ/의존명사+여/조사]#ノ[ᄒᆞ/동사+오/선어말어미]+矛[ㄹㆆ/동명사어미(+이/의존명사)+이/계사]+刂/중복표기+𠃍/동명사어미+丁[ᄃᆞ/의존명사+여/조사]**】**

한 것이라고 함을. 했다고 함을. § '刂𠃍'은 '當知, 應知'의 목적어절에 붙는 요소임. '刂𠃍'의 '丁'는 후치된 목절어절에 붙는 요소임.

¶ 當八 知ㅎ丨 此乙 齊ろ 已氵 能か 根本靜慮ろ十 證入▸丷𠫔𠃍丁ノ矛刂𠃍丁◂ <유가16:04-05>

是 如支丷尸入乙 當八 知ㅎ丨 所依乙 由氵𠃍入灬 故ノ 其 心 安住▸丷𠫔𠃍丁ノ矛刂𠃍丁◂ <유가24:09-10>

是 如支丷尸入乙 當八 知ㅎ丨 入境界門乙 由氵𠃍入灬 故ノ 其 心 安住▸丷𠫔𠃍丁ノ矛刂𠃍丁◂ <유가24:16-17>

是 如支丷尸入乙 當八 知ㅎ丨 資糧乙 由氵𠃍入灬 故ノ 其 心 安住▸丷𠫔𠃍丁ノ矛刂𠃍丁◂ <유가25:03-04>

當八 {於}是 如支 心 安住丷ㅌ七 時亠十 知ノㅎ{應}七丨 已氵 名下 諦現觀ろ十 入▸丷𠫔𠃍丁ノ矛刂𠃍丁◂ <유가25:21-22>

【관련】 丷𠫔𠃍丁ノ矛丨, 丷𠫔𠃍丁ノ今, 丷尸丁ノ矛刂𠃍丁, 亠ノ矛刂𠃍丁

丷𠫔𠃍入灬[1][ᄒᆞ건ᄃᆞ로]

【ソ/용언+𠂹/선어말어미+㇆/동명사어미+入/의존명사+灬/구격조사】

-한 까닭으로. §'㇆入灬' 앞에 '𠂹'가 통합한 예는 <금광명경>과 <유가사지론>에만 나타남.

¶ 譬 日輪リ 光耀焰盛ソ㇆如支 是 如支 第六心リ 能ㄘ 生死大闇乙 破滅▸ソ𠂹㇆入灬◂ 故ノ 是乙 名下 般若波羅蜜(因) <금광02:08-10>

譬 月リ 淨ソ㇁ホ 圓滿ソ㇆如支 是 如支 第八心リ 一切 境界㇁十 淸淨 具足▸ソ𠂹㇆入灬◂ 故ノ 是乙 名下 願波羅蜜因亠ノ𠂰ㄘ <금광02:13-14>

行法 相續㇁十 了了顯現ソ𠂹㇆入灬{故}ㄘ 無相㇁十 多リ 思惟ソ㇁ 現前▸ソ𠂹㇆入灬◂ 故ノ 是 故灬 六地乙 說尸 名下 現前地亠ノ𠂰ㄘ <금광07:07-08>

鬚髮乙 剃除ソ㇆入乙 由氵㇆入灬{故}ㄘ 俗 形好乙 捨ソ㇆入灬{故}ㄘ 壞色衣乙 著▸ソ𠂹㇆入灬◂ 故ノ … 是 如支ソ㇆乙 名下 {爲} 誓ホ 下劣ソ㇆ 形相乙 受ノ尸入乙 觀察ソ尸丁ノ𠂰ㄘ <유가16:19-22>

【관련】 𠂹㇆入灬, ソ㇁㇆入灬, 一㇆入灬

ソ𠂹㇆入灬[2]

☞ ソ𠂹㇆入灬故ㄘ

ソ𠂹㇆入灬故ㄘ[ᄒᆞ건ᄃᆞ로며]

【ソ/용언+𠂹/선어말어미+㇆/동명사어미+入/의존명사+灬/구격조사(+이/계사)+ㄘ/연결어미】

-(으)ㄴ 때문이며. -(으)ㄴ 까닭에서이며.

¶ 智慧七 火乙 {以}氵 光明乙 增長▸ソ𠂹㇆入灬{故}ㄘ◂ <금광07:04>

行法 相續㇁十 了了顯現▸ソ𠂹㇆入灬{故}ㄘ◂ <금광07:07>

無漏無間(ㄘ?) 無相㇁十 思惟ソ令七 解脫三昧乙 遠リ 修行▸ソ𠂹㇆入灬{故}ㄘ◂ <금광07:09>

一切 種種七 法乙 說ノ尸ム 而灬 得㇁ホ 自在ソ㇁ 患累 無▸ソ𠂹㇆入灬{故}ㄘ◂ <금광07:12-13>

【관련】 (ソ)𠂹㇆入灬, (ソ)㇆入灬故リㄘ

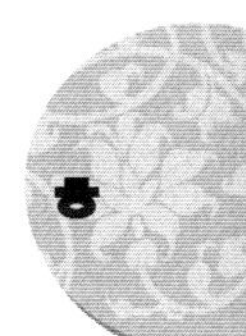

ソ𠂹㇆入乙[ᄒᆞ건ᄃᆞᆯ]

【ソ/동사+𠂹/선어말어미+㇆/동명사어미+入/의존명사+乙/대격조사】

한 것을. §'㇆入乙' 앞에 '𠂹'가 통합한 예는 <유가사지론>에만 나타남.

¶ 是 如支 彼㇆ 厭 俱行ソ㇆ 想乙 由㇁ {於}五處所㇁十 二十種 相乙 {以}氵 作意思惟▸ソ𠂹㇆入乙◂ {以}氵㇆入灬 故ノ 名下 善修治亠ノ𠂰丨 <유가22:18-20>

又 煩惱道亠 後有業道亠ノ尸㇆ {於}現法七 中㇁十 已氵 永㇁ 斷絶ソ𠃊 彼 絶▸ソ𠂹㇆

入乙◀ 由氵1入⺍ 故ノ 當來七 苦道刀 更㇋ 復ハ 轉 不冬ソ⺘ソナオ罒 <유가31:15-17>
此 因果刂 永㇋ 滅盡▸ソ𠫔1入乙◀ 由氵1入⺍ 故ノ 卽 名下 苦邊亠ノ尸亠 更㇋ 餘所 无㇋ホ 無上ソ⺘ 无勝ソ⺘ソナ⺬七丨 <유가31:17-18>
【관련】 刂1入乙, (ソ)1入乙

ソ𠫔1乙[ᄒᆞ건을]

【ソ/용언+𠫔/선어말어미+1/동명사어미+乙/대격조사; ソ/용언+𠫔/선어말어미+1乙/연결어미】

하거늘.

¶ 一切 外人刂 來ソ㇋ホ 相ノ 詰難▸ソ𠫔1乙◀ 善(能 解釋)(ソ㇋ホ?) 其乙 降伏 令刂ソ尸矢 是 波羅蜜義刂ㄱ<금광05:20-21>
或ソ1 國土乙 乞ソ尸刀ソㄱ 或ソ1 妻子乙 乞ソ尸刀ソㄱ 或ソ1 手足⺀ 血肉⺀ 心肺⺀ 頭目⺀ 髓腦⺀ノ令乙 乞ソ尸刀▸ソ𠫔1乙◀ 菩薩1 是七ソ1 時十 心㇋十 {是}刂 念乙 作ソナ尸丁 <화소12:13-15>
【관련】 ソ1乙
【선후】 (15)ᄒᆞ거늘/ᄒᆞ거늘

ソ𠫔1⺀[ᄒᆞ건여]

【ソ/동사+𠫔/선어말어미+1/동명사어미+⺀/조사; ソ/동사+𠫔/선어말어미+1⺀/연결어미】

하였는데. § 여기서 '⺀'는 절 접속의 기능임

¶ 若七 世界刂 始⺬ 成立▸ソ𠫔1⺀◀ 衆生1 資身七 具乙 {有}⺊尸 未刂ノ1入乙 見ロハ1 是⺀七ソ1 時十 菩薩1 工匠刂尸{爲}入乙ソㄱ <화엄19:12-13>

ソ𠫔1刂㇋七ロノ尸[ᄒᆞ건이앗고홇]

【ソ/용언+𠫔/선어말어미+1/동명사어미+刂/계사+㇋七/선어말어미+ロ/종결어미#ノ[ᄒᆞ/용언+오/선어말어미]+尸/동명사어미】

('在' 뒤에서) 있는 것입니까 하지. § '尸'은 부정소 '无' 앞에 쓰인 것임.

¶ 亦 憂慮ソ㇋ホ 謂尸 我㇇ 我1 今艮{者} {爲}何 所㇋十 在▸ソ𠫔1刂㇋七ロノ尸◀ 无㇇ソ⺘ソ{令}刂ナオ亠<유가22:22-23>
心㇋十 驚怖ソ㇋ホ 謂尸 我㇇ 我1 今艮{者} 何⺬ 所㇋十 在▸ソ𠫔1刂㇋七ロノ尸◀ {耶} 无⺘ソナ⺬七丨 <유가25:20-21>
【관련】 ソ𠫔1刂㇋七ロソ尸, 一1刂㇋七ロ

ㅣ去ㄱ刂ㄋㄴ口ㅣ尸[ᄒᆞ건이앗고홇]

【ㅣ/용언+去/선어말어미+ㄱ/동명사어미+刂/계사+ㄋㄴ/선어말어미+口/종결어미#ㅣ/용언+尸/동명사어미】

('在' 뒤에서) 있는 것입니까 하지. § '-尸'은 부정소 '不' 앞에 쓰인 것임.

¶ 憂慮乙 生刂ㄋ亦 謂尸 我ㄋ 我ㄱ 今㫰{者} 何ㅎ 所ㄋ十 在▸ㅣ去ㄱ刂ㄋㄴ口ㅣ尸◂{耶} 不冬ノ矛ㄱ刂ㄋㄴ丨ㅣ尸矢ㄌ <유가08:18-19>

【관련】 ㅣ去ㄱ刂ㄋㄴ口ノ尸, -ㄱ刂ㄋㄴ口

ㅣ去禾ㄋㄴㄌ[ᄒᆞ거리앗며]

【ㅣ/동사+去/선어말어미+禾/선어말어미+ㄋㄴ/선어말어미+ㄌ/연결어미;ㅣ/동사+去/선어말어미+禾[ㄹㆆ/동명사어미(+이/의존명사)+이/계사]+ㄋㄴ/선어말어미+ㄌ/연결어미】

할 것이며.

¶ 我ㄱ 當ㅅ 統領ㅣㄋㅅ 王ㄋ 福樂乙 受ㄴㄔㅣ去口乙ㅎ丨ㅣ去ㄱ丨十 爾ㄴㅣㄱ 時十 菩薩ㄱ {是}刂 念言ノ尸入乙 作ㅣㄔ尸丁 一切 榮盛ㅣㄱㄌ 必當ㅣㄋ 衰歇▸ㅣ去禾ㄋㄴㄌ◂ {於}衰歇ㅣ去ㄴㄴ 時刂ㄔ尸入ㄱ <화소11:11-13>

【관련】 (無)ㄴ去禾ㄋㄴ丨

ㅣ去令ㄴ[ᄒᆞ거릿]

【ㅣ/동사+去/선어말어미+令[ㄹㆆ/동명사어미+이/의존명사]+ㄴ/속격조사】

할.

¶ 我ㄱ 今ㅣㄱ 永去 貪愛乙 捨ㅣ{爲欲}入 {此}刂 一切 必ㅅ 離散▸ㅣ去令ㄴ◂ 物ㄴ乙 以ㄋㅅ 衆生ㄋ 願乙 滿入刂ㅎ禾ㄋㄴ丨ㅣㄔㄌ<화소12:16-17>

【관련】 -令ㄴ

ㅣ去尸去ㅣㄔ尸入灬[ᄒᆞ긶가ᄒᆞ겨ᇙᄃᆞ로]

【ㅣ/동사+去/선어말어미+尸去/종결어미#ㅣ/동사+ㄔ/선어말어미+尸/동명사어미+入/의존명사+灬/구격조사;ㅣ/동사+去/선어말어미+尸/동명사어미+去/의문조사?#ㅣ/동사+ㄔ/선어말어미+尸/동명사어미+入/의존명사+灬/구격조사】

할까 하는 까닭으로. § '-尸去'는 의문형 종결어미 '-읋가'를 표기한 것으로 유일례임.

¶ 彼刂 正法乙 受用ㅣㄋ亦 而灬 轉ㅣㄴノㄱ入乙 知ㄋ 恐入ㄱ 資緣 乏ㄋ亦 是 如支ㅣㄱ 所受ㄴ 正法乙 退失▸ㅣ去尸去ㅣㄔ尸入灬◂ 是 故灬 慇懃ㄋ 種種ㄴ 衣服亠 飮食亠 諸 坐臥具亠 病緣醫藥亠ノ尸 供身什物乙 奉施ㅣ尸矢丨 <유가03:15-18>

ソナ 1 丨 十[ᄒ견다긔]

【ソ/동사+ナ/선어말어미+ 1/동명사어미+ 丨 十[ᄃ/의존명사+아긔/처격조사];ソ/동사+ナ/선어말어미+ 1/동명사어미+ 丨/의존명사+ 十/처격조사】

한 때에.

¶ 始七ㅎ 灌頂轉輪王位乙 受》 七寶 具足ソ》ホ 四天下乙 王▸ソナ1丨十◂ 時十 或刀 有ナ丨 人リ 來ソ》ホ 王ラ十 白》 言白ナア丁 <화소10:16-17>

始七ㅎ 灌頂轉輪王位乙 受》 七寶具足ソ》ホ 四天下乙 王▸ソナ1丨十◂ 時十 或刀 有ナ丨 人リ 來ソ》ホ 王ラ十 白》 言白ナア丁 <화소11:07-09>

佛子》 {此}リ 菩薩1 上ア 說ㅎ1 所》 如支ソ》 輪王七 位》十 處ソ》ホ 七寶具足ソ》 四天下乙 王▸ソナ1丨十◂ 時十 或刀 有ナ丨 人リ 而灬 來ソ》ホ 白》 言白ナア丁 <화소11:16-18>

輪王七 位》十 處ソ》 七寶具足ソ》ホ 四天下乙 王▸ソナ1丨十◂ 時十 有ナ丨 量リ 無七1 貧窮ソㅌ七{之} 人ぅ 來ソ》ホ 其 前》十 詣》 而灬 {是}リ 言乙 作ソナア丁 <화소12:08-010>

【관련】 一ソ去1丨十, ソ1丨十

ソナ 1 亠[ᄒ견여]

【ソ/동사+ナ/선어말어미+ 1/동명사어미+亠/조사】

한 것이. §'亠'는 '有ナ丨'의 후치된 주어절에 붙은 요소임.

¶ 云何ソ1乙 聖諦現觀》十 入ソア矢丨ノ令ロ 謂1 有ナ丨 如來ア 諸 弟子衆リ 已氵 善ゕ 世間淸淨乙 修習▸ソナ1亠◂ <유가20:09-10>

【관련】 ノ矛ナ1亠

ソナ 1 ぅ[ᄒ견여]

【ソ/용언+ナ/선어말어미+ 1/동명사어미+ぅ/조사】

하니. 하다. §'ぅ'는 종결 또는 절 접속의 기능임.

¶ 佛子》 {此}リ 菩薩1 年支 方七 少(五)邑ㅎ 盛七ㅎソゕ 端正美好▸ソナ1ぅ◂ 香華ぅ 衣服ぅノ令灬 以》ホ 其 身乙 嚴ソ》 <화소10:14-16>

分別 無ㅎ{有} 功用 無ㅎ▸ソナ1ぅ◂ {於}一1 念七 頃七》十 十方》十 徧ケ丨ノアム <화엄14:17>

香1 車輪 {如}丨ソㅎ 花1 須彌山王 {如}丨▸ソナ1ぅ◂ 雲 {如}丨ソ》 而灬 下ソロㅌ乙ゕ <구인02:15>

【관련】 七ナ1ぅ, 丨ソナ1ぅ, ㅎナ1ぅ

ソナ1リ| [ᄒ견이다]

【ソ/동사+ナ/선어말어미+1/동명사어미+リ/계사+|/종결어미】

한다.

¶ {於}佛ㆍ 及セ 佛法ㆍノ今乙 深信ソ㢱 亦ソ1 佛子ㇵ 所行セ 道乙 信ソ㢱 及セ 無上大菩提乙 信ソ㢱ソナ1入灬 菩薩1 是乙 {以}氵3 初セ㢤 發心▸ソナ1リ|◂ <화엄09:18-19>

【관련】 ナ1リ|

ソナ1リ㢱 [ᄒ견이며]

【ソ/용언+ナ/선어말어미+1/동명사어미+リ/계사+㢱/연결어미】

하며.

¶ 常リ 諸1 衆生乙 利樂ソ㢱 國土乙 莊嚴ソ㢱 佛乙 供養ソ白㢱 正法乙 受持ソ3ホ 諸1 智乙 修㢱 菩提乙 證ソ㢱ソ{欲}入ソ尸入灬 故支 而灬 發心▸ソナ1リ㢱◂ 深心セ 信解リ 常リ 清淨ソ㢱 一切佛乙 恭敬尊重ソ㢱矢㢱 {於}法ㆍ 及セ 僧ㆍノ今ㇵ十 亦刀 {是}リ 如支ソ㢱ソ3 至誠乙灬 供養ソセ彳 而灬 發心▸ソナ1リ㢱◂ <화엄09:14-17>

諸ㇵ 有セリ1 本有ソㅌセ 法1 三假リ 集ソ1入灬ソ3 假有▸ソナ1リ㢱◂ <구인15:01>

譬入1 虛空セ 花 {如}|ソ㢱 影ㆍ 三ㄓセ 手リ 無ノ1丁ノ今 {如}|ソ㢱ソ1ㆍ 因緣灬 故ノ 誑有▸ソナ1リ㢱◂ <구인15:07-08>

信1 垢濁 無3ホ 心㢤 清淨ㅅリナ㢱㢱 憍慢乙 滅除ソロ 恭敬ノ今セ 本リ尸入乙▸ソナ1リ㢱◂ <화엄09:22>

戒1 能支 菩提乙 開發ノ今セ 本リ尸入乙ソ㢱 學1 是1 功德乙 勤修ノ今セ 地リ尸入乙ソ㢱▸ソナ1リ㢱◂ <화엄10:12>

或刀 有ナ| 貪欲ㆍ 瞋恚ㆍ 癡ㆍノ今セ 煩惱セ 猛火リ 常リ 熾然▸ソナ1リ㢱◂ㆍ <화엄18:22>

【관련】 (不矢)リナ1リ㢱

ソナ1リ㢱ㆍ [ᄒ견이며여]

【ソ/형용사+ナ/선어말어미+1/동명사어미+リ/계사+㢱/연결어미+ㆍ/조사 】

하는 것이. §'ㆍ'는 '有ナ|'의 후치된 주어절에 붙은 요소임.

¶ 或刀 有ナ| 貪欲ㆍ 瞋恚ㆍ 癡ㆍノ今セ 煩惱セ 猛火リ 常リ 熾然▸ソナ1リ㢱ㆍ◂ <화엄18:22>

【관련】 ソナ1リ㢱

【비고】 '㢱'의 자형이 다소 불명확함. 문맥상 'ソナ1リㆍ'가 올 자리이므로 'ソナ1リ㢱ㆍ'는 잘못 표기된 것으로 보임.

ソナ | [ᄒ겨다]

【ソ/형용사+ナ/선어말어미+ | /종결어미】

① -하다.

¶ 譬ㅅ1 大海3七 金剛聚1 彼ラ 威力乙 {以}ミ3 衆1 寶乙 生ノ1ム 減ノア 無ゕ 增ノア 無ゕ 亦リ1 盡ア 無1 如支 菩薩ア 功德聚 亦刀 然七▸ソナ|◂ <화엄14:13-14>

一切法 空ソ1入乙 {以}ミ入ᅳ 故ノ 空刀 空▸ソナ|◂ <구인15:14>

是 如支| 是 如支| 善男子3 汝ラ 說3又1 所 如支▸ソナ|◂ <금광13:22>

菩薩リ 衆生乙 化ノア {爲} 此 {若}|▸ソナ|◂ソニ下 <구인14:13-14>

② 그러하다. § 여기서 'ソ'는 앞에 나온 '空ソ-'를 받는 대동사임.

¶ 般若リ 空ノ1ム {於}無明乙 從七 乃ミ 薩婆若3十 至リ▸ソナ|◂ <구인15:16>

③ 하다. § '-ㅎ'나 '-ゕ'로 나열된 형용사구 및 계사구를 아우르는 요소임.

¶ 能リ矢 制伏ソ3今 無ㅎ 量リ 無ㅎ 盡ア 無ㅎ 大威力乙 具ㅎㅎ {是}リ1 佛境界リㅎ 唯ハ 佛ㅆミ 能支 了ソ而ㅎ禾ㅎ▸ソナ|◂ <화소24:14-15>

{此}リ 藏1 窮盡ア 無ゕ … 難リミ 得3ホ 入ノㅎ{可}七ソゕ 普リ 一切 佛法{之}七 門3十 入ノ禾ゕ▸ソナ|◂ <화소26:04-08>

【관련】 -ゕソナ|, -ㅎソナ|, ソ|, ソ去|, ソヒ|, ソロ|

ソナ今1 [ᄒ겨린]

【ソ/동사+ナ/선어말어미+今[ㄹㆆ/동명사어미+이/의존명사]+1/보조사】

하는 이는.

¶ 是ミ七ソ1 時十 菩薩1 工匠リア{爲}入乙ソゕ 之ラ {爲}ミㅎ 種種七 業乙 示現ノアム 衆生乙 逼惱ノ今七 物七乙 作▸ソナ今1◂ 不矢リ 但ハ 世間乙 利益ノ今七 事乙 說ソナ3 呪術ミ 藥草ミソア {等}|ソ1 衆1 論リ1 是 如ソ1 有1 所乙 皆七 能支 說ナゕ <화엄19:13-14>

若七 … 取▸ソナ今1◂ <구인15:25>

【관련】 ソ今1, ノ今1, ソ白3今1

【비고】 <구역인왕경>의 예는 16장이 없어서 구체적인 내용을 확인할 수 없음.

ソナ今乙 [ᄒ겨릴]

【ソ/동사+ナ/선어말어미+今[ㄹㆆ/동명사어미+이/의존명사]+乙/대격조사】

하는 것을.

¶ 十方七 一切 諸1 妓樂リ1 鐘ミ 鼓ミ 琴ミ 瑟ミノ今1 一1 類 非矢1ミ 悉3 和雅ソヒ七 妙音聲乙 奏▸ソナ今乙◂ {於}掌七 中乙 從 出ソア 不ソア丁ノア 靡七リソロヒゕ <화엄15:24-16:01>

【관련】 ソ今乙, ノ今乙, ノ今ラヒ矛今乙, ケ今乙, (人)今乙

ソナ今七[ㅎ겨릿]

【ソ/동사+ナ/선어말어미+今[ㄹㆆ/동명사어미+이/의존명사]+七/속격조사】

할. 하는.

¶ 其 說法▸ソナ今七◂ 時ミ十1 廣長舌乙 以氵 妙音聲乙 出ノ1ム <화소25:16-17>

【관련】 (令)リナ今七, (樂)ㅎナ今七

ソナ今ミ[ㅎ겨리여]

【ソ/동사+ナ/선어말어미+今[ㄹㆆ/동명사어미+이/의존명사]+ミ/조사; ソ/동사+ナ/선어말어미+今ミ[ㄹㆆ/동명사어미(+이/의존명사)+이여/조사]】

① **하는 것이지.** § 선행절의 내용을 긍정하고 후행절의 내용을 부정하는 구문에서 사용됨.

¶ 彼ラ十 施ソ{爲}入ソア入〰 故攴氵 而〰 自ラ〰 {之}リ乙 食▸ソナ今ミ◂ 其 味氵十 貪ア 不ソナ㢴 <화소09:16>

少七ソ1 方便乙 以氵 一切法乙 了ノアム 自然 明達▸ソナ今ミ◂ 他乙 由三氵 悟ア 不ソナ㢴 <화소19:10-11>

② **하지만.** § 'ミ'는 역접의 기능임.

¶ 一1 微塵七 中氵十 三昧氵十 入ノアム 一切 微塵七 定乙 成就▸ソナ今ミ◂ 而1 彼 微塵1 亦ソ1 增ソ口1 不失1乙 {於}一1ラ十 普リ 難思七 刹乙 現ㅎ口ヒ㢴 <화엄15:08-09>

③ **하는데.** § 선행절을 전제하는 구문에 쓰임. 후행절에서는 선행절에 대한 부연 설명이 이어짐.

¶ 菩薩リ 三昧七 中氵十 住在ソ氵ソ1 種種七 自在〰 衆生乙 攝▸ソナ今ミ◂ 悉氵 所行七 功德七 法乙 以氵 量リ 無1 方便〰 而〰 開誘ノアム 或ソ1 如來乙 供養ソ白ㅎ今七 門乙 以氵ソアカソ㢴 或ソ1 難思七 布施門乙 以氵ソアカソ㢴 <화엄17:04-06>

廣リ 衆生ラ {爲}三 諸1 法乙 演說ノアム 一切 諸1 佛㠯 經典氵十 違七 不▸ソナ今ミ◂ 一1 品七 法ミ 乃ソ氵 至リ 不可說不可說七 品七 法ミノ今乙 說㢴 <화소24:18-25:01>

【관련】 ーヒア亠, ナ今ミ

【비고】 '-(ナ)今ミ'는 화엄경 계열에서만 나타남.

ソナ矛罒[ㅎ겨리라]

【ソ/동사+ナ/선어말어미+矛[ㄹㆆ/동명사어미(+이/의존명사)+이/계사]+罒/연결어미】

할 것이라서. 하는 것이라서.

¶ 其 聽法者リ 卽ㅎ 此 義乙 {以}氵 而〰 正法乙 聽▸ソナ矛罒◂ 是 故〰 此 時乙 名下

饒益他亠ノ矛㢟 <유가05:21-23>

堪能亐 寂靜淸涼ソ㇇ホ 唯ハ 餘依氵 有七1 涅槃七{之} 界乙 證得▸ソナ矛罒◂ 是 故灬 此乙 說㇇ 能㢟 自ラ乙 饒益ソㄕ丁ノ矛㢟 <유가06:07-09>

是 如支ソ1 二處七 十種 善巧1 {於}二處所㇇十ソ1 十一種 障乙 能㢟 斷滅ソ{令}刂下 生起ソ1 所乙 隨ノ 卽㇈ 便ラ 遠離▸ソナ矛罒◂ 是 如支ソ1乙 名下 {爲}遠離障㝵亠ノ矛丨 <유가28:04-05>

唯ハ 最後身ラ 任持ノ1 所氵 {有}斗口1 第二餘身1 畢竟 不起▸ソナ矛罒◂ {於}最寂靜ソ七七 涅槃界七 中㇇十 究竟 安住ソナ1入灬 … 是 故灬 說ㄕ 名下 聖所住㇇十 住ソ去1丁ノ矛丨 <유가31:01-05>

【관련】 七矛罒, ソ矛罒, ノ矛罒

【비고】 '罒'는 연결어미 '㇇'의 이형태로 계사 '刂' 뒤에 쓰임

ソナ矛ㄕ入1 [ᄒᆞ겨릷ᄃᆞᆫ]

【ソ/동사+ナ/선어말어미+矛/선어말어미+ㄕ/동명사어미+入/의존명사+1/보조사】

하면. 할 것이면.

¶ 佛1 {言}ㄗ二ㄕ 善男子㇇ 何ソ1乙{者} 波羅蜜義刂ハソ口ノ令口▸ソナ矛ㄕ入1◂ 行道七 勝利乙ソㄕ矢 是 波羅蜜義刂㢟 <금광05:08-09>

佛子㇇ 何㇈ {等}丨ソ1乙 菩薩摩訶薩ㄕ 聞藏氵ノ令口{爲}▸ソナ禾ㄕ入1◂ {此}刂 菩薩1 {是}刂 事 有七1入灬 故支 {是}刂 事 有七㢟 <화소01:03-05>

云何七ソ1乙 菩薩ㄕ 內外施氵ノ令口{爲}▸ソナ禾ㄕ入1◂ 佛子㇇ {此}刂 菩薩1 上ㄕ 說㇈1 所㇇ 如支ソ㇇ <화소11:15-17>

【관련】 ソナ禾ㄕ入1, ソナㄕ入1, ソ矛ㄕ入1, ソ七矛ㄕ入1, ソ二口矛ㄕ入1, ソ二㇇矛ㄕ入1, ソ白ノ矛ㄕ入1

【비고】 <화엄경소>에만 나타남. 'ㄕ入1'을 연결어미로 보는 견해도 있음.

ソナ矛㢟 [ᄒᆞ겨리며]

【ソ/동사+ナ/선어말어미+矛[ㄹㅎ/동명사어미(+이/의존명사)+이/계사]+㢟/연결어미】

할 것이며. 하는 것이며.

¶ 信1 能支 智七 功德乙 增長▸ソナ矛㢟◂ 信1 能支 必ハ 如來ㄕ 地㇇十 到刂ナ矛㢟 … 信1 {於}境界㇇十 著ノㄕ 所 無刂▸ソナ矛㢟◂ 諸1 難乙 遠離ソ口ハ 無難乙 得刂ナ矛㢟 信1 能支 衆1 魔ラ 路乙 出ㅅ刂ナ矛㢟 無上 解脫七 道乙 示現▸ソナ矛㢟◂ 信1 功德七 不壞種刂ㄕ{爲}入乙ソナ1刂㢟 信1 能支 菩提樹乙 生長▸ソナ矛㢟◂ 信1 能支 最勝智乙 增益▸ソナ矛㢟◂ 信1 能支 一切佛乙 示現ソナㅎ七丨 <화엄10:01-07>

一切 諸1 善法乙 長養ソㅎ 疑網乙 斷除ソ㇇ホ 愛流乙 出ソㅎソナ矛罒 涅槃氵 無上道氵ノ令乙 開ソㅎ 示ソㅎ▸ソナ矛㢟◂ <화엄09:21-22>

若 世間七 心ㄱ 復ハ 已斷ソ㝵七ㅅ{雖}ㅏ 猶リ 得ホ 現行ソ尸ニ 彼ㄱ {於}後七 時ニ十 任運ち 而灬 滅ソ𢀳▸ソナ矛ㄉ◂ <유가31:14-15>

【관련】 (ㅅ)リナ矛ㄉ, ソヒ矛ㄉ, ソ又矛ㄉ, ヒ㢱矛ㄉ, ノ矛ㄉ

ソナ矛ニ[ᄒᆞ겨리여]

【ソ/동사+ナ/선어말어미+矛[ㄹㆆ/동명사어미+이/의존명사]+ニ/조사; ソ/동사+ナ/선어말어미+矛ニ[ㄹㆆ/동명사어미(+이/의존명사)+이여/조사]】

하는 이가(것이). 할 이가(것이). §'ニ'는 '有ナ丨'의 후치된 주어절에 붙은 요소임.

¶ 若 有ナ丨 正七 法隨法行乙 修▸ソナ矛ニ◂ <유가06:03-04>

若 有ナ丨 一切 苦惱乙 斷ソ{爲}ㅅ 此 三處乙 受▸ソナ矛ニ◂ <유가16:18-19>

若 有ナ丨 五失 相應ソㄱ 諸 坐臥具乙 習近▸ソナ矛ニ◂ <유가27:03-04>

若 有ナ丨 忘念 增上力灬 故ノ {於}沈掉 等ソㄱ 諸 隨煩惱氵十 心乙 遮護 不ハ▸ソナ矛ニ◂ <유가27:01-03>

謂ㄱ 有ナ丨 一 如攴ソㄱリ 必 五无間業乙 成就尸 不冬ソㄉ {於}惡處氵十 而灬 信解乙 生リㅅ 不冬ソ𢀳 {於}惡處氵十 清淨心乙 發ノ尸ム 謂ㄱ {於}種種七 邪天 處所氵十 及七 {於}種種七 外道 處所氵十ソ尸 不冬ソ𢀳▸ソナ矛ニ◂ <유가02:10-13>

{於}彼 諸 欲氵十 愛樂乙 生リトㄱリ氵七丨ノ尸入乙 知ナㄱ入灬 故ノ 而灬 {於}諸 欲氵十 深リ 過患乙 見ソ𢀳 {於}上勝境氵十 寂靜德乙 見ソ𢀳▸ソナ矛ニ◂ <유가20:12-13>

【관련】 ノ矛ニ, ソ令リナ矛ニ, ソナ尸矢ミ, ソナ矛ミ, ソナㄱリミ

【비고】 <유가사지론>에만 나타남.

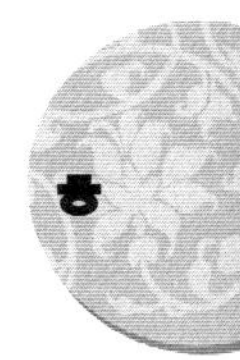

ソナ矛ミ[ᄒᆞ겨리여]

【ソ/동사+ナ/선어말어미+矛[ㄹㆆ/동명사어미+이/의존명사]+ミ/조사; ソ/동사+ナ/선어말어미+矛ミ[ㄹㆆ/동명사어미(+이/의존명사)+이여/조사]】

하는 이가(것이). 할 이가(것이). §'ミ'는 '有ナ丨'의 후치된 주어절에 붙은 요소임.

¶ 若七 有ナ丨 出離七 法乙 識ソ尸 不ソㄉ 解脫ソ氵ホ 誼憒乙 離攴ノ尸入乙 求尸 不▸ソナ矛ミ◂ <화엄18:14>

若七 有ナ丨 菩薩リ 初七㝵 發心ソ氵 誓リㄉ 求ソ氵ホ 當ハ 佛菩提乙 證ソ七彳▸ソナ矛ミ◂ <화엄09:04>

【관련】 (ソ七彳)ソナ矛ミ, ソナ矛ニ, ノ矛ニ, ソ令リナ矛ニ, ソナ尸矢ミ, ソナㄱリミ

ソナ禾尸入ㄱ

☞ ソナ禾尸入丨

ソナ尸[ᄒᆞ겲]

【ソ/동사+ナ/선어말어미+尸/동명사어미】

하기를. 하되. § 화법동사와 통합하여 직접인용문을 이끎. 여기서 '尸'는 절 접속의 기능임.

¶ 爾七ソ1 時十 諸1 大衆1 倶七ソ3 ホ 共七 僉然ち 生疑ソ3 各ホ 相り毛去り 謂言▸ソナ尸◂ 四無所畏リ3 十八不共法リ3 五眼リ3 法身リ3ソニ1 大覺世尊1 … 光讚般若波羅蜜:ノ乙 說3ハニり丨 <구인02:19-23>

彼1 是 思ノ尸入乙 作▸ソナ尸◂ 我1 當ハ 心自在性亠 定自在性亠ノ尸乙 證ノ亠{應}七ソ1リ3七丨ソ3{於}四處所3十 二十二相乙 {以}氵 善ㄅ 觀察ノ亠{應}七丨 <유가16:14-16>

便亠 自灬 思惟▸ソナ尸◂ 我1 已氵 心一境性乙 證得ソ3ノ1リ3七丨ソ3 實 如攴 了知ソナ亠七丨 <유가23:21-22>

【관련】 (謂)尸, 而尸, ニ尸, (言)乃ニ尸, ソ白ニ尸, ソナ尸丁

ソナ尸丁[ᄒᆞ겲뎌]

【ソ/동사+ナ/선어말어미+尸/동명사어미+丁[ᄃᆞ/의존명사+여/조사]】

하되. 하기를. § 사유동사와 통합하여 직접인용문을 이끎.

¶ 菩薩摩訶薩1 {是}リ 如攴ソ1 念乙 作▸ソナ尸丁◂ … 我1 當ハ 發意ソ3ホ 多聞藏乙 持ソ3ハ 阿耨多羅三藐三菩提乙 證ソ3ホ 諸1 衆生ㄋ {爲}三 眞實法乙 說亠禾3七丨ソナ尸入乙 {是}リ乙 名下 菩薩摩訶薩尸 五亠 第七 多聞藏:ノ禾ナ丨 <화소08:20-09:4>

復刀 {是}リ 念乙 作▸ソナ尸丁◂ 我1 {於}長夜3十ソ3 其 身乙 愛著ソ3ホ 充飽 令リ{欲}入 而灬 飮食乙 受刀3亠1リ罒 今ソ1 {此}リ 食乙 以3 衆生ㄋ十 惠施ソロハ 願ロ尸入1 我1 {於}身3十 永去 貪著乙 斷ノ禾3七丨ソナ尸入乙 {是}リ乙 名下 分減施:ノ禾ナ丨 <화소09:17-18>

菩薩1 自ㄋ灬 念▸ソナ尸丁◂ 我1 無始灬ハ 已來亠1ム 飢餓乙 以三1入灬 故攴 身乙 喪3亠1ム 數ㄋ 無七リソ3亠1: 曾ハ亠刀 得3ホ 毫末許ヶ 如攴ソヒ刀 衆生乙 饒益ソ3 而灬 獲亠ヒ七 善利乙 {有}卄尸 未リノ1リ3七丨 <화소10:08-10>

爾七ソ1 時十 菩薩1 {是}リ 念言ノ尸入乙 作▸ソナ尸丁◂ … 我1 今ソ1 盛壯ソ而亠ㄅ 當亠1ム1 天下乙 {有}卄而亠ㄅ 乞者リ 現前ソㄅソロ1 … {是}リ 念乙 作尸 已氵ソロソ1 卽攴 便リ {之}リ乙 施ソㄅ 乃ソ氵 至リ 身乙 以3 恭勤作役ノ尸ム 心3十 悔ノ尸 所3 無七リソナ尸入乙 {是}リ乙 名下 內外施:ノ禾ナ丨 <화소11:20-12:05>

復刀 {是}リ 念乙 作▸ソナ尸丁◂ {此}リ 身1 危3 脆3ソ3 堅固ソ1 無1乙{有} 我1 今ソ1 云何七: 而灬 戀著ノ尸入乙 生リ亠禾3七ロ … {於}身心3十 貪愛乙 生リ

尸 不冬 令リ下 悉｀ 得｀ホ 淸淨智身乙 成就ᄉリろ禾｀七丨ソナ尸入乙 {是}リ乙 名下 究竟施⺀ノ禾ナ丨 <화소16:10-17>

【관련】 ソナ尸, (言)白ナ尸丁

【비고】 <화엄경소>에만 나타남.

ソナ尸矢⺀[ᄒ겳디여]

【ソ/용언+ナ/선어말어미+尸/동명사어미+矢⺀[ᄃ/의존명사+이여/조사]】

하는 것이. §'⺀'는 '有ナ丨'의 후치된 주어절에 붙은 요소임.

¶ 或刀 有ナ丨 國土リ 法乙 知尸 不▸ソナ尸矢⺀◂ <화엄14:16>

【관련】 ソナ尸丁, ソナ矛ㅗ, ノ矛ㅗ, ソ令リナ矛ㅗ

ソナ尸入乙[ᄒ겳ᄃᆞᆯ]

【ソ/용언+ナ/선어말어미+尸/동명사어미+入/의존명사+乙/대격조사】

하는 것을. §'-ナ尸入乙' 뒤에는 모두 '{是}リ乙 名下' 구성이 옴.

¶ 亦ソ1 {於}衆生ラ十 而灬 厭賤ノ尸入乙 生リ尸 不▸ソナ尸入乙◂ {是}リ乙 名下 一切施⺀ノ禾ナ丨 <화소12:18-19>

{是}リ 念乙 作ソ尸 已氵ソロハ1 {於}過去七 法｀十 畢竟 皆七 捨▸ソナ尸入乙◂ {是}リ乙 名下 過去施⺀ノ禾ナ丨 <화소13:10>

菩薩道乙 修｀ホ 佛法乙 成就ソ｀ 而灬 {爲}三ろ 開演▸ソナ尸入乙◂ {是}リ乙 名下 現在施⺀ノ禾ナ丨 <화소15:11-13>

願ロ尸入1 我1 {於}身｀十 永去 貪著乙 斷ノ禾｀七丨▸ソナ尸入乙◂ {是}リ乙 名下 分滅施⺀ノ禾ナ丨 <화소09:19-20>

念尸 已氵ソロソ1 {之}リ乙 施ノ尸ム 心｀十 悔ノ尸 所｀ 無七リ▸ソナ尸入乙◂ {是}リ乙 名下 內施⺀ノ禾ナ丨 <화소11:04-05>

{是}リ 念乙 作ソ尸 已氵ソロハ1 卽支 便リ {之}リ乙 施ノ尸ム 而灬 悔ソ尸 所｀ 無七リ▸ソナ尸入乙◂ {是}リ乙 名下 外施⺀ノ禾ナ丨 <화소11:14-15>

{是}リ 念乙 作尸 已氵ソロソ1 卽支 便リ {之}リ乙 施ソ今 乃ソ氵 至リ 身乙 以｀ 恭勤作役ノ尸ム 心｀十 悔ノ尸 所｀ 無七リ▸ソナ尸入乙◂ {是}リ乙 名下 內外施⺀ノ禾ナ丨 <화소12:03-05>

復刀 {是}リ 念乙 作ソナ尸丁 若七 法リ 有 非矢1リ尸入1 不可ソ丨 捨ソ尸 不冬ソ尸丁▸ソナ尸入乙◂ {是}リ乙 名下 未來施⺀ノ禾ナ丨 <화소14:03-04>

復刀 {是}リ 念乙 作ソナ尸丁 {此}リ 身1 危ᄒ 脆ᄒソ｀ 堅固ソ1 無1乙{有} … {於}身心｀十 貪愛乙 生リ尸 不冬 令リ下 悉｀ 得｀ホ 淸淨智身乙 成就ᄉリろ禾｀七丨▸ソナ尸入乙◂ {是}リ乙 名下 究竟施⺀ノ禾ナ丨 <화소16:10-17>

【관련】 ソ尸入乙, ノ尸入乙, ソヒ尸入乙

ッナ㢱[ᄒ겨며]

【ッ/용언+ナ/선어말어미+㢱/연결어미】

하며.

¶ 要亐 衆生3十 與ッ1 然七ッ1乙灬七 後刂十氵 方七 食▶ッナ㢱◀ <화소09:11>

彼ラ十 施ッ{爲}人ッ尸入灬 故攴氵 而灬 自ラ灬 {之}刂乙 食ッナ亽ミ 其 味3十 貪尸 不▶ッナ㢱◀ <화소09:16>

但ハ 取著ッ1 衆生乙 教化ッ3尔 佛法乙 成熟亽刂{爲}人 而灬 {爲}三亦 演說▶ッナ㢱◀ <화소13:07-08>

其 華七 色相1 皆七 殊妙ッ1乙 此乙 以3 {於}諸1 佛乙 供養▶ッナ㢱◀ <화엄16:07>

是 如攴 難行ノ亽七 苦行七 法乙 菩薩1 應七ノ1 隨亦 悉3 能攴 作▶ッナ㢱◀ <화엄19:17>

{是}刂 念乙 作尸 已氵ッ口ハ1 悉3 皆七 施與ノ尸厶 心3十 悔恨 無刂▶ッナ㢱◀ <화소12:18-19>

六欲七 諸1 天刀 量 無七1 色花乙 雨刂ㅎ▶ッナ㢱◀ <구인02:16-17>

或ッ1 梵志尸 諸1 威儀乙 現亦3尔 {於}彼 衆七 中3十 上首刂尸{爲}入乙▶ッナ㢱◀ <화엄19:21>

三生乙ッ口 正位3十 入ッ1ヒ刀刂ㅎ{者} 或ッ1 四生ミ 五生ミ 乃氵 至刂 十生ミノ乙ッ口 得尔 正位3十 入ッ1ヒ刀刂ㅎ▶ッナ㢱◀ 聖人性乙 證ッ1ヒ刀刂㢱 一切 無量報乙 得ヒ刀刂ナ丨 <구인11:17-19>

【관련】 ッ㢱

ッナ亣七人

☞ ッナ亣七人雖斗

ッナ亣七人雖斗[ᄒ겺과두]

【ッ/용언+ナ/선어말어미+亣七/선어말어미+人斗/연결어미】

하더라도. § '人斗'는 양보의 연결어미로 주로 '然ッ刀', '而1'가 후행함.

¶ 五 勤 方便灬 不淨乙 修習▶ッナ亣七人{雖}斗◀ 而1 作意錯亂ノ尸厶 謂1 不淨乙 觀 不ハッ3尔 淨相乙 隨ノ 轉ッ尸入乙是 如攴ッ1乙 名丅 {爲}作意錯亂亠ノオ丨 <유가09:23-10:02>

【관련】 ッ(亠)亣七人雖斗, (有)斗ナ人雖斗, (ッ)人雖斗

ッナ亣七丨[ᄒ겺다]

【ソ/동사+ナ/선어말어미+ㅎ七/선어말어미+丨/종결어미】

할 수 있다. 하여야 한다. 한다.

¶ {此}リ 菩薩ㄱ 十尸 種七 施乙 行▸ソナㅎ七丨◂ <화소09:05-06>

衆生乙 其 實性乙 知リ{令}リ{欲}ㅅ 廣リ {爲}三ㅎ 說宣▸ソナㅎ七丨◂ <화소18:17-18>

一ㄱ 三昧七 種七 種七 性ᆢ 乃ソ氵 至リ 不可說不可說七 三昧七 種七種七 性ᆢノ令乙 念▸ソナㅎ七丨◂ <화소21:06-07>

又刀 光明乙 放▸ソナㅎ七丨◂ 妙莊嚴ᆢノ矛ᆢ <화엄16:06>

三千大千世界ʒ十 量 無七ヶ 邊 無ソㄱ 種種七 寶藏リ 皆七 悉ʒ 盈滿リ亠七ノㄱㅅ乙 菩薩ㄱ 悉 見▸ソナㅎ七丨◂ <금광05:24-25>

第十發心 首楞嚴亠ノ尸 三昧リ 攝受ソㄱㅅ灬 得ʒ尒 生▸ソナㅎ七丨◂ <금광08:24-25>

廣リ 說尸 乃氵 至リ {於}食ʒ十 知量▸ソナㅎ七丨◂ <유가19:16>

此 四法乙 由ʒ 修道乙 攝受ソʒ尒 極善攝受▸ソナㅎ七丨◂ <유가29:12-13>

是 如支 尸羅乙 善 圓滿 已氵ソʒ斤 五相乙 {以}氵 精勤方便灬 諸 善品乙 修▸ソナㅎ{應}七丨◂ <유가17:17-19>

【관련】 ナㅎ七丨, (ソ)去ナㅎ七丨, (爲)ハナㅎ七丨, ソナㅎ應七丨, ㅅリナㅎ七丨

ソナʒ[1][ᄒᆞ겨아]

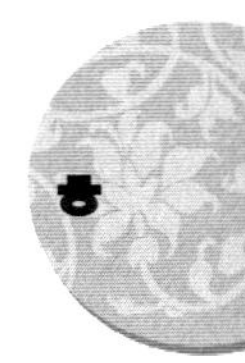

【ソ/용언+ナ/선어말어미+ʒ/연결어미】

하여. 하고.

¶ 亦ソㄱ 心ʒ十 一ㄱ 念七 悔惜ノ尸ケ刀 生リ尸 不▸ソナʒ◂ 但ハ 自亠灬 身亠 初七ㅎ 入胎ソㄱ乙 從七 不淨ソㅌ七 微形リ罒 胞段七 諸ㄱ 根リ 生老病死ソトㅎㄱㅅ乙 觀ソナヶ <화소16:03-05>

菩薩ㄱ {是}リ 如支ソ尸 {等}丨ソㄱ 量リ 無七ㄱ 慧藏乙 成就▸ソナʒ◂ 少七ソㄱ 方便乙 以ʒ 一切法乙 了ノ尸ム 自然明達ソナ令ᆢ 他乙 由三ʒ 悟尸 不ソナヶ {此}リ 慧無盡藏ʒ十 十尸 種七 不可盡 有七ㄱㅅ灬 故支 說尸 無盡ᆢ{爲}ノ禾ナ丨 <화소19:09-13>

劫七 中リ 饑饉ソʒ尒 災難リ去ㅌ七 時リ十ㄱ 悉ʒ 世間七 諸ㄱ 樂具乙 與▸ソナʒ◂ 其 欲ㅎ尸 所乙 隨ㅎ 皆七 滿 {令}リʒ尒 普リ 衆生亠 {爲}氵 饒益乙 作ソナヶ <화엄17:22-23>

迦陵頻伽亠 美妙ソㅌ七 音ᆢ 俱枳羅 {等}丨ソㄱ亠 妙音聲ᆢ 種種七 梵音ᆢノ令乙 皆七 具足▸ソナʒ◂ 其 心樂乙 隨ㅎ {爲}氵ㅎ 說法ソナヶ <화엄18:06-07>

十方七 一切世界ʒ十 充滿ㅎ▸ソナʒ◂ 其 根性乙 隨ㅎ 悉ʒ 滿足 令リʒ尒 <화소25:17-18>

願ロ尸ㅅㄱ 衆生乙 普リ 充飽ノ尸ㅅ乙 得リ{令}リㅎ禾ʒ七丨▸ソナʒ◂ <화소09:15-16>

【관련】 ソろ, ソ自ろ, ソ自ろホ

ソナろ²[ᄒᆞ겨아]

【ソ/동사+ナ/선어말어미+ろ/종결어미; ソ/동사+ナろ/종결어미?】

하여라. 하라.

¶ 爾セソㄱ 時十 佛ㄱ 大衆ラ十 告ソニ尸 … 諦リ 聽ホ 諦リ 聽ケ 善ケ 之乙 思ソㅎ 念ソㅎソケ 法乙 {如}亘 修行ソケ ▸ソナろ◂ソロハニㄱ <구인03:17-19>

佛ㄱ 大王ラ十 告ニ尸 汝ㄱ … 諦聽 諦聽ケ 善ケ 之乙 思ソㅎ 念ソㅎソケ 法乙 {如}亘 修行▸ソナろ◂ 七佛セ 偈リ 是 {如}丨ソナ丨 <구인14:20-23>

【관련】 ソケソナろソロハニㄱ

【선후】 (15)ᄒᆞ야라/ᄒᆞ라

ソロ[ᄒᆞ고]

【ソ/용언+ロ/연결어미】

하고 (나서). § ‘ソロ’는 선행절 사건이 후행절 사건보다 먼저 일어나는 계기의 의미로만 쓰임.

¶ {此}リ 菩薩ㄱ 癡惑乙 捨離▸ソロ◂ 具足念乙 得ろホ <화소20:06-07>

信ㄱ 垢濁 無ろホ 心ㅎ 淸淨ㅅリナㅊケ 憍慢乙 滅除▸ソロ◂ 恭敬ノ令セ 本リ尸入乙ソナㄱリケ <화엄09:22>

菩薩ㄱ {爲}シㅎ 國ミ 財ミノ令乙 捨▸ソロ◂ 常リ 出家ノ尸入乙 樂ㅎソろホ 心ㅎ 寂靜ノㄱ入乙 現ㅎナケ <화엄18:15>

八部 阿須輪王ㄱ 現ろ十 鬼身乙 轉▸ソロ◂ 天上ろ十ソろ 道乙 受ナケ <구인11:17>

三者 諸 惡道乙 斷▸ソロ◂ 善道(門) 開ソケ <금광03:02-03>

當ハ 知ㅎ丨 此 淸淨ㄱ 唯ハ 正法ろ十シ 在▸ソロ◂ 諸 外道ラ十ㄱソㅌ 非矢リㄱ丁 <유가20:01-20:02>

三生乙▸ソロ◂ 正位ろ十 入ソㄱㅌ刀リㅎ{者} <구인11:17-18>

爾時十 文殊師利菩薩ㄱ 無濁亂淸淨行セ 大功德乙 說尸 已シ▸ソロ◂ 菩提心セ 功德乙 顯示ソ{欲}人ソニ尸入灬 故支 偈乙 以ろ 賢首菩薩尸十 問ろ 曰ニ尸 <화엄08:20-22>

【관련】 ソ自ロ, ソロハ, ソロハㄱ

【선후】 (이두)爲遣, (음독)ソロ/ソ古/爲古, (15)ᄒᆞ고

ソロナㄱ[ᄒᆞ고견]

【ソ/동사+ロ/선어말어미+ナ/선어말어미+ㄱ/동명사어미】

하므로. 하니. § 여기서 ‘ㄱ’은 절 접속의 기능임.

¶ {此}リ 菩薩ㄱ 稟性ノㄱ 仁慈リ罒 好ㅎ 惠施乙 行▸ソロナㄱ◂ 若セ 美ソㅌセ 味乙 得

ㅎ乃 專ㅁ 自ㅋ〰 受尸 不ㅅㅎハ 要ㅎ 衆生ㅎ十 與ㅅ丨 然ㄷㅅ丨乙〰ㄷ 後リ十ミ 方ㄷ 食ㅅナ♪ <화소09:10-11>

信丨 道ㅎㄷ 元矢支リ♪ 功德ㄷ 母リ尸{爲}入乙▸ㅅㅁナ丨◂ 一切 諸丨 善法乙 長養ㅅ ㅎ 疑網乙 斷除ㅅㅎホ 愛流乙 出ㅅㅎㅅナオ罒 涅槃ミ 無上道ミノ个乙 開ㅅㅎ 示ㅅㅎㅅ ナオ♪ <화엄09:20-22>

【관련】 ㅁナ丨, ㅅ白ㅁナ丨, ㅅㅁ丨, ㅅナ丨ミ

【비고】 'ㅁ丨'을 연결어미로 보아 'ㅁナ丨'을 불연속형태의 구성으로 보는 견해도 있음.

ㅅㅁハ[ᄒᆞ곡]

【ㅅ/용언+ㅁ/연결어미+ハ/첨사】

하고서. § 'ㅅㅁハ'은 선행절 사건이 후행절 사건보다 먼저 일어나는, 시간 관계를 나타내는 구성에만 나타남.

¶ 今ㅅ丨 {此}リ 食乙 以ㅎ 衆生ㅋ十 惠施▸ㅅㅁハ◂ 願ㅁ尸入丨 我丨 {於}身ㅎ十 永ㅊ 貪著乙 斷ノ禾ㅎㄷ丨ㅅナ尸入乙 {是}リ乙 名下 分減施ミノ禾ナ丨 <화소09:18-20>

瓔珞乙 著ㅅㅊ丨 時ミ十丨 當 願 衆生 諸丨 僞飾乙 捨▸ㅅㅁハ◂ 眞實處ㅎ十 到ㅌ立 <화엄03:01>

大小便乙ㅅㅊ丨 時十丨 當 願 衆生 貪瞋癡乙 棄▸ㅅㅁハ◂ 罪ㄷ 法乙 蠲除ㅅㅌ立 <화엄04:12>

嚴飾 無ㄷ丨乙 見 當 願 衆生 諸丨 飾好乙 捨▸ㅅㅁハ◂ 頭陀ㄷ 行乙 具ㅎㅌ立 <화엄06:01>

慚恥ノ尸 無丨乙 見 當 願 衆生 慚恥ノ尸入乙 捨離▸ㅅㅁハ◂ 大悲ㄷ 道ㅎ十 住ㅅㅌ立 <화엄07:13>

信丨 {於}境界ㅎ十 所著ノ尸 無リㅅナオ♪ 諸丨 難乙 遠離▸ㅅㅁハ◂ 無難乙 得リナオ ♪ <화엄10:04>

謂丨 卽ㅎ 大師リ 善♪ 爲ㅎ 俗正法乙 開示尸 已ミ▸ㅅㅁハ◂ 諸丨 弟子衆リ 此 正法乙 依♪ … 說ノ尸入乙 得♪ㅅㅎ … {於}沙門果ㅎ十 證得圓滿ㅅㅎ … 功德乙 證得ㅅㅎ ㅅ尸矢丨 <유가03:06-11>

【관련】 ㅅㅁ, ㅅㅁハ丨

【선후】 (15)ᄒᆞ곡

ㅅㅁハ二丨[ᄒᆞ곡신;ᄒᆞ고기신]

【ㅅ/형용사+ㅁ/선어말어미+ハ/선어말어미?+二/선어말어미+丨/동명사어미】

하시니. 하시므로. § 여기서 '丨'은 절 접속의 기능임.

¶ 亦ㅅ丨 復ㅎ 共ㄷ 量 無ㄷ丨 音樂乙 作ㅅㅎ 如來乙 覺寤ㅅリ白ㅁハ二丨 佛丨 卽ㅎ 時リㅊㅎ丨入乙 知二♪ 衆生ㅋ 根乙 得二ㅅ丨 卽ㅎ 定乙 從ㄷ 起ㅅ二下 方(ㄷ?) 蓮花師子座上ㅎ十 坐ㅅ白ㅎ丨ㅿ 金剛山王 {如}丨▸ㅅㅁハ二丨◂ 大衆丨 歡喜ㅅㅎ 各ㅋ各ㅋホ

量 無セㄱ 神通乙 現クヒハニㄱミ 地ミ 及ハ 虛空ミノラ十 大衆リ 而灬 住ソヒハニㅣ <구인03:12-15>

如來セ 三業ㄱ 德リ 無極▸ソロハニㄱ◂ 我リア 今ハ 月光ㄱ 三寶乙 禮ソ白ロトクㄱミ <구인11:08>

爾セソㄱ 時十 佛ㄱ 大衆ラ十 告ソニア … 諦リ 聽ホ 諦リ 聽ケ 善ケ 之乙 思ソゟ 念ソゟソケ 法乙 {如}直 修行ソケソナろ▸ソロハニㄱ◂ 時十 波斯匿王ㄱ 言ニア <구인03:17-20>

卽ク 百億種色セ 花乙 散▸ソロハニㄱ◂ 變ソろホ 百億寶帳リ 成ナろ 諸ㄱ 大衆乙 蓋ソロヒㅣ <구인03:20-21>

【관련】 ロ(白)ハニㄱ, 一ハニㄱ, リロハ示ㄱ

ソロハ示ケ[ᄒᆞ곡시며;ᄒᆞ고기시며]

【ソ/동사+ロ/선어말어미+ハ/선어말어미?+示/선어말어미+ケ/연결어미】

하시며.

¶ 惟ハ 願ロア入ㄱ 大王リ示ㄱ入ㄱ 之乙 捨ソろホ 我ラ十 與▸ソロハ示ケ◂ 幷灬 及セ 王ラ 身刀 我ラ 臣僕リア{爲}入乙ソロハ示立ソ去ㄱㅣ十 <화소11:19-20>

【관련】 ソロハ示立

ソロハ示立[ᄒᆞ곡시셔;ᄒᆞ고기시셔]

【ソ/동사+ロ/선어말어미+ハ/선어말어미?+示/선어말어미+立/종결어미】

하소서. § 'ロハ示立'는 願望을 나타내는 종결형태임.

¶ 仁刀 亦ソㄱ 當ハ {於}{此}リ 會セ 中ろセソろハ 修行ソ示ゟㄱヒセ 勝功德乙 演暢▸ソロハ示立◂ <화엄08:24>

汝ㄱ 今ソㄱ {有}斗ㄨㄱ 所乙 悉ろ 當ハ 我ラ十 與▸ソロハ示立◂ソ去ㄱㅣ十 菩薩ㄱ 自ラ灬 念ソナア丁 … <화소10:08>

但ハ 慈念ノア入乙 以ろ 見ろホ {於}我ラ十 施▸ソロハ示立◂ソ去ㄱㅣ十 爾セソㄱ 時十 菩薩ㄱ {是}リ 念言ノア入乙 作ソナア丁 … <화소11:01-04>

惟ハ 願ロア入ㄱ 大王リ示ㄱ入ㄱ 之乙 捨ソろホ 我ラ十 與ソロハ示ケ 幷灬 及セ 王ラ 身刀 我ラ 臣僕リア{爲}入乙▸ソロハ示立◂ソ去ㄱㅣ十 <화소11:19-20>

【관련】 ロハ示立, リロハ示立, ソロハ示ケ

【선후】 (15)ᄒᆞ쇼셔

ソロハ示立ソ去ㄱㅣ十[ᄒᆞ곡시셔ᄒᆞ건다긔;ᄒᆞ고기시셔ᄒᆞ건다긔]

【ソ/동사+ロ/선어말어미+ハ/선어말어미?+示/선어말어미+立/종결어미#ソ/동사+去/선어말어미+ㄱ/동명사어미+ㅣ十[ᄃᆞ/의존명사+아긔/처격조사]; ソ/동사+ロ/선어말어미+ハ/선어

말어미?+ㅿ/선어말어미+ㅍ/종결어미#ㅅ/동사+ㅊ/선어말어미+ㄱ/동명사어미+ㅣ/의존명사+ㅅ/처격조사】

하소서 하는 때에. 하소서 하는 경우에. § 'ㅁㅅㅿㅍ'는 願望을 나타내는 종결형태임.

¶ 汝ㄱ 今ㅅㄱ {有}ㅅㅅㄱ 所ㄹ 悉ㅅ 當ㅅ 我ㅅㅅ 與▸ㅅㅁㅅㅿㅍㅅㅊㄱㅣㅅ◂ 菩薩ㄱ 自ㅅㅅ 念ㅅㅅㅅㅅ … <화소10:08>

但ㅅ 慈念ㅅㅅㅅㄹ 以ㅅ 見ㅅㅅ {於}我ㅅㅅ 施▸ㅅㅁㅅㅿㅍㅅㅊㄱㅣㅅ◂ 爾ㅅㅅㄱ 時ㅅ 菩薩ㄱ {是}ㅣ 念言ㅅㅅㅅㄹ 作ㅅㅅㅅㅅ … <화소11:01-04>

幷ㅅ 及ㅅ 王ㅅ 身ㅅ 我ㅅ 臣僕ㅣㅅ{爲}ㅅㄹ▸ㅅㅁㅅㅿㅍㅅㅊㄱㅣㅅ◂ 爾ㅅㅅㄱ 時ㅅ 菩薩ㄱ {是}ㅣ 念言ㅅㅅㅅㄹ 作ㅅㅅㅅㅅ … <화소11:20-12:01>

【관련】 (ㅅ)ㅁㅅㅿㅍ, ㅅㅊㄱㅣㅅ, 令ㅣㅁㅅㅿㅍㅅㅊㄱㅣㅅ, ㅣㅅ爲ㅅㄹㅅㅁㅅㅿㅍㅅㅊㄱㅣㅅ, ㅅㅊㄱㅣㅅ

ㅅ ㅁ ㅌ ㅣ [ᄒᆞ고ᄂᆞ다]

【ㅅ/동사+ㅁ/선어말어미+ㅌ/선어말어미+ㅣ/종결어미】

하였다.

¶ 是ㅅㅅㄱ 時ㅅ 世界ㅅ 其 地ㄱ 六種ㅅ 震動▸ㅅㅁㅌㅣ◂ <구인02:18>

即ㅅ 百億種色ㅅ 花ㄹ 散ㅅㅁㅅㅅㄱ 變ㅅㅅㅅ 百億寶帳ㅣ 成ㅅㅅ 諸ㄱ 大衆ㄹ 蓋▸ㅅㅁㅌㅣ◂ <구인03:20-21>

【관련】 ㅅㅌㅣ, ㅅㅁㅌㅅ

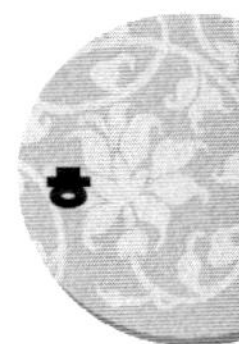

ㅅ ㅁ ㅌ ㅅ ㅅ [ᄒᆞ고ᄂᆞ리며]

【ㅅ/동사+ㅁ/선어말어미+ㅌ/선어말어미+ㅅ[ㄹㆆ/동명사어미(+이/의존명사)+이/계사]+ㅅ/연결어미】

하며. § <화엄경>에서 조건절 '-ㅌㅅㅅㄱ'의 후행절에 주로 쓰임.

¶ 或ㅅ 有ㅅㅣ 國土ㅣ 法ㄹ 知ㅅ 不ㅅㅅㅅㅅ {於}彼ㅣㅅㄱ {爲}ㅅㅅ 妙法藏ㄹ 說ㅁㅌㅅㅅ分別 無ㅅ{有} 功用 無ㅅㅅㅅㄱ {於}一ㄱ 念ㅅ 頃ㅅㅅㅅ 十方ㅅㅅ 徧ㅅㅣㅅㅅㅅ 月光影 如ㅅㅅㅅㅅ 周ㅅㅅㅅ 不ㅅㅅㅅㅅㅅ 靡ㅅㅅ 量ㅣ 無ㄱ 方便ㄹㅅ 羣生ㄹ 化▸ㅅㅁㅌㅅㅅ◂ <화엄14:16-18>

【관련】 ㅁㅌㅅㅅ, ㅅㅁㅌㄹㅅ, ㅅㅁㅌㅅ, ㅅ白ㅁㅌㄹㅅ, ㅌㅅㅅ

ㅅ ㅁ ㅌ ㄹ ㅅ [ᄒᆞ고ᄂᆞᆯ며]

【ㅅ/동사+ㅁ/선어말어미+ㅌ/선어말어미+ㄹ/선어말어미?+ㅅ/연결어미】

하며.

¶ 時ㅅ 無色界ㅅㅅㄱ 量 無ㅅㄱ 變ㅅㄱㅌㅅ 大香花ㄹ 雨ㅅㄱㅅ 香ㄱ 車輪 {如}ㅣㅅㅅ 花ㄱ 須彌山王 {如}ㅣㅅㅅㄱㅅ 雲 {如}ㅣㅅㅅ 而ㅅ 下▸ㅅㅁㅌㄹㅅ◂ <구인02:14-15>

人中ろセ 師子ㄱ 衆ラ {爲}シ亍 說ロハニㄱ 大衆ㄱ 歡喜ソろ 金花乙 散ソ白ロㅌ乙㢱 百億萬土ㄱ 六大動▸ソロㅌ乙㢱◂ 生乙 含ソㄱㅌセ{之} 生ㄱ 妙報乙 受ロㅌㄱ㆔ <구인11:11-12>

【관련】 ソ白ロㅌ乙㢱, ソロㅌ𢀳㢱, ソロㅌ㢱, ㅌア㢱

ソロㅌ㢱[ᄒᆞ고ᄂᆞ며]

【ソ/동사+ロ/선어말어미+ㅌ/선어말어미+㢱/연결어미】

하며.

¶ 十方ろ十 有ㄱ 所セ 諸ㄱ 讚頌リ 如來ア 實功德乙 偁歎ソ白ㅎ今セ 是 如支ソㄱ 種種セ 妙言辭乙 皆セ 掌內乙 從セ 而灬 開演▸ソロㅌ㢱◂ 菩薩ㄱ 右手ろ十 淨光乙 放ノㄱム 光セ 中ろ十ㄱ 香水乙 空乙 從セ 雨リろ 普リ 十方セ 諸 佛土ろ十 灑ソろホ 一切 世乙 照リ丙今セ 燈乙 供養▸ソロㅌ㢱◂ <화엄16:02-05>

凡ラ 受ㅎア 所セ 物セ火セハア入ㄱ 悉ろ 亦刀 {是}リ 如支▸ソロㅌ㢱◂ <화소09:11-12>

無價 寶衣㆔ 雜妙香㆔ 寶セ 幢㆔ 幡㆔ 蓋㆔ノ𢀳 皆セ 嚴好ソㄱリ㆔ 眞金乙 華 {爲}シソㄱリ㆔ 寶乙 帳 {爲}シソㄱリ㆔ノ今乙 皆セ 掌セ 中乙 從セ 雨リア 不ソア丁ノア 莫セリ▸ソロㅌ㢱◂ <화엄15:20-21>

十方セ 一切 諸ㄱ 妓樂リㄱ 鐘㆔ 鼓㆔ 琴㆔ 瑟㆔ノ今ㄱ 一ㄱ 類 非矢ㄱ㆔ 悉ろ 和雅ソㅌセ 妙音聲乙 奏ソナ今乙 {於}掌セ 中乙 從 出ソア 不ソア丁ノア 靡セリ▸ソロㅌ㢱◂ <화엄15:24-16:01>

{於}彼 十方世界セ 中ろ十 念念ろ十ケㅣ 佛道 成卜ㅎㄱ入乙 示現ソㅎ 正法輪乙 轉ㅎ 寂滅ろ十 入ソㅎ 乃シ 至リ 舍利乙 廣リ 分布ソㅎ▸ソロㅌ㢱◂ <화엄14:19-20>

或ソㄱ 聲聞㆔ 獨覺セ 道乙 現ㅎ㢱 或ソㄱ 成佛ソろホ 普リ 莊嚴ノㄱ入乙 現ㅎ㢱ソろ {是}リ 如支 三乘セ 敎乙 開闡ソろホ 廣リ 衆生乙 度リㅎア㢱 量リ 無ㄱ 劫ろ十▸ソロㅌ㢱◂ <화엄14:21-22>

【관련】 ソロㅌ𢀳㢱, ソロㅌ乙㢱, ソ白ロㅌ乙㢱, ㅌア㢱

【비고】 'ソロㅌ㢱'는 'ソロㅌ乙㢱'의 이표기로 볼 가능성도 있고 'ソロㅌ𢀳㢱'에서 '𢀳' 가 빠진 것으로 볼 가능성도 있음.

ソロㄱ[ᄒᆞ곤]

【ソ/용언+ロ/선어말어미+ㄱ/동명사어미】

① ('不矢-' 앞에서) 함. 하는 것. 하지. § 'ㄱ'은 부정소 '不矢' 앞에 쓰인 것임.

¶ 若 如來ア 體リ 常住ソ丙ㅎㄱ入ㄱ 見白ㅌア入ㄱ 則 能支 法ラ 永去 滅▸ソロㄱ◂ 不矢ヒㄱ入乙 知ㅌ𢀳㢱 <화엄11:15>

若 能 法ラ 永去 滅▸ソロㄱ◂ 不矢ヒㄱ入ㄱ 知ㅌア入ㄱ 則 得ろホ 辯才リ 障礙ソア 無ㅌ𢀳㢱 <화엄11:16>

而ㄱ 彼 微塵ㄱ 亦ㅆㄱ 增▸ㅆㅁㄱ◂ 不矢ㄱ乙 {於}一ㄱ㇇十 普刂 難思七 刹乙 現㇇ㅁ 𠃌ᅎ <화엄15:09>

【관련】 (異)ㅆㄱ (不矢刂ㄱ矢), (可/應七)ㅆㄱ (不矢-)

【ㅆ/용언+ㅁ/선어말어미+ㄱ/동명사어미; ㅆ/용언+ㅁㄱ/연결어미】

② 하니.

¶ 世諦ㄱ 幻化㐅 起▸ㅆㅁㄱ◂ 譬入ㄱ 虛空七 花 {如}丨ㅆᅎ 影ㆍ 三ㇰ七 手刂 無ノㄱ丁 ノ仒 {如}丨ㅆᅎㅆㄱㆍ 因緣㐅 故ノ 誑有ㅆナㄱ刂ᅎ <구인15:07-08>

我ㄱ 今ㅆㄱ 衰老ㅆ㇇ 身ㄱ 重疾㇇十 嬰七ㅆᅎ 煢獨ㅆ㇇ 羸頓ㅆ㇇▸ㅆㅁㄱ◂ 死ノ尸入ㄱ 將与仒八 久㇇尸 不ㅆ去ㅁ乙㇇丨 <화소10:18-19>

諸ㄱ 法ㄱ 因緣㐅 有ㅆᅎ▸ㅆㅁㄱ◂ 有人 無人七 義刂 {是}刂 {如}丨ㅆナ丨 <구인15:02>

【관련】 ㅁㄱ

【ㅆ/용언+ㅁ/선어말어미+ㄱ/동명사어미; ㅆ/용언+ㅁㄱ/연결어미】

③ 하면. 하는가 하면. §'故㇇, 何㇇' 뒤에만 나타남.

¶ 所以者 何㇇▸ㅆㅁㄱ◂ 定心 中㇇七 慧刂 {於}所知七 境㇇十 清淨ㇳ 轉ㅆ尸入㐅{故}㇇ <유가06:16-17>

何以故㇇▸ㅆㅁㄱ◂ 此 次第人 此 因人 此 緣人乙 依㇇ 瑜伽乙 修習ㅆㄱ 方ㆍ 得ホ 成滿ㅆ尸入乙 由ㆍㄱ入㐅㇇ 謂ㄱ 聞正法圓滿人 涅槃爲上首人 能熟解脫慧七 成熟人乙 依ㅆㄱ入㐅{故}丨 <유가07:20-23>

【관련】 ㅁㄱ

【비고】 <유가사지론>에만 나타난 표현임.

ㅆㅁㄱ乙[ᄒᆞ곤을]

【ㅆ/용언+ㅁ/선어말어미+ㄱ/동명사어미+乙/대격조사; ㅆ/용언+ㅁ/선어말어미+ㄱ乙/연결어미】

하거늘.

¶ 一切 衆生ㄱ {暫}ㆍ火七 報㇇十 住▸ㅆㅁㄱ乙◂ 金剛原㇇十 登ㅆ去八二ㄱ刂ㆍ 淨土㇇十 居ㅆ二㇇ホ七丨 <구인11:07>

一切 世間七 衆ㄱ 苦患ㄱ 深ㅆ㇇ 廣ㅆ㇇ㅆ㇇ホ 涯ㇳ 無ㄱ矢 大海 如支▸ㅆㅁㄱ乙◂ 彼乙 與七 同事ㅆ㇇ホ 悉 能支 忍ㅆ㇇ 其乙 利益ㅆ㇇ホ 安樂乙 得刂{令}刂ナᅎ <화엄18:12-13>

【관련】 (無)七ㅁㄱ乙, ㅆ去ㄱ乙, ㅆ二ㄱ乙

ㅆㅁ仒[ᄒᆞ고리]

【ㅆ/동사+ㅁ/선어말어미+仒[ㄹㅎ/동명사어미+이/의존명사(+이/주격조사)]】

하는 것이. 하는 이가.

¶ 量 無ㄱ 智慧七 光明ㅅ十 三昧刂 傾動ノ禾七{可}ソㄱ 不矢ㅌ人 能矢 摧伏▸ソロ今◂ 無ㄱ 聞持陁羅尼人刂 {爲}氵ノ 本刂入乙 作ソ去ㄱ入灬 故ノ <금광07:02-03>

【관련】 ロ今, (ソ)ㅅ今, ソナ今ㅡ, ソニ今, ソ今, ノ今

ソロ尸[ᄒᆞ곪]

【ソ/동사+ロ/선어말어미+尸/동명사어미】

('爲' 뒤에서) 이르기를. 이름하여. § 명명구문에 쓰임.

¶ {是}刂乙 {爲}▸ソロ尸◂ 菩薩摩訶薩尸 六禾 第七 施藏氵ノ禾ナㅣ <화소16:17-18>

{是}刂乙 {爲}▸ソロ尸◂ 菩薩摩訶薩尸 七 第七 慧藏氵ソロ乙禾禾ㄱ氵 <화소20:03-04>

{是}刂乙 {爲}▸ソロ尸◂ 菩薩摩訶薩尸 十尸 第七 辯藏氵ノ禾ナㅣ <화소26:03>

{是}刂乙 {爲}▸ソロ尸◂ 十尸 種七 無盡法刂 能攴 一切世間七 作ノㄱ 所乙 悉ㅅ 得ㅅ 亦 究竟 令刂ナ今七 無盡大藏氵ノ禾ナㅣ <화소26:19-20>

【비고】 <화엄경소>에만 보임. 이와 같은 구문에서 '{爲}ソロ尸' 대신 '名下'가 나타난 예가 많음.

ソロ尸丁禾尸[ᄒᆞ곪뎌홇]

【ソ/동사+ロ/선어말어미+尸/동명사어미+丁[ᄃᆞ/의존명사+여/조사]#禾[ᄒᆞ/동사+오/선어말어미]+尸/동명사어미;ソ/동사+ロ尸丁/연결어미?#禾[ᄒᆞ/동사+오/선어말어미]+尸/동명사어미】

('不冬-' 앞에서) 하고자 하지. § '禾尸'의 '尸'은 부정소 '不冬' 앞에서 쓰인 것임.

¶ 他乙 引ソㅅ {於}己ㅋ乙 信ソ{令}刂{爲}人ソ尸 不冬ソ ? 利養ㅗ 恭敬ㅗ 稱譽ㅗノ尸乙 爲▸ソロ尸丁禾尸◂ 不冬ソ ? ソ尸矢ㅣ <유가04:18-19>

【관련】 -尸丁, 禾尸

【비고】 '禾'가 '호'로 읽히는 것이 특이함. '禾'를 'ソ'로 판독할 가능성도 있음.

ソロ乙禾禾皿[ᄒᆞ골오리라]

【ソ/동사+ロ乙/선어말어미?+禾/선어말어미+禾[ㄹ이/동명사어미(+이/의존명사)+이/계사]+皿/연결어미】

할 것이라(서). § '禾'는 1인칭 주어와 호응함.

¶ 今ソㄱ 我ㄱ 亦ソㄱ 當八 {於}往昔ㅅ十 同ソㅅ八 而灬 其 命乙 捨▸ソロ乙禾禾皿◂ {是}刂 故灬 衆生乙 饒益ソ{爲}人 其 有七ㄱ 所乙 隨禾 一切之七 皆七 捨ノ尸厶 乃ソ氵 盡命ソ尸矢十 至刂ソ乃 亦ソㄱ 悋ノ尸 所ㅅ 無七刂ノ禾{應}七ソㄱ刂ㅅ七ㅣソナ禾七ㅣ <화소10:10-13>

【관련】 (ㅅ)ロ乙禾ㄱ刂皿, ソロ乙禾禾ㄱ氵, ロ乙禾尸入ㄱ, ソ七ロ乙禾ㅣ, ソ去ロ乙禾ㅣ,

(ニ)ㅁ乙ㅎ亦ㅌ丨

【비고】 '罒'는 연결어미 '氵'의 이형태로 계사 'リ' 뒤에 쓰임.

ㅡㅁ亦應ㅌㅡ1ㅡ[ᄒᆞ곲ᄒᆞᆫ여]

【ㅡ/용언+ㅁ/선어말어미+亦ㅌ/어미+ㅡ/형용사+1/동명사어미+ㅡ/조사; ㅡ/용언+ㅁ/선어말어미+亦ㅌ/어미+ㅡ/형용사+1ㅡ/연결어미】

해야 하니. § 'ㅡ'는 절 접속의 기능임.

¶ 佛1 言リニア 善男子氵 是 如支ㅡ丨 汝 等ㅡ11 當ハ 此 如支ㅡニ1 經典乙 精勤修行▸ㅡㅁ亦{應}ㅌㅡ1ㅡ◂ 則ノ 法乙 久氵 {於}世ㅋ十 住令リ白氵1丁ノ不ナ1リ丨ㅡㅌハニ丨 <금광15:14-16>

【관련】 ㅡ亦可ㅌㅡ1ㅡ, ㅡ亦應ㅌㅡ1

ㅡㅁㅌノ丨[ᄒᆞ곳오다]

【ㅡ/동사+ㅁㅌ/선어말어미+ノ/선어말어미+丨/종결어미】

하였습니다. § 'ノ'는 1인칭 주어와 호응함.

¶ 我ㅈㅋ 身1 薄祐ㅡ氵 諸1 根 殘缺▸ㅡㅁㅌノ丨◂ <화소15: 20>

【관련】 去ㅁㅌノ丨, 斗ㅁㅌノ1リ罒, ㅡㅁㅌノ不ㅅ

ㅡㅁㅌノ不ㅅ[ᄒᆞ곳오리며]

【ㅡ/동사+ㅁㅌ/선어말어미+ノ/선어말어미+不[ㄹㅎ/동명사어미(+이/의존명사)+이/계사]+ㅅ/연결어미】

('ㅡリア入乙 作ㅡㅡ' 뒤에서) 될 것이며. § 'ノ'는 1인칭 주어와 호응함.

¶ 是 會ㅌ 大衆1 皆 悉 彼ㅅ 往氵 爲ノ 聽衆リア入乙 作▸ㅡㅁㅌノ不ㅅ◂ <금광15:05-06>

【관련】 ㅡㅁㅌノ丨, 去ㅁㅌノ丨

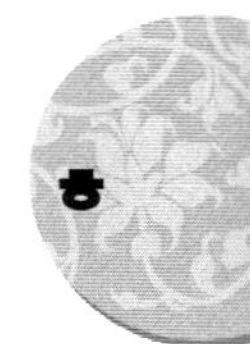

ㅡ人

☞ ㅡ人雖斗

ㅡ人雖斗[ᄒᆞ과두]

【ㅡ/용언+人斗/연결어미】

하더라도. § '人斗'는 양보의 연결어미로 주로 '然ㅡ乃', '而1'가 후행함.

¶ 二 伴1 有德▸ㅡ人{雖}斗◂ 然ㅡ乃 能ㅅ 修定方便乙 宣說ㅡ令ㅌ 師リ 過失 {有}斗ノ

ㄕㅿ 謂ㄱ 顚倒ㄎ 修定方便乙 說ソㄕ矢ㄅ <유가13:09-10>

三 師ㄱ 有德▸ソ入{雖}ㅗ◂ 然ソ乃 {於}所說ㄷ 修定方便⺀十 其 能聽者刂 欲樂羸劣ソ⺀ 心 散亂ソㄱ入⺌ 故ノ 領受 能 不ハノ今ㄷ 過失刂ㄅ <유가13:11-13>

【관련】 ソ(ニ)ㄒㄷ入雖ㅗ, ソナㄒㄷ入雖ㅗ, 有ㅗ入雖ㅗ, 無ㄷ入雖ㅗ, 无ㄷ入雖ㅗ

ソ乃[ᄒᆞ나]

【ソ/용언+乃/연결어미】

① 하지만. 하더라도.

¶ 又ソㄱ 復ㄉ 過去ㄷ 諸ㄱ 法ㄗ 十方⺀十 推求▸ソ乃◂ 都ㄷ 得⺀ㄒㄒ{可}ㄷソㄱ 不矢ㄷㄱ入乙 觀察ソナㄅ <화소13:09-10>

{於}一切 世界ㄷ 中⺀十ソ⺀ 衆生乙 與ㄷ 同住▸ソ乃◂ 曾ハㄒㄉ 過咎 無ㄅ <화소23:14-15>

佛功德乙 讚ソ白去ㄱㅣ十ㄱ 當 願 衆生 衆ㄱ 德乙 悉⺀ 具ㄒ⺀ㄅ 㐲歎▸ソ乃◂ 盡ㄕ 無ㄷ立 <화엄08:11>

{是}刂 故⺌ 衆生乙 饒益ソ{爲}入 其 有ㄷㄱ 所乙 隨ㄒ 一切之ㄷ 皆ㄷ 捨ノㄕㅿ 乃ソ⺀ 盡命ソㄕ矢十 至刂▸ソ乃◂ 亦ソㄱ 悋ノㄕ 所⺀ 無ㄷ刂ノㄒ{應}ㄷソㄱ刂⺀ㄷㅣソナㄒㄷㅣ <화소10:11-13>

一切恩愛ㄉ 會{恨}▸ソ乃◂ソロハㄱ 當ハ 別離ノ禾ㄱ⺀ 而ㄱ{於}衆生ㄗ十ㄱ 饒益ノㄕ 所⺀ 無ㄷ去禾⺀ㄷㅣ <화소12:15- 16>

【관련】 ソニ乃

【선후】 (15)ᄒᆞ나

② ('然' 뒤에서) 그러나. 그렇기는 하나. § '-入雖ㅗ'에 후행함.

¶ 二 件ㄱ 有德ソ入{雖}ㅗ 然▸ソ乃◂ 能ㄅ 修定方便乙 宣說ソ今ㄷ 師刂 過失 {有}ㅗノㄕㅿ 謂ㄱ 顚倒ㄎ 修定方便乙 說ソㄕ矢ㄅ <유가13:09-10>

十一 此 失ㄱ 無ㄷ入{雖}ㅗ 然▸ソ乃◂ 慢入 恚入ㄷ 過⺌ 故ノ 教誨乙 領受 能 不ハノ今ㄷ 過失 {有}ㅗㄅ <유가13:22-23>

二十 此 失ㄱ 无ㄷ入{雖}ㅗ 然▸ソ乃◂ 先下 毘鉢舍那品乙 修行 不ハソㄱ入⺌ 故ノ <유가14:13-14>

然⺀▸ソ乃◂ {此}刂 法ㄱ{者} 處所 有ㄷㄱㄷ 非矢ㄅ 處所 無ㄷㄱㄷ 非矢ㄅ 內 非矢ㄅ 外 非矢ㄅ 近 非矢ㄅ 遠 非矢ㄱ刂⺀ㄷㅣソナㄅ <화소13:20-14:02>

【관련】 (然)⺀ソ乃

③ 하거나.

¶ 又 彼ㄱ {於}晝夜⺀十 若 行▸ソ乃◂ 若 住▸ソ乃◂ 衣服亠 飮食亠 命緣亠ノㄕ乙 習近ノㄱ入乙 如ハ 習近ソㄱ入乙 由⺀ㄱ入⺌ 故ノ <유가27:21-22>

ソ乃ソロハㄱ[ᄒᆞ나ᄒᆞ곡은;ᄒᆞ나ᄒᆞ고근]

【ㅅ/동사+ㄋ/연결어미#ㅅ/동사+ㅁ/연결어미+ㅅ/첨사+ㄱ/보조사】
하지만 그러고서는. §'ㅅㅁㅅㄱ'의 'ㅅ-'는 대동사적 용법임.
¶ 一切 恩愛ㄲ 會{恨}▸ㅅㄋㅅㅁㅅㄱ◂ 當ㅅ 別離ㄥ示ㄱ氵 而ㄱ {於}衆生ㅋ十ㄱ 饒益ㄥ尸 所ㅎ 無七去示ㅎ七丨 <화소12:15-16>
【관련】 ㅅㅁㅅㄱ, ㅅㅁㅅㄱ, ㅅㅁㅅ二ㄱ, (ㅅ)ㅁㅅ斤, ㅅㅎ斤
【비고】 '恨'은 묵서로 기입해 넣은 것임.

ㅅ乂ㄱ[ᄒᆞ논]

【ㅅ/동사+乂[ㄴ/선어말어미+오/선어말어미]+ㄱ/동명사어미】
하는.
¶ 是 {如}丨ㅅㅅ 是 {如}丨ㅅㅎ 汝ㅋ 解▸ㅅ乂ㄱ◂ 所ㅎ {如}丨ㅅナ丨 <구인11:22-23>
菩薩刂 發意ㅅㅎ 菩提乙 求▸ㅅ乂ㄱ◂入ㄱ {是}刂 因 無刂ㅅㅅ 緣 無刂ㅅ七{有} 非刂 矢 {於}佛法僧ㅎ十 淨信乙 生刂ㅎ 是乙 {以}氵ㅎ 而灬 廣大心乙 生刂ナㄱ刂丨<화엄09:10-11>
【관련】 ㅅ乂ㄱ入ㄱ, {有}屮乂ㄱ, 刂乂ㄱ矢氵
【선후】 (15)ᄒᆞ논
네 求▸ᄒᆞ논◂ 이리 乃終내 受苦를 몯 여희리니 <釋詳3:33b>

ㅅ乂ㄱ入ㄱ[ᄒᆞ논ᄃᆞᆫ]

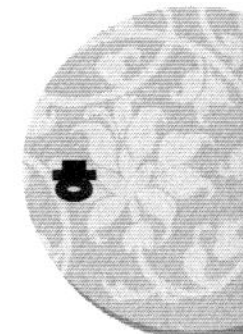

【ㅅ/동사+乂[ㄴ/선어말어미+오/선어말어미]+ㄱ/동명사어미+入/의존명사+ㄱ/보조사】
하는 것은.
¶ 菩薩刂 發意ㅅㅎ 菩提乙 求▸ㅅ乂ㄱ入ㄱ◂ {是}刂 因 無刂ㅅㅅ 緣 無刂ㅅ七{有} 非刂 矢 {於}佛法僧ㅎ十 淨信乙 生刂ㅎ 是乙 {以}氵ㅎ 而灬 廣大心乙 生刂ナㄱ刂丨 <화엄09:10-11>
【관련】 ㅏ亍ㄱ入ㄱ, (ㅅ)ㄱ入ㄱ, ㅅ乂ㄱ, {有}屮乂ㄱ, 刂乂ㄱ矢氵

ㅅㅏㄱㄲ[ᄒᆞᄂᆞᆫ도]

【ㅅ/동사+ㅏ/선어말어미+ㄱ/동명사어미+ㄲ/보조사】
하는 것도.
¶ 初地ㅎ十 有相道乙 行ㅅ{欲}入▸ㅅㅏㄱㄲ◂ 是ㄱ 無明刂ㅅ 障礙 生死乙 怖畏▸ㅅㅏㄱㄲ◂ 是ㄱ 無明刂罒 <금광07:16-17>
昔尸 得尸 未刂ㅅㅋ七丨ㄥㄱ 所七 勝利乙 得ㅎㄱ入灬 故ㄥ 動踊▸ㅅㅏㄱㄲ◂ 無明乙 因ㄥㅅㅅ 聞持陁羅尼乙 具尸 不ㅅ▸ㅅㅏㄱㄲ◂ 無明乙 因ㄥㅅ矛罒 是乙 三地 障亠ㄥ矛ㅅ <금광07:18-20>
禪定樂乙 味刂ㅅㅎ 愛著心乙 生刂▸ㅅㅏㄱㄲ◂ 無明乙 因ㄥㅅㅅ 微妙 淨法七 愛▸ㅅㅏ

1カ◂ 無明乙 因ノソネ罒 是乙 四地セ 障亠ノネケ <금광07:20-21>
是1 涅槃刂丨 思惟ソ乎 是1 生死刂丨 思惟ソ乎▸ソト1カ◂ 無明刂 因{爲}刂尸入乙ソケ 生死 涅槃ろ十 不平等ち 思惟▸ソト1カ◂ 無明刂 因{爲}刂尸入乙ソネ罒 是 五地セ 障亠ノネケ <금광07:22-24>
{於}無上法ろ十 多刂 功力乙 用▸ソト1カ◂ 無明刂 因{爲}刂尸入乙ソケ 相自在刂 難シ 得ろホ 度ノㅎ{可}セソ1乙 執▸ソト1カ◂ 無明刂 因{爲}刂尸入乙ソネ罒 是乙 八地セ 障亠ノノ1ソケ <금광08:02-04>
說法無量亠 名味句無量亠 知慧分別無量亠ノ尸乙 攝持尸 能 未八▸ソト1カ◂ 無明刂 因{爲}刂尸入乙ソケ 四無礙辯ろ十 得ろホ 自在 未▸ソト1カ◂ 無明刂 因{爲}刂尸入乙ソネ罒 是乙 九地セ 障亠ノネケ <금광08:04-06>
【관련】 ソ欲人ソト1カ, (未)人ソト1カ, (不/未)八ソト1カ, 刂ソト1カ, ソ乎ソト1カ

ソト1乙[ᄒᆞ눈을]

【ソ/동사+ト/선어말어미+1/동명사어미+乙/대격조사】

① 하는 것을.

¶ 若 汲井▸ソト1乙◂ 見 當願衆生 辯才乙 具足ソろ八 一切法乙 演ソㅌ立 <화엄05:17>

【ソ/동사+ト/선어말어미+1乙/연결어미】

② 하거늘.

¶ 若 說法師刂 此 義乙 爲ソ邑人ソ尸入灬 故ノ 正法乙 宣說▸ソト1乙◂ 其 聽法者刂 卽ㅎ 此 義乙 {以}シ 而灬 正法乙 聽ソナネ罒 是 故灬 此 時乙 名下 饒益他亠ノネケ <유가05:21 -23>

【관련】 一ト1乙

ソトニ亠[ᄒᆞ누시여]

【ソ/동사(+白/선어말어미)+ト/선어말어미(+ノ/선어말어미+1/동명사어미+刂/계사)+ニ/선어말어미(+1/동명사어미)+亠/조사; ソ/동사(+白/선어말어미)+ト/선어말어미(+ノ/선어말어미+1/동명사어미+刂/계사)+ニ/선어말어미+(1)亠/연결어미】

하는 분이시니. §'ソ白トノ1刂ニ1亠'의 생략 표기.

¶ 善男子 菩薩 九地ろ十 是 相 前現ノ尸ム 轉輪聖王1 量 無ソ1 億衆ラ 圍遶ソろホ 供養▸ソトニ亠◂ 頂上ろセ 白蓋1 量 無ソ1 衆寶灬{之} 莊嚴ノ1 所1乙 {以}シホ {於}上亠十 覆ソラセノ1入乙 菩薩1 悉ろ 見ナㅎセ丨 善男子ろ 菩薩 十地ろ十1 是 相刂 前現ノ尸ム
… 量 無ソ1 億梵王刂 圍遶ソろホ 恭敬ソ乎 供養ソ乎ソ白トノ1刂ニ1亠 {於}無上微妙法輪乙 轉ソニトノ1入乙 菩薩1 悉ろ 見ナㅎセ丨 <금광06:17-22>

【관련】 (ソ乎)ソ白トノ1刂ニ1亠

ㅸㅏノㄱㅅㄹ[ᄒᆞ누온ᄃᆞᆯ]

【ㅸ/동사+ㅏ/선어말어미+ノ/선어말어미+ㄱ/동명사어미+ㅅ/의존명사+ㄹ/대격조사】

하는 것을.

¶ 彼ㅣ 正法ㄹ 受用ㅸㅈㅊ 而ㅁ 轉▸ㅸㅏノㄱㅅㄹ◂ 知ㅈ 恐ㅅㄱ 資緣 乏ㅈㅊ 是 如ㅊㅸㄱ 所受ㅌ 正法ㄹ 退失ㅸㅊㄹㅊㅸナㅅㅁ <유가03:15-17>

{於}晝夜分ㅈ十 自己ㅋ {有}ㅓノㄱ 所ㅌ 善法 增長▸ㅸㅏノㄱㅅㄹ◂ 實 如ㅊ 了知ㅸㅎ 不善法 增長▸ㅸㅏノㄱㅅㄹ◂ 實 如ㅊ 了知ㅸㅎㅸ𝑆 <유가27:18-19>

善法 衰退▸ㅸㅏノㄱㅅㄹ◂ 實 如ㅊ 了知ㅸㅎ 不善法 衰退▸ㅸㅏノㄱㅅㄹ◂ 實 如ㅊ 了知ㅸㅎㅸ𝑆 <유가27:19-20-21>

三者 一切 衆生ㅣ 生死ㅈ十 往還ノㄹㅿ 其 因緣ㄹ 隨ノ▸ㅸㅏノㄱㅅㄹ◂ 是 如ㅊ 見知ㅸ𝑆 <금광04:22-23>

鬱波羅花ㅗ 拘物頭花ㅗ 分陁利花ㅗノㅋ十 其 池ㄹ 莊嚴ㅸ𝑆ㅸㅋㅌㄱㄹ {於}花池所ㅈ十 自ㅋ 身ㅣ 遊戱快樂ノㄹㅿ 淸淨 淸凉 無比ㅎ▸ㅸㅏノㄱㅅㄹ◂ 菩薩ㄱ 悉ㅈ 見ㅸナㅎㅌㅣ <금광06:10-12>

不度ㅸㅎ 亦 不滅ㅸㅎ▸ㅸㅏノㄱㅅㄹ◂ 唯ㅅ 佛ㅣㅡㅅ 能𝑆 了知ㅸㅡㅁㄹ𝑆 <금광13:15>

不善法 增長ㅸㅎ 善法 衰退ㅸㅎ 或 善法 增長ㅸㅎ 不善法 衰退ㅸㅎ▸ㅸㅏノㄱㅅㄹ◂ 皆 實 如ㅊ 了知ㅸ𝑆 <유가27:22-28 :01>

【관련】 ノㅸㅏノㄱㅅㄹ, ㅎㅸㅏノㄱㅅㄹ, ㅌㅸㅎㅸㅏノㄱㅅㄹ, ㅸㅎㅸㅏノㄱㅅㄹ, ㅸㅏㅎㄱㅅㄹ

【선후】 (15)ᄒᆞ논 ᄃᆞᆯ

비록 至極히 貴호매 이셔도 ᄆᆞᄎᆞ매 變ᄒᆞ야 업수믈 조ᄎᆞ리어늘 제 아디 몯▸ᄒᆞ논 ᄃᆞᆯ◂ ᄇᆞᆯ기시니 <楞嚴2:3b>

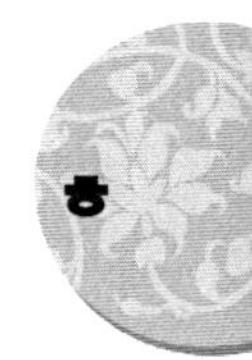

ㅸㅏㅎㄱ[ᄒᆞ누온]

【ㅸ/동사+ㅏ/선어말어미+ㅎ/선어말어미+ㄱ/동명사어미】

하는.

¶ 我ㅋ 作▸ㅸㅏㅎㄱ◂ 所ㄹㅸㄹ 如ㅊ 此ㄹ 以ㅈ 一切衆生ㄹ 開導ㅸㅈㅅ {於}身心ㅈ十 貪愛ㄹ 生ㅣㄹ 不ㅊ 令ㅣ下 悉ㅈ 得ㅈㅊ 淸淨智身ㄹ 成就ㅅㅣㅎ禾ㅈㅌㅣㅸナㄹㅅㄹ {是}ㅣㄹ 名下 究竟施ㅅノ禾ナㅣ <화소16:14-17>

衆生ㅋ 苦ㅅ 樂ㅅ 利ㅅ 衰ㅅㅸㄹ {等}ㅣㅸㄱ 一切 世間ㅌ 作▸ㅸㅏㅎㄱ◂ 所ㅌ 法ㅈ十 悉ㅈ 能ㅊ 應現ㅸㅈㅊ 其 事ㅋ十 同ㅸナㅈ 此ㄹ 以ㅈㅊ 普ㅣ 諸ㄱ 衆生ㄹ 度ㅣナ𝑆 <화엄18:10-11>

{是}ㅣ 如ㅊㅸㄱ 一切ㄹ十 皆ㅌ 自在ㅎ▸ㅸㅏㅎㄱ◂ㅅㄱ 佛華嚴三昧ㅌ 力ㄹ {以}ㅅㅎナㅣ<화엄15:07>

根ㅅ 果ㅅㅸㄹ {等}ㅣㅸㄱㄹ 食▸ㅸㅏㅎㄱ◂ㅅㄹ 悉ㅈ 示ㅸㅎ 行ㅸㅎㅸㅈ {於}彼ㅣ十

常リ 己ラ十 勝ソㅌ七 法乙 思ㅅリナㅊ <화엄20:01>

【관련】 ソトㆆㄱ入ㄱ, ソトㆆㄱ入乙, ソトノㄱ入乙

【선후】 (15)ᄒᆞᄂᆞᆫ

내 佛子돌홀 본ᄃᆡᆫ 다 恭敬▸ᄒᆞᄂᆞᆫ◂ ᄆᆞᅀᆞ므로 부텨ᄭᅴ 오니 아래브터 諸佛을 좃ᄌᆞ바 方便 說法을 듣ᄌᆞ바 이실ᄊᆡ <釋詳13:60a>

ソトㆆㄱ入乙[ᄒᆞ누온ᄃᆞᆯ]

【ソ/동사+ト/선어말어미+ㆆ/선어말어미+ㄱ/동명사어미+入/의존명사+乙/대격조사】

하는 것을.

¶ 但ハ 自ラ灬 身ラ 初七ㆆ 入胎ソㄱ乙 從七 不淨ソㅌ七 微形リ罒 胞段七 諸ㄱ 根リ 生老病死▸ソトㆆㄱ入乙◂ 觀ソナㅊ <화소16:04-05>

或刀 有ナㅣ 諸ㄱ 天廟乙 謁▸ソトㆆㄱ入乙◂ 示リ乂ㄱ矢冫 <화엄19:24>

根冫 果冫ソ尸 {等}ㅣソㄱ乙 食▸ソトㆆㄱ入乙◂ 悉ろ 示ソㅎ 行ソㅎソろ {於}彼リ十 常リ 己ラ十 勝ソㅌ七 法乙 思ㅅリナㅊ <화엄20:01>

骨節ラ 相持ノㄱリㅊ 血肉乙灬 塗ノㄱ 所リㅊ 九孔ろ十 常リ 人ラ 惡賤ノ尸 所乙 流ソㅊ▸ソトㆆㄱ入乙◂ 觀ソナㅊ <화소16:08-09>

菩薩ㄱ 十尸 種 行乙 行ソㅎ 亦ソㄱ 一切 大人ラ 法乙 行ソㅎ▸ソトㆆㄱ入乙◂ 示リㅊ <화엄18:18>

【관련】 ソㅊソトㆆㄱ入乙, ソㅎソトㆆㄱ入乙, 丂ソトㆆㄱ入ㄱ, ソトノㄱ入乙, ソㅎソトノㄱ入乙

【선후】 (15)ᄒᆞᄂᆞᆫ ᄃᆞᆯ

可憐ᄒᆞᆫ 車馬客이 門 밧긔 뎌의 밧바 ▸ᄒᆞᄂᆞᆫ ᄃᆞᆯ◂ 므더니 너기놋다 <金三1:27a>

ソㅌ[ᄒᆞᄂᆞ]

【ソ/동사(+ㄴ/동명사어미)+ㅌ/의존명사; ソ/용언+ㅌ/동명사어미】

① 한 것. 하는 것.

¶ 或 {於}是處ろ十 親戚交遊亠 談謔亠 等▸ソㅌ◂ {有}斗ろ 住ソろホ 而灬 {於}是處ろ十 遠離乙 樂尸 不冬ノ尸ム <유가26: 11-12>

一切 有情リㄱ 乃シ 至リ 上ハ 第一有ろ十 生ソㅌ七 者リㄱ {於}彼 一切 有七ㄱ 所七 有情ラ十 得ホ 最勝▸ソㅌ◂ {爲}シノオ罒 <유가31:03-05>

是 如攴ソㄱ 聖法 相應ソㅌ七{之} 心リ {於}妙五欲ろ十 極 猒背▸ソㅌ◂ {爲}シノオ罒 <유가31:12-13>

又 涅槃乙 緣ソろ 而灬 聽法ソ令七 者ラ十 十法リ 轉ノ尸ム 涅槃乙 首 {爲}シ▸ソㅌ◂ 有七ㅣ <유가04:19-20>

② ('不', '非' 앞에서) 함이 (아니-). § 형용사문에서는 부정소 앞에 주로 동명사어미 'ㄱ'이 쓰이나 여기서는 'ㅌ'가 쓰였음.

¶ 謂ノ1 所1 多聞善巧 盡去ㅎ{可}ㄴ▸ㄨㅌ◂ 不矢1入灬{故}リ尓 善知識乙 親近ノ尸 盡去ㅎ{可}ㄴ▸ㄨㅌ◂ 不矢1入灬{故}リ尓 <화소19:14-15>
敎化調伏ㄨ3尓 修行不斷 令リㅎ尸 盡去ㅎ{可}ㄴ▸ㄨㅌ◂ 不矢1入灬{故}リナ丨 <화소20:01-03>
當八 知ㅎ丨 此 淸淨1 唯八 正法3十ㄹ 在ㄨ口 諸 外道ㄋ十1▸ㄨㅌ◂ 非矢リ1丁 <유가20:01-20:02>
【관련】 ㄋ十1ㄨㅌ, ㄴㄨㅌ, ㄹㄨㅌ, ㄨ1ㅌ, ㄨㅌㄴ

ㄨ ㅌ 八 ニ 1 ㄹ [ᄒᆞ늑신여; ᄒᆞᄂᆞ기신여]

【ㄨ/동사+ㅌ/선어말어미+八/선어말어미?+ニ/선어말어미+1/동명사어미+ㄹ/조사;ㄨ/동사+ㅌ/선어말어미+八/선어말어미?+ニ/선어말어미+1ㄹ/연결어미】

하시니. § 여기서 'ㄹ'는 절접속의 기능임.

¶ 爾ㄴㄨ1 時十 波斯匿王1 卽ㄋ 神力乚 {以}ㄹ3 八萬種ㄴ 音樂乚 作ㄨニ尓 十八梵天ㄹ 六欲ㄴ 諸1 天ㄹノ令力 亦ㄨ1 八萬種ㄴ 音樂乚 作ㄨニ下 聲灬 三千乚 動▸ㄨㅌ八ニ1ㄹ◂ 乃ㄹ 十方ㄴ 恒河沙ㄴ 佛土3十 至リ 有緣ㄨ1ㄋ十1 斯毛ㄨ巴八 現ㄨㅌ八ニ丨 <구인03:04-06>
【관련】 (現)ㄋㅌ八ニ1ㄹ

ㄨ ㅌ 八 ニ 丨 [ᄒᆞ늑시다;ᄒᆞᄂᆞ기시다]

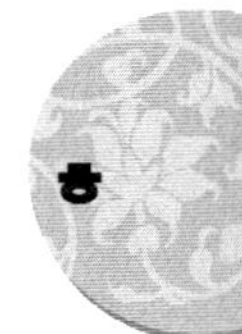

【ㄨ/동사+ㅌ/선어말어미+八/선어말어미?+ニ/선어말어미+丨/종결어미】

하셨다.

¶ 乃ㄹ 十方ㄴ 恒河沙ㄴ 佛土3十 至リ 有緣ㄨ1ㄋ十1 斯毛ㄨ巴八 現▸ㄨㅌ八ニ丨◂ <구인03:06>
大衆1 歡喜ㄨ3 各ㄋ各ㄋ(3)尓 量 無ㄴ1 神通乚 現ㄋㅌ八ニ1ㄹ 地ㄹ 及八 虛空ㄹノㄋ十 大衆リ 而灬 住▸ㄨㅌ八ニ丨◂ <구인03:14-03:15>
天尊1 快ㄎ 十四王ㄋ3乙 說口八ニ1 {是}リ 故灬 我1 今ㄨ1 略ㄎ 佛乙 歎ㄨ白口ト ㄋ丨▸ㄨㅌ八ニ丨◂ <구인11:13>
法界1 分別 無ㄴ口1 是 故灬 異ㄨ1 乘 無ㄴ口1乙 衆生乙 度ㄨ{爲}人ㄨニ尸入灬故ノ 分別ㄨ3 三乘乙 說ニ口1リ3ㄴ丨▸ㄨㅌ八ニ丨◂ <금광13:16-17>
是 時十 世尊1 而灬 偈乙 說3 言リニ尸 生死流乙 逆ニ令ㄴ 道1 甚 深ㄨㄋ 微ㄨㄋㄨニ下 難ㄹ 見白ノ才口八ニ1 貪欲灬 覆ノ1 衆生1 愚ㄨ3尓 冥暗ㄨナ1入灬 見尸 不八ノ才ナ1リ丨▸ㄨㅌ八ニ丨◂ <금광14:24-15:02>
善男子3 是 如支ㄨ丨 汝 等ㄨ11 當八 此 如支ㄨニ1 經典乙 精勤修行ㄨ口ㅎ{應}ㄴㄨ1ㅗ則ノ 法乙 久3 {於}世ㄋ十 住令リ白3 1丁ノ才ナ1リ丨▸ㄨㅌ八ニ丨◂ <금광15:14-16>
【관련】 ㅌ八ニ丨, (無)ㄴㅌ八ニ丨

ㅅ ヒ ハ ニ 㫆 [ᄒᆞᄂᆞᆨ시며;ᄒᆞᄂᆞ기시며]

【ㅅ/용언+ヒ/선어말어미+ハ/선어말어미?+ニ/선어말어미+㫆/연결어미】

하시며.

¶ 大寂室三昧ㆍ十 入ㅅニㅅ1 緣乙 思ㅅㆍ㫆 大光明乙 放ㅅㆍ 三界セ 中乙 照▸ㅅヒハニ㫆◂ <구인02:11-12>

六方ㆍセ矛刀 亦ㅅ1 復ㆍ 是リ {如}丨▸ㅅヒハニ㫆◂ <구인03:11-03:12>

量 無1 諸 菩薩1 菩提心乙 退 不冬▸ㅅヒハニ㫆◂ <금광14:23>

今日ㆍ十 如來リ 大光明乙 放ㅅニトㆍ1入1 斯毛ㅅ巴ハ 何セㅅ1 事乙 作ㅅセ彳ㅅニト1リㆍセロ▸ㅅヒハニ㫆◂ <구인02:23-24>

【관련】 ヒハニ㫆

ㅅ ヒ 丨 [ᄒᆞᄂᆞ다]

【ㅅ/동사+ヒ/선어말어미+丨/종결어미】

하였다.

¶ 是 金光明經乙 說尸 已氵ㅅ白ハニ1 三万億 菩薩摩訶薩1 無生法忍乙 得ヒハニ㫆 … 量 無1 衆生1 菩提心乙 發▸ㅅヒ丨◂ <금광14:23-24>

ㅅ ヒ 支 立 [ᄒᆞᄂᆞ?셔]

【ㅅ/동사+ヒ/선어말어미+支/미상+立/종결어미】

하소서. § '-ヒ支立'는 願望을 나타내는 종결형태임.

¶ 若セ 五欲乙 得ㆍ1丨十1 當願衆生 欲箭乙 拔除ㅅㆍハ 究竟安隱▸ㅅヒ支立◂ <화엄02:22>

父母乙 孝事ㅅ㐅1丨十1 當ハ 願入1 衆生1 善支 {於}佛乙 事ハ白ㆍ㫆 一切乙 護ㅅ㐃 養ㅅ㐃▸ㅅヒ支立◂ <화엄02:20>

【관련】 (ㅅ)ヒ立, ヒ支立, ㅅ㐃ㅅヒ支立

【비고】 'ヒ支立'와 'ヒ立'는 같은 형태의 이표기로 추정됨.

ㅅ ヒ 矛 㫆 [ᄒᆞᄂᆞ리며]

【ㅅ/동사+ヒ/선어말어미+矛[ㄹㆆ/동명사어미(+이/의존명사)+이/계사]+㫆/연결어미】

할 것이며. § <화엄경>에서 조건절 '-ヒ尸入1'의 후행절에 주로 쓰임.

¶ 若セ 常リ 戒乙 持㐃 學處乙 受㐃ㅅヒ尸入1 則支 能支 諸1 功德乙 具足▸ㅅヒ矛㫆◂ <화엄10:11>

若セ 常リ {於}諸1 佛乙 信奉ㅅ白ヒ尸入1 則支 能支 大供養乙 興集▸ㅅヒ矛㫆◂ <화엄10:14>

若七 佛法乙 聞ㅎ尸厶 厭足尸 無匕尸入ㄱ 彼人ㄱ 法刂 不思議刂而ㅎㄱ入乙 信▸ソ匕矛ゕ◂ <화엄10:17>

若七 常刂 淸淨僧乙 信奉ソ匕尸入ㄱ 則支 得ろホ 信心刂 退轉尸 不▸ソ匕矛ゕ◂ <화엄10:18>

若七 得ろホ 信力刂 能矢 動ソろ今 無匕尸入ㄱ 則支 得ろホ 諸ㄱ 根 淨ソろ 明利▸ソ匕矛ゕ◂ <화엄10:20>

若 能 勤火七 佛功德乙 修ソ匕尸入ㄱ 則 得ろホ 如來尸 家ろ十 生在▸ソ匕矛ゕ◂ <화엄11:05>

若 最勝ソ匕七 智方便 具ㅎ匕尸入ㄱ 則 勇猛 無上道ろ十 住▸ソ匕矛ゕ◂ <화엄12:09>

【관련】 ㅎソ匕矛ゕ, 乙ソ匕矛ゕ, (刂尸)爲入乙ソ匕矛ゕ, 匕尸ゕ

ソ匕尸入ㄱ[ᄒᆞ늜든]

【ソ/용언+匕/선어말어미+尸/동명사어미+入/의존명사+ㄱ/보조사】

하면. § 조건구문에 쓰이며 후행절에는 '-匕矛-'가 옴.

¶ 佛子ろ 若七 諸ㄱ 菩薩刂 善支 其 心乙 用▸ソ匕尸入ㄱ◂ 則支 一切勝妙功德乙 獲匕矛皿 <화엄02:12-13>

若七 能ろホ 惡知識乙 遠離▸ソ匕尸入ㄱ◂ 則 得 善知識乙 親近ソ匕矛ゕ <화엄10:22>

若七 得ろホ 善知識乙 親近▸ソ匕尸入ㄱ◂ 則 能 廣大善乙 修集ソ匕矛ゕ <화엄10:23>

若 信樂乙 得ろホ 心ㅎ 淸淨▸ソ匕尸入ㄱ◂ 則 增上人 最勝心人今乙 得匕矛ゕ <화엄11:08>

若 能 佛乙 念ソ白ㅎ尸厶 心ㅎ 動尸 不▸ソ匕尸入ㄱ◂ 則 常刂 量 無而ㄱ 佛乙 覩見ソ白匕矛ゕ <화엄11:13>

若 勇猛 無上道 住▸ソ匕尸入ㄱ◂ 則 能 諸ㄱ 魔力乙 摧殄ソ匕矛ゕ <화엄12:10>

若 不思議光 莊嚴▸ソ匕尸入ㄱ◂ 其 光ㄱ 則支 諸ㄱ 蓮華乙 出ソ匕矛ゕ <화엄13:01>

若 身充徧如虛空 安住不動 十方 滿▸ソ匕尸入ㄱ◂ 則 彼ㅋ 所行ㄱ 與七ソろホ 等口今 無ろ 諸ㄱ 天ゞ 世人ゞノ矛 能矢 知ノ今 莫去ナㅎ七丨 <화엄14:07-08>

【관련】 乙ソ匕尸入ㄱ, ㅎソ匕尸入ㄱ, 爲入乙ソ匕尸入ㄱ, 刂尸爲入乙ソ匕尸入ㄱ, (無)刂ソ匕尸入ㄱ

【비고】 '-匕尸入ㄱ'은 <화엄경>에만 나타남. '尸入ㄱ'을 연결어미로 보는 견해도 있음.

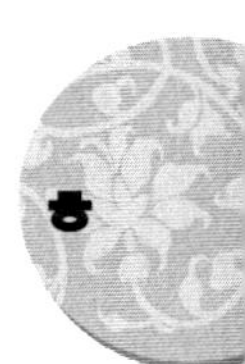

ソ匕尸亠[ᄒᆞ늜여]

【ソ/동사+匕/선어말어미+尸/동명사어미+亠/조사; ソ/동사+匕/선어말어미+尸亠/연결어미】

하지만. 하되.

¶ 菩薩摩訶薩ㄱ {於}十方七 一切 佛土ろ十 諸 化佛身灬 無上ソニㄱ 種種七 正法乙 說▸ソ匕尸亠◂ {於}法如如ろ十 動 不冬ㅎ 去 不冬ㅎ 來 不冬ㅎソゕ <금광14:16-18>

【관련】 匕尸亠, 今刂匕尸亠, ソ尸亠

ソ七立[ᄒᆞᄂᆞ셔]

【ソ/용언+七/선어말어미+立/종결어미】

하기를 (바란다). § '-七立'는 願望을 나타내는 종결형태임.

¶ 樓閣氵十 上昇ソ士1丨十1 當願衆生 正法樓氵十 昇ソ氵尒 一切乙 徹見▸ソ七立◂ <화엄03:02>

鬚髮乙 剃除ソ士1丨十1 當願衆生 永士 煩惱乙 離支口八 究竟寂滅▸ソ七立◂ <화엄03:11>

戒乙 受ソ彡 學ソ彡ソ士1 時氵十1 當願衆生 善支 {於}戒乙 學ソ氵八 衆1 惡乙 作尸 不▸ソ七立◂ <화엄03:17>

闍梨教乙 受士1丨十1 當願衆生 威儀乙 具足ソ氵尒 所行 眞實▸ソ七立◂ <화엄03:18>

事乙 訖口八 水氵十 就士1丨十1 當願衆生 出世七 法七 中氵十 速疾亐 而灬 往▸ソ七立◂ <화엄04:13>

若 大臣乙 見 當願衆生 恒刂 正念乙 守ソ氵尒 衆善乙 習行▸ソ七立◂ <화엄06:23>

手氵十 楊枝乙 執士1丨十1 當 願 衆生 皆七 妙法乙 得氵尒 究竟淸淨▸ソ七立◂ <화엄04:10>

路刂 無塵ソ1乙 見氵1丨十1 當 願 衆生 常刂 大悲乙 行ソ氵尒 其 心ㅎ 潤澤▸ソ七立◂ <화엄05:03>

歡樂人乙 見 當 願 衆生 常刂 安樂乙 得氵尒 樂ㅎ 佛乙 供養▸ソ七立◂ <화엄06:04>

睡眠乙 始七ㅎ 寤士1丨十1 當願衆生 一切 智灬 覺ノ尸厶 周七 十方乙 顧▸ソ七立◂ノ矛ナ丨 <화엄08:15>

【관련】 ソ七立ノ矛ナ丨, 刂尸爲入乙ソ七立, (如)支ソ七立, 刂尸爲入乙ノㅎ應七ソ七立

ソ七立ノ矛ナ丨[ᄒᆞᄂᆞ셔호리겨다]

【ソ/동사+七/선어말어미+立/종결어미#ノ[ᄒᆞ/동사+오/선어말어미]+矛/선어말어미+ナ/선어말어미+丨/종결어미; ソ/동사+七/선어말어미+立/종결어미#ノ[ᄒᆞ/동사+오/선어말어미]+矛[ㄹㆆ/동명사어미(+이/의존명사)+이/계사]+ナ/선어말어미+丨/종결어미】

'하기를 (바란다)' 해야 할 것이다. § '-七立'는 願望을 나타내는 종결형태임.

¶ 睡眠乙 始七ㅎ 寤士1丨十1 當願衆生 一切 智灬 覺ノ尸厶 周七 十方乙 顧▸ソ七立ノ矛ナ丨◂ <화엄08:15>

【관련】 ソ七立

ソ七七[ᄒᆞᆫ]

【ソ/용언(+ㄴ/동명사어미)+七/의존명사+七/속격조사; ソ/용언+七/동명사어미+七/속격조사】

① 한. § 형용사의 현재시제임.

¶ 若セ 美▸ソヒセ◂ 味乙 得ゝ乃 專ロ 自ㇵ灬 受尸 不ソゝハ <화소09:10-11>
十方セ 一切 諸㇐ 妓樂リ㇐ 鐘氵 鼓氵 琴氵 瑟氵ノ令㇐ 一㇐ 類 非矢㇐氵 悉ゝ 和雅▸ソヒセ◂ 妙音聲乙 奏ソナ令乙 {於}掌セ 中乙 從 出ソ尸 不ソ尸丁ノ尸 靡セリソロヒ
<화엄15: 24-16:01>
三千大千世界セ 地 平ソ㇐矢 掌 如支ソ㇐ㇵ十 量 無ㇱ 數 無ソ㇐ 種種セ 妙色リ㇐ 清淨▸ソヒセ◂{之} 寶灬ノ㇐ 莊嚴セ{之} 具リソゝセノ㇐入乙 菩薩㇐ 悉ゝ 見ソナ于セ丨 <금광06: 01-02>
或 人ㇵ 直語灬 四諦 說 或 天ㇵ 密語灬 四諦乙 說 文字乙 分別ソゝ 四諦 說 決定▸ソヒセ◂ 義理灬 四諦 說 <화엄20:09>
諸ㇵ 有セリ㇐ 本有▸ソヒセ◂ 法㇐ 三假リ 集ソ㇐入灬ソゝ 假有ソナ㇐リㇱ <구인15:01>
{於}最寂靜▸ソヒセ◂ 涅槃界セ 中ゝ十 究竟安住ソナ㇐入灬 一切 有情リ㇐ 乃氵 至リ 上ハ 第一有ゝ十 生ソヒセ 者リ㇐ {於}彼 一切 有セ㇐ 所セ 有情ㇵ十 得ホ 最勝ソヒ {爲}氵ノ齐皿 <유가31:02-05>
一切 仙人ㇵ 殊勝行㇐ 人天 {等}丨▸ソヒセ◂ 類尸 同リ 信仰ノ齐㇐乙 <화엄19:16>

② 한. § 동사의 과거시제임.

¶ 菩薩リ {是}リ 念ゝ十 住▸ソヒセ◂ 時氵十㇐ 一切 世間リ 能リ矢 嬈亂ソゝ令 無ㇱ 一切 異論リ 能リ矢 變動ソゝ令 無ㇱ <화소23:10-11>
復次 是 如支 已氵 三摩地乙 得▸ソヒセ◂ 者㇐ {於}此 少小ソ㇐ 殊勝定セ 中ゝ十 喜足乙 生尸 不冬ソゝ {於}勝三摩地圓滿ソ㇐ㇵ十 更ゝ 求願ノ尸入乙 起ㇱ <유가15:10-12>
一切 有情リ㇐ 乃氵 至リ 上ハ 第一有ゝ十 生▸ソヒセ◂ 者リ㇐ {於}彼 一切 有セ㇐ 所セ 有情ㇵ十 得ホ 最勝ソヒ {爲}氵ノ齐皿 <유가31:03-05>
菩薩リ 成佛ソ尸 未リ▸ソヒセ◂ 時十 菩提乙 {以}氵ゝ 煩惱 {爲}氵ナ尸氵 菩薩リ 成佛ソ𠫓㇐ヒセ 時十 煩惱乙 以ゝ 菩提 {爲}氵ナ于セ丨 <구인15:18-19>
【관련】 ソ㇐ヒセ

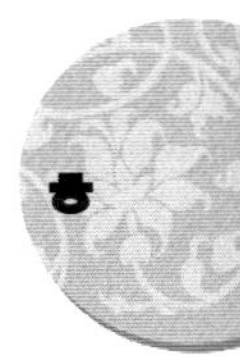

ソ㇐[1][흔]

【ソ/용언+㇐/동명사어미】

① 한. § 동사의 과거시제임.

¶ 要ㇳ 衆生ゝ十 與▸ソ㇐◂ 然セソ㇐乙灬セ 後リ十氵 方セ 食ソナㇱ <화소09:11>
{於}定乙 修行ソ𠫓㇐丨十㇐ 當 願 衆生 定乙 以ゝハ 心乙 伏ノ尸ム 究竟 餘▸ソ㇐◂ 無リソヒ立 <화엄04:01>
等人 慧人 灌頂人セ 三品士㇐ 前ㇵ 餘▸ソ㇐◂ 習リ㇐ 無明緣氵 無明習相リ㇐ 故セノ㇐ヒセ 煩惱氵ノ乙 除ソ二ㇳㇷ㇐入㇐ 二諦理乙 窮ゝ 一切之セ 盡ゝ(二)㇐入灬リㇷ丨 <구인11:01-02>

{於}五無間七 一乙 隨ノ▸ッ1◂ 業障3十 自灬 造作尸 不冬ッ𢀳 他乙 敎ッ3 作亽刂尸 不冬ッ𢀳ッ尸矢丨 <유가02:07-09>

此 次第亽 此 因亽 此 緣亽乙 依3 瑜伽乙 修習▸ッ1◂ 方氵 得ホ 成滿ッ尸入乙 由氵1入灬亠 <유가07:20-21>

謂1 思所成慧 俱▸ッ1◂ 光明想3十 四法 有七ㄅ 修所成慧 俱▸ッ1◂ 光明想3十 七法 有ㄅッ1亠 <유가11:12-14>

② **한.** § 형용사의 현재시제임.

¶ 法ㇷ 見ㄅ 夢 如支ッ3ホ 堅固▸ッ1◂ {於}諸1 善根3十 無ㅎ1入乙{有} 有想乙 起尸 不ッㄅ 亦ッ1 倚ノ尸 所3 無3 <화소13:05-06>

相待假法乙 一切之七 名3 相待氵ッㄅ 亦▸ッ1◂ 名3 不定相待氵ノ禾1氵 五色 等▸ッ1◂ 法亽 有無七 一切 等▸ッ1◂ 法亽 {如}丨ッ1刂ㄅ <구인14:08-10>

世間1 一ㄅ 異▸ッ1◂ 不矢刂1矢 譬入1 空谷3七 響 如支ッ3 <금광13:14-15>

謂1 自灬 誓ホ 下劣▸ッ1◂ 形相亠 威儀亠 衆具亠ノ尸乙 受ㄅ <유가16:16>

③ **한 것이.** § 동사의 과거시제임.

¶ {於}定乙 修行ッ𠫔1丨十1 當 願 衆生 定乙 以3ハ 心乙 伏ノ尸ム 究竟 餘▸ッ1◂ 無刂ッㅌ立 <화엄04:01>

若 能 衆 爲 說法 時 音聲 類 隨 難 思議ノ禾ㅌ尸入1 則 {於}一切 衆生ㇷ 心乙 一1 念3十 悉3 知ㅎ尸ム 有餘▸ッ1◂ 無刂ッㅌ禾ㄅ <화엄13:15-16>

諸1 仙七 行 {等}丨ッ1乙3刀 悉3 餘▸ッ1◂ 無刂ッ𠂇ㅎ七丨 <화엄18:19>

此乙 除口斤 更3 若 過ッ𢀳 若 增ッ𢀳▸ッ1◂ 无𠂇1刂丨 <유가06:12-13>

此乙 除口斤 更3 若 過ッ𢀳 若 增ッ𢀳▸ッ1◂ 無ッ1刂1丁 <유가15:06-07>

此七 中3十 略口1 三種 雜染 相應▸ッ1◂ 有七丨 <유가20: 23-21:01>

④ **한 것이.** § 형용사의 현재시제임.

¶ {此}刂 身1 危𢀳 脆𢀳ッ3 堅固▸ッ1◂ 無1乙{有} 我1 今ッ1 云何七氵 而灬 戀著ノ尸入乙 生刂ㅎ禾3七口 <화소16:11>

我 非矢ㄅ 堅固▸ッ1◂ 非矢ㄅ 少七ッ1 法ケ刀 得3ホ 成立ッㅎ{可}七ッ1 無ㅎ1入乙{有} 知𠂇亽氵 <화소18:14-15>

花上3十 皆七 量 無七1 國土刂 有七ㄱ1ム 一一國土3十ケ丨 佛氵 及ハ 大衆氵ノ禾刂ッ白ㄱ1ム 今乙 {如}𢀳 異▸ッ1◂ 無七二ㄅ <구인02:05-06>

世間1 一ㄅ 異▸ッ1◂ 不矢刂1矢 譬入1 空谷3七 響 如支ッ3 <금광13:14-15>

諸 行法乙 說ㅌ尸亠 去來ノ尸 所 無ㅌㅎ七丨 一切 法1 異▸ッ1◂ 無ッ1入灬{故}亠 <금광14:21-22>

⑤ **('等', '如' 뒤에서) 같은.**

¶ 是 如支 等▸ッ1◂ 類 諸1 外道ㇷ十 其 意解乙 觀ッ口 與七 同事ッ𠂇3 示刂ㅎ1 所七 苦行火七ハ尸入1 <화엄20:04>

四無所畏刂𢀳 十八不共法刂𢀳 五眼刂𢀳 法身刂𢀳ッ二1 大覺世尊1 前ㇷ 已氵 我チ 等▸ッ1◂ 大衆ㇷ {爲}氵ㅎ 二十九年3十ッ二下 摩訶般若波羅蜜氵 … 光讚般若波羅蜜氵ノ乙 說3ハ二ㄱ丨 <구인02: 19-23>

{於}菩提道場⺍+ヽ⺍ 佛慧亠 十力亠 四無所畏亠 不共法亠 等▸ヽ1◂乙 成就ヽ尸矢 是 波羅蜜義刂ㄅ <금광05:17-18>
得⺍ホ 一切 怖畏刂1 一切 惡獸刂尸 虎狼師子亠 一切 惡鬼亠 人 非人 等▸ヽ1◂ 怨賊亠 災橫亠 及 諸 毒害亠ノ尸入乙 度ヽ⺍ <금광10:08-10>
善男子⺍ 是 如支ヽ丨 汝 等▸ヽ1◂1 當八 此 如支ヽ二1 經典乙 精勤修行ヽロ亠 {應}セヽ1亠 <금광15:14-15>
諸 有ナ丨 正信ヽ𠤎セ 長者亠 居士亠 婆羅門亠 等▸ヽ1◂刂亠 <유가03:14-15>
何ㄱ 等▸ヽ1◂乙 名下 {爲}修所成慧 俱ヽ1 光明想⺘ 所治セ 七法刂丨ノ令ロ <유가12:01-03>
其 心刂 猶刂 三摩地灬 生ヽ1 愛味人 慢人 見人 疑人 无明人 等▸ヽ1◂ 諸 隨煩惱⺘ {之} 染汚ノ尸 所乙 爲八ナ尸入灬 <유가16:10-11>
諸⺘ 是 如支 等▸ヽ1◂乙 名下 住處障亠ノ才丨 <유가27:08 -09>
{是}刂 三昧神通相乙火 如▸ヽ1◂ 一切 天人刂 能矢 測⺍令 莫セナ丨 <화엄17:19>
但八 世間乙 利益ノ令セ 事乙 說ヽナ⺍ 呪術⺀ 藥草⺀ヽ尸 {等}丨ヽ1 衆1 論刂1 是 如▸ヽ1◂ 有1 所乙 皆セ 能支 說ナㄅ <화엄19:14-15>
【관련】 (等)丨ヽ1, (如)丨ヽ1

ヽ1[2][흔]

【ヽ1/말음첨기】

① ('亦, 又, 復' 뒤에서) 또한. 또.

¶ 我⺘ 身亠弋 充樂ヽ氵 彼刀 亦▸ヽ1◂ 充樂ヽ禾⺍セㄅ <화소09:14>
仁刀 亦▸ヽ1◂ 當八 {於}{此}刂 會セ 中⺍セヽ⺍八 修行ヽ而ㄱ1𠤎セ 勝功德乙 演暢ヽロ八而立 <화엄08:24>
十八梵天⺀ 六欲セ 諸1 天⺀ノ令刀 亦▸ヽ1◂ 八萬種セ 音樂乙 作ヽ二下 <구인03:04-05>
又▸ヽ1◂ 復刀 過去セ 諸1 法⺘ 十方⺍+ 推求ヽ乃 都セ 得⺍ㄱ亠{可}セヽ1 不矢セ1入乙 觀察ヽナㄅ <화소13:09-10>
又▸ヽ1◂ {此}刂 身⺘ 眞實 無ㄅ{有} 慙愧 無ㄅ{有} 賢聖セ 物セ 非矢ㄅ 臭穢ヽ⺍ホ 潔尸 不ヽㄅ <화소16:06-08>
復▸ヽ1◂ 五道セ 一切 衆生刂 有セナㄅ 復▸ヽ1◂ 他方セ 量ノ亠{可}セヽ1 不矢刂𠤎セ 衆 有セナㄅ <구인02:01-02>
【관련】 (亦)刀, (又)刀, (復)刀, (復)甲尸, (復)⺍, (復)八
【선후】 (16)또흔

② ('或' 뒤에서) 혹은. 또는.

¶ 或▸ヽ1◂ 國土乙 乞ヽ尸カヽㄅ 或ヽ1 妻子乙 乞ヽ尸カヽㄅ 或ヽ1 手足⺀ 血肉⺀ 心肺⺀ 頭目⺀ 髓腦⺀ノ令乙 乞ヽ尸カヽ去1乙 <화소12:13-14>
或▸ヽ1◂ 復刀 有ナ丨 成卜1矢⺀ 或刀 有ナ丨 壞卜1矢⺀ 或刀 有ナ丨 正住ヽ1矢

ㅣ 或ナ丨 傍住ソ7矢ㅣ <화엄15:12>

或▸ソ7◂ 四生ㅣ 五生ㅣ 乃ㆍ 至刂 十生ㅣノ乙ソロ 得尒 正位⺍十 入ソ7ヒカ刂ゑソナ⺀ <구인11:17>

【관련】(或)ㄲ

③ ('今' 뒤에서) 지금.

¶ 今▸ソ7◂ {此}刂 食乙 以⺍ 衆生⺘十 惠施ソロハ <화소09:18-19>

我7 今▸ソ7◂ 盛壯ソ㢱⺬⺀ 當⺬7ム7 天下乙 {有}斗㢱⺬⺀ 乞者刂 現前ソ⺀ソロ 7 <화소12:02-03>

善ナ7{哉}⺈ 佛子ㅣ 汝7 今▸ソ7◂ 饒益ノ尸 所 多⺀ 安隱ノ尸 所⺍ 多ナ7入乙⺜ 世間乙 哀愍ソゑ 天人乙 利樂ソゑソ{爲欲}人 是 如支ソヒ七 義乙 問⺊ナ7丁 <화엄02:10-12>

天尊7 快⺒ 十四王⺘⺍乙 說ロハ二7 {是}刂 故⺜ 我7 今▸ソ7◂ 略⺒ 佛乙 歎ソ白ロ卜⺈丨ソヒハ二丨 <구인11:13>

【관련】(今)艮, (今)ハ7(ㆍ), (今)支

ソ7ヒ[흔ᄂᆞ]

【ソ/동사+7/동명사어미+ヒ/의존명사;ソ/동사+7/중복표기+ヒ/동명사어미】

한 것.

¶ 照解⺍十 無二ノ7入乙 見卜7刂㒳 二諦7 常刂 卽▸ソ7ヒ◂ 不矢刂ナ7刂⺀ <구인15:03>

無ㄲ 無ソ7矢ㆍ 諦 實▸ソ7ヒ◂七 無刂ヒ7刂㒳 寂滅刂ゑ 第一空刂ゑソ⺀ <구인15:01-02>

乃ㆍ 至刂 一地ㅣ 十地ㅣノ今七 不可說七 德行乙▸ソ7ヒ◂ㄲ刂ナ丨 <구인14:15-16>

【관련】ソヒ, ソ7ヒ七, ソ7ヒㄲ

ソ7ヒㄲ[흔ᄂᆞ도]

【ソ/용언+7/동명사어미+ヒ/의존명사+ㄲ/보조사;ソ/용언+7/중복표기+ヒ/동명사어미+ㄲ/보조사】

① 한 것도. § 형용사의 현재시제임.

¶ 因緣⺜ 本⺜ハ 自⺘⺜ 有▸ソ7ヒㄲ◂ 自 無七ゑ 他作 無七ゑソ⺀ <구인14:24-25>

② 한 것도. § 동사의 과거시제임.

¶ 三生乙ソロ 正位⺍十 入▸ソ7ヒㄲ◂刂ゑ{者} 或ソ7 四生ㅣ 五生ㅣ 乃ㆍ 至刂 十生ㅣノ乙ソロ 得尒 正位⺍十 入▸ソ7ヒㄲ◂刂ゑソナ⺀ <구인11:17-18>

聖人性乙 證▸ソ7ヒㄲ◂刂⺀ 一切 無量報乙 得ヒㄲ刂ナ丨 <구인11:18-19>

乃ㆍ 至刂 一地ㅣ 十地ㅣノ今七 不可說七 德行乙▸ソ7ヒㄲ◂刂ナ丨 <구인14:15-16>

【관련】ソ7ヒㄲ刂ゑ, ソ7ヒㄲ刂ゑソナ⺀, ソ7ヒㄲ刂⺀, ソ7ヒㄲ刂ナ丨, (如)支ソヒ

力, ソ1ㅌ, ソ1ㅌㅌ

ソ1ㅌ力リ𝓈[혼ᄂ도이며]

【ソ/동사+1/동명사어미+ㅌ/의존명사+力/보조사+リ/계사+𝓈/연결어미; ソ/동사+1/중복표기+ㅌ/동명사어미+力/보조사+リ/계사+𝓈/연결어미】

한 이도 있으며.

¶ 聖人性乙 證▸ソ1ㅌ力リ𝓈◂ 一切 無量報乙 得ㅌ力リナ丨 <구인11:18-19>

【관련】 ソ1ㅌ力リ𝓈, ソ1ㅌ力, (如)支ソㅌ力, ソ1ㅌ, ㅌ力 リナ丨

【비고】 'リ'는 '있다'의 의미로 해석됨.

ソ1ㅌ力リ𝓈[혼ᄂ도이져]

【ソ/동사+1/동명사어미+ㅌ/의존명사+力/보조사+リ/계사+𝓈/연결어미; ソ/동사+1/중복표기+ㅌ/동명사어미+力/보조사+リ/계사+𝓈/연결어미】

한 이도 있고.

¶ 三生乙ソロ 正位𝓈十 入▸ソ1ㅌ力リ𝓈◂{者} 或ソ1 四生㇀ 五生㇀ 乃氵 至リ 十生㇀ ノ乙ソロ 得ホ 正位𝓈十 入▸ソ1ㅌ力リ𝓈◂ソナ𝓈 <구인 11:17-18>

【관련】 ソ1ㅌ力リ𝓈, ソ1ㅌ力, ㅌ力リナ丨, (如)支ソㅌ力, ソ1ㅌ

【비고】 'リ'는 '있다'의 의미로 해석됨.

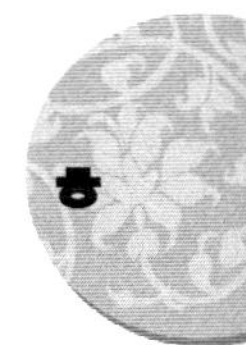

ソ1ㅌ力リ𝓈ソナ𝓈[혼ᄂ도이져ᄒ겨며]

【ソ/동사+1/동명사어미+ㅌ/의존명사+力/보조사+リ/계사+𝓈/연결어미#ソ/동사+ナ/선어말어미+𝓈/연결어미; ソ/동사+1/중복표기+ㅌ/동명사어미+力/보조사+リ/계사+𝓈/연결어미#ソ/동사+ナ/선어말어미+𝓈/연결어미】

한 이도 있고 하며. § 'ソナ𝓈'의 'ソ'는 '𝓈'로 나열된 동사구를 아우르는 요소임.

¶ 三生乙ソロ 正位𝓈十 入ソ1ㅌ力リ𝓈{者} 或ソ1 四生㇀ 五生㇀ 乃氵 至リ 十生㇀ノ乙ソロ 得ホ 正位𝓈十 入▸ソ1ㅌ力リ𝓈ソナ𝓈◂ <구인 11:17-18>

【관련】 ソ1ㅌ, ソ1ㅌ力, ソ1ㅌ力リ𝓈, ソナ𝓈, ソ1ㅌ力リ𝓈, (如)支ソㅌ力

【비고】 'リ'는 '있다'의 의미로 해석됨.

ソ1ㅌㅌ[혼ᄂᆺ]

【ソ/용언+1/동명사어미+ㅌ/의존명사+ㅌ/속격조사; ソ/용언+1/중복표기+ㅌ/동명사어미+ㅌ/속격조사】

① **한.** § 형용사의 현재시제임.

¶ 大寂無爲リ1 金剛藏乙ソニ𝓈 一切 報乙 盡𝓈ロ 無極▸ソ1ㅌㅌ◂ 悲乙ソニ𝓈 <구인

11:04>
無刀 無ソ1矢氵 諦 實▸ソ1ㅌ七◂ 無リㅌ1リ罒 寂滅リろ 第一空リろソ尒 <구인15:01-02>

② 한. § 동사의 과거시제임.

¶ 百億萬土1 六大動ソロㅌ乙尒 生乙 含▸ソ1ㅌ七◂{之} 生1 妙報乙 受ロㅌ1 :: <구인11:11-12>
解▸ソ1ㅌ七◂ 心３十 二 不矢1入乙 見ト1リ罒 二乙 求ノ1ム 得３ㄅ亠{可}七ソ1 不矢尒 <구인15:04>
【관련】 ソ1ㅌ, ソ1ㅌ刀, (ソ)ㅌ七, (如)支ソㅌ刀

ソ 1 1 [혼은]

【ソ/형용사+1/동명사어미+1/보조사】

① 한 것은. 한 이는.

¶ 左邊亠 右邊亠ノ今十 師子リ 臆３十 長毫▸ソ11◂ 獸３七 王リ罒 一切 衆獸乙 悉３ 皆 怖畏今リトノ1入乙 菩薩1 悉３ 見ナ亠七丨 <금광06:15-06:17>
我ㅕ 等▸ソ11◂ 皆 當八 盡ㅌ七 心灬 供養ソ白尒 <금광15:07>
若 善男子亠 善男女人亠ノ尸1 當 諸 香亠 花亠 繒亠 綵亠 幡亠 蓋亠ノ尸乙 {以}氵 是 說法處乙 供養ノ亠{應}七ソロ丨 我ㅕ 等▸ソ11◂ 爲ノ 救護ソろ 利益ソろノ尸入乙 作ソ３ <금광15:11-13>
善男子３ 是 如支ソ丨 汝 等▸ソ11◂ 當八 此 如支ソ二1 經典乙 精勤修行ソロ亠 {應}七ソ1亠 <금광15:14-15>
我又 {等}丨▸ソ11◂ 風乙 欽七ロ七ノ尸入灬 故ㄊ 來ソ３ホ {此}リム 至ㄊロ七ノ丨 <화소12:11>

② 하면.

¶ 若 {於}是 如支ソ1 十種 過失３十 永３ 不相應▸ソ11◂ 唯八 最後身ラ 任持ノ1 所氵 {有}ㅓロ1 第二餘身1 畢竟 不起ソナ禾罒 <유가30:23-31:02>
又 若 先下 世間道乙 {以}氵 三摩地乙 得ろ 亦 得ホ 圓滿ソろ 亦 自在乙 得ろ▸ソ11◂ 彼1 或 {於}入三摩地相リ1 謂1 此乙 由氵1入灬 故ノ 三摩地３十 入ノ今十 … {於}此 諸 相３十 作意思惟ソ３ホ 其 心乙 安住ㅅリ下 諦現觀３十 入ソ尒 <유가23:23-24:06>
若 三摩地乙 得３1亠 而1 圓滿 未リろ 亦 自在 未リソろ▸ソ11◂ 彼1 或 止相乙 思惟ソろ 或 擧相乙 思惟ソろ 或 捨相乙 思惟ソろソ３ホ 其 心乙 安住ㅅリ下 諦現觀３十 入ソ尒ソナ亠七丨 <유가24:06-00>

③ ('等' 뒤에서) -들은.

¶ 我ㅕ 等▸ソ11◂ 皆 當八 盡ㅌ七 心灬 供養ソ白尒 <금광15:07>
我ㅕ 等▸ソ11◂ 爲ノ 救護ソろ 利益ソろノ尸入乙 作ソ３ 一切 障礙乙 消除今リ尒 <금광15:13>

善男子𝆺 是 如支ㆍㅣ 汝 等▸ㆍㄱㄱ◂ 當ㅅ 此 如支ㆍ二ㄱ 經典乙 精勤修行ㆍ口ㅎ {應}ㅌㆍㄱ亠 <금광15:14-15>

【관련】(等)ㅣㆍㄱㄱ

ㆍㄱㅣ十[흔다긔]

【ㆍ/동사+ㄱ/동명사어미+ㅣ+[드/의존명사+아긔/처격조사];ㆍ/동사+ㄱ/동명사어미+ㅣ/의존명사+十/처격조사】

할 때에. 하는 경우에.

¶ 佛子𝆺 云何ㅌㆍㄱ乙 用心▸ㆍㄱㅣ十◂ 能支 一切勝妙功德乙 獲尸丁ノ令口ㆍ矛尸入ㄱ <화엄02:17-18>

我ㄱ 今ㅌ 苦ㅋ 隨逐ノ尸入乙 爲ㅅ𝆺 {於}勝定𝆺十 自在ㆍㄱ入乙 獲得 未ㅅ▸ㆍㄱㅣ十◂ 中路𝆺十 止息ㆍㅎ 或 復 退屈ㆍㅎノㅎ{應}ㅌㆍㄱ 不矢ㄱㄹ𝆺ㅌㅣㆍ𝆺 <유가18:15-17>

【관련】(未)ㅅㆍㄱㅣ十, ㆍㄱㅣ十ㄱ

ㆍㄱㅣ十ㄱ[흔다긘]

【ㆍ/동사+ㄱ/동명사어미+ㅣ+[드/의존명사+아긔/처격조사]+ㄱ/보조사;ㆍ/동사+ㄱ/동명사어미+ㅣ/의존명사+十/처격조사+ㄱ/보조사】

할 때에는. 하는 경우에는. 하면.

¶ 我ㅋ 身ㅎ弋 飢苦▸ㆍㄱㅣ十ㄱ◂ 彼刀 亦ㆍㄱ 飢苦ㆍ禾𝆺ㅌㅣ <화소09:14-15>

若ㅌ 自ㅋ灬 以𝆺ホ 受用▸ㆍㄱㅣ十ㄱ◂ 則支 安樂ㆍㅎ 延年ㆍㅎノ禾ㅅ <화소10:06>

若ㅌ 已ㅋ令乙 輟{捨}口 人ㅎㅋ十 施▸ㆍㄱㅣ十ㄱ◂ 則支 窮苦ㆍ𝆺ホ 天命ノ禾ㅌㄱ乙 <화소10:06-07>

佛子𝆺 菩薩ㄹ 在家▸ㆍㄱㅣ十ㄱ◂ 當ㅅ 願口尸入ㄱ 衆生ㄱ 家性ㅋ 空ノㄱ入乙 知𝆺ホ 其 逼迫乙 免支ㅌ立ㆍ又矛ㅅ <화엄02:18-19>

斜曲ㆍㅌㅌ 路乙 見▸ㆍㄱㅣ十ㄱ◂ 當願衆生 不正道乙 捨ㆍ𝆺ㅅ 永ㅊ 惡見乙 除ㅌ立 <화엄04:24>

路ㄹ 塵 多ㄱ乙 見▸ㆍㄱㅣ十ㄱ◂ 當願衆生 塵坌乙 遠離ㆍ𝆺ㅅ 淸淨法乙 獲ㅌㅎ <화엄05:02>

對治道ㄹ 无▸ㆍㄱㅣ十ㄱ◂ 先 造作ノㄱ 所ㅌ 惡不善業乙 必ㅅ 壞ㅅㄹ尸 不ㅅㆍ尸入灬 {故}亠 <유가22:07-08>

二者 福德火ㅌ 具尸 未ㅅ▸ㆍㄱㅣ十ㄱ◂ 得𝆺ホ 安樂 不冬ㆍㅅ <금광03:13>

一十ㄱ 若 捨ㆍ𝆺ホ 爲ㆍ尸 不冬▸ㆍㄱㅣ十ㄱ◂ 自作 能 不ㅅㆍ尸入灬{故}ㅅ <유가22:01-02>

{於}自心𝆺十 淸淨ㆍ{令}ㄹ尸 未ㄹ▸ㆍㄱㅣ十ㄱ◂ 必ㅅ {於}衆苦𝆺十 得ホ 解脫ㆍ𝆺 吉祥性乙 成ㄹ尸 不ㅅㆍ尸入乙 由ㅋㄱ入灬亠 <유가22:03-04>

【관련】 (ソ)ㅊ1 | + 1, 3 1 | + 1, (未)ハソ1 | + 1, (未)リソ1 | + 1, (不)冬ソ1 | + 1, ソ1 | +

ソ1丁ノ수ロ[훈뎌호리고]

【ソ/동사+1/동명사어미+丁[ㄷ/의존명사+여/조사]#ノ[ㅎ/동사+오/선어말어미]+令[ㄹㆆ/동명사어미+이/의존명사]+ロ/의문조사】

한 것이라고 하는가. §'ロ/ケ'는 의문사가 있는 설명의문문에 쓰임.

¶ 何ㅎ {等}|ソ1乙 {爲} {是}リ 事 起ソ1入ㅡ {故支} {是}リ 事 起▸ソ1丁ノ令ロ◂ <화소02:02>

何ㅎ {等}|ソ1乙 {爲} {是}リ 事 滅ソ1入ㅡ {故支} {是}リ 事 滅▸ソ1丁ノ令ロ◂ <화소02:04-05>

【관련】 ヒ1丁ノ令ロ, 1丁, ノ令ロ, ミノ令ロ, リハロノ令ロ, リ|ノ令ロ

ソ1刀[훈도]

【ソ/형용사+1/동명사어미+刀/보조사】

한 것도.

¶ 一切 榮盛▸ソ1刀◂ 必當ソ3 衰歇ソㅊ禾3ヒか {於}衰歇ソㅊヒヒ 時リ+尸入1 復甲尸 更3 衆生乙 饒益尸 不(ノ)能リ矢ノ禾ナ1リ罒 <화소11:12-13>

【관련】 ソ1, ソト1刀

ソ1矢[훈디]

【ソ/형용사+1/동명사어미+矢[ㄷ/의존명사+이/주격조사]】

한 것이. §'譬入1…' 이나 '如支-', '{如}|-', '{若}|-'가 후행함.

¶ 佛塔乙 見白ㅊ1 時 當願衆生 尊重▸ソ1矢◂ 塔 如支ソ3入 天人ラ 供乙 受ヒ立 <화엄08:06>

皆ヒ {是}リ1 假誑▸ソ1矢◂ 空中3ヒ 花 {如}|ソナ1リ罒 <구인14:12-13>

三千大千世界ヒ 地 平▸ソ1矢◂ 掌 如支ソ1ラ+ 量 無か 數 無ソ1 種種ヒ 妙色リ1 淸淨ソヒヒ{之} 寶ㅡノ1 莊嚴ヒ{之} 具リソ3ヒノ1入乙 菩薩1 悉3 見ソナㅎヒ| <금광06:01-02>

【관련】 ソ1矢ナ|, ソ1矢ミ, ソ1矢シ, ソ1矢|ノ令ロ, ソ1矢|ソ1入1

ソ1矢ナ|[훈디겨다]

【ソ/동사+1/동명사어미+矢[ㄷ/의존명사+이/계사]+ナ/선어말어미+|/종결어미】

한 것이다.

¶ 謂ノㄱㄱ 愛 起ㅆㄱㅅ灬 故ㄹ 苦 起▸ㅆㄱ矢ナㅣ◂ <화소02:02-03>
謂ノㄱㄱ 有 滅ㅆㄱㅅ灬 故ㄹ 生 滅▸ㅆㄱ矢ナㅣ◂ <화소02:05>
【관련】 (不矢)ㄱ矢ナㅣ, (有/無)ㄷㄱ矢ナㅣ, ㅆㄱ矢ㅣ, ㅆ尸矢ㅣ

ㅆㄱ矢ㅣㅆㄱㅅㄱ[훈디다훈든]

【ㅆ/형용사+ㄱ/동명사어미+矢[ᄃ/의존명사+이/계사]+ㅣ/종결어미#ㅆ/동사+ㄱ/동명사어미+ㅅ/의존명사+ㄱ/보조사】

한 것이다 하는 것은.

¶ 思所成慧 俱ㅆㄱ 光明想ㅅ十 四法 有▸ㅆㄱ矢ㅣㅆㄱㅅㄱ◂{者} 一十ㄱ 不善觀察ㅆㄱㅅ灬{故}ㄱ …… 四 在家ᅩ 出家ᅩノ尸ㄹ 與ㄷ 共相 雜住ㅆㅅ {於}聞ノㄱ 所ㄹ 隨ノ 究竟ノ尸 所ㄷ 法ㅅ十 如理ㅎ 作意思惟 能 不ハㅆㄱㅆ尸矢ㅣ <유가11:14 -21>
【관련】 リㅣㅆㄱㅅㄱ, ㅆㄱ矢ナㅣ, ㅆ尸矢ㅣ

ㅆㄱ矢氵[훈디사]

【ㅆ/형용사+ㄱ/동명사어미+矢[ᄃ/의존명사+이/계사]+氵/보조사; ㅆ/형용사+ㄱ/동명사어미+矢[ᄃ/의존명사+이/계사]+氵/연결어미】

한 것이야말로. 한 것이어야.

¶ 無ㄲ 無▸ㅆㄱ矢氵◂ 諦 實ㅆㄱㅌㄷ 無リㅌㄱリ罒 寂滅リㆆ 第一空リㆆㅆㄱ <구인15:01-02>
【관련】 ㅆㄱ矢, リ氵

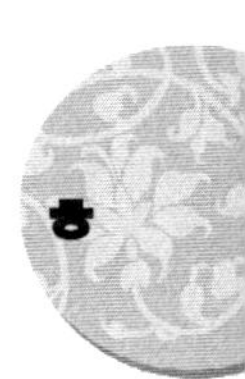

ㅆㄱ矢ㆍ[훈디여]

【ㅆ/용언+ㄱ/동명사어미+矢ㆍ[ᄃ/의존명사+이여/조사]】

① 한 것이. § 형용사의 현재시제임. 여기서 'ㆍ'는 '有ナㅣ', '或ナㅣ'의 후치된 주어절에 붙은 요소임.

¶ 或ㄲ 有ナㅣ 雜染▸ㅆㄱ矢ㆍ◂ 或ナㅣ 淸淨▸ㅆㄱ矢ㆍ◂ 或ㄲ 有ナㅣ 廣大▸ㅆㄱ矢ㆍ◂ 或 狹小▸ㅆㄱ矢ㆍ◂ 或ㅆㄱ 復ㄲ 有ナㅣ 成トㄱ矢ㆍ 或ㄲ 有ナㅣ 壞トㄱ矢ㆍ 或ㄲ 有ナㅣ 正住ㅆㄱ矢ㆍ 或ナㅣ 傍住ㅆㄱ矢ㆍ 或ナㅣ 曠野ㄷ 熱時ㄷ 燄 如ㄹ▸ㅆㄱ矢ㆍ◂ 或ナㅣ 天上ㅅㄷ 因陀網 如ㄹ▸ㅆㄱ矢ㆍ◂ <화엄15:11-13>

② 한 것이. § 동사의 과거시제임. 여기서 'ㆍ'는 '有ナㅣ', '或ナㅣ'의 후치된 주어절에 붙은 요소임.

¶ 或ㄲ 有ナㅣ 雜染ㅆㄱ矢ㆍ 或ナㅣ 淸淨ㅆㄱ矢ㆍ 或ㄲ 有ナㅣ 廣大ㅆㄱ矢ㆍ 或 狹小ㅆㄱ矢ㆍ 或ㅆㄱ 復ㄲ 有ナㅣ 成トㄱ矢ㆍ 或ㄲ 有ナㅣ 壞トㄱ矢ㆍ 或ㄲ 有ナㅣ 正住▸ㅆㄱ矢ㆍ◂ 或ナㅣ 傍住▸ㅆㄱ矢ㆍ◂ 或ナㅣ 曠野ㄷ 熱時ㄷ 燄 如ㄹㅆㄱ矢ㆍ 或ナㅣ 天上ㅅㄷ 因陀網 如ㄹㅆㄱ矢ㆍ <화엄15:11-13>

【관련】 ㅋ 1 矢, ㅣ ㅊ

ㅋ 1 入 ㅡ [혼두로]

【ㅋ/동사+ 1/동명사어미+入/의존명사+ ㅡ/구격조사】

① 한 까닭으로. 하는 까닭으로. § 주로 '故ノ'가 후행함.

¶ {是}ㅣ 事 起▸ㅋ 1 入ㅡ◂ 故攴 {是}ㅣ 事 起ㅋ 㣺 {是}ㅣ 事 滅▸ㅋ 1 入ㅡ◂ 故攴 {是}ㅣ 事 滅ㅋ 㣺 <화소01:05-06>

{此}ㅣ 藏乙 成就▸ㅋ 1 入ㅡ◂ 一切 法乙 攝ノ 令 ㅌ 陀羅尼門乙 得 3 ホ 現在前ノ 1 ム <화소25:12-13>

第二發心 1 可愛住ㅗノ ア 三摩提 ㅣ 攝受▸ㅋ 1 入ㅡ◂ 得 3 ホ 生ㅋ 㣺 <금광08:17-18>

一十 1 不善觀察▸ㅋ 1 入ㅡ◂ 故 㣺 不善決定▸ㅋ 1 入ㅡ◂ 故ノ {於}思惟ノ ア 所 3 十 疑 ㅣ 隨逐ノ ア 有ㅌ 㣺 <유가11:15 -16>

又 {於}飮食 3 十 知量 不ハ▸ㅋ 1 入ㅡ◂ 故ノ 身 不調適ノ ア 入 <유가10:08>

此乙 依止▸ㅋ 1 入ㅡ◂ 故ノ 便ㅎ 能 㣺 善決定義 ㅣ 1 思所成智乙 趣入ㅋ 㣺 <유가05:06-07>

樂聞乙 依▸ㅋ 1 入ㅡ◂ 故ノ 便ㅎ 請問乙 發ㅋ 㣺 <유가07:03>

彼 1 自ㅡ 尸羅淸淨乙 思惟▸ㅋ 1 入ㅡ◂ 故ノ 悔惱ノ ア 无 㣺 <유가25:14>

【ㅋ/형용사+ 1/동명사어미+入/의존명사+ ㅡ/구격조사】

② 한 까닭으로. § 주로 '故ノ'가 후행함.

¶ 諸 行法乙 說ㅌ アㅗ 去來ノ ア 所 無ㅌ ㅎ ㅌ ㅣ 一切 法 1 異ㅋ 1 無▸ㅋ 1 入ㅡ◂ 故ㅗ <금광14:21-22>

謂 1 毘鉢舍那支 成熟ㅋ 1 入ㅡ 故ノ 亦 名下 慧成熟ㅗㅋ 㣺 奢摩他支 成熟▸ㅋ 1 入ㅡ◂ 故ノ 亦 名下 慧成熟ㅗノ ォ ㅣ <유가06:14-16>

卽ㅎ {於}此 相 3 十 所作 多▸ㅋ 1 入ㅡ◂ {故ㅎ} 心 極 厭患ㅋ ㅎ ㅋ 㣺 <유가22:16-17>

四 其 能聽者 ㅣ 樂欲 {有}ㅓ 3 ホ 屬耳ㅋ 3 而ㅡ 聽ㅋ ㅎ ㅌ 入{雖}ㅓ 然ㅋ ろ 闇鈍▸ㅋ 1 入ㅡ◂ 故 㣺 覺慧 劣▸ㅋ 1 入ㅡ◂ 故ノ 領受 能 不ハノ 令 ㅌ 過失 ㅣ 㣺 <유가13:13-15>

【관련】 1 入ㅡ, ㅌ 1 入ㅡ, ㅋ ナ 1 入ㅡ, ㅋ ㅊ 1 入ㅡ, ㅊ 1 入ㅡ, ㅋ 3 1 入ㅡ, ノ 1 入ㅡ

ㅋ 1 入 ㅡ 故 ㅣ [혼두로다]

【ㅋ/용언+ 1/동명사어미+入/의존명사+ ㅡ/구격조사(+이/계사)+ ㅣ/종결어미】

한 까닭이다.

¶ 謂 1 聞正法圓滿入 涅槃爲上首入 能熟解脫慧ㅌ 成熟入乙 依▸ㅋ 1 入ㅡ{故}ㅣ◂ <유가07:21-23>

一十 1 若 捨ㅋ 3 ホ 爲ㅋ ア 不冬ㅋ 1 ㅣ 十 1 自作 能 不ハㅋ ア 入ㅡ{故} 㣺 … 三 決定

作ノㅎ{應}ㄷ▸ㅅㄱㅅ灬{故}丨◂ <유가22:01-03>
【관련】 -ㄱㅅ灬故丨, (ㅅ)ㄱㅅ灬故リナ丨

ㅅㄱㅅ灬故ㅅ[혼ᄃ로며]

【ㅅ/용언+ㄱ/동명사어미+ㅅ/의존명사+灬/구격조사(+이/계사)+ㅅ/연결어미】
한 까닭이며.
¶ 一十ㄱ 不善觀察▸ㅅㄱㅅ灬{故}ㅅ◂ 不善決定ㅅㄱㅅ灬 故ノ {於}思惟ノ尸 所ㄋ十 疑リ 隨逐ノ尸 有ㄷㅅ <유가11:15-16>
四 其 能聽者リ 樂欲 {有}斗ㄋ亦 屬耳ㅅㄋ 而灬 聽ㅅㅎㄷ人{雖}斗 然ㅅ乃 闇鈍▸ㅅㄱㅅ灬{故}ㅅ◂ 慧 劣ㅅㄱㅅ灬 故ノ 領受 能 不ハノ今ㄷ 過失リㅅ <유가13:13-15>
最極損減ㅅリ今ㄷ 方便道理灬 煩惱乙 斷▸ㅅㄱㅅ灬{故}ㅅ◂ 殊勝ㅅㄱ 所證法乙 獲得ㅅㄱㅅ灬 故ノ 亦 喜悅乙 修得圓滿ㅅ{令}リㅅ <유가29:15-17>
【관련】 -ㄱㅅ灬故ㅅ

ㅅㄱㅅ灬故亠[혼ᄃ로여]

【ㅅ/용언+ㄱ/동명사어미+ㅅ/의존명사+灬/구격조사+亠/조사】
한 까닭이다.
¶ 行法乙 說ㅌ尸亠 去來ノ尸 所 無ㅌㅎㄷ丨 一切 法ㄱ 異ㅅㄱ 無▸ㅅㄱㅅ灬{故}亠◂ <금광14:21-22>
【관련】 -ㄱㅅ灬故亠, -ㄱㅅ灬亠, -ㄱㅅ灬ㅣ

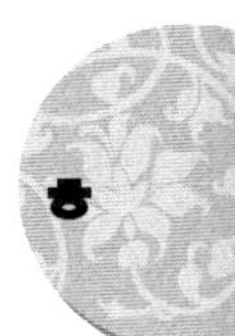

ㅅㄱㅅ灬故リナ丨[혼ᄃ로이겨다]

【ㅅ/동사+ㄱ/동명사어미+ㅅ/의존명사+灬/구격조사+リ/계사+ナ/선어말어미+丨/종결어미】
하는 까닭으로이다.
¶ 何以故ㅣㅅ禾尸人ㄱ {此}リ 菩薩ㄱ 盡虛空徧法界ㄷ 邊尸 無ㄱ 身乙 成就▸ㅅㄱㅅ灬{故}リナ丨◂ <화소26:02-03>
【관련】 ㄱㅅ灬リナ丨, (不)矢ㄱㅅ灬故リナ丨, ㅅ尸ㅅ灬リナ丨, ㅅ尸ㅅ灬故リナ丨, -ㄱㅅ灬故丨

ㅅㄱㅅ灬故リㅅ[혼ᄃ로이며]

【ㅅ/동사+ㄱ/동명사어미+ㅅ/의존명사+灬/구격조사+リ/계사+ㅅ/연결어미】
한 까닭이며. 한 까닭으로이며. 하기 때문이며.
¶ 善支 諸ㄱ 陀羅尼乙 攝取▸ㅅㄱㅅ灬{故}リㅅ◂ <화소26:17>

【관련】 -ㄱ入灬故(刂)ᅮ, -ㄱ入灬故-

ㄴㄱ入灬ㄴ 3[ᄒᆞᆫᄃᆞ로ᄒᆞ아]

【ㄴ/동사+ㄱ/동명사어미+入/의존명사+灬/구격조사#ㄴ/동사+3/연결어미】

한 까닭으로 하여.

¶ 諸ラ 有ㄷ刂ㄱ 本有ㄴㅌㄷ 法ㄱ 三假刂 集▸ㄴㄱ入灬ㄴ3◂ 假有ㄴナㄱ刂ᅮ <구인 15:01>

【관련】 ㄴㄱ入灬

ㄴㄱ入乙[ᄒᆞᆫ ᄃᆞᆯ]

【ㄴ/용언+ㄱ/동명사어미+入/의존명사+乙/대격조사】

① **한 것을.** § 동사의 과거시제임.

¶ 口3十 常刂 說法ㄴ白3尸ム 無義▸ㄴㄱ入乙◂ㄴ尸 非冬ㄴ二ᅮ 心智 寂滅ㄴ二下 緣 無ㄷ刂 照ㄴ二ロ乙ᅮ <구인11:10>

善男子3 是 金光明經乙 聽聞ㄴ ᄒ 受持ㄴ ᄒ▸ㄴㄱ入乙◂ {以}ミㄱ入灬 故ノ 是 善男子ㅗ 善女人ㅗノ尸ㄱ 一切 罪障乙 悉 能ᅮ 除滅ㄴロ 極清淨ㄴㄱ入乙 得ㄴㅌ矛ᅮ <금광14:03-05>

彼ㄱ 前生3十 {於}佛 聖敎刂ㄱ 善說法處3十 淨信乙 修習ㄴ3 長時 相續▸ㄴㄱ入乙◂ 由3 此 因緣乙 由3 {於}今生ㄷ 中3十 唯ハ {於}聖處3十 信解乙 發生ㄴ3 淸淨心乙 起ナ ᄒㄷㅣ <유가02:13-16>

我ㄱ 今㫆 苦ラ 隨逐ノ尸入乙 爲ハ3 {於}勝定3十 自在▸ㄴㄱ入乙◂ 獲得 未ハㄴㄱㅣ十 中路3十 止息ㄴ ᄒ 或 復 退屈ㄴ ᄒノᄒ{應}ㄷㄴㄱ 不矢ㄱ刂3ㄷㅣㄴ3 <유가18:15-17>

能ᅮ 十種 過失乙 遠離ㄴ ᄒ 又 能ᅮ 聖所住處3十 安住ㄴ ᄒ▸ㄴㄱ入乙◂ {以}ミ3 故ㅊ 名下 功德ㅗノ矛ㅣ <유가31:05-07>

彼ㄱ 是 如支 正ㄷ 修行▸ㄴㄱ入乙◂ 由ミㄱ入灬 故ノ {於}三摩地3十 自在ㄴㄱ入乙 獲得ㄴᅮ <유가19:16-17>

② **한 것을.** § 형용사의 현재시제임.

¶ 當ハ 不堅▸ㄴㄱ入乙◂ 以3ハ 而灬 堅ㄴㅌㄷ 法乙 求ノ禾3ㄷㅣㄴナᅮ <화소12:03>

時乙 以3 寢息ㄴㅊㄱㅣ十ㄱ 當 願 衆生 身3十 安隱▸ㄴㄱ入乙◂ 得ᄒ 心3十 動亂尸 無ᄒㄴㅌ立 <화엄08:14>

菩提 空▸ㄴㄱ入乙◂ {以}ミ入灬 故ノ 得ホ 衆生 空乙 置ㄴᅮノ矛ㄱ入灬ミ <구인15:12-13>

善男子3 是 金光明經乙 聽聞ㄴ ᄒ 受持ㄴ ᄒ▸ㄴㄱ入乙◂ {以}ミㄱ入灬 故ノ 是 善男子ㅗ 善女人ㅗノ尸ㄱ 一切 罪障乙 悉 能ᅮ 除滅ㄴロ 極清淨▸ㄴㄱ入乙◂ 得ㄴㅌ矛ᅮ <금광14:03- 05>

此 能㢱 所對治乙 斷ソ令七 法刂 所作 多▸ソ1入乙◂ 由氵1入灬 故ノ 疾疾亐 能㢱 得尓 其 心乙 正住ᄉ刂下 三摩地乙 證ᄉ刂ナ3㢱 <유가15:01-02>

【관련】 ソ尸入乙, ソ1入灬

ソ1入乙ソ尸[혼둘홇]

【ソ/형용사+1/동명사어미+入/의존명사+乙/대격조사#ソ/동사+尸/동명사어미】

('非' 앞에서) 한 것을 하지. § '尸'은 부정소 '非' 앞에 쓰인 것임.

¶ 口3十 常刂 說法ソ白ㄅ尸ム 無義▸ソ1入乙ソ尸◂ 非冬ソ二㢱 心智 寂滅ソ二下 緣 無七刂 照ソ二ロ乙㢱 <구인11:10>

【관련】 ソ1入乙, ソ尸

ソ1乙[혼을]

【ソ/용언+1/동명사어미+乙/대격조사】

① **한 것을.** § 동사의 과거시제임.

¶ 路刂 無塵▸ソ1乙◂ 見31丨十1 當 願 衆生 常刂 大悲乙 行ソ3尓 其 心ㅎ 潤澤ソヒ立 <화엄05:03>

若 華開▸ソ1乙◂ 見 當 願 衆生 神通{等}丨ソ1 法刂 華 如支ソ3 開敷ソヒ立 <화엄05:11>

② **한 것을.** § 형용사의 현재시제임.

¶ 何七▸ソ1乙◂{者}{爲}五刂ハロノ令ロソナ尸入1 <금광02:22>

云何▸ソ1乙◂ 生圓滿 中3七 外乙 依ソ1ㄋ十 五 有ソ1矢丨ノ令ロ <유가02:16-17>

佛1 {言}㢱二尸 善男子3 何ソ1乙{者} 波羅蜜義刂ハソロノ令ロソナ3尸入1 <금광05:08>

要亐 衆生3十 與ソ1 然七▸ソ1乙◂灬七 後刂十氵 方七 食ソナ㢱 <화소09:11>

③ **('等(丨)', '如支' 뒤에서) 같은 것을.**

¶ 何七 等▸ソ1乙◂ {爲}五 一者 諸 煩惱乙 與七 得3尓 共住ソ尸 不冬ソ㢱… 五者 不退轉地乙 願求ソ㢱ソ尸矢ナ1刂丨 <금광03:12-15>

{於}菩提道場3十ソ3 佛慧亠 十力亠 四無所畏亠 不共法亠 等▸ソ1乙◂ 成就ソ尸矢 是 波羅蜜義刂㢱 <금광05:17-18>

何ㅎ 等▸ソ1乙◂ {爲}五刂丨ノ令ロ <유가05:19>

何 等▸ソ1乙◂ {爲}二刂丨ノ令ロ <유가24:10-11>

又 內乙 依3 諸 根乙 不護ノ令七 過失 {有}ㅏノ尸ム 諸 根乙 不護ソ1入乙 由氵1入灬 故ノ 愁歎 等▸ソ1乙◂ 生刂㢱 <유가30:17-18>

佛子3 何ㅎ {等}丨▸ソ1乙◂ 菩薩摩訶薩尸 聞藏氵ノ令ロ{爲}ソナ禾尸入1 <화소01:03>

{是}リ {等}丨 ▸ッ1乙◀ 化ッ{爲}ㅅ 導師リ尸入乙 作ッナゕ <화엄19:23>
譬入1 鳥足灬 履ㅎ1 所七 空 如支▸ッ1乙◀ッゕ 亦ッ1 大地3七 一1 微塵 如支▸ッ1乙◀ッロ乙ㅎ亍七丨 <화엄09:09>
{於}諸 妻室3十 淫欲 相應ッ1 貪 {有}斗ゕ {於}餘 親屬ㅅ 及 諸 財寶ㅅ3十1 受用 相應ッ1 愛 {有}斗ゕッ尸入乙 是 如支▸ッ1乙◀ 名下 在家位3十 {爲}處ッ1 所對治 法ニノ尸ニ <유가08:05-08>

【관련】(云何)七ッ1乙, (等)丨ッ1乙, (是如)支ッ1乙, ッ令乙

④ ('亍(應)可' 뒤에서) -을 만한 것을. -을 수 있는 것을.

¶ 十方3十 有1 所七 諸1 妙物リ 無上尊ラ十 奉獻ッ白ㅎ亍{應可}七▸ッ1乙◀ 掌七 中3十 悉3 雨リㅎ1ム 備ㅎ尸 不ッ尸丁ノ尸 無リッナ3 菩提樹七 前3十 持リ3ホ 佛乙 供ッ白ヒゕ <화엄15:22-23>
相自在リ 難シ 得3ホ 度ノ亍{可}七▸ッ1乙◀ 執ット1刀 無明リ 因{爲}リ尸入乙ッ矛罒 <금광08:03-04>
善能ち 一切 衆生ラ 善根 成熟令リヒ尸ニ 亦 一切 衆生リ 成熟令リノ亍{可}七▸ッ1乙◀{者} 見尸 不冬ッゕ <금광14:18- 19>

⑤ 한 것을. § '-リ 俱ッ1乙 共七'의 형태로 쓰여 '-와 함께'의 의미를 나타냄.

¶ 彼 他方 佛國七 中3七 南方3七 法才菩薩1 五百萬億 大衆リ 俱▸ッ1乙◀ 共七 來ッ3ホ {此}リ 大會3十 入ッニゕ <구인03:06-08>
北方3七 虛空性菩薩1 百千萬億 大衆リ 俱▸ッ1乙◀ 共七 來ッ3ホ {此}リ 大會3十 入ッニゕ <구인03:09-10>
西方3七 善住菩薩1 十恒河沙七 大衆リ 俱▸ッ1乙◀ 共七 來ッ3ホ {此}リ 大會3十 入ッニゕ <구인03:10-11>

⑥ ('從七' 앞에서) 함으로부터. 한 이후로. 한 때부터.

¶ 但ハ 自ラ灬 身ラ 初七ㅎ 入胎▸ッ1乙◀ 從七 不淨ッヒ七 微形リ罒 胞段七 諸1 根リ 生老病死ットㅎ1入乙 觀ッナゕ <화소16:04-05>

⑦ 한 것을. 하거늘.

¶ 其 華七 色相1 皆七 殊妙▸ッ1乙◀ 此乙 以3 {於}諸1 佛乙 供養ッナゕ <화엄16:07>
又 光明 放 幢莊嚴 其 幢1 絢煥ッ3ホ 衆1 色乙 備ㅎナ1ミ 種種七リ 量リ 無3ホ 皆七 殊好▸ッ1乙◀ 此乙 以3ホ 諸1 佛土乙 莊嚴ッナゕ <화엄16:22-23>

【비고】'1乙'을 연결어미로 볼 가능성도 있음.

ッ1乙灬 [흔을로;흔으로]

【ッ/용언+1/동명사어미+乙灬/구격조사; ッ/용언+1/동명사어미+乙/중복표기+灬/구격조사】

함으로부터. § '-ッ1乙灬 自ノッ1/ノㅎ1'의 형태로 쓰여 '-한 이후로는'의 의미를 나타냄.

¶ {於}佛乙 歸▸ッㄱ乙灬◂ 自ノッㄱ 當 願 衆生 佛種乙 紹隆ッ3ホ 無上意乙 發ッヒ立 <화엄03:14>

{於}法乙 歸▸ッㄱ乙灬◂ 自ノッㄱ 當 願 衆生 深リ 經藏3十 入ッ3ハ 智慧リ 海 如攴ッヒ立 <화엄03:15>

{於}僧乙 歸▸ッㄱ乙灬◂ 自ノᄒㄱ 當 願 衆生 大衆乙 統理ノ尸ム 一切之セ 礙尸 無ヒ立 <화엄03:16>

【관련】 (然)セッㄱ乙灬セ

ッㄱ亠[흔여]

【ッ/형용사+ㄱ/동명사어미+亠/조사;ッ/형용사+ㄱ亠/연결어미】

하니. 한데. § '有'와 결합한 예만 보임. 여기서 '亠'는 절 접속의 기능임.

¶ 是 如攴ッㄱ 初支セ 生圓滿セ 廣聖教セ 義3十 此 十種 有▸ッㄱ亠◂ 此乙 除ロ斤 更3 餘 生圓滿リ 若 過ッᄒ 若 增ッᄒッㄱ 無ナㄱリㅣ <유가04:04-06>

又 卽ᄒ 是 如攴ッㄱ 所對治法セ 能治セ 白法3十 還ᄒ 尒所ケ 有▸ッㄱ亠◂ {於}二種 不淨想乙 修ノ今セ 中3十 當ハ 知ᄒㅣ 多リ 所作 {有}ㅓㄱリㄱ丁 <유가10:13-15>

此 第五支セ 修習對治セ 廣聖教義3十 當ハ 知ᄒㅣ 唯ハ 是 如攴ッㄱ 十相氵 有▸ッㄱ亠◂ 此乙 除ロ斤 更3 若 過ッᄒ 若 增ッᄒッㄱ 无ッㄱリㄱ丁 <유가13:01-03>

此 三摩地セ 所對治法3十 二十種 白法對治 有▸ッㄱ亠◂ 此 與セ 相違ッㄱリㄱ 其 相乙 知ノᄒ{應}セㅣ <유가14:22 -15:01>

又 此 得三摩地 相違法人 及セ 得三摩地 隨順法人セ 廣聖教セ 義3十 當ハ 知ᄒㅣ 唯ハ 此 二十種氵 有▸ッㄱ亠◂ 此乙 除ロ斤 更3 若 過ッᄒ 若 增ッᄒッㄱ 無ッㄱリㄱ丁 <유가15:04-07>

又 此 三摩地圓滿セ 廣聖教セ 義3十 當ハ 知ᄒㅣ 唯ハ 是 如攴ッㄱ 十相氵 有▸ッㄱ亠◂ 此乙 除ロ斤 更3 若 過ッᄒ 若 增ッᄒッㄱ 无ッㄱリㄱ丁 <유가16:06-08>

此 三摩地自在セ 廣義3十 當ハ 知ᄒㅣ 唯ハ 說ノㄱ 所 如攴ッㄱ 相氵 有▸ッㄱ亠◂ 此乙 除ロ斤 更3 若 過ッᄒ 若 增ッᄒッㄱ 無ッㄱリㄱ丁 <유가19:20-22>

是 如攴ッㄱ 六種 所對治セ 法3十 還ᄒ 六法リ 能か 對治リ尸{爲}入乙ッ3 多リ 所作 {有}ㅓヒ 有▸ッㄱ亠◂ 此 與セ 相違ッㄱリㄱ 其 相乙 知ノᄒ{應}セㅣ <유가10:23-11:02>

此 所治セ 法3十 還ᄒ 十一リㄱ 此 與セ 相違ッㄱ 能對治セ 法リ 能か {於}彼乙 斷ッ厶 有▸ッㄱ亠◂ 當ハ 知ᄒㅣ 亦 思修所成セ 若 知人 若 見人乙 清淨ᄒ 而灬 轉ッ{令}リ矛リㄱ丁 <유가12:16-18>

謂ㄱ 思所成慧 俱ッㄱ 光明想3十 四法 有セか 修所成慧 俱ッㄱ 光明想3十 七法 有か▸ッㄱ亠◂ 是 如攴ッㄱ 所治3十 合リロㄱ 十一 有セㅣ <유가11:12-14>

【관련】 ッㄱ矢氵, ッㄱ氵, セッㄱ亠, かッㄱ亠, (如)ハッㄱ亠

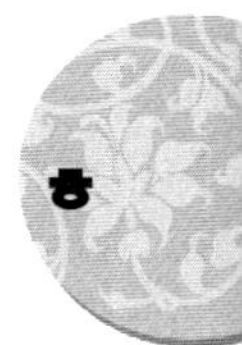

ソ丁氵[흔여]

【ソ/용언+丁/동명사어미+氵/조사;ソ/동사+丁氵/연결어미】

했으니. 한 것이니. § 여기서의 '氵'는 절 접속의 기능임.

¶ 一切法丁 皆七 緣… 成▸ソ丁氵◂ 假成衆生氵 俱時七 因果氵 異時七 因果氵 三世七 善惡氵ノ令丁 一切之七 幻化リナ丁リ罒 是乙 幻諦七 衆生氵ノ矛リナ丨 <구인14:10-11>
譬入丁 虛空七 花 {如}丨ソ⺀ 影氵 三乡七 手リ 無ノ丁丁ノ令 {如}丨ソ⺀▸ソ丁氵◂ 因緣… 故ノ 誑有ソナ丁リ⺀ <구인15: 07-8>
【관련】 ソ丁亠, 七ソ丁氵, 丨ソ⺀ソ丁氵

ソ丁㇒[흔의]

【ソ/용언+丁/동명사어미(+이/의존명사)+㇒/속격조사】

① **한 이의.** § 형용사의 시제임.

¶ 亦 {於}他㇒ 利養恭敬亠 及七 餘 不信ソ七七 婆羅門 等▸ソ丁㇒◂ 對面ソ㐅 背面ソ㐅ソ⺀ 諸 不可意七 身業語業乙 現行ソ令七 事亠ノ令七 中⺀十 心⺀十 憤恚乙 生リ尸 不冬ソ㐅 又 復 {於}彼㇒十 損害心 无㐅ソ⺀ <유가19:03-06>
迦陵頻伽㇒ 美妙ソ七七 音氵 俱枳羅 {等}丨▸ソ丁㇒◂ 妙音聲氵 種種七 梵音氵ノ令乙 皆七 具足ソナ⺀ 其 心樂乙 隨㇒ {爲}氵㇒ 說法ソナ⺀ <화엄18:06-07>

② **한 이의.** § 동사의 과거시제임.

¶ 是乙 名下 涅槃乙 以ホ 上首 {爲}氵⺀ 正法乙 聽聞▸ソ丁㇒◂ 得ノ丁 所七 勝利亠ノ矛丨 <유가06:10-12>
【관련】 丨ソ丁㇒, ソ丁㇒十

ソ丁㇒十[흔의긔]

【ソ/용언+丁/동명사어미(+이/의존명사)+㇒十/처격조사 】

① **한 것에.** § 동사의 과거시제임.

¶ 云何ソ丁乙 生圓滿 中⺀七 外乙 依▸ソ丁㇒十◂ 五 有ソ丁矢丨ノ令口 <유가02:16-17>
二 顯▸ソ丁㇒十◂ 處ソ⺀ 失念ソ⺀ 三 隱▸ソ丁㇒十◂ 居ソ⺀ 放逸ソ⺀ 四 通七 隱ソ⺀ 顯▸ソ丁㇒十◂ 處ソ⺀ 串習力乙 由⺀ソ⺀ <유가09:22-23>
{於}己㇒ 雜染 相應▸ソ丁㇒十◂ 心⺀十 厭患ノ尸入乙 生リ⺀ {於}己㇒ 淸淨 不相應▸ソ丁㇒十◂ 心⺀十 厭患ノ尸入乙 生リ⺀ <유가20:19-21>
當八 知㇒丨 淸淨 不相應▸ソ丁㇒十◂ 亦 三種 有ソ丁リ丁丁 <유가21:06-07>
謂丁 所丁 外七 諸 欲乙 依▸ソ丁㇒十◂ 有七丁 所七 愁歎憂苦 種種惱亂リ丁 苦苦相應ソ丁 過失リ⺀ <유가30:15-17>

② **한 것에.** § 형용사의 현재시제임.

¶ 善男子ろ 菩薩 三地ろ十ㄱ 是 相リ 前現ノアム 自身リ 勇健▸ソㄱラ十◂ 鎧仗灬 莊嚴ソろ 一切 怨賊乙 皆七 能ケ 摧伏令リトノㄱ入乙 菩薩ㄱ 悉ろ 見ソナㅎ七丨 <금광06:02-04>

空閑▸ソㄱラ十◂ 處ソㅎ七入{雖}ㅕ 猶リ 種種七 染汙尋思 {有}ㅕろ 其 心乙 擾亂ノア入 <유가10:07-08>

復次 是 如攴 已氵 三摩地乙 得ソㅌ七 者ㄱ {於}此 少小ソㄱ 殊勝定七 中ろ十 喜足乙 生ア 不冬ソろ {於}勝三摩地圓滿▸ソㄱラ十◂ 更ろ 求願ノア入乙 起ケ <유가15:10-12>

彼ㄱ {於}圓滿▸ソㄱラ十◂ 多 方便乙 修ノㄱ入乙 以ホ 依止 {爲}氵ろ 世間道乙 由ろ 三摩地圓滿乙 證得ソㄱ入灬 故ノ {於}煩惱斷ろ十 猶リ 證得 未リソナㄱ入灬 復 樂斷乙 依ろ 常リ 勤七 修習ソケ <유가18:19-21>

{於}衣服ろ十ノア入乙ソㄱ 如攴 {於}餘 飮食亠 臥具亠 等▸ソㄱラ十◂ 喜足ノア 當八 知ㅎ丨 亦 尒ソㄱリㄱ了 <유가19:12 -13>

住處障リ丨ソㄱ入ㄱ{者} 謂ㄱ 空閑▸ソㄱラ十◂ 處ソろ 奢摩他亠 毘鉢舍那亠ノア乙 修ソア入乙 摠ㅎ 名下 {爲}住亠ノア亠 <유가26:14-16>

③ 한 이에게. §'ラ十'는 여격조사임.

¶ 又 {於}正信ソㅌ七 長者亠 居士亠 婆羅門亠 等▸ソㄱラ十◂ 種種七 利養恭敬乙 獲得ソア亠 而ㄱ 此 利養恭敬乙 依ろ 而灬 貪着乙 生リア 不冬ソケ <유가18:23-19:03>

【관련】 ソㅎソㄱラ十, 攴ソㄱラ十, 七ソㄱラ十, ソㄱラ十ㄱ, ソㄱラ, ノㄱラ十

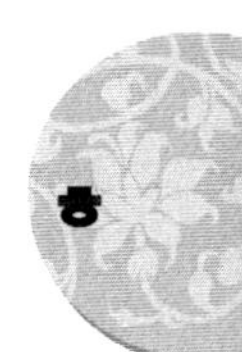

ソㄱラ十ㄱ[흔의긘]

【ソ/형용사+ㄱ/동명사어미(+이/의존명사)+ラ十/여격조사+ㄱ/보조사】

한 것에게는.

¶ 乃氵 十方七 恒河沙七 佛土ろ十 至リ 有緣▸ソㄱラ十ㄱ◂ 斯モソ巴八 現ソㅌ八二丨 <구인03:06>

【관련】 ソㄱラ十, ラ十ㄱ, ノㄱラ十

ソㄱリ[흔이]

【ソ/동사+ㄱ/동명사어미+リ/의존명사; ソ/동사+ㄱ/동명사어미+リ/주격조사; ソ/동사+ㄱ/동명사어미+リ[(이/의존명사+)이/주격조사]】

한 사람(이).

¶ 尸羅乙 犯▸ソㄱリ◂ 有七去乃 而ㄱ 輕擧 不冬ソㅎ <유가17: 12-13>

【관련】 (如)攴ソㄱリ

ソㄱリㄱ[흔인]

【丷/동사+㇆/동명사어미+刂/계사+㇆/동명사어미; 丷/동사+㇆/동명사어미+刂[(이/의존명사+)이/계사]+㇆/동명사어미】

하는 것이니. 하는 것인.

¶ 是 如支丷㇆ 六種 所對治七 法氵十 還ㅎ 六法刂 能ㅅ 對治刂尸{爲}入乙丷氵 多刂 所作{有}ᅪ七 有丷㇆亠 此 與七 相違▸丷㇆刂㇆◂ 其 相乙 知ノㅎ{應}七丨 <유가10:23-11:02>

此 三摩地七 所對治法氵十 二十種 白法對治 有丷㇆亠 此 與七 相違▸丷㇆刂㇆◂ 其 相乙 知ノㅎ{應}七丨 <유가14:22-15:01>

【관련】 刂㇆

丷㇆刂㇆丁[혼인뎌]

【丷/용언+㇆/동명사어미+刂/계사+㇆/동명사어미+丁[ㄷ/의존명사+여/조사]; 丷/용언+㇆/동명사어미+刂[(이/의존명사)+이/계사]+㇆/동명사어미+丁[ㄷ/의존명사+여/조사]】

한 것을. 한 것인 줄을. 한 것이다. § '刂㇆'은 '當知', '應知'의 목적어절에 붙는 요소임. '丁'는 후치된 목적어절에 붙는 요소임.

¶ 當八 知ㅎ丨 … 无餘依涅槃界乙 依止丷氵 一法刂 轉ノ尸ㅿ 涅槃乙 首{爲}氵七 有▸丷㇆刂㇆丁◂ <유가04:21-05:01>

{於}衣服氵十ノ尸入乙丷㇆ 如支 {於}餘 飮食亠 臥具亠 等丷㇆ろ十 喜足ノ尸 當八 知ㅎ丨 亦 尒▸丷㇆刂㇆丁◂ <유가19:12-13>

又 此 遠離障导七 義㇆ 廣刂 說尸入㇆ 知ノㅎ{應}七丨 說ノ㇆ 所七 相乙 如八丷㇆亠 此乙 除口斤 更氵 若 過丷ㅎ 若 增丷ㅎ丷㇆ 无▸丷㇆刂㇆丁◂ <유가28:06-08>

【관련】 (如)支丷㇆刂㇆丁, (充滿)ㅅ刂ㅎㅎ應七丷㇆刂㇆丁, 一刂㇆丁, 尸丁, 刂㇆刂㇆丁, ノ㇆刂㇆丁

丷㇆刂丨[혼이다]

【丷/용언+㇆/동명사어미+刂/계사+丨/종결어미; 丷/용언+㇆/동명사어미+刂[(이/의존명사+)이/계사]+丨/종결어미】

하는 것이다.

¶ 又 涅槃乙 緣丷氵 而灬 聽法丷今七 者ろ十 十法刂 轉ノ尸ㅿ 涅槃乙 首{爲}氵丷七 有七丨 謂㇆ 有餘依涅槃界入 及七 無餘依涅槃界入乙 依止▸丷㇆刂丨◂ <유가04:19-21>

{是}刂 故灬 依行乙 次第乙 說ㅎ今ろ十 信樂刂氵 最勝丷氵ホ 甚刂 難刂氵 得ㅎ矛㇆矢 譬入㇆ 一切 世間七 中氵十 而灬 隨意妙寶珠刂 有㇆ 如支▸丷㇆刂丨◂

【관련】 (如)支丷㇆刂丨, (丷)ナ㇆刂丨, ノ㇆刂丨, 丷ト㇆刂丨, ノ矛ナ㇆刂丨, 丷㇆刂罒

丷㇆刂罒[혼이라]

【ソ/동사+ㄱ/동명사어미+リ/계사+罒/연결어미】
하는 것이라서.
¶ 我ラ 身セ 中ㇳ十 八萬戶蟲リ 有セㇳ {於}我乙 依ㇳホ 住▸ソㄱリ罒◂ 我ラ 身ㅎ乀 充樂ソㇱ 彼ㄉ 亦ソㄱ 充樂ソ禾ㇳセか <화소09:13-14>
【관련】 ノㅎ應セソㄱリ罒, (ソ)トㄱリ罒, ノㄱリ罒, リモㄱリ罒, ソナㄱリ罒, リナㄱリ罒, ㅎㄱリ罒
【비고】 '罒'는 연결어미 'ㇳ'의 이형태로 계사 'リ' 뒤에 쓰임

ソㄱリㇳセロノ尸人[혼이앗고홇과]

【ソ/동사+ㄱ/동명사어미+リ/계사+ㇳセ/선어말어미+ロ/종결어미#ノ[ㅎ/동사+오/선어말어미]+尸/동명사어미+人/접속조사;ソ/동사+ㄱ/동명사어미+リ[(이/의존명사+)이/계사]+ㇳセ/선어말어미+ロ/종결어미#ノ[ㅎ/동사+오/선어말어미]+尸/동명사어미+人/접속조사】
하는 것인가 하는 것과. 하는 것입니까 하는 것과. §'ロ/ㇳ'는 의문사가 있는 설명의문문에 쓰임.
¶ 現在ㇳ十ㄱ 幾セ个セ 佛㠯 {有}ナ而下 住ソ而か 幾セ个セ 聲聞 辟支佛リ 住ソか 幾セ个セ 衆生リ 住▸ソㄱリㇳセロノ尸人◂ … 何セソㄱ乙{者} {爲} 生死セ 最ハ 後際ㇱノ禾ㇳセロノ尸人リナㅣ <화소07:18-08:13>
【관련】 ノ尸人, (ソ)禾ㇳセロノ尸人, (ソ)ㄱリㇳセロ

ソㄱリㇳセㅣソ尸入乙[혼이앗다홇돌]

【ソ/용언+ㄱ/동명사어미+リ/계사+ㇳセ/선어말어미+ㅣ/종결어미#ソ/동사+尸/동명사어미+入/의존명사+乙/대격조사;ソ/용언+ㄱ/동명사어미+リ[(이/의존명사+)이/계사]+ㇳセ/선어말어미+ㅣ/종결어미#ソ/동사+尸/동명사어미+入/의존명사+乙/대격조사】
하는 것이다 하는 것을. 하는 것입니다 하는 것을.
¶ 幻師リ 幻法乙 見尸矣セソㇳ 諦實㒹ソロㄱ 卽ㇳ 皆セ 無▸ソㄱリㇳセㅣソ尸入乙◂ 名ㇳ {爲}諸 佛セ 觀ㇱノ禾リか <구인15:09>
【관련】 ソ尸入乙, ノㄱリㇳセㅣソㇳ, リトㄱリㇳセㅣノ尸入乙

ソㄱリㇳセㅣソニロ尸㇀[혼이앗다호시곪여]

【ソ/동사+ㄱ/동명사어미+リ/계사+ㇳセ/선어말어미+ㅣ/종결어미#ソ/동사+ニ/선어말어미+ロ/선어말어미+尸/동명사어미+㇀/조사;ソ/동사+ㄱ/동명사어미+リ[(이/의존명사+)이/계사]+ㇳセ/선어말어미+ㅣ/종결어미#ソ/동사+ニ/선어말어미+ロ/선어말어미+尸㇀/연결어미】
하는 것이다 하시지만. 하는 것입니다 하시지만. §'㇀'는 역접의 기능임.
¶ 衆生ラ 相乙 思惟ソ白ノ尸ム 一切 種 皆セ 無▸ソㄱリㇳセㅣソニロ尸㇀◂ 困苦ソトㄱ 諸 衆生ラ十 世尊リニㇱ 普リ 救濟ソニロ尸か <금광13:12-13>

【관련】 (不冬)ㅅ ㄴ ㅁ ㄕ ㅗ, ㅌ ㄕ ㅗ, ㅗ ノ ㄕ ㅗ, ㅅ ㄕ ㅗ, ㅡ ㄱ ㅣ ㅎ ㅌ ㅣ, (ㅅ) ㄴ ㅁ ㄕ ㄙ, ㅅ ㄴ ㅁ ㄹ ㄙ

ㅅ ㄱ ㅣ ㅗ [혼이여]

【ㅅ/동사+ㄱ/동명사어미+ㅣ/의존명사+ㅗ/조사】

① ('等' 뒤에서) 같은 것이니. 같은 이니. § 명사구가 나열된 다음의 '等' 뒤에 쓰이며, 'ㅅ-'는 앞의 명사구를 아우르는 요소임. 'ㅗ'는 나열의 기능임.

¶ 五者 一切 諸佛ㅌ 不共法 等▸ㅅ ㄱ ㅣ ㅗ◂ 及ㅅ 一切智智ㅗ ノ 令 十 灌頂 智 能 具足ㅅ ㄙ ㅅ ㄕ 矢 ナ ㄱ(ㅣ ㅣ) <금광05:06-07>

法界ㅗ 衆生界ㅗ ノ ㄕ ㄹ 正 分別ㅅ ㅎ 知ㅅ ㄕ 矢 是 波羅蜜義ㅣ ㄙ 檀 等▸ㅅ ㄱ ㅣ ㅗ◂ 及 智ㅗ ノ ㄕ ㄹ 能ㄙ 不退轉地ㅎ 十 至ㅣ{令}ㅣ ㅅ ㄕ 矢 是 波羅蜜義ㅣ ㄙ <금광05:14-15>

得ㅎ ホ 一切 怖畏ㅣ ㄱ 一切 惡獸ㅗ 一切 惡鬼ㅗ 人非人 等▸ㅅ ㄱ ㅣ ㅗ◂ 災橫ㅗ 諸惱ㅗ ノ ㄕ ㄹ 度脫ㅅ ㅎ <금광09:08-10>

是 說法處ㄹ 火 一切 諸 天ㅗ 人ㅗ 非人ㅗ 等▸ㅅ ㄱ ㅣ ㅗ◂ 及 諸 衆生ㅗ ノ ㄕ ㄹ <금광15:09-10>

【관련】 ㅅ ㄱ ㅣ ㅊ, (等) ㅣ ㅅ ㄱ ㅣ ㅊ, (爲) ㅊ ㅅ ㄱ ㅣ ㅊ

② ('等' 뒤에서) 같은 이가. § 'ㅅ-'는 앞의 명사구를 아우르는 요소임. 'ㅗ'는 '有ナ ㅣ'의 후치된 주어절에 붙은 요소임.

¶ 諸 有ナ ㅣ 正信ㅅ ㅌ ㅌ 長者ㅗ 居士ㅗ 婆羅門ㅗ 等▸ㅅ ㄱ ㅣ ㅗ◂<유가03:14-15>

ㅅ ㄱ ㅣ ㅊ [혼이여]

【ㅅ/용언+ㄱ/동명사어미+ㅣ/의존명사+ㅊ/조사】

한 것이며. § 'ㅊ'는 나열된 명사구에 결합되는 요소임.

¶ 無價 寶衣ㅊ 雜妙香ㅊ 寶ㅌ 幢ㅊ 幡ㅊ 蓋ㅊ ノ ㅊ 皆ㅌ 嚴好▸ㅅ ㄱ ㅣ ㅊ◂ 眞金ㄹ 華{爲}ㅊ▸ㅅ ㄱ ㅣ ㅊ◂ 寶ㄹ 帳 {爲}ㅊ▸ㅅ ㄱ ㅣ ㅊ◂ノ 令 ㄹ 皆ㅌ 掌ㅌ 中ㄹ 從ㅌ 雨ㅣ ㄕ 不ㅅ ㄕ ㄱ ノ ㄕ 莫ㅌ ㅣ ㅅ ㅁ ㅌ ㄙ <화엄15:20-21>

一切 世間ㅎ ㅌ 諸ㄱ 天ㅊ 魔ㅊ 梵ㅊ 沙門ㅊ 婆羅門ㅊ 乾闥婆ㅊ 阿修羅ㅊ ㅅ ㄕ {等} ㅣ▸ㅅ ㄱ ㅣ ㅊ◂ 及ㅌ 以ㅎ 一切 聲門ㅊ 緣覺ㅊ ノ 令 ㅋ 動ㄕ 不能ㅣ 矢 ノ ㄕ 所ㅣ ㅊ ナ ㅎ ㅌ ㅣ <화엄08:17- 18>

或ㅅ ㄱ 童男ㅊ 童女ㅋ 形ㅊ 天ㅊ 龍ㅊ 及ㅌ 以ㅎ 阿修羅ㅊ 乃ㅊ 至ㅣ 摩睺羅伽 {等} ㅣ▸ㅅ ㄱ ㅣ ㅊ◂ノ ㅊ ㅌ ㄱ 入 ㄹ 現ㅎ ㅎ 其 樂ㅎ ㄕ 所ㄹ 隨ㅎ 悉ㅎ 見ㅣ{令}ㅣ ㅁ ㅌ <화엄14:23-24>

【관련】 ㅅ ㄱ ㅣ ㅗ

ㅅ ㅣ [ᄒᆞ다]

【ㅅ/형용사+ㅣ/종결어미】

하다.

¶ 若ㄷ 法ㄲ 有 非失ㄱㄲㄕ入ㄱ 不可▸ㅅㅣ◂ 捨ㅅㄕ 不冬ㅅㄕ丁ㅅナㄕ入ㄹ <화소14:03>

善男子ㄋ 是 如支▸ㅅㅣ◂ 汝 等ㅅㄱㄱ 當ハ 此 如支ㅅニㄱ 經典ㄹ 精勤修行ㅅㅁ㐃 {應}ㄷㅅㄱㅗ <금광15:14-15>

三摩呬多地ㄷ 中ㄋ十 已ㄋ 說ㅅノㄱ 如支▸ㅅㅣ◂ <유가11:03-04>

ㅅ ㅅ [ᄒᆞ리]

【ㅅ/동사+ㅅ[ㄹㅎ/동명사어미+이/의존명사(+이/주격조사)]】

하는 것.

¶ 此 所治ㄷ 法ㄋ十 還ㅎ 十一ㄲㄱ 此 與ㄷ 相違ㅅㄱ 能對治ㄷ 法ㄲ 能ㄅ {於}彼ㄹ 斷▸ㅅㅅ◂ 有ㅅㄱㅗ <유가12:16-17>

【관련】 ㅅ 令

【비고】 일반적으로는 'ㅅ 令'로 쓰이나 여기서는 '令' 대신 'ㅅ'가 쓰인 드문 예임.

ㅅ 令 [ᄒᆞ리]

【ㅅ/동사+令[ㄹㅎ/동명사어미+이/의존명사(+이/주격조사)]】

① 하는 것. 하는 이.

¶ 一ㄲㅣㅅㅁㄕ入ㄱ 亦ㅅㄱ 續▸ㅅ令◂ 不失ㄅ 異ㄲㅣㅅㅁㄕ入ㄱ 亦ㅅㄱ 續▸ㅅ令◂ 不失ㄱ入ㅡ ㄋ <구인14:07-08>

達須ㅗ 篾戾車ㅗノ令ㄷ 中ㄲㄱ 謂ㄱ {於}是處ㄲ 四衆ㄲ 行▸ㅅ令◂ 无ㄋ 亦 賢聖ㄲㄱ 正至ㅗ 正行ㅗノ令ㄷ 諸 善丈夫 無(ㄋノ令十) 生ㄕ 不冬ㅅㄕ失ㅣ <유가02:02-03>

又 彼ㄱ {於}色 相應ㅅㅌㄷ 愛味 倶行ㅅㄱ 煩惱ㄋ十 能ㄅ 一切之ㄷ 皆 永斷▸ㅅ令◂ 非失ㄲㄱ入ㅡ 故ノ <유가15:14-15>

又 {於}彼 諸 善法ㄷ 中ㄋ十 皆 勤修▸ㅅ令◂ 非失ㄲㄱ入ㅡ 故ノ 名下 他所勝ㅗノ禾ㄅ <유가15:16-17>

是 故ㅡ {於}彼ㄋ十 厭惡ㅅㄋ㐃 而ㅡ 住ㅅㄕㅗ 不厭惡▸ㅅ令◂ 非失ㅣ <유가20:16-17>

【비고】 유가 계통의 자료에서 '…ㅅ 令 非/不/无-' 구문이 주로 나타나며 화엄경 계통의 자료에서 "能(ㄲ)失/堪ㄲ 失 -ㄋ 令 無/莫/靡-" 구문이 주로 나타남.

② 하는 것. 하는 이.

¶ 又 第一義ㄷ 思所成慧ㅅ 及ㄷ 修所成慧ㅅ 倶ㅅㄱ 光明想ㄋ十 十一法ㄲ 所對治ㄲㄕ{爲}入ㄹ▸ㅅ令◂ 有ㄷㅣ <유가11:10-12>

又 此 二障ㄋ十 當ハ 知ㅎㅣ 摠ㅁㄱ 二種 因緣ㄲ 能ㄅ 遠離ㄲㄕ{爲}入ㄹ▸ㅅ令◂ 有ㅅㄱㄲㄱ丁 <유가27:09-10>

【관련】 ㅅ亽, ノ亽, ㅅ亽七, ㅅ亽㇆, ㅅ亽十, ㅅ亽㇀, ㅅ亽乙

ㅅ亽㇆ [ᄒᆞ린]

【ㅅ/동사+亽[ㄹㅎ/동명사어미+이/의존명사]+㇆/보조사】

하는 이는.

¶ 是 如支ㅅ㇆ 涅槃乙 首{爲}氵彡 正法乙 聽聞▸ㅅ亽㇆◂ 當八 知ᄒ丨 五種 勝利乙 獲得ㅅ𠂇リ㇆丁 <유가05:17-18>

【관련】 ノ亽㇆, ㅅ亽, ㅅ亽七, ㅅ亽十, ㅅ亽㇀, ㅅ亽乙, ㅅ亽

ㅅ亽七 [ᄒᆞ릿]

【ㅅ/용언+亽[ㄹㅎ/동명사어미+이/의존명사]+七/속격조사】

① 할. 하는.

¶ 若七 自ㄋ灬 食▸ㅅ亽七◂ 時㇀十㇆ {是}リ 念言ノ尸入乙 作ㅅ𠂇尸丁 <화소09:12-13>

若 無餘依涅槃界七 中彡十 般涅槃▸ㅅ亽七◂ 時乙 名下 衆苦邊際乙 {爲}證得ㅅ尸丁ㅅ𠂇ㄋ丨 <유가06:09-10>

我ㄋ 身㇀ 財寶㇀ 及七 以彡 王位㇀ノ亽㇆ 悉彡 {是}リ㇆ 無常リ罒 敗壞▸ㅅ亽七◂ {之} 法リ㇆㇀ <화소12:01-02>

捨尸 不▸ㅅ亽七◂ 人乙 見 當 願 衆生リ 常 勝功德七 法乙 捨離尸 不ㅅ ᄂ立 <화엄07:06>

無漏無間(ㄎ?) 無相彡十 思惟▸ㅅ亽七◂ 解脫三昧乙 遠リ 修行ㅅ去㇆入灬{故}ㄱ <금광07:09>

{於}現身七 中彡十 必八 賢聖法乙 證得▸ㅅ亽七◂ 器 非矢𠂇㇆リ丨 <유가02:09-10>

當八 能ㄱ 隨ノ 樂乙 愛味▸ㅅ亽七◂ 一切 心識乙 制伏ㅅ㇗ <유가08:15>

既氵 通達 已㇀ㅅ彡斤 {於}作意 俱行ㅅ㇆ 心リ 任運ㄎ 轉▸ㅅ亽七◂ 中彡十 能善ㄎ 棄捨ㅅ彡ホ 无間ㄎ 滅ㅅ{令}リㄱ <유가23:15-17>

施乙 好ᄒ▸ㅅ亽七◂ 者乙 悉彡 化彡十 從七 令リ𠂇ㄱ <화엄18:01>

② 한.

¶ 若 十地㇀ 十自在㇀ノ尸乙 獲彡ホ 諸㇆ 度 勝解脫 修行ㅅㄴ尸入㇆ 則 灌頂大神通乙 獲彡ホ {於}最勝▸ㅅ亽七◂ 諸㇆ 三昧彡十 住ㅅㄴㄋㄱ <화엄13:23-24>

【관련】 ノ亽七, ㅅ亽, ㅅ亽㇆, ㅅ亽十, ㅅ亽㇀, ㅅ亽乙, (好)ᄒㅅ亽七, ㅅㄴ七

ㅅ亽㇀ [ᄒᆞ리여]

【ㅅ/동사+亽[ㄹㅎ/동명사어미+이/의존명사]+㇀/조사; ㅅ/동사+亽㇀[ㄹㅎ/동명사어미(+이/의존명사)+이여/조사]】

하지만. §‘ㅌ’는 역접의 기능임.

¶ 有爲氵十 迴向▸ッ令ㅌ◂ 而ㄱ 著尸 不ッ尸人灬{故}刂ㄅ <화소26:15-16>

【관련】 ノ禾ㄱㅌ, ッナ令ㅌ

ッ令十[ᄒᆞ리긔]

【ッ/동사+令[ㄹㆆ/동명사어미+이/의존명사]+十/처격조사】

하는 것에.

¶ 謂ㄱ {於}空人 無願人 无相人七 加行七 中氵十 {於}作意刂 微細現行▸ッ令十◂ 隨入ッ氵 <유가23:12-14>

有間无間ㄎ 隨轉ッ令七 我慢 俱行ッㄱ 心相刂 能ㄅ 現觀乙 障▸ッ令十◂ 作意刂 正七 通達ッㄱ人灬{故}ㄅ <유가23:14-15>

【관련】 ノ令十, ッ令, ッ令ㄱ, ッ令七, ッ令乙, ㅌノ令ㄋ十, ㅗノ令ㄋ十

ッ矛罒[ᄒᆞ리라]

【ッ/동사+矛[ㄹㆆ/동명사어미(+이/의존명사)+이/계사]+罒/연결어미】

할 것이라서.

¶ 此乙 證ッㄱ人乙 由ㅅㄱ人灬 故ノ 解脫圓滿▸ッ矛罒◂ 卽 此 解脫圓滿乙 名下 有餘依涅槃界ㅗノ矛丨 <유가05:13-14>

廣刂 說尸 乃ㅅ 至刂 心刂 正定氵十 入▸ッ矛罒◂ 是 故灬 此 正加行 作意思惟乙 宣說ッ氵 名下 心住方便ㅗノ矛丨 <유가25: 15-17>

是乙 初地七 障ㅗノ矛ㄅ 微細 罪過刂ッㅏㄱ力 無明乙 因ノッㄅ 種種七 業行相刂ッㅏㄱ力 無明乙 因ノ▸ッ矛罒◂ 是乙 二地七 障ㅗノ矛ㄅ <금광07:17-18>

未來氵十 是 礙刂 更氵 生ㄱ 不人ッ尸乙 更氵 生 不ハ令刂令七 智乙 得尸 未人ッㅏㄱ力 無明刂 因{爲}刂尸人乙▸ッ矛罒◂ 是乙 如來地七 障ㅗノ矛ナㄱ刂丨 <금광08:09-10>

又 能ㄅ 多刂 能對治七 法氵十 住ッ氵ホ 一切 所對治七 法乙 斷滅ッㄹ▸ッ矛罒◂ 是 如支ッㄱ 三法ㄱ 一切 對治修乙 隨逐ッㄱ人灬 故ノ 名下 多所作ㅗノ矛丨 <유가12:21-23>

謂ㄱ {於}少分殊勝ッㄱ 所證氵十 心氵十 喜足ノ尸 无氵 {於}諸 善法刂 轉上ッㄹ 轉勝ッㄹ 轉微妙ッㄹッㄱ 處氵十 悕求ッ氵ホ 而灬 住ッㄅ▸ッ矛罒◂ 此 四法乙 由氵 修道乙 攝受ッ氵ホ 極善攝受ッナㅎ七丨 <유가29:10-13>

【관련】 (ㅡ)刂罒, ッ(ナ)矛罒

【비고】 ‘罒’는 연결어미 ‘氵’의 이형태로 계사 ‘刂’ 뒤에 쓰임

ッ矛刂ㄱ丁[ᄒᆞ리인뎌]

【ッ/용언+矛[ㄹㆆ/동명사어미+이/의존명사]+刂/계사+ㄱ/동명사어미+丁[ᄃᆞ/의존명사+여/조사];ッ/용언+矛[ㄹㆆ/동명사어미(+이/의존명사)+이/계사]+刂/중복표기+ㄱ/동명사어미+丁

[ㄷ/의존명사+여/조사]】

하는 것이라고. 하는 것이다. 하는 것임을. § 'ㅣ 1'은 '當知'의 목적어절에 붙는 요소임. '丁'는 후치된 목적어절에 붙는 요소임.

¶ 是 如 支 ソ 1 涅槃 乙 首 {爲} ㇱ 3 正法 乙 聽聞 ソ 令 1 當 八 知 ㇷ ㅣ 五種 勝利 乙 獲得 ▸ ソ 𢩭 ㅣ 1 丁 ◂ <유가05:17-18>

當 八 知 ㇷ ㅣ 卽 ㇷ 此 解脫圓滿 1 无餘依涅槃界 乙 {以} ㇱ 而 灬 上首 {爲} ㇱ ▸ ソ 𢩭 ㅣ 1 丁 ◂ <유가05:16-17>

思擇力 灬 攝 ノ 尸 不淨想 七 中 3 十 當 八 知 ㇷ ㅣ 五法 ㅣ 所對治 ㅣ 尸 {爲} 入 乙 ▸ ソ 𢩭 ㅣ 1 丁 ◂ <유가09:20-21>

修習力 灬 攝 ノ 尸 不淨想 七 中 3 十 當 八 知 ㇷ ㅣ 七法 ㅣ 所對治 ㅣ 尸 {爲} 入 乙 ▸ ソ 𢩭 ㅣ 1 丁 ◂ <유가10:02-03>

【관련】 ソ 1 ㅣ 1 丁, (-丁) ノ 𢩭 ㅣ 1 丁, 亠 ノ 𢩭 ㅣ 1 丁, (ソ) 𢩭 ㅣ 1 丁, (-ㅣ) 1 丁, (-) ナ 尸 丁, (-) 去 1 丁

ソ 𢩭 ㅣ 1 亠 [ᄒᆞ리인여]

【ソ/용언+𢩭[ㄹㆆ/동명사어미+이/의존명사]+ㅣ/계사+1/동명사어미+亠/조사; ソ/용언+𢩭[ㄹㆆ/동명사어미(+이/의존명사)+이/계사]+ㅣ/중복표기+1/동명사어미+亠/조사; ソ/용언+𢩭[ㄹㆆ/동명사어미+이/의존명사]+ㅣ/계사+1 亠/연결어미; ソ/용언+𢩭[ㄹㆆ/동명사어미(+이/의존명사)+이/계사]+ㅣ/중복표기+1 亠/연결어미】

함인 것이니. 하는 것이니.

¶ 二 能 ㇷ 此 乙 證 ▸ ソ 𢩭 ㅣ 1 亠 ◂ 謂 1 增上心學 乙 依 ソ 1 善心三摩地 ㅣ ㇷ 三 能 ㇷ 此 乙 證 ▸ ソ 𢩭 ㅣ 1 亠 ◂ {於}增上慧學 3 十 ソ 1 正見 灬 攝 ノ 尸 所 七 微妙聖道 ㅣ ㅣ <유가21:08-10>

又 光明想 1 多 ㅣ 1 光明 乙 緣 ソ 3 以 ホ 境界 {爲} ㇱ ▸ ソ 𢩭 ㅣ 1 亠 ◂ 三摩呬多地 七 中 3 十 已 ㇱ 說 入 ノ 1 如 支 ソ ㅣ <유가11:02-04>

【관련】 ㅣ 1 ㇱ, ㅣ 1 亠

ソ 禾 3 七 ロ ノ 尸 入 [ᄒᆞ리앗고홇과]

【ソ/형용사+禾/선어말어미+3 七/선어말어미+ロ/종결어미# ノ[ᄒᆞ/동사+오/선어말어미]+尸/동명사어미+入/접속조사; ソ/형용사+禾[ㄹㆆ/동명사어미(+이/의존명사)+이/계사]+3 七/선어말어미+ロ/종결어미# ノ[ᄒᆞ/동사+오/선어말어미]+尸/동명사어미+入/접속조사】

할 것인가 하는 것과. § 'ロ/ㄱ'는 의문사가 있는 설명의문문에 쓰임.

¶ 何等 {爲} 無記法 ㇱ ノ 令 ロ 謂 ノ 1 1 世間 1 有邊 ㅣ ㅣ 世間 1 無邊 ㅣ ㅣ 世間 1 亦 有邊 亦 無邊 ㅣ ㅣ 世間 1 非有邊非無邊 ㅣ ㅣ ノ 尸 入 … 現在 3 十 1 幾 七 ケ 七 佛 㠯 {有} ナ 而 下 住 ソ 而 ㇷ 幾 七 ケ 七 聲聞 辟支佛 ㅣ 住 ソ ㇷ 幾 七 ケ 七 衆生 ㅣ 住 ソ 1 ㅣ 3 七 ロ ノ 尸 入 … 何 ㇷ 法 ㅣ 最 八 初 3 十 在 ソ ㇷ 何 ㇷ 法 ㅣ 最 八 後 ㅣ 十 在 ▸ ソ 禾 3 七 ロ ノ 尸 入 ◂ … 世界 1 何 ㇷ 處 乙 從 七 來 ソ ㇷ 去 3 八 1 何 ㇷ 所 七 3 十 至 禾 3 七 ロ ノ 尸 入 … 何 七 ソ 1 乙

{者} {爲}生死七 最八 初際：丷 厼 何七丷 ㇆ 乙{者} {爲}生死七 最八 後際：ノ 禾 氵 七 ロ ノ 尸 入 刂 ナ 丨 <화소05:11-08:13>

【관련】 禾 氵 七 ロ ノ 尸 入, 氵 ノ 禾 氵 七 ロ ノ 尸 入(刂 ナ 丨), 刂 ㅎ 禾 氵 七 ロ

丷 禾 氵 七 丨 [ᄒ리앗다]

【丷/형용사+禾/선어말어미+氵七/선어말어미+丨/종결어미; 丷/형용사+禾[ㄹㆆ/동명사어미(+이/의존명사)+이/계사]+氵七/선어말어미+丨/종결어미】

할 것입니다.

¶ 若七 自ㅋ 灬 食丷 㑒 七 時：十 ㇆ {是}刂 念言ノ 尸 入 乙 作丷 ナ 尸 丁 我ㅋ 身七 中氵 十 八萬戶蟲刂 有七 氵 {於}我乙 依氵 ホ 住丷 ㇆ 刂 罒 我ㅋ 身ㅎ 弋 充樂丷 氵 彼ㄲ 亦丷 ㇆ 充樂丷 禾 氵 七 厼 我ㅋ 身ㅎ 弋 飢苦丷 ㇆ 丨 十 ㇆ 彼ㄲ 亦丷 ㇆ 飢苦▸丷 禾 氵 七 丨◂ <화소09:12-15>

【관련】 -禾 氵 七 丨

丷 禾 氵 七 厼 [ᄒ리앗며]

【丷/동사+禾/선어말어미+氵七/선어말어미+厼/연결어미; 丷/동사+禾[ㄹㆆ/동명사어미(+이/의존명사)+이/계사]+氵七/선어말어미+厼/연결어미】

할 것이며.

¶ 若七 自ㅋ 灬 食丷 㑒 七 時：十 ㇆ {是}刂 念言ノ 尸 入 乙 作丷 ナ 尸 丁 我ㅋ 身七 中氵 十 八萬戶蟲刂 有七 氵 {於}我乙 依氵 ホ 住丷 ㇆ 刂 罒 我ㅋ 身ㅎ 弋 充樂丷 氵 彼ㄲ 亦丷 ㇆ 充樂▸丷 禾 氵 七 厼◂ 我ㅋ 身ㅎ 弋 飢苦丷 ㇆ 丨 十 ㇆ 彼ㄲ 亦丷 ㇆ 飢苦丷 禾 氵 七 丨 <화소09:12-15>

【관련】 丷 去 禾 氵 七 厼, -㇆ 刂 氵 七 厼

丷 尸 [ᄒᆶ]

【丷/용언+尸/동명사어미】

① 하는. 할.

¶ {是}刂 念乙 作丷 尸 已氵 丷 ロ 八 ㇆ 卽支 便刂 {之}刂 乙 施ノ 尸 厶 而灬 悔▸丷 尸◂ 所氵 無七 刂 丷 ナ 尸 入 乙 {是}刂 乙 名下 外施：ノ 禾 ナ 丨 <화소11:14-15>

【선후】 (15)ᄒᆯ/ᄒᆶ

② 하는. § '-(：)丷 尸 {等}(丨)丷-'의 형태로 쓰여 앞에 나열된 명사구를 아우르는 요소임.

¶ 一切 世間氵 七 諸㇆ 天： 魔： 梵： 沙門： 婆羅門： 乾闥婆： 阿修羅：▸丷 尸◂ {等}丨 丷 ㇆ 刂： 及七 以氵 一切 聲門： 緣覺：ノ 㑒 ㅋ 動尸 不能刂 矢ノ 尸 所刂 去 ナ ㅎ 七 丨 <화엄08:17-18>

衆生ラ 苦: 樂: 利: 衰:▶ソア◀ {等}ㅣソㄱ 一切 世間セ 作ソトㅎㄱ 所セ 法ろ十 悉ろ 能支 應現ソろホ 其 事ラ十 同ソナろ <화엄18:10-11>

次第灬 居士リニア 寶: 蓋: 法: 淨名:▶ソア◀ 等ソニㄱ 八百人ラ十 問ニケ <구인03:01-02>

復ソㄱ 彌勒: 師子吼:▶ソア◀ 等ソニㄱ 十千人ラ十 問ソニケソニㄱ乙 能矢 答ソニ亽セ 者 無セㅌハニㅣ <구인03:02-04>

菩薩ㄱ {是}リ 如支▶ソア◀ {等}ㅣソㄱ 量リ 無セㄱ 慧藏乙 成就ソナろ <화소19:09-10>

③ **('不, 未, 非' 앞에서) 하지.** § 'ア'은 부정소 '不, 未, 非' 앞에 쓰인 것임.

¶ 若セ 法リ 有 非矢ㄱリアㅅㄱ 不可ソㅣ 捨▶ソア◀ 不冬ソア丁ソナアㅅ乙 {是}リ乙 名下 未來施:ノ禾ナㅣ <화소14:03-04>

菩薩リ 成佛▶ソア◀ 未リソㅌセ 時十 菩提乙 {以}ミろ 煩惱 {爲}ミナア: 菩薩リ 成佛ソ去ㄱㅌセ 時十 煩惱乙 以ろ 菩提 {爲}ミナㅎセㅣ <구인15:18-19>

第五心リ 上セ 種種セ 功德法藏ろ十 猶リ 滿足▶ソア◀ 未リ亽セノ 是乙 名下 禪波羅蜜因亠ノㅈケ <금광02:07-08>

{於}相乙 取ア 不ソケ 別亐 樂ㅎ 諸ㄱ 佛ㅆ 國土ろ十 往生ソセ彳▶ソア◀ 不ソケ <화소13:13-14>

口ろ十 常リ 說法ソ白ㄱアム 無義ソㄱㅅ乙▶ソア◀ 非冬ソニケ 心智 寂滅ソニ下 緣 無セリ 照ソニロ乙ケ <구인11:10>

謂ㄱ {於}種種セ 邪天 處所ろ十 及セ {於}種種セ 外道 處所ろ十▶ソア◀ 不冬ソㅎソナㅈ亠 <유가02:12-13>

己ラ乙 謂ろホ 一切 所作乙 已辨ソろノㄱリろセㅣ▶ソア◀ 非冬ソㅎ 亦 他乙 向ろ 己ラ 證ノㄱ 所乙 說ア 不冬ソㅎソケソナㅈ罒 <유가19:09-10>

月光影 如支ソろホ 周セ▶ソア◀ 不ソア丁ノア 靡セろ 量リ 無ㄱ 方便乙灬 羣生乙 化ソロㅌㅈケ <화엄14:18>

【관련】 ソㄱ

④ **('無' 앞에서) 함(이).** § 'ア'은 부정소 '無' 앞에 쓰인 것임.

¶ 若 能 法ラ 永去 滅ソロㄱ 不矢ヒㄱㅅㄱ 知ㅌアㅅㄱ 則 得ろホ 辯才リ 障礙▶ソア◀ 無ㅌㅈケ <화엄11:16>

若 能 兼リ 一切 衆乙 利リㅌアㅅㄱ 則 生死ろ十 處ノアム 疲厭▶ソア◀ 無ㅌㅈケ <화엄11:24>

若 處生死 疲厭▶ソア◀ 無ㅌアㅅㄱ 則 能 勇健ソろホ 能矢 勝ろ亽 無ㅌㅈケ <화엄12:01>

彼 諸ㄱ 大士ラ 威神セ 力乙灬 法眼 常全ソろホ 缺減▶ソア◀ 無リソㅌㅈケ <화엄14:11>

⑤ **함. 하기.** § 'ソア 已ミソロ(ハㄱ/ソㄱ)'의 형태로 쓰여 '하고 나서는'의 의미를 나타냄.

¶ {是}リ 念乙 作▶ソア◀ 已ミソロハㄱ 卽支 便リ {之}リ乙 施ノアム 而灬 悔ソア 所ろ

無七リソナ尸入乙 {是}リ乙 名下 外施ミノ禾ナ丨 <화소11:14-15>
{是}リ 念乙 作▸ソ尸◂ 已氵ソロハ1 {於}過去七 法氵十 畢竟 皆七 捨ソナ尸入乙 {是}リ乙 名下 過去施ミノ禾ナ丨 <화소13:10-11>
又 彼1 是 如支 欲樂乙 發生ソ㕛 勤精進乙 發ソ㕛 遠離乙 樂㕛▸ソ尸◂ 已氵ソロ 喜足乙 生尸 不冬ノ尸ム <유가29:09-10>
{是}リ 觀乙 作▸ソ尸◂ 已氵ソロソ1 一1 念七 愛著ノ令七{之} 心ケカ 生リ尸 不ソナ㢱 <화소16:09-10>

⑥ **함.** §'-乙ソ尸 如支'의 형태로 쓰여 '-와 같이'의 의미를 나타냄.

¶ 我ㇰ 作ソト㢱1 所乙▸ソ尸◂ 如支 此乙 以氵 一切衆生乙 開導ソ氵ハ <화소16:14-15>
修多羅乙▸ソ尸◂ 如支 祇夜ミ 授記ミ 伽陀ミ 尼陀那ミ 優陀那ミ 本事ミ 本生ミ 方廣ミ 未曾有ミ 譬喩ミ 論議ミノ令乙 亦カ {是}リ 如支ソ㢱 <화소20:17-20>
一1 塵七 中氵十 示現ノ1 所乙▸ソ尸◂ 如支 一切 微塵氵十カ 悉氵 亦カ 然ミソナト1矣ミ <화엄15:14>
【관련】 ソ1 (如支)

ソ尸丁ノ𣎴ナ1リ丨 [홇뎌호리견이다]

【ソ/동사+尸/동명사어미+丁[뎌/의존명사+여/조사]#ノ[호/동사+오/선어말어미]+𣎴[ㄹㆆ/동명사어미(+이/의존명사)+이/계사]+ナ/선어말어미+1/동명사어미+リ/계사+丨/종결어미**】**

한다고 하는 것이다. §'尸丁'는 명명구문에 쓰인 것임.

¶ 善男子氵 是乙 名下 菩薩摩訶薩リ 羼提波羅蜜乙 成就▸ソ尸丁ノ𣎴ナ1リ丨◂ <금광03:09-10>
善男子氵 是乙 名下 菩薩摩訶薩リ 毗梨耶波羅蜜乙 成就▸ソ尸丁ノ𣎴ナ1リ丨◂ <금광03:15-16>
善男子氵 是乙 名下 菩薩摩訶薩リ 禪那波羅蜜乙 成就▸ソ尸丁ノ𣎴ナ1リ丨◂ <금광03:21-22>
【관련】 亠ノ𣎴ナ1リ丨, 令リ白氵1丁ノ𣎴ナ1リ丨(ソヒハ二丨), ソ尸丁ノ𣎴丨
【비고】 <유가사지론>에서는 'ソ尸丁ノ𣎴丨'로 나옴. '𣎴'는 선어말어미일 가능성이 있음.

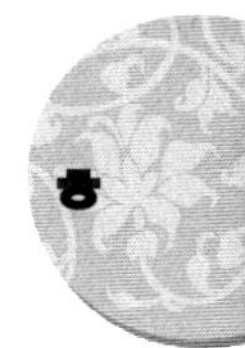

ソ尸丁ノ𣎴丨 [홇뎌호리다]

【ソ/동사+尸/동명사어미+丁[뎌/의존명사+여/조사]#ノ[호/동사+오/선어말어미]+𣎴[ㄹㆆ/동명사어미(+이/의존명사)+이/계사]+丨/종결어미**】**

한다고 하는 것이다. §'尸丁'는 명명구문에 쓰인 것임.

¶ 又 正七 觀察ソ氵 他乙 從七 畜積ノ尸 所 无ソ1 諸 供身七 具乙 獲得ソ尸入乙 是 如支ソ1乙 名下 {爲} 誓ホ 下劣ソ1 衆具乙 受ノ尸入乙 觀察▸ソ尸丁ノ𣎴丨◂ <유가

17:02-04>
{於}能𢆯 擧罪丷亽七 同梵行者衤十 心阝十 恚恨丿尸 无𢀳 損丿尸 無𢀳 惱丿尸 无𢀳丷阝朩 而灬 自灬 修治丷𢆯丿亽七 此 五相乙 由阝丷尸入乙 是乙 名丅 {於}第二處阝十 觀察▸丷尸丁丿禾丨◂ <유가17:15-17>
此 五相乙 由阝丷尸入乙 是乙 名丅 第三處阝十 觀察▸丷尸丁丿禾丨◂ <유가17:23-18:01>
又 若 彼 果入 若 極淨道入 若 彼 功德入七 是 如支丷1 一切乙 摠略丷阝朩 說尸 名丅 極淸淨道入 及 果功德入乙 證得▸丷尸丁丿禾丨◂ <유가31:07-09>
【관련】 亠丿禾丨, 丷尸丁丿禾𠂇1刂丨
【비고】 <금광명경>에서는 '丷尸丁丿禾𠂇1刂丨'로 나옴.

丷尸丁丿禾𢆯[홇뎌호리며]

【丷/동사+尸/동명사어미+丁[뎌/의존명사+여/조사]#丿[호/동사+오/선어말어미]+禾[ㄹ이/동명사어미(+이/의존명사)+이/계사]+𢆯/연결어미】
한다고 하는 것이며.
¶ 此乙 因ㅎ 廣大丷1 歡喜乙 證得丷𢀳 又 能𢆯 出離善根乙 引發丷𢀳丷𠂇禾罒 是 故灬 此 時乙 能𢆯 自衤乙 饒益▸丷尸丁丿禾𢆯◂ <유가06:01-03>
自灬 形色刂 人衤十 異去丿1入乙 觀察丿ㅎ{應}七丷1刂罒 是 如支丷1乙 名丅 {爲}誓朩 下劣丷1 形相乙 受丿尸入乙 觀察▸丷尸丁丿禾𢆯◂ <유가16:20-22>
【관련】 亠丿禾𢆯, 丷尸丁丿禾丨, 丷尸丁丿禾𠂇1刂丨, 丷尸丁丿禾刂1丁

丷尸丁丿禾刂1丁[홇뎌호리인뎌]

【丷/동사+尸/동명사어미+丁[뎌/의존명사+여/조사]#丿[호/동사+오/선어말어미]+禾[ㄹ이/동명사어미+이/의존명사]+刂/계사+1/동명사어미+丁[뎌/의존명사+여/조사];丷/동사+尸/동명사어미+丁[뎌/의존명사+여/조사]#丿[호/동사+오/선어말어미]+禾[ㄹ이/동명사어미(+이/의존명사)+이/계사]+刂/중복표기+1/동명사어미+丁[뎌/의존명사+여/조사]】
한다고 하는 것이라고. 한다고 하는 것이다. 하는 것임을. § '尸丁'는 명명 구문에 쓰인 것임. '刂1'은 '當知', '應知'의 목적어절에 붙는 요소임. '丁'는 후치된 목적어절에 붙는 요소임.
¶ 此 五相乙 由阝丷尸入乙 當ハ 知ㅎ丨 是乙 名丅 初處阝十 觀察▸丷尸丁丿禾刂1丁◂ <유가17:04-05>
當ハ 知ㅎ丨 是乙 名丅 通達作意乙 由氵1入灬 故丿 諦現觀阝十 入▸丷尸丁丿禾刂1丁◂ <유가23:22-23>
【관련】 亠丿禾刂1丁, 丷禾刂1丁, 一刂1丁

ソア丁ノア[홇뎌홇]

【ソ/동사+ア/동명사어미+丁[ᄃ/의존명사+여/조사]#ノ[ᄒ/동사+오/선어말어미]+ア/동명사어미】

('不' 뒤에서) (하지 않)음이 (없-). § 한문의 '無不, 莫不, 靡不'로 표현되는 이중부정문에서 선행하는 부정소 '不'과 결합함.

¶ 一切 行願乙 皆セ 得3ホ 具足ソか {於}一切 法3十 自在ア 不▸ソア丁ノア◂ 無 而ᅮ 衆生ラセ 第二 導師リア{爲}入乙ソ去ナ亠セ丨 <화엄02:16-17>

不美食乙 得 當 願 衆生 諸1 三昧セ 味乙 獲得ソア 不▸ソア丁ノア◂ 莫セ㔾立 <화엄07:15>

菩薩1 勤セ 大悲行乙 修3ホ 願入1 一切乙 度リロハ𠃍ノアム 果這ア 不▸ソア丁ノア◂ 無リソ3ナ𢀳罒 <화엄14:09>

見聞ソ𠃍 聽受ソ𠃍 若セ 供養ソ𠃍ソロ㔾火セハア入1 皆セ 安樂乙 獲リ{令}リア 不▸ソア丁ノア◂ 靡リセソ㔾𢀳か <화엄14:10>

【관련】 ソア, ノア, ソア丁

ソア丁ソナ𢀳丨[홇뎌ᄒ겨리다]

【ソ/동사+ア/동명사어미+丁[ᄃ/의존명사++여/조사]#ソ/동사+ナ/선어말어미+𢀳[ᄚ/동명사어미(+이/의존명사)+이/계사]+丨/종결어미】

한다고 하는 것이다. § 'ア丁'는 명명 구문에 쓰인 것임.

¶ 此 正行乙 因ㄱ 堪能ㄎ 寂靜清凉ソ3ホ 唯ハ 餘依氵 有セ1 涅槃セ{之} 界乙 證得ソナ𢀳罒 是 故ᅮ 此乙 說3 能か 自ラ乙 饒益ソア丁ノ𢀳か 若 無餘依涅槃界セ 中3十 般涅槃ソ今セ 時乙 名ㄱ 衆苦邊際乙 {爲}證得▸ソア丁ソナ𢀳丨◂ <유가06: 07-10>

【관련】 (不冬)ソア丁ソナア入乙, リア丁ソナか

ソア刀ソ去1乙[홇도ᄒ건을]

【ソ/동사+ア/동명사어미+刀/보조사#ソ/동사+去/선어말어미+1/동명사어미+乙/대격조사; ソ/동사+ア/동명사어미+刀/보조사#ソ/동사+去/선어맏어미+1乙/연결어미】

하기도 하거늘.

¶ 或ソ1 國土乙 乞ソア刀ソか 或ソ1 妻子乙 乞ソア刀ソか 或ソ1 手足氵 血肉氵 心肺氵 頭目氵 髓腦氵ノ今乙 乞▸ソア刀ソ去1乙◂ 菩薩1 是セソ1 時十 心3十 {是}リ 念乙 作ソナア丁 <화소12:13-15>

【관련】 ソア刀ソナ3, ソア刀ソか, 一ア刀, ソ去1乙

ソア刀ソナ3[홇도ᄒ겨아]

【丷/동사+尸/동명사어미+刀/보조사#丷/동사+ナ/선어말어미+氵/연결어미】

하기도 하여.

¶ 或 無常: 衆苦:ノ今七 門 以 或 我: 壽者:ノ今 無1ㅌ七 門 以 或 不淨離欲門 以 或 滅盡三昧門乙 以▸丷尸刀丷ナ氵◂ <화엄17:11-15>

【관련】 丷尸刀丷去1乙, 丷尸刀丷⺀, 一尸刀

丷尸刀丷⺀[홇도ᄒᆞ며]

【丷/동사+尸/동명사어미+刀/보조사#丷/동사+⺀/연결어미】

하기도 하며.

¶ 或丷1 國土乙 乞▸丷尸刀丷⺀◂ 或丷1 妻子乙 乞▸丷尸刀丷⺀◂ 或丷1 手足: 血肉: 心肺: 頭目: 髓腦:ノ今乙 乞丷尸刀丷去1乙 <화소12:13-14>

或丷1 如來乙 供養丷白ㅎ今七 門乙 以氵▸丷尸刀丷⺀◂ 或丷1 難思七 布施門乙 以氵▸丷尸刀丷⺀◂ <화엄17:06>

【관련】 丷尸刀丷去1乙, 丷尸刀丷ナ氵, 一尸刀

丷尸矢[홇디]

【丷/동사+尸/동명사어미+矢[ᄃᆞ/의존명사+이/주격조사]】

하는 것이. § '一尸矢'는 모두 'A尸矢 是B' 구문에 쓰였음.

¶ 行道七 勝利乙▸丷尸矢◂ 是 波羅蜜義刂⺀ 大甚深智乙 滿足▸丷尸矢◂ 是 波羅蜜義刂⺀ <금광05:08-09>

生死1 過失刂⺀ (涅槃 功)德刂1刂氵七丨丷氵 正覺 正觀▸丷尸矢◂ 是 波羅蜜義刂⺀ <금광05:10-11>

行非行乙? 法乙 心氵十 執著 不冬▸丷尸矢◂ 是 波羅蜜義刂⺀ <금광05:10>

一切 衆生ㄋ 功德 善根乙 能⺀ 成熟 令刂▸丷尸矢◂ 是 波羅蜜義刂⺀ <금광05:16-17>

生死刂丨 涅槃刂丨丷尸入1 皆 是1 妄見刂1乙 能⺀ 度ノ尸厶 餘ㅌ 無丷ニ1▸丷尸矢◂ 是 波羅蜜義刂⺀ <금광05:18-19>

著ノ尸 所 無七ㅎ 見ノ尸 所 無七ㅎ 患累 無七ㅎ 異丷1 思惟 無七ㅎ▸丷尸矢◂ 是 波羅蜜義刂ナ1刂丨 <금광05:22-23>

【관련】 丷1矢

【비고】 <금광명경>에만 보임.

丷尸矢ナ1刂丨[홇디견이다]

【丷/동사+尸/동명사어미+矢[ᄃᆞ/의존명사+이/계사]+ナ/선어말어미+1/동명사어미+刂/계사+丨/종결어미】

하는 것이다. § 여기서 'ヽ'는 '-ゕ'로 나열된 동사구를 아우르는 요소임.

¶ 何セ 等ヽ1乙 {爲}五 一者 諸 煩惱乙 與セ 得3ホ 共住ヽ尸 不冬ヽゕ … 五者 不退轉地乙 願求ヽゕ ▸ ヽ尸矢ナ1リ丨◂ <금광03:12-15>

何ノ (等 爲)五 一者 一切 善法乙 攝持不散ヽゕ …四者 發心ヽ3ホ 法界乙 洗浣ヽ3 心乙 淸淨ᄉリ{爲}ᄉヽ尸入⺀ 故ノヽゕ 五者 衆生ラ 一切 煩惱根乙 断ᄉリ{爲}ᄉヽ尸入⺀ 故ノ ▸ ヽ尸矢ナ1リ丨◂ <금광03:17-21>

何{者} {爲}五リハ 一者 {於}一切 法リ 本⺀セ 來ノ1尸ム 不生ヽㄜ 不滅ヽㄜ 不有ヽㄜ 不無ヽㄜヽ1ラナ 心 安樂ㄎ 住ヽゕ … 五者 {於}奢摩他亠 毗鉢舍那亠ノ令ナ 同時3ナ 能ゕ 住ヽゕ ▸ ヽ尸矢ナ1リ丨◂ <금광04:12-17>

【관련】 ヽ尸矢丨, ヽ尸矢リ1丁

【비고】 <금광명경>에만 보임.

ヽ尸矢丨[홇디다]

【ヽ/용언+尸/동명사어미+矢[ᄃ/의존명사+이/계사]+丨/종결어미】

하는 것이다.

¶ 堪能ㄎ 善說 惡說セ 有セ1 所セ 法義(乙) 解了 ▸ ヽ尸矢丨◂ <유가02:06>

是 故⺀ 慇懃ㄎ 種種セ 衣服亠 飮食亠 諸 坐臥具亠 病緣醫藥亠ノ尸 供身什物乙 奉施 ▸ ヽ尸矢丨◂ <유가03:17-18>

三 彼 煩惱セ 自在力乙 由氵1入⺀ 故ノ 種種セ 惡不善業乙 現行ヽ3 有怖處3ナ 往ノ令セ 雜染 相應 ▸ ヽ尸矢丨◂ <유가21:03-04>

達須亠 篾戾車亠ノ令セ 中リ1 謂1 {於}是處リ 四衆リ 行ヽ令 无ㄜ 亦 賢聖リ1 正至亠 正行亠ノ令セ 諸 善丈夫 無(ㄜノ令ナ) 生尸 不冬 ▸ ヽ尸矢丨◂ <유가02:02-03>

六 {於}內3ナ 放逸ヽ3ホ 放逸ヽ1入乙 由氵1入⺀ 故ノ {於}常リ 諸 善法乙 修習ノ令セ 中3ナ 恒リ 隨轉 不ハ ▸ ヽ尸矢丨◂ <유가10:22-23>

謂1 此 所依乙 依ヽ1入乙 由3 無間ㄎ 必ハ 能ゕ 正性離生3ナ 趣入ノ尸ム 餘1 前ラ 說ノ1 如支 ▸ ヽ尸矢丨◂ <유가23:03-04>

{於}無戱論界3ナ1 難氵 安住ヽ㫆{可}セヽ1亠 謂1 {於}出世間 一切種淸淨3ナ ▸ ヽ尸矢丨◂ <유가20:15-16>

四 {於}遠離處3ナ 安住ノ令セ 所作リ1亠 謂1 若 愛樂ヽ3ホ 諸 在家ᄉ 及セ 出家ᄉセ 衆乙 與セ 雜 居住ノ尸入1{者} 便ㄘ 種種セ 世間相應ヽ1 見聞 受用セ 諸 散亂事乙 {有}斗白ノ氵罒 我⺀ {於}彼 正審觀察ノ令セ 心一境位3ナ 當ハ 障导乙 作ᄉリ尸 勿ノ氵1リ3セ丨 ▸ ヽ尸矢丨◂ <유가08:21-09:01>

{於}第四所作3ナ1 世間セ 種種 樂欲 貪愛 {有}斗ゕ ▸ ヽ尸矢丨◂ <유가09:06-07>

{於}生起ヽ1 所セ 諸 不善法3ナ 不堅着ヽ1入乙 由3 方便道理⺀ 駈擯遠離ヽㄜ {於}諸 善法3ナ 能ゕ 勤セ 修習ヽㄜ ▸ ヽ尸矢丨◂ <유가28:02-03>

【관련】 -ゕヽ尸矢丨, -ㄜヽ尸矢丨, ヽ尸矢リ1丁, ヽ尸矢ナ1リ丨

【선후】 (15)홇디라

【비고】 <유가사지론>에만 보임.

ソ尸矢丨ノ令ロ[홇디다호리고]

【ソ/동사+尸/동명사어미+矢[ㄷ/의존명사+이/계사]+丨/종결어미#ノ[ㅎ/동사+오/선어말어미]+令[ㄹㅎ/동명사어미+이/의존명사]+ロ/의문조사】

하는 것이다 하는가. §'云何ソ1乙 … ソ尸矢丨ノ令ロ'의 구조를 가진 예만 보임. 'ロ/ㄱ'는 의문사가 있는 설명의문문에 쓰임.

¶ 云何ソ1乙 聖諦現觀3十 入▸ソ尸矢丨ノ令ロ◂ <유가20:09>

云何ソ1乙 聖諦現觀3十 入尸 已氵ソ3 諸 障导乙 離▸ソ尸矢丨ノ令ロ◂ <유가26:03>

云何ソ1乙 聖諦現觀3十 入尸 已氵ソ3斤 速疾通慧乙 證得ソ{爲欲}人 諸 歡喜事乙 作意思惟▸ソ尸矢丨ノ令ロ◂ <유가28: 09-10>

云何ソ1乙 得ノ1 所乙 如ハソ1 道乙 修習▸ソ尸矢丨ノ令ロ◂ <유가28:23>

云何ソ1乙 極清淨道人 及七 果功德人乙 證得▸ソ尸矢丨ノ令ロ◂ <유가30:02>

【비고】 <유가사지론>에만 보임.

ソ尸矢㫆[홇디며]

【ソ/동사+尸/동명사어미+矢[ㄷ/의존명사+이/계사]+㫆/연결어미】

하는 것이며.

¶ 一十1 老病死苦七 根本七{之} 生刂㫆 二 自性苦刂1 无暇處3十 生▸ソ尸矢㫆◂ 三 一切 處七 生无常性刂丨<유가21:13-14>

二 伴1 有德ソ人{雖}ㅓ 然ソ乃 能㫆 修定方便乙 宣說ソ令七 師刂 過失 {有}ㅓノ尸ム 謂1 顚倒亐 修定方便乙 說▸ソ尸矢㫆◂ <유가13:09-10>

彼1 {於}戱論界3十 易亐 安住ソ亠{可}七ソ1亠 謂1 {於}世間七 一切種清淨3十▸ソ尸矢㫆◂ {於}無戱論界3十1 難氵 安住ソ亠{可}七ソ1亠 謂1 {於}出世間 一切種清淨3十ソ尸矢丨 <유가20:13-16>

又 能㫆 實 如支 苦性乙 覺了ソ3ノ矛刂1刂3七丨▸ソ尸矢㫆◂ <유가08:16>

謂尸 我ラ 我1 今良{者} 何亍 所3十 在ソ厷1刂3七ロソ尸{耶} 不冬ノ矛1刂3七丨▸ソ尸矢㫆◂ <유가08:18-19>

常刂 能㫆 方便⺀ 諸 善法乙 修ノ矛1刂3七丨▸ソ尸矢㫆◂ <유가08:21>

此1 {於}寂靜亐 正思惟ソ令七 時亠十 能㫆 障导刂尸{爲}入乙▸ソ尸矢㫆◂ <유가12:09-10>

【관련】 3十ソ尸矢㫆, ソ3ノ矛刂1刂3七丨ソ尸矢㫆, (不)冬ノ矛1刂3七丨ソ尸矢㫆, ノ矛1刂3七丨ソ尸矢㫆, 刂尸爲入乙ソ尸矢㫆

【비고】 <유가사지론>에만 보임.

丷尸矢刂乛丁[흜디인뎌]

【丷/동사+尸/동명사어미+矢刂[드/의존명사+이/계사]+乛/동명사어미+丁[드/의존명사+여/조사]】

하는 것이다.

¶ 云何丷乛乙 涅槃爲上首刂丨ノ令口 謂乛 如來尸 弟子刂 生圓滿乙 依氵 轉丷令七 時亠十 先丅 說ノ乛 所七 相乙 如(八?) 而灬 正法乙 聽聞ノ尸厶 唯八 涅槃乙 {以}氵 而灬 上首{爲}氵𢒑唯八 涅槃乙 求丷𢒑 唯八 涅槃乙 緣丷𢒑丷氵 而灬 法乙 聽聞▸丷尸矢刂乛丁◂ <유가04:15-18>

【관련】(非)矢刂乛丁, 丷尸矢丨, 丷尸矢刂乛丁

丷尸矢十[흜디긔]

【丷/동사+尸/동명사어미+矢十[드/의존명사+이긔/처격조사]】

하는 것에. 하는 데에.

¶ {是}刂 故灬 衆生乙 饒益丷{爲}人 其 有七乛 所乙 隨𠃍 一切之七 皆七 捨ノ尸厶 乃丷氵 盡命▸丷尸矢十◂ 至刂丷乃 亦丷乛 悋ノ尸 所氵 無七刂ノ𠃍{應}七丷乛刂氵七丨丷ナ𠃍七丨 <화소10:11-13>

【관련】ノ尸矢(矢)十

丷尸入灬[흜드로]

【丷/동사+尸/동명사어미+入/의존명사+灬/구격조사】

하는 까닭으로. 하기 때문에. 하므로. § 주로 '故'에 선행함.

¶ 願口尸入乛 衆生乙 普刂 充飽ノ尸入乙 得刂{令}刂𠃍禾氵七丨丷ナ氵 彼ラ十 施丷{爲}人 ▸丷尸入灬◂ 故支氵 而灬 自ラ灬 {之}刂乙 食丷ナ令氵 其 味氵十 貪尸 不丷ナ尔 <화소09:15- 16>

一切 衆生乙 饒益▸丷尸入灬◂ 故刂尔 本願乙 以氵 善支 迴向▸丷尸入灬◂ 故刂尔 一切 劫氵十 斷絶尸 無刂▸丷尸入灬◂ 故刂尔 <화소26:13-14>

常刂 諸乛 衆生乙 利樂丷尔 國土乙 莊嚴丷尔 佛乙 供養丷白尔 正法乙 受持丷氵亦 諸乛 智乙 修尔 菩提乙 證丷尔丷{欲}人▸丷尸入灬◂ 故支 而灬 發心丷ナ乛刂尔 <화엄09:14-15>

五者 一切 (功德 願)(亦?) 滿足丷七彳▸丷尸入灬◂ 故ノ丷尸矢ナ乛刂丨 <금광03:03-04>

四者 發心丷氵亦 法界乙 洗浣丷氵 心乙 淸淨亽刂{爲}人▸丷尸入灬◂ 故ノ丷尔 <금광03:20>

世尊ラ 無邊身乛 一言字ケカ 說尸 不冬丷二口尸亠 一切 弟子衆ラ十 法雨乙 飽滿令刂七彳▸丷尸入灬◂ 故ノ丷二口尸尔 <금광13:10-11>

一十ㄱ 若 捨ぃㄋホ 爲ぃㄕ 不冬ぃㄱㅣ+ㄱ 自作 能 不ハ▸ぃㄕ入灬◂ 故ㄉ <유가22:01-02>
謂ㄱ 我ㄱ 是 如ㄹぃㄱ 事ㄹ 求ぃ{爲}ㅅ▸ぃㄕ入灬◂ 故ノ 誓ホ 下劣ぃㄱ 形相ㅗ 威儀ㅗ 及ㄷ 資身ㄷ 具ㅗノㄕㄹ 受ぃ3 <유가18:11-12>
四者 發心ぃㄋホ 法界ㄹ 洗浣ぃㄋ 心ㄹ 淸淨ㅅㅣ{爲}ㅅ▸ぃㄕ入灬◂ 故ノぃㄉ <금광03:20>
對治道ㅣ 无ぃㄱㅣ+ㄱ 先 造作ノㄱ 所ㄷ 惡不善業ㄹ 必ハ 壞ㅅㅣㄕ 不ハ▸ぃㄕ入灬◂ 故ㅗ <유가22:07-08>
【관련】 (ぃ)(ホ/ニ)ㄕ入灬, ノㄕ入灬, (ぃ)ナㄕ入灬, (ぃ)ㄱ入灬

ぃㄕ入灬故ㅗ[홇ᄃ로여]

【ぃ/용언+ㄕ/동명사어미+入/의존명사+灬/구격조사+ㅗ/조사】

하는 까닭으로이다. 하기 때문이다.

¶ 定心 中ㄋㄷ 慧ㅣ {於}所知ㄷ 境ㄋ+ 淸淨ㅎ 轉▸ぃㄕ入灬{故}ㅗ◂ <유가06:16-17>
對治道ㅣ 无ぃㄱㅣ+ㄱ 先 造作ノㄱ 所ㄷ 惡不善業ㄹ 必ハ 壞ㅅㅣㄕ 不ハ▸ぃㄕ入灬{故}ㅗ◂ <유가22:07-08>
【관련】 (不)ハぃㄕ入灬故ㅗ

ぃㄕ入灬故ㅣナㅣ[홇ᄃ로이겨다]

【ぃ/동사+ㄕ/동명사어미+入/의존명사+灬/구격조사+ㅣ/계사+ナ/선어말어미+ㅣ/종결어미】

하는 까닭이다. 하기 때문이다.

¶ 一切 諸ㄱ佛ㅆ 護念ぃホㅎㄕ 所ㅣㄱ入灬{故}ㅣㄉ 一切 法ㅋ 皆ㄷ 幻 如ㄹノㄱ入ㄹ 了▸ぃㄕ入灬{故}ㅣナㅣ◂ <화소26:13-19>
【관련】 ぃㄕ入灬ㅣナㅣ, ぃㄱ入灬故ㅣナㅣ, ぃㄕ入灬

ぃㄕ入灬ㅣナㅣ[홇ᄃ로이겨다]

【ぃ/동사+ㄕ/동명사어미+入/의존명사+灬/구격조사+ㅣ/계사+ナ/선어말어미+ㅣ/종결어미】

하는 까닭이다. 하기 때문이다.

¶ {此}ㅣ 陀羅尼ㄹ 得ㄕ 已ㅅぃㄋぃㄱ 法ㄷ 光明ㄹ 以ㄋ 廣ㅣ 衆生ㅋ {爲}三 {於}法ㄹ 演說▸ぃㄕ入灬ㅣナㅣ◂ <화소25:14 -15>
【관련】 ぃㄕ入灬故ㅣナㅣ, ぃㄕ入灬, ㅣナㅣ, ぃㄱ入灬故ㅣナㅣ

ソア入灬故リ彡[홇ᄃᆞ로이며]

【ソ/동사+ア/동명사어미+入/의존명사+灬/구격조사+リ/계사+彡/연결어미】

하기 때문이며.

¶ 一切 衆生乙 饒益▶ソア入灬{故}リ彡◀ 本願乙 以3 善支 迴向▶ソア入灬{故}リ彡◀ 一切 劫3十 斷絶ア 無リ▶ソア入灬{故}リ彡◀ 虛空界乙 盡3 悉3 開悟ノア厶 心ㅎ 限ア 無リ▶ソア入灬{故}リ彡◀ 有爲3十 迴向ソ令ㅣ 而ㄱ 著ア 不▶ソア入灬{故}リ彡◀ 一ㄱ 念七 境界3十 一切法 盡ア 無リ▶ソア入灬{故}リ彡◀ … 一切 法ラ 皆七 幻 如支ノㄱ入乙 了ソア入灬{故}リナㅣ <화소26:13-19>

【관련】 ソア入灬故-

ソア入乙[홇ᄃᆞᆯ]

【ソ/용언+ア/동명사어미+入/의존명사+乙/대격조사】

① 하는 것을.

¶ 此 次第入 此 因入 此 緣入乙 依3 瑜伽乙 修習ソㄱ 方ㅣ 得ホ 成滿▶ソア入乙◀ 由ㅣㄱ入灬亠 <유가07:20-21>

{於}自心3十 淸淨ソ{令}リア 未リソㄱㅣ十ㄱ 必ハ {於}衆苦3十 得ホ 解脫ソ3 吉祥性乙 成リア 不ハ▶ソア入乙◀ 由ㅣㄱ入灬亠 <유가22:03-04>

② 하는 것을. § 주로 <유가사지론>의 명명구문에 나타남. 동사와 결합하는 예만 보임.

¶ 五 勤 方便灬 不淨乙 修習ソナㅎ七入{雖}斗 而ㄱ 作意錯亂ノア厶 謂ㄱ 不淨乙 觀 不ハソ3ホ 淨相乙 隨ノ 轉▶ソア入乙◀ 是 如支ソㄱ乙 名下 {爲}作意錯亂亠ノオㅣ <유가09:23-10:02>

是 如支 精勤亐 如理作意▶ソア入乙◀ 乃ㅣ 得ア 名下 {爲}出家之想亠ソ彡 及七 沙門想亠ノオㅣ <유가18:17-19>

若 能彡 {於}此ラ十 餘艮 无亐 永斷▶ソア入乙◀ 名下 極淨道果乙 {爲}證得ソ3ㄱ丁ノオㅣ <유가30:10-11>

一切 佛矢 所3十ㄲ 皆七 {是}リ 如支▶ソア入乙◀ 大士ラ 三昧神通七 力ㅣノオナㅣ <화엄17:03>

幻師リ 幻法乙 見ア矢七ソ3 諦實灬ソロㄱ 卽ㄱ 皆七 無ソㄱリ3七ㅣ▶ソア入乙◀ 名3 {爲}諸 佛七 觀ㅣノオリ彡 <구인15:09>

謂ㄱ 聞ノㄱ 所乙 如ハ 已ㅣ 得ホ 究竟ソ3 法乙 忘念 不冬▶ソア入乙◀ 名下 法光明亠ノア亠 <유가11:05-06>

{於}諸 妻室3十 淫欲 相應ソㄱ 貪 {有}斗彡 {於}餘 親屬入 及 諸 財寶入3十ㄱ 受用 相應ソㄱ 愛 {有}斗彡▶ソア入乙◀ 是 如支ソㄱ乙 名下 在家位3十 {爲}處ソㄱ 所對治 法亠ノア亠 <유가08:05-08>

【관련】 -ア入乙, ノア入乙, ソㄱ入乙

ソ尸乙[홇을]

【ソ/용언+尸/동명사어미+乙/대격조사;ソ/용언+尸乙/연결어미】

하거늘. § 여기서 '乙'은 절 접속의 기능임.

¶ 隨順資緣圓滿刂(丨ソ㇒入㇒?){者} 謂㇒ 卽ㅎ 四種七 正法 受用ノ令七 因緣 現前ソ㇁ホ 正法乙 受用▸ソ尸乙◂ 諸 有ナ丨 正信ソヒ七 長者亠 居士亠 婆羅門亠 等ソ㇒刂亠 <유가03:13-14>

未來㇁十 是 礙刂 更㇁ 生㇒ 不入▸ソ尸乙◂ 更㇁ 生 不ハ令刂令七 智乙 得尸 未ハソ卜㇒カ 無明刂 因{爲}刂尸入乙ソ矛四 <금광08:09-10>

ソ尸亠[홇여]

【ソ/용언+尸/동명사어미+亠/조사;ソ/용언+尸亠/연결어미】

① **하지만. 하더라도.** § '亠'는 역접의 기능임.

¶ 又 {於}正信ソヒ七 長者亠 居士亠 婆羅門亠 等ソ㇒㇇十 種種七 利養恭敬乙 獲得▸ソ尸亠◂ 而㇒ 此 利養恭敬乙 依㇁ 而灬 貪着乙 生刂尸 不冬ソ か <유가18:23-19:02>

若 世間七 心㇒ 復ハ 已斷ソ ㅎ七入{雖}ㅛ 猶刂 得ホ 現行▸ソ尸亠◂ 彼㇒ {於}後七 時亠十 任運亏 而灬 滅ソ㇌ソナ矛か <유가31:14-15>

一味一刂 熟 思惟ソ㇁ 斷乙 欲▸ソ尸亠◂ 方便乙 得尸 未入ソ卜㇒カ 無明刂 因{爲}刂尸入乙ソ矛四 <금광08:01-02>

【관련】 -ヒ尸亠, (ソ)㇒亠

② **하는 것이지.** § 선행절을 긍정하고 후행절을 부정하는 환경에서 쓰임.

¶ 是 故灬 {於}彼㇇十 厭惡ソ㇁ホ 而灬 住▸ソ尸亠◂ 不厭惡ソ令 非失丨 <유가20:16-17>

【관련】 -尸亠

【비고】 화엄경 계통에서는 '-ナ令㇏/ナ矛㇏'가 비슷한 기능을 함. 15세기 한글 자료에서는 '-디빙>디위'가 비슷한 기능을 함.

ソ尸下ノ矛ナ㇒刂丨

☞ ソ尸丁ノ矛ナ㇒刂丨

ソか[ᄒᆞ며]

【ソ/용언+か/연결어미】

① **하며.** § 동사 뒤에 쓰인 예임.

¶ 何以故入㇒ 衆生 空ソ㇒入乙 {以}㇏入灬 故ノ 得ホ 菩提 空乙 置▸ソか◂ <구인15:12-13>

能㢱 生滅乙 現ㅌ尸亠 無生滅乙 向▸ソ㢱◂ 諸 行法乙 說ㅌ尸亠 去來ノ尸 所 無ㅌ亍七丨 <금광14:20-22>

或 復 常乞食法阝十 安住ソ阝 而灬 飮食乙 愛重▸ソ㢱◂ 或 二處乙 兼ソ阝 好樂ソ阝ホ 衣鉢 等ソ1 事乙 營爲▸ソ㢱◂ <유가26:07-08>

味尸 不ソ㢱 著尸 不ソ㢱▸ソ㢱◂ 亦ソ1 厭ノ尸入乙 生刂尸 不ソ㢱 <화소13:14-15>

② 하며. § 형용사 뒤에 쓰인 예임.

¶ 何ㅎ {等}丨ソ1 衆生刂 最ハ 後刂十 出▸ソ㢱◂ 何ㅎ 法刂 最ハ 初阝十 在▸ソ㢱◂ <화소08:03>

深心七 信解刂 常刂 淸淨▸ソ㢱◂ 一切 佛乙 恭敬尊重ソ而矢㢱 {於}法氵 及七 僧氵ノ 令ラ十 亦刀 {是}刂 如支▸ソ㢱◂ソ阝 <화엄09:16-17>

何以故入1 般若1 無相▸ソ㢱◂ 二諦1 虛刂㢱 空刂㢱▸ソ㢱◂ソ1入灬氵 <구인15:14-15>

謂尸 我1 何亠ㅎ尸入1 當ハ 能㢱 具足ㅎ 是 如支ソ1 聖處刂1 阿羅漢ラ 所具足住 如支ソ1ラ十 住ノ㢴1刂阝七ロ▸ソ㢱◂ <유가29:03-05>

【선후】 (향가)-旀, (이두)-旀/於/彌, (음독)-㢱/ス/旀/弥/彌, (15)-며(15)ᄒᆞ며

【비고】 일반적으로 '-㢱'가 '-㢱'보다 더 큰 단위를 접속함. '-㢱'의 경우 마지막에 아우르는 요소 'ソ-'가 늘 쓰이지만 '-㢱'는 아우르는 요소 'ソ-'가 쓰이기도 하고 안 쓰이기도 함.

ソ㢱ノ令七 [ᄒᆞ며호릿]

【ソ/용언+㢱/연결어미#ノ[ᄒᆞ/용언+오/선어말어미]+令[ㅭ/동명사어미+이/의존명사]+七/속격조사】

하며 하는. § 'ノ令七'의 'ᄒᆞ'는 '-㢱'로 나열된 동사구를 아우르는 요소임.

¶ 又 {於}生死阝十 大過失乙 見㢱 又 {於}涅槃阝十 勝功德乙 見▸ソ㢱ノ令七◂ 此 五相乙 由阝ソ尸入乙 是乙 名下 第三處阝十 觀察ソ尸丁ノ㢴丨 <유가17:22-18:01>

若 同梵行刂 法乙 {以}氵 呵擯ソ𠫔1丨十1 卽ㅎ 便(ラ?) 法乙 如ハ 而灬 自灬 悔除ソ㢱 {於}能㢱 擧罪ソ令七 同梵行者ラ十 心阝十 恚恨ノ尸 无㢱 損ノ尸 無㢱 惱ノ尸 无㢱ソ阝ホ 而灬 自灬 修治▸ソ㢱ノ令七◂ 此 五相乙 由阝ソ尸入乙 <유가17:15-17>

【관련】 ノ令七

ソ㢱ノ㢴1入灬氵 [ᄒᆞ며호릳ᄃᆞ로여]

【ソ/용언+㢱/연결어미#ノ[ᄒᆞ/용언+오/선어말어미]+㢴[ㅭ/동명사어미(+이/의존명사)+이/계사]+1/동명사어미+入/의존명사+灬/구격조사+氵/조사】

하며 하기 때문이다. 하며 하는 까닭에서다. § 'ノ令七'의 'ᄒᆞ'는 '-㢱'로 나열된 동사구를 아우르는 요소임. 마지막의 '氵'는 '何以故'로 시작하는 문장의 끝에 쓰인 조사 '여'의 표기로서, 후치된 문장 성분의 끝에 통합되는 '여'와 같은 것임.

¶ 何以故ㅅ1 衆生 空ㅆ1ㅅ乙 {以}氵ㅅ灬 故ノ 得ホ 菩提 空乙 置ㅆ가 菩提 空ㅆ1ㅅ乙 {以}氵ㅅ灬 故ノ 得ホ 衆生 空乙 置▸ㅆ가ノ扌1ㅅ灬氵◂ <구인15:12-15:13>

【관련】 ㅆ가ㅆ1ㅅ灬氵, ㅆ가, ノ扌1ㅅ灬氵, 矢1ㅅ灬氵, (不)ハㅆナ扌1ㅅ灬ᅩ

【비고】 '扌'는 선어말어미일 가능성이 있음.

ㅆ가ノ尸ム[ᄒᆞ며홇ᄃᆡ]

【ㅆ/용언+가/연결어미#ノ[ᄒᆞ/용언+오/선어말어미]+尸/동명사어미+ム[ᄃᆞ/의존명사+ᄋᆡ/처격조사];ㅆ/용언+가/연결어미#ノ[ᄒᆞ/용언+오/선어말어미]+尸/동명사어미+ム/의존명사; ㅆ/용언+가/연결어미#ノ尸ム[ᄒᆞ/용언+옰ᄃᆡ/연결어미]】

하며 하되. § 'ノ尸ム가'의 'ᄒᆞ'는 '-가'로 나열된 동사구를 아우르는 요소임.

¶ 或ㅆ1 蹲踞ノ1ㅅ乙 現ㅎ가 或ㅆ1 翹足ㅆ가 或ㅆ1 草棘氵 及七 灰上氵ノ令ㅋ十 臥ㅆ가 或ㅆ1 復刀 杵阝十 臥ㅆ阝ホ 出離ノ尸ㅅ乙 求▸ㅆ가ノ尸ム◂ 而灬 {於}彼衆ㅋ十 師首刂尸ㅅ乙 作ㅆナㅎ七丨 <화엄20:03>

【관련】 ノ尸ム, ㅎ尸ム, ㅆ白ㄱ尸ム

【선후】 (15)-며 호ᄃᆡ

ㅆ가ㅆ

☞ ㅆ가ㅆ爲人, ㅆ가ㅆ欲人ㅆ尸ㅅ灬

ㅆ가ㅆ欲人ㅆ尸ㅅ灬[1][ᄒᆞ며ᄒᆞ과홇ᄃᆞ로]

【ㅆ/동사+가/연결어미#ㅆ/동사+人/연결어미#ㅆ/동사+尸/동명사어미+ㅅ/의존명사+灬/구격조사】

하며 하고자 하는 까닭으로. 하며 하고자 하므로.

¶ 常刂 諸1 衆生乙 利樂ㅆ가 國土乙 莊嚴ㅆ가 佛乙 供養ㅆ白가 正法乙 受持ㅆ阝ホ 諸1 智乙 修가 菩提乙 證▸ㅆ가ㅆ{欲}人ㅆ尸ㅅ灬◂ 故攴 而灬 發心ㅆナ1刂가 <화엄09:14-15>

【관련】 ㅆ爲人ㅆ尸ㅅ灬

ㅆ가ㅆ欲ハㅆ尸ㅅ灬[2]

☞ ㅆ가ㅆ欲人ㅆ尸ㅅ灬

ㅆ가ㅆ爲人[ᄒᆞ며ᄒᆞ과]

【ㅆ/용언+가/연결어미#ㅆ/용언+人/연결어미】

하며 하고자. §‘ソ爲人’의 ‘ソ’는 ‘-ㅅ’로 나열된 동사구를 아우르는 요소임.

¶ 五欲ㆍ 及七 王位ㆍ 富饒ㆍ 自樂ㆍ 大名稱ㆍノ令乙 求ソ3ソ1ㅌ1(?) 不矢リ 但ハ 永去 衆生ラ 苦乙 滅3ㅅ 世間乙 利益▸ソㅅソ{爲}人◂ 而ᅲ 發心ソナ1リㅅ <화엄09:12-13>

【관련】 ソ爲人, ソ爲人ソ-

ソㅅソナ1入ᅲ[ᄒᆞ며ᄒᆞ견ᄃᆞ로]

【ソ/용언+ㅅ/연결어미#ソ/용언+ナ/선어말어미+1/동명사어미+入/의존명사+ᅲ/구격조사】

하며 하는 까닭으로. 하며 하므로. §‘ソナ1入ᅲ’는 ‘-ㅅ’로 나열된 동사구를 아우르는 요소임.

¶ {於}佛ㆍ 及七 佛法ㆍノ令乙 深信ソㅅ 亦ソ1 佛子ラ 所行七 道乙 信ソㅅ 及七 無上大菩提乙 信▸ソㅅソナ1入ᅲ◂ 菩薩1 是乙 {以}ㆍ3 初七ㆆ 發心ソナ1リ丨 <화엄09:18-19>

【관련】 ソㅅ, ソナ1入ᅲ

ソㅅソナㆆ七丨[ᄒᆞ며ᄒᆞ겠다]

【ソ/용언+ㅅ/연결어미#ソ/용언+ナ/선어말어미+ㆆ七/선어말어미+丨/종결어미】

하며 할 수 있다. 하며 한다. §‘ソナㆆ七丨’의 ‘ソ-’는 ‘-ㅅ’로 나열된 동사구를 아우르는 요소임.

¶ 若 三摩地乙 得3 1ᅩ 而1 圓滿 未リ⼇ 亦 自在 未リソ⼇ソ11 彼1 或 止相乙 思惟ソ⼇ 或 擧相乙 思惟ソ⼇ 或 捨相乙 思惟ソ⼇ソ3ホ 其 心乙 安住ㅅリ下 諦現觀3+ 入▸ソㅅソナㆆ七丨◂ <유가24:06-09>

又 復 佛隨念 等ソ1乙 修習ソ3ホ 心乙 淸淨ソ{令}リㅅ 又 復 諸 聖種七 中3+ 安住▸ソㅅソナㆆ七丨▸ <유가25:01-03>

五障乙 解脫ソㅅ 初地乙 念ノア入乙 忘ア 不冬▸ソㅅソナㆆ七丨◂ <금광09:10>

【관련】 ソㅅ, ソナㆆ七丨, リㅅソナㆆ七丨

ソㅅソナ3ソロハニ1[ᄒᆞ며ᄒᆞ겨아ᄒᆞ곡신;ᄒᆞ며ᄒᆞ겨아ᄒᆞ고기신]

【ソ/용언+ㅅ/연결어미#ソ/용언+ナ/선어말어미+3/종결어미#ソ/용언+ロ/선어말어미+ハ/선어말어미?+ニ/선어말어미+1/동명사어미;ソ/용언+ㅅ/연결어미#ソ/용언+ナ3/종결어미?+ソ/용언+ロ/선어말어미+ハ/선어말어미?+ニ/선어말어미+1/동명사어미】

하며 하여라 하시니. §‘ソナ3’의 ‘ソ-’는 ‘-ㅅ’로 나열된 동사구를 아우르는 요소임. ‘-ナ3’는 다른 예에서는 접속의 기능을 하나 여기서는 특이하게도 종결의 기능을 함.

¶ 諦リ 聽ホ 諦リ 聽ㅅ 善ㅅ 之乙 思ソ⼇ 念ソ⼇ソㅅ 法乙 如夊 修行▸ソㅅソナ3ソロハ

ニ丨◂ <구인03:19>
【관련】 ソナ㇏, (ソ)ロハニ丨, ㅡロハ㢱丨

ソ㢱ソロ丨[ᄒ며ᄒ곤]

【ソ/용언+㢱/연결어미#ソ/용언+ロ/선어말어미+丨/동명사어미; ソ/용언+㢱/연결어미+ソ/용언+ロ丨/연결어미】

하며 하니. §'ソロ丨'의 'ソ-'는 '-㢱'로 나열된 동사구를 아우르는 요소임.

¶ 我丨 今ソ丨 盛壯ソ㢱ㅎ㢱 當ㅎ丨厶丨 天下乙 {有}斗㢱ㅎ㢱 乞者刂 現前▸ソ㢱ソロ丨◂ 當ハ 不堅ソ丨入乙 以㇏ハ 而灬 堅ソㅌ七 法乙 求ノ禾㇏七丨ソナ㢱 <화소12:02-03>

無刀 無ソ丨矢氵 諦 實ソ丨ㅌ七 無刂ㅌ丨刂皿 寂滅刂ᄒ 第一空刂ᄒソ㢱 諸丨 法丨 因緣灬 有▸ソ㢱ソロ丨◂ 有ㅅ 無ㅅ七 義刂 {是}刂 {如}丨ソナ丨 <구인15:01-15:02>

【관련】 ソロ丨

ソ㢱ソトㅎ丨入乙[ᄒ며ᄒ누온ᄃᆯ]

【ソ/용언+㢱/연결어미#ソ/용언+ト/선어말어미+ㅎ/선어말어미+丨/동명사어미+入/의존명사+乙/대격조사】

하며 하는 것을. §'ソトㅎ丨入乙'의 'ソ-'는 '-㢱'로 나열된 동사구를 아우르는 요소임.

¶ 骨節ㅋ 相持ノ丨刂㢱 血肉乙灬 塗ノ丨 所刂㢱 九孔㇏十 常刂 人ㅋ 惡賤ノ尸 所乙 流▸ソ㢱ソトㅎ丨入乙◂ 觀ソナ㢱 <화소16:08-09>

【관련】 ソトㅎ丨入乙, ソᄒソトㅎ丨入乙, ソᄒソトノ丨入乙, ソᄒソトノ丨入乙

ソ㢱ソ숫乙[ᄒ며ᄒ릴]

【ソ/용언+㢱/연결어미#ソ/용언+숫[ㅭ/동명사어미+이/의존명사]+乙/대격조사】

하며 하는 것을. §'ソ숫乙'의 'ソ-'는 '-㢱'로 나열된 동사구를 아우르는 요소임.

¶ 種種七 雜寶灬 莊嚴ノㅌ七 蓋㇏十 衆丨 妙丨 繒幡刂 共七 垂飾ソ㢱 摩尼寶鐸㇏十 佛音乙 演▸ソ㢱ソ숫乙◂ 執持ソ㇏㢱 諸丨 如來乙 供養ソナㅎ七丨 <화엄16:24-17:01>

ソ㢱ソ禾皿[ᄒ며ᄒ리라]

【ソ/용언+㢱/연결어미#ソ/용언+禾[ㅭ/동명사어미(+이/의존명사)+이/계사]+皿/연결어미】

하며 할 것이라서. §'ソ禾皿'의 'ソ-'는 '-㢱'로 나열된 동사구를 아우르는 요소임.

¶ 謂丨 {於}少分殊勝ソ丨 所證㇏十 心㇏十 喜足ノ尸 无㇏ {於}諸 善法刂 轉上ソᄒ 轉勝ソᄒ 轉微妙ソᄒソ丨 處㇏十 悕求ソ㇏㢱 而灬 住▸ソ㢱ソ禾皿◂ 此 四法乙 由㇏ 修道

乙 攝受ッㇾホ 極善攝受ッナㅎ七丨 <유가29:10-13>

【관련】 ッ矛罒

【선후】 (15)ᄒᆞ리라

【비고】 '罒'는 연결어미 'ㇾ'의 이형태로 계사 'リ' 뒤에 쓰임

ッ㫆ッ尸矢ナ㇆リ丨 [ᄒᆞ며홇디견이다]

【ッ/용언+㫆/연결어미#ッ/용언+尸/동명사어미+矢[ᄃᆞ/의존명사+이/계사]+ナ/선어말어미+㇆/동명사어미+リ/계사+丨/종결어미】

하며 하는 것이다. §'ッ尸矢ナ㇆リ丨'의 'ッ-'는 '-㫆'로 나열된 동사구를 아우르는 요소임.

¶ 何七 等ッ㇆乙 {爲}五 一者 諸 煩惱乙 與七 得ㇾホ 共住ッ尸 不冬ッ㫆 … 五者 不退轉地乙 願求▸ッ㫆ッ尸矢ナ㇆リ丨◂ <금광03:12-15>

云何ッ㇆乙 {爲}五 一者 一切 諸佛亠 菩薩亠 聰慧大智リ二㇆リ亠ノ尸乙 供養ッ㖨 親近ッ㖨ッ白ノ尸厶 心ㇾ十 猒足ノ尸 無㫆 … 五者 {於}世間七 五明七{之} 法ㇾ十 (皆 悉)ㇾ (通)達▸ッ㫆ッ尸矢ナ㇆リ丨◂ <금광03:23-04:03>

何{者} {爲}五 一者 (於)一切 衆生亠 意欲 煩惱行亠ノ令十 心 悉ㇾ 通達ッ㫆 … 五者 一切 佛法乙 了達 攝受ノ尸入乙 皆 悉 願求▸ッ㫆ッ尸矢ナ㇆リ丨◂ <금광04:05-10>

何{者} {爲}五リハ 一者 {於}一切 法リ 本〻七 來ノ㇆尸厶 不生ッ㖨 不滅ッ㖨 不有ッ㖨 不無ッ㖨ッ㇆ㇻ十 心 安樂㇝ 住ッ㫆 … 五者 {於}奢摩他亠 毗鉢舍那亠ノ令十 同時ㇾ十 能㫆 住▸ッ㫆ッ尸矢ナ㇆リ丨◂ <금광04:12-17>

【관련】 (故ノ)ッ尸矢ナ㇆リ丨, ノ矛ナ㇆リ丨

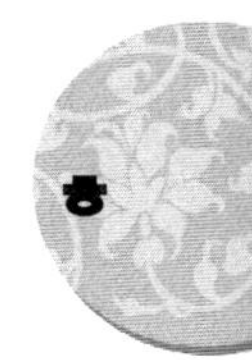

ッ㫆ッ尸矢丨 [ᄒᆞ며홇디다]

【ッ/용언+㫆/연결어미#ッ/용언+尸/동명사어미+矢[ᄃᆞ/의존명사+이/계사]+丨/종결어미】

하며 하는 것이다. 하며 한다. §'ッ尸矢リ丨'의 'ッ-'는 '-㫆'로 나열된 동사구를 아우르는 요소임.

¶ 一 憍傲乙 遠離ッ㫆 二 輕蔑乙 遠離ッ㫆 三 怯弱乙 遠離ッ㫆 四 散亂乙 遠離▸ッ㫆ッ尸矢丨◂ <유가04:10-12>

七 {於}思ノㅎ{應}七ッ㇆ 不矢リ㇆ 處ㇾ十 强㇝ 其 心乙 攝ッㇾ 諸 法乙 思擇▸ッ㫆ッ尸矢丨◂ <유가12:12-13>

四 得ノ㇆ 所乙 如ハッ㇆ 道乙 修習ッ㫆 五 極淸淨道亠 及 果功德亠ノ尸乙 證得▸ッ㫆ッ尸矢丨◂ <유가20:07-08>

四 後後日乙 推ッ㖨 餘 時乙 顧待ッ㖨ッㇾ 不死尋乙 隨ノ 熾然㇝ 勤七 方便乙 修 能 不ハ▸ッ㫆ッ尸矢丨◂ <유가09:14-16>

四 {於}出家衆ㇻ十ッ㇆ 量 无ッ㇆ 見趣乙 不相應 未ハッ㫆 五 世間道乙 由ㇾ 乃ㇱ 有頂七 若 定入 若 生入ㇾ十 至リッㅎ七入{雖}十 而㇆ {於}初後際 無㇝ 生死流轉ノ令十

邊際乙 作 未ハ▸ソ尔ソア矢丨◂ <유가21:19-22>
【관련】 (不)ハソ尔ソア矢丨, ソア矢丨

ソ尔ソア亠[ᄒᆞ며ᄒᆞᆯ여]

【ソ/용언+尔/연결어미#ソ/용언+ア/동명사어미+亠/조사;ソ/용언+尔/연결어미#ソ/용언+ア亠/연결어미】

하며 하는 것이니. §'ソア亠'의 'ソ'는 '尔'로 나열된 동사구를 아우르는 요소임.

¶ 謂1 聖弟子刂 已氵 聖諦乙 見ソる 已氵 證淨乙 得るソ𠄌 卽亠 證淨乙 {以}氵 依止{爲}氵1入灬 故ノ {於}佛法僧刂1 勝功德田𠄌十 作意思惟ソ𠄌ホ 歡喜乙 發生ソ尔 … 又 知恩ノア入乙 依𠄌ノア厶 謂1 有恩ソㅌ七 者ヲ十 大師ヲ 恩乙 念ソ𠄌ホ 作意思惟ソ𠄌 歡喜乙 發生▸ソ尔ソア亠◂ 彼乙 依ソ1入乙 由氵1入灬 故ノ 衆苦亠 及 與七 苦因亠ノア乙 遠離ソロ 衆樂亠 及 與七 樂因亠ノア乙 引發ソア矢丨 <유가28:10-19>
【관련】 ソア亠

ソ尔ソニロ1入灬亠[ᄒᆞ며ᄒᆞ시곤ᄃᆞ로여]

【ソ/용언+尔/연결어미#ソ/용언+ニ/선어말어미+ロ/선어말어미+1/동명사어미+入/의존명사+灬/구격조사+亠/조사】

하며 하신 까닭에서다. 하며 하시기 때문이다. §'ソニロ1入灬亠'의 'ソ'는 尔'로 나열된 동사구를 아우르는 요소임. '亠'는 후치된 성분에 붙은 요소임.

¶ 世尊下 希有難量ノオニロ丨 是 金光明經亠 微妙ソニㅌ七{之} 義刂 究竟 滿足ソニ尔 皆 能七 一切 佛法亠 一切 佛恩亠 成就▸ソ尔ソニロ1入灬亠◂ <금광13:20-21>
【관련】 刂ニロ1入灬亠, 一1入灬亠

ソ尔ソ𠄌[ᄒᆞ며ᄒᆞ아]

【ソ/용언+尔/연결어미#ソ/용언+𠄌/연결어미】

하며 하여. §'ソ𠄌'의 'ソ'는 尔'로 나열된 동사구를 아우르는 요소임.

¶ 或ソ1 飮食七 上好ソㅌ七 味氵 寶衣氵 嚴具氵 衆1 妙物氵ノ今乙 以ソ尔 乃ソ氵 至刂 王位乙 皆七 能捨▸ソ尔ソ𠄌◂ 施乙 好亠ソ今七 者乙 悉𠄌 化𠄌十 從七 令刂ナ尔 <화엄17:24-18:01>
昔ア 得ア 未刂ソ𠄌七丨ノ1 所刂1乙 而灬 今ハ1氵 始ノ 得ソ尔 大事亠 大用亠ノア乙 意七 願ノ1 所乙 如ハ 悉𠄌 皆 成就▸ソ尔ソ𠄌◂ <금광06:24>

ソ尔ソヲ七1乙[ᄒᆞ며ᄒᆞ읫은을]

【ソ/용언+尔/연결어미#ソ/용언+ヲ七/선어말어미+1/동명사어미+乙/대격조사;ソ/용언+尔

/연결어미#ㅋ/용언+ㅋヒ/선어말어미+ㄱㄹ/연결어미】

하며 하거늘. §'ㅋㅋヒㄱㄹ'의 'ㅋ'는 'ㅅ'로 나열된 동사구를 아우르는 요소임.

¶ 八功德水刂 皆ヒ 悉ㅋ 盈滿ㅋㅅ 鬱波羅花ㅗ 拘物頭花ㅗ 分陁利花ㅗノㅋ十 其 池ㄹ 莊嚴▶ㅋㅅㅋㅋヒㄱㄹ◀ {於}花池所ㅋ十 自ㅋ 身刂 遊戲快樂ノアム <금광06:10-12>

【관련】 ㅋㅋヒノㄱ入ㄹ, 刂ㅋヒノㄱ入ㄹ

ㅋ 亠

☞ ㅋ 亠 可ヒㅋ一, ㅋ 亠 應ヒㅋ一, ㅋ 亠 應ヒ丨

ㅋ 亠 ヒ 人

☞ ㅋ 亠 ヒ 人雖 斗

ㅋ 亠 ヒ 人雖 斗 [흜과두]

【ㅋ/용언+亠ヒ/선어말어미+人斗/연결어미】

하더라도. §'人斗'는 양보의 연결어미로 주로 '然ㅋ乃', '而ㄱ'가 후행함.

¶ 若 世間ヒ 心ㄱ 復ハ 已斷▶ㅋ亠ヒ人{雖}斗◀ 猶刂 得ホ 現行ㅋア亠 彼ㄱ {於}後ヒ 時亠十 任運ㅋ 而⺍ 滅ㅋ乙ㅋナ矛ㅅ <유가31:14-15>

四 其 能聽者刂 樂欲 {有}斗ㅋホ 屬耳ㅋㅋ 而⺍ 聽▶ㅋ亠ヒ人{雖}斗◀ 然ㅋ乃 闇鈍ㅋㄱ入⺍{故}ㅅ <유가13:13-14>

【관련】 -亠ヒ人{雖}斗

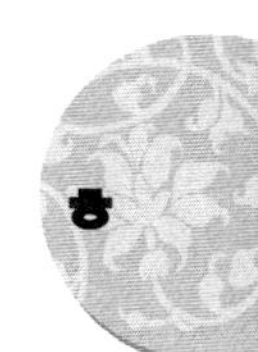

ㅋ 亠 可 ヒ ㅋ ㄱ [흜흔]

【ㅋ/동사+亠ヒ/어미+ㅋ/형용사+ㄱ/동명사어미】

① 할 수 있음. 할 수 있는 것.

¶ 我 非矢ㅅ 堅固ㅋㄱ 非矢ㅅ 少ヒㅋㄱ 法亇力 得ㅋホ 成立▶ㅋ亠{可}ヒㅋㄱ◀ 無亠ㄱ入ㄹ{有} 知ナ今ㅋ <화소18:14-15>

② 할 수 있지. §'ㄱ'은 부정소 '不' 앞에 쓰인 것임.

¶ 諸ㄱ 法ㅋ 壞▶ㅋ亠{可}ヒㅋㄱ◀ 不矢ㄱ入ㄹ 說ア矢ナ丨 <화소18:19-20>

何亠 {等}丨ㅋㄱ 法刂 壞▶ㅋ亠{可}ヒㅋㄱ◀ 不矢丨ノ今口 <화소18:20>

【관련】 -亠可/應/應可ヒㅋㄱ

ㅋ 亠 可 ヒ ㅋ ㄱ 亠 [흜흔여]

【ㅋ/용언+亠ヒ/어미+ㅋ/형용사+ㄱ/동명사어미+亠/조사; ㅋ/용언+亠ヒ/어미+ㅋ/형용사+ㄱ

亠/연결어미】

할 수 있으니. § '亠'는 절 접속의 기능임.

¶ 彼1 {於}戱論界⺀＋ 易ㄎ 安住▸ソ𠄎{可}七ソ1亠◂ 謂1 {於}世間七 一切種淸淨⺀＋ソ尸矢㫆 {於}無戱論界⺀＋1 難⺀ 安住▸ソ𠄎{可}七ソ1亠◂ 謂1 {於}出世間 一切種淸淨⺀＋ソ尸矢丨 <유가20:13-16>

【관련】 (盡)去𠄎可七ソ1⺀, ソ口𠄎應七ソ1亠

ソ𠄎應七ソ𠃍㦮㫆[ᄒᆞᆶ 흐ᄂᆞ리며]

【ソ/용언+𠄎七/어미+ソ/형용사+𠃍/선어말어미+㦮[ㅭ/동명사어미(+이/의존명사)+이/계사]+㫆/연결어미】

할 수 있을 것이며. 할 것이며. § <화엄경>에서 조건절 '-𠃍尸入1'의 후행절에 주로 쓰임.

¶ 若 灌頂大神通 獲 {於}最勝諸三昧 住ソ𠃍尸入乙(1) 則 {於}十方七 諸1 佛矢 所⺀＋ソ⺀八 灌頂乙 受⺀㢱 而灬 鼎位▸ソ𠄎{應}七ソ𠃍㦮㫆◂ <화엄14:01-02>

【관련】 ソ𠃍㦮㫆

ソ𠄎應七ソ1⺀＋[ᄒᆞᆶ 흔의긔]

【ソ/용언+𠄎七/어미+ソ/형용사+1/동명사어미+⺀＋/처격조사】

하는 데에. 할 만한 데에.

¶ 一＋1 {於}未生ソ1 善法刂 最初ㄎ 生▸ソ𠄎{應}七ソ1⺀＋◂ 而灬 嬾墮 {有}斗㫆 <유가10:17>

【관련】 ソ令刂㱏ノ𠄎應七ソ1⺀＋, ソ1⺀＋

ソ𠄎應七ソ㫆[ᄒᆞᆶ 흐며]

【ソ/용언+𠄎七/어미+ソ/형용사+㫆/연결어미】

할 수 있으며.

¶ 此乙 由⺀ 多刂1 諸 定樂乙 發生▸ソ𠄎{應}七ソ㫆◂ <유가27:12-14>

【관련】 ノ𠄎應七ソ㫆

ソ邑人ソ尸入灬[흡과 흟ᄃᆞ로]

【ソ/용언+邑/선어말어미?+人/연결어미#ソ/용언+尸/동명사어미+入/의존명사+灬/구격조사】

하고자 하는 까닭으로. 하고자 하므로. ('爲' 뒤에서) 위해서.

¶ 若 說法師刂 此 義乙 爲▸ソ邑人ソ尸入灬◂ 故ノ 正法乙 宣說ソ𠂉1乙 <유가05:21>

【비고】 '爲'자를 음독했을 가능성과 읽지 않았을 가능성이 모두 있음.

ソ 氵 [ᄒᆞ사]

【ソ/용언+氵/보조사; ソ/용언+氵/연결어미】

① 하여야.

¶ 我ラ 身ㅎ弋 充樂▶ソ氵◀ 彼刀 亦ソㄱ 充樂ソ禾ろ七ケ <화소09:14>

【비고】 15세기에도 '드사, 죽사'처럼 '-사(<-氵)'가 동사 어간에 직접 통합된 예가 있음.

【ソ/용언+氵/보조사; ソ/용언+氵/연결어미; ソ氵/?】

② ('乃' 뒤에서) 곧. 이에. § '乃'자에 달려 있는데, <유가사지론> 계통에서는 '乃氵'로 현토되어 있음. 일반적으로 뒤에 '至リ'가 옴.

¶ {是}リ 故灬 衆生乙 饒益ソ{爲}人 其 有七ㄱ 所乙 隨ㅎ 一切之七 皆七 捨ノ尸ム 乃▶ソ氵◀ 盡命ソ尸矢十 至リソ(乃?) <화소10:11-13>

一ㄱ佛㠯 出世ソろ 授記乙 說ホㅎㄱ丁 乃▶ソ氵◀ 至リ 不可說不可說七 佛㠯 出世ソろ 授記乙 說ホㅎㄱ丁ノ令乙 念ソケ <화소20:14-16>

一ㄱ 生乙 持ソ彡 乃▶ソ氵◀ 至リ 不可說不可說七 生乙 持ソ彡ソナケ <화소23:20-24:01>

一ㄱ 劫數⺀ 乃▶ソ氵◀ 至リ 不可說不可說七 劫數⺀ノ令乙 持ソケ <화소24:03>

或ソㄱ 飮食七 上好ソ𠤎七 味⺀ 寶衣⺀ 嚴具⺀ 衆ㄱ 妙物⺀ノ令乙 以ソケ 乃▶ソ氵◀ 至リ 王位乙 皆七 能捨ソケソろ <화엄17:24-18:01>

【관련】 (乃)氵

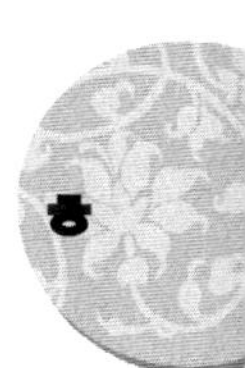

ソニロㅏㄱリㄱ丁ソろ

☞ ノソニロㅏㄱリㄱ丁ソろ

ソニロㄱリ罒 [ᄒᆞ시곤이라]

【ソ/용언+ニ/선어말어미+ロ/선어말어미+ㄱ/동명사어미+リ/계사+罒/연결어미】

하신 분이라서.

¶ 生死乙 損 不冬ソニㄱ入灬 故ノ 願ソろホ 尊ㄱ 涅槃乙 證▶ソニロㄱリ罒◀ 二法見乙 過ソニㄱ入灬 故ノ 是 故灬 寂靜乙 證ソニロㄱリろ七ケ <금광13:08-09>

【관련】 ソニロㄱリろ七ケ, ニロㄱリろ七丨(ソ𠤎ハニ丨), ソケソニロㄱ入灬ㅗ

【비고】 '罒'는 연결어미 'ろ'의 이형태로 계사 'リ' 뒤에 쓰임

ソニロㄱリろ七ケ [ᄒᆞ시곤이앗며]

【ㅅ/용언+ㅡ/선어말어미+ㅁ/선어말어미+ㄱ/동명사어미+ㅣ/계사+ㅅ ㅌ/선어말어미+ㅅ/연결어미】

하시는 것이며.

¶ 二法見乙 過ㅅㅡㄱ入ㅡ故ノ 是 故ㅡ 寂靜乙 證▸ㅅㅡㅁㄱㅣㅅㅌㅅ◂ <금광13:08-09>

【관련】 ㅡㅁㄱㅣㅅㅌㅅㅅ, ㅡㅁㄱㅣㅅㅌㅣ(ㅅㅌハㅡㅣ), ㅅㅣㅎㅎ應ㅌㅅㄱㅣㅅㅌㅅ

ㅅ ㅡ ㅁ 尸 ㅅ [ᄒᆞ시곪며]

【ㅅ/동사+ㅡ/선어말어미+ㅁ/선어말어미+尸/미상+ㅅ/연결어미; ㅅ/동사+ㅡ/선어말어미+ㅁ尸/선어말어미?+ㅅ/연결어미】

하시며.

¶ 世尊ㅋ 無邊身ㄱ 一言字ㅅ力 說尸 不冬ㅅㅡㅁ尸ㅡ 一切 弟子衆ㅋ十 法雨乙 飽滿(ㅅ/ㅅ)ㅣㅌㅅㅅ尸入ㅡ 故ノ▸ㅅㅡㅁ尸ㅅ◂ 衆生ㅋ 相乙 思惟ㅅ白ノ尸ㅅ 一切 種 皆ㅌ 無ㅅㄱㅣㅅㅌㅣㅅㅡㅁ尸ㅡ 困苦ㅅトㄱ 諸 衆生ㅋ十 世尊ㅣㅡㅅ 普ㅣ 救濟▸ㅅㅡㅁ尸ㅅ◂ … 不度ㅅㅎ 亦 不滅ㅅㅎㅅトノㄱ入乙 唯ハ 佛ㅣㅡㅅ 能ㅅ 了知▸ㅅㅡㅁ尸ㅅ◂ <금광13:10-15>

【관련】 ㅡㅁ尸ㅅ, ㅅㅡㅁ乙ㅅ

【비고】 '-ㅁ尸ㅅ'는 '-ㅁ乙ㅅ'로 표기되기도 함.

ㅅ ㅡ ㅁ 乙 ㅅ [ᄒᆞ시골며]

【ㅅ/동사+ㅡ/선어말어미+ㅁ乙/선어말어미?+ㅅ/연결어미】

하시며.

¶ 心智 寂滅ㅅㅡ下 緣 無ㅌㅣ 照▸ㅅㅡㅁ乙ㅅ◂ <구인11:10>

衆生ㅣ {於}見乙 失ㅣㅅㄱ乙 世尊ㅣㅡㅅ 能ㅅ 濟度▸ㅅㅡㅁ乙ㅅ◂ 世尊ㄱ 佛眼ㅡ故ノ 一法相ㅅ力 見尸 無ㅡㅅ <금광13:04- 05>

【관련】 ㅅㅡㅁ尸ㅅ, (故)ノㅅㅡㅁ尸ㅅ

【비고】 '-ㅁ乙ㅅ'는 '-ㅁ尸ㅅ'로 표기되기도 함.

ㅅ ㅡ 乃 [ᄒᆞ시나]

【ㅅ/용언+ㅡ/선어말어미+乃/연결어미】

하시어도. 하시지만. 하시나.

¶ 十方ㅌ 一切 諸ㄱ 如來ㅣ 悉ㅅ 共ㅌ 偁揚▸ㅅㅡ乃◂ 盡ㅅ尸 不(ノ)能ㅣ矢ㅅㅡㅁ乙ㅎㅌㅣ <화엄09:07>

【관련】 ㅅ乃

【선후】 (15)ᄒᆞ시나

ㅅ 二 ㅏ ㄱ ㆍ[ㅎ시눈여]

【ㅅ/동사+ 二/선어말어미+ ㅏ/선어말어미+ ㄱ/동명사어미+ ㆍ/조사】

하시는 분이다. 하시는 분이니. § 종결 또는 절 접속의 기능임.

¶ 大王下 菩薩摩訶薩ㄱ {於}第一義七 中ㅋ十ㅅㅋ 常刂 二諦乙 照ㅅㅋ 衆生乙 化▸ㅅ二ㅏㄱㆍ◂ 佛ㆍ 及八 衆生ㆍノ令ㄱ 一刂罒 而灬 二 無七ナㅣ <구인15:11-15:12>

時十 十六大國王七 中ㅋ七 舍衛國主刂二尸 波斯匿王刂 名(火?) 曰白尸 月光ㆍㅅ白ㅋ令ㄱ 德行ㄱ 十地ㆍ 六度ㆍ 三十七品ㆍ 四不壞淨ㆍノ乙ㅅ彡 摩訶衍七 化乙 行ㅅ彡▸ㅅ二ㅏㄱㆍ◂ <구인02:24-03:01>

【관련】 ㅅ彡ㅅ二ㅏㄱㆍ, (不)冬ㅅㅏㄱ亠

ㅅ 二 ㅏ ㄱ ㄱ 入 ㄱ[ㅎ시누온든]

【ㅅ/동사+ 二/선어말어미+ ㅏ/선어말어미+ ㄱ/선어말어미+ ㄱ/동명사어미+ 入/의존명사+ ㄱ/보조사】

하시는 것은. 하시는 바는.

¶ 等入 慧入 灌頂入七 三品士ㄱ 前ㅋ 餘ㅅㄱ 習刂ㄱ 無明緣ㆍ 無明習相刂ㄱ 故七ノㄱ七七 煩惱ㆍノ乙 除▸ㅅ二ㅏㄱㄱ入ㄱ◂ 二諦理乙 窮ㅋ 一切之七 盡ㅋ(二)ㄱ入灬刂ㄱㅣ <구인11:01-02>

今日ㅋ十 如來刂 大光明乙 放▸ㅅ二ㅏㄱㄱ入ㄱ◂ 斯毛ㅅ巴八 何七ㅅㄱ 事乙 作ㅅ七ㅅ二ㅏㄱ刂ㅋ七ロㅅ七八二ㅅ <구인02: 23-24>

【관련】 ㅏㅎㄱ入ㄱ, ㅅ又ㄱ入ㄱ, ㅅ币ㅎㄱ入ㄱ, (現ㅎ)ㅏㅎㄱ入ㄱ, ㅅ二ㅏㄱㄱ入乙

ㅅ 二 ㅏ ㄱ ㄱ 入 乙[ㅎ시누온둘]

【ㅅ/동사+ 二/선어말어미+ ㅏ/선어말어미+ ㄱ/선어말어미+ ㄱ/동명사어미+ 入/의존명사+ 乙/대격조사】

하시는 것을.

¶ 時十 諸ㄱ 大衆ㄱ 月光王刂 十四王ㅋ 量 無七ㄱ 功德藏乙 歎▸ㅅ二ㅏㄱㄱ入乙◂ 聞白ロㅅㄱ 大法利乙 得七八二ㅅ <구인11:14-15>

十六大國王刂 意ㅋ十 國土乙 護ノ令七 因緣乙 問白{欲}入▸ㅅ二ㅏㄱㄱ入乙◂火 知白ㅋロㄱㄱㆍㅅㄱ乃 <구인03:17-18>

【관련】 ㅅ二ㅏㄱㄱ入ㄱ, 白欲入ㅅ二ㅏㄱㄱ入乙火, ㅅ二ㅏノㄱ入乙, ㅅㅏノㄱ入乙, ㅅㅏㅎㄱ入乙

ㅅ 二 ㅏ ノ ㄱ 入 乙[ㅎ시누온둘]

【ㅅ/용언+ 二/선어말어미+ ㅏ/선어말어미+ ノ/선어말어미+ ㄱ/동명사어미+ 入/의존명사+ 乙/

대격조사】

하시는 것을.

¶ {於}無上微妙法輪乙 轉▸ソニトノ7入乙◂ 菩薩1 悉3 見ナ≒七丨 <금광06:22>

【관련】 ソトノ7入乙, 亽刂トノ7入乙, ソト≒7入乙

ソニ ㅌ 七 [ᄒᆞ시ᄂᆞᆺ]

【ソ/용언+ニ/선어말어미(+ㄴ/동명사어미)+ㅌ/의존명사+七/속격조사; ソ/용언+ニ/선어말어미+ㅌ/동명사어미+七/속격조사】

하신.

¶ 世尊下 希有難量ノ彡ニ口丨 是 金光明經亠 微妙▸ソニㅌ七◂{之} 義刂 究竟 滿足ソニ
ホ <금광13:20-21>

【관련】 ソㅌ七, ソ7ㅌ七, ソ帀≒7ㅌ七

ソニ 7 [ᄒᆞ신]

【ソ/용언+ニ/선어말어미+7/동명사어미】

하시는. 하신.

¶ 復ソ7 須菩提ミ 舍利佛ミソ尸 等▸ソニ7◂ 五千人ラ十 問ニホ 復ソ7 彌勒ミ 師子吼
ミソ尸 等▸ソニ7◂ 十千人ラ十 問ソニホソニ7乙 <구인03:02-03>

善男子3 是 陁羅尼七 名7 一 恒河沙數乙 過▸ソニ7◂ 諸 佛刂 初地菩薩乙 救護ソ
{爲}入ソ白ノ7刂ニ7刂罒 <금광09: 07-08>

菩薩摩訶薩7 {於}十方七 一切 佛土3十 諸 化佛身⺀ 無上▸ソニ7◂ 種種七 正法乙
說ソㅌ尸亠 <금광14:16-17>

爾七ソ7 時十 十号刂𢀳 三明刂𢀳 大滅諦刂𢀳 金剛智刂𢀳▸ソニ7◂ 釋迦牟尼佛7 年
乙 初七ㄣソ7 月七 八日3十 方七 十地3十 坐ソニ下 <구인02:10-11>

汝 等ソ77 當八 此 如攴▸ソニ7◂ 經典乙 精勤修行ソ口≒{應}七ソ7亠 <금광
15:14-15>

【관련】 ソ7, (等丨)ソ帀7

【선후】 (15)ᄒᆞ신

ソニ 7 入 ⺀ [ᄒᆞ신ᄃᆞ로]

【ソ/용언+ニ/선어말어미+7/동명사어미+入/의존명사+⺀/구격조사】

('故' 앞에서) 하신 까닭으로. 하시므로.

¶ 生死乙 損 不冬▸ソニ7入⺀◂ 故ノ 願ソ3ホ 尊7 涅槃乙 證ソニ口7刂罒 二法見乙
過▸ソニ7入⺀◂ 故ノ 是 故⺀ 寂靜乙 證ソニ口7刂3七ホ <금광13:08-09>

世尊ラ 智7 一味刂ニ下 淨品亠 不淨品亠ノ亽十 界乙 分別 不冬▸ソニ7入⺀◂ 故ノ

無上淸淨乙 獲ニロ1リ3七| <금광13:09-10>

【관련】 ソ1入灬 (故), (リ among)ソニ1入灬ㅗ (故)

ソニ1乙[ᄒᆞ신을]

【ソ/용언+ニ/선어말어미+1/동명사어미+乙/대격조사; ソ/용언+ニ/선어말어미+1乙/연결어미】

하시거늘.

¶ 三賢: 十聖:ノ㐃1 果報3十 住▸ソニ1乙◂ 唯ハ 佛リニ尸 一人リニ氵 淨土3十 居ソニ1リ罒 <구인11:06>

如來尸{之} 身リ 金色 晃耀ソニ下 量 無1 淨光リ 悉3 皆 圓滿▸ソニ1乙◂ 量 無ソ1 億梵王リ 圍遶ソ3ホ 恭敬ソ𢎥 供養ソ𢎥ソ白トノ1リニ1ㅗ <금광06:20-22>

復ソ1 須菩提: 舍利佛:ソ尸 等ソニ1 五千人ラ十 問ニ兮 復ソ1 彌勒: 師子吼:ソ尸 等ソニ1 十千人ラ十 問ソニ兮▸ソニ1乙◂ 能矢 答ソニ㐃七 者 無七ヒハニ| <구인03:02-04>

【관련】 ニ1乙, ソ3ハニ1乙, リ㢱1乙

ソニ1リ罒[ᄒᆞ신이라]

【ソ/용언+ニ/선어말어미+1/동명사어미(+이/의존명사)+リ/계사+罒/연결어미】

하신 이라서. 하신 분이라서.

¶ 三賢: 十聖:ノ㐃1 果報3十 住ソニ1乙 唯ハ 佛リニ尸 一人リニ氵 淨土3十 居▸ソニ1リ罒◂ 一切 衆生1 {暫}氵火七 報3十 住ソロ1乙 金剛原3十 登ソ𠫔ハニ1リ氵 淨土3十 居ソニラ亦七| <구인11:06-07>

【관련】 -ニ1リ罒, ソニロ1リ罒

【비고】 '罒'는 연결어미 '3'의 이형태로 계사 'リ' 뒤에 쓰임.

ソニ1ソ尸矢[ᄒᆞ신ᄒᆞᇙ디]

【ソ/용언+ニ/선어말어미+1/동명사어미#ソ/용언+尸/동명사어미+矢[ᄃᆞ/의존명사+이/주격조사]】

('無' 뒤에서) 없으신 것을 함이. § '-尸矢'는 모두 'A尸矢 是B' 구문에 쓰였음.

¶ 生死リ| 涅槃リ|ソ尸入1 皆 是1 妄見リ1乙 能兮 度ノ尸ム 餘㫐 無▸ソニ1ソ尸矢◂ 是 波羅蜜義リ兮 <금광05:18-19>

【관련】 ソ尸矢

【비고】 '1'자의 자형이 가운데가 끊어진 것처럼 보임.

ソ 二 令 七 [호시릿]

【ソ/용언+ニ/선어말어미+令[ㄹㆆ/동명사어미+이/의존명사]+七/속격조사】

하실.

¶ 次第灬 居士リニ尸 寶: 蓋: 法: 淨名:ソ尸 等ソニ1 八百人ラ+ 問ニホ … 復ソ1 彌勒: 師子吼:ソ尸 等ソニ1 十千人ラ+ 問ソニホソニ1乙 能矢 答▸ソニ令七◂ 者 無七ㅌハニ丨 <구인03:01-04>

【관련】 ソ令七, 二令七

ソ 二 尸 [호싎]

【ソ/동사+ニ/선어말어미+尸/동명사어미】

('告' 뒤에서) 이르시기를. 말씀하시되. § 화법동사와 통합하여 직접인용문을 이끎.

¶ 爾七ソ1 時+ 佛1 大衆ラ+ 告▸ソニ尸◂ 十六大國王リ 意3+ 國土乙 護ノ令七 因緣乙 問白{欲}ㅅソニトㄅ1入ㄴ火 知白3ロㄅ1:ソ1ろ <구인03:17-18>

【관련】 (言)ろニ尸, (言)リニ尸, (言/曰)ホ尸

ソ 二 ホ [호시며]

【ソ/용언+ニ/선어말어미+ホ/연결어미】

하시며.

¶ 南方3七 法才菩薩1 五百億大衆リ 俱(七)ソ1乙 共七 來ソ3ホ {此}リ 大會3+ 入▸ソニホ◂ 東方3七 寶柱菩薩1 九百萬億 大衆リ 俱七ソ1乙 共七 來ソ3ホ {此}リ 大會3+ 入▸ソニホ◂ <구인03:08-09>

是 金光明經一 微妙ソニㅌ七{之} 義リ 究竟 滿足▸ソニホ◂ 皆 能七 一切 佛法一 一切 佛恩一 成就ソホソニロ1入灬一 <금광13:20-21>

復ソ1 {於}頂上3+ソ3 千寶蓮花乙 出ソ白ㄅ1ム 其 花1 上ソ1 非想非非想天3+ 至ㅎ光カ 亦ソ1 復ㄅ 爾七ㅎ▸ソニホ◂ <구인02:12-13>

法王1 上 無七3 人 中3七 樹リニ下 大衆乙 覆蓋ソ白ㄅ尸ム 量 無七1 光灬▸ソニホ◂ 口3+ 常リ 說法ソ白ㄅ尸ム 無義ソ1入乙ソ尸 非冬▸ソニホ◂ <구인11:09-10>

復ソ1 彌勒: 師子吼:ソ尸 等ソニ1 十千人ラ+ 問▸ソニホ◂ソニ1乙 能矢 答ソニ令七 者 無七ㅌハニ丨 <구인03:02-03>

【관련】 ソホホ, ソニホソニ1乙

【선후】 (15)호시며

ソ 二 ホ ソ 二 1 乙 [호시며호신을]

【ソ/동사+ニ/선어말어미+ホ/연결어미#ソ/동사+ニ/선어말어미+1/동명사어미+乙/대격조

사;ソ/동사+ニ/선어말어미+ㅎ/연결어미#ソ/동사+ニ/선어말어미+ㄱ乙/연결어미】

하시며 하시거늘. 하시며 하신 것을.

¶ 復ソ1 彌勒ミ 師子吼ミソア 等ソニ1 十千人ラ十 問▸ソニㅎソニ1乙◂ 能矢 答ソニ 今七 者 無七ヒハニ丨 <구인03:02-03>

【관련】 (ソ)ニ1乙, 丨示1乙, ソニㅎ, ソ示ㅎ

ソ ニ 亠 七 人

☞ ソ ニ 亠 七 人雖ㅏ

ソ ニ 亠 七 人雖ㅏ[ᄒᆞ싫과두]

【ソ/동사+ニ/선어말어미+亠七/선어말어미+人ㅏ/연결어미】

하시어도. 하시더라도. § '人ㅏ'는 양보의 연결어미로 주로 '然ソ乃', '而1'가 후행함.

¶ 佛世尊1 般涅槃▸ソニ亠七人{雖}ㅏ◂ 而1 俗正法丨 猶丨 住ソ3ホ 未滅ソ3 勝義正法丨 未隱未斷ソ3ソア矢丨 <유가03: 11-13>

【관련】 ソ(ナ)亠七人雖ㅏ, ソ人雖ㅏ

ソ ニ 亠 七 丨 ソ ロ 5 今 5[ᄒᆞ싫다ᄒᆞ고오리오]

【ソ/동사+ニ/선어말어미+亠七/선어말어미+丨/종결어미#ソ/동사+ロ/선어말어미+5/선어말어미+今[ㄹㅎ/동명사어미+이/의존명사]+5/의문조사】

하신다고 하겠습니까. § 'ロ/5'는 의문사가 있는 설명의문문에 쓰임.

¶ 佛十 白3 言ニア 云何七ミ 十方七 諸ニ1 如來ミ 一切菩薩ミノ才 文字乙 離 不冬ソ3 而… 諸1 法相3十 行▸ソニ亠七丨ソロ5今5◂ <구인15:21-15:22>

【관련】 丨丨ソロ5今5, (有)七丨ソロ5今3, 丨ハソロ今ロ(ソナ才入1), ーノ今ロ

【비고】 '5'는 'ロ'에서 'ㄱ'이 약화된 형태임

ソ ニ 5 亠 七 丨[ᄒᆞ시옰다]

【ソ/동사+ニ/선어말어미+5/선어말어미+亠七/선어말어미+丨/종결어미】

하신다. 하실 수 있다.

¶ 一切 衆生1 {暫}ミ火七 報3十 住ソロ1乙 金剛原3十 登ソ去ハニ1丨ミ 淨土3十 居▸ソニ5亠七丨◂ <구인11:07>

【관련】 ー5亠七丨, ー今亠七丨

ソ ニ 下[ᄒᆞ시하]

【ㅅ/동사+ㄷ/선어말어미+下/연결어미】
하시어.

¶ 爾七ソ1 時十 十号リ冫 三明リ冫 大滅諦リ冫 金剛智リ冫ソニ1 釋迦牟尼佛1 年乙 初七ケソ1 月七 八日3十 方七 十地3十 坐▸ソニ下◂ <구인02:10-11>
心智 寂滅▸ソニ下◂ 緣 無七リ 照ソニロ乙ホ <구인11:10>
如來尸{之} 身リ 金色 晃耀▸ソニ下◂ 量 無1 淨光リ 悉3 皆 圓滿ソニ1乙 <금광06:20-21>
大師リ 正法乙 建立ソ{爲欲}人 方便灬 正等覺 成ノ尸入乙 示現▸ソニ下◂ 云何ㅗ亏尸入1 彼灬 正七 修行ソ3ホ 轉ソ{令}リ3ノ才1リ3七ロソニ尸入灬 <유가06:04-05>
四無所畏リ冫 十八不共法リ冫 五眼リ冫 法身リ冫ソニ1 大覺世尊1 前3 已氵 我千 等ソ1 大衆ㇷ {爲}氵ホ 二十九年3十▸ソニ下◂ 摩訶般若波羅蜜ㆍ 金剛般若波羅蜜ㆍ 天王問般若波羅蜜ㆍ 光讚般若波羅蜜ㆍノ乙 說3ハニケ丨 <구인02:19-23>
圓智1 無相乙▸ソニ下◂ 三界七 王リ罒 <구인11:03>
菩薩リ 衆生乙 化ノ尸 {爲} 此 {若}丨ソナ丨▸ソニ下◂ {此}リ 法乙 說ニ今七 時十 量 無七1 天子ㆍ 及ハ 諸1 大衆ㆍノ今 有七ナ1ㆍ <구인14:13-15>
生死流乙 逆ニ今七 道1 甚 深ソ冫 微ソ冫▸ソニ下◂ 難氵 見白ノ才ロハニ1 <금광15:01>

【관련】 ㅡ㇒下
【선후】 (15)ᄒᆞ샤
【비고】 '下'는 연결어미 '3'의 이형태로 선어말어미 'ㄷ/㇒'와 사동접미사 'リ' 뒤에 나타남.

ソニソ1[ᄒᆞ시ᄒᆞᆫ]

【ソ/동사+ニ/선어말어미+ソ/미상+1/동명사어미】
하시어서는. 하시고서는.

¶ 釋迦牟尼佛1 年乙 初七ケソ1 月七 八日3十 方七 十地3十 坐ソニ下 大寂室三昧3十 入▸ソニソ1◂ 緣乙 思ソ3ホ 大光明乙 放ソ3 三界七 中乙 照ソㅌハニホ <구인02:11-12>

【관련】 ニソ1
【비고】 'ソ1'의 'ソ'는 첨사 'ハ'의 약화형으로 추정됨.

ソ㇒トㅎ1入乙ソㅌ尸才ホ[ᄒᆞ시누온둘ᄒᆞᇗ리며]

【ソ/동사+㇒/선어말어미+ト/선어말어미+ㅎ/선어말어미+1/동명사어미+入/의존명사+乙/대격조사#ソ/동사+ㅌ/선어말어미+尸/중복표기+才[ㄹㆆ/동명사어미(+이/의존명사)+이/계사]+ホ/연결어미】
하시는 것을 하며.

¶ 其 光リ 若セ 諸ㄱ 蓮華ㄹ 出ソㅌㄕ入ㄱ 則 量リ 無ㄱ 佛リ … 悉ㅅ 能ㅊ 諸ㄱ 衆生ㄹ 調伏ソㅌ才ㅎ 若セ 能ㅊ {是}リ 如ㅊ 衆生ㄹ 調▸ソ示トㅎㄱ入ㄹソㅌㄕ才ㅎ◂ 則 量 無ㄱ 神通セ 力ㄹ 現ㅎㅌ才ㅎ <화엄13:02-04>

【관련】 ㅌㄕㅎ, ソㅌ才ㅎ

【비고】 'ソ示トㅎㄱ入ㄹソㅌㄕ才ㅎ'는 앞뒤의 문맥으로 보아 'ソㅌㄕ入ㄱ'이 예상되는 자리에 쓰임. 잘못 쓰인 것으로 추정됨.

ソ示ㄱㄹ灬セ [ᄒᆞ신을롯]

【ソ/동사+示/선어말어미+ㄱ/동명사어미+ㄹ灬/구격조사+セ/첨사; ソ/동사+示/선어말어미+ㄱ/동명사어미+ㄹ灬/구격조사+セ/속격조사】

하심으로부터. § 여기의 '灬セ'은 '灬八'과 마찬가지로 방향이나 선후 관계를 나타내는 표현의 앞에 나타남.

¶ 如來 滅▸ソ示ㄱㄹ灬セ◂ 後リ十 有リㅣ 如來 滅▸ソ示ㄱㄹ灬セ◂ 後リ十 無リㅣ 如來 滅 後 亦 有 亦 無リㅣ 如來 滅 後 非有非無リㅣノㄕ入 <화소07:03-05>

【관련】 セソㄱㄹ灬セ, 灬セ, (ㄹ)灬八

【비고】 'ㄹ灬'는 'ㄹ'의 중철 표기일 가능성이 있음.

ソ示矢ㅎ [ᄒᆞ시(ㄹㆆ)디며]

【ソ/동사+示/선어말어미(+ㄕ/동명사어미)+矢[ᄃᆞ/의존명사+이/계사]+ㅎ/연결어미】

하실 것이며. 하시며.

¶ 深心セ 信解リ 常リ 清淨ソㅎ 一切 佛ㄹ 恭敬尊重▸ソ示矢ㅎ◂ {於}法ㆍ 及セ 僧ㆍノ 今ㅋ十 亦ㄲ {是}リ 如ㅊソㅎソㅅ <화엄09:16-17>

【관련】 ソㄕ矢ㅎ

【비고】 'ソ示ㄕ矢ㅎ'에서 'ㄕ'이 빠진 표기이거나 'ソㄕ矢ㅎ'의 잘못으로 보임.

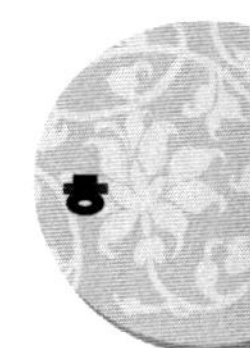

ソ示ㄕ入灬 [ᄒᆞ싫ᄃᆞ로]

【ソ/동사+示/선어말어미+ㄕ/동명사어미+入/의존명사+灬/구격조사】

하심으로. 하신 것으로.

¶ 我ㄱ 今ソㄱ 貧窶ソㅅ 衆ㄱ 苦灬 逼迫ノㄱリロㄹㅎㅣ 惟八 願ロㄕ入ㄱ 仁慈▸ソ示ㄕ入灬◂ 特ㅎ 矜念ノㄕ入ㄹ 垂リ示下八 {此}リ 王位ㄹ 捨ソㅅホ 以ㅅ {於}我ㅋ十 贍リロ八示立 <화소11:09-10>

【관련】 ソㄕ入灬, 一入ソニㄕ入灬

ソ示ㅎ [ᄒᆞ시며]

【ㆍ/동사+ㆍ/선어말어미+ㆍ/연결어미】
하시며.
¶ 何ㆍ {等}ㆍ 如來ㆍ 最ㆍ 先ㆍ 出▸ㆍ◂ … 何ㆍ {等}ㆍ 如來ㆍ 最ㆍ 後ㆍ 出▸ㆍ◂ <화소07:20-08:03>
過去ㆍ 幾ㆍ 如來 {有}ㆍ 般涅槃▸ㆍ◂ … 現在ㆍ 幾ㆍ 佛ㆍ {有}ㆍ 住▸ㆍ◂ <화소07: 16-19>
【관련】 ソニㆍ
【선후】 (15)ᄒᆞ시며

ソ示ㆍ1ㆍ七[ᄒᆞ시온ᄂᆞᆺ]

【ㆍ/동사+ㆍ/선어말어미+ㆍ/선어말어미+1/동명사어미+ㆍ/의존명사+七/속격조사; ㆍ/동사+ㆍ/선어말어미+ㆍ/선어말어미+1/중복표기+ㆍ/동명사어미+七/속격조사】
하신 바의. 하신.
¶ 我1 今ㆍ1 已ㆍ 諸1 菩薩ㆍ {爲}ㆍ 佛ㆍ 往ㆍ 修ㆍ1ㆍ七 清淨行乙 說ㆍ乙ㆍ 1ㆍ 仁ㆍ 亦ㆍ1 當ㆍ {於}{此}ㆍ 會七 中ㆍ七ㆍ 修行▸ㆍ1ㆍ七◂ 勝功德乙 演暢ㆍ <화엄08:23-24>
【관련】 示ㆍ1ㆍ七, ーニ1ㆍ七, (ソ)ㆍ七

ソ示ㆍ1丁[ᄒᆞ시온뎌]

【ㆍ/동사+ㆍ/선어말어미+ㆍ/선어말어미+1/동명사어미+丁[ᄃᆞ/의존명사+여/조사]】
하신 것이니. § '丁'에 나열의 기능을 하는 조사 '여'가 포함된 것임.
¶ 一1 法乙 演▸ㆍ1丁◂ 乃ㆍ 至ㆍ 不可說不可說七 法乙 演▸ㆍ1丁◂ノ今乙 念ㆍ <화소21:01-02>
一1 法乙 演▸ㆍ1丁◂ 乃至 不可說不可說七 法乙 演▸ㆍ1丁◂ノ今乙 持 <화소24:07>
【관련】 示ㆍ1丁, 示ㆍ1丁ノ今乙

ソ示ㆍ1丁ノ今乙[ᄒᆞ시온뎌호릴;ᄒᆞ시온뎌호리를]

【ㆍ/동사+ㆍ/선어말어미+ㆍ/선어말어미+1/동명사어미+丁[ᄃᆞ/의존명사+여/조사]#ノ[ᄒᆞ/동사+오/선어말어미]+今[ㄹ이/동명사어미+이/의존명사]+乙/대격조사】
하신 것이니 하는 것을. § '丁'에 나열의 기능을 하는 조사 '여'가 포함된 것임.
¶ 一1 法乙 演ㆍ1丁 乃ㆍ 至ㆍ 不可說不可說七 法乙 演▸ㆍ1丁ノ今乙◂ 念ㆍ <화소21:01-02>
一1 法乙 演ㆍ1丁 乃至 不可說不可說七 法乙 演▸ㆍ1丁ノ今乙◂ 持 <화소24:07>

【관련】 ㄲ亦ㄱ丁ノ今乙, (ㄴ)ㄲ亦ㄱ丁

ㄴ ㄲ 亦 ㄱ 入 ㄱ [ㅎ시온든]

【ㄴ/동사+ㄲ/선어말어미+亦/선어말어미+ㄱ/동명사어미+入/의존명사+ㄱ/보조사】

하신 것을. 하시는 것을.

¶ 若 常ㄲ 量ㄲ 無ㄲㄱ 佛乙 覩見ㄴ白ㅌㄕ入ㄱ 則 如來ㄕ 體ㄲ 常住▸ㄴㄲ亦ㄱ入ㄱ◂ 見白ㅌ矛ㄉ 若 如來ㄕ 體ㄲ 常住▸ㄴㄲ亦ㄱ入ㄱ◂ 見白ㅌㄕ入ㄱ 則 能ㄆ 法ㄋ 永ㄊ 滅ㄴㅁㄱ 不矢ㄷㄱ入乙 知ㅌ矛ㄉ <화엄11:15>

【관련】 ㄴㄲ亦ㄱ入乙, 一亦ㄱ入ㄱ

【비고】 문법적으로는 대격조사 '乙'이 예상되는 자리에 보조사 'ㄱ'이 쓰였음.

ㄴ ㄲ 亦 ㄱ 入 乙 [ㅎ시온돌]

【ㄴ/동사+ㄲ/선어말어미+亦/선어말어미+ㄱ/동명사어미+入/의존명사+乙/대격조사】

하신 것을. 하시는 것을.

¶ 一ㄱ 法乙 演▸ㄴㄲ亦ㄱ入乙◂ 說ㄉ 一ㄱ 根ㄷ 量ㄲ 無ㄱ 種ㄷ種ㄷ 性乙 說ㄉ <화소25:03-04>

【관련】 ㄲㄲ亦ㄱ入乙, ㄴㄲ亦ㄱ入ㄱ, 一ㄋㄱ入乙, 一ㄋㄱ入ㄱ,

ㄴ ㄲ 亦 ㄱ ㅿ [ㅎ시온딕]

【ㄴ/동사+ㄲ/선어말어미+亦/선어말어미+ㄱ/동명사어미+ㅿ[드/의존명사+이/처격조사]; ㄴ/동사+ㄲ/선어말어미+亦/선어말어미+ㄱ/동명사어미+ㅿ/의존명사; ㄴ/동사+ㄲ/선어말어미+亦ㄱㅿ/연결어미】

하셨는데. 하시되.

¶ {此}ㄲ 轉輪位ㄋ十 王ㄱ 處▸ㄴㄲ亦ㄱㅿ◂ 已氵 久ㄊ八ㄲㅁㄱ氵 我ㄱ 曾八亦力 得ㄕ 未ㄲㄴㄷㅁ乙亦丨 <화소11:18-19>

【관련】 一亦ㄱㅿ, ノㄱㅿ

ㄴ ㄲ 亦 ㄱ ㄋ 十 [ㅎ시온의긔]

【ㄴ/동사+ㄲ/선어말어미+亦/선어말어미+ㄱ/동명사어미(+이/의존명사)+ㄋ十/여격조사】

하신 이와. § 여기서 'ㄋ十'는 용언 '同ㄴ-'의 논항에 통합하여 비교격으로 쓰였음.

¶ 正ㄷ 出家ㄴㄊㄱ 時氵十ㄱ 當願衆生 佛ㄸ 出家▸ㄴㄲ亦ㄱㄋ十◂ 同ㄴㄋ八 一切乙 救護ㄴㅌ立 <화엄03:13>

【관련】 ノㄱㄋ十, ㄴㄱㄋ十

ㇾ 𠃍 𠃊 禾 ㄢ ㇾ ナ | [ᄒᆞ시오리져ᄒᆞ겨다]

【ㇾ/동사+𠃍/선어말어미+𠃊/선어말어미+禾[ㄹㆆ/동명사어미(+이/의존명사)+이/계사]+ㄢ/연결어미#ㇾ/용언+ナ/선어말어미+|/종결어미】

하실 수 있는 것이고 하다. 하실 수 있고 하다. § 'ㇾナ|'의 'ㇾ-'는 '-ㄢ'로 나열된 동사구를 아우르는 요소임.

¶ 佛子ㄋ {此}ㄲ 持藏ㄱ 邊ㄕ 無ㄋ 難ㄲㄋ 滿ノ禾ㄢ … {是}ㄲㄱ 佛境界ㄲㄢ 唯ハ 佛ㄙ ㄋ 能ㄆ 了▸ㇾ𠃍𠃊禾ㄢㇾナ|◂ <화소24:12-15>

【관련】 𠃊禾ㄢ, ノ禾ㄢ, ㇾナ|

【비고】 여기서의 '禾'를 선어말어미로 인정할 경우 앞의 '𠃊'는 15세기 한글 자료에서 보이는 인칭활용이나 대상활용의 용법으로 설명할 수 없음.

ㇾ 𠃍 𠃊 ㄕ [ᄒᆞ시옳]

【ㇾ/동사+𠃍/선어말어미+𠃊/선어말어미+ㄕ/동명사어미】

하실. § 모두 '所'를 수식하는 예임.

¶ {此}ㄲ 菩薩ㄱ 未來ㄷ 諸ㄱ 佛ㄙ {之} 修行▸ㇾ𠃍𠃊ㄕ◂ 所ㄹ 聞ㅁハ 有 非ㄆㄱㅅㄹ 了達ㇾㄴ <화소13:12-13>

一切 諸ㄱ佛ㄙ 護念▸ㇾ𠃍𠃊ㄕ◂ 所ㄲㄱㅅ𠆢{故}ㄲㄴ <화소26: 18>

{於}戒ㄋ 及ㄷ 學ㄋノ亽ㄋ十 常 順行ㇾㄷㄕㅅㄹ 一切 如來ㄕ 㑊美▸ㇾ𠃍𠃊ㄕ◂ 所ㄲㄷ ㄔㄴ <화엄10:13>

若 得無生深法忍 則 諸ㄱ 佛ㄆ 授記▸ㇾ𠃍𠃊ㄕ◂ 所ㄲㄕ{爲}ㅅㄹㇾㄷㄔㄴ <화엄12:14>

若 神通深密用 了ㇾㄷㄕㅅㄱ 則 諸ㄱ 佛ㄆ 憶念▸ㇾ𠃍𠃊ㄕ◂ 所 {爲}ㅅㄹㇾㄷㄔㄴ <화엄12:17>

【관련】 𠃊ㄕ, ㄋㄕ

ㇾ 𠃍 𠃊 ㄴ [ᄒᆞ시오며]

【ㇾ/동사+𠃍/선어말어미+𠃊/선어말어미+ㄴ/연결어미】

하시며. 하며. § '𠃊'는 1인칭 주어와 호응함. 주어가 1인칭임에도 주체높임의 '𠃍'가 쓰인 것이 특이함.

¶ 我ㄱ 今ㇾㄱ 盛壯▸ㇾ𠃍𠃊ㄴ◂ 富𠃊ㄱㅿㄱ 天下ㄹ {有}ㄐ𠃍𠃊ㄴ 乞者ㄲ 現前ㇾㄴㇾㅁ ㄱ <화소12:02-03>

【관련】 (有)ㄐ𠃍𠃊ㄴ

ㇾ 

☞ ㅛ白欲人ㅛ去ㄱㅣ十ㄱ

ㅛ白欲人ㅛ去ㄱㅣ十ㄱ[ᄒᆞ숩과ᄒᆞ건다긘]

【ㅛ/동사+白/선어말어미+人/연결어미#ㅛ/동사+去/선어말어미+ㄱ/동명사어미+ㅣ+[ᄃᆞ/의존명사+아긔/처격조사]+ㄱ/보조사; ㅛ/동사+白/선어말어미+人/연결어미#ㅛ/동사+去/선어말어미+ㄱ/동명사어미+ㅣ/의존명사+十/처격조사+ㄱ/보조사】

하고자 하는 경우에는. 하고자 할 때에는.

¶ 若七 一切 佛乙 供養▸ㅛ白{欲}人ㅛ去ㄱㅣ十ㄱ◂ {于}三昧氵十 入ㅛ氵尓 神變乙 起ノ尸厶 <화엄15:16>

【관련】 ㅡ去ㄱㅣ十ㄱ, ㅛㄱㅣ十ㄱ

ㅛ白去ㄱ[ᄒᆞ숩건]

【ㅛ/동사+白/선어말어미+去/선어말어미+ㄱ/동명사어미】

하는. 할.

¶ 諦刂 佛乙 觀▸ㅛ白去ㄱ◂ 時十ㄱ 當 願 衆生 皆七 普賢 如支ㅛ氵 端正 嚴好ㅛ㐅立 <화엄08:05>

【관련】 白去ㄱ, ㅛ白去ㄱㅣ十ㄱ

【비고】 이 용례의 ‘ㅛ白去ㄱ 時十ㄱ’은 원문에 ‘時’가 없는 문맥에서는 ‘ㅛ白去ㄱㅣ十ㄱ’으로 현토되어 있음.

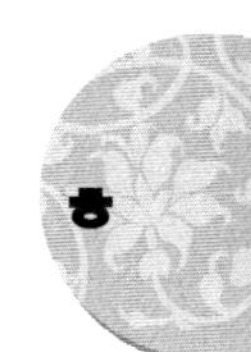

ㅛ白去ㄱㅣ十ㄱ[ᄒᆞ숩건다긘]

【ㅛ/동사+白/선어말어미+去/선어말어미+ㄱ/동명사어미+ㅣ+[ᄃᆞ/의존명사+아긔/처격조사]+ㄱ/보조사; ㅛ/동사+白/선어말어미+去/선어말어미+ㄱ/동명사어미+ㅣ/의존명사+十/처격조사+ㄱ/보조사】

하는 경우에는. 할 때에는.

¶ 敬ノ今七 心灬 塔乙 觀▸ㅛ白去ㄱㅣ十ㄱ◂ 當 願 衆生 諸ㄱ 天氵 及七 人氵ノ今ㅋ 共七 瞻仰ノ尸 所㐅立 {於}塔乙 頂禮▸ㅛ白去ㄱㅣ十ㄱ◂ 當 願 衆生 一切 天人刂 能矢 頂乙 見氵今 無㐅立 <화엄08:07-08>

佛功德乙 讚▸ㅛ白去ㄱㅣ十ㄱ◂ 當 願 衆生 衆ㄱ 德乙 悉氵 具ᄒ氵尓 偁歎ㅛ乃 盡尸 無㐅立 佛矢 相好乙 讚▸ㅛ白去ㄱㅣ十ㄱ◂ 當 願 衆生 佛身乙 成就ㅛ氵尓 無相七 法乙 證ㅛ㐅立 <화엄08:11-12>

【관련】 ㅛ白去ㄱ, (ㅛ)去ㄱㅣ十ㄱ, ㅛㄱㅣ十ㄱ, 氵ㄱㅣ十ㄱ

ㅛ白ナ尸入ㄱ[ᄒᆞ숩겳ᄃᆞᆫ]

【ヽ/동사+白/선어말어미+ナ/선어말어미+ア/동명사어미+入/의존명사+1/보조사】

하는 경우에는. 하면.

¶ 此 陁羅尼呪乙 誦持▸ヽ白ナア入1◂ 得3ホ 一切 怖畏刂1 一切 惡獸亠 一切 惡鬼亠 人非人 等ヽ1刂亠 災橫亠 諸惱亠ノア乙 度脫ヽ3 五障乙 解脫ヽ3 初地乙 念ノア入乙 忘ア 不冬ヽ3ヽナ方七丨 <금광09:08-10>

【관련】 ヽ白ロナア入1, (ヽ)ナア入1

【비고】 'ア入1'을 연결어미로 보는 견해도 있음.

ヽ白ロ[ᄒᆞ숣고]

【ヽ/동사+白/선어말어미+ロ/연결어미】

하고.

¶ 爾七ヽ1 時十 大王1 復ヽ1 起ヽ3 作禮▸ヽ白ロ◂ 佛十 白3 言ニア <구인03:22>

師子相無礙光焰菩薩1 … 合掌恭敬ヽ3ホ 頂… 佛足乙 禮▸ヽ白ロ◂ 即ノ 偈頌乙 {以}氵 而… 佛乙 讚歎ヽ白ニア <금광13:01-03>

是 時十 大自在梵王1 … 合掌恭敬ヽ白3ホ 頂… 佛足乙 頂禮▸ヽ白ロ◂ 而… 白佛言 <금광13:18-20>

【관련】 ヽロ

【선후】 (이두)爲白遣, (15)ᄒᆞ숣고

ヽ白ロナ1[ᄒᆞ숣고견]

【ヽ/동사+白/선어말어미+ロ/선어말어미+ナ/선어말어미+1/동명사어미】

하면. 한다면. § 여기서 '1'은 절 접속의 기능임.

¶ 善男子3 若 得3ホ 是 金光明經乙 聽聞▸ヽ白ロナ1◂ 一切 菩薩1 阿耨多羅三藐三菩提3十1 退 不冬ヽ七方七丨 <금광13:23-24>

【관련】 (ヽ)ロナ1, 令白ロナ1矢亠

【비고】 'ロ1'을 연결어미로 보아 'ロナ1'을 불연속형태의 구성으로 보는 견해도 있음.

ヽ白ロナア入1[ᄒᆞ숣고겷든]

【ヽ/동사+白/선어말어미+ロ/선어말어미+ナ/선어말어미+ア/동명사어미+入/의존명사+1/보조사】

하는 경우에는. 하면.

¶ 此 陁羅尼呪乙 誦持▸ヽ白ロナア入1◂ 得3ホ 一切 怖畏刂1 一切 惡獸亠 一切 惡鬼亠 人非人 等ヽ1 怨賊亠 災橫亠 諸 惱亠ノア乙 度脫ヽ3 <금광09:16-18>

陁羅尼呪乙 誦持▸ヽ白ロナア入1◂ 得3ホ 一切 怖畏刂1 一切 惡獸 虎狼師子 一切 惡鬼 人非人 等ヽ1 怨賊亠 毒害亠 災橫亠ノア乙 度ヽ3 <금광12:23-25>

【관련】 ㅣ白ナㄕㅅㄱ, (ㅣ)ナㄕㅅㄱ

【비고】 'ㄕㅅㄱ'을 연결어미로 보는 견해도 있음.

ㅣ白ㅁㅏㄅㄱㆍ[ᄒᆞ습고누온여]

【ㅣ/동사+白/선어말어미+ㅁ/선어말어미+ㅏ/선어말어미+ㄅ/선어말어미+ㄱ/동명사어미+ㆍ/조사】

합니다. 하는 것입니다. § 선어말어미 'ㅁ'는 상대높임의 용법임.

¶ 如來ㅌ 三業ㄱ 德ㄲ 無極ㅣㅁハニㄱ 我ㄲㄕ 今ハ 月光ㄱ 三寶ㄹ 禮▸ㅣ白ㅁㅏㄅㄱㆍ◂ <구인11:08>

【관련】 ㅣ白ㅁㅏㄅㅣ(ㅣㅌハニㅣ), 白ㄋㅁㄅㄱㆍ(ㅣㄱ乃)

ㅣ白ㅁㅏㄅㅣㅣㅌハニㅣ[ᄒᆞ습고누오다ᄒᆞ늑시다;ᄒᆞ습고누오다ᄒᆞᄂᆞ기시다]

【ㅣ/동사+白/선어말어미+ㅁ/선어말어미+ㅏ/선어말어미+ㄅ/선어말어미+ㅣ/종결어미#ㅣ/동사+ㅌ/선어말어미+ハ/선어말어미?+ニ/선어말어미+ㅣ/종결어미】

"… 합니다" 하시었다. § 선어말어미 'ㅁ'는 상대높임의 용법임.

¶ 天尊ㄱ 快ㄅ 十四王ラㄋㄹ 說ㅁハニㄱ {是}ㄲ 故ㅡ 我ㄱ 今ㅣㄱ 略ㄅ 佛ㄹ 歎▸ㅣ白ㅁㅏㄅㅣㅣㅌハニㅣ◂ <구인11:13>

【관련】 ㅣ白ㅁㅏㄅㄱㆍ, ㅡㅌハニㅣ

ㅣ白ㅁㅌ乙ㄅ[ᄒᆞ습고늘며]

【ㅣ/동사+白/선어말어미+ㅁ/선어말어미+ㅌ/선어말어미+乙/선어말어미?+ㄅ/연결어미】

하며.

¶ 人中ㄋㅌ 師子ㄱ 衆ラ {爲}ㄋㅊ 說ㅁハニㄱ 大衆ㄱ 歡喜ㅣㄋ 金花ㄹ 散▸ㅣ白ㅁㅌ乙ㄅ◂ 百億萬土ㄱ 六大動ㅣㅁㅌ乙ㄅ 生ㄹ 含ㅣㄱㅌㅌ{之} 生ㄱ 妙報ㄹ 受ㅁㅌㄱㆍ <구인11:12>

【관련】 ㅣㅁㅌ乙ㄅ, ㅌㄕㄅ, ㅣㅁㅌ才ㄅ, ㅣㅁㅌㄅ

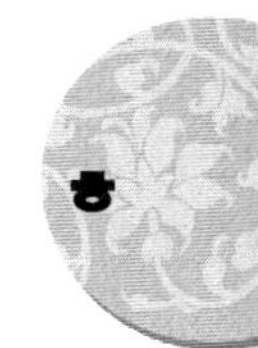

ㅣ白ㅁノㅊㅌㅣ[ᄒᆞ습고숣다]

【ㅣ/동사+白/선어말어미+ㅁ/선어말어미+ノ/선어말어미+ㅊㅌ/선어말어미+ㅣ/종결어미】

합니다. 하겠습니다. § 선어말어미 'ㅁ'는 상대높임의 용법임.

¶ 敬禮▸ㅣ白ㅁノㅊㅌㅣ◂ 譬喩ㅣㄋノㄕㅅ 無ニ下 深無相義ㄹ 說ニㅁㅏㄱ乙ㅗ <금광13:04>

【관련】 ㅡ白ㄅㅊㅌㅣ, ㅣㅁ乙ㅊㅊㅌㅣ, ㅣㅁㅁㅌノㅊㅌㅣ, ㅣ(令)ㄲㅁㅁㅌノㅊㅌㅣ

【선후】 (15)뵈숣다

蘇武ㅣ 닐오ᄃᆡ 내 分이 주건 디 오란 사ᄅᆞ미로ᄃᆡ 모로매 降히요려 커든 내 알ᄑᆡ셔 주거 ▸뵈ᅀᆞᆸ다◂ ᄒᆞ야ᄂᆞᆯ 李陵이 가니 後에 匈奴ㅣ 어즈럽거늘 도라오니라 <三綱忠6>

ソ白ヒ矛ㅅ[ᄒᆞ숩ᄂᆞ리며]

【ソ/동사+白/선어말어미+ヒ/선어말어미+矛[ㄹㆆ/동명사어미(+이/의존명사)+이/계사]+ㅅ/연결어미】

할 것이며. § <화엄경>에서 조건절 '-ヒ尸入ㄱ'의 후행절에 주로 쓰임.

¶ 若 能 摩訶衍乙 具足ソヒ尸入ㄱ 則 能 法ㅋ十 {如}亠 佛乙 供養▸ソ白ヒ矛ㅅ◂ <화엄 11:11>

若 能 佛乙 念ソ白ㅎ尸ㅿ 心ㅎ 動尸 不ソヒ尸入ㄱ 則 常リ 量 無ㅎㄱ 佛乙 覩見▸ソ白ヒ矛ㅅ◂ <화엄11:13>

【관련】 (ソ)ヒ矛ㅅ, ソ白ヒㅅ, ソロヒ矛ㅅ, ヒ尸ㅅ

ソ白ヒ尸入ㄱ[ᄒᆞ숩ᄂᆞᇙ든]

【ソ/동사+白/선어말어미+ヒ/선어말어미+尸/동명사어미+入/의존명사+ㄱ/보조사】

하는 경우에는. 하면. § 조건구문에 쓰이며 후행절에는 '-ヒ矛-'가 옴.

¶ 若ㅌ 常リ {於}諸ㄱ 佛乙 信奉▸ソ白ヒ尸入ㄱ◂ 則攴 能攴 戒乙 持ソㅎ 學處乙 受ㅎソヒ矛ㅅ <화엄10:10>

若ㅌ 常リ {於}諸ㄱ 佛乙 信奉▸ソ白ヒ尸入ㄱ◂ 則攴 能攴 大供養乙 興集ソヒ矛ㅅ<화엄10:14>

若 能 法ㅋ十 {如}亠 佛乙 供養▸ソ白ヒ尸入ㄱ◂ 則 能攴 佛乙 念ソ白ㅎ尸ㅿ 心ㅎ 動尸 不ソヒ矛ㅅ <화엄11:12>

若 常リ 量リ 無ㅎㄱ 佛乙 覩見▸ソ白ヒ尸入ㄱ◂ 則 如來尸 體リ 常住ソㅎㅎㄱ入ㄱ 見白ヒ矛ㅅ <화엄11:14>

【관련】 (ソ)ヒ尸入ㄱ

【비고】 '-ヒ尸入ㄱ'은 <화엄경>에만 나타남. '尸入ㄱ'을 연결어미로 보는 견해도 있음.

ソ白ヒㅅ[ᄒᆞ숩ᄂᆞ며]

【ソ/동사+白/선어말어미+ヒ/선어말어미+ㅅ/연결어미】

하며.

¶ 勝妙華ㆍ 塗香ㆍ 末香ㆍ 無價寶ㆍ 是 如攴ソㄱ乙 皆ㅌ 手ㅌ 中乙 從ㅌ 出リㅋホ 道樹ㅋㅌ 諸ㄱ 最勝リㅎㄱ乙 供養▸ソ白ヒㅅ◂ <화엄15:18-19>

諸ㄱ 妙物リ 無上尊ㅋ十 奉獻ソ白ㅎㅎ{應可}ㅌソㄱ乙 掌ㅌ 中ㅋ十 悉ㅋ 雨リㅎㄱㅿ 備ㅎ尸 不ソ尸丁ノ尸 無リソナㅋ 菩提樹ㅌ 前ㅋ十 持リㅋホ 佛乙 供▸ソ白ヒㅅ◂ <화엄15:22-23>

【관련】 (ソ)白ヒオ㢱, ソロヒ㢱

ソ白㢱[ᄒᆞ숣며]

【ソ/동사+白/선어말어미+㢱/연결어미】

하며.

¶ 常リ 諸1 衆生乙 利樂ソ㢱 國土乙 莊嚴ソ㢱 佛乙 供養▸ソ白㢱◂ 正法乙 受持ソ3ホ 諸1 智乙 修㢱 <화엄09:14-15>

不可思議セ 利乙 嚴淨ソ㢱 一切 諸1 如來乙 供養▸ソ白㢱◂ 大光明乙 放ノ1ム 邊尸 無リソ㢱{有} <화엄15:03-04>

我チ 等ソ11 皆 當ハ 盡ヒセ 心… 供養▸ソ白㢱◂ 諸 聽衆乙罒力 安隱快樂ソ{令}リロロセノオ㢱 <금광15:07>

【관련】 ソ㢱, ソ白ヒ㢱, ソ白ヒオ㢱

【선후】 (15)ᄒᆞᅀᆞᄫᆞ며

ソ白ニ尸[ᄒᆞ숣싫]

【ソ/동사+白/선어말어미+ニ/선어말어미+尸/동명사어미】

하시기를. § '讚歎ソ白ニ尸'은 뒤에 이어지는 게송 전체를 이끄는 인용동사의 역할을 함.

¶ 卽ノ 偈頌乙 {以}氵 而… 佛乙 讚歎▸ソ白ニ尸◂ 敬禮ソ白ロノォセ| 譬喩ソ3ノ尸入 無ニ下 深無相義乙 說ニロト1乙亠 … 三乘乙 說ニロ1リ3セ|ソヒハニ| <금광13:02-17>

【관련】 白ニ尸, ソニ尸

ソ白3[ᄒᆞ숣아]

【ソ/동사+白/선어말어미+3/연결어미】

하여.

¶ 不退地3十 生ソニ 師子勝人乙 而… 得3ホ 親近▸ソ白3◂ 相ノ 遠離 不冬ソヒオ㢱 <금광14:06-07>

是 時十 大自在梵王1 {於}大會セ 中3十ソナハニ1亠 座乙 從セ 而… 起ニ下 偏3 右肩乙 袒㢱 右膝乙 地3十 著ソ3 合掌恭敬▸ソ白3◂ホ 頂… 佛足乙 頂禮ソ白ロ <금광13:18-19>

是 時十 大會セ{之} 衆1 座乙 從セ 而… 起ニ下 偏袒右肩 右膝着地 合掌恭敬▸ソ白3◂ホ 頂… 佛足乙 禮白ロ <금광15:03 -04>

【관련】 ソ白3ホ, 一白3

【선후】 (15)ᄒᆞᅀᆞ바

ㅅ 白 ㅣ 尔 [ᄒᆞ숩아곰]

【ㅅ/동사+白/선어말어미+ㅣ/연결어미+尔/첨사】

하여서.

¶ 是 時+ 大自在梵王ㄱ {於}大會セ 中ㅣ+ㅅナハニㄱㅗ 座乙 從セ 而ᅮ 起ニ下 偏ㅣ 右肩乙 袒ㆍ 右膝乙 地ㅣ+ 著ㅅㅣ 合掌恭敬▸ㅅ白ㅣ尔◂ 頂ᅮ 佛足乙 頂禮ㅅ白ㅁ <금광13:18-19>

是 時+ 大會セ{之} 衆ㄱ 座乙 從セ 而ᅮ 起ニ下 偏袒右肩 右膝着地 合掌恭敬▸ㅅ白ㅣ尔◂ 頂ᅮ 佛足乙 禮白ㅁ <금광15:03 -04>

【관련】 ㅅ白ㅣ, (事)ハ白ㅣ尔, (事)ハ白ㅣハ

ㅅ 白 ㅣ ㄱ 丁 ノ 矛 罒 [ᄒᆞ숩안뎌호리라]

【ㅅ/동사+白/선어말어미+ㅣ/선어말어미+ㄱ/동명사어미+丁[ᄃᆞ/의존명사+여/조사]#ノ[ᄒᆞ/동사+오/선어말어미]+矛[ᇙ/동명사어미(+이/의존명사)+이/계사]+罒/연결어미】

한 것이라고 할 것이라서. 하였다고 할 것이라서.

¶ 彼刂 正法行乙 修習ㅅ今セ 時ㅗ+ 卽ㆆ 是ㄱ 法尒ᅮハ 大師乙 供養▸ㅅ白ㅣㄱ丁ノ矛罒◂ 是 故ᅮ 此乙 說ㅣ 名下 饒益他ㅗノ矛ㆍ <유가06:05-07>

【관련】 ㅅㅣㄱ丁ノ矛罒, 今刂白ㅣㄱ丁ノ矛ナㄱ刂丨, ㅅㅣㄱ丁ノ矛丨, ノ矛罒

【비고】 '罒'는 연결어미 'ㅣ'의 이형태로 계사 '刂' 뒤에 쓰임

ㅅ 白 ㄅ ㄱ ㅿ [ᄒᆞ숩온ᄃᆡ]

【ㅅ/용언+白/선어말어미+ㄅ/선어말어미+ㄱ/동명사어미+ㅿ[ᄃᆞ/의존명사+ᄋᆡ/처격조사];ㅅ/용언+白/선어말어미+ㄅ/선어말어미+ㄱ/동명사어미+ㅿ/의존명사;ㅅ/용언+白/선어말어미+ㄅㄱㅿ/연결어미】

① 하시되. 하셨는데. § '白'은 주체높임의 용법임.

¶ 他方セ 大衆ㆍ 及ハ 以尔 化衆ㆍ {此}刂 三界セ 中ㅣセ 衆ㆍノ尸 十二大衆ㄱ 皆セ 來ㅅㅣ尔 集會ㅅㅣ 九劫蓮花座ㅣ+ 坐▸ㅅ白ㄅㄱㅿ◂ 其 會セ 方廣ㄱ 九百五十里刂ㄱ乙 大衆刂 僉然ㆆ 而ᅮ 坐ㅅㅌハニ丨 <구인02:07-09>

復ㅅㄱ {於}頂上ㅣ+ㅅㅣ 千寶蓮花乙 出▸ㅅ白ㄅㄱㅿ◂ 其 花ㄱ 上ㅅㄱ 非想非非想天ㅣ+ 至ㅎ 光ㄲ 亦ㅅㄱ 復ㄅ 爾セㅎㅅニㆍ <구인02:13>

方セ 蓮花師子座 上ㅣ+ 坐▸ㅅ白ㄅㄱㅿ◂ 金剛山王 {如}丨ㅅㅁハニㄱ <구인03:13-14>

② 계시되. 계신데. § 이 용례에서 'ㅅ白ㄅㄱㅿ'의 'ㅅ-'는 '있다'의 의미로 해석됨. '白'은 주체높임의 기능을 함.

¶ 花上ㅣ+ 皆セ 量 無セㄱ 國土刂 有セㄅㄱㅿ 一一國土ㅣ+ケ丨 佛ㆍ 及ハ 大衆ㆍノ矛刂▸ㅅ白ㄅㄱㅿ◂ 今乙 如ㄷ 異ㅅㄱ 無セニㆍ <구인02:05-06>

【관련】 ノㄱㅿ, ㅅ両ㅎㄱㅿ, ㅎㄱㅿ

ㅅ白ㄋㄱ乙[ㅎ숩온을]

【ㅅ/동사+白/선어말어미+ㄋ/선어말어미+ㄱ/동명사어미+乙/대격조사】

하신 것을. §'白'은 주체높임의 용법임.

¶ 大王下 {是}ㅣ 故灬 佛佛ㅣ {於}世十 出現ㅅ二下 衆生乙 爲入ㅅ二尸入灬 故ノ 說ㄋ尔 三界ㅣ 六道ㅣノ令セ 名字乙 作▸ㅅ白ㄋㄱ乙◂ 是乙 名ㄋ 無量名字ㅣノオㄱㅣ <구인14:04-06>

【관련】 ㅅ二ㄱ乙, ㅣ両ㄱ乙

ㅅ白ㄋ尸[ㅎ숩옳]

【ㅅ/동사+白/선어말어미+ㄋ/선어말어미+尸/동명사어미】

하심. § 여기서 '-尸'은 부정소 '無' 앞에 쓰인 예임. 여기서 '白'은 주체높임의 용법임.

¶ 幻諦セ 法ㄱ 佛ㅣ 出世▸ㅅ白ㄋ尸◂ 無セ二ㄱ七セ 前ㄋ十 名字 無セㅎ 義セ 名 無セㅎ ㅅ㢱 <구인14:02-14:03>

【관련】 白ノ尸, ㄋ尸

ㅅ白ㄋ尸ㅿ[ㅎ숩옳ᄃᆡ]

【ㅅ/동사+白/선어말어미+ㄋ/선어말어미+尸/동명사어미+ㅿ[ᄃᆞ/의존명사+ᄋᆡ/처격조사]; ㅅ/동사+白/선어말어미+ㄋ/선어말어미+尸/동명사어미+ㅿ/의존명사; ㅅ/동사+白/선어말어미+ㄋ尸ㅿ/연결어미】

하시되. 하시는 데 있어. 하심에 있어. § 여기서 '白'은 주체높임의 용법임.

¶ 法王ㄱ 上 無セㄋ 人 中ㄋセ 樹ㅣ二下 大衆乙 覆蓋▸ㅅ白ㄋ尸ㅿ◂ 量 無セㄱ 光灬ㅅ二㢱 <구인11:09>

口ㄋ十 常ㅣ 說法▸ㅅ白ㄋ尸ㅿ◂ 無義ㅅㄱ入乙ㅅ尸 非冬ㅅ二㢱 <구인11:10>

【관련】 ㅅ白ノ尸ㅿ, ㅅ白ㅎ尸ㅿ, 白ノ尸ㅿ, ㅅ白ㄋ尸

ㅅ白ノ尸入乙[ㅎ숩옳ᄃᆞᆯ]

【ㅅ/동사+白/선어말어미+ノ/선어말어미+尸/동명사어미+入/의존명사+乙/대격조사】

하심을. 하시는 것을. § 여기서 '白'은 주체높임의 용법임.

¶ 謂ㄱ 卽ㅎ 彼 補特迦羅ㅣ 佛ㅣ 出世▸ㅅ白ノ尸入乙◂ 値白㢱 <유가03:01>

【관련】 白ノ尸ㅿ, ㅅ白ㄋ尸ㅿ, ㅅ白ㅎ尸ㅿ

ソ 白 ノ 尸 厶 [ᄒᆞᆸ옳ᄃᆡ]

【ソ/용언+白/선어말어미+ノ/선어말어미+尸/동명사어미+厶[ᄃᆞ/의존명사+ᄋᆡ/처격조사]; ソ/용언+白/선어말어미+ノ/선어말어미+尸/동명사어미+厶/의존명사; ソ/용언+白/선어말어미+ノ尸厶/연결어미】

① **하되. 하는 데 있어. 함에 있어.** § 'ソ-'는 '-ㅎ'로 나열된 동사구를 아우르는 요소임.

¶ 一者 一切 諸佛亠 菩薩亠 聰慧大智リ⼆ㄱリ亠ノ尸乙 供養ソㅎ 親近ソㅎ ▸ソ白ノ尸厶◂ 心ㆍ十 猒足ノ尸 無ㄱ <금광03:24- 25>

② **하시되. 하심에 있어.** § 여기서 '白'은 주체높임의 용법임.

¶ 世尊ラ 無邊身ㄱ 一言字ケ刀 說尸 不冬ソ⼆ロ尸亠 一切 弟子衆ラ十 法雨乙 飽滿令リ七ㅓソ尸入灬 故ノソ⼆ロ尸ㄱ 衆生ラ 相乙 思惟▸ソ白ノ尸厶◂ 一切 種 皆七 無ソㄱリㆍ七丨ソ⼆ロ尸亠 困苦ソトㄱ 諸 衆生ラ十 世尊リ⼆ㆍ 普リ 救濟ソ⼆ロ尸ㄱ <금광13:10-13>

【관련】 白ノ尸厶, ソ白ㆍ尸厶, ソ白ㅎ尸厶

ソ 白 ㅎ [ᄒᆞᆸ오]

【ソ/형용사+白/선어말어미+ㅎ/연결어미?】

('如' 뒤에서) 같아.

¶ (譬 寶須彌)山王 (如)▸ソ白ㅎ◂ 是乙 名下 檀波羅蜜因亠ノ矛ㄱ <금광02:01>

【관련】 (非)矢去ㆍ, (見)トㆍ

【비고】 'ソ白ㅎ'는 다른 자토와 달리 細筆로 작게 적혀 있음.

ソ 白 ㅎ 令 七 [ᄒᆞᆸ오릿]

【ソ/동사+白/선어말어미+ㅎ/선어말어미+令[ㄹㆆ/동명사어미+이/의존명사]+七/속격조사】

하는.

¶ 十方ㆍ十 有ㄱ 所七 諸ㄱ 讚頌リ 如來尸 實功德乙 偁歎▸ソ白ㅎ令七◂ 是 如支ソㄱ 種種七 妙言辭乙 皆七 掌內乙 從七 而灬 開演ソロ乇ㄱ <화엄16:02-03>

或ソㄱ 如來乙 供養▸ソ白ㅎ令七◂ 門乙 以ㆍソ尸刀ソㄱ 或ソㄱ 難思七 布施門乙 以ㆍソ尸刀ソㄱ <화엄17:06>

【관련】 ㆍㅎ令七, ソ令七, ノ令七, ソ去令七, ソ⼆令七

ソ 白 ㅎ 尸 厶 [ᄒᆞᆸ옳ᄃᆡ]

【ソ/동사+白/선어말어미+ㅎ/선어말어미+尸/동명사어미+厶[ᄃᆞ/의존명사+ᄋᆡ/처격조사]; ソ/동사+白/선어말어미+ㅎ/선어말어미+尸/동명사어미+厶/의존명사; ソ/동사+白/선어말어미+ㅎ尸厶/연결어미】

하되. 하는 데에 있어. 함에 있어.

¶ 若 能 法氵十 {如}㠯 佛乙 供養ㅅ白ㅌ尸入ㄱ 則 能攴 佛乙 念▸ㅅ白ㅎ尸ム◂ 心ㅊ 動尸 不ㅅㅌ矛ㄱ <화엄11:12>

若 能 佛乙 念▸ㅅ白ㅎ尸ム◂ 心ㅊ 動尸 不ㅅㅌ尸入ㄱ 則 常刂 量 無ㄲㄱ 佛乙 覩見ㅅ白ㅌ矛ㄱ <화엄11:13>

【관련】 ㅅ白氵尸ム, ㅅ白ノ尸ム

ㅅ白ㅎㅊ

☞ ㅅ白ㅎㅊ應可ㅌㅅㄱ乙

ㅅ白ㅎㅊ應可ㅌㅅㄱ乙[ᄒᆞ숩옶ᄒᆞᆫ을]

【ㅅ/동사+白/선어말어미+ㅎ/선어말어미+ㅊㅌ/어미+ㅅ/형용사+ㄱ/동명사어미+乙/대격조사】

할 만한 것을. 할 수 있는 것을.

¶ 十方氵十 有ㄱ 所ㅌ 諸ㄱ 妙物刂 無上尊ㅋ十 奉獻▸ㅅ白ㅎㅊ{應可}ㅌㅅㄱ乙◂ 掌ㅌ 中氵十 悉氵 雨刂ㅎㄱム 備ㅎ尸 不ㅅ尸丁ノ尸 無刂ㅅナ氵 菩提樹ㅌ 前氵十 持刂氵ㅊ 佛乙 供ㅅ白ㅌㄱ <화엄15:22-23>

【관련】 ㅅ刂ノㅊ可ㅌㅅㄱ乙, -ㅊ應ㅌㅅ-, -ㅊ可ㅌㅅ-, -ㅊ應ㅌ-, -ㅊ可ㅌ-

ㅅㅌ彳[ᄒᆞᆺ뎌]

【ㅅ/동사+ㅌ彳/연결어미】

하고자.

¶ 深心ㅌ 信解刂 常刂 清淨ㅅㄱ 一切佛乙 恭敬尊重ㅅㄲ矢ㄱ {於}法ㅅ 及ㅌ 僧ㅅノ令ㅋ十 亦ㄲ {是}刂 如攴ㅅㄱㅅ氵 至誠乙ㅡ 供養▸ㅅㅌ彳◂ 而ㅡ 發心ㅅナㄱ刂ㄱ <화엄09:16-17>

我ㅋ{之} 身命ㄱ 必ハ 冀刂ㄱ入ㄱ 存活▸ㅅㅌ彳◂ㅅ去ㅁ乙ㅎ丨 <화소10:20>

{於}相乙 取尸 不ㅅㄱ 別ㅎ 樂ㅎ 諸ㄱ 佛ㅅ 國土氵十 往生▸ㅅㅌ彳◂ㅅ尸 不ㅅㄱ <화소13:13-14>

若ㅌ 有ナ丨 菩薩刂 初ㅌㅊ 發心ㅅ氵 誓刂ㄱ 求ㅅ氵ㅊ 當ハ 佛菩提乙 證▸ㅅㅌ彳◂ㅅナ矛ㅅ <화엄09:04>

今日氵十 如來刂 大光明乙 放ㅅ二卜ㅋㄱ入ㄱ 斯ㅌㅅ巴ハ 何ㅌㅅㄱ 事乙 作▸ㅅㅌ彳◂ㅅ二卜ㄱ刂氵ㅌㅁㅅㅌハ二ㄱ <구인02:23-24>

五者 一切 (功德 願)(ㅊ?) 滿足▸ㅅㅌ彳▸ㅅ尸入ㅡ 故ノㅅ尸矢ナㄱ刂丨 <금광03:03-04>

【관련】 ㅅ刂ㅌ彳, ㅌ彳

【비고】 'ㅌ 亻'는 '의도'를 나타내는 어미로, 한문 원문에 '爲, 欲, 爲欲' 등이 없을 때 나타남.

ソ ㅌ 亻 ソ 去 ロ 乙 ㅎ ㅣ [ᄒᆞ뎌ᄒᆞ거곤오다]

【ソ/동사+ ㅌ 亻/연결어미# ソ/용언+ 去/선어말어미+ ロ 乙/선어말어미?+ ㅎ/선어말어미+ ㅣ/종결어미】

하고자 합니다. § 여기서 'ㅎ'는 1인칭 주어와 호응함.

¶ 若ㅌ 王ㅋ 身ㅌ 手足ㆍ 血肉ㆍ 頭目ㆍ 骨髓ㆍノ令乙 得ㄱロ乙ㅎ尸入ㄱ 我ㅋ {之} 身命ㄱ 必八 冀刂ㄱ入ㄱ 存活▸ソ ㅌ 亻 ソ 去 ロ 乙 ㅎ ㅣ◂ <화소10:19-20>

【관련】 ㅌ 亻 ソ 去 ロ 乙 ㅎ ㅣ(ソ 去 ㄱ ㅣ 十), ソ 去 ロ 乙 ㅎ ㅣ, ロ 乙 ㅎ ㅣ, ロ 乙 ㅎ ㅎ ㅌ ㅣ, ロ 乙 ㅎ 禾 四, ニ ロ 尸 ㅅ, ソ ㅌ ロ 乙 ㅎ ㅣ, ソ ニ ロ 乙 ㅎ ㅌ ㅣ

【비고】 'ㅌ 亻'는 '의도'를 나타내는 어미로, 한문 원문에 '爲, 欲, 爲欲' 등이 없을 때 나타남.

ソ ㅌ 亻 ソ ナ 矛 ㆍ [ᄒᆞ뎌ᄒᆞ겨리여]

【ソ/동사+ ㅌ 亻/연결어미# ソ/용언+ ナ/선어말어미+ 矛 [ㄹㆆ/동명사어미+이/의존명사]+ ㆍ/조사; ソ/동사+ ㅌ 亻/연결어미# ソ/용언+ ナ/선어말어미+ 矛 ㆍ [ㄹㆆ/동명사어미(+이/의존명사)+이여/조사]】

하고자 하는 이가. 하고자 하는 것이. § 'ㆍ'는 '有ナㅣ'의 후치된 주어절에 붙은 요소임.

¶ 若ㅌ 有ナㅣ 菩薩刂 初ㅌ ㅎ 發心ソ ㄱ 誓刂ㅅ 求ソ ㄱ 亦 當八 佛菩提乙 證▸ソ ㅌ 亻 ソ ナ 矛 ㆍ◂ <화엄09:04>

【관련】 ソ ナ 矛 ㆍ, ソ ナ 矛 ニ

【비고】 'ㅌ 亻'는 '의도'를 나타내는 어미로, 한문 원문에 '爲, 欲, 爲欲' 등이 없을 때 나타남.

ソ ㅌ 亻 ソ 尸 [ᄒᆞ뎌ᄒᆞᆯ]

【ソ/동사+ ㅌ 亻/연결어미# ソ/용언+ 尸/동명사어미】

하고자 하지. § '尸'는 부정소 '不' 앞에 쓰인 것임.

¶ {於}相乙 取尸 不ソㅅ 別ㅎ 樂ㅎ 諸ㄱ 佛𢀳 國土ㄱ十 往生▸ソ ㅌ 亻 ソ 尸◂ 不ソㅅ <화소13:13-14>

【관련】 ㅌ 亻 ノ 尸, ソ ㅌ 亻, ソ 尸, ㅡ ㅌ 亻 ソ 尸 入 灬

【비고】 'ㅌ 亻'는 '의도'를 나타내는 어미로, 한문 원문에 '爲, 欲, 爲欲' 등이 없을 때 나타남.

ㅅ七亻ㅅ尸入灬[ᄒᆞ뎌ᄒᆞᆯᄃᆞ로]

【ㅅ/동사+七亻/연결어미#ㅅ/용언+尸/동명사어미+入/의존명사+灬/구격조사】

하고자 하는 까닭으로. 하고자 하기 때문에.

¶ 五者 一切 (功德 願)(ホ?) 滿足▸ㅅ七亻ㅅ尸入灬◂ 故ノㅅ尸矢ナ1リ丨 <금광03:03-04>

【관련】 ㅅリ七亻ㅅ尸入灬, ㅅ七亻, ㅅ尸入灬

【비고】 '七亻'는 '의도'를 나타내는 어미로, 한문 원문에 '爲, 欲, 爲欲' 등이 없을 때 나타남.

ㅅ七亻ㅅ二卜1リ3七口ㅅ𠃍八二ㅅ[ᄒᆞ뎌ᄒᆞ시눈이앗고ᄒᆞᄂᆞ시며;ᄒᆞ뎌ᄒᆞ시눈이앗고ᄒᆞᄂᆞ기시며]

【ㅅ/동사+七亻/연결어미#ㅅ/용언+二/선어말어미+卜/선어말어미+1/동명사어미+リ/계사+3七/선어말어미+口/종결어미#ㅅ/용언+𠃍/선어말어미+八/선어말어미?+二/선어말어미+ㅅ/연결어미】

하고자 하시는 것입니까 하시며.

¶ 今日3十 如來リ 大光明乙 放ㅅ二卜ㄱ1の1 斯も ㅅ巴八 何七ㅅ1 事乙 作▸ㅅ七亻ㅅ二卜1リ3七口ㅅ𠃍八二ㅅ◂ <구인02:23-24>

【관련】 ㅅ七亻, ㅅ1リ3七口, ㅅ𠃍八二ㅅ

【비고】 '七亻'는 '의도'를 나타내는 어미로, 한문 원문에 '爲, 欲, 爲欲' 등이 없을 때 나타남.

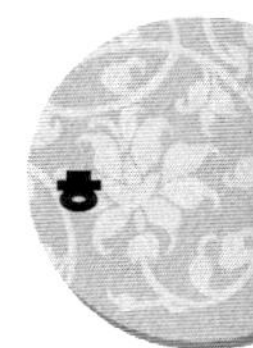

ㅅ3[ᄒᆞ아]

【ㅅ/용언+3/연결어미】

① 하여.

¶ 我1 今ㅅ1 衰老▸ㅅ3◂ 身1 重疾3十 嬰七ㅅㅅ <화소10:18>

輪王七 位3十 處ㅅ3ホ 七寶具足▸ㅅ3◂ 四天下乙 王ㅅナ1丨十 <화소11:17-18>

菩薩道乙 修3ホ 佛法乙 成就▸ㅅ3◂ 而灬 {爲}三ㅎ 開演ㅅナ尸入乙 <화소15:11-12>

{是}リ 如支▸ㅅ3◂ 一1 世界乙 說ㅅ <화소25:02>

爾時十 文殊師利菩薩1 智首菩薩乙 告▸ㅅ3◂ 言ホ尸 <화엄02:10>

若七 有ナ丨 菩薩リ 初七ㅎ 發心▸ㅅ3◂ 誓リㅅ 求ㅅ3ホ 當八 佛菩提乙 證ㅅ七亻ㅅナ矛 : <화엄09:04>

智慧 自在▸ㅅ3◂ 思議尸 不(ノ)ノ尸ㅅ 說法七 言辭 礙尸 無ㅅ{有} <화엄15:05>

其 心3十 愜ㄎ▸ㅅ3◂ 色乙 樂ㅎナ今七 者ㅎ乙 皆七 道3十 從七 俾リナㅅ <화엄18:05>

或ㅅ1 形體乙 露ㅎ3ホ 衣服 無ㅎ1入乙▸ㅅ3◂ 而灬 {於}彼 衆ラ十 師長リ尸入乙

作ソゕ <화엄19:19>
大寂室三昧ろ十 入ソニソㄱ 緣乙 思ソろホ 大光明乙 放▶ソろ◀ 三界セ 中乙 照ソㅌハニゕ <구인02:11-12>
香ㄱ 車輪 {如}丨ソゑ 花ㄱ 須彌山王 {如}丨ソナㄱミ 雲 {如}丨▶ソろ◀ 而灬 下ソロㅌ乙ゕ <구인02:15>
諸ラ 有セリㄱ 本有ソㅌセ 法ㄱ 三假リ 集ソㄱ入灬▶ソろ◀ 假有ソナㄱリゕ <구인15:01>
幻師リ 幻法乙 見尸矢セ▶ソろ◀ 諦實灬ソロㄱ 卽ㄋ 皆セ 無ソㄱリろセ丨ソ尸入乙 名ろ {爲}諸 佛セ 觀ミノオリゕ <구인15:09>
佛十 白ろ 言ニ尸 云何セミ 十方セ 諸ニㄱ 如來ミ 一切菩薩ミノオ 文字乙 離 不冬▶ソろ◀ 而灬 諸ㄱ 法相ろ十 行ソニㆆセ丨ソロㄋ令ㄋ <구인15:21-15:22>
四者 {於}摩訶波羅蜜ろ十 多リ 能ゕ 修行▶ソろ◀ 成就 滿足ノ尸入乙 悉ろ 皆セ 願求ソゕ <금광04:08-09>
一切 種種セ 法乙 說ノ尸ム 而灬 得ろホ 自在▶ソろ◀ 患累 無ソ去ㄱ入灬{故}ゕ <금광07:12-13>
禪定樂乙 味リ▶ソろ◀ 愛著心乙 生リソトㄱ刀 無明乙 因ノソゕ <금광07:20>
得ろホ 一切 怖畏リㄱ 一切 惡獸 虎狼師子 一切 惡鬼 人非人 等ソㄱ 怨賊亠 毒害亠 災橫亠ノ尸乙 度▶ソろ◀ 五障乙 解脫ソゕ <금광12:23-25>
{於}今生セ 中ろ十 唯ハ {於}聖處ろ十 信解乙 發生▶ソろ◀ 淸淨心乙 起ナㆆセ丨 <유가02:15-16>
有餘依涅槃界乙 依止▶ソろ◀ 九法リ 轉ノ尸ム 涅槃乙 首 {爲}氵ㅌ 有セゕ <유가04:22-23>
當ハ 知ㆆ丨 略亏 說ロㄱ {於}三位セ 中ろ十 十種セ 瑜伽乙 修習▶ソろ◀ 對治ノ尸 所セ 法 有ソㄱリㄱ丁 <유가08:01-02>
云何ソㄱ乙 十種セ 瑜伽乙 修習▶ソろ◀ 對治ノ尸 所セ 法リ丨ノ令ロ <유가08:04-05>
謂ㄱ 聞ノㄱ 所乙 如ハ 已氵 得ホ 究竟▶ソろ◀ 法乙 忘念 不冬ソ尸入乙 <유가11:05-06>
是 故灬 此 正加行 作意思惟乙 宣說▶ソろ◀ 名下 心住方便亠ノオ丨 <유가25:16-17>
云何ソㄱ乙 聖諦現觀ろ十 入尸 已氵▶ソろ◀ 諸 障㝵乙 離ソ尸矢丨ノ令ロ <유가26:03>
{此}リ 身ㄱ 危ゑ 脆ゑ▶ソろ◀ 堅固ソㄱ 無ㄱ乙{有} <화소15:11>
深心セ 信解リ 常リ 淸淨ソゕ 一切佛乙 恭敬尊重ソ丙矢ゕ {於}法ミ 及セ 僧ミノ令ラ十 亦刀 {是}リ 如支ソゕ▶ソろ◀ 至誠乙灬 供養ソセ彳 而灬 發心ソナㄱリゕ <화엄09:16-17>
或ソㄱ 聲聞ミ 獨覺セ 道乙 現ㆆゕ 或ソㄱ 成佛ソろホ 普リ 莊嚴ノㄱ入乙 現ㆆゕ▶ソろ◀ {是}リ 如支 三乘セ 敎乙 開闡ソろホ 廣リ 衆生乙 度リㆆ尸ゕ 量リ 無ㄱ 劫ろ十 ソロㅌゕ <화엄14:21-22>

{於}解ㅣ+ 常ㅣ 自ㅡ 一ㅣ分 {於}諦ㅣ+ 常ㅣ 自ㅡ 二ㅣㄱㅣㅣㅌㅣ▸ㅣㅣ◂ {此}ㅣ 無二ㅣㄱ入乙 通達ㅣㅣ八ㅡㄱ乙 <구인15:05-15:06>

生死ㄱ 過失ㅣ分 (涅槃 功)德ㅣㄱㅣㅣㅌㅣ▸ㅣㅣ◂ 正覺 正觀ㅣ尸矢 是 波羅蜜義ㅣ分 <금광05:10-11>

若 我ㄱ 是 如支 自策ㅣ彡 自勵ㅣ彡▸ㅣㅣ◂ 誓亦 三處乙 受ㅣㅣノㄱㅡ <유가18:14-15>

若 已ㅡ乙 謂ㅣ亦 聰明ノㄱㅣㅣㅌㅣ▸ㅣㅣ◂ 而ㅡ 高擧乙 生ㅣㅣ亦 他乙 從ㅌ 觀ㅣ+ 順ㅣㄱ 正法乙 聞尸 不冬ㅣ尸入乙 <유가26:19-21>

【관련】 ㅣㅣ亦, ㅣㅣ八

【선후】 (15)ᄒᆞ여

② ('+' 뒤에서) 있어.

¶ 一切 衆生ㄱ {於}生死ㅌ 中ㅣ+▸ㅣㅣ◂ 多聞ノㄱ 無口ナㄱ{有} {此}ㅣ 一切法乙 了知尸 不(ノ)能ㅣ矢ㅣㅏㄱㅣ罒 <화소08:20-09:01>

我ㄱ {於}長夜ㅣ+▸ㅣㅣ◂ 其 身乙 愛著ㅣㅣ亦 充飽 令ㅣ{欲}入 而ㅡ 飮食乙 受力ㅣ ㅎㄱㅣ罒 <화소09:17-18>

{於}一切 世界ㅌ 中ㅣ+▸ㅣㅣ◂ 衆生乙 與ㅌ 同住ㅣ(乃?) 曾八ㅎ力 過咎 無分 <화소23:14-15>

復ㅣㄱ {於}頂上ㅣ+▸ㅣㅣ◂ 千寶蓮花乙出ㅣ白ㅎㄱ厶 <구인02:12>

八部 阿須輪王ㄱ 現ㅣ+ 鬼身乙 轉ㅣ口 天上ㅣ+▸ㅣㅣ◂ 道乙 受ナ分 <구인11:17>

善男子ㅣ {是}ㅣ 月光王ㄱ 已ㅣ {於}過去ㅌ 十千劫ㅌ 中ㅣㅌ 龍光王佛法ㅌ 中ㅣ+▸ㅣㅣ◂ 四住ㅌ 開士ㅣ尸{爲}入乙ㅣㅣナㄱ乙 <구인11:20-22>

我ㄱ 八住ㅌ 菩薩ㅣ尸{爲}入乙ㅣㅣ八白ㅎㄱ入ㅡ 今ㅣㄱ {於}我ㅡ 前ㅣ+▸ㅣㅣ◂ 大師子吼乙ㅣナㅏㅣ <구인11:22>

大王下 菩薩摩訶薩ㄱ {於}第一義ㅌ 中ㅣ+▸ㅣㅣ◂ 常ㅣ 二諦乙 照▸ㅣㅣ◂ 衆生乙 化ㅣㅡㅏㄱㅣ <구인15:11-12>

幻化ㅣ+▸ㅣㅣ◂ 幻化乙 見ㅏㅎ 衆生ㅡノㄱ乙(火?) 名ㅣ 幻諦ㅣノ矛ㅣ分 <구인15:08 난상>

{於}菩提道場ㅣ+▸ㅣㅣ◂ 佛慧ㅡ 十力ㅡ 四無所畏ㅡ 不共法ㅡ 等ㅣㄱ乙 成就ㅣ尸矢 是 波羅蜜義ㅣ分 <금광05:17-18>

左邊ㅡ 右邊ㅡノ令+▸ㅣㅣ◂ 地(獄)ㅣ+ 墮{應}ㅌㅣ去ㅣㅣㅌㅡ <금광06:13-14>

【관련】 ㅣㅣ亦, ㅣ+ㅣㅣ八

ㅣㅣナㄱ入ㅡ[ᄒᆞ아견ᄃᆞ로]

【ㅣ/동사+ㅣ/선어말어미+ナ/선어말어미+ㄱ/동명사어미+入/의존명사+ㅡ/구격조사】

한 까닭으로. 하기 때문에.

¶ 善男子ㅣ 是 如支ㅣㄱ 諸 陁羅尼 等ㅣㄱ乙 得ㅣ亦 成就▸ㅣㅣナㄱ入ㅡ◂ 故ノ <금광14:15-16>

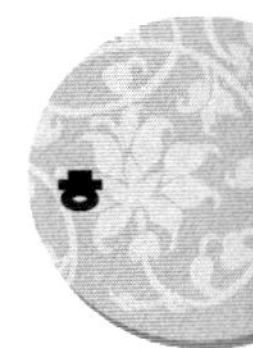

【관련】 (ㅅ)ナ 1 入 灬

ㅅ 3 木 [ᄒᆞ아곰]

【ㅅ/용언+ 3 /연결어미+木/첨사】

하여서.

¶ 我 1 當ハ 發意▸ㅅ 3 木◂ 多聞藏乙 持ㅅ 3 ハ 阿耨多羅三藐三菩提乙 證▸ㅅ 3 木◂ 諸 1 衆生ラ {爲}三 眞實法乙 說ㅎ禾 3 セ｜ㅅナ尸入乙 <화소09:01-03>

時十 或刀 有ナ｜ 人刂 來▸ㅅ 3 木◂ {是}刂 言乙 作ㅅナ尸丁 <화소10:07-08>

始セㅎ 灌頂轉輪王位乙 受 3 七寶具足▸ㅅ 3 木◂ 四天下乙 王ㅅナ 1｜十 <화소10:16-17>

{此}刂 王位乙 捨▸ㅅ 3 木◂ 以 3 {於}我ラ十 贍刂ロハ冂立 <화소11:10>

聞尸 已氵ㅅロハ 1 著尸 不▸ㅅ 3 木◂ 有 非矢 1 入乙 了達ㅅ 㣺 <화소13:02-03>

法ラ 見㣺 夢 如支▸ㅅ 3 木◂ 堅固ㅅ 1 {於}諸 1 善根 3 十 無ㅎ 1 入乙{有} 有想乙 起尸 不ㅅ 㣺 亦ㅅ 1 倚ノ尸 所 3 無 3 <화소13:05-06>

善支 一切音聲氵 言語氵 文字氵 辯才氵ノ今ラ十 入ㅅ 3 一切衆生乙 佛種乙 斷尸 不▸ㅅ 3 木◂ 淨心相續 令刂 㣺 <화소25:19-20>

{此}刂 藏 1 窮盡尸 無㣺 分段 無㣺 間尸 無㣺 斷尸 無㣺 變異尸 無㣺 隔礙尸 無㣺 退轉尸 無㣺 甚深▸ㅅ 3 木◂ 底 無㣺 <화소26:04-07>

衆生乙 隨ㅎ 住▸ㅅ 3 木◂ 恒刂 捨離尸 不ㅅ 㣺 諸 1 法相乙 {如}㠯 悉 3 能支 通達ㅅ 㣺 <화엄02:14-15>

妻子 集會ㅅ去 1｜十 1 當願衆生 怨親平等▸ㅅ 3 木◂ 永去 貪著 離支ヒ支立 <화엄02:21>

下足ㅅ 3 住ㅅ去 1 時十 1 當願衆生 心 3 十 解脫ノ尸入乙 得 3 ハ 安住▸ㅅ 3 木◂ 動尸 不ㅅヒ立 <화엄04:04>

若 沙門乙 見 當願衆生 調柔ㅅ 3 寂靜ㅅ 3 ▸ㅅ 3 木◂ 畢竟 第一刂ヒ立 <화엄06:12>

經乙 諷誦ㅅ去 1 時十 1 當願衆生 佛矢 說冂ㅎ 1 所 3 十 順セㅅ 3 ハ 摠持▸ㅅ 3 木◂ 忘尸 不ㅅヒ立 <화엄08:03>

彼ラ{之} 功德 1 邊際 無ロナ 1 稱量ㅅ 3 ㅎㅎ{可}セㅅ 1 不矢㣺 與セ▸ㅅ 3 木◂ 等 3 ㅅ 3 今 無セナ｜ <화엄09:05>

一切 諸 1 善法乙 長養ㅅ 3 疑網乙 斷除▸ㅅ 3 木◂ 愛流乙 出ㅅ 3 ㅅナ夭罒 涅槃氵 無上道氵ノ今乙 開ㅅ 3 示ㅅ 3 ㅅナ夭㣺 <화엄09:21-22>

月光影 如支▸ㅅ 3 木◂ 周セㅅ尸 不ㅅ尸丁ノ尸 靡セ 3 量刂 無 1 方便乙灬 羣生乙 化ㅅロヒ夭㣺 <화엄14:18>

一切 世間セ 衆 1 苦患 1 深ㅅ 3 廣ㅅ 3 ▸ㅅ 3 木◂ 涯ラ 無 1 矢 大海 如支ㅅロ 1 乙 <화엄18:12>

菩薩 1 {爲}氵ㅎ 國氵 財氵ノ今乙 捨ㅅロ 常刂 出家ノ尸入乙 樂ㅎ▸ㅅ 3 木◂ 心ㅎ 寂靜ノ 1 入乙 現ㅎナ㣺 <화엄18:15>

一切 世間ㄋㅌ 衆ㄱ 技術ㄹノㄕㅿ 譬入ㄱ 幻師 如攴▸ᄼㄋホ◂ 現ㅎㄕ 不ᄼㄕ丁ノㄕ 無ナケ <화엄19:07>

世リ十 堪リ矢ᄼㄋ今 靡ㅌリ▸ᄼㄋホ◂ 彼ㄹ 見リㄕ 已氵ᄼロ 皆ㅌ 調伏 令リロモケ <화엄20:05>

爾ㅌᄼㄱ 時十 諸ㄱ 大衆ㄱ 俱ㅌ▸ᄼㄋホ◂ 共ㅌ 僉然ㅎ 生疑ᄼㄋ 各ホ 相ㄉモ厶ㄉ 謂言ᄼナㄕ <구인02:19>

卽ㄉ 百億種色ㅌ 花ㄹ 散ᄼロハ二ㄱ 變▸ᄼㄋホ◂ 百億寶帳リ 成ナㄋ 諸ㄱ 大衆ㄹ蓋ᄼロモㅣ <구인03:20-21>

四者 一切 衆生ㄹ 利益▸ᄼㄋホ◂ 成就ᄉリ{爲欲}ᄉ 大慈ᅳ 攝受ᄼケ <금광03:14-15>

(三者 一)切 相ㄹ (過) 心 如如(ㄹ?)ᄼㄋ 無作ᄼㅎ 無行ᄼㅎ 不異ᄼㅎ 不動ᄼㅎ▸ᄼㄋホ◂ (心 於如 安) <금광04:15-16>

難氵 見白ノ矛ロハ二ㄱ 貪欲ᅳ 覆ノㄱ 衆生ㄱ 愚▸ᄼㄋホ◂ 冥暗ᄼナㄱ入ᅳ 見ㄕ 不ハノ矛ナㄱリㅣᄼモハ二ㅣ <금광15: 01-02>

其 須ㅌㄔノㄕ 所ㄹ 隨ノ 意ㄹ 如ハ 供給▸ᄼㄋホ◂ 悉 具足ᄼ{令}リロロㅌノㅎㅌㅣ <금광15:13-14>

又 能ケ 展轉勝上▸ᄼㄋホ◂ 增長廣大ᄼㄱ 有ㅌㄱ 所ㅌ 功德ㄹ 證得ᄼㅎᄼㄕ矢ㅣ <유가03:09-11>

是 如攴ᄼㄱ 四種 過失ㄹ 遠離▸ᄼㄋホ◂ 而ᅳ 聽法ᄼ今ㅌ 者ㄹ 名下 正聞法ᅩノ矛ㅣ <유가04:12-13>

使ㅎ 能ケ 所設法義リㄱ 甚深上味ㄹ 領受▸ᄼㄋホ◂ 此ㄹ 因ㅎ 廣大ᄼㄱ 歡喜ㄹ 證得ᄼㅎ 又 能ケ 出離善根ㄹ 引發ᄼㅎᄼナ矛罒 <유가05:23-06:02>

一十ㄱ 在家位ᄉ 二 出家位ᄉ 三 遠離閑居▸ᄼㄋホ◂ 瑜伽ㄹ 修ノ今ㅌ 位ᄉリㅣ <유가08:03-04>

而ㄱ 作意錯亂ノㄕㅿ 謂ㄱ 不淨ㄹ 觀 不ハ▸ᄼㄋホ◂ 淨相ㄹ 隨ノ 轉ᄼㄕ入ㄹ <유가10:01-02>

五 勤 方便ᅳ 不淨ㄹ 修習ᄼナㅎㅌᄉ{雖}斗 而ㄱ 作意錯亂ノㄕㅿ 謂ㄱ 不淨ㄹ 觀 不ハ▸ᄼㄋホ◂ 淨相ㄹ 隨ノ 轉ᄼㄕ入ㄹ 是 如攴ᄼㄱㄹ 名下 {爲}作意錯亂ᅩノ矛ㅣ <유가09:23-10:02>

心ㄋ十 染着 不冬▸ᄼㄋホ◂ 速リ 斷滅ᄼ{令}リㅎ <유가12: 20-21>

謂ㄱ 時時間ㄋ十 諮受ᄼㅎ 讀ᄼㅎ 誦ᄼㅎ 論量 決擇ᄼㅎ▸ᄼㄋホ◂ 勤ㅌ 善品ㄹ 修ノ矛ナㄱᅩ <유가17:19-20>

又 愛ᄉ 慢ᄉ 見ᄉ 无明ᄉ 疑惑ᄉㅌ 種種 定ㅌ 中ㄋ十ᄼㄱ 諸 隨煩惱ㄹ 復ハ 現行ᄼㄕ 不冬▸ᄼㄋホ◂ 善ケ 念住ㄹ 守ᄼケ <유가19:06-07>

謂ㄱ {於}少分殊勝ᄼㄱ 所證ㄋ十 心ㄋ十 喜足ノㄕ 无ㄋ {於}諸 善法リ 轉上ᄼㅎ 轉勝ᄼㅎ 轉微妙ᄼㅎᄼㄱ 處ㄋ十 悕求▸ᄼㄋホ◂ 而ᅳ 住ᄼケᄼ矛罒 <유가29:10-12>

又 若 彼 果ᄉ 若 極淨道ᄉ 若 彼 功德ᄉㅌ 是 如攴ᄼㄱ 一切ㄹ 摠略▸ᄼㄋホ◂ 說ㄕ 名下 極淸淨道ᄉ 及 果功德ᄉㄹ 證得ᄼㄕ丁ノ矛ㅣ <유가31:07-09>

【관련】 ㇌亦
【선후】 (15)ᄒᆞ여곰

ソ㇌ハ[ᄒᆞ악]

【ソ/용언+㇌/연결어미+ハ/첨사】

① 하여서.

¶ 我ㄱ 當ハ 發意ソ㇌亦 多聞藏乙 持▸ソ㇌ハ◂ 阿耨多羅三藐三菩提乙 證ソ㇌亦 諸ㄱ 衆生𢒑 {爲}三 眞實法乙 說ᄒ禾㇌七丨ソナ尸入乙 {是}リ乙 名下 菩薩摩訶薩尸 五亠 第七 多聞藏⺀ノ禾ナ丨 <화소09:01-04>
今ソㄱ 我ㄱ 亦ソㄱ 當ハ {於}往昔㇌十 同▸ソ㇌ハ◂ 而灬 其 命乙 捨ソロ乙ᄒ禾罒 <화소10:10-11>
衆會 聚集ソ𠫔ㄱ丨十ㄱ 當 願 衆生 衆ㄱ 聚七 法乙 捨▸ソ㇌ハ◂ 一切智乙 成リヒ立 <화엄03:04>
正七 出家ソ𠫔ㄱ 時⺀十ㄱ 當 願 衆生 佛𢖩 出家ソ𠁣ᄒㄱ𢒑十 同▸ソ㇌ハ◂ 一切乙 救護ソヒ立 <화엄03:13>
經乙 諷誦ソ𠫔ㄱ 時十ㄱ 當 願 衆生 佛矢 說𠁣ᄒㄱ 所㇌十 順七▸ソ㇌ハ◂ 摠持ソ㇌亦 忘尸 不ソヒ立 <화엄08:03>
若 十方 一切 佛 手 以 甘露 其頂 灌 蒙ヒ尸入ㄱ 則 身リ 充徧ノ尸厶 虛空 如支▸ソ㇌ハ◂ 安住不動ソ㇌亦 十方㇌十 滿ソヒオ㫆 <화엄14:05-06>
是 如支▸ソ㇌ハ◂⺀ 乃⺀ 他𢒑 信施乙 受ノ亠{應}七ソ㫆 <유가17:20>

② ('㇌十' 뒤에서) 있어서.

¶ {是}リ 如如 邊尸 無ㄱ 大功德乙 我ㄱ 今ソㄱ {於}中㇌十▸ソ㇌ハ◂ 少分ケ仒乙 說ᄒ尸厶 <화엄09:08>
則 {於}十方七 諸ㄱ 佛矢 所㇌十▸ソ㇌ハ◂ 灌頂乙 受㇌亦 而灬 鼎位ソ亠{應}七ソヒオ㫆 <화엄14:02>
【관련】 ㇌ハ, ⺀㇌ハ, 三㇌ハ
【비고】 아래 예 '中㇌七'의 '七'은 '十'의 오기로 보임.
仁刀 亦ソㄱ 當ハ {於}{此}リ 會七 中㇌七▸ソ㇌ハ◂ 修行ソ𠁣ᄒㄱヒ七 勝功德乙 演暢ソロハ𠁣立 <화엄08:24>

ソ㇌ハ二ㄱ乙[ᄒᆞ악신을;ᄒᆞ아기신을]

【ソ/동사+㇌/선어말어미+ハ/선어말어미?+二/선어말어미+ㄱ/동명사어미+乙/대격조사;ソ/동사+㇌/선어말어미+ハ/선어말어미?+二/선어말어미+ㄱ乙/연결어미】

하신 것을. 하시거늘.

¶ {於}解㇌十 常リ 自灬 一リ㫆 {於}諦㇌十 常リ 自𢒑灬 二リㄱリ㇌七丨ソ㇌ {此}リ 無二ソㄱ入乙 通達▸ソ㇌ハ二ㄱ乙◂ 眞亠 第一義㇌十 入ソ𠫔ハ二ㄱリ⺀ノオナ丨 <구인

15:05-06>

【관련】 ソ二ㄱ乙

ソ 𠄌 乃 [ᄒᆞ아나]

【ソ/동사+𠄌/선어말어미?+乃/연결어미】

하여도. 하더라도. 할지라도.

¶ 設(一?)ハ 得ホ 出家▸ソ𠄌乃◂ 此 尋思灬{之} 擾動ノㄱ 所乙 由𠄌 障㝵乙 爲一リア入灬 故ノ 喜樂乙 生ア 不冬ソトㄱ亠 <유가08:08-10>

【관련】 ソ乃, (得)𠄌乃, ソ二乃, 二ㄱ乃

ソ 𠄌 斤 [ᄒᆞ아근]

【ソ/용언+𠄌/선어말어미+斤[ㄱ/첨사+은/보조사]】

하여서는.

¶ 謂ㄱ 卽ㅎ 彼 補特伽羅リ 內 五種 生圓滿乙 具(ㅎア) 已氵▸ソ𠄌斤◂ 復 得(ホ) 大師?? 出世?? <유가02:20-21>

是 如支 信解リ 生ア 已氵▸ソ𠄌斤◂ 思所成智乙 成辦ソ{爲欲}入 身心𠄌十 憒閙乙 遠離ソロ 而灬 住ソ㱏 <유가05:04-05>

是 如支 尸羅乙 善 圓滿 已氵▸ソ𠄌斤◂ 五相乙 {以}氵 精勤方便灬 諸 善品乙 修ソナㅎ{應}セ丨 <유가17:17-19>

二 聖諦現觀𠄌十 入ア 已氵▸ソ𠄌斤◂ 諸 障㝵乙 離ソ㢱 <유가20:04-05>

三 聖諦現觀𠄌十 入ア 已氵▸ソ𠄌斤◂ 速疾通慧乙 證得ソ{爲欲}入 諸 歡喜事乙 作意思惟ソ㢱 <유가20:05-07>

二十ㄱ 死 已氵▸ソ𠄌斤◂ 當ハ 煩惱大坑𠄌十 墮ノ今セ 雜染 相應ソ㢱 <유가21:02-03>

是 如支 觀 已氵▸ソ𠄌斤◂ 心𠄌十 厭患ノア入乙 生リナㅎセ丨 <유가21:06>

旣氵 通達 已氵▸ソ𠄌斤◂ {於}作意 俱行ソㄱ 心リ 任運亐 轉ソ今セ 中𠄌十 能善亐 棄捨ソ𠄌ホ 无間亐 滅ソ{令}リ㢱 <유가23:15-17>

旣氵 遠離 已氵▸ソ𠄌斤◂ 諸 念住乙 依𠄌 樂斷樂修ソ㢱 <유가24:22-23>

又 彼ㄱ 是 如支ソㄱ 資糧𠄌十 住 已氵▸ソ𠄌斤◂ 相應作意加行乙 修ソ{爲}入ソア入灬 故去 二種 加行方便 {有}斗ナㅎセ丨 <유가25:04-06>

或 夜分𠄌十 居▸ソ𠄌斤◂ 而灬 睡眠乙 樂着ソ㢱 <유가26:09 -10>

或 晝分𠄌十 居▸ソ𠄌斤◂ 王賊 等ソㄱ 雜染言論乙 樂ソ㢱 <유가26:10-11>

云何ソㄱ乙 聖諦現觀𠄌十 入ア 已氵▸ソ𠄌斤◂ 速疾通慧乙 證得ソ{爲欲}入 諸 歡喜事乙 作意思惟ソア矢丨ノ今ロ <유가28: 09-10>

是 如支 欲樂乙 生リア 已氵▸ソ𠄌斤◂ 勤精進乙 發ソ𠄌ホ 无間常委亐 {於}三十七 菩提分法𠄌十 方便灬 勤修ソ㢱 <유가29: 05-06>

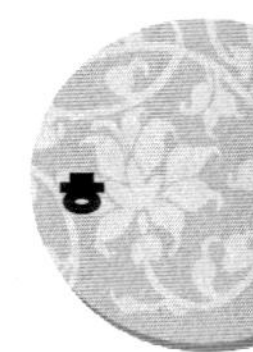

【관련】 3 斤, ㅁ 斤, ㅁ 八 斤, 3 八 1, ソ ㅁ 八 1, ㅁ 八 1, ソ 3 ソ 1, ソ ㅁ ソ 1
【비고】 <유가사지론>에만 나타나며, 주로 "-尸 已 氵 ソ 3 斤"과 같은 형식으로 나타남. 이전 연구자들은 독음을 'ᄒᆞ아늘'로 추정하였음.

ソ 3 1 丁 ノ 令 [ᄒᆞ안뎌호리]

【ソ/동사+ 3/선어말어미+ 1/동명사어미+ 丁[ᄃᆞ/의존명사+여/조사]# ノ[ᄒᆞ/용언+오/선어말어미]+ 令[ㄹᄒᆞ/동명사어미+이/의존명사(+이/주격조사)]】
한 것이라고 함. §'1 丁'는 명명 구문에 쓰인 예임.
¶ 卽ㅎ 名下 已氵 得ホ {於}現見法 3 十 永 3 熾燃乙 離▸ ソ 3 1 丁 ノ 令◂ 非失 丨 <유가22:06>
【관련】 ソ 去 1 丁 ノ 令, ソ 3 1 丁 ノ 利 丨, ソ 尸 丁 ノ 利 丨

ソ 3 1 丁 ノ 利 丨 [ᄒᆞ안뎌호리다]

【ソ/동사+ 3/선어말어미+ 1/동명사어미+ 丁[ᄃᆞ/의존명사+여/조사]# ノ[ᄒᆞ/용언+오/선어말어미]+ 利/선어말어미+ 丨/종결어미; ソ/동사+ 3/선어말어미+ 1/동명사어미+ 丁[ᄃᆞ/의존명사+여/조사]# ノ[ᄒᆞ/용언+오/선어말어미]+ 利[ㄹᄒᆞ/동명사어미(+이/의존명사)+이/계사]+ 丨/종결어미】
한 것이라고 한다. § '1 丁'는 명명 구문에 쓰인 예임.
¶ 是乙 名下 得ノ 1 所乙 如八 ソ 1 道乙 修習▸ ソ 3 1 丁 ノ 利 丨◂ <유가29:21>
若 能ㅅ {於}此ラ 十 餘良 无ㅎ 永斷 ソ 尸 入乙 名下 極淨道果乙 {爲}證得▸ ソ 3 1 丁 ノ 利 丨◂ <유가30:10-11>
【관련】 ソ 去 1 丁 ノ 利 丨, ソ 尸 丁 ノ 利 丨

ソ 3 1 丁 ノ 利 罒 [ᄒᆞ안뎌호리라]

【ソ/동사+ 3/선어말어미+ 1/동명사어미+ 丁[ᄃᆞ/의존명사+여/조사]# ノ[ᄒᆞ/용언+오/선어말어미]+ 利[ㄹᄒᆞ/동명사어미(+이/의존명사)+이/계사]+ 罒/연결어미】
한 것이라고 하여서.
¶ 四十 1 {於}惡業乙 現在 3 十 不作 ソ 尸 入乙 卽ㅎ 彼乙 說 3 {爲}已氵 淸淨乙 作▸ ソ 3 1 丁 ノ 利 罒◂ 卽ㅎ 名下 已氵 得ホ {於}現見法 3 十 永 3 熾燃乙 離 ソ 3 1 丁 ノ 令 非失 丨 <유가22: 04-06>
【관련】 ソ 白 3 1 丁 ノ 利 罒, ソ 3 1 丁 ノ 利 丨, ノ 利 罒
【비고】 '罒'는 연결어미 '3'의 이형태로 계사 'リ' 뒤에 쓰임

ソ 3 1 入 ㅁ [ᄒᆞ안ᄃᆞ로]

【ソ/동사+ろ/선어말어미+ㄱ/동명사어미+入/의존명사+灬/구격조사】

한 까닭으로. 하기 때문에.

¶ 一切 微細ソヒ七{之} 罪リㄱ 破戒七 過失乙 皆七 清淨▶ソろㄱ入灬◀ 故丿 <금광06:25-07:01>

復次 已氵 根本三摩地乙 證得▶ソろㄱ入灬◀ 故丿 名下 三摩地圓滿亠丿矛人{雖}斗 <유가16:09-10>

是ㄱ 方便勝智乙 修行丿尸ム 自在亐尸入ㄱ 難氵 得丿矛ㄱ乙▶ソろㄱ入灬◀ 故ㅅ 見思煩惱リ 伏丿ㅎ{可}ソㄱ 不矢ㄱ乙▶ソろㄱ入灬◀ 故丿 是 故灬 五地乙 說尸 名下 難勝地亠丿矛ㅅ<금광07:05-07>

【관련】 (丿矛ㄱ乙)ソろㄱ入灬, (矢ㄱ乙)ソろㄱ入灬, ろㄱ入灬, ソ去ㄱ入灬, 去ㄱ入灬, -ㄱ入灬

ソろ今[훙아리]

【ソ/용언+ろ/선어말어미+今[ㄹㆆ/동명사어미+이/의존명사(+이/주격조사)]】

할 수 있는 이. 할 수 있는 것.

¶ 菩薩リ {是}リ 念ろ十 住ソヒ七 時ㆍ十ㄱ 一切 世間リ 能リ矢 嬈亂▶ソろ今◀ 無ㅅ 一切 異論リ 能リ矢 變動▶ソろ今◀ 無ㅅ <화소23:10-11>

能リ矢 制伏▶ソろ今◀ 無ㅎ 量リ 無ㅎ 盡尸 無ㅎ 大威力乙 具ㅎㅎ {是}リㄱ 佛境界リㅎ 唯ハ 佛心氵 能支 了ソ而ㅎ禾ㅎソナ丨 <화소24:14-15>

若七 得ろホ 信心リ 退轉尸 不ソヒ尸入ㄱ 彼人ㄱ 信力リ 能矢 動▶ソろ今◀ 無ヒ矛ㅅ <화엄10:19>

若七 得ろホ 信力リ 能矢 動▶ソろ今◀ 無ヒ尸入ㄱ 則支 得ろホ 諸ㄱ 根 淨ソろ 明利ソヒ矛ㅅ <화엄10:20>

彼ラ{之} 功德ㄱ 邊際 無ロナㄱ 稱量ソろㅎㅎ{可}七ソㄱ 不矢ㅅ 與七ソろホ 等ろ▶ソろ今◀ 無七ナ丨 <화엄09:05>

世リ十 堪リ矢▶ソろ今◀ 靡七リソろホ 彼乙 見リ尸 已氵ソロ 皆七 調伏 令リロヒㅅ <화엄20:05>

【관련】 ろ今, ソロ今, ロ今,

【비고】 화엄경 계통의 자료에서 주로 '能(リ)矢/堪リ矢 -ろ今 無/莫/靡-'와 같이 나타남.

ソろ七丿ㄱ入乙[훙앗온둘]

【ソ/동사+ろ七/선어말어미+丿/선어말어미+ㄱ/동명사어미+入/의존명사+乙/대격조사】

한 것을. 함을.

¶ 散多那花亠 妙寶瓔珞亠丿尸乙灬 身首乙 貫飾▶ソろ七丿ㄱ入乙◀ 菩薩ㄱ 悉ろ 見ソナㅎ七丨 <금광06:07-08>

三千大千世界七 地 平ソㄱ矢 掌 如支ソㄱラ十 量 無ㅅ 數 無ソㄱ 種種七 妙色リㄱ 淸

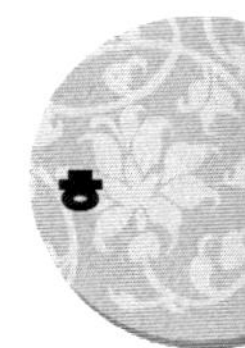

淨ㅅㅌㄴ{之} 寶ㅡノㄱ 莊嚴ㄴ{之} 具リ▸ㅅㅎㄴノㄱ入乙◂ 菩薩ㄱ 悉ㅎ 見ㅅナㅎㄴ丨 <금광06: 01-02>

【관련】 リㅅㅎㄴノㄱ入乙, ノㄱ入乙

【비고】 'ㅎㄴ'은 '-아(연결어미)#잇-'으로 분석할 수도 있음.

ㅅㅎノㄱ亠[ᄒᆞ아온여]

【ㅅ/동사+ㅎ/선어말어미+ノ/선어말어미+ㄱ/동명사어미+亠/조사; ㅅ/동사+ㅎ/선어말어미+ノ/선어말어미+ㄱ亠/연결어미】

하지만. 하였으나. § '亠'는 역접의 기능임.

¶ 若 我ㄱ 是 如支 自策ㅅㅎ 自勵ㅅㅎㅅㅎ 誓ホ 三處乙 受▸ㅅㅎノㄱ亠◂ 猶リ 四苦ㅋ 常リ 隨逐ノ尸 所乙 爲ハㅎ 得ホ 解脫 未ハㅅ(ㅎ?)ノㄱリ罒 <유가18:14-15>

誓ホ 下劣ㅅㄱ 形相亠 威儀亠 及ㄴ 資身ㄴ 具亠ノ尸乙 受ㅅㅎ … 誓ホ 精勤ㅎ 常リ 善法乙 修ノ尸入乙 受ㅎ▸ㅅㅎノㄱ亠◂ 而ㄱ 我ㄱ 今ㅌ{者} {於}四種 苦ㅎ十 何ㅎ 等ㅅㄱ乙 {爲}脫ㅅㅎノㄱリㅎㄴ口 <유가18:11-14>

【관련】 ㅎㄱ亠, 人ノㄱ亠, (無)ㄴリㅅㅎㅎㄱ㇀, (知)白ㅎ口ㅎㄱ㇀, (禮)ㅅ白口卜ㅎㄱ㇀

ㅅㅎノㄱリㅎㄴ口[ᄒᆞ아온이앗고]

【ㅅ/동사+ㅎ/선어말어미+ノ/선어말어미+ㄱ/동명사어미+リ/계사+ㅎㄴ/선어말어미+口/종결어미】

하였습니까. § 'ノ'는 1인칭 주어와 호응함. '口/ㅎ'는 의문사가 있는 설명의문문에 쓰임.

¶ 而ㄱ 我ㄱ 今ㅌ{者} {於}四種 苦ㅎ十 何ㅎ 等ㅅㄱ乙 {爲}脫▸ㅅㅎノㄱリㅎㄴ口◂ <유가18:13-14>

【관련】 ㅅㄱリㅎㄴ口ノ尸人, ㅅ去ㄱリㅎㄴ口ㅅ尸, ㅅ令リㅎノ矛ㄱリㅎㄴ口ㅅ二尸入ㅡ, 一リㅎㄴ口

ㅅㅎノㄱリㅎㄴ丨ㅅ尸[ᄒᆞ아온이앗다홇]

【ㅅ/동사+ㅎ/선어말어미+ノ/선어말어미+ㄱ/동명사어미+リ/계사+ㅎㄴ/선어말어미+丨/종결어미#ㅅ/동사+尸/동명사어미】

하였습니다 하지. 하였다 하지. § 여기서 '尸'은 부정소 '非' 앞에 쓰인 것임.

¶ 己ㅋ乙 謂ㅎホ 一切 所作乙 已辨▸ㅅㅎノㄱリㅎㄴ丨ㅅ尸◂ 非冬ㅅㅎ 亦 他乙 向ㅎ 己ㅋ 證ノㄱ 所乙 說尸 不冬ㅅㅎㅅㅎㅅナ矛罒 <유가19:09-10>

【관련】 (未)リノㄱリㅎㄴ丨, ㅅㅎノㄱリㅎㄴ丨ㅅㅎ, ノㄱリㅎㄴ丨ㅅㅎ

ㅅㅎノㄱリㅎㄴ丨ㅅㅎ[ᄒᆞ아온이앗다ᄒᆞ아]

【ソ/동사+𠄌/선어말어미+ノ/선어말어미+ㄱ/동명사어미+刂/계사+𠄌セ/선어말어미+丨/종결어미#ソ/동사+𠄌/연결어미】

하였습니다 하여. 하였다 하여. § 'ノ'는 1인칭 주어와 호응함.

¶ 此 作意乙 修習ソ𢀳 多 修習ソ𢀳ソㄱ入乙 由氵ㄱ入灬 故ノ 所緣 能緣 平等 平等ソㄱ 智刂 生ソ去ㄱ 彼ㄱ {於}尒ソㄱ 時亠十 能ケ 現觀乙 障ソ令セ 我慢亂心乙 便乎 永𠄌 斷滅ソ口 心一境性乙 證得ソナㄱ入灬 便乎 自灬 思惟ソナ尸 我ㄱ 已氵 心一境性乙 證得▸ソ𠄌ノㄱ刂𠄌セ丨ソ𠄌◂ 實 如支 了知ソナ示セ丨 <유가23:18-22>

【관련】(未)刂ノㄱ刂𠄌セ丨, ノㄱ刂𠄌セ丨ソ𠄌, ソ𠄌ノㄱ刂𠄌セ丨ソ尸, 一ㄱ刂𠄌セ丨ソ𠄌

ソ𠄌ノ尸入[ᄒᆞ아옰ᄃᆞ]

【ソ/동사+𠄌/선어말어미+ノ/선어말어미+尸/동명사어미+入/의존명사】

할 바. 할 것.

¶ 敬禮ソ白口ノ示セ丨 譬喩▸ソ𠄌ノ尸入◂ 無ニ下 深無相義乙 說ニ口トㄱ乙亠 <금광13:04>

【관련】ソ𠄌乎尸

【비고】'入'는 오기일 가능성도 있음.

ソ𠄌乎尸[ᄒᆞ아옳]

【ソ/동사+𠄌/선어말어미+乎/선어말어미+尸/동명사어미】

하는.

¶ 善支 {於}他乙 破ソ𠄌 四諦 說 外尸 動▸ソ𠄌乎尸◂ 所𠄌 非矢罒 四諦 說 <화엄20:10>

【관련】ソ𠄌ノ尸入

ソ𠄌乎示

☞ ソ𠄌乎示可セソㄱ

ソ𠄌乎示可セソㄱ[ᄒᆞ아옶ᄒᆞᆫ]

【ソ/동사+𠄌/선어말어미+乎/선어말어미+示セ/어미+ソ/형용사+ㄱ/동명사어미】

('不' 앞에서) 할 만하지. 할 수 있지. § 'ㄱ'는 부정소 '不' 앞에 쓰인 것임.

¶ 彼ラ{之} 功德ㄱ 邊際 無口ナㄱ 稱量▸ソ𠄌乎示{可}セソㄱ◂ 不矢ケ 與セソ𠄌ホ 等𠄌 ソ𠄌令 無セナ丨 <화엄09:05>

【관련】𠄌乎示可セソㄱ, 𠄌ケ示可セソㄱ

ソ⺀ソ⺄ [ᄒᆞ아ᄒᆞᆫ]

【ソ/동사+⺀/연결어미+ソ⺄[ᄒᆞ/첨사+은/보조사]】

하여서는.

¶ {此}リ 陀羅尼乙 得尸 已氵▸ソ⺀ソ⺄◂ 法七 光明乙 以⺀ 廣リ 衆生ラ {爲}三 {於}法乙 演說ソ尸入灬リナ丨 <화소25:14-15>

菩薩リ 三昧七 中⺀十 住在▸ソ⺀ソ⺄◂ 種種七 自在灬 衆生乙 攝ソナ今氵 悉⺀ 所行七 功德七 法乙 以⺀ 量リ 無⺄ 方便灬 而灬 開誘ノ尸厶 <화엄17:04-05>

菩薩⺄ {此}リラ十 住▸ソ⺀ソ⺄◂ 普リ 觀察ソ口 宜⺄ラ十 隨ホ 示現ソ⺀ホ 衆生乙 度リナ⺀ 悉⺀ 歡心灬 法化⺀十 從七 使リホ尸厶 <화엄17:20-21>

【관련】 ⺀ハ⺄, ソ⺀斤, 氵⺀斤, ハ⺀斤, 一口斤, 口ハ⺄, (訖ホ)口ハ斤

【비고】 주로 화엄경 계통의 자료에 나타남. ‘ソ⺀ソ⺄’은 ‘ソ⺀ハ⺄/ソ⺀斤(ᄒᆞ아ᄀᆞᆫ/ᄒᆞ아ᄀᆞᆫ)’에서 ‘ㄱ’이 약화된 것임.

ソ⺀ソ⺄ㅌ⺄ [ᄒᆞ아ᄒᆞᆫᄂᆞᆫ]

【ソ/동사+⺀/연결어미#ソ/동사+⺄/동명사어미+ㅌ/의존명사+⺄/보조사; ソ/동사+⺀/연결어미#ソ/동사+⺄/중복표기+ㅌ/동명사어미+⺄/보조사】

하여서 한 것은. 하고자 한 것은.

¶ 五欲氵 及七 王位氵 富饒氵 自樂氵 大名稱氵ノ今乙 求▸ソ⺀ソ⺄ㅌ(⺄?)◂ 不矢リ 但ハ 永去 衆生ラ 苦乙 滅⺀ホ 世間乙 利益ソホソ{爲}人 而灬 發心ソナ⺄リホ <화엄09:12-13>

【관련】 ソナ今⺄, ソ⺀, ソ⺄ㅌ

ソ人

☞ 火

ソラ七ノ⺄入乙 [ᄒᆞ읫온ᄃᆞᆯ]

【ソ/동사+ラ七/선어말어미+ノ/선어말어미+⺄/동명사어미+入/의존명사+乙/대격조사】

한 것을.

¶ 頂上⺀七 白蓋⺄ 量 無ソ⺄ 衆寶灬{之} 莊嚴ノ⺄ 所⺄乙 {以}氵ホ {於}上亠十 覆▸ソラ七ノ⺄入乙◂ 菩薩⺄ 悉⺀ 見ナホ七丨 <금광06:18-19>

【관련】 リラ七ノ⺄入乙, ソホソラ七⺄乙, (未)リソラ七丨ノ⺄

ソ⺶リ [ᄒᆞ이]

【ソ/동사+リ/사동접미사】

하게 하-. 시키-.

¶ 其ラ {爲}氵 方便乙灬 妙法乙 說ろ 悉ろ 得ろホ 眞實諦乙 解▸ソ{令}リ◂ㆆㄱム <화엄20:07>

諸 聽衆乙罒刀 安隱快樂▸ソ{令}リ◂ロロセノ矛ㅊ <금광15: 07>

他乙 引ソろ {於}己ラ乙 信▸ソ{令}リ◂{爲}人ソ尸 不冬ソㆆ <유가04:18>

若 諸 有智ソㄱ 同梵行者リ 見聞疑乙 由ろ 或 其 罪乙 擧ソㆆ 或 憶念▸ソ{令}リ◂ㆆ 或 隨學▸ソ{令}リ◂ㆆソ去ㄱ {於}尒所ケセ 時亠十 <유가06:22-07:01>

又 復 佛隨念 等ソㄱ乙 修習ソろホ 心乙 淸淨▸ソ{令}リ◂ㅊ <유가25:01-02>

【관련】 ᄉリ, ソリ, ᄉ, リ

ソ令リ爲人ソ尸[ᄒᆞ이과ᄒᆞᇙ]

【ソ/용언+リ/사동접미사+人/연결어미#ソ/용언+尸/동명사어미】

('不' 앞에서) 하게 하고자 하지. § '尸'은 부정소 '不' 앞에 쓰인 것임.

¶ 他乙 引ソろ {於}己ラ乙 信▸ソ{令}リ{爲}人ソ尸◂ 不冬ソㆆ 利養亠 恭敬亠 稱譽亠ノ尸乙 爲ソロ尸丁ㆆ尸 不冬ソㆆソ尸矢ㅣ <유가04:18-19>

【관련】 ᄉリ{爲}人ソ尸入灬

【비고】 'ᄉ'의 독음을 'ᄒᆞ'로 보는 견해와 '히'로 보는 견해가 있음. 후자의 경우 사동접미사를 중복 표기한 것으로 봄.

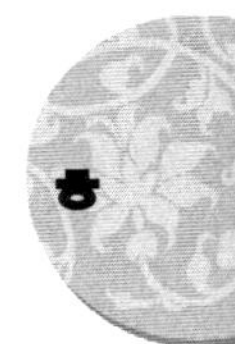

ソ令リロロセノ矛ㅊ[ᄒᆞ이고곳호리며;ᄒᆞ이고곳오리며]

【ソ/동사+リ/사동접미사+ロ/선어말어미+ロセ/연결어미#ノ[ᄒᆞ/동사+오/선어말어미]+矛/선어말어미+ㅊ/연결어미;ソ/동사+リ/사동접미사+ロ/선어말어미+ロセ/연결어미#ノ[ᄒᆞ/동사+오/선어말어미]+矛[ㅭ/동명사어미(+이/의존명사)+이/계사)]+ㅊ/연결어미;ソ/동사+リ/사동접미사+ロ/선어말어미+ロセ/선어말어미+ノ/선어말어미+矛/선어말어미+ㅊ/연결어미;ソ/동사+リ/사동접미사+ロ/선어말어미+ロセ/선어말어미+ノ/선어말어미+矛[ㅭ/동명사어미(+이/의존명사)+이/계사)]+ㅊ/연결어미】

하게 하고자 할 것이며.

¶ 我チ 等ソㄱㄱ 皆 當ハ 盡ㅌセ 心灬 供養ソ白ㅊ 諸 聽衆乙罒刀 安隱快樂▸ソ{令}リロロセノ矛ㅊ◂ <금광15:07>

【관련】 ソㆆ令リロロセノ矛ㅊ, ソ令リロロセノ亍セㅣ, (不冬)ソロロセノ亍セㅣ, ソロセノ矛ㅊ, (欽セ)ロセノ尸入灬, (有斗)ロセノㄱリ罒

【선후】 (15)-고옷 ᄒᆞ-

그 사ᄅᆞ미 먹고 吐ᄒᆞ면 어딋던 다시 ▸먹고옷 ᄒᆞ◂료 <月釋20:90a>

(16)-옷 ᄒᆞ-

너희ᄃᆞᆯᄒᆞᆫ 吉ᄒᆞᆫ 사ᄅᆞ미 ▸ᄃᆞ외옷 ᄒᆞ◂녀 凶ᄒᆞᆫ 사ᄅᆞ미 ▸ᄃᆞ외옷 ᄒᆞ◂녀 <內訓1:23a>

ㅅ令リロロヒノ㇇ヒ丨[ᄒᆞ이고곳ᄒᆞᆺ다;ᄒᆞ이고곳ᄒᆞᆺ다]

【ㅅ/동사+リ/사동접미사+ロ/선어말어미+ロヒ/연결어미#ノ[ᄒᆞ/동사+오/선어말어미]+㇇ヒ/선어말어미+丨/종결어미;ㅅ/동사+リ/사동접미사+ロ/선어말어미+ロヒ/선어말어미+ノ/선어말어미+㇇ヒ/선어말어미+丨/종결어미】

하게 하고자 한다.

¶ 我𠂉 等ㅅ㇀㇀ 爲ノ 救護ㅅ𢀳 利益ㅅ𢀳ノ尸入乙 作ㅅ㇏ 一切 障礙乙 消除令リ㇀ 其 須ヒ彳ノ尸 所乙 隨ノ 意乙 如八 供給ㅅ㇏亦 悉 具足▸ㅅ{令}リロロヒノ㇇ヒ丨◂ <금광15:13-14>

【관련】(不冬)ㅅロロヒノ㇇ヒ丨, ㅅ令リロロヒノ㇇㇀, ㅅ𢀳令リロロヒノ㇇㇀, ㅅロヒノ㇇㇀, (欽ヒ)ロヒノ尸入罒, (有+)ロヒノ㇀リ罒

【선후】(15)-고옷 ᄒᆞ-

그 사ᄅᆞ미 먹고 ᄠᅡᄒᆞ면 어딋던 다시 ▸먹고옷 ᄒᆞ료◂ <月釋20:90a>

(16)-옷 ᄒᆞ-

너희들ᄒᆞᆫ 吉ᄒᆞᆫ 사ᄅᆞ미 ▸ᄃᆞ외옷 ᄒᆞ녀◂ 凶ᄒᆞᆫ 사ᄅᆞ미 ▸ᄃᆞ외옷 ᄒᆞ녀◂ <內訓1:23a>

ㅅ令リ㇇リ㇀丁[ᄒᆞ이리인뎌]

【ㅅ/용언+リ/사동접미사+㇇[ㄹㆆ/동명사어미+이/의존명사]+リ/계사+㇀/동명사어미+丁[ᄃᆞ/의존명사+여/조사];ㅅ/용언+リ/사동접미사+㇇[ㄹㆆ/동명사어미(+이/의존명사)+이/계사]+リ/중복표기+㇀/동명사어미+丁[ᄃᆞ/의존명사+여/조사]】

하게 할 것인 줄을. 하게 할 것임을 하게 할 것이다. § 'リ㇀'은 '當知', '應知'의 목적어절에 붙는 요소임. '丁'는 후치된 목적어절에 붙는 요소임.

¶ 當八 知㇇丨 亦 思修所成ヒ 若 知入 若 見入乙 清淨㇇ 而罒 轉▸ㅅ{令}リ㇇リ㇀丁◂ <유가12:17-18>

【관련】 -㇇リ㇀丁

ㅅ令リ尸[ᄒᆞ읎]

【ㅅ/용언+リ/사동접미사+尸/동명사어미】

하게 하지. § 여기서 '-尸'은 부정소 '未' 앞에 쓰인 것임.

¶ {於}自心㇏+ 清淨▸ㅅ{令}リ尸◂ 未リㅅ㇀丨+㇀ 必八 {於}衆苦㇏+ 得亦 解脫ㅅ㇏ 吉祥性乙 成リ尸 不八ㅅ尸入乙 由㇀㇀入罒亠 <유가22:03-04>

【관련】 入リ尸, 令リ尸, リ令リ尸

ㅅ令リ尸矢㇀[ᄒᆞ읎디며]

【ㅅ/동사+リ/사동접미사+尸/동명사어미+矢[ᄃᆞ/의존명사+이/계사]+㇀/연결어미】

하게 하는 것이며.

¶ 六 {於}色聲香味觸ㅌ 中ㆍ十 不如正理ㅎ 相好乙 執取ㅅㆍ亦 不正尋思ㅡ 心乙 散亂▸ㅅ{令}ㅣ尸矢ㄕ◂ <유가12:10-12>

【관련】 ㅅ尸矢ㄕ, ㅡ尸矢ㄕ

ㅅ令ㅣ尸入ㄱ[ᄒᆞ읿든]

【ㅅ/용언+ㅣ/사동접미사+尸/동명사어미+入/의존명사+ㄱ/보조사】

하게 하는 것은.

¶ 眞實ㅎ 能ㄕ 心乙 闇昧▸ㅅ{令}ㅣ尸入ㄱ◂{者} 謂ㄱ 方便ㅡ 止觀品乙 修ㅅ令ㅌ 時十ㅌ {於}諸 法 中ㆍ十 有ㅌㄱ 所ㅌ 忘念ㅣㄕ <유가11:08-09>

【관련】 ㅡ尸入ㄱ

【비고】 '尸入ㄱ'을 연결어미로 보는 견해도 있음.

ㅅ令ㅣ尸ㅗ[ᄒᆞ읿여]

【ㅅ/동사+ㅣ/사동접미사+尸/동명사어미+ㅗ/조사; ㅅ/동사+ㅣ/사동접미사+尸ㅗ/연결어미】

-하게 하니. § 'ㅗ'는 절 접속의 기능임.

¶ 又 此 得ノㄱ 所乙 如ハㅅㄱ 道乙 修習ノ令ㅌ 義ㄱ 廣ㅣ 說尸入ㄱ 知ノ予{應}ㅌㅣ 謂ㄱ 四種 法乙 依止 {爲}ㄹㄱ入ㅡ 故ノ 能ㄕ 五法乙 修習圓滿▸ㅅ{令}ㅣ尸ㅗ◂ 此乙 除口斤 更ㆍ 若 過ㅅㄹ 若 增ㅅㄹㅅㄱ 无ㅅㄱㅣㄱ了 <유가29:21-30:01>

【관련】 ㅣㄱㅗ, ㅣㄱㄹ

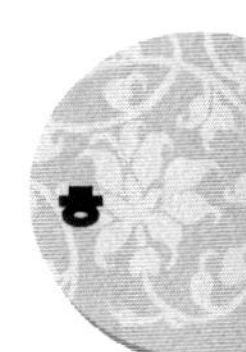

ㅅ令ㅣㄕ[ᄒᆞ이며]

【ㅅ/동사+ㅣ/사동접미사+ㄕ/연결어미】

하게 하며.

¶ 旣ㄹ 通達 已ㄹㅅㆍ斤 {於}作意 俱行ㅅㄱ 心ㅣ 任運ㅎ 轉ㅅ令ㅌ 中ㆍ十 能善ㅎ 棄捨ㅅㆍ亦 无間ㅎ 滅▸ㅅ{令}ㅣㄕ◂ <유가23:15-17>

又 復 佛隨念 等ㅅㄱ乙 修習ㅅㆍ亦 心乙 淸淨▸ㅅ{令}ㅣㄕ◂<유가25:01-02>

一十ㄱ 自ㅡ {於}契經ㅗ 阿毘達磨ㅗノ令十 讀ㅅㄹ 誦ㅅㄹ 受持ㅅㄹ 正作意乙 修ㅅㄹㅅㆍ亦 {於}蘊 等ㅅㄱ 事ㆍ十 極 善巧▸ㅅ{令}ㅣㄕ◂ <유가25:06-08>

卽ㅎ 此 四種 修道乙 依 {爲}ㄹㆍ 先下 說ノㄱ 所ㅌ 諸 歡喜事ㆍ十 生ㅅㄱ 所ㅌ 歡喜乙 如ハ 彼ㄱ {於}尒ㅅㄱ 時ㅗ十 修得圓滿ㅅㅣㄕ 最極損減ㅅㅣ令ㅌ 方便道理ㅡ 煩惱乙 斷ㅅㄱ入ㅡ{故}ㄕ 殊勝ㅅㄱ 所證法乙 獲得ㅅㄱ入ㅡ 故ノ 亦 喜悅乙 修得圓滿▸ㅅ{令}ㅣㄕ◂ <유가29:13-17>

【관련】 ㅅㅣㄕ, (ㅅㄹ)令ㅣㄕ

【선후】 (15)히며, (16)ᄒᆞ이며

ソ令リ阝ノ𢒑ㄱリ阝七ロソ二尸入灬[ᄒᆞ이아오린이앗고ᄒᆞ싦ᄃᆞ로]

【ソ/용언+リ/접미사+阝/선어말어미+ノ/선어말어미+𢒑[ㄹᅙ/동명사어미(+이/의존명사)+이/계사]+ㄱ/동명사어미+リ/계사+阝七/선어말어미+ロ/종결어미#ソ/용언+二/선어말어미+尸/동명사어미+入/의존명사+灬/구격조사】

하게 할 것입니까 하시므로. 하게 할 것인가 하시는 까닭으로. §'ロ/ゟ'는 의문사가 있는 설명의문문에 쓰임.

¶ 大師リ 正法乙 建立ソ{爲欲}人 方便灬 正等覺 成ノ尸入乙 示現ソ二下 云何亠ち尸入ㄱ 彼灬 正七 修行ソ阝ホ 轉▸ソ{令}リ阝ノ𢒑ㄱリ阝七ロソ二尸入灬◂ 故去 彼リ 正法行乙 修習ソ今七 時亠十 即ぅ 是ㄱ 法尒灬八 大師乙 供養ソ白阝ㄱ丁ノ𢒑罒 <유가06:04-06>

【관련】 ノ𢒑ㄱリ阝七ロソゟ, (ソ欲人)ソ二尸入灬

ソ令リ𢀳[ᄒᆞ이져]

【ソ/동사+リ/사동접미사+𢀳/연결어미】

하게 하고.

¶ 若 諸 有智ソㄱ 同梵行者リ 見聞疑乙 由阝 或 其 罪乙 擧ソ𢀳 或 憶念▸ソ{令}リ𢀳◂ 或 隨學▸ソ{令}リ𢀳◂ソ去ㄱ {於}尒所个七 時亠十 議論乙 堪忍ソ𢀳ソゟ <유가06:22-07:02>

二 {於}已生ソㄱ 善法乙 住ソ𢀳 不忘ソ𢀳 修習圓滿ソ𢀳 倍リ 增廣▸ソ{令}リ𢀳◂ノ亣{應}七ソㄱラ十 有ソㄱ 所七 懈怠リゟ <유가10:18-19>

又 {於}所治七 現行法七 中阝十 心阝十 染着 不冬ソ阝ホ 速リ 斷滅▸ソ{令}リ𢀳◂ 又 能ゟ 多リ 能對治七 法阝十 住ソ阝ホ 一切 所對治七 法乙 斷滅ソ𢀳ソ𢒑罒 <유가12:19-22>

又 正七 了知ソ阝ホ 而灬 {爲}受用ノ尸ム 謂ㄱ 是 如支 等ソㄱ 諸 資生具ㄱ 但八 身乙 治ソ阝ホ 敗壞尸 不冬▸ソ{令}リ𢀳◂ 暫七 飢渴乙 止阝ホ 梵行乙 攝受ソ𢀳ソ{爲}人ノ𢒑ㄱリ阝七丨ソゟ 廣リ 說尸 乃氵 至リ {於}食阝十 知量ソナ亣七丨 <유가19:13-16>

ソ令リ𢀳ノ亣應七ソㄱラ十[ᄒᆞ이져홇ᄒᆞᆫ의긔]

【ソ/용언+リ/사동접미사+𢀳/연결어미#ノ[ᄒᆞ/용언+오/선어말어미]+亣七/어미+ソ/형용사+ㄱ/동명사어미+ラ十/처격조사】

하게 하고 하는 데에.

¶ 已生ソㄱ 善法乙 住ソ𢀳 不忘ソ𢀳 修習圓滿ソ𢀳 倍リ 增廣▸ソ{令}リ𢀳ノ亣{應}七ソㄱラ十◂ 有ソㄱ 所七 懈怠リゟ <유가10:17-19>

【관련】 ソ亣應七ソㄱラ十, ソㄱラ十

ソ㑅リ㢱ソ𠫔ㄱ[ᄒᆞ이져ᄒᆞ건]

【ソ/동사+リ/사동접미사+㢱/연결어미#ソ/동사+𠫔/선어말어미+ㄱ/동명사어미】

하게 하고 한. 하게 하고 하니. § 여기서 'ㄱ'은 절 접속의 기능임.

¶ 若 諸 有智ソㄱ 同梵行者リ 見聞疑乙 由氵 或 其 罪乙 擧ソ㢱 或 憶念ソ{令}リ㢱 或 隨學▸ソ{令}リ㢱ソ𠫔ㄱ◂ {於}尒所ケ七 時ニ十 議論乙 堪忍ソ㢱ソ㫆 <유가06:22-07:02>

【관련】 ソ𠫔ㄱ

ソ㑅リ下[ᄒᆞ이하]

【ソ/동사+リ/사동접미사+下/연결어미】

하게 하여.

¶ {於}愛盡 寂滅ソㅌ七 涅槃界七 中氵十 善 安住▸ソ{令}リ下◂ 復ハ 退轉ノ尸 无㢱 心氵十 驚怖ソ氵㫆 謂尸 我ラ 我ㄱ 今ㅌ{者} 何ㄱ 所氵十 在ソ𠫔ㄱリ氵七ロノ尸{耶} 无㢱ソナ㒵七丨 <유가25:19-21>

是 如攴ソㄱ 二處七 十種 善巧ㄱ {於}二處所氵十ソㄱ 十一種 障乙 能㫆 斷滅▸ソ{令}リ下◂ 生起ソㄱ 所乙 隨ノ 卽ㄱ 便ラ 遠離ソナ牙罒 是 如攴ソㄱ乙 名下 {爲}遠離障㝵ニノ牙丨 <유가28:04-06>

【관련】 ㅅリ下, (不)冬 㑅リ下

【비고】 '下'는 연결어미 '氵'의 이형태로 선어말어미 'ニ/㒵'와 사동접미사 'リ' 뒤에 나타남.

ソリ[ᄒᆞ이]

【ソ/동사+リ/사동접미사 】

하게 하-. 시키-.

¶ 亦ソㄱ 復ケ 共七 量 無七ㄱ 音樂乙 作ソ氵 如來乙 覺寤▸ソリ◂白ロハニㄱ 佛ㄱ 卽ケ 時リ𠫔ケㄱ入乙 知ニ㫆 <구인03: 12-13>

【관련】 ソ㑅リ, ㅅリ, ㅅ, リ

ソリ白ロハニㄱ[ᄒᆞ이ᄉᆞᆸ곡신;ᄒᆞ이ᄉᆞᆸ고기신]

【ソ/동사+リ/사동접미사+白/선어말어미+ロ/선어말어미+ハ/선어말어미?+ニ/선어말어미+ㄱ/동명사어미】

하게 하시니. § 'ㄱ'은 절 접속의 기능임.

¶ 亦ソㄱ 復ケ 共七 量 無七ㄱ 音樂乙 作ソ氵 如來乙 覺寤▸ソリ白ロハニㄱ◂ 佛ㄱ 卽ケ 時リ𠫔ケㄱ入乙 知ニ㫆 <구인03: 12-13>

【관련】(ㅅ)ㅁハ二ㄱ, 白ノ𠂇ㅁハ二ㄱ

ㅅ 𢀳[ᄒᆞ져]

【ㅅ/용언+𢀳/연결어미】

① **하고.** § 동사에 결합된 예. '-𢀳'는 동사구를 나열할 때 쓰이고, 마지막 '-𢀳' 뒤에는 아우르는 요소 'ㅅ-'가 반드시 옴.

¶ 若七 自ラ灬 以ゝホ 受用ㅅㄱㅣ十ㄱ 則支 安樂▸ㅅ𢀳◂ 延年▸ㅅ𢀳◂ノ禾ㄘ <화소 10:06>

聞尸 已氵ㅅㅁハㄱ 其 心ㅎ 迷尸 不▸ㅅ𢀳◂ 沒尸 不▸ㅅ𢀳◂ 聚尸 不▸ㅅ𢀳◂ 散尸 不▸ㅅ𢀳◂ㅅゝ <화소15:07-08>

云何 常リ 天王氵 龍王氵 夜叉王 乾闥婆王 阿修羅王 迦樓羅王 緊那羅王 摩睺羅伽王 人王 梵王氵ノ令ラ{之} 守護▸ㅅ𢀳◂ 恭敬▸ㅅ𢀳◂ 供養▸ㅅ𢀳◂ノ尸 所乙 得ㄘ <화엄 02:03-06>

善𠂇ㄱ{哉}𢀳 佛子氵 汝ㄱ 今ㅅㄱ 饒益ノ尸 所 多ㄘ 安隱ノ尸 所ゝ 多𠂇ㄱ入乙灬 世間乙 哀愍▸ㅅ𢀳◂ 天人乙 利樂▸ㅅ𢀳◂ㅅ{爲欲}人 是 如支ㅅㅌ七 義乙 問𠫓𠂇ㄱ丁 <화엄02:10-12>

時十 十六大國王七 中ゝ七 舍衛國主リ二尸 波斯匿王リ 名(火?) 曰白尸 月光氵ㅅ白ㄋ令ㄱ 德行ㄱ 十地氵 六度氵 三十七品氵 四不壞淨氵ノ乙▸ㅅ𢀳◂ 摩訶衍七 化乙 行▸ㅅ𢀳◂ㅅ二ㅏㄱ氵 <구인02:24-03:01>

二者 身命乙 惜尸 不冬▸ㅅ𢀳◂ 安樂止息ノ令七{之} 覲乙 生尸 不冬𢀳ㅅㄘ <금광 03:07>

五者 理乙 如 種ㅅリ{爲}人▸ㅅ𢀳◂ 熟ㅅリ{爲}人▸ㅅ𢀳◂ 脫ㅅリ{爲}人▸ㅅ𢀳◂ㅅゝ <금광04:23-24>

彼 對治果乙 證得ㅅ{爲欲}人▸ㅅ𢀳◂ 亦 自ラ 心乙 得ホ 淸淨ㅅリ{爲}人▸ㅅ𢀳◂ㅅ尸入灬 故ノ <유가07:13-14>

二 {於}已生ㅅㄱ 善法乙 住▸ㅅ𢀳◂ 不忘▸ㅅ𢀳◂ 修習圓滿▸ㅅ𢀳◂ 倍リ 增廣ㅅ{令}リ𢀳ノㅎ{應}七ㅅㄱラ十 有ㅅㄱ 所七 懈怠リㄘ <유가10:18-19>

已ラ乙 謂ゝホ 一切 所作乙 已辦ㅅゝノㄱリゝ七ㅣㅅ尸 非冬▸ㅅ𢀳◂ 亦 他乙 向ゝ 已ラ 證ノㄱ 所乙 說尸 不冬▸ㅅ𢀳◂ㅅㄘㅅ𠂇𠂇罒 <유가19:09-10>

謂ㄱ 若 有𠂇ㅣ 已氵 三摩地乙 得ゝㄱ亠 而ㄱ 圓滿 未リ▸ㅅ𢀳◂ 自在ㅅㄱ入乙 得尸 未リ▸ㅅ𢀳◂ㅅ𠂇ㄱリ亠 <유가27:11 -12>

② **하고.** § 형용사에 쓰인 예임. '-𢀳'는 동사구를 나열할 때 쓰이고, 마지막 '-𢀳' 뒤에는 아우르는 요소 'ㅅ-'가 반드시 옴.

¶ 時十 無色界七𠂇ㄱ 量 無七ㄱ 變ノㄱㅌ七 大香花乙 雨ㄋㄱ厶 香ㄱ 車輪 {如}ㅣ▸ㅅ𢀳◂ 花ㄱ 須彌山王 {如}ㅣㅅ𠂇ㄱ氵 雲 {如}ㅣㅅゝ 而灬 下ㅅㅁㅌ乙ㄘ 十八梵天王ㄱ 百變異色花乙 雨リ𢀳 六欲七 諸ㄱ 天刀 量 無七ㄱ 色花乙 雨リ𢀳ㅅ𠂇ㄘ <구인 02:14-17>

(菩)薩力乙 (以)故ノ 還ノ 得㇒ホ 不墮ㅅ㇒ 損傷ノㇴ 無{有}▸ㅅ㇞◂ 痛(惱) 無{有}ㅌ ▸ㅅ㇞◂ㅅトノ丁人乙 菩薩 悉 見ナ㇇ㅌㅣ <금광06:14-15>

③ 하거나. § '-㇞'는 동사구를 나열할 때 쓰이고, 마지막 '-㇞' 뒤에는 아우르는 요소 'ㅅ-'가 반드시 옴.

¶ 此乙 除ㅁ斤 更㇒ 若 過▸ㅅ㇞◂ 若 增▸ㅅ㇞◂ㅅ丁 无ㅅ丁ㅣ丁了 <유가13:03>
當ㅅ 知㇇ㅣ 唯ㅅ 此 二十種㇒ 有ㅅ丁亠 此乙 除ㅁ斤 更㇒ 若 過▸ㅅ㇞◂ 若 增▸ㅅ㇞◂ㅅ丁 無ㅅ丁ㅣ丁了 <유가15:06-07>

【관련】 ㇞

ㅅ㇞令ㅣㅁㅁㅌノ矛㇇[ᄒᆞ져ᄒᆞ이고곳오리며]

【ㅅ/동사+㇞/연결어미#ㅅㅣ[ᄒᆞ/동사+이/사동접미사]+ㅁ/선어말어미+ㅁㅌ/선어말어미+ノ/선어말어미+矛[ㄹ㐋/동명사어미(+이/의존명사)+이/계사)]+㇇/연결어미】

하고 하게 하며. 하고 하게 할 것이며.

¶ 是 所ㅣ丁 國土㇒+丁 諸 怨賊亠 恐怖ノ令ㅌ{之} 難亠ノㇴ乙 無ㅣㅅ㇞ 飢饉ㅌ 畏ノㇴ 人乙 無ㅣㅅ㇞ 非人ㅌ 畏ノㇴ人乙 無ㅣㅅ㇞ 人民 興盛▸ㅅ㇞令ㅣㅁㅁㅌノ矛㇇◂ <금광15:08-09>

【관련】 ㅅ令ㅣㅁㅁㅌノ矛㇇, ㅅㅁㅌノ矛㇇, ㅅ令ㅣㅁㅁㅌノ㇇ㅌㅣ, ㅅ㇞

【비고】 '令'의 독음을 'ᄒᆞ'로 보는 견해와 '히'로 보는 견해가 있음. 후자의 경우 사동접미사를 중복 표기한 것으로 봄. 종래에 'ㅁㅁ'를 '㕣(려)'로 본 견해도 있었으나 점토구결을 확인한 결과 'ㅁ'에 해당하는 점토가 있어서 'ㅁㅁ'를 '㕣'로 보기가 어려움.

ㅅ㇞令ㅣ㇇[ᄒᆞ져ᄒᆞ이며]

【ㅅ/용언+㇞/연결어미#ㅅㅣ[ᄒᆞ/동사+이/사동접미사]+㇇/연결어미】

하고 하게 하며. § '令-'의 'ᄒᆞ-'는 '-㇞'로 나열된 동사구를 아우르는 요소임.

¶ 是 說法師乙火 種種… 利益ノ 安樂無障ㅅ㇞ 身心 泰然▸ㅅ㇞令ㅣ㇇◂ <금광15:06-07>

【관련】 ㅅ㇞, 令ㅣ㇇, ㅅㅣ㇇, ㅅ令ㅣ㇇, ㅅ令ㅣ㇇, ㅅ㇞令ㅣㅁㅁㅌノ矛㇇

【비고】 '令'의 독음을 'ᄒᆞ'로 보는 견해와 '히'로 보는 견해가 있음. 후자의 경우 사동접미사를 중복 표기한 것으로 봄.

ㅅ㇞令ㅣノㇴㅿ[ᄒᆞ져ᄒᆞ이옳ᄃᆡ]

【ㅅ/동사+㇞/연결어미#ㅅㅣ[ᄒᆞ/동사+이/사동접미사]+ノ/선어말어미+ㇴ/동명사어미+ㅿ[ᄃᆞ/의존명사+ᄋᆡ/처격조사]; ㅅ/동사+㇞/연결어미#ㅅㅣ[ᄒᆞ/동사+이/사동접미사]+ノ/선어말어미+ㇴ/동명사어미+ㅿ/의존명사; ㅅ/동사+㇞/연결어미#ㅅㅣ[ᄒᆞ/동사+이/사동접미사]+ノㇴㅿ/연결어미】

하고 하게 하되. § '亽 刂'의 '亠-'는 '- 㣺'로 나열된 동사구를 아우르는 요소임.

¶ 二者 {於}黑白法 3 十 遠離 丷 㣺 攝受▸丷 㣺 亽 刂 ノ 尸 厶◂ 智 能 具足 丷 ㄋ <금광 05:03-04>

三者 {於}生死涅槃 3 十 不猒 丷 㣺 不喜▸丷 㣺 亽 刂 ノ 尸 厶◂ 智 能 具足 丷 ㄋ <금광 05:04>

【관련】 丷 㣺, 刂 ㅎ 尸 厶

【비고】 '亽'의 독음을 '亠'로 보는 견해와 '히'로 보는 견해가 있음. 후자의 경우 사동접미사를 중복 표기한 것으로 봄.

丷 㣺 ノ ㄱ ㅌ [亠져혼느]

【丷/동사+ 㣺/연결어미# ノ [亠/동사+오/선어말어미] + ㄱ/동명사어미+ ㅌ/의존명사; 丷/동사+ 㣺/연결어미# ノ [亠/동사+오/선어말어미] + ㄱ/중복표기+ ㅌ/동명사어미】

하고 한 것. § 'ノ'의 '亠-'는 '- 㣺'로 나열된 동사구를 아우르는 요소임.

¶ 復 丷 ㄱ 十方淨土 乙 變 丷 㣺 百億高座 乙 現 丷 㣺 百億須彌寶花 乙 化▸丷 㣺 ノ ㄱ ㅌ◂ 有 七 ナ ㄱ ： <구인02:02-03>

【관련】 丷 㣺, ノ ㄱ ㅌ 七

丷 㣺 ノ 亽 七 [亠져호릿]

【丷/용언+ 㣺/연결어미# ノ [亠/용언+오/선어말어미] + 亽 [ㄹㆆ/동명사어미+이/의존명사] + 七/속격조사】

하고 한. 하고 하는.

¶ 四 {於}般涅槃 3 十 心 3 十 恐怖 乙 懷 㣺 瞋恚 與 七 俱 丷 3 其 心 劫弱▸丷 㣺 ノ 亽 七◂ 二所治 七 法 刂 ㄋ <유가12:06-07>

【관련】 丷 㣺, ノ 亽 七, 亠/ 氵 ノ 亽 七, (爲)ハ ノ 亽 七, (不)ハ ノ 亽 七

丷 㣺 ノ 禾 ㄋ [亠져호리며]

【丷/용언+ 㣺/연결어미# ノ [亠/용언+오/선어말어미] + 禾 [ㄹㆆ/동명사어미(+이/의존명사)+이/계사] + ㄋ/연결어미】

하고 할 것이며. § 'ノ'의 '亠-'는 '- 㣺'로 나열된 동사구를 아우르는 요소임.

¶ 若 七 自 ラ 灬 以 3 ホ 受用 丷 ㄱ 丨 十 ㄱ 則 支 安樂 丷 㣺 延年▸丷 㣺 ノ 禾 ㄋ◂ <화소10:06>

【관련】 丷 㣺, ノ 禾 ㄋ, ノ 矛 ㄋ

丷 㣺 ノ 矛 刂 ㄱ 刂 3 七 丨 丷 尸 矢 ㄋ [亠져호리인이앗다홇디며]

【丷/동사+ 㣺/연결어미# ノ [亠/동사+오/선어말어미] + 矛 [ㄹㆆ/동명사어미+이/의존명사] + 刂/

계사+ㄱ/동명사어미+刂/계사+⺅七/선어말어미+丨/종결어미#ッ/동사+尸/동명사어미+矢[ᄃ/의존명사+이/계사]+㣺/연결어미;ッ/동사+ᄒ/연결어미#ノ[ᄒ/동사+오/선어말어미]+矛[ᄙ/동명사어미(+이/의존명사)+이/계사)]+刂/중복표기+ㄱ/동명사어미+刂/계사+⺅七/선어말어미+丨/종결어미#ッ/동사+尸/동명사어미+矢[ᄃ/의존명사+이/계사]+㣺/연결어미】

하고 할 것입니다 하는 것이며. §'-오-'는 1인칭 주어와 호응함. 'ノ'의 'ᄒ-'는 '-ᄒ'로 나열된 동사구를 아우르는 요소임.

¶ 一十ㄱ 常刂 方便⺍ 善法乙 修ノ令七 所作刂ㄱ亠 謂ㄱ 我ㄱ {於}諸 法⺅+ 常刂 方便⺍ 修ノㄱ入乙 依止 {爲}氵ㄱ入⺍ 故ノ 當ハ 能㣺 隨ノ 樂乙 愛味ッ令七 一切 心識乙 制伏ッᄒ 又 能㣺 實 如攴 苦性乙 覺了▸ッᄒノ矛刂ㄱ刂⺅七丨ッ尸矢㣺◂ <유가 08:13-16>

【관련】ッᄒ, 刂ㄱ刂⺅七丨(ッ⺅), ッ尸矢㣺, ノ矛ㄱ刂⺅七丨ッ尸矢丨, ノ矛ㄱ刂⺅七丨ッ尸矢㣺, (不)冬ノ矛ㄱ刂⺅七丨ッ尸矢㣺, (ッᄒッ爲人)ノ矛ㄱ刂⺅七丨ッ㣺, ーㄱ刂⺅七丨, ッ尸矢丨

ッᄒノ尸[ᄒ져홇]

【ッ/동사+ᄒ/연결어미#ノ[ᄒ/동사+오/선어말어미]+尸/동명사어미】

하고 하는. 하고 할. §'ノ'의 'ᄒ-'는 '-ᄒ'로 나열된 동사구를 아우르는 요소임.

¶ 云何 常刂 天王⺀ 龍王⺀ 夜叉王 乾闥婆王 阿脩羅王 迦樓羅王 緊那羅王 摩睺羅伽王 人王 梵王⺀ノ令𠂊{之} 守護ッᄒ 恭敬ッᄒ 供養▸ッᄒノ尸◂ 所乙 得㣺 <주본화엄14, 02:03-06>

【관련】ッᄒ, ノ尸, ッᄒノ尸厶, ッᄒノ尸入ㄱ, ッᄒノ尸入乙

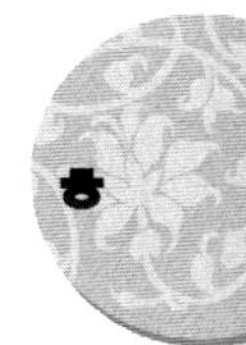

ッᄒノ尸入ㄱ[ᄒ져홇든]

【ッ/동사+ᄒ/연결어미#ノ[ᄒ/동사+오/선어말어미]+尸/동명사어미+入/의존명사+ㄱ/보조사】

하고 하는 것은. §'ノ'의 'ᄒ-'는 '-ᄒ'로 나열된 동사구를 아우르는 요소임.

¶ {於}法⺅+ 精勤ッ⺅㫖 論議決擇ッᄒ {於}立破門⺅+ 多刂 言論乙 生刂⺅ 相續 不捨▸ッᄒノ尸入ㄱ◂ 此ㄱ {於}寂靜亐 正思惟ッ令七 時亠+ 能㣺 障导刂尸{爲}入乙ッ尸矢㣺 <유가12: 08-10>

【관련】ッᄒ, ノ尸入ㄱ, ッᄒノ尸, ー尸入ㄱ

【비고】'尸入ㄱ'을 연결어미로 보는 견해도 있음.

ッᄒノ尸入乙[ᄒ져홇들]

【ッ/동사+ᄒ/연결어미#ノ[ᄒ/동사+오/선어말어미]+尸/동명사어미+入/의존명사+乙/대격

조사】
하고 하는 것을. § 'ノ'의 'ㅎ-'는 '-ㆆ'로 나열된 동사구를 아우르는 요소임.
¶ 我ㅊ 等ㅅ1 1 爲ノ 救護ㅅㆆ 利益▶ㅅㆆノ尸入乙◀ 作ㅅ3 <금광15:13>
【관련】 ㅅㆆ, ノ尸入乙, ㅅㆆノ尸, -尸入乙

ㅅㆆノ尸ム[ㅎ져홇딗]

【ㅅ/동사+ㆆ/연결어미#ノ[ㅎ/동사+오/선어말어미]+尸/동명사어미+ム[ㄷ/의존명사+의/처격조사];ㅅ/동사+ㆆ/연결어미#ノ[ㅎ/동사+오/선어말어미]+尸/동명사어미+ム/의존명사;ㅅ/동사+ㆆ/연결어미#ノ尸ム[ㅎ/동사+옰디/연결어미]】
하고 함에 있어. 하고 하되. § 'ノ'의 'ㅎ-'는 '-ㆆ'로 나열된 동사구를 아우르는 요소임.
¶ 雅思リㆆ 淵才リㆆㅅ3 文中3七 王リ尸入乙ㅅナ㢱 歌舞ㅅㆆ 談說▶ㅅㆆノ尸ム◀ 衆欣ノ尸 所リ尸入乙ㅅ㢱 <화엄19:06>
【관련】 ㅅㆆ, ノ尸ム, ㅅㆆノ尸, ㅅ白ㅎ尸ム, リㅎ尸ム, ノ尸ム, ㅅ白ㄱ尸ム, (ㅅㆆ)ㅅ白ノ尸ム, ㅎ1ム, ノ1ム

ㅅㆆノㅎ應七ㅅ1[ㅎ져홇흔]

【ㅅ/동사+ㆆ/연결어미#ノ[ㅎ/동사+오/선어말어미]+ㅎ七/어미+ㅅ/형용사+1/동명사어미】
('不' 앞에서) 하고 해서는 (안 되다). 하고 할 수 (없다). 하고 하지 (말아야 한다). § '1'는 부정소 '不' 앞에 쓰인 것임. 'ノ'의 'ㅎ-'는 '-ㆆ'로 나열된 동사구를 아우르는 요소임.
¶ 我1 今ㅌ 苦ラ 隨逐ノ尸入乙 爲ハ3 {於}勝定3十 自在ㅅ1入乙 獲得 未ハㅅ1丨十 中路3十 止息ㅅㆆ 或 復 退屈▶ㅅㆆノㅎ{應}七ㅅ1◀ 不矢1リ3七丨ㅅ3 <유가18:15-17>
【관련】 ㅅㆆ, -ㅎ應可七ㅅ-, -ㅎ可七ㅅ-, -ㅎ應七-, -ㅎ可七-

ㅅㆆㅎ1ラ十

☞ ㅅ㢱ㅎ1ラ十

ㅅㆆㅅ

☞ ㅅㆆㅅ爲欲人, ㅅㆆㅅ爲人ノ令十, ㅅㆆㅅ爲人ノ禾1リ3七丨ㅅ㢱

ㅅ 彡 ㅅ 爲欲 亼 [ᄒᆞ져ᄒᆞ과]

【ㅅ/동사+彡/연결어미#ㅅ/동사+亼/연결어미】

하고 하고자. §'ㅅ爲欲亼'의 'ㅅ'는 '彡'로 나열된 동사구를 아우르는 요소임.

¶ 善ナ㇐{哉}ㅊ 佛子: 汝㇐ 今ㅅ㇐ 饒益ノ尸 所 多ㅅ 安隱ノ尸 所 ㇋ 多ナ㇐入乙灬 世間乙 哀愍ㅅ彡 天人乙 利樂▸ㅅ彡ㅅ{爲欲}亼◂ 是 如支ㅅ㇀七 義乙 問去ナ㇐丁 <화엄02:10-12>

【관련】 ㅅ彡ㅅ爲亼ノ令十, ㅅ彡, ㅅ爲亼, ㅅ欲亼, ㅅ爲欲亼

ㅅ 彡 ㅅ 爲 亼 ノ 令 十 [ᄒᆞ져ᄒᆞ과호리긔]

【ㅅ/동사+彡/연결어미#ㅅ/동사+亼/연결어미#ノ[ᄒᆞ/동사+오/선어말어미]+令[ㄹㆆ/동명사어미+이/의존명사]+十/여격조사】

하고 하고자 하는 이에게. §'ㅅ爲亼ノ令十'의 'ㅅ'는 '彡'로 나열된 동사구를 아우르는 요소임.

¶ 或 經典乙 讀ㅅ彡 誦▸ㅅ彡ㅅ{爲}亼ノ令十◂ 而灬 談話乙 好樂ㅅ㇋ <유가26:08-09>

【관련】 ㅅ爲欲亼ノ令十, ㅅ彡, ㅅ爲亼, ノ令十

ㅅ 彡 ㅅ 爲 亼 ノ 矛 ㇐ 刂 ㇋ 七 丨 ㅅ ㇋ [ᄒᆞ져ᄒᆞ과호린이앗다ᄒᆞ며]

【ㅅ/동사+彡/연결어미#ㅅ/동사+亼/연결어미#ノ[ᄒᆞ/동사+오/선어말어미]+矛[ㄹㆆ/동명사어미(+이/의존명사)+이/계사]+㇐/동명사어미+刂/계사+㇋七/선어말어미+丨/종결어미#ㅅ/동사+㇋/연결어미; ㅅ/동사+彡/연결어미#ㅅ/동사+亼/연결어미#ノ[ᄒᆞ/동사+오/선어말어미]+矛/선어말어미+㇐/동명사어미+刂/계사+㇋七/선어말어미+丨/종결어미#ㅅ/동사+㇋/연결어미】

하고 하고자 하겠습니다 하며. 하고 하고자 하겠다 하며. §'ㅅ爲亼ノ矛㇐刂㇋七丨'의 'ㅅ'는 '彡'로 나열된 동사구를 아우르는 요소임.

¶ 謂㇐ 是 如支 等ㅅ㇐ 諸 資生具㇐ 但ハ 身乙 治ㅅ㇋ホ 敗壞尸 不冬ㅅ{令}刂彡 暫七 飢渴乙 止㇋ホ 梵行乙 攝受▸ㅅ彡ㅅ{爲}亼ノ矛㇐刂㇋七丨ㅅ㇋◂ <유가19:14-15>

【관련】 ㅅ彡, ㅅ爲亼, ノ矛㇐刂㇋七丨ㅅ尸矢㇐, (ㅅ彡)ノ矛刂㇐刂㇋七丨ㅅ尸矢㇋

ㅅ 彡 ㅅ 去 ㇐ [ᄒᆞ져ᄒᆞ건]

【ㅅ/동사+彡/연결어미#ㅅ/동사+去/선어말어미+㇐/동명사어미】

하고 하는. 하고 할. §'ㅅ去㇐'의 'ㅅ'는 '彡'로 나열된 동사구를 아우르는 요소임.

¶ 戒乙 受ㅅ彡 學▸ㅅ彡ㅅ去㇐◂ 時: 十㇐ 當願衆生 善支 {於}戒乙 學ㅅ㇋ハ 衆㇐ 惡乙 作尸 不ㅅ㇀立 <화엄03:17>

【관련】 ㅅ去㇐ 時十㇐, ㅅ去㇐丨十㇐, ㅅ去㇐入灬, ㅅ去㇐入乙

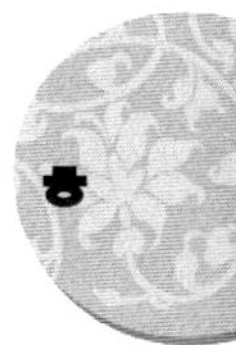

ソ亠ソナ1刂氵[ᄒᆞ져ᄒᆞ견이여]

【ソ/용언+亠/연결어미#ソ/용언+ナ/선어말어미+1/동명사어미+刂/의존명사+氵/조사】

하고 한 이가. §'氵'는 '有ナ丨'의 후치된 주어절에 붙은 요소임. 'ソナ1刂氵'의 'ソ'는 '亠'로 나열된 동사구를 아우르는 요소임.

¶ 若七 有ナ丨 衆生刂 壽ㅎ 量 無1氵 煩惱 微細ソ亠 樂 具足▸ソ亠ソナ1刂氵◂ <화엄18:20>

【관련】 ソ亠, ソナ1刂氵, ソ亠ソナ矛ㅗ, ソ亠ソ去1

ソ亠ソナ矛丨[ᄒᆞ져ᄒᆞ겨리다]

【ソ/동사+亠/연결어미#ソ/동사+ナ/선어말어미+矛/선어말어미+丨/종결어미; ソ/동사+亠/연결어미#ソ/동사+ナ/선어말어미+矛ソ/동사+亠/연결어미#ソ/동사+ナ/선어말어미+矛/선어말어미+丨/종결어미+丨/종결어미】

하고 할 것이다. §'ソナ矛丨'의 'ソ'는 '亠'로 나열된 동사구를 아우르는 요소임.

¶ 何以故 善男子氵 是1 退乙 不 地 菩薩 善根乙 成熟ノ今十 是1 第一印刂ニホ 是 金光明微妙經典1 衆經氵七{之} 王刂ホソニ1入一ㅗ 故去 得氵ホ 聽聞ソ亠 受持ソ亠 讀ソ亠 誦▸ソ亠ソナ矛丨◂ <금광13:24-14:01>

【관련】 ソ亠, ソナ矛丨

【비고】 'ソ亠ソナ矛丨'의 'ナ'는 '大'자처럼 보임.

ソ亠ソナ矛罒[ᄒᆞ져ᄒᆞ겨리라]

【ソ/동사+亠/연결어미#ソ/동사+ナ/선어말어미+矛[ㄹㆆ/동명사어미(+이/의존명사)+이/계사]+罒/연결어미】

하고 할 것이라서. §'ソナ矛罒'의 'ソ'는 '亠'로 나열된 동사구를 아우르는 요소임.

¶ 一切 諸1 善法乙 長養ソ亠 疑網乙 斷除ソ氵ホ 愛流乙 出▸ソ亠ソナ矛罒◂ 涅槃氵 無上道氵ノ今乙 開ソ亠 示ソ亠ソナ矛ホ <화엄09:21-22>

此乙 因ㅎ 廣大ソ1 歡喜乙 證得ソ亠 又 能ホ 出離善根乙 引發▸ソ亠ソナ矛罒◂ 是 故一 此 時乙 能ホ 自ラ乙 饒益ソP丁ノ矛ホ <유가06:01-03>

彼 絶ソ去1入乙 由氵1入一 故ノ 當來七 苦道刀 更氵 復八 轉 不冬▸ソ亠ソナ矛罒◂ 此 因果刂 永氵 滅盡ソ去1入乙 由氵1入一 故ノ 卽 名下 苦邊ㅗノPㅗ 更氵 餘 所 无氵ホ 無上ソ亠 无勝ソ亠ソナㅎ七丨 <유가31:16-18>

【관련】 (不)冬ソ亠ソナ矛罒, ソ亠ソナ氵, ソ亠, ソナ矛罒, ソナ氵

【비고】 '罒'는 연결어미 '氵'의 이형태로 계사 '刂' 뒤에 쓰임.

ソ亠ソナ矛ホ[ᄒᆞ져ᄒᆞ겨리며]

【ソ/동사+㢱/연결어미#ソ/동사+ナ/선어말어미+ネ[ㅭ/동명사어미(+이/의존명사)+이/계사)]+ケ/연결어미】

하고 할 것이며. §'ソナネケ'의 'ソ'는 '㢱'로 나열된 동사구를 아우르는 요소임.

¶ 信ㄱ 道ぅ七 元矢支リケ 功德七 母リ尸{爲}入乙ソロナㄱ 一切 諸ㄱ 善法乙 長養ソ㢱 疑網乙 斷除ソぅホ 愛流乙 出ソ㢱ソナネ四 涅槃ミ 無上道ミノ令乙 開ソ㢱 示▸ソ㢱ソナネケ◂ 信ㄱ … 本リ尸入乙ソナㄱリケ 亦ソㄱ … 受リナネケ 信ㄱ … 入リナネケ 信ㄱ … 增長ソナネケ 信ㄱ … 到リナネケ 信ㄱ … 明利 令リナネケ 信ㄱ … 無ナㄱリケ 信ㄱ … 本リ尸入乙ソナㄱリケ 信ㄱ … 向ㅅリナネケ 信ㄱ … 無リソナネケ … 得リナネケ 信ㄱ … 出ㅅリナネケ … 示現ソナネケ 信ㄱ … 不壞種リ尸{爲}入乙ソナㄱリケ 信ㄱ … 生長ソナネケ 信ㄱ … 增益ソナネケ 信ㄱ … 示現ソナㅎ七ㅣ <화엄09:20-10:07>

是 如支ソㄱ 聖法 相應ソヒ七{之} 心リ … 續 不冬ソ㢱 若 世間七 心ㄱ 復ハ 已斷ソㅎ七ㅅ{雖}十 猶リ 得ホ 現行ソ尸亠 彼ㄱ {於}後七 時亠十 任運ち 而灬 滅▸ソ㢱ソナネケ◂ 又 煩惱道亠 後有業道亠ノ尸ㄱ … 斷絶ソ㢱 … 不冬ソ㢱ソナネ四 … 更ぅ 餘 所 无ぅホ 無上ソ㢱 无勝ソ㢱ソナㅎ七ㅣ <유가31:12-18>

【관련】 ソ㢱, ソナネケ

ソ㢱ソナネ亠[ᄒᆞ져ᄒᆞ겨리여]

【ソ/동사+㢱/연결어미#ソ/동사+ナ/선어말어미+ネ[ㅭ/동명사어미+이/의존명사]+亠/조사; ソ/동사+㢱/연결어미#ソ/동사+ナ/선어말어미+ネ亠[ㅭ/동명사어미(+이/의존명사)+이여/조사]】

하고 하는 이가. 하고 할 이가. §'이여'는 '有ナㅣ'의 후치된 주어절에 붙은 요소임. 'ソナネ亠'의 'ソ'는 '㢱'로 나열된 동사구를 아우르는 요소임.

¶ 謂ㄱ 有ナㅣ 一 如支ソㄱリ … 謂ㄱ {於}種種七 邪天 處所ぅ十 及七 {於}種種七 外道 處所ぅ十ソ尸 不冬▸ソ㢱ソナネ亠◂ <유가02:10-13>

謂ㄱ 有ナㅣ 而灬 {於}諸 欲ぅ十 深リ 過患乙 見ソ㢱 {於}上勝境ぅ十 寂靜德乙 見▸ソ㢱ソナネ亠◂ <유가20:09-13>

【관련】 ソ㢱, ソナネ亠, ちソ㢱ソ令リナネ亠, (未)リソ㢱ソナㄱリ亠, 㢱ソナㄱリ亠

ソ㢱ソナケ[ᄒᆞ져ᄒᆞ겨며]

【ソ/동사+㢱/연결어미#ソ/동사+ナ/선어말어미+ケ/연결어미】

하고 하며. §'ソナケ'의 'ソ'는 '㢱'로 나열된 동사구를 아우르는 요소임.

¶ 一ㄱ 生乙 持ソ㢱 乃ソぅ 至リ 不可說不可說七 生乙 持▸ソ㢱ソナケ◂ <화소23:20-24:01>

【관련】 ソ㢱, ソナケ

ソ𢒑ソナ亍七丨[ᄒᆞ져ᄒᆞ겼다]

【ソ/용언+𢒑/연결어미#ソ/용언+ナ/선어말어미+亍七/선어말어미+丨/종결어미】

하고 한다. 하고 할 수 있다. §'ソナ亍七丨'의 'ソ'는 '𢒑'로 나열된 동사구를 아우르는 요소임.

¶ 又 是 如支ソㄱ 三摩地圓滿乙 依ソㄱ入灬 故ノ {於}正方便刂ㄱ 根本定灬 攝ノ尸 內心奢摩他ㄋ十 遠離愛樂乙 證得ソ𢒑 又 法毘鉢舍那刂ㄱ 是 如支 觀察ソㄋホ 熾燃明淨ノ今十 有七ㄱ 所七 愛樂乙 證得▸ソ𢒑ソナ亍七丨◂ <유가16:01-04>

此 因果刂 永ㄋ 滅盡ソ去ㄱ入乙 由氵ㄱ入灬 故ノ 卽 名下 苦邊亠ノ尸亠 更ㄋ 餘 所 无ㄋホ 無上ソ𢒑 无勝▸ソ𢒑ソナ亍七丨◂ <유가31:17-18>

【관련】 𢒑ソナ亍七丨, ソ𢒑, ソナ亍七丨

ソ𢒑ソナㄋ[ᄒᆞ져ᄒᆞ겨아]

【ソ/형용사+𢒑/연결어미#ソ/형용사+ナ/선어말어미+ㄋ/연결어미】

하고 하여서. §'ソナㄋ'의 'ソ'는 '𢒑'로 나열된 동사구를 아우르는 요소임.

¶ 佛子ㄋ {此}刂 菩薩ㄱ 年盛ソ𢒑 色美ソ𢒑 衆ㄱ 相 具足▸ソ𢒑ソナㄋ◂ 名華氵 上服氵ノ今灬 而灬 以ㄋホ 身乙 嚴ソㄋ <화소11:06-07>

【관련】 ソ𢒑ソナ矛罒, ソ𢒑, ソナㄋ, ソナ矛罒

ソ𢒑ソロㅌ弥[ᄒᆞ져ᄒᆞ고ᄂᆞ며]

【ソ/동사+𢒑/연결어미#ソ/동사+ロ/선어말어미+ㅌ/선어말어미+弥/연결어미】

하고 하며. 하고 할 것이며. §'ソロㅌ弥'의 'ソ'는 '𢒑'로 나열된 동사구를 아우르는 요소임.

¶ {於}彼 十方世界七 中ㄋ十 念念ㄋ十ケ丨 佛道 成ト亍ㄱ入乙 示現ソ𢒑 正法輪乙 轉𢒑 寂滅ㄋ十 入ソ𢒑 乃氵 至刂 舍利乙 廣刂 分布▸ソ𢒑ソロㅌ弥◂ <화엄14:19-20>

【관련】 ソ𢒑, ソロㅌ弥, ソロㅌ矛弥, ソロㅌ乙弥

【비고】 'ソロㅌ弥'는 'ソロㅌ乙弥'의 이표기로 볼 가능성도 있고 'ソロㅌ矛弥'에서 '矛'가 빠진 것으로 볼 가능성도 있음.

ソ𢒑ソロㅌ火七ハ尸入ㄱ[ᄒᆞ져ᄒᆞ고ᄂᆞ븟긊든;ᄒᆞ져ᄒᆞ고ᄂᆞ븟긼든]

【ソ/동사+𢒑/연결어미#ソ/동사+ロ/선어말어미(+ㄴ/동명사어미)+ㅌ/의존명사+火七/보조사+ハ/미상+尸/동명사어미+入/의존명사+ㄱ/보조사;ソ/동사+𢒑/연결어미#ソ/동사+ロ/선어말어미+ㅌ/동명사어미+火七/보조사+ハ/미상+尸/동명사어미+入/의존명사+ㄱ/보조사】

하고 하는 것이 있으면. 하고 하는 것은. §'ソロㅌ火七ハ尸入ㄱ'의 'ソ'는 '𢒑'로 나열된 동사구를 아우르는 요소임.

¶ 菩薩ㄱ 勤ㅌ 大悲行乙 修ㄱ㣺 願ㅅㄱ 一切乙 度ㄹㅁハㅅノㄕㅿ 果ㅌㄕ 不ㅅㄕ丁ノㄕ 無ㄹㅅㄱナ㣺罒 見聞ㅅㅅ 聽受ㅅㅅ 若ㅌ 供養▸ㅅㅅㅅㅁㅌ火ㅌハㄕㅅㄱ◂ 皆ㅌ 安樂乙 獲ㄹ{令}ㄹㄕ 不ㅅㄕ丁ノㄕ 靡ㄹㅌㅅㅌ㣺ㅅ <화엄14:09-10>

【관련】 ㅅㅅ, 火ㅌハㄕㅅㄱ

【비고】 '火ㅌハㄕㅅㄱ'의 'ハ'를 어간의 일부로 보거나 '火ㅌハ'를 [붋/보조사+이/계사]와 같이 보는 견해도 있음. 'ㄕㅅㄱ'을 연결어미로 보는 견해도 있음.

ㅅㅅㅅㅁㄱ[ᄒᆞ져ᄒᆞ곤]

【ㅅ/용언+ㅅ/연결어미#ㅅ/용언+ㅁ/선어말어미+ㄱ/동명사어미;ㅅ/용언+ㅅ/연결어미#ㅅ/용언+ㅁㄱ/연결어미】

하고 하니. § 여기서 '-ㄱ'은 절 접속의 기능임. 'ㅅㅁㄱ'의 'ㅅ'는 'ㅅ'로 나열된 동사구를 아우르는 요소임.

¶ 我ㄱ 今ㅅㄱ 衰老ㅅㄱ 身ㄱ 重疾ㄱ十 嬰ㅌㅅㅅ 煢獨ㅅㅅ 羸頓▸ㅅㅅㅅㅁㄱ◂ 死ノㄕㅅㄱ 將ㅊ今ハ 久ㄱㄕ 不ㅅㅊㅁ乙ㅎㅣ <화소10:18-19>

【관련】 ㅅㅅ, ㅅㅁㄱ

ㅅㅅㅅㅏㄱ刀[ᄒᆞ져ᄒᆞ눈도]

【ㅅ/동사+ㅅ/연결어미#ㅅ/동사+ㅏ/선어말어미+ㄱ/동명사어미+刀/보조사】

하고 하는 것도. 하거나 하는 것도. § 'ㅅㅏㄱ刀'의 'ㅅ'는 'ㅅ'로 나열된 동사구를 아우르는 요소임.

¶ 是ㄱ 涅槃ㄹㅣ 思惟ㅅㅅ 是ㄱ 生死ㄹㅣ 思惟▸ㅅㅅㅅㅏㄱ刀◂ 無明ㄹ 因{爲}ㄹㄕㅅ乙ㅅㅅ <금광07:22-23>

微細ㅅㄱ 諸相ㄹ 或現ㅅㅅ 不現▸ㅅㅅㅅㅏㄱ刀◂ 無明ㄹ 因{爲}ㄹㄕㅅ乙ㅅㅅ <금광07:25-08:01>

【관련】 ㅅㅅ, ㅅㅏㄱ刀, ㅅㅅㅅㅏㄱㄹㅣ

ㅅㅅㅅㅏㄱㄹㅣ[ᄒᆞ져ᄒᆞ눈이다]

【ㅅ/동사+ㅅ/연결어미#ㅅ/동사+ㅏ/선어말어미+ㄱ/동명사어미+ㄹ/계사+ㅣ/종결어미】

하고 하는 것이다. § 'ㅅㅏㄱㄹㅣ'의 'ㅅ'는 'ㅅ'로 나열된 동사구를 아우르는 요소임.

¶ 此 因緣乙 由ㄱ 初ㅌ 世間一切種淸淨乙 依ㄱ {於}此 正法ㄱ十ㅅㄱ 補特伽羅ㄱ 三摩地乙 得ㄱ斤 已 善 宣說ㅅㅅ 已 善 開示▸ㅅㅅㅅㅏㄱㄹㅣ◂ <유가15:07-09>

【관련】 ㅅㅅ, (能ㄹ矢)ㅅㅏㄱㄹ罒, ㅅㅅㅅㅏㄱ刀

ㅅㅅㅅㅏノㄱㅅ乙[ᄒᆞ져ᄒᆞ누온돌]

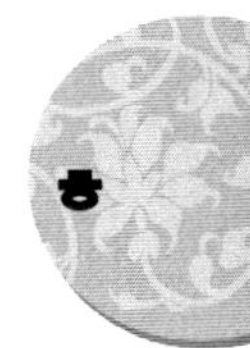

【丷/용언+㇒/연결어미#丷/용언+ト/선어말어미+ノ/선어말어미+㇠/동명사어미+入/의존명사+乙/대격조사】

하고 하는 것을. §'丷トノ㇠入乙'의 '丷'는 '㇒'로 나열된 동사구를 아우르는 요소임.

¶ 世間㇠ 一㇃ 異丷㇠ 不失リ㇠失 譬入㇠ 空谷㇋七 響 如支丷㇋ 不度丷㇒ 亦 不滅▸丷㇒丷トノ㇠入乙◂ 唯ハ 佛リニ㇊ 能㇃ 了知丷ニロ尸㇃ <금광13:14-15>

又 彼㇠ {於}晝夜㇋十 若 行丷㇈ 若 住丷㇈ 衣服㇐ 飮食㇐ 命緣㇐ノ尸乙 習近ノ㇠入乙 如ハ 習近丷㇠入乙 由㇊㇠入㇀ 故ノ 不善法 增長丷㇒ 善法 衰退丷㇒ 或 善法 增長丷㇒ 不善法 衰退▸丷㇒丷トノ㇠入乙◂ 皆 實 如支 了知丷㇃ <유가27:21-28:01>

善男子㇋ 菩薩 七地㇋十㇠ 是 相 前現ノ尸厶 … 還ノ 得㇋㇌ 不墮丷㇋ 損傷ノ尸 無{有}丷㇒ 痛(惱) 無{有}七▸丷㇒丷トノ㇠入乙◂ 菩薩 悉 見ナ㇍七丨 <금광06:12-15>

【관련】 丷㇒丷ト㇍㇠入乙, 丷㇒, 丷トノ㇠入乙

丷㇒丷ト㇍㇠入乙[ᄒᆞ져ᄒᆞ누온둘]

【丷/동사+㇒/연결어미#丷/동사+ト/선어말어미+㇍/선어말어미+㇠/동명사어미+入/의존명사+乙/대격조사】

하고 하는 것을. §'丷ト㇍㇠入乙'의 '丷'는 '㇒'로 나열된 동사구를 아우르는 요소임.

¶ 菩薩㇠ 十尸 種 行乙 行丷㇒ 亦丷㇠ 一切 大人㇊ 法乙 行▸丷㇒丷ト㇍㇠入乙◂ 示リ㇃ <화엄18:18>

【관련】 丷㇒丷トノ㇠入乙, 丷㇃丷ト㇍㇠入乙, 丷㇒, 丷ト㇍㇠入乙

丷㇒丷㇏支立[ᄒᆞ져ᄒᆞᄂᆞ?셔]

【丷/동사+㇒/연결어미#丷/동사+㇏/선어말어미+支/미상+立/종결어미】

하고 하기를 (바란다). §'-㇏支立'는 願望을 나타내는 종결형태임. '丷㇏支立'의 '丷'는 '㇒'로 나열된 동사구를 아우르는 요소임.

¶ 父母乙 孝事丷𠂉㇠丨十㇠ 當ハ 願入㇠ 衆生㇠ 善支 {於}佛乙 事ハ白㇋㇌ 一切乙 護丷㇒ 養▸丷㇒丷㇏支立◂ <화엄02:20>

【관련】 丷㇒, ㇏立, 丷㇏支立, (離)支㇏支立

【비고】 '㇏支立'와 '㇏立'는 같은 형태의 이표기로 추정됨.

丷㇒丷㇠[ᄒᆞ져ᄒᆞᆫ]

【丷/용언+㇒/연결어미#丷/용언+㇠/동명사어미】

① **하거나 함.** §'㇠'은 부정소 '無, 无' 앞에 쓰인 것임. '丷㇠'의 '丷'는 '㇒'로 나열된 동사구를 아우르는 요소임.

¶ 是 如支丷㇠ 初支七 生圓滿七 廣聖敎七 義㇋十 此 十種 有丷㇠㇐ 此乙 除ロ斤 更㇋ 餘 生圓滿リ 若 過丷㇒ 若 增▸丷㇒丷㇠◂ 無ナ㇠リ丨 <유가04:04-06>

是 如支ソ1 三支セ 廣聖教セ 義1 謂 十十種リ1ㅗ 此乙 除口斤 更3 若 過ソㅎ 若 增▸ソㅎソ1◂ 无ナ1リ丨 <유가07:18-19>

當ハ 知ㅎ丨 唯ハ 此 二十種氵 有ソ1ㅗ 此乙 除口斤 更3 若 過ソㅎ 若 增▸ソㅎソ1◂ 無ソ1リ1丁 <유가15:06-07>

又 此 三摩地圓滿セ 廣聖教セ 義3十 當ハ 知ㅎ丨 唯ハ 是 如支ソ1 十相氵 有ソ1ㅗ 此乙 除口斤 更3 若 過ソㅎ 若 增▸ソㅎソ1◂ 无ソ1リ1丁 <유가16:06-08>

又 此 聖諦現觀セ 義1 廣リ 說ア入1 知ノㅎ{應}セ丨 謂1 心厭患相3十 二十種 有セ 彡 心安住相3十 亦 二十種リ1ㅗ 此乙 除口斤 更3 若 過ソㅎ 若 增▸ソㅎソ1◂ 无ソ1リ1丁 <유가25:23-26:02>

又 此 遠離障㝵セ 義1 廣リ 說ア入1 知ノㅎ{應}セ丨 說ノ1 所セ 相乙 如ハソ1ㅗ 此乙 除口斤 更3 若 過ソㅎ 若 增▸ソㅎソ1◂ 无ソ1リ1丁 <유가28:06-08>

又 此 極淸淨道入 及セ 果功德入乙 證得ノ令セ 義1 廣リ 說ア入1 知ノㅎ{應}セ丨 說ノ1 所セ 相乙 如ハソ1ㅗ 此乙 除口斤 更3 若 過ソㅎ 若 增▸ソㅎソ1◂ 无ソ1リ1丁 <유가31:09-11>

② **하고 한.** §'ソ1'의 'ソ'는 'ㅎ'로 나열된 동사구를 아우르는 요소임.

¶ 謂1 {於}少分殊勝ソ1 所證3十 心3十 喜足ノア 无3 {於}諸 善法リ 轉上ソㅎ 轉勝ソㅎ 轉微妙▸ソㅎソ1◂ 處3十 悕求ソ3ホ 而ㅛ 住ソ彡ソオ四 <유가29:10-12>

【관련】 ソㅎ, ソ1

ソㅎソ1入乙[ᄒᆞ져ᄒᆞᆫ돌]

【ソ/동사+ㅎ/연결어미#ソ/동사+1/동명사어미+入/의존명사+乙/대격조사】

하고 한 것을. 하고 하는 것을. §'ソ1入乙'의 'ソ'는 'ㅎ'로 나열된 동사구를 아우르는 요소임.

¶ 善男子3 是 金光明經乙 聽聞ソㅎ 受持▸ソㅎソ1入乙◂ {以}氵1入ㅛ 故ノ <금광14:03-04>

此 作意乙 修習ソㅎ 多 修習▸ソㅎソ1入乙◂ 由氵1入ㅛ 故ノ <유가23:18-19>

能彡 十種 過失乙 遠離ソㅎ 又 能彡 聖所住處3十 安住▸ソㅎソ1入乙◂ {以}氵3 故ㅊ 名下 功德ㅗノオ丨 <유가31:05-07>

【관련】 ソㅎ, ソ1入乙, ソㅎソア入乙

ソㅎソ1ㄋ十[ᄒᆞ져ᄒᆞᆫ의긔]

【ソ/용언+ㅎ/연결어미#ソ/용언+1/동명사어미+ㄋ十/처격조사】

하고 하는 것에. 하고 함에. §'ソ1ㄋ十'의 'ソ'는 'ㅎ'로 나열된 동사구를 아우르는 요소임.

¶ 一者 {於}一切 法リ 本ㅛセ 來ノ1アム 不生ソㅎ 不滅ソㅎ 不有ソㅎ 不無▸ソㅎソ1ㄋ十◂ 心 安樂ㅎ 住ソ彡 <금광04:12-13>

【관련】 ソ𢒒, ソ1ラ十

【비고】 'ソ1ラ十'는 <구역인왕경>, <금광명경>, <유가사지론>에만 나타남.

ソ𢒒ソ大矛丨

☞ ソ𢒒ソナ矛丨

ソ𢒒ソ矛罒[ᄒᆞ져ᄒᆞ리라]

【ソ/동사+𢒒/연결어미#ソ/동사+矛[ㄹㆆ/동명사어미(+이/의존명사)+이/계사]+罒/연결어미】

하고 할 것이라서. §'ソ矛罒'의 'ソ'는 '𢒒'로 나열된 동사구를 아우르는 요소임.

¶ 又 {於}所治七 現行法七 中3十 心3十 染着 不冬ソ3ホ 速刂 斷滅ソ{令}刂𢒒 又 能ホ 多刂 能對治七 法3十 住ソ3ホ 一切 所對治七 法乙 斷滅▸ソ𢒒ソ矛罒◂ 是 如支ソ1 三法1 一切 對治修乙 隨逐ソ1入灬 故ノ 名下 多所作亠ノ矛丨 <유가12:19-23>

卽 此 二 雜染品乙 斷ソ{爲}人 善說法亠 毘柰耶亠ノ亽十 入ソヒ七 時亠十 能ホ 障导乙 爲一刂亽七 有ソ1 所七 煩惱刂1 此 諸 煩惱1 能ホ 隨眠刂尸{爲}入乙ソ3 深遠亏 心3十 入ソ𢒒 又 能ホ 種種七 諸 苦乙 發生▸ソ𢒒ソ矛罒◂ 若 能ホ {於}此ラ十 餘良 无亏 永斷ソ尸入乙 名下 極淨道果乙 {爲}證得ソ31丁ノ矛丨 <유가30:07-11>

【관련】 ソ𢒒, ソ矛罒

【비고】 '罒'는 연결어미 '3'의 이형태로 계사 '刂' 뒤에 쓰임.

ソ𢒒ソ尸矢丨[ᄒᆞ져ᄒᆞᇙ디다]

【ソ/동사+𢒒/연결어미#ソ/동사+尸/동명사어미+矢[ㄷ/의존명사+이/계사]+丨/종결어미】

하고 할 것이다. 하고 하는 것이다. §'ソ尸矢丨'의 'ソ'는 '𢒒'로 나열된 동사구를 아우르는 요소임.

¶ {於}五無間七 一乙 隨ノソ1 業障3十 自灬 造作尸 不冬ソ𢒒 他乙 教ソ3 作亽刂尸 不冬▸ソ𢒒ソ尸矢丨◂ <유가02:07-09>

三十七菩提分法乙 修ソ3ホ 沙門果乙 得3 {於}沙門果3十 證得圓滿ソ𢒒 又 能ホ 展轉勝上ソ3ホ 增長廣大ソ1 有七1 所七 功德乙 證得▸ソ𢒒ソ尸矢丨◂ <유가03:08-11>

正行不滅圓滿刂丨ソ1入1{者} 謂1 佛世尊1 般涅槃ソニホ七人{雖}斗 而1 俗正法刂 猶刂 住ソ3ホ 未滅ソ𢒒 勝義正法刂 未隱未斷▸ソ𢒒ソ尸矢丨◂ <유가03:11-13>

他乙 引ソ3 {於}己ラ乙 信ソ{令}刂{爲}人ソ尸 不冬ソ𢒒 利養亠 恭敬亠 稱譽亠ノ尸乙 爲ソロ尸丁ホ尸 不冬▸ソ𢒒ソ尸矢丨◂ <유가04:18-19>

謂1 法乙 聽聞ソ亽七 時亠十 自他乙 饒益ソ𢒒 正行乙 修ソ亽七 時亠十 自他乙 饒益ソ𢒒 及 能ホ 衆苦邊際乙 證得▸ソ𢒒ソ尸矢丨◂ <유가05:19-21>

{於}生起ソ1 所七 諸 不善法3十 不堅着ソ1入乙 由3 方便道理灬 駈擯遠離ソ𢒒 {於}

諸 善法3十 能ㅅ 勤セ 修習▸ソ𝑖ソ尸矢丨◂ <유가28:02-03>

【관련】 ソ𝑖, ソ尸矢丨, ソ𝑖ソ二尸矢丨

ソ𝑖ソ尸入乙[ᄒᆞ져홇돌]

【ソ/동사+𝑖/연결어미#ソ/동사+尸/동명사어미+入/의존명사+乙/대격조사】

하고 하는 것을. §'ソ尸入乙'의 'ソ'는 '𝑖'로 나열된 동사구를 아우르는 요소임.

¶ 是 如支ソ1 二種セ 所對治セ 法3十 其 次第乙 隨ノ 不淨想乙 修ソ𝑖 无常想乙 修▸ソ𝑖ソ尸入乙◂ 當ハ 知ㅎ丨 是乙 彼ㅋ 修習對治ㅗノオ刂1丁 <유가08:10-12>

若 身語意行乙 安靜 不ハソ3ホ 躁動輕擧ソ3 數刂 尸羅乙 犯ソ3ホ 憂悔 等ソ1乙 生刂𝑖 乃ㅅ 至刂 得ホ 心 善 安住 不ハ▸ソ𝑖ソ尸入乙◂ 當ハ 知ㅎ丨 是乙 名下 奢摩他支3十 不隨順ソ1 性ㅗノオ刂1丁 <유가26:21-27:01>

【관련】 ソ𝑖, ソ尸入乙, ソ𝑖ソ1入乙

ソ𝑖ソㅅ[ᄒᆞ져ᄒᆞ며]

【ソ/동사+𝑖/연결어미#ソ/동사+ㅅ/연결어미】

하고 하며. §'ソㅅ'의 'ソ'는 '𝑖'로 나열된 동사구를 아우르는 요소임.

¶ 分別乙 起尸 不ソㅅ 貪尸 不ソ𝑖 味尸 不▸ソ𝑖ソㅅ◂ 亦ソ1 求取尸 不ソㅅ 依倚ノ尸 所3 無3 <화소13:03-04>

味尸 不ソ𝑖 著尸 不▸ソ𝑖ソㅅ◂ 亦ソ1 厭ノ尸入乙 生刂尸 不ソㅅ <화소13:14-15>

諦刂 聽ホ 諦刂 聽ㅅ 善ㅅ 之乙 思ソ𝑖 念▸ソ𝑖ソㅅ◂ 法乙 如𢀳 修行ソㅅソナ3ソロハ二1 <구인03:19>

諦聽 諦聽ㅅ 善ㅅ 之乙 思ソ𝑖 念▸ソ𝑖ソㅅ◂ 法乙 如𢀳 修行ソナ3 <구인14:22-23>

一十1 實有性乙 信ソ𝑖 二 有功德乙 信ソ𝑖 三 己ㅋ 有能刂1 得樂ノ令セ 方便乙 信▸ソ𝑖ソㅅ◂ <유가05:02-03>

思所成智乙 成辦ソ{爲欲}入 身心3十 憒鬧乙 遠離ソロ 而灬 住ソ𝑖 障盖刂1 諸 惡尋思乙 遠離▸ソ𝑖ソㅅ◂ <유가05:04 -06>

此乙 依止ソ1入灬 故ノ 生死セ 過失乙 見3ホ 勝解乙 發起ソ𝑖 涅槃功德乙 見3ホ 勝解乙 發起▸ソ𝑖ソㅅ◂ <유가05:09-10>

若 諸 有智ソ1 同梵行者刂 見聞疑乙 由3 或 其 罪乙 擧ソ𝑖 或 憶念ソ{令}刂𝑖 或 隨擧ソ{令}刂𝑖ソ去1 {於}尒所ケセ 時ㅗ十 譏論乙 堪忍▸ソ𝑖ソㅅ◂ <유가06:22-07:02>

又 彼1 尸羅律儀3十 安住ソ3 犯戒ソ1入乙 由3 私立 自灬 懇責ソ尸 不冬ソ𝑖 亦彼 同梵行者ㅋ 法乙 {以}ㅅ 呵擯ノ尸入乙 爲ハ尸 不冬▸ソ𝑖ソㅅ◂ <유가17:10-12>

尸羅乙 犯ソ1刂 有セ去乃 而1 輕擧 不冬ソ𝑖 若 {於}尸羅3十 缺犯ノ尸 所 {有}斗3 1丨十1 此 因緣乙 由3 便ㅎ 自灬 懇責▸ソ𝑖ソㅅ◂ <유가17:12-14>

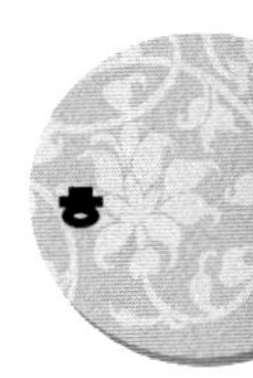

己ㅋ乙 謂ㅣ㫆 一切 所作乙 已辦ㄴㅣノㄱㅣㅣ七ㅣㄴㅍ 非冬ㄴ㇒ 亦 他乙 向ㅣ 己ㅋ 證ノㄱ 所乙 說ㅍ 不冬▸ㄴ㇒ㄴ㢱◂ㄴナ㔾罒 <유가19:09-10>

又 作意ㄴㅣ 彼 相乙 思惟ㄴㄱ入乙 由ㅣㄱ入灬 故ノ 心ㅣ十 猒患ノㅍ入乙 生ㅣ㇒ 卽ㅎ {於}此 相ㅣ十 所作 多ㄴㄱ入灬 故ㅎ 心 極 厭患▸ㄴ㇒ㄴ㢱◂ <유가22:15-17>

謂ㄱ 長夜ㅣ十 數習ㄴㅣ㫆 彼乙 與七 共居ノㅌ七 增上力灬 故ノㄴ㇒ 或 復 樂ㅎ 二ㅎ 第七ㅈ乙 與七 共住▸ㄴ㇒ㄴ㢱◂ノㅍ 諸ㅋ 是 如ㅊ 等ㄴㄱ乙 名下 行處障亠ノ㔾ㅣ <유가26:12-14>

{於}晝夜分ㅣ十 自己ㅋ {有}ㅏノㄱ 所七 善法 增長ㄴㅏノㄱ入乙 實 如ㅊ 了知ㄴ㇒ 不善法 增長ㄴㅏノㄱ入乙 實 如ㅊ 了知▸ㄴ㇒ㄴ㢱◂ <유가27:18-19>

善法 衰退ㄴㅏノㄱ入乙 實 如ㅊ 了知ㄴ㇒ 不善法 衰退ㄴㅏノㄱ入乙 實 如ㅊ 了知▸ㄴ㇒ㄴ㢱◂ <유가27:19-21>

【관련】 ㄴ㇒, ㄴ㢱

ㄴ㇒ㄴ㢱ノㅍ[ᄒᆞ져ᄒᆞ며홇]

【ㄴ/동사+㇒/연결어미#ㄴ/동사+㢱/연결어미#ノ[ᄒᆞ/동사+오/선어말어미]+ㅍ/동명사어미】

하고 하며 하는. § ‘ㄴ㢱’의 ‘ㄴ’는 ‘㇒’로 나열된 동사구를 아우르는 요소임. ‘ノㅍ’의 ‘ᄒᆞ’는 ‘㢱’로 나열된 동사구를 아우르는 요소임.

¶ 行處障ㅣㅣㄴㄱ入ㄱ{者} 謂ㄱ 聖弟子 如ㅊㄴㄱㅣ 或 衆乙 與七 同居ㄴㅣ 共 生起ㄴㄱ 僧所作事乙 隨ノ 善品乙 棄捨ㄴㅁ 數ㅣ 衆會乙 與七ㄴ㢱 或 復 常乞食法ㅣ十 安住ㄴㅣ 而灬 飮食乙 愛重ㄴ㢱 … 或 {於}是處ㅣ十 親戚交遊亠 談謔亠 等ㄴㅌ {有}ㅏㅣ 住ㄴㅣ㫆 而灬 {於}是處ㅣ十 遠離乙 樂ㅍ 不冬ノㅍ厶 謂ㄱ 長夜ㅣ十 數習ㄴㅣ㫆 彼乙 與七 共居ノㅌ七 增上力灬 故ノㄴ㇒ 或 復 樂ㅎ 二ㅎ 第七ㅈ乙 與七 共住▸ㄴ㇒ㄴ㢱ノㅍ◂ 諸ㅋ 是 如ㅊ 等ㄴㄱ乙 名下 行處障亠ノ㔾ㅣ <유가26:05- 14>

【관련】 ㄴ㇒, ㄴ㢱, ノㅍ

ㄴ㇒ㄴ二ㅏㄱ㇀[ᄒᆞ져ᄒᆞ시눈여]

【ㄴ/동사+㇒/연결어미#ㄴ/동사+二/선어말어미+ㅏ/선어말어미+ㄱ/동명사어미+㇀/조사】

하고 하시는 것이다. 하고 하시는 이이다. 하고 하시는 이인데. § ‘ㄴ二ㅏㄱ㇀’의 ‘ㄴ’는 ‘㇒’로 나열된 동사구를 아우르는 요소임.

¶ 今日ㅣ十 如來ㅣ 大光明乙 放ㄴ二ㅏㄱ入ㄱ 斯毛ㄴ巴八 何七ㄴㄱ 事乙作ㄴ七ㅊㄴ二ㅏㄱㅣㅣ七ㅁㄴㅌ八二㢱 時十 十六大國王七 中ㅣ七 舍衛國主ㅣ二ㅍ 波斯匿王ㅣ 名(火?) 曰白ㅍ 月光㇀ㄴ白ㄱ今ㄱ 德行ㄱ 十地㇀ 六度㇀ 三十七品㇀ 四不壞淨㇀ノ乙ㄴ㇒ 摩訶衍七 化乙 行▸ㄴ㇒ㄴ二ㅏㄱ㇀◂ <구인02:23-03: 01>

【관련】 ㄴ㇒, ㄴ二ㅏㄱ㇀, (不)冬ㄴㅏㄱ亠

ㅅ ㅎ ㅅ ㅡ ㄱ [ᄒᆞ져ᄒᆞ신]

【ㅅ/동사+ㅎ/연결어미#ㅅ/동사+ㅡ/선어말어미+ㄱ/동명사어미】

하고 하신. §'ㅅㅡㄱ'의 'ㅅ'는 'ㅎ'로 나열된 동사구를 아우르는 요소임.

¶ 三十生乙 盡ㅣ口 等ㅣ 大覺ㅅㅡㅅ 大寂無爲ㅣㄱ 金剛藏乙ㅅㅡㅅ 一切 報乙 盡ㅣ口 無極ㅅㄱㅌㅌ 悲乙ㅅㅡㅅ 第一義諦ㅣ十 常ㅣ 安隱ㅅㅡ下 窮原ㅅㅎ 盡性▸ㅅㅎㅅㅡㄱ◂ 妙智ㅣㅣ 存ㅅㅡㅅ <구인11:03-05>

【관련】 ㅅㅎ, ㅅㅡㄱ

ㅅ ㅎ ㅅ ㅡ ㄕ 矢 ㅣ [ᄒᆞ져ᄒᆞ싦디다]

【ㅅ/동사+ㅎ/연결어미#ㅅ/동사+ㅡ/선어말어미+ㄕ/동명사어미+矢[ᄃᆞ/의존명사+이/계사]+ㅣ/종결어미】

하고 하시는 것이다. §'ㅅㅡㄕ矢ㅣ'의 'ㅅ'는 'ㅎ'로 나열된 동사구를 아우르는 요소임.

¶ 又 廣ㅣ 善不善法ㅗ 有无罪ㅗ 廣ㅣ 說ㄕ 乃ㅣ 至ㅣ 諸緣生法ㅗノㄕ乙 開示ㅅㅎ 及ㅌ 廣ㅣ 謂ㄱ 契經ㅗ 應頌ㅗ 記別ㅗ 諷頌ㅗ 自說ㅗ 緣起ㅗ 譬喩ㅗ 本事ㅗ 本生ㅗ 方廣ㅗ 希法ㅗ 及 與ㅌ 論議ㅗノㄕ乙 分別▸ㅅㅎㅅㅡㄕ矢ㅣ◂ <유가03:01-05>

【관련】 ㅅㅎㅅㄕ矢ㅣ, ㅅㄕ矢ㅣ

ㅅ ㅎ ㅅ ㅡ ㅅ ㅅ ㅡ ㅎ ㅌ ㅣ [ᄒᆞ져ᄒᆞ시며ᄒᆞ싦다]

【ㅅ/동사+ㅎ/연결어미#ㅅ/동사+ㅡ/선어말어미+ㅅ/연결어미#ㅅ/동사+ㅡ/선어말어미+ㅎㅌ/선어말어미+ㅣ/종결어미】

하고 하시며 한다. 하고 하시며 하셔야 한다. §'ㅅㅡㅅ'의 'ㅅ'는 'ㅎ'로 나열된 동사구를 아우르는 요소임. 'ㅅㅡㅎㅌㅣ'의 'ㅅ'는 'ㅅ'로 나열된 동사구를 아우르는 요소임.

¶ 五眼ㅣ 成就ㅅㅊㅅㅡㄱㅌㅌ 時十 見ㅡㄱ乃 見ㅎㄕ 所ㅣ 無ㅌㅡㅅ 行ㅣ十 亦ㅅㄱ 不受ㅅㅎ 不行ㅣ十 亦ㅅㄱ 不受ㅅㅎ 非行非不行ㅣ十 亦ㅅㄱ 不受ㅅㅎ 乃ㅣ 至ㅣ 一切法ㅣ十ㄲ 亦ㅅㄱ 不受▸ㅅㅎㅅㅡㅅㅅㅡㅎㅌㅣ◂ <구인15:16-18>

【관련】 ㅅㅎ, ㅅㅡㅅ, ㅅㅡㅎㅌㅣㅅㅁㅎ今ㅎ

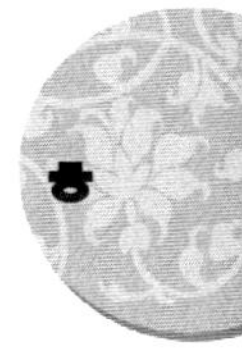

ㅅ ㅎ ㅅ ㅡ 下 [ᄒᆞ져ᄒᆞ시하]

【ㅅ/용언+ㅎ/연결어미#ㅅ/용언+ㅡ/선어말어미+下/연결어미】

하고 하시어. §'ㅅㅡ下'의 'ㅅ'는 'ㅎ'로 나열된 동사구를 아우르는 요소임.

¶ 能ㅅ 一法ㅅㄲ 生ㅣㄕ 不冬ㅅㅎ 亦 一法ㅅㄲ 滅ㄕ 不冬▸ㅅㅎㅅㅡ下◂ 平等見ㅣㅡㄱ 入乙 爲ㅡㄱ入ㅁ 故ノ 尊ㄱ 無上處ㅣ十 至ㅡㅁㄱㅣㅣㅌㅅㅅ <금광13:06-07>

生死流乙 逆ㅡ今ㅌ 道ㄱ 甚 深ㅅㅎ 微▸ㅅㅎㅅㅡ下◂ 難ㅣ 見白ノ禾ㅁㅅㅡㄱ <금광15:01>

【관련】 ㅅ㆒, ㅅ二下
【비고】 '下'는 연결어미 '3'의 이형태로 선어말어미 '二/示'와 사동접미사 'リ' 뒤에 나타남.

ㅅ㆒ㅅ白ㅏ丿1リ二1亠[ᄒᆞ져ᄒᆞ숩누온이신여]

【ㅅ/동사+㆒/연결어미#ㅅ/동사+白/선어말어미+ㅏ/선어말어미+丿/선어말어미+1/동명사어미+リ[(이/의존명사+)이/계사]+二/선어말어미+1/동명사어미+亠/조사; ㅅ/동사+㆒/연결어미#ㅅ/동사+白/선어말어미+ㅏ/선어말어미+丿/선어말어미+1/동명사어미+リ[(이/의존명사+)이/계사]+二/선어말어미+1亠/연결어미】

하고 하는 이이시니. 하고 하는 이이신데. § 'ㅅ白ㅏ丿1リ二1亠'의 'ㅅ'는 '㆒'로 나열된 동사구를 아우르는 요소임.

¶ 善男子3 菩薩 十地3+1 是 相リ 前現丿尸ム 如來尸{之} 身リ 金色 晃耀ㅅ二下 … 恭敬ㅅ㆒ 供養▸ㅅ㆒ㅅ白ㅏ丿1リ二1亠◂ {於}無上微妙法輪乙 轉ㅅ二ㅏ丿1入乙 菩薩1 悉3 見ナ示七丨 <금광06:19-22>

【관련】 ㅅ㆒, ㅅㅏ二亠, ㅅ1リ亠
【비고】 '1亠'를 어말어미로 보는 견해도 있음.

ㅅ㆒ㅅ白丿尸ム[ᄒᆞ져ᄒᆞ숩옮딕]

【ㅅ/용언+㆒/연결어미#ㅅ/용언+白/선어말어미+丿/선어말어미+尸/동명사어미+ム[ᄃᆞ/의존명사+익/처격조사]; ㅅ/용언+㆒/연결어미#ㅅ/용언+白/선어말어미+丿/선어말어미+尸/동명사어미+ム/의존명사; ㅅ/용언+㆒/연결어미#ㅅ/용언+白/선어말어미+丿尸ム/연결어미】

하고 하되. § 'ㅅ白丿尸ム'의 'ㅅ'는 '㆒'로 나열된 동사구를 아우르는 요소임.

¶ 一者 一切 諸佛亠 菩薩亠 聰慧大智リ二1リ亠丿尸乙 供養ㅅ㆒ 親近▸ㅅ㆒ㅅ白丿尸ム◂ 心3+ 猒足丿尸 無氵 <금광03:24- 25>

【관련】 ㅅ㆒, ㅅ白丿尸ム, ㅅ白示尸ム

ㅅ㆒ㅅ3[ᄒᆞ져ᄒᆞ아]

【ㅅ/용언+㆒/연결어미#ㅅ/용언+3/연결어미】

하고 하여. § 'ㅅ3'의 'ㅅ'는 '㆒'로 나열된 동사구를 아우르는 요소임.

¶ 根⺀ 果⺀ㅅ尸 {等}丨ㅅ1乙 食ㅅㅏ示1入乙 悉3 示ㅅ㆒ 行▸ㅅ㆒ㅅ3◂ {於}彼リ+ 常リ 已ㄋ+ 勝ㅅ𠃍七 法乙 思ㅅリナ氵 <화엄20:01>

若 我1 是 如支 自策ㅅ㆒ 自勵▸ㅅ㆒ㅅ3◂ 誓亦 三處乙 受ㅅ3丿1亠 <유가18:14-15>

亦 {於}他ㄋ 利養恭敬亠 及七 餘 不信ㅅ𠃍七 婆羅門 等ㅅ1ㄋ 對面ㅅ㆒ 背面▸ㅅ㆒ㅅ3◂ 諸 不可意七 身業語業乙 現行ㅅ令七 事亠丿令七 中3+ 心3+ 憤恚乙 生リ尸 不

夂ㄩ㢱 又 復 {於}彼ㄋ十 損害心 无㢱ㄩ㢱 <유가19:03-06>
彼乙 依止ㄩ丨入灬 故ノ 其 心 淸ㄩ㢱 白ㄩ㢱 瑕穢 无{有}㢱 隨煩惱乙 離㢱 廣ㄲ 說尸 乃氵 至ㄲ 不動乙 獲得▸ㄩ㢱ㄩ㇋◂ 能ㄗ 一切 勝神通慧乙 引ㄩナ㫖セ丨 <유가19:17-19>
一十丨 未調ㄩ㢱 未順▸ㄩ㢱ㄩ㇋◂ 而灬 死ノ令セ 雜染 相應ㄩㄗ <유가21:01-02>
若 沙門乙 見 當 願 衆生 調柔ㄩ㢱 寂靜▸ㄩ㢱ㄩ㇋◂ホ 畢竟 第一ㄲㄝ立 <화엄06:12>
(三者 一)切 相乙 (過) 心 如如(乙?)ㄩ㇋ 無作ㄩ㢱 無行ㄩ㢱 不異ㄩ㢱 不動▸ㄩ㢱ㄩ㇋◂ホ (心 於如 安) <금광04:15-16>
一十丨 自灬 {於}契經亠 阿毘達磨亠ノ令十 讀ㄩ㢱 誦ㄩ㢱 受持ㄩ㢱 正作意乙 修▸ㄩ㢱ㄩ㇋◂ホ {於}蘊 等ㄩ丨 事㇋十 極 善巧ㄩ{令}ㄲㄗ <유가25:06-08>
【관련】ㄩ㢱ㄩ㇋ホ, ㄩ㢱, ㄩ㇋

ㄩ㢱ㄩ㇋ホ[ᄒᆞ져ᄒᆞ아곰]

【ㄩ/용언+㢱/연결어미#ㄩ/용언+㇋/연결어미+ホ/첨사】
하고 하여서. §'ㄩ㇋ホ'의 'ㄩ'는 '㢱'로 나열된 동사구를 아우르는 요소임.
¶ 若 沙門乙 見 當 願 衆生 調柔ㄩ㢱 寂靜▸ㄩ㢱ㄩ㇋ホ◂ 畢竟 第一ㄲㄝ立 <화엄06:12>
一切 世間セ 衆丨 苦患丨 深ㄩ㢱 廣▸ㄩ㢱ㄩ㇋ホ◂ 涯ㄋ 無丨矢 大海 如支ㄩ口丨乙 <화엄18:12>
(三者 一)切 相乙 (過) 心 如如(乙?)ㄩ㇋ 無作ㄩ㢱 無行ㄩ㢱 不異ㄩ㢱 不動▸ㄩ㢱ㄩ㇋ホ◂ (心 於如 安) <금광04:15-16>
謂丨 時時間㇋十 諮受ㄩ㢱 讀ㄩ㢱 誦ㄩ㢱 論量 決擇▸ㄩ㢱ㄩ㇋ホ◂ 勤セ 善品乙 修ノオナ丨亠 <유가17:19-20>
彼丨 或 止相乙 思惟ㄩ㢱 或 擧相乙 思惟ㄩ㢱 或 捨相乙 思惟▸ㄩ㢱ㄩ㇋ホ◂ 其 心乙 安住ㅅㄲ下 諦現觀㇋十 入ㄩㄗㄩナ㫖セ丨 <유가24:07-09>
一十丨 自灬 {於}契經亠 阿毘達磨亠ノ令十 讀ㄩ㢱 誦ㄩ㢱 受持ㄩ㢱 正作意乙 修▸ㄩ㢱ㄩ㇋ホ◂ {於}蘊 等ㄩ丨 事㇋十 極 善巧ㄩ{令}ㄲㄗ <유가25:06-08>
【관련】ㄩ㢱ㄩ㇋, ㄩ㢱, ㄩ㇋ホ

ㅅ[ᄒᆞ이]

【ㅅ[ᄒᆞ/동사(+이/사동접미사)]】
하게 하-. 시키-.
¶ 又 此 有學ㄋ 金剛喩定ㄲ 究竟㇋十 到ㅊ丨入灬 故ノ 修得圓滿▸ㅅ◂ナ㫖セ丨 <유가29:19-20>
【관련】ㄩㄲ, 令ㄲ, ㅅ, ㄲ, ㄩ令ㄲ
【비고】'ㅅ'의 독음을 'ᄒᆞ'로 보는 견해와 '히'로 보는 견해가 있음.

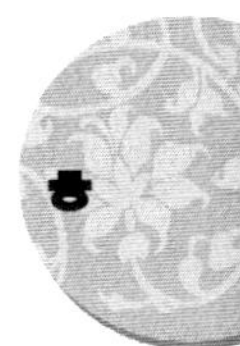

亽ナ㪅七丨[ᄒᆞ이겼다]

【亽[ᄒᆞ/동사+(이/사동접미사)]+ナ/선어말어미+㪅七/선어말어미+丨/종결어미】

하게 할 수 있다.

¶ 又 此 有學𢒅 金剛喩定刂 究竟氵十 到𠫔㇆入灬 故ノ 修得圓滿▸亽ナ㪅七丨◂ <유가29:19-20>

【관련】 亽刂ナ㪅七丨, 亽(刂), ナ㪅七丨

【비고】 '亽'의 독음을 'ᄒᆞ'로 보는 견해와 '히'로 보는 견해가 있음.

亽刂[1][ᄒᆞ이]

【亽刂[ᄒᆞ/동사+이/사동접미사]】

하게 하-. 시키-.

¶ 五者 理乙 如 種▸亽刂◂{爲}人丷㪅 熟▸亽刂◂{爲}人丷㪅 脫▸亽刂◂{爲}人丷㪅丷氵
<금광04:23-24>

四者 一切 衆生𢒅 功德 善根乙 成熟▸亽刂◂{爲欲}人 慈悲心乙 發丷㫆 <금광03:08-09>

【관련】 丷刂, 㣺刂, 亽, 刂, 丷令刂

【비고】 '亽'의 독음을 'ᄒᆞ'로 보는 견해와 '히'로 보는 견해가 있음. 후자의 경우 사동접미사를 중복 표기한 것으로 봄.

亽刂[2]

☞ 亽刂爲人, 亽刂爲欲人, 亽人丷㪅

亽刂ナ𢦏㫆[ᄒᆞ이겨리며]

【亽刂[ᄒᆞ/동사+이/사동접미사]+ナ/선어말어미+𢦏[ㄹㆆ/동명사어미(+이/의존명사)+이/계사]+㫆/연결어미】

하게 하며. 하게 할 것이며.

¶ 信㇆ 垢濁 無氵𥝱 心㪅 淸淨▸亽刂ナ𢦏㫆◂ <화엄09:22>

信㇆ 能支 專㪅 佛功德氵十 向▸亽刂ナ𢦏㫆◂ <화엄10:03>

信㇆ 能支 衆㇆ 魔𢒅 路乙 出▸亽刂ナ𢦏㫆◂ <화엄10:05>

疾疾兮 能㫆 得𥝱 其 心乙 正住亽刂下 三摩地乙 證▸亽刂ナ𢦏㫆◂ <유가15:02>

【관련】 亽刂, ナ𢦏㫆, 丷刂亽刂ナ𢦏㫆

【비고】 '亽'의 독음을 'ᄒᆞ'로 보는 견해와 '히'로 보는 견해가 있음. 후자의 경우 사동접미사를 중복 표기한 것으로 봄.

亽刂ナㄌ[ᄒᆞ이겨며]

【亽刂[ᄒᆞ/동사+이/사동접미사]+ナ/선어말어미+ㄌ/연결어미】

하게 하며.

¶ 根ㆍ 果ㆍソ尸 {等}丨ソ𠃌乙 食ソㅏ﹅𠃌入乙 悉㇀ 示ソ彡 行ソ彡ソ㇀ {於}彼刂十 常刂 已ㇵ十 勝ソㅌ七 法乙 思▸亽刂ナㄌ◂ <화엄20:01>

【관련】 亽刂, (ソ)ナㄌ

【비고】 '亽'의 독음을 'ᄒᆞ'로 보는 견해와 '히'로 보는 견해가 있음. 후자의 경우 사동접미사를 중복 표기한 것으로 봄.

亽刂ナ㐆七丨[ᄒᆞ이겄다]

【亽刂[ᄒᆞ/동사+이/사동접미사]+ナ/선어말어미+㐆七/선어말어미+丨/종결어미】

하게 할 수 있다.

¶ {此}刂 藏㇀十 住ソ去ナㅌ七 者㐆𠃌 無盡智慧乙 得㇀ホ 普刂 一切衆生乙 能支 開悟▸亽刂ナ㐆七丨◂ <화소20:04-05>

【관련】 亽ナ㐆七丨, 亽刂, ナ㐆七丨

【비고】 '亽'의 독음을 'ᄒᆞ'로 보는 견해와 '히'로 보는 견해가 있음. 후자의 경우 사동접미사를 중복 표기한 것으로 봄.

亽刂爲人[ᄒᆞ이과]

【亽刂[ᄒᆞ/동사+이/사동접미사]+人/연결어미】

하게 하고자. 시키고자.

¶ 五者 理乙 如 種▸亽刂{爲}人◂ソ彡 熟▸亽刂{爲}人◂ソ彡 脫▸亽刂{爲}人◂ソ彡ソ㇀ <금광04:23-24>

【관련】 亽刂爲欲人, 亽刂爲人ソ彡

【비고】 '亽'의 독음을 'ᄒᆞ'로 보는 견해와 '히'로 보는 견해가 있음. 후자의 경우 사동접미사를 중복 표기한 것으로 봄.

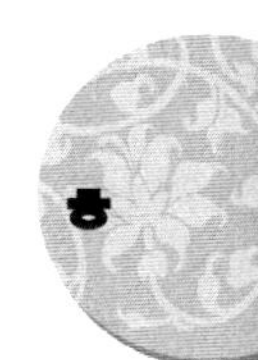

亽刂爲欲人[ᄒᆞ이과]

【亽刂[ᄒᆞ/동사+이/사동접미사]+人/연결어미】

하게 하고자. 시키고자.

¶ 四者 一切 衆生ㇵ 功德 善根乙 成熟▸亽刂{爲欲}人◂ 慈悲心乙 發ソㄌ <금광03:08-09>

【관련】 亽刂爲人, 亽刂爲人ソ彡

【비고】 '亽'의 독음을 'ᄒᆞ'로 보는 견해와 '히'로 보는 견해가 있음. 후자의 경우 사동

접미사를 중복 표기한 것으로 봄.

亽刂爲𠆢丷尸入灬[ᄒᆞ이과홇ᄃᆞ로]

【亽刂[ᄒᆞ/동사+이/사동접미사]+𠆢/연결어미#丷/동사+尸/동명사어미+入/의존명사+灬/구격조사】

하게 하고자 하기 때문에.

¶ 三者 願丷阝尒 神通乙 得阝 衆生氵 善根乙 成熟▸亽刂{爲}𠆢丷尸入灬◂ 故ノ丷亇 四者 發心丷阝尒 法界乙 洗浣丷阝 心乙 清淨▸亽刂{爲}𠆢丷尸入灬◂ 故ノ丷亇 五者 衆生氵 一切煩惱根乙 断▸亽刂{爲}𠆢丷尸入灬◂ 故ノ丷尸矢ナㄱ刂丨 <금광03:19-21>

【관련】 丷爲𠆢丷尸入灬

【비고】 '亽'의 독음을 'ᄒᆞ'로 보는 견해와 '히'로 보는 견해가 있음. 후자의 경우 사동접미사를 중복 표기한 것으로 봄.

亽刂爲𠆢丷彡[ᄒᆞ이과ᄒᆞ져]

【亽刂[ᄒᆞ/동사+이/사동접미사]+𠆢/연결어미#丷/동사+彡/연결어미】

하게 하고자 하고. 시키고자 하고.

¶ 五者 理乙 如 種▸亽刂{爲}𠆢丷彡◂ 熟▸亽刂{爲}𠆢丷彡◂ 脫▸亽刂{爲}𠆢丷彡◂丷阝 <금광04:23-24>

【관련】 亽刂爲𠆢, 亽刂爲𠆢丷彡丷阝, 亽𠆢丷彡

【비고】 '亽'의 독음을 'ᄒᆞ'로 보는 견해와 '히'로 보는 견해가 있음. 후자의 경우 사동접미사를 중복 표기한 것으로 봄.

亽刂爲𠆢丷彡丷尸入灬[ᄒᆞ이과ᄒᆞ져홇ᄃᆞ로]

【亽刂[ᄒᆞ/동사+이/사동접미사]+𠆢/연결어미#丷/동사+彡/연결어미#丷/동사+尸/동명사어미+入/의존명사+灬/구격조사】

하게 하고자 하고 하기 때문에.

¶ 彼 對治果乙 證得丷{爲欲}𠆢丷彡 亦 自氵 心乙 得尒 清淨▸亽刂{爲}𠆢丷彡丷尸入灬◂ 故ノ心阝十 正願乙 生刂ナ示七丨 <유가07:13-14>

【관련】 (不)冬丷令刂爲𠆢丷尸入灬, 亽刂爲𠆢-, 丷爲𠆢丷尸入灬

【비고】 '亽'의 독음을 'ᄒᆞ'로 보는 견해와 '히'로 보는 견해가 있음. 후자의 경우 사동접미사를 중복 표기한 것으로 봄.

亽刂爲𠆢丷彡丷阝[ᄒᆞ이과ᄒᆞ져ᄒᆞ아]

【亽刂[ᄒᆞ/동사+이/사동접미사]+𠆢/연결어미#丷/동사+彡/연결어미#丷/동사+阝/연결어

미】

하게 하고자 하고 하여. 시키고자 하고 하여.

¶ 五者 理乙 如 種ᄉᆞ刂{爲}ᄉᆞ丷ㅎ 熟ᄉᆞ刂{爲}ᄉᆞ丷ㅎ 脫▸ᄉᆞ刂{爲}ᄉᆞ丷ㅎ丷氵◂ 是 如支 說法ノ尸厶 智力灬 故ノ丷尸矢ナ㇒刂丨 <금광04:23-24>

【관련】 ᄉᆞ刂爲ᄉᆞ, ᄉᆞ刂爲ᄉᆞ丷ㅎ

【비고】 'ᄉᆞ'의 독음을 'ᄒᆞ'로 보는 견해와 '히'로 보는 견해가 있음. 후자의 경우 사동접미사를 중복 표기한 것으로 봄.

ᄉᆞ刂ㅏ㇒氵[ᄒᆞ이눈여]

【ᄉᆞ刂[ᄒᆞ/동사+이/사동접미사]+ㅏ/선어말어미+㇒/동명사어미+氵/조사】

하게 하는 것이다. 하게 한다.

¶ 諸㇒ 衆生氵 行差別ノ㇒ᄉᆞ乙 隨ㅎ 悉氵 善巧乙 以氵 而灬 成就▸ᄉᆞ刂ㅏ㇒氵◂ <화엄17:18>

【관련】 丷ニㅏ㇒氵, ᄉᆞ刂

【비고】 'ᄉᆞ'의 독음을 'ᄒᆞ'로 보는 견해와 '히'로 보는 견해가 있음. 후자의 경우 사동접미사를 중복 표기한 것으로 봄.

ᄉᆞ刂ㅌ立[ᄒᆞ이ᄂᆞ셔]

【ᄉᆞ刂[ᄒᆞ/동사+이/사동접미사]+ㅌ/선어말어미+立/종결어미】

하게 하기를(바란다). § 'ㅌ立'는 願望을 나타내는 종결형태임.

¶ 若ㅌ 衆會乙 見氵㇒丨ナ㇒ 當願衆生 甚深法乙 說氵ホ 一切乙 和合▸ᄉᆞ刂ㅌ立◂ <화엄05:05>

【관련】 (丷)ㅌ立, ᄉᆞ刂

【비고】 'ᄉᆞ'의 독음을 'ᄒᆞ'로 보는 견해와 '히'로 보는 견해가 있음. 후자의 경우 사동접미사를 중복 표기한 것으로 봄.

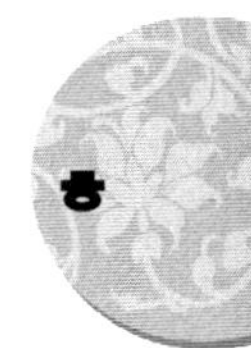

ᄉᆞ刂(㐃?)[ᄒᆞ이리]

【ᄉᆞ刂[ᄒᆞ/동사+이/사동접미사]+(㐃?)[ㄹㆆ/동명사어미+이/의존명사(+이/주격조사)]】

하는 것.

¶ 是 如支丷㇒ 障导乙 對治丷{爲欲}ᄉᆞノ㐃十 當八 知ㅎ丨 二種刂 {於}所緣境氵十 其 心乙 安住▸ᄉᆞ刂(㐃?)◂ 有丷㇒刂㇒丁 <유가24:12-14>

【관련】 ᄉᆞ刂, 㐃

【비고】 'ᄉᆞ'의 독음을 'ᄒᆞ'로 보는 견해와 '히'로 보는 견해가 있음. 후자의 경우 사동접미사를 중복 표기한 것으로 봄.

丷亻刂亽七[ᄒᆞ이릿]

【丷亻[ᄒᆞ/동사+이/사동접미사]+亽[ㄹㆆ/동명사어미+이/의존명사]+七/속격조사】

하게 하는.

¶ 最極損滅▸丷亻刂亽七◂ 方便道理灬 煩惱乙 斷丷 1 入灬{故}氵 殊勝丷 1 所證法乙 獲得丷 1 入灬 故ノ 亦 喜悅乙 修得圓滿丷{令}刂氵 <유가29:15-17>

【관련】 丷亽七, 丷亻刂

【비고】 '亻'의 독음을 'ᄒᆞ'로 보는 견해와 '히'로 보는 견해가 있음. 후자의 경우 사동접미사를 중복 표기한 것으로 봄.

丷亻刂尸[ᄒᆞ읾]

【丷亻[ᄒᆞ/동사+이/사동접미사]+尸/동명사어미】

하게 하지. § 여기서 '-尸'은 부정소 '不, 勿' 앞에 쓰인 예임.

¶ {於}五 無間七 一乙 隨ノ丷 1 業障氵十 自灬 造作尸 不冬丷ㄋ 他乙 敎丷氵 作▸丷亻刂尸◂ 不冬丷ㄋ丷尸矢丨 <유가02:07- 09>

謂 1 若 愛樂丷氵尒 諸 在家人 及七 出家人七 衆乙 與七 雜 居住ノ尸入 1{者} 便ㄋ 種種七 世間相應丷 1 見聞 受用七 諸 散亂事乙 {有}斗白ノ矛罒 我灬 {於}彼 正審觀察ノ亽七 心一境位氵十 當八 障㝵乙 作▸丷亻刂尸◂ 勿ノ矛 1 刂氵七丨丷尸矢丨 <유가08:22-09:02>

對治道刂 无丷 1 丨十 1 先 造作ノ 1 所七 惡不善業乙 必八 壞▸丷亻刂尸◂ 不八丷尸入灬{故}亠 <유가22:07-08>

【관련】 刂尸, 丷亻刂

【비고】 '亻'의 독음을 'ᄒᆞ'로 보는 견해와 '히'로 보는 견해가 있음. 후자의 경우 사동접미사를 중복 표기한 것으로 봄.

丷亻刂尸入灬故氵[ᄒᆞ읾ᄃᆞ로며]

【丷亻[ᄒᆞ/동사+이/사동접미사]+尸/동명사어미+入/의존명사+灬/구격조사(+이/계사)+氵/연결어미】

하게 하기 때문이며.

¶ 一十 1 {於}三摩地方便氵十 善巧 不八丷亻刂尸入灬(난상 不八令刂尸入灬){故}氵 二 {於}一切 修定方便氵十 全ㄋ 加行 無ㄎ▸丷亻刂尸入灬{故}氵◂ 三 加行乙 顚倒▸丷亻刂尸入灬{故}氵◂ 四 加行乙 緩緩丷亻刂尸入灬{故}丨 <유가14:19-22>

【관련】 (八/ㄎ)丷亻刂尸入灬(故氵),丷尸入灬

【비고】 '亻'의 독음을 'ᄒᆞ'로 보는 견해와 '히'로 보는 견해가 있음. 후자의 경우 사동접미사를 중복 표기한 것으로 봄.

亽刂尸入灬故丨[ᄒᆞ읧ᄃᆞ로다]

【亽刂[ᄒᆞ/동사+이/사동접미사]+尸/동명사어미+入/의존명사+灬/구격조사(+이/계사)+丨/종결어미】

하게 하기 때문이다.

¶ 一十ㄱ {於}三摩地方便ㄋ十 善巧 不ハ亽刂尸入灬(난상 不ハ令刂尸入灬){故}㢱 二 {於} 一切 修定方便ㄋ十 全ㅎ 加行 無ㅎ亽刂尸入灬{故}㢱 三 加行乙 顚倒亽刂尸入灬{故}㢱 四 加行乙 緩緩▸亽刂尸入灬{故}丨◂ <유가14:19-22>

【관련】 (ハ/ㅎ)亽刂尸入灬(故㢱), 丷尸入灬

【비고】 '亽'의 독음을 'ᄒᆞ'로 보는 견해와 '히'로 보는 견해가 있음. 후자의 경우 사동접미사를 중복 표기한 것으로 봄.

亽刂㢱[ᄒᆞ이며]

【亽刂[ᄒᆞ/동사+이/사동접미사]+㢱/연결어미】

하게 하며.

¶ 卽ㅎ 此 四種 修道乙 依 {爲}氵ㄋ 先下 說ノㄱ 所七 諸 歡喜事ㄋ十 生丷ㄱ 所七 歡喜乙 如ハ 彼ㄱ {於}尒丷ㄱ 時亠十 修得圓滿▸亽刂㢱◂ 最極損減亽刂亽七 方便道理灬 煩惱乙 斷丷ㄱ入灬{故}㢱 殊勝丷ㄱ 所證法乙 獲得丷ㄱ入灬 故ノ 亦 喜悅乙 修得圓滿丷{令}刂㢱 <유가29:13-17>

輕安灬 故ノ 生丷ㄱ 身心 淸凉灬 攝受ノㄱ 極所刂ナㄱ刂罒 是 如支 二種乙 修得圓滿▸亽刂㢱◂ <유가29:18-19>

【관련】 丷㢱, 亽刂, 丷令刂㢱

【비고】 '亽'의 독음을 'ᄒᆞ'로 보는 견해와 '히'로 보는 견해가 있음. 후자의 경우 사동접미사를 중복 표기한 것으로 봄.

亽刂七亻[ᄒᆞ잇뎌]

【亽刂[ᄒᆞ/동사+이/사동접미사]+七亻/연결어미】

하게 하고자.

¶ 二者 (生死) 二處 解脫▸亽刂七亻◂ 不著丷㢱 <금광03:18- 19>

【관련】 令刂七亻, 丷七亻

【비고】 '亽'의 독음을 'ᄒᆞ'로 보는 견해와 '히'로 보는 견해가 있음. 후자의 경우 사동접미사를 중복 표기한 것으로 봄. '七亻'는 한문 원문에 '爲, 慾, 爲慾' 등의 願望을 뜻하는 한자가 없을 때 쓰임.

亽刂下[ᄒᆞ이하]

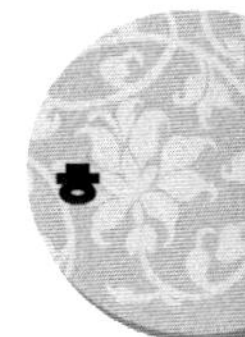

【亽刂[ᄒᆞ/동사+이/사동접미사]+丅/연결어미】

하게 하여.

¶ 疾疾う 能ㄱ 得ホ 其 心乙 正住▸亽刂丅◂ 三摩地乙 證亽刂ナ禾ㄱ <유가15:02>

{於}此 諸 相ㄱ十 作意思惟ソㄱホ 其 心乙 安住▸亽刂丅◂ 諦現觀ㄱ十 入ソㄱ <유가24:05-06>

其 心乙 安住▸亽刂丅◂ 諦現觀ㄱ十 入ソㄱソナ豆七丨 <유가24:08-09>

【관련】 (ソ)ニ丅, 亽刂

【비고】 '亽'의 독음을 'ᄒᆞ'로 보는 견해와 '히'로 보는 견해가 있음. 후자의 경우 사동접미사를 중복 표기한 것으로 봄. '丅'는 연결어미 'ㄱ'의 이형태로 선어말어미 'ニ/㢱'와 사동접미사 '刂' 뒤에 나타남.

亽刂ㄱ禾ㄱ七丨ソナ尸入乙[ᄒᆞ이오리앗다ᄒᆞ겷돌]

【亽刂[ᄒᆞ/동사+이/사동접미사]+ㄱ/선어말어미+禾/선어말어미+ㄱ七/선어말어미+丨/종결어미#ソ/동사+ナ/선어말어미+尸/동명사어미+入/의존명사+乙/대격조사;亽刂[ᄒᆞ/동사+이/사동접미사]+ㄱ/선어말어미+禾[ㄹㅎ/동명사어미(+이/의존명사)+이/계사]+ㄱ七/선어말어미+丨/종결어미#ソ/동사+ナ/선어말어미+尸/동명사어미+入/의존명사+乙/대격조사】

하게 하겠다 하는 것을. § 여기서 'ㄱ禾'는 1인칭 주체의 의지를 나타냄. '-ナ尸入乙' 뒤에는 모두 '{是}刂乙 名丅' 구성이 옴.

¶ 我ラ 作ソㅏㄱㄱ 所乙ソ尸 如支 此乙 以ㄱ 一切 衆生乙 開導ソㄱハ {於}身心ㄱ十 貪愛乙 生刂尸 不夂 令刂丅 悉ㄱ 得ㄱホ 淸淨智身乙 成就▸亽刂ㄱ禾ㄱ七丨ソナ尸入乙◂ {是}刂乙 名丅 究竟施ミノ禾ナ丨 <화소14:15-17>

【관련】 ㄱ禾ㄱ七丨ソナ尸入乙, ノ禾ㄱ七丨ソナ尸入乙, ソナ尸入乙

【비고】 '亽'의 독음을 'ᄒᆞ'로 보는 견해와 '히'로 보는 견해가 있음. 후자의 경우 사동접미사를 중복 표기한 것으로 봄.

亽刂ㄱ矛ㄱ七丨ソナ尸入乙[ᄒᆞ이오리앗다ᄒᆞ겷돌]

【亽刂[ᄒᆞ/동사+이/사동접미사]+ㄱ/선어말어미+矛/선어말어미+ㄱ七/선어말어미+丨/종결어미#ソ/동사+ナ/선어말어미+尸/동명사어미+入/의존명사+乙/대격조사;亽刂[ᄒᆞ/동사+이/사동접미사]+ㄱ/선어말어미+矛[ㄹㅎ/동명사어미(+이/의존명사)+이/계사]+ㄱ七/선어말어미+丨/종결어미#ソ/동사+ナ/선어말어미+尸/동명사어미+入/의존명사+乙/대격조사】

하게 하겠다 하는 것을. 하게 하겠습니다 하는 것을.

¶ {於}身心ㄱ十 貪愛乙 生刂尸 不夂 令刂丅 悉ㄱ 得ㄱホ 淸淨智身乙 成就▸亽刂ㄱ禾ㄱ七丨ソナ尸入乙◂ <화소16:15-16>

【관련】 (ノ/ㄱ)禾ㄱ七丨ソナ尸入乙, ソナ尸入乙

【비고】 '亽'의 독음을 'ᄒᆞ'로 보는 견해와 '히'로 보는 견해가 있음. 후자의 경우 사동접미사를 중복 표기한 것으로 봄.

ᄉᆞ刂ᄒᆞ矛ᄙ七丨ソナ尓[ᄒᆞ이오리앗다ᄒᆞ겨며]

【ᄉᆞ刂[ᄒᆞ/동사+이/사동접미사]+ᄒᆞ/선어말어미+矛/선어말어미+ᄙ七/선어말어미+丨/종결어미#ソ/동사+ナ/선어말어미+尓/연결어미;ᄉᆞ刂[ᄒᆞ/동사+이/사동접미사]+ᄒᆞ/선어말어미+矛[ᄚ/동명사어미(+이/의존명사)+이/계사]+ᄙ七/선어말어미+丨/종결어미#ソ/동사+ナ/선어말어미+尓/연결어미】

하게 한다 하며.

¶ 我ㄱ 今ソㄱ 永去 貪愛乙 捨ソ{爲欲}人 {此}刂 一切 必八 離散ソ去今七 物七乙 以ᄙ八 衆生ᄼ 願乙 滿▸ᄉᆞ刂ᄒᆞ禾ᄙ七丨ソナ尓◂ <화소12:16-17>

【관련】 ノ禾ᄙ七丨ソナ尓, ソナ尓

【비고】 'ᄉᆞ'의 독음을 'ᄒᆞ'로 보는 견해와 '히'로 보는 견해가 있음. 후자의 경우 사동접미사를 중복 표기한 것으로 봄.

ᄉᆞ刂ᄒᆞ亠

☞ ᄉᆞ刂ノ亠可七ソㄱ乙, ᄉᆞ刂ᄒᆞ亠應七ソㄱ刂ㄱ丁, ᄉᆞ刂ᄒᆞ亠應七ソㄱ刂ᄙ七尓

ᄉᆞ刂ノ亠可七ソㄱ乙[ᄒᆞ이옰ᄒᆞᆫ을]

【ᄉᆞ刂[ᄒᆞ/동사+이/사동접미사]+ノ/선어말어미+亠七/어미+ソ/형용사+ㄱ/동명사어미+乙/대격조사】

하게 할 수 있는 것임을. 시킬 수 있는 이를. 시킬 만한 이를.

¶ 善能ᄒᆞ 一切 衆生ᄼ 善根 成熟ᄉᆞ刂ㅌ尸ᅩ 亦 一切 衆生刂 成熟▸ᄉᆞ刂ノ亠{可}七ソㄱ乙◂ {者} 見尸 不多ソ尓 <금광14:18- 20>

【관련】 ノ亠可七ソㄱ乙, ソ白ᄒᆞ亠應可七ソㄱ乙

【비고】 '一切 衆生刂 成熟ᄉᆞ刂ノ亠{可}七ソㄱ乙{者}'은 '成熟시킬 만한 一切 衆生을' 정도의 의미로 해석할 수 있음. 'ᄉᆞ'의 독음을 'ᄒᆞ'로 보는 견해와 '히'로 보는 견해가 있음. 후자의 경우 사동접미사를 중복 표기한 것으로 봄.

ᄉᆞ刂ᄒᆞ亠應七ソㄱ刂ㄱ丁[ᄒᆞ이옰ᄒᆞᆫ인뎌]

【ᄉᆞ刂[ソ/용언+이/사동접미사]+ᄒᆞ/선어말어미+亠七/어미+ソ/형용사+ㄱ/동명사어미+刂/계사+ㄱ/동명사어미+丁[ᄃᆞ/의존명사+여/조사]】

하게 해야 한다.

¶ 我ㄱ 今ソㄱ 宜ㄱ 彼ᄼ 求ノㄱ 所乙 隨ᄒᆞ 其 意乙 充滿▸ᄉᆞ刂ᄒᆞ亠{應}七ソㄱ刂ㄱ丁◂ <화소11:13-15>

【관련】 七ソㄱ刂ㄱ丁, ソㄱ刂ㄱ丁

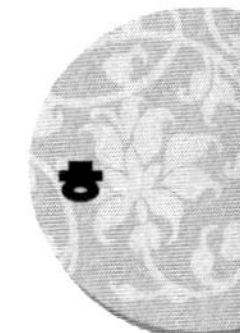

【비고】 'ᄉᆞ'의 독음을 'ᄒᆞ'로 보는 견해와 '히'로 보는 견해가 있음. 후자의 경우 사동접미사를 중복 표기한 것으로 봄.

ᄉᆞ 刂 ㅎ 亠 應 七 丷 ㄱ 刂 ㄋ 七 ㄅ [ᄒᆞ이ᇙ흔이앗며]

【ᄉᆞ 刂 [ᄒᆞ/동사+이/사동접미사]+ㅎ/선어말어미+亠 七/어미+丷/형용사+ㄱ/동명사어미+刂/계사+ㄋ 七/선어말어미+ㄅ/연결어미】

하게 해야 하는 것이며.

¶ 復ㄌ {是}刂 念乙 作丷ナ尸丁 … 我ㄱ 今丷ㄱ 云何七ㆍ 而灬 戀著ノ尸入乙 生刂ㅎ 禾ㄋ 七ロ 以ㄋ 亦 彼ラ十 施ㄋハ 其 願乙 充滿▸ᄉᆞ 刂 ㅎ 亠{應}七 丷 ㄱ 刂 ㄋ 七 ㄅ◂ <화소16:10-12>

【관련】 丷 ニ ロ ㄱ 刂 ㄋ 七 ㄅ

【비고】 'ᄉᆞ'의 독음을 'ᄒᆞ'로 보는 견해와 '히'로 보는 견해가 있음. 후자의 경우 사동접미사를 중복 표기한 것으로 봄.

令[ᄒᆞ이]

【令[ᄒᆞ/동사(+이/사동접미사)]】

하게 하-. 시키-.

¶ 若 有 處處ㄋ十 此 金光明經乙 講宣▸令◂白ロナㄱ 矢亠 <금광15:04-05>

【관련】 丷刂, 令刂, ᄉᆞ, 刂, 丷令刂

【비고】 'ᄉᆞ'의 독음을 'ᄒᆞ'로 보는 견해와 '히'로 보는 견해가 있음. <금광명경>에서는 'ᄉᆞ'를 '令'로 표기한 경우가 있음.

令白ロナㄱ矢亠[ᄒᆞ이ᄉᆞᆸ고견디여]

【令[ᄒᆞ/동사(+이/사동접미사)]+白/선어말어미+ロ/선어말어미+ナ/선어말어미+ㄱ/동명사어미+矢亠[ᄃᆞ/의존명사+이여/조사]】

하게 하는 것이. § 여기서 '亠'는 '有(ナㅣ)'의 후치된 주어절에 붙은 요소임.

¶ 若 有 處處ㄋ十 此 金光明經乙 講宣▸令白ロナㄱ矢亠◂ <금광15:04-05>

【관련】 丷白ロナㄱ, ㄱ矢亠

【비고】 '令'의 독음을 'ᄒᆞ'로 보는 견해와 '히'로 보는 견해가 있음. <금광명경>에서는 'ᄉᆞ'를 '令'로 표기한 경우가 있음.

令七ノㄱ入乙[ᄒᆞ잇온들]

【令[ᄒᆞ/동사(+이/사동접미사)]+七/선어말어미+ノ/선어말어미+ㄱ/동명사어미+入/의존명사+乙/대격조사】

하게 하는 것을.

¶ 四方 風輪刂 種種セ 妙花乙 悉㇇ 皆セ 散灑刂ロ㇕ 地上㇇十 圓滿▸亽セノ㇕入乙◂ 菩薩㇕ 悉 見ソナ亠セ丨 <금광06:05- 06>

【관련】 ノ㇕入乙

【비고】 '亽'의 독음을 'ᄒᆞ'로 보는 견해와 '히'로 보는 견해가 있음. <금광명경>에서는 'ᄉ'를 '亽'로 표기한 경우가 있음.

亽刂[ᄒᆞ이]

【亽刂[ᄒᆞ/동사+이/사동접미사]】

하게 하-. 시키-.

¶ 二者 {於}黑白法㇇十 遠離ソ㇇ 攝受ソ㇇▸亽刂◂ノ尸厶 智 能 具足ソㄱ <금광05:03- 04>

三者 {於}生死涅槃㇇十 不猒ソ㇇ 不喜ソ㇇▸亽刂◂ノ尸厶 智 能 具足ソㄱ <금광05: 04>

一切 怨賊乙 皆セ 能ㄱ 摧伏▸亽刂◂トノ㇕入乙 菩薩㇕ 悉㇇ 見ソナ亠セ丨 <금광06:02-04>

一切 衆獸乙 悉㇇ 皆 怖畏▸亽刂◂トノ㇕入乙 菩薩㇕ 悉㇇ 見ナ亠セ丨<금광06:16-17>

是 礙刂 更㇇ 生㇕ 不入ソ尸乙 更㇇ 生 不八▸亽刂◂亽セ 智乙 得尸 未入ソト㇕力 無明刂 因{爲}(刂)尸入乙(ソ)㇇皿 是乙 如來地セ 障ニノ㇇ナ㇕刂丨 <금광08:09-10>

一切 弟子衆㇇十 法雨乙 飽滿▸亽刂◂セ㇇ソ尸入⺊ 故ノソニロ尸ㄱ <금광13:11>

善能ㄎ 一切 衆生㇇ 善根 成熟▸亽刂◂ヒ尸ニ 亦 一切 衆生刂 成熟亽刂ノ亠{可}セソソ㇕乙{者} 見尸 不冬ソㄱ <금광14:18- 19>

種種⺊ 利益ノ 安樂 無障ソ㇇ 身心 泰然ソ㇇▸亽刂◂ㄱ <금광15:06-07>

【관련】 ᄉ刂, ᄉ, 刂, ソ刂, ソ令刂

【비고】 'ᄉ'의 독음을 'ᄒᆞ'로 보는 견해와 '히'로 보는 견해가 있음. 후자의 경우 사동접미사를 중복 표기한 것으로 봄. <금광명경>에서는 'ᄉ'를 '亽'로 표기한 경우가 있음.

亽刂トノ㇕入乙[ᄒᆞ이누온돌]

【亽刂[ᄒᆞ/동사+이/사동접미사]+ト/선어말어미+ノ/선어말어미+㇕/동명사어미+入/의존명사+乙/대격조사】

하게 하는 것을.

¶ 善男子㇇ 菩薩 三地㇇十㇕ 是 相刂 前現ノ尸厶 自身刂 勇健ソ㇕㇇十 鎧仗⺊ 莊嚴ソ㇇ 一切 怨賊乙 皆セ 能ㄱ 摧伏▸亽刂トノ㇕入乙◂ 菩薩㇕ 悉㇇ 見ソナ亠セ丨 <금광06:02-04>

善男子㇕ 菩薩 八地㇇十㇕ 是 相 前現ノ尸厶 … 一切 衆獸乙 悉㇇ 皆 怖畏▸亽刂トノ㇕入乙◂ 菩薩㇕ 悉㇇ 見ナ亠セ丨 <금광06:15-17>

【관련】 ソトノ㇕入乙, ᄉ刂

【비고】 'ᄉ'의 독음을 'ᄒᆞ'로 보는 견해와 '히'로 보는 견해가 있음. 후자의 경우 사동접

미사를 중복 표기한 것으로 봄. <금광명경>에서는 'ᄉ'를 '亽'로 표기한 경우가 있음.

亽 リ ㅌ 尸 ㅗ [ᄒᆞ이늘여]

【亽 リ [ᄒᆞ/동사+이/사동접미사]+ㅌ/선어말어미+尸/동명사어미+ㅗ/조사; 亽 リ [ᄒᆞ/동사+이/사동접미사]+ㅌ/선어말어미+尸ㅗ/연결어미】

하게 하나. 시키나.

¶ 菩薩摩訶薩ㄱ … 善能ㅎ 一切 衆生ㅊ 善根 成熟▸亽リㅌ尸ㅗ◂ 亦 一切 衆生リ 成熟ᄉ リノㅎ{可}ㅌソㄱ乙{者} 見尸 不冬ソ㇇ <금광14:16-20>

【관련】 (ソ)ㅌ尸ㅗ

【비고】 'ᄉ'의 독음을 'ᄒᆞ'로 보는 견해와 '히'로 보는 견해가 있음. 후자의 경우 사동접미사를 중복 표기한 것으로 봄. <금광명경>에서는 'ᄉ'를 '亽'로 표기한 경우가 있음.

亽 リ 尸 [ᄒᆞ읋]

【亽 リ [ᄒᆞ/동사+이/사동접미사]+尸/동명사어미】

('不' 앞에서) 하게 하지. 시키지.

¶ 是 說法處乙火 一切 諸 天ㅗ 人ㅗ 非人ㅗ 等ソㄱリㅗ 及 諸 衆生ㅗノ尸乙 得(ㅋ?)ホ 上乙 從ㅌ 而ᄆ 過ソ3 說法ㅌ{之} 處乙 汗漫▸亽リ尸◂ 不冬ソロロㅌノㅎㅌ| <금광15:09-11>

【관련】 ソ尸, ノ尸

【비고】 <금광명경>에서는 'ᄉ'를 '亽'로 표기한 경우가 있음.

亽 リ ㇇ [ᄒᆞ이며]

【亽 リ [ᄒᆞ/동사+이/사동접미사]+㇇/연결어미】

하게 하며. 시키며.

¶ 我ㅋ 等ソㄱㄱ 爲ノ 救護ソㅎ 利益ソㅎノ尸入乙 作ソ3 一切 障礙乙 消除▸亽リ㇇◂ <금광15:13>

【관련】 ソ令リ㇇, ソ㇇

【선후】 (15)히며, (16)ᄒᆞ이며

【비고】 'ᄉ'의 독음을 'ᄒᆞ'로 보는 견해와 '히'로 보는 견해가 있음. 후자의 경우 사동접미사를 중복 표기한 것으로 봄. <금광명경>에서는 'ᄉ'를 '亽'로 표기한 경우가 있음.

亽 リ 白 3 ㄱ 丁 ノ 利 ナ ㄱ リ | ソ ㅌ ハ ニ |
[ᄒᆞ이숣안뎌호리견이다ᄒᆞ늑시다;ᄒᆞ이숣안뎌호리견이다ᄒᆞ느기시다]

【ᄉ리[ᄒ/동사+이/사동접미사]+白/선어말어미+ᅎ/선어말어미+ㄱ/동명사어미+丁[ᄃ/의존명사+여/조사]#ノ[ᄒ/동사+오/선어말어미]+ᅔ[ᇙ/동명사어미(+이/의존명사)+이/계사]+ナ/선어말어미+ㄱ/동명사어미+ᅵ[(이/의존명사+)이/계사]+ㅣ/종결어미#ᄋ/동사+ㅌ/선어말어미+ᄉ/선어말어미?+ニ/선어말어미+ㅣ/종결어미】

하게 하였다고 할 것이다 하셨다.

¶ 佛ㄱ 言リニㄕ 善男子ᅎ 是 如支ᄋㅣ 汝 等ᄋㄱㄱ 當ᄉ 此 如支ᄋニㄱ 經典乙 精勤修行ᄋロ하{應}ㅌᄋㄱ二 則ノ 法乙 久ᅎ {於}世ᄒナ 住▸ᄉ리白ᅎㄱ丁ノᅔナㄱリㅣᄋㅌᄉニㅣ◂ <금광15:14-16>

【관련】 白ᅎㄱ丁, (ᄋㄕ丁)ノᅔナㄱリㅣ, ᄋㅌᄉニㅣ

【비고】 'ᄉ'의 독음을 'ᄒ'로 보는 견해와 '히'로 보는 견해가 있음. 후자의 경우 사동접미사를 중복 표기한 것으로 봄. <금광명경>에서는 'ᄉ'를 'ᄉ'로 표기한 경우가 있음. 'ᅔ'는 선어말어미일 가능성이 있음.

ᄉリㅌᅱ[ᄒ잇뎌]

【ᄉ리[ᄒ/동사+이/사동접미사]+ㅌᅱ/연결어미】

하게 하고자.

¶ 一切 弟子衆ᄒナ 法雨乙 飽滿▸ᄉ리ㅌᅱ◂ᄋㄕ入ᅟ 故ノᄋニロㄕᄉ <금광13:11>

【관련】 ᄉリㅌᅱ, ᄋㅌᅱ

【비고】 <금광명경>에서는 'ᄉ'를 'ᄉ'로 표기한 경우가 있음. 'ᄉ'의 독음을 'ᄒ'로 보는 견해와 '히'로 보는 견해가 있음. 후자의 경우 사동접미사를 중복 표기한 것으로 봄. 'ㅌᅱ'는 '의도'를 나타내는 어미로, 한문 원문에 '爲, 欲, 爲欲' 등이 없을 때 나타남.

ᄉリㅌᅱᄋㄕ入ᅟ[ᄒ잇뎌홇ᄃ로]

【ᄉ리[ᄒ/동사+이/사동접미사]+ㅌᅱ/연결어미#ᄋ/동사+ㄕ/동명사어미+入/의존명사+ᅟ/구격조사】

하게 하고자 하기 때문에.

¶ 世尊ᄒ 無邊身ㄱ 一言字ᄉカ 說ㄕ 不冬ᄋニロㄕ二 一切 弟子衆ᄒナ 法雨乙 飽滿▸ᄉリㅌᅱᄋㄕ入ᅟ◂ 故ノᄋニロㄕᄉ <금광13:10-11>

【관련】 ᄋㅌᅱ, ᄋㄕ入ᅟ

【비고】 <금광명경>에서는 'ᄉ'를 'ᄉ'로 표기한 경우가 있음. 'ㅌᅱ'는 '의도'를 나타내는 어미로, 한문 원문에 '爲, 欲, 爲欲' 등이 없을 때 나타남.

支[1][?]

【支/말음첨기】

('故' 뒤에서) 그러므로. 따라서.

¶ {此}刂 菩薩1 {是}刂 事 有七1入灬 故▸支◂ {是}刂 事 有七氵 {是}刂 事 無七1入灬 故▸支◂ {是}刂 事 無七氵 {是}刂 事 起丷1入灬 故▸支◂ {是}刂 事 起丷氵 {是}刂 事 滅丷1入灬 故▸支◂ {是}刂 事 滅丷氵 {是}刂1 世間七 法刂氵 {是}刂1 出世間七 法刂氵 {是}刂1 有爲法刂氵 {是}刂1 無爲法刂氵 {是}刂1 有記法刂氵 {是}刂1 無記法刂1入乙 知𠂇亽七丨 何亠 {等}丨丷1乙 {爲} {是}刂 事 有七1入灬 故▸支◂ {是}刂 事 有七1丁ノ今口 謂ノ11 無明 有七1入灬 故▸支◂ 行 有七1矢𠂇丨 何亠 {等}丨丷1乙 {爲} {是}刂 事 無七1入灬 故▸支◂ {是}刂 事 無七1丁ノ今口 謂ノ11 識 無七1入灬 故▸支◂ 名色 無七1矢𠂇丨 何亠 {等}丨丷1乙 {爲} {是}刂 事 起丷1入灬 故▸支◂ {是}刂 事 起丷1丁ノ今口 謂ノ11 愛 起丷1入灬 故▸支◂ 苦 起丷1矢𠂇丨 何亠 {等}丨丷1乙 {爲} {是}刂 事 滅丷1入灬 故▸支◂ {是}刂 事 滅丷1丁ノ今口 謂ノ11 有 滅丷1入灬 故▸支◂ 生 滅丷1矢𠂇丨 <화소01:04-02:05>

爾時十 文殊師利菩薩1 無濁亂淸淨行七 大功德乙 說尸 已氵丷口 菩提心七 功德乙 顯示丷{欲}人丷二尸入灬 故▸支◂ 偈乙 以氵 賢首菩薩尸十 問氵 曰二尸 <화엄08:20-22>

【관련】 (故)灬, (故)ノ

支[2][?]

【支/말음첨기】

('今' 뒤에서) 이제. 지금.

¶ 我ㄗ 今▸支◂ {此}刂 有七乛 所七 飮食乙 受ㅏ㇆乛入乛 願口尸入乛 衆生乙 普刂 充飽ノ尸入乙 得刂{令}刂㇆禾㇌七丨丷ナ㇌ <화소09:15-16>

【관련】(今)丷乛, (今)八, (今)八乛氵, (今)ㅌ

支³[?]

【支/말음첨기】

('則' 뒤에서) 그러면. 즉. 곧. § 조건절과 주절을 연결하는 접속사.

¶ 若七 自ㄗ灬 以㇌氵 受用丷乛丨十乛 則▸支◂ 安樂丷㇇ 延年丷㇇ノ禾㇇ 若七 已ㄗ亽乙 輟{捨}口 人㇆ㄗ十 施丷乛丨十乛 則▸支◂ 窮苦丷㇌氵 天命ノ禾ㅌ乛乙 <화소10:06-07>

佛子㇌ 若七 諸乛 菩薩刂 善支 其 心乙 用丷ㅌ尸入乛 則▸支◂ 一切 勝妙功德乙 獲ㅌ才罒 <화엄02:12-13>

佛子㇌ 若七 諸乛 菩薩刂 {是}刂 如支 用心丷ㅌ尸入乛 則▸支◂ 一切 勝妙功德乙 獲㇌氵 一切 世間㇌七 諸乛 天ㆍ 魔ㆍ 梵ㆍ 沙門ㆍ 婆羅門ㆍ 乾闥婆ㆍ 阿修羅ㆍ丷尸 {等}丨丷乛刂ㆍ 及七 以㇌ 一切 聲門ㆍ 緣覺ㆍノ亽ㄗ 動尸 不能刂矢ノ尸 所刂去ナ㇆七丨 <화엄08:16-18>

若七 常刂 {於}諸乛 佛乙 信奉丷白ㅌ尸入乛 則▸支◂ 能支 戒乙 持丷㇇ 學處乙 受㇇丷ㅌ才㇇ <화엄10:10>

若七 常刂 戒乙 持㇇ 學處乙 受㇇丷ㅌ尸入乛 則▸支◂ 能支 諸乛 功德乙 具足丷ㅌ才㇇ <화엄10:11>

若七 常刂 {於}諸乛 佛乙 信奉丷白ㅌ尸入乛 則▸支◂ 能支 大供養乙 興集丷ㅌ才㇇ <화엄10:14>

若七 常刂 {於}尊法乙 信奉丷ㅌ尸入乛 則▸支◂ 佛法乙 聞㇆尸ㅿ 厭足尸 無ㅌ才㇇ <화엄10:16>

若七 常刂 淸淨僧乙 信奉丷ㅌ尸入乛 則▸支◂ 得㇌氵 信心刂 退轉尸 不丷ㅌ才㇇ <화엄10:18>

若七 得㇌氵 信力刂 能矢 動丷㇌亽 無ㅌ尸入乛 則▸支◂ 得㇌氵 諸乛 根 淨丷㇌ 明利丷ㅌ才㇇ <화엄10:20>

若七 人刂 大因七 力乙 成就丷ㅌ尸入乛 則▸支◂ 殊勝決定解乙 得ㅌ才㇇ <화엄11:01>

若 殊勝決定解乙 得ㅌ尸入乛 則▸支◂ 諸乛 佛矢 護念丷㇂㇆尸 所刂尸{爲}入乛丷ㅌ才㇇ <화엄11:02>

若 不思議 光 莊嚴丷ㅌ尸入乛 其 光乛 則▸支◂ 諸乛 蓮華乙 出丷ㅌ才㇇ <화엄13:01>

支⁴[히?]

【支/말음첨기】

('年' 뒤에서) 나이가.

¶ 佛子⺍ {此}㇑ 菩薩㇒ 年▸支◂ 方七 少(五)邑⺋ 盛七⺋⺍⺀ 端正美好⺍ナ㇒⺀ 香華⺀ 衣服⺀ノ仒⺍ 以⺍⺬ 其 身乙 嚴⺍⺍ <화소10:14-16>

【선후】 (15)나ㅎ

支[5][?]

【支/말음첨기】

('卽' 뒤에서) 곧. 바로. § 모두 '卽支 便㇑'의 연어 구성에 쓰인 예임.

¶ {是}㇑ 念乙 作⺍尸 已⺀⺍口八㇒ 卽▸支◂ 便㇑ {之}㇑乙 施ノ尸厶 而⺍ 悔⺍尸 所⺍ 無七㇑⺍ナ尸入乙 {是}㇑乙 名下 外施⺀ノ禾ナ丨 <화소11:14-15>

{是}㇑ 念乙 作尸 已⺀⺍口⺍㇒ 卽▸支◂ 便㇑ {之}㇑乙 施⺍⺀ 乃⺍⺀ 至㇑ 身乙 以⺍ 恭勤作役ノ尸厶 心⺍十 悔ノ尸 所⺍ 無七㇑⺍ナ尸乙 {是}㇑乙 名下 內外施⺀ノ禾ナ丨 <화소12:03-05>

菩薩㇒ {之}㇑乙 聞口 卽▸支◂ 便㇑ 施與ノ尸厶 <화소16: 02>

【관련】 (卽)⺈, (卽)⺋

支[6][?]

【支/말음첨기】

('如' 뒤에서) -같이. -처럼.

¶ 佛子⺍ 若七 諸㇒ 菩薩㇑ {是}㇑ 如▸支◂ 用心⺍ヒ尸入㇒ 則支 一切 勝妙功德乙 獲⺍ 亦 <화엄08:16-17>

{此}㇑ 菩薩㇒ {於}色⺍十 實勿 如▸支◂ 知⺀ 色集乙 實勿 如▸支◂ 知⺀ 色滅乙 實勿 如▸支◂ 知⺀ 色滅道乙 實勿 如▸支◂ 知⺀ ... 菩薩尸 涅槃乙 實勿 如▸支◂ 知ナ⺋七丨 <화소17:05-18:04>

譬 師子㇑ (臆長毫)獸⺍七 王㇑罒 大神力 {有}⺘⺋ 獨步ノ尸厶 畏ノ尸 無⺋ 戰怖ノ尸 無有⺋⺍㇒ 如▸支◂ (如是 第)三 心乙 說⺍ 羼提波羅蜜因⼇ノオ⺀ 譬入㇒ 風輪㇒ 那(羅延 力 勇壯) 速疾⺍㇒ 如▸支◂ 是 如▸支◂ 第四心㇑ 退轉⺍尸 不冬⺍⼟㇒入⺍ 故 (ノ?) 是乙 (名毗梨耶波)羅蜜因⼇ノオ⺀ <금광02:02 -06>

譬入㇒ 大海⺍七 金剛聚㇒ 彼⺈ 威力乙 {以}⺀⺍ 衆㇒ 寶乙 生ノ㇒厶 減ノ尸 無⺀ 增ノ尸 無⺀ 亦㇑(⺍)㇒ 盡尸 無㇒ 如▸支◂ 菩薩尸 功德聚 亦⼒ 然七⺍ナ丨 <화엄14:13-14>

又 无嫉ノ尸入乙 依⺍ノ尸厶 {於}自⺈ 身⺍十ノ尸入乙⺍㇒ 如▸支◂ {於}他⺈十ノ尸 亦 尒⼇⺍⺀ <유가28:15-16>

譬 轉輪聖王⺈ 主兵寶臣㇑ 意乙 如八 處分⺍尸 如▸支◂ 是 如支 第九(心 善能) 淸淨佛土乙 (莊)嚴⺍⺀ 功德⺍ 普洽⺍⺍⺬ 廣㇑ 一切乙 利㇑⺀⺍⼟㇒入⺍ (故 是 名 力波)羅蜜因⼇ノオ⺀ <금광02:14-17>

譬入㇒ 蓮華㇑ 水⺍十 著 不ノ尸 如▸支◂ 是 如支 世㇑十 在⺍⺍⺬ 深信 令㇑ナ⺋七

丨 <화엄19:05>

我ㇻ 作ㅅㅏ⺀ㄱ 所乙ㅅㄕ 如▸支◂ 此乙 以ㆍ 一切 衆生乙 開導ㅅㆍハ <화소16:14-15>

【관련】(如)亠, (如)印, (如)ハ, (如)丨ㅅ一

支⁷[?]

【支/말음첨기】

('善' 뒤에서) 잘.

¶ 善▸支◂ 句義乙 分別ノㄕ 盡 可 不 故 <화소19:15>

善▸支◂ 一切音聲ㆍ 言語ㆍ 文字ㆍ 辯才ㆍノ今ㇻ十 入ㅅㆍ 一切 衆生乙 佛種乙 斷ㄕ 不ㅅㆍ亦 淨心相續 令刂ㄉ <화소25:19-20>

本願乙 以ㆍ 善▸支◂ 迴向ㅅㄕ入灬{故}刂ㄉ <화소26:13-14>

善▸支◂ 諸ㄱ 陀羅尼乙 攝取ㅅㄱ入灬{故}刂ㄉ <화소26:17>

云何七ㆍㆍ 善▸支◂ 念覺分ㆍ 擇法覺分 精進覺分 喜覺分 猗覺分 定覺分 捨覺分ㆍ 空ㆍ 無相ㆍ 無願ㆍノ今乙 修習ㅅㄉ <화엄01:19-21>

佛子ㆍ 若七 諸ㄱ 菩薩刂 善▸支◂ 其 心乙 用ㅅ匕ㄕ入ㄱ 則支 一切 勝妙功德乙 獲匕ㇱ皿 <화엄02:12-13>

父母乙 孝事ㅅㄊㄱ丨十ㄱ 當ハ 願入ㄱ 衆生ㄱ 善▸支◂ {於}佛乙 事ハ白ㆍ亦 一切乙 護ㅅㅎ 養ㅅㅎㅅ匕支立 <화엄02:20>

戒乙 受ㅅㅎ 學ㅅㅎㅅㄊㄱ 時ㆍ十ㄱ 當 願 衆生 善▸支◂ {於}戒乙 學ㅅㆍハ 衆ㄱ 惡乙 作ㄕ 不ㅅ匕立 <화엄03:17>

若 得ㆍ亦 如來家ㆍ十 生在ㅅ匕ㄕ入ㄱ 則 善▸支◂ 巧方便乙 修行ㅅ匕ㇱㄉ <화엄11:06>

若 善▸支◂ 巧方便乙 修行ㅅ匕ㄕ入ㄱ 則 信樂乙 得ㆍ亦 心ㅎ 清淨ㅅ匕ㇱㄉ <화엄11:07>

若 能 諸ㄱ 群生乙 成就ㅅ匕ㄕ入ㄱ 則 善▸支◂ 衆生乙 攝ノ今七 智乙 得匕ㇱㄉ <화엄12:05>

若 善▸支◂ 衆生乙 攝ノ今七 智乙 得匕ㄕ入ㄱ 則 能 四攝七 法乙 成就ㅅ匕ㇱㄉ <화엄12:06>

或ㅅㄱ 良醫刂ㄕ入乙 作ㅅㆍ亦 衆ㄱ 論乙 善▸支◂ㅅㄉ <화엄19:09>

善▸支◂ {於}他乙 破ㅅㆍ 四諦 說 外ㄕ 動ㅅㆍㄊㄕ 所ㆍ 非失皿 四諦 說 <화엄20:10>

【관련】(善)ㄉ

支⁸[?]

【支/말음첨기】

('能' 뒤에서) 능히.

¶ {此}刂 藏氵十 住丷去ナヒ七 者亠㇆ 無盡智慧乙 得氵尒 普刂 一切 衆生乙 能▸支◂ 開悟𠆢刂ナ亠七丨 <화소20:04-05>

能刂矢 制伏丷氵亽 無𢀳 量刂 無𢀳 盡尸 無𢀳 大威力乙 具亠𢀳 {是}刂㇆ 佛境界刂𢀳 唯八 佛𢀳氵 能▸支◂ 了丷而亠禾𢀳丷ナ丨 <화소24:14-15>

諸㇆ 法相乙 {如}𢀳 悉氵 能▸支◂ 通達丷𢀳 <화엄02:14- 15>

【관련】 (能)𢀳, (能)刂矢, (能)矢

支口八 [?곡]

【支/말음첨기+口/연결어미+八/첨사】

('離' 뒤에서) 여의고(서). 떠나고(서). 벗어나고(서).

¶ 鬚髮乙 剃除丷去㇆丨十㇆ 當願衆生 永去 煩惱乙 離▸支口八◂ 究竟 寂滅丷ヒ立 <화엄03:11>

若七 大柱乙 見氵㇆丨十㇆ 當願衆生 我諍七 心乙 離▸支口八◂ 忿恨ノ尸 無ヒ立{有} <화엄05:06>

無憂林乙 見 當願衆生 永去 貪愛乙 離▸支口八◂ 憂怖乙 生丷尸 不丷ヒ立 <화엄05:22>

【관련】 口八

【선후】 (15)여희옥

支ヒ支立 [?ᄂᆞ?셔]

【支/말음첨기+ヒ/선어말어미+支/미상+立/종결어미】

('離' 뒤에서) 여의기를 (바란다). 떠나기를 (바란다). 벗어나기를 (바란다). § '支ヒ支立'에서 뒤의 '支'는 미상임. 'ヒ支立'는 願望을 나타내는 종결형태임.

¶ 妻子 集會丷去㇆丨十㇆ 當願衆生 怨親平等丷氵尒 永去 貪著 離▸支ヒ支立◂ <화엄02:21>

【관련】 支ヒ立, 支ヒ亠

【비고】 'ヒ支立'와 'ヒ立'는 같은 형태의 이표기로 추정됨

支ヒ矛𢀳 [?ᄂᆞ리며]

【支/말음첨기+ヒ/선어말어미+矛[ㄹㆆ/동명사어미(+이/의존명)사+이/계사]+𢀳/연결어미】

('離' 뒤에서) 여윌 것이며. 떠날 것이며. 벗어날 것이며. § <화엄경>에서 조건절 '-ヒ尸入㇆'의 후행절에 주로 쓰임.

¶ 若 能 有爲七 過乙 捨離丷ヒ尸入㇆ 則 憍慢氵 及七 放逸氵ノ亽乙 離▸支ヒ矛𢀳◂ <화엄11:22>

【관련】 ㅌ 𢎦 㢱

攴 ㅌ 𡰪 亽 ㄱ [?놂든]

【攴/말음첨기＋ㅌ/선어말어미＋𡰪/동명사어미＋亽/의존명사＋ㄱ/보조사】
('離' 뒤에서) 여의면. 떠나면. 벗어나면. § 조건구문에 쓰이며 후행절에는 '-ㅌ 𢎦-'가 옴.

¶ 若 憍慢ㆍ 及ㄴ 放逸ㆍノ今乙 離▸攴ㅌ𡰪亽ㄱ◂ 則 能攴 兼刂 一切 衆乙 利刂ㅌ𢎦㢱 <화엄11:23>

【관련】 ㅌ𡰪亽ㄱ

【비고】 '𡰪亽ㄱ'을 연결어미로 보는 견해도 있음. '-ㅌ𡰪亽ㄱ'은 <화엄경>에만 나타남.

攴 ㅌ ㅎ [?ᄂᆞ셔]

【攴/말음첨기＋ㅌ/선어말어미＋ㅎ/종결어미】
('離' 뒤에서) 여의기를 (바란다). 벗어나기를 (바란다). § 'ㅌ立'는 願望을 나타내는 종결형태임.

¶ 若ㄴ 險道乙 見ㄋㄱ丨十ㄱ 當願衆生 正法界ㄋ十 住ソㄋハ 諸ㄱ 罪難乙 離▸攴ㅌㅎ◂ <화엄05:04>

【관련】 攴ㅌ立, 攴ㅌ攴立

【비고】 종결어미 '-셔'의 표기에 '立' 대신 'ㅎ'가 쓰인 특이한 예임.

攴 ㅌ 立 [?ᄂᆞ셔]

【攴/말음첨기＋ㅌ/선어말어미＋立/종결어미】
① **('免' 뒤에서) 면하기를 (바란다).** § 'ㅌ立'는 願望을 나타내는 종결형태임.

¶ 佛子ㄋ 菩薩刂 在家ソㄱ丨十ㄱ 當ハ 願ロ𡰪亽ㄱ 衆生ㄱ 家性ㄱ 空ノㄱ亽乙 知ㄋ㢱 其 逼迫乙 免▸攴ㅌ立◂ソ㐅𢎦㢱 <화엄02:18-19>

② **('離' 뒤에서) 여의기를 (바란다). 벗어나기를 (바란다).**

¶ 疾病人乙 見 當願衆生 身ㄱ 空寂ノㄱ亽乙 知ㄋ㢱 乖諍ㄴ 法乙 離▸攴ㅌ立◂ <화엄06:07>

婆羅門乙 見 當願衆生 永去 梵行乙 持ソㄋ㢱 一切惡乙 離▸攴ㅌ立◂ <화엄06:13>

【관련】 攴ㅌ攴立, 攴ㅌㅎ

攴 ㅌ 立 ソ 㐅 𢎦 㢱 [?ᄂᆞ셔ᄒᆞ노리며]

【攴/말음첨기＋ㅌ/선어말어미＋立/종결어미#ソ/용언＋㐅[ᄂᆞ/선어말어미＋오/선어말어미]＋

ㅈ[ㄹㅎ/동명사어미(+이/의존명사)+이/계사]+ㅅ/연결어미】

('免' 뒤에서) 면하기를 (바란다고) 해야 할 것이며. § 'ㅌ立'는 願望을 나타내는 종결형태임.

¶ 佛子ㅊ 菩薩ㅣ 在家ソㄱㅣ+ㄱ 當ハ 願ロㄕㅅㄱ 衆生ㄱ 家性ㅋ 空ノㄱㅅㄹ 知ㅊ 其 逼迫ㄹ 免▸支ㅌ立ソㄨㅈㅅ◂ <화엄02:18-19>

支ㅣ [?(ᄒᆞ)다]

【支/어근(+ᄒᆞ/용언)+ㅣ/종결어미】

('如' 뒤에서) 같다.

¶ 是 如▸支ㅣ◂ 是 如▸支ㅣ◂ 善男子ㅊ 汝ㅋ 說ㅊㄨㄱ 所 如支ソナㅣ <금광13:22>

【관련】 (如)支ソ-, (如)ㅣソ-

【비고】 <금광명경>에서는 표기상 'ソ'가 생략된 예가 많음

支ㆍ [?사]

【支/말음첨기+ㆍ/보조사?】

('故' 뒤에서) 그러므로.

¶ 彼ㅋ+ 施ソ{爲}ㅅソㄕㅅ灬 故▸支ㆍ◂ 而灬 自ㅋ灬 {之}ㅣㄹ 食ソナ今ㆍ 其 味ㅊ+ 貪ㄕ 不ソナㅅ <화소09:16>

【관련】 (故)支

支ㅎ [?(ᄒᆞ)져]

【支/말음첨기(+ᄒᆞ/용언)+ㅎ/연결어미】

('如' 뒤에서) 같고.

¶ 法身ㄱ 虛空 如▸支ㅎ◂ 智慧ㄱ 大雲 如▸支ㅎ◂ソㅊ <금광07:14>

【관련】 (如)支ソ-, (如)ㅣソ-

【비고】 <금광명경>에서는 표기상 'ソ'가 생략된 예가 많음.

支ㅎソㅊ [?(ᄒᆞ)져ᄒᆞ아]

【支/말음첨기(+ᄒᆞ/용언)+ㅎ/연결어미#ソ/용언+ㅊ/연결어미】

('如' 뒤에서) 같고 하여. § 'ソㅊ'의 'ソ-'는 'ㅎ'로 나열된 동사구를 아우르는 요소임.

¶ 法身ㄱ 虛空 如支ㅎ 智慧ㄱ 大雲 如▸支ㅎソㅊ◂ <금광07: 14>

【관련】 (如)支ソ-, (如)ㅣソ-

【비고】 <금광명경>에서는 표기상 'ソ'가 생략된 예가 많음.

支ノ㇆入乙[?혼둘]

【支/말음첨기+ノ[ᄒᆞ/용언+오/선어말어미]+㇆/동명사어미+入/의존명사+乙/대격조사】

('如' 뒤에서) 같은 것을. 같은 줄을.

¶ 一切 法氵 皆セ 幻 如▸支ノ㇆入乙◂ 了ソ尸入灬{故}リナ丨 <화소26:13-19>

【관련】 ノ㇆入乙, (如)支ソ-, (如)丨ソ-

支ノ尸入乙[?옰둘]

【支/말음첨기+ノ/선어말어미+尸/동명사어미+入/의존명사+乙/대격조사】

('離' 뒤에서) 여의는 것을. 떠나는 것을. 벗어나는 것을. § '支'는 동사 '離'의 말음첨기로 흔히 쓰임.

¶ 若セ 有ナ丨 出離セ 法乙 識ソ尸 不ソ乊 解脫ソ氵ホ 諠憒乙 離▸支ノ尸入乙◂ 求尸 不ソナ𢒼: <화엄18:14>

【관련】 ノ尸入乙, ㅎ尸入乙

【비고】 <화엄경>에서는 'ノ'가 '오'를 나타내는 경우가 드묾.

支ソ去㇆入灬[?ᄒᆞ건ᄃᆞ로]

【支/말음첨기+ソ/용언+去/선어말어미+㇆/동명사어미+入/의존명사+灬/구격조사】

('如' 뒤에서) 같으므로.

¶ 第二 發心㇆ 譬入㇆ 大地リ 一切 (法) 事亠ノ尸乙 持尸 如▸支ソ去㇆入灬◂ 故ノ <금광02:01-02>

【관련】 ソ去㇆入灬

支ソナ丨[?ᄒᆞ겨다]

【支/말음첨기+ソ/용언+ナ/선어말어미+丨/종결어미】

('如' 뒤에서) 같다.

¶ 是 如支丨 是 如支丨 善男子氵 汝氵 說氵乂㇆ 所 如▸支ソナ丨◂ <금광13:22>

【관련】 ソナ丨

支ソロセ乊[?ᄒᆞ고ᄂᆞ며]

【支/말음첨기+ソ/용언+ロ/선어말어미+セ/선어말어미+乊/연결어미】

('如' 뒤에서) 같으며.

¶ 凡氵 受ㅎ尸 所セ 物セ火セハ尸入㇆ 悉氵 亦刀 {是}リ 如▸支ソロセ乊◂ <화소09:11-12>

【관련】 丷口㔾㢱

【비고】 '丷口㔾㢱'는 '丷口㔾乙㢱'의 이표기로 볼 가능성도 있고 '丷口㔾矛㢱'의 '矛'가 빠진 것으로 볼 가능성도 있음.

支丷口㇆乙 [?ᄒᆞ곤을]

【支/말음첨기+丷/용언+口/선어말어미+㇆/동명사어미+乙/대격조사; 支/말음첨기+丷/용언+口/선어말어미+㇆乙/연결어미】

('如' 뒤에서) 갈거늘. 같은데. § 여기서 '-㇆乙'은 절 접속의 기능임.

¶ 一切 世間七 衆㇆ 苦患㇆ 深丷㢴 廣丷㢴丷㇇㢱 涯ㄋ 無㇆矢 大海 如▸支丷口㇆乙◂ 彼乙 與七 同事丷㇇㢱 悉 能支 忍丷㇇ 其乙 利益丷㇇㢱 安樂乙 得刂{令}刂ナ㢱 <화엄18:12-13>

【관련】 丷口㇆乙

支丷㔾刀 [?ᄒᆞᄂᆞ도]

【支/말음첨기+丷/용언(+ㄴ/동명사어미)+㔾/의존명사+刀/보조사; 支/말음첨기+丷/용언+㔾/동명사어미+刀/보조사】

('如' 뒤에서) 같은 것도.

¶ 曾八亠刀 得㇇㢱 毫末許㐃 如▸支丷㔾刀◂ 衆生乙 饒益丷㇇ 而灬 獲㇋㔾七 善利乙 {有}斗尸 未刂ノ㇆刂㇇七丨 <화소10: 09-10>

【관련】 丷㇆㔾刀

支丷㔾矛㢱 [?ᄒᆞᄂᆞ리며]

【支/말음첨기+丷/용언+㔾/선어말어미+矛[ㄹㅎ/동명사어미(+이/의존명사)+이/계사]+㢱/연결어미】

('如' 뒤에서) 갈을 것이며. § <화엄경>에서 조건절 '-㔾尸入㇆'의 후행절에 주로 쓰임.

¶ 若 妙福端嚴身乙 獲㔾尸入㇆ 則 身刂 晃耀ノ尸ム 金山 如▸支丷㔾矛㢱◂ <화엄12:20>

【관련】 丷㔾矛㢱

支丷㔾尸入㇆ [?ᄒᆞᄂᆞᆶ든]

【支/말음첨기+丷/용언+㔾/선어말어미+尸/동명사어미+入/의존명사+㇆/보조사; 支/말음첨기+丷/용언+㔾/선어말어미+尸入㇆/연결어미】

('如' 뒤에서) 같으면. § 조건구문에 쓰이며 후행절에는 '-㔾矛-'가 옴.

¶ 若 身晃耀 金山 如▸支丷㔾尸入㇆◂ 則 相乙灬 莊嚴ノ尸ム 三十二乙丷㔾矛㢱 <화엄12:21>

【관련】 ㅅㅌㄕㅅㄱ

【비고】 'ㄕㅅㄱ'을 연결어미로 보는 견해도 있음. '-ㅌㄕㅅㄱ'은 <화엄경>에만 나타남.

支ㅅ ㅌ 立[?ᄒᆞᄂᆞ셔]

【支/말음첨기+ㅅ/용언+ㅌ/선어말어미+立/종결어미】

('如' 뒤에서) 같기를 (바란다). § 'ㅌ立'는 願望을 나타내는 종결 형태임.

¶ {於}法ㄹ 歸ㅅㄱㄹ灬 自ノㅅㄱ 當願衆生 深リ 經藏ㅋ十 入ㅅㅋ八 智慧リ 海 如▸支ㅅㅌ立◂ <화엄03:15>

若 橋道ㄹ 見 當願衆生 廣リ 一切ㄹ 度リㅎㄕム 猶ㅅㄱ 橋梁 如▸支ㅅㅌ立◂ <화엄05:19>

【관련】 ㅅㅌ立

支ㅅ ㅌ ㄷ[?ᄒᆞᆫ읫]

【支/말음첨기+ㅅ/용언(+ㄴ/동명사어미)+ㅌ/의존명사+ㄷ/속격조사; 支/말음첨기+ㅅ/용언+ㅌ/동명사어미+ㄷ/속격조사】

('如' 뒤에서) 같은. § '-ㅌㄷ'은 형용사의 관계절에 주로 쓰임.

¶ 善ナㄱ{哉}ㅊ 佛子ㅅ 汝ㄱ 今ㅅㄱ 饒益ノㄕ 所 多ㅎ 安隱ノㄕ 所ㅋ 多ナㄱㅅㄹ灬 世間ㄹ 哀愍ㅅㅎ 天人ㄹ 利樂ㅅㅎ ㅅ{爲欲}ㅅ 是 如▸支ㅅㅌㄷ◂ 義ㄹ 問ㅊナㄱ丁 <화엄02:10-12>

【관련】 ㅅㅌㄷ, ㅅㄱㅌㄷ

支ㅅ ㄱ[?ᄒᆞᆫ]

【支/말음첨기+ㅅ/용언+ㄱ/동명사어미】

('如' 뒤에서) 같은.

¶ 菩薩摩訶薩ㄱ {是}リ 如▸支ㅅㄱ◂ 念ㄹ 作ㅅナㄕ丁 <화소08: 20>

此 三摩地自在ㄷ 廣義ㅋ十 當ハ 知ㅎㅣ 唯ハ 說ノㄱ 所 如▸支ㅅㄱ◂ 相ㅅ 有ㅅㄱ亠 <유가19:20-21>

【관련】 (如)ㅅㄱ, (如)ㅣㅅㄱ, (如)ハㅅㄱ

支ㅅ ㄱ 矢ㅅ[?ᄒᆞᆫ디여]

【支/말음첨기+ㅅ/용언+ㄱ/동명사어미+矢ㅅ[ᄃᆞ/의존명사+이여/조사]】

('如' 뒤에서) 같은 것이. § 'ㅅ'는 '或ナㅣ'의 후치된 주어절에 붙는 요소임.

¶ 或ナㅣ 曠野ㄷ 熱時ㄷ 燄 如▸支ㅅㄱ矢ㅅ◂ 或ナㅣ 天上ㅋㄷ 因陀網 如▸支ㅅㄱ矢ㅅ◂

<화엄15:13>
【관련】 ㅅ 1 矢 ：
【비고】 '드/의존명사+ 여/조사'는 주로 'ㄱ'로 표기됨.

支ㅅ 1 乙[?흔을]

【支/말음첨기+ㅅ/용언+1/동명사어미+乙/대격조사】
('如' 뒤에서) 같은 것을.

¶ 十方3 + 有1 所七 勝妙華： 塗香： 末香： 無價寶： 是 如▸支ㅅ1乙◂ 皆七 手七 中乙 從七 出リ3 ホ 道樹3 七 諸1 最勝リ ㅠ 1 乙 供養ㅅ 白 ヒ ㅅ <화엄15:18-19>
是 如▸支ㅅ1乙◂ 名下 {爲} 涅槃乙 首 {爲}: 1 ㅋ + 有七1 所七 廣義ㅗノ尸ㅗ <유가06:12-13>
謂1 在家位七 中3 + 1 {於}諸 妻室3 + 淫欲 相應ㅅ1 貪 {有}ㅗ ㅅ {於}餘 親屬ㅅ 及 諸 財寶ㅅ3 + 1 受用 相應ㅅ1 愛 {有}ㅗ ㅅ ㅅ 尸入乙 是 如▸支ㅅ1乙◂ 名下 在家位3 + {爲}處ㅅ1 所對治法ㅗノ尸ㅗ <유가08:05-08>
五 勤 方便ㅡ 不淨乙 修習ㅅナㅎ七ㅅ{雖}ㅗ 而1 作意錯亂ノ尸ム 謂1 不淨乙 觀 不ハㅅ3 ホ 淨相乙 隨ノ 轉ㅅ尸入乙 是 如▸支ㅅ1乙◂ 名下 {爲}作意錯亂ㅗノ 才 | <유가09:23- 10:02>
是 如▸支ㅅ1乙◂ 名下 {爲}修習對治ㅗノ尸ㅗ <유가12:23>
是 如▸支ㅅ1乙◂ 名下 {爲}三摩地圓滿ㅗノ 才 | <유가16:05-06>
是 如▸支ㅅ1乙◂ 名下 {爲} 誓ホ 下劣ㅅ1 形相乙 受ノ尸入乙 觀察ㅅ尸丁ノ 才 ㅅ <유가16:21-22>
{於}行住 坐臥 語黙 等ㅅ1 中3 + 欲ノ尸入乙 隨ノ 行尸 不冬ㅅ3 憍慢乙 制伏ㅅ3 ホ 他ㅋ 家3 + 往趣ノ尸ム 審正觀察ㅅ3 ホ 遊行乞食ㅅ尸入乙 是 如▸支ㅅ1乙◂ 名下 {爲} 誓ホ 下劣ㅅ1 威儀乙 受ノ尸入乙 觀察ㅅ尸丁ノ 才 ㅅ <유가16:22-17:02>
又 正七 觀察ㅅ3 他乙 從七 畜積ノ尸 所 无ㅅ1 諸 供身七 具乙 獲得ㅅ尸入乙 是 如▸支ㅅ1乙◂ 名下 {爲} 誓ホ 下劣ㅅ1 衆具乙 受ノ尸入乙 觀察ㅅ尸丁ノ 才 | <유가17:02-04>
是 如▸支ㅅ1乙◂ 名下 聖諦現觀3 + 入ㅅ去1丁ノ 才 | <유가25:22-22>
是 如▸支ㅅ1乙◂ 名下 {爲}遠離障导ㅗノ 才 | <유가28:06>
此七 中3 + 若 聖諦現觀3 + 入ノ尸ㅅ … 若 極淸淨道ㅗ 及 果功德ㅗノ尸乙 證得ノ尸ㅅノ尸 是 如▸支ㅅ1乙◂ 名下 {爲}出世間一切種淸淨ㅗノ 才 | <유가31:18-23>
【관련】 ㅅ 1 乙

支ㅅ 1 乙ㅅ口乙ㅎㅎ七 | [?흔을ㅎ골욦다]

【支/말음첨기+ㅅ/용언+1/동명사어미+乙/대격조사#ㅅ/동사+口乙/선어말어미?+ㅎ/선어말어미+ㅎ七/선어말어미+ | /종결어미】

('如' 뒤에서) 같은 것을 하겠습니다. 같은 것을 하겠다.

¶ 彼 諸ㄱ 功德ㄱ 量㇌ㄒ𠁼可セソㄱ 不矢ㄱ乙 我ㄱ 今ソㄱ 力乙 隨ㄒ 少分ケ仒乙 說ㄒ尸ム 猶入ㄱ 大海㇌セ 一ㄱ 滴𠁼セ 水 如▸支ソㄱ乙ソロ乙ㄒ𠁼セ丨◂ <화엄09:02-03>
{是}リ 如支' 邊尸 無ㄱ 大功德乙 我ㄱ 今ソㄱ {於}中㇌十ソ㇌ハ 少分ケ仒乙 說ㄒ尸ム 譬入ㄱ 鳥足灬 履ㄒㄱ 所セ 空 如支ソㄱ乙ソ㇀ 亦ソㄱ 大地㇌セ 一ㄱ 微塵 如▸支ソㄱ乙ソロ乙ㄒ𠁼セ丨◂ <화엄09:08-09>
【관련】 リ矢ソ二ロ乙𠁼セ丨

支ソㄱ乙ソ㇀[?혼을ᄒᆞ며]

【支/말음첨기+ソ/용언+ㄱ/동명사어미+乙/대격조사#ソ/동사+㇀/연결어미】
('如' 뒤에서) 같은 것을 하며.

¶ {是}リ 如支' 邊尸 無ㄱ 大功德乙 我ㄱ 今ソㄱ {於}中㇌十ソ㇌ハ 少分仒仒乙 說ㄒ尸ム 譬入ㄱ 鳥足灬 履ㄒㄱ 所セ 空 如▸支ソㄱ乙ソ㇀◂ <화엄09:08-09>
【관련】 (爲)三ㄱ乙ソ㇀

支ソㄱㄋ十[?혼의긔]

【支/말음첨기+ソ/용언+ㄱ/동명사어미(+이/의존명사)+ㄋ十/처격조사】
('如' 뒤에서) 같은 것에.

¶ 善男子㇌ 菩薩 二地㇌十ㄱ 是 相リ 前現ノ尸ム 三千大千世界セ 地 平ソㄱ矢 掌 如▸支ソㄱㄋ十◂ 量 無㇀ 數 無ソㄱ 種種セ 妙色リㄱ 清淨ソヒセ{之} 寶灬ノㄱ 莊嚴セ{之} 具リソ㇌セノㄱ入乙 菩薩ㄱ 悉㇌ 見ソナ𠁼セ丨 <금광05:25- 06:02>
謂尸 我ㄱ 何亠㇇尸入ㄱ 當ハ 能㇀ 具足㇇ 是 如支ソㄱ 聖處リㄱ 阿羅漢ㄋ 所具足住 如▸支ソㄱㄋ十◂ 住ノ㇇ㄱリ㇌セロソ㇀ <유가29:03-05>
【관련】 ソㄱㄋ十

支ソㄱリ[?혼이]

【支/말음첨기+ソ/용언+ㄱ/동명사어미+リ[(이/의존명사+)이/주격조사]】
('如' 뒤에서) 같은 이가.

¶ 善男子 菩薩 五地㇌十ㄱ 是 相リ 前現ノ尸ム (寶)女人 如▸支ソㄱリ◂ 一切之セ 其 身 頂上乙 莊嚴ノ尸ム <금광06:06-07>
依止圓滿(リ丨ソㄱ入ㄱ){者} 謂(ㄱ) 有(ナ丨) 一 如▸支ソㄱリ◂ … 堪能㇇ 善說 惡說セ 有セㄱ 所セ 法義(乙) 解了ソ尸矢丨 <유가02:04-06>
无業障圓滿リ丨ソㄱ入ㄱ{者} 謂ㄱ 有ナ丨 一 如▸支ソㄱリ◂ … 他乙 教ソ㇌ 作仒リ尸 不冬ソ㇋ソ尸矢丨 <유가02:06-09>
无信解障圓滿リ丨ソㄱ入ㄱ{者} 謂ㄱ 有ナ丨 一 如▸支ソㄱリ◂ … 謂ㄱ {於}種種セ 邪

天 處所⺀十 及七 {於}種種七 外道 處所⺀十ソ尸 不冬ソ𢆶ソナ矛亠 <유가02:10-13>
行處障刂丨ソ1入1{者} 謂1 聖弟子 如▸支ソ1刂◂ 或 衆乙 與七 同居ソ⺀ 其 生起ソ1 僧所作事乙 隨ノ 善品乙 棄捨ソロ 數刂 衆會乙 與七ソ小 <유가26:05-07>
【관련】 ソ1刂

支ソ1刂1丁[?흔인뎌]

【支/말음첨기+ソ/용언+1/동명사어미+刂/계사+1/동명사어미+丁[ㄷ/의존명사+여/조사]】
('如' 뒤에서) 같은 줄을. 같은 것을. § '刂1'은 '當知', '應知'의 목적어절에 붙는 요소임. '丁'는 후치된 목적어절에 붙는 요소임.
¶ 廣刂 說尸入1 當八 知3丨 二十種 有七1亠 菩薩地⺀十 當八 說白ノ尸 如▸支ソ1刂1丁◂ <유가04:09-10>
當八 知3丨 廣刂 說ロ1 十六種 有七1亠 亦 菩薩地七 中⺀十 當八 說白ノ尸 如▸支ソ1刂1丁◂ <유가04:13-14>
五失 相應ソ1 臥具1 知ノ𢆶{應}七丨 聲聞地⺀十 當八 說白ノ尸 如▸支ソ1刂1丁◂ <유가14:05-06>
【관련】 ソ1刂1丁

支ソ1刂丨[?흔이다]

【支/말음첨기+ソ/용언+1/동명사어미+刂/계사+丨/종결어미】
('如' 뒤에서) 같은 것이다.
¶ {是}刂 故⺊ 依行乙 次第乙 說3𠆢⺊十 信樂刂氵 最勝ソ⺀ホ 甚刂 難刂氵 得3矛1矢 譬入1 一切 世間七 中⺀十 而⺊ 隨意妙寶珠刂 有1 如▸支ソ1刂丨◂ <화엄10:08-09>
【관련】 ソ1刂丨

支ソ丨[?ᄒᆞ다]

【支/말음첨기+ソ/용언+丨/종결어미】
('如' 뒤에서) 같다.
¶ 善男子⺀ 是 如▸支ソ丨◂ 汝 等ソ11 當八 此 如支ソ二1 經典乙 精勤修行ソロ𢆶{應}七ソ1亠 <금광15:14-15>
又 光明想1 多刂1 光明乙 緣ソ⺀ 以ホ 境界 {爲}氵ソ矛刂1亠 三摩呬多地七 中⺀十 已氵 說入ノ1 如▸支ソ丨◂ <유가11:02-04>
【관련】 ソ丨

支ソ尸[?흟]

【支/말음첨기+ソ/용언+尸/동명사어미】

('如' 뒤에서) 같은. § '{等}丨ソ-' 앞에 쓰인 예임.

¶ 菩薩亠 {是}刂 如▸支ソ尸◂ {等}丨ソ亠 量刂 無七亠 慧藏乙 成就ソナ氵 <화소 19:09-10>

【관련】ソ尸

支ソ尸矢丨[?흟디다]

【支/말음첨기+ソ/동사+尸/동명사어미+矢[ㄷ/의존명사+이/계사]+丨/종결어미】

('如' 뒤에서) -처럼 하는 것이다. -대로 하는 것이다. § '如支'는 '-처럼, -같이, -대로'의 뜻.

¶ 二 所依乙 由氵亠入灬{故}丨 謂亠 此 所依乙 依ソ亠入乙 由氵 無間丂 必八 能か 正性離生氵十 趣入ノ尸ム 餘亠 前ラ 說ノ亠 如▸支ソ尸矢丨◂ <유가23:03-04>

三 入境界門乙 由氵亠入灬{故}丨 謂亠 此 入境界門乙 緣ソ亠入乙 由氵 必八 能か 正性離生氵十 趣入ノ尸ム 餘亠 前ラ 說ノ亠 如▸支ソ尸矢丨◂ <유가23:04-06>

四 攝受資糧乙 由氵亠入灬{故}丨 謂亠 此 攝受資糧乙 由氵 必八 能か 正性離生氵十 趣入ノ尸ム 餘亠 前ラ 說ノ亠 如▸支ソ尸矢丨◂ <유가23:06-08>

【관련】ソ尸矢丨

支ソ尸入乙[?흟들]

【支/말음첨기+ソ/동사+尸/동명사어미+入/의존명사+乙/대격조사】

('如' 뒤에서) 처럼 하는 것을. 대로 하는 것을. § '如支'는 '-처럼, -같이, -대로'의 뜻.

¶ 手氵十 供具乙 出ノ亠ム 難刂氵 思議ノ禾皿 {是}刂 如支 一亠 導師乙 供養ソナか 一切佛矢 所氵十力 皆七 {是}刂 如▸支ソ尸入乙◂ 大士ラ 三昧神通七 力氵ノ禾ナ丨 <화엄 17:02-03>

是 如▸支ソ尸入乙◂ 當八 知ゟ丨 所依乙 由氵亠入灬 故ノ 其 心 安住ソ去亠丁ノ禾刂亠丁 <유가24:09-10>

是 如▸支ソ尸入乙◂ 當八 知ゟ丨 入境界門乙 由氵亠入灬 故ノ 其 心 安住ソ去亠丁ノ禾刂亠丁 <유가24:16-17>

是 如▸支ソ尸入乙◂ 當八 知ゟ丨 資糧乙 由氵亠入灬 故ノ 其 心 安住ソ去亠丁ノ禾刂亠丁 <유가25:03-04>

【관련】ソ尸入乙, (不)冬ソ尸入乙

支ソか[1][?흐며]

【支/말음첨기+ㄒ/동사+ㄌ/연결어미】

('如' 뒤에서) -처럼 하며. -대로 하며. § '如支'는 '-처럼, -같이, -대로'의 뜻.

¶ 修多羅乙ㄒ尸 如支 祇夜ㄹ 授記ㄹ 伽陀ㄹ 尼陀那ㄹ 優陀那ㄹ 本事ㄹ 本生ㄹ 方廣ㄹ 未曾有ㄹ 譬喩ㄹ 論議ㄹノ令乙 亦ㄲ {是}ㄲ 如▸支ㄒㄌ◂ <화소20:17-20>

【관련】 ㄒㄌ, (不)ㅅㄒㄌ

支ㄒㄌ²[?ㅎ며]

【支/말음첨기+ㄒ/동사+ㄌ/연결어미】

('善' 뒤에서) 잘 하며. § '善支'는 '잘'의 뜻.

¶或ㄒㄱ 良醫ㄲ尸入乙 作ㄒ3ホ 衆ㄱ 論乙 善▸支ㄒㄌ◂ <화엄19:09>

【관련】 (善)ㅎ, (善)ㄌ, (不)ㅅㄒㄌ, ㄒㄌ

支ㄒㄌㄒ3[?ㅎ며ㅎ아]

【支/말음첨기+ㄒ/용언+ㄌ/연결어미#ㄒ/용언+3/연결어미】

('如' 뒤에서) 같으며 하여. § 'ㄒ3'의 'ㄒ'는 'ㄌ'로 나열된 동사구를 아우르는 요소임.

¶ 深心七 信解ㄲ 常ㄲ 清淨ㄒㄌ 一切 佛乙 恭敬 尊重ㄒ㐃矢ㄌ {於}法ㄹ 及七 僧ㄹノ令ㅋ十 亦ㄲ {是}ㄲ 如▸支ㄒㄌㄒ3◂ 至誠乙灬 供養ㄒ七ㄔ 而灬 發心ㄒナㄱㄲㄌ <화엄09:16-17>

【관련】 ㄒㄌ, ㄒ3, ㄒㄌㄒ一

支ㄒ二ㄱ[?ㅎ신]

【支/말음첨기+ㄒ/용언+二/선어말어미+ㄱ/동명사어미】

('如' 뒤에서) 같으신.

¶ 善男子3 是 如支ㄒㅣ 汝 等ㄒㄱㄱ 當ㅅ 此 如▸支ㄒ二ㄱ◂ 經典乙 精勤修行ㄒㅁㅎ {應}七ㄒㄱ二 <금광15:14-15>

【관련】 支ㄒㄱ, ㄒ二ㄱ

支ㄒ3[?ㅎ아]

【支/말음첨기+ㄒ/용언+3/연결어미】

('如' 뒤에서) -같이. -처럼.

¶ 佛子3 {此}ㄲ 菩薩ㄱ 上尸 說ㅎㄱ 所3 如▸支ㄒ3◂ 輪王七 位3十 處ㄒ3ホ 七寶具足ㄒ3 四天下乙 王ㄒナㄱㅣ十 <화소11:16-18>

佛子3 {此}ㄲ 菩薩ㄱ 亦ㄒㄱ 上尸 說ㅎㄱ 如▸支ㄒ3◂ 輪王七 位3十 處ㄒ3 七寶具足ㄒ3ホ 四天下乙 王ㄒナㄱㅣ十 <화소12:08-09>

{是}刂 如▸支ソ３◂ 一１ 世界乙 說ㇱ <화소25:02>
當ハ 普賢 如▸支ソ３◂ 色像 第一刂ㇱ <화엄02:15-16>
若 華 開ソ１乙 見 當願衆生 神通 {等}丨ソ１ 法刂 華 如▸支ソ３◂ 開敷ソ七立 <화엄05:11>
若 樹華乙 見 當願衆生 衆１ 相刂 華 如▸支ソ３◂ 三十二乙 具ㅎ七立 <화엄05:12>
諦刂 佛乙 觀ソ白ㅊ１ 時十１ 當願衆生 皆七 普賢 如▸支ソ３◂ 端正 嚴好ソ七立 <화엄08:05>
譬 虛空亠 及 轉輪聖王亠ソ尸 如▸支ソ３◂ (如是 第十心) {於}一切 境界３十 皆 悉３ 通達ㅊ１入灬 <금광02:17-18>
世間１ 一ㇱ 異ソ１ 不失刂１失 譬入１ 空谷３七 響 如▸支ソ３◂ 不度ソㅎ 亦 不滅ソㅎソト丿１入乙 唯ハ 佛刂ニ氵 能ㇱ 了知ソニロ尸ㇱ <금광13:14-15>
【관련】 支ソ３ホ, 支ソ３ハ

支ソ３ホ [?ᄒᆞ아곰]

【支/말음첨기+ソ/용언+３/연결어미+ホ/첨사】
('如' 뒤에서) 같아서.
¶ 依倚丿尸 所３ 無３ 法ㇶ 夢 如▸支ソ３ホ◂ 堅固ソ１ 無ㅎ１入乙{有} 見ㇱ <화소13:04-05>
但ハ 諸１ 行ㇶ 夢 如▸支ソ３ホ◂ 實 不失１入乙 觀ソ３ 貪著尸 無七ㇱ <화소15:09-10>
月光影 如▸支ソ３ホ◂ 周七ソ尸 不ソ尸丁丿尸 靡七３ 量刂 無１ 方便乙灬 羣生乙 化ソロ七才ㇱ <화엄14:18>
【관련】 支ソ３ハ, 支ソ３

支ソ３人

☞ 支ソ３ハ

支ソ３ハ [?ᄒᆞ악]

【支/말음첨기+ソ/형용사+３/연결어미+ハ/첨사】
('如' 뒤에서) 같아서.
¶ 佛塔乙 見白ㅊ１ 時 當願衆生 尊重ソ１失 塔 如▸支ソ３人◂ 天人ㇶ 供乙 受七立 <화엄08:06>
若 十方 一切佛 手以甘露灌其頂 蒙七尸入１ 則 身刂 充徧丿尸ㅿ 虛空 如▸支ソ３ハ◂ 安住不動ソ３ホ 十方３十 滿ソ七才ㇱ <화엄14:05-06>
是 如▸支ソ３ハ◂氵 乃氵 他ㇶ 信施乙 受丿ㅎ{應}七ソㇱ <유가17:20>

【관련】 支ソ㇂ホ, 支ソ㇂, 支ソ㇂ハ氵
【비고】 'ハ'이 '人'처럼 표기된 예도 있음.

支ソ㇂ハ氵[?ㅎ악사]

【支/말음첨기+ソ/형용사+㇂/연결어미+ハ/첨사+氵/보조사】
('如' 뒤에서) 같아야.
¶ 是 如▸支ソ㇂ハ氵◂ 乃氵 他㇇ 信施乙 受ノ㇇{應}セソㇱ <유가17:20>
【관련】 (如)支ソ㇂ハ

甲尸[?ㄹㅎ]

【甲/말음첨기?+尸/동명사어미?】
('復' 뒤에서) 또.
¶ 復▸甲尸◂ 更㇂ 衆生乙 饒益尸 不(ノ)能リ矢ノ禾ナㄱリ罒 我ㄱ 今ソㄱ 宜ㄱ 彼㇇ 求ノㄱ 所乙 隨㇇ 其 意乙 充滿ᄉリ㇇㇇{應}セソㄱリㄱ丁 <화소11:13>
【관련】 (復)ソㄱ, (復)刀, (復)ㄅ, (復)ハ

一ハ[一ㄱ]

【一ハ/말음첨기】
('設' 뒤에서) 비록.
¶ 此 障㝵乙 由㇂ {於}一切 種㇂十 出離 能 不ハソㇱ 設▸一ハ◂ 得ホ 出家ソ㇂乃 此 尋思 …{之} 擾動ノㄱ 所乙 由㇂ 障㝵乙 爲一リ尸入… {故ノ} 喜樂乙 生尸 不冬ソトㄱ亠 <유가08: 08-10>

一尸[一읊]

【一/말음첨기+尸/동명사어미】
('種' 뒤에서) 심지. § 여기서 '尸'은 부정소 '未' 앞에 쓰인 예임.
¶ 若 一切 衆リ 生 善根乙 種▸一尸◂ 未リ㇇ 善根乙 成熟 未リ㇇ 諸 佛乙 親近 未リ㇇ ソナㄱㄱ 得㇂ホ 是 金光明經乙 聽聞 不ハソナ㇇ㄱ入…亠 <금광14:01-03>

一リ[?이]

【一/말음첨기+リ/조사;一/말음첨기+リ/부사화소】
('一味' 뒤에서) -으로.
¶ 微細ソㄱ 諸相リ 或 現ソ㇇ 不現ソ㇇ソトㄱ刀 無明リ 因{爲}リ尸入乙ソㇱ 一味▸一リ

◂ 熟 思惟ッ3 斷乙 欲ッ尸ㅗ 方便乙 得尸 未ハッㅏ 1 ㄉ 無明リ 因{爲}リ尸入乙ッ矛 罒 是乙 七地七 障ㅗノ矛ㅅ <금광07:25-08:01>

一リナ亠七丨[?이겠다]

【一リ/?+ナ/선어말어미+亠七/선어말어미+丨/종결어미 】

('爲' 뒤에서) 된다. 될 것이다. § '爲一リ-'는 대격을 지배함.

¶ 略ロ1 四相乙 由3 {於}生起ノ尸 所七 三摩地七 中3十 堪能亐 障乙 爲▸一リナ亠七丨◂ <유가14:17-19>

【관련】(爲)一リ尸入灬, (爲)一リ令七, 一ナ亠七丨

一リ令七[?이릿]

【 一リ/?+令[ㄹㅎ/동명사어미+이/의존명사]+七/속격조사】

('爲' 뒤에서) 되는. § '爲一リ-'는 대격을 지배함.

¶ 卽 此 二 雜染品乙 斷ッ{爲}入 善說法ㅗ 毘柰耶ㅗノ令十 入ッㅌ七 時ㅗ十 能ㅅ 障㝵乙 爲▸一リ令七◂ 有ッ1 所七 煩惱リ1 此 諸 煩惱1 能ㅅ 隨眠リ尸{爲}入乙ッ3 深遠亐 心3十 入ッ3 又 能ㅅ 種種七 諸 苦乙 發生ッ3ッ矛罒 若 能ㅅ {於}此ラ十 餘良 无亐 永斷ッ尸入乙 名下 極淨道果乙 {爲}證得ッ3 1 丁ノ矛丨 <유가30:07-11>

【관련】(爲)一リ尸入灬, (爲)一リナ亠七丨

一リ尸入灬[?읧드로]

【一リ/?+尸/동명사어미+入/의존명사+灬/구격조사】

('爲' 뒤에서) 되므로. § '爲一リ-'는 대격을 지배함.

¶ 此 尋思灬{之} 擾動ノ1 所乙 由3 障㝵乙 爲▸一リ尸入灬◂ 故ノ 喜樂乙 生尸 不冬ッㅏ 1 ㅗ <유가08:09-11>

【관련】一リ令七, 一リナ亠七丨

印[미상]

【印/용언】

('如' 뒤에서) 같이. § '如印'은 대격을 논항으로 취함.

¶ 彼ㄉ 亦ッ1 其 差別法乙 如▸印◂ 世七 宜1 所乙 隨ㅅ 而灬 化度ッナ3 <화엄18:09>

【관련】(如)㐊, (如)ハ

【비고】이두에서 '印'을 '긋(<귿)'으로 읽는 독법에 따라 '印'을 '귿'으로 읽는 견해가 있음.

与 今 八 [?릭]

【与 今 八/미상】

장차.

¶ 我ㄱ 今ソㄱ 衰老ソ3 身ㄱ 重疾3十 嬰セソ㇇ 煢獨ソ۞ 羸頓ソ۞ソロㄱ 死ノ尸入ㄱ 將▸与今八◂ 久3尸 不ソ去ロ乙ㅎㅣ <화소10:18-19>

㔾 ヒ [미상]

【㔾/의존명사?+ヒ/속격조사】

('三' 뒤에서) 셋째의. 세 번째의.

¶ 譬入ㄱ 虛空ヒ 花 {如}ㅣソ㇇ 影ㅣ 三▸㔾ヒ◂ 手リ 無ノㄱ丁ノ今 {如}ㅣソ㇇ソㄱ 丶 因緣灬 故ノ 誑有ソナㄱリ㇇ <구인15:07-08>

【선후】 (15)세찻

【비고】 '㔾ヒ'를 '잣'으로 읽는 견해가 있음.

㐃 [ㄱ?]

【㐃/말음첨기】

('如' 뒤에서) -와 같이. § 대격이나 처격을 논항으로 취함.

¶ 衆生乙 隨ㅎ 住ソ3ホ 恒リ 捨離尸 不ソ㇇ 諸ㄱ 法相乙 {如}▸㐃◂ 悉3 能攴 通達ソ㇇ <화엄02:14-15>

量 無ヒㄱ 國土リ 有ヒケㄱム 一一國土3十㇇ㅣ 佛ㅣ 及八 大衆ㅣノ矛リソ白ケㄱム 今乙 {如}▸㐃◂ 異ソㄱ 無ヒ二㇇ <구인02:05-06>

諦リ 聽ホ 諦リ 聽㇇ 善㇇ 之乙 思ソ۞ 念ソ۞ソ㇇ 法乙 {如}▸㐃◂ 修行ソ㇇ソナ3ソロ八二ㄱ <구인03:19>

十住菩薩入 諸二ㄱ 佛入ヒ 五眼力 幻諦乙 {如}▸㐃◂ 而灬 見二トㄱリナㅣ <구인14:13>

諦聽 諦聽㇇ 善㇇ 之乙 思ソ۞ 念ソ۞ソ㇇ 法乙 {如}▸㐃◂ 修行ソナ3 七佛ヒ 偈リ 是 {如}ㅣソナㅣ <구인14:22-23>若 能 摩訶衍乙 具足ソヒ尸入ㄱ 則 能 法3十 {如}▸㐃◂ 佛乙 供養ソ白ヒ矛㇇ <화엄11:11>

若 能 法3十 {如}▸㐃◂ 佛乙 供養ソ白ヒ尸入ㄱ 則 能攴 佛乙 念ソ白ㅎ尸ム 心ㅎ 動尸 不ソヒ矛㇇ <화엄11:12>

【관련】 (如)八(ソ-), (如)ㅣソ-, (如)攴(ソ-)

㐃 尸 [?ㄹㆆ]

【㐃/말음첨기?+尸/동명사어미】

('果' 뒤, '不' 앞에서) 열매 맺지. 성취되지. § 'ㄕ'은 부정소 '不' 앞에 쓰인 것임.

¶ 菩薩ㄱ 勤ㄷ 大悲行ㄹ 修ㄱ尔 願ㅅㄱ 一切ㄹ 度ㅣ口八ㅎノㄕㅿ 果▸直ㄕ◂ 不ッㄕ丁ノㄕ 無ㅣッㄱナオ罒 見聞ッㅎ 聽受ッㅎ 若ㄷ 供養ッㅎッ口ㅌ火ㄷ八ㄕㅅㄱ 皆ㄷ 安樂ㄹ 獲ㅣ{令}ㅣㄕ 不ッㄕ丁ノㄕ 靡ㅣㄷッㅌオ㫆 <화엄14:09>

之ㄷ [?ㅅ]

【之ㄷ/부사화소?;之/미상+ㄷ/속격조사】

('一切' 뒤에서) 일체. 다. 모두.

¶ {是}ㅣ 故灬 衆生ㄹ 饒益ッ{爲}ㅅ 其 有ㄷㄱ 所ㄹ 隨ㆆ 一切▸之ㄷ◂ 皆ㄷ 捨ノㄕㅿ 乃ッ氵 盡命ッㄕ矢十 至ㅣッ(ㄋ?) <화소10:11-13>

{於}僧ㄹ 歸ッㄱㄹ灬 自ノㆆㄱ 當 願 衆生 大衆ㄹ 統理ノㄕㅿ 一切▸之ㄷ◂ 礙ㄕ 無ㅌ立 <화엄03:16>

相待假法ㄹ 一切▸之ㄷ◂ 名ㄱ 相待ㆍッ㫆 亦ッㄱ 名ㄱ 不定相待ㆍノオㄱㆍ 五色 等ッㄱ 法ㅅ 有無ㄷ 一切 等ッㄱ 法ㅅ {如}ㅣッㄱㅣ㫆 <구인14:08-10>

{是}ㅣ 名味句ㄱ 音聲ㄷ 果ㅣㄱㆍ 文字記句ㄱ 一切▸之ㄷ◂ 如ㅣナㅣ <구인15:25>

(寶)女人 如支ッㄱㅣ 一切▸之ㄷ◂ 其 身 頂上ㄹ 莊嚴ノㄕㅿ <금광06:07>

又 彼ㄱ {於}色 相應ッㅌㄷ 愛味 俱行ッㄱ 煩惱ㄱ十 能㫆 一切▸之ㄷ◂ 皆 永斷ッ今 非矢ㅣㄱㅅ灬 故ノ 名下 非得勝亠ノオ㫆 <유가15:14-16>

造ㄕ [?ㄹㅎ]

【造/말음첨기?+ㄕ/동명사어미】

('矯' 뒤에서) 矯하지(속이지). § '-ㄕ'은 부정소 '不' 앞에 쓰인 것임.

¶ 正命人ㄹ 見 當 願 衆生 淸淨命ㄹ 得ㄱ尔 威儀ㄱ十 矯▸造ㄕ◂ 不ッㅌ立 <화엄06:19>

석독구결사전

-부록-

석독구결 자료 원문

이 자료는 석독구결 자료 5종의 원텍스트를 기입된 석독구결에 따라 우리말 순서로 입력한 것이다. 이 자료는 다음과 같은 원칙에 따라 작성되었다.

1. 의미를 고려하여 가능한 한 1-2줄로 짧게 끊어 출전 표시를 한 후 원문을 제시하였다. 출전표시가 달린 분절된 단위 자체가 가장 작은 의미 단위인바 여기에는 별도의 표지를 하지 않았다.
2. 각각의 단위를 의미 단락 별로 묶어 표시해 주기 위해 상위 단위를 '[ ]'로 묶었다. 이러한 상위 의미 단락은 여러 층위를 가질 수 있으므로 때로는 여러 개가 겹쳐서 제시되었다.
3. 원텍스트에서 행이 바뀌는 곳에 별도의 표시를 하지 않았다.
4. 석독구결에 따라 우리말 순서로 제시하되 문맥상 석독구결이 생략되었다고 추정되는 부분도 우리말 어순에 따라 한자의 순서를 바꾸어 제시하였다. 다만 우리말로 풀어 읽었다고 볼 근거가 없는 부분은 한문의 어순을 그대로 남겨 두었다.
5. 不讀字 내지 全訓讀字는 구결학회의 관례에 따라 '{ }' 속에 넣어 제시하였다.
6. 출전표시는 장차와 행차 사이에 ':'을 넣어 구분하였다.

大方廣佛華嚴經疏 卷第三十五

<화소01:01> 大方廣佛華嚴經疏卷第三十五
<화소01:02> 淸涼山沙門 澄觀述 晉水沙門 淨源 錄疏注經
<화소01:03> [佛子阝 何ᅙ {等}丨丷㇆乙 菩薩摩訶薩尸 聞藏⺀ノ令口{爲}丷𠂇禾尸入㇆
<화소01:04-05> [{此}刂 菩薩㇆ {是}刂 事 有七㇆入灬 故攴 {是}刂 事 有七㢱
<화소01:05> {是}刂 事 無七㇆入灬 故攴 {是}刂 事 無七㢱
<화소01:05-06> {是}刂 事 起丷㇆入灬 故攴 {是}刂 事 起丷㢱
<화소01:06> {是}刂 事 滅丷㇆入灬 故攴 {是}刂 事 滅丷㢱
<화소01:06-07> {是}刂㇆ 世間七 法刂㢱 {是}刂㇆ 出世間七 法刂㢱
<화소01:07> {是}刂㇆ 有爲法刂㢱 {是}刂㇆ 無爲法刂㢱
<화소01:04-08> {是}刂㇆ 有記法刂㢱 {是}刂㇆ 無記法刂㇆入乙 知𠂇ᅙ七丨
<화소01:17> 何ᅙ {等}丨丷㇆乙 {爲} {是}刂 事 有七㇆入灬 故攴 {是}刂 事 有七㇆丁ノ令口
<화소01:17-18> 謂ノ㇆㇆ 無明 有七㇆入灬 故攴 行 有七㇆矢𠂇丨
<화소01:18-19> 何ᅙ {等}丨丷㇆乙 {爲} {是}刂 事 無七㇆入灬 故攴 {是}刂 事 無七㇆丁ノ令口
<화소01:19> 謂ノ㇆㇆ 識 無七㇆入灬 故攴 名色 無七㇆矢𠂇丨
<화소02:02> 何ᅙ {等}丨丷㇆乙 {爲} {是}刂 事 起丷㇆入灬 故攴 {是}刂 事 起丷㇆丁ノ令口
<화소02:02-03> 謂ノ㇆㇆ 愛 起丷㇆入灬 故攴 苦 起丷㇆矢𠂇丨
<화소02:04-05> 何ᅙ {等}丨丷㇆乙 {爲} {是}刂 事 滅丷㇆入灬 故攴 {是}刂 事 滅丷㇆丁ノ令口
<화소02:05> 謂ノ㇆㇆ 有 滅丷㇆入灬 故攴 生 滅丷㇆矢𠂇丨
<화소02:09> 何等 {爲} 世間七 法⺀ノ令口
<화소02:09> 謂ノ㇆ 所㇆ 色人 受人 想人 行人 識人刂𠂇丨
<화소02:15-16> 何等 {爲} 出世間七 法⺀ノ令口
<화소02:16> 謂 所 戒人 定人 慧人 解脫人 解脫知見人刂𠂇丨
<화소03:09-10> 何等 {爲} 有爲法⺀ノ令口
<화소03:10> 謂 所 欲界人 色界人 無色界人 衆生界人刂𠂇丨
<화소03:12> 何等 {爲} 無爲法⺀ノ令口
<화소03:18-04:10> 謂 所 虛空人 涅槃人 數緣滅人 非數緣滅人 緣起人 法性住人刂𠂇丨
<화소04:16-17> 何等 {爲} 有記法⺀ノ令口
<화소04:17-19> 謂ノ㇆㇆ 四聖諦人 四沙門果人 四辯人 四無所畏人 四念處人 四正勤人 四神足人 五根人 五力人 七覺分人 八聖道分人刂𠂇丨

<화소05:11> 何等 {爲} 無記法ミノ𠆛ロ

<화소06:05-08> 謂ノㄱㄱ 世間ㄱ 有邊リ丨 世間ㄱ 無邊リ丨 世間ㄱ 亦 有邊 亦 無邊リ丨 世間ㄱ 非有邊非無邊リ丨ノ尸人

<화소06:12-16> 世間ㄱ 有常リ丨 世間ㄱ 無常リ丨 世間ㄱ 亦 有常 亦 無常リ丨 世間ㄱ 非有常非無常リ丨ノ尸人

<화소07:03-05> 如來 滅ソ示ㄱ乙灬七 後リ十 有リ丨 如來 滅ソ示ㄱ乙灬七 後リ十 無リ丨 如來 滅 後 亦 有 亦 無リ丨 如來 滅 後 非有非無リ丨ノ尸人

<화소07:11-14> 我ミ 及七 衆生ミノ𠆛ㄱ 有リ丨 我ミ 及七 衆生ミノ𠆛ㄱ 無リ丨 我 及 衆生 亦 有 亦 無リ丨 我 及 衆生 非有非無リ丨ノ尸人

<화소07:16-17> 過去ろ十 幾七ケ七 如來 {有}ナ示下 般涅槃ソ示弥 幾七ケ七 聲聞 辟支佛リ 般涅槃ソ弥

<화소07:17-18> 未來ろ十ㄱ 幾七ケ七 如來ミ 幾七ケ七 聲聞 辟支佛ミ 幾七ケ七 衆生ミノ𠆛 有弥

<화소07:18-19> 現在ろ十ㄱ 幾七ケ七 佛亼 {有}ナ示下 住ソ示弥 幾七ケ七 聲聞 辟支佛リ 住ソ弥 幾七ケ七 衆生リ 住ソㄱリろ七ロノ尸人

<화소07:20-08:03> 何ㅎ {等}丨ソ示ㄱ 如來リ 最ハ 先ラ 出ソ示弥

<화소07:20-08:01> 何ㅎ {等}丨ソㄱ 聲聞 辟支佛リ 最ハ 先ラ 出ソ弥

<화소08:01> 何ㅎ {等}丨ソㄱ 衆生リ 最ハ 先ラ 出ソ弥

<화소08:01-02> 何ㅎ {等}丨ソ示ㄱ 如來リ 最ハ 後リ十 出ソ示弥

<화소08:02> 何ㅎ {等}丨ソㄱ 聲聞 辟支佛リ 最ハ 後リ十 出ソ弥

<화소08:02-03> 何ㅎ {等}丨ソㄱ 衆生リ 最ハ 後リ十 出ソ弥

<화소08:03> 何ㅎ 法リ 最ハ 初ろ十 在ソ弥

<화소08:03> 何ㅎ 法リ 最ハ 後リ十 在ソ禾ろ七ロノ尸人

<화소08:05-06> 世間ㄱ 何ㅎ 處乙 從七 來ソ弥 去ろハㄱ 何ㅎ 所七ろ十 至弥

<화소08:06> 幾七ケ七 世界 有七ろ 成ソ弥 幾七ケ七 世界 有七ろ 壞ソ弥

<화소08:06-07> 世界ㄱ 何ㅎ 處乙 從七 來ソ弥 去ろハㄱ 何ㅎ 所七ろ十 至禾ろ七ロノ尸人

<화소08:12-13> 何七ソㄱ乙{者} {爲}生死七 最ハ 初際ミソ弥

<화소08:13> 何七ソㄱ乙{者} {爲}生死七 最ハ 後際ミノ禾ろ七ロノ尸人リナ丨

<화소08:18-19> {是}リ乙 名下 無記法ミノ禾ナ丨

<화소08:20> 菩薩摩訶薩ㄱ {是}リ 如攴ソㄱ 念乙 作ソナ尸丁

<화소08:20-09:01> 一切 衆生ㄱ {於}生死七 中ろ十ソろ 多聞ノㄱ 無ロナㄱ{有} {此}リ 一切法乙 了知尸 不(ノ)能リ矢ソトㄱリ罒

<화소09:01-03> 我ㄱ 當ハ 發意ソろホ 多聞藏乙 持ソろハ 阿耨多羅三藐三菩提乙 證ソろホ 諸ㄱ 衆生ラ {爲}三 眞實法乙 說ㅎ禾ろ七丨ソナ尸入乙

<화소09:03-09:04> {是}リ乙 名下 菩薩摩訶薩尸 五亍 第七 多聞藏ミノ禾ナ丨]]

<화소09:04-05> [佛子ろ 何ㅎ {等}丨ソㄱ乙 菩薩摩訶薩尸 施藏ミノ𠆛ロ{爲}ソナ禾尸入ㄱ

<화소09:05-06> [{此}刂 菩薩㇀ 十尸 種七 施乙 行丷ナ𠇇七丨
<화소09:06-08> 謂ノ㇀ 所㇀ 分減施⺀ 竭盡施⺀ 內施⺀ 外施⺀ 內外施⺀ 一切施⺀ 過去施⺀ 未來施⺀ 現在施⺀ 究竟施⺀ノ禾ナ丨]]
<화소09:09> [佛子阝 云何七丷㇀乙 菩薩尸 分減施⺀ノ令口{爲}丷ナ禾尸入㇀
<화소09:10> [{此}刂 菩薩㇀ 稟性ノ㇀ 仁慈刂皿 好𠇇 惠施乙 行丷口ナ㇀
<화소09:10-11> 若七 美丷㔾七 味乙 得阝乃 專口 自⺁灬 受尸 不丷阝八
<화소09:11> 要亐 衆生阝十 與丷㇀ 然七丷㇀乙灬七 後刂十氵 方七 食丷ナ か
<화소09:11-12> 凡⺁ 受𠇇尸 所七 物七火七八尸入㇀ 悉阝 亦刀 {是}刂 如支丷口㔾か
<화소09:12-13> 若七 自⺁灬 食丷令七 時⺀十㇀ {是}刂 念言ノ尸入乙 作丷ナ尸丁
<화소09:13> 我⺁ 身七 中阝十 八萬戶蟲刂 有七阝 {於}我乙 依阝㫄 住丷㇀刂皿
<화소09:14> 我⺁ 身𠇇弋 充樂丷氵 彼刀 亦丷㇀ 充樂丷禾阝七か
<화소09:14-15> 我⺁ 身𠇇弋 飢苦丷㇀丨十㇀ 彼刀 亦丷㇀ 飢苦丷禾阝七丨
<화소09:15> 我⺁ 今支 {此}刂 有七㇀ 所七 飮食乙 受卜𠇇㇀入㇀
<화소09:15-16> 願口尸入㇀ 衆生乙 普刂 充飽ノ尸入乙 得刂 令刂𠇇禾阝七丨丷ナ阝
<화소09:16> 彼⺁十 施丷{爲}人丷尸入灬 故支氵 而灬 自⺁灬 {之}刂乙 食丷ナ令⺀ 其 味阝十 貪尸 不丷ナか
<화소09:17> 復刀 {是}刂 念乙 作丷ナ尸丁
<화소09:17-18> 我㇀ {於}長夜阝十丷阝 其 身乙 愛著丷阝㫄 充飽 令刂{欲}人 而灬 飮食乙 受刀阝𠇇㇀刂皿
<화소09:18-19> 今丷㇀ {此}刂 食乙 以阝 衆生⺁十 惠施丷口八
<화소09:19> 願口尸入㇀ 我㇀ {於}身阝十 永去 貪著乙 斷ノ禾阝七丨丷ナ尸入乙
<화소09:19-20> {是}刂乙 名下 分減施⺀ノ禾ナ丨]
<화소09:20> [云何七丷㇀乙 菩薩尸 竭盡施⺀ノ令口{爲}丷ナ禾尸入㇀
<화소10:04-06> 佛子阝 {此}刂 菩薩㇀ 種七種七 上味⺀ 飮食⺀ 香華⺀ 衣服⺀ 資生{之}七 具⺀ノ令乙 得阝八
<화소10:06> 若七 自⺁灬 以阝㫄 受用丷㇀丨十㇀ 則支 安樂丷㕣 延年丷㕣ノ禾か
<화소10:06-07> 若七 已⺁令乙 輟{捨}口 人𠇇⺁十 施丷㇀丨十㇀ 則支 窮苦丷阝㫄 夭命ノ禾㔾㇀乙
<화소10:07-08> 時十 或刀 有ナ丨 人刂 來丷阝㫄 {是}刂 言乙 作丷ナ尸丁
<화소10:08> 汝㇀ 今丷㇀ {有}斗乂㇀ 所乙 悉阝 當八 我⺁十 與丷口八𢀖立丷去㇀丨十
<화소10:08> 菩薩㇀ 自⺁灬 念丷ナ尸丁
<화소10:09> 我㇀ 無始灬八 已來𠇇㇀厶 飢餓乙 以三㇀入灬 故支 身乙 喪阝𠇇㇀厶 數⺁ 無七刂丷阝𠇇㇀⺀
<화소10:09-10> 曾八𠇇刀 得阝㫄 毫末許㐅 如支丷㔾刀 衆生乙 饒益丷阝 而灬 獲𠇇㔾七 善利乙 {有}斗尸 未刂ノ㇀刂阝七丨]
<화소10:10-11> 今丷㇀ 我㇀ 亦丷㇀ 當八 {於}往昔阝十 同丷阝八 而灬 其 命乙 捨丷口乙𠇇禾皿
<화소10:11-13> {是}刂 故灬 衆生乙 饒益丷{爲}人 其 有七㇀ 所乙 隨𠇇 一切之七

皆セ 捨ノアム 乃ソシ 盡命ソア矢十 至リソ乃
<화소10:11-13> 亦ソ1 悋ノア 所3 無セリノㅎ{應}セソ1リ3セ丨ソナㅎセ丨
<화소10:13> {是}リ乙 名下 竭盡施ミノ禾ナ丨]
<화소10:13-14> [云何セソ1乙 菩薩ア 內施ミノ令口{爲}ソナ禾ア入1
<화소10:14-16> 佛子3 {此}リ 菩薩1 年攴 方セ 少(五)邑ㅎ 盛セㅎソホ 端正美好
ソナ1ミ 香華ミ 衣服ミノ令灬 以3ホ 其 身乙 嚴ソ3
<화소10:16-17> 始セㅎ 灌頂轉輪王位乙 受3 七寶 具足ソ3ホ 四天下乙 王ソナ1丨十
<화소10:17> 時十 或刀 有ナ丨 人リ 來ソ3ホ 王ラ十 白3 言白ナア丁
<화소10:17-18> 大王下 當八 知口八而立
<화소10:18> 我1 今ソ1 衰老ソ3 身1 重疾3十 嬰セソホ
<화소10:18-19> 煢獨ソㅎ 羸頓ソㅎソ口1 死ノア入1 將与令八 久3ア 不ソ去口乙
ㅎ丨
<화소10:19> 若セ 王ラ 身セ 手足ミ 血肉ミ 頭目ミ 骨髓ミノ令乙 得3口乙ㅎア入1
<화소10:20> 我ラ{之} 身命1 必八 冀リ1入1 存活ソセ彳ソ去口乙ㅎ丨
<화소10:20-11:01> 唯八 願口ア入1 大王リ而1入1 更3 籌量ソ3八 顧惜ノア 所
乙 {有}斗ア 莫セ而下八
<화소11:01> 但八 慈念ノア入乙 以3 見3ホ {於}我ラ十 施ソ口八而立ソ去1丨十
<화소11:02-04> 爾セソ1 時十 菩薩1 {是}リ 念言ノア入乙 作ソナア丁
<화소11:02-03> 今セ 我ラ {此}リ 身1 後リ十乃 當必ソ3 死ソ去1丨十1
<화소11:03> 一1 利益ノアケ刀 無セ去禾3セ丨
<화소11:03-04> 宜(丨) 時リ十 疾リ 捨ソ3八 以3 衆生乙 濟リア丁ソナホ
<화소11:04> 念ア 已シソ口ソ1 {之}リ乙 施ノアム 心3十 悔ノア 所3 無セリソナ
ア入乙
<화소11:05> {是}リ乙 名下 內施ミノ禾ナ丨]
<화소11:05> [云何セソ1乙 菩薩ア 外施ミノ令口{爲}ソナ禾ア入1
<화소11:06-07> 佛子3 {此}リ 菩薩1 年盛ソㅎ 色美ソㅎ 衆1 相 具足ソㅎソナ3
名華ミ 上服ミノ令灬 而灬 以3ホ 身乙 嚴ソ3
<화소11:07-08> 始セㅎ 灌頂轉輪王位乙 受3 七寶具足ソ3ホ 四天下乙 王ソナ1丨十
<화소11:08-09> 時十 或刀 有ナ丨 人リ 來ソ3ホ 王ラ十 白3 言白ナア丁
<화소11:09> 我1 今ソ1 貪窶ソ3 衆1 苦灬 逼迫ノ1リ口乙ㅎ丨
<화소11:09-10> 惟八 願口ア入1 仁慈ソ而ア入灬 特ㅎ 矜念ノア入乙 垂リ而下八
<화소11:10> {此}リ 王位乙 捨ソ3ホ 以3 {於}我ラ十 贍リ口八而立
<화소11:11> 我1 當八 統領ソ3八 王ラ 福樂乙 受セ彳ソ去口乙ㅎ丨ソ去1丨十
<화소11:11-12> 爾セソ1 時十 菩薩1 {是}リ 念言ノア入乙 作ソナア丁
<화소11:12-13> 一切 榮盛ソ1刀 必當ソ3 衰歇ソ去禾3セホ {於}衰歇ソ去ヒセ 時
リナア入1 /*'時リナア入1'의 'ナ'는 '十'처럼 기입되어 있음*/
<화소11:13> 復甲ア 更3 衆生乙 饒益ア 不(ノ)能リ矢ノ禾ナ1リ罒
<화소11:13-14> 我1 今ソ1 宜1 彼ラ 求ノ1 所乙 隨ㅎ 其 意乙 充滿ㅅリㅎㅎ

{應}七丷乛刂乛丁
<화소11:14-15> {是}刂 念乙 作丷尸 已氵丷口八乛 卽攴 便刂 {之}刂乙 施ノ尸厶 而灬 悔丷尸 所㇏ 無七刂丷𠂇尸入乙
<화소11:15> {是}刂乙 名下 外施氵ノ禾𠂇丨]
<화소11:15-16> [云何七丷乛乙 菩薩尸 內外施氵ノ今口{爲}丷𠂇禾尸入乛
<화소11:16-17> 佛子㇏ {此}刂 菩薩乛 上尸 說𠃍乛 所㇏ 如攴丷㇏
<화소11:17-18> 輪王七 位㇏十 處丷㇏尔 七寶具足丷㇏ 四天下乙 王丷𠂇乛丨十
<화소11:18> 時十 或刀 有𠂇丨 人刂 而灬 來丷㇏尔 白㇏ 言白𠂇尸丁
<화소11:18-19> {此}刂 轉輪位㇏十 王乛 處丷𠕁𠃍乛厶 已氵 久去八𠕁口乛氵
<화소11:19> 我乛 曾八𠃍刀 得尸 未刂丷七口乙𠃍丨
<화소11:19-20> 惟八 願口尸入乛 大王刂𠕁乛入乛 之乙 捨丷㇏尔 我𢀳十 與丷口八𠕁𠂈
<화소11:20> 幷灬 及七 王𢀳 身刀 我𢀳 臣僕刂尸{爲}入乙丷口八𠕁立丷去乛丨十
<화소11:20-12:01> 爾七丷乛 時十 菩薩乛 {是}刂 念言ノ尸入乙 作丷𠂇尸丁
<화소12:01-02> 我𢀳 身氵 財寶氵 及七 以㇏ 王位氵ノ今乛 悉㇏ {是}刂乛 無常刂罒 敗壞丷今七{之} 法刂乛氵
<화소12:02-03> 我乛 今丷乛 盛壯丷𠕁𠃍𠂈 當𠃍乛厶乛 天下乙 {有}斗𠕁𠃍𠂈 乞者刂 現前丷𠂈丷口乛
<화소12:03> 當八 不堅丷乛入乙 以㇏八 而灬 堅丷𠃉七 法乙 求ノ禾㇏七丨丷𠂇𠂈
<화소12:03-04> {是}刂 念乙 作尸 已氵丷口丷乛 卽攴 便刂 {之}刂乙 施丷𠂈
<화소12:04> 乃丷氵 至刂 身乙 以㇏ 恭勤作役ノ尸厶 心㇏十 悔ノ尸 所㇏ 無七刂丷𠂇尸入乙
<화소12:05> {是}刂乙 名下 內外施氵ノ禾𠂇丨]
<화소12:05-06> [云何七丷乛乙 菩薩尸 一切施氵ノ今口{爲}丷𠂇禾尸入乛
<화소12:08> 佛子㇏ {此}刂 菩薩乛 亦丷乛 上尸 說𠃍乛 如攴丷㇏
<화소12:08-09> 輪王七 位㇏十 處丷㇏ 七寶具足丷㇏尔 四天下乙 王丷𠂇乛丨十
<화소12:09-10> 時十 有𠂇丨 量刂 無七乛 貧窮丷𠃉七{之} 人氵 來丷㇏尔 其 前㇏十 詣㇏ 而灬 {是}刂 言乙 作丷𠂇尸丁
<화소12:10-11> 大王𢀳 名稱乙 周七 十方㇏十 聞刂口八𠕁乛
<화소12:11> 我又 {等}丨丷乛乛 風乙 欽七口七ノ尸入灬 故去 來丷㇏尔 {此}刂厶 至去口七ノ丨
<화소12:12> 吾又尸 曹乛 今丷乛 {者} 各㇏尔 求ノ尸 所乙 {有}斗口七ノ乛刂罒
<화소12:12> 願口尸入乛 普刂 慈乙 垂刂𠕁下八 得㇏尔 滿足 令刂口八𠕁立丷㇏
<화소12:13> 時十 諸乛 貧人乛 彼 大王𢀳十 從七丷㇏
<화소12:13-14> 或丷乛 國土乙 乞丷尸刀丷𠂈 或丷乛 妻子乙 乞丷尸刀丷𠂈 或丷乛 手足氵 血肉氵 心肺氵 頭目氵 髓腦氵ノ今乙 乞丷尸刀丷去乛乙
<화소12:15> 菩薩乛 是七丷乛 時十 心㇏十 {是}刂 念乙 作丷𠂇尸丁
<화소12:15-16> 一切恩愛刀 會{恨}丷乃丷口八乛 當八 別離ノ禾乛氵 而乛{於}衆生𢀳十乛 饒益ノ尸 所㇏ 無七去禾㇏七丨

<화소12:16-17> 我ㄱ 今ソㄱ 永去 貪愛乙 捨ソ{爲欲}人 {此}卄 一切 必ハ 離散ソ去今七 物七乙 以ㄋハ 衆生ラ 願乙 滿亽リㅎ禾ㄋ七丨ソナゕ
<화소12:18-19> {是}リ 念乙 作尸 已氵ソ口ハㄱ 悉ㄋ 皆七 施與ノ尸ム 心ㄋ十 悔恨無リソナゕ
<화소12:18-19> 亦ソㄱ {於}衆生ラ十 而… 厭賤ノ尸入乙 生リ尸 不ソナ尸入乙
<화소12:19> {是}リ乙 名下 一切施氵ノ禾ナ丨]
<화소12:20> [云何七ソㄱ乙 菩薩尸 過去施氵ノ今口{爲}ソナ禾尸入ㄱ
<화소13:01-02> {此}リ 菩薩ㄱ 過去七 諸ㄱ 佛㣺リ 菩薩尸 {有}斗示ㅎㄱ 所七 功德乙 聞ナゕ
<화소13:02-03> 聞尸 已氵ソ口ハㄱ 著尸 不ソㄋホ 有 非矢ㄱ入乙 了達ソゕ
<화소13:03-04> 分別乙 起尸 不ソゕ 貪尸 不ソる 味尸 不ソるソゕ 亦ソㄱ 求取尸不ソゕ 依倚ノ尸 所ㄋ 無ㄋ
<화소13:05-06> 法ラ 見ゕ 夢 如支ソㄋホ 堅固ソㄱ {於}諸ㄱ 善根ㄋ十 無ㅎㄱ入乙{有} 有想乙 起尸 不ソゕ 亦ソㄱ 倚ノ尸 所ㄋ 無ㄋ
<화소13:07-08> 但ハ 取著ソㄱ 衆生乙 敎化ソㄋホ 佛法乙 成熟亽リ{爲}人 而…{爲}三ㅎ 演說ソナゕ
<화소13:09-10> 又ソㄱ 復刀 過去七 諸ㄱ 法ラ 十方ㄋ十 推求ソ乃 都七 得ㄋㅎ亍{可}七ソㄱ 不矢ヒㄱ入乙 觀察ソナゕ
<화소13:10> {是}リ 念乙 作ソ尸 已氵ソ口ハㄱ {於}過去七 法ㄋ十 畢竟 皆七 捨ソナ尸入乙
<화소13:11> {是}リ乙 名下 過去施氵ノ禾ナ丨]
<화소13:12> [云何七ソㄱ乙 菩薩尸 未來施氵ノ今口{爲}ソナ禾尸入ㄱ
<화소13:12-13> {此}リ 菩薩ㄱ 未來七 諸ㄱ 佛㣺 {之} 修行ソ示ㅎ尸 所乙 聞口ハ有 非矢ㄱ入乙 了達ソゕ
<화소13:13-14> {於}相乙 取尸 不ソゕ 別ち 樂ㅎ 諸ㄱ 佛㣺 國土ㄋ十 往生ソ七亻ソ尸 不ソゕ
<화소13:14-15> 味尸 不ソる 著尸 不ソるソゕ 亦ソㄱ 厭ノ尸入乙 生リ尸 不ソゕ
<화소13:15-16> 善根乙 以ㄋハ {於}彼ラ十 迴向尸 不ソゕ 亦ソㄱ {於}彼ラ十 而…善根乙 退尸 不ソゕ
<화소13:17> 常リ 勤七 修行ノ尸ム 曾ハ亍刀 廢捨尸 未冬ソナ今氵
<화소13:18-19> 但ハ 彼 境界乙 因三ㄋハ 衆生乙 攝取ソ{欲}人 爲三ㅎ 眞實乙 說ソㄋハ 佛法乙 成熟 令リナ禾ゕ
<화소13:20-14:02> 然氵ソ乃 {此}リ 法ㄱ{者} 處所 有七ㄱヒ 非矢ゕ 處所 無七ㄱヒ非矢ゕ 內 非矢ゕ 外 非矢ゕ 近 非矢ゕ 遠 非矢ㄱリㄋ七丨ソナゕ
<화소14:03> 復刀 {是}リ 念乙 作ソナ尸丁
<화소14:03> 若七 法リ 有 非矢ㄱリ尸入ㄱ 不可ソ丨 捨ソ尸 不冬ソ尸丁ソナ尸入乙
<화소14:04> {是}リ乙 名下 未來施氵ノ禾ナ丨
<화소14:05> 云何七ソㄱ乙 菩薩尸 現在施氵ノ今口{爲}ソナ禾尸入ㄱ

<화소14:06-15:01> {此}ㅣ 菩薩ㄱ 四天王衆天ㆍ 三十三天ㆍ 夜摩天ㆍ 兜率陀天ㆍ 化樂天ㆍ 他化自在天ㆍ 梵天ㆍ 梵身天ㆍ 梵輔天ㆍ 梵衆天ㆍ 大梵天ㆍ 光天ㆍ 少光天ㆍ 無量光天ㆍ 光音天ㆍ 淨天ㆍ 少淨天ㆍ 無量淨天ㆍ 徧淨天ㆍ 廣天ㆍ 少廣天ㆍ 無量廣天ㆍ 廣果天ㆍ 無煩天ㆍ 無熱天ㆍ 善見天ㆍ 善現天ㆍ 色究竟天ㆍノ今ラセオ今乙 聞ナ𢀳

<화소15:06-07> 乃ソ氵 至ㅣ 聲聞ㆍ 緣覺ㆍノ禾 功德 具足ノㄱ入乙 聞ナ𢀳

<화소15:07-08> 聞尸 已氵ソロハㄱ 其 心㇌ 迷尸 不ソ㇏ 沒尸 不ソ㇏ 聚尸 不ソ㇏ 散尸 不ソ㇏ソ㇇

<화소15:09-10> 但ハ 諸ㄱ 行ラ 夢 如支ソ㇇㐅 實 不矢ㄱ入乙 觀ソ㇇ 貪著尸 無セ𢀳{有}

<화소15:10-11> 衆生乙 惡趣乙 捨離 令ㅣ{爲}人 心㇇十 分別 無セナㄱㆍ

<화소15:11-12> 菩薩道乙 修㇇㐅 佛法乙 成就ソ㇇ 而灬 {爲}三㇌ 開演ソナ尸入乙

<화소15:13> {是}ㅣ乙 名下 現在施ㆍノ禾ナㅣ]

<화소15:14> [云何セソㄱ乙 菩薩尸 究竟施ㆍノ今ロ{爲}ソナ禾尸入ㄱ

<화소15:17-18> 佛子㇇ {此}ㅣ 菩薩ㄱ 假使灬ハ 有ナㅣ 量ㅣ 無セㄱ 衆生ㅣ

<화소15:18-19> 或刀 有ナㅣ 眼 無セㄱㅣㆍ 或刀 有ナㅣ 耳 無セㄱㅣㆍ 或ナㅣ 鼻ㆍ 舌ㆍ 及セ 以㇇ 手ㆍ 足ㆍノ今 無セㄱㅣㆍ

<화소15:19-20> 來ソ㇇㐅 其 所㇇十 至㇇ 菩薩尸十 告ソ㇇ 言白ナ尸丁

<화소15:20> 我又ラ 身ㄱ 薄祐ソ㇇ 諸ㄱ 根 殘缺ソロセノㅣ

<화소15:20-16:01> 惟ハ 願ロ尸入ㄱ 仁慈灬 善方便乙 以㇇ハ 己ラ {有}斗𠇍㇌ㄱ 所乙 捨ソ㇇㐅 我又乙 具足 令ㅣロハ𠇍立ソ去ㄱㅣ十

<화소16:02> 菩薩ㄱ {之}ㅣ乙 聞ロ 卽支 便ㅣ 施與ノ尸厶

<화소16:02-03> 假使灬ハ {此}ㅣ乙 由三㇇ハ 阿僧祇セ 劫乙 經㇇ 諸ㄱ 根 不具ノ尸矢去乃

<화소16:03> 亦ソㄱ 心㇇十 一ㄱ 念セ 悔惜ノ尸亇刀 生ㅣ尸 不ソナ㇇

<화소16:04-05> 但ハ 自ラ灬 身ラ 初セ㇌ 入胎ソㄱ乙 從セ 不淨ソㅌセ 微形ㅣ罒 胞段セ 諸ㄱ 根ㅣ 生老病死ソ卜㇌ㄱ入乙 觀ソナ𢀳

<화소16:06-08> 又ソㄱ {此}ㅣ 身ラ 眞實 無𢀳{有} 慙愧 無𢀳{有} 賢聖セ 物セ 非矢𢀳 臭穢ソ㇇㐅 潔尸 不ソ𢀳

<화소16:08-09> 骨節ラ 相持ノㄱㅣ𢀳 血肉乙灬 塗ノㄱ 所ㅣ𢀳 九孔㇇十 常ㅣ 人ラ 惡賤ノ尸 所乙 流ソ𢀳ソ卜㇌ㄱ入乙 觀ソナ𢀳

<화소16:09-10> {是}ㅣ 觀乙 作ソ尸 已氵ソロソㄱ 一ㄱ 念セ 愛著ノ今セ{之} 心亇刀 生ㅣ尸 不ソナ𢀳

<화소16:10-11> 復刀 {是}ㅣ 念乙 作ソナ尸丁

<화소16:11> {此}ㅣ 身ㄱ 危㇏ 脆㇏ソ㇇ 堅固ソㄱ 無ㄱ乙{有}

<화소16:11> 我ㄱ 今ソㄱ 云何セㆍ 而灬 戀著ノ尸入乙 生ㅣ㇌禾㇇セロ

<화소16:12> 以㇇㐅 彼ラ十 施㇇ハ 其 願乙 充滿ㅅㅣ㇌㇌{應}セソㄱㅣ㇇セ𢀳

<화소16:14-15> 我ラ 作ソ卜㇌ㄱ 所乙ソ尸 如支 此乙 以㇇ 一切 衆生乙 開導ソ㇇ハ

<화소16:15-16> {於}身心ろ十 貪愛乙 生刂尸 不冬 令刂下 悉ろ 得ろ尒 淸淨智身乙 成就亽刂ᅙ禾ろセ丨ソナ尸入乙

<화소16:17> {是}刂乙 名下 究竟施冫ノ禾ナ丨

<화소16:17-18> {是}刂乙 {爲}ソ口尸 菩薩摩訶薩尸 六ㅎ 第セ 施藏冫ノ禾ナ丨]

<화소16:18-19> [佛子ろ 何ᅙ {等}丨ソㄱ乙 菩薩摩訶薩尸 慧藏冫ノ今口{爲}ソナ禾尸入ㄱ

<화소17:05-06> {此}刂 菩薩ㄱ {於}色ろ十 實勿 如支 知ゕ 色集乙 實勿 如支 知ゕ 色滅乙 實勿 如支 知ゕ 色滅道乙 實勿 如支 知ゕ

<화소17:06-08> {於}受想行識ろ十 如實知 受想行識集乙 如實知 受想行識滅乙 如實知 受想行識滅道乙 如實知

<화소17:11-14> {於}無明ろ十 如實知 無明集乙 如實知 無明滅如實知 無明滅道如實知 {於}愛ろ十 如實知 愛集如實知 愛滅如實知 愛滅道如實知

<화소17:19-18:03> {於}聲聞ラ十 如實知 聲聞ラ 法乙 如實知 聲聞ラ 集乙 如實知 聲聞ラ 涅槃乙 如實知 {於}獨覺ラ十 如實知 獨覺ラ 法乙 如實知 獨覺集如實知 獨覺ラ 涅槃乙 如實知 {於}菩薩尸十 如實知 菩薩尸 法乙 如實知 菩薩集如實知

<화소18:03-04> 菩薩尸 涅槃乙 實勿 如支 知ナㅎセ丨]

<화소18:08-09> [云何セソㄱ乙 知尸丁ノ今口

<화소18:11-12> 業報乙 從セソゕ 諸ㄱ 行セ 因緣乙灬{之} 造作ノㄱ 所刂ゕ

<화소18:13-14> 一切之セ 虛假ソろ 空ろ尒 實 無セゕ{有}

<화소18:14-15> 我 非矢ゕ 堅固ソㄱ 非矢ゕ 少セソㄱ 法ケ刀 得ろ尒 成立ソㅎ{可}セソㄱ 無ᅙㄱ入乙{有} 知ナ今冫

<화소18:17-18> 衆生乙 其 實性乙 知刂 令刂{欲}人 廣刂 {爲}三ᅙ 說宣ソナㅎセ丨]

<화소18:19> [{爲}三ᅙ 何ᅙ {等}丨ソㄱ乙 說ㅎセ丨ノ今口

<화소18:19-20> 諸ㄱ 法ラ 壞ソㅎ{可}セソㄱ 不矢ㄱ入乙 說尸矢ナ丨]

<화소18:20> [何ᅙ {等}丨ソㄱ 法刂 壞ソㅎ{可}セソㄱ 不矢丨ノ今口

<화소19:01-02> 色 壞ソㅎ{可}セソㄱ 不矢ゕ 受想行識 壞ソㅎ{可}セソㄱ 不矢ゕ 無明 壞ソㅎ{可}セソㄱ 不矢ゕ

<화소19:02-03> 聲聞ラ 法冫 獨覺ラ 法冫 菩薩尸 法冫ノ今 壞ソㅎ{可}セソㄱ 不矢ㄱ矢ナ丨]

<화소19:04-07> 何以故冫ソ禾尸入ㄱ 一切 法ㄱ 作ノ尸 無ゕ 作者 無ゕ 言說 無ゕ 處所 無ゕ

<화소19:07-09> 生 不矢ゕ 起 不矢ゕ 與 不矢ゕ 取 不矢ゕ 動轉 無ゕ 作用 無ㄱ入灬刂ナ丨

<화소19:09-10> 菩薩ㄱ {是}刂 如支ソ尸 {等}丨ソㄱ 量刂 無セㄱ 慧藏乙 成就ソナろ

<화소19:10-11> 少セソㄱ 方便乙 以ろ 一切法乙 了ノ尸厶 自然 明達ソナ今冫 他乙 由三ろ 悟尸 不ソナゕ

<화소19:12-13> {此}刂 慧無盡藏ろ十 十尸 種セ 不可盡 有セㄱ入灬 故支 說尸 無盡

⺀{爲}ノ禾ナ丨
<화소19:13> 何ㅎ {等}丨丷ㄱ乙 十⺀ノ令口{爲}丷ナ禾尸入ㄱ
<화소19:14> 謂ノㄱ 所ㄱ 多聞善巧 盡厺亍{可}セ丷ヒ 不矢ㄱ入灬 故刂ケ
<화소19:14-15> 善知識乙 親近ノ尸 盡厺亍{可}セ丷ヒ 不矢ㄱ入灬 故刂ケ
<화소19:15-17> 善支 句義乙 分別ノ尸 盡可不故 深法界ろ十 入ノ尸 盡可不故 一味セ 智乙 以ろ 莊嚴ノ尸 盡可不故
<화소19:17> 一切福德乙 集ノ尸厶 心ろ十 疲倦尸 無セ刂ノ尸 盡可不故
<화소19:17-20:01> 一切陀羅尼門ろ十 入ノ尸 盡可不故 一切 衆生ラ 語言音聲乙 能支 分別ノ尸 盡可不故 一切 衆生ラ 疑惑乙 能支 斷ノ尸 盡可不故
<화소20:01-03> 一切 衆生ラ {爲}三 一切 佛㣺 神力乙 現ㅎろ 教化調伏丷ろホ 修行不斷 令刂ㅎ尸 盡厺亍{可}セ丷ヒ 不矢ㄱ入灬 故刂ナ丨
<화소20:03> {是}刂乙 十尸⺀{爲}ノ禾ナ丨
<화소20:03-04> {是}刂乙 {爲}丷口尸 菩薩摩訶薩尸 七 第セ 慧藏⺀丷口乙ㅎ禾ㄱ⺀
<화소20:04-05> {此}刂 藏ろ十 住丷厺ナヒセ 者亍ㄱ 無盡智慧乙 得ろホ 普刂 一切衆生乙 能支 開悟亽刂ナ亍セ丨]
<화소20:05-06> [佛子ろ 何ㅎ {等}丨丷ㄱ乙 菩薩摩訶薩尸 念藏⺀ノ令口{爲}丷ナ禾尸入ㄱ
<화소20:06-07> {此}刂 菩薩ㄱ 癡惑乙 捨離丷口 具足念乙 得ろホ
<화소20:07-09> 過去セ 一ㄱ 生⺀ 二尸 生⺀ 乃丷氵 至刂 十尸 生⺀ 百ㄱ 生⺀ 千ㄱ 生⺀ 百ㄱ 千ㄱ 生⺀ 量刂 無ㄱ 百ㄱ 千ㄱ 生⺀
<화소20:09-11> 成劫⺀ 壞劫⺀ 成塊劫⺀ 一ㄱ 非矢ヒセ 成劫⺀ 一ㄱ 非矢ヒセ 壞劫⺀ 一ㄱ 非矢ヒセ 成壞劫⺀ 百ㄱ 劫⺀ 千ㄱ 劫⺀ 百ㄱ 千ㄱ 億 那由他⺀
<화소20:11-13> 乃丷氵 至刂 無量⺀ 無數⺀ 無邊⺀ 無等⺀ 不可數⺀ 不可稱⺀ 不可思⺀ 不可量⺀ 不可說不可說⺀ノ令セ 劫⺀ノ令乙 憶念丷ナケ
<화소20:13-14> 一ㄱ 佛㣺 名號⺀ 乃丷氵 至刂 不可說不可說セ 佛㣺 名號⺀ノ令乙 念丷ケ
<화소20:14-16> 一ㄱ佛㣺 出世丷ろ 授記乙 說而ㅎㄱ丁 乃丷氵 至刂 不可說不可說セ 佛㣺 出世丷ろ 授記乙 說而ㅎㄱ丁ノ令乙 念丷ケ
<화소20:16-17> 一ㄱ 佛㣺 出世丷ろ 修多羅乙 說而ㅎㄱ丁 乃丷氵 至刂 不可說不可說セ 佛㣺 出世丷ろ 修多羅乙 說而ㅎㄱ丁ノ令乙 念丷ケ
<화소20:17 20> 修多羅乙丷尸 如支 祇夜⺀ 授記⺀ 伽陀⺀ 尼陀那⺀ 優陀那⺀ 本事⺀ 本生⺀ 方廣⺀ 未曾有⺀ 譬喩⺀ 論議⺀ノ令乙 亦刀 {是}刂 如支丷ケ
<화소20:20-21:01> 一ㄱ 衆會⺀ 乃丷氵 至刂 不可說不可說セ 衆會⺀ノ令乙 念丷ケ
<화소21:01-02> 一ㄱ 法乙 演丷而ㅎㄱ丁 乃丷氵 至刂 不可說不可說セ 法乙 演丷而ㅎㄱ丁ノ令乙 念丷ケ
<화소21:02-03> 一ㄱ 根セ 種セ種セ 性⺀ 乃丷氵 至刂 不可說不可說セ 根セ 種セ種セ 性⺀ノ令乙 念丷ケ
<화소21:03-04> 一ㄱ 根セ 量刂 無セㄱ 種セ種セ 性⺀ 乃丷氵 至刂 不可說不可說セ

根七 量刂 無七丁 種七種七 性氵ノ今乙 念ソ𛀀
<화소21:04-06> 一丁 煩惱七 種七 種七 性氵 乃ソ氵 至刂 不可說不可說七 煩惱七 種七種七 性氵ノ今乙 念ソ𛀀
<화소21:06-07> 一丁 三昧七 種七 種七 性氵 乃ソ氵 至刂 不可說不可說七 三昧七 種七種七 性氵ノ今乙 念ソナ㇇七丨]
<화소23:06> [{此}刂 念阝十 十尸 種七 有七ナ丨
<화소23:06-10> 謂ノ丁 所丁 寂靜念氵 淸淨念氵 不獨念氵 明徹念氵 離塵念氵 離種種塵念氵 離垢念氵 光耀念氵 可愛樂念氵 無障礙念氵ノ禾ナ丨
<화소23:10-11> 菩薩刂 {是}刂 念阝十 住ソ𠂉七 時氵十丁 一切 世間刂 能刂矢 嬈亂ソ阝今 無𛀀 一切 異論刂 能刂矢 變動ソ阝今 無𛀀
<화소23:12-13> 往世七 善根乙 悉阝 得阝亦 淸淨ソ𛀀 {於}諸丁 世七 法阝十 染著ノ尸 所阝 無𛀀
<화소23:13-14> 衆丁 魔氵 外道氵ノ今㇇ 懷尸 不(ノ)能刂矢ノ尸 所刂𛀀 轉身ソ阝亦 受生ノ尸厶 忘不 於過去現在未來 說法 盡 無𛀀
<화소23:14-15> {於}一切 世界七 中阝十ソ阝 衆生乙 與七 同住ソ乃 曾ハ㇇力 過咎 無𛀀
<화소23:15-16> 一切 諸丁 佛𠂊 衆會道場阝十 入ノ尸厶 障礙ノ尸 所阝 無𛀀
<화소23:16-17> 一切 佛𠂊 所阝十 悉阝 得阝亦 親近ソナ㇇七丨
<화소23:17-18> {是}刂乙 名下 菩薩摩訶薩尸 八 第七 念藏氵ノ禾ナ丨]
<화소23:18-19> [佛子阝 何㇇ {等}丨ソ丁乙 菩薩摩訶薩尸 持藏氵ノ今口{爲}ソナ禾尸入丁
<화소23:19-20> {此}刂 菩薩丁 諸丁 佛𠂊 說𢀳㇇丁 所七 修多羅乙 持ノ尸厶
<화소23:20> 文句氵 義理氵ノ今㇇十 忘失尸 無刂ソナ今氵{有}
<화소23:20-24:01> 一丁 生乙 持ソ㇇ 乃ソ氵 至刂 不可說不可說七 生乙 持ソ㇇ソナ𛀀
<화소24:01-02> 一丁 佛𠂊 名號氵 乃ソ氵 至刂 不可說不可說七 佛𠂊 名號氵ノ今乙 持ソ𛀀
<화소24:03> 一丁 劫數氵 乃ソ氵 至刂 不可說不可說七 劫數氵ノ今乙 持ソ𛀀
<화소24:04> 一丁 佛𠂊 授記氵 乃ソ氵 至刂 不可說不可說七 佛𠂊 授記氵ノ今乙 持ソ𛀀
<화소24:05-06> 持一修多羅 乃至不可說不可說修多羅 持一衆會乃至不可說不可說衆會
<화소24:07> 一丁 法乙 演ソ𢀳㇇丁丁 乃至 不可說不可說七 法乙 演ソ𢀳㇇丁丁ノ今乙 持
<화소24:07-09> 一丁 根七 量刂 無丁 種七種七 性氵 乃至 不可說不可說七 根七 量刂 無丁 種七種七 性氵ノ今乙 持
<화소24:09-10> 一丁 煩惱七 種七種七 性氵 乃ソ氵 至刂 不可說不可說七 煩惱七 種七種七 性氵ノ今乙 持ソ𛀀
<화소24:10-12> 一丁 三昧七 種七種七 性氵 乃ソ氵 至刂 不可說不可說七 三昧七 種七種七 性氵ノ今乙 持ソナ㇇七丨]
<화소24:12-14> [佛子阝 {此}刂 持藏丁 邊尸 無阝 難刂氵 滿ノ禾㇇ 難刂氵 其 底阝十 至㇇禾㇇ 難刂氵 得阝亦 親近ノ禾㇇

<화소24:14-15> 能刂矢 制伏ソ3今 無ろ 量刂 無ろ 盡尸 無ろ 大威力乙 具示ろ {是}刂ㄱ 佛境界刂ろ 唯八 佛叱氵 能支 了ソ而示禾ろソナ丨

<화소24:16> {是}刂乙 名下 菩薩摩訶薩尸 九 第七 持藏:ノ禾ナ丨]

<화소24:17> [佛子3 何示 {等}丨ソㄱ乙 菩薩摩訶薩尸 辯藏:ノ今ロ{爲}ソナ禾尸入ㄱ

<화소24:18> {此}刂 菩薩ㄱ 深智慧乙 {有}斗3亦 實相乙 了知ソ3

<화소24:18-19> 廣刂 衆生ラ {爲}三 諸ㄱ 法乙 演說ノ尸厶 一切 諸ㄱ 佛叱 經典3 十 違七 不ソナ今:

<화소24:20-25:01> 一ㄱ 品七 法: 乃ソ氵 至刂 不可說不可說七 品七 法:ノ今乙 說ゕ

<화소25:01-02> 一ㄱ 佛叱 名號: 乃ソ氵 至刂 不可說不可說七 佛叱 名號:ノ今乙 說ゕ

<화소25:02> {是}刂 如支ソ3 一ㄱ 世界乙 說ゕ

<화소25:02-03> 一ㄱ 佛叱 授記乙 說ゕ 一ㄱ 修多羅乙 說ゕ 一ㄱ 衆會乙 說ゕ

<화소25:03-04> 一ㄱ 法乙 演ソ而示ㄱ入乙 說ゕ 一ㄱ 根七 量刂 無ㄱ 種七種七 性乙 說ゕ

<화소25:04-05> 一ㄱ 煩惱七 量刂 無ㄱ 種七種七 法乙 說ゕ 一ㄱ 三昧七 量刂 無ㄱ 種七種七 性乙 說ゕ

<화소25:05-06> 乃ソ氵 至刂 不可說不可說七 三昧七 量刂 無ㄱ 種七種七 性乙 說ゕ ソナ今:

<화소25:07> 或ソㄱ 一日3十 說ゕ 或ソㄱ 半月: 一月:ノ今ラ十 說ゕ

<화소25:07-08> 或ソㄱ 百年: 千年: 百千年:ノ今ラ十 說ゕ 或ソㄱ 一劫: 百劫 : 千劫: 百千劫:ノ今ラ十 說ゕ

<화소25:09-10> 或ソㄱ 百ㄱ 千ㄱ 億 那由他 劫3十 說ゕ 或ソㄱ 無數: 無量: 乃 ソ氵 至刂 不可說不可說:ノ今七 劫3十 說ゕノ尸厶 劫數ㄱ 盡去示 {可}七ソㄱ:

<화소25:10-11> 一 文: 一ㄱ 句:ノ今ラ七 義理ㄱ 難刂氵 盡ナ示七丨

<화소25:11-12> 何以故:ソ禾尸入ㄱ {此}刂 菩薩ㄱ 十尸 種七 無盡藏乙 成就ソナㄱ 入灬 故刂ㄱ:

<화소25:12-13> {此}刂 藏乙 成就ソㄱ入灬 一切 法乙 攝ノ今七 陀羅尼門乙 得3亦 現在前ノㄱ厶

<화소25:13-14> 百ㄱ 萬尸 阿僧祇七 陀羅尼乙 以3亦 眷屬 {爲}三ㄱ乙ソゕ

<화소25:14-15> {此}刂 陀羅尼乙 得尸 已氵ソ3ソㄱ 法七 光明乙 以3 廣刂 衆生ラ {爲}三 {於}法乙 演說ソ尸入灬刂ナ丨

<화소25:16-17> 其 說法ソナ今七 時:十ㄱ 廣長舌乙 以3 妙音聲乙 出ノㄱ厶

<화소25:17-18> 十方七 一切世界3十 充滿亐ソナ3 其 根性乙 隨示 悉3 滿足 令刂 3亦

<화소25:18> 心3十 歡喜ノ尸入乙 得刂ゕ 一切 煩惱七 纏垢乙 滅除ソゕ

<화소25:19-20> 善支 一切音聲: 言語: 文字: 辯才:ノ今ラ十 入ソ3 一切 衆生

乙 佛種乙 斷尸 不ソ㇁ホ 淨心相續 令リか
<화소25:20-26:01> 亦ソ㇀ 法セ 光明乙 以㇁ 而灬 法乙 演說ノ尸ム
<화소26:01> 窮盡尸 無リソナ今: {有} 疲倦乙 生リ尸 不ソナㅎセ丨
<화소26:02-03> 何以故 : ソ禾尸入㇀ {此}リ 菩薩㇀ 盡虛空徧法界セ 邊尸 無㇀ 身乙 成就ソ㇀入灬 故リナ丨
<화소26:03> {是}リ乙 {爲}ソロ尸 菩薩摩訶薩尸 十尸 第セ 辯藏 : ノ禾ナ丨
<화소26:04-07> {此}リ 藏㇀ 窮盡尸 無か 分段 無か 間尸 無か 斷尸 無か 變異尸 無か 隔礙尸 無か 退轉尸 無か 甚深ソ㇁ホ 底 無か
<화소26:07-08> 難リシ 得㇁ホ 入ノㅎ{可}セソか 普リ 一切 佛法{之}セ 門㇁十 入ノ禾かソナ丨]
<화소26:11-12> [佛子㇁ {此}リ 十尸 種セ 無盡藏㇀ 十尸 種セ 無盡乙 {有}⺦㇁ 諸㇀ 菩薩乙 無上菩提乙 究竟成就 令リナㅎセ丨
<화소26:12-13> 何ㅎ {等}丨ソ㇀乙 十尸 : ノ今ロ{爲}ソナ禾尸入㇀
<화소26:13> 一切 衆生乙 饒益ソ尸入灬 故リか
<화소26:13-14> 本願乙 以㇁ 善支 迴向ソ尸入灬 故リか
<화소26:14> 一切 劫㇁十 斷絶尸 無リソ尸入灬 故リか
<화소26:14-15> 虛空界乙 盡㇁ 悉㇁ 開悟ノ尸ム 心ㅎ 限尸 無リソ尸入灬 故リか
<화소26:15-16> 有爲㇁十 迴向ソ今 : 而㇀ 著尸 不ソ尸入灬 故リか
<화소26:16> 一㇀ 念セ 境界㇁十 一切法 盡尸 無リソ尸入灬 故リか
<화소26:16-17> 大願セ 心ㅎ 變異尸 無㇀入灬 故リか
<화소26:17> 善支 諸㇀ 陀羅尼乙 攝取ソ㇀入灬 故リか
<화소26:18> 一切 諸㇀佛㣺 護念ソ㢱ㅎ尸 所リ㇀入灬 故リか
<화소26:13-19> 一切 法ㇻ 皆セ 幻 如支ノ㇀入乙 了ソ尸入灬 故リナ丨
<화소26:19-20> {是}リ乙 {爲}ソロ尸 十尸 種セ 無盡法リ 能支 一切世間セ 作ノ㇀ 所乙 悉㇁ 得㇁ホ 究竟 令リナ今セ 無盡大藏 : ノ禾ナ丨

大方廣佛華嚴經 卷第十四

<화엄01:01> 大方廣佛華嚴經卷第十四 于闐國三藏實叉難陀奉 制譯

<화엄01:02> 淨行品第十一

<화엄01:04> [爾亠七ソㄱ 時十 智首菩薩ㄱ 文殊師利菩薩尸十 問3 言ホ尸

<화엄01:04-06> [佛子3 菩薩ㄱ 云何七：氵 無過失身語意業乙 得ケ 云何七：氵 不害身語意業乙 得ケ

<화엄01:06-10> 云何 不可毀身語意業 得 云何 不可壞身語意業 得 云何 不退轉身語意業 得 云何 不可動身語意業 得 云何 殊勝身語意業 得 云何 淸淨身語意業 得 云何 無染身語意業 得

<화엄01:10> 云何 智乙 先導 {爲}氵ホ今七 身語意業乙 得ケ

<화엄01:10-12> 云何七：氵 生處具足： 種族具足： 家具足 色具足 相具足 念具足 慧具足 行具足 無畏具足 覺悟具足：ノ今乙 得ケ

<화엄01:12-15> 云何七：氵 勝慧： 第一慧 最上慧 最勝慧 無量慧 無數慧 不思議慧 無與等慧 不可量慧 不可說慧：ノ今乙 得ケ

<화엄01:15-16> 云何 因力： 欲力 方便力 緣力 所緣力 根力 觀察力 奢摩他力 毘鉢舍那力 思惟力：ノ今乙 得ケ

<화엄01:16-19> 云何 蘊善巧： 界善巧 處善巧 緣起善巧 欲界善巧 色界善巧 無色界善巧 過去善巧 未來善巧 現在善巧：ノ今乙 得ケ

<화엄01:19-21> 云何七：氵 善支 念覺分： 擇法覺分 精進覺分 喜覺分 猗覺分 定覺分 捨覺分： 空： 無相： 無願：ノ今乙 修習ソケ

<화엄01:21-23> 云何 得3ホ 檀波羅蜜： 尸波羅蜜 羼提波羅蜜 毘梨耶波羅蜜 禪那波羅蜜 般若波羅蜜：ノ今乙 圓滿ソケ 及七 以3 慈： 悲： 喜： 捨：ノ今乙 圓滿ソケ

<화엄01:23-02:03> 云何 處非處智力 過未現在業報智力 根勝劣智力 種種界智力： 種種解智力 一切至處道智力 禪解脫三昧染淨智力 宿住念智力 無障礙天眼智力 斷諸習智力：ノ今乙 得

<화엄02:03-06> 云何 常リ 天王： 龍王： 夜叉王 乾闥婆王 阿修羅王 迦樓羅王 緊那羅王 摩睺羅伽王 人王 梵王：ノ今ラ{之} 守護ソろ 恭敬ソろ 供養ソろノ尸 所乙 得ケ

<화엄02:06-07> 云何 得3ホ 一切 衆生ラ {與}氵 依リ尸{爲}入乙ソケ 救リ尸{爲}入乙ソケ 歸ノオ尸{爲} 趣ノオ尸{爲} 炬リ尸{爲} 明 爲 照 爲 導 爲 勝導 爲 普導リ尸{爲}入乙ソケ

<화엄02:07-09> 云何 {於}一切 衆生七 中3十 第一リ尸{爲} 大 爲 勝 爲 最勝 爲 妙 爲 極妙 爲 上 爲 無上 爲 無等 爲 無等等 {爲}入乙ソナオ3七ロ]]

<화엄02:10> [爾時十 文殊師利菩薩㇆ 智首菩薩乙 告丷ろ 言而尸

<화엄02:10-12> [善ナ㇆{哉}亻 佛子⺀ 汝㇆ 今丷㇆ 饒益ノ尸 所 多ケ 安隱ノ尸 所ろ 多ナ㇆入乙灬 世間乙 哀愍丷ゟ 天人乙 利樂丷ゟ丷{爲欲}入 是 如支丷ヒ七 義乙 問去ナ㇆丁]

<화엄02:12-13> [佛子ろ 若七 諸㇆ 菩薩刂 善支 其 心乙 用丷ヒ尸入㇆ 則支 一切勝妙功德乙 獲ヒ矛四

<화엄02:13-14> {於}諸㇆ 佛法ろ十 心亏 礙ノ尸 所ろ 無ケ 去來今七 諸㇆ 佛叱{之} 道ろ十 住丷ケ

<화엄02:14-15> 衆生乙 隨亏 住丷ろ尒 恒刂 捨離尸 不丷ケ 諸㇆ 法相乙 {如}這 悉ろ 能支 通達丷ケ

<화엄02:15-16> 一切 惡乙 斷丷ケ 衆㇆ 善乙 具足 當八 普賢 如支丷ろ 色像 第一刂ケ

<화엄02:16> 一切 行願乙 皆七 得ろ尒 具足丷ケ

<화엄02:16-17> {於}一切 法ろ十 自在尸 不丷尸丁ノ尸 無 而灬 衆生ラ七 第二 導師刂尸{爲}入乙丷去ナ亏七丨]

<화엄02:17-18> [佛子ろ 云何七丷㇆乙 用心丷㇆丨十 能支 一切勝妙功德乙 獲尸丁ノ亽口丷矛尸入㇆

<화엄02:18-19> 佛子ろ 菩薩刂 在家丷㇆丨十㇆ 當八 願口尸入㇆ 衆生㇆ 家性ラ 空ノ㇆入乙 知ろ尒 其 逼迫乙 免支ヒ立丷乂矛ケ

<화엄02:20> 父母乙 孝事丷去㇆丨十㇆ 當八 願入㇆ 衆生㇆ 善支 {於}佛乙 事八白ろ尒 一切乙 護丷ゟ 養丷ゟ丷ヒ支立

<화엄02:21> 妻子 集會丷去㇆丨十㇆ 當 願 衆生 怨親平等丷ろ尒 永去 貪著 離支ヒ支立

<화엄02:22> 若七 五欲乙 得ろ㇆丨十㇆ 當 願 衆生 欲箭乙 拔除丷ろ八 究竟安隱丷ヒ支立

<화엄02:23> 妓樂聚會 當 願 衆生 以法自娛 了妓非實

<화엄02:24> 若七 宮亠 室亠ノ亽ラ十 在丷去㇆丨十㇆ 當 願 衆生 {於}聖地ろ十 入丷ろ尒 永去 穢欲乙 除ヒ立

<화엄03:01> 瓔珞乙 著丷去㇆ 時⺀十㇆ 當 願 衆生 諸㇆ 僞飾乙 捨丷口八 眞實處ろ十 到ヒ立

<화엄03:02> 樓閣ろ十 上昇丷去㇆丨十㇆ 當 願 衆生 正法樓ろ十 昇丷ろ尒 一切乙 徹見丷ヒ立

<화엄03:03> 若七 施ノ尸 所乙 {有}斗去㇆丨十㇆ 當 願 衆生 一切乙 能支 捨丷ろ尒 心ろ十 愛著ノ尸 無ヒ立

<화엄03:04> 衆會 聚集丷去㇆丨十㇆ 當 願 衆生 衆㇆ 聚七 法乙 捨丷ろ八 一切智乙 成刂ヒ立

<화엄03:05> 若七 戹難ろ十 在丷去㇆丨十㇆ 當 願 衆生 意乙 隋亏 自在丷ろ尒 所行 礙尸 無ヒ立

<화엄03:06> 居家乙 捨丷去㇆ 時十㇆ 當 願 衆生 出家ノ尸ム 礙尸 無ろ八 心ろ十 解脫ノ尸入乙 得ヒ立

<화엄03:07> 僧伽藍阝十 入丷𠫔丨丨十丨 當 願 衆生 種種七 無乖諍七 法乙 演說丷𠃍立
<화엄03:08> 大小師ㇻ十 詣𠫔丨丨十丨 當 願 衆生 巧刂 師長乙 事八白阝八 善法乙 習行丷𠃍立
<화엄03:09> 出家ノ尸入乙 求請丷𠫔丨丨十丨 當 願 衆生 不退法乙 得阝亦 心ㅎ 障礙尸 無𠃍立
<화엄03:10> 俗服乙 脫去丷𠫔丨丨十丨 當 願 衆生 勤七 善根乙 修阝八 諸 罪七 軛乙 捨丷𠃍立
<화엄03:11> 鬚髮乙 剃除丷𠫔丨丨十丨 當 願 衆生 永𠫔 煩惱乙 離支口八 究竟寂滅丷𠃍立
<화엄03:12> 袈裟衣乙 著丷𠫔丨丨十丨 當 願 衆生 心阝十 染ノ尸 所阝 無阝八 大仙ㇻ 道乙 具ㅎ𠃍立
<화엄03:13> 正七 出家丷𠫔丨 時氵十丨 當 願 衆生 佛𠯳 出家丷㐃ㅎ丨ㇻ十 同丷阝八 一切乙 救護丷𠃍立 /*'出家丷㐃ㅎ丨ㇻ十'의 '㐃'자는 형태상 '彡'자로 보임.*/
<화엄03:14> {於}佛乙 歸丷丨乙灬 自ノ丷丨 當 願 衆生 佛種乙 紹隆丷阝亦 無上意乙 發丷𠃍立
<화엄03:15> {於}法乙 歸丷丨乙灬 自ノ丷丨 當 願 衆生 深刂 經藏阝十 入丷阝八 智慧刂 海 如支丷𠃍立
<화엄03:16> {於}僧乙 歸丷丨乙灬 自ノㅎ丨 當 願 衆生 大衆乙 統理ノ尸厶 一切之七 礙尸 無𠃍立
<화엄03:17> 戒乙 受丷彡 學丷彡丷𠫔丨 時氵十丨 當 願 衆生 善支 {於}戒乙 學丷阝八 衆丨 惡乙 作尸 不丷𠃍立
<화엄03:18> 闍梨敎乙 受𠫔丨丨十丨 當 願 衆生 威儀乙 具足丷阝亦 所行 眞實丷𠃍立
<화엄03:19> 和尙ㇻ 敎乙 受𠫔丨丨十丨 當 願 衆生 無生智阝十 入丷阝八 無依處阝十 到𠃍立
<화엄03:20> 具足戒乙 受𠫔丨丨十丨 當 願 衆生 諸丨 方便乙 具ㅎ阝亦 最勝法乙 得𠃍立
<화엄03:21> 若七 堂宇阝十 入𠫔丨丨十丨 當 願 衆生 無上堂阝十 昇丷阝八 安住丷阝亦 動尸 不丷𠃍立
<화엄03:22> 若七 牀座乙 敷丷𠫔丨丨十丨 當 願 衆生 善法乙 開敷丷阝八 眞實相乙 見𠃍立
<화엄03:23> 正身丷阝亦 端正丷𠫔丨丨十丨 當 願 衆生 菩提座阝十 坐丷阝八 心 著ノ尸 所阝 無𠃍立
<화엄03:24> 結跏趺坐丷𠫔丨丨十丨 當 願 衆生 善根堅固丷阝八 不動地乙 得𠃍立
<화엄04:01> {於}定乙 修行丷𠫔丨丨十丨 當 願 衆生 定乙 以阝八 心乙 伏ノ尸厶 究竟 餘丷丨 無刂丷𠃍立
<화엄04:02> 若 {於}觀乙 修七𠫔丨丨十丨 當 願 衆生 如實理乙 見阝亦 永𠫔 乖諍 無𠃍立

<화엄04:03> 跏趺坐乙 捨ソ𠫔1丨十1 當 願 衆生 諸1 行法ラ 悉3 散滅ノア矣(失)十 歸ノア入乙 觀ソヒ立

<화엄04:04> 下足ソ3 住ソ𠫔1 時十1 當 願 衆生 心3十 解脫ノア入乙 得3ハ 安住ソ3ホ 動ア 不ソヒ立

<화엄04:05> 若セ {於}足乙 擧ソ𠫔1丨十1 當 願 衆生 生死海乙 出ソ3ホ 衆1 善法乙 具ホヒ立

<화엄04:06> 下裙乙 著ソ𠫔1 時十1 當 願 衆生 諸善根 服ソ3ホ 慙媿 具足ソヒ立

<화엄04:07> 整衣ソホ 束帶ソ𠫔1丨十1 當 願 衆生 善根乙 檢束ソ3ハ 散失 令リア 不ソヒ立

<화엄04:08> 若セ 上衣乙 著ソ𠫔1丨十1 當 願 衆生 勝善根乙 獲3ホ 法セ 彼岸3十 至ヒ立

<화엄04:09> 僧伽梨乙 著ソ𠫔1丨十1 當 願 衆生 第一位3十 入ソ3ホ 不動法乙 得ヒ立

<화엄04:10> 手3十 楊枝乙 執𠫔1丨十1 當 願 衆生 皆セ 妙法乙 得3ホ 究竟 淸淨ソヒ立

<화엄04:11> 楊枝乙 嚼ソ𠫔1 時十1 當 願 衆生 其 心ホ 調淨ソ3ハ 諸1 煩惱乙 噬ソヒ立

<화엄04:12> 大小便乙ソ𠫔1 時十1 當 願 衆生 貪瞋癡乙 棄ソロハ 罪セ 法乙 蠲除ソヒ立

<화엄04:13> 事乙 訖ロハ 水3十 就𠫔1丨十1 當 願 衆生 出世セ 法セ 中3十 速疾ち 而… 往ソヒ立

<화엄04:14> 形セ 穢ソ1入乙 洗滌ソ𠫔1丨十1 當 願 衆生 淸淨調柔ソ3ハ 畢竟 垢無ヒ立

<화엄04:15> 水乙 以 掌乙 盥𠫔1丨十1 當 願 衆生 淸淨手乙 得3ホ 佛法乙 受持ソヒ立

<화엄04:16> 水乙 以 面乙 洗𠫔1丨十1 當 願 衆生 淨法門乙 得3ホ 永𠫔 垢染 無ヒ立

<화엄04:17> 手3十 錫杖 執3 1丨十1 當 願 衆生 大施會乙 設ソ3ホ 如實道乙 示リヒ立

<화엄04:18> 應器乙 執持ソ𠫔1丨十1 當 願 衆生 法器乙 成就ソ3ホ 天人セ 供乙受ヒ立

<화엄04:19> 趾乙 發ソ3ホ 道乙 向ソ𠫔1丨十1 當 願 衆生 佛矢 所行3十 趣ソ3ハ 無依處3十 入乙ヒ立

<화엄04:20> 若セ {於}道3十 在ソ𠫔1丨十1 當 願 衆生 能支 佛道乙 行ソ3ホ 無餘法3十 向ソヒ立

<화엄04:21> 路乙 涉3ホ 而… 去𠫔1丨十1 當 願 衆生 淨法界乙 履ノアム 心3十 障礙ア 無ヒ立

<화엄04:22> 高1ラ十 昇ノ令セ 路乙 見3 1丨十1 當 願 衆生 永𠫔 三界乙 出ソ3

ホ 心 3 十 怯弱 無 ㅌ 立
<화엄04:23> 下 リ ラ 十 趣 ノ 令 ヒ 路 乙 見 3 7 l 十 7 當 願 衆生 其 心 ㅎ 謙下 ソ 3 ハ 佛 矢 善根 乙 長 ソ ㅌ 立
<화엄04:24> 斜曲 ソ ㅌ ヒ 路 乙 見 ソ 7 l 十 7 當 願 衆生 不正道 乙 捨 ソ 3 ハ 永 ム 惡見 乙 除 ㅌ 立
<화엄05:01> 若 ヒ 直路 乙 見 3 7 l 十 7 當 願 衆生 其 心 ㅎ 正直 ソ 3 ハ 諂 無 ケ 誑 無 ㅌ 立
<화엄05:02> 路 リ 塵 多 7 乙 見 ソ 7 l 十 7 當 願 衆生 塵坌 乙 遠離 ソ 3 ハ 淸淨法 乙 獲 ㅌ 立
<화엄05:03> 路 リ 無塵 ソ 7 乙 見 3 7 l 十 7 當 願 衆生 常 リ 大悲 乙 行 ソ 3 ホ 其 心 ㅎ 潤澤 ソ ㅌ 立
<화엄05:04> 若 ヒ 險道 乙 見 3 7 l 十 7 當 願 衆生 正法界 3 十 住 ソ 3 ハ 諸 7 罪難 乙 離 支 ㅌ ㅎ
<화엄05:05> 若 ヒ 衆會 乙 見 3 7 l 十 7 當 願 衆生 甚深法 乙 說 3 ホ 一切 乙 和合 ㅅ リ ㅌ 立
<화엄05:06> 若 ヒ 大柱 乙 見 3 7 l 十 7 當 願 衆生 我諍 ヒ 心 乙 離 支 ロ ハ 有忿恨 ノ ア 無 ㅌ 立
<화엄05:07> 若 ヒ 叢林 乙 見 3 7 l 十 7 當 願 衆生 諸 7 天 : 及 ヒ 人 : ノ 令 ラ 敬禮 ノ ㅎ {應} ヒ ソ 7 所 リ ㅌ 立
<화엄05:08> 若 ヒ 高山 乙 見 當 願 衆生 善根 超出 ソ 3 ハ 能 矢 頂 3 十 至 3 令 無 ㅌ 立
<화엄05:09> 棘刺樹 乙 見 當 願 衆生 疾 リ 得 3 ホ 三毒 ヒ {之} 刺 乙 翦除 ソ ㅌ 立
<화엄05:10> 樹 リ 葉茂 ソ 7 乙 見 當 願 衆生 定 : 解脫 : ノ 令 乙 以 3 ハ 而 ㅡ 蔭映 ノ ア 爲 : ㅌ 立/*'ː ㅌ 立'는 'ㅅ ㅌ 立'의 잘못으로 보임*/
<화엄05:11> 若 華開 ソ 7 乙 見 當 願 衆生 神通{等} l ソ 7 法 リ 華 如 支 ソ 3 開敷 ソ ㅌ 立
<화엄05:12> 若 樹華 乙 見 當 願 衆生 衆 7 相 リ 華 如 支 ソ 3 三十二 乙 具 ㅎ ㅌ 立
<화엄05:13> 若 果實 乙 見 當 願 衆生 最勝法 乙 獲 3 ホ 菩提 ヒ 道 乙 證 ソ ㅌ 立
<화엄05:14> 若 大河 乙 見 當 願 衆生 得 3 ホ 法流 3 十 預 ソ 3 ハ 佛智海 3 十 入 ソ ㅌ 立
<화엄05:15> 若 陂澤 乙 見 當 願 衆生 疾 リ 諸 7 佛 矢 一味 {之} ヒ 法 乙 悟 ソ ㅌ 立
<화엄05:16> 若 池沼 乙 見 當 願 衆生 語業 滿足 ソ 3 ホ 巧 リ 能 支 演說 ソ ㅌ 立
<화엄05:17> 若 汲井 ソ ト 7 乙 見 當 願 衆生 辯才 乙 具足 ソ 3 ハ 一切法 乙 演 ソ ㅌ 立
<화엄05:18> 若 涌泉 乙 見 當 願 衆生 方便 增長 ソ 3 ホ 善根 盡 ア 無 ㅌ 立
<화엄05:19> 若 橋道 乙 見 當 願 衆生 廣 リ 一切 乙 度 リ ㅎ ア ム 猶 入 7 橋梁 如 支 ソ ㅌ 立
<화엄05:20> 若 流水 乙 見 當 願 衆生 善意欲 乙 得 3 ホ 惑垢 乙 洗除 ソ ㅌ 立
<화엄05:21> 修園圃 乙 見 ト ㅎ 7 入 乙 當 願 衆生 五欲圃 ヒ 中 3 十 愛草 乙 耘除 ソ ㅌ 立 /*'ト ㅎ 7 入 乙'은 '修'에 달려야 할 것이 '見'에 잘못 달린 것으로 보임.*/

<화엄05:22> 無憂林乙 見 當 願 衆生 永𠫔 貪愛乙 離攴ロハ 憂怖乙 生ソ尸 不ソヒ立
<화엄05:23> 若 園苑乙 見 當 願 衆生 勤七 諸1 行乙 修3ホ 佛菩提3十 趣ソヒ立
<화엄05:24> 嚴飾ソヒ七 人乙 見 當 願 衆生 三十二相乙 以3ホ 嚴好 {爲}シヒ立
<화엄06:01> 嚴飾 無七1乙 見 當 願 衆生 諸1 飾好乙 捨ソロハ 頭陀七 行乙 具ㆆヒ立
<화엄06:02> 樂著ソヒ七 人乙 見 當 願 衆生 法乙 以3ホ 自ラ乙 娛リㆆ尸ム 歡愛ソ3ホ 捨尸 不ソヒ立
<화엄06:03> 樂著 無1乙 見 當 願 衆生 有爲事七 中3十 心3十 樂ㆆノ尸 所3 無ヒ立
<화엄06:04> 歡樂人乙 見 當 願 衆生 常リ 安樂乙 得3ホ 樂ㆆ 佛乙 供養ソヒ立
<화엄06:05> 苦惱人乙 見 當 願 衆生 根本智乙 獲3ホ 衆1 苦乙 滅除ソヒ立
<화엄06:06> 無病人乙 見 當 願 衆生 眞實慧3十 入ソ3ホ 永𠫔 病惱 無ヒ立
<화엄06:07> 疾病人乙 見 當 願 衆生 身ラ 空寂ノ1入乙 知3ホ 乖諍七 法乙 離攴ヒ立
<화엄06:08> 端正人乙 見 當 願 衆生 {於}佛リ 菩薩尸十 常リ 淨信乙 生ソヒ立
<화엄06:09> 醜陋人乙 見 當 願 衆生 {於}不善ソヒ七 事3十 樂著乙 生リ尸 不ソヒ立
<화엄06:10> 報恩人乙 見 當 願 衆生 {於}佛リ 菩薩尸十 能攴 恩德乙 知ヒ立
<화엄06:11> 背恩人乙 見 當 願 衆生 {於}惡1入乙 {有}斗ヒ七 人ラ十 其 報ノ尸入乙 加尸 不ソヒ立
<화엄06:12> 若 沙門乙 見 當 願 衆生 調柔ソㅎ 寂靜ソㅎソ3ホ 畢竟 第一リヒ立
<화엄06:13> 婆羅門乙 見 當 願 衆生 永𠫔 梵行乙 持ソ3ホ 一切惡乙 離攴ヒ立
<화엄06:14> 苦行人乙 見 當 願 衆生 {於}苦行乙 依3ホ 究竟處3十 至ヒ立
<화엄06:15> 操行人乙 見 當 願 衆生 志行乙 堅持ソ3ホ 佛道乙 捨尸 不ソヒ立
<화엄06:16> 甲胄乙 著ソ1乙 見 當 願 衆生 常リ 善鎧乙 服ソ3ホ 無師七 法3十 趣ソヒ立
<화엄06:17> 鎧仗 無1乙 見 當 願 衆生 永𠫔 一切 不善七{之} 業乙 離ヒ立
<화엄06:18> 議論人乙 見 當 願 衆生 {於}諸リ(1) 異論3十 悉3 能攴 摧伏ソヒ立
<화엄06:19> 正命人乙 見 當 願 衆生 淸淨命乙 得3ホ 威儀3十 矯造尸 不ソヒ立
<화엄06:20> 若 {於}王乙 見 當 願 衆生 得3ホ 法王リ尸{爲}入乙ソ3ハ 正法乙 恒 轉ソヒ立
<화엄06:21> 若 王子乙 見 當 願 衆生 法乙 從七 化生ソ3ハ 而灬 佛子リ尸{爲}入乙ソヒ立
<화엄06:22> 若 長者乙 見 當 願 衆生 善能亐 明斷ソ3ホ 惡法乙 行尸 不ソヒ立
<화엄06:23> 若 大臣乙 見 當 願 衆生 恒リ 正念乙 守ソ3ホ 衆善乙 習行ソヒ立
<화엄06:24> 若 城郭乙 見 當 願 衆生 堅固身乙 得3ホ 心3十 屈ノ尸 所 無ヒ立
<화엄07:01> 若 王都乙 見 當 願 衆生 功德共聚ソ3ハ 心ㆆ 恒リ 喜樂ソヒ立
<화엄07:02> 林藪3十 處ソ1乙 見 當 願 衆生 天人ラ{之} 歎仰ノ尸 所リ尸{爲}入乙ノㆆ{應}七ソヒ立
<화엄07:03> 里3十 入ソ3ホ 乞食ソ𠫔1丨十1 當 願 衆生 深法界3十 入ノ尸ム 心

ㅎ 障礙ㄕ 無ㅌ立
<화엄07:04> 人ㄗ 門戶ㅕ十 到ㅊㄱㅣ十ㄱ 當 願 衆生 {於}一切 佛法ㄷ{之} 門ㅕ十 入ㅅㅌ立
<화엄07:05> 其 家ㅕ十 入ㄕ 已ㅑㅅㅊㄱㅣ十ㄱ 當 願 衆生 得ㅕ㫆 佛乘ㅕ十 入ㅅㅕ八 三世平等ㅅㅌ立
<화엄07:06> 捨ㄕ 不ㅅ今ㄷ 人乙 見 當 願 衆生ㅣ 常 勝功德ㄷ 法乙 捨離ㄕ 不ㅅㅌ立
<화엄07:07> 能ㄆ 捨ㅅ今ㄷ 人乙 見 當 願 衆生 永ㅊ 得ㅕ㫆 三惡道ㄷ 苦乙 捨離ㅅㅌ立
<화엄07:08> 若 空鉢乙 見 當 願 衆生 其 心 清淨ㅅㅕ八 空ㅕ㫆 煩惱 無ㅌ立
<화엄07:09> 若 滿鉢乙 見 當 願 衆生 具ㄚ 足ㅕ 一切 善法乙 成滿ㅅㅌ立
<화엄07:10> 若 恭敬ㄥㄕㅅ乙 得ㅕㄱㅣ十ㄱ 當 願 衆生 恭敬ㅅㅕ㫆 一切 佛法乙 修行ㅅㅌ立
<화엄07:11> 恭敬ㄥㄕㅅ乙 得ㄕ 不ㅅㅊㄱㅣ十ㄱ 當 願 衆生 一切 不善ㄷ{之} 法乙 行ㄕ 不ㅅㅌ立
<화엄07:12> 慙恥ㅅ今ㄷ 人乙 見 當 願 衆生 慙恥ㄷ 行乙 具ㅎㅕ㫆 諸ㄱ 根乙 藏護ㅅㅌ立
<화엄07:13> 慙恥ㄥㄕ 無ㄱ乙 見 當 願 衆生 慙恥ㄥㄕㅅ乙 捨離ㅅㅁ八 大悲ㄷ 道ㅕ十 住ㅅㅌ立
<화엄07:14> 若 美食乙 得ㅕㄱㅣ十ㄱ 當 願 衆生 其 願乙 滿足ㅅㅕ㫆 心ㅕ十 羨欲ㄥㄕ 無ㅌ立
<화엄07:15> 不美食乙 得 當 願 衆生 諸ㄱ 三昧ㄷ 味乙 獲得ㅅㄕ 不ㅅㄕ丁ㄥㄕ 莫ㄷㅌ立
<화엄07:16> 柔輭食乙 得 當 願 衆生 大悲ㅡ 熏ㄥㄱ 所ㅣ罒 心意柔輭ㅅㅌ立
<화엄07:17> 麤澀食乙 得 當 願 衆生 心ㅎ 染著ㄥㄕ 無ㅕ八 世ㄷ 貪愛乙 絶ㅅㅌ立
<화엄07:18> 若ㄷ 飯食ㅅ今ㄷ 時十ㄱ 當 願 衆生 禪悅乙 食{爲}ㅑㄚ 法喜乙 充滿ㅅㅌ立
<화엄07:19> 若 味乙 受ㅊㄱ 時 當 願 衆生 佛矢 上味乙 得ㅕ八 甘露 滿足ㅅㅌ立
<화엄07:20> 飯食乙 已ㅑ 訖ㅎㅁ八斤 當 願 衆生 所作乙 皆ㄷ 辨ㅅㅕ㫆 諸ㄱ 佛法乙 具ㅎㅌ立
<화엄07:21> 若ㄷ 說法ㅅ今ㄷ 時ㅑ十ㄱ 當 願 衆生 無盡辯乙 得ㅕ㫆 廣ㅣ 法要乙 宣ㅅㅌ立
<화엄07:22> 舍乙 從ㄷ 出ㅅㅊㄱ 時 當 願 衆生 深ㅣ 佛智ㅕ十 入ㅅㅕ八 永ㅊ 三界乙 出ㅅㅌ立
<화엄07:23> 若ㄷ 水ㅕ十 入ㅅㅊㄱ 時十ㄱ 當 願 衆生 一切智ㅕ十 入ㅅㅕ㫆 三世ㄕ 等ㅕㄥㄱㅅ乙 知ㅌ立
<화엄07:24> 身體乙 洗浴ㅅㅊㄱㅣ十ㄱ 當 願 衆生 身心ㅕ十 垢 無ㅕ八 內外 光潔ㅅㅌ立
<화엄08:01> 盛暑ㅣ罒 炎毒ㅣㅊㄱㅣ十ㄱ 當 願 衆生 衆ㄱ 惱乙 捨離ㄥㄕㅿ 一切乙

皆 盡阝𠤎立
<화엄08:02> 暑 退丷阝 凉初刂去𠃍丨十𠃍 當 願 衆生 無上法乙 證丷阝亦 究竟 淸凉丷𠤎立
<화엄08:03> 經乙 諷誦丷去𠃍 時十𠃍 當 願 衆生 佛矢 說而亐𠃍 所阝十 順七丷阝八 摠持丷阝亦 忘尸 不丷𠤎立
<화엄08:04> 若七 得阝亦 佛乙 見白阝𠃍丨十𠃍 當 願 衆生 無礙眼乙 得阝亦 一切佛乙 見白𠤎立
<화엄08:05> 諦刂 佛乙 觀丷白去𠃍 時十𠃍 當 願 衆生 皆七 普賢 如支丷阝 端正 嚴好丷𠤎立
<화엄08:06> 佛塔乙 見白去𠃍 時 當 願 衆生 尊重丷𠃍矢 塔 如支丷阝人 天人ラ 供乙 受𠤎立
<화엄08:07> 敬ノ令七 心灬 塔乙 觀丷白去𠃍丨十𠃍 當 願 衆生 諸𠃍 天氵 及七 人氵ノ令ラ 共七 瞻仰ノ尸 所𠤎立
<화엄08:08> {於}塔乙 頂禮丷白去𠃍丨十𠃍 當 願 衆生 一切 天人刂 能矢 頂乙 見阝令 無𠤎立
<화엄08:09> {於}塔乙 右繞丷去𠃍丨十𠃍 當 願 衆生 行ノ𠃍 所阝亇(令)丨(𠃍) 逆尸 無阝八 一切智乙 成刂𠤎立
<화엄08:10> 塔乙 繞ノ尸厶 三帀乙丷去𠃍丨十𠃍 當 願 衆生 勤七 佛道乙 求ノ尸厶 心阝十 懈歇尸 無𠤎立
<화엄08:11> 佛功德乙 讚丷白去𠃍丨十𠃍 當 願 衆生 衆𠃍 德乙 悉阝 具亐阝亦 僻歎丷乃 盡尸 無𠤎立
<화엄08:12> 佛矢 相好乙 讚丷白去𠃍丨十𠃍 當 願 衆生 佛身乙 成就丷阝亦 無相七 法乙 證丷𠤎立
<화엄08:13> 若七 洗足丷去𠃍 時十𠃍 當 願 衆生 神足七 力乙 具亐阝亦 所行 礙尸 無𠤎立
<화엄08:14> 時乙 以阝 寢息丷去𠃍丨十𠃍 當 願 衆生 身阝十 安隱丷𠃍入乙 得ろ 心阝十 動亂尸 無ろ丷𠤎立
<화엄08:15> 睡眠乙 始七亐 寤去𠃍丨十𠃍 當 願 衆生 一切智灬 覺ノ尸厶 周七 十方乙 顧丷𠤎立ノ禾ナ丨]
<화엄08:16-17> [佛子阝 若七 諸𠃍 菩薩刂 {是}刂 如支 用心丷𠤎尸入𠃍 則支 一切 勝妙功德乙 獲阝亦
<화엄08:17-18> 一切 世間阝七 諸𠃍 天氵 魔氵 梵氵 沙門氵 婆羅門氵 乾闥婆氵 阿修羅氵丷尸 {等}丨丷𠃍刂氵 及七 以阝 一切 聲門氵 緣覺氵ノ令ラ 動尸 不能刂矢ノ尸 所刂去ナ亍七丨]]
<화엄08:19> 大方廣佛華嚴經賢首品第十二之一
<화엄08:20-22> [爾時十 文殊師利菩薩𠃍 無濁亂淸淨行七 大功德乙 說尸 已氵丷口 菩提心七 功德乙 顯示丷{欲}人丷二尸入灬 故支 偈乙 以阝 賢首菩薩尸十 問阝 曰二尸

<화엄08:23> [我ㄱ 今ソㄱ 已氵 諸ㄱ 菩薩尸 {爲}氵 佛矢 往ろ十 修ホ𠃍ㄱヒ七 淸淨行乙 說ろ口乙𠃍ㄱ刂罒

<화엄08:24> 仁刀 亦ソㄱ 當八 {於}{此}刂 會七 中ろ七ソろ八 修行ソホ𠃍ㄱヒ七 勝功德乙 演暢ソ口八ホ立]]

<화엄09:01> [爾ソㄱ 時十 賢首菩薩ㄱ 偈乙 以ろ 答ソろ 曰ホ尸

<화엄09:02> [善ホ口ㄱ{哉}亻 仁者: 諦刂 聽ホ𠃍亠{應}七ソナ丨

<화엄09:02-03> 彼 諸ㄱ 功德ㄱ 量ろ𠃍亠{可}七ソㄱ 不矢ㄱ乙 我ㄱ 今ソㄱ 力乙 隨𠃍 少分𠂉今乙 說𠃍尸ム/*'𠂉'가 'ㅅ'처럼 쓰여 있음*/

<화엄09:03> 猶入ㄱ 大海ろ七 一ㄱ 滴亠七 水 如支ソㄱ乙ソ口乙𠃍亠七丨]

<화엄09:04> [若七 有ナ丨 菩薩刂 初七亠 發心ソろ 誓刂ㅅ 求ソろホ 當八 佛菩提乙 證ソ七亻ソナ矛:

<화엄09:05> 彼ラ{之} 功德ㄱ 邊際 無口ナㄱ 稱量ソろ𠃍亠{可}七ソㄱ 不矢ㅅ 與七ソろホ 等ろソろ今 無七ナ丨]

<화엄09:06> [何七: 況ㅅ 量 無ㅅ 邊尸 無 劫ろ十 具𠃍 地度乙 修七?ヒ七 諸ㄱ 功德刂口ヒㄱ亻

<화엄09:07> 十方七 一切 諸ㄱ 如來刂 悉ろ 共七 偁揚ソ二乃 盡ろ尸 不(ノ)能刂矢ソ二口乙亠七丨]

<화엄09:08> [{是}刂 如𡛼(女+、) 邊尸 無ㄱ 大功德乙 我ㄱ 今ソㄱ {於}中ろ十ソろ八 少分𠂉今乙 說𠃍尸ム/*'𠂉'가 'ㅅ'처럼 쓰여 있음*/

<화엄09:09> 譬入ㄱ 鳥足灬 履𠃍ㄱ 所七 空 如支ソㄱ乙ソㅅ 亦ソㄱ 大地ろ七 一ㄱ 微塵 如支ソㄱ乙ソ口乙𠃍亠七丨]

<화엄09:10-11> [菩薩刂 發意ソろ 菩提乙 求ソ乂ㄱ入ㄱ {是}刂 因 無刂ソㅅ 緣 無刂ソヒ{有} 非刂矢 {於}佛法僧ろ十 淨信乙 生刂ろ 是乙 {以}氵ろ 而灬 廣大心乙 生刂ナㄱ刂丨]

<화엄09:12-13> [五欲: 及七 王位: 富饒: 自樂: 大名稱:ノ今乙 求ソろソㄱヒㄱ(?) 不矢刂 但八 永去 衆生ラ 苦乙 滅ろㅅ 世間乙 利益ソㅅソ{爲}人 而灬 發心ソナㄱ刂ㅅ

<화엄09:14-15> 常刂 諸ㄱ 衆生乙 利樂ソㅅ 國土乙 莊嚴ソㅅ 佛乙 供養ソ白ㅅ 正法乙 受持ソろホ 諸ㄱ 智乙 修ㅅ 菩提乙 證ソㅅソ{欲}人ソ尸入灬 故支 而灬 發心ソナㄱ刂ㅅ

<화엄09:16-17> 深心七 信解刂 常刂 淸淨ソㅅ 一切佛乙 恭敬尊重ソホ矢ㅅ {於}法: 及七 僧:ノ今ラ十 亦刀 {是}刂 如支ソㅅソろ 至誠乙灬 供養ソ七亻 而灬 發心ソナㄱ刂ㅅ

<화엄09:18-19> {於}佛: 及七 佛法:ノ今乙 深信ソㅅ 亦ソㄱ 佛子ラ 所行七 道乙 信ソㅅ 及七 無上大菩提乙 信ソㅅソナㄱ入灬 菩薩ㄱ 是乙 {以}氵ろ 初七𠃍 發心ソナㄱ刂丨]

<화엄09:20> [信ㄱ 道ろ七 元矢支刂ㅅ 功德七 母刂尸{爲}入乙ソ口ナㄱ

<화엄09:21-22> 一切 諸ㄱ 善法乙 長養ソ⺈ 疑網乙 斷除ソろホ 愛流乙 出ソ⺈ソナ

ォ四 涅槃⺀ 無上道⺀ノ令乙 開丷𢒰 示丷𢒰丷ナォケ

<화엄09:22> 信1 垢濁 無3ホ 心ラ 清淨亽刂ナォケ 憍慢乙 滅除丷口 恭敬ノ令七 本刂尸入乙丷ナ1刂ケ

<화엄09:23> 亦丷1 法藏3七 第一財刂尸{爲}入乙丷ケ 清淨手刂尸{爲}入乙丷3ホ 衆1 行乙 受刂ナォケ

<화엄09:24> 信1 能支 惠施ノ尸ム 心ラ 吝ノ尸 無刂亽刂ナォケ 信1 能支 歡喜丷3ホ 佛法3十 入刂ナォケ

<화엄10:01> 信1 能支 智七 功德乙 增長丷ナォケ 信1 能支 必ハ 如來尸 地3十 到刂ナォケ

<화엄10:02> 信1 諸1 根 淨丷3ホ 明利 令刂ナォケ 信1 力 堅固丷3ホ 能矢 壞3令 無ナ1刂ケ

<화엄10:03> 信1 能支 永厶 煩惱乙 滅3令七 本刂尸入乙丷ナ1刂ケ 信1 能支 專ラ 佛功德3十 向亽刂ナォケ

<화엄10:04> 信1 {於}境界3十 著ノ尸 所 無刂丷ナォケ 諸1 難乙 遠離丷口ハ 無難乙 得刂ナォケ

<화엄10:05> 信1 能支 衆1 魔ラ 路乙 出亽刂ナォケ 無上 解脫七 道乙 示現丷ナォケ

<화엄10:06> 信1 功德七 不壞種刂尸{爲}入乙丷ナ1刂ケ 信1 能支 菩提樹乙 生長丷ナォケ

<화엄10:07> 信1 能支 最勝智乙 增益丷ナォケ 信1 能支 一切 佛乙 示現丷ナラ七丨]

<화엄10:08-09> [{是}刂 故灬 依行乙 次第乙 說ラ令ラ十 信樂刂⺀ 最勝丷3ホ 甚刂 難刂⺀ 得ラォ1矢 譬入1 一切 世間七 中3十 而灬 隨意妙寶珠刂 有1 如支丷1刂丨]

<화엄10:10> [若七 常刂 {於}諸1 佛乙 信奉丷白ヒ尸入1 則支 能支 戒乙 持丷𢒰 學處乙 受𢒰丷ヒォケ

<화엄10:11> 若七 常刂 戒乙 持𢒰 學處乙 受𢒰丷ヒ尸入1 則支 能支 諸1 功德乙 具足丷ヒォケ

<화엄10:12> 戒1 能支 菩提乙 開發ノ令七 本刂尸入乙丷ケ 學1 是1 功德乙 勤修ノ令七 地刂尸入乙丷ケ丷ナ1刂ケ

<화엄10:13> {於}戒⺀ 及七 學⺀ノ令ラ十 常 順行丷ヒ尸入乙 一切 如來尸 偁美丷而ラ尸 所刂ヒォケ

<화엄10:14> 若七 常刂 {於}諸1 佛乙 信奉丷白ヒ尸入1 則支 能支 大供養乙 興集丷ヒォケ

<화엄10:15> 若七 能支 大供養乙 興集丷ヒ尸入1 彼人1 佛矢 不思議刂而ラ1入乙 信丷ヒォケ

<화엄10:16> 若七 常刂 {於}尊法乙 信奉丷ヒ尸入1 則支 佛法乙 聞ラ尸ム 厭足尸 無ヒォケ

<화엄10:17> 若七 佛法乙 聞ラ尸ム 厭足尸 無ヒ尸入1 彼人1 法刂 不思議刂而ラ1

入乙 信丷𠃋ヵ𠆣
<화엄10:18> 若七 常刂 淸淨僧乙 信奉丷𠃋尸入𠃎 則支 得氵ホ 信心刂 退轉尸 不丷𠃋ヵ𠆣
<화엄10:19> 若七 得氵ホ 信心刂 退轉尸 不丷𠃋尸入𠃎 彼人𠃎 信力刂 能矢 動丷氵㇇ 無𠃋ヵ𠆣
<화엄10:20> 若七 得氵ホ 信力刂 能矢 動丷氵㇇ 無𠃋尸入𠃎 則支 得氵ホ 諸𠃎 根 淨丷氵 明利丷𠃋ヵ𠆣
<화엄10:21> 若七 得氵ホ 諸𠃎 根 淨丷氵 明利丷𠃋尸入𠃎 則 能 惡知識乙 遠離丷𠃋ヵ𠆣
<화엄10:22> 若七 能氵ホ 惡知識乙 遠離丷𠃋尸入𠃎 則 得 善知識乙 親近丷𠃋ヵ𠆣
<화엄10:23> 若七 得氵ホ 善知識乙 親近丷𠃋尸入𠃎 則 能 廣大善乙 修集丷𠃋ヵ𠆣
<화엄10:24> 若 能 廣大善乙 修集丷𠃋尸入𠃎 彼人𠃎 大因七 力乙 成就丷𠃋ヵ𠆣
<화엄11:01> 若七 人刂 大因七 力乙 成就丷𠃋尸入𠃎 則支 殊勝決定解乙 得𠃋ヵ𠆣
<화엄11:02> 若 殊勝決定解乙 得𠃋尸入𠃎 則支 諸𠃎 佛矢 護念丷㢱ㅎ尸 所刂尸{爲}入𠃎丷𠃋ヵ𠆣/*'刂尸{爲}入𠃎丷𠃋ヵ𠆣'는 '刂尸{爲}入乙丷𠃋ヵ𠆣'의 잘못임*/
<화엄11:03> 若 諸𠃎 佛矢 護念丷㢱ㅎ尸 所刂尸{爲}入乙丷𠃋尸入𠃎 則 能 菩提心乙 發起丷𠃋ヵ𠆣
<화엄11:04> 若 能 菩提心乙 發起丷𠃋尸入𠃎 則 能 勤火七 佛功德乙 修𠃋ヵ𠆣
<화엄11:05> 若 能 勤火七 佛功德乙 修丷𠃋尸入𠃎 則 得氵ホ 如來尸 家氵十 生在丷𠃋ヵ𠆣
<화엄11:06> 若 得氵ホ 如來家氵十 生在丷𠃋尸入𠃎 則 善支 巧方便乙 修行丷𠃋ヵ𠆣
<화엄11:07> 若 善支 巧方便乙 修行丷𠃋尸入𠃎 則 信樂乙 得氵ホ 心亠 淸淨丷𠃋ヵ𠆣
<화엄11:08> 若 信樂乙 得氵ホ 心亠 淸淨丷𠃋尸入𠃎 則 增上人 最勝心人㇇乙 得𠃋ヵ𠆣
<화엄11:09> 若 增上人 最勝心人㇇乙 得𠃋尸入𠃎 則 常刂 波羅蜜乙 修習丷𠃋ヵ𠆣
<화엄11:10> 若 常刂 波羅蜜乙 修習丷𠃋尸入𠃎 則 能 摩訶衍乙 具足丷𠃋ヵ𠆣
<화엄11:11> 若 能 摩訶衍乙 具足丷𠃋尸入𠃎 則 能 法氵十 {如}𢋂 佛乙 供養丷白𠃋ヵ𠆣
<화엄11:12> 若 能 法氵十 {如}𢋂 佛乙 供養丷白𠃋尸入𠃎 則 能支 佛乙 念丷白ㅎ尸厶 心亠 動尸 不丷𠃋ヵ𠆣
<화엄11:13> 若 能 佛乙 念丷白ㅎ尸厶 心亠 動尸 不丷𠃋尸入𠃎 則 常刂 量 無㢱𠃎 佛乙 覩見丷白𠃋ヵ𠆣
<화엄11:14> 若 常刂 量刂 無㢱𠃎 佛乙 覩見丷白𠃋尸入𠃎 則 如來尸 體刂 常住丷㢱ㅎ𠃎入𠃎 見白𠃋ヵ𠆣
<화엄11:15> 若 如來尸 體刂 常住丷㢱ㅎ𠃎入𠃎 見白𠃋尸入𠃎 則 能支 法𢀳 永𠫓 滅丷口𠃎 不矢𠃉𠃎入乙 知𠃋ヵ𠆣
<화엄11:16> 若 能 法𢀳 永𠫓 滅丷口𠃎 不矢𠃉𠃎入𠃎 知𠃋尸入𠃎 則 得氵ホ 辯才刂

障礙ㄩㄕ 無ㅌ利ㄅ/* '不矢ヒㄱㅅㄱ'은 '不矢ヒㄱㅅ乙'의 잘못으로 보임 */
<화엄11:17> 若 得ㄋ亦 辯才刂 障礙ノㄕ 無ㅌㄕㅅㄱ 則 能 邊ㄕ 無ㄱ 法乙 開演ㄩㅌ利ㄅ
<화엄11:18> 若 能 邊ㄕ 無 法乙 開演ㄩㅌㄕㅅㄱ 則 能 慈愍ㄩㄋ亦 衆生乙 度刂ㅌ利ㄅ
<화엄11:19> 若 能 慈愍ㄩㄋ亦 衆生乙 度刂ㅌㄕㅅㄱ 則 堅固ㄩㅌ七 大悲心乙 得ㅌ利ㄅ
<화엄11:20> 若 堅固ㄩㅌ七 大悲心乙 得ㅌㄕㅅㄱ 則 能 甚深法乙 愛樂ㄩㅌ利ㄅ
<화엄11:21> 若 能 甚深法乙 愛樂ㄩㅌㄕㅅㄱ 則 能 有爲七 過乙 捨離ㄩㅌ利ㄅ
<화엄11:22> 若 能 有爲七 過乙 捨離ㄩㅌㄕㅅㄱ 則 憍慢ㆍ 及七 放逸ㆍノ今乙 離支ㅌ利ㄅ
<화엄11:23> 若 憍慢ㆍ 及七 放逸ㆍノ今乙 離支ㅌㄕㅅㄱ 則 能支 兼刂 一切 衆乙 利刂ㅌ利ㄅ
<화엄11:24> 若 能 兼刂 一切 衆乙 利刂ㅌㄕㅅㄱ 則 生死ㄋ十 處ノㄕㅿ 疲厭ㄩㄕ 無ㅌ利ㄅ
<화엄12:01> 若 處生死 疲厭ㄩㄕ 無ㅌㄕㅅㄱ 則 能 勇健ㄩㄋ亦 能矢 勝ㄋ今 無ㅌ利ㄅ
<화엄12:02> 若 能 勇健 能勝 無ㅌㄕㅅㄱ 則 能 大神通乙 發起ㄩㅌ利ㄅ
<화엄12:03> 若 能 大神通乙 發起ㄩㅌㄕㅅㄱ 則 一切 衆生ㄋ 行乙 知ㅌ利ㄅ
<화엄12:04> 若 一切 衆生 行 知ㅌㄕㅅㄱ 則 能 諸ㄱ 群生乙 成就ㄩㅌ利ㄅ
<화엄12:05> 若 能 諸ㄱ 群生乙 成就ㄩㅌㄕㅅㄱ 則 善支 衆生乙 攝ノ今七 智乙 得ㅌ利ㄅ
<화엄12:06> 若 善支 衆生乙 攝ノ今七 智乙 得ㅌㄕㅅㄱ 則 能 四攝七 法乙 成就ㄩㅌ利ㄅ
<화엄12:07> 若 能 四攝法 成就ㄩㅌㄕㅅㄱ 則 衆生ㄋ十 限ㆆ 無ㄱㅌ七 利ㆆㄕㅅㄱ 與ㄩㅌ利ㄅ/*'限ㆆ'의 'ㆆ'는 'ㄋ'처럼 보이기도 함*/
<화엄12:08> 若 衆生 無限利 與ㄩㅌㄕㅅㄱ 則 最勝ㄩㅌ七 智方便乙 具ㆆㅌ利ㄅ
<화엄12:09> 若 最勝ㄩㅌ七 智方便 具ㆆㅌㄕㅅㄱ 則 勇猛 無上道ㄋ十 住ㄩㅌ利ㄅ
<화엄12:10> 若 勇猛 無上道 住ㄩㅌㄕㅅㄱ 則 能 諸ㄱ 魔力乙 摧殄ㄩㅌ利ㄅ
<화엄12:11> 若 能 諸 魔力 摧殄ㄩㅌㄕㅅㄱ 則 能 四魔七 境乙 超出ㄩㅌ利ㄅ
<화엄12:12> 若 能 四魔 境 超出 則 得ㄋ亦 {於}不退地ㄋ十 至ㅌ利ㄅ
<화엄12:13> 若 得 {於}不退轉ㄋ十 至 則 無生深法忍乙 得ㅌ利ㄅ
<화엄12:14> 若 無生深法忍 得 則 諸ㄱ 佛矢 授記ㄩ而ㆆㄕ 所刂ㄕ{爲}ㅅ乙ㄩㅌ利ㄅ
<화엄12:15> 若 諸 佛 授記 所 {爲}ㅅ乙ㄩㅌㄕㅅㄱ 則 一切 佛刂 其 前ㄋ十 現ㅌ而利ㄅ
<화엄12:16> 若 一切 佛 其 前 現ㅌ而ㄕㅅㄱ 則 神通深密用乙 了ㄩㅌ利ㄅ
<화엄12:17> 若 神通深密用 了ㄩㅌㄕㅅㄱ 則 諸ㄱ 佛矢 憶念ㄩ而ㆆㄕ 所 {爲}ㅅ乙ㄩㅌ利ㄅ
<화엄12:18> 若 諸 佛 所憶念 {爲}ㅅ乙ㄩㅌㄕㅅㄱ 則 佛德乙 以ㄋ 自ㄋ(ㆆ)今乙 莊嚴ㄩㅌ利ㄅ

<화엄12:19> 若 佛德 以 自 莊嚴ソヒ尸入ㄱ 則 妙福端嚴身乙 獲ヒ才ㄅ
<화엄12:20> 若 妙福端嚴身乙 獲ヒ尸入ㄱ 則 身リ 晃耀ノ尸厶 金山 如支ソヒ才ㄅ
<화엄12:21> 若 身 晃耀 金山 如支ソヒ尸入ㄱ 則 相乙灬 莊嚴ノ尸厶 三十二乙ソヒ才ㄅ
<화엄12:22> 若 相 莊嚴 三十二乙ソヒ尸入ㄱ 則 隨好乙 具ㅎろホ 嚴飾 {爲}氵ヒ才ㄅ
<화엄12:23> 若 隨好 具 嚴飾 {爲}氵ヒ尸入ㄱ 則 身セ 光明リ 限量 無ヒ才ㄅ
<화엄12:24> 若 身 光明 限量 無ヒ尸入ㄱ 則 不思議セ 光乙灬 莊嚴ソヒ才ㄅ
<화엄13:01> 若 不思議 光 莊嚴ソヒ尸入ㄱ 其 光ㄱ 則支 諸ㄱ 蓮華乙 出ソヒ才ㄅ
<화엄13:02-03> 其 光リ 若セ 諸ㄱ 蓮華乙 出ソヒ尸入ㄱ 則 量リ 無ㄱ 佛リ 華上ろ十 坐ソろ 十方ろ十 示現ノ尸厶 不冬 偏ケ丨ノㄱ 靡セろホ 悉ろ 能支 諸ㄱ 衆生乙 調伏ソヒ才ㄅ
<화엄13:04> 若セ 能支 {是}リ 如支 衆生乙 調ソ而トㅎㄱ入乙ソヒ尸才ㄅ 則 量 無ㄱ 神通セ 力乙 現ㅎヒ才ㄅ
<화엄13:05-06> 若 無量 神通セ 力乙 現ㅎヒ尸入ㄱ 則 不可思議セ 土ろ十 住ソろホ 不可思議セ 法乙 演說ソろ 不思議セ 衆乙 歡喜 令リヒ才ㄅ
<화엄13:07-08> 若 不可思議セ 法乙 說ソろ 不思議セ 衆乙 歡喜 令リヒ尸入ㄱ 則 智慧 辯才セ 力乙 以ろホ 衆生ラ 心乙 隨ㅎ 而灬 化誘ソヒ才ㄅ
<화엄13:09-10> 若 智慧{乙} 辯才力(乙) 以 衆生ラ 心乙 隨 而 化誘ソヒ尸入ㄱ 則 智慧乙 以ろ 先導 {爲}氵ろハ 身語意業ろ十 恒リ 失尸 無ヒ才ㄅ
<화엄13:11-12> 若 智慧 以 先導 爲 身語意業 恒 失尸 無ヒ尸入ㄱ 則 其 願力ろ十 自在乙 得ろホ 普リ 諸ㄱ 趣乙 隨ㅎ 而灬 身乙 現ㅎヒ才ㄅ
<화엄13:13-14> 若 其願力 自在 得 普 諸趣 隨 而 身乙 現ㅎヒ尸入ㄱ 則 能 衆ラ {爲}氵 說法ソ亽セ 時：十 音聲リ 類乙 隨ㅎノ尸厶 難氵 思議ノ才ヒ才ㄅ
<화엄13:15-16> 若 能 衆 爲 說法 時 音聲 類 隨 難 思議ノ才ヒ尸入ㄱ 則 {於}一切 衆生ラ 心乙 一ㄱ 念ろ十 悉ろ 知ㅎ尸厶 有餘ソㄱ 無リソヒ才ㄅ
<화엄13:17-18> 若 於一切 衆生 心 一念 悉 知 有餘ソㄱ 無リソヒ尸入ㄱ 則 煩惱リ 起ノ尸 所ろ 無ㅎㄱ入乙 知ろホ 永去 {於}生死ろ十 沒溺ソ尸 不ソヒ才ㄅ
<화엄13:19-20> 若 煩惱 起 所 無 知 永 於生死 沒溺 不ソヒ尸入ㄱ 則 功德法性身乙 獲ろハ 法セ 威力乙 以ろ 世間ろ十 現ヒ才ㄅ
<화엄13:21-22> 若 功德法性身 獲 法 威力 以 世間ろ十 現ヒ尸入ㄱ 則 十地： 十自在：ノ亽乙 獲ろホ 諸ㄱ 度： 勝解脫：ノ亽乙 修行ソヒ才ㄅ
<화엄13:23 24> 若 十地、 十自在：ノ尸乙 獲ろホ 諸ㄱ 度 勝解脫 修行ソヒ尸入ㄱ 則 灌頂大神通乙 獲ろホ {於}最勝ソ亽セ 諸ㄱ 三昧ろ十 住ソヒ才ㄅ
<화엄14:01-02> 若 灌頂大神通 獲 {於}最勝 諸 三昧 住ソヒ尸入ㄱ 則 {於}十方セ 諸ㄱ 佛矢 所ろ十ソろハ 灌頂乙 受ろホ 而灬 鼎位ソㅎ{應}セソヒ才ㄅ
/*'ソヒ尸入ㄱ'은ソヒ尸入乙'로 잘못 기입되어 있음*/
<화엄14:03-04> 若 {於}十方セ 諸ㄱ 佛矢 所 灌頂 受 而 鼎位 {應}セソヒ才尸入ㄱ 則 十方セ 一切佛リ 手以甘露灌其頂 蒙ヒ才ㄅ
<화엄14:05-06> 若 十方 一切 佛 手 以 甘露 其頂 灌 蒙ヒ尸入ㄱ 則 身リ 充徧ノ尸

ㅿ 虛空 如支ㅅ彡ハ 安住不動ㅅ彡ホ 十方彡十 滿ㅅ𠄌ホ丷

<화엄14:07-08> 若 身 充徧 虛空 如 安住 不動 十方 滿ㅅ𠄌ア入㇒ 則 彼ラ 所行㇒ 與セㅅ彡ホ 等ロ令 無彡 諸㇒ 天氵 世人氵ノ𢦏 能矢 知ノ令 莫去ナ亠セ丨]

<화엄14:09> [菩薩㇒ 勤セ 大悲行乙 修彡ホ 願入㇒ 一切乙 度リロハ㇗ノアㅿ 果言ア 不ㅅア丁ノア 無リㅅ彡ナ𢦏四

<화엄14:10> 見聞ㅅ㇗ 聽受ㅅ㇗ 若セ 供養ㅅ㇗ㅅロ𠄌火セハア入㇒ 皆セ 安樂乙 獲リ 令リア 不ㅅア丁ノア 靡リセㅅ𠄌𢦏丷/*'靡リセㅅ𠄌𢦏丷'의 '靡リセ'는 '靡セリ'의 잘못임.*/

<화엄14:11> 彼 諸㇒ 大士ラ 威神セ 力乙灬 法眼 常全ㅅ彡ホ 缺減ㅅア 無リㅅ𠄌𢦏丷

<화엄14:12> 十善妙行 {等}丨ㅅ㇒ 諸㇒ 道リ㇒ 無上 勝寶乙 皆セ 現亠 令リナ亠セ丨]

<화엄14:13-14> [譬入㇒ 大海彡セ 金剛聚㇒ 彼ラ 威力乙 {以}氵彡 衆㇒ 寶乙 生ノ㇒ㅿ 減ノア 無丷 增ノア 無丷 亦リ㇒ 盡ア 無㇒ 如支 菩薩ア 功德聚 亦ㄲ 然セㅅナ丨] /*'亦リ㇒'의 'リ'는 'ㅅ'의 오자인 듯함.*/

<화엄14:15> [或ㄲ 有ナ丨 刹土リ 佛矢 無示亠㇒矢亠{有} {於}彼リ十㇒ 正覺 成ㅏ亠㇒入乙 示現ㅅナ丷

<화엄14:16> 或ㄲ 有ナ丨 國土リ 法乙 知ア 不ㅅナア矢氵 {於}彼リ十㇒ {爲}氵亠 妙法藏乙 說ロ𠄌𢦏丷

<화엄14:17> 分別 無㇗{有} 功用 無㇗ㅅナ㇒氵 {於}一㇒ 念セ 頃セ彡十 十方彡十 徧ケ丨ノアㅿ

<화엄14:18> 月光影 如支ㅅ彡ホ 周セㅅア 不ㅅア丁ノア 靡セ彡 量リ 無㇒ 方便乙灬 羣生乙 化ㅅロ𠄌𢦏丷

<화엄14:19-20> {於}彼 十方世界セ 中彡十 念念彡十ケ丨 佛道 成ㅏ亠㇒入乙 示現ㅅ㇗ 正法輪乙 轉㇗ 寂滅彡十 入ㅅ㇗ 乃氵 至リ 舍利乙 廣リ 分布ㅅ㇗ㅅロ𠄌丷

<화엄14:21-22> 或ㅅ㇒ 聲聞氵 獨覺セ 道乙 現亠丷 或ㅅ㇒ 成佛ㅅ彡ホ 普リ 莊嚴ノ㇒入乙 現亠丷ㅅ彡 {是}リ 如支 三乘セ 教乙 開闡ㅅ彡ホ 廣リ 衆生乙 度リ亠ア丷 量リ 無㇒ 劫彡十ㅅロ𠄌丷

<화엄14:23-24> 或ㅅ㇒ 童男氵 童女ラ 形氵 天氵 龍氵 及セ 以彡 阿修羅氵 乃氵 至リ 摩睺羅伽 {等}丨ㅅ㇒リ氵ノ𢦏ヒ㇒入乙 現亠彡 其 樂亠ア 所乙 隨亠 悉彡 見リ 令リロ𠄌 /*앞 뒤 문맥을 고려할 때 '令リロ𠄌' 뒤에 '丷'가 빠진 듯함.*/

<화엄15:01-02> 衆生ラ 形相㇒ 各ホ 不冬 同リ丷 行業氵 音聲氵ノ令 亦ㄲ 量リ 無㇒乙 {是}リ 如支ㅅ㇒ 一切乙 皆セ 能支 現亠ㅏ亠㇒入㇒ 海印三昧セ 威神セ 力リナ丨]

<화엄15:03-04> [不可思議セ 刹乙 嚴淨ㅅ丷 一切 諸㇒ 如來乙 供養ㅅ白丷 大光明乙 放ノ㇒ㅿ 邊ア 無リㅅ丷{有} 衆生乙 度脫ノアㅿ 亦ㅅ㇒ 限亠 無リㅅ丷

/*'限ㅎ'의 'ㅎ'는 'ㅋ'처럼 보이기도 함*/

<화엄15:04-06> 智慧 自在ㅅ㇐ 思議ㄕ 不(ノ)ノㄕㅊ 說法ㅌ 言辭 礙ㄕ 無ㅊ{有} 施ㆍ 戒ㆍ 忍ㆍ 進ㆍ 及ㅌ 禪定ㆍ 智慧ㆍ 方便ㆍ 神通ㆍㅅㄕ 等ㅣㅅㄱ/* 'ㅣㅅㄱ'에서 'ㅣ'의 자형이 'ㄱ'과 비슷함. */

<화엄15:07> {是}ㅣ 如ㅊㅅㄱ 一切ㄕㄱ 皆ㅌ 自在ㅎㅅㅏㅎㄱㅅㄱ 佛華嚴三昧ㅌ 力ㄹ {以}ㅣㅎナㅣ]

<화엄15:08> [一ㄱ 微塵ㅌ 中ㅊㄱ 三昧ㅊㄱ 入ノㄕㅿ 一切 微塵ㅌ 定ㄹ 成就ㅅナ今ㆍ

<화엄15:09> 而ㄱ 彼 微塵ㄱ 亦ㅅㄱ 增ㅅㅁㄱ 不矢ㄱㄹ {於}一ㄱㅋㄱ 普ㅣ 難思ㅌ 刹ㄹ 現ㅎㅁㅌㅊ

<화엄15:10> 彼 一ㄱ 塵ㄹ㇐ハ 內ㅊㅌ 衆ㄱ 多ㅣㄱ 刹ㄱ 或ㄲ 有ナㅣ 佛矢 有ナハ㇐ ㅎㄱ矢ㆍ 或ナㅣ 佛矢 無㇐ㅎㄱ矢ㆍ

<화엄15:11> 或ㄲ 有ナㅣ 雜染ㅅㄱ矢ㆍ 或ナㅣ 淸淨ㅅㄱ矢ㆍ 或ㄲ 有ナㅣ 廣大ㅅㄱ 矢ㆍ 或 狹小ㅅㄱ矢ㆍ

<화엄15:12> 或ㅅㄱ 復ㄲ 有ナㅣ 成ㅏㄱ矢ㆍ 或ㄲ 有ナㅣ 壞ㅏㄱ矢ㆍ 或ㄲ 有ナㅣ 正住ㅅㄱ矢ㆍ 或ナㅣ 傍住ㅅㄱ矢ㆍ

<화엄15:13> 或ナㅣ 曠野ㅌ 熱時ㅌ 餤 如ㅊㅅㄱ矢ㆍ 或ナㅣ 天上ㅊㅌ 因陀網 如ㅊㅅ ㄱ矢ㆍ

<화엄15:14> 一ㄱ 塵ㅌ 中ㅊㄱ 示現ノㄱ 所ㄹㅅㄕ 如ㅊ 一切 微塵ㅊㄱㄲ 悉ㅊ 亦ㄲ 然ㆍㅅナㅏㄱ矢ㆍ

<화엄15:15> 此ㄱ 大名稱ㅣナㅣ 諸ㄱ 聖人ㅋ 三昧解脫神通ㅌ 力ㅣナㅣ]

<화엄15:16> [若ㅌ 一切 佛ㄹ 供養ㅅ白{欲}ㅅㅅㅊㄱㅣㄱㄱ {于}三昧ㅊㄱ 入ㅅㅊㅊ 神變ㄹ 起ノㄕㅿ

<화엄15:17> 能ㅊ 一ㄱ 手ㄹ 以ㅊ 三千ㅊㄱ 徧ㅅㅣㅅㅊ 普ㅣ 一切 諸ㄱ 如來ㄹ 供ㅅ ナ今(ㅅ)ㆍ

<화엄15:18-19>十方ㅊㄱ 有ㄱ 所ㅌ 勝妙華ㆍ 塗香ㆍ 末香ㆍ 無價寶ㆍ 是 如ㅊㅅㄱ ㄹ 皆ㅌ 手ㅌ 中ㄹ 從ㅌ 出ㅣㅊㅊ 道樹ㅊㅌ 諸ㄱ 最勝ㅣ㇐ㄱㄹ 供養ㅅ 白ㅌㅊ

<화엄15:20-21> 無價 寶衣ㆍ 雜妙香ㆍ 寶ㅌ 幢ㆍ 幡ㆍ 蓋ㆍノㅊ 皆ㅌ 嚴好ㅅㄱㅣㆍ 眞金ㄹ 華 {爲}ㅣㅅㄱㅣㆍ 寶ㄹ 帳 {爲}ㅣㅅㄱㅣㆍノ今ㄹ 皆ㅌ 掌ㅌ 中ㄹ 從ㅌ 雨ㅣㄕ 不ㅅㄕ丁ノㄕ 莫ㅌㅣㅅㅁㅌㅊ

<화엄15:22-23> 十方ㅊㅣ 有ㄱ 所ㅌ 諸ㄱ 妙物ㅣ 無上尊ㅋㄱ 奉獻ㅅ白ㅎㅎ{應可}ㅌ ㅅㄱㄹ 掌ㅌ 中ㅊㄱ 悉ㅊ 雨ㅣㅎㄱㅿ 備ㅎㄕ 不ㅅㄕ丁ノㄕ 無ㅣㅅナㅊ 菩提樹ㅌ 前ㅊㄱ 持ㅣㅊㅊ 佛ㄹ 供ㅅ白ㅌㅊ

<화엄15:24-16:01> 十方ㅌ 一切 諸ㄱ 妓樂ㅣㄱ 鐘ㆍ 鼓ㆍ 琴ㆍ 瑟ㆍノ今ㄱ 一ㄱ 類 非矢ㄱㆍ 悉ㅊ 和雅ㅅㅌㅌ 妙音聲ㄹ 奏ㅅナ今ㄹ {於}掌ㅌ 中ㄹ 從 出 ㅅㄕ 不ㅅㄕ丁ノㄕ 靡ㅌㅣㅅㅁㅌㅊ

<화엄16:02-03> 十方ㅊㄱ 有ㄱ 所ㅌ 諸ㄱ 讚頌ㅣ 如來ㄕ 實功德ㄹ 偁歎ㅅ白ㅎ今ㅌ 是 如ㅊㅅㄱ 種種ㅌ 妙言辭ㄹ 皆ㅌ 掌內ㄹ 從ㅌ 而㇐ 開演ㅅㅁㅌㅊ

<화엄16:04-05> 菩薩ㄱ 右手ㇳ+ 淨光乙 放ノㄱㅿ 光七 中ㇳ+ㄱ 香水乙 空乙 從七 雨リㇳ 普リ 十方七 諸 佛土ㇳ+ 灑ソㇳ尒 一切 世乙 照リ㢱令七 燈乙 供養ソロモか

<화엄16:06> 又ㄲ 光明乙 放ソナ㐁七丨 妙莊嚴ミノ矛ミ 量リ 無ㄱ 寶蓮華乙 出生ノ尸ㅿ

<화엄16:07> 其 華七 色相ㄱ 皆七 殊妙ソㄱ乙 此乙 以ㇳ {於}諸ㄱ 佛乙 供養ソナか

<화엄16:08-09> 又ㄲ 光明乙 放ソナ㐁七丨 華莊嚴ミノ矛ミ 種種七 妙華乙 集ソㇳ尒 帳 {爲}氵㐁ナㄱ乙 普リ 十方七 諸 國土ㇳ+ 散ソㇳ尒 一切 大德尊乙 供養ソナか

<화엄16:10-11> 又 光明 放 香莊嚴 種種七 妙香乙 集ソㇳ尒 帳 {爲}氵㐁ナㄱ乙 普リ 十方七 諸ㄱ 國土ㇳ+ 散ソㇳ尒 一切 大德尊乙 供養ソナか

<화엄16:12-13> 又 光明 放 末香嚴 種種七 末香乙 聚ソㇳ尒 帳 爲 普 十方 諸 國土 散 一切 大德尊 供養

<화엄16:14-15> 又 光明 放 衣莊嚴 種種七 名衣乙 集 帳 爲 普 十方 諸 國土 散 一切 大德尊 供養

<화엄16:16-17> 又 光明 放 寶莊嚴 種種七 妙寶乙 集 帳 爲 普 十方 諸 國土 散 一切 大德尊 供養

<화엄16:18-19> 又 光明 放 蓮莊嚴 種種七 蓮華乙 集 帳 爲 普 十方 諸 國土 散 一切 大德尊 供養

<화엄16:20-21> 又 光明 放 瓔莊嚴 種種七 妙瓔乙 集 帳 爲 普 十方 諸 國土 散 一切 大德尊 供養

<화엄16:22-23> 又 光明 放 幢莊嚴 其 幢ㄱ 絢煥ソㇳ尒 衆ㄱ 色乙 備㐁ナㄱミ 種種七リ 量リ 無ㇳ尒 皆七 殊好ソㄱ乙 此乙 以ㇳ尒 諸ㄱ 佛土乙 莊嚴ソナか

<화엄16:24-17:01> 種種七 雜寶灬 莊嚴ノモ七 蓋ㇳ+ 衆ㄱ 妙ㄱ 繒幡リ 共七 垂飾ソか 摩尼寶鐸ㇳ+ 佛音乙 演ソかソ令乙 執持ソㇳ尒 諸ㄱ 如來乙 供養ソナ㐁七丨]

<화엄17:02> [手ㇳ+ 供具乙 出ノㄱㅿ 難リ氵 思議ノ矛罒 {是}リ 如支 一ㄱ 導師乙 供養ソナか

<화엄17:03> 一切 佛矢 所ㇳ+ㄲ 皆七 {是}リ 如支ソ尸入乙 大士ラ 三昧神通七 力ミノ矛ナ丨]

<화엄17:04-05> [菩薩リ 三昧七 中ㇳ+ 住在ソㇳソㄱ 種種七 自在灬 衆生乙 攝ソナ令ミ 悉ㇳ 所行七 功德七 法乙 以ㇳ 量リ 無ㄱ 方便灬 而灬 開誘ノ尸ㅿ

<화엄17:06> 或ソㄱ 如來乙 供養ソ白㐁令七 門乙 以ㇳソ尸ㄲソか 或ソㄱ 難思七 布施門乙 以ㇳソ尸ㄲソか

<화엄17:07> 或 頭陀持戒門 以 或 不動堪忍門 以

<화엄17:08>或 苦行精進門 以 或 寂靜禪定門 以

<화엄17:09> 或 決了ノ令七 智慧門 以 或 所行七 方便門 以

<화엄17:10> 或 梵住神通門 以 或 四攝利益門 以

<화엄17:11-15> 或 福智莊嚴門 以 或 因緣： 解脫：ノ令七 以 門 或 根： 力： 正道：ノ令七 門 以 或 聲聞ラ 解脫門 或以獨覺ラ 淸淨門 以 或 大乘七 自在門 以

<화엄17:11-15> 或 無常： 衆苦：ノ令七 門 以 或 我： 壽者：ノ令 無𠄌ヒ七 門 以 或 不淨離欲門 以 或 滅盡三昧門乙 以ッアカッナろ

<화엄17:16> 諸𠄌 衆生ラ 病 不冬 同リ𠄌入乙 隨亐 悉ろ 法藥乙 以ろ 而灬 對治ッケ

<화엄17:17> 諸𠄌 衆生ラ 心七 樂亐ノア 所乙 隨亐 悉ろ 方便乙 以ろ 而灬 滿足亽リケ

<화엄17:18> 諸𠄌 衆生ラ 行差別ノ𠄌入乙 隨亐 悉ろ 善巧乙 以ろ 而灬 成就亽リト𠄌：

<화엄17:19> {是}リ 三昧神通相乙火 如ッ𠄌 一切 天人リ 能矢 測ろ令 莫七ナ丨]

<화엄17:20> [妙三昧名𠄌 {有}斗ナ丨 隨樂：ノォ：

<화엄17:20-21> 菩薩𠄌 {此}リラ十 住ッろッ𠄌 普リ 觀察ッロ 宜𠄌ラ十 隨亐 示現ッろホ 衆生乙 度リナろ 悉ろ 歡心灬 法化ろ十 從七 使リ亐アム

<화엄17:22-23> 劫七 中リ 饑饉ッろホ 災難リ去ヒ七 時リ十𠄌 悉ろ 世間七 諸𠄌 樂具乙 與ッナろ 其 欲亐ア 所乙 隨亐 皆七 滿 {令}リろホ 普リ 衆生ラ {爲}シ 饒益乙 作ッナケ

<화엄17:24-18:01> 或ッ𠄌 飮食七 上好ッヒ七 味： 寶衣： 嚴具： 衆𠄌 妙物：ノ令乙 以ッケ 乃ッシ 至リ 王位乙 皆七 能捨ッケッろ

<화엄18:01> 施乙 好亐ッ令七 者乙 悉ろ 化ろ十 從七 令リナケ

<화엄18:02> 或ッ𠄌 相好灬 莊嚴ノヒ七 身： 上妙衣服： 寶瓔珞：ノ令乙 以ケ

<화엄18:03> 華鬘乙 飾 {爲}シケ 香乙 體ろ十 塗ッケッろ 威儀乙 具足ッろホ 衆生乙 度リナケ

<화엄18:04-05> 一切 世間ラ 好ケ 尙亐ア 所七 色相： 顔容： 及七 衣服：ノ令乙 應七ノ𠄌 隨亐 普 現亐𠄌ム

<화엄18:05> 其 心ろ十 愜ちッろ 色乙 樂亐ナ令七 者亐乙 皆七 道ろ十 從七 俾リナケ

<화엄18:06-07> 迦陵頻伽ラ 美妙ッヒ七 音： 俱枳羅 {等}丨ッ𠄌ラ 妙音聲： 種種七 梵音：ノ令乙 皆七 具足ッナろ 其 心樂乙 隨亐 {爲}シ亐 說法ッナケ

<화엄18:08> 八萬四千七 諸𠄌 法門乙 諸𠄌 佛𠄌 此乙 以ろ 衆生乙 度リ而ト𠄌乙

<화엄18:09> 彼カ 亦ッ𠄌 其 差別法乙 如卩 世七 宜𠄌 所乙 隨亐 而灬 化度ッナろ

<화엄18:10-11> 衆生ラ 苦： 樂： 利： 衰：ッア {等}丨ッ𠄌 一切 世間七 作ット亐𠄌 所七 法ろ十 悉ろ 能支 應現ッろホ 其 事ラ十 同ッナろ

<화엄18:11> 此乙 以ろホ 普リ 諸𠄌 衆生乙 度リナケ

<화엄18:12> 一切 世間七 衆𠄌 苦患𠄌 深ッち 廣ッちッろホ 涯ラ 無𠄌矢 大海 如支ッロ𠄌乙

<화엄18:13> 彼乙 與七 同事ッろホ 悉 能支 忍ッろ 其乙 利益ッろホ 安樂乙 得リ 令リナケ

<화엄18:14> 若七 有ナ丨 出離七 法乙 識ッア 不ッケ 解脫ッろホ 諠憒乙 離支ノア入乙 求ア 不ッナォ：

<화엄18:15> 菩薩𠄌 {爲}シ亐 國： 財：ノ令乙 捨ッロ 常リ 出家ノア入乙 樂亐ッろ

ホ 心ᄒ 寂靜ノ𠃍入乙 現ᄒナケ

<화엄18:16-17> 家𠃍 是𠃍 貪愛繫縛セ 所刂匕 衆生乙 悉ろ 免離 使刂{欲}入 故去 出家丷ろホ 解脫乙 得ろ

<화엄18:17> {於}諸𠃍 欲樂ろ十 受ᄒア 所ろ 無ᄒ𠃍入乙 示刂ナケ

<화엄18:18> 菩薩𠃍 十ア 種 行乙 行丷ゑ 亦丷𠃍 一切 大人ラ 法乙 行丷ゑ丷トᄒ𠃍 入乙 示刂ケ

<화엄18:19> 諸𠃍 仙セ 行 {等}丨丷𠃍乙ろカ 悉ろ 餘丷𠃍 無刂丷ナᄒセ丨]

<화엄18:19> [衆生乙 利益丷{爲欲}入丷ア入灬 故⺀

<화엄18:20> 若セ 有ナ丨 衆生刂 壽ᄒ 量 無𠃍⺀ 煩惱 微細丷ゑ 樂 具足丷ゑ丷ナ𠃍 刂⺀

<화엄18:21> 菩薩𠃍 {於}中ろ十 自在乙 得ナ𠃍入灬 老病死セ 衆𠃍 患乙 受トᄒ𠃍入 乙 示刂ナケ

<화엄18:22> 或カ 有ナ丨 貪欲⺀ 瞋恚⺀ 癡⺀ノ亽セ 煩惱セ 猛火刂 常刂 熾然丷ナ𠃍 刂ケ⺀

<화엄18:23> 菩薩𠃍 爲ᄒ 老病死乙 現ᄒろホ 彼 衆生乙 悉ろ 調伏 令刂ナケ

<화엄18:24-19:01> 如來ア 十力⺀ 無所畏⺀ 及セ 以ろ 十八不共法⺀ {有}斗而ᄒ𠃍 所セ 量 無𠃍 諸𠃍 功德⺀ノ亽乙 悉ろ 以ろホ 示現丷ろ 衆生乙 度刂ナケ

<화엄19:02> 記心⺀ 教戒⺀ 及セ 神足⺀ノ亽𠃍 悉ろ 是𠃍 如來ア 自在用刂而𠃍乙

<화엄19:03> 彼 諸𠃍 大士𠃍 皆セ 示現丷ろホ 能支 衆生乙 盡ろ 調伏 使刂ナケ

<화엄19:04> 菩薩𠃍 種種セ 方便門乙灬 世セ 法ろ十 隨ᄒ 順セ丷ろ 衆生乙 度刂ᄒアム

<화엄19:05> 譬入𠃍 蓮華刂 水ろ十 著 不ノア 如支 是 如支 世刂十 在丷ろホ 深信 令刂ナᄒセ丨]

<화엄19:06> [雅思刂ゑ 淵才刂ゑ丷ろ 文中ろセ 王刂ア入乙丷ナケ

<화엄19:06> 歌舞丷ゑ 談說丷ゑノアム 衆 欣ノア 所刂ア入乙丷ケ

<화엄19:07> 一切 世間ろセ 衆𠃍 技術乙ノアム 譬入𠃍 幻師 如支丷ろホ 現ᄒア 不丷 ア丁ノア 無ナケ

<화엄19:08> 或丷𠃍 長者刂罒ホ 邑セ 中ろセ 主刂ア{爲}入乙丷ケ

<화엄19:08> 或丷𠃍 賈客刂罒 商人ラ 導刂ア{爲}入乙丷ケ

<화엄19:09> 或 國王⺀ 及セ 大臣刂ア{爲}入乙丷ケ

<화엄19:09> 或丷𠃍 良醫刂ア入乙 作丷ろホ 衆𠃍 論乙 善支丷ケ

<화엄19:10> 或丷𠃍 {於}曠野ろ十 大樹刂ア入乙 作丷ケ

<화엄19:10> 或丷𠃍 良藥⺀ 衆𠃍 寶藏⺀ノオア{爲}入乙丷ケ

<화엄19:11> 或丷𠃍 寶珠刂ア入乙 作丷ろホ 求ノア 所乙 隨

<화엄19:11> 或丷𠃍 正道乙 以ろ 衆生ラ十 示刂ナケ

<화엄19:12> 若セ 世界刂 始ᄒ 成立丷去𠃍⺀ 衆生𠃍 資身セ 具乙 {有}斗ア 未刂ノ𠃍 入乙 見ロハ𠃍

<화엄19:13> 是⺀セ丷𠃍 時十 菩薩𠃍 工匠刂ア{爲}入乙丷ケ 之ラ {爲}シᄒ 種種セ 業乙 示現ノアム

<화엄19:14> 衆生乙 逼惱ノ令七 物七乙 作ソナ令1 不矢刂

<화엄19:14-15> 但ハ 世間乙 利益ノ令七 事乙 說ソナ3 呪術ミ 藥草ミソ尸 {等}丨ソ1 衆1 論刂1 是 如ソ1 有1 所乙 皆七 能支 說ナゟ

<화엄19:16> 一切 仙人ラ 殊勝行1 人天 {等}丨ソヒ七 類尸 同刂 信仰ノオ1乙

<화엄19:17> 是 如支 難行ノ令七 苦行七 法乙 菩薩1 應七ノ1 隨ㆆ 悉3 能支 作ソナゟ

<화엄19:18> 或ソ1 外道出家人刂尸入乙 作ソゟ 或ソ1 山林3十 在ソ3ホ 自ラ灬 勤苦ソゟ

<화엄19:19> 或ソ1 形體乙 露ㆆ3ホ 衣服 無ㆆ1入乙ソ3 而灬 {於}彼 衆ラ十 師長刂尸入乙 作ソゟ

<화엄19:20> 或ソ1 邪命七 種種七 行乙 現ㆆ3 非法乙 習行ソ3ホ 以3 勝ソ1 {爲}シ尸刀ソゟ

<화엄19:21> 或ソ1 梵志尸 諸1 威儀乙 現ㆆ3ホ {於}彼 衆七 中3十 上首刂尸{爲}入乙ソナゟ

<화엄19:22> 或ソ1 五熱乙 受3 日乙 隨ㆆ 轉ソナゟ

<화엄19:22> 或ソ1 牛ミ 狗ミ 及七 鹿ミノ令ラ 戒乙 持ソゟ

<화엄19:23> 或ソ1 壞衣乙 著ソ3ホ 火乙 奉事ソゟソ3

<화엄19:23> {是}刂 {等}丨ソ1乙 化ソ{爲}ㅅ 導師刂尸入乙 作ソナゟ

<화엄19:24> 或刀 有ナ丨 諸1 天廟乙 謁ソトㆆ1入乙 示刂乂1矢ミ

<화엄19:24> 或ナ丨 復ソ1 恒河水3十 入ノ1入乙 示刂乂1矢ミ

<화엄20:01> 根ミ 果ミソ尸 {等}丨ソ1乙 食ソトㆆ1入乙 悉3 示ソゑ 行ソゑソ3 {於}彼刂十 常刂 己ラ十 勝ソヒ七 法乙 思ᄉ刂ナゟ

<화엄20:02> 或ソ1 蹲踞ノ1入乙 現ㆆゟ 或ソ1 翹足ソゟ 或ソ1 草棘ミ 及七 灰上ミノ令ラ十 臥ソゟ

<화엄20:03> 或ソ1 復刀 杵3十 臥ソ3ホ 出離ノ尸入乙 求ソゟノ尸厶 而灬 {於}彼 衆ラ十 師首刂尸入乙 作ソナㅎ七丨]

<화엄20:04> [是 如支 等ソ1 類 諸1 外道ラ十 其 意解乙 觀ソ口 與七 同事ソナ3 示刂ㆆ1 所七 苦行火七ハ尸入1

<화엄20:05> 世刂十 堪刂矢ソ3令 靡七刂ソ3ホ 彼乙 見刂尸 已シソ口 皆七 調伏 令刂口ヒゟ

<화엄20:06> 衆生1 迷惑ソ3ホ 邪教乙 稟ソ尸1入灬 {於}惡見3十 住ソ3 衆1 苦乙 受ト1乙

<화엄20:07> 其ラ {爲}シ 方便乙灬 妙法乙 說3 悉3 得3ホ 眞實諦乙 解ソ{令}刂ㆆ1厶

<화엄20:08> 或ソ1 邊呪語灬 四諦乙 說尸刀ソゟ 或ソ1 善密語灬 四諦乙 說尸刀ソゟ

<화엄20:09> 或 人ラ 直語灬 四諦 說 或 天ラ 密語灬 四諦乙 說 文字乙 分別ソ3 四諦 說 決定ソヒ七 義理灬 四諦 說

<화엄20:10> 善支 {於}他乙 破ソ3 四諦 說 外尸 動ソ3ㆆ尸 所3 非矢罒 四諦 說

<화엄20:11> 或 八部語⺀ 四諦 說 或 一切語⺀ 四諦乙 說アカソケソろ

<화엄20:13> 彼ラ 解ノア 所セ 語言音乙 隨ㅎ {爲}ミㅎ 四諦乙 說ろホ 解脫 令リナ
ㅎセ丨]

<화엄20:14> [有ㄱ 所セ 一切 諸ㄱ 佛法乙 皆セ {是}リ 如支 說ㅎアム 盡ア 不ソア
丁ノア 無リソナろ

<화엄20:15> 語セ 境界 不思議リㄱ入乙 知ナア入乙 是乙 名下 說法三昧セ 力ミノ豸
ナ丨]]

<화엄20:16> 大方廣佛華嚴經卷第十四

舊譯仁王經 卷上

<구인02:01> [信行乙 具足丷二㢱
<구인02:01> 復丷𠃍 五道七 一切 衆生刂 有七𠂇㢱
<구인02:01-02> 復丷𠃍 他方七 量丿亍{可}七丷𠃍 不矢刂匕七 衆 有七𠂇㢱
<구인02:02-03> 復丷𠃍 十方淨土乙 變丷𢀳 百億高座乙 現丷𢀳 百億須彌寶花乙 化丷𢀳丿𠃍匕 有七𠂇𠃍⺀]
<구인02:03> [各𧘇各𧘇阝朩 座前七 花灬七 上十 量 無七𠃍 化佛刂 有𠂇八二㢱
<구인02:04> 量 無七𠃍 菩薩⺀ 比丘⺀ 八部⺀丿令七 大衆刂 有𠂇八二下 各𧘇各𧘇朩 寶蓮花阝十 坐丷二㢱
<구인02:05-06> [花上阝十 皆七 量 無七𠃍 國土刂 有七𠃌𠃍厶 一一國土阝十个丨 佛⺀ 及八 大衆⺀丿才刂丷白𠃌𠃍厶 今乙 {如}這 異丷𠃍 無七二㢱
<구인02:06-07> 一一國土七 中阝十 一一佛⺀ 及八 大衆⺀丿令个丨 各𧘇各𧘇朩 般若波羅密乙 說匕八二丨]
<구인02:07-08> [他方七 大衆⺀ 及八 以朩 化衆⺀ {此}刂 三界七 中阝七 衆⺀丿尸 十二大衆𠃍 皆七 來丷阝朩 集會丷阝 九劫蓮花座阝十 坐丷白𠃌𠃍厶
<구인02:08-09> 其 會七 方廣𠃍 九百五十里刂𠃍乙 大衆刂 僉然亐 而灬 坐丷匕八二丨]
<구인02:10-11> [[爾七丷𠃍 時十 十号刂𢀳 三明刂𢀳 大滅諦刂𢀳 金剛智刂𢀳丷二𠃍 釋迦牟尼佛𠃍 年乙 初七𠃌丷𠃍 月七 八日阝十 方七 十地阝十 坐丷二下
<구인02:11-12> 大寂室三昧阝十 入丷二丷𠃍 緣乙 思丷阝朩 大光明乙 放丷阝 三界七 中乙 照丷匕八二㢱]
<구인02:12> [復丷𠃍 {於}頂上阝十丷阝 千寶蓮花乙 出丷白𠃌𠃍厶
<구인02:13> [其 花𠃍 上丷𠃍 非想非非想天阝十 至𢀳
<구인02:13> 光刀 亦丷𠃍 復𠃌 爾七𢀳丷二㢱]]
<구인02:13-14> 乃氵 他方 恒河沙七 諸二𠃍 佛七 國土阝十 至刂丷匕八二丨]
<구인02:14-15> [[時十 無色界七子𠃍 量 無七𠃍 變丿𠃍匕七 大香花乙 雨𠃌𠃍厶
<구인02:15> 香𠃍 車輪 {如}丨丷𢀳 花丨 須彌山王 {如}丨丷𠂇𠃍⺀ 雲 {如}丨丷阝 而灬 下丷口匕乙㢱]
<구인02:15-16> [十八梵天王𠃍 百變異色花乙 雨刂𢀳
<구인02:16-17> 六欲七 諸𠃍 天刀 量 無七𠃍 色花乙 雨刂𢀳丷𠂇㢱]
<구인02:17> [其 佛七 座前阝十 自然亐 而灬 九百萬億劫花刂 生丿𠃍厶
<구인02:17-18> 上丷𠃍 非想非非想天阝十 至𠂇㢱]
<구인02:18> 是七丷𠃍 時十 世界七 其 地𠃍 六種灬 震動丷口匕丨]
<구인02:19> [爾七丷𠃍 時十 諸𠃍 大衆𠃍 俱七丷阝朩 共七 僉然亐 生疑丷阝 各朩 相

ㄋ毛ㄊㄋ 謂言ソナㄕ

<구인02:19-21> 四無所畏リㄜ 十八不共法リㄜ 五眼リㄜ 法身リㄜソニㄱ 大覺世尊ㄱ 前ㄋ 已ㅅ 我チ 等ソㄱ 大衆ㄋ {爲}ㅅ亦

<구인02:21-23> 二十九年ㄋ十ソニ下 摩訶般若波羅蜜ㄜ 金剛般若波羅蜜ㄜ 天王問般若波羅蜜ㄜ 光讚般若波羅蜜ㄜノ乙 說ㄋハニㄋ丨]

<구인02:23-24> [今日ㄋ十 如來リ 大光明乙 放ソニトㄋㄱ入ㄱ 斯毛ソ巴ハ 何七ソㄱ 事乙 作ソ七彳ソニトㄱリㄋ七ロソヒハニ今

<구인02:24-03:01> 時十 十六大國王七 中ㄋ七 舍衛國主リニㄕ 波斯匿王リ 名(火?) 曰白ㄕ 月光ㄜソ白ㄋ今ㄱ 德行ㄱ 十地ㄜ 六度ㄜ 三十七品ㄜ 四不壞淨ㄜノ乙ソㄜ 摩訶衍七 化乙 行ソㄜソニトㄱㄜ]

<구인03:01-02> [[[次第ᅭ 居士リニㄕ 寶ㄜ 蓋ㄜ 法ㄜ 淨名ㄜソㄕ 等ソニㄱ 八百人ㄋ十 問ニ今

<구인03:02> 復ソㄱ 須菩提ㄜ 舍利佛ㄜソㄕ 等ソニㄱ 五千人ㄋ十 問ニ今]

<구인03:02-03> 復ソㄱ 彌勒ㄜ 師子吼ㄜソㄕ 等ソニㄱ 十千人ㄋ十 問ソニ今ソニㄱ乙]]

<구인03:04> 能矢 答ソニ今七 者 無七ヒハニ丨]

<구인03:04> [[[爾七ソㄱ 時十 波斯匿王ㄱ 卽ㄋ 神力乙 {以}ㅅㄋ 八萬種七 音樂乙 作ソニ今

<구인03:04-05> 十八梵天ㄜ 六欲七 諸ㄱ 天ㄜノ今ㄉ 亦ソㄱ 八萬種七 音樂乙 作ソニ下]

<구인03:05-06> 聲ᅭ 三千乙 動ソヒハニㄱㄜ]

<구인03:06> 乃ㅅ 十方七 恒河沙七 佛土ㄋ十 至リ 有緣ソㄱㄋ十ㄱ 斯毛ソ巴ハ 現ソヒハニ丨]

<구인03:06-08> [[彼 他方 佛國七 中ㄋ七 南方ㄋ七 法才菩薩ㄱ 五百萬億 大衆リ 俱ソㄱ乙 共七 來ソㄋホ {此}リ 大會ㄋ十 入ソニ今

<구인03:08-09> 東方ㄋ七 寶柱菩薩ㄱ 九百萬億 大衆リ 俱七ソㄱ乙 共七 來ソㄋホ {此}リ 大會ㄋ十 入ソニ今

<구인03:09-10> 北方ㄋ七 虛空性菩薩ㄱ 百千萬億 大衆リ 俱ソㄱ乙 共七 來ソㄋホ {此}リ 大會ㄋ十 入ソニ今

<구인03:10-11> 西方ㄋ七 善住菩薩ㄱ 十恒河沙七 大衆リ 俱ソㄱ乙 共七 來ソㄋホ {此}リ 大會ㄋ十 入ソニ今

<구인03:11-12> 六方ㄋ七ㄋㄉ 亦ソㄱ 復ㄋ {是}リ {如}丨ソヒハニ今

<구인03:12> 作樂ノㄕㄉ 亦ソㄱ 然七ソニ下]

<구인03:12-13> [[亦ソㄱ 復ㄋ 共七 量 無七ㄱ 音樂乙 作ソㄋ 如來乙 覺寤ソリ白ロハニㄱ

<구인03:13> 佛ㄱ 卽ㄋ 時リㄊㄋㄱ入乙 知ニ今 衆生ㄋ 根乙 得ニソㄱ 卽ㄋ 定乙 從七 起ソニ下

<구인03:13-14> 方(七?) 蓮花師子座上ㄋ十 坐ソ白ㄋㄱム 金剛山王 {如}丨ソロハニ

ㄱ]

<구인03:14-15> 大衆ㄱ 歡喜ソㄋ 各ラ各ラホ 量 無セㄱ 神通乙 現ゥㅌハニㄱ : 地 : 及ハ 虛空 : ノラ十 大衆リ 而… 住ソㅌハニㅣ]]]

<구인03:16> 仁王護國般若波羅蜜經觀空品第二

<구인03:17> [爾セソㄱ 時十 佛ㄱ 大衆ラ十 告ソニア

<구인03:17-18> [[十六大國王リ 意ㄋ十 國土乙 護ノ令セ 因緣乙 問白{欲}人ソニト ゥㄱ入乙(火?) 知白ㄋロゥㄱ:ソㄱ乃

<구인03:18-19> 吾ㄱ 今ソㄱ 先ㄋ 諸ㄱ 菩薩 {爲}シ亦 佛果乙 護ノ令セ 因緣 : 十地セ 行乙 護ノ令セ 因緣 : ノ乙 說白ゥ亦セㅣ]

<구인03:19> 諦リ 聽ホ 諦リ 聽ㄅ 善ㄅ 之乙 思ソ應 念ソ應ソㄅ 法乙 {如}斗 修行ソㄅソナㄋソロハニㄱ]]

<구인03:20> [[時十 波斯匿王ㄱ 言ニア

<구인03:20> 善ニゥㄱ彳 大事セ 因緣… 故ノソニロトㄱリㄱ丁ソㄋ]

<구인03:20-21> 卽ゥ 百億種色セ 花乙 散ソロハニㄱ 變ソㄋホ 百億寶帳リ 成ナㄋ 諸ㄱ 大衆乙 蓋ソロㅌㅣ]]]

<구인03:22> [爾セソㄱ 時十 大王ㄱ 復ソㄱ 起ソㄋ 作禮ソ白ロ 佛十 白ㄋ 言ニア

<구인03:22-23> 世尊下 一切 菩薩ㄱ 云何セソㄱ乙 佛果乙 護ソㄅ 云何セソㄱ乙 十地セ 行乙 護ノ令セ 因緣リㅣソロゥ令ゥ]

<구인03:23> [佛ㄱ 言ニア

<구인03:23-25> 菩薩リ 四生乙 化ノア厶 色 : 如 : ノ令人 受想行識 : 如 : ノ令人 衆生我人常樂我淨 : 如 : ノ令人 知見壽者 : 如 : ノ令人 菩薩 : 如 : ノ令人 六度四攝一(切行如 二諦如) 觀ソ 不冬ノ矛リナㅣ]

<구인11:01-02> 等人 慧人 灌頂人セ 三品士ㄱ 前ラ 餘ソㄱ 習リㄱ 無明緣 : 無明習相リㄱ 故セノㄱㅌセ 煩惱 : ノ乙 除ソニトゥㄱ入ㄱ 二諦理乙 窮ㄋ 一切之セ 盡ㄋニㄱ入…リゥㅣ /*'盡ㄋニㄱ入…リゥㅣ'에서 'ニ'는 분명하지 않음*/

<구인11:03> [[[圓智ㄱ 無相乙ソニ下 三界セ 王リ罒

<구인11:03-04> 三十生乙 盡ㄋロ 等ㄋ 大覺ソニㄅ 大寂無爲リㄱ 金剛藏乙ソニㄅ 一切 報乙 盡ㄋロ 無極ソㄱㅌセ 悲乙ソニㄅ 第一義諦ㄋ十 常リ 安隱ソニ下]

<구인11:05> 窮原ソ應 盡性ソ應ソニㄱ 妙智シリ 存ソニㄅ]/*'妙智シリ'는 '妙智リシ'의 잘못으로 보임.*/

<구인11:06> [三賢 : 十聖 : ノ令ㄱ 果報ㄋ十 住ソニㄱ乙 唯ハ 佛リニア 一人リニシ 淨土ㄋ十 居ソニㄱリ罒

<구인11:07> 一切 衆生ㄱ {暫}シ火セ 報ㄋ十 住ソロㄱ乙 金剛原ㄋ十 登ソ去ハニㄱリシ 淨土ㄋ十 居ソニゥ亦セㅣ]]

<구인11:08> 如來セ 三業ㄱ 德リ 無極ソロハニㄱ 我リア 今ハ 月光ㄱ 三寶乙 禮ソ白ロトゥㄱ :

<구인11:09> [[法王1 上 無セ3 人 中3セ 樹リニ下 大衆乙 覆蓋ソ白ク尸ム 量 無セ1 光灬ソニふ

<구인11:10> 口3十 常リ 說法ソ白ク尸ム 無義ソ1入乙ソ尸 非冬ソニふ

<구인11:10> 心智 寂滅ソニ下 緣 無セリ 照ソニロ乙ふ

<구인11:11> 人中3セ 師子1 衆ラ {爲}シ亠 說ロハニ1 大衆1 歡喜ソ3 金花乙 散ソ白ロヒ乙ふ

<구인11:12> 百億萬土1 六大動ソロヒ乙ふ

<구인11:12> 生乙 含ソ1ヒセ{之} 生1 妙報乙 受ロヒ1ㆍ]

<구인11:13> 天尊1 快亐 十四王ラ3乙 說ロハニ1 {是}リ 故灬 我1 今ソ1 略亐 佛乙 歎ソ白ロトク丨ソヒハニ丨]

<구인11:14-15> [時十 諸1 大衆1 月光王リ 十四王ラ 量 無セ1 功德藏乙 歎ソニトク1入乙 聞白ロソ1 大法利乙 得ヒハニふ

<구인11:15-16> 卽ク {於}座セ 中3十 十恒沙セ 天王ㆍ 十恒沙セ 梵王ㆍ 十恒沙セ 鬼神王ㆍ 乃シ 至リ 三趣セ子ㆍノ令 有セナ1ㆍ 無生法忍乙 得ナふ

<구인11:17> 八部 阿須輪王1 現3十 鬼身乙 轉ソロ 天上3十ソ3 道乙 受ナふ

<구인11:17-18> [[三生乙ソロ 正位3十 入ソ1ヒ刀リろ{者}

<구인11:18> 或ソ1 四生ㆍ 五生ㆍ 乃シ 至リ 十生ㆍノ乙ソロ 得ホ 正位3十 入ソ1ヒ刀リろソナふ]

<구인11:18-19> 聖人性乙 證ソ1ヒ刀リふ

<구인11:19> 一切 無量報乙 得ヒ刀リナ丨]]

<구인11:20> [佛1 諸ラ 道果乙 得ナ1 實天衆ラ十 告ニ尸

<구인11:20-22> [善男子3 {是}リ 月光王1 已シ {於}過去セ 十千劫セ 中3セ 龍光王佛法セ 中3十ソ3 四住セ 開士リ尸{爲}入乙ソ丨ナ1乙

<구인11:22> 我1 八住セ 菩薩リ尸{爲}入乙ソ丨ハ白ク1入灬 今ソ1 {於}我ラ 前3十ソ3 大師子吼乙ソナト丨]]

<구인11:22-23> 是 {如}丨ソふ 是 {如}丨ソ3 汝ラ 解ソ乂1 所3 {如}丨ソナ丨

<구인11:23> [眞義乙 得3 說ト1リ罒

<구인11:23-24> 思議ノ亠{可}セソ1 不矢ふ 度量ノ亠 {可}セソ1 不矢リロ1

<구인11:24> 唯ハ 佛人 與セ 佛人リニシ 乃シ {斯}リ 事乙 知ニ亠セ丨]

<구인11:24-25> 善男子3 其 說白ク1 所セ 十四般若波羅蜜リ1 三忍ㆍ 地地3十 上中下ホソ1 三十忍ㆍノ尸 一切(行藏 一切佛藏 不可思議)

<구인14:01> [[(幻)化セ 衆生リ 幻化乙 見ト1リふ

<구인14:01> 幻化リ 幻化乙 見ト1リ罒]

<구인14:01-02> [婆羅門ㆍ 刹利ㆍ 毗舍ㆍ 首陁ㆍノラ 神我 等ソ1 色心乙 名3 {爲}幻諦ㆍノ才リふ

<구인14:02-03> 幻諦セ 法1 佛リ 出世ソ白ク尸 無セニ1ヒセ 前3十 名字 無セろ 義セ 名 無セろソふ

<구인14:03-04> 幻法ㆍ 幻化ㆍノ令1 名字 無セろ 體相 無セろソふ

<구인14:04> 三界セ 名字 無セゑ 善惡果報リㄱ 六道セ 名字 無セゑソナ丨]]

<구인14:04-06> [大王下 {是}リ 故灬 佛佛リ {於}世十 出現ソニ下 衆生乙 爲ㅅソニ尸入灬 故ノ 說ろホ 三界ㆍ 六道ㆍノ亽セ 名字乙 作ソ白ㇷㄱ乙 是乙 名ろ 無量名字ㆍノ禾ㄱㆍ

<구인14:06-07> 空法ㅅ 四大法ㅅ 心法ㅅ 色法ㅅ {如}丨ソㄱリケ

<구인14:07> 相續假法ㄱ 一 非矢ゑ 異 非矢ゑソナ丨]

<구인14:07> [[一リ丨ソ口尸入ㄱ 亦ソㄱ 續ソ亽 不矢ケ

<구인14:07-08> 異リ丨ソ口尸入ㄱ 亦ソㄱ 續ソ亽 不矢ㄱ入灬ㆍ

<구인14:08> 一 非矢ケ 異 非矢去ㇷ 故去 名ろ 續諦ㆍノ禾リケ]

<구인14:08-10> 相待假法乙 一切之セ 名ろ 相待ㆍソケ 亦ソㄱ 名ろ 不定相待ㆍノ禾ㄱㆍ 五色 等ソㄱ 法ㅅ 有無セ 一切 等ソㄱ 法ㅅ {如}丨ソㄱリケ

<구인14:10-11> 一切 法ㄱ 皆セ 緣灬 成ソㄱㆍ 假成衆生ㆍ 俱時セ 因果ㆍ 異時セ 因果ㆍ 三世セ 善惡ㆍノ亽ㄱ 一切之セ 幻化リナㄱリ罒 是乙 幻諦セ 衆生ㆍノ禾リナ丨]

<구인14:11-12> [大王下 若セ 菩薩 上十 見ㇷ尸 所ろ {如}丨ソㄱ 衆生ㄱ 幻化リ罒

<구인14:12-13> 皆セ {是}リㄱ 假誑ソㄱ矢 空中ろセ 花 {如}丨ソナㄱリ罒

<구인14:13> 十住菩薩ㅅ 諸ニㄱ 佛ㅅセ 五眼刀 幻諦乙 {如}亡 而灬 見ニㅏㄱリナ丨]

<구인14:13-14> [[菩薩リ 衆生乙 化ノ尸 {爲} 此 {若}丨ソナ丨ソニ下

<구인14:14-15> {此}リ 法乙 說ニ亽セ 時十 量 無セㄱ 天子ㆍ 及ハ 諸ㄱ 大衆ㆍノ亽 有セナㄱㆍ

<구인14:15> [伏忍乙 得ヒ刀リケ{者}

<구인14:15> 空ㆍ 無生ㆍノ亽セ 忍乙 得ヒ刀リケ

<구인14:15-16> 乃氵 至リ 一地ㆍ 十地ㆍノ亽セ 不可說セ 德行乙ソㄱヒ刀リナ丨]]

<구인14:17> 仁王護國般若波羅蜜經二諦品第四

<구인14:18> [[爾セソㄱ 時十 波斯匿王ㄱ 言ニ尸

<구인14:18> [第一義セ 中ろ十 世諦 有セ丨ソ口ㇷ亽ろ 不矢リㇷㄱヒろ

<구인14:18-19> 若セ 言ニ尸 無セ丨ソニㇷ禾尸入ㄱ{者} 智ㄱ 二リㅎ{應}セソㄱ 不矢リ口乙ケ

<구인14:19>若セ 言ニ尸 有セ丨ソニ口禾尸入ㄱ{者} 智ㄱ 一リㅎ{應}セソㄱ 不矢ㇷ丨]

<구인14·19-20> 一リケ 二リㄴㄴ{之} 義ㄱ 共 事 云何セソ口ヒㇷ]

<구인14:20> [佛ㄱ 大王ラ十 告ニ尸

<구인14:20-21> [汝ㄱ {於}過去セ 七佛十 已氵 一リヒセ 義ㆍ 二リヒセ 義ㆍノ乙 問白ろハニㄱリ罒

<구인14:21> 汝ㄱ 今ソㄱ 聽ノ尸 無セケ 我ㄱ 今ソㄱ 說ノ尸 無セ白ㇷ丨]

<구인14:21-22> 聽ノ尸 無セケ 說ノ尸 無セㄱ入乙 卽ㇷ {爲} 一リヒセ 義ㆍソケ 二リヒセ 義ㆍノ禾ㄱ入灬 故ノㆍ]

<구인14:22-23> 諦聽 諦聽ケ 善ケ 之乙 思ソゑ 念ソゑソケ 法乙 {如}亡 修行ソナろ

<구인14:23> 七佛セ 偈刂 是 {如}丨ソナ丨]
<구인14:24> [相 無セㄱㅌセ 第一義ㄱ 自 無セゑ 他作 無セゑソㅅ
<구인14:24-25> 因緣灬 本灬ハ 自ラ灬 有ソㄱㅌ刀 自 無セゑ 他作 無セゑソㅅ
<구인14:25> 法性ㄱ 本灬ハ 無ソㄱ 性刂罒 第一義刂ゑ 空刂ゑ 如刂ゑソㅅ
<구인15:01> 諸ラ 有セ刂ㄱ 本有ソㅌセ 法ㄱ 三假刂 集ソㄱ入灬ソろ 假有ソナㄱ刂ㅅ
<구인15:01-02> 無刀 無ソㄱ矢氵 諦 實ソㄱㅌセ 無刂ㅌㄱ刂罒 寂滅刂ゑ 第一空刂ゑ ソㅅ
<구인15:02> 諸ㄱ 法ㄱ 因緣灬 有ソㅅソロㄱ 有人 無人セ 義刂 {是}刂 {如}丨ソナ 丨]
<구인15:03> [有人 無人ㄱ 本灬ハ 自ラ 二刂ㄱ矢 譬入ㄱ 牛ラ 二 角 {若}丨ソㅅ
<구인15:03-04> 照解ろ十 無二ノㄱ入乙 見卜ㄱ刂罒 二諦ㄱ 常刂 卽ソㄱㅌ 不矢刂ナ ㄱ刂ㅅ
<구인15:04> 解ソㄱㅌセ 心ろ十 二 不矢ㄱ入乙 見卜ㄱ刂罒 二乙 求ノㄱム 得ろぅㅎ {可}セソㄱ 不矢ㅅ
<구인15:05> 謂ノ令 非矢刂丨 二諦刂 一刂丨ソ尸丁 二 非矢ㄱ刂尸入ㄱ 何セミ 得ぅ ㅎ{可}セソㅊ尸ロノㅊㄱ入灬ミ]
<구인15:05-06> [[{於}解ろ十 常刂 自灬 一刂ㅅ {於}諦ろ十 常刂 自ラ灬 二刂ㄱ刂 ろセ丨ソろ {此}刂 無二ソㄱ入乙 通達ソろハニㄱ乙]
<구인15:06> 眞ㅎ 第一義ろ十 入ソ去ハニㄱ刂ミノㅊナ丨]
<구인15:07> [世諦ㄱ 幻化灬 起ソロㄱ
<구인15:07> [[譬入ㄱ 虛空セ 花 {如}丨ソㅅ
<구인15:07> [影ミ 三ヨセ 手刂 無ノㄱ丁ノ令 {如}丨ソㅅソㄱミ
<구인15:08> 因緣灬 故ノ 誑有ソナㄱ刂ㅅ]
<구인15:08> 幻化刂 幻化セ 衆生乙 見卜ぅ 名ろ 幻諦ミノㅊ刂ㅅ
<구인15:09> 幻師刂 幻法乙 見尸矢セソろ 諦實灬ソロㄱ 卽ぅ 皆セ 無ソㄱ刂ろセ丨ソ 尸入乙 名ろ {爲}諸 佛セ 觀ミノㅊ刂ㅅ
<구인15:10> 菩薩セ 觀刀 亦ソㄱ 然セソナ丨]]
<구인15:11-12> [大王下 菩薩摩訶薩ㄱ {於}第一義セ 中ろ十ソろ 常刂 二諦乙 照ソ ろ 衆生乙 化ソニ卜ㄱミ
<구인15:12> [佛ミ 及ハ 衆生ミノ令ㄱ 一刂罒 而灬 二 無セナ丨
<구인15:12-13> 何以故入ㄱ 衆生 空ソㄱ入乙 {以}氵入灬 故ノ 得ホ 菩提 空乙 置ソㅅ
<구인15:12-13> 菩提 空ソㄱ入乙 {以}氵入灬 故ノ 得ホ 衆生 空乙 置ソㅅノㅊㄱ入 灬ミ]
<구인15:14> [一切法 空ソㄱ入乙 {以}氵入灬 故ノ 空刀 空ソナ丨
<구인15:14-15> 何以故入ㄱ 般若ㄱ 無相ソㅅ 二諦ㄱ 虛刂ゑ 空刂ゑソㅅソㄱ入灬ミ]
<구인15:16> [般若刂 空ノㄱム {於}無明乙 從セ 乃氵 薩婆若ろ十 至刂ソナ丨
<구인15:15-16> 自相 無セゑ 他相 無セゑソㄱ入灬 故ノミ]]
<구인15:16> [五眼刂 成就ソ去ハニㄱㅌセ 時十 見ニㄱ乃 見ぅ尸 所ろ 無セニㅅ

<구인15:16> [行ろ十 亦ソㄱ 不受ソㅎ
<구인15:16-17> 不行ろ十 亦ソㄱ 不受ソㅎ
<구인15:17> 非行非不行ろ十 亦ソㄱ 不受ソㅎ
<구인15:17-18>乃氵 至リ 一切法ろ十力 亦ソㄱ 不受ソㅎソニケソニ亍七丨]]
<구인15:18-19> [菩薩リ 成佛ソ尸 未リソヒ七 時十 菩提乙 {以}氵ろ 煩惱 {爲}氵ナ尸： 菩薩リ 成佛ソ去ㄱヒ七 時十 煩惱乙 以ろ 菩提 {爲}氵ナ亍七丨
<구인15:19-20> [何以故入ㄱ {於}第一義ろ十 而灬 二 不矢ㄱ入灬 故ノリケ
<구인15:20> 諸ニㄱ 佛リニ尸 如來： 乃氵 至リ 一切法：ノ令ㄱ 如リニㄱ入灬 故ノ：]]
<구인15:21-22> [佛十 白ろ 言ニ尸 云何七： 十方七 諸ニㄱ 如來： 一切 菩薩：ノオ 文字乙 離 不冬ソろ 而灬 諸ㄱ 法相ろ十 行ソニ亍七丨ソ口ㄅ令ㄅ
<구인15:22-25> 大王下 法輪リ丨ソㄱ入ㄱ{者} 法本如リケ 重誦如リケ 授記如リケ 不誦偈如リケ 無問而自說如リケ 戒經如リケ 譬喩如リケ 法界如リケ 本事如リケ 方廣如リケ 未曾有如リケ 論議如リケソナ丨
<구인15:25> {是}リ 名味句ㄱ 音聲七 果リㄱ： 文字記句ㄱ 一切之七 如リナ丨]
<구인15:25> 若七 … 取ソナ令ㄱ
<구인14:25난상>第一義灬ソ口ㄱ
<구인15:05난상>得ろㄅ亍{可}七ソㄱ 不矢ㄱ：
<구인15:08난상>幻化ろ十ソろ 幻化乙 見トㄅ 衆生ラノㄱ乙(火?) 名ろ 幻諦：ノオリケ
<구인15:13난상>提空ろ十

合部金光明經 卷第三

<금광02:01> [(譬 寶須彌)山王 (如)ㅣ白ㅅ 是乙 名下 檀波羅蜜因亠ノ衤分 /*'ㅣ白ㅅ'는 세필로 기입되어 있음*/

<금광02:01-02> 第二 發心ㄱ 譬入ㄱ 大地刂 一切 (法) 事亠ノ尸乙 持尸 如支ㅣ去ㄱ入灬 故ノ

<금광02:02> 是乙 名下 尸波羅蜜因亠ノ衤分

<금광02:02-03> 譬 師子刂 (臆長毫)獸氵七 王刂罒 大神力 {有}斗ㅎ

<금광02:03> 獨步ノ尸厶 畏ノ尸 無ㅎ

<금광02:03-04> 戰怖ノ尸 無有ㅎㅣㄱ如支 (如是 第)三 心乙 說氵 羼提波羅蜜因亠ノ衤分

<금광02:04-05> 譬入ㄱ 風輪ㄱ 那(羅延 力 勇壯) 速疾ㅣㄱ如支 是 如支 第四心刂 退轉ㅣ尸 不冬ㅣ去ㄱ入灬 故(ノ?)

<금광02:05-06> 是乙 (名毗梨耶波)羅蜜因亠ノ衤分

<금광02:06-07> 譬 七寶樓觀氵十 四階道 有七(刂ㄱ?)乙 淸凉之風刂 來ㅣ氵尒 四門乙 吹尸如支 是 如支

<금광02:07-08> 第五心刂 上七 種種七 功德法藏氵十 猶刂 滿足ㅣ尸 未刂今七ノ

<금광02:08> 是乙 名下 禪波羅蜜因亠ノ衤分

<금광02:08-10> 譬 日輪刂 光耀焰盛ㅣㄱ如支 是 如支 第六心刂 能分 生死大闇乙 破滅ㅣ去ㄱ入灬 故ノ

<금광02:10> 是乙 名下 般若波羅蜜(因)

<금광02:10-11> (譬) 大富商主刂 能 一切心願乙 滿足 令刂尸如支 是 如支

<금광02:11-12> 第七心刂 能分 得氵尒 生死險惡道乙 度 令刂去ㄱ入灬{故}分

<금광02:12> 能分 多刂ㄱ 功德寶乙 得刂 令刂去ㄱ入灬 故ノ

<금광02:12-13> 是乙 名下 方便勝智波羅蜜因亠ノ衤分

<금광02:13> 譬 月刂 淨ㅣ氵尒 圓滿ㅣㄱ如支 是 如支

<금광02:13-14> 第八心刂 一切 境界氵十 淸淨 具足ㅣ去ㄱ入灬 故ノ

<금광02:14> 是乙 名下 願波羅蜜因亠ノ衤分

<금광02:14-16> 譬 轉輪聖王ㅋ 主兵寶臣刂 意乙 如八 處分ㅣ尸如支 是 如支 第九(心 善能) 淸淨 佛土乙 (莊)嚴ㅣ分

<금광02:16-17> 功德灬 普洽ㅣ氵尒 廣刂 一切乙 利刂分ㅣ去ㄱ入灬(故 是 名 力波)羅蜜因亠ノ衤分

<금광02:17-18> 譬 虛空亠 及 轉輪聖王亠ㅣ尸如支ㅣ氵 (如是 第十心) {於}一切 境界氵十 皆 悉氵 通達去ㄱ入灬({故}(分?))

<금광02:18-19> {於}一(切 法 自在) 灌頂 位氵十 (至)(ㅣ去ㄱ入灬?){故}ノ

<금광02:19> 是乙 名下 智波羅蜜因亠ノネ丨]

<금광02:19-20> [佛 言 善男子ㄋ 是 如支ソㄱ 十種乙 菩薩摩訶薩尸 菩提心因亠ノネナㄱ刂丨]

<금광02:21-22> [佛 {言}乃二尸 善男子ㄋ 五種 法乙 依ㄋ 菩薩摩訶薩 檀波羅蜜乙 成就ソナ示七丨]

<금광02:22> [何七ソㄱ乙{者} {爲}五刂ハ口ノ今口ソナ尸入ㄱ

<금광02:22> 一者 信根乙ソㄅ

<금광02:22> 二者 慈悲乙ソㄅ

<금광02:22-23> 三者 求欲心 無ㄅ

<금광02:23> 四者 一切 衆生乙 攝受ソㄅ

<금광02:23-24> 五者 一切智智乙 願求ソㄅソ尸矢ナㄱ(刂丨?)]

<금광02:24-25> [善男子ㄋ 是 五法乙 依ㄋ 檀波羅蜜乙 能ㄅ 得(ㄋホ?) 成就ソナ示七丨]

<금광02:25-01> [佛ㄱ {言}乃二尸 善男子ㄋ 是 五法乙 依ㄋ 菩薩摩訶薩ㄱ 尸波羅蜜乙 成就ソナ示七丨]

<금광03:01> [何ソㄱ乙{者} {爲}五刂ハ口ノ今口ソナ尸入ㄱ

<금광03:01> 一者 三業 淸淨ソㄅ

<금광03:01-02> 二者 一切 衆生ラ {爲}冫示 煩惱 因緣乙 作ソ尸 不冬ソㄅ

<금광03:02-03> 三者 諸 惡道乙 断ソ口 善道(門) 開ソㄅ

<금광03:03> 四者 {於}聲聞亠 緣覺亠ノ尸ラ{之} 地乙 過ソㄅ

<금광03:03-04> 五者 一切 (功德 願)(ホ?) 滿足ソ七チソ尸入灬 故ノソ尸矢ナㄱ刂丨]

<금광03:04-05> [善男子ㄋ 是 五法乙 依ㄋ 尸波羅蜜乙 (能 得 成就)(七丨?)]

<금광03:05-06> [佛ㄱ {言}乃二尸 善男子ㄋ 又 五法乙 依ㄋ 菩薩摩訶(薩 羼)提波羅蜜乙 (成就)(ソナ示七丨?)]

<금광03:06> [何ソㄱ乙{者} {爲}五

<금광03:06-07> 一者 貪瞋 煩惱 伏ソㄅ

<금광03:07> 二者 身命乙 惜尸 不冬ソㅎ 安樂止息ノ今七{之} 觀乙 生尸 不冬ㅎソㄅ

<금광03:07-08> 三者 往業乙 思惟ソㄅ

<금광03:08-09> 四者 一切 衆生ラ 功德 善根乙 成熟亽刂{爲欲}人 慈悲心乙 發ソㄅ

<금광03:09> 五者 甚深 無生法忍乙 得ㄋ{爲}人ソ矢ナㄱ刂丨]/* 'ソ矢'는 원래의 구결을 수정하여 오른쪽에 다시 쓴 것으로 'ソ尸矢'의 잘못으로 보임. */

<금광03:09-10> [善男子ㄋ 是乙 名下 菩薩摩訶薩刂 羼提波羅蜜乙 成就ソ尸丁ノネナㄱ刂丨]

<금광03:10-12> [佛 言 善男子ㄋ 又 五法乙 依ㄋ 菩薩摩訶薩ㄱ 毗梨耶波羅蜜乙 成就ソナ示七丨]

<금광03:12> [何七 等ソㄱ乙 {爲}五

<금광03:12-13> 一者 諸 煩惱乙 與七 得ㄋホ 共住ソ尸 不冬ソㄅ

<금광03:13> 二者 福德火七 具尸 未ハソㄱ丨十ㄱ 得ㄋホ 安樂 不冬ソㄅ

<금광03:13-14> 三者 一切 難行ノ尸ラ十 猒心乙 生尸 不冬ソケ

<금광03:14-15> 四者 一切 衆生乙 利益ソろホ 成就亽リ{爲欲}人 大慈灬 攝受ソケ

<금광03:15> 五者 不退轉地乙 願求ソケソ尸矢ナㄱリ丨]

<금광03:15-16> [善男子ろ 是乙 名下 菩薩摩訶薩リ 毗梨耶波羅蜜乙 成就ソ尸丁ノオナㄱリ丨]

<금광03:16-17> [佛ㄱ {言}乃二尸 善男子ろ (又 五)法乙 (依) 菩薩摩訶薩尸 禪那波羅蜜乙 成就ソナ亐セ丨]

<금광03:17-18> [何ノ (等 爲)五

<금광03:18> 一者 一切 善法乙 攝持不散ソケ

<금광03:18-19> 二者 (生死) 二處 解脫亽リセ彳 不著ソケ

<금광03:19-20> 三者 願ソろホ 神通乙 得ろ 衆生ラ 善根乙 成熟亽リ{爲}人ソ尸入灬 故ノソケ

<금광03:20> 四者 發心ソろホ 法界乙 洗浣ソろ 心乙 淸淨亽リ{爲}人ソ尸入灬 故ノソケ

<금광03:20-21> 五者 衆生ラ 一切 煩惱根乙 断亽リ{爲}人ソ尸入灬 故ノソ尸矢ナㄱリ丨]

<금광03:21-22> [善男子ろ 是乙 名下 菩薩摩訶薩リ 禪那波羅蜜乙 成就ソ尸丁ノオナㄱリ丨]

<금광03:22-23> [佛ㄱ {言}乃二尸 善男子ろ 又 五法 有セナ丨 菩薩摩訶薩リ 般若波羅蜜乙 成就ノオ亠]

<금광03:23-24> [云何ソㄱ乙 {爲}五

<금광03:24-25> 一者 一切 諸佛亠 菩薩亠 聰慧大智リ二ㄱリ亠ノ尸乙 供養ソゑ 親近ソゑソ白ノ尸ム 心ろ十 猒足ノ尸 無ケ

<금광03:25-01> 二者 諸佛如來尸 說白ノㄱ 甚深法乙 心ろ十 常リ 樂ノ 聞白ノ尸ム 猒足ノ尸 無有セケ

<금광04:01> 三者 眞俗勝智乙ソケ

<금광04:01-02> 四者 見思煩惱乙 是 如支ソㄱ 勝智灬 能ケ 分別ソろ 断ソケ]

<금광04:02-03> 五者 {於}世間セ 五明セ{之} 法ろ十 (皆 悉)ろ (通)達ソケソ尸矢ナㄱリ丨]

<금광04:03-04> [善男子ろ 是乙 名下 菩薩摩訶薩リ (般若波羅)蜜乙 成就ソ尸丁ノオナㄱリ丨]

<금광04:04-05> [佛 言 善男子ろ 又 五法乙 依ろ 菩薩摩(訶薩) 方便勝智波羅蜜乙 (成)就ソナ亐セ丨]

<금광04:05> [何{者} {爲}五

<금광04:05-06> 一者 (於)一切 衆生亠 意欲 煩惱行亠ノ令十 心 悉ろ 通達ソケ

<금광04:06-07> 二者 量 無ソㄱ 對治亠 諸法亠ノ令セ{之} 門乙 心ろ十 皆 曉了ソケ

<금광04:07-08> 三者 大慈大悲灬 入出ノ尸ム 自在亐ソケ

<금광04:08-09> 四者 {於}摩訶波羅蜜ろ十 多リ 能ケ 修行ソろ 成就 滿足ノ尸入乙 悉ろ 皆セ 願求ソケ

<금광04:09-10> 五者 一切 佛法乙 了達 攝受ノ尸入乙 皆 悉 願求ソ㢱ソ尸矢ナㄱリ丨]

<금광04:10-11> [善男子3 是乙 名下 菩薩摩訶薩リ 方便勝智波羅蜜乙 成就ソ尸丁ノオナㄱリ丨]

<금광04:11-12> [佛 言 善男子 又 五法 有セナ丨 菩薩摩訶薩リ 願波羅蜜乙 成就ノオ亠]

<금광04:12> [何{者} {爲}五リハ

<금광04:12-13> 一者 {於}一切 法リ 本灬セ 來ノㄱ尸厶

<금광04:13> 不生ソㅎ 不滅ソㅎ 不有ソㅎ 不無ソㅎソㄱラ十 心 安樂亐 住ソ㢱

<금광04:13-14> 二者 (一)切 諸法リ 最妙ソ3ホ 一切 垢 淸淨ソㄱ入乙 (觀) 心 得ソ3ホ 安住ソ㢱

<금광04:15-16> (三者 一)切 相乙 (過) 心 如如乙ソ3 無作ソㅎ 無行ソㅎ 不異ソㅎ 不動ソㅎソ3ホ (心 於如 安)

<금광04:16-17> (四)者 衆生乙 利益ソ{爲}入ノヒセ 事灬 {於}俗諦中3十 得3ホ (安心 住)

<금광04:17> 五者 {於}奢摩他亠 毗鉢舍那亠ノ今十 同時3十 能㢱 住ソ㢱ソ尸矢ナㄱリ丨]

<금광04:18> [善男子 是乙 名下 菩薩摩訶薩リ 願波羅蜜乙 成就ソ尸丁ノオナㄱリ丨]

<금광04:18-20> [佛ㄱ {言}リニ尸 善男子3 此 五法乙 依3 菩薩摩訶薩リ 力波羅蜜乙 成就ソナ亣セ丨]

<금광04:20> [何{者} {爲}五

<금광04:20-21> 一者 一切 衆生ラ 心行 險惡 智力灬 能㢱 解ソ㢱

<금광04:21> 二者 能㢱 一切 衆生乙 {於}甚深ソヒセ{之} 法3十 入 令リ㢱

<금광04:22-23> 三者 一切 衆生リ 生死3十 往還ノ尸厶 其 因緣乙 隨ノソトノㄱ入乙 是 如支 見知ソ㢱

<금광04:23> 四者 {於}一切 衆生ラ 三聚3十 智力灬 能㢱 分別ソ3 知㢱

<금광04:23-24> 五者 理乙 如 種亽リ{爲}入ソㅎ 熟亽リ{爲}入ソㅎ 脫亽リ{爲}入ソㅎソ3

<금광04:24> 是 如支 說法ノ尸厶 智力灬 故ノソ尸矢ナㄱリ丨]

<금광04:24-25> [善男(子 是)乙 名下 菩薩摩訶薩リ 力波羅蜜乙 成就ソ尸丁ノオナㄱリ丨]

<금광04:25-05:02> [佛ㄱ 言リニ尸 (善男子 復) 五法 有セナ丨 菩薩摩訶薩リ 修行ソ3ホ 智(波羅蜜) 成就ノオ亠]

<금광05:02> [何ソㄱ乙{等} {爲}五リハ

<금광05:02-03> 一セ十{者} {於}一切 法3十 善惡乙 分別ノ尸厶 智 能 具足ソ㢱

<금광05:03-04> 二者 {於}黑白法3十 遠離ソㅎ 攝受ソㅎ今リノ尸厶 智 能 具足ソ㢱

<금광05:04> 三者 {於}生死涅槃3十 不猒ソㅎ 不喜ソㅎ今リノ尸厶 智 能 具足ソ㢱

<금광05:04-05> 四者 大福德セ 行亠 大智慧セ 行亠ノ尸乙灬 得3ホ 究竟3十 度ノ

ㄕㅿ 智 能 具足ㄴㄅ
<금광05:06-07> 五者 一切 諸佛ㄷ 不共法 等ㄴㄱㄐㅗ 及ㄏ 一切智智ㅗノ令十 灌頂 智 能 具足ㄴㄅㄴㄕ矢ナㄱ(ㄐㅣ)]
<금광05:07-08> [善男子ㄋ 是ㄹ 名ㄒ 菩薩摩訶薩ㄐ 智波羅蜜ㄹ 成就ㄴㄕ丁ノ㐅ナㄱ ㄐㅣ]
<금광05:08> [佛ㄱ {言}ㄌㄷㄕ 善男子ㄋ 何ㄴㄱㄹ{者} 波羅蜜義ㄐㄏㄴㅁノ令ㅁㄴナ 㐅ㄕㅅㄱ
<금광05:08-09> 行道ㄷ 勝利ㄹㄴㄕ矢 是 波羅蜜義ㄐㄅ
<금광05:09> 大甚深智ㄹ 滿足ㄴㄕ矢 是 波羅蜜義ㄐㄅ
<금광05:10> 行非行ㄹ? 法ㄹ 心ㄋ十 執著 不冬ㄴㄕ矢 是 波羅蜜義ㄐㄅ
<금광05:10-11> 生死ㄱ 過失ㄐㄅ (涅槃 功)德ㄐㄱㄐㄋㄷㅣㄴㄋ 正覺 正觀ㄴㄕ矢 是 波羅蜜義ㄐㄅ
<금광05:11-12> 愚人ㅗ 智人ㅗノㄕㄹ (皆悉 攝)受ㄴㄕ矢 是 波羅蜜義ㄐㄅ
<금광05:12-13> 能ㄅ 種種ㄷ 珍妙法寶ㄹ 現ㄴㄕ矢 是 波羅蜜義ㄐㄅ
<금광05:13> 無礙ㅅ 解脫ㅅㄷ 智ㄹ 滿足ㄴㄕ矢 是 波羅蜜義ㄐㄅ
<금광05:14> 法界ㅗ 衆生界ㅗノㄕㄹ 正 分別ㄴㄋ 知ㄴㄕ矢 是 波羅蜜義ㄐㄅ
<금광05:14-15> 檀 等ㄴㄱㄐㅗ 及 智ㅗノㄕㄹ 能ㄅ 不退轉地ㄋ十 至ㄐ 令ㄐㄴㄕ矢 是 波羅蜜義ㄐㄅ
<금광05:15-16> 能ㄅ 無生法忍ㄹ 滿足 令ㄐㄴㄕ矢 是 波羅蜜義ㄐㄅ
<금광05:16-17> 一切 衆生ㄋ 功德 善根ㄹ 能ㄅ 成熟 令ㄐㄴㄕ矢 是 波羅蜜義ㄐㄅ
<금광05:17-18> {於}菩提道場ㄋ十ㄴㄋ 佛慧ㅗ 十力ㅗ 四無所畏ㅗ 不共法ㅗ 等ㄴㄱ ㄹ 成就ㄴㄕ矢 是 波羅蜜義ㄐㄅ
<금광05:18-19> 生死ㄐㅣ 涅槃ㄐㅣㄴㄕㅅㄱ 皆 是ㄱ 妄見ㄐㄱㄹ 能ㄅ 度ノㄕㅿ 餘 良 無ㄴㄷㄱㄴㄕ矢 是 波羅蜜義ㄐㄅ
<금광05:19-20> 一切ㄹ 濟度ㄴㄕ矢 是 波羅蜜義ㄐㄅ
<금광05:20-21> 一切 外人ㄐ 來ㄴㄋ尒 相ノ 詰難ㄴ去ㄱㄹ 善(能 解釋)(ㄴㄋ尒?) 其 ㄹ 降伏 令ㄐㄴㄕ矢 是 波羅蜜義ㄐㄅ
<금광05:21-22> 能ㄅ 十二行(法輪) 轉ㄴㄕ矢 (是 波)羅蜜義ㄐㄅ
<금광05:22-23> 著ノㄕ 所 無ㄷ㕯 見ノㄕ 所 無ㄷ㕯 患累 無ㄷ㕯 異ㄴㄱ 思惟 無ㄷ 㕯ㄴㄕ矢 是 波羅蜜義ㄐナㄱㄐㅣ]
<금광05:23-24> [善男子ㄋ 初 菩薩地ㄋ十ㄱ 是 相ㄐ 前現ノㄱㅿ
<금광05:24-25>三千大千世界ㄋ十 量 無ㄷㄅ 邊 無ㄴㄱ 種種ㄷ 寶藏ㄐ 皆ㄷ 悉ㄋ 盈滿ㄐㄋㄷノㄱㅅㄹ 菩薩ㄱ 悉 見ㄴナ㐱ㄷㅣ]
<금광05:25-06:01> [善男子ㄋ 菩薩 二地ㄋ十ㄱ 是 相ㄐ 前現ノㄕㅿ
<금광06:01-02> 三千大千世界ㄷ 地 平ㄴㄱ矢 掌 如支ㄴㄱㄋ十 量 無ㄅ 數 無ㄴㄱ 種種ㄷ 妙色ㄐㄱ 淸淨ㄴㅌㄷ{之} 寶灬ノㄱ 莊嚴ㄷ{之} 具ㄐㄴㄋㄷノㄱ ㅅㄹ 菩薩ㄱ 悉ㄋ 見ㄴナ㐱ㄷㅣ]
<금광06:02-04> [善男子ㄋ 菩薩 三地ㄋ十ㄱ 是 相ㄐ 前現ノㄕㅿ 自身ㄐ 勇健ㄴㄱㄋ

十 鎧仗⺀ 莊嚴ソ⺀ 一切 怨賊乙 皆セ 能ㄱ 摧伏ᄉリㅏノ丁入乙 菩薩丁 悉⺀ 見ソナㅎセㅣ]
<금광06:04-05> [善男子⺀ 菩薩ㄕ 四地⺀十丁 (是) 相リ 前現ノ丁ム
<금광06:05-06> 四方 風輪リ 種種セ 妙花乙 悉⺀ 皆セ 散灑リロ丁 地上⺀十 圓滿ᄉセノ丁入乙 菩薩丁 悉 見ソナㅎセㅣ]
<금광06:06-07> [善男子 菩薩 五地⺀十丁 是 相リ 前現ノㄕム
<금광06:07> (寶)女人 如支ソ丁リ 一切之セ 其 身 頂上乙 莊嚴ノㄕム
<금광06:07-08> 散多那花ニ 妙寶瓔珞ニノㄕ乙⺀ 身首乙 貫飾ソ⺀セノ丁入乙 菩薩丁 悉⺀ 見ソナㅎセㅣ]
<금광06:08-09> [善男子⺀ 菩薩 六地⺀十丁 是 相リ 前現ノㄕム 七寶花池⺀十 四階道 有セㄱ
<금광06:09-10> 金沙リ 徧滿ソ⺀ 淸淨無穢ソㄱ
<금광06:10> 八功德水リ 皆セ 悉⺀ 盈滿ソㄱ
<금광06:10-12> 鬱波羅花ニ 拘物頭花ニ 分陁利花ニノラ十 其 池乙 莊嚴ソㄱソラセ丁乙 {於}花池所⺀十 自ラ 身リ 遊戱快樂ノㄕム
<금광06:12> 淸淨 淸凉 無比ㄎソㅏノ丁入乙 菩薩丁 悉⺀ 見ソナㅎセㅣ]
<금광06:12-13> [善男子⺀ 菩薩 七地⺀十丁 是 相 前現ノㄕム
<금광06:13-14> 左邊ニ 右邊ニノᄉ十ソ⺀ 地(獄)⺀十 墮{應}セソㅊㅣソセニ /*'ソセニ'의 'ソ'와 'セ'의 판독이 불확실함. */
<금광06:14> (菩)薩力乙 (以) 故ノ 還ノ 得⺀ホ 不墮ソ⺀
<금광06:14-15> 損傷ノㄕ 無{有}ソゑ 痛(惱) 無{有}セソゑソㅏノ丁入乙 菩薩 悉 見ナㅎセㅣ]
<금광06:15> [善男子丁 菩薩 八地⺀十丁 是 相 前現ノㄕム
<금광06:15-16> 左邊ニ 右邊ニノᄉ十 師子リ 臆⺀十 長毫ソ丁丁 獸⺀セ 王リ罒
<금광06:16-17> 一切 衆獸乙 悉⺀ 皆 怖畏ᄉリㅏノ丁入乙 菩薩丁 悉⺀ 見ナㅎセㅣ]
<금광06:17> [善男子 菩薩 九地⺀十 是 相 前現ノㄕム
<금광06:17-18> 轉輪聖王丁 量 無ソ丁 億衆ラ 圍遶ソ⺀ホ 供養ソㅏニニ
<금광06:18-19> 頂上⺀セ 白蓋丁 量 無ソ丁 衆寶⺀{之} 莊嚴ノ丁 所丁乙 {以}⺀ホ {於}上ニ十 覆ソラセノ丁入乙 菩薩丁 悉⺀ 見ナㅎセㅣ]
<금광06:19-20> [善男子⺀ 菩薩 十地⺀十丁 是 相リ 前現ノㄕム
<금광06:20> 如來ㄕ{之} 身リ 金色 晃耀ソ一下
<금광06:20-21> 量 無丁 淨光リ 悉⺀ 皆 圓滿ソニ丁乙
<금광06:21> 量 無ソ丁 億梵王リ 圍遶ソ⺀ホ
<금광06:21-22> 恭敬ソゑ 供養ソゑソ白ㅏノ丁リニ丁ニ
<금광06:22> {於}無上微妙法輪乙 轉ソニㅏノ丁入乙 菩薩丁 悉⺀ 見ナㅎセㅣ]
<금광06:22-23> [善男子⺀ {云}(何)ニ (初地) 而⺀ 名下 歡喜リハソロᄉロソナ木入丁
<금광06:23-24> 出世心乙 得ㄱ 昔ㄕ 得ㄕ 未リソ⺀セㅣノ丁 所リ丁乙 而⺀ 今ハ丁⺀ 始ノ 得ソㄱ

<금광06:24> 大事亠 大用亠ノ尸乙 意七 願ノ㇖ 所乙 如ハ 悉氵 皆 成就丷㫈丷氵
<금광06:24-25> 大刂 歡喜 慶樂(丷去㇖入灬?){故}ノ 是 故灬 初地乙 名下 {爲}歡喜地亠ノ禾㫈
<금광06:25-07:01> 一切 微細丷𠃋七{之} 罪刂㇖ 破戒七 過失乙 皆七 清淨丷氵㇖入灬 故ノ
<금광07:01-02> 是 故灬 二地乙 說尸 名下 無垢地亠ノ禾㫈
<금광07:02-03> 量 無㇖ 智慧七 光明氵十 三昧刂 傾動ノ㇇七{可}丷㇖ 不矢𠃋人 能矢 摧伏丷口今 無㇖ 聞持陁羅尼人刂 {爲}氵ノ 本刂入乙 作丷去㇖入灬 故ノ
<금광07:03> 是 故灬 三地乙 說尸 名下 明地亠ノ禾㫈
<금광07:04> 能㫈 煩惱乙 燒ノ尸厶
<금광07:04> 智慧七 火乙 {以}氵 光明乙 增長丷去㇖入灬{故}㫈
<금광07:04-05> 是㇖ 道品乙 修行ノ今七 依處所刂去㇖入灬 故ノ
<금광07:05> 是 故灬 四地乙 說尸 名下 焰地亠ノ禾㫈
<금광07:05-06> 是㇖ 方便勝智乙 修行ノ尸厶
<금광07:06> 自在亐尸入㇖ 難氵 得ノ禾㇖乙丷氵㇖入灬{故}㫈
<금광07:06> 見思煩惱刂 伏ノ㇇{可}丷㇖ 不矢㇖乙丷氵㇖入灬 故ノ
<금광07:06-07> 是 故灬 五地乙 說尸 名下 難勝地亠ノ禾㫈
<금광07:07> 行法 相續氵十 了了顯現丷去㇖入灬{故}㫈
<금광07:07-08> 無相氵十 多刂 思惟丷氵 現前丷去㇖入灬 故ノ
<금광07:08> 是 故灬 六地乙 說尸 名下 現前地亠ノ禾㫈
<금광07:09> 無漏無間(亐?) 無相氵十 思惟丷今七 解脫三昧乙 遠刂 修行丷去㇖入灬{故}㫈
<금광07:09-10> 是 地(㇖?) 清淨丷氵㫊 無障無礙丷去㇖入灬({故}ノ?)
<금광07:10> 是 故灬 七地乙 說尸 名下 遠行地亠ノ禾㫈
<금광07:11>無相氵十 正思惟丷氵 修得自在去㇖入灬{故}㫈
<금광07:11-12> 諸 煩惱行㇇ 動 令刂尸 能矢 不ハノ禾ナ㇖入灬 故ノ
<금광07:12> 是 故灬 八地乙 說尸 名下 不動地亠ノ禾(二?)㫈
<금광07:12-13> 一切 種種七 法乙 說ノ尸厶 而灬 得氵㫊 自在丷氵 患累 無丷去㇖入灬{故}㫈
<금광07:13> 智慧乙 增長丷氵 自在去㇖入灬 故ノ
<금광07:13-14> 是 故灬 九地乙 說尸 名下 善慧地亠ノ禾㫈
<금광07:14> 法身㇖ 虛空 如支㇇ 智慧㇖ 大雲 如支㇇丷氵
<금광07:15> 能 徧滿丷氵㫊 一切乙 覆丷 令去㇖入灬 故ノ
<금광07:15> 是 故灬 十地乙 說尸 名下 法雲地亠ノ禾ナ㇖刂丨]
<금광07:16> [初地氵十 有相道乙 行丷{欲}入丷⺊㇖力 是㇖ 無明刂㫈
<금광07:16-17> 障礙 生死乙 怖畏丷⺊㇖力 是㇖ 無明刂罒
<금광07:17> 是乙 初地七 障亠ノ禾㫈

<금광07:17> 微細 罪過リソトㄱカ 無明乙 因ノソ㢱
<금광07:17-18> 種種セ 業行相リソトㄱカ 無明乙 因ノソ矛罒
<금광07:18> 是乙 二地セ 障亠ノ矛㢱
<금광07:18> 昔尸 得尸 未リソㅋセ丨ノㄱ 所セ 勝利乙 得3ㄱ入灬 故ノ
<금광07:18-19> 動踊ソトㄱカ 無明乙 因ノソ㢱
<금광07:19> 聞持陁羅尼乙 具尸 不ハソトㄱカ 無明乙 因ノソ矛罒
<금광07:19-20> 是乙 三地 障亠ノ矛㢱
<금광07:20> 禪定樂乙 味リソ3 愛著心乙 生リソトㄱカ 無明乙 因ノソ㢱
<금광07:20-21> 微妙 淨法セ 愛ソトㄱカ 無明乙 因ノソ矛罒
<금광07:21> 是乙 四地セ 障亠ノ矛㢱
<금광07:21> 一意3十ㄱ 涅槃3十 入ソ{欲}ㅅ 思惟ソ㢱
<금광07:21-22> 一意3十ㄱ 生死3十 入ソ{欲}ㅅ 思惟ソ㢱ソ3/*'ソ㢱ソ3'의 '3'는 수정된 듯한 자형임*/
<금광07:22> 是ㄱ 涅槃リ丨 思惟ソ㐃
<금광07:22> 是ㄱ 生死リ丨 思惟ソ㐃ソトㄱカ
<금광07:22-23> 無明リ 因{爲}リ尸入乙ソ㢱
<금광07:23> 生死 涅槃3十 不平等㔾 思惟ソトㄱカ 無明リ 因{爲}リ尸入乙ソ矛罒
<금광07:23-24> 是 五地セ 障亠ノ矛㢱
<금광07:24> 行法相リ 續3十 了了 顯現ソトㄱカ 無明リ 因リ{爲}尸入ㄱソ㢱
<금광07:24-25> 法相リ 數數リ 行ソ3 {於}心3十 至トㄱカ 無明リ 因{爲}リ尸入乙ソ矛罒
<금광07:25> 是(乙?) 六地セ 障亠ノ矛㢱
<금광07:25-08:01> 微細ソㄱ 諸相リ 或現ソ㐃 不現ソ㐃ソトㄱカ 無明リ 因{爲}リ尸入乙ソ㢱
<금광08:01> 一味一リ 熟 思惟ソ3 断乙 欲ソ尸亠
<금광08:01-02> 方便乙 得尸 未ㅅソトㄱカ 無明リ 因{爲}リ尸入乙ソ矛罒
<금광08:02> 是乙 七地セ 障亠ノ矛㢱
<금광08:02-03> {於}無上法3十 多リ 功力乙 用ソトㄱカ 無明リ 因{爲}リ尸入乙ソ㢱
<금광08:03-04> 相自在リ 難氵 得3ホ 度ノ㐊{可}セソㄱ乙 執ソトㄱカ 無明リ 因{爲}リ尸入乙ソ矛罒
<금광08:04> 是乙 八地セ 障亠ノノㄱソ㢱 /*'ソノノㄱソ3'는 '亠ノ矛㢱'의 잘못으로 보임*/
<금광08:04-05> 說法無量亠 名味句無量亠 知慧分別無量亠ノ尸乙 攝持尸 能 未ハソトㄱカ 無明リ 因{爲}リ尸入乙ソ㢱
<금광08:05-06> 四無礙辯3十 得3ホ 自在 未ソトㄱカ 無明リ 因{爲}リ尸入乙ソ矛罒
<금광08:06> 是乙 九地セ 障亠ノ矛㢱
<금광08:06-07> 最大神通3十 得3ホ 意乙 如ハ 未ハソトㄱカ 無明リ 因{爲}リ尸入乙ソ㢱

<금광08:07-08> 微妙秘密ㅣㅌㄷ{之} 藏乙 修行ノアム 足 未ハソトㄱ刀 無明リ 因{爲}リア(入乙ソ)ㅊ皿

<금광08:08> 是ㄱ 十地ㄷ 障ㅗノㅊ彡

<금광08:08-09> 一切 境界ㅎ十 微細智礙リソトㄱ刀 無明リ 因{爲}リア入乙ソ彡

<금광08:09-10> 未來ㅎ十 是 礙リ 更ㅎ 生ㄱ 不入ソア乙 更ㅎ 生 不ハ今リ今ㄷ 智乙 得ア 未入ソトㄱ刀 無明リ 因{爲}リア入乙ソㅊ皿/*'不入ソア乙'의 '入'는 'ハ'의 오기로 보임*/

<금광08:10> 是乙 如來地ㄷ 障ㅗノㅊナㄱリㅣ]

<금광08:10-11> [善男子ㅎ {於}初菩薩地ㅎ十ㄱ 檀波羅蜜乙 行向ソ彡

<금광08:11> {於}二地ㅎ十ㄱ 尸波羅蜜乙 行向ソ彡

<금광08:11-12> 於三地行向羼提波羅蜜

<금광08:12> 於四地行向毗梨耶波羅蜜

<금광08:12-13> 於五地 禪那波羅蜜乙 行向ソ(彡)?

<금광08:13-14> 於六地行向般若波羅蜜

<금광08:14> 於七地行向方便勝智波羅蜜

<금광08:14-15> 於八地行向願波羅蜜

<금광08:15> 於九地行向力波羅蜜

<금광08:15-16> {於}十地ㅎ十ㄱ 智波羅蜜乙 行向ソナ古ㄷㅣ]

<금광08:16-17> [善男子 菩薩摩訶薩ア 初發心ㄱ 名ㄱ 妙寶起ㅗノア 三摩提リ 攝受ソㄱ入灬 得ㅎホ 生ソ彡

<금광08:17-18> 第二發心ㄱ 可愛住ㅗノア 三摩提リ 攝受ソㄱ入灬 得ㅎホ 生ソ彡

<금광08:18-19> 第三發心ㄱ 難動ㅗノア 三摩提リ 攝受ソㄱ入灬 得ㅎホ 生ソ彡

<금광08:19-20> 第四發心ㄱ 不退轉ㅗノア 三昧リ 攝受ソㄱ入灬 得ㅎホ 生ソ彡

<금광08:20> 第五發心寶花三昧攝受得生

<금광08:20-21> 第六發心日圓光焰三昧攝受得生

<금광08:21-22> 第七發心一切願如意成就三昧攝受得生

<금광08:22-23> 第八發心現在佛現前證住三昧攝受得生

<금광08:23-24> 第九發心智藏三昧攝受得生

<금광08:24-25> 第十發心 首楞嚴ㅗノア 三昧リ 攝受ソㄱ入灬 得ㅎホ 生ソナ古ㄷㅣ]

<금광08:25> [善男子ㅎ 是乙 諸 菩薩摩訶薩ア 十種 發心ㅗノㅊナㄱリㅣ]

<금광08:25-09:02> [善男子 菩薩摩訶薩ㄱ {於}此 初地ㅎ十 依功德力ㅗノア 名ㄷ 陁羅尼乙 得ㅎホ 生リナ古ㄷㅣ]

<금광09:02> [爾 時十 世尊ㄱ 而灬 呪乙 說ㅎ 曰リニア

<금광09:03-07> 哆姪他 富樓柅 那羅提 豆吼豆吼豆吼 耶跋修履瑜 烏婆娑底 耶跋旃陁魯 提硋多底 多跋駱憏 檀陁波履訶嵐 苟留 莎訶]

<금광09:07-08> [善男子ㅎ 是 陁羅尼ㄷ 名ㄱ 一 恒河沙數乙 過ソニㄱ 諸 佛リ 初地菩薩乙 救護ソ{爲}入ソ白ノㄱリニㄱリ皿

<금광09:08> 此 陁羅尼呪乙 誦持ソ白ナア入ㄱ

<금광09:08-10> 得ㇱ㫆 一切 怖畏リ1 一切 惡獸亠 一切 惡鬼亠 人非人 等ソ1リ亠 災橫亠 諸惱亠ノ尸乙 度脫ソ3

<금광09:10> 五障乙 解脫ソ㢱 初地乙 念ノ尸入乙 忘尸 不冬ソ㢱ソナ㫆七丨]

<금광09:10-11> [善男子3 菩薩摩訶薩1 {於}此 二地3十 善安樂住亠ノ尸 名七 陁羅尼乙 得3㫆 生リナ㫆七丨

<금광09:12-14> 哆姪他 鬱閣禍戻 旨履旨履 鬱杜羅南 禪斗禪斗 鬱杜禍離 吼栁吼栁 莎訶]

<금광09:15-16> [善男子 是 陁羅尼七 名1 二 恒河沙數乙 過ソ二1 諸二1 佛リ 二地菩薩乙 救護ソ{爲}入ソ白ノ1リ二1リ罒

<금광09:16> 此 陁羅尼呪乙 誦持ソ白口ナ尸入1

<금광09:16-18>得3㫆 一切 怖畏リ1 一切 惡獸亠 一切 惡鬼亠 人非人 等ソ1 怨賊亠 災橫亠 諸 惱亠ノ尸乙 度脫ソ3

<금광09:18> 五障乙 解脫ソ㢱 二地乙 念ノ尸入乙 忘 不冬ソ㢱ソナ㫆七丨]

<금광09:18-20> [善男子 菩薩摩訶薩1 {於}此 三地3十 難勝大力亠ノ尸 名七 陁羅尼乙 得3㫆 生

<금광09:21-22> 哆姪他 檀陁枳 般陁枳 柯羅智 高㰍智 枳由詈 檀智詈 莎訶]

<금광09:23-24> [善男子 是 陁羅尼名 三 恒河沙 過 諸 佛 三地菩薩 救護 爲 陁羅尼呪 誦持

<금광09:24-10:01> 得3㫆 一切 怖畏リ1 一切 惡獸リ尸 虎狼師子亠 一切 惡鬼亠 人非人 等ソ1 怨賊亠 災橫亠 諸彡 有ソ1 惱害亠ノ尸乙 度脫ソ3

<금광10:01> 五障乙 解脫ソ㢱 三地乙 念ノ尸入乙 忘 不冬ソナ㫆七丨]

<금광10:02-03> [善男子 菩薩摩訶薩 於此 四地 大利益難壞 名 陁羅尼 得 生

<금광10:04-06> 哆姪他 尸利尸利 陁彌柅 陁彌柅 陁履陁履柅 尸履尸履柅 陛捨羅婆細波豕那 般陁底 莎訶]

<금광10:07-08> [善男子 是 陁羅尼 名 過四恒河沙 諸 佛 爲救護四地菩薩 誦持陁羅尼

<금광10:08-10> 得3㫆 一切 怖畏リ1 一切 惡獸リ尸 虎狼師子亠 一切 惡鬼亠 人非人 等ソ1 怨賊亠 災橫亠 及 諸 毒害亠ノ尸入乙 度ソ3

<금광10:10> 五障 解脫 四地 念 忘 不]

<금광10:10-12> [善男子 菩薩摩訶薩 於此 五地 種種功德莊嚴 名 陁羅尼 得 生

<금광10:13-16> 哆姪他 訶里訶里柅 遮履遮履柅 迦羅摩柅 僧伽羅摩柅 三婆訶沙柅 剡婆訶柅 悉躭婆訶柅 謨訶柅 沙塩部吼陛 沙訶]

<금광10:17-18> [善男子 是 陁羅尼 名 五恒河沙 過 諸 佛 五地菩薩 爲救護 陁羅尼誦持

<금광10:18-20> 得3㫆 一切 怖畏リ1 一切 毒害リ尸 虎 狼 師子亠 一切 惡鬼亠 人非人 等ソ1 怨賊亠 災橫亠 諸彡 有ソ1 惱害亠ノ尸乙 度ソ3

<금광10:20> 五障 解脫 五地 念 忘 不]

<금광10:20-22> [善男子 菩薩摩訶薩 於此六地 圓智等 名 陁羅尼 得 生

<금광10:23-11:02> 哆姪他 毗頭詈毗頭詈 摩履柅 柯履柯履 苾頭誘訶底 溜溜溜溜 周

柳周柳 杜魯婆杜魯婆 遮遮遮者 婆娑 薩活私底 薩婆薩埵悉南 彌斗 曼多羅 波拖 莎訶]

<금광11:03-04> [善男子 是陁羅尼名 過六恒河沙 諸佛爲救護六地菩薩 誦持陁羅尼

<금광11:04-06> 得 一切 怖畏刂㇆ 一切 毒害刂尸 虎狼師子亠 一切 惡鬼亠 人非人等丷㇆ 怨賊亠 災橫亠 諸氵 有丷㇆ 惱害亠ノ尸乙 度丷㇁

<금광11:06> 解脫五障 不忘念六地]

<금광11:06-08> [善男子 菩薩摩訶薩 於此七地 法勝行 名 陁羅尼 得 生

<금광11:09-13> 哆姪他 闍訶闍訶漏 闍訶闍訶闍訶漏 鞞柳枳鞞柳枳 阿蜜多邏伽訶多柅婆力灑柅 鞞柳耻枳 婆柳婆底 鞞提喜枳 頻陁鞞履柅 密栗咀底枳 蒲箒蒲箒 莎訶]

<금광11:14-15> [善男子 是陁羅尼名 過七恒河沙 諸佛爲救護七地菩薩 誦持陁羅尼

<금광11:15-17> 得 一切 怖畏刂㇆ 一切 惡獸刂尸 虎狼師子亠 一切 惡鬼亠 人非人等丷㇆ 怨賊亠 毒害亠 災橫亠ノ尸乙 度丷㇁

<금광11:17> 解脫五障 不忘念七地]

<금광11:17-18> [善男子 菩薩摩訶薩 於此八地 無盡藏 名 陁羅尼 得 生

<금광11:19-21> 哆姪他 死履死履 始履始履 寐底寐底 柯履柯履 訶履訶履 醯柳醯柳周柳周柳 伴陁寐 莎訶]

<금광11:22-23> [善男子 是陁羅尼名 過八恒河沙 諸佛爲救護八地菩薩 誦持陁羅尼

<금광11:23-25> 得 一切 怖畏刂㇆ 一切 惡獸刂尸 虎狼師子亠 一切 惡鬼亠 人非人等丷㇆ 怨賊亠 毒害亠 災橫亠ノ尸乙 度丷㇁

<금광11:25> 解脫五障 不忘念八地]

<금광12:01-02> [善男子 菩薩摩訶薩 於此九地 無量門 名 陁羅尼 得 生

<금광12:03-06> 哆姪他 訶底(六履反) 旃陁履枳 俱嵐婆邏梯 斗邏死斗邏死 拔吒拭吒死 死履死履 柯死履 柯補修履 薩活私底 薩婆薩埵南 莎訶]

<금광12:07-08> [善男子 是陁羅尼名 過九恒河沙 諸佛爲救護九地菩薩 誦持陁羅尼

<금광12:08-10> 得 一切 怖畏刂㇆ 一切 惡獸刂尸 虎狼師子亠 一切 惡鬼亠 人非人等丷㇆ 怨賊亠 毒害亠 災橫亠ノ尸乙 度丷㇁

<금광12:10> 解脫五障 不忘念九地]

<금광12:10-12> [善男子 菩薩摩訶薩㇆ {於}此 十地㇁十 破壞堅固金剛山亠ノ尸 名 陁羅尼乙 得㇁尔 生刂𠂇㐅七丨

<금광12:13-21> 哆姪他 悉提醯 修悉提醯 姥差祢 姥差祢 毗目底 阿摩詈 毗摩詈 涅摩詈 瞢伽詈 喜攋若伽攋陛 剌那伽攋陛 娑曼多跋陁提詈 薩跋剌他娑陁柅 摩那死 摩訶摩那死 遏部吼底 遏哲部吼 底 婆邏提 毗邏提 遏周提 阿美里底 阿邏是 毗邏是 婆覽訶寐(志已反) 婆覽訶寐 富樓祢 富樓那摩奴邏體 莎訶]

<금광12:22-23> [善男子㇁ 是 陁羅尼 灌頂吉祥句七 名㇆ 十 恒河沙乙 過丷二㇆ 諸佛刂 十地菩薩乙 救護丷{爲}人丷白ノ㇆刂二㇆刂罒

<금광12:23> 陁羅尼呪乙 誦持丷白口𠂇尸入㇆

<금광12:23-25> 得ろホ 一切 怖畏リㄱ 一切 惡獸 虎狼師子 一切 惡鬼 人非人 等ソㄱ 怨賊亠 毒害亠 災橫亠ノ尸乙 度ソろ 五障乙 解脫ソゕ
<금광12:25-13:01> 十地乙 念ノ尸入乙 忘 不冬ソゕソナㅎセ丨]
<금광13:01> [是 時十 師子相無礙光焰菩薩ㄱ 即ノ 座乙 従セ 起(ソ)二下
<금광13:02> 偏袒右肩 右膝著地 合掌恭敬ソろホ 頂灬 佛足乙 禮ソ白ロ
<금광13:02-03> 即ノ 偈頌乙 {以}シ 而灬 佛乙 讚歎ソ白二尸
<금광13:04> [敬禮ソ白ロノㅎセ丨 [譬喩ソろノ尸入 無二下 深無相義乙 說二ロトㄱ乙亠
<금광13:04-05> 衆生リ {於}見乙 失リろㄱ乙 世尊リ二シ 能ゕ 濟度ソ二ロ乙ゕ
<금광13:05> 世尊ㄱ 佛眼灬 故ノ 一法相ケㄉ 見尸 無二ゕ
<금광13:06> 無上尊ㄱ 法眼灬 不思議義乙 見二ゕ
<금광13:06> 能ゕ 一法ケㄉ 生リ尸 不冬ソゑ
<금광13:07> 亦 一法ケㄉ 滅尸 不冬ソゑソ二下
<금광13:07> 平等見リ二ㄱ入乙 爲二ㄱ入灬 故ノ /*'爲二ㄱ入灬'는 '{爲}シㄱ入灬'의 잘못인 듯함.*/
<금광13:07> 尊ㄱ 無上處ろ十 至二ロㄱリろセソゕ
<금광13:08> 生死乙 損 不冬ソ二ㄱ入灬 故ノ
<금광13:08> 願ソろホ 尊ㄱ 涅槃乙 證ソ二ロㄱリ罒
<금광13:08> 二法見乙 過ソ二ㄱ入灬 故ノ
<금광13:09> 是 故灬 寂靜乙 證ソ二ロㄱリろセゕ
<금광13:09> 世尊ラ 智ㄱ 一味リ二下
<금광13:09-10> 淨品亠 不淨品亠ノ令十 界乙 分別 不冬ソ二ㄱ入灬 故ノ
<금광13:10> 無上清淨乙 獲二ロㄱリろセ丨]
<금광13:10-11> [[世尊ラ 無邊身ㄱ 一言字ケㄉ 說尸 不冬ソ二ロ尸亠
<금광13:11> 一切 弟子衆ラ十 法雨乙 飽滿令リセイソ尸入灬 故ノソ二ロ尸ゕ]
<금광13:12> [衆生ラ 相乙 思惟ソ白ノ尸ム
<금광13:12> 一切 種 皆セ 無ソㄱリろセ丨ソ二ロ尸亠
<금광13:12-13> 困苦ソトㄱ 諸 衆生ラ十 世尊リ二シ 普リ 救濟ソ二ロ尸ゕ]
<금광13:13-14> 苦亠 樂亠 常亠 無常亠 有我亠 無我亠 等ソㄱ 是 如支 衆多ソㄱ 義ろ十 世尊ラ 慧ㄱ 著ノ尸 無二ロ尸ゕ
<금광13:14-15> [世間ㄱ 一ゕ 異ソㄱ 不矢リㄱ矢 譬入ㄱ 空谷ろセ 響 如支ソろ
<금광13:15> 不度ソゑ 亦 不滅ソゑソトノㄱ入乙 唯ハ 佛リ一シ 能ゕ 了知ソ二ロ尸ゕ]
<금광13:16> 法界ㄱ 分別 無セロㄱ 是 故灬 異ソㄱ 乘 無セロㄱ乙 衆生乙 度ソ{爲}入ソ二尸入灬 故ノ
<금광13:17> 分別ソろ 三乘乙 說二ロㄱリろセ丨ソヒハ二丨]]
<금광13:18> [是 時十 大自在梵王ㄱ {於}大會セ 中ろ十ソナハ二ㄱ亠
<금광13:18> 座乙 従セ 而灬 起二下
<금광13:18-19> 偏ろ 右肩乙 袒ゕ

<금광13:19> 右膝乙 地㇏十 著丷㇏
<금광13:19> 合掌恭敬丷白㇏亦 頂灬 佛足乙 頂禮丷白口
<금광13:19-20> 而灬 白佛言]
<금광13:20> [世尊下 希有難量ノ才二口丨
<금광13:20-21> 是 金光明經亠 微妙丷二ヒ七{之} 義刂 究竟 滿足丷二ソ
<금광13:21> 皆 能七 一切 佛法亠 一切 佛恩亠 成就丷ソ丷二口㇠入灬亠]
<금광13:21> [佛㇠ {言}ろ二尸
<금광13:22> 是 如支丨 是 如支丨 善男子㇏ 汝㇇ 說㇏又㇠ 所 如支丷ナ丨]
<금광13:22-23> [善男子㇏ 若 得㇏亦 是 金光明經乙 聽聞丷白口ナ㇠
<금광13:23-24> 一切 菩薩㇠ 阿耨多羅三藐三菩提㇏十㇠ 退 不冬丷ヒ亍七丨]
<금광13:24> [何以故 善男子㇏
<금광13:24-25> 是㇠ 退乙 不 地 菩薩 善根乙 成熟ノ㐃十 是㇠ 第一印刂二ソ
<금광13:25-14:01> 是 金光明微妙經典㇠ 衆經㇏七{之} 王刂ソ丷二㇠入灬亠 故厶
<금광14:01> 得㇏亦 聽聞丷㇌ 受持丷㇌ 讀丷㇌ 誦丷㇌丷ナ才丨] /*'丷㇌丷ナ才丨'의 'ナ'는 '大'자처럼 보임.*/
<금광14:01> [何以故 善男子㇏
<금광14:01-03> 若 一切 衆刂 生 善根乙 種一尸 未刂㇌ 善根乙 成熟 未刂㇌ 諸 佛乙 親近 未刂㇌丷ナ㇠㇠
<금광14:03> 得㇏亦 是 金光明經乙 聽聞 不ハ丷ナ才㇠入灬亠]
<금광14:03-04> [善男子㇏ 是 金光明經乙 聽聞丷㇌ 受持丷㇌丷㇠入乙 {以}氵㇠入灬 故ノ
<금광14:04-05> 是 善男子亠 善女人亠ノ尸㇠ 一切 罪障乙 悉 能ソ 除滅丷口 極清淨丷㇠入乙 得丷ヒ才ソ
<금광14:05> 常刂 得㇏亦 佛乙 見白㇌ 世尊乙 離 不矢㇌丷㇏
<금광14:06> 常刂 妙法乙 聞白㇌ 常刂 正法乙 聽白㇌丷ヒ才ソ
<금광14:06-07> 不退地㇏十 生丷二 師子勝人乙 而灬 得㇏亦 親近丷白㇏ 相ノ 遠離 不冬丷ヒ才ソ
<금광14:07-15> 無盡無滅海印出妙功德陁羅尼亠 無盡無滅衆生意行言語通達陁羅尼亠 無盡無滅日圓無垢相光陁羅尼亠 無盡無滅滿月相光陁羅尼亠 無盡無滅能伏一切惑事功德流陁羅尼亠 無盡無滅破壞堅固金剛山陁羅尼亠 無盡無滅說不可說義因緣藏陁羅尼亠 無盡無滅眞實語言法則音聲通達陁羅尼亠 無盡無滅虛空無垢心行印陁羅尼亠 無盡無滅無邊佛身能顯現陁羅尼亠ノ尸乙丷㇏丷ヒ亍七丨]
<금광14:15-16> [善男子㇏ 是 如支丷㇠ 諸 陁羅尼 等丷㇠乙 得㇏亦 成就丷㇏ナ㇠入灬 故ノ
<금광14:16-18> 菩薩摩訶薩㇠ {於}十方七 一切 佛土㇏十 諸 化佛身灬 無上丷二㇠ 種種七 正法乙 說丷ヒ尸亠 {於}法如如㇏十 動 不冬㇌ 去 不冬㇌ 來 不冬㇌丷ソ

<금광14:18-19> 善能ㅎ 一切 衆生ㅋ 善根 成熟令リㅌ尸ㅗ 亦 一切 衆生リ 成熟令リノ亠{可}セソ1乙{者} 見尸 不冬ソ 𠃌

<금광14:19-20> 種種セ 諸 法乙 說ㅌ尸ㅗ {於}諸 言辭3十 動 不冬3 去 不冬3 住 不冬3 來 不冬3ソナ豸罒

<금광14:20-21> 能𠃌 生滅乙 現ㅌ尸ㅗ 無生滅乙 向ソ𠃌

<금광14:21-22> 諸 行法乙 說ㅌ尸ㅗ 去來ノ尸 所 無ㅌ亠セ丨 一切 法1 異ソ1 無ソ1入灬 故ㅗ]

<금광14:22-23> [是 金光明經乙 說尸 已氵ソ白ハ二1 三万億 菩薩摩訶薩1 無生法忍乙 得ㅌハ二𠃌

<금광14:23> 量 無1 諸 菩薩1 菩提心乙 退 不冬ソㅌハ二𠃌

<금광14:23-24> 量 無𠃌 邊 無ソ1 比丘1 法眼淨乙 得ㅌ尸𠃌

<금광14:24> 量 無1 衆生1 菩提心乙 發ソㅌ丨]

<금광14:24-25> [是 時十 世尊1 而灬 偈乙 說3 言リ二尸

<금광15:01> 生死流乙 逆二令セ 道1 甚 深ソ3 微ソ3ソ二下 難氵 見白ノ豸口ハ二1

<금광15:01-02> 貪欲灬 覆ノ1 衆生1 愚ソ3ホ 冥暗ソナ1入灬 見尸 不ハノ豸ナ1リ丨ソㅌハ二丨]

<금광15:03> [是 時十 大會セ{之} 衆1 座乙 従セ 而灬 起二下

<금광15:03-04> 偏袒右肩 右膝着地 合掌恭敬ソ白3ホ 頂灬 佛足乙 禮白口

<금광15:04> 而灬 白佛 言白二尸

<금광15:04-05> 若 有 處處3十 此 金光明經乙 講宣令白口ナ1矢ㅗ

<금광15:05-06> 是 會セ 大衆1 皆 悉 彼ㅿ 往3 爲ノ 聽衆リ尸入乙 作ソ口セノ豸𠃌

<금광15:06-07> 是 說法師乙火 種種灬 利益ノ 安樂 無障ソ3 身心 泰然ソ3令リ𠃌

<금광15:07> 我手 等ソ11 皆 當ハ 盡ㅌセ 心灬 供養ソ白𠃌

<금광15:07> 諸 聽衆乙罒力 安隱快樂ソ{令}リ口口セノ豸𠃌

<금광15:08> 是 所リ1 國土3十1 諸 怨賊ㅗ 恐怖ノ令セ{之} 難ㅗノ尸乙 無リソ3

<금광15:08> 飢饉セ 畏ノ尸入乙 無リソ3

<금광15:08-09> 非人セ 畏ノ尸入乙 無リソ3

<금광15:09> 人民 興盛ソ3令リ口口セノ豸𠃌

<금광15:09-10> 是 說法處乙火 一切 諸 天ㅗ 人ㅗ 非人ㅗ 等ソ1リㅗ 及 諸 衆生ㅗノ尸乙 得3ホ 上乙 従セ 而灬 過ソ3

<금광15:10-11> 說法セ{之} 處乙 汗漫令リ尸 不冬ソ口口セノ亠セ丨] /* '汗'은 문맥상 '汙'가 옳다*/

<금광15:11> [何以故ㅗソ白ノ豸尸入1

<금광15:11> 說法セ{之} 處リ 即ノ 是1 其 塔リ二口1入灬ㅗ

<금광15:11-13> 若 善男子ㅗ 善女人ㅗノ尸1 當 諸 香ㅗ 花ㅗ 繒ㅗ 綵ㅗ 幡ㅗ 蓋ㅗノ尸乙 {以}氵 是 說法處乙 供養ノ亠{應}セソ口丨

<금광15:13> 我手 等ソ11 爲ノ 救護ソ3 利益ソ3ノ尸入乙 作ソ3

<금광15:13> 一切 障礙乙 消除令リ𠃌

<금광15:13-14> 其 須セイノア 所乙 隨ノ 意乙 如ハ 供給ソ氵ホ 悉 具足ソ{令}リロ
口セノ亍セ丨]

<금광15:14> [佛乛 言リニア

<금광15:14-15> 善男子氵 是 如支ソ丨 汝 等ソ乛乛 當ハ 此 如支ソニ乛 經典乙 精
勤修行ソ口亍{應}セソ乛亠

<금광15:15-16> 則ノ 法乙 久氵 {於}世ラ十 住令リ白氵乛丁ノ矛ナ乛リ丨ソヒハニ丨]

瑜伽師地論 卷第二十

<유가01> 瑜伽師地論卷第二十
<유가01> 彌勒菩薩 說
<유가01> 三藏法師 玄奘 奉詔 譯
<유가01> 本地分中 修所成地 第十二
<유가01> 已說思所成地
<유가01> 云何修所成地
<유가01> 謂略由四處 當知普攝修所成地
<유가01> 何等四處
<유가01> 一者修處所 二者修因緣 三者修瑜伽 四者修果
<유가01> 如是四處 七支所攝
<유가01> 何等爲七
<유가01> 一生圓滿 二聞正法圓滿 三涅槃爲上首 四能熟解脫慧之成熟 五修習對治 六世間一切種淸淨 七出世間一切種淸淨
<유가01> 如此四處 七支所攝 普聖敎義 廣說應知 依善說法 毘奈耶中 一切學處 皆得圓滿
<유가01> [云何生圓滿
<유가01> [當知略有十種
<유가01> 謂依內有五 依外有五 總依內外 合有十種
<유가01> [云何生圓滿中依內有五
<유가01> 謂 衆同分圓滿 處所圓滿 依止圓滿 無業障圓滿 無信解障圓滿
<유가01> 衆同分圓滿者 謂如有一 生在人中 得丈夫身 男根成就
<유가01> [處所圓滿者 謂如有一 生在人中 又處中國 不生邊地
<유가01:23-02:01> [謂(ㄱ) {於}是處(ろ十) 有(??) 四衆ラ 行ノオリㄱ 謂ㄱ 苾蒭亠 苾蒭尼亠 近事男亠 近事女亠ノ亽
<유가02:02-03> 達須亠 篾戾車亠ノ亽七 中リㄱ 謂ㄱ {於}是處リ 四衆リ 行丷亽 无ㆆ 亦 賢聖リㄱ 正至亠 正行亠ノ亽七 諸 善丈夫 無(ㆆノ亽十) 生尸 不冬丷尸矢丨]]
<유가02:04> [依止圓滿(リ丨丷ㄱ入ㄱ){者}
<유가02:04> [謂(ㄱ) 有(ナ丨) 一 如支丷ㄱリ
<유가02:04> [中國?? 生處??
<유가02:04-05> 眼亠 耳亠 一(乙) 隨ノ丷ㄱ 支分?? 缺 不冬丷ㆆ
<유가02:05> 性?? 頑嚚?? 不(冬丷ㆆ)
<유가02:05-06> 亦 瘖瘂 不(冬丷ㆆ??)
<유가02:06> 堪能亏 善說 惡說七 有七ㄱ 所七 法義(乙) 解了丷尸矢丨]]]

<유가02:06-07> [无業障圓滿刂丨ソ1入1{者}
<유가02:07> [謂1 有ナ丨 一 如支ソ1刂
<유가02:07> [依止 圓滿ソ、
<유가02:07-08> [{於}五無間七 一乙 隨ノソ1 業障3十 自灬 造作尸 不冬ソろ
<유가02:08-09> 他乙 教ソ3 作ㅅ刂尸 不冬ソろソ尸矢丨]]]]
<유가02:09> [若 有ナ丨 此乙 作??
<유가02:09-10> {於}現身七 中3十 必ハ 賢聖法乙 證得ソ令七 器 非矢ナ1刂丨]
<유가02:10> [无信解障圓滿刂丨ソ1入1{者}
<유가02:10> [謂1 有ナ丨 一 如支ソ1刂
<유가02:11> [必 五无間業乙 成就尸 不冬ソ、
<유가02:11-12> [{於}惡處3十 而灬 信解乙 生刂ㅅ 不冬ソろ
<유가02:12> [{於}惡處3十 淸淨心乙 發ノ尸ㅿ
<유가02:12-13> 謂1 {於}種種七 邪天 處所3十 及七 {於}種種七 外道 處所3十ソ尸 不冬ソろソナ矛亠]]]]]
<유가02:13-15> [彼1 前生3十 {於}佛 聖教刂1 善說法處3十 淨信乙 修習ソ3 長時 相續ソ1入乙 由3
<유가02:15> [此 因緣乙 由3
<유가02:15-16> {於}今生七 中3十 唯ハ {於}聖處3十 信解乙 發生ソ3 淸淨心乙 起ナㅎ七丨]]]
<유가02:16-17> [[云何ソ1乙 生圓滿 中3七 外乙 依ソ1ラ十 五 有ソ1矢丨ノ令ロ
<유가02:17-19> 謂(1) 大師圓滿ㅅ 世俗正法施設圓滿ㅅ 勝義正法隨轉圓滿ㅅ 正行不滅圓滿ㅅ 隨順資緣圓滿ㅅ刂丨
<유가02:19-20> [大師圓滿刂丨ソ1入1{者}
<유가02:20-21> [謂1 卽ㅎ 彼 補特伽羅刂 內 五種 生圓滿乙 具(ㅎ尸) 已氵ソ3斤
<유가02:21-23> 復 得(ホ) 大師?? 出世?? 謂(1) 所(1) 如來 應正等覺 一切 知者刂ろ 一切 見者(刂ろ??) {於}一切 境3十 得ホ 障㝵 無二1乙 値遇ソ尸矢丨]]
<유가02:23-03:01> [世俗正法施設圓滿刂丨ソ1入1{者}
<유가03:01> [謂1 卽ㅎ 彼 補特迦羅刂 佛刂 出世ソ白ノ尸入乙 値白、
<유가03:01-03> [又 廣刂 善不善法亠 有无罪亠 廣刂 說尸 乃氵 至刂 諸緣生法亠ノ尸乙 開示ソろ
<유가03:03-05> 及七 廣刂 謂1 契經亠 應頌亠 記別亠 諷頌亠 自說亠 緣起亠 譬喩亠 本事亠 本生亠 方廣亠 希法亠 及 與七 論議亠ノ尸乙 分別ソろソ二尸矢丨]]]
<유가03:05-06> [勝義正法隨轉圓滿刂丨ソ1入1{者}
<유가03:06-07> [謂1 卽ㅎ 大師刂 善、 爲ㅎ 俗正法乙 開示尸 已氵ソロハ
<유가03:07> [[諸1 弟子衆刂 此 正法乙 依、
<유가03:07-08> 復 他人ラ 爲ㅎ 隨順ソ1 敎誡亠 敎授亠ノ尸乙 說ノ尸入乙 得、ソ3]

<유가03:08-09> [三十七菩提分法乙 修ソ3ホ 沙門果乙 得3 {於}沙門果3十 證得圓滿ソㅎ

<유가03:09-11> 又 能カ 展轉勝上ソ3ホ 增長廣大ソㄱ 有セㄱ 所セ 功德乙 證得ソㅎソ尸矢丨]]]]

<유가03:11> [正行不滅圓滿刂丨ソㄱ入ㄱ{者}

<유가03:11-12> [謂ㄱ 佛世尊ㄱ 般涅槃ソニ亠セ人{雖}斗

<유가03:12> [而ㄱ 俗正法刂 猶刂 住ソ3ホ 未滅ソㅎ

<유가03:12-13> 勝義正法刂 未隱未斷ソㅎソ尸矢丨]]]

<유가03:13> [隨順資緣圓滿刂(丨ソㄱ入ㄱ?){者}

<유가03:13-14> [謂ㄱ 卽亐 四種セ 正法 受用ノ亽セ 因緣 現前ソ3ホ 正法乙 受用ソ尸乙

<유가03:14-15> 諸 有ナ丨 正信ソモセ 長者亠 居士亠 婆羅門亠 等ソㄱ刂亠

<유가03:15-16> 彼刂 正法乙 受用ソ3ホ 而灬 轉ソトノㄱ入乙 知3

<유가03:16-17> 恐入ㄱ 資緣 乏3ホ 是 如支ソㄱ 所受セ 正法乙 退失ソ去尸去ソナ尸入灬

<유가03:17-18> 是 故灬 慇懃亐 種種セ 衣服亠 飮食亠 諸 坐臥具亠 病緣醫藥亠ノ尸 供身什物乙 奉施ソ尸矢丨]]]

<유가03:18-19> 是 如支ソㄱ 十種乙 名下 內外乙 依ソㄱ 生圓滿亠ノネ丨

<유가03:19-20> 卽亐 此 十種セ 生圓滿乙 名下 修瑜伽處所亠ノ尸亠]

<유가03:20-21> [此 所依刂ㄱ 所建立處乙 依止 {爲}氵ㄱ入乙 由氵ㄱ入灬 故ノ

<유가03:21-22> 如來尸 諸 弟子衆ラ {有}斗白ノㄱ 所セ 聖法乙 證得ソナ亠セ丨]

<유가03:22> [是 如支ソㄱ 聖法3十 略口ㄱ 二種 有セ丨

<유가03:22-23> 一 有學法人 二 无學法人刂丨]

<유가03:23-04:01> [[今 此 義セ 中(3?)十 意ㄱ 无學ラ {有}斗ノㄱ 所セ 聖法乙 取ノㄱ刂丨

<유가04:01-02> 謂ㄱ 無學ラ 正見人 廣刂 說尸 乃氵 至刂 無學ラ 正智人刂丨]

<유가04:02> [何以故亠ソ口ㄱ

<유가04:02-03> [諸 有學ㄱ 聖法 {有}斗ナ人{雖}斗

<유가04:03-04> 而ㄱ 相續セ 中3十 非聖煩惱ラ{之} 隨逐ノㄱ 所刂 現3 得ノ亠{可}セソㄱ入乙 由氵ㄱ入灬 故亠]]]

<유가04:04-06> [是 如支ソㄱ 初支セ 生圓滿し 廣聖敎セ 義3十 此 十種 有ソ丨亠 此乙 除口斤 更3 餘 生圓滿刂 若 過ソㅎ 若 增ソㅎソㄱ 無ナㄱ刂丨]]

<유가04:06> [[[[云何ソㄱ乙 聞正法圓滿刂丨ノ亽口

<유가04:06-07> 謂ㄱ 若 正說法亠 若 正聞法亠ノ亽セ 二種乙 摠亐 名下 聞正法圓滿亠ノネ丨]

<유가04:08> [[又 正說法3十 略口ㄱ 二種 有セ丨

<유가04:08-09> 謂ㄱ 所ㄱ 隨順人 及セ 無染汙人刂丨]

<유가04:09-10> 廣刂 說尸入ㄱ 當ハ 知亐丨 二十種 有セㄱ亠 菩薩地3十 當ハ 說白

ノア 如支ソ1刂1丁]
<유가04:10> [又 正聞法氵十 略ロ1 四種 有七丨
<유가04:10-12> 一 憍傲乙 遠離ソ尓 二 輕蔑乙 遠離ソ尓 三 怯弱乙 遠離ソ尓 四 散亂乙 遠離ソ尓ソア矢丨
<유가04:12-13> 是 如支ソ1 四種 過失乙 遠離ソ氵ホ 而… 聽法ソ今七 者乙 名下 正聞法亠ノ司丨
<유가04:13-14> 當八 知ㅎ丨 廣刂 說ロ1 十六種 有七1亠 亦 菩薩地七 中氵十 當八 說白ノア 如支ソ1刂1丁]]
<유가04:15> [云何ソ1乙 涅槃爲上首刂丨ノ今ロ
<유가04:15-16> [謂1 如來ア 弟子刂 生圓滿乙 依氵 轉ソ今七 時亠十
<유가04:16> 先下 說ノ1 所七 相乙 如(八?) 而… 正法乙 聽聞ノアム
<유가04:17> [唯八 涅槃乙 {以}氵 而… 上首 {爲}氵ㅎ
<유가04:17> 唯八 涅槃乙 求ソㅎ
<유가04:17-18> 唯八 涅槃乙 緣ソㅎソ氵]
<유가04:18> 而… 法乙 聽聞ソア矢刂1丁]
<유가04:18> [他乙 引ソ氵 {於}己ラ乙 信ソ{令}刂{爲}入ソア 不冬ソㅎ
<유가04:19> 利養亠 恭敬亠 稱譽亠ノア乙 爲ソロア丁ㅎア 不冬ソㅎソア矢丨]
<유가04:19-20> [[又 涅槃乙 緣ソ氵 而… 聽法ソ今七 者ラ十
<유가04:20> 十法刂 轉ノアム 涅槃乙 首 {爲}氵ソㅌ 有七丨]
<유가04:20-21> 謂1 有餘依涅槃界入 及七 無餘依涅槃界入乙 依止ソ1刂丨]
<유가04:21> [[當八 知ㅎ丨
<유가04:22-23> 有餘依涅槃界乙 依止ソ氵 九法刂 轉ノアム 涅槃乙 首 {爲}氵ㅌ 有七尓
<유가04:23-05:01> 无餘依涅槃界乙 依止ソ氵 一法刂 轉ノアム 涅槃乙 首 {爲}氵ㅌ 有ソ1刂1丁]
<유가05:01> [謂1 聞所成慧乙 {以}氵 因 {爲}氵ソ尓
<유가05:01-02> [{於}道亠 道果涅槃亠ノ今十 三種 信解乙 起ノアム
<유가05:02> 一十1 實有性乙 信ソㅎ
<유가05:03> 二 有功德乙 信ソㅎ
<유가05:03> 三 己ラ 有能刂1 得樂ノ今七 方便乙 信ソㅎソ尓]
<유가05:04> [是 如支 信解刂 生ア 已氵ソ氵斤
<유가05:04-05> 思所成智乙 成辦ソ{爲欲}入 身心氵十 憒鬧乙 遠離ソロ 而… 住ソㅎ
<유가05:05-06> 障盖刂1 諸 惡尋思乙 遠離ソㅎソ尓]
<유가05:06> [此乙 依止ソ1入… 故ノ
<유가05:06-07> 便ㅎ 能尓 善决定義刂1 思所成智乙 趣入ソ尓]
<유가05:07> [此乙 依止ソ1入… 故ノ
<유가05:07-08> 又 能尓 無間入 殷重入七 二修方便乙 趣入ソ尓]
<유가05:08-09> 此乙 由氵 次第… 乃氵 至刂 修所成智乙 證得ソ尓

<유가05:09> [此乙 依止丷ㄱ入灬 故ノ
<유가05:09-10> 生死七 過失乙 見𠄌ホ 勝解乙 發起丷𢒑
<유가05:10> 涅槃功德乙 見𠄌ホ 勝解乙 發起丷𢒑丷ケ]
<유가05:10-11> [串修丷ㄱ入乙 由氵ㄱ入灬 故ノ
<유가05:11> [諦現觀𠄌十 入ノ尸厶
<유가05:11> 先下 見道刂ㄱ 有學解脫乙 得𠄌
<유가05:12> 已氵 得ホ 見迹丷ケ]]
<유가05:12> [{於}上修道𠄌十 數 習丷ㄱ入乙 由氵ㄱ入灬 故ノ
<유가05:12-13> 更𠄌 復 无學解脫乙 證得丷ケ]]
<유가05:13> [此乙 證丷ㄱ入乙 由氵ㄱ入灬 故ノ 解脫圓滿丷オ罒
<유가05:14> 卽 此 解脫圓滿乙 名下 有餘依涅槃界亠ノオ丨]
<유가05:14-15> [卽ㅎ 此 涅槃乙 以ホ 上首 {爲}氵𠄌
<유가05:15-16> 前七 九法乙 次第灬 修習丷𠄌 而灬 得ホ 圓滿丷{令}刂ナㅎ七丨]
<유가05:16-17> 當八 知ㅎ丨 卽ㅎ 此 解脫圓滿ㄱ 无餘依涅槃界乙 {以}氵 而灬 上首 {爲}氵丷オ刂ㄱ丁
<유가05:17-18> [是 如支丷ㄱ 涅槃乙 首 {爲}氵𠄌 正法乙 聽聞丷今ㄱ
<유가05:18> 當八 知ㅎ丨 五種 勝利乙 獲得丷オ刂ㄱ丁]
<유가05:19> 何ㅎ 等丷ㄱ乙 {爲}五刂丨ノ今口
<유가05:19> [謂ㄱ 法乙 聽聞丷今七 時亠十 自他乙 饒益丷𢒑
<유가05:19-20> 正行乙 修丷今七 時亠十 自他乙 饒益丷𢒑
<유가05:20-21> 及 能ケ 衆苦邊際乙 證得丷𢒑丷尸矢丨]
<유가05:21> [[若 說法師刂 此 義乙 爲丷邑人丷尸入灬 故ノ 正法乙 宣說丷トㄱ乙
<유가05:21-22> 其 聽法者刂 卽ㅎ 此 義乙 {以}氵 而灬 正法乙 聽丷ナオ罒]
<유가05:22-23> 是 故灬 此 時乙 名下 饒益他亠ノオケ]
<유가05:23> [[[又 善心乙 {以}氵 正法乙 聽聞ノ尸厶
<유가05:23-06:01> 便ㅎ 能ケ 所設法義刂ㄱ 甚深上味乙 領受丷𠄌ホ]
<유가06:01-02> [此乙 因ㅎ 廣大丷ㄱ 歡喜乙 證得丷𢒑
<유가06:02> 又 能ケ 出離善根乙 引發丷𢒑丷ナオ罒]]
<유가06:02-03> 是 故灬 此 時乙 能ケ 自ラ乙 饒益丷尸丁ノオケ]
<유가06:03-04> [若 有ナ丨 正七 法隨法行乙 修丷ナオ亠
<유가06:04-05> [[大師刂 正法乙 建立丷{爲欲}八 方便灬 正等覺 成ノ尸入乙 示現丷二下
<유가06:05> 云何亠亏尸入ㄱ 彼灬 正七 修行丷𠄌ホ 轉丷{令}刂𠄌ノオㄱ刂𠄌七口丷二尸入灬]
<유가06:05-06> [故去 彼刂 正法行乙 修習丷今七 時亠十
<유가06:06> 卽ㅎ 是ㄱ 法尔灬八 大師乙 供養丷白𠄌ㄱ丁ノオ罒]]
<유가06:06-07> 是 故灬 此乙 說𠄌 名下 饒益他亠ノオケ]
<유가06:07> [[此 正行乙 因ㅎ

<유가06:07-08> 堪能亐 寂靜淸凉丷阝尒 唯八 餘依氵 有七乛 涅槃七{之} 界乙 證得
丷𠂇矛罒]

<유가06:08-09> 是 故灬 此乙 說阝 能ゕ 自ラ乙 饒益丷尸丁ノ矛ゕ]

<유가06:09-10> 若 無餘依涅槃界七 中阝十 般涅槃丷令七 時乙 名下 衆苦邊際乙
{爲}證得丷尸丁丷𠂇矛丨

<유가06:10-12> 是乙 名下 涅槃乙 以尒 上首 {爲}氵阝 正法乙 聽聞丷乛ラ 得ノ乛
所七 勝利亠ノ矛丨

<유가06:12-13> 是 如攴丷乛乙 名下 {爲} 涅槃乙 首 {爲}氵乛ラ十 有七乛 所七 廣
義亠ノ尸亠

<유가06:12-13> 此乙 除口斤 更阝 若 過丷ゑ 若 增丷ゑ丷乛 无𠂇乛刂丨]

<유가06:14> [云何丷乛乙 能熟解脫慧七{之} 成熟刂丨ノ令口

<유가06:14-15> 謂乛 毘鉢舍那支 成熟丷乛入灬 故ノ 亦 名下 慧成熟亠丷ゕ

<유가06:15-16> 奢摩他支 成熟丷乛入灬 故ノ 亦 名下 慧成熟亠ノ矛丨

<유가06:16> [所以者 何亠丷口乛

<유가06:16-17> 定心 中阝七 慧刂 {於}所知七 境阝十 淸淨亐 轉丷尸入灬 故亠]

<유가06:17-18> [又 毘鉢舍那支乛 最初亐 必(八?) 善友乙 {用}氵 依 {爲}氵ゑ

<유가06:18-19> 奢摩他支乛 尸羅圓滿灬{之} 攝受ノ乛 所刂ゑ丷ゕ]

<유가06:19-20> [[又 善友ラ{之} 攝受ノ乛 所乙 依阝斤

<유가06:20> {於}所知境刂乛 眞實性七 中阝十 覺了欲 {有}斗ゑ]

<유가06:21> [尸羅圓滿灬{之} 攝受ノ乛 所乙 依阝斤

<유가06:21-22> [{於}增上尸羅阝十 淨戒乙 毁犯丷阝尒 非法乙 現行丷阝 軌範乙 壞
ノ匕七 中阝十

<유가06:22-07:01> [若 諸 有智丷乛 同梵行者刂 見聞疑乙 由阝 或 其 罪乙 擧丷ゑ
或 憶念丷{令}刂ゑ 或 隨學丷{令}刂ゑ丷去乛 {於}尒所ケ七 時亠十

<유가07:01-02> 譏論乙 堪忍丷ゑ丷ゕ]]]]

<유가07:02> [又 所知 眞實 覺了欲乙 依丷乛入灬 故ノ

<유가07:02-03> 愛樂 請聞丷ゕ]

<유가07:03> [樂聞乙 依丷乛入灬 故ノ

<유가07:03> 便ㆆ 請問乙 發丷ゕ]

<유가07:03> [請問乙 依丷乛入灬 故ノ

<유가07:04> 昔尸 聞白尸 未刂丷ラ七丨ノ乛 甚深 法義乙 聞ゕ]

<유가07:04-05> [數數刂 聽聞丷阝尒 閒斷ノ尸 无丷乛入灬 故ノ

<유가07:05> {於}彼 法義阝十 轉刂 得尒 明淨丷ゕ]

<유가07:05-06> 又 能ゕ 先下 生丷乛 所七 疑乙 除遣丷ゕ

<유가07:06> [是 如攴 慧覺刂 轉刂 明淨丷乛入灬 故ノ

<유가07:06-07> [{於}諸 世間七 有七乛 所七 盛事阝十

<유가07:07> 能ゕ 過患乙 見丷阝尒 深心灬 猒離丷ゕ]]

<유가07:08> [是 如攴丷乛 猒心灬 善 作意丷乛入灬 故ノ

<유가07:08-09> {於}彼 一切 世間七 盛事阝十 願樂乙 生尸 不冬丷㢱]

<유가07:09-10> [彼乛 是 如支 {於}諸 世間七 增上 生道阝十 願心 无丷乛入乙 由氵乛入灬 故丿

<유가07:10-11> 諸 惡趣七 法乙 斷除丷{爲欲}𠆢 心阝十 正願乙 生刂㢱]

<유가07:11-12> [又 能㢱 彼乙 對治丷今七 有七乛 所七 善法乙 修集丷{爲}𠆢

<유가07:12-13> 一切 煩惱 對治刂乛 有七乛 所七 善法乙 修集丷㢱]

<유가07:13-14> [彼 對治果乙 證得丷{爲欲}𠆢丷乎 亦 自ラ 心乙 得尒 淸淨亽刂{爲}𠆢丷乎丷尸入灬 故丿

<유가07:14> 心阝十 正願乙 生刂𠂇亍七丨]

<유가07:14-15> [是 如支丷乛 十種乙 能熟解脫慧七 成熟法亠丿尸亠

<유가07:15-16> 先下 說丿乛 所乙 如八 漸次灬 能㢱 解脫 圓滿丷{令}刂𠂇亍七丨]]]

<유가07:16-18> [又 次第乙 隨丿 已氵 三支刂乛 謂乛 聞正法圓滿𠆢 涅槃爲上首𠆢 能熟解脫慧七{之} 成熟𠆢乙 說𠆢丿乛亠

<유가07:18> 是 如支丷乛 三支七 廣聖敎七 義乛 謂 十十種刂乛亠

<유가07:19> 此乙 除口斤 更阝 若 過丷乎 若 增丷乎丷乛 无𠂇乛刂丨]

<유가07:19-20> [又 此 三支乙 當八 知亍丨 卽 是乙 修瑜伽因緣亠丿才刂乛丁

<유가07:20> [何以故亠丷口乛

<유가07:20-21> [此 次第𠆢 此 因𠆢 此 緣𠆢乙 依阝 瑜伽乙 修習丷乛 方氵 得尒 成滿丷尸入乙 由氵乛入灬亠

<유가07:21-23> 謂乛 聞正法圓滿𠆢 涅槃爲上首𠆢 能熟解脫慧七 成熟𠆢乙 依丷乛入灬{故}丨]]]]

<유가08:01> [云何丷乛乙 修習對治刂丨丿今口

<유가08:01-02> 當八 知亍丨 略亐 說口乛 {於}三位七 中阝十 十種七 瑜伽乙 修習丷阝 對治丿尸 所七 法 有丷乛刂乛丁

<유가08:02-03> [云何丷乛乙 三位刂丨丿今口

<유가08:03-04> 一十乛 在家位𠆢 二 出家位𠆢 三 遠離閑居丷阝尒 瑜伽乙 修丿今七 位𠆢刂丨]

<유가08:04-05> 云何丷乛乙 十種七 瑜伽乙 修習丷阝 對治丿尸 所七 法刂丨丿今口

<유가08:05> [謂乛 在家位七 中阝十乛

<유가08:05-06> [{於}諸 妻室阝十 淫欲 相應丷乛 貪 {有}斗㢱

<유가08:06-07> {於}餘 親屬𠆢 及 諸 財寶𠆢阝十丨 受用 相應丷乛 愛 {有}斗㢱丷尸入乙]

<유가08:07-08> 是 如支丷乛乙 名下 在家位阝十 {爲}處丷乛 所對治法亠丿尸亠]

<유가08:08> 此 障㝵乙 由阝 {於}一切 種阝十 出離 能 不八丷㢱

<유가08:08-09> [設(一?)八 得尒 出家丷阝乃

<유가08:09-10> [此 尋思灬{之} 擾動丿乛 所乙 由阝 障㝵乙 爲一刂尸入灬 故丿

<유가08:10> 喜樂乙 生尸 不冬丷ト乛亠]]

<유가08:10-11> [是 如支丷乛 二種七 所對治七 法阝十 其 次第乙 隨丿 不淨想乙 修

ソ𢆶 无常想乙 修ソ𢆶ソ尸入乙
<유가08:11-12> 當ハ 知ᄒ丨 是乙 彼ラ 修習對治亠ノ矛リㄱ丁]
<유가08:12-13> [又 出家者ㄱ {於}出家位七 中3十 時時3十 略ᄒ 四種 所作 {有}斗ナ亦七丨
<유가08:13-14> [一十ㄱ 常リ 方便灬 善法乙 修ノ令七 所作リㄱ亠
<유가08:14-15> [謂ㄱ 我ㄱ {於}諸 法3十 常リ 方便灬 修ノㄱ入乙 依止 {爲}ミㄱ入灬 故ノ
<유가08:15> [當ハ 能ケ 隨ノ 樂乙 愛味ソ令七 一切 心識乙 制伏ソ𢆶
<유가08:16> 又 能ケ 實 如支 苦性乙 覺了ソ𢆶ノ矛リㄱリ3七丨ソ尸矢ケ]]]
<유가08:16-17> [二 {於}无戱論涅槃3十 信解愛樂ノ令七 所作リㄱ亠
<유가08:17-18> [謂ㄱ 我ㄱ 當ハ {於}无戱論涅槃3十 心3十 退轉ノ尸 无3
<유가08:18> [憂慮乙 生リ3ホ
<유가08:18-19> 謂尸 我ラ 我ㄱ 今艮{者} 何ᄒ 所3十 在ソ去ㄱリ3七ロソ尸{耶} 不冬ノ矛ㄱリ3七丨ソ尸矢ケ]]]
<유가08:19-20> [三 {於}時時 中3十 聚落3十 遊行ソ3ホ 乞食ノ令七 所作リㄱ亠
<유가08:20-21> [謂ㄱ 我ㄱ 乞食受用乙 因 {爲}ミ3 身 得ホ 久住ソ𢆶 有力ソ𢆶 調適ソ𢆶ソ3
<유가08:21> 常リ 能ケ 方便灬 諸 善法乙 修ノ矛ㄱリ3七丨ソ尸矢ケ]]
<유가08:21-22> [四 {於}遠離處3十 安住ノ令七 所作リㄱ亠
<유가08:22-23> [[謂ㄱ 若 愛樂ソ3ホ 諸 在家人 及七 出家人七 衆乙 與七 雜 居住ノ尸入ㄱ{者}
<유가08:23-09:01> 便ᄒ 種種七 世間相應ソㄱ 見聞 受用七 諸 散亂事乙 {有}斗白ノ矛罒]
<유가09:01-02> 我灬 {於}彼 正審觀察ノ令七 心一境位3十 當ハ 障导乙 作ᄉリ尸 勿ノ矛ㄱリ3七丨ソ尸矢丨]]]
<유가09:03-04> [{於}此 四種 所作事七 中3十 當ハ 知ᄒ丨 四 所對治七 法 有ソㄱリㄱ丁
<유가09:04> [{於}初七 所作3十ㄱ 嬾墮懈怠 {有}斗ケ
<유가09:04-05> {於}第二所作3十ㄱ 薩迦耶見 {有}斗ケ
<유가09:05-06> {於}第三所作3十ㄱ 愛味貪 {有}斗ケ
<유가09:06-07> {於}第四所作3十ㄱ 世間七 種種 樂欲 貪愛 {有}斗ケソ尸矢丨]]
<유가09:07-08> [是 如支ソㄱ 四種 所對治七 法3十 其 次第乙 如ハ 亦 四種 修習對治 有七丨
<유가09:08-09> [一十ㄱ {於}无常3十 苦想乙 修習ソケ
<유가09:09> 二 {於}衆苦3十 无我想乙 修ソケ
<유가09:09-10> 三 {於}飮食3十 厭逆想乙 修ソケ
<유가09:10-11> 四 {於}一切 世間3十 不可樂想乙 修ソケソ尸矢丨]]
<유가09:11> [[又 {於}遠離閑居ソ3ホ 方便作意ノ令七 位七 中3十

<유가09:11-12> 當ハ 知ㅎ丨 略ロㄱ 四種 所治 有ソㄱリㄱ丁]
<유가09:12> 何ㅎ 等ソㄱ乙 {爲}四リ丨ノ令ロ
<유가09:12-13> [一十ㄱ {於}奢摩他 毘鉢舍那品ろ十 闇味心 {有}斗ケ
<유가09:13-14> 二 {於}諸 定ろ十 隨ㅎ 愛味ノア {有}斗ケ
<유가09:14> 三 {於}生ろ十 隨動相心 {有}斗ケ
<유가09:14-15> [四 後後日乙 推ソㅊ 餘 時乙 顧待ソㅊソろ
<유가09:15-16> 不死尋乙 隨ノ 熾然丂 勤セ 方便乙 修 能 不ハソケソア矢丨]]]
<유가09:16> [[是 如支ソㄱ 四種 所對治セ 法ろ十
<유가09:17> 當ハ 知ㅎ丨 亦 四種 修習對治 有ソㄱリㄱ丁]
<유가09:17-18> [一 光明想乙 修ソケ
<유가09:18> 二 離欲想乙 修ソケ
<유가09:18> 三 滅想乙 修ソケ
<유가09:18> 四 死想乙 修ソケソア矢丨]]
<유가09:19-20> [[又 不淨想ろ十 略ロㄱ 二種 有セ丨
一十ㄱ 思擇力灬 攝ノ令人 二 修習力灬 攝ノ令人リ丨]
<유가09:20> [[思擇力灬 攝ノア 不淨想セ 中ろ十
<유가09:20-21> 當ハ 知ㅎ丨 五法リ 所對治リア{爲}入乙ソ才リㄱ丁]
<유가09:21> 何ㅎ 等ソㄱ乙 {爲}五リ丨ノ令ロ
<유가09:21-22> [一十ㄱ 母邑乙 親近ソケ
<유가09:22> 二 顯ソㄱㄋ十 處ソろ 失念ソケ
<유가09:22> 三 隱ソㄱㄋ十 居ソろ 放逸ソケ
<유가09:22-23> 四 通セ 隱ソケ 顯ソㄱㄋ十 處ソろ 串習力乙 由ろソケ
<유가09:23-10:01> [五 勤 方便灬 不淨乙 修習ソナㅎセ人{雖}斗
<유가10:01-02> 而ㄱ 作意錯亂ノアム 謂ㄱ 不淨乙 觀 不ハソろ尓 淨相乙 隨ノ 轉ソ
アス乙
<유가10:02> 是 如支ソㄱ乙 名下 {爲}作意錯亂亠ノ才丨]]]
<유가10:02-03> [[修習力灬 攝ノア 不淨想セ 中ろ十
<유가10:03> 當ハ 知ㅎ丨 七法リ 所對治リア{爲}入乙ソ才リㄱ丁]
<유가10:03-04> 何ㅎ 等ソㄱ乙 {爲}七リ丨ノ令ロ
<유가10:04> [謂ㄱ 本所作事ろ十 心 散亂ノ令セ 性人
<유가10:04-05> 本所作事ろ十 作用乙 趣ノ令セ 性人
<유가10:05> [方便作意ろ十 善巧 不ハノ令セ 性リㄱ
<유가10:05-06> 恭敬ソろ尓 勤セ 請問 不ハソㄱ入乙 由シㄱ入灬 故ノノ令人]
<유가10:06> [又 根門乙 守 能 不ハソㄱ入乙 由シㄱ入灬 故ノ
<유가10:07> [空閑ソㄱㄋ十 處ソㅎセ人{雖}斗
<유가10:07-08> 猶リ 種種セ 染汙尋思 {有}斗ろ 其 心乙 擾亂ノア人]]
<유가10:08> [又 {於}飮食ろ十 知量 不ハソㄱ入灬 故ノ
<유가10:08> 身 不調適ノア人]

<유가10:09> [又 尋思灬 擾亂ノア 所乙 爲ハㄱ入灬 故ノ
<유가10:09-10> 遠離リㄱ 內心寂靜 奢摩他定乙 樂ア 不冬ノアㅅ]
<유가10:10> [又 彼 身リ 不調適ソㄱ入乙 由シㄱ入灬 故ノ
<유가10:11> [毘鉢舍那乙 善修 能 不ハソろ
<유가10:11-12> 實 如支 諸 法乙 觀察 能 不ハノアㅅリ丨]]]
<유가10:12> [是 如支ソㄱ 一切 所對治セ 法ㄱ
<유가10:12-13> [當ハ 知ㅎ丨 總ち 說ロㄱ 一門ろ十ㄱ 十二リか
<유가10:13> 一門ろ十ㄱ 十四リㄱリㄱ丁]]
<유가10:13-14> 又 卽ㅎ 是 如支ソㄱ 所對治法セ 能治セ 白法ろ十 還ㅎ 尒所亇 有ソㄱニ
<유가10:14-15> [{於}二種 不淨想乙 修ノ今セ 中ろ十
<유가10:15> 當ハ 知ㅎ丨 多リ 所作 {有}斗ㄱリㄱ丁]
<유가10:15-16> [又 {於}无常ろ十 修ノア 所セ 苦想ろ十 略ロㄱ 六種 所對治法 有セ丨
<유가10:16-17> 何ㅎ 等ソㄱ乙 {爲}六リ丨ノ今ロ
<유가10:17> [一十ㄱ {於}未生ソㄱ 善法リ 最初ち 生ソㅎ{應}セソㄱラ十
<유가10:17-18> 而灬 嬾墮 {有}斗か]
<유가10:18-19> [二 {於}已生ソㄱ 善法乙 住ソ𢀳 不忘ソ𢀳 修習圓滿ソ𢀳 倍リ 增廣ソ{令}リ𢀳ノㅎ{應}セソㄱラ十
<유가10:19> 有ソㄱ 所セ 懈怠リか]
<유가10:19-20> [三 {於}師長乙 恭敬ソろ 往ソろホ 請問ノ今セ 中ろ十
<유가10:20> 恒リ 相續 不ハソか]
<유가10:20-21> [四 {於}恒リ 善法乙 修ソろホ 常リ 師乙 隨ノ 轉ノ今十
<유가10:21> 淨信乙 遠離ソか]
<유가10:21-22> [五 淨信乙 遠離ソㄱ入乙 由ろ
<유가10:22> 常リ 修 能 不ハソか]
<유가10:22-23> [六 {於}內ろ十 放逸ソろホ 放逸ソㄱ入乙 由シㄱ入灬 故ノ
{於}常リ 諸 善法乙 修習ノ今セ 中ろ十 恒リ 隨轉 不ハソア矢丨]]
<유가10:23-11:01> [[是 如支ソㄱ 六種 所對治セ 法ろ十
<유가11:01-02> 還ㅎ 六法リ 能か 對治リア{爲}入乙ソろ 多リ 所作 {有}斗ヒ 有ソㄱニ]
<유가11:02> [此 與セ 相違ソㄱリㄱ
<유가11:02> 其 相乙 知ノㅎ{應}セ丨]]
<유가11:02-03> [[又 光明想ㄱ 多リㄱ 光明乙 緣ソろ 以ホ 境界 {爲}シソオリㄱニ
<유가11:03-04> 三摩呬多地セ 中ろ十 已シ 說ㅅノㄱ 如支ソ丨]
<유가11:04> [今ハ 此 義セ 中ろ十 意ㄱ
<유가11:04-05> 法乙 緣ソ今セ 光明乙 以ホ 境界 {爲}シろ 光明想乙 修ノア入乙 辯ノㄱリ丨]
<유가11:05-06> [謂ㄱ 聞ノㄱ 所乙 如ハ 已シ 得ホ 究竟ソろ 法乙 忘念 不冬ソア入乙

<유가11:06> 名下 法光明亠ノ尸亠]
<유가11:06-07> [彼 與セ 俱行ソろ 彼 相應ソㄱ 想乙
<유가11:07> 知ノㅎ{應}セ丨 名下 光明想亠ノ㐫刂ㄱ丁]
<유가11:07-08> [何以故亠ソ口ㄱ
<유가11:08> [眞實亐 能ㅅ 心乙 闇昧ソ{令}刂尸入ㄱ{者}
<유가11:08-09> 謂ㄱ 方便灬 止觀品乙 修ソ亽セ 時十セ {於}諸 法 中ろ十 有セㄱ 所セ 忘念刂ㅅ
<유가11:09-10> [此 與セ 相違ソㄱ乙
<유가11:10> 當ハ 知ㅈ丨 卽ㅈ 是乙 光明亠ノ㐫刂ㄱ丁]]]
<유가11:10-11> [[[又 第一義セ 思所成慧人 及セ 修所成慧人 俱ソㄱ 光明想ろ十
<유가11:11-12> 十一法刂 所對治刂尸{爲}入乙ソ亽 有セ丨]
<유가11:12> 云何ソㄱ乙 十一刂丨ノ亽口
<유가11:12-13> [謂ㄱ 思所成慧 俱ソㄱ 光明想ろ十 四法 有セㅅ
<유가11:13-14> 修所成慧 俱ソㄱ 光明想ろ十 七法 有ㅅソㄱ亠]
<유가11:14> 是 如攴ソㄱ 所治ろ十 合刂口ㄱ 十一 有セ丨]
<유가11:14-15> [[思所成慧 俱ソㄱ 光明想ろ十 四法 有ソㄱ矢丨ソㄱ入ㄱ{者}
<유가11:15-16> [[[一十ㄱ 不善觀察ソㄱ入灬{故}ㅅ
<유가11:16> 不善決定ソㄱ入灬 故ノ]
<유가11:16> {於}思惟ノ尸 所ろ十 疑刂 隨逐ノ尸 有セㅅ]
<유가11:17> [[二 {於}夜分ろ十 住ソろホ 嬾惰懈怠ソㄱ入灬{故}ㅅ
<유가11:17-18> 多刂 睡眠乙 習ソㄱ入灬 故ノ]
<유가11:18> 時分乙 虛度ソㅅ]
<유가11:18-19> [三 {於}晝分ろ十 住ソろホ 邪惡食乙 習近ソㄱ入灬 故ノ
<유가11:19> 身 不調柔ソろ 隨順亐 諸 法乙 諦觀 能 不ハソㅅ]
<유가11:20-21> [四 在家亠 出家亠ノ尸乙 與セ 共相 雜住ソろ {於}聞ノㄱ 所乙 隨ノ 究竟ノ尸 所セ 法ろ十
<유가11:21> 如理亐 作意思惟 能 不ハソㅅソ尸矢丨]]]
<유가11:21-22> [[[是 如攴 疑刂 隨逐ソㄱ入灬{故}ㅅ
<유가11:22> 能ㅅ 疑乙 遣ノ亽セ 因緣乙 障导ソ尸入灬 故ノ]
<유가11:22-12:01> 此 四種 法乙 是乙 思所成慧 俱ソㄱ 光明想ラ{之} 所對治亠ノ尸亠]
<유가12:01> 思所成セ 若 智人 若 見人乙 得ホ 淸淨 不ハソ{令}刂ナㅎセ丨]]
<유가12:01-03> [何ㅈ 等ソㄱ乙 名下 {爲}修所成慧 俱ソㄱ 光明想ラ 所治セ 七法刂丨ノ亽口
<유가12:03> [[一十ㄱ 擧相修乙 依ソㄱ
<유가12:03> 極勇精進 所對治セ 法刂ㅅ]
<유가12:04> [二 止相修乙 依ソㄱ
<유가12:04> 極劣精進 所對治セ 法刂ㅅ]

<유가12:04-05> [三 捨相修乙 依ッㄱ
<유가12:05-06> 定味乙 貪着ッ3ホ 愛 與七 俱行ッㄱ 有七ㄱ 所七 喜悅リ㢱]
<유가12:06-07> [四 {於}般涅槃3十 心3十 恐怖乙 懷ゑ 瞋恚 與七 俱ッ3 其 心 劫弱ッゑノ今七
<유가12:07> 二所治七 法リ㢱]
<유가12:07-08> [[[五 卽ㅎ 是 如支ッㄱ 方便作意乙 依3
<유가12:08> {於}法3十 精勤ッ3ホ 論議決擇ッゑ]
<유가12:08-09> [{於}立破門3十 多リ 言論乙 生リ3
<유가12:09> 相續 不捨ッゑノ尸入ㄱ]]
<유가12:09-10> [此ㄱ {於}寂靜亐 正思惟ッ今七 時亠十
<유가12:10> 能㢱 障导リ尸{爲}入乙ッ尸矢㢱]]
<유가12:10-11> [六 {於}色聲香味觸七 中3十 不如正理亐 相好乙 執取ッ3ホ
<유가12:11-12> 不正尋思灬 心乙 散亂ッ{令}リ尸矢㢱]
<유가12:12> [七 {於}思ノㅎ{應}七ッㄱ 不矢リㄱ 處3十 强亐 其 心乙 攝ッ3
<유가12:13> 諸 法乙 思擇ッ㢱ッ尸矢丨]]
<유가12:13-14> 是 如支ッㄱ 七種乙 是乙 修所成慧 俱ッㄱ 光明想彡 所對治七 法亠 ノ尸亠
<유가12:14-15> [極亐 能㢱 修所成慧 俱ッㄱ 光明想乙 障导ッ3
<유가12:15-16> 修所成七 若 知ㅅ 若 見ㅅ乙 淸淨亐 轉 不ハッ{令}リナㅎ七丨]]
<유가12:16-17> [此 所治七 法3十 還ㅎ 十一リㄱ 此 與七 相違ッㄱ 能對治七 法リ 能㢱 {於}彼乙 斷ッ今 有ッㄱ亠
<유가12:17-18> 當ハ 知ㅎ丨 亦 思修所成七 若 知ㅅ 若 見ㅅ乙 淸淨亐 而灬 轉ッ {令}リ才リㄱ丁]]
<유가12:18-19> [[又 正方便灬 諸 想乙 修ッ今七 者ㄱ
<유가12:19> [能㢱 所治法乙 斷滅ッ今七 欲 {有}斗ゑ
<유가12:19-20> [又 {於}所治七 現行法七 中3十
<유가12:20-21> 心3十 染着 不冬ッ3ホ 速リ 斷滅ッ{令}リゑ]
<유가12:21> [又 能㢱 多リ 能對治七 法3十 住ッ3ホ
<유가12:21-22> 一切 所對治七 法乙 斷滅ッゑッ才罒]]]
<유가12:22-23> [是 如支ッㄱ 三法ㄱ 一切 對治修乙 隨逐ッㄱ入灬 故ノ
<유가12:23> 名下 多所作亠ノ才丨]]
<유가12:23> 是 如支ッㄱ乙 名下 {爲}修習對治亠ノ尸亠
<유가12:23-13:01> 此 修對治乙 當ハ 知ㅎ丨 卽ㅎ 是乙 修習瑜伽亠ノ才リㄱ丁
<유가13:01-02> [此 第五支七 修習對治七 廣聖敎義3十
<유가13:02-03> [當ハ 知ㅎ丨 唯ハ 是 如支ッㄱ 十相彡 有ッㄱ亠
<유가13:03> 此乙 除ㅁ斤 更3 若 過ッゑ 若 增ッゑッㄱ 无ッㄱリㄱ丁]]]
<유가13:04> [云何ッㄱ乙 世間一切種淸淨リ丨ノ今ㅁ
<유가13:04-05> 當ハ 知ㅎ丨 略ㅁㄱ 三種 有ッㄱリㄱ丁

<유가13:05-06> 一十ㄱ 得三摩地人 二 三摩地圓滿人 三 三摩地自在人リㅣ
<유가13:06-07> [此七 中ぅ十 最初ぅ十ㄱ 二十種七 得三摩地七 所對治七 法リ 能ㄅ 勝三摩地乙 得ㄕ 不ハソ{令}リ仒 有七ㅣ
<유가13:08> 何 等ソㄱ乙 二十リㅣノ仒ロ
<유가13:08-09> [一十ㄱ 斷乙 樂ㄕ 不冬ソ仒七 同梵行者乙 伴 {爲}シノヒ七 過失 {有}ㅓㄅ
<유가13:09> [二 伴ㄱ 有德ソ人{雖}ㅓ
<유가13:09-10> [然ソ乃 能ㄅ 修定方便乙 宣說ソ仒七 師リ 過失 {有}ㅓノㄕム
<유가13:10> 謂ㄱ 顚倒ㄎ 修定方便乙 說ソㄕ矢ㄅ]]
<유가13:11> [三 師ㄱ 有德ソ人{雖}ㅓ
<유가13:11> [然ソ乃 {於}所說七 修定方便ぅ十
<유가13:11-12> 其 能聽者リ 欲樂羸劣ソぅ 心 散亂ソㄱ入灬 故ノ
<유가13:12-13> 領受 能 不ハノ仒七 過失リㄅ]]
<유가13:13-14> [四 其 能聽者リ 樂欲 {有}ㅓぅホ 屬耳ソぅ 而灬 聽ソㄊ七人{雖}ㅓ
<유가13:14> [然ソ乃 闇鈍ソㄱ入灬{故}ㄅ
<유가13:14> 覺慧 劣ソㄱ入灬 故ノ]
<유가13:14-15> 領受 能 不ハノ仒七 過失リㄅ]
<유가13:15> [五 智德 {有}ㅓ人{雖}ㅓ
<유가13:15-16> 然ソ乃 是ㄱ 愛行リ皿 多リ 利養恭敬乙 求ノ仒七 過失リㄅ]
<유가13:16> [六 多分 憂愁ソぅホ 難養難滿ノ㚢皿
<유가13:17> 喜足乙 知ㄕ 不ハノ仒七 過失リㄅ]
<유가13:17-18> [七 卽ㄊ 是 如支ソㄱ 增上力乙 由シㄱ入灬 故ノ
<유가13:18> 諸 事務 多ノ仒七 過失リㄅ]
<유가13:18> [八 此 失ㄱ 无七人{雖}ㅓ
<유가13:18-19> [然ソ乃 懈怠 嬾惰 {有}ㅓㄱ入灬 故ノ
<유가13:19> 加行乙 棄捨ノ仒七 過失リㄅ]]
<유가13:19-20> [九 此 失ㄱ 無七人{雖}ㅓ
<유가13:20> 然ソ乃 他 種種七 障㝵リ 生起ノㄕ入乙 爲ハノ仒七 過失 {有}ㅓㄅ]
<유가13:21> [十 此 失ㄱ 無七人{雖}ㅓ
<유가13:21-22> 然ソ乃 {於}寒熱 等ソㄱ 苦ぅ十 堪忍 能 不ハノ仒七 過失 {有}ㅓㄅ]
<유가13:22> [十一 此 失ㄱ 無七人{雖}ㅓ
<유가13:22-23> 然ソ乃 慢人 恚人七 過灬 故ノ 教誨乙 領受 能 不ハノ仒七 過失 {有}ㅓㄅ]
<유가13:23-14:01> [十二 此 失ㄱ 無七人{雖}ㅓ
<유가14:01> 然ソ乃 {於}教ぅ十 顚倒思惟ノ仒七 過失 {有}ㅓㄅ]
<유가14:01-02> [十三 此 失ㄱ 無七人{雖}ㅓ
<유가14:02> 然ソ乃 {於}所受七 教ぅ十 忘念ノ仒七 過失 {有}ㅓㄅ]

<유가14:03> [十四 此 失ㄱ 无ㅌㅅ{雖}ㅛ
<유가14:03-04> 然ㅅㄗ 在家 出家ㅡ 雜住ノ今ㅌ 過失 {有}ㅛㄘ]
<유가14:04> [十五 此 失ㄱ 無ㅌㅅ{雖}ㅛ
<유가14:04-05> 然ㅅㄗ 五失 相應ㅅㄱ 臥具ㄹ 受用ノ今ㅌ 過失 {有}ㅛㄕ矢ㅣㄱㅗ
<유가14:05-06> 五失 相應ㅅㄱ 臥具ㄱ 知ノㅎ{應}ㅌㅣ 聲聞地ㄴ十 當ハ 說白ノㄕ
如ㅊㅅㄱㅣㄱ丁]
<유가14:06> [十六 此 失ㄱ 无ㅌㅅ{雖}ㅛ
<유가14:06-07> [然ㅅㄗ {於}遠離處ㄴ十 諸 根ㄹ 守護 不ハㅅㄱㅅㅡ 故ノ
<유가14:07-08> 不正尋思ノ今ㅌ 過失 {有}ㅛㄘ]]
<유가14:08> [十七 此 失ㄱ 無ㅌㅅ{雖}ㅛ
<유가14:08-09> [然ㅅㄗ 食 不平等ㅅㄱㅅㄹ 由ㄴㄱㅅㅡ 故ノ
<유가14:09> 身 沈重ㅅㄴ尔 堪能ノㄕ 所 无ノ今ㅌ 過失 {有}ㅛㄘ]]
<유가14:09-10> [十八 此 失ㄱ 无ㅌㅅ{雖}ㅛ
<유가14:10> [然ㅅㄗ 性多睡眠ㅅㄴ尔
<유가14:10-11> 多ㅣㄱ 睡眠隨煩惱ㅣ 現行ノ今ㅌ 過失 {有}ㅛㄘ]]
<유가14:11> [十九 此 失ㄱ 无ㅌㅅ{雖}ㅛ
<유가14:11-12> [然ㅅㄗ 先下 奢摩他品ㄹ 修行 不ハㅅㄱㅅㅡ 故ノ
<유가14:12-13> {於}內心寂止ㅣㄱ 遠離ㅌ 中ㄴ十 不欣樂ノ今ㅌ 過失 {有}ㅛㄘ]]
<유가14:13> [二十 此 失ㄱ 无ㅌㅅ{雖}ㅛ
<유가14:13-14> [然ㅅㄗ 先下 毘鉢舍那品ㄹ 修行 不ハㅅㄱㅅㅡ 故ノ
<유가14:14-16> {於}增上慧法 毘鉢舍那ㅣㄱ 如實觀ㅌ 中ㄴ十 不欣樂ノ今ㅌ 過失
{有}ㅛㄘㅅㄕ矢ㅣ]]]
<유가14:16-17> 是 如ㅊㅅㄱ 二十種 法ㄹ 是ㄹ 奢摩他ㅅ 毘鉢舍那ㅅㅌ 品ㅡ 心一境
性ㄹ 證得ノㄕㄱㅌ{之} 所對治ㅗノ∮ㅣ]
<유가14:17-19> [又 此 二十種ㅌ 所對治法ㄱ 略ㅁㄱ 四相ㄹ 由ㄴ {於}生起ノㄕ 所
ㅌ 三摩地ㅌ 中ㄴ十 堪能ㅎ 障ㄹ 爲一ㅣナㅎㅌㅣ
<유가14:19> 何 等ㅅㄱㄹ {爲}四ㅣㅣノ今ㅁ
<유가14:19-20> [一ㅏㄱ {於}三摩地方便ㄴ十 善巧 不ハㅅㅣㄕㅅㅡ(난상 不ハ令ㅣㄕ
ㅅㅡ){故}ㄘ
<유가14:20-21> 二 {於}一切 修定方便ㄴ十 全ㅎ 加行 無ㅎㅅㅣㄕㅅㅡ{故}ㄘ
<유가14:21-22> 三 加行ㄹ 顚倒ㅅㅣㄕㅅㅡ{故}ㄘ
<유가14:22> 四 加行ㄹ 縵緩ㅅㅣㄕㅅㅡ{故}ㅣ]]
<유가14:22-23> [此 三摩地ㅌ 所對治法ㄴ十 二十種 白法對治 有ㅅㄱㅗ
<유가14:23-15:01> 此 與ㅌ 相違ㅅㄱㅣㄱ 其 相ㄹ 知ノㅎ{應}ㅌㅣ]
<유가15:01-02> [此 能ㄘ 所對治ㄹ 斷ㅅ今ㅌ 法ㅣ 所作 多ㅅㄱㅅㄹ 由ㄴㄱㅅㅡ 故ノ
<유가15:02> 疾疾ㅎ 能ㄘ 得尔 其 心ㄹ 正住ㅅㅣ下 三摩地ㄹ 證ㅅㅣナ∮ㄘ]
<유가15:02-03> [又 此 三摩地ㄹ 得ㄴ斤
<유가15:03-04> 當ハ 知ㅎㅣ 卽ㅎ 是ㄱ 初靜慮ㅌ 近分定ㄹ 得ナ∮罒 未至位ㅡ 攝ノ

尸 所刂丨丁]
<유가15:04-05> [又 此 得三摩地 相違法𠆢 及七 得三摩地 隨順法𠆢七 廣聖教七 義 氵十
<유가15:06> [當八 知令丨 唯八 此 二十種氵 有丷丨亠
<유가15:06-07> 此乙 除口斤 更氵 若 過丷㇇ 若 增丷㇇丷丨 無丷丨刂丨丁]]
<유가15:07> [此 因緣乙 由氵
<유가15:07-08> 初七 世間一切種淸淨乙 依氵
<유가15:08> {於}此 正法氵十丷丨 補特伽羅丨
<유가15:08> 三摩地乙 得氵斤
<유가15:08-09> 已 善 宣說丷㇇ 已 善 開示丷㇇丷卜丨刂丨]]
<유가15:10> [復次 是 如支 已氵 三摩地乙 得丷𠃍七 者丨
<유가15:10-11> {於}此 少小丷丨 殊勝定七 中氵十 喜足乙 生尸 不冬丷氵
<유가15:11-12> {於}勝三摩地圓滿丷丨㇇十 更氵 求願丿尸入乙 起𱍊
<유가15:12> 又 卽令 {於}彼㇇十 勝功德乙 見丷𱍊
<유가15:12-13> [[又 求願丷㇇ 勝功德乙 見㇇丷丨入乙 由氵
<유가15:13> 彼乙 求丷{爲}𠆢丷尸入灬 故丿]
<유가15:13-14> 勇猛精進丷氵 策勵丷氵尒 而灬 住丷𱍊]
<유가15:14-15> [[又 彼丨 {於}色 相應丷𠃍七 愛味 俱行丷丨 煩惱氵十
<유가15:15> 能𱍊 一切之七 皆 永斷丷今 非矢刂丨入灬 故丿]
<유가15:15-16> 名下 非得勝亠丿矛𱍊]
<유가15:16> [又 {於}彼 諸 善法七 中氵十 皆 勤修丷今 非矢刂丨入灬 故丿
<유가15:16-17> 名下 他所勝亠丿矛𱍊]
<유가15:17-18> 又 {於}廣大丷丨 淨天生七 處氵十 沈沒丿尸 无有𱍊
<유가15:18> [又 彼丨 能𱍊 {於}己㇇ 下劣信解乙 陵蔑丿尸 无氵
<유가15:18-19> 增上力灬 故丿丷𱍊]
<유가15:19> [[又 彼丨 是 如支 心氵十 沈沒丿尸 無氵尒
<유가15:19-20> [{於}定 所緣 境界法七 中氵十 卽令 先下 得丿丨 所七 止擧捨相乙
<유가15:20-21> 無間𠆢 殷重𠆢七 方便灬 修丷丨入灬 故丿]]
<유가15:21> 隨順亏 而灬 轉丷𱍊]
<유가15:21-22> [[又 彼丨 是 如支 法相乙 隨丿 轉丷氵尒
<유가15:22> 數刂 入丷㇇ 數刂 出丷㇇丷氵
<유가15:22-23> 速疾通慧乙 證得丷{爲欲}𠆢
<유가15:23> 定圓滿乙 依氵
<유가15:23> 樂令 正法乙 聞𠂇尸入灬 故丿]
<유가15:23-16:01> {於}時時七 中氵十 慇懃 請問丷𱍊]
<유가16:01-02> [[又 是 如支丷丨 三摩地圓滿乙 依丷丨入灬 故丿
<유가16:02-03> [{於}正方便刂丨 根本定灬 攝丿尸 內心奢摩他氵十 遠離愛樂乙 證得丷㇇

<유가16:03-04> 又 法毘鉢舍那刂 7 是 如支 觀察ソ 3 ホ 熾燃明淨ノ 令 十 有セ 7 所セ 愛樂乙 證得ソ 彡 ソ ナ 㢱 セ 丨]]
<유가16:04-05> 當ハ 知ゔ 丨 此乙 齊 3 已 氵 能ゕ 根本靜慮 3 十 證入ソ 𠫔 7 丁 ノ 矛 刂 7 丁
<유가16:05-06> 是 如支 ソ 7 乙 名下 {爲}三摩地圓滿亠 ノ 矛 丨
<유가16:06-07> [又 此 三摩地圓滿セ 廣聖敎セ 義 3 十 當ハ 知ゔ 丨 唯ハ 是 如支 ソ 7 十相 氵 有ソ 7 亠
<유가16:07-08> 此乙 除口 斤 更 3 若 過ソ 彡 若 增ソ 彡 ソ 7 无ソ 7 刂 7 丁]
<유가16:09-10> [復次 已 氵 根本三摩地乙 證得ソ 3 7 入 灬 故ノ 名下 三摩地圓滿亠 ノ 矛 人{雖}十
<유가16:10-11> 其 心刂 猶刂 三摩地灬 生ソ 7 愛味人 慢人 見人 疑人 无明人 等ソ 7 諸 隨煩惱 氵{之} 染汚ノ ア 所乙 爲ハ ナ ア 入 灬
<유가16:12> 名下 圓滿ソ 3 ホ 淸淨鮮白ソ 𠫔 7 丁 ノ 令 未 失 皿
<유가16:12-13> [是 如支 ソ 7 諸 隨煩惱乙 現行 不冬ソ{令}刂{爲}人ソ ア 入 灬{故}ゕ
<유가16:13> 心乙 練ソ{爲}人ソ ア 入 灬{故}ゕ
<유가16:13> 心乙 調ソ{爲}人ソ ア 入 灬 {故}ノ]
<유가16:14> [彼 7 是 思ノ ア 入 乙 作ソ ナ ア
<유가16:14-15> 我 7 當ハ 心自在性亠 定自在性亠 ノ ア 乙 證ノ 㢱{應}セソ 7 刂 3 セ 丨 ソ 3]
<유가16:15-16> {於}四處所 3 十 二十二相乙 {以} 氵 善ゕ 觀察ノ 㢱{應}セ 丨]
<유가16:16> [[謂 7 自 灬 誓ホ 下劣ソ 7 形相亠 威儀亠 衆具亠 ノ ア 乙 受ゕ
<유가16:16-17> 又 自 灬 誓ホ 禁制尸羅乙 受ゕ
<유가16:17-18> 又 自 灬 誓ホ 精勤無閒亏 善法乙 修習ノ ア 入 乙 受ゕ
<유가16:18-19> 若 有ナ 丨 一切 苦惱乙 斷ソ{爲}人 此 三處乙 受ソ ナ 矛 亠]
<유가16:19> 正セ 衆苦 氵 隨逐ノ ア 入 乙 觀察ノ 㢱{應}セ 丨
<유가16:19-20> [[鬚髮乙 剃除ソ 7 入 乙 由 氵 7 入 灬{故}ゕ
<유가16:20> 俗 形好乙 捨ソ 7 入 灬{故}ゕ
<유가16:20> 壞色衣乙 著ソ 𠫔 7 入 灬 故ノ]
<유가16:20-21> 自 灬 形色刂 人 氵 十 異 𠫔 ノ 7 入 乙 觀察ノ 㢱{應}セソ 7 刂 皿
<유가16:21-22> 是 如支 ソ 7 乙 名下 {爲} 誓ホ 下劣ソ 7 形相乙 受ノ ア 入 乙 觀察ソ ア 丁 ノ 矛 ゕ]]
<유가16:22-17:01> [{於}行住 坐臥 語默 等ソ 7 中 3 十 欲ノ ア 入 乙 隨ノ 行ア 不冬ソ 3 憍慢乙 制伏ソ 3 ホ 他 氵 家 3 十 往趣ノ ア ム 審正觀察ソ 3 ホ 遊行乞食ソ ア 入 乙
<유가17:01-02> 是 如支 ソ 7 乙 名下 {爲} 誓ホ 下劣ソ 7 威儀乙 受ノ ア 入 乙 觀察ソ ア 丁 ノ 矛 ゕ]
<유가17:02-03> [又 正セ 觀察ソ 3 他乙 從セ 畜積ノ ア 所 无ソ 7 諸 供身セ 具乙 獲得ソ ア 入 乙

<유가17:03-04> 是 如支ソㄱ乙 名下 {爲} 誓ホ 下劣ソㄱ 衆具乙 受ノ尸入乙 觀察ソ尸丁ノ齐丨]

<유가17:04-05> 此 五相乙 由ろソ尸入乙 當ハ 知亍丨 是乙 名下 初處ろ十 觀察ソ尸丁ノ齐リㄱ丁

<유가17:05-06> 又 善說法亠 毘柰耶亠ノ令七 中ろ十ソㄱ 諸 出家者ラ 受ソㄱ 所七 尸羅ㄱ 略亐 二事乙 捨ノㄱ入灬{之} 顯現ソㄱ 所リ丨

<유가17:06-08> [一十ㄱ{者} 父母亠 妻子亠 奴婢亠 僕使亠 朋友亠 眷屬亠 財穀亠 珍寶亠 等ソㄱ乙 棄捨ノㄱ入灬 顯ソㄱ 所リケ

<유가17:08-10> 二者 歌舞倡伎亠 笑戲歡娛亠 遊從掉逸亠 親愛聚會亠ノ令七 種種七 世事乙 棄捨ノㄱ入灬{之} 顯現ソㄱ 所リ丨]

<유가17:10-11> [[[又 彼ㄱ 尸羅律儀ろ十 安住ソろ 犯戒ソㄱ入乙 由ろ 私立 自灬 懇責ソ尸 不冬ソㅎ

<유가17:11-12> 亦 彼 同梵行者ラ 法乙 {以}氵 呵擯ノ尸入乙 爲ハ尸 不冬ソㅎソケ]

<유가17:12-13> [尸羅乙 犯ソㄱリ 有七去乃 而ㄱ 輕擧 不冬ソㅎ

<유가17:13-14> 若 {於}尸羅ろ十 缺犯ノ尸 所 {有}斗ろㄱ丨十ㄱ 此 因緣乙 由ろ 便亍 自灬 懇責ソㅎソケ]

<유가17:14-15> 若 同梵行リ 法乙 {以}氵 呵擯ソ去ㄱ丨十ㄱ 卽亍 便(ラ?) 法乙 如ハ 而灬 自灬 悔除ソケ

<유가17:15-17> {於}能ケ 擧罪ソ令七 同梵行者ラ十 心ろ十 恚恨ノ尸 无ㅎ 損ノ尸 無ㅎ 惱ノ尸 无ㅎソろホ 而灬 自灬 修治ソケノ令七] 此 五相乙 由ろソ尸入乙

<유가17:17> 是乙 名下 {於}第二處ろ十 觀察ソ尸丁ノ齐丨]

<유가17:17-19> 是 如支 尸羅乙 善 圓滿 已氵ソろ斤 五相乙 {以}氵 精勤方便灬 諸 善品乙 修ソナ亍{應}七丨 /*'ナ'의 자형이 '乂'처럼 보임*/

<유가17:19-20> 謂ㄱ 時時間ろ十 諮受ソㅎ 讀ソㅎ 誦ソㅎ 論量 決擇ソㅎソろホ 勤七 善品乙 修ノ齐ナㄱ亠

<유가17:20> [[是 如支ソろハ氵 乃氵 他ラ 信施乙 受ノ亍{應}七ソケ

<유가17:20-21> 又 遠離乙 樂ろホ 正方便乙 {以}氵 諸 作意乙 修ソケ

<유가17:21-22> 又 復 晝夜ろ十 {於}退分人 勝分人七 二法ろ十 知斷修習ソケ

<유가17:22-23> 又 {於}生死ろ十 大過失乙 見ケ

<유가17:23> 又 {於}涅槃ろ十 勝功德乙 見ソケノ令乚]

<유가17:23-18:01> 此 五相乙 由ろソ尸入乙 是乙 名下 第三處ろ十 觀察ソ尸丁ノ齐丨]

<유가18:01-02> 是 如支 精勤亐 善品乙 修ソ令七 者ㄱ 略亐 四苦ラ{之} 隨逐ノ尸 所乙 爲ハナ亍七丨

<유가18:02-04> [謂ㄱ {於}四沙門果ろ十 能ケ 隨ノ 證ノ尸 所乙 {有}斗尸 未ハソㄱ入灬 故ノ 猶リ 惡趣苦ラ 隨逐ノ尸 所乙 爲ハケ

<유가18:04-05> 體リ 是ㄱ 生老病死七 法リㄱ入灬 故ノ 內壞苦ラ{之} 隨逐ノ尸 所乙 爲ハケ

<유가18:05-06> 一切 所愛離別セ 法リ1入… 故ノ 愛壞苦ラ{之} 隨逐ノア 所乙 爲ハゕ

<유가18:06-07> 自業ラ 作ノ1 所リ1入… 故ノ 一切 苦因ラ{之} 隨逐ノア 所リ丨]

<유가18:07-08> [彼1 是 如支ソ1 四苦ラ 隨逐ノア入乙 爲ハ3斤 七相乙 {以}氵 審正觀察ノ亠{應}セソ1リ罒

<유가18:08-09> 此 七相乙 由3ソア入乙 是乙 名下 第四處3十 觀察ソア丁ノ矛丨]

<유가18:09-11> 彼1 {於}是 如支ソ1 四處3十 二十二相乙 {以}氵 正 觀察ソ令セ 時ニ十 便(ㅎ?) 是 如支ソ1 如理作意乙 生リナ亠セ丨

<유가18:11> [[謂1 我1 是 如支ソ1 事乙 求ソ{爲}入ソア入… 故ノ

<유가18:11-12> [誓ホ 下劣ソ1 形相ニ 威儀ニ 及セ 資身セ 具ニノア乙 受ソ3

<유가18:12> 誓ホ 禁戒乙 受ソ3

<유가18:12-13> 誓ホ 精勤ラ 常リ 善法乙 修ノア入乙 受3ソ3ノ1ニ]

<유가18:13-14> 而1 我1 今ㅂ{者} {於}四種 苦3十 何ㅎ 等ソ1乙 {爲}脫ソ3ノ1リ3セロ]

<유가18:14-15> [若 我1 是 如支 自策ソ3 自勵ソ3ソ3 誓ホ 三處乙 受ソ3ノ1ニ

<유가18:15> 猶リ 四苦ラ 常リ 隨逐ノア 所乙 爲ハ3 得ホ 解脫 未ハソトノ1リ罒 /*'ト'의 자형이 불명확하여 '3'로 판독할 가능성도 있음. 원본 확인 필요*/

<유가18:15-17> 我1 今ㅂ 苦ラ 隨逐ノア入乙 爲ハ3 {於}勝定3十 自在ソ1入乙 獲得 未ハソ1丨十

<유가18:17> 中路3十 止息ソ3 或 復 退屈ソ3ノ亠{應}セソ1 不矢1リ3セ丨ソ3]

<유가18:17-19> 是 如支 精勤ラ 如理作意ソア入乙 乃氵 得ア 名下 {爲}出家之想ニソゕ 及セ 沙門想ニノ矛丨]

<유가18:19-20> [[彼1 {於}圓滿ソ1ラ十 多 方便乙 修ノ1入乙 以ホ 依止 {爲}氵3 世間道乙 由3 三摩地圓滿乙 證得ソ1入…

<유가18:20-21> 故ノ {於}煩惱斷3十 猶リ 證得 未リソナ1入…

<유가18:21> 復 樂斷乙 依3 常リ 勤セ 修習ソゕ]

<유가18:21-23> 又 彼1 已氵 善 世間道乙 得3 數數リ 三摩地自在乙 得ソ{爲}入ソア入… 故ノ 樂修乙 依止ソ3ホ 无閒ラ 而… 轉ソゕ

<유가18:23-19:02> [又 {於}正信ソㅌセ 長者ニ 居士ニ 婆羅門ニ 等ソ1ラ十 種種セ 利養恭敬乙 獲得ソアニ

<유가19:02-03> 而1 此 利養恭敬乙 依3 而… 貪着乙 生リア 不冬ソゕ]

<유가19:03-06> [亦 {於}他ラ 利養恭敬ニ 及セ 餘 不信ソㅌセ 婆羅門 等ソ1ラ 對面ソ3 背面ソ3ソ3 諸 不可意セ 身業語業乙 現行ソ令セ 事ニノ令セ 中3十 心3十 憤恚乙 生リア 不冬ソ3 又 復 {於}彼ラ十 損害心 无3ソゕ]

<유가19:06-07> 又 愛人 慢人 見人 无明人 疑惑人セ 種種 定セ 中3十ソ1 諸 隨煩惱乙 復ハ 現行ソア 不冬ソ3ホ 善ゕ 念住乙 守ソゕ

<유가19:07-09> [又 勝奢摩他乙 證得ノㄱㅅ灬 卽ㅎ 是 如支ソㄱ 奢摩他乙 {以}氵ㄱ ㅅ灬 故ノ

<유가19:09-10> 己ㅋ乙 謂3ホ 一切 所作乙 已辨ソ3ノㄱリ3セ丨ソ尸 非冬ソ乊 亦 他乙 向3 己ㅋ 證ノㄱ 所乙 說尸 不冬ソ乊ソ𠆢ソナ矛罒]]

<유가19:10-11> [[彼ㄱ 是 如支 樂斷ソ乊 樂修ソ乊 心3十 貪亠 恚亠ノ令 无乊 正念現前ソ乊 增上慢乙 離乊ソㄱㅅ乙 由3

<유가19:11-12> {於}諸 衣服乙 宜ソㄱㅅ乙 隨ノ 獲得ノㄱㅋ十 便ㅎ 喜足乙 生リ𠆢]

<유가19:12-13> {於}衣服3十ノ尸ㅅ乙ソㄱ 如支 {於}餘 飮食亠 臥具亠 等ソㄱㅋ十 喜足ノ尸 當八 知ㅎ丨 亦 尒ソㄱリㄱ丁]]

<유가19:13-14> [又 正七 了知ソ3ホ 而灬 {爲}受用ノ尸厶

<유가19:14-15> 謂ㄱ 是 如支 等ソㄱ 諸 資生具ㄱ 但八 身乙 治ソ3ホ 敗壞尸 不冬ソ{令}リ乊

<유가19:15> 暫七 飢渴乙 止3ホ 梵行乙 攝受ソ乊ソ{爲}ㅅノ矛ㄱリ3セ丨ソ𠆢

<유가19:16> 廣リ 說尸 乃氵 至リ {於}食3十 知量ソナㅎセ丨]

<유가19:16-17> [彼ㄱ 是 如支 正七 修行ソㄱㅅ乙 由氵ㄱㅅ灬 故ノ {於}三摩地3十 自在ソㄱㅅ乙 獲得ソ𠆢

<유가19:17-19> 彼乙 依止ソㄱㅅ灬 故ノ 其 心 淸ソ乊 白ソ乊 瑕穢 无{有}乊 隨煩惱乙 離乊 廣リ 說尸 乃氵 至リ 不動乙 獲得ソ乊ソ3 能𠆢 一切 勝神通慧乙 引ソナㅎセ丨

<유가19:20> 是乙 名下 三摩地自在亠ノ矛丨]

<유가19:20-21> [此 三摩地自在七 廣義3十 當八 知ㅎ丨 唯八 說ノㄱ 所 如支ソㄱ 相氵 有ソㄱ亠

<유가19:21-22> 此乙 除口斤 更3 若 過ソ乊 若 增ソ乊ソㄱ 無ソㄱリㄱ丁]

<유가19:22-20:01> [又 先下 說ノㄱ 所七 得三摩地𠆢 若 中3十 說ノㄱ 所七 三摩地圓滿𠆢 及七 今八 說ノㄱ 所七 三摩地自在𠆢乙 摠亐 名下 无上世間一切種淸淨亠ノ矛丨

<유가20:01-20:02> 當八 知ㅎ丨 此 淸淨ㄱ 唯八 正法3十氵 在ソ口 諸 外道ㅋ十ㄱソㄷ 非矢リㄱ丁]

<유가20:03-03> [云何ソㄱ乙 出世間一切種淸淨リ丨ノ令口

<유가20:03-04> 當八 知ㅎ丨 略口ㄱ 五種 有ソㄱリㄱ丁]

<유가20:04> [何 等ソㄱ乙 {爲}五リ丨ノ令口

<유가20:04> 一十ㄱ 聖諦現觀3十 入ソ𠆢

<유가20:04-05> 二 聖諦現觀3十 入尸 已氵ソ3斤 諸 障㝵乙 離ソ𠆢

<유가20:05-07> 三 聖諦現觀3十 入尸 已氵ソ3斤 速疾通慧乙 證得ソ{爲欲}𠆢 諸 歡喜事乙 作意思惟ソ𠆢

<유가20:07> 四 得ノㄱ 所乙 如八ソㄱ 道乙 修習ソ𠆢

<유가20:07-08> 五 極淸淨道亠 及 果功德亠ノ尸乙 證得ソ𠆢ソ尸矢丨]

<유가20:09> [云何ソㄱ乙 聖諦現觀3十 入ソ尸矢丨ノ令口

<유가20:09-10> 謂ㄱ 有ナ丨 如來尸 諸 弟子衆リ 已氵 善ケ 世間淸淨乙 修習ソナㄱ亠
<유가20:10-11> [長夜セ 中ろ十 妙五欲リ 其 心ろ十 積集ソㄱ入乙 由ろ
<유가20:11-12> 食ラ 持ノㄱ 所灬 故ノ 其 心乙 長養ソろホ
<유가20:12> {於}彼 諸 欲ろ十 愛樂乙 生リトㄱリろセ丨ノ尸入乙 知ナㄱ入灬 故ノ
<유가20:12-13> 而灬 {於}諸 欲ろ十 深リ 過患乙 見ソゑ {於}上勝境ろ十 寂靜德乙 見ソゑソナ矛亠]]
<유가20:13-14> [[彼ㄱ {於}戱論界ろ十 易ち 安住ソ亍{可}セソㄱ亠
<유가20:14-15> 謂ㄱ {於}世間セ 一切種淸淨ろ十ソ尸矢ケ]
<유가20:15> [{於}無戱論界ろ十ㄱ 難氵 安住ソ亍{可}セソㄱ亠
<유가20:15-16> 謂ㄱ {於}出世間 一切種淸淨ろ十ソ尸矢丨]
<유가20:16-17> 是 故灬 {於}彼ラ十 厭惡ソろホ 而灬 住ソ尸亠 不厭惡ソ令 非矢丨]
<유가20:17-18> [又 此 正法ろ十 住ソヒセ 者ㄱ {於}无戱論涅槃界セ 中ろ十 心 樂亍 安住ソろホ 證得ノ尸入乙 樂欲ソ尸亠
<유가20:18-19> [沙門果證 闕ノㄱ 增上力乙 由氵ㄱ入灬 故ノ
<유가20:19-20> {於}己ラ 雜染 相應ソㄱラ十 心ろ十 厭患ノ尸入乙 生リケ
<유가20:20-21> {於}己ラ 淸淨 不相應ソㄱラ十 心ろ十 厭患ノ尸入乙 生リケ
<유가20:21> {於}己ラ 雜染 相應ソㄱ 過患ろ十 心ろ十 厭患ノ尸入乙 生リケ
<유가20:21-22> {於}己ラ 淸淨 不相應ソㄱ 過患ろ十 心ろ十 厭患ノ尸入乙 生リケ
<유가20:22-23> {於}己ラ十 淸淨乙 難氵 成辨ノ尸入乙 見ノㄱラ十 心ろ十 厭患ノ尸入乙 生リケソナ亍セ丨]]
<유가20:23-21:01> [此セ 中ろ十 略口ㄱ 三種 雜染 相應ソㄱ 有セ丨
<유가21:01-02> [一十ㄱ 未調ソゑ 未順ソゑソろ 而灬 死ノ令セ 雜染 相應ソケ
<유가21:02-03> 二十ㄱ 死 已氵ソろ斤 當八 煩惱大坑ろ十 墮ノ令セ 雜染 相應ソケ
<유가21:03-04> 三 彼 煩惱セ 自在力乙 由氵ㄱ入灬 故ノ 種種セ 惡不善業乙 現行ソろ 有怖處ろ十 往ノ令セ 雜染 相應ソ尸矢丨]
<유가21:04-05> [彼ㄱ 己ラ 身リ 沙門果證 闕ソろホ 彼 闕ソㄱ入乙 由氵ㄱ入灬 故ノ
<유가21:05-06> 三種 雜染 與セ 相應ノㄱ入乙 觀ソケ
<유가21:06> 是 如支 觀 已氵ソろ斤 心ろ十 厭患ノ尸入乙 生リナ亍セ丨]]
<유가21:06-07> [當八 知亍丨 淸淨 不相應ソㄱラ十 亦 三種 有ソㄱリㄱ丁
<유가21:07-08> [一十ㄱ 諸 煩惱 斷ソㄱ 究竟涅槃乙 名下 無怖處亠ノ矛ケ
<유가21:08-09> 二 能ケ 此乙 證ソ矛リㄱ亠 謂ㄱ 增上心學乙 依ソㄱ 善心三摩地リケ
<유가21:09-10> 三 能ケ 此乙 證ソ矛リㄱ亠 {於}增上慧學ろ十ソㄱ 正見灬 攝ノ尸 所セ 微妙聖道リ丨]
<유가21:10-12> 彼ㄱ 己ラ 身リ 此 三種 淸淨 與セ 不相應ノㄱ入乙 觀ソㄱ入灬 故ノ 心ろ十 厭患ノ尸入乙 生リナ亍セ丨]
<유가21:12-13> [當八 知亍丨 雜染 相應ソㄱ 過患ろ十 亦 三種 有ソㄱリㄱ丁
<유가21:13> [一十ㄱ 老病死苦セ 根本セ{之} 生リケ
<유가21:13-14> 二 自性苦リㄱ 无暇處ろ十 生ソ尸矢ケ

<유가21:14> 三 一切 處セ 生无常性刂丨]

<유가21:14-16> 彼ㄱ 已ラ 身刂 此 三種 雜染 相應ソㄱ 過患 {有}斗ノㄱ入乙 觀ソろ 心ろ十 厭患ノ尸入乙 生刂ナㅎセ丨]

<유가21:16> [當ハ 知ㅎ丨 清淨 不相應ソㄱ 過患ろ十 五種 有ソㄱ刂ㄱ丁

<유가21:16-17> [一十ㄱ {於}邊地生ろ十 止息 能 未ハソゕ

<유가21:17-18> 二 {於}惡道生ろ十 止息 能 未ハソゕ

<유가21:18-19> 三 {於}在家衆ラ十ソㄱ 諸 无間業乙 偃塞 能 未ハソゕ

<유가21:19-20> 四 {於}出家衆ラ十ソㄱ 量 无ソㄱ 見趣乙 不相應 未ハソゕ

<유가21:20-22> 五 世間道乙 由ろ 乃氵 有頂セ 若 定ㅅ 若 生ㅅろ十 至刂ソㅎセㅅ {雖}斗 而ㄱ {於}初後際 無亐 生死流轉ノ今十 邊際乙 作 未ハソゕソ尸 矢丨]

<유가21:22-23> 彼ㄱ 自ラ 身刂 此 五種 清淨 不相應ソㄱ 過患 {有}斗ノㄱ入乙 觀ソろホ 心ろ十 厭患ノ尸入乙 生刂ナㅎセ丨]

<유가21:23-22:01> [{於}已ラ十 清淨乙 難氵 成辦ノ尸入乙 見ノ今十 當ハ 知ㅎ丨 亦 五種 有ソㄱ刂ㄱ丁

<유가22:01-02> [一十ㄱ 若 捨ソろホ 爲ソ尸 不冬ソㄱ丨十ㄱ 自作 能 不ハソ尸入罒 {故}ゕ

<유가22:02-03> 二 {於}餘 所セ 事ろ十刀 他ラ 爲ノ尸入乙 請ソろ 能ゕ 成辦ノ今 非矢刂ㄱ入罒{故}ゕ

<유가22:03> [三 決定 作ノㅎ{應}セソㄱ入罒{故}丨

<유가22:03-04> {於}自心ろ十 清淨ソ{令}刂尸 未刂ソㄱ丨十ㄱ 必ハ {於}衆苦ろ十 得ホ 解脫ソろ 吉祥性乙 成刂尸 不ハソ尸入乙 由氵ㄱ入罒亠]

<유가22:04-05> [四十ㄱ {於}惡業乙 現在ろ十 不作ソ尸入乙

<유가22:05-06> [卽ㅎ 彼乙 說ろ {爲} 已氵 清淨乙 作ソろㄱ丁ノ禾罒

<유가22:06> 卽ㅎ 名下 已氵 得ホ {於}現見法ろ十 永ろ 熾燃乙 離ソろㄱ丁ノ今 非矢丨]

<유가22:07-08> 對治道刂 无ソㄱ丨十ㄱ 先 造作ノㄱ 所セ 惡不善業乙 必ハ 壞ㅅ刂尸 不ハソ尸入罒 故亠]

<유가22:08-09> 五 彼 清淨ㄱ 學无學道乙 證得ノㄱ入罒 顯ノㄱ 所刂ㄱ入乙 由氵ㄱ入罒{故}丨]

<유가22:09-10> 彼ㄱ 清淨刂 此 五相乙 由ろ 難氵 成辦ノㅎ{可}セソㄱ入乙 觀ソろホ 心ろ十 厭患ノ尸入乙 生刂ナㅎセ丨]

<유가22:10-11> [又 復 堅固精進乙 發起ソろ 證得ソ{爲欲}ㅅソ尸亠

<유가22:11-12> [彼ㄱ 雜染 清淨 相應 不相應乙 觀見ソㄱ入乙 由氵ㄱ入罒 故ノ 心ろ十 厭患ノ尸入乙 生刂ゕ

<유가22:12-13> 又 雜染 清淨 相應 不相應 過患乙 觀見ソㄱ入乙 由氵ㄱ入罒 故ノ 心ろ十 怖畏乙 生刂ゕ

<유가22:13-15> 又 {於}清淨 證得ㅅ 及セ 雜染 斷滅ㅅセ 中ろ十 嬾惰懈怠 {有}斗ㄱ入罒 故ノ 心 便ㅎ 遮止ソゕ

<유가22:15-16> [又 作意丷阝 彼 相乙 思惟丷ㄱ入乙 由氵ㄱ入灬 故丿 心阝十 猒患丿尸入乙 生刂ろ

<유가22:16-17> 卽ち {於}此 相阝十 所作 多丷ㄱ入灬 故ち 心 極 厭患丷ろ丷ケ]

<유가22:17-18> 厭患 極厭患乙丷ㄱ 如支 怖畏 極怖畏人 遮止 極遮止人刀 當八 知ち丨 亦 尒丷ㄱ刂ㄱ丁]]

<유가22:18-20> 是 如支 彼ㄱ 厭 俱行丷ㄱ 想乙 由阝 {於}五處所阝十 二十種 相乙 {以}氵 作意思惟丷去ㄱ入乙 {以}氵ㄱ入灬 故丿 名下 善修治亠丿オ丨

<유가22:20-21> 復 五因刂 二十種 相灬{之} 攝受丿ㄱ 所刂匕 有七丨

<유가22:21-22> [{於}愛盡 寂滅丷匕七 涅槃阝十 速疾亐 多刂 住丷阝朩 心阝十 退轉丿尸 無ろ

<유가22:22-23> 亦 憂慮丷阝朩 謂尸 我ラ 我ㄱ 今艮{者} {爲}何 所阝十 在丷去ㄱ刂阝七口丿尸 无亐丷ろ丷{令}刂ナオ亠]

<유가22:23> [何 等丷ㄱ乙 五因刂丨丿今口

<유가22:23-23:01> [[一十ㄱ 通達作意乙 由氵ㄱ入灬{故}丨

<유가23:01-03> 謂ㄱ 是 如支丷ㄱ 通達作意乙 由阝 无間亐 必八 能ケ 正性離生阝十 趣入丿尸厶 諦現觀阝十 入丷阝 聖智見乙 證丷尸矢丨]

<유가23:03> [二 所依乙 由氵ㄱ入灬{故}丨

<유가23:03-04> 謂ㄱ 此 所依乙 依丷ㄱ入乙 由阝 無間亐 必八 能ケ 正性離生阝十 趣入丿尸厶 餘ㄱ 前ラ 說丿ㄱ 如支丷尸矢丨]

<유가23:04-05> [三 入境界門乙 由氵ㄱ入灬{故}丨

<유가23:05-06> 謂ㄱ 此 入境界門乙 緣丷ㄱ入乙 由阝 必八 能ケ 正性離生阝十 趣入丿尸厶 餘ㄱ 前ラ 說丿ㄱ 如支丷尸矢丨]

<유가23:06-07> [四 攝受資糧乙 由氵ㄱ入灬{故}丨

<유가23:07-08> 謂ㄱ 此 攝受資糧乙 由阝 必八 能ケ 正性離生阝十 趣入丿尸厶 餘ㄱ 前ラ 說丿ㄱ 如支丷尸矢丨]

<유가23:08-09> [五 攝受方便乙 由氵ㄱ入灬{故}丨

<유가23:09-10> 謂ㄱ 是 如支丷ㄱ 方便乙 攝受丷ㄱ入乙 由阝 必八 能ケ 正性離生阝十 趣入丿尸厶 乃氵 至刂 廣刂 說丿オ成刂丷尸矢丨]]

<유가23:10-11> [是 如支丷ㄱ 五因ㄱ 當八 知ち丨 諦現觀七 逆次因乙 依阝 說丿ㄱ刂ㄱ亠 順次因灬丿匕 非矢刂ㄱ丁

<유가23:11-12> 最勝因乙 依阝 先下 說丿ㄱ 事乙 如八 逆次灬 說丿ㄱ刂ㄱ入灬 故亠]]

<유가23:12-14> [謂ㄱ {於}空人 無願人 无相人七 加行七 中阝十 {於}作意刂 微細現行丷今十 隨入丷阝

<유가23:14-15> 有間无間亐 隨轉丷今七 我慢 俱行丷ㄱ 心相刂 能ケ 現觀乙 障丷今十 作意刂 正七 通達丷ㄱ入灬{故}ケ

<유가23:15-17> 旣氵 通達 已氵丷阝斤 {於}作意 俱行丷ㄱ 心刂 任運亐 轉丷今七 中阝十 能善亐 棄捨丷阝朩 无間亐 滅丷{令}刂ケ

<유가23:17-18> 無間滅心乙 依阝 新(丁?) 起ノ𠃍 所七 作意乙 由阝 無常 等ソ𠃍 行乙 {以}氵 實 如攴 思惟ソゟ
<유가23:18-19> [此 作意乙 修習ソゑ 多 修習ソゑソ𠃍入乙 由氵𠃍入灬 故ノ
<유가23:19-20> 所緣 能緣 平等 平等ソ𠃍 智刂 生ソ去𠃍
<유가23:20-21> 彼𠃍 {於}尒ソ𠃍 時亠十 能ゟ 現觀乙 障ソ今七 我慢亂心乙 便亐 永阝 斷滅ソ口 心一境性乙 證得ソナ𠃍入灬
<유가23:21> [便亐 自灬 思惟ソナ尸
<유가23:21-22> 我𠃍 已氵 心一境性乙 證得ソ阝ノ𠃍刂阝七丨ソ阝]
<유가23:22> 實 如攴 了知ソナ亐七丨]
<유가23:22-23> 當ハ 知亐丨 是乙 名下 通達作意乙 由氵𠃍入灬 故ノ 諦現觀阝十 入ソ尸丁ノネ刂𠃍丁]
<유가23:23-24:02> [又 若 先下 世間道乙 {以}氵 三摩地乙 得ゑ 亦 得ホ 圓滿ソゑ 亦 自在乙 得ゑソ𠃍𠃍
<유가24:02-03> [彼𠃍 或 {於}入三摩地相刂𠃍 謂𠃍 此乙 由氵𠃍入灬 故ノ 三摩地阝十 入ノ今十
<유가24:03-04> 或 {於}住三摩地相刂𠃍 謂𠃍 此乙 由氵𠃍入灬 故ノ 三摩地阝十 住ノ今十
<유가24:04-05> 或 {於}出三摩地相刂𠃍 謂𠃍 此乙 由氵𠃍入灬 故ノ 三摩地乙 出ノ今十]
<유가24:05-06> {於}此 諸 相阝十 作意思惟ソ阝ホ 其 心乙 安住厶刂下 諦現觀阝十 入ソゟ]
<유가24:06-07> [若 三摩地乙 得阝𠃍亠 而𠃍 圓滿 未刂ゑ 亦 自在 未刂ソゑソ𠃍𠃍
<유가24:07-08> 彼𠃍 或 止相乙 思惟ソゑ 或 擧相乙 思惟ソゑ 或 捨相乙 思惟ソゑソ阝ホ
<유가24:08-09> 其 心乙 安住厶刂下 諦現觀阝十 入ソゟソナ亐七丨]
<유가24:09-10> 是 如攴ソ尸入乙 當ハ 知亐丨 所依乙 由氵𠃍入灬 故ノ 其 心 安住ソ去𠃍丁ノネ刂𠃍丁]
<유가24:10> [又 二法 有七丨 {於}現觀乙 修ノ今十 極 障㝵刂尸{爲}入乙ソネ亠
<유가24:10-11> 何 等ソ𠃍乙 {爲}二刂丨ノ今口
<유가24:11-12> [一十𠃍 不正尋思ラ 作ノ𠃍 所七 擾亂灬 心亐 安靜 不ハソゟ
<유가24:12> 二 {於}所知事阝十 其 心 顚倒ソ尸矢丨]
<유가24:12-14> 是 如攴ソ𠃍 障㝵乙 對治ソ{爲欲}人ノ今十 當ハ 知亐丨 二種刂 {於}所緣境阝十 其 心乙 安住厶刂今 有ソ𠃍刂𠃍丁]
<유가24:14-15> [謂𠃍 第一障乙 對治ソ{爲}人ソ尸入灬 故ノ 阿那波那念乙 修ソゟ
<유가24:15-16> 第二章乙 對治ソ{爲}人ソ尸入灬 故ノ 諸 念住乙 修ソ尸矢丨
<유가24:16-17> 是 如攴ソ尸入乙 當ハ 知亐丨 入境界門乙 由氵𠃍入灬 故ノ 其 心 安住ソ去𠃍丁ノネ刂𠃍丁]
<유가24:17> [[[又 {於}妙五欲阝十 樂亐 習近ノ尸入𠃍{者}

<유가24:17-18> {於}聖法亠 毘柰耶亠ノ今十 所行處 非矢四
<유가24:18-19> 若 {於}宜ソ1入乙 隨ノ 得ノ1 所七 衣服亠 飮食亠 諸 坐臥具亠ノ今十 便ㅎ 喜足乙 生リ3
<유가24:19-20> 獲得ノ1 所七 利養恭敬乙 隨ノ 其 心乙 制伏ノ尸ム
<유가24:20-22> 謂1 妙五欲乙 依3 得ノ1 所七 利養恭敬乙 由3 心 便ㅎ 堅住 不冬ノヒ七 此 因緣乙 由3 一切 非所行處乙 遠離ソ彡]
<유가24:22-23> [旣氵 遠離 已氵ソ3斤 諸 念住乙 依3 樂斷樂修ソ彡
<유가24:23-25:01> {於}晝夜分3十 時時3十 自他ラ {有}斗ノ1 所七 衰盛 等ソ1 事乙 觀察ソ3 亦 心3十 厭患乙 生リ彡]
<유가25:01-02> 又 復 佛隨念 等ソ1乙 修習ソ3亦 心乙 淸淨ソ{令}リ彡
<유가25:02-03> 又 復 諸 聖種七 中3十 安住ソ彡ソナ今七丨]
<유가25:03-04> [是 如支ソ尸入乙 當八 知ㅎ丨 資糧乙 由氵1入灬 故ノ 其心 安住ソ去1丁ノ矛リ1丁
<유가25:04> 此1 最勝 資糧道乙 依3 說ノ1リ丨]]
<유가25:04-06> [又 彼1 是 如支ソ1 資糧3十 住 已氵ソ3斤 相應作意加行乙 修ソ{爲}入ソ尸入灬 故去 二種 加行方便 {有}斗ナ今七丨
<유가25:06> 何 等ソ1乙 {爲}二リ丨ノ今ロ
<유가25:06-08> [一十1 自灬 {於}契經亠 阿毘達磨亠ノ今十 讀ソ彡 誦ソ彡 受持ソ彡 正作意乙 修ソ彡ソ3亦 {於}蘊 等ソ1 事3十 極 善巧ソ{令}リ彡
<유가25:08-10> 二 他師敎リ1 謂1 所1 大師尸 鄔波柁耶亠 阿遮利耶亠ノ尸ラ {於}時時間3十 敎授敎誡ノ尸入乙 依3 攝受依止ソ尸矢丨]]
<유가25:10-11> 又 正加行灬 作意思惟ソ尸入乙 當八 知ㅎ丨 是乙 名下 第三方便亠ノ矛リ1丁
<유가25:11-12> 此 正加行灬 作意思惟ソ尸入乙 名下 正加行亠ノ矛丨
<유가25:12-14> 此 中3七 義リ尸入1{者} 謂1 尸羅淨3十 有七1 所七 作意乙 名下 正加行 作意思惟亠ノ尸亠
<유가25:14> [彼1 自灬 尸羅淸淨乙 思惟ソ1入灬 故ノ 悔惱ノ尸 无彡
<유가25:15> 悔惱ノ尸 无ソ1入灬 故ノ 便ノ 歡喜乙 生リ彡
<유가25:15-16> 廣リ 說尸 乃氵 至リ 心リ 正定3十 入ソ矛四
<유가25:16-17> 是 故灬 此 正加行 作意思惟乙 宣說ソ3 名下 心住方便亠ノ矛丨]
<유가25:17> 是 如支ソ1 方便乙 由氵1入灬 故ノ 心 速リ 安住ソナ今七丨
<유가25:18-19> 彼1 {於}尒ソ1 時亠十 此 五因七 二十種 相乙 由3 其 心乙 攝持ソ3亦
<유가25:19-20> {於}愛盡 寂滅ソヒ七 涅槃界七 中3十 善 安住ソ{令}リ下 復八 退轉ノ尸 无彡
<유가25:20-21> 心3十 驚怖ソ3亦 謂尸 我ラ 我1 今良{者} 何ㅎ 所3十 在ソ去1リ3七ロノ尸{耶} 无彡ソナ今七丨
<유가25:21-22> [當八 {於}是 如支 心 安住ソヒ七 時亠十 知ノ今{應}七丨 已氵 名

下 諦現觀ろ十 入丷去𠃍丁ノ矛刂𠃍丁
<유가25:22-22> 是 如支丷𠃍乙 名下 聖諦現觀ろ十 入丷去𠃍丁ノ矛丨]
<유가25:23-26:01> [又 此 聖諦現觀七 義𠃍 廣刂 說尸入𠃍 知ノㅎ{應}七丨 謂𠃍 心厭患相ろ十 二十種 有七ヵ 心安住相ろ十 亦 二十種刂𠃍亠
<유가26:02> 此乙 除口斤 更ろ 若 過丷ㅎ 若 增丷ㅎ丷𠃍 无丷𠃍刂𠃍丁]
<유가26:03> [云何丷𠃍乙 聖諦現觀ろ十 入尸 已氵丷ろ 諸 障㝵乙 離丷尸矢丨ノ今口
<유가26:03-04> 當八 知ㅎ丨 此 障ろ十 略口𠃍 二種 有ノ𠃍刂𠃍丁 (난상 七丷𠃍刂𠃍丁)
<유가26:04> 一 行處障人 二 住處障人刂丨]
<유가26:05-07> [行處障刂丨丷𠃍入𠃍{者} 謂𠃍 聖弟子 如支丷𠃍刂 或 衆乙 與七 同居丷ろ 其 生起丷𠃍 僧所作事乙 隨ノ 善品乙 棄捨丷口 數刂 衆會乙 與七丷ヵ
<유가26:07-08> 或 復 常乞食法ろ十 安住丷ろ 而灬 飮食乙 愛重丷ヵ
<유가26:08> 或 二處乙 兼丷ろ 好樂丷ろホ 衣鉢 等丷𠃍 事乙 營爲丷ヵ
<유가26:08-09> 或 經典乙 讀丷ㅎ 誦丷ㅎ丷{爲}人ノ今十 而灬 談話乙 好樂丷ヵ
<유가26:09-10> 或 夜分ろ十 居丷ろ斤 而灬 睡眠乙 樂着丷ヵ
<유가26:10-11> 或 晝分ろ十 居丷ろ斤 王賊 等丷𠃍 雜染言論乙 樂丷ヵ
<유가26:11-12> [或 {於}是處ろ十 親戚交遊亠 談謔亠 等丷ㅌ {有}斗ろ 住丷ろホ 而灬 {於}是處ろ十 遠離乙 樂尸 不冬ノ尸ム
<유가26:12-13> 謂𠃍 長夜ろ十 數習丷ろホ 彼乙 與七 共居ノヒ七 增上力灬 故ノ丷ㅎ
<유가26:13-14> 或 復 樂ㅎ 二ㅎ 第七子乙 與七 共住丷ㅎ丷ヵノ尸]
<유가26:14> 諸ラ 是 如支 等丷𠃍乙 名下 行處障亠ノ矛丨]
<유가26:14-16> 住處障刂丨丷𠃍入𠃍{者} 謂𠃍 空閑丷𠃍ラ十 處丷ろ 奢摩他亠 毘鉢舍那亠ノ尸乙 修丷尸入乙 摠亏 名下 {爲}住亠ノ尸亠
<유가26:16-17> [奢摩他亠 毘鉢舍那亠ノ尸乙 依ろ 當八 知ㅎ丨 復 四種 障㝵 有丷𠃍刂𠃍丁
<유가26:17-18> [一十𠃍 毘鉢舍那支ろ十 不隨順丷𠃍 性人
<유가26:18> 二 奢摩他支ろ十 不隨順丷𠃍 性人
<유가26:18-19> 三 彼 俱品念ろ十 不隨順丷𠃍 性人
<유가26:19> 四 處所ろ十 不隨順丷𠃍 性人刂丨]]
<유가26:19-21> [若 已ラ乙 謂ろホ 聰明ノ𠃍刂ろヒ丨丷ろ 而灬 高擧乙 生刂ろホ 他乙 從七 觀ろ十 順丷𠃍 正法乙 聞尸 不冬丷尸入乙
<유가26:21> 是乙 名下 毘鉢舍那支ろ十 不隨順丷𠃍 性亠ノ矛ヵ]
<유가26:21-23> [若 身語意行乙 安靜 不八丷ろホ 躁動輕擧丷ろ 數刂 尸羅乙 犯丷ろホ 憂悔 等丷𠃍乙 生刂ㅎ 乃氵 至刂 得ホ 心 善 安住 不八丷ㅎ丷尸入乙
<유가26:23-27:01> 當八 知ㅎ丨 是乙 名下 奢摩他支ろ十 不隨順丷𠃍 性亠ノ矛刂𠃍丁]
<유가27:01-03> [若 有ナ丨 忘念 增上力灬 故ノ {於}沈掉 等丷𠃍 諸 隨煩惱ろ十 心乙 遮護 不八丷ナ矛亠

<유가27:03> 當ハ 知ᄒ丨 是乙 名下 彼 俱品念ろ十 不隨順ソㄱ 性亠ノネリㄱ丁]
<유가27:03-04> [若 有ナ丨 五失 相應ソㄱ 諸 坐臥具乙 習近ソナネ亠
<유가27:04-05> 當ハ 知ᄒ丨 是乙 名下 處所ろ十 不順隨ソㄱ 性亠ノネリㄱ丁]
<유가27:05-06> [[或 {於}晝分ろ十ㄱ 諸 諠逸 多ゟ
<유가27:06> {於}夜分 中ろ十ㄱ 蚊虻 等ソㄱ 衆苦灬 觸ノㄱ 所 多ゟ
<유가27:06-07> 又 怖畏 多ㆆ 諸 災厲 多ㆆソゟ
<유가27:07-08> 衆具 匱乏ソろ朩 愛樂ノᄒ{可}ヒソㄱ 不矢ゟ
<유가27:08> 惡友ラ 攝持ノㄱリ罒 諸 善友 無ゟソ尸矢丨]
<유가27:08-09> 諸ラ 是 如支 等ソㄱ乙 名下 住處障亠ノネ丨]
<유가27:09-10> [又 此 二障ろ十 當ハ 知ᄒ丨 摠口ㄱ 二種 因緣リ 能ゟ 遠離リ尸 {爲}入乙ソ今 有ソㄱリㄱ丁
<유가27:10-11> 一十ㄱ 多諸定樂人 二 多諸思擇人リ丨]
<유가27:11> [多諸定樂ろ十 知ノᄒ{應}ヒ丨 略口ㄱ 六種 有ソㄱリㄱ丁
<유가27:11-12> [[謂ㄱ 若 有ナ丨 已氵 三摩地乙 得ろㄱ亠 而ㄱ 圓滿 未リソㆆ 自在ソㄱ入乙 得尸 未リソㆆソナㄱリ亠
<유가27:12-14> 彼ㄱ 止擧捨ヒ 三種 善巧乙 修習ソろ朩 此乙 由ろ 多リㄱ 諸 定樂乙 發生ソᄒ{應}ヒソゟ]
<유가27:14-15> [若 有ナ丨 {於}三摩地ろ十 已氵 得朩 圓滿ソㆆ 亦 自在乙 得ㆆソナㄱリ亠
<유가27:15-16> 彼ㄱ 入住出定ヒ 三種 善巧乙 修習ソろ朩 此乙 由ろ 多リㄱ 諸 定樂乙 發生ソᄒ{應}ヒ丨]]
<유가27:16-17> [云何ソㄱ乙 名下 {爲}多諸思擇リ丨ノ今口
<유가27:17> 謂ㄱ 勝善慧乙 名下 {爲}思擇亠ノ尸亠
<유가27:17-18> [此 慧乙 由氵ㄱ入灬 故ノ
<유가27:18-19> [{於}晝夜分ろ十 自己ラ {有}斗ノㄱ 所ヒ 善法 增長ソ卜ノㄱ入乙 實 如支 了知ソㆆ
<유가27:19> 不善法 增長ソ卜ノㄱ入乙 實 如支 了知ソㆆソゟ]
<유가27:19-20> [善法 衰退ソ卜ノㄱ入乙 實 如支 了知ソㆆ
<유가27:20-21> 不善法 衰退ソ卜ノㄱ入乙 實 如支 了知ソㆆソゟ]]
<유가27:21-22> [又 彼ㄱ {於}晝夜ろ十 若 行ソ乃 若 住ソ乃 衣服亠 飮食亠 命緣亠ノ尸乙 習近ノㄱ入乙 如ハ 習近ソㄱ入乙 由氵ㄱ入灬 故ノ
<유가27:22-28:01> 不善法 增長ソㆆ 善法 衰退ソㆆ 或 善法 增長ソㆆ 不善法 衰退ソㆆソ卜ノㄱ入乙 皆 實 如支 了知ソゟ]
<유가28:01> [卽 此 思擇乙 依止 {爲}氵ㄱ入灬 故ノ
<유가28:02-03> {於}生起ソㄱ 所ヒ 諸 不善法ろ十 不堅着ソㄱ入乙 由ろ 方便道理灬 駈擯遠離ソㆆ {於}諸 善法ろ十 能ゟ 勤ヒ 修習ソㆆソ尸矢丨]]
<유가28:04-05> [是 如支ソㄱ 二處ヒ 十種 善巧ㄱ {於}二處所ろ十ソㄱ 十一種 障乙 能ゟ 斷滅ソ{令}リ下 生起ソㄱ 所乙 隨ノ 卽ᄒ 便ラ 遠離ソナネ罒

<유가28:06> 是 如支丷1乙 名下 {爲}遠離障㝵亠ノ才丨]

<유가28:06-07> [又 此 遠離障㝵七 義1 廣リ 說尸入1 知ノㅎ{應}七丨 說ノ1 所七 相乙 如ハ丷1亠

<유가28:07-08> 此乙 除口斤 更3 若 過丷る 若 增丷る丷1 无丷1リ1丁]

<유가28:09-10> [云何丷1乙 聖諦現觀3十 入尸 已氵丷3斤 速疾通慧乙 證得丷{爲欲}人 諸 歡喜事乙 作意思惟丷尸矢丨ノ令口

<유가28:10-12> [[謂1 聖弟子リ 已氵 聖諦乙 見丷る 已氵 證淨乙 得る丷3 卽ㅎ 證淨乙 {以}氵 依止 {爲}氵1入灬 故ノ

<유가28:12-13> {於}佛法僧リ1 勝功德田3十 作意思惟丷3ホ 歡喜乙 發生丷ㅅ

<유가28:13-14> [又 自ラ 增上生事人 及七 決定勝事人乙 依3ノ尸厶

<유가28:14-15> 謂1 己ラ 身亠 財寶亠ノ令人 所證人七 盛事3十 作意思惟丷3ホ 歡喜乙 發生丷ㅅ]

<유가28:15-16> 又 无嫉ノ尸入乙 依3ノ尸厶 {於}自ラ 身3十ノ尸入乙丷1 如支 {於}他ラ十ノ尸 亦 尒亠丷ㅅ

<유가28:16-17> 又 知恩ノ尸入乙 依3ノ尸厶 謂1 有恩丷ヒ七 者ラ十 大師ラ 恩乙 念丷3ホ 作意思惟丷3 歡喜乙 發生丷ㅅ丷尸亠]

<유가28:17-19> 彼乙 依丷1入乙 由氵1入灬 故ノ 衆苦亠 及 與七 苦因亠ノ尸乙 遠離丷口 衆樂亠 及 與七 樂因亠ノ尸乙 引發丷尸矢丨

<유가28:19-20> 是 如支 修道3十 隨順丷1 歡喜事乙 思惟丷1入灬 故ノ 便ㅎ 能ㅅ 速疾通慧乙 證得丷ナㅎ七丨

<유가28:20-21> [又 此 修道3十 隨順丷1 歡喜事乙 思惟丷令七 義1

<유가28:21> 廣リ 說尸入1 知ノㅎ{應}七丨 說ノ1 所七 相乙 如ハ丷1亠

<유가28:21-22> 此乙 除口斤 更3 若 過丷る 若 增丷る丷1 无丷1リ1丁]]]

<유가28:23> [云何丷1乙 得ノ1 所乙 如ハ丷1 道乙 修習丷尸矢丨ノ令口

<유가28:23-29:02> [[[謂1 彼1 是 如支 生丷1 所七 廣大无罪歡喜灬 其 心乙 溉灌丷3ホ 究竟乙 趣丷{爲}人 {於}現法七 中3十 心 極 思慕ノ尸厶

<유가29:02-03> 彼1 是 如支 心3十 思慕乙 生リ1入乙 由3 出離樂欲乙 數數リ 現行丷3ホ

<유가29:03-05> 謂尸 我1 何亠ち尸入1 當ハ 能ㅅ 具足ち 是 如支丷1 聖處リ1 阿羅漢ラ 所具足住 如支丷1ラ十 住ノ才1リ3七ロ丷ㅅ]

<유가29:05-06> 是 如支 欲樂乙 生リ尸 已氵丷3斤 勤精進乙 發丷3ホ 无閒常委ち {於}三十七 菩提分法3十 方便灬 勤修丷ㅅ

<유가29:06-08> 又 彼1 是 如支 勤精進丷1入灬 故ノ 在家亠 出家亠ノ令七 衆乙 與七 相ㅎ 雜住丷尸 不冬丷3 邊際七 諸 坐臥具乙 習近丷3ホ 心3十 遠離乙 樂ㅅ

<유가29:09-10> [又 彼1 是 如支 欲樂乙 發生丷る 勤精進乙 發丷る 遠離乙 樂る丷尸 已氵丷口 喜足乙 生尸 不冬ノ尸厶

<유가29:10-12> 謂1 {於}少分殊勝丷1 所證3十 心3十 喜足ノ尸 无3 {於}諸 善

法リ 轉上ソゑ 轉勝ソゑ 轉微妙ソゑソㄱ 處ろ十 悕求ソろホ 而⺣ 住ソ
ゕソォ罒]]
<유가29:12-13> 此 四法乙 由ろ 修道乙 攝受ソろホ 極善攝受ソナㅎセ丨]
<유가29:13-15> [卽ㅎ 此 四種 修道乙 依 {爲}氵ろ 先下 說ノㄱ 所セ 諸 歡喜事ろ
十 生ソㄱ 所セ 歡喜乙 如ハ 彼ㄱ {於}尒ソㄱ 時亠十 修得圓滿今リゕ
<유가29:15-17> 最極損減今リ今セ 方便道理⺣ 煩惱乙 斷ソㄱ入⺣{故}ゕ 殊勝ソㄱ
所證法乙 獲得ソㄱ入⺣ 故ノ 亦 喜悅乙 修得圓滿ソ{令}リゕ
<유가29:17-18> [又 修所斷セ 惑品麤重乙 已氵 遠離ソㄱ入⺣ 故ノ 輕安乙 獲得ソゕ
<유가29:18-19> 輕安⺣ 故ノ 生ソㄱ 身心 淸凉⺣ 攝受ノㄱ 極所リナㄱリ罒 是 如支
二種乙 修得圓滿今リゕ]
<유가29:19-20> 又 此 有學ラ 金剛喩定リ 究竟ろ十 到去ㄱ入⺣ 故ノ 修得圓滿今ナ
ㅎセ丨] <유가29:21> 是乙 名下 得ノㄱ 所乙 如ハソㄱ 道乙 修習ソろ
ㄱ丁ノォ丨]
<유가29:21-22> [又 此 得ノㄱ 所乙 如ハソㄱ 道乙 修習ノ今セ 義ㄱ
<유가29:22-23> 廣リ 說ア入ㄱ 知ノㅎ{應}セ丨 謂ㄱ 四種 法乙 依止 {爲}氵ㄱ入⺣
故ノ 能ゕ 五法乙 修習圓滿ソ{令}リア亠
<유가29:23-30:01> 此乙 除ロ斤 更ろ 若 過ソゑ 若 增ソゑソㄱ 无ソㄱリㄱ丁]
<유가30:02> [云何ソㄱ乙 極淸淨道ㅅ 及セ 果功德ㅅ乙 證得ソア矢丨ノ今ロ
<유가30:02-04> [[謂ㄱ {於}三位リㄱ 樂位ㅅ 苦位ㅅ 不苦不樂位ㅅろ十 諸 煩惱ラ
{之} 隨眠ノア 所乙 爲ハノアム
<유가30:04-05> 二種 補特伽羅ラ 多分 顯ノㄱ 所リヒ 有ナㄱリ丨
<유가30:05> 一十ㄱ{者} 異生ㅅ 二者 有學ㅅリ丨]
<유가30:05-06> [又 二種セ 能發起セ 雜染品 有セ丨
<유가30:06-07> 一十ㄱ{者} 取雜染品ㅅ 二者 行雜染品ㅅリ丨]
<유가30:07-08> [卽 此 二 雜染品乙 斷ソ{爲}ㅅ 善說法亠 毘柰耶亠ノ今十 入ソヒセ
時亠十
<유가30:08> 能ゕ 障㝵乙 爲一リ今セ 有ソㄱ 所セ 煩惱リㄱ
<유가30:09-10> 此 諸 煩惱ㄱ 能ゕ 隨眠リア{爲}入乙ソろ 深遠亐 心ろ十 入ソゑ 又
能ゕ 種種セ 諸 苦乙 發生ソゑソォ罒
<유가30:10-11> 若 能ゕ {於}此ラ十 餘艮 无亐 永斷ソア入乙 名下 極淨道果乙 {爲}
證得ソろㄱ丁ノォ丨]
<유가30:11-13> 又 十 無學支⺣ 攝ノア 所セ 五 无學蘊リㄱ 謂ㄱ 所ㄱ 戒蘊ㅅ 定蘊
ㅅ 慧蘊ㅅ 解脫蘊ㅅ 解脫知見蘊ㅅ乙 名下 極淸淨道亠ノォ丨
<유가30:13-14> 又 此 極淨道乙 證得ソㄱ入乙 由ろ 十 過失乙 離ソロ 聖所住ろ十
住ソナㅎセ丨]]
<유가30:15> [云何ソㄱ乙 名下 {爲}十種 過失リ丨ノ今ロ
<유가30:15-17> [謂ㄱ 所ㄱ 外セ 諸 欲乙 依ソㄱラ十 有セㄱ 所セ 愁歎憂苦 種種惱
亂リㄱ 苦苦相應ソㄱ 過失リゕ

<유가30:17-18> 又 內乙 依𠄌 諸 根乙 不護ノ令七 過失 {有}斗ノ尸厶 諸 根乙 不護丷ㄱ入乙 由氵ㄱ入灬 故ノ 愁歎 等丷ㄱ乙 生刂𢆶
<유가30:18-19> 又 樂住乙 愛味ノ令七 過失 {有}斗𢆶
<유가30:19> 又 行住𠄌十 放逸ノ令七 過失 {有}斗𢆶
<유가30:19-21> 又 外道ラ 不共丷ㄱ 卽亦 彼 各別丷ㄱ 邪見灬 起丷ㄱ 所七 語言亠 尋思亠 追求亠ノ令七 三種 過失 {有}斗𢆶
<유가30:21-22> 又 靜慮邊際乙 依ノ令七 過失 {有}斗𢆶
<유가30:22-23> 又 緣起灬 攝ノ尸 所七 發起取雜染品七 過失 {有}斗𢆶
<유가30:23> 又 發起行雜染品七 過失 {有}斗𢆶丷尸矢丨]
<유가30:23-31:01> [若 {於}是 如支丷ㄱ 十種 過失𠄌十 永𠄌 不相應丷ㄱㄱ
<유가31:01-02> 唯ハ 最後身ラ 任持ノㄱ 所氵 {有}斗ロㄱ 第二餘身ㄱ 畢竟 不起丷ナ齐四
<유가31:02-03> [{於}最寂靜丷ヒ七 涅槃界七 中𠄌十 究竟 安住丷ナㄱ入灬
<유가31:03-05> 一切 有情刂ㄱ 乃氵 至刂 上ハ 第一有𠄌十 生丷ヒ七 者刂ㄱ {於}彼 一切 有七ㄱ 所七 有情ラ十 得尔 最勝丷ヒ {爲}氵ノ齐四
<유가31:05> 是 故灬 說尸 名下 聖所住𠄌十 住丷去ㄱ丁ノ齐丨]
<유가31:05-07> 能𢆶 十種 過失乙 遠離丷ㅎ 又 能𢆶 聖所住處𠄌十 安住丷ㅎ丷ㄱ入乙 {以}氵𠄌 故去 名下 功德亠ノ齐丨
<유가31:07-09> 又 若 彼 果人 若 極淨道人 若 彼 功德人七 是 如支丷ㄱ 一切乙 揔略丷𠄌尔 說尸 名下 極清淨道人 及 果功德人乙 證得丷尸丁ノ齐丨
<유가31:09-10> [又 此 極清淨道人 及七 果功德人乙 證得ノ令七 義ㄱ
<유가31:10> 廣刂 說尸入ㄱ 知ノ亦{應}七丨 說ノㄱ 所七 相乙 如ハ丷ㄱ亠
<유가31:11> 此乙 除ロ斤 更𠄌 若 過丷ㅎ 若 增丷ㅎ丷ㄱ 无丷ㄱ刂ㄱ丁]
<유가31:11-12> [若 是 如支丷ㄱ 最上无學ラ 諸 聖法乙 得丷ヒ七 者ㄱ
<유가31:12-13> [是 如支丷ㄱ 聖法 相應丷ヒ七{之} 心刂 {於}妙五欲𠄌十 極 猒背丷ヒ {爲}氵ノ齐四
<유가31:13-14> 異熟 無去ㄱ入灬 故ノ 後𠄌十 更𠄌 續 不冬丷ㅎ
<유가31:14-15> 若 世間七 心ㄱ 復ハ 已斷丷亦七人{雖}斗 猶刂 得尔 現行丷尸亠 彼ㄱ {於}後七 時亠十 任運亏 而灬 滅丷ㅎ丷ナ齐𢆶]
<유가31:15-16> [又 煩惱道亠 後有業道亠ノ尸ㄱ
<유가31:16> {於}現法七 中𠄌十 已氵 永𠄌 斷絕丷ㅎ
<유가31:16-17> 彼 絕丷去ㄱ入乙 由氵ㄱ入灬 故ノ 當來七 苦道力 更𠄌 復ハ 轉 不冬丷ㅎ丷ナ齐四]
<유가31:17-18> 此 因果刂 永𠄌 滅盡丷去ㄱ入乙 由氵ㄱ入灬 故ノ 卽 名下 苦邊亠ノ尸亠 更𠄌 餘 所 无𠄌尔 無上丷ㅎ 无勝丷ㅎ丷ナ亦七丨]
<유가31:18-19> [[此七 中𠄌十 若 聖諦現觀𠄌十 入ノ尸人
<유가31:19> 若 障㝵乙 離ノ尸人
<유가31:19-20> 若 速疾通慧乙 證得丷{爲}人 諸 歡喜事乙 作意思惟ノ尸人

<유가31:20-21> 若 得ノ1 所乙 如ハッ1 道乙 修習ノア入
<유가31:21-22> 若 極清淨道亠 及 果功德亠ノア乙 證得ノア入ノア]
<유가31:22-23> 是 如支ッ1乙 名下 {爲}出世間一切種清淨亠ノ矛丨]
<유가31:23> [又 此 出世間一切種清淨七 義1
<유가31:23-32:01> 廣刂 說ア入1 知ノ亠{應}七丨 說ノ1 所七 相乙 如ハッ1亠
<유가32:01> 此乙 除口斤 更氵 若 過ッ乑 若 增ッ乑ッ1 无ッ1刂1丁]]
<유가32:02-04> 是 如支 若 先下 說ノ1 所七 世間一切種清淨入 若 此 說ノ1 所七 出世間一切種清淨入乙 摠略ッ氵木 一 {爲}氵氵 說ア 名下 修果亠ノ矛丨
<유가32:04-06> 是 如支 先下 說ノ1 所乙 如ハッ1 若 修處所入 若 修因緣入 若 修瑜伽入 若 修果入ノア 一切乙 摠亐 說氵 {爲}修所成地亠ノ矛丨
<유가32:08-10> 瑜伽師地論卷第二十 丙午歲高麗國大藏都監 奉勅雕造

표제항 색인

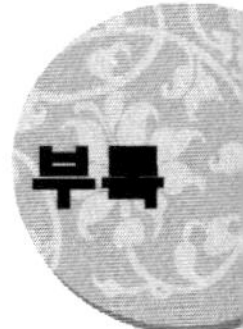

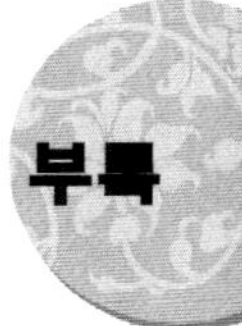
부록

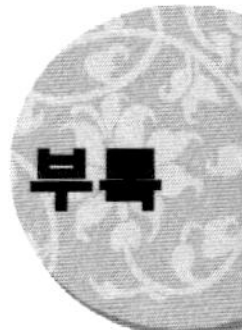

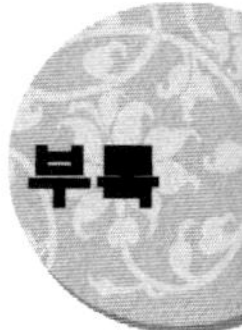
부록

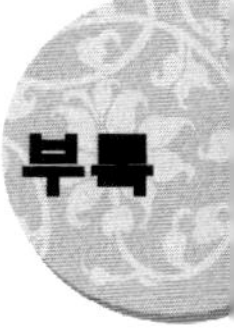
부록

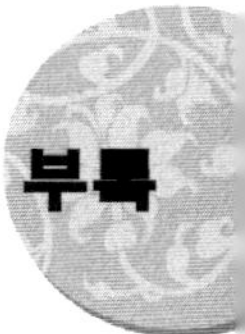
부록

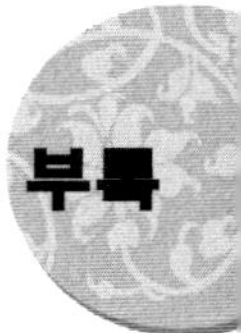
부록

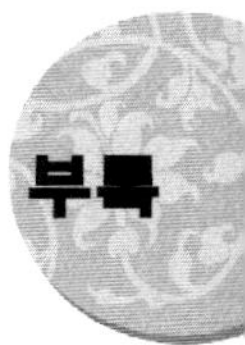
부록

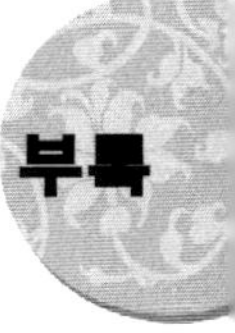
부록

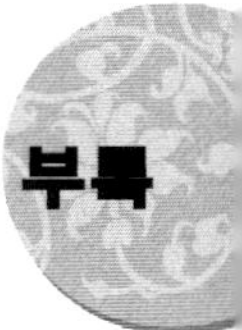
부록

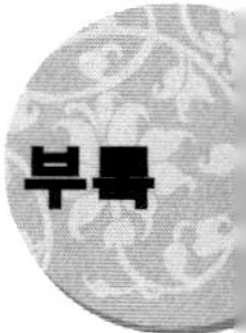
부록

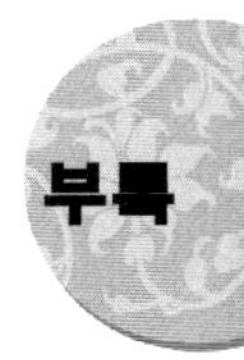
부록

석독구결사전
형태 분석 색인

부록

立/말음첨기
立/종결어미
ニ/선어말어미
示/선어말어미
白/선어말어미
七/말음첨기
七/말음첨기?
七/미상
七/선어말어미
七/선어말어미?
七/속격조사
七/첨사
七 ホ/말음첨기
七 亻/연결어미
七 ⺀/말음첨기
七 リ/말음첨기?
3/말음첨기
3/말음첨기?
3/미상
3/부사화소
3/선어말어미
3/선어말어미?
3/연결어미
3/의문조사
3/종결어미
3/처격조사
3/호격조사
3 七/선어말어미
3 十/처격조사
亠/말음첨기
亠/미상
亠/조사
亠 七/말음첨기
亠 十/처격조사
⺀/말음첨기
⺀/조사
⺀ 七/말음첨기?
⺀ 十/처격조사
ㄋ/말음첨기
ㄋ/말음첨기?
ㄋ/부사화소
ㄋ/선어말어미
ㄋ/연결어미
ㄋ/연결어미?
ㄋ/의문조사
ㄋ ㄱ ム/연결어미
五 邑/말음첨기?
千/말음첨기
ヌ/대명사
ラ/말음첨기
ラ/말음첨기?
ラ/속격조사
ラ/처격조사
ラ/처격조사?
ラ 七/선어말어미
ラ 3/말음첨기?
ラ 十/여격조사
ラ 十/처격조사
リ/계사
リ/공동격조사?
リ/관형사
リ/대명사
リ/말음첨기
リ/말음첨기?
リ/미상
リ/부사화소
リ/부사화소?
リ/사동접미사
リ/의존명사
リ/접미사
リ/조사
リ/주격조사
リ/중복표기
リ 矢/말음첨기?
リ 十/여격조사
弋/주격조사

부록

𠫔/말음첨기?

𠫔[1]

𠫔/부사화소?

𠫔[2]

𠫔/선어말어미

刂口八而立丷𠫔丁丨十
𠫔ナ丁丁
𠫔ナ亍七丨
𠫔口七ノ丨
𠫔八而口丁冫
𠫔丁
𠫔丁丨十丁
𠫔丁入灬[1]
𠫔丁入灬故ケ
𠫔亍可七丷ヒ
𠫔亍可七丷丁冫
𠫔ノ丁入乙
支丷𠫔丁入灬
斗𠫔丁丨十丁
矢𠫔𠄌
冬丷𠫔丁入灬
乙丷𠫔丁
乙丷𠫔丁丨十丁
氵丷𠫔丁丨十丁
白𠫔丁
七𠫔乃
七𠫔丁丨十丁
七𠫔禾𠄌七丨
七亻丷𠫔口乙亍丨丷𠫔丁丨十
刂令刂𠫔丁入灬
刂𠫔ナ亍七丨
刂𠫔ヒ七
刂𠫔丁丨十丁
刂𠫔丁入灬[1]
刂𠫔丁入灬[2]
刂𠫔故ケ
刂𠫔𠄌丁入乙
刂尸爲入乙丷𠫔ナ亍七丨
刂ケ丷𠫔丁入灬
ノ尸矢𠫔乃
丷令刂亏丷𠫔丁
丷𠫔ナヒ七
丷𠫔口乙亍丨
丷𠫔八二丁ヒ七
丷𠫔八二丁刂氵
丷𠫔八二丁刂冫ノ矛ナ丨
丷𠫔ヒ七
丷𠫔丁
丷𠫔丁ヒ七
丷𠫔丁丨十丁
丷𠫔丁丁ノ今
丷𠫔丁丁ノ矛丨
丷𠫔丁丁ノ矛刂丁丁
丷𠫔丁入灬[1]
丷𠫔丁入灬故ケ
丷𠫔丁入乙
丷𠫔丁乙
丷𠫔丁冫
丷𠫔丁刂𠄌七口ノ尸
丷𠫔丁刂𠄌七口丷尸
丷𠫔今七
丷𠫔禾𠄌七ケ
丷𠫔尸𠫔丷ナ尸入灬

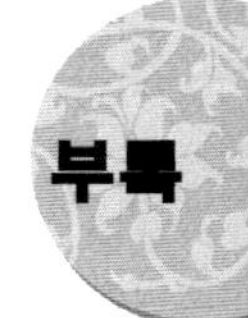
부록

七𠂇丨
七𠂇㢱
七1矢𠂇丨
七刂ノ立應七丷1刂3七丨丷𠂇立七丨
七刂丷𠂇尸入乙
七刂丷𠂇尸乙
七言丷𠂇丨
七丷𠂇丨
3為人丷矢𠂇1刂丨
二ノ矛𠂇1刂丨
ミノ矛𠂇丨
ミノ矛刂𠂇丨
ミノ禾3七口ノ尸人刂𠂇丨
ミ丷𠂇卜1矢ミ
刂令刂𠂇㢱
刂令刂立禾3七丨丷𠂇3
刂去𠂇立七丨
刂𠂇1刂丨[1]
刂𠂇1刂丨[2]
刂𠂇1刂罒
刂𠂇丨
刂𠂇今七
刂𠂇矛㢱
刂𠂇尸入1
刂𠂇㢱
刂𠂇立七丨
刂𠂇3
刂ハ口ノ今口丷𠂇尸入1
刂ハ丷口今口丷𠂇矛入1
刂ハ丷口ノ今口丷𠂇矛尸入1
刂矢ノ禾𠂇1刂罒
刂尸為入乙丷去𠂇立七丨
刂尸為入乙丷𠂇1刂㢱
刂尸為入乙丷𠂇㢱
刂尸為入乙丷口𠂇1
刂尸為入乙丷丨𠂇1乙
刂尸丁丷𠂇㢱
刂尸入乙丷𠂇1刂㢱
刂尸入乙丷𠂇㢱
刂尸入乙丷㢱丷𠂇1刂㢱
刂㢱丷𠂇丨
刂㢱丷𠂇立七丨
刂言丷𠂇11
刂言丷𠂇㢱
刂丷𠂇1入灬
刂丷𠂇丨
刂丷𠂇今ミ
刂丷𠂇矛㢱
刂丷𠂇㢱
刂丷𠂇立七丨
刂丷𠂇3
刂丷3𠂇矛罒
刂丷言丷𠂇1刂二
刂亼刂𠂇矛㢱
言丷𠂇1ミ
言丷𠂇1刂二
言丷𠂇立七丨
ノ矛𠂇1二
ノ禾㢱丷𠂇丨
ノ禾3七丨丷𠂇尸入乙
ノ禾3七丨丷𠂇㢱
ノ丷尸矢𠂇1刂丨
立令刂𠂇立七丨
立𠂇1ミ
立𠂇今七
立𠂇㢱
立禾3七丨丷𠂇尸入乙
兮丷𠂇3
兮丷言丷令刂𠂇矛二
丷去𠂇ヒ七
丷去ハ二1刂ミノ矛𠂇丨
丷去尸去丷𠂇尸入灬
丷𠂇1丨十
丷𠂇1二
丷𠂇1ミ
丷𠂇1刂丨

ナ/용언

ナろ/종결어미?

口/부사화소?

口/선어말어미

口ㄱ
口尸入ㄱ
丨丷口ハ二ㄱ
支丷口ㅌ㢱
支丷口ㄱ乙
斗口ㄱ
矢刂口ㄱ
矢刂口乙㢱
冬丷口口七ノ亍七丨
冬丷二口尸亠
灬丷口ㄱ
今白口ナㄱ矢亠
二口卜ㄱ乙亠
二口ㄱ刂ろ七丨
二口ㄱ刂ろ七丨丷ㅌハ二丨
二口ㄱ刂ろ七㢱
二口尸㢱
而口ㄱ哉千
白ろ口ㄅㄱミ丷ㄱ乃
白ノ牙口ハ二ㄱ
七丨丷口ㄅ今ろ
七丨丷二口牙尸入ㄱ
七刂丷口ㅌ㢱
七丷口ㅌㄅ
ろ十丷口ㅌ㢱
刂令刂口ㅌ
刂口ハ而ㄱ
刂口ハ而立
刂口ハ而立丷ろ
刂口ハ言ノ尸ム
刂口ㅌ[1]
刂口ㅌㄱ千
刂口ㅌ㢱
刂口ㄱ
刂丨丷口尸入ㄱ
刂丨丷口ㄅ今ㄅ
刂尸爲入乙丷口ナㄱ
刂二口ㄱ入灬亠

ノ牙二口丨
ノ亍應七丷口丨
ノ丷二口卜ㄱ刂ㄱ丁丷ろ
ノ丷二口尸㢱
亍口ㅌ㢱
丷令刂口口七ノ牙㢱
丷令刂口口七ノ亍七丨
丷口ナㄱ
丷口ハ二ㄱ
丷口ハ而㢱
丷口ハ而立
丷口ハ而立丷去ㄱ丨十
丷口ㅌ丨
丷口ㅌ牙㢱
丷口ㅌ乙㢱
丷口ㅌ㢱
丷口ㄱ
丷口ㄱ乙
丷口尸
丷口尸丁亍尸
丷口亍應七丷ㄱ亠
丷ㄱ刂ろ七丨丷二口尸亠
丷㢱丷口ㄱ
丷㢱丷二口ㄱ入灬亠
丷二口ㄱ刂四
丷二口ㄱ刂ろ七㢱
丷二口尸㢱
丷二亍七丨丷口ㄅ今ㄅ
丷白口ナㄱ
丷白口ナ尸入ㄱ
丷白口卜ㄅㄱミ
丷白口卜ㄅ丨丷ㅌハ二丨
丷白口ㅌ乙㢱
丷白口ノ亍七丨
丷刂白口ハ二ㄱ
丷言今刂口口七ノ牙㢱
丷言丷口ㅌ㢱
丷言丷口ㅌ火七ハ尸入ㄱ

ソㅎソ口𠄌

口/어미

リ八ソ口令口ソナ㢱入𠄌

リ八ソ口ノ令口ソナ㢱尸入𠄌

口/어미?

リ八口ノ令口ソナ尸入𠄌

口/연결어미

口[3]

口八

口八𠄌

口斤

支口八

灬ソ口𠄌

乙ソ口

亣口八斤

氵ソ口

氵ソ口八

氵ソ口八𠄌

氵ソ口ソ𠄌

白口

白口ソ𠄌

ろ口

亠ソ口𠄌

冫ノ乙ソ口

ソ口

ソ口八

ソ乃ソ口八𠄌

ソ白口

口/의문조사

口[2]

矢丨ノ令口

尸丁ノ令口

尸丁ノ令口ソ㢱尸入𠄌

七𠄌丁ノ令口

冫ノ令口

ク亣可七ソ㢱尸口ノ㢱𠄌入灬冫

リ八口ノ令口ソナ尸入𠄌

リ八ソ口令口ソナ㢱入𠄌

リ八ソ口ノ令口ソナ㢱尸入𠄌

リ丨ノ令口

ソ𠄌丁ノ令口

ソ尸矢丨ノ令口

口/종결어미

入乙ソナ㢱ろ七口

禾ろ七口ノ尸人

冫ノ禾ろ七口ノ尸人リナ丨

リホ禾ろ七口

ノ㢱𠄌リろ七口ソふ

ソ令リろノ㢱𠄌リろ七口ソ二尸入灬

ソ去𠄌リろ七口ノ尸

ソ去𠄌リろ七口ソ尸

ソ𠄌リろ七口ノ尸人

ソ禾ろ七口ノ尸人

ソ七千ソ二ト𠄌リろ七口ソ乇八二ふ

ソろノ𠄌リろ七口

口𠄌/연결어미

斗口𠄌

矢リ口𠄌

リ口𠄌

ソふソ口𠄌

ソㅎソ口𠄌

口尸/선어말어미?

二口尸ふ

ノソ二口尸ふ

ソ二口尸ふ

口尸丁/연결어미?

ソ口尸丁ホ尸

口乙/선어말어미?

支ソ𠄌乙ソ口乙ホ亣七丨

矢リ口乙ふ

七千ソ去口乙ホ丨ソ去𠄌丨十

ろ口乙ホ𠄌リ四

ろ口乙ホ尸入𠄌

冫ソ口乙ホ禾𠄌冫

リ矢ソ二口乙亣七丨

リソ七口乙ホ丨

ノㄱ刂口乙ホ丨

ソ去口乙ホ丨

ソ口乙ホ禾罒

ソ二口乙㢱

ソ七彳ソ去口乙ホ丨

口七/선어말어미?

ソ口七ノ矛㢱

去口七ノ丨

斗口七ノㄱ刂罒

冬ソ口口七ノ立七丨

ソ令刂口口七ノ矛㢱

ソ令刂口口七ノ立七丨

ソ口七ノ丨

ソ亐今刂口口七ノ矛㢱

口七/연결어미

冬ソ口口七ノ立七丨

ソ令刂口口七ノ矛㢱

ソ令刂口口七ノ立七丨

ㅅ/말음첨기?

人ノㄱ

人ノㄱ亠

ㅅ/선어말어미?

人ノㄱ

人ノㄱ亠

ㅅ/연결어미

人[2]

人ソ二尸入灬

冬ソ令刂爲人ソ尸入灬故㢱

白欲人ソ二トㄅㄱ入乙火

ろ爲人ソ矢ナㄱ刂丨

刂令刂欲人

刂欲人

刂爲人

ソ令刂爲人ソ尸

ソ欲爲人ソ尸入灬故氵

ソ欲人ソトㄱ刀

ソ欲人ソ二尸入灬

ソ爲欲人ノ今十

ソ爲欲人ソ尸入灬故氵

ソ爲欲人ソ尸亠

ソ爲欲人ソ尸亠

ソ爲欲人ソ亐

ソ爲人

ソ爲人ノヒ七

ソ爲人ソ尸入灬

ソ爲人ソ尸入灬故㢱

ソ爲人ソ二尸入灬

ソ爲人ソ白ノㄱ刂二ㄱ刂罒

ソ㢱ソ欲人ソ尸入灬

ソ㢱ソ爲人

ソ邑人ソ尸入灬

ソ白欲人ソ去ㄱ丨十ㄱ

ソ亐ソ爲欲人

ソ亐ソ爲人ノ今十

ソ亐ソ爲人ノ矛ㄱ刂ろ七丨ソ㢱

亽刂爲欲人

亽刂爲人

亽刂爲人ソ尸入灬

亽刂爲人ソ亐

亽刂爲人ソ亐ソ尸入灬

亽刂爲人ソ亐ソろ

ㅅ/접속조사

人[1]

人ㄱ

人刀

人今乙

人乙

人七

人ろ十

人ろ十ㄱ

人刂

人刂ナ丨

人刂丨

人刂二氵

人ノ尸

ハノ尸人刂丨

부록

八𢒑
八白ろ亦
八白ろ八
八ろ
八ろ斤
八ノ今七
八ノ今七
八ノォナ𠃍入灬
八ノォナ𠃍刂丨ソ𠤎八二丨
八ノ尸人刂丨
八ノ尸厶
八ソナォ𠃍入灬亠
八ソナォ亠
八ソ卜𠃍刀
八ソ卜ノ𠃍刂四
八ソ𠃍[1]
八ソ𠃍[2]
八ソ𠃍丨十
八ソ𠃍丨十𠃍
八ソ𠃍入灬
八ソ𠃍入乙
八ソ𠃍亠
八ソ尸矢丨
八ソ尸入灬
八ソ尸入灬故𢒑
八ソ尸入灬故亠
八ソ尸入乙
八ソ尸乙
八ソ𢒑
八ソ𢒑ソ丨
八ソろ
八ソろ亦
八ソろノ𠃍刂四
八ソ兮ソ尸入乙
八亽刂尸入灬故𢒑

八/미상

八[10]
火七八尸入𠃍
七火七八尸入𠃍
刂八
刂八口ノ今口ソナ尸入𠃍
刂八ソ口今口ソナォ入𠃍
刂八ソ口ノ今口ソナォ尸入𠃍
ソ兮ソ口𠤎火七八尸入𠃍

八/선어말어미?

去八而口𠃍冫
ナ八二𢒑
ナ八二下
ナ八而示𠃍矢冫
口八二𠃍
口八而立
八[9]
八ノォナ𠃍刂丨ソ𠤎八二丨
𠤎八二丨
𠤎八二𢒑
丨ソ口八二𠃍
丨ソ𠤎八二𢒑
冬ソ𠤎八二𢒑
氵ソ白八二𠃍
二口𠃍刂ろ七丨ソ𠤎八二丨
白ろ八二𠃍刂四
白ノォ口八二𠃍
七𠤎八二丨
ろ八二𠄎丨
𠄎𠤎八二𠃍冫
刂口八而𠃍
刂口八而立
刂口八而立ソ去𠃍丨十
刂口八而立ソろ
刂口八兮ノ尸厶
刂ソ𠤎八二丨
ソ去八二𠃍𠤎七
ソ去八二𠃍刂氵
ソ去八二𠃍刂冫ノォナ丨
ソ口八二𠃍
ソ口八而𢒑

ソ 口 八 亦 立

ソ 口 八 亦 立 ソ 厶 丁 丨 十

ソ 匕 八 二 丁 ミ

ソ 匕 八 二 丨

ソ 匕 八 二 ホ

ソ ホ ソ ナ 阝 ソ 口 八 二 丁

ソ 白 口 卜 ク 丨 ソ 匕 八 二 丨

ソ 七 彳 ソ 二 卜 丁 刂 阝 七 口 ソ 匕 八 二 ホ

ソ 阝 八 二 丁 乙

ソ 刂 白 口 八 二 丁

八/중복표기

亍 口 八 斤

八/첨사

口 八

口 八 丁

八[8]

八 白 阝 八

支 口 八

支 ソ 阝 八

支 ソ 阝 八 氵

灬 八

乙 灬 八

氵 阝 八

氵 ソ 口 八

氵 ソ 口 八 丁

七 亦 下 八

七 ソ 阝 八

阝 八

阝 八 丁

阝 十 ソ 阝 八

刂 尸 爲 入 乙 ソ 阝 八

刂 亦 下 八

ソ 口 八

ソ 乃 ソ 口 八 丁

ソ 阝 八

八 丁/말음첨기?

八 丁 氵

八 亍/말음첨기

八 亍 刀

乃/동사

乃 二 尸

乃/연결어미

氵 ソ 乃

二 丁 乃

白 阝 口 ク 丁 ミ ソ 丁 乃

七 厶 乃

阝 乃

刂 ソ 乃

刂 十 乃

ノ 尸 矢 厶 乃

ソ 乃

ソ 乃 ソ 口 八 丁

ソ 二 乃

ソ 阝 乃

叉[ᄂᆞ/선어말어미+오/선어말어미]

阝 叉 丁

乂[ᄂᆞ/선어말어미+오/선어말어미]

支 匕 立 ソ 乂 矛 ホ

斗 乂 丁

刂 乂 丁 矢 ミ

ソ 乂 丁

ソ 乂 丁 入 丁

卜/선어말어미

八 ソ 卜 丁 刀

八 ソ 卜 ノ 丁 刂 罒

卜 丁 刀

卜 丁 矢 ミ

卜 丁 乙

卜 丁 刂 罒

卜 丁 刂 ホ

卜 ク

卜 亍 丁 入 丁

卜 亍 丁 入 乙

冬 ソ 卜 丁 亠

令 刂 卜 ノ 丁 入 乙

乙 ソ ナ 卜 丨

ニロトㄱ乙亠

ニトㄱリナ丨

白欲人ソニトクㄱ入乙火

七ソᄒソトノㄱ入乙

ミソナトㄱ矢ミ

リトㄱリろ七丨ノ尸入乙

リ矢ソトㄱリ罒

リ而トㄱ乙

リソトㄱ刀[1]

リソトㄱ刀[2]

ノソトノㄱ入乙

ノソニロトㄱリㄱ丁ソろ

ㅎトㅎㄱ入ㄱ

亐ソトノㄱ入乙

亐ソトㅎㄱ入ㄱ

ソ欲人ソトㄱ刀

ソトㄱ刀

ソトㄱ乙

ソトノㄱ入乙

ソトㅎㄱ

ソトㅎㄱ入乙

ソふソトㅎㄱ入乙

ソニトㄱミ

ソニトクㄱ入ㄱ

ソニトクㄱ入乙

ソニトノㄱ入乙

ソ而トㅎㄱ入乙ソ乇尸矛ふ

ソ白ロトクㄱミ

ソ白ロトク丨ソ乇八ニ丨

ソ七千ソニトㄱリろ七ロソ乇八ニふ

ソᄒソトㄱ刀

ソᄒソトㄱリ丨

ソᄒソトノㄱ入乙

ソᄒソトㅎㄱ入乙

ソᄒソニトㄱミ

ソᄒソ白トノㄱリニㄱ亠

亽リトㄱミ

ヒ[ㄴ/동명사어미+이/계사]

丨ソㄱリミノ矛ヒㄱ入乙

矢ヒㄱ入乙

乇/동명사어미

去示可七ソ乇

乇刀リナ丨

乇七

ㄱ乇七

丨ソ乇七

支ソ乇刀

支ソ乇七

斗乇

斗乇七

矢乇人

矢乇七

矢リ乇七

矢リクㄱ乇ろ

冬ノ乇七

灬ノ乇

乙ソㄱ乇刀リナ丨

氵乇

氵ソ乇

而ㅎㄱ乇七

七ㄱ乇

七ㄱ乇七

七ノㄱ乇七

七ソロ乇ク

ラ十ㄱソ乇

リ去乇七

リ乇

リ乇七

リソ乇

リソ乇七

ノ乇七

ノㄱ乇七

ㅎ乇七

ソ爲人ノ乇七

ソ去ナ乇七

ソ去八ニㄱ乇七

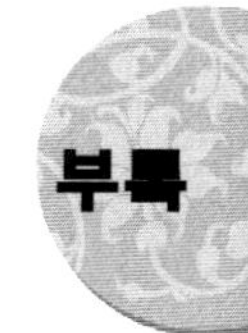
부록

リ尸爲入乙ノ亠應七丷乇立
リ尸爲入乙丷乇才㢱
リ尸爲入乙丷乇尸入𠃍
リ尸爲入乙丷乇立
リ丷乇ハ二丨
リ丷乇才㢱
リ丷乇尸入𠃍
リ丷乇立
言丷乇才㢱
言丷乇尸入𠃍
言丷乇立
ノ才乇才㢱
ノ才乇尸入𠃍
ノ禾乇𠃍乙
亠口乇㢱
亠乇才㢱
亠乇尸入𠃍
亠乇立
丷口乇丨
丷口乇才㢱
丷口乇乙㢱
丷口乇㢱
丷乇ハ二𠃍氵
丷乇ハ二丨
丷乇ハ二㢱
丷乇丨
丷乇支立
丷乇才㢱
丷乇尸入𠃍
丷乇尸亠
丷乇立
丷乇立ノ才ナ丨
丷亠應七丷乇才㢱
丷而ト亠𠃍入乙丷乇尸才㢱
丷白口トク丨丷乇ハ二丨
丷白口乇乙㢱
丷白乇才㢱
丷白乇尸入𠃍
丷白乇㢱
丷七彳丷二ト𠃍リろ七口丷乇ハ二㢱
丷言丷口乇㢱
丷言丷乇支立
亽リ乇立

乇/의존명사

去亠可七丷乇
乇刀リナ丨
乇刀リ㢱
乇七
𠃍乇七
丨丷乇七
支丷乇刀
支丷乇七
斗乇
斗乇七
矢乇人
矢乇七
矢リ乇七
矢リク𠃍乇ろ
冬ノ乇七
灬ノ乇
乙丷𠃍乇刀リナ丨
氵乇
氵ノ乇七
氵丷乇
而亠𠃍乇七
七𠃍乇
七𠃍乇七
七ノ𠃍乇七
七丷口乇ク
ラ十𠃍丷乇
リ去乇七
リ乇
リ乇七
リ丷乇
リ丷乇七
ノ乇七

ㄱ/동명사어미

ㄱ乙[1]

ㄱ乙[2]

ㄱ乙ソ㢱

ㄱ亠[1]

ㄱ亠[2]

ㄱ冫[1]

ㄱ冫[2]

丨ソナㄱ冫

丨ソナㄱ刂罒

丨ソ口八二ㄱ

丨ソㄱ

丨ソㄱㄱ

丨ソㄱ乙

丨ソㄱ乙阝刀

丨ソㄱラ

丨ソㄱ刂㢱

丨ソㄱ刂冫

丨ソㄱ刂冫ノ矛ヒㄱ入乙

丨ソ㢱ソㄱ冫

丨ソ而ㄱ

支ノㄱ入乙

支ソ去ㄱ入灬

支ソ口ㄱ乙

支ソㄱ

支ソㄱ矢冫

支ソㄱ乙

支ソㄱ乙ソ口乙亦立七丨

支ソㄱ乙ソ㢱

支ソㄱラ十

支ソㄱ刂

支ソㄱ刂ㄱ丁

支ソㄱ刂ㄱ丁

支ソㄱ刂丨

支ソ二ㄱ

刀阝亦ㄱ刂罒

斗去ㄱ丨十ㄱ

斗口ㄱ

斗口七ノㄱ刂罒

斗乂ㄱ

斗ㄱ入灬

斗ㄱ刂ㄱ丁

斗尸矢刂ㄱ亠

斗而亦ㄱ

斗白ノㄱ

斗阝ㄱ丨十ㄱ

斗ノㄱ

斗ノㄱ入乙

矢ヒㄱ入乙

矢ㄱ矢ナ丨

矢ㄱ入灬

矢ㄱ入灬故刂ナ丨

矢ㄱ入灬故刂㢱

矢ㄱ入灬冫

矢ㄱ入乙

矢ㄱ乙

矢ㄱ乙ソ阝ㄱ入灬

矢ㄱ乙ソ阝ㄱ入灬

矢ㄱ冫

矢ㄱ刂尸入ㄱ

矢ㄱ刂阝七丨ソナ㢱

矢ㄱ刂阝七丨ソ阝

矢刂ナㄱ刂㢱

矢刂口ㄱ

矢刂ㄱ

矢刂ㄱ丁

矢刂ㄱ矢

矢刂ㄱ入灬

矢刂ㄱ入灬故㢱

矢刂乃ㄱ乇阝

冬ノ矛ㄱ刂阝七丨ソ尸矢㢱

冬ソ去ㄱ入灬

冬ソトㄱ亠

冬ソㄱ丨十ㄱ

冬ソ二ㄱ入灬

灬ノㄱ

灬ソ口ㄱ

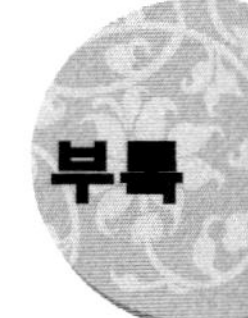
부록

ろ口乙ᄒㄱリ罒
ろ又ㄱ
ろㄱ丨十ㄱ
ろㄱ入灬
ろㄱ亠
ろ二ㄱ入灬リケ丨
ろケホ可セソㄱ
ろノㄱ入乙
ろᄒㄱム
ろᄒホ可セソㄱ
ろ十ノ尸入乙ソㄱ
ろ十ソㄱ
亠セソㄱ
亠ノ矛ナㄱリ丨
亠ノ矛リㄱ丁
ミセソㄱ
ミノ矛ㄱ入灬
ミノ矛ㄱミ
ミノ矛リソ白ケㄱム
ミソナトㄱ矢ミ
ミソ口乙ᄒ禾ㄱミ
ケヒハ二ㄱミ
ケㄱム
ケホ可セソ矛尸口ノ矛ㄱ入灬ミ
ラノㄱ乙火
ラ十ソㄱ
リ令リ去ㄱ入灬
リ去ㄱ丨十ㄱ
リ去ㄱ入灬[1]
リ去ㄱ入灬[2]
リ去ㄱ入灬故ᄉ
リ去ケㄱ入乙
リナㄱリ丨[1]
リナㄱリ丨[2]
リナㄱリ罒
リ口ハ而ㄱ
リ口ヒㄱチ
リ口ㄱ
リ乂ㄱ矢ミ
リトㄱリろセ丨ノ尸入乙
リヒㄱリ罒
リㄱ[2]
リㄱ[3]
リㄱ丁
リㄱ矢
リㄱ入ㄱ
リㄱ入灬
リㄱ入灬故リᄉ
リㄱ入乙[1]
リㄱ入乙[2]
リㄱ乙
リㄱ亠[1]
リㄱ亠[2]
リㄱミ
リㄱリㄱ丁
リㄱリㄱ丁
リㄱリろセ丨ソろ
リ丨ソㄱ入ㄱ
リ矢ノ禾ナㄱリ罒
リ矢ソトㄱリ罒
リ尸爲入乙ソナㄱリᄉ
リ尸爲入乙ソ口ナㄱ
リ尸爲入乙ソ丨ナㄱ乙
リ尸入乙ソナㄱリᄉ
リ尸入乙ソᄉソナㄱリᄉ
リᄉソ去ㄱ入灬
リᄉソ二ㄱ入灬亠
リホ應セソㄱ
リ二口ㄱ入灬亠
リ二ㄱ入灬
リ二ㄱ入乙
リ二ㄱリ亠ノ尸乙
リ而トㄱ乙
リ而ㄱ入ㄱ
リ而ㄱ乙
リ而ᄒㄱ入乙

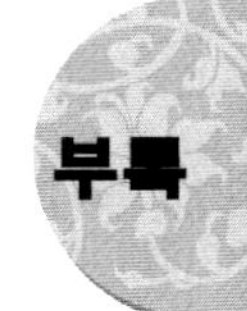
부록

丷令刂𠄌ノ矛𠃍刂𠄌七口丷二尸入灬
丷令刂𢀳ノ亍應七丷𠃍ラ十
丷令刂𢀳丷去𠃍
丷欲人丷ト𠃍刀
丷爲人丷白ノ𠃍刂二𠃍刂罒
丷去八二𠃍𠤎七
丷去八二𠃍刂氵
丷去八二𠃍刂冫ノ矛𠂇丨
丷去𠃍
丷去𠃍𠤎七
丷去𠃍丨十𠃍
丷去𠃍丁ノ今
丷去𠃍丁ノ矛丨
丷去𠃍丁ノ矛刂𠃍丁
丷去𠃍入灬[1]
丷去𠃍入灬故㢱
丷去𠃍入乙
丷去𠃍乙
丷去𠃍冫
丷去𠃍刂𠄌七口ノ尸
丷去𠃍刂𠄌七口丷尸
丷𠂇𠃍丨十
丷𠂇𠃍亠
丷𠂇𠃍冫
丷𠂇𠃍刂丨
丷𠂇𠃍刂㢱
丷𠂇𠃍刂㢱冫
丷口𠂇𠃍
丷口八二𠃍
丷口八而立丷去𠃍丨十
丷口𠃍
丷口𠃍乙
丷口亍應七丷𠃍亠
丷乂𠃍
丷乂𠃍入𠃍
丷ト𠃍刀
丷ト𠃍乙
丷トノ𠃍入乙

丷ト亍𠃍
丷ト亍𠃍入乙
丷𠤎八二𠃍冫
丷𠃍[1]
丷𠃍𠤎
丷𠃍𠤎刀
丷𠃍𠤎刀刂㢱
丷𠃍𠤎刀刂𢀳
丷𠃍𠤎刀刂𢀳丷𠂇㢱
丷𠃍𠤎七
丷𠃍𠃍
丷𠃍丨十
丷𠃍丨十𠃍
丷𠃍丁ノ今口
丷𠃍刀
丷𠃍矢
丷𠃍矢𠂇丨
丷𠃍矢丨丷𠃍入𠃍
丷𠃍矢氵
丷𠃍矢冫
丷𠃍入灬
丷𠃍入灬故丨
丷𠃍入灬故㢱
丷𠃍入灬故亠
丷𠃍入灬故刂𠂇丨
丷𠃍入灬故刂㢱
丷𠃍入灬丷𠄌
丷𠃍入乙
丷𠃍入乙丷尸
丷𠃍乙
丷𠃍乙灬
丷𠃍亠
丷𠃍冫
丷𠃍ラ
丷𠃍ラ十
丷𠃍ラ十𠃍
丷𠃍刂
丷𠃍刂𠃍

ソ 乛 リ 乛 丁
ソ 乛 リ 丨
ソ 乛 リ 罒
ソ 乛 リ ろ 七 ロ ノ 尸 人
ソ 乛 リ ろ 七 丨 ソ 尸 入 乙
ソ 乛 リ ろ 七 丨 ソ 二 ロ 尸 亠
ソ 乛 リ 亠
ソ 乛 リ ⺀
ソ 矛 リ 乛 丁
ソ 矛 リ 乛 亠
ソ 尸 丁 ノ 矛 ナ 乛 リ 丨
ソ 尸 丁 ノ 矛 リ 乛 丁
ソ 尸 刀 ソ 去 乛 乙
ソ 尸 矢 ナ 乛 リ 丨
ソ 尸 矢 リ 乛 丁
ソ ㄋ ノ 矛 乛 入 灬 ⺀
ソ ㄋ ソ ナ 乛 入 灬
ソ ㄋ ソ ロ 乛
ソ ㄋ ソ ト ᄒ 乛 入 乙
ソ ㄋ ソ 尸 矢 ナ 乛 リ 丨
ソ ㄋ ソ 二 ロ 乛 入 灬 亠
ソ ㄋ ソ ラ 七 乛 乙
ソ 亍 可 七 ソ 乛
ソ 亍 可 七 ソ 乛 亠
ソ 亍 應 七 ソ 乛 ラ 十
ソ 二 ロ 乛 リ 罒
ソ 二 ロ 乛 リ ろ 七 ㄋ
ソ 二 ト 乛 ⺀
ソ 二 ト ク 乛 入 乛
ソ 二 ト ク 乛 入 乙
ソ 二 ト ノ 乛 入 乙
ソ 二 乛
ソ 二 乛 入 灬
ソ 二 乛 乙
ソ 二 乛 リ 罒
ソ 二 乛 ソ 尸 矢
ソ 二 ㄋ ソ 二 乛 乙
ソ 二 ソ 乛

ソ 而 ト ᄒ 乛 入 乙 ソ ヒ 尸 矛 ㄋ
ソ 而 乛 乙 灬 七
ソ 而 ᄒ 乛 ヒ 七
ソ 而 ᄒ 乛 丁
ソ 而 ᄒ 乛 丁 ノ 亽 乙
ソ 而 ᄒ 乛 入 乛
ソ 而 ᄒ 乛 入 乙
ソ 而 ᄒ 乛 厶
ソ 而 ᄒ 乛 ラ 十
ソ 白 欲 人 ソ 去 乛 丨 十 乛
ソ 白 去 乛
ソ 白 去 乛 丨 十 乛
ソ 白 ロ ナ 乛
ソ 白 ロ ト ク 乛 ⺀
ソ 白 ろ 乛 丁 ノ 矛 罒
ソ 白 ク 乛 厶
ソ 白 ク 乛 乙
ソ 白 ᄒ 亍 應 可 七 ソ 乛 乙
ソ 七 千 ソ 二 ト 乛 リ ろ 七 ロ ソ ヒ ハ 二 ㄋ
ソ ろ ナ 乛 入 灬
ソ ろ ハ 二 乛 乙
ソ ろ 乛 丁 ノ 亽
ソ ろ 乛 丁 ノ 矛 丨
ソ ろ 乛 丁 ノ 矛 罒
ソ ろ 乛 入 灬
ソ ろ 七 ノ 乛 入 乙
ソ ろ ノ 乛 亠
ソ ろ ノ 乛 リ ろ 七 ロ
ソ ろ ノ 乛 リ ろ 七 丨 ソ 尸
ソ ろ ノ 乛 リ ろ 七 丨 ソ ろ
ソ ろ ᄒ 亍 可 七 ソ 乛
ソ ろ ソ 乛 ヒ 乛
ソ ラ 七 ノ 乛 入 乙
ソ リ 白 ロ ハ 二 乛
ソ 言 ノ 乛 ヒ
ソ 言 ノ 矛 リ 乛 リ ろ 七 丨 ソ 尸 矢 ㄋ
ソ 言 ノ 亍 應 七 ソ 乛
ソ 言 ソ 爲 人 ノ 矛 乛 リ ろ 七 丨 ソ ㄋ

ソ𢒅ソ𠫔ㄱ
ソ𢒅ソナㄱ刂ミ
ソ𢒅ソロㄱ
ソ𢒅ソトㄱ刀
ソ𢒅ソトㄱ刂丨
ソ𢒅ソトノㄱ入乙
ソ𢒅ソト乎ㄱ入乙
ソ𢒅ソㄱ
ソ𢒅ソㄱ入乙
ソ𢒅ソㄱラ十
ソ𢒅ソニトㄱミ
ソ𢒅ソニㄱ
ソ𢒅ソ白トノㄱ刂ニㄱ亠
亽刂トㄱミ
亽刂ノ亍可七ソㄱ乙
亽刂乎亍應七ソㄱ刂ㄱ丁
亽刂乎亍應七ソㄱ刂ろ七尔

ㄱ/말음첨기

ㄱ[4]

ㄱ/보조사

𠫔ㄱ丨十ㄱ
ロハㄱ
ロ尸入ㄱ
人ㄱ
人ろ十ㄱ
ハソㄱ丨十ㄱ
ト乎ㄱ入ㄱ
ヒ尸入ㄱ
ヒ亦尸入ㄱ
ㄱ[1]
丨ソㄱㄱ
支ヒ尸入ㄱ
支ソヒ尸入ㄱ
斗𠫔ㄱ丨十ㄱ
斗ろㄱ丨十ㄱ
矢ㄱ刂尸入ㄱ
入乙ソナオろ七ロ
入乙ソヒ尸入ㄱ[1]
冬ソㄱ丨十ㄱ
罒ソロㄱ
尸丁ノ令ロソオ尸入ㄱ
尸入ㄱ
乙ソ𠫔ㄱ丨十ㄱ
乙ソヒ尸入ㄱ
亍ㄱ
火七ハ尸入ㄱ
シヒ尸入ㄱ
シソ𠫔ㄱ丨十ㄱ
シソロハㄱ
シソロソㄱ
シソろソㄱ
白ロソㄱ
白ヒ尸入ㄱ
白ろㄱ丨十ㄱ
七𠫔ㄱ丨十ㄱ
七丨ソニロオ尸入ㄱ
七火七ハ尸入ㄱ
七ソヒオ尸入ㄱ
七子ㄱ
ろロ乙乎尸入ㄱ
ろハㄱ
ろㄱ丨十ㄱ
ろ十ㄱ
亠ノ尸ㄱ
亠亐尸入ㄱ
亠ソロㄱ
亠ソ白ノオ尸入ㄱ
亠十ㄱ
ミノ令ㄱ
ミソ禾尸入ㄱ
ミソ白乃令ㄱ
ミ十ㄱ
ラ十ㄱ
ラ十ㄱソヒ
刂𠫔ㄱ丨十ㄱ
刂ナ尸入ㄱ

ㄱ/중복표기

ㄱ乙/연결어미

ト ㄱ 乙

ㄱ 乙[2]

支 ソ ロ ㄱ 乙

矢 ㄱ 乙

氵 亦 ナ ㄱ 乙

ニ ㄱ 乙

七 リ ㄱ 乙

リ 尸 爲 入 乙 ソ 丨 ナ ㄱ 乙

リ 而 ト ㄱ 乙

リ 而 ㄱ 乙

リ ろ ㄱ 乙

ノ 乎 ㄱ 乙

ノ 禾 ㅌ ㄱ 乙

ソ 去 ㄱ 乙

ソ ロ ㄱ 乙

ソ 尸 力 ソ 去 ㄱ 乙

ソ か ソ ラ 七 ㄱ 乙

ソ ニ ㄱ 乙

ソ ニ か ソ ニ ㄱ 乙

ソ ろ ハ ニ ㄱ 乙

ㄱ 彳/종결어미

ナ ㄱ 哉 彳

ニ 夕 ㄱ 彳

而 ロ ㄱ 哉 彳

ㄱ 亠/연결어미

ハ ソ ㄱ 亠

ㄱ 亠[2]

冬 ソ ト ㄱ 亠

か ソ ㄱ 亠

ろ ㄱ 亠

リ ㄱ 亠[2]

言 ソ ろ ノ ㄱ 亠

ノ 乎 ナ ㄱ 亠

ソ ロ 亦 應 七 ソ ㄱ 亠

ソ ㄱ 亠

ソ 乎 リ ㄱ 亠

ソ 亦 可 七 ソ ㄱ 亠

ソ ろ ノ ㄱ 亠

ソ 言 ソ 白 ト ノ ㄱ リ ニ ㄱ 亠

ㄱ ：/연결어미

去 ハ 而 ロ ㄱ ：

去 亦 可 七 ソ ㄱ ：

ㄱ ：[2]

丨 ソ ナ ㄱ ：

丨 ソ か ソ ㄱ ：

七 ナ ㄱ ：

七 リ ソ ろ 亦 ㄱ ：

夕 ㅌ ハ ニ ㄱ ：

リ ㄱ ：

言 ソ ナ ㄱ ：

ノ 禾 ㄱ ：

亦 ナ ㄱ ：

ソ 去 ㄱ ：

ソ ㅌ ハ ニ ㄱ ：

ソ ㄱ ：

丨/선어말어미

丨[3]

リ 尸 爲 入 乙 ソ 丨 ナ ㄱ 乙

リ ソ ろ 七 丨 ノ ㄱ

リ ソ ラ 七 丨 ノ ㄱ

丨/어근

丨 ソ ナ ㄱ ：

丨 ソ ナ ㄱ リ 罒

丨 ソ ナ 丨

丨 ソ ナ 丨 ソ ニ 下

丨 ソ ロ ハ ニ ㄱ

丨 ソ ㅌ ハ ニ か

丨 ソ ㅌ 七

丨 ソ ㄱ

丨 ソ ㄱ ㄱ

丨 ソ ㄱ 乙

丨 ソ ㄱ 乙 ろ 力

丨 ソ ㄱ ラ

丨 ソ ㄱ リ か

丨 ソ ㄱ リ ：

丨 ソ ㄱ リ ： ノ 乎 ヒ ㄱ 入 乙

부록

乙ソナト|

乙ソㄱㅌ刀リナ|

ゕソ尸矢|

氵ナ亍七|

一リナ亍七|

二ロㄱリろ七|

二ロㄱリろ七|ソㅌハ二|

二ロㄱリろ七|ソㅌハ二|

二トㄱリナ|

二亍七|

亓ㅎ亍應七ソナ|

白ㄋ亍七|

七去禾ろ七|

七ナ|

七ㅌハ二|

七ㄱ矢ナ|

七|

七|ソロㄋ今ろ

七|ソ二ロ矛尸入ㄱ

七彳ソ去ロ乙ㅎ|ソ去ㄱ|十

七白ㄋ|

七リノ亍應七ソㄱリろ七|ソナ亍七|

七ゑソナ|

七ソナ|

ろ爲人ソ矢ナㄱリ|

ろハ二ㄋ|

ろ二ㄱ入灬リㄋ|

ろ十ソ尸矢|

亠ノ矛ナㄱリ|

亠ノ矛|

ミノ矛ナ|

ミノ矛リナ|

ミノ禾ろ七ロノ尸人リナ|

ㄋ亍七|

リ令リㅎ禾ろ七|ソナろ

リ去ナ亍七|

リナㄱリ|[1]

リナㄱリ|[2]

リナ|

リナ亍七|

リトㄱリろ七|ノ尸入乙

リㄱリろ七|ソろ

リ|

リ|ノ今ロ

リ|ノ尸人

リ|ソロ尸入ㄱ

リ|ソロㄋ今ㄋ

リ|ソㄱ入ㄱ

リ|ソ尸丁

リ|ソ尸入ㄱ

リ矢ソ二ロ乙亍七|

リ尸爲入乙ソ去ナ亍七|

リゕソナ|

リゕソナ亍七|

リノㄱリろ七|

リソナ|

リソナ亍七|

リソㅌハ二|

リソ七ロ乙ㅎ|

ゑソナ亍七|

ノㄱリロ乙ㅎ|

ノㄱリ|

ノㄱリろ七|ソろ

ノ今人リ|

ノ矛ㄱリろ七|ソ尸矢|

ノ矛ㄱリろ七|ソ尸矢ゕ

ノ矛二ロ|

ノ矛成リソ尸矢|

ノ禾ゕソナ|

ノ禾ろ七|ソナ尸入乙

ノ禾ろ七|ソナゕ

ノ亍應七ソロ|

ノ亍應七ソㄱリろ七|ソろ

ノソ尸矢ナㄱリ|

ㅎ令リナ亍七|

ㅎ|

ホ禾𠄎七丨丷𠂇尸入乙
丷令刂口口七ノ亍七丨
丷𠫔口乙ホ丨
丷𠫔八二𠃍刂氵ノ矛𠂇丨
丷𠫔𠃍丁ノ矛丨
丷𠂇𠃍刂丨
丷𠂇丨
丷𠂇亍七丨
丷口匕丨
丷口七ノ丨
丷匕八二丨
丷匕丨
丷匕立ノ矛𠂇丨
丷𠃍矢𠂇丨
丷𠃍矢丨丷𠃍入𠃍
丷𠃍入灬故丨
丷𠃍入灬故刂𠂇丨
丷𠃍刂丨
丷𠃍刂𠄎七丨丷尸入乙
丷𠃍刂𠄎七丨丷二口尸亠
丷丨
丷禾𠄎七丨
丷尸丁ノ矛𠂇𠃍刂丨
丷尸丁ノ矛丨
丷尸丁丷𠂇矛丨
丷尸矢𠂇𠃍刂丨
丷尸矢丨
丷尸矢丨ノ令口
丷尸入灬故刂𠂇丨
丷尸入灬刂𠂇丨
丷ケ丷𠂇亍七丨
丷ケ丷尸矢𠂇𠃍刂丨
丷ケ丷尸矢丨
丷二亍七丨丷口勹令勹
丷二勹亍七丨
丷而ホ禾亐丷𠂇丨
丷白口卜勹丨丷匕八二丨
丷白口ノ亍七丨
丷七千丷𠫔口乙ホ丨
丷𠄎𠃍丁ノ矛丨
丷𠄎ノ𠃍刂𠄎七丨丷尸
丷𠄎ノ𠃍刂𠄎七丨丷𠄎
丷亐ノ矛刂𠃍刂𠄎七丨丷尸矢ケ
丷亐丷爲人ノ矛𠃍刂𠄎七丨丷ケ
丷亐丷𠂇矛丨
丷亐丷𠂇亍七丨
丷亐丷卜𠃍刂丨
丷亐丷尸矢丨
丷亐丷二尸矢丨
丷亐丷二ケ丷二亍七丨
亽𠂇亍七丨
亽刂𠂇亍七丨
亽刂尸入灬故丨
亽刂ホ矛𠄎七丨丷𠂇尸入乙
亽刂ホ矛𠄎七丨丷𠂇ケ
亽刂ホ禾𠄎七丨丷𠂇尸入乙

丨十[ᄃᆞ/의존명사+아긔/처격조사]

刂口八而立丷𠫔𠃍丨十
𠫔𠃍丨十𠃍
八丷𠃍丨十
斗𠄎𠃍丨十𠃍
冬丷𠃍丨十𠃍
乙丷𠫔𠃍丨十𠃍
氵丷𠫔𠃍丨十𠃍
白𠄎𠃍丨十𠃍
七千丷𠫔口乙ホ丨丷𠫔𠃍丨十
𠄎𠃍丨十𠃍
刂𠫔𠃍丨十𠃍
刂丷𠃍丨十𠃍
丷𠫔𠃍丨十𠃍
丷𠂇𠃍丨十
丷口八而立丷𠫔𠃍丨十
丷𠃍丨十
丷𠃍丨十𠃍
丷白欲人丷𠫔𠃍丨十𠃍
丷白𠫔𠃍丨十𠃍

ハ 丷 𠃌 丨 十 𠃌

斗 去 𠃌 丨 十 𠃌

七 去 𠃌 丨 十 𠃌

丁/부사파생접미사

丁

丁[ㄷ/의존명사+여/조사]

去 ナ 𠃌 丁

𠃌 丁

支 丷 𠃌 リ 𠃌 丁

斗 𠃌 リ 𠃌 丁

矢 リ 𠃌 丁

冬 丷 尸 丁 丷 ナ 尸 入 乙

尸 丁 ノ 令 口

尸 丁 ノ 令 口 丷 ホ 尸 入 𠃌

氵 丷 ホ リ 𠃌 丁

氵 丷 ホ リ 𠃌 丁

而 亏 𠃌 丁

而 亏 𠃌 丁 ノ 令 乙

白 ナ 尸 丁

七 𠃌 丁 ノ 令 口

七 丷 𠃌 リ 𠃌 丁[1]

亠 ノ ホ リ 𠃌 丁

リ 𠃌 丁

リ 𠃌 リ 𠃌 丁

リ 丨 丷 尸 丁

リ 尸 丁 丷 ナ ゟ

ノ 𠃌 丁 ノ 令

ノ 𠃌 リ 𠃌 丁

ノ 丷 二 口 ト 𠃌 リ 𠃌 丁 丷 ろ

丷 令 リ ホ リ 𠃌 丁

丷 去 𠃌 丁 ノ 令

丷 去 𠃌 丁 ノ ホ 丨

丷 去 𠃌 丁 ノ ホ リ 𠃌 丁

丷 ナ 尸 丁

丷 口 尸 丁 亏 尸

丷 𠃌 丁 ノ 令 口

丷 𠃌 リ 𠃌 丁

丷 ホ リ 𠃌 丁

丷 尸 丁 ノ ホ ナ 𠃌 リ 丨

丷 尸 丁 ノ ホ 丨

丷 尸 丁 ノ ホ ゟ

丷 尸 丁 ノ ホ リ 𠃌 丁

丷 尸 丁 ノ 尸

丷 尸 丁 丷 ナ ホ 丨

丷 尸 矢 リ 𠃌 丁

丷 而 亏 𠃌 丁

丷 而 亏 𠃌 丁 ノ 令 乙

丷 白 ろ 𠃌 丁 ノ ホ 四

丷 ろ 𠃌 丁 ノ 令

丷 ろ 𠃌 丁 ノ ホ 丨

丷 ろ 𠃌 丁 ノ ホ 四

亽 リ 亏 亏 應 七 丷 𠃌 リ 𠃌 丁

亻[ㄷ/의존명사+여/조사]

ナ 𠃌 哉 亻

亻

二 ケ 𠃌 亻

而 口 𠃌 哉 亻

リ 口 ヒ 𠃌 亻

刀/말음첨기?

刀[1]

刀/보조사

人 刀

ハ 亏 刀

ハ 丷 ト 𠃌 刀

ト 𠃌 刀

ヒ 刀 リ ナ 丨

ヒ 刀 リ ゟ

丨 丷 𠃌 乙 ろ 刀

支 丷 ヒ 刀

刀[2]

乙 四 刀

乙 丷 𠃌 ヒ 刀 リ ナ 丨

个 刀

氵 尸 刀 丷 ゟ

ろ 七 子 刀

ろ 丷 尸 刀 丷 ゟ

刀[ㄷ/말음첨기+오/선어말어미]

斗/동사

矢/말음첨기

矢刂𠃌
矢刂𠃌丁
矢刂𠃌矢
矢刂𠃌入灬
矢刂𠃌入灬故㢱
矢刂丨
矢刂乃𠃌モろ
矢齊
矢齊ソナ丨
矢齊ソろ

矢/말음첨기?

矢[1]

矢[ᄃ/의존명사+이/계사]

ハソ尸矢丨
ハソ㢱ソ尸矢丨
支ソ尸矢丨
斗尸矢刂𠃌亠
斗㢱ソ尸矢丨
矢𠃌矢ナ丨
冬ノオ𠃌刂ろ七丨ソ尸矢㢱
冬ソ齊ソ尸矢丨
尸矢ナ丨
㢱ソ尸矢丨
七𠃌矢ナ丨
ろ爲入ソ矢ナ𠃌刂丨
ろ十ソ尸矢丨
ろ十ソ尸矢㢱
刂尸爲入乙ソ尸矢㢱
ノオ𠃌刂ろ七丨ソ尸矢丨
ノオ𠃌刂ろ七丨ソ尸矢㢱
ノオ成刂ソ尸矢丨
ノ尸矢去乃
ノソ尸矢ナ𠃌刂丨
ソ令刂尸矢㢱
ソ𠃌矢ナ丨
ソ𠃌矢丨ソ𠃌入𠃌
ソ𠃌矢氵
ソ尸矢ナ𠃌刂丨
ソ尸矢丨
ソ尸矢丨ノ令口
ソ尸矢㢱
ソ㢱ソ尸矢ナ𠃌刂丨
ソ㢱ソ尸矢丨
ソ亦矢㢱
ソ齊ノオ刂𠃌刂ろ七丨ソ尸矢㢱
ソ齊ソ尸矢丨
ソ齊ソ二尸矢丨

矢[ᄃ/의존명사+이/주격조사]

𠃌矢
矢刂𠃌矢
冬ソ尸矢
乙ソ尸矢
七齊ソ尸矢
刂令刂ソ尸矢
刂𠃌矢
刂ソ尸矢
乎オ𠃌矢
ソ𠃌矢
ソ尸矢
ソ二𠃌ソ尸矢

矢支/말음첨기?

矢支刂㢱

矢七/의존명사

尸矢七ソろ

矢亠[ᄃ/의존명사+이여/조사]

令白口ナ𠃌矢亠
亦乎𠃌矢亠

矢氵[ᄃ/의존명사+이여/조사]

ナハ亦乎𠃌矢氵
卜𠃌矢氵
支ソ𠃌矢氵
亦乎𠃌矢氵
氵ソナ卜𠃌矢氵
刂乂𠃌矢氵
ソナ尸矢氵
ソ𠃌矢氵

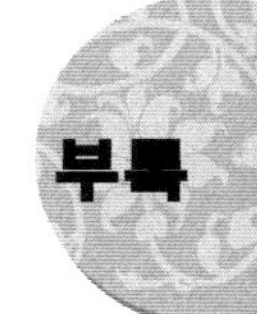
부록

刂ノ丁入乙
刂ソナ丁入灬
刂ソㅌ尸入丁
刂ソ尸入灬故刂ゕ
刂ソㄋセノ丁入乙
ᄒソㅌ尸入丁
ᄒソ丁入乙
ノ丁入灬
ノ丁入乙
ノ丁刂丁入灬故亠
ノ矛ㅌ尸入丁
ノ矛丁乙ソㄋ丁入灬故ゕ
ノ禾ㄋセ｜ソナ尸入乙
ノ尸入丁
ノ尸入乙
ノ亦可セソ丁入乙
ノソトノ丁入乙
亦ト亦丁入丁
亦ㅌ尸入丁
亦丁入乙
亦丁入乙ソㄋ
亦禾ㄋセ｜ソナ尸入乙
亦尸入丁
亐尸入丁
亐尸入丁
亐ソトノ丁入乙
亐ソト亦丁入丁
亐亽刂尸入灬故ゕ
ソ令刂尸入丁
ソ令刂ㄋノ矛丁刂ㄋセロソ二尸入灬
ソ欲爲人ソ尸入灬故冫
ソ欲人ソ二尸入灬
ソ爲欲人ソ尸入灬故冫
ソ爲人ソ尸入灬
ソ爲人ソ尸入灬故ゕ
ソ爲人ソ二尸入灬
ソ去丁入灬[1]
ソ去丁入灬故ゕ
ソ去丁入乙
ソ去尸去ソナ尸入灬
ソナ矛尸入丁
ソナ尸入乙
ソ㐅丁入丁
ソトノ丁入乙
ソト亦丁入乙
ソㅌ尸入丁
ソ丁矢｜ソ丁入丁
ソ丁入灬
ソ丁入灬故｜
ソ丁入灬故ゕ
ソ丁入灬故亠
ソ丁入灬故刂ナ｜
ソ丁入灬故刂ゕ
ソ丁入灬ソㄋ
ソ丁入乙
ソ丁入乙ソ尸
ソ丁刂ㄋセ｜ソ尸入乙
ソ尸入灬
ソ尸入灬故亠
ソ尸入灬故刂ナ｜
ソ尸入灬故刂ゕ
ソ尸入灬刂ナ｜
ソ尸入乙
ソゕノ矛丁入灬冫
ソゕソ欲人ソ尸入灬
ソゕソナ丁入灬
ソゕソト亦丁入乙
ソゕソ二ロ丁入灬亠
ソ邑人ソ尸入灬
ソ二トケ丁入丁
ソ二トケ丁入乙
ソ二トノ丁入乙
ソ二丁入灬
ソ而ト亦丁入乙ソㅌ尸矛ゕ
ソ而尸入灬
ソ而亦丁入丁

ソ 而 ㅎ 1 入 乙

ソ 白 ナ 尸 入 1

ソ 白 ロ ナ 尸 入 1

ソ 白 ヒ 尸 入 1

ソ 白 ノ 尸 入 乙

ソ 七 チ ソ 尸 入 灬

ソ ろ ナ 1 入 灬

ソ ろ 1 入 灬

ソ ろ 七 ノ 1 入 乙

ソ ろ ノ 尸 入

ソ ラ 七 ノ 1 入 乙

ソ ᄒ ノ 尸 入 乙

ソ ᄒ ソ ロ ヒ 火 七 ハ 尸 入 1

ソ ᄒ ソ ト ノ 1 入 乙

ソ ᄒ ソ ト ㅎ 1 入 乙

ソ ᄒ ソ 1 入 乙

ソ ᄒ ソ 尸 入 乙

ㅅ リ 爲人 ソ 尸 入 灬

ㅅ リ 爲人 ソ ᄒ ソ 尸 入 灬

ㅅ リ 尸 入 灬 故 |

ㅅ リ 尸 入 灬 故 ㄘ

ㅅ リ ㅎ 矛 ろ 七 | ソ ナ 尸 入 乙

ㅅ リ ㅎ 禾 ろ 七 | ソ ナ 尸 入 乙

ソ ᄒ ノ 尸 入 1

冬/말음첨기

冬[1]

冬令 リ 下

冬 ᄒ

冬 ᄒ ソ ナ 矛 四

冬 ᄒ ソ ㄘ

冬 ノ ヒ 七

冬 ノ 矛 1 リ ろ 七 | ソ 尸 矢 ㄘ

冬 ノ 矛 リ ナ |

冬 ノ 尸 人

冬 ノ 尸 ㅿ

冬 ソ 令 リ 爲人 ソ 尸 入 灬 故 ㄘ

冬 ソ 令 リ ᄒ

冬 ソ 去 1 入 灬

冬 ソ ナ 令 ミ

冬 ソ ナ 亓 七 |

冬 ソ ロ ロ 七 ノ 亓 七 |

冬 ソ ト 1 亠

冬 ソ ヒ ハ 二 ㄘ

冬 ソ ヒ 矛 ㄘ

冬 ソ ヒ 亓 七 |

冬 ソ 1 | 十 1

冬 ソ 令 七

冬 ソ 尸 丁 ソ ナ 尸 入 乙

冬 ソ 尸 矢

冬 ソ 尸 入 乙

冬 ソ ㄘ

冬 ソ ㄘ ソ ナ 亓 七 |

冬 ソ 二 ロ 尸 亠

冬 ソ 二 1 入 灬

冬 ソ 二 ㄘ

冬 ソ ろ

冬 ソ ろ 亦

冬 ソ ᄒ

冬 ソ ᄒ ソ ナ 矛 四

冬 ソ ᄒ ソ 尸 矢 |

冬 ソ ᄒ ソ ㄘ

冬 ソ ᄒ ソ ㄘ ソ ナ 矛 四

冬 ソ ᄒ ソ 二 下

ㅿ/의존명사

ハ ノ 尸 ㅿ

斗 ノ 尸 ㅿ

冬 ノ 尸 ㅿ

ㅿ

乙 ノ 尸 ㅿ

ケ | ノ 尸 ㅿ

ㄘ ノ 尸 ㅿ

白 ノ 尸 ㅿ

七 ク 1 ㅿ

ろ ノ 尸 ㅿ

ろ ㅎ 1 ㅿ

ミ ノ 矛 リ ソ 白 ク 1 ㅿ

부록

刂罒
刂罒尒
刂尸入乙ソ矛罒
刂ソろナ矛罒
ノㄱ刂罒
ノ矛罒
ノ亍應七ソㄱ刂罒
ノソ矛罒
ソ爲人ソ白ノㄱ刂二ㄱ刂罒
ソナ矛罒
ソ口乙亍禾罒
ソㄱ刂罒
ソ矛罒
ソゟソ矛罒
ソ二口ㄱ刂罒
ソ二ㄱ刂罒
ソ白ろㄱ丁ノ矛罒
ソろㄱ丁ノ矛罒
ソᄒソナ矛罒
ソᄒソ矛罒

罒[ㄹ/중복표기+아/보조사?]

乙罒刀

灬/구격조사

去ㄱ入灬[1]
去ㄱ入灬故ゟ
ナㄱ入灬
ナㄱ入乙灬
ナ尸入灬
人ソ二尸入灬
八令刂尸入灬
八ナ尸入灬
八ㄱ入灬
八ノ矛ナㄱ入灬
八ソナ矛ㄱ入灬亠
八ソㄱ入灬
八ソ尸入灬
八ソ尸入灬故ゟ
八ソ尸入灬故亠
八亽刂尸入灬故ゟ
ㄱ入灬
ㄱ入灬故刂ナ丨
ㄱ入灬故刂ゟ
ㄱ入灬刂ナ丨
支ソ去ㄱ入灬
斗ㄱ入灬
矢ㄱ入灬
矢ㄱ入灬故刂ナ丨
矢ㄱ入灬故刂ゟ
矢ㄱ入灬ミ
矢ㄱ乙ソろㄱ入灬
矢刂ㄱ入灬
矢刂ㄱ入灬故ゟ
冬ソ令刂爲人ソ尸入灬故ゟ
冬ソ去ㄱ入灬
冬ソ二ㄱ入灬
灬[3]
灬八
灬七
灬ノヒ
灬ノㄱ
灬ソ口ㄱ
灬ソ二ゟ
今刂七千ソ尸入灬
乙灬
乙灬八
氵ㄱ入灬
氵ㄱ入灬亠
一刂尸入灬
二ㄱ入灬
七ㄱ入灬
七ᄒソㄱ入灬
ろㄱ入灬
ろ二ㄱ入灬刂ク丨
亠ノ尸乙灬
ミノ今灬
ミノ矛ㄱ入灬

灬/부사화접미사

令/미상

令/선어말어미?

令[ㄹㆆ/동명사어미+이/의존명사]

尸丁ノ令ロソ矛尸入㇆
ふソナ令：
冫ホ令七
冫ソ㇆刂：ノ令乙
一刂令七
二令七
而ホ㇆丁ノ令乙
七㇆丁ノ令ロ
七丨ソロㄅ令ろ
七子：ノ令
ろ令七
ろ令七
ろソろ令
亠ノ令七
亠ノ令ラ十
亠ノ令十
亠ノ令十ソろ
：ノ令ロ
：ノ令人
：ノ令㇆
：ノ令刀
：ノ令罒
：ノ令乙
：ノ令亇丨
：ノ令七
：ノ令ラ
：ノ令ラ七
：ノ令ラ七子令乙
：ノ令ラ十
：ソ白ㄅ令㇆
刂ナ令七
刂ハロノ令ロソナ尸入㇆
刂ハソロ令ロソナ矛入㇆
刂ハソロノ令ロソナ矛尸入㇆
刂丨ノ令ロ
刂丨ソロㄅ令ㄅ
刂尸爲入乙ソ矛亠
刂而令七
刂ソナ令：
ノ㇆丁ノ令
ノ令人
ノ令人
ノ令人刂丨
ノ令七
ノ令十
ホナ令七
ホ令ラ十
ホソ令七
ソ爲欲人ノ令十
ソ去㇆丁ノ令
ソ去令七
ソナ令㇆
ソナ令乙
ソナ令七
ソナ令：
ソロ尸
ソ㇆丁ノ令ロ
ソ令
ソ令㇆
ソ令七
ソ令：
ソ令十
ソ尸矢丨ノ令ロ
ソふノ令七
ソふソ令乙
ソ二令七
ソ二ホ七丨ソロㄅ令ㄅ
ソ而ホ㇆丁ノ令乙
ソ白ホ令七
ソろ㇆丁ノ令
ソろ令
ソ彡ノ令七
ソ彡ソ爲人ノ令十
厶刂令七

令：[ㄹㆆ/동명사어미+이여/조사]

ナ令：

부록

氵ノ𢒑ナ丨
氵ノ𢒑𠃌入灬
氵ノ𢒑𠃌氵
氵ノ𢒑尸爲入乙丷㢱
氵ノ𢒑刂ナ丨
氵ノ𢒑刂㢱
氵ノ禾阝七口ノ尸入刂ナ丨
氵丷口乙亐禾𠃌氵
氵丷禾尸入𠃌
乃亐可七丷𢒑尸口ノ𢒑𠃌入灬氵
刂ナ𢒑㢱
刂八丷口ノ仒口丷ナ𢒑尸入𠃌
刂匕𢒑㢱[1]
刂匕𢒑㢱[2]
刂尸爲入乙丷匕𢒑㢱
刂尸入乙丷𢒑罒
刂丷ナ𢒑㢱
刂丷匕𢒑㢱
刂丷阝ナ𢒑罒
刂亽刂ナ𢒑㢱
去丷匕𢒑㢱
ノ𢒑ナ𠃌亠
ノ𢒑匕𢒑㢱
ノ𢒑匕尸入𠃌
ノ𢒑𠃌乙
ノ𢒑𠃌乙丷阝𠃌入灬故㢱
ノ𢒑𠃌刂阝七口丷㢱
ノ𢒑𠃌刂阝七丨丷尸矢丨
ノ𢒑𠃌刂阝七丨丷尸矢㢱
ノ𢒑罒
ノ𢒑尸
ノ𢒑二口丨
ノ𢒑成刂丷尸矢丨
ノ禾𠃌氵
ノ丷𢒑罒
亐匕𢒑㢱
亐𢒑𠃌矢
亐禾阝七丨丷ナ尸入乙

丷令刂口口七ノ𢒑㢱
丷令刂𢒑刂𠃌丁
丷令刂阝ノ𢒑𠃌刂阝七口丷二尸入灬
丷去八二𠃌刂氵ノ𢒑ナ丨
丷去𠃌丁ノ𢒑丨
丷去𠃌丁ノ𢒑刂𠃌丁
丷ナ𢒑罒
丷ナ𢒑㢱
丷口匕𢒑㢱
丷口七ノ𢒑㢱
丷匕𢒑㢱
丷匕立ノ𢒑ナ丨
丷𢒑罒
丷𢒑刂𠃌丁
丷𢒑刂𠃌亠
丷尸丁ノ𢒑ナ𠃌刂丨
丷尸丁ノ𢒑丨
丷尸丁ノ𢒑㢱
丷尸丁ノ𢒑刂𠃌丁
丷尸丁丷ナ𢒑丨
丷㢱ノ𢒑𠃌入灬氵
丷㢱丷𢒑罒
丷亐應七丷匕𢒑㢱
丷而卜亐𠃌入乙丷匕尸𢒑㢱
丷白匕𢒑㢱
丷白阝𠃌丁ノ𢒑罒
丷阝𠃌丁ノ𢒑丨
丷阝𠃌丁ノ𢒑罒
丷去仒刂口口七ノ𢒑㢱
丷去丷爲入ノ𢒑𠃌刂阝七丨丷㢱
丷去丷ナ𢒑罒
丷去丷ナ𢒑㢱
丷去丷𢒑罒
亽刂ナ𢒑㢱
亽刂亐𢒑阝七丨丷ナ尸入乙
亽刂亐𢒑阝七丨丷ナ㢱

𢒑[ㅭ/동명사어미+이/의존명사]

八丷ナ𢒑亠

氵丷矛刂ㄱ丁
氵丷矛刂ㄱ亠
亠ノ矛刂ㄱ丁
冫ノ矛冫
冫ノ矛刂ナ丨
冫ノ矛刂ゕ
刂尸爲入乙丷矛亠
ノ矛亠
丂丷ㅎ丷令刂ナ矛亠
丷令刂矛刂ㄱ丁
丷去ㄱ丁ノ矛刂ㄱ丁
丷ナ矛亠
丷ナ矛冫
丷矛刂ㄱ丁
丷矛刂ㄱ亠
丷七亻丷ナ矛冫
丷ㅎノ矛刂ㄱ刂ろ七丨丷尸矢ゕ
丷ㅎ丷ナ矛亠

矛[ㄹㅎ/동명사어미+이/주격조사]
冫ノ矛刂丷白ケㄱ厶

矛亠[ㄹㅎ/동명사어미+이여/조사]
八丷ナ矛亠
刂尸爲入乙丷矛亠
ノ矛亠
丂丷ㅎ丷令刂ナ矛亠
丷ナ矛亠
丷ㅎ丷ナ矛亠

矛冫[ㄹㅎ/동명사어미+이여/조사]
冫ノ矛冫
丷ナ矛冫
丷七亻丷ナ矛冫

禾/선어말어미
禾ろ七口ノ尸人
刂令刂ㅎ禾ろ七丨丷ナろ
刂矢ノ禾ナㄱ刂四
刂ㅎ禾ろ七口
丷去禾ろ七ゕ
丷禾ろ七口ノ尸人
丷禾ろ七丨
丷禾ろ七ゕ
亽刂ㅎ禾ろ七丨丷ナ尸入乙

禾[ㄹㅎ/동명사어미+이/계사]
禾ろ七口ノ尸人
刂令刂ㅎ禾ろ七丨丷ナろ
刂矢ノ禾ナㄱ刂四
刂ㅎ禾ろ七口
ノ禾ヒㄱ乙
ノ禾ゕ丷ナ丨
ノ禾ろ七丨丷ナ尸入乙
ノ禾ろ七丨丷ナゕ
ノ禾ㅎ
ㅎ禾ㅎ
丷去禾ろ七ゕ
丷口乙ㅎ禾四
丷禾ろ七口ノ尸人
丷禾ろ七丨
丷禾ろ七ゕ
丷而ㅎ禾ㅎ丷ナ丨
丷ㅎノ禾ゕ
亽刂ㅎ禾ろ七丨丷ナ尸入乙

尸/동명사어미
ナ尸入灬
ナ尸入乙
口尸入ㄱ
人ノ尸
人丷二尸入灬
這尸
八令刂尸入灬
八ナ尸入灬
八尸
八ノ尸人刂丨
八ノ尸厶
八丷尸矢丨
八丷尸入灬
八丷尸入灬故ゕ
八丷尸入灬故亠

ハソ尸入乙

ハソ尸乙

ハソ㢱ソ尸矢丨

ハソ言ソ尸入乙

ハ亽刂尸入灬故㢱

乃二尸

ヒ尸入7

ヒ尸㢱

ヒ尸亠

ヒ而尸入7

支ヒ尸入7

支ノ尸入乙

支ソヒ尸入7

支ソ尸

支ソ尸矢丨

支ソ尸入乙

斗尸

斗尸矢刂7亠

斗㢱ソ尸矢丨

斗㢱ソ尸入乙

斗ノ尸厶

矢7刂尸入7

入乙ソヒ尸入7[1]

冬ノ𢒑7刂ろ七丨ソ尸矢㢱

冬ノ尸人

冬ノ尸厶

冬ソ令刂爲人ソ尸入灬故㢱

冬ソ尸丁ソナ尸入乙

冬ソ尸丁ソナ尸入乙

冬ソ尸矢

冬ソ尸入乙

冬ソ二口尸亠

冬ソ言ソ尸矢丨

令刂ヒ尸亠

令刂尸

令刂七亻ソ尸入灬

禾ろ七口ノ尸人

尸[6]

尸丁ノ令口

尸丁ノ令口ソ𢒑尸入7

尸丁ノ令口ソ𢒑尸入7

尸矢ナ丨

尸矢七ソろ

尸入7

乙ノ尸厶

乙ソヒ尸入7

乙ソ尸

乙ソ尸矢

亇丨ノ尸厶

㢱ノ尸厶

㢱ソ尸矢丨

火七ハ尸入7

氵ナ尸ミ

氵ヒ尸入7

氵尸刀ソ㢱

一尸

一刂尸入灬

二尸

而尸

白ナ尸丁

白ヒ尸入7

白尸

白二尸

白ノ尸

白ノ尸厶

七丨ソ二口𢒑尸入7

七火七ハ尸入7

七亻ノ尸

七刂ノ尸

七刂ソナ尸入乙

七刂ソナ尸乙

七言ソ尸矢

七ソヒ𢒑尸入7

七ソ尸

ろ口乙亦尸入7

ろ尸

부록

刂ソ尸矢
刂ソ尸入灬故刂㢱
亏ソ匕尸入乛
亏ソ尸
造尸
ノ乎匕尸入乛
ノ乎乛刂ㄋ七丨ソ尸矢丨
ノ乎乛刂ㄋ七丨ソ尸矢㢱
ノ乎尸
ノ乎成刂ソ尸矢丨
ノ禾ㄋ七丨ソナ尸入乙
ノ尸
ノ尸人
ノ尸人ノ尸
ノ尸人ノ尸
ノ尸刀
ノ尸矢去乃
ノ尸矢十
ノ尸入乛
ノ尸入乙
ノ尸厶
ノ尸ケ刀
ノ尸ラ七
ノ尸ラ十
ノソ尸矢ナ乛刂丨
丂匕尸入乛
丂禾ㄋ七丨ソナ尸入乙
丂尸[1]
丂尸[2]
丂尸入乛
丂尸厶
丂ノ尸
丂ノ尸厶
亐尸入乛
亐尸入乛
亐亽刂尸入灬故㢱
ソ令刂爲人ソ尸
ソ令刂尸
ソ令刂尸矢㢱
ソ令刂尸入乛
ソ令刂尸亠
ソ令刂ㄋノ乎乛刂ㄋ七口ソ二尸入灬
ソ欲爲人ソ尸入灬故⺀
ソ欲人ソ二尸入灬
ソ爲欲人ソ尸入灬故⺀
ソ爲欲人ソ亠
ソ爲人ソ尸入灬
ソ爲人ソ尸入灬故㢱
ソ爲人ソ二尸入灬
ソ去乛刂ㄋ七口ノ尸
ソ去乛刂ㄋ七口ソ尸
ソ去尸去ソナ尸入灬
ソナ乎尸入乛
ソナ尸
ソナ尸丁
ソナ尸矢⺀
ソナ尸入乙
ソ口尸
ソ口尸丁丂尸
ソ匕尸入乛
ソ匕尸亠
ソ乛入乙ソ尸
ソ乛刂ㄋ七口ノ尸人
ソ乛刂ㄋ七丨ソ尸入乙
ソ乛刂ㄋ七丨ソ二口尸亠
ソ禾ㄋ七口ノ尸人
ソ尸
ソ尸丁ノ乎ナ乛刂丨
ソ尸丁ノ乎丨
ソ尸丁ノ乎㢱
ソ尸丁ノ乎刂乛丁
ソ尸丁ノ尸
ソ尸丁ソナ乎丨
ソ尸刀ソ去乛乙
ソ尸刀ソナㄋ
ソ尸刀ソ㢱

尸/동명사어미?

尸/말음첨기

尸/말음첨기?

尸/미상

尸/선어말어미

尸/선어말어미?

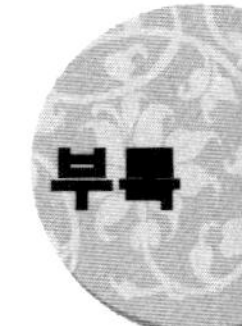

ㅌ尸㢱

尸/속격조사

尸[5]

尸十[1]

尸/중복표기

ソ而ト示ㄱ入乙ソㅌ尸矛㢱

尸[ㄹ/말음첨기+ㆆ/속격조사]

尸十[1]

尸去/종결어미

ソ去尸去ソナ尸入灬

尸入ㄱ/연결어미

支ソㅌ尸入ㄱ

乙ソㅌ尸入ㄱ

尸乙/연결어미

ソ尸乙

尸亠/연결어미

ㅌ尸亠

冬ソ二口尸亠

令リㅌ尸亠

氵ナ尸ミ

ソ令亍リ尸亠

ソ爲欲人ソ尸亠

ソㅌ尸亠

ソㄱリろ七丨ソ二口尸亠

ソ尸亠

ソ㢱ソ尸亠

尸十/여격조사

尸十[1]

尸十[ㄹ/말음첨기+ㆆ긔/여격조사]

尸十[1]

乙/대격조사

去ノㄱ入乙

ナ尸入乙

人令乙

人乙

ハソㄱ入乙

ハソ尸入乙

ハソ尸乙

ハソ言ソ尸入乙

又乙

トㄱ乙

ト示ㄱ入乙

ㄱ入乙

ㄱ乙[1]

ㄱ乙[2]

ㄱ乙ソ㢱

丨ソㄱ乙

丨ソㄱ乙ろ刀

丨ソㄱリミノ矛ヒㄱ入乙

支ノㄱ入乙

支ノ尸入乙

支ソ口ㄱ乙

支ソㄱ乙

支ソㄱ乙ソ口乙示亍七丨

支ソㄱ乙ソ㢱

支ソ尸入乙

斗㢱ソ尸入乙

斗ノㄱ入乙

矢ヒㄱ入乙

矢ㄱ入乙

矢ㄱ乙

矢ㄱ乙ソろㄱ入灬

入乙ソナ矛ろ七口

入乙ソㅌ矛㢱[1]

入乙ソㅌ尸入ㄱ[1]

冬ソ尸丁ソナ尸入乙

冬ソ尸入乙

令七ノㄱ入乙

令リトノㄱ入乙

乙

乙罒刀

乙火

乙ノ尸ム

乙ソ去ㄱ

乙ソ去ㄱ丨十ㄱ

乙ソナト丨

乙ソ口
乙ソヒ矛㢱
乙ソヒ尸入ㄱ
乙ソㄱ
乙ソㄱヒ刀リナ丨
乙ソ尸
乙ソ尸矢
乙ソ㢱
乙ソニ㢱
乙ソニ下
乙ソ乃
亇令乙
亣乙
氵亣ナㄱ乙
氵ソㄱリミノ令乙
ニ口卜ㄱ乙亠
ニㄱ乙
而ホㄱ丁ノ令乙
白欲人ソニ卜ㄅㄱ入乙火
七ㄱ入乙
七ㄱ乙
七乙
七リㄱ乙
七リソナ尸入乙
七リソナ尸乙
七ソㄱ乙
七ソ哥ソ卜ノㄱ入乙
七子乙
乃ノㄱ入乙
乃ソ尸入乙
乃十ノ尸入乙ソㄱ
亠ノ尸入乙
亠ノ尸乙
ミノ令乙
ミノ令ラ七子令乙
ミノ矛尸爲入乙ソ㢱
ミノ尸乙
ミノ乙
ミノ乙ソ口
ミノ乙ソ哥
ラ令乙
ラ乙
ラ乃乙
ラノㄱ乙火
リ去ㄅㄱ入乙
リ卜ㄱリ乃七丨ノ尸入乙
リㄱ入乙[1]
リㄱ入乙[2]
リㄱ乙
リ尸爲入乙ノ亣應七ソヒ立
リ尸爲入乙ソ去ナ亣七丨
リ尸爲入乙ソナㄱリ㢱
リ尸爲入乙ソナ㢱
リ尸爲入乙ソ口ナㄱ
リ尸爲入乙ソヒ矛㢱
リ尸爲入乙ソヒ尸入ㄱ
リ尸爲入乙ソヒ立
リ尸爲入乙ソ丨ナㄱ乙
リ尸爲入乙ソ矛亠
リ尸爲入乙ソ尸矢㢱
リ尸爲入乙ソ㢱
リ尸爲入乙ソ乃
リ尸爲入乙ソ乃尒
リ尸爲入乙ソ乃八
リ尸入乙
リ尸入乙ソナㄱリ㢱
リ尸入乙ソナ㢱
リ尸入乙ソ矛罒
リ尸入乙ソ㢱
リ尸入乙ソ㢱ソナㄱリ㢱
リ乙
リニㄱ入乙
リニㄱリ亠ノ尸乙
リ而卜ㄱ乙
リ而ㄱ乙
リ而ホㄱ入乙

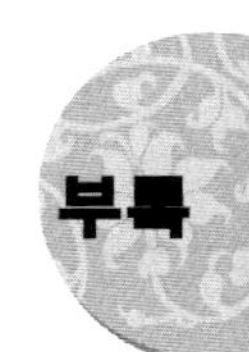

刂 𢒑 𠃌 乙
刂 ラ 七 ノ 𠃌 入 乙
刂 ノ 𠃌 入 乙
刂 ソ 𢒑 七 ノ 𠃌 入 乙
㫆 ソ 𠃌 入 乙
ノ 𠃌 入 乙
ノ 矛 𠃌 乙
ノ 矛 𠃌 乙 ソ 𢒑 𠃌 入 灬 故 弥
ノ 禾 匕 𠃌 乙
ノ 禾 𢒑 七 丨 ソ ナ 尸 入 乙
ノ 尸 入 乙
ノ 亍 可 七 ソ 𠃌 入 乙
ノ 亍 可 七 ソ 𠃌 乙
ノ ソ 卜 ノ 𠃌 入 乙
ㅎ 𠃌 入 乙
ㅎ 𠃌 入 乙 ソ 𢒑
ㅎ 禾 𢒑 七 丨 ソ ナ 尸 入 乙
兮 ソ 卜 ノ 𠃌 入 乙
ソ 去 𠃌 入 乙
ソ 去 𠃌 乙
ソ ナ 令 乙
ソ ナ 尸 入 乙
ソ 口 𠃌 乙
ソ 卜 𠃌 乙
ソ 卜 ノ 𠃌 入 乙
ソ 卜 ㅎ 𠃌 入 乙
ソ 𠃌 入 乙
ソ 𠃌 入 乙 ソ 尸
ソ 𠃌 乙
ソ 𠃌 刂 𢒑 七 丨 ソ 尸 入 乙
ソ 尸 刀 ソ 去 𠃌 乙
ソ 尸 入 乙
ソ 尸 乙
ソ 弥 ソ 卜 ㅎ 𠃌 入 乙
ソ 弥 ソ 令 乙
ソ 弥 ソ ラ 七 𠃌 乙
ソ 二 卜 夕 𠃌 入 乙
ソ 二 卜 ノ 𠃌 入 乙
ソ 二 𠃌 乙
ソ 二 弥 ソ 二 𠃌 乙
ソ 而 卜 ㅎ 𠃌 入 乙 ソ 匕 尸 矛 弥
ソ 而 ㅎ 𠃌 丁 ノ 令 乙
ソ 而 ㅎ 𠃌 入 乙
ソ 白 夕 𠃌 乙
ソ 白 ノ 尸 入 乙
ソ 白 ㅎ 亍 應 可 七 ソ 𠃌 乙
ソ 𢒑 八 二 𠃌 乙
ソ 𢒑 七 ノ 𠃌 入 乙
ソ ラ 七 ノ 𠃌 入 乙
ソ 㫆 ノ 尸 入 乙
ソ 㫆 ソ 卜 ノ 𠃌 入 乙
ソ 㫆 ソ 卜 ㅎ 𠃌 入 乙
ソ 㫆 ソ 𠃌 入 乙
ソ 㫆 ソ 尸 入 乙
亽 刂 ノ 亍 可 七 ソ 𠃌 乙
亽 刂 ㅎ 矛 𢒑 七 丨 ソ ナ 尸 入 乙
亽 刂 ㅎ 禾 𢒑 七 丨 ソ ナ 尸 入 乙

乙/동명사어미
矢 刂 口 乙 弥

乙/말음첨기
乙 匕 立

乙/말음첨기?
又 乙

乙/선어말어미?
ソ 口 匕 乙 弥
ソ 白 口 匕 乙 弥

乙/중복표기
ナ 𠃌 入 乙 灬
乙 灬
乙 灬 八
亠 ノ 尸 乙 灬
ソ 𠃌 乙 灬

乙 罒/보조사?
乙 罒 刀

乙 灬/구격조사
ナ 𠃌 入 乙 灬

부록

冬ソ音ソ㫆ソナ矛四
灬ソ二㫆
令刂㫆
乙ソ匕矛㫆
乙ソ㫆
乙ソ二㫆
㫆[1]
㫆ノ尸厶
㫆ソナ令⺀
㫆ソ𠃍亠
㫆ソ尸矢丨
㫆ソろ
氵匕矛㫆
氵尸刀ソ㫆
氵㫆
氵ソ㫆
二口𠃍刂ろ七㫆
二口尸㫆
二㫆
白匕矛㫆
白㫆
白音ソ匕矛㫆
七ナ㫆
七㫆
七二㫆
七刂ソ口匕㫆
七刂ソ匕矛㫆
七音ソ㫆
七音ソ二㫆
七ソ㫆[1]
ろ㫆
ろソ尸刀ソ㫆
ろソ㫆
ろ十ソ口匕㫆
ろ十ソ尸矢㫆
亠ノ矛㫆
亠ノ矛二㫆
亠ソ㫆[1]
亠ソ㫆[2]
⺀ノ矛尸爲入乙ソ㫆
⺀ノ矛刂㫆
⺀ソ㫆
刂令刂ナ㫆
刂去𠃍入灬故㫆
刂ナ矛㫆
刂ナ㫆
刂口匕㫆
刂匕矛㫆[1]
刂匕矛㫆[2]
刂𠃍入灬故刂㫆
刂尸爲入乙ソナ𠃍刂㫆
刂尸爲入乙ソナ㫆
刂尸爲入乙ソ匕矛㫆
刂尸爲入乙ソ尸矢㫆
刂尸爲入乙ソ㫆
刂尸丁ソナ㫆
刂尸入乙ソナ𠃍刂㫆
刂尸入乙ソナ㫆
刂尸入乙ソ㫆
刂尸入乙ソ㫆ソナ𠃍刂㫆
刂㫆[1]
刂㫆[2]
刂㫆[3]
刂㫆ソ去𠃍入灬
刂㫆ソナ丨
刂㫆ソナ亍七丨
刂㫆ソ二𠃍入灬亠
刂二㫆
刂音ソナ㫆
刂音ソ㫆
刂音ソ㫆ソ𠃍入灬⺀
刂亍尸㫆
刂ソナ矛㫆
刂ソナ㫆
刂ソ匕矛㫆
刂ソ尸入灬故刂㫆

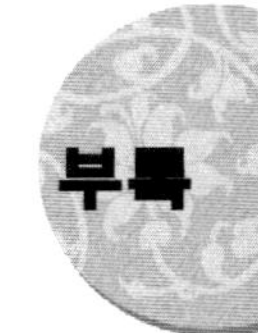
부록

ソ二㢱ソ二丁乙

ソ而トᄒ丁入乙ソヒ尸オ㢱

ソ而矢㢱

ソ而㢱

ソ而ᄒ㢱

ソ白口ヒ乙㢱

ソ白ヒオ㢱

ソ白ヒ㢱

ソ白㢱

ソ七亻ソ二ト丁リろ七口ソヒハ二㢱

ソ彡今リ口口七ノオ㢱

ソ彡今リ㢱

ソ彡ノオリ丁リろ七丨ソ尸矢㢱

ソ彡ノ禾㢱

ソ彡ソ爲人ノオ丁リろ七丨ソ㢱

ソ彡ソナオ㢱

ソ彡ソナオ㢱

ソ彡ソナ㢱

ソ彡ソ口ヒ㢱

ソ彡ソ㢱

ソ彡ソ㢱ノ尸

ソ彡ソ二㢱ソ二亍七丨

亽リナオ㢱

亽リナ㢱

亽リ尸入⺍故㢱

亽リ㢱

亽リᄒオろ七丨ソナ㢱

亽リᄒ亍應七ソ丁リろ七㢱

毛ソ巴ハ/미상

毛ソ巴ハ

勿/말음첨기

勿

亍/말음첨기

亍

亍丁

亍弋

亍乙

亍七

亍ラ十

亍/말음첨기?

亍口ハ斤

亍/종결어미

支ヒ亍

亍七/선어말어미

去ナ亍七丨

ナ亍七丨

ハナ亍七丨

ヒ亍七丨

支ソ丁乙ソ口乙ᄒ亍七丨

斗ナ亍七丨

冬ソナ亍七丨

冬ソ口口七ノ亍七丨

冬ソヒ亍七丨

冬ソ㢱ソナ亍七丨

氵ナ亍七丨

一リナ亍七丨

二亍七丨

白乃亍七丨

七リノ亍應七ソ丁リろ七丨ソナ亍七丨

乃亍七丨

リ去ナ亍七丨

リナ亍七丨

リ矢ソ二口乙亍七丨

リ尸爲入乙ソ去ナ亍七丨

リ㢱ソナ亍七丨

リソナ亍七丨

リソ亍七人雖斗

彡ソナ亍七丨

ᄒ令リナ亍七丨

ソ令リ口口七ノ亍七丨

ソナ亍七人雖斗

ソナ亍七丨

ソ㢱ソナ亍七丨

ソ亍七人雖斗

ソ二亍七人雖斗

ソ二亍七丨ソ口乃今乃

부록

氵ホ

氵ホ令七

氵丷ㅌ

氵丷ㄱリミ

氵丷ㄱリミノ令乙

氵丷矛リㄱ丁

氵丷矛リㄱ亠

氵丷ケ

氵/보조사

人リ二氵

八ㄱ氵

支丷ろ八氵

氵[1]

氵丷去ㄱ丨十ㄱ

氵丷口

氵丷口八

氵丷口八ㄱ

氵丷口丷ㄱ

氵丷乃

氵丷白八二ㄱ

氵丷ろ

氵丷ろ斤

氵丷ろ丷ㄱ

七ミ氵

ろ十氵

リ氵[1]

リ氵[2]

リ二氵

リ十氵

ᄊ氵

丷去八二ㄱリ氵

丷ㄱ矢氵

丷氵

氵/보조사?

支氵

氵/연결어미

人リ二氵

リ氵[2]

リ二氵

丷ㄱ矢氵

丷氵

氵亍/동사

氵亍ナㄱ乙

氵火七/부사?

氵火七

立/말음첨기

立

立/종결어미

リ口八而立丷去ㄱ丨十

口八而立

ㅌ立

支ㅌ支立

支ㅌ立

支ㅌ立丷乂矛ケ

支丷ㅌ立

乙ㅌ立

氵ㅌ立

白ㅌ立

七ㅌ立

ろㅌ立

リ口八而立

リ口八而立丷ろ

リㅌ立[1]

リㅌ立[2]

リ尸爲入乙ノ亍應七丷ㅌ立

リ尸爲入乙丷ㅌ立

リ丷ㅌ立

ᄒ丷ㅌ立

ホㅌ立

丷口八而立

丷口八而立丷去ㄱ丨十

丷ㅌ支立

丷ㅌ立

丷ㅌ立ノ矛ナ丨

丷ᄒ丷ㅌ支立

亽リㅌ立

ニ/선어말어미

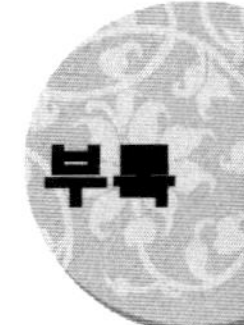

ソ爲人ソ白ノㄱリニㄱリ罒
ソ去ハニㄱ㐊七
ソ去ハニㄱリシ
ソ去ハニㄱリミノ矛ナ丨
ソロハニㄱ
ソトノㄱ入乙
ソ㐊ハニㄱミ
ソ㐊ハニ丨
ソ㐊ハニ㢱
ソㄱリ㇌七丨ソニロ尸亠
ソ㢱ソニロㄱ入灬亠
ソニロㄱリ罒
ソニロㄱリ㇌七㢱
ソニロ尸㢱
ソニロ乙㢱
ソニ乃
ソニトㄱミ
ソニトㄅㄱ入ㄱ
ソニトㄅㄱ入乙
ソニトノㄱ入乙
ソニ㐊七
ソニㄱ
ソニㄱ入灬
ソニㄱ乙
ソニㄱリ罒
ソニㄱソ尸矢
ソニ今七
ソニ尸
ソニ㢱
ソニ㢱ソニㄱ乙
ソニ亣七人雖斗
ソニ亣七丨ソロㄅ今ㄅ
ソニㄅ亣七丨
ソニ下
ソニソㄱ
ソ白ロトㄅ丨ソ㐊ハニ丨
ソ白ニ尸
ソ七彳ソニトㄱリ㇌七ロソ㐊ハニ㢱

ソ㇌ハニㄱ乙
ソリ白ロハニㄱ
ソ𢀳ソニトㄱミ
ソ𢀳ソニㄱ
ソ𢀳ソニ尸矢丨
ソ𢀳ソニ㢱ソニ亣七丨
ソ𢀳ソニ下
ソ𢀳ソ白トノㄱリニㄱ亠

𠇍/선어말어미

リロハ𠇍立ソ去ㄱ丨十
去ハ𠇍ロㄱミ
ナハ𠇍ㅎㄱ矢ミ
ナ𠇍下
ロハ𠇍立
㐊𠇍矛㢱
㐊𠇍尸入ㄱ
丨ソ𠇍ㄱ
斗𠇍ㅎㄱ
斗𠇍ㅎ㢱
𠇍
𠇍ロㄱ哉彳
𠇍ㄱ
𠇍尸
𠇍ㅎㄱ
𠇍ㅎㄱ㐊七
𠇍ㅎㄱ丁
𠇍ㅎㄱ丁ノ今乙
𠇍ㅎㄱ矢亠
𠇍ㅎㄱ矢ミ
𠇍ㅎ亣應七ソナ丨
七𠇍下ハ
リロハ𠇍ㄱ
リロハ𠇍立
リロハ𠇍立ソ㇌
リ𠇍トㄱ乙
リ𠇍ㄱ入ㄱ
リ𠇍ㄱ乙
リ𠇍今七

부록

ソ 白 ㄅ 尸

ソ 白 ㄅ 尸 厶

ソ 白 ノ 尸 入 乙

ソ 白 ノ 尸 厶

ソ 白 ㆆ

ソ 白 ㆆ 令 七

ソ 白 ㆆ 亣 應可 七 ソ ㄱ 乙

ソ リ 白 口 ハ ニ ㄱ

ソ ㅎ ソ 白 ト ノ ㄱ リ ニ ㄱ 亠

ソ ㅎ ソ 白 ノ 尸 厶

七/말음첨기

七[1]

七[2]

七[3]

七[4]

七 去 乃

七 去 ㄱ 丨 十 ㄱ

七 去 禾 ろ 七 丨

七 ナ ㄱ ミ

七 ナ 丨

七 ナ ふ

七 ヒ ハ ニ 丨

七 ヒ 立

七 ㄱ

七 ㄱ ヒ

七 ㄱ ヒ 七

七 ㄱ 丁 ノ 令 口

七 ㄱ 矢 ナ 丨

七 ㄱ 入 灬

七 ㄱ 入 乙

七 ㄱ 乙

七 ㄱ 亠

七 ㄱ リ ミ

七 丨

七 丨 ソ 口 ㄅ 令 ろ

七 丨 ソ ニ 口 矛 尸 入 ㄱ

七 乙

七 亇 七

七 ふ

七 火 七 ハ 尸 入 ㄱ

七 ニ ふ

七 而 下 ハ

七 白 ㄅ 丨

七 ろ

七 ろ ホ

七 ろ 十

七 ㄅ ㄱ 厶

七 ㄅ ソ ㄱ

七 リ[1]

七 リ[2]

七 リ ノ 尸

七 リ ノ 亣 應 七 ソ ㄱ リ ろ 七 丨 ソ ナ 亣 七 丨

七 リ ソ ナ 尸 入 乙

七 リ ソ ナ 尸 乙

七 リ ソ 口 ヒ ふ

七 リ ソ ヒ 矛 ふ

七 リ ソ ろ ホ

七 リ ソ ろ ㆆ ㄱ ミ

七 ㅎ

七 ㅎ ソ ナ 丨

七 ㅎ ソ ㄱ 入 灬

七 ㅎ ソ 尸 矢

七 ㅎ ソ ふ

七 ㅎ ソ ニ ふ

七 ノ ㄱ

七 ㆆ

七 ソ ナ 丨

七 ソ 口 ヒ ㄅ

七 ソ ㄱ[1]

七 ソ ㄱ[2]

七 ソ ㄱ[3]

七 ソ ㄱ 乙

七 ソ ㄱ 乙 灬 七

七 ソ 尸

七 ソ ふ[1]

七 ソ ニ 下

七ソ3

七ソ3尔

七ソ3八

七ソゑソトノㄱ入乙

七十

七/말음첨기?

七ノㄱヒ七

七/미상

七ソㄱ刂ㄱ丁[1]

七/선어말어미

今七ノㄱ入乙

刂ソ七口乙ホ丨

刂今七ノ

七/속격조사

人七

八今刂今七

八ノ今七

八ノ今七

ヒ七

ㄱヒ七

丨ソヒ七

支ソヒ七

斗ヒ七

矢ヒ七

矢刂ヒ七

冬ノヒ七

冬ソ今七

灬七

个七

示七

氵ノヒ七

氵ホ今七

一刂今七

二今七

而ホㄱヒ七

七[5]

七ㄱヒ七

七个七

七ノㄱヒ七

七ソㄱ乙灬七

七子ㄱ

七子乙

七子ミノ今

3今七

3七

3七子刀

亠ノ今七

ミノ今七

ミノ今ラ七

ミノ今ラ七子今乙

ラ七

刂去ヒ七

刂ナ今七

刂ヒ七

刂而今七

刂ソヒ七

岁七

之七

ノヒ七

ノㄱヒ七

ノ今七

ノ尸ラ七

ホナ今七

ホヒ七

ホソ今七

ソ爲人ノヒ七

ソ去ナヒ七

ソ去八二ㄱ七

ソ去ヒ七

ソ去ㄱヒ七

ソ去今七

ソナ今七

ソヒ七

ソㄱヒ七

ソ今七

ソ冬ノ今七

ソ二ㅌ七

ソ二令七

ソ而ㄱ乙灬七

ソ而ᄒㄱㅌ七

ソ白ᄒ令七

ソ言ノ令七

亽リ令七

十七

七/첨사

灬七

七ソㄱ乙灬七

ソ而ㄱ乙灬七

七ᄒ/말음첨기

七ᄒ

七ㄔ/연결어미

令リ七ㄔ

令リ七ㄔソ尸入灬

七ㄔ

七ㄔノ尸

七ㄔソ厺ロ乙ᄒ丨ソ厺ㄱ丨十

ソ七ㄔ

ソ七ㄔソ厺ロ乙ᄒ丨

ソ七ㄔソナ矛ミ

ソ七ㄔソ尸

ソ七ㄔソ尸入灬

ソ七ㄔソ二トㄱリろ七ロソㅌ八二ホ

亽リ七ㄔ

七ミ/말음첨기

七ミ

七ミシ

七リ/말음첨기?

七リㄱ

七リㄱ乙

ろ/말음첨기

ろ[1]

ろ令七

ろ尸

ろホ

ろ二ㄱ入灬リク丨

ろノㄱ入乙

ろᄒㄱム

ろソろ令

ろ/말음첨기?

ろ亦[1]

ろ亦[2]

ろ/미상

丨ソㄱ乙ろ刀

ラろ乙

ろ/부사화소

ろ[3]

ろ/선어말어미

リ矢ソろ令

八ソろノㄱリ四

刀ろᄒㄱリ四

斗ろㄱ丨十ㄱ

矢ㄱ乙ソろㄱ入灬

白ろロクㄱミソㄱ乃

白ろ八二ㄱリ四

白ろㄱ丨十ㄱ

七リソろᄒㄱミ

ろ爲人ソ矢ナㄱリ丨

ろロ

ろロ乙ㄱ

ろロ乙ᄒㄱリ四

ろ八二ク丨

ろ乃

ろㅌ立

ろㄱ丨十ㄱ

ろㄱ入灬

ろㄱ亠

ろクᄒ可七ソㄱ

ろᄒᄒ可七ソㄱ

ろソろ令

リろㄱ乙

リソろナ矛四

言ソろノㄱ亠

ろ/선어말어미?

ろ/연결어미

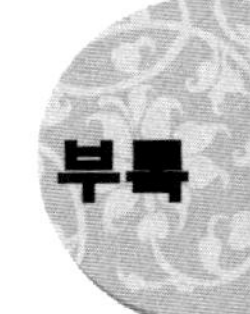

刂尸爲入乙ソ3ハ

刂3

刂3朩

刂3朩

刂乎ソ3

刂ソナ3

刂ソ3

乎ソ3

乎ソ3朩

ノ1刂3七丨ソ3

ノ亍應七ソ1刂3七丨ソ3

ノソ二ロ卜1刂1丁ソ3

亍1入乙ソ3

亍ゕソ3

亍3

亍3朩

亍ソ3朩

芀ソナ3

芀ソ3

ソナ3[1]

ソ1入灬ソ3

ソ尸刀ソナ3

ソゕソ3

ソ白3

ソ白3朩

ソ3

ソ3朩

ソ3ハ

ソ3ノ1刂3七丨ソ3

ソ3ソ1

ソ3ソ1ㅌ1

ソ乎ソナ3

ソ乎ソ3

ソ乎ソ3朩

亽刂爲人ソ乎ソ3

3/의문조사

矢刂ク1ㅌ3

七丨ソロク今3

3/종결어미

ソゕソナ3ソロハ二1

ソナ3[2]

3/처격조사

3七

3七子刀

3/호격조사

3[2]

3七/선어말어미

矢1刂3七丨ソナゕ

矢1刂3七丨ソ3

入乙ソナ矛3七ロ

冬ノ矛1刂3七丨ソ尸矢ゕ

禾3七ロノ尸人

二ロ1刂3七丨

二ロ1刂3七丨ソㅌハ二丨

二ロ1刂3七ゕ

七去禾3七丨

七刂ノ亍應七ソ1刂3七丨ソナ亍七丨

冫ノ禾3七ロノ尸人刂ナ丨

刂令刂亍禾3七丨ソナ3

刂卜1刂3七丨ノ尸入乙

刂1刂3七丨ソ3

刂ノ1刂3七丨

刂亍禾3七ロ

刂ソ3七丨ノ1

刂ソ3七ノ1入乙

ノ1刂3七丨ソ3

ノ矛1刂3七ロソゕ

ノ矛1刂3七丨ソ尸矢丨

ノ矛1刂3七丨ソ尸矢ゕ

ノ禾3七丨ソナ尸入乙

ノ禾3七丨ソナゕ

ノ亍應七ソ1刂3七丨ソ3

亍禾3七丨ソナ尸入乙

ソ令刂3ノ矛1刂3七ロソ二尸入灬

ソ去1刂3七ロノ尸

ソ去1刂3七ロソ尸

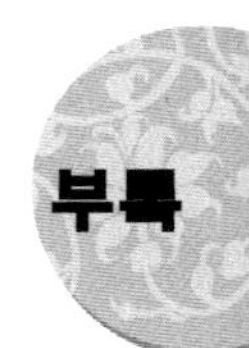
부록

亠ノ尸乙

亠ノ尸乙灬

亠ノ尸亠

亠ノ尸亠

亠ノ尸ラ

亠ソロㄱ

亠ソ尸

亠ソふ[1]

亠ソ白ノネ尸入ㄱ

リㄱ亠[1]

リㄱ亠[2]

リ尸爲入乙ソネ亠

リふソニㄱ入灬亠

リニロㄱ入灬亠

リニㄱリ亠ノ尸乙

リソㅎソナㄱリ亠

ㅎソナㄱリ亠

ㅎソろノㄱ亠

ノㄱリㄱ入灬故亠

ノㄱリㄱ亠

ノネナㄱ亠

ノネ亠

亐ソㅎソ令リナネ亠

ソ令リ尸亠

ソ爲欲人ソ尸亠

ソナㄱ亠

ソナネ亠

ソロ亍應セソㄱ亠

ソトノㄱ入乙

ソ乇尸亠

ソㄱ入灬故亠

ソㄱ亠

ソㄱリろセ丨ソニロ尸亠

ソㄱリ亠

ソネリㄱ亠

ソ尸入灬故亠

ソ尸亠

ソふソ尸亠

ソふソニロㄱ入灬亠

ソ亍可セソㄱ亠

ソろノㄱ亠

ソㅎソナネ亠

ソㅎソ白トノㄱリニㄱ亠

亠セ/말음첨기

亠セソㄱ

亠十/처격조사

亠十ㄱ

冫/말음첨기

冫[1]

冫ソナトㄱ矢冫

冫十ㄱ

冫十

冫/조사

去八而ロㄱ冫

去亍可セソㄱ冫

ロ乇ㄱ冫

ㄱ冫[1]

ㄱ冫[2]

丨ソナㄱ冫

丨ソㄱリ冫

丨ソㄱリ冫ノネヒㄱ入乙

丨ソふソㄱ冫

矢ㄱ入灬冫

矢ㄱ冫

冬ソナ令冫

冬ソトㄱ亠

ふソナ令冫

シナ尸冫

シソㄱリ冫

シソㄱリ冫ノ令乙

白ろロケㄱ冫ソㄱ乃

セナㄱ冫

セㄱリ冫

セリソろ亍ㄱ冫

セ子冫ノ令

冫[2]

氵ノ亽口
氵ノ亽人
氵ノ亽丁
氵ノ亽刀
氵ノ亽灬
氵ノ亽乙
氵ノ亽ケ丨
氵ノ亽七
氵ノ亽ラ
氵ノ亽ラ七
氵ノ亽ラ七子亽乙
氵ノ亽ラ十
氵ノ𢒑ナ丨
氵ノ𢒑丁入灬
氵ノ𢒑丁氵
氵ノ𢒑丁氵
氵ノ𢒑尸爲入乙ソᄼ
氵ノ𢒑氵
氵ノ𢒑リナ丨
氵ノ𢒑リᄼ
氵ノ𢒑リソ白ㄅ丁ム
氵ノ禾ろ七口ノ尸人リナ丨
氵ノ尸
氵ノ尸乙
氵ノ乙
氵ノ乙ソ口
氵ノ乙ソᄒ
氵ノラ
氵ノラ十
氵ソ口乙ᅙ禾丁氵
氵ソ口乙ᅙ禾丁氵
氵ソ禾尸入丁
氵ソ尸
氵ソᄼ
氵ソ白ㄅ亽丁
ㄅヒハ二丁氵
ㄅ亍可七ソ𢒑尸口ノ𢒑丁入灬氵
リ丁氵

リᄒソᄼソ丁入灬氵
リソナ亽氵
ᄒソナ丁氵
ノ禾丁氵
ᅙナ丁氵
ソ爲欲人ソ尸入灬故氵
ソ去ハ二丁リ氵ノ𢒑ナ丨
ソ去丁氵
ソナ丁氵
ソナ丁リᄼ氵
ソナ亽氵
ソナ𢒑氵
ソヒハ二丁氵
ソ丁氵
ソ丁リ氵
ソ亽氵
ソᄼノ𢒑丁入灬氵
ソ二ト丁氵
ソ白口トㄅ丁氵
ソ七ᅙソナ𢒑氵
ソᄒソナ丁リ氵
ソᄒソ二ト丁氵
ᄼリト丁氵
ナ亽氵

氵七/말음첨기?
氵七ソ丁

氵十/처격조사
氵十
氵十丁

ㄅ/말음첨기
ㄅ[1]

ㄅ/말음첨기?
ㄅヒハ二丁氵

ㄅ/부사화소
七ㄅソ丁

ㄅ/선어말어미
トㄅ
矢ㄅ丨

ニ ㄅ 𠃍 彳

白欲人ソニトㄅ𠃍入乙火

白ろロㄅ𠃍ミソ𠃍乃

白ㄅ𠃍

白ㄅホ七丨

七丨ソロㄅ今ろ

七白ㄅ丨

七ㄅ𠃍厶

ろハニㄅ丨

ろニ𠃍入灬リㄅ丨

ろㄅホ可七ソ𠃍

ミノ矛リソ白ㄅ𠃍厶

ミソ白ㄅ今𠃍

ㄅ[3]

ㄅ𠃍厶

ㄅ尸

ㄅホ可七ソ矛尸ロノ矛𠃍入灬ミ

ㄅホ七丨

リ去ㄅ𠃍入乙

リ丨ソロㄅ今ㄅ

リㅎ𠃍厶

ソニトㄅ𠃍入𠃍

ソニトㄅ𠃍入乙

ソニホ七丨ソロㄅ今ㄅ

ソニㄅホ七丨

ソ白ロトㄅ𠃍ミ

ソ白ロトㄅ丨ソ乇ハニ丨

ソ白ㄅ𠃍厶

ソ白ㄅ𠃍乙

ソ白ㄅ尸

ソ白ㄅ尸厶

ㄅ/연결어미

トㄅ

ㄅ/연결어미?

矢去ㄅ

ㄅ/의문조사

七ソロ乇ㄅ

ㄅ[2]

リ丨ソロㄅ今ㄅ

ソニホ七丨ソロㄅ今ㄅ

ㄅ𠃍厶/연결어미

七ㄅ厶

ミノ矛リソ白ㄅ𠃍厶

ㄅ𠃍厶

リㅎ𠃍厶

ソ白ㄅ𠃍厶

ㄅ尸厶/연결어미

ソ白ㄅ尸厶

五邑/말음첨기?

五邑ㄹ

千/말음첨기

千

又/대명사

又

又尸

又乙

又ラ

ラ/말음첨기

ラ[2]

ラ[3]

ラ亦

ラ今乙

ラ乙

ラ/말음첨기?

ラ[1]

ラ[6]

ラ灬

ラ/속격조사

又ラ

丨ソ𠃍ラ

亠ノ尸ラ

ミノ今ラ

ミノラ

ラ[4]

ラノ𠃍乙火

ソ𠃍ラ

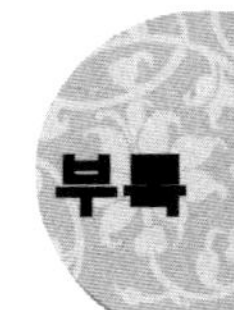
부록

矢リㄱ矢
矢リㄱ入灬
矢リㄱ入灬故㢱
矢リ丨
矢リㄋㄱヒ阝
矢リㄋㄱヒ阝
冬ノ矛ㄱリ阝七丨ソ尸矢㢱
乙ソㄱヒ刀リナ丨
氵ソ矛リㄱ丁
氵ソ矛リㄱ亠
ニロㄱリ阝七丨
ニロㄱリ阝七丨ソヒハニ丨
ニロㄱリ阝七㢱
ニトㄱリナ丨
白阝ハニㄱリ罒
七リノㅎ應七ソㄱリ阝七丨ソナㅎ七丨
七ソㄱリㄱ丁[1]
阝爲人ソ矢ナㄱリ丨
阝ロ乙ㅎㄱリ罒
阝ニㄱ入灬リㄋ丨
亠ノ矛ナㄱリ丨
ミノ矛リナ丨
ミノ矛リ㢱
ミノ禾阝七ロノ尸人リナ丨
リ去ナㅎ七丨
リ去ヒ七
リ去ㄱ丨十ㄱ
リ去ㄱ入灬[2]
リ去ㄋㄱ入乙
リナㄱリ丨[1]
リナㄱリ丨[2]
リナㄱリ丨[2]
リナㄱリ罒
リナ丨
リナ尸入ㄱ
リロヒㄱ彳
リロㄱ
リハ

リハロノ今ロソナ尸入ㄱ
リハソロ今ロソナ矛入ㄱ
リハソロノ今ロソナ矛尸入ㄱ
リトㄱリ阝七丨ノ尸入乙
リヒ
リヒㄱリ罒
リヒㄱリ罒
リヒ矛㢱[2]
リヒ立[2]
リヒ七
リㄱ[3]
リㄱ丁
リㄱ矢
リㄱ入灬
リㄱ入灬故リ㢱
リㄱ入灬故リ㢱
リㄱ入乙[2]
リㄱ乙
リㄱ亠[1]
リㄱ亠[2]
リㄱミ
リㄱリㄱ丁
リㄱリㄱ丁
リㄱリ阝七丨ソ阝
リㄱリ阝七丨ソ阝
リ丨
リ丨ノ今ロ
リ丨ノ尸人
リ丨ソロ尸入ㄱ
リ丨ソロㄋ今ㄋ
リ丨ソㄱ入ㄱ
リ丨ソ尸丁
リ丨ソ尸入ㄱ
リ矢ノ禾ナㄱリ罒
リ矢ソトㄱリ罒
リ罒
リ罒亦
リ尸[6]

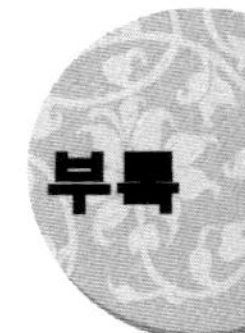
부록

丷ㄱ入灬故刂㢱

丷ㄱ刂ㄱ

丷ㄱ刂ㄱ丁

丷ㄱ刂丨

丷ㄱ刂罒

丷ㄱ刂ㄋセ口丿尸人

丷ㄱ刂ㄋセ丨丷尸入乙

丷ㄱ刂ㄋセ丨丷二口尸亠

丷𢒑刂ㄱ丁

丷𢒑刂ㄱ亠

丷尸丁丿𢒑ナㄱ刂丨

丷尸丁丿𢒑刂ㄱ丁

丷尸矢ナㄱ刂丨

丷尸入灬故刂ナ丨

丷尸入灬故刂㢱

丷尸入灬刂ナ丨

丷㢱丷尸矢ナㄱ刂丨

丷二口ㄱ刂罒

丷二口ㄱ刂ㄋセ㢱

丷二ㄱ刂罒

丷セ亻丷二卜ㄱ刂ㄋセ口丷匕八二㢱

丷ㄋ丿ㄱ刂ㄋセ口

丷ㄋ丿ㄱ刂ㄋセ丨丷尸

丷ㄋ丿ㄱ刂ㄋセ丨丷ㄋ

丷ㅎ丿𢒑刂ㄱ刂ㄋセ丨丷尸矢㢱

丷ㅎ丷爲人丿𢒑ㄱ刂ㄋセ丨丷㢱

丷ㅎ丷卜ㄱ刂丨

丷ㅎ丷白卜丿ㄱ刂二ㄱ亠

亽刂ㅎ亍應セ丷ㄱ刂ㄱ丁

亽刂ㅎ亍應セ丷ㄱ刂ㄋセ㢱

矢刂口ㄱ

刂/공동격조사?

㣺刂

刂/관형사

刂[2]

刂厶

刂/대명사

刂[1]

刂ㄱ[1]

刂乙

刂ラ十[1]

刂/말음첨기

刂口ㄱ

刂乂ㄱ矢冫

刂卜ㄱ刂ㄋセ丨丿尸入乙

刂今セ丿

刂尸[2]

刂尸[3]

刂尸[4]

刂尸[5]

刂尸丁丷ナ㢱

刂㢱丷ナ亍セ丨

刂氵[1]

刂二尸[1]

刂ホ卜ㄱ乙

刂ホ今セ

刂ホ下八

刂ㄋ

刂ㄋ亦

刂ㄋㄱ乙

刂ラセ丿ㄱ入乙

刂ラ十[2]

刂ㅎ[1]

刂ㅎ丷ナㄱㄱ

刂ㅎ丷ナ㢱

刂丿ㄱ入乙

刂丿ㄱ刂ㄋセ丨

刂ㅎㄱ厶

刂丷ナㄱ入灬

刂丷匕セ

刂丷ㄱ丨十ㄱ

刂丷セ口乙ㅎ丨

刂丷ㄋセ丨丿ㄱ

刂丷ラセ丨丿ㄱ

刂丷ㅎ[1]

刂丷ㅎ丷ナㄱ刂亠

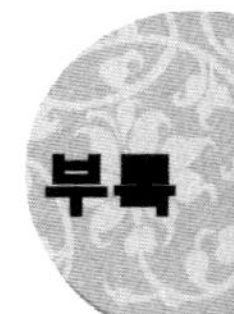
부록

刂 口 八 ㅎ ノ 尸 厶
刂 口 ㅌ[1]
刂 口 ㅌ ふ
刂 ㅌ 矛 ふ[1]
刂 ㅌ 尸 入 ㄱ
刂 ㅌ 立[1]
刂 尸[1]
刂 ふ[2]
刂 ふ 丷 去 ㄱ 入 灬
刂 ろ
刂 ろ 尒
刂 ㅎ[2]
刂 亍 ㄱ
刂 亍 禾 ろ 七 口
刂 亍 尸
刂 亍 尸 厶
刂 丷 卜 ㄱ 刀[1]
亍 令 刂 ナ 亍 七 丨
芍 丷 ㅎ 丷 令 刂 ナ 矛 亠
丷 令 刂
丷 令 刂 爲人 丷 尸
丷 令 刂 口 口 七 ノ 矛 ふ
丷 令 刂 口 口 七 ノ 亍 七 丨
丷 令 刂 矛 刂 ㄱ 丁
丷 令 刂 尸
丷 令 刂 尸 矢 ふ
丷 令 刂 尸 入 ㄱ
丷 令 刂 尸 亠
丷 令 刂 ふ
丷 令 刂 ㅎ
丷 令 刂 ㅎ ノ 亍 應 七 丷 ㄱ ラ 十
丷 令 刂 ㅎ 丷 去 ㄱ
丷 令 刂 下
丷 刂
丷 刂 白 口 八 二 ㄱ

刂/의존명사

丨 丷 ㄱ 刂 ミ
丨 丷 ㄱ 刂 ミ ノ 矛 ヒ ㄱ 入 乙
氵 丷 ㄱ 刂 ミ
氵 丷 ㄱ 刂 ミ ノ 今 乙
七 ㄱ 刂 ミ
刂 二 ㄱ 刂 亠 ノ 尸 乙
刂 丷 ㅎ 丷 ナ ㄱ 刂 亠
ㅎ 丷 ナ ㄱ 刂 亠
丷 去 八 二 ㄱ 刂 氵
丷 去 八 二 ㄱ 刂 ミ ノ 矛 ナ 丨
丷 ㄱ 刂
丷 ㄱ 刂 亠
丷 ㄱ 刂 ミ
丷 ㅎ 丷 ナ ㄱ 刂 ミ

刂/접미사

丷 令 刂 ろ ノ 矛 ㄱ 刂 ろ 七 口 丷 二 尸 入 灬

刂/조사

一 刂

刂/주격조사

人 刂
支 丷 ㄱ 刂
七 刂[2]
刂[3]
刂 丷 卜 ㄱ 刀[2]
刂 丷 ろ 七 ノ ㄱ 入 乙
丷 ㄱ 刂

刂/중복표기

斗 尸 矢 刂 ㄱ 亠
冬 ノ 矛 刂 ナ 丨
氵 丷 矛 刂 ㄱ 丁
氵 丷 矛 刂 ㄱ 亠
亠 ノ 矛 刂 ㄱ 丁
ミ ノ 矛 刂 ナ 丨
ミ ノ 矛 刂 ふ
ミ ノ 矛 刂 丷 白 ろ ㄱ 厶
刂 令 刂 欲人
刂 令 刂 去 ㄱ 入 灬
刂 令 刂 ナ ふ
刂 令 刂 口 ㅌ
刂 令 刂 尸

刂令刂亍禾ろ七丨ソナろ
刂令刂ソ尸矢
ソ令刂矛刂ㄱ丁
ソ去ㄱ丁ノ矛刂ㄱ丁
ソ矛刂ㄱ丁
ソ矛刂ㄱ亠
ソ尸丁ノ矛刂ㄱ丁

刂矢/말음첨기?

刂矢ソろ今
刂矢[1]
刂矢[2]
刂矢ノ禾ナㄱ刂罒
刂矢ノ尸
刂矢ソトㄱ刂罒
刂矢ソ二ロ乙亍七丨

刂十/여격조사

刂十[2]
刂十ㄱ[2]

弋/주격조사

亍弋

ㅎ/연결어미

ハソㅎソ尸入乙
丨ソㅎ
支ㅎ
支ㅎソろ
斗ㅎ
矢ㅎ
矢ㅎソナ丨
矢ㅎソろ
冬ㅎ
冬ㅎソナ矛罒
冬ㅎソケ
冬ソ令刂ㅎ
冬ソㅎ
冬ソㅎソナ矛罒
冬ソㅎソ尸矢丨
冬ソㅎソケ
冬ソㅎソケソナ矛罒
冬ソㅎソ二下
氵ㅎ
白ㅎ
白ㅎソヒ矛ケ
七ㅎ
七ㅎソナ丨
七ㅎソㄱ入灬
七ㅎソ尸矢
七ㅎソケ
七ㅎソ二ケ
七ソㅎソトノㄱ入乙
﹕ノ乙ソㅎ
五邑ㅎ
刂ロハㅎノ尸ム
刂ㅎ[1]
刂ㅎ[2]
刂ㅎ[3]
刂ㅎソナㄱㄱ
刂ㅎソナケ
刂ㅎソケ
刂ㅎソケソㄱ入灬﹕
刂ㅎソ二ㄱ
刂ㅎソろ
刂ソㅎ[1]
刂ソㅎ[2]
刂ソㅎソナㄱ刂亠
刂ソㅎソㄱㄱ
ㅎ
ㅎソナㄱ﹕
ㅎソナㄱ刂亠
ㅎソナ亍七丨
ㅎソヒ矛ケ
ㅎソヒ尸入ㄱ
ㅎソヒ立
ㅎソㄱ
ㅎソㄱㄱ
ㅎソㄱ入乙
ㅎソ尸

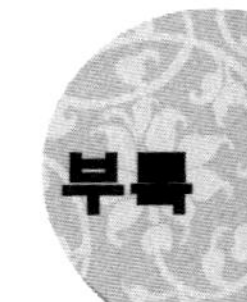

ㅎ ソ ケ
ㅎ ソ ろ
ㅎ ソ ろ ホ
ㅎ ソ ろ ノ ㄱ 亠
ノ 禾 ㅎ
亐 禾 ㅎ
亐 ㅎ
丂 ソ ㅎ ソ 令 リ ナ オ 亠
ソ 令 リ ㅎ
ソ 令 リ ㅎ ノ 亐 應 セ ソ ㄱ ラ 十
ソ 令 リ ㅎ ソ 去 ㄱ
ソ 爲欲 人 ソ ㅎ
ソ ㄱ ㅌ 刀 リ ㅎ
ソ ㄱ ㅌ 刀 リ ㅎ ソ ナ ケ
ソ 而 亐 禾 ㅎ ソ ナ 丨
ソ ㅎ
ソ ㅎ 今 リ 口 口 セ ノ オ ケ
ソ ㅎ 今 リ ケ
ソ ㅎ 今 リ ノ 尸 厶
ソ ㅎ ノ ㄱ ㅌ
ソ ㅎ ノ 今 セ
ソ ㅎ ノ オ リ ㄱ リ ろ セ 丨 ソ 尸 矢 ケ
ソ ㅎ ノ 禾 ケ
ソ ㅎ ノ 尸
ソ ㅎ ノ 尸 入 ㄱ
ソ ㅎ ノ 尸 入 乙
ソ ㅎ ノ 尸 厶
ソ ㅎ ノ 亐 應 セ ソ ㄱ
ソ ㅎ ソ 爲欲 人
ソ ㅎ ソ 爲 人 ノ 今 十
ソ ㅎ ソ 爲 人 ノ オ ㄱ リ ろ セ 丨 ソ ケ
ソ ㅎ ソ 去 ㄱ
ソ ㅎ ソ ナ ㄱ リ ミ
ソ ㅎ ソ ナ オ 丨
ソ ㅎ ソ ナ オ 四
ソ ㅎ ソ ナ オ ケ
ソ ㅎ ソ ナ オ 亠
ソ ㅎ ソ ナ ケ
ソ ㅎ ソ ナ 亐 セ 丨
ソ ㅎ ソ ナ ろ
ソ ㅎ ソ 口 ㅌ ケ
ソ ㅎ ソ 口 ㅌ 火 セ ハ 尸 入 ㄱ
ソ ㅎ ソ 口 ㄱ
ソ ㅎ ソ 卜 ㄱ 刀
ソ ㅎ ソ 卜 ㄱ リ 丨
ソ ㅎ ソ 卜 ノ ㄱ 入 乙
ソ ㅎ ソ 卜 亐 ㄱ 入 乙
ソ ㅎ ソ ㅌ 支 立
ソ ㅎ ソ ㄱ
ソ ㅎ ソ ㄱ 入 乙
ソ ㅎ ソ ㄱ ラ 十
ソ ㅎ ソ オ 四
ソ ㅎ ソ 尸 矢 丨
ソ ㅎ ソ 尸 入 乙
ソ ㅎ ソ ケ
ソ ㅎ ソ ケ ノ 尸
ソ ㅎ ソ ニ 卜 ㄱ ミ
ソ ㅎ ソ ニ ㄱ
ソ ㅎ ソ ニ 尸 矢 丨
ソ ㅎ ソ ニ ケ ソ ニ 亐 セ 丨
ソ ㅎ ソ ニ 下
ソ ㅎ ソ 白 卜 ノ ㄱ リ ニ ㄱ 亠
ソ ㅎ ソ 白 ノ 尸 厶
ソ ㅎ ソ ろ
ソ ㅎ ソ ろ ホ
亽 リ 爲 人 ソ ㅎ
亽 リ 爲 人 ソ ㅎ ソ 尸 入 灬
亽 リ 爲 人 ソ ㅎ ソ ろ

心/말음첨기

心
心 氵
心 リ

下/말음첨기?

下[1]

下/연결어미

ナ ハ ニ 下

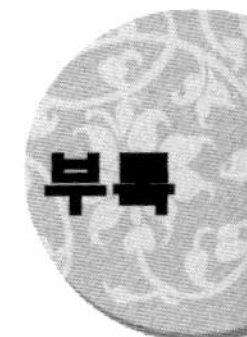
부록

ソ令リろノ矛ㄱリろ七口ソ二尸入灬
ソ爲人ソ白ノㄱリ二ㄱリ四
ソ口七ノ丨
ソ口七ノ矛ㅊ
ソトノㄱ入乙
ソ二トノㄱ入乙
ソ白口ノ亣七丨
ソ白ノ尸入乙
ソ白ノ尸ム
ソろ七ノㄱ入乙
ソろノㄱ亠
ソろノㄱリろ七口
ソろノㄱリろ七丨ソ尸
ソろノㄱリろ七丨ソろ
ソろノ尸入
ソラ七ノㄱ入乙
ソㅎ令リ口口七ノ矛ㅊ
ソㅎ令リノ尸ム
ソㅎソトノㄱ入乙
ソㅎソ白トノㄱリ二ㄱ亠
ソㅎソ白ノ尸ム
ㅅリノ亣可七ソㄱ乙

ノ/연결어미?

リ令七ノ

ノ[ᄒᆞ/동사+오/선어말어미]

ハノ令七
ハノ矛ナㄱ入灬
ハノ矛ナㄱリ丨ソㅌハ二丨
ハノ尸人リ丨
矢丨ノ令口
冬ソ口口七ノ亣七丨
禾ろ七口ノ尸人
尸丁ノ令口
尸丁ノ令口ソ矛尸入ㄱ
乙ノ尸ム
亇丨ノㄱ
亇丨ノ尸ム
ミソㄱリミノ令乙
而亣ㄱ丁ノ令乙
七ㄱ丁ノ令口
七手ノ尸
七リノ尸
七子ミノ令
ろノㄱ入乙
ろノ尸ム
ろ十ノ尸入乙ソㄱ
亠ノ令七
亠ノ令ラ十
亠ノ令十
亠ノ矛ナㄱリ丨
亠ノ矛人雖斗
亠ノ矛丨
亠ノ矛ㅊ
亠ノ矛二ㅊ
亠ノ矛リㄱ丁
ミノ令口
ミノ令人
ミノ令ㄱ
ミノ令刀
ミノ令灬
ミノ令乙
ミノ令七
ミノ令七
ミノ令ラ
ミノ令ラ七
ミノ令ラ七子令乙
ミノ令ラ十
ラノㄱ乙火
ラ十ノ尸
リ矢ノ禾ナㄱリ四
リ矢ノ尸
ノㄱㄱ
ノㄱ入灬
ノㄱリㄱ入灬故亠
ノ令人
ノ令七

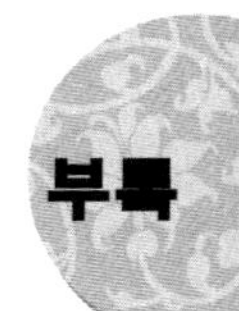
부록

ミノ𢒰リナ丨
ミノ𢒰リか
ミノ𢒰リソ白ク7厶
ミノ尸
ミノ尸乙
ミノ乙
ミノ乙ソ口
ミノ乙ソㅎ
ミノラ
ミノラ十
ク示可七ソ𢒰尸口ノ𢒰7入灬ミ
リ口ハㅎノ尸厶
リノ7入乙
リノ7リろ七丨
ノヒ七
ノ7
ノ7ヒ七
ノ7丁ノ亽
ノ7入乙
ノ7厶
ノ7ラ十
ノ7リ口乙示丨
ノ7リ7丁
ノ7リ7亠
ノ7リ丨
ノ7リ罒
ノ7リか
ノ7リろ七丨ソろ
ノ𢒰罒
ノ𢒰尸
ノ𢒰二口丨
ノ𢒰亠
ノ𢒰成リソ尸矢丨
ノ禾ㅎ
ノ尸
ノ尸刀
ノ尸矢去乃
ノ尸入7
ノ尸入乙
ノ尸ラ七
ノ尸ラ十
ノ示可七ソ7
ノ示可七ソ7入乙
ノ示可七ソか
ノ示應七ソ口丨
ノ示應七ソ7
ノ示應七ソ7リ罒
ノ示應七ソ7リろ七丨ソろ
ノ示應七ソか
ノ示七可ソ7
示ノ尸
ソ令リㅎノ示應七ソ7ラ十
ソ去ハ二7リミノ𢒰ナ丨
ソ去7リろ七口ノ尸
ソかノ亽七
ソかノ𢒰7入灬ミ
ソかノ尸厶
ソろ7丁ノ亽
ソろ7丁ノ𢒰丨
ソろ7丁ノ𢒰罒
ソㅎノ亽七
ソㅎノ禾か

ノ7厶[ᄒᆞ/용언+온ᄃᆡ/연결어미]
ノ7厶
ノ7尸厶

ノ尸厶/연결어미
ハノ尸厶
斗ノ尸厶
白ノ尸厶
ソ白ノ尸厶
ソㅎ亽リノ尸厶
ソㅎソ白ノ尸厶

ノ尸厶[ᄒᆞ/동사+옳ᄃᆡ/연결어미]
冬ノ尸厶
乙ノ尸厶
亇丨ノ尸厶

㢱ノ尸厶
ろノ尸厶
刂口八ᄒノ尸厶
ノ尸厶
亍ノ尸厶
ソ㢱ノ尸厶
ソᄒノ尸厶

亍/말음첨기

亍[1]
亍[2]
亍令刂ナ亣七丨
亍ナ㇆：
亍ナ亽七
亍ナ㢱
亍口匕㢱
亍卜亍㇆入㇆
亍匕才㢱
亍匕尸入㇆
亍匕立
亍尸[1]
亍㢱
亍㢱ソろ
亍ろ
亍ろ尒
亍ᄒ

亍/말음첨기?

亍[3]

亍/부사화소

氵亍
七丿
亍[4]
亍ノ尸
亍ノ尸厶
亍ソ亽七
亍ソろ尒

亍/선어말어미

ナ八而亍㇆矢：
卜亍㇆入㇆
卜亍㇆入乙
支ソ㇆乙ソ口乙亍亣七丨
刀ろ亍㇆刂四
斗而亍㇆
斗而亍㢱
氵亍亽七
而亍㇆
而亍㇆匕七
而亍㇆丁
而亍㇆丁ノ亽乙
而亍㇆矢亠
而亍㇆矢：
而亍亣應七ソナ丨
七彳ソ去口乙亍丨ソ去㇆丨十
七刂ソろ亍㇆：
ろ口乙亍㇆刂四
ろ口乙亍尸入㇆
ろ亍㇆厶
ろ亍亣可七ソ㇆
：ソ口乙亍禾㇆：
刂令刂亍禾ろ七丨ソナろ
刂而亍㇆入乙
刂亍㇆
刂亍㇆厶
刂亍禾ろ七口
刂亍尸
刂亍尸厶
刂亍尸㢱
刂ソ七口乙亍丨
ノ㇆刂口乙亍丨
亍[5]
亍卜亍㇆入㇆
亍匕七
亍㇆
亍㇆入乙
亍㇆入乙ソろ
亍㇆厶
亍㇆厶㇆

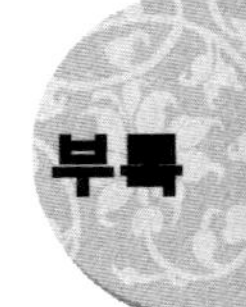

乎丨
乎令ラ十
乎才ㄱ矣
乎禾ろ七丨ソナ尸入乙
乎禾音
乎尸[2]
乎尸入ㄱ
乎尸ム
兮ソト乎ㄱ入ㄱ
ソ去ロ乙乎丨
ソロ乙乎禾四
ソト乎ㄱ
ソト乎ㄱ入乙
ソかソト乎ㄱ入乙
ソ而ト乎ㄱ入乙ソモ尸才か
ソ而乎ㄱモ七
ソ而乎ㄱ丁
ソ而乎ㄱ丁ノ令乙
ソ而乎ㄱ入ㄱ
ソ而乎ㄱ入乙
ソ而乎ㄱム
ソ而乎ㄱラ十
ソ而乎禾音ソナ丨
ソ而乎尸
ソ而乎か
ソ白乎令七
ソ白乎尸ム
ソ白乎亣應可七ソㄱ乙
ソ七千ソ去ロ乙乎丨
ソろ乎尸
ソろ乎亣可七ソㄱ
ソ音ソト乎ㄱ入乙
仒リ乎才ろ七丨ソナ尸入乙
仒リ乎才ろ七丨ソナか
仒リ乎禾ろ七丨ソナ尸入乙
仒リ乎亣應七ソㄱリㄱ丁
仒リ乎亣應七ソㄱリろ七か

乎/연결어미?
ソ白乎

乎[ᄒᆞ/동사+오/선어말어미]
ソロ尸丁乎尸

乎ㄱム/연결어미
ろ乎ㄱム
乎ㄱム
ソ而乎ㄱム

乎尸/선어말어미
リ乎尸か

乎尸ム/연결어미
リ乎尸ム
乎尸ム
ソ白乎尸ム

兮/미상
亠兮尸入ㄱ
兮尸入ㄱ
兮尸入ㄱ

兮/부사화소
兮
兮尸入ㄱ
兮ソナろ
兮ソトノㄱ入乙
兮ソト乎ㄱ入ㄱ
兮ソか
兮ソろ
兮ソ音ソ令リナ才亠
兮仒リ尸入灬故か

ソ/미상
ニソㄱ
ソニソㄱ

ソ/첨사
シソロソㄱ
シソろソㄱ
白ロソㄱ

ソㄱ/말음첨기
ソㄱ[2]

ソㄱ[ᄒᆞ/첨사+ᄋᆞᆫ/보조사]
ソろソㄱ

부록

冫十㇆
刂去㇆丨十㇆
刂丷㇆丨十㇆
刂十[1]
刂十乃
刂十㇆[1]
刂十氵
ノ令十
丷爲欲人ノ令十
丷去㇆丨十㇆
丷ナ㇆丨十
丷口八币立丷去㇆丨十
丷㇆丨十
丷㇆丨十㇆
丷令十
丷白欲人丷去㇆丨十㇆
丷白去㇆丨十㇆
十
十㇆
十七
刂口八币立丷去㇆丨十

支/말음첨기

支[1]
支[2]
支[3]
支[4]
支[5]
支[6]
支[7]
支[8]
支口八
支乇支立
支乇才ゟ
支乇尸入㇆
支乇亍
支乇立
支乇立丷乂才ゟ
支氵
支乎
支乎丷ろ
支ノ㇆入乙
支ノ尸入乙
支丷去㇆入灬
支丷ナ丨
支丷口乇ゟ
支丷口㇆乙
支丷乇刀
支丷乇才ゟ
支丷乇尸入㇆
支丷乇立
支丷乇七
支丷㇆
支丷㇆矢冫
支丷㇆乙
支丷㇆乙丷口乙亇亍七丨
支丷㇆乙丷ゟ
支丷㇆ラ十
支丷㇆刂
支丷㇆刂㇆丁
支丷㇆刂丨
支丷丨
支丷尸
支丷尸矢丨
支丷尸入乙
支丷ゟ[1]
支丷ゟ[2]
支丷ゟ丷ろ
支丷二㇆
支丷ろ
支丷ろ尒
支丷ろ八
支丷ろ八氵

支/미상

支乇支立
丷乇支立
丷乎丷乇支立

부록

황선엽 (성신여자대학교 교수)
이전경 (연세대학교 강사)
하귀녀 (서울대학교 기초교육원 강의교수)
이　용 (슬로베니아 류블랴나대학교 객원교수)
박진호 (한양대학교 교수)
김성주 (한국기술교육학교 연구교수)
장경준 (고려대학교 교수)
서민욱 (가톨릭대학교 박사)
이지영 (인하대학교 연구교수)
서형국 (전북대학교 강사)

석독구결사전

지은이 황선엽 이전경 하귀녀 외 | **펴낸이** 윤석원 | **펴낸곳** 도서출판 박문사 | **등록** 제2009-11호

초판1쇄 인쇄 2009년 08월 20일
초판1쇄 발행 2009년 08월 31일

우편주소 서울시 도봉구 창동 624-1 현대홈시티 102-1206
대표전화 (02)992-3253(대)
팩시밀리 (02)991-1285
전자우편 bakmunsa@hanmail.net
책임편집 김연수

ⓒ 황선엽 이전경 하귀녀 외 2009 All rights reserved. Printed in KOREA

ISBN 978-89-94024-04-2 93810 | 정가 50,000원 (음독구결사전 CD1장 포함)

• 본서의 무단복제, 전재, 발췌를 금합니다.
• 잘못된 책은 교환해 드립니다.

"이 연구는 2005년 정부재원(교육인적자원부 학술연구조성사업비)으로 한국학술진흥재단의 지원을 받아 연구되었음(KRF-2005-078-AS0035)."